土地

第三部

霞满青云路

范力国 ◎ 著

内蒙古出版集团
远方出版社

图书在版编目(CIP)数据

土地/范力国著.—呼和浩特：远方出版社，2013.10
ISBN 978-7-5555-0031-5

Ⅰ.①土… Ⅱ.①范… Ⅲ.①长篇小说—中国—当代 Ⅳ.①I247.5

中国版本图书馆CIP数据核字(2013)第238648号

土　地

作　　者	范力国
责任编辑	云高娃
封面设计	阿　荣
版式设计	韩　芳
出版发行	内蒙古出版集团　远方出版社
社　　址	呼和浩特市乌兰察布东路666号
	（电话 0471—2236466　邮编 010010）
经　　销	新华书店
印　　刷	内蒙古爱信达教育印务有限责任公司
开　　本	710×1000　1/16
字　　数	1200千
印　　张	86
版　　次	2013年10月第1版
印　　次	2013年10月第1次印刷
印　　数	1—1 000册
标准书号	ISBN 978-7-5555-0031-5
总 定 价	105.00元
本册定价	35.00元

如发现印装质量问题，请与出版社联系调换

目　录

第 一 章 ············ 1

第 二 章 ············ 23

第 三 章 ············ 43

第 四 章 ············ 60

第 五 章 ············ 78

第 六 章 ············ 96

第 七 章 ············ 113

第 八 章 ············ 130

第 九 章 ············ 147

第 十 章 ············ 163

第十一章 ············ 180

第十二章 ············ 197

第 十 三 章 ………… 213

第 十 四 章 ………… 229

第 十 五 章 ………… 245

第 十 六 章 ………… 264

第 十 七 章 ………… 282

第 十 八 章 ………… 300

第 十 九 章 ………… 319

第 二 十 章 ………… 335

第二十一章 ………… 353

第二十二章 ………… 368

第二十三章 ………… 385

第二十四章 ………… 400

后 记 ………… 417

第 一 章

　　早春三月，大地上盖了一冬的白色棉被已悄然退去，背着太阳的阴坡和房屋阴面地上积雪化成的冰，在春风刮来的沙土遮盖下，还在坚守着寒冬的梦想。然而，明媚的春光并没有理会这些，它让大地慢慢回暖。春天的气息已在双青县城人们更换多彩的衣服上展现出来，从一辆辆装满种子化肥的卡车的轰鸣声中，传来春天的脚步声。

　　双青县国土局正在开全县土地工作会议，庄严的办公大楼上垂下两条红色的巨型标语。车水马龙的大街上，一条条过街横幅，远近高楼顶上彩色的巨型蒙古包，与街道两旁商业店铺的牌匾交相辉映，给这个充满活力的县城增添了春天的韵律。

　　土地会议的召开，无疑为全县的农业、房地产以及新建工业等相关行业吹响进军的号角。当然，这也让国土部门和主管土地的副县长李强忙碌起来。李强在北方集团担任副总经理的两年里，让双青县沿着青云路十个乡镇近五万亩的水稻田和十五万亩的旱田成为旱涝保收田，使农村近千名农民成为农业工人和专业户工人。他也因此得到地委和双青县委的高度重视，被提拔为双青县副县长，主管全县土地工作。

　　李强是第一次参加国土局召开的大型会议。他在大会上讲完话，秘书就过来小声地在他的耳边说着什么，李强起身与主持会议的包世达局长打个招

呼,然后和秘书一起走了。

一辆黑色小轿车停在雄伟庄严的县政府大楼前,李强和秘书小张下车,二人匆匆进了大楼。

李强进了办公室,对秘书小张说:"你去白主任的办公室请客人过来。是谁呀,白主任没说吗?"

"我问了,他说你见了就知道。"

"那你快去吧,别打电话了,还不知道是谁哪,别慢待了人家。"

李强仍然是当副总经理时的衣着,一身灰色西服,白色的衬衣,深红色的毛衣。一双大眼睛显得很深邃,圆型的脸很白净,有些发胖,已经有了领导的派头。趁客人还没来,他把桌子上的书和一些材料收起来,放到身后的书柜里。这时,小张领着客人进了办公室。

李强一回身,说:"原来是你们呀,怎么不告诉白主任呢?"李强赶忙过去与丁少中、木青握手。

"木青想看看你还认不认得老朋友、老部下。"丁少中满脸带笑,本来就有些小的眼睛眯成了一条缝。

"都是丁经理的主意。你咋说的,敢不敢在李县长面前说?"木青看着丁少中,像是开玩笑,但是很认真,说完把垂过来的头发甩到耳后,样子很迷人。

"别说了,都是笑话,别听木青的。你不给我们喝点水?"丁少中笑着叉开话题,坐在沙发上。

李强心里明白丁少中的用意,在北方集团的两年里,他对丁少中的了解很深,知道丁少中说话办事总是带有目的性,办事不阳光。然而,李强表现得很高兴,非常热情地让座,说:"丁经理要说啥我都知道,领教过,折腾你的小老弟呗。张秘书快给两位倒茶,对了,丁经理吸烟,我办公室就有烟,我也不懂好赖,不知道你喜不喜欢。"

"行，你别客气。到你的一亩三分地了，听你的安排。"丁少中一边点头，一边点烟，显得很实惠，用眼角看着李强、木青。

"前天木董事长给我来过电话，你们是为了建厂的事来的吧？"

"是呀，你当副总经理时的规划，当时没批，上周批了。现在让我们农业公司配合丁经理完成这个计划，你的活还得你干。"木青微笑着说，眼睛盯着李强。

"木青让你管出毛病来了，你不发话她啥也不敢干，这不追着让你管来了。"丁少中是在给李强和木青话听，潜台词说李强和木青的关系不一般，说完话盯着两个人，得意地笑着。

木青的脸红了，尽管丁少中在开玩笑，但在她的心中，对李强的感情已经很深，可以说是李强的红颜知己。这种感情在表面上是看不出来的，木青深藏在心里。其实李强也一样，对木青的好感藏在心中。李强对丁少中的话也很敏感，说："听丁经理的话，木青离不开我了。这话你可不能随便说，当着咱们几个面说行，在别处可不行。我无所谓，得对木青负责任。"

"丁经理以后不要开这种玩笑，这是在外面，不像原来在公司。你不要用有色眼镜看别人，以为别人都像你呢。"木青生气了，红着脸瞪了丁少中一眼。

丁少中不以为然，很得意地笑着，说："没别人，开个玩笑，你们别往心里去，我这人嘴大舌长，哪儿说哪儿了。哈哈哈！"

"说正事吧！丁经理你说，都是你的事。"木青的表情很严肃，显然还在生气，低下头喝茶，谁也不看。

"好。就是进一步落实你和木青原来规划的方案，具体项目是一个厂，一个中心村，一个小区，重点是一厂和一村。这次我和木青代表北方集团与双青县签合同，进行实际操作。木董事长没来，主要是有你在，他很放心，让我们听你安排。"丁少中很简练地说，还像在总公司一样。

木青眼睛盯着李强说:"说说县里的情况吧,土地供应紧不紧张,对集团有优惠政策吗?"

"好,真的很好。如果北方集团实现了项目,不但能让集团的实力大大增强,也让双青县工农业格局发生变化。这是县委想做到的,也是群众所期待的。就目前看,计划内的国有土地存量还是够用的,公路沿线及城镇周边列入规划的土地面积很大,不过有相当一部分还没有从群众手中征用过来。至于乡镇中心村的建设,应该没有问题,主要是征收集体土地,特别是占用耕地要依法报批,逐级呈报,省级人民政府或国务院审批。"李强很熟练地说着,依然是领导的姿态。

木青目不转睛地看着李强,目光柔情似水,充满着钦佩和喜欢,说:"现在看你咋就像县长了呢?当农业经理的时候,也没看出来是个县长的材料哇。"

"什么像县长,就是县长嘛,你还怀疑呀?"丁少中说话的口气有些恭维。

"我还是觉得在农业公司工作痛快,看着群众的地丰收,心里有成就感。在县里主要是宏观上的管理,我还有些不适应。要不咱们俩换工作吧,你当县长,我还去当经理。"李强微笑着看看木青,又看看丁少中。

"得了吧,这可不是你当乡长的时候了,再想给我当头我还不干了呢。这么大领导去当经理,心理负担多大呀,我可受不了。再说我也当不了县长,和领导们打交道我害怕。"

"别逗了,说正事吧。目前县里的情况是有五家建厂的,七家建商品房的,都在现有存量的国有土地中供应土地。土地够用,只是位置的选择会有争议,不管怎么操作都要依法以招标、拍卖、挂牌出让方式供地。不过县委有明确指示,招商建厂的优先用地,北方集团在优先之列。明天上午县政府召开土地招标专题会议,之后由土地部门实施招标、拍卖、挂牌出让方式供应土地。看来你们要在这等两天了,正好我这有关于招标的要求,你们拿去看看,有点准备。"李强拿着文件走过来,交给丁少中,"中午我招待你们,下午我要去市里,晚上办公室有安排。我回来可能晚一些,如果不过九点,我会找你们的。"李强看看丁少中,又看看木青,脸上带着微笑。

"客随主便,你把木青招待好就行了,我没有说的。"丁少中眼睛看着招投标要求,不经意地说。

"你是不是别有用心,我现在是你的副手,协助你工作,得以你为主。李县长,你别听他的,该咋安排就咋安排。"木青对丁少中很不满,带着气说。

李强笑了,说:"老丁今天怎么了,木青得罪你了吧?十一点半了,我们去吃饭。"

丁少中在房间休息,一阵手机铃声把他惊醒。睡意蒙眬的他摸过手机,见是一个有些熟悉的号码,又想不起来是谁的,他试探地接通电话,说:"喂,哪位?"

电话里的声音:"老丁吧,咋的,老朋友的电话号都记不起来了?我是唐占。我听说你来了,怎么来了也不给我打电话,把大哥忘了?"

丁少中马上坐起来说:"是唐大哥呀,我说这电话号这么熟悉呢。对不起呀,我上次没保存,时间一长忘了。"

唐占笑着用手示意给方志南做按摩的小姐别出声,说:"晚上方大哥给你接风,一起来的都请来。咱们好好喝点,一年多没见了,怪想你的。听说你来,方大哥一早就和和平饭店打了招呼,让我通知你。"

"谢谢两位大哥了,晚上县政府办有安排,不参加不好吧?"丁少中故意显得有些为难,可是他开始穿鞋找衣服。

唐占不容置疑地说:"得了吧,别和那些当官的遭罪了,咱们几个一块多轻松,想干啥干啥。对了,谁和你来的?"

"是木青,把她扔下我自己出来合适吗?"丁少中犹豫了。

"那不正好嘛,让她去参加,你出来会朋友。编个啥理由不行啊?这事还用我教你?好了,你等着,我去接你,到了给你打电话。"唐占关上手机,冲着方志南说,"我这就去接他,先让他到这来吧?"

方志南点点头,又躺下示意小姐继续做按摩,说:"先给老丁安排一个,之后再去。"

"好吧。"唐占走向吧台。

晚上的双青县城灯火阑珊,街上来来往往的小汽车像无数个探照灯,把深邃的街道和两侧店铺门前的霓虹灯照得绚丽多彩。公路两侧的人行道上,漫步的人很多。木青身穿一件米色的风衣款款地走在人流中,街灯的白光像粉底,把木青的脸涂得亮白。她双手插在衣兜里,把垂过耳前的长发甩到脑后,动作很优雅,昂首漫步的样子,很有气质,简直就是个大明星,从她身边走过的人都要回头看看。

晚上,木青多喝了几杯酒,她觉得头晕,出来透透风,顺便看看双青县的夜景。被凉风一吹,木青感觉清爽了许多,有了飘飘欲仙的感觉,冥冥之中觉得这里很熟悉,其实她也只来过一次,那还是和田再新结婚时来这里买东西。细想想,自己真正熟悉的是李强,这个感觉不会错,难道自己命中注定要和李强有扯不断离不开的关系?木青打开了思绪的大门……

一辆小轿车停在木青的身边,李强从车上下来走到木青跟前,说:"怎么自己出来了,老丁呢?"

"又找他的狐朋狗友去了,我自己出来走走。你刚回来吧?"木青站在李强的面前,神色有些黯然。

"这个老丁,到哪都有一帮朋友围着他转。这又是哪一位,他没说吗?"李强有些担心地问。

木青不经意地说:"他说是这儿建楼的一个开发商,没说叫什么。我也没细问，我懒得打听他的一些乱事。"

李强听木青这样说，觉得丁少中在双青县没有什么朋友，李强想到了唐占和方志南，一定是找他们去了。

李强沉默了，木青见状娇羞地说："没有他还有我呢，就看见大经理了，别回宾馆了，陪客人走走吧。"

李强向小车司机挥挥手，小车开走了。"好吧，我陪你走走，看看双青县城的夜景。怎么样，和你想象中的双青县有区别吗？"李强看看身旁和他并肩漫步的木青，语气亲切地说。

"不错，科尔沁地区的一颗明珠。我刚才还在想，本来我不愿意来的地方，如今成了我丢不下、离不开的家乡似的。你知道这是因为啥吗？"木青深情地看着李强。

"因为什么？当然是你的事业，不然怎么会到乡下来。"

"不全对，还有这里的人。"

"是可敬可爱的乡亲们？对了，你在这里找到了爱情。"

"不全对，还有知己……"木青说完没有看李强，目视前方慢慢地走着。李强心里明白，木青说的知己就是自己，对此他有同感。李强不知道说什么好，和木青并肩默默地往前走，思绪回到了当副总经理的时候……

方志南和唐占在和平饭店宴请丁少中，三个人喝了三瓶酒。方志南只喝了两杯，其余的酒都让唐占和丁少中喝了。两个人没等吃完饭就嚷嚷，要找个地方舒服舒服，也不背人。几个人又回到了唐占和方志南常去的洗浴中心，唐占让老板安排了一个三人足疗间，两个单人按摩间。丁少中和唐占没等做完足疗就去了按摩间。

方志南自己在三人足疗间里吸烟，他示意已经做完足疗的小姐出去之后，拿过手包，从里面拿出一个银行卡，翻过来调过去地看着。他在想这件事有多大的把握，丁少中能不能认可。

唐占回来了，也没说啥，很累的样子躺在挨着方志南的床上，慢慢地闭上眼睛。方志南回头看看，微笑着说："累了吧？你回包间去休息，老丁来了我和他说事，你在他可能有所顾忌。"

"也是，这种事人越少越好，我去包间睡一觉，完事叫我。"

方志南见唐占走了，下地穿上衣服，坐在沙发上点着一支烟，拿出经常戴在身上的小木梳梳他那有些稀的背头。方志南退下来两年了，可他仍然保持着上班时的衣着和姿态，有些发胖的身材显示出大领导的风范。当然他是故意而为之，这样才能让外人看出，虽然他下来了，但是根还在，谁也不能小瞧他。

半个小时之后，丁少中回来了。其实他也累了，可他表面上装得很精神，说："不好意思，让你久等啦。来，点一支。"

"玩的咋样？"方志南微笑着接过丁少中给的烟，点着吸了一口。

"还行，又让你破费了。等有了机会，我请两位大哥一把。"丁少中很感激地说。

方志南觉得机会不错，说："你大哥我老了，对那方面的事没兴趣。你要是真想和大哥处朋友，那就帮大哥一个忙。这个事对你来说不是问题，就看你帮不帮大哥了。"

"大哥你说，只要是我能办到的，一定帮忙。"丁少中下着保证。

方志南吸了一口烟，故意沉默了一会儿，说："我听说你们要在双青县城建厂子，准备招标的土地已经排号了是吗？"

"是啊，我和木青就是在等土地招标呢，你这是——"

"编号招标的地块之外，挨着城南边还有一块地。没编号招标是因为里面有两户人家，其中就有我亲戚的十间房。那块地不错，有十亩稻田和三十亩旱田，靠近公路，交通方便，是个建厂的好地方。你用这块地建厂呗，没人和你争，我亲戚还能得到额外的补偿，两全其美的好事。"方志南说完看着丁少中的眼睛。

丁少中沉默了，他真的想不到方志南会提出这样的问题，这让他很为难。他不解地问："县政府在征用土地的时候不是都给群众补偿了吗？你的没给？"

"我们县出让金和补偿费是一个标准，都由用地方出，要是按着规定，我的十间房子只能得到十五万元，如果你用，给多少不是你说了算嘛。这个道理你懂吧？"方志南眼睛盯着丁少中，琢磨他的心思。

丁少中明白了，方志南是想让他多给点补偿费。按说这种费用也算正常，编个什么理由都可以，这种事经常有。可是这对自己有什么好处？犯得上吗？想到这，丁少中说："这次木青也跟着来了，她兼任副经理，我不好独自决定。另外，招标的地块已经定了，我们都做了调查，就是想更改，怕是县里也不会同意。"

方志南听明白了，丁少中这是在推脱，他从上衣兜里拿出银行卡，说："这里有二十万，给你的。办这种事你也不容易，还要想一些办法，编造一些理由，特别是木青还跟着。"

丁少中对方志南的举动并不意外，这种事他见得多了。然而，方志南说的情况有些复杂，说房子不是他的，可他又一下子拿出来二十万，这让他心里没底。他隐约觉得这房子就是方志南的，如果是这样，这件事还好办些。可是一想到木青，又让他有所顾忌。丁少中摆摆手说："无功不受禄，这钱我可不能要，事还没有一撇，哪能收你的钱呢。再说了，给大哥办事能要钱吗？你快收起来吧。"

方志南知道丁少中还不熟悉情况，下不了决心，说："你别看这块地没列入招标计划，可是它和招标中的五号地连着，你可以一起把它拿下，将来扩大厂区，或再建项目就方便了。另外，这样的地块不好选，土地的增值的空间很大。这两天我找人领你看看，看好了再做决定。"

丁少中动心了，如果地块好，做这件事就没有问题。二十万元不是个小数目，这让视钱如命的丁少中有了试试的想法。"可这块地不在政府招标之列呀，如果不给怎么办？"

"这你就不知道了，现在政府加大招商引资力度，凡是投资建厂的，只要是工业园区之内的地，要哪都给。我说的地就是在园区边上，绝对没问题。"方志南看出丁少中已经同意，进一步解释着。

"如果看地得把木青拉上，这事她不同意办不成。"

"拉上她呀，怎么和木青说你会吧？"

"哈哈哈！这不用你教我。"

方志南和丁少中会意地大笑起来。

托娅在年前的换届选举中当选为百泉沟村村长，与此同时又被提升为百泉瓷砖厂销售总经理，主管近几年新建的三个直销公司。今非昔比，托娅已经是一位成功的经理，有魄力的村长。李长玺当上了村支部书记，吴江任副村长，年轻干部让百泉沟的村班子更加朝气蓬勃，充满活力。

由于阿斯根的年龄和托娅的关系，任瓷砖厂支部书记。田再新通过公务员考试，成为太平川乡土地助理，被县委组织部列为后备干部。

百泉沟村在开两委会，小会议室里，椭圆型的桌子一边坐着李长玺、吴江、张勇，另一边坐着托娅、刘福田、张丽丽。

已经有些发胖的李长玺，脸色不像原来那样黑了。深蓝色的休闲装，让他显得年轻不少。他很悠闲地吸了一口烟，说："我看包村长拿的村屯规划很好，就按着这个方案上报乡里吧，交给田再新就行，他是土地助理，还分管着规划，这个方案一定能批。实施过程再研究研究，细致一点。乡里批了我们就开工，包村长全权负责，有问题找我。村长还有什么问题？"

托娅仍然带着银头饰，在墨绿色毛衣的衬托下，饱满白皙的脸上透着成熟与美丽，谈吐举止流露出果敢和大气。听李长玺这样说，托娅开着玩笑：

"看着没有，李书记这是要当甩手掌柜的，那咱们都给他当跑堂的。别人还有事吗？没事到这吧，我还有点活要干。"

托娅回到自己的办公室打开电脑，李长玺、吴江和丽丽也随后进来，他们来看托娅与销售公司的视频。

托娅打开邮箱，把三个分公司发来的报表打印出来拿给李长玺看，说："这是昨天的报表，进货、销售、库存、及费用支出等都有。这份表已在财会那上账，发给我是让我看的，你们先看看吧。"

李长玺坐在一边认真地看着，说："卖多少钱了，缺多少货了，一看就明白了。你在家让厂里把货一发就完事，这也太神奇了。我说妹子，你这两年的进步也太大了，你这是干几个人的活呀。我现在就会喝酒打电话，连短信都发不明白。要不这书记、村长都你干得了，我当厂长抓好生产就行了。"

"你可得了吧，没有你的支持和帮助，我能干什么呀。别给我带高帽了，一个村的人，谁不认得谁呀。"托娅嘴上这样说，可是心里还是很高兴的，不管怎么说，瓷砖厂三分之一的产品都是经她所管的三个销售公司卖出去的。现在她又当上了村长，让她有了成就感。

"托娅姐，你也太厉害了，三个公司都卖得这么好。你有十天没去公司了吧？"吴江看完报表说。

"唉呀妈呀，我以为你就会开小卖店呢。"丽丽开着玩笑。

"有你这么夸人的嘛，小妮子。"

"托娅姐，能和公司说话吗？"

"能啊。"说着托娅打开视频，和金洲公司的小肖对话。

电脑里出现了小肖的头像，说："包经理你好，听到我的声音了吗？"

"听到了，你的报表我看了，我明天就给你发过去缺的货。华贸地产预定的货要了吗？"

"今天兰总经理打来电话,说下周三要货,明天给咱们打款。"

"好,款到来电话,我好安排发货。晚上不要出去玩,坚守岗位,出了事我找你啊!"

"你放心吧,我和东林都在店里住呢。"

"好了,我关机了,有事打电话吧。"

"你看看,就这么一会儿,人家把活安排完了。这不让人上火嘛,快走吧,该干啥干啥去。"李长玺和吴江走了,丽丽没有走,粘着托娅问这问那。

"托娅姐,小龙上幼儿园了?在家我大娘看得住吗?"丽丽问。

"送刘娟家的幼儿园了。小龙一天也不着家。这幼儿园太小点。等以后建中心村的时候建一个大幼儿园,把全村的孩子们都送到那儿去,让每一个孩子都接受学前教育。"托娅说。

"你们回来,金洲那儿的房子咋办啊,不住了?"

"北方集团把那儿的房子给我们了,有的时候我回去住。李强原来想在县里买一个房子,可没想到我又当了村长,暂时先不买了,他住招待所呢。"托娅说着拨李强的电话。

"强哥有十多天没回来了吧?"丽丽关心地问。

"十一天了,一当上县长就不是他了。"托娅拿着电话说。

"喂!怎么不接电话呢?多半天了,你在干什么?"托娅有些不高兴地问,语气强硬。

"我在开会,你有事吗?"电话里的声音。

"我在家,你什么时候回来?"

"五天之内回不去,回去的时候我给你打电话。"说着他挂了电话。

托娅很不高兴地合上手机,说:"一个副县长比总经理还忙了,晚上我再给他打电话,看他在忙啥。"

"全县的事呢,咋能不忙。你们这两人,刚到一起又分开了。"

县里土地招投标结束了,丁少中拍得了五号和六号地。政府本来不想收购六号地,尽管早已列入规划区,但因为有近两百多亩好耕地,一直没有列入收购计划。这次由于丁少中的要求,加之方志南又做了个别领导的工作,才使六号地投入竞拍,但县政府给的条件是中标单位直接给农户补偿。尽管李强对此有异议,但是他只好服从。丁少中得到了六号地非常高兴,和木青一起与李强告别之后,司机把木青送回了百泉沟。丁少中则应方志南的邀请又玩儿了一个晚上,收了方志南送给他的银行卡,第二天才回金洲。

李强一早上班,国土局包世达局长就来到他的办公室。李强一愣,说:"包局长来了,打个电话就行了,自己亲自上门,是有要紧事呀?"李强赶忙给包世达倒茶。

"电话里说不明白,你事又多,还是到你这来吧。"

李强挨着包世达坐下,说:"你也不吸烟,喝杯茶吧。什么事?"

"六号地的事呗,地政股刘股长一上班就和我说,这块地从开始招标就自动报警,厅里没权批两百七十亩基本农田,就是报到国土资源部,部里也不能批。因为咱们县城周围都是闲置地,或是草牧场,基本农田就这一片,

共有近千亩。现在是卫星动态管理,每周更换一次,动一亩上边都知道。你看这事咋办吧?"包世达说完喝了一口水,又抬起头用询问的目光看着李强。

"你也参加了县长办公会,我是不同意占这块地。两个原因,一是我们这个地方到处是闲置地,其实有的草牧场也是闲置地,没有必要占用仅有的好耕地。二是参加全国土地违法案件现场会,给我的印象特别深刻,各类工程蚕食着土地,我国耕地下降的速度令人触目惊心。将来的耕地危机已经不光是农民的职业危机,它会演变为国家粮食的危机。我看这样吧,暂停六号地所有的上报手续,我再和领导研究一下,挨着五号地往西给他们补一块

地,北方集团的工作我来做。"李强不容置否地说。

包世达看着这个曾经是村长、乡长的同事,从心里由衷地钦佩他。如今他被提升为自己的上级,对县领导的高瞻远瞩、因材用人非常服气。现在李强要否决县政府的决定,对此,包世达不免有些担心,说:"可是县长办公会已有决议,你个人否决这个意见对你不好,这事你得想明白。要不我们把材料上报吧,如果部里能批,那不更好吗?"

李强摇摇头说:"就是能批我也不同意,正好这还有了理由。"

"如果北方集团不接受,因为一块地弄黄了这个项目,你的责任可就大了,县领导会对你有看法的。"包世达有些担心地说。

"这对北方集团没什么影响,工作我去做。你不用担心,谢谢你的提醒。"说这话的同时,李强的心里很感动。看着这位大自己十几岁的老领导,还像他当村长、当乡长时那样事事为他着想,真不知道说什么好,就那么看着包世达。

"你这么看着我干啥,想咋办你说话,我支持你。"

"有你这句话就行了,我决定退出六号地的招标。你回去通知工作人员,暂停办理手续。"李强的脸上透着坚决。

"那我回去了,就按你说的办。"

送走包世达,李强就去找钟县长。

托娅回到金洲的消息传到丁少中的耳朵里,他马上就让小张安排饭店,买水果,收拾办公室,准备接待托娅。丁少中已经回来两天了,李强已经通知他退出六号地的招标,理由是上级国土局不批,县里给他挨着的另一块地。尽管丁少中在电话里表示不同意,可是李强态度坚决,不容商量,他只好同意。他已经拿了方志南的银行卡,他不想送回去到手的钱,丁少中想到了托娅,想通过托娅来做李强的工作。

看小张都准备好了之后,丁少中给托娅打电话:"喂!你好,包经理吗？"

　　托娅开了大半天的车有些疲惫，进办公室就坐在沙发上。肖作仁给托娅到了一杯茶，说："看样子你是累了，先喝杯茶吧，一会儿就去吃饭。你先看看这个，我一会儿和你说情况。"同时小肖递给托娅一张汇总表。

　　托娅接过报表，一边看一边喝茶，说："我不在家你受累了，这个季度业绩不错——"

　　电话响了，小肖把托娅桌上的电话拿过来，说："你一回来就有电话，谁的消息这么灵通？"

　　"丁经理，你怎么知道我回来了？"托娅有些不解。

　　丁少中一脸的奸笑，眼睛眯成一条缝，说："谁不知道大名鼎鼎的包经理回来，我们员工看你的车进院就告诉我了。我们有近一个月没见面了，晚上咱们两家办公室人员一起聚聚，相互通报一下情况，联络一下感情，给大哥一个面子，让我来安排饭店，行不行？"

　　托娅知道丁少中肯定有事，可是他恭维的话还是让她很高兴，说："丁大哥你就别忽悠我了，谁不认得谁呀。我刚回来，还没处理完业务上的事就去喝酒，这不太好吧。要不改天我请你，我还有事求你呢。"

　　"得了，给大哥一个面子，晚上我安排了，就算是咱们两家的业务联谊会，相关的人员都叫上，行吧？"丁少中进一步说服托娅。

　　其实托娅确实有很多事要找丁少中，想了想，觉得一会儿喝酒把事情说了也行，说："那好吧，大哥的盛情难却，就按你说的晚上大伙儿聚聚吧。"

　　"和妹子办事就是痛快，好了，晚上六点天河饭店见。"

　　"好，天河饭店见。"

　　托娅本来想与丁少中研究落实一下她的新村建设计划，可谁想到除了两个司机以外，其余的人都喝多了，托娅也喝得头昏脑涨，丁少中让人扶着上

了车,嘴里还在喊再来一杯。

第二天下午,丁少中才来上班。办公室小张偷着在走廊里给托娅打电话,告诉她丁少中已上班。不一会儿,托娅手里提着一兜苹果来了,进屋把苹果放在桌子上,说:"慰问一下大哥,为了老妹喝酒,上不了班了,真让我感动。吃点苹果解解酒吧,妹子的一点心意。"

丁少中本来仰在靠椅上,见托娅进屋忙坐起来,说:"不好意思,让妹子见笑了。我一般喝酒不会醉,可是和你喝两回酒,两回都醉了。我和妹子对心情,一喝就多。再说你的酒量也大,我不是你的对手。服了,你真厉害。"

"哈哈哈!我喝的不是酒,是矿泉水,除了你以外他们都知道,他们都保护我,我只喝了你单敬的两杯酒。对不起呀大哥,不是我骗你,我实在是不能喝酒。"托娅说完哈哈大笑,小张也在一边笑。

丁少中这才知道是怎么回事,愣了一下,用手指着托娅说:"好你个包经理,骗了我这么长时间,等有了机会的,看我不收拾你。"

托娅和小张笑得更厉害了。

丁少中指着小张说:"你个吃里扒外的东西,不向着我向着外人。"丁少中嘴上这么说,心里很得意,觉得小张赢得了托娅的信任,看着小张的眼睛,微微地点点头。小张明白丁少中的意思,也故意瞪大眼睛。

"得了,别小肚鸡肠的,有个大哥样,谁当哥哥的记妹妹仇。咱们说正事吧,昨天这酒喝的,啥事也没说上。"托娅说。

"什么正事,你说。"丁少中明知故问。

"李强和你计划要建中心村,我们村两委会研究过了,认为很好,决定开始实施。由于工程很大,当地的小工程队怕是承担不起来,想让你的工程队来承建。"托娅的大眼睛盯着丁少中。

丁少中的眼睛也看着托娅,瞬间,托娅那清澈动人的眼神让丁少中的心头一动。丁少中从来没和托娅这样对视过，也从来没见过这样美丽纯真、摄人魂魄的眼神。此时他忘记了一切，也不知道托娅说了些什么，只是呆呆地看着托娅不说话。

托娅以为丁少中没听明白，说："怎么了，没听明白我说的话吗？"

丁少中好像从梦中醒来，收回目光，不好意思地看看坐在一边的小张，说："你在当地找一个工程队不就得了，还用得着我们大建筑公司？"

"闹了半天你没听明白，不是村委会建房，是建中心村，这是个大工程，等于建一个设备齐全、功能完备、现代化的中心镇。你们原来设计的不是十个中心村嘛，怎么李强走这么两天就忘了？"

"啊，你是说集团农业区中心村建设呀，整个项目还没有启动，十个村的计划还没有拿上来，暂时没有列入集团工程计划。"丁少中不冷不热的，他知道托娅是村长，急于建设中心村，故意表现出对此项目不太关心的样子，想要掉掉托娅的胃口，一个见不得人的计划，逐渐在心里形成。

托娅以为是李强走了，人走茶凉，所以他对农村的项目不感兴趣。想到这，托娅很不高兴，说："丁经理，你啥意思？不想做这个项目？"

"做啊，可是这十个村还没在一起研究呢，还让我去找他们？"

"有什么研究的，各村的情况都不一样，谁拿计划给谁建呗。你是不是嫌项目小不想做？"

"不是，也没人找我呀，你是头一个，就一个村的话，活太少了点。"

托娅有些生气了，把手里的规划和图纸扔在丁少中面前，说："你看看吧，如果嫌活少，我另找别人。"

"你生气了？"丁少中看看托娅笑了，"别人的我不管，你的哪怕是一户我也给你建。让我看看你的图纸，谁设计的？"

"图上有字，自己看。"

丁少中看看托娅笑了笑，也没说话，低头看图纸，说："嗯，挺现代

的,两层楼的小别墅,有车库,有菜园,还有围墙,造价不低呀。什么?要建四百五十套!"丁少中惊讶了。

"这只是个人的住房,还有公路、村委会大楼、文化活动中心、广场、公园、老年公寓、幼儿园等等。你算一算,能顶你几栋楼?"托娅很轻松地说,喝了一口水,看手机上的信息。

丁少中震惊了,凭他的经验,这四百五十套住房就能顶十五栋楼,其他的配套工程也有五栋楼的工程量。以前他和李强的规划没有这么大。当然那是针对十个中心村设计的,考虑了各村的总体经济水平。百泉沟是个例外,但是他没有想到有这么大的工程量。丁少中把图纸放在桌子上,带着惊讶的神情打量着托娅,说:"我的包大小姐,下手更狠哪,你知道这得多少钱吗?"

"九千三百万,工期三年,在这期间土地的置换、专业户、困难户的安排需要一些时间。"托娅胸有成竹地说。

"价格呢,你们做预算了吗?"

"县规划设计室和城建设计室同时做了工程预算,这是预算清单,你看看符不符合你的要求。"托娅把一本预算清单递给丁少中。

丁少中看了一会儿,说:"价格偏低,现在每一个季度的价格都不一样。按照这个价格,我们接不了工程。"丁少中知道托娅不懂工程,而且又急于上项目,故意给她出难题,想提高价格。

托娅很了解丁少中,她并不着急,说:"这是按照上个月的价格做的,我们可以每个季度进行一次评估,涨价的部分我补给你,但只限砖、沙石、水泥、钢筋,其他的不管。如果你同意,我们就不对外招标了,再进一步研究;如果你不同意,我们就对外招标。这可是北方集团农业项目区的工程,如果让别人承包,你的面子不好看吧?别人能按照北方集团的规划建设吗?木董事长这一关怎么过?你可要想好,别说我没提醒你。"

托娅的话说到了丁少中的痛处，这让他很愤怒，可他知道，无论如何这个工程一定要拿到手上，否则木董事长不会饶他。想到这，他拿出软磨硬泡、死缠烂打的绝招，说："妹子，你小瞧我呢？这个工程能让别人干吗？打死我也不给别人，费用你还得多给点，谁让你摊上我这个大哥了。"

托娅听丁少中这样说，忍不住笑了，说："堂堂的大经理还想耍无赖呀，你不怕别人笑话你？"

丁少中看看小张，说："我就和你耍无赖，要是别人我理都不理他。"

"我头一回听说耍无赖还看面子，看我好说话吧。"托娅微笑着说，她并不反感丁少中的话，虽是戏言，可话里透着亲近。

这也正是丁少中的高明之处，对于托娅，她手中的权力就是钱，而她的美丽早就令丁少中垂涎三尺。他挖空心思把关系拉到今天这个份儿上就很不错了，说什么也不能把关系搞僵。托娅的这番话已经表明她能够接受对她的恭维和调侃，丁少中进一步表明他的真诚，说："咱们哥们儿有缘，自打你租我的房子开始，我就拗不过你，就愿意听你的，今天的合同就按你的意思签，是赔是挣我认了，谁让我遇着你这个横竖不吃的主了。可是我有两个条件要说到前头。"

"你说。"托娅对丁少中的这番话很满意，可她也知道他是从来不做亏本的买卖，他会找到一些意想不到的说辞来达到自己的目的。

"一是我只做工程，各种手续都由村里来办。二是工程要按三通一平来计价，超出这个条件的工程，按我实际用工来计算价格。这个要求不过分吧？"丁少中说完眼睛盯着托娅，看她的反应。

托娅认真地想了想，觉得他提的要求很正常，说："可以，把你的要求写在合同上。还有什么？"

"没了，你说什么时候签合同？"

托娅抬起头来，说："我们双方再看看合同的具体条款，下午就可以签

了。我还有一个事想求你,希望你别把这个事与村里的工程联系在一起,这是我个人的事。"

"你说,跟我还客气。"丁少中很爽快地说。

"多年来我叔叔和婶婶一直在做买卖,有了一些积蓄,现在想在双青县买一间商铺,开个服装店。听说你的鑫源小区新楼就要开盘,我想给他订一个一百四十平米的商铺,按你们正常的优惠价就行。现在他和我爷爷一起住,我爷爷还不想去,要在老房子住。我还得做爷爷的工作,真是没事找事。"托娅说完喝了一口水,等着丁少中的答复。

丁少中听托娅说要买房,觉得机会难得,他故意像应付一般买主那样说:"让你叔叔先看看,和售楼处定下要哪间,就说是包经理订的,开始售楼时再办手续。我们一般分三个等级销售,内部价、现价和贷款价。你的当然是特价了,可下有机会了,我得狠狠宰你一刀,否则难解我心头之恨。"老练的丁少中说笑着,眯起小眼睛,偷偷地看着托娅。

托娅知道丁少中在说笑,并没有多想,说:"那好,就这样定了,下午我来签合同。"

"小张送送包经理。"在一边的小张站起身来,拉起托娅的手。

"不必客气,哪那么多的说道。要不到我那坐一会儿,经理给假了。"

小张看看丁少中,丁少中微微地点点头,示意她可以去。托娅走后丁少中才想起来六号地的事,他拿起电话,可一想她下午还来呢,又放下电话。

包世达书记接任县国土局局长之后,田美玉任太平川乡党委书记,刘瑞在包世达的大力推荐下,终于被提拔为政府乡长。今非昔比,刘瑞西装革履,腰板挺直,过去的小平头改成背头,由于发丝硬,怎么梳也不往后背,成了个中分,配上个长白脸,显得有些滑稽。托娅和田再新在他的办公室里汇报建中心村的事,刘瑞把刚才看的文件放下,很认真地听着,显得非常重视。

"好，你说，田助理记一下。建设中心村在全县是第一个，是咱们乡的头等大事，乡里要全力配合你们村，你继续说。"刘瑞一副领导的派头。

"主要是两个问题，一是乡里的审批手续，二是中心村的位置。其他的资金和工程队等问题，我都处理完了。至于地理位置，大部分的群众都愿意在河北公路两侧，就是百泉沟一组以东的地方。那里地势高，又平坦，离公路近。但是，那儿都是好耕地。我们想用群众的宅基地置换，腾出来的地要比占地面积大，这需要乡里审查同意，并依法按程序报批。"托娅说完看着刘瑞，等着他的答复。

刘瑞听托娅说完，没有马上回答，看看田再新，说："你是土地助理，说说你的意见。"

"我没意见，这么大一个工程，选一个好的地址是值得的，何况是土地置换，依法报批，我想上级会批准的。"田再新说完，看看刘瑞的脸色。

刘瑞故意沉吟了一会儿，说："两个意见，一是同意村里的选址意见。二是田助理全权办理手续，如果现在开工来不及办理，就以后办理。还有事吗？"

刘瑞的果断令托娅非常意外，她原以为刘瑞会因为过去与李强的矛盾而刁难自己，想不到刘瑞这么大度。托娅很高兴地走了，田再新也要跟着出去，刘瑞叫住了他："田助理等一下，我还有事。"

刘瑞的脸色变得很难看，过去的一幕幕又出现在眼前：李强去当副总经理，他当众给李强道歉；与李强在乡里见面时，他表现得非常的热情，陪着李强喝酒，陪着李强下乡。现在回想起来，这都让他愤怒至极。他觉得机会来了，在他的心中逐渐形成了一个计划。他低头沉默了一会儿，慢慢地抬起头来，说："你让他们先建吧，手续建完再补。乡里准备派你到金洲招商引资，时间一年。你负责的工作要抽时间做，做到两不误，有问题吗？"

"党委开会定了吗？能不能派别人去，我的事儿太多了。"其实田再新

是不愿意离开木青，可是当着刘瑞的面又不能说。

"下午开会研究，你是最佳人选，家在金洲，熟悉情况。你就不要推脱了，有事儿可以回来办嘛。"刘瑞的话不容商量，脸色变得更加难看。

田再新还想说什么，刘瑞看他还站在那里，说："就这么定了，还站那干啥，去做准备吧。"刘瑞说完头也没抬。

第 二 章

  百泉沟的夜晚寂静而又神秘，弯月如钩，淡淡的月光笼罩着家家户户的房子和高矮不齐的杨树、柳树。有的人家已经休息，静静的，没有一点声息；有的人家还在看电视，明亮的灯光划破灰色夜空，不时有开门声、泼水声传来。

  李强家的院子里停着托娅和李强的小轿车，东屋的灯光明亮，李大路和老伴在喝茶、看电视。西屋李强和托娅已经睡下，两个人依偎在一起，儿子小龙睡在一边。

  托娅搂住李强的脖子，说："咋那么忙，半个月才回来？"

  李强也紧紧地搂住托娅的腰，说："快到五一了，建厂的企业和房地产商都抢着征地，我忙得晚上都休息不好，一点空也没有。今天还是借下乡检查北方集团农业区的十个中心村项目顺便回来的。忙的时候不觉咋的，一闲下来特别想你。你听听，完事这么半天了，我的心还在跳呢。"

  托娅附在李强的前胸听，说："都老夫老妻了，还那么激动。啊！心跳得这么快呀？"说完，又狠狠地亲李强，李强热烈地回吻托娅……

  皎洁的月光从窗帘上方的空隙钻进屋子，照在托娅和李强的脸上。托娅躺在李强的臂弯里，说："幸亏今天我回来了，要是明天回来，你又走了，还不知道多少天才能见到你。"

"你签完合同了？"

"签完了，还给我叔叔订了一个门市房，一百四十多平米呢。怎么样，有效率吧？"托娅微笑着侧过身子，用一只手搂紧李强。

"乡村两级都通过你的规划了吗？"李强用手抚摸着托娅的头发。

"当然通过了，这么大的事我可不敢做主。"

"我听说你在村里说一不二，李长玺都得听你的。"

"你听谁说的？我们啥事都得研究，还像你在时那样。像建中心村这样的大事，开的代表会。你是不是诈我呢？说！"托娅用手掐李强的腋窝，李强痒得坐了起来。

"别闹，不是诈你，是吴江说的。没说别的，意思是很佩服你。不过你可得注意了，不要独断专行，办事要注意集体和群众利益。"

"当县长了是不是，给村长说教呢？"托娅有些不高兴了。

"我不是对你说教，人都一样，权力大了容易犯错。"

"那你的权力更大呢，是不是开始犯错了，管上我了？"

"我连乡长都管，更何况你了。"

"在家你就得听我管，躺下，接受审查。"托娅说着就把李强按倒在床上，两个人又搂在一起。

李强挣脱托娅坐起身来，说："别闹了，说正事吧。"

"这就是正事，不在家说单位的事。"

"我这次下乡检查的重点是中心村的占地问题。你要用咱们村哪儿的地，是不是基地西面的闲置地？"李强问。

"你说的那片大坨子，大部分群众代表都不同意，村里定在基地东面的大片地了。睡觉，我困了。"说着托娅侧过身去，背对着李强。

"什么！你们想占那的好耕地！不行，绝对不行。"李强态度变得非常严肃。

托娅也呼的一下坐起身来，说："都是村里群众自己的地，用房基地置换还不行吗？现在不是你当村长的时候啦，不需要群众拥护你了。"托娅说完把头扭向一边，撅着嘴生气了。

李强知道托娅要强的脾气，她是刚当上的村长，很想成就一番事业，就缓和一下口气，耐心地说："你别忘了，我们为了一片好耕地费了多大的劲，群众有了好地，多得了多少钱？再说了，上级国土部门也不会批准。"

"群众自己的地，乡里批就行了呗，那也不是国有土地，你以为我不懂啊？再说了，村里两委会都决定了，改得了吗？群众能同意吗？要管你去管别的村，我的村不用你管。我听乡里的，不听你的。"托娅说完就背对着李强躺下了。

李强惊讶了，托娅的脾气怎么变得这么大，自从他当上副总经理以来，还没有人敢在自己面前大声说话，特别是当了县长以来，人们对他都很客气，托娅的态度让他的犟劲上来了，说："两委会大还是法大呀？当上村长就无法无天了？"

"就无法无天了，你去管别的村吧，百泉沟村不用你管。"

"我先管百泉沟村，百泉沟管不了，别的村怎么管！"

"你那两下子在我面前不好使。"

"你看好使不好使，咱们走着瞧！"

"妈妈，吵什么呀，我睡不着……"

托娅去哄小龙，李强背对着托娅躺下，气得他喘着粗气。

木青在双青县与丁少中分手后，马上回到百泉沟农业基地，因为田再新在那儿，另一个原因是要尽快安排春耕生产。因为宝山县的大队人马全部调到双青县，又在胜利乡和大庙镇建立了两个基地。原来在保山县的刘副经理主管农业，木青主要是配合丁少中建设十个中心村。今天田再新要去金洲，木青在为他打理行装，一边往旅行包里放衣服一边说："怎么乡里的干部也

出去招商,是不是看你家在金洲,在那有熟人,有关系呀?"

田再新低头打着鞋油,说:"这是主要原因,另一个是我有水平。"

"当着我的面还吹呀,你心里高兴吧,这回没人管你可以无法无天了。"木青有意地说田再新。

"你太屈说人了,我是那不遵纪守法的人吗?《在那遥远的地方》这首歌,我都改词了,你听我给你唱:我愿做一只小羊,陪在你身旁,我愿让木青拿着皮鞭轻轻地打在我身上。"

"你是个贱皮子,愿意让我整天欺负你。"

"话是那么说呀,谁不喜欢自己的妻子温柔主动一些呢,隔三差五收拾一顿还行,多了也让人挺苦恼的。"田再新说着实话。

"听这话你挺委屈呀,我可和你说,如果觉得和我一起过太压抑,你早点说话,别等咱们都人老珠黄了,你再棒打鸳鸯。"木青把装好衣服的旅行包扔给田再新,田再新接住。

"咱俩的婚姻是上天安排的,是天意,不能胡思乱想。好了,我等乡里的车来接,忙你的吧。"田再新坐在沙发上,有些恋恋不舍地看着木青,木青也看着他,慢慢地走过来,坐在田再新的旁边。

"你要去的是哪个单位?"

"天河区铁东街道,挂职副主任。离我家很远,方向正好相反,离北方集团近。你有事让我办吗?"

"没有,抽时间去看看我爸妈。"

"我会经常去那蹭饭,告诉你妈有所准备。"

"就认吃,工作不知道干得咋样。"木青还没说完,手机响了。

"喂!李县长,我在家呢。那好,我就出去。"木青合上手机,"李县长要去看看十个中心村的准备情况,要我跟他一起去。"

田再新心里很不舒服,脸色马上变得很难看。李强当副总经理时木青就整天和他在一起，那是工作关系，可以理解。可李强当副县长了，两人还是黏在一起，田再新不由得醋意顿生，呼的一下站起身来，说："你是县长秘书哇，整天跟着人家，注意点身份行不行。人家是政府县长，你是私企经理，想干啥呀？考虑点我的感受不行吗？"

木青并没有发火，田再新嫉妒李强也不是一次两次。木青笑了，说："你小子吃醋了，看来你很在乎我。我不是和你说了嘛，我也是建设十个中心村的负责人，配合丁经理工作。这次下去主要是看看各村建房用地情况，我是代表北方集团的。"

"你总是有理，注意点形象，别让我太难看了。我不等乡里车了，你送我吧。"田再新想马上走，不想看见李强。

"李县长马上就到了，我怎么送你，你等一会儿吧。车来了，我得走了，有事打电话吧，拜拜。"木青拿起手包出了门，刚好李强的车来到基地大门口，木青上车走了。

田再新在屋子里看见小车开走了，浑身无力地瘫坐在沙发上，呆呆地看着窗外。

丁少中拍得六号地，主要是为了方志南的二十万，他也知道这房子是方志南的。经过和国土局包局长协商，除六号地的耕地部分，个人的房屋占地可以出让。丁少中接受了这个条件，他既要付出让金，还得付个人房屋补偿费。丁少中手下有三个大工程队，留在金洲一个，那里还有一个楼盘，调到双青县一个，另一个调到百泉沟村。已经办完五号、六号地的出让手续，只剩下个人的补偿没给。工程队的机械已进入五号地，大型挖掘机开始挖吊塔地基和厂房地基，一些工人在安装活动板房。

丁少中领着两个财会人员来到了六号地的两家住宅前，他先让财会人员进屋，自己在外面给方志南打电话："喂，方大哥，我到你亲戚房子那了，准备把手续办了，卡我都带来了，按你说的六十万。"

手机里的声音:"谢谢了,我都和他说好了,他当你面要六十万,你往下抹点,他也不会同意,这都是给你的工作人员看的。之后你让他在合同上签字,真卡不要交给他,晚上你给我送来,咱们老地方见。给他一个没用的卡,别让你的人看见。他有点不明白,不要和他说得太多。"

"好,我明白了,晚上见。"丁少中合上手机,从上衣兜里拿出一个空白卡看了看,又把它放进兜里,回头看看没有人,慢慢地进屋了。两个财会人员正在和一个四十多岁的老男人说话,老男人一副农民打扮,方正的脸上布满了皱纹,一双大眼睛没有神,也许经常不来人的缘故,待人还很热情,边说话边下地去拿已经掉了把的喝水茶杯。财会小李一看茶杯脏得看不见本色了,忙说:"我们都喝水了,不用沏茶,抓紧时间算账吧。"

丁少中问:"老哥贵姓,叫什么名字?"

"我姓张,叫张鹏。过去尽看瓜了,人们给我起个外号帐篷。这回又看房子。"张鹏边说边拿过一个凳子让丁少中坐下。

"你这房子拆迁要多少钱?"丁少中问。

"六十万,少一分不给。"张鹏一边卷旱烟一边说。

"给你四十万行不行?"小李说。

"少一个子免谈,别跟我废话,我脾气不好,急了我打人。"

"五十万怎么样?"丁少中笑着说。

"走人!出去!少六十万别来了。"

丁少中看看小李,说:"把卡给我,你和他办手续。"

小李把银行卡交给了丁少中,又拿出合同和笔,把合同放在张鹏面前,说:"你在这签字,之后我们就付钱。"

另一个财会人员帮着拿饭桌上的水杯,趁这个机会,丁少中把银行卡放在右边的兜里,又从左边的兜里拿出空白银行卡,走到张鹏跟前,说:"看着这个卡了吧,里面有六十万,你可以随时到工行取钱。签完字这个卡就是你的了。"

张鹏一看是真的银行卡，马上拿起笔在合同上签字，回过头来接丁少中手里拿的银行卡。

丁少中故意把银行卡移开，说："我得看看你签的字写得咋样？"

"我一个农民能写咋样，嫌不好那咱们的买卖就算黄，省得我没处去了。"顿时张鹏脸色很难看。

丁少中一看张鹏的神色，马上把银行卡交给了他，说："你要拿好这个哇，怕丢交给你的家人。"

"我哪有家人，就有一个亲戚还挺远，你们可能知道。"张鹏正想说。

丁少中忙说："这事你不能乱说，亲戚也不能告诉，你要是说了，有人来找我们，我们就不买你的房子了。"

"我不说，和谁也不说。"张鹏下保证。

丁少中对两个财会说："咱们走吧，以后再去另一户吧。"

挨着的另一户姓高，家里三口人，两口子领一个孩子。男人名叫高明，个子不高，瓜子脸，长得黑瘦。他看见有几个人进了张鹏的屋子，知道这几个人是来拆迁的，他马上回到屋子，对坐在炕上的爱人说："拆迁的到那院了，会儿肯定到咱们家来。你说咱们的四间房子能要多少钱？"

"还不要他二十万，少了咱不给他们。"女人放下手中的活说。

"二十万太多了吧，十五万能给，咱们就卖了。"

"不要白不要，少了谁领你的情啊！"

"可也是，谁不想多要点，那就死卡二十万。咱们俩要口径一致，别说出两个数来。"高明站起身来往大门口走。

高明到了门口，四处一看，周围没有一个人。他赶紧到张鹏住的屋子里。见张鹏手里拿着一个银行卡，他忙问："你的房子拆迁了？你拿的银行卡是不是才给的？"

张鹏很大气地说:"是才给的,咋的,他们没上你家去吗?"

"没有哇,咋回事呀,占你家的地,就得占我家的地呀,也不能隔着占哪。给你多少钱?"高明迫不及待地问。

张鹏忙把银行卡揣在兜里,说:"这不能说,来的人告诉了,说了就不买房子了。"

"你真是个二百五,钱都给你了,害怕啥呀。合同呢,没给你吗?拿来我看看。这个是吧?"说着高明拿过合同看起来。

"我的天哪,给你六十万,那我的房子最少也得给二十五万。我看你的银行卡,真的假的,你快给方主席送去呀,别弄丢了。"

张鹏慢吞吞地从兜里拿出银行卡,有些不情愿地交给高明,说:"一个银行卡有什么好看的,上面也没有字。"

"我看看是不是假的。"高明仔细地看着,"倒是个真卡,告诉你密码了吗?"

"什么密码?没告诉我。"

"我的天哪,说你也不明白,你快给方主席送去吧,是假的你也整不明白。"高明把银行卡交给张鹏。

张鹏赶忙下地,说:"那我得找方主席去,我可整不了这事。"

高明也跟着出来了,说:"房子卖了,这回你还上哪住去?"

张鹏长出了一口气,说:"没地去了,回老家吧。"

"找方志南去,白给他看这些年房子了,完事就赶回家?美死他了。他不管你,你就把他的损事说出来。"高明说。

张鹏无力地摇摇头,说:"人家没白用我,供我吃的呢。"

"你吃的是啥呀,简直就是喂一口猪。"高明气不公地说。

美丽的金洲是一个省会城市,具有"内地的江城"之称。高楼林立,宽阔的马路,流水一样的汽车,构成了现代大都市的雄姿。田再新从小就生长在这里，过去他不觉得这个城市有什么特别之处，自从下到农村两年来，每次回来都觉得变化很大，特别是这次带着任务回来，更让他为自己所在的宏伟现代化的大都市感到自豪，对它充满了期待。田再新挂职的天河区铁东街道和北方集团在一个区，两家相隔只有一公里，田再新坐在他的办公室里可以看到北方集团的大楼。田再新来到金洲，分别回了自己家和木青的家，之后才去铁东街道报到。

街道领导对他非常重视，专门派主管工业的副主任陪同他参观区内的工厂、企业、大型商业机构等。参观完区内的企业之后，田再新根据自己所选的企业再去进行考察，去做具体的工作。单独走了两天，没有什么效果。有的企业老板根本不见他，见了也不搭理他。十天过去了，招商工作没有一点进展。他又联络了在金洲的同学，并且请他们吃饭。可他的同学都是教师、银行职员和工人，没有一个能帮上忙的。田再新信心受到了打击，他待在宿舍里没事干，出来走走。大街上，流水似的车流让他更加心烦。他抬头远望，"北方集团"四个大字非常醒目地矗立在大厦的顶端。他忽然想起丁兰在北方集团的售楼处工作，找找她应该行，就是不行，到一起聊聊天总可以吧。在田再新的内心深处对丁兰还是有一种说不出的感觉。田再新打开手机，找到丁兰的号码，想了想拨了过去，听到拨通电话的嘟嘟声，田再新心里有些激动。

"喂，哪位？"电话里丁兰的声音。

"丁兰吗？我是田再新，你好吧？"田再新微笑着说。

"知道是你的电话，我怕是木青打过来的，所以问一下。怎么想起来给我打电话了，木青有事不在家吧？"丁兰说完咯咯地笑着，售楼处没人。

"我在金洲呢，就在离你们售楼处不远的铁东街道办事处。晚上有空吗？出来坐坐？"田再新试探性地问，因为半年多没见了，也不知道她现在是什么情况。

"还真有点事,手头上的活还没完,晚一点行吧?"丁兰故意说有事,还要他等得晚一点,想试试田再新对她还有没有意思。其实丁兰心里一直对田再新有好感,尽管他结婚了,她的心一直没有变。

"没事,多晚都行,别让你男朋友找上门来就行。"田再新来个火力侦察。

"木青不在你又胆肥了吧,我哪来的男朋友。想找你当,还把你吓跑了。对了,你到街道办事处干什么?"丁兰问。

"到街道办挂职招商引资,时间一年。"

丁兰听他说是招商引资,停顿了一会儿没有说话。

电话里传来田再新的声音:"怎么了,说话呀?"

"啊,我们见面再说吧,你选地方,就近吧。"丁兰回过神来说。

田再新四下看看,说:"到兰亭酒家吧,离你我都不远。"

"好吧,我们六点见。"

"好,六点见。"

兰亭饭店最里面的一个小包间里,田再新早已点好了酒菜,坐在桌前等着丁兰的到来。他不时地看手机,已经六点过十分,丁兰还是没有来,刚想要拨电话,丁兰开门进来。

田再新站起身来,丁兰把手包放在桌子上,回身走向田再新。田再新早已把手伸过来,丁兰没有和他握手,而是用手搂住田再新的脖子,用力地拥抱他。田再新没有准备,愣住了,当丁兰的头发挨着他的脸颊,感觉到前胸软软的时候,才明白是怎么一回事。他下意识地用两手去搂丁兰的腰,可是丁兰却放开手,回到了桌前坐下,一边脱外套衣服,一边说:"很长时间不见,我挺想你的。看你那木头样,让木青进化了吧!哈哈哈。"

丁兰这么没有拘束,田再新也放松下来,说:"你还是那么美丽动人,更大方高贵了,这两年你成熟了很多。"

"你也显得更加成熟了，还当上了乡里的农业助理，可我还在替集团卖楼，我们不在一个档次。"丁兰有些伤感。

"不能这么说，你是当老板的材料，一旦有了机会，你会飞黄腾达的。"田再新有些恭维。

"得了，还让不让吃饭，这咋还互相吹捧起来了。"

"可不是，你喝什么酒？要不咱们喝白酒？"田再新来了情绪。

"啤酒，喝白酒醉了你送我回家呀？"丁兰故意逗田再新，说完还用深情的眼神看看他。

此时的田再新心情很复杂，原以为丁兰不会太理会他，因为自己与木青结了婚，可丁兰的表现让他意乱情迷。田再新倒满酒，举起酒杯，说："谢谢你能给我面子，过去对不起你了，请你原谅。干了这杯酒，一切都过去了。"

碰了杯，丁兰没有喝，端着酒杯说："我们是有缘无分，你爱的是木青，对我只是好感而已，我心里清楚。你不用自责，我不恨你，这种事对任何人都一样。来，干杯，一切都过去了。"

今天丁兰之所以来，主要是对田再新的招商引资感兴趣，当然对田再新的好感依然存在心里。丁兰给田再新倒酒，说："你来招商引资，怎么招，让企业去你们县办厂子？"

"对，就是这个意思，我来就是联络这事的。你认识的朋友多，给我介绍一个呗。"田再新认真地说。

丁兰手端着酒杯沉默了，像是自言自语："我倒是有一个朋友，他说要到外地去办个厂子，也不知道还去不去了。"

"你给问问，不行把他找来喝酒。"田再新急切地追问丁兰。

"八字没一撇的事，等我的信吧。来，喝酒。木青不在，你放开量喝吧，我看你有多大的能耐。"丁兰用火辣辣的眼神看着田再新，似乎有意挑

逗他。

"你还不知道我那两下子嘛，不过今天得多喝点。过去有机会和你在一起，可是没有机会喝酒。可下有机会了，你说咋喝吧，今天我听你的。"田再新没有想得太多，只是觉得木青不在，没了拘束，可以和丁兰大喝一场。

"好！这可是你说的，我让你喝多少你喝多少，让你干啥你干啥。君子一言，驷马难追。来，再干一杯。"

田再新迟疑了一下，说："我豁出去了，干杯！"

其实丁兰已经与投资买楼的韩平同居，韩平是通过买楼和丁兰认识的，一栋楼买下来装修完后，两人就住在了一起。韩平人长得很白净，是个小帅哥，大丁兰五岁。丁兰只知道他投资买楼，他哥哥开了一个电动车制造厂，其他的一概不知。由于韩平不在家，丁兰和田再新每天都在一起喝酒，招商引资的条件丁兰已经了如指掌，两个人的感情也直线上升。一天晚上，喝完酒之后，酒劲上来了，两个人早已忍无可忍，找一个就近的小旅馆开了一个双人间。

由于韩平半个月没回来，丁兰心里想得发慌，见到田再新早已情难自禁。加之她对木青的成见，想用这种方式报复木青。最主要的是田再新来招商引资，让她心里有了一个很大的计划，这个计划必须得由田再新来完成，因此她显得更主动。田再新则不然，他主要是很喜欢丁兰的风骚，加上长时间不在木青身边，他有些难耐，丁兰的挑逗，让他内心欲望的大堤早已坍塌。两个人进了旅馆，关上门，不顾一切地抱在一起，边亲吻边脱衣服……

田再新怀里搂着丁兰，喘着粗气，说："你还没结婚，这对你不好吧？"

"我什么都给你了，你能像我一样，为了我的事竭尽全力吗？"

"能，有什么事你尽管说，我绝不说二字。"

丁兰用手搂住田再新的脖子，亲吻着田再新的脸说："我就是喜欢你，虽然不能和你一起过，能得到你我就心满意足了。"

田再新此时想起了木青，心里五味杂陈，应付着丁兰："我也喜欢你……"

丁少中的工程队已经进入百泉沟基地，就等着村里下令施工。由于丁少中在双青县，这里由木青负责施工。村里在开建房前的最后一次群众代表大会。听说是建房的事，代表来得非常齐，木青也参加了会议。李长玺、托娅、木青坐在前面，面对着群众代表。

李长玺和托娅耳语了几句，李长玺宣布开会："大家静一下，现在开会了。今天的会就一个议题，建设中心村，就这个问题已经开过一次会了，为了慎重起见，我们再次讨论表决，拿出具体实施方案。木经理已经来了，就等着我们的具体方案出来马上开始施工。下面请包村长给大家介绍详细情况。"

托娅翻开笔记本，说："上次通过这个方案之后，两委会根据群众代表的意见又做了一些修改，大体上有这么几项：一是中心村建在集团基地东的大片地，还是建在基地西的坨子上。二是中心村相关配套设施的费用，公路、排污、沼气、绿化、文化活动中心、幼儿园的建设费用都由村里出。个人建房村里负责百分之五十，就是村里拿一半的钱。房舍分三个等级，一等的二百平米住房共两层，有车库，仓房，一百平米的菜地，总面积六百平米，造价为二十万元，个人出十万元，分两年交齐；二等的住房一百五十平米，就一层，其他的设施与一等住房一样，总面积也是六百平米，造价为十五万元；三等住房一百平米，就一层，有仓房，没有车库，其他的和一等住房一样，总面积六百平米，造价十万元。需要说明的是，村里负责百分之五十的资金里包括了对旧房子的拆迁补偿，所以要求要新房的住户必须把原宅基地腾出来种地，有多少面积算你个人的，交给北方集团或者自己种都行，这个要和各户签合同。下面大家开始讨论吧，一项一项来，先确定地址

设在哪。"

"盖这么好的房子，那就得用好地，整到那沙坨子上白瞎了，一刮大风满院的沙子，我可不去。"吴凤海带头说，说完了眼珠乱转，看着几个领导。

"就是，一辈子盖几回房，再说了，往东盖也没离开原来的正街，盖到坨子上，那里还有八路坟在那儿，人家能让啊？"

"对，用好地建房，我同意。"

"我也同意，就用村东的地建房了。"

这时疯子赵玉柱突然闯进大会议室，说："谁叫你们开会了，我赵村长没发话你们就敢开会，想造反哪？"

李长玺大声地说："快把他拉出去！"

赵凯忙和另一个青年把赵玉柱拽出大会议室。

李长玺示意托娅，托娅清了一下嗓子，说："好了，大家举手表决吧。同意在大片地建房的人举手。"

"丽丽查一下人数。"

丽丽站起身来清点人数："一、二、三……一共三十九人。"

"同意在坨子上建房的人举手。"

丽丽接着清点人数："一、二、三、四……一共十五人。"

托娅和李长玺低头研究了一下，托娅大声说："就按多数人的意见，建房地址就选在大片地了。大家看看这个建设方案行不行，如果没有意见，明天到刘会计那报名。"

"我们现在的宅基地都有三四亩地，就给六百平米也太少了吧。"一个代表说。

"占人家好地不还人家吗？"

"你占人家地不还人家，尽可着你呢？"

"困难户咋办，每年拿两三万费劲哪。"一个困难户说。

托娅听群众这样说，说："村里以后再研究困难户的问题，先看看这个标准吧。村里也是尽最大的努力了，你们看是不是合理。"

"公平合理，让自己选择，那还有啥说的，我没意见。"

"我可听说了，占耕地的手续不好办。"吴江说。

刘福田说："群众盖房子，乡里批准就行了，手续有什么不好办的。就是县里批也没有事，那儿还有咱们李县长呢，怕啥呀。"

托娅听了这话，气不打一处来，心想群众还拿他当宝贝哪，在坨子地建房就是李强的意见。想到这，她心里觉得没底，真不知道李强会做出什么举动来。她马上大声说："行了，大家别讨论了，都回家里去研究，明天报到村里就行。散会！"

代表们都走了，屋里只剩下木青、李长玺和托娅三人。几个人沉默了一会儿，托娅叹了口气说："咱们村的事难办了，上级的意思是让我们把中心村建在南坨子，还说咱们村是个典型，别的村都看着咱们。今天群众又是这个意见，你们说咋办吧？"

"向乡里汇报情况，看看乡里是个啥意见。托娅和木青去吧，刘乡长一见着我啥事都黄了，我俩犯相。"李长玺微笑着说。

木青说："也只好这样了，下午就去。"

托娅点点头，说："好吧，下午去一趟，乡长答应就好办。"

刘乡长的办公室里，托娅和木青坐在沙发上准备汇报上午的会议情况。刘瑞仍然梳着中分头，满脸带笑地看着托娅和木青。

"这两位女中豪杰一起来了，一定是有大事，你们是为了中心村用地的事来的吧？"刘瑞一边给她俩倒茶一边说。

"乡长就是乡长，我们来干啥都知道，看来你是心里有谱了。"托娅见刘瑞的态度很好，加之上次他对村里的支持，说话也就显得不外。

刘瑞则不然，他对托娅的印象还好一些，过去没有和她有过什么直接的冲突，而对李强他是越来越难以忍受了。他一直觉得如果没有李强，自己早已是书记了。更令他难以忍受的是，李强让他在包书记和县领导面前受辱，他铭记在心，这口气不出，就觉得在干部们面前抬不起头来。百泉沟中心村的建设，让他看到了一个绝好的机会。农村建设用地是乡里负责，百泉沟是第一个搞中心村建设的村，托娅又是个争强好胜、一心为群众的村长，她一定会听乡里和群众的意见。而李强是县级领导，遵守法律，顾全大局，执行政策时一定会和基层干部有冲突。因此，刘瑞格外热情，说："说真的，这可是乡里最大的事，在全县也是个大事。这点事是白天黑夜都在我的脑袋里转哪。你们说吧，有啥要求。"

"好，刘乡长就是痛快。包村长说说吧，她是领导，我是干活的。"

"村里开完代表会了，选址、建房标准也定了，就等着开工，可是规划、土地手续都没办呢。人员全部到位，再不开工，我们违约会被罚款，你看怎么办吧？"托娅显得很着急。

"我负责土地的事，你们不用找别人，就按照村里的规划先开工吧，田再新回来之后给你们补办手续。"刘瑞很爽快地说。

"如果我们动工了，县里要是干预怎么办？"托娅不安地说，她没有说出李强对此事的意见。

"开工！出了事我顶着，要不要抽调人手帮忙？用人说话。"刘瑞非常果断，显得很有魄力。

今天丁兰的衣着打扮非常的时尚，坐在自己的办公桌前给田再新打电话："喂，田再新，你今天别给我打电话了，中午韩平回来。你的事我和他说说，如果他有兴趣，我们晚上见你。"

田再新很理解地说："别太忙了，明天见也行。这么多天才回来，两人好好热乎热乎，我就先别掺和了。"

"你不吃醋哇？那我可就和他说你的事了。"

"招商是正事，别玩疯了，把正事耽误了。"

"那好，拜拜了。"

丁兰没等下班就去车站接韩平，两个人先在饭店吃了饭，之后匆忙回到韩平的家，一阵亲热之后，韩平觉得丁兰较平常热情，搂住丁兰的脖子仔细看她的脸，说："你今天好像很高兴，我不在家有什么好事？是不是……啊？"

丁兰趁机亲韩平的脸，说："人家想你了，一走就是半个月，什么忙事这么多天不回来？"

韩平听丁兰这么说，觉得也是，这么多天把丁兰扔在家里，真有些不够意思，说："对不起，我哥哥那的电动车库存较大，最近出货量多，我帮忙了，不然早就回来了。"

"好了，回来就行了。我和你说一件事，双青县来了一个干部，到咱们这招商引资。我认识这个干部，我在那儿种花生时他是副村长，去年被聘为农业助理。他提出的条件，我觉得咱们可以试一试。"

"什么条件，你详细说说。"韩平对此很感兴趣。

"缴纳土地出让金之后就可以建厂，二年免税，土地厂房可以抵押贷款，可以转让。咱们用你哥哥的执照注册办厂，用我叔叔的资金，再用李强的关系跑跑贷款，准能成。你敢不敢干？"丁兰说完看着韩平的脸色。

韩平听丁兰这么说，他真的动心了，心想这比买卖楼房来钱快多了，自己手里那点资金也只能买三四栋楼，真就不如办一个厂子挣钱多。如果银行能贷出款来，那就可以干。他想了想对丁兰说："如果你叔叔能临时垫付一些资金，我哥哥的营业执照没问题，就看你这经办人咋样了。"

丁兰下保证："我叔叔那我去说，县里的主管人是李强，找他就行，我种花生的时候，他是乡长，后来又去当了北方集团的副总经理，我们很熟

的。"

"晚上见那个田助理，谈好了我们就去双青县。"韩平的语气坚定。

丁兰也有她的想法，见韩平同意了，她非常高兴，又搂住韩平的脖子，说："我还想要……"

"等晚上吧。"

"不嘛，现在就要……"

托娅和木青都在农业基地的办公室里，图纸放在桌子上，两人研究从哪里开始动工，出来进去的工人都在忙着检修机械。

托娅指着图纸上的标位说："你看这是公路和排污排水系统，我看就先从这里开始。几个挖沟机到位？"

"两台，足够用。机械已经保养完，可以马上动工了。"木青说。

"地还没有化吧？"托娅有些担心地说。

"没问题，一样挖得动。"

"那好，我们先开始挖，直径八十公分的水泥管能马上到位吗？"

"打电话就给送来，现在是万事俱备，只欠你的一声令下了。"

"好，马上开工！小王，木桩钉好了没有？"托娅很兴奋。

"早就钉好了，就等着你下令了。"工人说。

木青和托娅一起来到工地，挖沟机早已整装待命，木青一挥手，立刻马达轰鸣，挥舞着大铲深深地抓进地里，挖起一铲土轻轻地放在一边，不一会儿挖出一条深沟。木青和托娅在一旁看着，笑着大声说话。木青的手机响了，她没有听见，托娅听见告诉他："你的手机响了。"

木青没有听清，说："你说什么？"

"你的电话响了，聋了？"托娅大声说。

木青打开手机："喂，李县长，有什么指示？你大点声，我这机械干活听不清。"

李强在手机里听到了大型机械的声音，猜测中心村建设可能开工了。他大声问："你们在干什么，这么大的机械声？"

"百泉沟中心村建设开工了，现在正在挖公路排水沟。你有什么事？大点声说，我听不见！"木青大声地喊，托娅在一旁听得清楚。

李强忙问："中心村设在什么地方？"

"基地东大片地上。"木青回答。

李强最担心的事就是中心村的选址，他知道托娅的性格，她一定会坚持自己的意见，所以才打电话给木青，询问情况。李强有些急了，大声说："你赶快停下来，告诉托娅中心村地建在那儿不行。"

"我得听托娅的，她让在哪儿建，我就得在哪儿建。要不你和她说吧，我把电话给她。"说着木青把电话交给了托娅，"李县长的电话，找你，选址的事。"

李强的电话打给木青，有事不直接打电话给她，这让托娅很不高兴。也由此想到了李强在担任副总经理的时候自己对他的怀疑，托娅没好气地说："啥事？给木青打电话，还找我干啥？"

听托娅的语气这么强硬，李强的犟劲也上来了，说："你真的在大片地上建村？我白和你说了！咱们坨子地那么多，怎么能占耕地呢？再说了，占用耕地搞建设项目是需要依法逐级呈报省级政府或国务院审批，之后才能动工的，你想犯法吗？"

托娅气不打一处来，说："我们用群众的房基地置换还不行吗？乡里能批准的事，报什么国土资源部哇？再说了，后报材料还不行吗？你说啥是啥？你县长官大呀？我们听乡里的，刘乡长批了，你找他吧，跟我说不上！"

"什么官大官小的，都得依法办事。我以县政府的名义通知你，马上停工，否则你要负法律责任，别说我没告诉你。"李强生气了，因为屋子里还

有钟县长,这让他面子上有些不好看。

托娅不光是气村址的事,对木青的醋意让她的态度变得强硬,说:"经群众代表同意,我们开工了,你说咋办吧?"托娅说完关上了手机。

第 三 章

　　李强气得当着钟县长的面把手机扔在了办公桌上。钟县长愣了一下,说:"你这是和谁发这么大的火?"

　　李强气呼呼地说:"当个小村长还无法无天了,什么手续都没有就要建中心村,说她还一身的理。"

　　"哪个村的,这么牛性,敢和李副县长叫板?"

　　"有谁呀,百泉沟村的呗。"

　　"村长不是你的老婆嘛,她敢不听你的?"

　　"一条道跑到黑的野马,胆子比南瓜还大,不撞南墙不回头。"说着他又把手机拿起来打电话。

　　"喂,木青,你先把机器停下来,等事情一定了再动工。"

　　木青拿着手机对托娅说:"李县长让停下来,我看先别干了,等你们研究完了再动工吧?"

　　"不行,接着干,你给我干活为啥听他的?你们合伙欺负我呀?"

　　"李县长,包村长不让停啊,我得听她的,对不起了。"木青关上手机,对托娅说:"我和李县长说了,接着干。不过,说是说,还是先停下来吧,等你们意见统一了再开工也不迟,不差这一两天,省得你们两个闹别扭。"

木青说的是真心话,可托娅认为木青这是在要两面派,当她面表现得很友好,背地里和李强串通一气,给自己出难题。想到这,托娅的醋意大发,要是在从前她会选择忍让、回避,可她现在觉得自己是村长,是经理,全村群众看着呢,不能任由别人左右这个决定,不能在群众面前丢面子,要不怎么和群众解释。托娅对木青说:"你先干着,我去找刘乡长。"托娅说完开车走了。

木青见托娅走了,马上给李强打电话:"李县长,我可说不了托娅,再说就冲我来了,你快想别的办法吧。"

"我知道了,你该干啥就干啥吧,我另想办法。"

木青放下电话,觉得这事要麻烦,她走过去对开车的司机说:"你们先慢点挖沟,等村里的手续办了,咱们再快干。"

今天百泉沟的天气格外晴朗,街上的行人很多,大多是两口子,都匆匆地奔向村委会。村委会的大院子里,三五成群地在研究哪一种房子适合自己。大会议室的墙上贴着三种房舍的立体图,人们围在那看。负责选房登记的刘福田和张丽丽被群众围着,只看得见报名群众的后背,看不见刘福田和张丽丽。

"别喊,一个一个来。田仓,你要几等的?"刘福田大声说。

"我要一等的,要两栋行不行?"

"和父母一起住的不能要两栋,只能要一栋。想要两栋的,村里只给一栋房的补贴,另一栋自己出钱。"刘福田解释。

"张桂生。"

"我要二等的,就两口人,住不了那么大的房子。"

"王柏林。"

"我要一等的。"张丽丽记着。

这时疯子赵玉柱又来了,他头上戴着一顶蓝色的帽子,身上的衣服也看不出是个什么颜色，脏得油黑发亮。他也往上挤，人们看他挤过来都躲开了。

"挤呀挤，挤香油，挤出来屉屉换糖球，挤呀挤……"

"老通，你给我出去，听着没有！"一个小青年大声喊。

"挤呀挤……"

"快把他整出去，来福和小跟子，你们俩把他拖出去，快点！他在这还干不干活了。"刘福田大声喊着。

赵玉柱被拉出去了，人们又开始登记想要的房子。

一辆标有土地监察的小车疾驶而来，直奔百泉沟建房现场。挖沟机还在干活，小车停在了挖沟机前面，敖特根股长和三个工作人员下车，把司机叫下车来。

敖特根很严肃地问："你们的领导呢，把她叫来。"

司机给木青打电话，木青马上就来了。

敖特根问："你是这里的领导？"

"对，我是建筑队的负责人，有什么事吗？"

"谁允许你们施工？村里建设用地的手续办了吗？"

"这你得找村里领导，我不知道，我们是干活的，村里让干我们就干。"木青边说边打量着几位工作人员，她心里明白了，这是李强派来的，看来事情要麻烦，得少说话。

托娅就在基地院子里，早已有工人告诉她土地监察来人执法，没等人找，她开车直奔工地。

木青见托娅的车开过来，说："村长来了，你们和她说吧。"

托娅下车，来到敖特根等人跟前说："我听说你们找我，有什么事吗？"托娅表情很严肃，心里已经明白这是怎么一回事了。

敖特根说："我们是县国土局土地监察股的，你们未经上级国土部门批

准,擅自占用耕地建房,已经涉嫌违法用地。好在你们刚开工,没有造成严重后果,所以对你们免于行政处罚。这是停建通知单,请你遵照执行。"

托娅看看通知单,说:"我们没有擅自占用耕地,是经过乡里批准的,县里也知道建中心村的计划,怎么说是违法用地呢?"

"你们占用的是耕地,没有批准手续是绝对不允许建房的。"敖特根说。

"我们是用宅基地置换,这是上级允许的。"托娅说。

"你的置换规划呢,有图纸吗?就是有图纸,也要先报批。乡里领导答应不好使,就是县里领导答应也不行,村里必须有书面手续。马上停工,赶紧报批手续,之后再开工。"

"刘乡长答应由田再新经办,手续在乡里,你们去找刘乡长吧。"托娅说。

"我们就找建设单位,不找任何领导,要看手续。"敖股长说。

"那好,我们马上上报手续,这样行了吧?"托娅问。

"上报手续的时候,不能报耕地,只能报闲置地。报耕地,县里也不能批,得报国土资源部,批不批还不好说。"敖特根说。

"这是谁的意见?"托娅问。

"主管土地的李县长的批示,县国土局的意见。"敖特根微笑着说。

托娅气得脸色煞白,说:"李强,我和你没完,你等着,看咱们谁难看。"

木青过来问:"还挖吗?"

托娅没好气地说:"停工,还挖啥呀!"

建房停工的消息马上传遍了全村,地点改在南坨子,这让群众炸了锅。村委会报名现场立刻乱成一锅粥,人们停止了报名,都来到大会议室里,也听不清谁的声音。

刘福田见状马上到外面给托娅打电话："喂，包村长，有人说地点改在南坨子，刚才报名的全都退出，现在村里乱成一锅粥了。你快来吧，要出大事了。"

托娅送走县国土局的人，站在新挖的沟前发呆，刘福田的电话更是火上浇油，托娅对着电话大声喊："出什么大事，都退出就不建房了，还能咋的！我这就过去！"

托娅上车走了，木青担心会出什么事，拿出手机给李强打电话："喂，李县长，你在忙吗？"

李强在自己的办公室里，说："啊，不忙，你有事吗？"

"刚才县国土局监察股长来过了，叫停了百泉沟的中心村工程。我看托娅的情绪有些激动，是冲你来的，你可要注意了，不要把事情搞得太僵了。我看不是太大的问题，耐心地做做工作吧。有些事我不好深说，她对我有一些误会，你得注意点。"

"是呀，依托娅的性格，这种事她是很难接受的，当上村长了，要面子。我倒是担心她和乡亲们的感情深，对群众既得利益的要求分不清，她的决定会影响群众。我尽量做她的工作吧，谢谢你的关心。"李强很感谢木青的提醒，这让他想起他当副总经理时的一件事。

总公司召开董事会，在三楼的走廊里，木青假装去洗手间，李强最后一个来，木青出来叫住李强："等一会儿我爸问你对区政府领导销售南苑第三栋楼的事，会问你和我哥研究没有，你就说研究过。"

李强有些不明白，说："这么说是为什么？"

"你就听我的，过后我再和你解释，时间来不及了，请你相信我，听着没有。快进去吧，就等着你了。"木青说完又在洗手间磨蹭一会儿，等李强进去了，才慢慢地回到会议室。

会议室里的气氛很严肃，木董事长的脸色非常难看，他宣布开会之后，

重点讲了房地产的经营、效益和存在的问题,讲到政府干部买楼的事时,很生气地问李强:"李经理,你知道政府干部买四套房的事吗?"

李强抬起头来,说:"知道,木总和我碰过头。"

木董事长长出了一口气,说:"这件事下不为例。丁经理,你要注意了,今后不论哪个领导答应卖人情楼,都不行。再出这事,你就干到头了。"

会后木林在一个不常去的饭店宴请了李强,当然木青也在,李强这才知道如果李强不说话,所有的责任都是木林的。木林上了丁少中的当,这是他张罗的,他从中领了人情,可是责任是木林的。从这件事以后,木林很感激李强,同时李强也对木青更多了一层了解。

电话铃声打断了李强的回忆:"喂,我是李强,什么事你说。"

刘瑞在他的办公桌前打电话,托娅坐在旁边的沙发上,说:"我是刘瑞。李县长,有这么个事呀,乡里批了在百泉沟建中心村,田再新马上就办手续,你看先让他们开工吧,工程队到位了,不开工是要罚款的。这是咱们家乡的事,搞那么认真干啥?包经理就在我的办公室呢,你看她急的眼睛都红了。"

"刘乡长,你应该明白,不让开工不光是因为没办手续,最主要的是占用好耕地。这得国土资源部批,未批先建是违法的。再说了,让群众种耕地不好吗?你告诉她,不许占用耕地,还要先办手续,别的条件不用讲,没事我挂了。"李强说完就挂了电话,电话里的声音很大,托娅听得很清楚。

刘瑞放下电话,看着托娅说:"一点商量的余地没有了,你们咋闹得这么僵?看来占耕地是主要的,办手续还在其次。建这么高标准的中心村,不用好平地真是可惜了。我是无能为力了,你看看群众吧,群众非要在大片地建房,上级也没有办法,再说还用原来的宅基地置换。"

托娅一句话也没说就走了,头也没回。

百泉沟村委会的院子里，大会议室里都是群众，吵吵嚷嚷的，一片混乱。托娅的小车开进院子，人们静了下来。托娅下车直奔大会议室，来到刘福田面前，说："怎么回事？报名的多少户？"

刘福田慢吞吞地地说："刚报了三十五户，一听说要盖在坨子上，都退出了。这不人都在呢，你看这咋办吧？"

托娅看着登记的人名，说："大家都什么意思，谁说要盖在坨子上了？"

"大黑刚才从工地回来说的，县国土局的干部说让在南坨子上盖，大片地上边不批。要是上坨子，我们可不去，一到春天，沙子还不得把房子埋了啊？"一个小青年说。

"就是，现在住得宽绰，谁上那儿受沙子气去。再说了，就给个六百平米，还不到一亩地呢。现在我家院子有三四亩地，去住那六百平米去？我不干。"孙小龙说。

"剩下的地归个人，这还算合理，就是春天的沙子是个事，别的都好说。"一个群众说。

"就给他硬盖，也不是国有土地，乡里批准就行。各家年年盖房的多了，上边谁管了。越申请越不让盖，盖完也那么的了。"

"反正我是不去坨子，要是大片地我就去。"

"那南坨子还有八路坟呢，人家让你占吗？让占也不敢住哇。"

人们七嘴八舌地说着，也听不出个数来。

托娅给李长玺打电话："喂，李书记，你过来一趟，村里乱成一锅粥了，咱们研究一下新村选址的事吧。啊，快点呀。"

没几分钟，厂里的小车就把李长玺送来了。托娅大声对群众说："大家都回去吧，这件事村里要研究一下，明天给大家一个答复。两委会的人员留下开会，好了，大家散了吧。"

土地

清晨，太阳刚刚从东边坨子顶上的黄柳条丛中露出来，百泉沟家家户户的炊烟徐徐升起，又渐渐地弥漫成淡淡的薄雾，像一层轻纱笼罩着村落和原野，村子显得宁静而又神秘。

一辆小车快速地驶出了百泉沟村委会，过小桥，上了通向双青县的公路。托娅开车，李长玺坐在副驾驶位置上，两个人的神情都很严肃，托娅回过头来看看李长玺笑了，说："长玺哥，想不到我们两个刚搭班子就出这样的麻烦事，而且麻烦的制造者还是李强。当年我们几个在一起的时候有多么快乐，什么困难都不怕，方志南都让我们战胜了。这是为什么？当大官了就和群众离得远了，人就变了吗？"托娅看着前方，说话的语气有些伤感。

李长玺看看托娅，说："没道理啊，李强也不是那样的人，他对群众的事想得远啊，他面对的是全县人民，那可不是一个村哪。就说我们当村长的吧，一个人要求的事好解决，十个人要求的事就不好办，不能用十个办法来解决吧，要是用一个办法来解决，不同意这个办法的人就得服从。不知道你听过这个民间故事没？"

"什么故事？你又绕着弯地说我吧？"

"过去人们有什么难办的事，都要到关帝庙给关老爷烧香，求他保佑自己许的愿能够实现。可是在一旁的张飞不服气了，他认为自己的能力不低于关羽，也要当张老爷。关羽笑着把神位让给了他，站在一边看着张飞。上香的人很多，先来了一位染坊的老板，他点上香，深施一礼，说：'张老爷，今天我们要染很多的布匹，请你保佑我，千万不要下雨呀。'接着一个农民也给张飞上香，说：'张老爷在上，请你给下一场透雨吧，再不下雨，庄稼就旱得不行了。'又来了一位在江上行船的艄公，边点香边说：'青天大老爷，你开开恩吧，刮点大风吧，我都有十天没开船了。'最后来了一个果农，点上香，磕了一个响头，说：'神明的大老爷呀，你可千万别刮风啊，我的果树刚开花，一刮风可就全完了。'张飞听完之后傻眼了，这可怎么办，答应谁都不行啊，没办法，只好拉过关羽，说：'还是你来吧，我可干不了这个活。'只见关羽不慌不忙地坐在神位上，对几个求神的说：'白天浆洗晒，夜晚浇庄田，风从江边走，绕过果木园。'张飞服了，从此再也不争神位了。"

"关羽太智慧了，能满足那么多人的要求。这也只是人们的愿望，众人的要求是永远也不能满足的，所以也就有了困难。"

"就像我们和李强，各自都有困难，不可能让每一个人满意，所以就得相互理解，慢慢做工作。"李长玺说完，看看托娅的表情。

"你是在劝我。这是两码事，李强不是关羽，他没有那么多智慧，就是官升脾气长。我看你就是向着他，他说啥你信啥。我们去找国土局，还不找他了呢，让他一边凉快去。"托娅有些不满意李长玺的解释，故意用李强来回应他。

李长玺看看托娅笑了，说："你们俩都是头犟牛，现在就好比棒打鸳了，你往前拉，他往后拉，这车还能出去吗？要是都往一个方向拉，棒就不打鸳了。你们都是为了群众，只是站的角度不同而已。"

"什么角度不同，他没当过村长吗？做群众工作的难处他不知道吗？我看他就是想要政绩，就是想让木青的农业公司土地连片。木青说啥他就信啥，故意和我较劲，给我难堪。"提起木青，托娅的醋意大发，她甚至认为这些事都是木青的道道，李强是言听计从，他们之间有关系。李强当总经理的时候，托娅就有这种想法。

"没有你说得那么复杂，你想多了。"李长玺无奈地摇摇头，李长玺明白托娅的想法，可是这种事没法劝说，也不能说得太多，两个人的关系让他很担心。

小车进了双青县，李长玺看看时间才七点，说："咱们找一个饭店吃点饭吧，今天我请你吃兰州拉面。"

"我想喝粥吃咸菜,别的啥也不想吃。"

"上火了,那咱们就去前面的八宝粥城。"

两个人要了两碗小米绿豆粥,四个小咸菜,一斤烧饼。

托娅喝着粥,看看李长玺说:"长玺哥,你还记得前年在金洲我请你吃饭的情景吗?"

"怎么不记得,这辈子我都忘不了。你一走我老憋手了,那可真想你了,你那首《下马酒之歌》把我唱得,眼泪说啥也止不住了,这顿酒喝的,尽流眼泪了。"李长玺说的是真心话。

"当时我的心里是特别想家里人,特别是你,在家的时候咱们的观点非常一致,和你搭班子,我的心里真踏实。"

"是呀,可我们都是村里的领导,有分歧也是正常的。就拿中心村选址的事来说,我就同意李县长的意见。我也明白你心里咋想的,就是一心为了群众,可是我们不能不面对现实。所以咱们要有心理准备,无论国土局什么意见,咱们都要接受。"李长玺很耐心地劝托娅。

在这个问题上托娅觉得自己很孤单,李长玺的意见令她很意外,她放下饭碗,说:"老板算账!"

"我算吧,尽你请我了。服务员,我这有零钱。"

"哎呀,就那么几块钱,等钱多了的时候你再请。这点钱不算请客,想请我得上大酒店。好了,咱们走吧。"

县国土局包局长的办公室里,包世达坐在办公桌前,他身后是一组褐色的书柜,李长玺和托娅坐在包世达对面一侧的沙发上,勤杂员在给两位倒水。

包世达走过来递给李长玺一盒烟,说:"这是你来了,要是别人,自己带烟我也不让抽。托娅不抽烟喝水吧,别说我有偏有向啊。"

"我有那么小气吗?啥好烟对我来说等于垃圾,我看都不看,也就李书记吧，见着好烟撵二里地。"托娅看着李长玺，笑着说。

"包书记有些胖了，年轻了呢，是不是比在下面当书记省心了？"李长玺与包书记的关系很好。

"省啥心那，现在更操心多，就是下乡的次数少了点。"

"比当书记的时候白了，更有魅力了。"托娅逗包世达。

"中了，你们俩可别逗我了，都啥年龄了，还有魅力。这回你们俩搭班子了，百泉沟的工作就更有起色了。你们俩来是为了中心村占地的事吧？"包世达知道他们俩来的目的，开门见山地问。

托娅看看李长玺，李长玺明白托娅是想让他说，他说："包书记，我们村建设中心村的事吵吵一年多了，可下要开工了，这还让你们给叫停了。现在差手续，我们随后就办呗，你信不着我们哪？现在工程队已经进驻，再不开工人家罚我们。包书记，对了，叫局长，这还改不过来了，你说啥也得想想办法。"

包世达见托娅不说话，知道她在和李强赌气，故意强调土地法律法规的重要性，说："你们俩不是外人，所以我和你们说实话，你们选的建中心村的地方那是不行的，只要占用耕地必须经国务院批准，省里都没有权利。就是用土地置换，那也要在省国土资源厅办理手续，而且还得手续齐全，什么原房舍照片、面积，新地址的规划、地点、面积以及置换时间等等多了，什么时候批下来还不好说。跟你们俩说实话，就是能置换，李县长也不批准。要是建在坨子，我们就能批。"

"要你这么说，一点余地也没有了？"托娅问。

"没有，实在想用宅基地置换，那你们就去找李县长。他要是批准了，我就给你们办手续，然后上报厅里，批不批那我可就说不准了。"包世达很明确地说。

托娅站起身来，说："李书记，我们走吧。麻烦你了，包书记，我们回

去和群众研究一下，之后再报材料吧。"

"还没说完事呢，就要走？再说你们俩头一回来，怎么也得吃完饭再走哇，叫别人看着我这领导也太没有人情味了。"

"家里都乱成一锅粥了，哪还有心思吃饭。"托娅神色黯然地说。

李长玺知道托娅挺上火的，自己的爱人是主管人，可是事就是办不成，让她很没面子。他故意用眼睛示意包书记，说："今天太忙了，改天吧，消停的时候，我们俩好好喝你一顿酒。"

"好吧，我等着你们来。"包书记站起身来送他们。

中午吴江下班回家，一进院儿就听见屋子里有很多人在和跟弟吵吵。吴江以为是在吵架，赶忙进屋，原来是种草坪的一帮群众，张勇也在其中。

"正好吴江来了，你说说吧，大伙儿都担心搬到中心村去怎么种草坪。他们听说要搬到坨子上去住，都不想去呢。"跟弟很着急地说。

"我们家这两年种草坪，刚有点宽裕，这要是搬到别处去，那地还能让种啊？我可不想搬家。"一个村民说。

"再说了，我可不去坨子，我怕沙子把院子埋上。"

"只要让我种草坪，上哪住都行。"

"好了，别吵吵了，大伙儿听吴江说说吧，村里到底是怎么安排的？"张勇大声地喊着。

人们安静了，吴江看看跟弟，又转向大伙儿，说："村里的计划一共有三项。一是用三年的时间把现有的三个自然屯搬迁至新建的中心村。二是把现在的专业户搬至合适的地方，集中在一起。种植业的专业户，比如蔬菜、草坪、辣椒等，北方集团给划出合适的地块，让个人耕种；种地专业户可以入股北方集团，也可以自己干，应该说想得很周全。现在的主要问题是上级不让在大片地建中心村，可是在南坨子建村，群众都不想去。今天上午李书记和包村长去县国土局了，要求在大片地建房，用咱们现有的宅基地置换，也不知道回来没有。包村长开车去的，按说该回来了。"吴江说完手机响了，他一看是李长玺的号码，忙对大家说："别吵吵，李书记电话。"然后他说："喂，李书记，啥事？啊，马上啊？知道了。"吴江合上手机后说："李书记他们回来了，让我去村里呢，大伙儿回去听信吧。"

托娅从县里回来没有回家，把李长玺送到村里，自己开车来到了爷爷家。托娅心情不好，无精打采地走进屋子。家里只有双合尔和老伴在，见托娅来了，老两口非常高兴，双合尔老伴要下地，托娅把她推回炕上，说："我也不是来的客人，下地干啥。"

双合尔很亲近地看着托娅，说："当村长忙了，我都多少天没看见你了，有点瘦了。"

托娅依偎在奶奶的怀里，说："我想你们俩了，过来看看你们。爷爷、奶奶，你们身体好吗？我也没给你们买什么东西，想要什么，我去给你们买。"

"你去打开冰箱看看，里面啥都有，你叔叔和你婶去县里装修房子去了，走的时候东西都买足了，啥也不用你买。"双合尔说。

"这么快呀，都开始装修了。这回你们可要住楼了，也过过城里生活，那可和农村大不一样。啥时候能搬过去？"托娅问。

"昨天你叔说再有个十天八天的就搬过去，你奶奶还有点不想去，我也是故土难离，一说要走，这心里还有点不好受呢，你说贱不贱。"双合尔说着长出了一口气，神色有些黯然。

托娅看了看双合尔，觉得他的脸色有些发黄，像生病的样子，说："爷爷，你最近身体有不舒服吗？比如没劲哪，不爱吃东西了，心慌等等。"

"是有些不爱吃油性的东西，连羊肉都不想吃。"双合尔说。

"那你可得看看了，是不是感冒了。如果不是，得到县医院查查，别有什么病给耽误了。要不我明天开车拉你去县医院，再到我叔叔的房子那看看

装修的咋样了？"托娅有些着急地说。

"不用，过个十天八天的我就去了，到那再看吧。"

"你爷爷总是那样，有病就扛，还以为你是年轻人呢，逞那干巴强，我说让他看看去，就是不去。我说不动他。"双合尔老伴说。

双合尔看托娅的神色有些不对，好像心里有事的样子，说："托娅，你有什么事吧，看你有些不高兴呢？"

托娅本来不想说，可是听爷爷这样一问，还想和爷爷说说："也没啥大事，就是村里建中心村的事。今天我和李长玺去了一趟县国土局，白跑了一趟，局里没权批耕地。"

"你们没找找李强吗？不说他是管土地的吗？"

"还找他呢，不让占耕地就是他下的令，连用宅基地置换都不行。他不发话，国土局不敢上报材料，气死我了。他也不知道是发的哪门子邪，就拿咱们村开刀了。"托娅说着又来气了。

"那他一定是有难处，我听说是要建十个中心村，让你们当个头羊，十个村就有章法了。他也难哪，你得为他想想。咱们牧人老话说得好，聪明的牧人赶头羊，愚笨的牧人攥大帮。"双合尔点着烟吸了一口。

"他才不是呢，明明省厅能批置换土地的手续，他就是不让局里上报，还给局里下了死命令。你说这是为了啥，就是跟我们过不去，好让县里的领导们看着他是多么的正义，多么公正。一当上县长就不是他了，他的面子比啥都大。"托娅气呼呼地说。

双合尔吸着烟，没有说话，等了一会儿，说："那你也没想想他为啥要让群众上坨子？按说那也不是大沙坨子，是过去放猪的草甸子，分草牧场时都没分给个人，是个闲置地，那里就有几个坟，做村落我看挺好的。"

"现在群众说啥也不去，报名的都退出来了。整个工程因此停工了，你让我咋办？"托娅很无奈地说。

"是不是因为八路坟在那影响的？"

"有点那个原因，不全是，主要还是怕沙子。"

双合尔沉默了，托娅也告别爷爷、奶奶走了。

田再新的金洲之行可谓春风得意，与丁兰和韩平的关系融洽，初步达成了在双青县建厂的协议，决定明天到县里。三个人吃过饭之后，在酒店的大厅里喝咖啡，当然是韩平买单。

田再新对丁兰和韩平说："这事得和我们乡长说一声，我是他派来的，最好明天让他去县里，那显得多重视。我这就给他打电话。"

田再新拿出手机给刘瑞打电话："喂，刘乡长，我是田再新，对，在金洲呢。我想向你汇报一下工作情况。"

电话里的声音："好，你说吧。"

"情况是这样，我联系到一个电动车配件厂，想要去咱们县建一个分厂，后天就要去县里见领导，我想请你也去呢，不知道你有没有空，能不能去？"田再新试探性地问。

"有空，后天我一定去。你们几点到？"

"我们明天下午出发，晚上住在盖县，后天一早八点到李县长办公室。你早点去，我们到那碰面行不行？"田再新问。

"好，我早八点准时到。"刘瑞听到田再新招商成功，心里别提多高兴了。本来县里没安排乡里派人去招商引资，可刘瑞知道田再新家在金洲，一定会有企业的关系。上级不知道派他去，不成功也没有关系；如果成功了，这对刘瑞来说可是首功一件，所以后天他必须去。

田再新此时的心里也非常得意，这毕竟是他为县里办的一件大事，会对他今后的仕途有一定的影响。他看着丁兰和韩平，两个人相依在一起，心里有一些嫉妒，当然表面是看不出来的。韩平是个非常聪明的人，此时田再新心里想的什么，他都猜得到。他回来之后，从来没有问丁兰与田再新之间的

事。如何交往，怎么认识的，他都不问。他非常愉快地站起来，说："走，我们去跳舞，这个宾馆有舞厅。"

正中田再新下怀，丁兰也趁韩平不注意用眼睛示意田再新，有些情不自禁。到了舞厅，他们找了一个人少的地方坐下，韩平点了瓜子和饮料，并且让田再新和丁兰先跳舞，田再新不肯，非要韩平和丁兰先跳。韩平一边跳舞，一边和丁兰说着什么。一段舞曲停了，他们两个回到座位上。田再新对韩平说："你的舞跳得不错，看来你是舞场的常客。"

"还是丁兰跳得好，舞曲起了，你和她跳一曲就知道了。"韩平说着用手示意丁兰下舞场和田再新跳舞。

丁兰故意慢慢地站起身来，走到田再新的面前，拉着他的手跳起舞来。他们转到另一边，田再新问丁兰："韩平刚才和你说什么了？"

"他说让我好好地陪你，以后办事全靠你呢。"丁兰说着，用手抓紧了田再新的手，让田再新有了感觉。

田再新小声说："啥样才算好好陪我，有标准吗？"

丁兰用手掐了一把田再新的肩膀，身体向他靠得更紧了，说："你还想要我咋好好陪你呀，要不咱们……"丁兰没有往下说，可是手握得更紧了，她知道灯光太暗，韩平看不见。

太阳还没出来，一辆小面包车悄悄地开出了百泉沟村子，车里坐着李长玺、吴江、孙贵、二迷糊、留留等十几个人。前天李长玺和吴江商量，想背着托娅去县里找李强，所以他们一早连饭都没吃就出发了。因为走得早，村里没有人知道。

面包车上了公路，坐在前面的李长玺回过头来看看车里的十几个人，说："昨天说好的人都来了吧？一共十二个，吴江你查查。"

吴江点了点人数，说："对，一共是十二个，老孙大伯都来了。"

"木青说她自己开车来，八点准时到。我和你们说一下，咱们到了县里先找个饭店吃点饭，八点到县政府，见着门卫就说是来看李强的，都是他的老乡，别硬往里闯。"

"到那你领着，我们跟在后面就行了呗。"

"早上时间够，要俩菜喝点酒呗。"一个群众说。

李长玺脸色一沉，说："我说你心咋那么大呢，咱们是来找李县长办正事，你就知道喝酒，你花钱请客呀？"

"我请就我请呗，多大个事呀。"

"那好，事办成了，晚上咱们到和平大酒店喝一顿，你出钱哇。"李长玺绷着脸说，大伙儿都笑了。

"这么多人那得多少钱哪，让我一个人出我不干，平分行。"

"请早餐也行，包子、小米粥。"吴江说。

"拉倒吧，我出钱得了，为了大伙儿的事，让你们个人出钱干啥。"李长玺说。

早上八点，来双青县政府上班的人很多，小车一辆接一辆。一辆黑色的丰田轿车停在政府大门口，车上下来韩平、丁兰、田再新和刘瑞。

门卫叫住了他们："几位找谁？"

"我们找李强副县长，请问在几楼？"田再新问。

门卫看田再新面熟，手往东一指，说："三楼东侧，有门牌。"

田再新很客气地说："谢谢。"

他们刚上楼，李长玺等十二个人也进了大厅。门卫一看来了这么多人，还以为是来上访的，把他们挡在了大厅。

"你们找谁？"门卫问。

李长玺说："我们找李县长，他在几楼？"

"怎么都找李县长，你们是上访的吧，那你们不能上楼，先到信访办。"说着拿出手机给信访办打电话。

第四章

　　李长玺忙对门卫解释:"我们不是上访的,是李县长家乡的人,就是想看看他。"

　　"你叫啥名字?"门卫问。

　　"我叫李长玺,百泉沟村的。"

　　门卫给李强打电话:"喂,李县长,有个叫李长玺的领着十几个人要见你,你认识吗?"

　　"我老家的人,你让他们上来吧。"电话里李强的声音。

　　"好,那你们上去吧,对不起了,我不认识你们。"门卫有些歉意地说。

　　李长玺等人上了楼,上班的工作人员都在看他们,有不知情的人说:"又有上访的了,听说是找李县长的,准是土地的事。"

　　"都先来一伙了,我看清了,是四个人。这一伙人多,十二个人。"

　　"没听说是啥事吧,这两年上访的还真少了。"

　　"找李县长的还能是啥事,土地的事呗,他不主管土地嘛。"

　　李强刚把刘瑞、丁兰等人安排坐下,就接到门卫的电话,一听是李长玺等乡亲们来了,他非常高兴,对田再新说:"李村长和乡亲们来了,一起来好招待。张秘书快给各位沏茶。"李强说着起身去接李长玺等人。

在楼梯口，李强见到了李长玺等人，说："长玺哥，你们咋都来了，木青也来了，孙大叔、吴江、三哥……"李强一一地和他们握手。

李强领着李长玺等人进屋，刘瑞、田再新、丁兰都站起来和李长玺等人握手寒暄。丁兰拉着韩平的手给大家介绍："大家都不认识吧，这是我的男朋友韩平，是平江市新路电动车总厂总经理的弟弟。我来介绍一下吧，这位是李书记，木青是田再新的爱人，这位是吴江……"

韩平和大家一一握手，说："你好，请多关照。"

木青和田再新见面一句话也没说，田再新问了一句："你也来了？"

丁兰给木青介绍韩平，木青的脸色很冷，也没说一句话，但是丁兰没有理会，仍然大大方方地给大家介绍韩平。

李强见丁兰介绍完了，说："难得见各位，我知道你们都是有事来的，可着先来的说吧。刘乡长来之前已经来过电话，大概说了一下情况，我已经向县主要领导做了汇报。县委县政府非常重视，决定下午准备招开招商引资有关部门的会议，专题研究新路电动车分厂的土地优惠政策等相关事宜。刘乡长和各位去休息，小张去安排住宿，中午政府办有安排，你们下午听消息，肯定会让你们满意的。"

刘瑞和丁兰等人走了，李强看看在坐的人说："关上门咱们就是一家人了，你们来有什么事就直说，跟我还客气。"李强说完看看李长玺，意思是想让他说。

李长玺把吸了半截的烟摁在烟灰缸里，说："我不说你也知道是啥事了，说真的，我有点犯难了，要不也不能到县里来找你。我们没有其他要求，就想用宅基地置换大片地，给群众盖房子。我听说省厅就能批，你说句话，让国土局把手续给办了，人家北方集团就等着开工呢。在坨子上建房，群众都不去，就认村东的大片地了。这事急死我了。群众都要来，我没让，就带了十几个人。"

李强听李长玺说完,问:"托娅咋没来?她不是村长嘛。"

"我们来没让她知道,也不想为这事连累你们俩。"吴江说。

"大侄子,咱们这屋也没有别人,你说句实话,这手续是上级不让办,还是不符合政策?你要是实在有困难,就跟老少爷们儿说说,我们也不为难你。你是主管全县的工作,不能因为咱们村影响了你。"孙贵语重心长地说。

李强知道托娅没来还在生自己的气,知道来了也不会答应她。她现在是村长,在群众面前不能没面子。然而,李长玺等人的到来,让李强觉得是托娅的主意,心里很不高兴。可又一想,借机做好他们的工作,问题就不难解决了。想到这,李强说:"你们来得正好,当面把我的想法和你们说说。情况是这样,在全县建设中心村是我提出的,现在开始实施基本没有变。在这个计划里面有一个非常重要而又困难的问题,就是中心村是建在闲置地还是沙坨子。如果建在沙坨子,可能大部分群众不同意,所以需要各级领导做工作。为什么要这么做?目的只有一个,那就是多给群众一些好耕地,充分利用好我们闲置的沙土地、沙坨子。"

"我们在坨子上盖了房子,春天一刮风,沙子还不把院子埋了呀?出门就是沙子,车都不好走。"一个群众说。

"我也想……想盖个大点的房子,把我爸妈接过来,可是一听是南坨子,我……爸妈又说不来了,还要住老……老房子。"留留说。

李强说:"你们别看现在是沙地,将来修了公路,盖完房子,建完村委会、公园、学校、幼儿园、文化活动中心,就会像咱们的县城一样,有路灯,人行道,看不到一点沙子。咱们村的坨子也不像前些年了,满坨子的黄柳条和野果子,已经刮不起不来沙子了。另外,每户最少也有三亩宅基地,如果入股北方集团,每年得收入多少钱?全县每户三亩地,那是多少地,你们算过吗?这样做,不但增加了耕地亩数,提高经济收入,也使国家耕地不减少，确保了粮食安全。于国、于家都是有利的事，我们为什么不做？"

人们沉默了，李长玺、孙贵和几个吸烟的人都点着了烟，屋子里顿时烟雾缭绕。李强走过来给大家倒水，说："大家都好好想想，是不是这么个理儿？"

"大侄子说的，真能像城里一样，还有路灯，街上没有沙子？"孙贵问李强。

"完全一样，可能比县城都干净。"李强说。

"有自来水，也能在屋子里设卫生间吗？"一个群众问。

"和城里住房一样，咱们也设计了两层楼，有需要的也可以建三层楼。排污和沼气是一体的，这都由北方集团设计，肥料归他们使用。另外每家都有一个三分地的小菜园，可以满足自己家的日常用菜。"李强很耐心地说。

李长玺长出了一口气，说："真是好事，可是群众的工作有些难做。"

木青一直没有说话，她在认真地听群众所提的问题和李强的话。其实她这次不来也可以，因为在哪建房都一样，可能在大片地活更好干一些。可她有些不由自主，还是想过来见见李强，听听他的意见，看看会有什么结果。她见大伙儿都不吱声了，觉得他们听进去了，就对李长玺说："我和你说你不信，怎么样，一点也没错吧，赶快回去做群众工作吧。李县长给安排一顿饭不。"

李强笑着说："这个机会我可不给你，要请你回家请。张秘书去县宾馆安排一个大包间，我陪你们喝点。"

吃过午饭后，李长玺等一行人都回去了。木青没有走，原因是田再新没走。他们在县宾馆订了一个双人间，挨着丁兰和韩平的房间。木青满脸的不悦，进了房间把包往桌子上一扔，躺在床上也不说话。田再新心里明白，知道木青是在生他与丁兰交往的气，但他知道她是绝对不知道他和丁兰的关系的，也就是见不得他和丁兰在一起。田再新过来坐在木青身边，问："怎么

了？为了什么事生气，见着我也不说话。"

木青呼的一下坐起来，问："你明知故问，你怎么又和丁兰搅和在一起？是不是和她有事了？你说实话。你真要是看她好，我给你们让地方。"

田再新心怦怦直跳，可他也知道木青是在诈他，所以理直气壮地说："你都胡说什么呀，人家有对象，两个人早就住在一起了，都要结婚了。再说那个企业是韩平的，丁兰跟着不也应该嘛，我能不让丁兰来呀？"

"金洲的企业多得是，你怎么就找上她了，你是不是一去就和她在一起混了？"木青的态度非常严厉。

"你咋想啥说啥呢，我去了之后，人家街道的副主任领着我走了十多个企业，之后我又去和人家单独谈，可是没有一个企业想来咱们这投资建厂的。我没事就到北方集团去看看，在售楼处遇见了丁兰，还有她的爱人韩平。丁兰说他们要结婚了，问我来干啥。我说到金洲来招商引资。听我一说双青县给的招商条件，他们非常高兴，正好要建一个分厂，当时就定下到双青县建厂，第二天就来了，没想到遇见了你们，真是凑巧。"田再新没有说他单独和丁兰见面，把韩平放在中间，事情就很合理了。说完，田再新用眼角偷看木青，见木青的态度有了变化，脸色不是那么难看，又长出了一口气。

"你小子就能编故事，干了坏事你能说呀？我就纳了闷了，你咋就能和丁兰遇上，我咋烦啥它就来啥呢。这件事交到县里之后，还有你的事吗？"木青问。

"应该没有我的事了吧，这得听县里安排，还有刘乡长。"田再新刚说完，他的手机响了。田再新一看是刘瑞的电话号，说："喂，刘乡长，什么事？"

"你到政府办来一趟，县里要了解一些事情，你马上过来吧，我也在这呢。"木青听得清清楚楚。

田再新拿起手包说："我得赶快走了，回来再和你说吧。"

木青的气消了很多，躺在床上给丁少中打电话："喂，丁经理，你在哪呢？我是木青。"

"啊，木经理，我在工地呢，刚打完厂房的地基，准备上主体了。你在哪？"丁少中在工地办公室里接电话。

木青坐起身来，说："我也在双青呢，上午和村里的群众一起来的，他们回去了，我没走，想到你的工地看看，再把村里的事和你说一下。"

"那你什么时间来，我在工地等你。"丁少中说。

"我这就过去，你等着吧。"

田再新和木青两个人都走了，住在隔壁的韩平和丁兰听得清清楚楚，此时的二人早已缠绵在一起，韩平的头脑非常清楚，工商注册需要银行证明企业所有的流动资金，还要支付国土部门的土地出让金，而这都需要丁兰求助她的叔叔丁少中的帮助。韩平知道丁兰喜欢浪漫，所以他尽量满足她的要求，听见木青一走，韩平就和丁兰抱在了一起……

双青县政府办公会在小会议室召开，机关企业单位主要负责人都参加了会议，钟县长主持会议，李强等三个副县长参加，还有各科室的有关人员也参加了会议，会上专题研究落实三个企业落户双青县的有关事宜。在研究南平市新路电动车配件厂的项目时，钟县长当场表扬了刘瑞能够主动为了全县的招商引资出人、出力，有全局观念，同时也指出最近因为土地纠纷，出现群众集体上访的事件，涉及中心村建设的几个乡要特别注意，主要负责这项工作的李强县长要处理好这件事，不要让上访的事件再度发生。李强在会上并没有说明这件事的原委，因为这件事并不大，能够解决得了，在会上说了反而不好。尽管如此，钟县长当着这么多人的面说他，也让他感到很难堪。此时他怨恨的人只有一个人，那就是托娅。他认为如果托娅要是从中阻拦，李长玺等人也不会来县里，他也就不会挨县长批评了。

终于散会了,刘瑞、田再新来和李强告别,刘瑞握着李强的手说:"李县长,我们的任务完成了,我们就要回去了,你还有什么指示就给我打电话,我们保证完成任务。"

李强也很客气地说:"多谢你了,能为县里联系上这么好的一个企业,看来你真是有心人哪。我还有事,就不留你们俩了,等有机会我们再见吧。"

送走了刘瑞和田再新,李强回到了自己的办公室,脸色很难看。秘书小张过来给李强送文件,问:"李县长还要开水吗?"

"不要,你该干啥干啥去吧,我自己待一会儿。"李强靠在椅子上望着棚顶上的吊灯出神,待了片刻,他又拿出手机给托娅打电话,说:"喂,托娅,是我,李强。"

"听出来了,有事吗?"托娅的语气不像平常。

"没事就不能给你打个电话了,你在家吗?"

"我在金洲,这里有些业务需要我来处理,可能需要两三天才能回去。你在哪儿?"

"我在县里,今天李长玺领着十几个群众到县里来找我,你知道吗?你为什么不阻拦他们?"李强的口气有些强硬。

"我不知道怎么阻拦,你怎么什么事都赖我呢?"托娅生气了,其实她真不知道。

李强想了想,觉得托娅可能不知道,这也许是李长玺的主意,说:"我还以为你知道呢,那就是李长玺搞的,领那么多群众到县里来,人们都以为是来上访的呢,连钟县长都那么认为,我都没法解释。"

"那还不是怨你呀,省厅就能批土地置换,你非要让群众上坨子,你心是好心,可是群众不同意,给我们出了难题。你就能钻牛角尖,说你是个犟牛一点不屈。"托娅越说越来气。

"这回行了，长玺哥被我说通了，领着大伙儿回去做群众的工作，你处理完公司的事也赶快回去吧。我三天以后回去，也帮你们做做工作。这两天有两个企业要落实土地问题，我要详细过问一下。"

"你去做百泉沟群众的工作吧，我是做不通，你出的主意你想办法。还有事吗？没事我工作了。"托娅说。

"没事了，回家给我打电话。"

"好吧，我挂了。"托娅挂了电话，呆呆地坐在桌子前，看着窗外。

吴凤海和老伴吃完饭在看电视，喝着奶茶，小孙子在炕上跑来跑去的，跟弟扎着围裙在厨房收拾碗筷，吴江还没有回来。

吴凤海喝了一口奶茶，回过头来瞟了一眼在厨房洗碗的跟弟，低着头小声对老伴说："你看出来没有，那两口子是想单过。那天报名吴江要的是一等的房子，他还和我说是跟弟她妈的那份，他妈和老徐要老徐那份。"

"那老徐的儿子不要了？"李玉梅问。

"老徐的儿子不是在县里买楼了嘛，在那儿开了个什么礼仪公司，钱争老色的了，有两辆汽车呢。"吴凤海有些羡慕地说。

"他们要是单过，咱们俩还要那新房干啥呀，在这都住三十年了，住惯了，哪儿也不想去。"李玉梅嘴上这样说，可是心里也有一些失落。

吴凤海则不然，他主要是舍不得自己家的大园子，这两年每年都收入两万多元。跟弟把两亩半地的种草坪收入都给了家里，她和吴江两个人的收入自己要，因此老两口看孩子也就没了怨言。听李玉梅这样说，正对吴凤海心思，他说："我也不想上坨子，就在这住了。这两年刚有俩钱，要是一搬走，种草坪的事还不得黄了。"

"今年自打李强当上县长，见他面的时候也少了，这事问问他，咱们再说咋办吧。"李玉梅说。

"要我说最好别问他，一问他这事准黄。"吴凤海还要说什么，跟弟过

来叫正在玩的儿子小海。

"海子跟妈妈到西屋去玩,让爷爷、奶奶歇一会儿,看妈妈给你买了什么好东西了。"跟弟哄小海,小海站起来扑到妈妈的怀里。

"妈妈,你买什么了,是好吃的吗?"小海天真地问。

"到西屋你就知道了,咱们走了!"跟弟抱着小海过西屋去了。

李玉梅没有再说什么,她也怕种草坪的事黄了。因为这两年光种草坪就收入五万元,再加上全家的地都入股北方集团,每年也能分红一万多元,小日子刚有起色。这要是在以前,她早就说吴凤海了,可是现在,她倒觉得他说得有一些道理。

孙贵家里,一家人吃过饭之后,孙小龙和媳妇要回自己的屋子,孙贵把孙小龙两口子留住:"小龙,你们两口子先别走,我有事和你们说说。"

"啥事呀,说呗。"孙小龙问。

孙贵点着一支烟,说:"前两天村里要建中心村,咱们也报了名。后来又说建在南坨子,人们都退出了。"

"是呀,那大沙坨子谁敢住哇。"

"我想既然村里要求往坨子上迁,这事肯定得实施,就是群众暂时不同意,将来也得同意,所以我想咱家还得报名,要那一等的房子。"

"我俩就不去了,还住在这里。咱们家的房子和别人家的不一样,他们新盖的房子能赶上咱们现在住的房子吗?"

"村上能让嘛,要新房子,老房子就得拆,不拆就不给新房子。"

"那好办,到时候咱们分家不就解决了嘛,我们分家另过,你们先住进新房子,我们还住在老房子,他还让我硬搬哪?他们出钱让我白住行,不然我就不去。你们去住住看,好了我们再过去,不好你们就回来。"孙小龙很得意地说。

"那可不行,你别胡来呀,咱们得听村里的。"孙贵很严厉地说。

刘春英的心里很不高兴，她巴不得分家呢，所以坐在一旁也不说话，只管看电视。孙贵的老伴也不吱声，她从不反驳孙贵的意见。

"那就这样，你们回屋吧，再看看情况。"

孙小龙两口子很不高兴地回自己屋子了。

听说木青要来，丁少中安排人烧水，收拾屋子，准备相关的材料。虽然木青不是特别精通建筑业务，但是她细心和认真。很快木青就到了，没等下车，丁少中就迎了上来。

"木经理先到办公室喝口水，听听情况，再到工地看看。"

"还是先看看吧，我看不看的没有什么大用处，宝山县的场址就是你建的，有经验了。和那儿的规模比，这也只是大了一些而已。"

"那就去看看，从这面走，直接过不去。"丁少中在前面带路。

丁少中领着木青在工地转了一圈。每到一个地基点，木青都要问，丁少中非常详细地介绍着。他们来到两户被列入场址人家的门前，木青问："这两户的拆迁手续办完了吗？"

"办完了一户，另一户也和他们说好了，等咱们用的时候就办手续，扒房子，不耽误工程进度，咱们回办公室吧。"

高明和他的爱人正在屋子里喝水，他老婆看见来了几个人到他们房前，说："哎！你看，那个不是工头嘛，还有一个女的，看着也像个领导。咱们拆迁的事你不去找找哇？"

高明站起来往外看，说："就是他，那个女的肯定也是个头。不行，我得找他们去，这可是个机会。"说着高明下地穿鞋，顺手拿起外套衣服就往外走，走到屋门口他又站住了，"我才不上杆子找他们呢，到用的时候他们得来求我。方主席的房子给六十万，连理都不理人了？我叫他们走后门，整急了我把他们的老底都给他兜出来，他那房子是咋盖的？那六十亩好耕地是咋弄到手的？那个姓丁的老板也不是个好东西，当中要是不得好处能给他

六十万？不给我解决好，给他捅到北方集团去。"

"人家新上来的村长都不管方主席那事，你说那个干啥，再说了，这事也不赖方主席，犯不上得罪他。"

"都是他的事，他不整那邪门歪道的勾当，那个姓丁的能这样对咱们吗？"高明说着又来气了。

木青站在两户的前面细看了看，说："按你的设计，这两户的位置应该是产品仓库吧，补偿条件和个人都讲好了吗？"

"早就讲好了。对，就是产品仓库，这不用忙着动工，等厂房起两层的时候再打地基也来得及。我们回办公室吧，走了这么半天，你都渴了吧，我让工人给你烧水了。"丁少中心里还是有一些紧张，他怕没给补偿的那户家里出来人，问起给张鹏补偿的事来可就不好办了。

木青是有一些渴了，对丁少中的回答也没有多想什么，也就是两户人家的补偿，应该没有问题，就随丁少中回到办公室。

办公室是临时搭建的活动板房，但是里面很整洁。工人早已把茶沏好，送到木青和丁少中的桌前。木青迫不及待地端起茶杯，一边吹浮在上面的茶叶，一边喝着。丁少中则先点着一支烟慢慢地吸了一口。刚才在拆迁户门前让他有一些后怕，幸亏那两户都没有出来人，别说是高明，就是张鹏出来，木青一问，他还不得照实说呀。以木青的聪明，她马上就会知道是怎么一回事。

木青看看丁少中，问："你不喝水么，吸烟解渴呀？"

"我刚才喝了，不渴。对了，李县长咋答复的？"丁少中问。

"答复啥呀，我看就是李强的意见，什么省厅不好报批，就是他不批。他说全县十个中心村都要上坨子地或者是闲置地，这样全县省出近万亩好耕地。他说得是个理，可是群众哪管这些。县里想用百泉沟村做个样板，可村址都定不下来。我看托娅还和李强牛起来了，托娅听群众的，不听李强的。

她开个代表会，大多数代表都不同意上坨子。乡里刘乡长也支持在大片地建中心村，可下开工了，还让国土局给叫停了。"木青心里想，还有你的侄女又和田再新混在了一起，本来她就闹心，这回更添堵。

老谋深算的丁少中心里很得意，他知道中心村最终会建在坨子，他对李强是太了解了。只要是在坨子上建村，那工程的预算可就得他说了算，因为这一条已经写在了合同里。此时他又来了闲心，笑着对木青说："托娅的牛劲是不是冲你来的，吃你的醋了吧？哈哈哈！"

"我说老丁你是不是找抽哇，有人没人的总扯这套，再有一次，别说我给你难看。"木青真的生气了，因为他不是第一次这样说了，总是怀疑她和李强有什么密切的关系。

丁少中的脸皮厚，说他什么都无所谓，说："我说的是托娅，不是说你和李强有什么关系，你别急眼，咱们不外我才说的。"

"百泉沟村的工程还是你去吧，我去别的中心村。让你说的我都害怕了，再闹出点花边新闻来，还让我这个农业经理咋在双青县工作。"木青说的是心里话，真怕卷到是非的漩涡里来。

"你不用怕，咱们走得正坐得直，选村址的事不掺和，让在哪建就在哪建。我估计将来村址一定会选在南坨子，开工的时候我去帮你把价格定下来，这方面我比你有经验。"丁少中一本正经地说。

"那最好了，有经验以后，再建其他村的我就没问题了。去年你盖的商品楼销售怎么样？卖出去多少了？"木青问。

"卖得不错，临街的商品房早就卖完了，有的人家装修完都开始营业了。住宅楼也卖出了百分之八十，只剩下一些高层。"

"听我爸说建厂房的资金已经全部到位，就看你的建设速度了，今年十月份使用没有问题吧？"

"八月份就得完工，不然完不成场地硬化。今年秋收耽误不了，你就放

心吧。"丁少中很有把握地说。

"那就好，我最担心的还是饲料厂的建设速度，今年计划的粮食面积比去年增加了两倍，如果没有这个新建的厂子，我们都运不起，再说保山饲料厂也装不下。"木青说着站起身来拿起手包要走。

"晚上我安排你和田再新吃饭吧，你们结婚之后我还没请吃一顿饭呢，在县宾馆怎么样？"丁少中问木青。

"得了吧，你可让我们俩消停一会儿吧。走了，你忙吧。"

木青出了办公室就要上车走，公司的兰会计出来找丁少中，看见木青要走，就赶忙过来和木青打招呼："木姐要走吗？"

"是呀，今天想回百泉沟去，你有事吗？"

"多长时间没见着了，我都想你了，晚上我请你吃饭。"

"改天吧，村里还有些事没办完，我得赶快回去。你有事咱们电话联系吧。"木青开车到了大门口，她又把车停了下来，在车里向兰会计挥手。兰会计跑过去，两个人又说了些什么，然后木青才开车走了。

丁少中在办公室门口看见两个人说话，可是却听不见声音，对此他很敏感，想了想朝财会室走去。

木青回到县宾馆，田再新早已等在房间里，木青进屋没等田再新说话，就大声招呼："收拾东西，咱们回家。"

田再新无可奈何地说："我正等着你回来呢，刘瑞乡长非得让我帮助韩平办手续，你说咋办吧，要不你再等我两天，反正现在回家也开不了工，完事一起走吧。"

木青这个气呀，她把手里的小包往床上一扔，说："我说你们刘瑞这是想干啥呀，是不是想当书记呢？他也不能拿你这个小助理员当垫脚的呀，把企业招来了还不让回家？"

"你就等我两天吧，我估计时间不能太长，我得听领导的安排，事办到这一步，也不差这一哆嗦了。求你了，我的大姐，这事办完了，你让我干啥都行。"田再新嬉皮笑脸地说。

"这可是你说的，完事你给我洗一个月的衣服。那我就等你两天，再没完没了，我可回百泉沟了，跟你混不起。"木青说完躺在床上，田再新拿起背兜朝木青走来。

"我总得感谢你一下吧，给你一个热吻怎么样？"田再新俯下身给了木青一个深深的吻。木青也用手楼住田再新的脖子，回吻他。

田再新起来要走了，木青用手擦着嘴说："还热吻呢，不如给我一个热狗。"

田再新笑着说："我回来给你买几个，你等着。"

田再新急忙走了，木青百无聊赖，躺了一会儿，又起来打开电视，胡乱地调台，没有自己想看的节目，扔了遥控器，拿起手机给李强发短信："李县长，百泉沟的项目什么时候报批，我还要等多少天？"

短信发出后，木青拿着手机躺在床上等着回复。手机铃声响了，吓了木青一跳，一看是李强的号码，忙着坐起来接听："喂，李县长，这么快就回电话了，看来你是没有事了。"

电话里的声音："哪呀，刚安排完两个落地企业的相关事宜，他们刚走，你就来了短信。我发短信慢，给你打个电话吧。你在哪儿？"

"我还在县宾馆，田再新的事还没办完，等他呢。百泉沟项目的报批还得多长时间？"木青问。

"就等着太平川乡上报呢，对了，刘乡长说让田再新办理手续，现在没安排吗？"李强问。

"哪有哇，又让他去帮韩平办手续去了。他们的事还没办完吗？"木青有些疑惑地问。

李强听木青这样说，拿起放在桌子上的招商引资基本情况统计表，一

边看一边和木青说:"韩平的电动车配件厂是用丁兰的名字登记的,现在看基本手续已经齐全,就差土地出让金和流动资金。这两项要是齐了,就可以到国土局办理土地出让手续了。给他们的地块早就挂牌出让了,如果资金到位,他们自己就可以办理手续。你是说刘乡长派田再新去帮助韩平办理手续了?"

"对呀,刚才走的,还没到半个小时呢,是不是去刘瑞那儿了?"木青觉得这里面有问题,所以问李强。

"不用说,他们肯定都在一起,等着吧。要我说趁这两天村里没办完手续,田再新又在双青县,你好好地休息几天。小别胜新婚,田再新出差有半个多月了吧,难得在双青一聚。本来我想趁这个机会请你们吃顿饭,一想还真有点不忍心打扰你们。小两口当中加一个外人多别扭,影响你们两个人。"李强说的是心里话,他知道木青没多想,田再新一定会吃醋的。

木青长出了一口气,说:"知我者李强也,我很理解你的心思,你倒是不怕对我有什么影响,怕的是田再新吃醋。这种事也不是一回了,你还记得在金洲,咱们出差回来在天涯饭店吃饭那次,田再新是咋闹的了?"

"我怎么能忘记呢,给我的印象太深了,我不是第三者,可是却让我尝到了第三者尴尬的滋味。说句实在话,我们在一起有共同语言,有说不完的工作,谈不完的理想。就说双青县三个乡十个中心村的规划和设计,我每次想起它总是很激动,总会想起你。不是恭维你,以你的智慧和人格,应该做政府部门的领导,而且一定会比我强。"李强此时已经很激动,说话的声音变得有些颤抖。

此时木青的眼角已有泪水流下来,听着李强这发自肺腑的话,不由得一阵酸楚和感动。自从李强当上农业经理以来,自己和李强在一起工作的一幕幕都像电影画面在眼前闪过。每次与李强意见有分歧、有冲突之后,都让木青对李强有了进一步了解,感情也随之逐渐加深。这种感情有别于田再新,田再新是自己生活中的伴侣，而李强则是她工作中和事业上的知音、知己。此时木青觉得，这种感觉要比与自己的爱人在一起的感觉更让她在意和深刻。

木青沉默不说话，手机里传来李强的声音："喂，木青，你在听吗？我说的话你听得见吗？"

木青长叹了一口气，说："都听见了，我在想问题。"

李强不知道木青想什么，说："你在想什么？我的话说错了吗？"

"我在想过去和你打嘴仗、闹意见，每次都让我刻骨铭心，所以我现在对你恨之入骨。"木青说完自己做了个鬼脸，用手擦去眼角的泪痕。

李强心领神会，笑着说："都是你自己找的，当着好好的经理非要让我干，害得我当了副县长，你却还是农业经理，只增加了个房地产的副经理，你知道这叫什么？"

"叫什么？"木青认真地问。

"叫自作自受。"李强哈哈大笑。

木青忍无可忍地说："你知道我现在最想干啥吗？"

"想干啥？"

"我给你一拳，让你得了便宜还卖乖。"

"哈哈哈哈！"

"哈哈哈！"两个人都大笑起来。

李强笑得直喘，说："好了，你那一拳就算打我了，不许找后账啊。咱们说正事吧，你们的建筑设备到齐了没有，如果到齐了，就催村里抓紧办手续，马上开工。田再新经办的事还能不快嘛，你说话不比那领导好使？"

"得了吧，刘瑞看上他了，把企业招来了，还不让回家，说什么帮着韩平办手续。这不是人家企业的事嘛，咋还没完没了啦？"木青很不满意地说。

"刘乡长办事还是很认真的,对这个新招来的企业挺重视,这几天他一直跟着。他们的手续办得差不多了,近一两天就会完成,你耐心地等等吧。好了,我办公室来人了,挂了,有事打电话吧。"李强挂了电话,木青还有点意犹未尽,慢慢地合上了手机。

丁兰想让刘瑞帮忙去找她的叔叔丁少中,刘瑞想把田再新拉上,有什么事好让他跑跑。可丁兰就怕田再新知道这件事,他要是知道了,木青不就知道了嘛,从北方集团借钱不通过董事会,那还了得。可是田再新已经到了,是刘瑞叫去的。丁兰就把所有的手续都交给了田再新,让他去做,这样就支开了田再新。刘瑞、韩平、丁兰三个人约了丁少中到和平宾馆303房间,之前,丁兰已经和刘瑞说明白这件事绝对不能让田再新和其他人知道。刘瑞当然同意,因为他已经知道这是怎么一回事。几个人在房间里等了十几分钟,丁少中来了。

丁兰给刘瑞介绍:"这是我叔叔丁少中,是北方集团房地产的经理。这位是太平川乡刘乡长。"

丁少中和刘瑞握手,说:"韩平也来了,坐下吧。你们来几天了?"

"来五天了,这两天太忙,也没去看你。"韩平说。

"看来太平川乡挺重视这个项目,乡长亲自上阵了。"丁少中看看刘瑞说。

丁兰对丁少中说:"人家是代表县里来的,清楚招商引资的政策。"

丁少中已经知道是怎么回事了,看着丁兰问:"说吧,找我什么事?"

丁兰从兜里拿出一本南平市电动车配件总厂的营业执照递给了丁少中,说:"我想和韩平一起在这办一个电动车配件分厂,相关事宜都也协商完了,就差土地出让金,我想从你的公司暂借一些资金。"

"需要多少?"

"两百万。"丁兰壮着胆子说。

"出让金那么多,想要多少亩地?"丁少中问。

"一百亩,四十年使用权。"

丁少中沉默了,屋子里静得只有每个人的喘气声。

第 五 章

丁少中知道双青县的招商政策，他吸了一口烟，说："多长时间还给我？"丁少中说完看看丁兰，丁兰又看看刘瑞。

刘瑞明白丁兰的意思，丁兰事先已经和他说好让他回答丁少中，这样才会更加可信。刘瑞故意装得像县里委派的人员一样，说："最近县里加大了招商引资的行政审批力度，实行特事特办的方针。像他们这样的落地企业，一两天就能办完手续，这也不是第一家企业，我知道的就有三家企业在这个月内办完了土地手续，有了土地手续，就可以到银行贷款，贷了款还你钱不就完事了嘛。丁经理，你不用担心，这事我敢拿我的乡长职位担保。他们其他手续都已办完，就差到土地部门缴纳出让金了。"

丁少中还是担心资金，另外，他还担心用这么大一笔资金，怎么才能瞒过总公司和木青。会计和木青的关系很不错，一旦暴露了，会对自己很不利。可这又不是别人，是自己亲侄女的企业，丁少中抬起头来，说："我们公司建厂的款项都已到位，钱倒是有，可是这么大的一笔款项往外出，总公司不会同意。这样吧，你让我想想办法，和我们的总会计商量一下，晚上听我的信。"

丁兰一听叔叔同意了，非常高兴地说："谢谢叔叔，晚上我请你吃海鲜。"

"吃什么海鲜，跟我还用这个。我走了，你等我电话吧。"

送走了丁少中，丁兰又把刘瑞叫回房间，拿出一千元钱塞给刘瑞，说："刘哥，今天就不请你吃晚饭了，你自己找个地方吃点吧。因为还有田再新，要是在一起吃饭说漏了嘴，那可就前功尽弃了。这件事只限咱们三个知道，也请你替我保密。"

刘瑞一看钱不少，故意推让，说："咱们谁跟谁呀，还用这个，这多不好意思。"

丁兰给韩平使了个眼色，韩平马上把他们推让的钱拿过来，直接塞进刘瑞的上衣口袋里，说："别客气了，让人看见不好。"

接着韩平就和刘瑞一起出了房间，丁兰跟在后面，几个人匆忙上了韩平的小车，快速离开了和平饭店，向县宾馆驶去。

刘瑞推说有事，在中途就下了车，看着韩平的车远去，拿出手机给田再新打电话："喂，田再新，你把复印的东西交给丁兰就行了，我还有事，不见你了。"

田再新还在复印材料，见是刘瑞的电话赶忙接听："啊，啊，那我交给她就行了，别的没事了？"

刘瑞想了想，说："明天你先回家吧，出去这么多天了，在家待几天。招商引资的事如果需要你，我会打电话通知的。"

田再新想起百泉沟村的建设用地手续还没有办，就问刘瑞："百泉沟中心村的建设用地手续得办了吧，木青还等着呢。"

"县里和村里意见不统一，让我们咋办哪，不管它，先放一放。这事你得听我的啊，我不发话，谁说也不给办。"刘瑞态度强硬。

"要是村里和县局找我咋办，那也不办吗？"田再新问。

"那也不行，一定要通过我。在乡里是我主管土地，另外也不是他们一个村，还要平衡条件。木青还在县里吧，和她一起回去，什么时候上班听

我通知。我还有别的事，你就不用找我了。"刘瑞合上手机，上了一辆出租车。

田再新拿着手机一脸的茫然，刘瑞的意见让他无所适从，觉得自己就像被困在由刘瑞、木青、托娅围成的牢笼里。

材料终于印完了，田再新这才想起给丁兰打电话："丁兰，我都印完材料了，你在哪呢？我咋交给你呀？"

丁兰正和韩平吃饭，见是田再新的电话，她忙接听："啊，那……"丁兰手捂着手机问韩平，韩平点点头，丁兰说："你现在把它送到宾馆西面的红叶商店吧，我在那里等你。"

丁兰一边穿外衣一边对韩平说："离这不远，你等一会儿，我马上就回来。"

丁兰先到了，站在门里往外看，一辆出租车上下来了田再新，丁兰向他招手。田再新看见了，也挥挥手走了过来。

丁兰接过田再新手中的材料，说："对不起了，让你干了半天的活。改天我好好地招待你，现在不行，韩平在那边饭店等我，我不能让你去吃饭。这钱你拿着去和木青一起吃饭吧，别让她起疑心。我走了，有机会我给你打电话。"

田再新听丁兰这样说，心里很感动，刚才打印材料时的怨气一扫而光，此时他反而对刘瑞有了感激之情，不是他的安排，哪有为丁兰效力的机会。想到这，田再新说："给你干活没有什么对不起的，我愿意。你说的对，快回去吧，不然韩平也会起疑心的。有事打电话，你先走吧，我回宾馆了。"

两人相视一别，丁兰匆匆回饭店，田再新上了一辆出租车。

李长玺从双青县回来之后走访了很多户，多数人家还是愿意在大片地上建房，尽管李长玺做了大量的工作，效果不明显。走了大半天，他有些累了，回到村委会沏上一杯茶喝着。木青和田再新回来了，他们没有回家先进了村委会，进了李长玺的办公室。

"你们这么快就回来了，不是说还要待两天吗？"李长玺问。

木青很不高兴地说："刘瑞又说没事了，当领导的一会儿一个令，把个田再新使唤傻了，我让他回来，他说一会儿还兴有事，还要在那等着。"

田再新争辩着："不是，刘乡长和我说了有事给我打电话，万一来了电话，我不还得回去嘛，在哪儿不是个待呢。"

"你看还和我犟呢，我估计刘瑞昨天就回来了。"木青说。

李长玺笑了，说："早上我遇见乡里白助理，他埋怨说刘瑞一早就派他下乡，回家就不让人着消停。"

"看看，人家回来了，你还在县里傻等着。我说你是不是在那儿等丁兰呢，要是等她，你就再回去，去县里还有一趟班车。"木青脸色很难看，一想到丁兰就来气了。

田再新有些不相信，说："昨天还在县里呢，莫非是晚上回来了？那还让我在县里等啥呀，当领导的咋说话没准呢？"

李长玺看看田再新说："领导你也得分是谁，田书记说话咋不这样呢。跟你说，我就怕刘瑞开会讲话，那大道理给你讲的，开完会之后不知道干啥。"

木青回头看看走廊，说："村里咋这么静呢，村长不在吗？"

"去金洲了，打电话说晚上到家，谁知道几点能到。"李长玺说。

"你做点群众工作没有？"木青看着李长玺问。

"从县里回来我还没回厂子呢，尽在各家转了，效果不好。他们当面都同意上坨子，一说让他们签合同就往后推，理由多了，什么没钱，儿子不在家，出门有事了。每户都要问盖了新房，旧房还让不让住，我看这里有问题。"李长玺说着点上一支烟，低头吸着。

木青有些急了，说："啥时候让我们开工？行不行给个准信啊！"

"这不在等包村长嘛,她一回来,我们就拿出意见。要不你们回家听信,拿出意见给你打电话好吧?"李长玺说。

一辆小车开进村委会院子,李长玺看是托娅的车,说:"她来了,不能念叨,那你就等一会儿吧,我们研究一下。"

托娅下了车,走路有一些摇晃,显得很疲惫。她看了看停在门口的小车,知道木青一定在屋子里,进了走廊就听见李长玺屋子里的说话声,她想了想打开自己办公室的门,把手包往桌子上一扔,就仰靠在椅子上。托娅真的很累了,从金洲到家,她开了将近十个小时,只用了不到半个小时吃饭喝水。她也想借此理由不去见木青,让她自己过来。

李长玺看见托娅开车进了院子,又听见她开自己的办公室的门,之后就没了动静,说:"她进自己的办公室了,我过去叫她,你们先等一下。"李长玺出去了。田再新也要过去看看托娅,木青狠狠地瞪了田再新一眼,田再新又坐下了,样子很尴尬。

木青小声说:"你还是副村长啊,家里外头都不知道了?"

"我也不是外来的客人,那有什么呀?"田再新不服气地说。

等了一会儿,李长玺回来了,说:"咱们到托娅办公室吧,她开了一天的车,有些累了。"

托娅的办公室和李长玺的一样,办公桌是老板台,两套沙发靠墙摆放着,形成了一个半圆形,面对着托娅的办公桌。托娅见木青和田再新进来,慢慢地站起身来,迎过去和他们二人握手,说:"你们啥时候来的?我有点太累了,没过去看你们,对不起。"

"托娅姐,跟我们还客气。你累了就回家休息吧,我们也是才回来,顺便到村上看看工程的事有没有进展。"木青很客气地说。

田再新说:"我在乡里是管土地的,木青在北方集团是管工程的,我现在是该干的事干不上,不该干的活干不完。一个乡里,一个村里,把我卡到中间了。这回木青可得手了，一天收拾我好几遍。"

托娅笑了，说："谁让你不给办手续了，没有手续怎么开工啊，不收拾你收拾谁呀？"

"我收拾他有用吗？人家刘瑞一个电话，他都借两条腿跑还嫌不赶趟。给人家丁兰办事，不用打电话，得上赶着去问。我的事他是能推就推，和乡里领导提都不敢提。"木青故意拿田再新说事。

托娅明白木青话的用意，知道她是用田再新说事，心想莫不如就此把事说明白算了。托娅的态度严肃起来，说："木经理，这事怨不上田助理，都是村里没有做好工作，群众的工作没做通，村址确定不下来，我们也无法向乡里进一步申请批复。李书记也在呢，拿个意见吧。这两天我不在家，听说你领着十几个群众到县里上访了？"

李长玺坐在沙发上低头吸烟，听托娅问他，抬起头来说："这是谁说的？我们哪儿是上访啊，就是找李县长说说情况，让他帮忙和国土局做点工作。"

"你让他做工作？那上坨子的意见就是他提出的，没做通他，倒把你做通了吧？这回群众同意了？"托娅的眼睛看着李长玺说。

"还是那样，当面都说同意上坨子，可就是没有一份来签合同的。我就是等你来拿意见呢。人家木青给咱们面子，要是别的施工单位早就急了，不罚你误工费？"李长玺有些无可奈何。

汽车的喇叭声打断了李长玺的话，一辆小车停在办公室的窗前，李强从车上下来。见是李强，李长玺、木青和田再新都迎了出来。

"怎么都在呢，来得早不如来得巧，省得给你们打电话了。木青，你们回来了，我还以为你们在县里呢。"李强很高兴的样子。

"咱们屋里聊吧，到包村长办公室。"李长玺对李强说。

木青一边往屋里走一边说："刘瑞又说没事了，让田再新回来，我们在

那儿待个啥劲哪,又不是度蜜月。"

"就当蜜月度呗,好赖也是个大城市。"李长玺笑着说。

一进屋,李强看见托娅坐在办公桌前,说:"大领导在这呢,赐我们坐呗?"

托娅笑了,说:"赐什么坐,免礼平身。"

"赶上老佛爷慈禧太后了,连坐都不让。"李强说笑着。

李强和李长玺坐在一个大沙发上,木青和田再新坐在对面的大沙发上,托娅坐在她的办公桌前真像个大领导。

田再新看看托娅笑了,说:"托娅姐还真就有点领导的范,李县长今天是虎落平川了。"

"田再新你会说话嘛,那托娅姐是啥了?"木青说着笑话。

"下句是被犬欺呗,犬者狗也。"李强哈哈大笑。

托娅表面上笑了笑,可是心里很不舒服。她也知道是在说笑,可是李强和木青一起说她,让她心里顿生醋意。

李强回过头来看着李长玺问:"回来做点群众的工作没有?"

"我到现在还没回厂子呢,跑两天了,没进展。"

"我看这样吧,这两天我们一起下去走走,找找有意见的群众。木青再等两天,群众的意见统一了,我让你立刻开工。"

"乡里刘乡长说了,他还要平衡各村的条件,没有他的话,不让我办手续。"田再新说。

"各村的条件都不一样,怎么平衡?听他的死了穿不上裤子。"李长玺不满田再新的话。

"这个工作我来做,你们不用担心,重点还是群众。木青,你做好开工的准备就行了。都回家吧,在这等饭呢?"李强的话说得轻松,很肯定。

李长玺站起来,"走,咱们到瓷砖厂去,我请你们喝酒。"

"算了吧，李县长多少天没回家了，给人家点时间吧，就知道喝酒。我和田再新也出来好几天了，老闷给看家呢，得回去看看了。"木青笑着说，她看看李强，又看看托娅，托娅脸上没有一点表情。

李强家的院墙砌得很高，从外面看不到里面，房子也换了新瓦，牛棚子已建成全封闭型，铁大门是用钢管焊的，从大门往里看，整洁的院落中停放着李强和托娅的小车，明亮的灯光从窗子投射出来，小龙在窗前跑来跑去，像放电影一样把影像映在了对面的墙上。

李强一家人在吃饭，李大路和老伴其其格坐在炕里，李强坐在李大路的旁边，托娅坐在其其格的一边，已经五岁的小龙一会儿跑到李强的旁边，一会儿又跑到爷爷、奶奶的中间。要是在往天，他会很老实地吃饭，今天爸爸回来了，他也显得非常兴奋。

托娅对小龙的表现非常生气，当然这气来自李强，她把筷子往桌子上一放，对来回跑的小龙大声的斥责；"小龙，你坐下！再来回跑我把你打外面去，听着没有？"

小龙从来没见妈妈这么严厉过，吓了一跳，怯生生地来到李强的跟前，赶忙坐进他的怀里，只是片刻，又恢复了顽皮，看看爸爸，又回过头来对妈妈用鼻子，"哼哼"地示威，逗得李大路和其其格都笑了，李强则耐心地对小龙说："不许和妈妈皮，妈妈生气了会打你的屁屁。"

小龙倚仗着爸爸，说："爸爸不让你打我，你打不着。"

"那你过来，看我打着打不着你。"托娅气得要过去打他。

"小龙，老实吃饭，你再调皮，我就把你交给妈妈了。"李强这样一说，小龙老实了，乖乖地吃饭。

李大路和其其格笑着，放下饭碗，满心欢喜地看着心爱的小孙子。

小龙一个晚上都缠着李强，直到闹得累了、困了，才和李强一起睡下。等小龙睡着了，李强把他抱到一边，脱去衣服，盖上小被，这才下地到办公

桌前打开台灯，看他今天带来的几个中心村建设规划。

托娅一直在洗衣服，一个晚上都没说一句话。她还在生李强的气，对在坨子上建中心村，认为李强是在作秀，当上副县长了，和以前不一样了，为了自己的面子，给村里出难题。过去他当村长的时候，都是听群众的，她当上村长了，听群众的为什么不行，什么事都听木青的。特别是今天，在村里木青和李强的相遇，勾起了她以前对李强的怀疑，思绪把她带回去年在金洲的时候……

托娅下班接小龙回到家里，把小龙安顿好，换上衣服就开始做饭。饭好了，她先让小龙吃完，自己等着李强回来。晚八点了，李强还没回来，托娅给他打了几次电话，他也不接。快到十点了，小龙早已睡下，李强才一摇一晃地回来。进屋后，他喝了一杯凉白开，倒在床上就睡着了，托娅怎么叫也不醒，没有办法，只好把他的鞋子脱掉，给他盖上被子，回过头把他扔在地上的包捡起来，提包的拉链都没拉上，里面装着一个小包和一条纱巾，托娅拿出来一看是木青的，打开手包，里面有一些现金、卡和身份证，也是木青的。托娅不知道是怎么回事，就把手包和纱巾放回了提包中。

第二天早上都八点了，李强醒了，起来看托娅在和小龙一起吃饭，穿上鞋，摇摇晃晃地去上卫生间，洗漱完出来，托娅已经和小龙吃完饭，准备去幼儿园。

托娅问："你和谁喝的酒哇，怎么喝那么多呀，咋叫你都不醒。"

"和老丁几个，这酒喝得也太多了。"

"你的包里咋还有纱巾呢，谁的呀，怎么跑到你的包里来了？"

"木青的，她也喝多了，送她时放我包里了，下车忘拿了。"

托娅觉得不对劲，但她没有再问什么，说："饭在桌子上，我送孩子。你没事了吧？"

"啊，没事了，你走吧，吃完我收拾。"

托娅到了单位就给丁少中打电话，她想了解一下都有谁和李强一起喝了酒，说："喂，老丁吗？昨天晚上我找你喝酒，你跑哪去了，打你电话你也不接。"

电话里的声音："我不在金洲哇，回老家了，今天下午回来。"

"你又在洗浴中心吧，骗我干啥，也不求你。"

"真在老家呢，我妈有病了，回去看看。"

"病得厉害吗？要不要我们也去看看？"

"谢谢你的好意，病得不太厉害，胃痛，现在好多了。我下午就回去，我们晚上见吧。"丁少中挂了电话。

托娅则拿着手机愣在那里，半天才回过神来。晚上回到家，托娅又问李强，李强才说了实话，原来李强是和木青喝的酒，本来是木青给李强提交农业生产计划，到了饭时，木青还饿了，就拉李强到一个小饭店，一边吃一边研究。两个人研究规划时来了兴致，要了一瓶白酒，越喝越高兴，像是找到了知音，找到了相互倾诉的对象，一瓶酒不够喝，又要了一瓶，都喝光了。木青已经站不起来了，李强把她的东西都装在自己的包里，搀着她打个车，把木青先送回家后，自己回到家，已经都站不住了，是司机把他搀扶进了屋子。

这一切是真的，可是托娅仍有些怀疑……

李强看了一会儿文件，见托娅已经洗完衣服，就把文件放下，说："托娅，你今天是怎么了，一句话也不说，在生我的气吗？"

"你是县长，我是村长，哪敢生你的气呀。你已经不是过去的你了，为所欲为，想干啥干啥。"托娅话里有话。

"为所欲为，你是说我在干坏事？"李强问。

"你不干坏事？连说笑都会骂人了，和木青一唱一和的，当面假装和我有说有笑的，背后两个人在一起喝酒，对心情喝醉了，你们还能干出来好

事?"托娅终于说出了藏在心里的话。

李强听托娅说这话,知道她已经怀疑自己和木青的关系,笑着对托娅说:"你还记着过去的事呢,你是不是怀疑我们俩有关系呀?"

"怎么让人不怀疑?你和木青偷着喝酒,为什么不说实话,心里没有鬼,在一起喝酒有什么?过去你有什么事都要和我说,自打当上副总经理就变了。也是我的心眼太实,相信你所说的一切话。"

"我和木青的想法一致,对她有好感,这我不否认。可是你说我们之间有什么不正当关系,这我绝不接受,不是你想象的那样。我怎么做你才能相信我?"

"我都不知道你现在做什么,怎么做对我有什么意义?"

"那你要我怎么样,不上班在家守着你?"李强有些生气了。

"我可承受不起,怎么能因为我而耽误了你的伟大前程。"

"我知道你是因为中心村选址的事在埋怨我,可我已经和你讲清道理了。群众暂时不理解,我慢慢做工作嘛。"李强说。

"不是我挑你的理,木青的事你就上心,我的事你就出难题。明明多数群众不同意上坨子,非要这么做,弄得上下意见不统一,不能报批手续,没人签字,让我这村长当得有其名而无其实。木青的事你大包大揽的,做好施工准备就行,答应得多干脆。"托娅越说越声大,气不打一处来。

"我就是答应她,那也得把村里的事解决完哪,不然她开得了工吗?"李强的声音也大了起来。

"那好,你来做群众的工作吧,我没那个水平。我也等着准备办手续,我看看你的能耐。不是我说你,在咱们这个地区,土地辽阔,不像南方土地那样金贵,用宅基地置换建中心村完全可以,可你非逼群众上坨子,我看你就是在作秀、搞名堂,让人知道你对土地是多么的重视。你树立个人威信,那你也别拿群众的利益做垫背!"托娅说完气得躺在了炕上。

李强被托娅的话激怒了，他走过来，站在托娅的跟前，说："托娅，我怎么也想不到你会说出这样的话来，别人这样说也就罢了，你也这么说真让我很难过。我是那标新立异的人吗？你说我是在作秀、搞名堂，你难道不明白十个乡会有一万亩好耕地被开辟出来的价值吗？咱们村的一举一动对其他乡将来的土地流转和规划会起到示范作用，这样事关大局的举动你说是作秀、搞名堂？"

"大话不要说得太早，你的计划能够实现吗？建新村不需要钱？村村都像百泉沟这样有钱哪？村里没有钱，群众会自己拿钱建新房，放着原有很好的房子不住？"托娅说完坐起身来。

"所以要让百泉沟村开这个头，起个示范作用。你说得有一定的道理，要完成这样一个艰巨的任务需要几年时间或者更长的时间。"李强对托娅所说的情况也表示认同。

"几年时间？要我说有的村就是不可能，也没有什么必要。有的人家用十几年的积蓄建起的砖房，为了几亩地，再花钱到沙坨子上建房，你觉得可能吗？这种事也就你这个当县长的想当然，群众能这么想？不是打击你，我是不信。"托娅的表情有些不屑。

"再建的中心村，群众的居住条件和原来是不一样的，它要有和城里的楼房一样的生活设施，自来水、沼气、太阳能热水器等等一应俱全。都什么年代了，现有的砖房那就是城里的棚户区。农村也要住楼房，也要有小车。"李强历数着它的好处。

托娅知道李强的脾气，和他说到天亮，也不会动摇他的决心，说："得了，睡觉吧，我知道说不过你。你说得对，你坚持吧，算我没说。"

李强还要说什么，可是托娅已经搂着小龙睡下了，明显是不想李强继续谈下去。李强看托娅这样，也就不说话了，也脱衣服上炕睡下，可是怎么也睡不着。其实他很想托娅，已经有十多天没和托娅在一起睡觉了。他翻过

身去，用手去拉托娅，托娅把他的手拿开了，说："睡觉吧，我今天没有心情。"李强很无奈地翻回身来，仰望着棚顶，说什么也睡不着了。

第二天李强找来了李长玺，两个人一起走访群众，一个上午走了十几家，大家对中心村的事不感兴趣，有的人还提出村址里还有八路坟，大部分群众对此都很忌讳，基本上和李长玺走访时一样，嘴上同意，可就是不去签合同。

李强和李长玺从一户群众家出来，看两人的表情还是没有进展。李强对李长玺说："咱们到双合尔爷爷家，去看看他老人家，我有一个月没看见他了。"

李长玺说："可不是，我也不少天没见他了，对，过去看看。"

双合尔躺在铺着褥子的行李上，老伴在一旁喝茶，见李强和李长玺来了，双合尔慢慢地坐起身来，样子好像很吃力，说："长玺和李强来了，咋这么齐整呢？"

"爷爷，你的脸色不太好，是不是生病了？"李强问，又过来摸摸双合尔的手。

"是脸色不好看，身上哪不舒服？"李长玺问。

"从双青县回来就病了，我说让他去医院看看，他还不去，说头痛脑热的，吃点药就好了。"双合尔老伴说。

"去双青县干啥呀？我咋不知道呢？"李强不解地问。

"那不是包军在县里买了个商铺嘛，装修完了，让我们去住。住了三天，我俩就回来了。我可住不惯，连个认识人都看不见，就让包军把我们送回来了。不说村里要盖房子嘛，我们也要一栋。咋样，今年能住上吗？"双合尔有些虚弱地问。

"能住上，入秋就能住。你要几等的房子，一等的两层。"李长玺说着，点上了一支烟，又笑着看看双合尔。

"我要一等的,不说和城里的房子一样嘛,也在屋子里上厕所,做饭不用烧柴火。"双合尔说。

"要不你和我阿叔住吧,年龄大了,身边没有人照顾不行吧。"李长玺说。

"长玺哥说得对,身边没有人不行,不愿意去县里,就和我爸一起住吧。"李强说着又摸摸双合尔的额头,觉得也不热。

"南坨子要盖房子,那里还有几个坟呢,人家不硌硬啊。要是不挪了它,群众不能去呀。"双合尔一边说一边点着头,好像在想什么。

"还真是个事,个人不能同意挪坟。"李长玺说。

"主要是孙贵,我们家没问题,我爸一定会同意的。"李强说。

"那我就找找孙贵和李大路,他们俩同意了,别人就都好办了。都让他们把坟挪到自己的草牧场去,别让死人占了活人的地方。"双合尔很有把握地说。

"爷爷做工作还差不多,要是做通了,群众肯定会签合同的。"李强很高兴地说。

"长玺,你去把阿斯根给我找来,再把李大路和孙贵也找来,我和他们说说,到清明了,正是挪坟的时候。"双合尔说。

"好,我这就去找阿书记和孙贵,李县长把李大叔找来,咱们走吧。"李长玺一边说一边往外走,李强也跟了出来。

丁少中以向新路电动车分厂购买钢筋为理由,让会计给新路电动车分厂拨款两百万元,丁兰马上用它缴纳了土地出让金。至此,丁兰拿到了新路电动车分厂的土地使用证,办好工商注册等一切手续,县国土局测绘队给了他们测绘地标和图纸。韩平和丁兰在旅店里,开始筹划建厂开工事宜。

把所有的手续办完,丁兰非常高兴,在旅店里黏着韩平,大白天的两个人躺在床上吃棒棒糖,丁兰先在自己的嘴里嘬了一会儿,又拿出来放到韩平

的嘴里，两个人打闹着。

此时的韩平表面很平静，可心里更是激动，因为他的计划已经成功了一半，下一步如何进行，他已经做好打算了，他搂过丁兰亲了亲，说："丁兰，我们不要高兴得太早，以后还要建厂、生产、筹资等，难事还在后头呢。我在这人生地不熟的，这外界的关系就得靠你了。建厂的事我干，你说行不行？"

丁兰听韩平这样说，心里有些不安，觉得韩平是要掌握钱和物，她很敏感地问："那咱们俩谁管钱哪？"

"当然是你了，你是老板娘嘛，我是干活挣钱的。"韩平亲着丁兰说，把丁兰搂得紧紧的。

丁兰听韩平这样说，也抱住了韩平，说："你放心，我给你管得好好的，将来咱们一定能挣大钱。"

丁兰爬到韩平的身上，要解他的衬衣扣子，韩平按住了她的手，说："别玩了，咱们还有事要研究呢，晚上再说吧。"

"我不等到晚上，现在就要嘛……"丁兰故意发嗲。

韩平坐起身来，说："别闹了，我有个事想和你说。"

"还有什么事，不就是开工嘛，按图纸干呗。"丁兰不以为然地说，有些不满。

韩平很耐心地说："我想啊，咱们的厂子不能就这么无声无息地开工，一定要把县里的领导抓住，把咱们建厂的消息通过媒体，也就是电视台，在这个地区传播开来，要让银行等有关单位都知道。"

"你的意思我明白了，是想搞个奠基仪式吧？"

"你真聪明，你知道这么做是为了什么吗？"

"为了什么？难道是……"丁兰已经想到了银行的贷款。

"看来你已经想到了，就是为了争取银行的贷款，有了贷款，我们的企业才能做大，只靠我们自己的那点钱成不了大气候。"

"那要花很多的钱啊，什么请吃饭、买纪念品、雇用礼仪公司等等，不少事呢。你过去搞过吗，得需要多少钱？"丁兰很担心地问。

"用不了多少钱，十五万够了。"韩平很轻松地说。

"什么！十五万还不多，都能盖两栋房子了。你有那么多钱吗？"

"那是小意思了，没有钱我能来这办厂吗？"韩平说得很轻松。

丁兰认真起来，说："那都找谁呢？得找李县长，他是主管县长。再有就是国土局的包局长和刘瑞乡长。对了，还有个各主管局的领导，电视台的人得请来，剪彩仪式要在电视上播呀。"

"你把最主要的给忘了，县长、书记得有一个，银行的领导一定要请，这些人一到场，咱们的目的就要达到了。"韩平很有把握地说。

"那怎么请啊，人家能来吗？"丁兰有些为难地说。

"那就看你的能力了，你不说你在双青县的关系多嘛，这回到用的时候了，能动用的人和关系全都用上，实在不行就用钱，有了钱什么事都好办。"韩平的话说得丁兰目瞪口呆，她目不转睛地看着韩平，因为她头一次听见韩平对办企业的事想得这么细，看得那么远，了解得那么深。她才知道韩平真不是个等闲之辈，之所以对自己忍让、包容，有时甚至是惧怕，那是他心里有一个更大的目标。丁兰愣在了那里，不知道说什么好。

韩平看她有些惊讶，又用商量的口吻说："我不能光让你去跑关系，会协助你的，有我在你不用怕。我过去做过这种事，还是有经验的。"

丁兰这才回过神来，说："那你得帮我，不然我可找不来那些人，你知道的，最难的就是找领导办事。不过我在双青县有几个朋友，还真能用得上。"

"我的丁兰可不是一般人，不但人长得美，办事也有能力，我看上你的就是这一点。"韩平非常适时地夸着丁兰。

丁兰心里很得意,说:"得了吧,不说我是瓜秧了,哪都爬。"

"那是说你和我的亲近行为呢,我都让你像瓜秧一样缠住了,那是美的、舒服的,没说你不好。"韩平解释着。

丁兰脸上洋溢着幸福,说:"那我们得赶快筹备了,既然是开工,得找一个工程队吧,剪彩完了不得开挖地基吗?"

"那个好办,就找两个拉土的翻斗车和一个挖沟机就行,当面挖几斗子,人一散场,就把车打发走,给他半天的工钱就行了。"韩平胸有成竹地说。

丁兰又愣住了,说:"剪彩之后不施工了?"

"施工啊,在当地现找个小工程队,把要建的活大包给他就完事,用一个人看着就行了。"韩平很平静地说着,没把它当成多大的事。丁兰一脸的茫然,看着韩平不说话。

不大一会儿,李长玺和李强就把孙贵、李大路、阿斯根都叫到了双合尔的家里,平时安静的小院子,顿时传出了爽朗的笑声。

双合尔老伴早已把奶茶沏好,李长玺和李强给坐在炕上的几位倒奶茶。孙贵看着双合尔说:"大叔,你也不出门了,咋总也看不见你呢,身体还好吗?"

"八十六了,好能好到哪去,真就有点走不动道了,不愿意出去。唉,有今儿个没明儿的人了。"双合尔说话有些无力。

李大路说:"去年还经常上我家去呢,今年去的就少多了,是不是有什么病了,看你的脸色有些白呢。"

"我爸今年身体有点囊巴,我让他去看看,他说没事,这不去包军那好几天也没看看。"阿斯根说。

孙贵看看李强,又看看双合尔,说:"大叔找我们有事吧,啥事你就说吧。"

双合尔点着了一支烟,说:"想和你们几个商量一件事,我都想了好多天了。这件事要说办,还就好办,要说不好办呢,它就真不好办。关键就在你们的身上,你们要是想通了,同意了,事就办成了。咱们村不是要建中心村嘛,地点要设在南坨子,可是那有八路坟,群众都不愿意去呀,这不到现在还没有签合同的户呢。我寻思把坟挪到南边白沙坨子那儿,就是我们家的草牧场。阿斯根也在这呢,等我死了,也埋到那儿,让我们老哥几个别离得太远了就行。老话讲,坟营之间要超过一百步。你们看看这事行不行?"

孙贵吸了一口烟,说:"这事我不同意。"

第 六 章

孙贵的话让在场的人都愣住了,双合尔也有些意外地抬起头来,看着孙贵问:"咋个不同意法,你对这事咋看?"

孙贵的表情很严肃,长出了一口气,把刚吸进嘴里的烟都吐了出来,说:"我不同意主要有两点,一是这八路坟是咱们全乡的,每年清明中小学生和干部群众等都要来扫墓,进行爱国主义教育。如果把它挪了,乡里能同意吗?二是这坟主要就是包、李、孙我们三家的,那可是我们的祖坟哪,老话说,挖祖坟可是要破风水的。咱们几家都有人当过村干部,李强还当上了县长。这要是挪了祖坟,怕是对我们三家不好,特别是对李强不好,人家可是当了县长的呀。"孙贵说的是心里话,他对风水是十分在意的,说是怕影响了李强也是真心话,自从李强回村当上村长以来,他的每一次进步都是和村里的群众利益分不开,孙贵真心希望李强步步高升,不要有什么闪失。

李长玺听孙贵这么说,觉得有道理,他也觉得乡里肯定不会同意这件事。至于挖祖坟破风水的事,他不相信。但是,他宁可信其有,也不信其无。原因很简单,就是不能影响了李强的前途。想到这些,他决定不先表态,听听另外两家的意见。

阿斯根坐在一边又点着了一支烟,他的心里很矛盾。他觉得孙贵的话有道理,可是要按孙贵的说法,挪坟的事就别提了。如果不挪坟,李强和托娅的工作都会受到影响，两个人的矛盾会越来越深。这也是阿斯根最闹心的事。面对这样的情况，阿斯根决定先听听李大路和李强的意见。

李强心里很着急，孙贵的话让在坐的人都沉默了。他的意见看来很有代表性，都是同龄人，想法肯定一样。李强回头看看父亲，他也在低头吸烟。

见谁也不说话，双合尔老人有些不悦，说："都说说，长玺、李强，你们啥意见？孙贵说的两条意见，你们怎么看？"

李强见阿斯根和自己父亲没有说话，他看看李长玺，说："有老人在，我不能表态。我说说对这件事的看法。我不站在县里的角度上发表意见，从村里和个人说这件事。刚才老孙叔说的两条意见，说到了问题的关键，第一，乡里把八路坟作为革命烈士墓来教育下一代，这是很有意义的一件事。今天我们富裕了，不能忘记这是用革命先烈的鲜血和生命换来的。所以这个墓不能挪，不但不能挪，还要建一座更好、更庄严的纪念碑。但是这和挪坟没有什么关系，也就是说，坟可以照样挪，墓也要好好建。"

孙贵等几位老人听了李强的话愣住了，都有些糊涂，只有李长玺听明白了，他的脸上露出了笑容。

李强看几位老人有些疑惑，接着说："你们可能没听明白我的想法，举个例子说吧，天安门广场上的人民英雄纪念碑，那里面有烈士的骨灰吗？那可是代表了为了我们国家的民族解放事业而牺牲的无数革命先烈。"

孙贵有些明白了，说："强子，你的意思是建一座纪念碑？"

"对呀，咱们中心村不是要建公园嘛，可以在里面适当的地方建一座烈士纪念碑呀，这样既可以增加公园里面的景观和内涵，又可以使烈士墓更加庄严肃穆，也便于人们瞻仰和祭奠。"李强说完，几位老人的眼里都放出了兴奋的光芒。

"这可是个好主意，我同意，一定要建一个像样的、大方的墓碑。"李长玺非常高兴地说。

双合尔赞许地点点头："这个想法好，你接着说。"

"第二，对于挪祖坟破风水的说法自古就有，什么穷搬家、富挪坟，胡思乱想扒大门。我认为这是迷信，不科学。解放前中国的老百姓受苦受难，家家都是因为祖坟没有风水吗？是共产党领导全中国人民推翻了压在人民头上的三座大山，人人都过上了今天的幸福生活。要说风水，那就是共产党领导下的无数革命先烈为了解放中国，不怕牺牲、无私无畏的革命精神。它就是我们党、我们的国家和人民永远也用不完也享不尽的'风水'。"

"强子说得好，我同意挪祖坟，挪到咱们家南坨子草牧场里。清明那天挪，我回去就安排。"李大路很激动地说。

阿斯根点点点头，说："我也同意挪坟，照强子的意思办。"

孙贵也让李强说得频频点头："强子，你是真该当县长啊，你的道高哇。原来我服你心里有群众，现在我服你心里有国家，你是个好共产党员哪！"

双合尔老人激动了，说："强子说得好，说到了根上。雨过处有露水，佛过处有风水。是共产党和革命先烈带来了'风水'，我们今天才有好日子过。长玺也在这，你安排村里的事。挪坟的事由李大路、阿斯根和孙贵安排。土地报批、工程开工那就强子管了。中不中？"

"中！中！中！"大家异口同声地说。

"长玺，你一会儿到村上给我也报上名，要栋一等的房子，写包军的名字。他在县里买房做买卖，我和老伴住这的房子，我也感受一下新农村。"双合尔一脸的高兴，又点上了一支烟。

"好，我马上就去给你报名，你是第一份。有你老人家带头，群众就不用发动了，不出一天，全都得来报名。那我走了，你们待着。"李长玺说着站起身来走了。

双合尔带头报名建房的消息很快就传遍了全村，人们蜂拥而至，不用通知就来到村委会，不到一天的时间，百分之八十的户都报了名，而且都要一等房，剩下的百分之二十的都是家里条件不好，也都报了名，但是想要晚一两年再建房。报完名的群众都围着李长玺和托娅问这问那，都想知道要建的房子是个什么样儿。

官布老人也报了名，要的是一等房，他坐在李长玺的前面，说："李书记，我听人们说这房子和楼房差不多，说屋子里还有厕所？"

李长玺笑着对官布说："对呀，不但有厕所，自家的院子里还有小菜园、车库、仓库，那可比城里的条件好多了。"

官布不明白了，说："那厕所要是装满了，还得自己往出掏，都在屋子里多臭哇。我的厕所修到外面不行吗？你给我说说。"

官布的话把坐在跟前的丽丽和托娅逗得哈哈大笑，托娅耐心地对官布说："大爷，建房之前就把排污的主管道铺设完成，建房的同时每家都要建一座沼气池，污水和粪便进入沼气池，产出的沼气用来烧火做饭，产完气的污水就排入主管道，集中到一起成为有机肥料。北方集团用它来种地，排污系统的一切工作也都由北方集团负责。"

李村长接着说："家有闲人的，还可以少养两头猪和鸡等，粪便都可以用水冲进沼气池，让它增加产气量和肥料，还能有一些收入。"

"我和老伴都愿意睡热炕，能搭火炕吗？"官布有些担心地问，这也是其他人关心的问题，所以都不说话了，在听李长玺回答。

"咱们这次建房，要按每户的要求建，当然只限小的问题，比如火炕的设置，可以在厨房里安个炉子或坑，隔壁做有炕的卧室；另一个就是小型的猪舍或鸡舍；村里统一搞大热，按成本收费。"李长玺说着，摆摆手把老徐叫过来。

徐守忠过来坐在李长玺的旁边，说："你说话我听着呢，叫我啥事？"

"老书记，你也报名了？"李长玺笑着问。

"报名了,儿子在县里买楼了,我和刘兰英也要了一等的房子,赶明儿子回家过年啥的住着宽敞。"老徐说。

"你买房子谁花钱哪?你们俩有钱吗?"李长玺微笑着问。

"我们俩没多少钱,儿子给点,再和亲戚借点。"

"你让我徐婶向方志南借,他有钱。"李长玺故意逗老徐。

"还真打算向他借,最少和他借三万,还不知道借来借不来呢。"老徐回头看看刘兰英,刘兰英和膘子聊得正起劲。

丽丽和胖子张有才从人群里挤过来,到了托娅跟前,丽丽问:"托娅姐,我和张有才想要一栋一等的,盖完房子我们想结婚。像我们这样的,村里能给报销多少钱?"

"村里按照分家对待,报销建房总额的五分之一,其余的自己拿。研究的时候你不在吗?"托娅问丽丽。

"那天我出门了,不在家。要是这样的话,我们就得考虑一下了,有才没有那么多钱。"

"我也报一等的了,我……我和我爸妈要一栋就……行了。"留留也挤过来,和托娅说。

"那就对了,你爸妈也该过几天好日子了。"托娅说。

赵玉柱穿着一件破大衣从外面大摇大摆地进屋来,说:"谁让你们开会的,我同意了吗?散了散了!"

"老通,给我找个工作呗,成了我给你钱。"一个三十多岁的群众绷着脸逗赵玉柱。

"你逗他干啥,快把他拽出去,可别让他在这闹了。赵凯呢,快点整走他。"李长玺大声叫着。

赵凯马上过来把赵玉柱拉走了。

群众报名结束了,第二天一早托娅就去找刘瑞办开工手续,当然得把田再新拉上。木青由于村里开不上工,就去县里看看丁少中建厂的工程。

托娅和田再新在办公室等了半个小时,刘瑞才来上班。他一进办公室,看见托娅和田再新都在,心里明白了,这是又来追办手续的。刘瑞一边走一边说:"这么早就来了,我不是和你们说了嘛,和其他村协商好了就给你们电话。你们就这么一趟一趟的,不腻歪呀?"刘瑞坐在椅子上,没等托娅和田再新说话,又接着说:"全县一共有十个村要建中心村,你们村是头一份,说真的,这可马虎不得。我一再说,这么大个事,不要忙,不要急于开工,涉及土地的事很麻烦,不是一说就办的,这里牵扯政策的事很多。托娅,你先回去,让田助理留下,我们再细致地研究一下。你听信,应该很快就会有结果的。"

托娅走了,田再新看看刘瑞,说:"刘乡长,咱们乡建中心村的标准不早就定了嘛,还研究啥呀?人家群众都签了建房合同,就等着我们的手续开工呢,木青在家我都不敢在屋里待,怕她一个劲儿地问我。"

刘瑞脸色很不好看,百泉沟群众都签了合同,让他很意外。他想不出群众是怎么想通的,是谁做了工作。他看了看田再新说:"你是不是替你的爱人着急呢?做工作不能感情用事,越是这个节骨眼儿,你越是要稳重,办错了一件事,就够我们喝一壶的。"

田再新抬起头来,说:"那我现在干啥呀,就在办公室等着?"

"我看你先汇总一下咱们招商引资的材料吧,县里可能要搞个开工剪彩仪式,如果要我们掌握的基础材料,到时候现整就来不及了。"刘瑞已经接到丁兰的电话,说要搞剪彩仪式,时间没有定,让他要有所准备。他觉得给领导搞个企业基本情况介绍是很有必要的,县领导一旦重视起来,自己有了准备,那会是个啥效果。

田再新也知道刘瑞的心里是咋想的,没有办法,只好去做,说:"那我就汇总材料,有事打电话吧。"

田再新走了,刘瑞想了想拿起电话,说:"喂,丁兰吗?我是刘瑞。不忙。你们企业要搞剪彩仪式的日子定没定?"

丁兰和韩平在旅店里研究剪彩的事,接到刘瑞的电话让她很高兴,刚才还说要通过刘瑞找县里领导,想不到他先打来电话,说:"刘乡长,你忙吗?啊,具体的日子还没定,我正想给你打电话呢,有个事想求你呢。"丁兰一边说,一边用手示意韩平别说话。

"别客气,有事就说,只要我能办的就行。"刘瑞身子靠在转椅上,把脸转向了窗户,看着外面还没有出叶的沙果树。

丁兰坐在韩平的身旁,说:"我刚才就想给你打电话,还真有个事需要你帮忙。开工奠基仪式都准备完了,就差请县里的主要领导和确定日期。我和韩平跟县里的领导不太熟,我想求你帮忙找找领导。关键是县长和书记,这两人得来一个呀。另一个是李强县长,他是主管县长,是必须要找的。我的想法是你先去找李强县长,然后你们俩一起去找书记和县长。这样书记或县长肯定能来一个,你看这样行不行?"

刘瑞早就想到这一点了,这是他最想干的事,但是丁兰主动求他,他故意装深沉,说:"啊,那没问题。不过我现在没有时间,县里和村里都在催着办中心村的建设手续,得等几天。另一个是县里的主要领导可不好找,找李县长还行,我打个电话就可以了。"

丁兰听刘瑞这样说,知道他是在要人情,说:"刘乡长,我知道这件事有些难,可这对你一个乡长来说没那么困难吧。再说项目是你跑来的,关键时刻你也不能把这功劳让给别人哪。你去找领导有里有面,多好的事呀!我可和你说,韩平给你准备了一份厚礼,不是以前那小里小气的了。韩平不在屋,我和你不外,跟你说实话。你不想把这份厚礼给别人吧?"

刘瑞终于装不住了,说:"丁经理把话说到这份上了,那我还说啥呀,我现在就去县里,明天找李县长,然后和他一起去找县长、书记。"

"那就这样，我们中午见。"丁兰合上手机，对着韩平打了个V字型手势，"刘瑞答应了，明天就去找县长书记。"

韩平微笑着对丁兰说："我还得奖励你一次呗！"

"当然，不过，这次要增加新内容，你陪我上街买衣服。"丁兰说着顺势躺在了韩平的怀里。

木青开车去了双青县，和田再新说是去看看丁经理建厂的工程，其实她是想找李强，让他督促一下国土局和乡里。因此她先到了饲料厂的工地，把车停在厂外的空地上，自己走进厂区，进了办公室，屋子里没人，到门卫问，看场地的老头说丁少中上午没来。木青来到正要下地基的场地边，认识的工人和她打招呼，她点头回应。她转了一圈，看见被拆迁的两户民房仍然没有动，原计划要建的围墙也没有建。上次来她没有见到拆迁户主，加上丁少中介绍情况时的神态有些反常，本来她想进屋问问，当时由于太忙了，也就没有入户了解情况。想到这，木青决定入户了解一下拆迁补偿是怎么落实的。她先进了张鹏的屋子，屋子里一股发霉的气味让她有些恶心。张鹏在吃饭，桌子上放着一碗土豆炖白菜，一碟咸菜，张鹏的大黑手里拿着一个买来的馒头吃着，看有人来，他也没动弹，没有反应。

木青有些胆怯地问："大爷贵姓？"

"姓张，叫张鹏。你是谁呀？有事找东家去，我啥也不知道。"

"这房子拆迁给你多少钱哪？"

"东家不让说，我啥也不知道，我把卡都给东家了，你找他问去。"

"合同是你签的字，这房子不是你的吗？"

"我是给人打工的，我要有这房子还能给人家打工吗？等你们一拆我就回老家，在这也就干到头了。"张鹏嚼着馒头，说话有些不太清楚。

木青看老人有些不太明白，再加上屋子里的味让她受不了，她赶忙出来，又来到了高明家。

高明一家三口人正在吃饭,见木青进院来,高明隔着窗户往外看,说:"北方集团那个女领导来了,正好我要找她呢。"

"你别说地的事了,和人家北方集团没关系,占咱们房子的事好好说说。她从那院过来,张鹏啥都不能和她说,她都不一定知道。"高明的爱人刚说完,木青就进屋来。

"吃中午饭了,伙食不错呀。"木青像个老熟人。

"你是北方集团的领导吧,上次你来过,我在屋子里就看见你了。管事的丁经理咋没和你一起来呢?"高明说着把饭碗放在桌子上。

"他不在,我就直接过来看看。怎么样,房子拆迁了之后你们还干点啥呀,住在哪?"木青直截了当地问。

"拆什么迁,我们不知道哇,没人找我呀?就听说那家给了六十万,我还纳闷呢,占他家的房子,肯定得占我家的呀,还能绕过去吗?"高明故意说给木青听。

木青愣了一下,说:"你说给了六十万?你是怎么知道的?"

"我看见合同了,白纸黑字,还看见工行的卡了呢。"

"那个老人不是户主吧,他怎么让我去问东家呢,他的东家是谁呀?"

"他的东家是原来政协方主席,不光这房子是方主席的,还有六十亩好地也是他的呢。"

"你说的地是怎么回事呀?"

"那说来可就话长了,赶上传奇故事了……"

木青听了高明的述说,心情非常郁闷,她也没找丁少中,中午自己在宾馆附近的小饭馆找了个临街的小包间,要了两个菜和啤酒,倒上一杯酒,可是一点喝酒的欲望也没有。她拿出手机,找了一个号拨了出去,说:"喂,李县长,吃饭没有?"

"木青啊,没吃呢,这是啥点呀,都十一点多了,你在哪儿呢?"李强在办公桌前看文件，接了木青的电话把文件放在了一边。

"我在双青呢，没吃饭我请你呗，在县宾馆对面的娜仁酒家，临街的小包间里。我都要了菜，给面子你就过来吧。"木青一边打电话，一边看着街上的行人。

"哎呀，知道你来我请你呗，好吧，我马上过去。"

李强打个车很快就过来了，进屋只见木青一个人，说："就你自己，老丁呢？咋没把他找来，咱俩有啥喝头。"

木青脸色不好，把前面的头发向后一甩，眼睛盯着李强，说："非得找那个不是人的老丁啊？你是不是不愿意和我喝酒，那你就找老丁去，我自己喝，不用你陪。"

"不是那个意思，我以为你和老丁在一起呢。那还找什么老丁啊，木女士请我喝酒，我求之不得。哎，我咋看你有些不高兴呢，又是百泉沟建村的事吧？"李强说着倒上啤酒。

"咋的，喝酒吧，还有节目哇。"李强端起酒杯等着木青。

木青低着头，慢慢地端起酒杯和李强碰了一下，一口干了杯中酒。李强看木青的神态，愣了一下，也一口干了杯中酒。木青拿起酒瓶又给李强和自己的杯子里倒满啤酒，放下酒瓶，端起酒杯和李强碰了一下，也不看李强，一饮而尽。

"哎哎，没有这么喝酒的，不说话就是干。你是不是有啥事？有事咱们说事，别和酒对轴。"李强手拿着酒杯没有喝。

木青长叹了一口气，说："李县长，你说我当这个房地产副经理是不是有些窝囊，老丁你们都瞧不起我，在看我的热闹？"

听木青的话，李强以为木青是为了建中心村迟迟不能开工，对自己和村里有了想法，说："你想多了，村里因为选地址耽误了几天，基本情况你都看见了，他们都在积极工作，没有故意为难你的地方。这回群众都签字了，

我统筹安排一下各种报批手续，你很快就会动工的。"

"我对你和村里没有意见，对丁经理有意见。"

"对他有什么意见，你们配合的不是很好吗？"

"算了，不和你说我们集团的破事了，喝酒，别提那窝囊事了。我早就想和你喝酒了，你在集团的时候，我们的机会还不少，你当上县长以后，还是我和老丁来的那次，你请的我们。今天就算我请你了，场面不大，又没有别人，你不觉得掉价吧？"木青有意这样说，又用深情的眼睛看着李强。

"酒逢知己千杯少，看来你是要和我比画比画了。好！喝酒，再干一个……"

刘瑞坐着韩平的小车从街上开过去，他们在找饭店，到了娜仁酒家的前面，韩平把车放慢，说："咱们在娜仁酒家吃吧，这家小酒店不错。"韩平刚要停车，刘瑞看见李强和木青两个人在里面喝酒，他连忙说："这家不行，到前面看看，去和平宾馆下面吧。"

中午李强和木青并没有喝多少酒，开头喝了几杯之后，两个人聊他们在一起工作的事，当然也聊目前的工作。木青对乡里的工作不满意，喝点酒说了实话。李强觉得这件事不能再等，应该立即落实。

下午一上班，李强就来到了县国土局包世达的办公室。李强是这里的常客，有事没事的，隔几天就找包世达研究全县土地的事。建设中心村的项目当然是工作的重点，他们聊起来经常是神情激动，当然也会争论不休，有时办公室的工作人员还以为他们在吵架。两个人又聊了半天，包世达雷厉风行，马上就要召开股长会议。

包世达对办公室主任小郭说："郭主任，你通知所有股长马上到我这屋开会，先放下手头上的工作。"

"好，我就去通知。"小郭说完就走了。

李强站起身来，说："你们开会吧，我得走了，别影响你们。"

"哎！你别走哇，给大伙儿说说。你不是要结果嘛，散会我就让你拿文件走还不行嘛。"包世达赶忙过来拉住李强。

"开业务会我讲话，不是越权了嘛，那是你的工作。我等一会儿行，工作你安排吧。"李强没办法，又坐下来。

股长们来得很快，两分钟全部到齐。股长们都认识李县长，和他打招呼握手。

包世达看人来齐了，说："咱们临时开个业务会，专门研究一下十个中心村建设用地的手续问题，李县长就等着这个手续。刚才我和李县长讨论了一下，我觉得李县长的想法很好，对于我们全面掌控土地审批业务，对所在的中心村和承建单位都有好处，有利于这项工作的尽快展开。下面还是让李县长给我们股长讲讲吧。"

李强冲着包世达笑了，说："我的老书记还管着我呢，非要让我说说，那我就说说我的想法，就当是对你们工作的建议或者说是参考，究竟怎么做，你们得听包局长的。全县建设十个中心村，其目的和意义就不说了，大家都明白。根据建设十个中心村的总体规划，其中只有一个村是用宅基地置换，九个挪到闲置的坨子上。也就是说，只有一个村的土地问题是要报批省厅的，其余的九个村县局就能批。因此，我对项目的审批有这样一个想法：报省厅的，马上组织所需材料上报省厅，没有得到批复，绝不允许开工；其他九个村的报批，局里可以采取项目审批会议纪要的方式，下文批准，当然要以其具体规划为准，文件中要标明总面积、总户数、每户的面积、街道、公路、总地理位置的GPS定位点等。这些规划里都有，不用去测量，建设单位拿着文件就可以按照规划要求去施工。"

一个股长问："每户的手续不得办吗？"

"这就好办了，住进一户，乡里的土地助理会同土地所办理一户，重新建立档案，规范证照，为以后宅基地出让成为国有土地打下基础。"

一个股长又问:"一个村一级的房子,成为国有土地有必要吗?"

李强看看这位股长说:"你们可能不知道,中心村新建的房子那可是标准的小别墅,成为国有土地可以买卖。有的户要办厂,要做生意用钱,就可以拿它在银行做抵押贷款。"

"对呀,城里的房子能贷款,农村的房子不能贷款就是这个原因吧?"一个年轻的股长说。

"是呀,还有一个好处,这样做可以杜绝乡村两级乱批建设用地的现象,为我们的规范化管理也打下了基础。我说完了,包局长说吧。"

包世达把手里拿的百泉沟村中心村规划往桌子上一放,说:"就这么办了,地政股把百泉沟村的规划拿去,马上按照李县长说的下发一个批准文件,按局里办公会议纪要的形式下发。大家有没有意见?"

"没有,没有。"

"好,散会,赶紧把文件搞出来,李县长还等着拿走呢。"包世达说着把百泉沟村的规划递给地政股长。

木青拿到文件就去找丁少中,让他一起去百泉沟与村干部研究工程开工的事。丁少中看看天色已晚,有些不愿意去,可是见木青的脸色很不好看,他怀疑木青是不是知道了什么。

丁少中试探性地问:"你啥时候来的,天都要黑了还走?"

木青没好气地说:"我都来一天了,可下有了结果,还在这待着,都急死我了。"

"那你咋没去找我呢,在哪儿了?"丁少中心里有些不安地问。

"我上午到工地了,可是你不在呀,我自己找的李县长。你看人家下午就把批文弄来了,托娅找乡里多少次,这劲费的。走,晚上就和村干部研究,明天开工。"木青说着上了自己的小车,丁少中也上了自己的车,两辆车一前一后出了双青县城。木青的车开得飞快,丁少中的车紧跟在后面。

丁兰和韩平请刘瑞吃完饭，本来想下午就去找李强，可刘瑞看见李强和木青在一起吃饭，心想下午他们一定还在一起，就对丁兰说自己还有点事要办，决定明天去找李强。刘瑞到街上买了两瓶好酒和水果，打个出租车来到绿源小区，上楼到了方志南的门外，他侧耳听听，好像有说话声，上前按了一下门铃。"叮咚，叮咚，叮咚。"门铃响了三声，里面的说话声没了，刘瑞觉得奇怪，他站在门外等着。

方志南和刘凤英两人都在家，刘凤英正在埋怨方志南太迁就赵玉柱，以至于隔三差五就来他家，弄得刘凤英不敢在家里呆。方志南也无可奈何，毕竟是他的外甥，给他吃，给他喝，哄他走，让他非常烦恼。方志南正在劝说刘凤英，听见门铃声以为赵玉柱又来了，他赶忙停止说话，光着脚轻轻地来到门口从猫眼往外看，见是刘瑞，他赶忙回到沙发前穿上拖鞋。刘凤英则赶忙进了卧室，关上房门。方志南又回去开门，说："刘瑞来了，快进屋。"

"你在家呀，半天没声，我以为你出去了呢。"刘瑞故意把拿的东西提在前面。

"来了还买东西干啥，咱们也不是外人，谁跟谁呀。"方志南很亲近地说。

刘瑞把酒和水果放在桌子上，说："就给你买点酒，我知道你喜欢喝这种酒。"

方志南非常高兴，过去把卧室的门打开，说："你过来一下，刘瑞来了，快给他沏杯茶。"

刘凤英马上出来，说："刘瑞来了，我在卧室没听见。"

"刘姨也在家呀，没上班吗？"刘瑞说着坐在沙发上。

刘凤英一边给刘瑞沏茶一边说："我正式退休了，不去上班了。咋样，当上乡长忙了吧？"

"可不是，事比当副书记的时候多多了。"

"一乡之长嘛，凡事都得过问，咋样，还习惯吧？"方志南说话的口吻好像是刘瑞的上级。

"哪有当官不习惯的，这得感谢你，要不我能当上这乡长嘛。"刘瑞恭维地说。

"我也就是敲敲边鼓，当然包世达的推荐也很主要。不是当面夸你，你很成熟，别说是乡长，当个书记也能胜任。"方志南变相地邀功，又适当地夸奖刘瑞，好让他对当书记报以希望。

"方主席你过奖了，我这水平你还不知道嘛，这也就干到顶了。"刘瑞好像很谦虚，其实他也想当书记。

此时方志南是既想帮助他，又想利用他。他这样说，方志南知道他心里在想什么，说："当上乡长，书记的位置就离你不远了，一有人事调整，就有提拔的机会。我的老朋友还管用，适当的时候我给你吹吹风。"

"尽麻烦老领导了，真不好意思。"刘瑞说。

刘凤英给刘瑞倒水，说："刘瑞自打你下来之后，来咱们家多少回了，过去和你关系不错的人一趟都没来。人这玩意儿真没处看去，患难见真情啊。刘瑞，你有事就和你叔说，他下来了，可是还有关系在，关键的时候管用。"

听刘凤英这样说，刘瑞马上说："我今天是为了招商引资的企业来的，下午正好没有事，过来看看我叔。"

"什么企业？这事还用你办吗？"刘凤英问。

"是一个生产电动车配件的企业，我们乡招来的，最近要搞一个动工剪彩仪式，我来帮着找一找领导。"

"是嘛，你们还能为县里招来企业？这事是哪个县长分管的？"方志南很感兴趣地问。

"是李强县长管呢，我明天去找他，再和他一起去找书记、县长。"

"这个李强还真有点道道，四年的时间从一个村长当上了县长，我听说还是主管土地的副县长，土地可不好管哪，多少干部都在这上面犯错误哇。看看他是不是真金，能否经得住这个火炉子的锤炼。"方志南说起李强心里就觉得堵得慌，特别是从赵玉柱疯了之后，每到他家来一次，就让他恨李强一次。可是面对刘瑞，他表面上还装得很正义的样子。

刘瑞心里明白，方志南这个仇一辈子也不能忘，表面上这样说，内心里怎么想的，他是非常清楚。他说："是呀，这么年轻就当上副县长，还是主管土地，对他来说是个考验。"

"我听说他的爱人托娅也当上了村长，今年全县建设中心村从百泉沟开始，你这个主管土地的乡长任务不轻啊。上边有县里，下边有村里，人家是一个口径，你夹在当中，工作不好开展哪。说白了，就是你管不着人家，可是出了问题，你这个当乡长的还有责任。"方志南说这话的目的是让刘瑞提高警惕，要注意李强和托娅的关系。

刘瑞对方志南说这话并不意外，也知道他的用意，可是刘瑞最怕的就是村里和县里把他晾在一边，让他这个主管乡长没有一点插手的地方。百泉沟村是他特别关注的村，原因是这个村有钱，建房的一半费用都由村里出，怎么把村里的钱变出来，让他很费心思。可是当着方志南的面还要表示一种态度，刘瑞抬起头来，说："管不着也得管，监管是我们的职责，不通过我办手续绝对不好使。特别是县里和村里又是这样的关系，出了问题，乡里是难辞其咎。"

方志南很满意刘瑞的态度，觉得他听明白了自己的意思，方志南回过头来说："凤英，你去街上买点菜来，晚上我和刘瑞喝点酒。在家里做吧，也很方便，在外面遇到熟人不好，我倒没啥，别影响了刘瑞。"

刘瑞还想和方志南继续聊一会儿，故意推脱："别麻烦了，我到街上吃点得了，还得现做。"

"不麻烦,我做饭可快了,今天让你尝尝我的手艺。你们聊着,我一会儿就回来。"说着话,刘凤英已经出门了。

本来丁少中、木青想晚上就和村里定下开工的事,可是没有想到托娅看到县国土局的文件之后非常不悦。她不是因为文件的内容,而是因为木青找李强,县国土局就马上下文件。事先李强也没有一点消息,连电话都没打一个,害得自己还在找刘瑞求情办手续。托娅当着木青和丁少中的面并没有表现出很生气,只是脸上没有表情,也不发表意见。只有李长玺在和丁少中、木青研究怎么开始施工。丁少中是个老施工员了,事先预见会在坨子上建村,已经在合同里写上改变建房地点会增加费用的条款。丁少中把合同拿给木青看,并用手指着上面的有关条款说:"你看看这里,开工之前要和村里说清楚。"

木青看了看,说:"李书记,按原来的计划,建设地点有所改变,我们得再研究一下要增加的费用。"

"不用研究了,就按原来合同上写的执行!"托娅突然说了一句话,让在场的人都愣住了。

第七章

人们都不知道托娅是怎么了，这么强硬和无理的态度还是头一次。李长玺看看托娅说："木青说得有道理，南坨子有的地方是要挖走一些沙子的，那都需要车运。"

"明天就按规划开工，多余的土方按实际拉方计算费用。李书记，咱们明天到现场确定位置，公路和排污管道完成之后，先建十套一等的样品房，看看群众要求，再进一步建设。"托娅头也不抬。

木青觉得托娅的态度很不好，心里有些不悦，说："村里怎么支付资金？"

"还按原来的计划支付，开工付百分之三十，建完一百套再付百分之四十，全部完工再付百分之三十，留下百分之五的质量押金。"托娅说完抬起头来看着木青的脸，眼睛像两把利剑。

木青听托娅说完，回过头来想征求丁少中的意见，忽然觉得托娅的眼神非常犀利，她又回过头来看着托娅的眼睛。两个人对视了近一分钟，把所有人都弄得不知所措。

还是李长玺打破了尴尬："我说呀，木青经理要是没有意见，咱们的会就到这。你们也很累了，有些具体的事，到时候再研究，这样不行吗？"

丁少中站起身来说："好，就这样，木经理回家吧，我和李书记去瓷砖

厂，在那儿住方便吧？"

李长玺笑着说："何止是方便，我得和你喝一顿酒。木青去不去？喝完酒再回家也不晚，你打电话让田再新等一会儿，十二点回家。"

"我可不和你们去，陪不起你们，回家了。"木青说着就走了。

托娅也不说话，回自己的办公室，丽丽跟在后面。

吴江拉了一把刘福田，和刘福田去了他的办公室，张勇也跟了过去。屋子里只剩下了李长玺和丁少中。李长玺说："走吧，就剩咱们俩了，我让伙夫给咱们俩整一个火锅，喝点热乎的酒，我看你的样子好像没吃饭呢。"

"你真是有眼力，我和木青在一个小店吃的，她要的菜，也不喝酒，我都没吃饱。"丁少中说。

"那就走吧，还等啥呀。"李长玺说着就和丁少中一起出去，上了丁少中的车。

丽丽跟着托娅进了办公室，看托娅那不高兴的样子，有些胆怯地问："托娅姐，你今天是怎么了，说话那么冲。你跑了那么多天的建房手续都没办成这回让建了，你怎么还不高兴了？"

托娅坐在椅子上也不看丽丽，手里拿着一支钢笔在一个本子上胡乱地写着什么，说："我咋高兴啊，我跑了多少次建房手续，和刘瑞说了几次都不行。你看人家木青，早上去的，晚上把批文拿回来了，还是县国土局的红头文件。这事是李强办的，可他都不给我打一个电话。我就觉得木青和李强的关系不一般，他们表面上看着没啥，正经事上就看出来了，不是头一次了，我都记着呢。"

丽丽这才明白托娅是吃了木青的醋，可是说李强和木青关系不正常，丽丽不信，说："托娅姐，强哥不是那样的人，他一定是觉得这件事不用和你说，他们拿着文件来找你就行了呗。他一天多忙啊，那么忙还为咱们建村的事来做群众的工作，我看你是误会他了。"

托娅不满地说:"就知道向着他,你以为李强还是当村长那时候的李强呢,自从当上副总经理就不是他了。那个木青,有个事就找他,就在金洲市,有的时候晚上都不回家,你说正常吗?我怕影响他的工作都忍了。现在来到家门口了还这么整,我是这个村的村长,给我留面子了吗?"

丽丽听托娅这么说,有些不知所措,她哪里知道他们还有这么多的事情。丽丽劝托娅:"托娅姐,你想得太多了,都是工作上的事,不可能的。木青也是看你跑不下来手续,才去找强哥的。干不了活,那么多的设备和人都在那儿等着,她每天得赔多少钱?要是你的话,早就急眼了。"

托娅也觉得丽丽的话有一定的道理,可是她心里还是打不开这个结。她不觉得木青是为了自己的企业着急,而是觉得李强为了木青竟然那么快就办妥了手续,会给自己在乡里和村里造成什么样的印象。她由此又联想到在建村选址的问题上,李强给自己留下了一个多大的难题。现在群众把合同签了,可是到了拆房子的时候,人们都不迁出怎么办。每次想到这,她都觉得非常的担心,担心自己将来无法掌握村里的局面,群众也会因此不再信任她,以至于落选。想到这,托娅向丽丽一挥手,说:"咱们别再说这事了,没事回家吧。"

刘福田、吴江、张勇进了刘福田的办公室。一进门,刘福田就把门关上,并示意吴江小声说话。刘福田小声问吴江:"托娅是咋的了,从来也没有这样过呀,你知道是因为什么事吗?"

"不知道,我还纳闷呢,说话咋这么冲呢,是不是因为——"

"因为啥呀?"刘福田眼睛盯着吴江问。

"我不能乱说呀,你别问了,没事都回家吧。"吴江要走。

张勇拉住吴江,说:"你肯定知道因为啥事,你不说不让你走。"

"我说你们咋那么笨呢,那文件是谁拿来的?"吴江问。

"那不是木青拿来的嘛,谁不知道哇。"张勇说。

"从哪儿拿来的？谁帮着办的？"

"那不李县长嘛。啊，我明白了。"张勇说。

"你明白啥了，我告诉你不许往外乱说呀，都是没影儿的事。"吴江提醒张勇。

刘福田听呆了，虽然明白了，但是他不敢相信。他想了想说："咱们回家吧，可别在这胡扯了。"

清晨，太阳像一个偷窥大地的顽童，从长满黄柳条的坨子坡上露出了它那金红色的脸庞。它用温暖柔和的目光打量着百泉沟，它在期待新的一天这里会发生什么样的变化。即将建村的坨子顶上，李长玺、托娅、木青和丁少中几个人拿着图纸看，不时向远处指着，阳光给他们脸上涂了一层金色的粉底。

天一亮他们就来到了这里，谁也没通知谁，也都没有吃早饭。他们在确定公路、地下管道以及村落房舍的位置。

早饭后，木青就把所有的工程人员和设备全都投入到工地，挖沟的，建房的，拉土的，修路的，全都行动起来。李长玺、丁少中、木青和托娅几个人不停地在工地走动，指点工人按图纸定位。

村里的妇女和老人领着孩子过来观看，在一起议论着，每一个人的脸上露出欣喜的笑容。

庄严的县政府大楼里人来人往，大部分是上班的，也有来办事的干部。李强早上七点半提前上班，和熟悉的人打着招呼，快步向自己的办公室走去。

刘瑞、丁兰和韩平三个人早已等在李强办公室的门外，见李强来了，都迎上前来，握手寒暄。进屋坐下之后，李强给每一个人沏茶，因为秘书还没有来上班。

"我听包局长说你们已经办完土地出让手续，接下来就是开工建设了，还有什么事要办吗?"李强一边倒水一边问。

刘瑞接过来说:"叫你给说着了,还真就有事要办,这不来找你了嘛。"

李强坐在椅子上,看看丁兰和韩平,说:"什么事,说吧。"

韩平示意丁兰说,丁兰也不推辞,说:"我们都已办完各种手续,其实可以开工了,但是为了扩大企业的影响力,我们想搞一个开工庆典,把县电视台等有关媒体都请来,让他们做一下宣传。我想让你给我们主持庆典,再把县委政府的主要领导请来,让他给我们捧捧场。这对我们企业将来的发展会起到不可估量的作用。"

李强笑了,说:"我不能主持庆典,但是我参加。你让我找主要领导,我可没有把握。刘乡长领着他们去找找明海书记吧。你们有企业的相关资料吗?有的话带上一份。"

韩平从包里拿出来一本材料,送到李强的前面,说:"这就是我们的基本情况。"

李强把材料翻了翻,说:"就带上这个材料去找领导吧,下午政府有一个会,见到领导我也给你们问问。丁兰,你看这样行不?"

"行,见到领导你给做做工作,我们去找怕是请不来。"丁兰说。

丁兰在李强当农业经理的时候与他打过交道,当时也向李强表露了自己的心声,但是遭到了李强的冷遇,从此也就再没有和李强联系,偶尔见一面,也是表面应酬,她觉得再纠缠他已毫无意义。面对李强的安排,她觉得无可挑剔,也知道李强不是那小气的人。不知道为什么,眼前这位英俊潇洒的李强,比之当年更具成熟男人的魅力,又让她心里泛起涟漪。丁兰的目光柔情似水,定定地看着李强。

韩平已经看出丁兰的表情有些异样,他回过身来看着刘瑞,示意刘瑞该走了。此时刘瑞心里的想法与李强的一致,他马上对李强说:"那我们先

去找明海书记,看看他是什么意见,再说也应该让他们和领导见见面,要参加庆典,还不知道老板是谁不好吧。之后李县长再做一下工作,这事准能成。"

李强笑了,他笑刘瑞想见领导的机会找得真好,说:"刘乡长说得对,要去找书记,最好抓紧时间,现在就去,不然领导下乡就找不着了。"

刘瑞等几个人都站起身来,丁兰说:"李县长,那我们就走了,你可是说准了,到时候一定去,还要你的讲话呢。"

"我一定去,讲话就不必了,还有领导呢。"李强也站起身来送他们出去。

丁兰握着李强的手说:"领导去了你也得讲话,谁叫你管我们了。"

刘瑞也笑着说:"人家丁兰可是从百泉沟到金洲,又到双青县让你管来了,你可不能伤了丁兰的心哪。"

李强笑着和他们挥手告别,几位匆匆下楼,去找明海书记。

刘瑞和丁兰、韩平找到了明海书记。明海书记积极支持他们,对于参加庆典的事,给出的意见是县里的领导们要研究一下,去不去让他们听信。

刘瑞办完这件事之后就回乡里了,一到乡里就有人告诉他百泉沟村的工程已经开工,县国土局下了红头文件。刘瑞拿到文件看了看,气得他把文件扔在了纸篓里面,回过头来给田再新打电话:"喂!田助理,你在哪呢?啊,到我办公室来一趟。对,马上。"

田再新正在自己办公室看报纸,接了刘瑞的电话马上就过来。进了刘瑞的办公室,看见刘瑞一脸的不高兴,他真不知道是什么事让刘瑞发这么大的火。他站在地中间,问:"刘乡长,你找我?"

刘瑞满脸的怒气,抬头看看田再新,用手指着沙发,说:"你先坐下,我问你个事。"

田再新茫然地坐在沙发上,说:"什么事?"

"县国土局的文件是送来的,还是咱们派人取来的?"刘瑞问。

"是木青取回来的,上午去的,下午拿文件回来的。第二天他们就开工了,真有效率。"田再新很高兴地说。

刘瑞狠狠地瞪了他一眼,说:"百泉沟村开工了,其他村的怎么办?一个标准行吗?他们村有钱,别的村没有那么多钱怎么办?原来我和你白说了,你也没挡挡她,就让她那么去了?上边下文件,你的工作还怎么干,你想过吗?"

"我的工作就更好干了,住进一户,我就办一户,啥麻烦都没了。"

"我说你小子是不是缺心眼,那样办手续我们还有收入吗?乡里还指着你办证收费呢,这可倒好,不得倒搭钱吗?"刘瑞越说越来气,摔桌子上的文件。

"我听说了,中心村的手续不用乡里办了,统一由土地所办,将来都要变成国有土地呢,据说这是李强县长安排的。"田再新有些胆怯地说,用眼角偷看着刘瑞。

"那设这个土地助理干嘛用,回家抱孩子去?"

"这才三个村,不是还有七个村嘛,我还愁干不过来呢。"田再新对刘瑞这一套满不在乎,他都明白相关的政策。

"你还和我穷对付,走,咱们一起去看看,都从哪开工了,有没有占用耕地。"刘瑞说着拿起手包出了办公室,田再新跟在后面。

出了办公室,刘瑞心想还是和田书记碰一下头,看看她是什么想法,如果意见不一样,自己就被动了。想到这,他走向了田书记的办公室,可是办公室的门关着,问了勤杂员才知道她下乡了。刘瑞拿出手机拨通了田美玉的电话,说:"田书记,你在哪儿?啊,我有个事想和你沟通一下呢。"

电话里田美玉的声音:"说吧,我在韩家村呢,没关系。"

刘瑞站在走廊里说:"有这么个事啊,百泉沟村的工程已经动工了,这

事你知道吗？啊，乡里领导和土地助理得去过问一下吧？"

"我知道，我看文件了，没什么问题。我们就按照文件上说的执行吧，如果你有时间去看看，看还有什么问题要我们办的，你在那儿就地解决吧，解决不了的，带回来我们一起研究。"

"好吧，那我就和田再新一起去看看，我回来向你汇报情况。"刘瑞合上手机，领着田再新上了他的小车，小车直奔百泉沟村。

李强处理完几个落地企业的事，想看看十个中心村建设的准备情况和新下发的文件还有什么漏洞，就和秘书小张一起下乡，他们想先到百泉沟村。李强坐在车里给托娅打电话，打了好几次都是无人接听，又打了一次托娅才接。

"喂，托娅，你在哪，怎么不接电话？"李强有些不悦。

电话里托娅的声音："我在工地，你有事吗？"

"都谁在呀？李长玺和木青在吗？"

"你想见的人都在呢，怎么，让我通知他们吗？"

"我在去百泉沟的路上，让他们在工地等我一会儿。好了，等会儿见吧。"李强说着合上了手机。

托娅接完电话，对李长玺说："李强一会儿就到，让你们等他一会儿。我得去一趟南平分公司，那里来电话，有事让我去处理一下。你和他说情况吧，说我去了南平。"

"啥忙事呀，等他来了之后再去呗。"李长玺有些意外。

"不行，一会儿到那就天黑了，我不敢开夜车。"托娅说着开车回到村里，拿上背包就走了。

托娅刚走不久，李强的车就到了。他没有去村里，直接去了工地，在李长玺和木青的前面停下车。李强下车和木青、李长玺握手，也把司机和秘书介绍给他们。李强看托娅不在，他转回身来问李长玺："托娅呢，我刚才给她打电话还说和你们在一起，这一会儿去哪了？"

李长玺愣了一下，说："啊，她才走，说是去南平分公司，怕去晚了天黑，她不敢开夜车，让我和你说一声。你有事和我说吧。"

李强明白了，托娅这是有意躲避他，看来她对木青跑批文产生了误会。他顺着李长玺的话说："对，她是不敢开夜车。没事，有你在就行了，还有木青呢。"

托娅的突然离去，才让木青知道托娅对他俩产生了误会，回想托娅昨天晚上的态度，可以断定这个误会和自己有关。木青是个理智而又成熟的人，对于这样的事，她会采取不做亏心事，不怕鬼叫门的方式，不会躲避，也不退让。然而，托娅的突然离去，总还是让木青感到有些尴尬。木青抬头看看李强，说："你们两个挺有意思，藏大猫猫呢，一个走一个来的，把李书记我们俩当成裁判了。"

因为李长玺在跟前，所以木青才这样说，如果只剩下李强他们两个的话，木青就直说了，不会开这个玩笑。

李强也明白木青的用意，接过木青的话说："你说错了，你们俩是运动员，包括托娅，我是裁判还差不多。"

说着话，刘瑞的小车到了，刘瑞和田再新下车，看见李强也在这，刘瑞很意外，来时想要挑毛病的念头一下子没了。刘瑞满脸的笑容，说："我们来得也太巧了，不用去县里向县长请示工作了。"

李强握着刘瑞的手说："你来得正好，我们和建设双方碰一下头，看中心村建设这样运作行不行。你是主管领导，说说你的意见。"

刘瑞心里很清楚，这样的管理模式是最直接、最方便的，根本提不出什么意见，他故弄玄虚地说："这种方式很适合整块的闲置地，因为县里有权审批，要是耕地下这样的文件就没有意义了，因为批准的权限在省厅。"

田再新听刘瑞这样说，有些反应不过来，刚才在乡里的态度和现在截然

不同，为什么不一样呢，田再新看看刘瑞，又看看李强，一脸的疑惑。

李强还以为田再新有什么意见，说："田助理说说对此有什么意见，具体办业务的，应该有体会。"

田再新就怕李强问他，他只好说："很好，我是没有意见，办手续方便多了。"

木青在一边看看李长玺，两个人都笑了，木青用眼角斜了刘瑞一下，李长玺心领神会，他转过身来，对李强说："没有乡里来指导，我咋觉得像非法建筑似的，心里没有底呢。"

刘瑞知道李长玺是在说他，接过话来说："你别太得意，田再新就是管你的，不按照县里的文件办事，一样会叫停工程。"

李长玺回头看了一下刘瑞说："你管他行，他要管我，那我就叫木青收拾田再新，群众管这叫攒荞麦皮。田助理，你得有所准备，要掉一层皮呀。"

木青对李长玺的回答非常满意，说："李书记说得太保守了，我让他跪搓衣板，不扒他皮，人皮不值钱，特别是脸皮。"

刘瑞听了木青的话，心里很不舒服，可是又没有什么话说。李长玺和田再新也都笑了，李长玺对着木青微微地点点头。

李强被他们的话逗笑了，当然也知道其中的意思，李强觉得应该征求一下木青的意见，说："木青对此有什么意见，还有什么问题，你都提出来。这可是个样板工程，要给其他九个村做个样子。"

木青长出了一口气，说："要说问题，现在还没有，将来可能会有问题，但是我不知道会来自何方。"

"这是什么问题，不能幻想有问题呀。现在不是没有嘛，等有了我们再想办法。"李强明白木青话的意思，他有意岔开话题，"那是排污管道吧，我们去那里看看。"李强说着领头走了过去。

丁兰的新路电动车配件分厂开工庆典，在一片闲置的沙土地上即将进行，大大的彩虹门上贴着白色的大字：双青县新路电动车配件分厂开工庆典。两个大氢气球下垂着大幅标语，一幅是：坚持改革开放，打造优势的人文环境，创一流的工业园区；另一幅是：依托地域优势，发挥高端技术的特长，展现代化的企业风范。彩虹门下放着一排桌子，领导们已经就坐，明海坐在中间的位置。大喇叭里播放着科尔沁迎宾曲，来参加庆典的人都站在彩虹门的前面，两侧停放着很多小车。远处是在建的企业，脚手架林立，欣欣向荣的工业园区，令人振奋。

大会主持人首先宣读了来宾名单，接着宣布："下面请电动车分厂的经理丁兰致欢迎词，大家欢迎！

今天化了淡妆的丁兰非常的漂亮，一套深绿色的女士西服凸显了她女性的曲线和美丽的脸庞。她非常从容地走到麦克风前，展开早已准备好的发言稿，用她那甜美的声音开始致辞："尊敬的明海书记，尊敬的各位领导，各位来宾，女士们，先生们，你们好！新路电动车配件分厂在各位领导、各位朋友的支持和关怀下，今天就要动工建设了，在此之际，我代表总公司领导和新路电动车厂全体员工，向前来参加庆典的领导和朋友表示热烈的欢迎和衷心的感谢……"

此时韩平也坐在领导席上，他早已看过丁兰的发言稿，因此他没有认真听她的发言，而是一直在观察坐在他身边的李强。李强也有发言，他在翻看秘书给他写的发言稿，并用笔在稿子上写着什么。

主持人说："下面请李强副县长讲话，大家鼓掌欢迎。"

李强走到麦克风前，他没有用讲话稿："尊敬的明海书记，各位领导，各位来宾，大家好！经过新路电动车分厂的全体员工的共同努力，以及各级领导和部门的大力支持，这个充满美好前景的现代化工厂终于开工建设了！在此，我代表双青县委县政府，向前来参加庆典的各界领导和朋友表示诚挚

的欢迎,也对新路电动车分厂的开工建设表示热烈的祝贺!"

"电动车配件是一个轻工业产品,目前,我们县开工建设的企业就有四家,其中有食品加工、饲料和医药企业,唯有新路电动车分厂是轻工企业,它的落地建设,必将为我们地区产业的均衡发展起到一个非常重要的作用。"

"科尔沁地区地域辽阔、交通发达,有识之士选择在这里投资建厂,是明智之举,优惠的招商政策,丰富的土地资源,会让你的企业大展宏图,财源滚滚。县委县政府的十二五规划中已经明确提出要充分利用我们县的沙地、闲置地的丰富资源,造林、上风电、建工厂,让我们这个农业大县早日成为工业强县。"

"先生们,女士们,朋友们,勤劳好客的双青县人民已经敞开温暖的怀抱欢迎你到这里来建厂投资,发展发财!谢谢大家!"

主持人说:"下面请双青县县委书记明海同志、双青县副县长李强同志、农业银行双青县分行副行长江帆同志、县发改委主任刘也同志、新路电动车分厂总经理丁兰同志为开工剪彩,鸣放鞭炮。"

六位礼仪小姐手托装有彩带的托盘款款走向前台,几位剪彩的领导手执剪子,在雷鸣般的鞭炮声中剪落了彩带。旁边的工作人员放飞了五百只和平鸽,无数个彩色的气球飞上天空。人们发出一片欢呼声,被挖掘机的轰鸣声打破,一辆一辆的翻斗车排队开过来,等着拉土。

县宾馆的大餐厅,与会的来宾坐了二十几桌,明海和李强因为市政府来人,没能参加宴会,其他全都到场,丁少中和一些工人以及县宾馆的有关人员也都在坐。

丁兰致完祝酒词之后,准备开始为各桌敬酒。她先来到小梅跟前,把她拉到一边说:"你请没请方主席呀?"

小梅回头看看坐满人的餐桌,说:"他在上边的201房间等着呢,怕见明海和李强。他们俩还来不来了？"

"不来了，你通知他，让他快过来。"丁兰着急地说。

"老唐还请不请了，让他们一起来得了。"小梅说着打开手机。

"你通知吧，都让他们来，也许还用得着呢。我去准备敬酒了。"丁兰说着回到了吧台前，向服务员要了杯子和白酒啤酒，又把韩平叫过来，说："韩平，咱们该给各桌敬酒了，你拿着白酒，我拿着啤酒。"

在他们就要给各桌敬酒的时候，方志南和唐占来了，小梅跟在后面，丁兰马上走过来，说："方主席、唐老板快到这边来。"

丁兰把方志南领到首桌，这桌是给明海和李强准备的，他们不来了，只剩下了江帆副行长、刘瑞、丁少中等人。方志南坐在了主宾的位置上，江行长坐在他的左边，刘瑞坐在他的右边，唐占坐在另一边。方志南和在坐的人都认识，一一握手。唐占也和认识的人握手。

人都坐好了，丁少中站起身来说："各位领导，我敬你们一杯酒。今天我侄女的企业开工建设，承蒙在坐诸位的支持和帮助，我先干为敬，各位随便。"说着一口干了一杯啤酒，在坐人的都喝了一口，以示回敬。

丁兰和韩平过来敬酒，丁兰先来到了方志南的跟前，说："我们先敬方主席一杯，感谢你多年来对我的支持和关怀。可以说，没有你的支持，就没有我今天的成就。"

丁兰给方志南的杯子里倒满了酒，双手端起酒杯，方志南接过酒杯，说："我是个没用的人，你得敬他们，那可都是管你的职能部门的领导哇。"方志南喝了一口酒。

丁兰接着给江行长敬酒："感谢江行长大驾光临，我和韩平敬你一杯，以后还得需要你的支持。"

江行长没有动，只是点点头。

方志南说："这是我的老朋友，企业有了难处就找他。"

丁兰端起酒杯，江行长接过酒杯只喝了一点点，说："谢谢！祝你们发财，事业有成。"江行长没有一丝表情。

丁兰愣了一下，接着给下一位敬酒。

丁少中负责的饲料厂工程进度很快，主厂房已经上到第二层，原材料场地和围墙都应该动工了。丁少中想起还有一户的拆迁手续没有办，就领着会计来到了高明家。

此时的高明刚下地回来，看还没放桌子，就帮着媳妇放桌子拿碗。丁少中和会计进屋后，他只是抬头看看，连句话都没说。这么多天过去了，他已经想好了，总有一天会有人来找他。

丁少中见高明连话都不说，还以为他对此事并不在意。"哥们儿这是要吃饭了，才下地回来吧？"丁少中问。

"对呀，可不才回来，还没吃饭呢。"高明不冷不热地说。

"知道你的房子要拆吗？"丁少中说完看看高明的脸色。

"不知道，我还不想拆，还没住够呢。"高明不经意地说。

丁少中有些急了，说："村里没找你吗？没通知你这里要建厂子吗？"

"找了，建不建厂子和我有什么关系，我住我的房子，他建他的厂子，井水不犯河水。"高明理直气壮地说。

"我说老哥，这可是对你有好处的事，你这房子盖的时候才花了多少钱，如果拆迁了，会给你多少钱，你知道吗？"丁少中做起高明的工作来。会计在一边也不敢说话，她看着在外屋烧火的女人。

"给多少钱我也不惜见，没了这房子，前面的地咋看哪。"

"咱们也别兜圈子了，你要多少钱吧？说个价，我听听，看合理不合理。"丁少中很坦诚地说。

高明绷了一会儿，经丁少中这么一说，终于忍不住了："实在要拆也行，那可得给我四十万，少了我不拆。"

"你几间房子要四十万？"丁少中被高明的要价吓了一跳。

"四间房子要四十万，要是十间房子，我就要六十万了。"高明话里有话。

丁少中愣住了，看着眼前这个不起眼的农民，怎么也想不到他会说出这样的话来，看来他是知道给方志南的房子六十万的事了。丁少中故意不往那院的事儿上说："这样吧，我给你二十万，行的话，我们马上办手续。"

高明笑了，说："你和我开玩笑呢？我和你说，四十万，少一分钱我也不拆，你找谁也不好使。"

"没有你这么要的，那也太不靠谱了。行了，我再给你加五万，怎么样？"丁少中妥协了，他知道再和高明相持下去，那是没有结果的，还会耽误工期。

"二十五万？啥数字啊，二百五哇，虎老赶哪？三十五万吧，你加五万，我就给你减五万。"高明妥协了。

丁少中心里明白，他是按着那院的价格要的，看来他们没有做好保密工作，事情真不好办了，丁少中想了想，说："照你说的，我再加五万，你也再减五万呗？"

高明有些回不来神，想了想说："你说的意思是三十万呗？"

"对呀，我加五万是三十万，你三十五万减五万也是三十万，这回行了吧？"丁少中说。

高明有些不同意了："我要四十万，这回变成了三十万，那不少十万了嘛，我亏大了。不行不行，我那口子不会同意的，她要闹起来，我可整不了。"

丁少中的最终底线就是三十万，见高明还不吐口，他摊牌了，这也是他常用的伎俩，说："三十万还不行，那我们走了，你就好好地住着吧，好不容易盖的房子，扒了怪可惜的。咱们走！"丁少中故意说得强硬一些。

高明的媳妇听丁少中这样说,呼的一下冲进屋来,说:"就三十万了,我说了算,行的话办手续,不行你们走人。"

高明不吱声了,丁少中要走吓了他一跳,他不觉得自己没面子,倒觉得媳妇来得正是时候。

包军的服装商店开业剪彩,请来了礼仪公司的主持人和歌手,在服装店前搭起了一米高的台子,台上铺着红地毯,台子旁有个大音箱,有电子琴伴奏,男女歌手交替着演唱,来宾和过路的人们把个小舞台围得水泄不通。

百泉沟村来了两辆大客车,还有包军同行的小车把路两边挤得满满的,已经有些阻碍交通。十一点钟,包军让主持人把来宾领到饭店去就餐,自己留在商店等着后来的人。来宾和观众都走了,商店门前静了下来。包军和店员在收拾东西,收拾屋里屋外。一辆小车停在商店门前,从车上下来了刘瑞和司机。

包军忙放下手里的东西,迎了过来,说:"哎呀,刘乡长来了,快进屋,他们都去饭店了,正好我们一块去吧。"

刘瑞和包军握手,说:"不忙,我们进屋看看,你这买卖真做大了,做到县里来了。"

刘瑞和包军进屋了,他们一边看,包军一边给刘瑞介绍:"这是从沈阳进的新款,回去量一下你媳妇的尺寸给我送来,等我媳妇回去的时候,给你的媳妇带过去一件。"

"算了吧,她那衣服多得是了,一般的她相不中,你这也不容易。干了多少年了,攒的钱都花没了吧?别的不说,光房子不得几十万哪?"刘瑞很实在地说。

包军的心里很高兴,觉得刘瑞也不是别人,就悄悄地对刘瑞说:"你还别说,这房子还真就没花多少钱,借托娅的光了,一百五十平米的商铺,花了四十万,说是内部价。托娅都没来,我一去就给办完了,让我省了三十来万，要不我连进货钱都没有了。"

刘瑞听了包军的话，愣了半天才回答："有人就是不一样，人情到啥时候都得有，这回你可一步登天了，到县城来做买卖。好哇！托娅和李强来了吗？"刘瑞此时已无心看货，心里在想托娅在村里负责建设中心村，这边丁少中又给她的叔叔买房优惠，里面可能有什么交易。

"托娅在金洲呢，说不准什么时候才能回来。李强出差了，一两天也回不来。咱们去吃饭吧，我跟你去。"包军说。

"好，坐我的车去吧。"刘瑞看着这宽敞的房子，频频点头。

第八章

  建设中心村进度很快,排污管道已经铺设完成,已在碾压公路的路基,之后就上三合灰和沥青石子。与此同时开工的十栋房子已经打完地基,墙砌到一人高,已经能看得出房间和院内的整体结构。前来看房子的人多了起来,人们都很关心自己现代化的新房是个什么样的结构。此时,昔日的放猪场已是脚手架林立,装载机、推土机、压路机和大翻斗车的马达轰鸣,展现出令人振奋的场面。工地南面的沙坨子已被黄柳条封住,白沙滩好像是被网住的猎物,趴在黄柳条丛中。站在工地上,背靠着沙坨子向北望去,被长满黄柳条的坨子环抱着的田野一望无边,看房子的人都要驻足北望,人们已经提前感受到住在现代化的新村,出门就能望见能让自己心里踏实的农田。

  听人们说,新房子的设计非常好,双合尔老人很想去看看自己的房子,可是最近身体一直不太好,每天都九点以后起床。不觉得哪疼,他就是觉得浑身无力,不愿意吃东西。爱吃肉的他一闻到油烟味就恶心,连羊肉都不想吃了,因此看上去消瘦了很多。

  今天双合尔早晨八点就起了床,对老伴说:"咱们吃完饭看看新房子,听说要上二层了,得看看能烧火的炕在哪屋,要是不合适,我让他们改改。现在去正好,晚了就不好改了。"

  "家家的都一样,都有炕,托娅不是和你说了嘛。"双合尔老伴说着,把烟和打火机装在一个小布兜里，又把拐棍递给双合尔。

"我不是想看看热闹嘛，去的人都说在那儿住眼亮，地势高，看得远，离坨子近，有溜达的去处。"双合尔一只手拄着拐棍，另一只手被老伴搀着，慢慢地出了门。

两个人来到了小桥上，双合尔累了，坐在桥边的台阶上休息，他拿出烟来点着一支吸了起来。看着桥下潺潺奔流的泉水，双合尔的思绪被带到了昔日的岁月。双合尔用手亲切地抚摸着小桥的木栏杆对老伴说："这小桥经我手就修了三回，那时候没钱买水泥呀，就用木头，几年就烂了。这两年村里有钱了，修了水泥的，三十年没事。我一看见这桥就想起咱们俩结婚以前，那时候水比这大，也没有正经的桥，都是用木头和石头临时搭的，木头被冲走了，桥就断了。有一次我接你到我家来过节，为了和你亲近，我去的时候把小桥的木头扔到了一边，领你回来时，没办法就得背你，就有了机会摸你的腿。"

"这个故事你讲了八十遍了，可是我还是愿意听。那时候我也愿意让你背我，让你摸我的腿，这样你的脖子和后背就是我的了。"

"虽然那时候咱们能见面，也不敢近便哪，要是让人知道了，那还了得，会说你不正经，哪像这时候。"双合尔说。

"你现在自由了，可是要走不动道了。走吧，一会儿晌午了。我拉你一把，自己起不来了吧？"老伴把双合尔扶起来，两个人慢慢地向工地走去。

木青见双合尔来了，忙过来搀扶，把他领到排在一号的房子前，说："双合尔爷爷，这就是你的新房子，一层快要封顶了。"

双合尔四下里看着，说："这一定是车库，这边是菜园对吧？"

"你猜对了，咱们到屋子里看看。"木青扶着双合尔进了已砌完一层墙体的屋子里。

"各位师傅先停一停，让双合尔爷爷看看房间。来，走这边，慢点别摔

着。你看,这就是有火炕的卧室,门外就是一个大厅,左边是卫生间,右边是餐厅,餐厅里面是厨房。二楼是两个卧室、一个大厅、一个卫生间。一般的人家就够用了,如果要求上三楼,就再加一层,地基是按照三层打的。"木青给双合尔介绍着。

"这比包军的房子宽敞,客厅也大。卫生间和厨房跟城里的一样啊,也有自来水?"双合尔有些担心地问。

"全都一样,要比城里的楼好,屋子宽敞,还有小菜园,夏天可以自己种菜,出门没有土路。将来把公园建完了,老人、孩子可以到那里去玩,还能进坨子走走。"木青把双合尔扶到外面一边走一边说。

双合尔想到前面高一些的坨子去看看,说:"走,咱们到那高一点的地方看看。"

到了坨子顶上,双合尔向北望去,被沙坨环抱的万亩农田一望无边,只有几个村屯房屋和树木在这田地之中,说:"等你们的房子建完了,住在耕地里的人家一搬出来,这一大片地多齐整,再用你们的大机器一种,有多好哇。你给我们种地,我们到企业打工挣钱,还不离开家,我们这辈的人想都不敢想啊。这片地是我们的命根子,可它也让我们祖祖辈辈劳累了一生啊。"

"是呀,你们过去不光种地,还要放牧,整天跟着牛群羊群,一干就是几年,几十年,现在好了,不用放牧了。"木青说。

"我听说你们集团和养殖户签了合同,供给他们秸秆饲料,还收购育成的牛羊?"双合尔问。

"对呀,收割玉米的秸秆和稻草的时候就把它分给养殖户,需要多少就定多少,而且是粉碎好的。牛羊可以卖给我们的加工厂,现在加工厂已经完工百分之五十,八月份就竣工了,我估计十一月份就能收购。"双合尔很兴奋。

"这年月的人多有福哇,庄稼人种地开着大拖拉机,夏天里面有凉风,听说还能听音乐……"双合尔听见轧道机的马达声,一回身就觉得一阵头晕,慢慢地坐在了地上,头歪向一边。木青和双合尔老伴都在看远处,没有注意,双合尔倒在地上她们才发现。

"哎!爷爷,你怎么了?"

"老头子,你咋了?"

木青和双合尔老伴忙把双合尔扶着坐起来,双合尔长出了一口气,睁开了眼睛,说:"我觉得睡了一觉,咋这么乏呢。"

木青找来两个工人,让他们把双合尔扶起来,自己去前面把小车开过来,打开车门,工人把他扶进车里,双合尔老伴随后进来扶着他。

双合尔恢复了正常,说:"我还是下去走吧,没事了,刚才就是一扭身扭得急了一点。木青那么忙,回去吧。"

"爷爷,你的脸色很不好看,太瘦了,明天去县里看看吧,用我的车去,我开车送你。"木青开着车,回过头来说。

"我早就让他去看看,就说没事,说有病没病他自己知道,硬装那明白仙。"双合尔老伴抱怨地说。

双合尔晕倒的消息立刻传遍了全村,远在南平的托娅接到阿斯根的电话后马上开车返回,下午三点钟就到了家。此时双合尔家里,阿斯根、包军、李大路、李长玺、孙贵和一些邻居都在,他们已经在这待了一个中午,在等着托娅回来研究去哪看病。李强在省城开会,暂时回不来。他电话上告诉托娅,到家后立刻去县里看病。托娅到家连饭都没吃,拉上双合尔、阿斯根、包军和李长玺直奔双青县医院。托娅没有让奶奶去,怕把她折腾病了。

双青县医院的CT室外面,阿斯根等一行人在等检查结果。大夫先出来了,托娅扶着双合尔跟在后面。

大夫说:"病人需要住院观察,谁是病人家属,跟我来一趟门诊。"

"我把爷爷送到病房,爸,你和叔叔跟大夫去一下。李书记去办一下住院手续,给你钱。"托娅安排完,扶着双合尔去了病房。

大夫看看阿斯根和包军,说:"你们是老人的儿子吧,你父亲的病很严重,已是肝癌晚期。由于病人不想吃东西,所以病情发展得很快,最近可能出现周身的疼痛。因此,你们要有思想准备,给老人准备后事吧。最近一两天用药看看,如果没有什么效果,那就得回家了。"

阿斯根和包军一听,愣了一下,当明白是怎么一回事时,两个人都痛哭起来。

大夫看看两人很难过,就劝他们:"老人很刚强,这病最少也有小半年了,身上哪也没痛,他就没当回事,直到身体太弱了,才知道自己有病。"

包军说:"我听说有进口治疗癌症的特效药,给他用不行吗?我们不怕花钱。"

大夫说:"在得病的初期能有疗效,到了晚期,病人的身体又这么弱,怕是没有什么作用。先住院观察一下吧,我已经开了最好的药。我看老人很开明的,是不是告诉他病情?"

阿斯根想了想说:"先不要告诉他,观察两天看看再说吧。"

李长玺回村里了,托娅、阿斯根和包军留在了医院。双合尔有些不愿意住院,给他挂点滴,他也看不懂用的药。他问托娅:"大夫说是啥病啊,这咋还挂上滴流了?"

托娅看看点滴的速度,说:"说你的肠胃不好,是胃溃疡,就是胃里有炎症,给你输液补补,身体太弱了。"

"回家挂滴流不行吗?我天天听蒙语说书,在这也听不着哇,正说到劲头上了,这不耽误了嘛。"双合尔说着想要起来,可是自己又起不来,阿斯根和包军把他扶起来。

"明天我把你听的段子全都从网上下载下来,等你回去的时候,我用

MP3给你听，想听哪段听哪段，你可以整天听，不用一天只听两段。"托娅说这话的时候，阿斯根和包军都出去了，两个人到了门外，坐在凳子上都点着了一支烟，一边吸烟一边抹眼泪。

阿斯根说："爸这次是难陶登了，还惦记听蒙古说书呢，怕是新盖的房子都住不上了，干了一辈子，刚要住上自己喜欢的房子，这还……"阿斯根说不下去了，痛哭起来。包军早已泣不成声，起身跑到卫生间里大声地哭泣。

晚饭双合尔只吃了一点大米粥，什么也不想吃，吃过饭就睡着了。此时阿斯根和包军也去吃饭了。托娅坐在双合尔的床前，看着双合尔那慈祥而又刚毅的脸庞，爷爷从小到大对自己的关爱像电影画面一样在她的眼前闪过，特别是李强回乡以来，她和李强成长的每一步，都受到他老人家的教导和影响。想到爷爷就要永远离开自己，托娅的泪水顺着脸庞流了下来，托娅背过身去，双肘挂着窗台，望着远处的云天，她双肩颤抖着，强忍悲痛，不敢出声，任泪水横流……

李强和领导请了假，连夜赶回了双青县，到县医院的时候天还没亮。他让司机回了家，自己进了病房大楼。大楼里面静静的，连护士都在睡觉。李强悄悄地来到护士工作台，查看病历，看见双合尔的病房是二十一号二床。他又来到二十一号房间，透过屋门的长条玻璃，看见了正在睡觉的双合尔，托娅坐在凳子上，趴在双合尔的床边。这一幕让李强心头一动，他轻轻地推开房门，进了屋又轻轻地把门关上，慢慢地走到双合尔的床前，见老人面容消瘦而又憔悴，托娅的手里还拿着一张纸巾，脸上的泪痕在微弱的灯光下闪着光，地下已经用过的纸巾已经堆成了堆。眼前的一切说明老人病重，托娅晚上哭了很久。此时此刻，李强心里一阵酸楚，为最疼爱自己的爷爷病入膏肓、为最喜爱自己的女人悲痛欲绝。李强眼泪流了下来，站了一会儿，慢慢地退出门外。为了不影响其他病人的休息，李强下楼，走出医院，沿着公路

漫无目的地向前走去，此时他的思绪回到了童年，回到了回乡当村长、乡长、总经理，以至今天的县长，自己前进的每一步都与这位老人的影响分不开……

李强走出了县城，来到国道302线，天色已经大亮，李强又往回走，过往的车辆多了起来，一辆黑色的小轿车慢慢地停在了李强的旁边，从车上下来木林、木志森和木青。

李强一愣，说："是你们，木董事长、总经理你们好，木青也来了，这么早是从哪来？"李强说着和几位握手。

木志森看着李强说："前天下午木青把双合尔大叔送到家，回去就给我打了电话，说了老人的病情，晚上又给我打电话，李长玺回来说是肝癌，而且是晚期。昨天上午市政府有点事，处理完我们就过来了，到百泉沟已经晚上九点，就住在了那，一早天还没亮就过来了。你怎么走到这来了？"

"我也是一早四点到的医院，进屋看爷爷和托娅在睡觉，我就出来走走，刚想往回走。"李强说。

木林说："上车，咱们先去医院。"

上了车，木志森问："你看老人的状态怎么样？"

"非常瘦，不像一般的病症，这次恐怕是凶多吉少。"李强说。

到了医院，他们直接就去病房，双合尔已经起床，刚洗完脸，托娅正要去倒水，见木董事长、木林、木青和李强一起来了，她愣住了，说："啊，木董事长，你们咋来了，一定是木青打的电话。"托娅说着又把水盆放在了床底下，回头对双合尔说："爷爷，你看谁来了。"

木志森过来拉住双合尔的手，说："大叔，我来看你了。"

"是志森哪，你怎么来了，这么早从哪来的？"双合尔的表情很激动，紧紧握着木志森的手。

"木青说你生病了，我和木林是专程赶来的，昨天到木青那太晚了，住在了那，一早过来的。你感觉怎么样，哪儿疼？"木志森说。

"就是身上没劲，自打昨天后背疼。"双合尔说话有些无力。

"周慧去南方旅游了，没有来，我给她打了电话，她说回来以后就来看你。"木志森说。

李强问托娅："爸和叔叔呢？"

托娅小声说："他们住在旅店，一早还没来呢。"托娅见李强和木青等人一起来，心里有了疑问，所以也没问他是什么时候来的。

双合尔看见李强站在木林身后，说："强子来了，过这边来，我听说你去省城开会了，怎么回来了，没耽误公家的事呀？"

李强来到双合尔的跟前，拉着他的手，说："散会回来的，没耽误会。爷爷，你早上想吃什么，我去给你买。"

"啥也不想吃，就想睡觉，我是不是老得不行了。我就想啊，你规划的房子，我哪管住上几天呢。我前天看了，好，比楼房好，也有楼，能要三楼呢。"

"我让木青先给你盖，你一定能住上新房子。"木林说。

"我是那么说呗，我住不住的不重要，群众能住上就行了，要我说现在住的房子就挺好，和过去比那不天上地下。"双合尔很高兴。

护士来了，说："探望病人的人太多，影响其他的患者，差不多就行了，走吧。"

托娅对李强说："爸和叔马上就到，你领着木董事长他们一起去吃早饭，我在这就行了。"

李强领着木志森他们去吃饭了，双合尔看看托娅，说："托娅，我咋看你和李强有点不对劲呢，是不是闹别扭了？头些天我就看你们不近便，是不是还因为中心村选址的事呀？"

"没有，公家的事，让在哪就在哪呗。"托娅很随便地说，她怕爷爷为

自己的事担心。当然,对他俩的事就更不能说了。今天李强和木青等人一起来,让她心里很不好受。

双合尔的病情没有好转,医院已下病危通知,医生建议回家静养。阿斯根和包军、李强、托娅几个人商量,把病情告诉了双合尔。双合尔没有很惊讶,他非常平静地说:"行了,我活到八十六岁了,该去找我的老战友了,比起他们来,我便宜多了。那咱们就回家,再看看我那新房子,和老伴待几天……"

按照双合尔的意见,出院回家静养,李强也请了假,跟着一起回来了。小车到了百泉沟,坐在前面的双合尔睁开了眼睛,对开车的托娅说:"咱们先别回家,我还想到新村去看看。"

托娅说:"那咱们不下车,我开车走一圈就行了。"

"中,我下车也费劲了,就在车上看看吧。"双合尔有些无奈地说,又直起腰来,抓住了前面的把手。

小车沿着新修的路基开过去,路北十栋新建的楼房一层已经封顶,正在起第二层。双合尔指着第一栋房说:"强子,你看,这就是我的房子,前几天我看过了,好,比包军的楼好。我听说这原来是你设计的,要不咋那么对咱爷们儿的心思。"

"对,还是原来设计的方案,根据群众的意见还可以改动。"李强说。

"咱们回去吧,没盖完有什么看的。"托娅不以为然的说。

小车出了新村,托娅要往家开,双合尔说:"再到那两个屯子走一圈,再让我看看人们的房子。"

"好吧。"托娅听爷爷说这话,一阵难过,眼泪模糊了视线。

沿着三个村屯走了一圈,回到家里,双合尔已经很累了,靠在行李上就睡着了,托娅让奶奶守在旁边,李强、阿斯根、阿斯根老伴、包军、孙贵等街坊邻居在东屋商量如何安排双合尔老人的后事。

木志森和木林、木青看望完双合尔并没有回去，他们想借此机会视察一下新建的饲料厂和食品加工厂。事先没有通知丁少中，他们直接到了厂区。丁少中对木志森和木林的突然到来感到很意外，他马上想到准是木青发现了什么。可是老练狡猾的丁少中一点也看不出来慌乱和紧张，在他的办公室里，非常高兴地给木志森等人倒茶点烟。

"董事长，我真不知道你和双合尔老人的感情这么深，专程来看他。"丁少中一边倒茶一边说。

"那可是我的恩人哪，忘了谁也忘不了他和李老忠啊。我能有今天，和他们当年对我的影响有直接关系，是他们的精神激励我成就了北方集团。"木志森说着，有些激动了。

丁少中有些愕然，他想象不出一个农民会对木志森这样的大老板有影响，说："我真想象不到，都是你影响别人，别人是怎么影响你的。"

"你这个年龄的人不懂，说说工程的情况吧，我也借这个机会来看看工程进度。木林看看总公司的拨款情况，你去财会室吧，我和丁经理聊一会儿。"木志森说。

丁少中心里明白，检查正常工作一般是不看财会账目的，只有在工程结束时才进行审计。他知道一定是木青对木志森说了什么，否则他是不会看财会账目的。丁少中没有办法阻拦，只有听天由命，当然也暗自庆幸自己提前想到了这一点。

木林去了财会室，木青和丁少中留在办公室向木志森汇报工作。木青本来想和木林去看账，可是又一想这样丁少中会对自己产生怀疑。木青主动对丁少中说："丁经理把整个情况说一下吧，我做补充。"

"好吧，那我就说说，先说说这边建厂的进度……"丁少中表面上很自然，可是心里对木青的做法非常反感。他用眼角瞟了一下木青，开始汇报。

木林接过兰会计的账本认真地看起来，兰会计则显得手足无措，笨拙地

给木林倒水,倒得太满了,溢到了桌子上。她赶忙找来毛巾擦,一边擦一边用眼角看着木林。

木林并没在意,看到拆迁户张鹏的给付金额是三十万元的时候,他抬起头来,说:"兰会计,你把拆迁户张鹏的原始手续拿来。"

"好,我给你找。"说着兰会计打开保险柜,拿出了一本单据,从里面找到了张鹏签字的手续,递给了木林。

木林仔细地看着,觉得是原始单据,不像是伪造的。木林抬起头来,问:"办这个手续的时候,你在场吗?"

"我跟着去的,看着张鹏签的字。"兰会计很紧张。

"把合同拿来我看看,是同时签的合同吧?"

兰会计从柜子里拿出合同递给木林,木林没有看其他项目,看见金额也是三十万元。他又对比单据和合同上的签字,也是一个人的笔迹。木林又象征性地看了看其他项目,把账本和单据交给了兰会计,说:"好了,没什么问题。我们有事过来了,顺便看看资金的使用情况。今年上半年的检查就算完了,总体上还算正常。"

"木总,那我收起来了。"兰会计问。

"收起来吧,不看了,你忙着,我到工地看看。"木林说着站起身来。

"我陪你去吧,乱七八糟的路不好走。"兰会计把账本放进柜里,跟着木林出了办公室。

木志森、木青和丁少中也出来了,他们看见木林在前面,就追了上去,一起检查工程。他们走了一圈,来到还没拆迁的两户人家前面,木志森问:"你才汇报的这里要建粮食晾晒场地和仓库,怎么还没拆迁呢?"

"原来定的是下星期三拆迁,同时打场地地基。我想调一次大铲车就都完成了,省工省事。拆迁费都和住户说好了,动工办手续。"丁少中很自然地回答着。

木林用手指着两家拆迁户说："办完手续的是哪家？"

"是十间房子那家，他们的房子多，面积少，那一家房子少面积大，都是三十万。"丁少中说。

木林看看木志森，说："我们走吧，去百泉沟还是回金洲？"

"回金洲吧，有几个要紧的事得抓紧处理一下，双合尔老人病危的时候我们还要来呢，那就不是一天两天了。"木志森说。

木青看木林没有什么反应，也不知道账上有没有拆迁户的六十万，她故意留木志森："晚上别走了，到我那看看吧，房子都起两层了。工程上哪不合理，你们给指点一下。"

木林明白木青的意思，说："家里的事太多了，有事电话联系吧。"

木家三人都走了，丁少中长出了一口气，赶忙回到办公室给兰会计打电话。

木青上车迫不及待地问："哥，拆迁户的赔付金额你看到了吗？"

"看了，户主张鹏，拆迁费三十万，和合同一致，签字的笔迹一样，没有问题。"木林说。

木林的回答令木青十分意外，她觉得这里面一定有问题，丁少中无所不能，在里面搞点小伎俩完全可能。"这怎么可能呢，我听叫高明的拆迁户说的，他都看见合同和银行卡了，他说那个叫张鹏的不是户主，真正的户主是方志南。方志南不光是在拆迁的问题上做手脚，还用非常卑劣的手段非法侵占了集体土地六十多亩。老丁也不是个老实人，和方志南的关系很密切，当中搞点交易那是太可能了。"

听了木青的话，木志森则对木青的怀疑提出了警告："不要听拆迁户的一面之词，他们如此说都是为了自己多得到一些拆迁费而已。再说了，木林已经看了原始单据和合同，我们没有理由怀疑人家呀。你回去之后马上抓紧建房进度，特别是双合尔的房子，最好能让他老人家在临终前住进新房

子。当了一辈子的村干部,尽为别人服务了,可下建新房子,要享福了,他还……"

"你放心,我马上就回去,抓紧施工。"

木青在县宾馆下了车,等木志森的车走了之后,回院子开出自己的车去百泉沟,她开着车,摇摇头,百思不得其解。

木青回到百泉沟以后,没有回家,先来到建房工地,把几个工头找到一起,在第一户新房的前面开了个短会。

木青用手指着眼前已经封顶的小楼说:"大家都知道这栋房子是谁家的。双合尔老人病得很重,医院已经放弃治疗,他现在在家静养。老人为了父老乡亲劳累了一辈子,住进现代化的楼房是老人家的愿望。可是眼看就要完工,他老人家病入膏肓,危在旦夕。我想要和你们说的是,如何想办法加快速度,让他老人家在有生之年住进高质量、高标准的现代化新房。李师傅,你是老师傅了,看看能用什么办法加快这栋房子的建设进度。"

"增加人手,提前进内装修的材料,就是这样,也得二十天完工。"李师傅说。

"每一栋房子都是承包的,咋调人哪?"一个工人说。

"就是呀,人都是可丁可卯,一调走就耽误工程了。"另一个工人说,其他几个工人也都附和着。

"调人就得调有技术的,调去力工也没用。"

木青有些急了,说:"这事李师傅负责吧,怎么安排你们商量,情况我都和你们说了,就算我求你们了。"

"那这样吧,你们每组出一个人,挑能装修的技工。在这干活的工钱我给,这样行不?"李师傅说。

"好吧,我们回去安排一下。"

"只能这样了。"工人们说。

木青的手机响了，说："喂，啊，刘乡长，有事吗？啥时间？啊，那好吧，我这就过去。"

"按李师傅说得办吧，我到乡里有点事。"木青说着开车走了。

刘瑞的办公室里只有木青和刘瑞两个人，刘瑞给木青倒了一杯茶，脸色非常的凝重，回到自己的坐位坐下，抬起头来看着木青。

木青被他的举动弄蒙了，说："什么事，你说呗，咋搞得这么神秘呢？"

"木经理，你是房地产的副经理，你参与楼房销售吗？"

"商品楼的产供销是由丁经理管，我只负责十个中心村的建设和管理。因为这都是计划建的，没有销售问题。怎么了，有问题吗？"

"不是有问题，而是有很大的问题。托娅的叔叔买了商铺，开了服装店，你知道吗？"

"那不是还剪彩了嘛，我咋不知道呢。"木青说着把她的头发甩到脑后，神情很专注，样子很优美。

"他买楼花了多少钱，你知道吗？"

"那我不知道，花了多少钱？"

"一百五十平米的商铺，花了四十万，你说他省了多少钱？"

"什么？一百五十平米的商铺才四十万？那可省得多了。现在商铺的价格是四千五百元一平，一百五十平米省了三十来万元。"

"他自己说省了二十五万元，我后来问了售楼处，他省了二十八万八千元。这件事我也是听包军说，是不是这个情况还不确定。我和你说的意思是，托娅现在负责村里的工程，这里面是不是有问题，是不是有什么交易？"刘瑞说完用眼角瞥了一下木青，木青已经呆若木鸡。

木青不知道该说什么，甚至想不出来为什么会发生这样的事，过了一会儿，说："这件事你不要往外说，我到丁少中那了解一下，也可能是包军在

吹牛，还可能有别的原因，比如用什么东西顶账等等。"

"我可以暂时不说这件事，等你的消息。如果你弄不清楚，我可就采取措施了。因为它关系到我们百泉沟的中心村建设，事关重大，乡里不能坐视不管。"刘瑞很正义的样子。

"怎么能出这事呢，你等一等我。"木青说话的声音小了很多，有些不敢抬头看刘瑞。

刘瑞站起身来，在地上来回走着，说："这屋里没有别人，咱们分析一下，假设这件事是真的，你想想，中心村的所有工程的造价是不是有水分？几千万的工程啊，能看得出来吗？这不是小事，如果让群众知道了，会出现什么问题，托娅的村长还能干下去吗？"

刘瑞的分析不是没有道理，可木青真的不敢相信会有这样的事发生。如果这件事是真的，托娅就是贪污受贿，她还怎么当村长？这件事对李强会有多大的影响？木青简直不敢想下去了。今天丁少中多给拆迁款的事，已经让木青在木志森面前丢了面子，这又出了个少给钱的事。这两件事细一想其实是一个事，都是丁少中在当中得好处。木青想到这气得浑身直哆嗦，她站起身来对刘瑞说："这件事我一定把它弄清楚，你给我一些时间。"

木青走了，刘瑞走到窗前看了看，又悠闲地走到暖壶旁提起来往自己的水杯里倒点水，放下暖壶回到座位上，喝了一口水，又吧嗒着嘴，好像在品尝茶叶的好坏，从他脸上的微笑看得出他心里很得意。

双合尔老人已经卧床，盖着被子躺在床上，说话的声音比平常小了很多，每天饭也吃不下，只喝一点牛奶。阿斯根和老伴、包军都陪伴在跟前。托娅、丽丽、吴江也在，他们帮助招待客人，烧水做饭沏茶，哪忙顾哪。

因为李强县里有会，第二天就回去了。今天他回来，提前打来电话说县委的领导要来看双合尔老人。吴江忙着烧水，托娅和丽丽在洗茶杯。两辆小车开进了院子，从车上下来明海、包世达、李强和县委的秘书，还有乡里的田美玉和刘瑞等人。

李强把他们领进屋子，给大家介绍县里的领导们，之后明海和包世达等领导来到双合尔的跟前。

李强给双合尔介绍："爷爷，县委的明海书记，包局长等领导都来看你了。"

明海拉着双合尔的手说："老人家，我是明海，听说你生病了，前来看看你。你要多保重，要积极乐观地和病魔做斗争。"

双合尔握着明海的手，无力地说："我一个老百姓，县委书记来看我，让我心里热乎啊。我这个党员，都要不听你管了，你还来看我。"

"我早就听世达和李强他们说了，你当过兵，打过仗，当了一辈子的村干部，你有功啊！在百泉沟村，你就是共产党的形象大使，群众心中的好党员。过去我不知道，对你的关心太少了，对不起你老人家。李强当了县长以后，我才知道是你老人家从小到大培养李强，成就了李强的事业和前途，也为我们县培养了一个好干部。"明海有些激动了，紧握着双合尔的手。

双合尔看着明海，听他说这话，眼角流出了泪水，说："强子仁义呀，他心里有咱们老少爷们儿，随咱共产党的根儿啊。这两天，我老梦着和强子在前面的河里抓鱼，河里都有冰碴儿了，可是他只穿了一个小裤衩，说非要摸着一条大鲤鱼给我下酒。这小子犟啊，我让他上岸，他说啥不上来。我都冷得不行了。醒了，我知道这是一场梦。可是我一想起自己就要死了，这心里咋那么难受哇。我自己也劝自己，都八十六了，也该死了，可是我就是惦记这个犟小子……"

双合尔哭了，李强转过身去，看着北墙上早已被熏黑的小学六年级考试得的奖状，泪水像断了线的珠子，沿着脸颊滚下来。

包世达走上前来，握着双合尔的手说："大叔，你要保重身体，好好养病。你看乡里的田书记、刘乡长，还有县里办公室的领导也都来看你了。要

说的话，明海书记都说了，我们都感谢你老人家对我们工作的支持。我们要走了，过两天再来看你。"

送走了客人，李强又回来了。明海要他在家陪双合尔几天，有事给他打电话。明海被双合尔的话感动了，老人对李强的感情太深了，已经超越了亲情，李强寄托了老人一生的期望。

托娅的眼泪还在流，坐在双合尔的一边拉着老人的手，她不敢看双合尔的眼睛，把脸扭向一边。李强走过来，坐在另一边。

双合尔把手伸过来，李强拉住他的手，看着老人的脸。

双合尔说："你们闹矛盾了？因为啥？和爷爷叨咕叨咕。"

第 九 章

李强抬起头来看看托娅，示意她说。可是托娅低下头，还把头扭向一边不说话。李强知道她还在生气，因为有二十多天了，托娅一直不理自己。

"咋都不说话，多大的事能让你们生分。我没几天活头了，不能和我说说，就让我不放心地走哇？"双合尔内心充满了难过，无力地说。看看李强，又回过头去看托娅，消瘦的脸上透着焦急。

"爷爷，你别着急，我们没有什么大的分歧，就是因为建中心村，在选址的意见上有些不一致。你出面帮助解决的嘛。现在工程已经开工，没有问题了。"李强终于先说话了，他怕双合尔着急。

"光是那事吗？表面上看是中心村选址意见不一致，实际上是你向着谁的问题。代表会上大多数代表的意见是选在大片地，可你非要上坨子，还把爷爷搬出来帮你做工作。你不就是为了北方集团好种地，给木青提供方便吗？咋的，不当村长就不为群众着想了？有些事我不想和爷爷说，怕他伤心，给你留着面子呢，知不知道？"托娅说着来气了，声音越来越大。

托娅没有直接说李强和木青的关系，可是李强明白她的意思，最让她生气的还是木青，她怀疑木青与自己的关系不正常已经很长时间了。尽管他做了很多工作，不但没有减轻她的怀疑，而且越来越严重。李强知道托娅太在乎他了，就怕和木青有关系。想到这，李强的态度变得很温和。"托娅，

事情没有你想的那么复杂。我的出发点主要是为了群众利益。一般来说,为了眼前的利益,好做群众的工作;为了长远利益不好做群众的工作。我们要做的事业是群众的长远利益考虑,需要我们耐心地做工作。"李强放低了声音。

"你那耐心是对别人的,对我你不是耐心,是存心。我在你心中已经不是过去的托娅了,是个多余的路人。"

"托娅,你咋这样说李强啊,哪儿多余了?你说,我听听。"双合尔没有明白托娅的用意,觉得她有些不讲理。

"我没屈说他,就说中心村开工这事吧,我还在乡里跑手续呢,人家木青拿着批文找我来了,马上就开了工。你说我是不是多余,把我当啥了?你事先给我打个电话也行,哪管是走走形式,我的心里也好受一些吧。我是村长啊,你给我点面子行不行?"托娅越说越来气,几乎在喊,双合尔无奈地闭上了眼睛。

"行了,这件事是我的错,我认为事已经解决了,你们开工就行了,不用通知你,你也知道是怎么回事。是我大意了,没有考虑你的感受和面子。咱们别吵了,爷爷都生气了,咱们回家再说这事吧。"

李强的态度很诚恳,说的也是心里话。可是托娅则认为李强是想在爷爷面前做戏,摆姿态给爷爷看的,他真正的目的是为了帮助木青。想到这些,托娅毫不示弱地说:"回家说你就服了?你啥事没有理呀,谁说得过你。当着爷爷的面,你说错了,过后该干啥干啥,你那主意正的,别人叫你犟牛一点不屈。"

李强知道无论自己怎么解释,托娅也不会相信。对木青的醋意让她无所顾忌,大声地说,大声地吵,甚至不怕双合尔爷爷着急。李强看看闭着眼睛、双眉紧皱的爷爷,觉得不能再说下去了,他想出去走走,可双合尔拉住了李强的手,说:"强子,你们的事我听明白了,是为了村里建房的事闹出了误会。不是我向着托娅,你是大领导,有个对错得担待点,多通气,误会就少了。"

"好,我以后一定做到,有事多征求托娅的意见。爷爷,你放心,我说到做到。"李强下着保证。

"行了,你别在爷爷面前装好人了,自己掂量着办吧。你别让我太难看,别欺负我就行了。"托娅仍然用话刺激李强。

双合尔见托娅还是不肯缓和矛盾,生气了,说:"托娅,你也是官升脾气长,咋还不依不饶呢。中了,谁也别说了,让我休息一会儿。"说着,他闭上眼睛,不理李强和托娅了。

两人这才悄悄地回家了,一路上谁也不和谁说话。

新路电动车分厂的工程让韩平承包给一个建筑公司,工程进度很快,已经立起两栋架子房砖墙。今天韩平要去总厂,他详细地向丁兰交代工程上所注意的事项。

韩平指着要上横梁的墙体说:"浇注水泥柱子的时候,你得看着,不能光依赖监理。这个活完成之后,有监理看着就行了,你可以轻松一些。没事就到街上走走,别老闷在家里。"

"你别去太长时间了,早去早回来,我自己在家真没意思。"

"所有的手续都准备好了吗?"韩平问。

"要复印的还是要原件?"

"原件就行了,如果需要复印件我再印。"

"总厂要它干啥,是审查吗?"

"对,要进行一次审查,之后确定分厂所生产的零部件以及规模。这次时间要长一些,我尽量争取早点回来。你自己在家,要注意工地上打更的,晚上要适当地检查几次。"韩平有些不放心地说。

"知道了,我去给你拿材料。"丁兰回办公室,韩平也跟在后面。

土地

站合上,丁兰送走了韩平,南下的列车消失在地平线上。丁兰的神色有些迷茫,回过头来,慢慢地走出车站。

高明媳妇一见丁少中要走,从外屋蹿到里屋,同意与丁少中签合同,高明愣了一下,想了想对丁少中说:"等两天再说吧,你让我们商量一下,过两天给你答复。"

丁少中再三劝说,高明不同意,丁少中没有办法,只好答应给三十万,然后走了。高明媳妇埋怨高明。高明说一定能卖到三十五万。高明媳妇将信将疑,也就没有再说啥。可是想不到下午村长就来了,他详细地寻问了占地补偿情况,高明一五一十地说了经过。村长听了高明的述说,埋怨高明要三十万太少了,让他最少要四十五万。另外他对方志南巧占村里机动地的事非常的不满,自打他当上村长就想要回这六十亩地,苦于没有证人,没有办法要回。他也向人打听过,群众都说高明知道此事。所以他在土地补偿的问题上给高明撑腰,让他一定要四十五万,如果丁少中不给,就告到纪委,把巧占土地的事一并告发,如果成功了,村里给高明五亩地作为奖励。

高明真就动心了,按照村长的说法,不但多得了十五万,还能多得五亩地,这样的好事让他高兴得晚上睡不好觉。他有些焦急地等着丁少中登门,啥活也干不下去,没事天天喝着小酒。为了省钱,他买了一桶二十斤装的散白酒。他爱人有些沉不住气了,又见高明整天喝酒,气不打一处来,在厨房炒菜,弄得锅碗瓢勺叮当响,炒了一盘鸡蛋端上来,啪的一声放在桌子上,说:"一天就知道喝酒,你找找人,就这么等着?等不黄也让你喝黄了。"

高明愣了一下,也觉得好几天没有动静,怕是有啥变化,可是又一想,这事黄不了,因为地都买了,厂房一定得盖。"喝酒咋的,有工钱,三十万长到四十五万,十五万够我喝多少年酒了。这事是板上钉钉了,没个黄,说不——哎,你看,那个几个人是不是上咱家来的,前面走的就是那个姓丁的。"高明说。

高明媳妇忙过来看，说："可不是奔咱家来了，你别喝了，快把桌子放下去，来人没有地方坐。"

高明看来人了，不但没收拾桌子，又往小酒杯里到了点酒，说："没地方坐就站着，我也没请他来。"说着端起酒杯喝了一小口，一脸的不屑，一边夹菜一边用眼角看着来人。

"喝上小酒了，日子过得不错呀。"丁少中笑着说，因为来了一次，都熟了，这样说显得近便。

"来了，一块喝点，就是没有好菜，不像你大老板，一顿十个八个菜。"高明回答。

"叫你说的，是老板也不能天天下饭店哪，平时也是家常饭。"说着他坐在了高明的对面，像是要吃饭的样子。

"哎，媳妇拿双碗筷来，丁经理要和我喝点酒。"

"可拉倒吧，我可不喝，这一大早上就喝酒，谁受得了哇。"丁少中推脱着，阻止高明媳妇给他拿碗筷。

"那就给他们沏水点烟，我也就是壶下酒，饭也不吃了。看来领导们来是有事呀，有事你们说吧，喝酒说话两不耽误。"高明不以为然地说。

高明媳妇用眼睛瞪了高明一眼，说："人家来是有事的，你把酒放下不行嘛，酒啥时候不能喝呀？"

高明用手挠挠脑袋，说："可也是，那我就不喝了，放下去吧。"

高明媳妇把桌子拿了下去，高明扫扫炕，让来的其他两个人坐下。

丁少中歪着头看看高明，说："怎么样，想好了没有？想好了我们就签合同，交补偿款。"

高明的脸忽然变得严肃起来，说："想好了，可是和你说的数量有点出入。"

"有啥出入，咱们不是说好三十万了吗？"

"三十万不行,四十五万,你要是同意,咱们就签合同。"

"哎,你这不是讹人嘛,一下涨十五万。你几间房子要四十五万?就是楼房也值不了这个价钱哪?"丁少中还真就没有这个思想准备,一下子多出来十五万元,让他始料不及。

"嫌贵你就别要了,我还真就不想卖这房子,在这过得惯惯的了,这一搬走,心里还有点不好受呢。"其实高明是在装,故意和丁少中绕圈子,他明白丁少中无论如何也得买下这房子。

丁少中心里的底线就是三十万,多一点他都不想给,这又多出来十五万更让他难以接受,说:"你要是这样要钱,那我可就真就没有办法买你的房子了,公司那我可交代不下去。你知道那院的房子我是给的多少钱吗?人家十间房才给了三十万,不信你到我们公司的账上看看是不是三十万?"

高明听丁少中这么说,心里有些打鼓,能让他看账,这说明他有把握,可是在那院明明看见的是六十万的合同,张鹏亲口所说。想到这,高明说:"我不信,那院你给三十万,我的你也给三十万?你知道那院的房子是谁的吗?"

丁少中听高明这样说,心里也没了底,房子是方志南的,外人不知道,可是村里和邻居哪能不知道。如果知道,给三十万群众就不信了。现在只有一个方法,那就是让高明看账,连木林都看过的账,他高明看看有什么呀。想到这,丁少中心里有了底,同时也很得意自己的高超骗术,说:"是谁的有什么关系,谁的谁签合同收款。白纸黑字写的张鹏名字,他按的手印。走,咱们到办公室看看账和合同,之后你再说要多少钱。"

"这可是你让看的,我可没说看你的账,别说我偷看公司机密。"高明觉得蹊跷,所以把话说到头里。

"我让看的,和你没有关系,但是看完你可得做出决定,不能再拖下去了,我们可等不起了。"丁少中一边走一边说。

丁少中让财会把与张鹏签的合同和手续找出来，拿给高明看，高明认真地看着。他见合同和手续上的签字都是张鹏的笔体，给的钱数也真是三十万元。高明看了好几遍，百思不得其解。看完账，高明和丁少中来到办公室。高明一直没有说话，他心里还在琢磨这件事的真实性，总觉得不可能，他相信张鹏不会撒谎，此时他心里有了一个主意。

丁少中让工人给高明倒水，又扔给他一盒烟，说："怎么样，我没骗你吧，你四间房也给三十万，也就是张鹏吧，换一个人都会不同意。我够照顾你的了，你见好就收吧。"

高明喝了一口水，说："这事吧，我就得感谢丁经理了，能把我的四间房和张鹏的十间房等同对待，我再说别的就有点不对劲了。可是，我不能签合同，我和村里还有一些土地上的纠纷得弄清楚，也用不了多少时间，也就是三五天吧，完了之后我就找你签合同。这样行不行？"

丁少中觉得也不会再出什么别的事，再说也不差这三五天，说："也行，不过你可不能拖得太长了，时间长了会影响我们的工期。"

"那我就走了，过两天见。"说完高明就走了。

财会也都回去了，丁少中坐在椅子上细想着这件事，觉得不会有什么差错。高明对木青说的方志南巧取村里土地的事，与公司的事无关，也用不着他担心。想到这，他长出了一口气，点着了一支烟吸了起来。

木青听了刘瑞说的情况之后，她没有声张，自己开着车去了双青县。直接到售楼处，找到会计查看已经售出楼的原始单据，终于找到了包军所买的商铺手续。单据只有两张，一张是四十万元的缴款收据，另一张是丁少中写的欠条，也是说明手续，在欠条的下面标明：用瓷砖抵顶二十九万八千元。木青看后气得直哆嗦，已经明令禁止过此类事，丁少中仍然不改旧习，还把托娅拉上犯错误。可是她又一想，是不是托娅从中做了手脚。想到这，她拿去复印手续，拿着这份手续去找李强。

开车到了县政府,她又犹豫了,把车停在了公路旁。木青看了看复印件,觉得还不知道事情的来龙去脉就去找李强,有些不妥,还是先找丁少中,问清情况再说。想到这,木青调转车头向饲料厂开去。由于木青心里有事,车开得有些快,险些与迎面驶来的大货车相撞,一声鸣叫,木青把车煞住,躲过了大货车,吓得木青直闭眼睛。

工地办公室里,惊魂未定的木青喝了一口水,仰卧在沙发上,闭着眼睛,半天不说一句话。丁少中不知道木青来有什么事,想问问,可是见她的脸色很不好看,又不敢问。他给木青的水杯里倒水,用眼角偷看木青的表情。

木青直起身来,看着丁少中问:"丁经理,商铺你按照什么标准收的商铺钱?打的白条是怎么回事?"

丁少中明白了,原来木青是为了包军商铺的事在生气。他早已料到木青会有一天来找他,可是没有想到来得这么早。此时的丁少中非常沉着,很随意地说:"也没有什么标准,就按照托娅销售瓷砖时带给公司效益的数额定的标准,给她优惠了二十九万多元。当然,她给公司省的钱要比这多很多。托娅那人,你给她钱她都不要,我看这也是个机会,走走人情,所以我就明着写账上了,也不用瞒谁。"

看丁少中的态度,木青气不打一处来,说:"我说老丁,去年董事会的规定你忘了?这是不允许的,这样做会出什么问题,你应该明白吧。你是不是故意的?你为什么不和我说?我是副经理,你知道我的权利有多大吧。"

"我当然知道,我想你能同意这事,托娅也不是别人,这种事再正常不过了。别说是三十万,就是五十万、一百万也是可以的。咱们公司不吃亏就行了,别的无所谓。"丁少中说得十分轻松,没有一点的不安和愧疚。

木青惊愕得说不出话来,她用手指着丁少中说:"丁经理,你犯了大错误,闯大祸了。托娅知道这些事?你和她说过吗?"

"她还不知道呢，就是知道了，她能不愿意呀？我想和她说，还没找到机会呢。"丁少中不以为然地说。

此时木青才明白父亲为什么非要让她来当这个副经理，通过这一件事就可以看出丁少中的胆子有多大，手段有多高。来之前，木志森已经在董事会上宣布木青分管全公司的财务，有权查看所有分公司的账目，看来这也是父亲有意而为之。想到这，木青反倒平静下来，觉得应该让丁少中对自己放松警惕，顺着他的话说，也好得到一些有价值的线索。

"你说咱们公司从托娅所卖瓷砖中受益，账上看得出来吗？"木青带着认同的口吻问。

"看不出来，那些都是上不了账的，只有我私下掌握。"

"不在账上，怎么能看得出来是对我们公司有利的？"

"这我心里有数，有的时候也得记账外账。"

"你买瓷砖有不上账的吗？"木青紧盯着问。

"那没有，都得上账，不上账我不亏了嘛。"

木青基本上听明白了，看账就能明白全部的事，说："这件事你打算怎么处理，如果托娅不同意怎么办？"

"她能不同意？不同意就交钱，那就别赖我不够意思。情我是过去了，不领情我也没办法。"丁少中没有一点的悔意，根本没把它当成一回事。

此时木青强压着满腔的怒火，表面上很平静地说："那好，我去问问托娅，看她是什么意思，你不介意吧？"

丁少中愣了一下，说："那就不必了吧，我找个时间问问就行了，不同意就交钱呗，那有啥呀，还用惊动你。再说了，你问她，她能好意思不交钱？那不把李强和我们的关系搞砸了嘛。"

"李强和我们是这种关系吗？丁经理，你知道你在干什么吗？胆子也太大了吧。就算是托娅在销售瓷砖时给咱们公司带来好处，可是她和你要过情

吗?你这样处理问题的目的是什么?"木青严肃起来。

"这时候人们办事还用明说呀,哪有直接要钱的。我的目的是为了公司的长远利益着想,我也没藏着瞒着办这种事情。你要是上纲上线我也没办法,随你的便,咋处理我接着。"丁少中没把木青放在眼里,拿出他那死猪不怕开水烫的架势来对付木青。

木青气得脸色煞白,一股身起来,拿起手包出门,上车就走了。

丁少中轻蔑地看着木青开车远去,一脸的不屑,慢慢地点上一支烟吸了起来,神色越来越凝重。

木青开车来到县政府,刚把车停到一边,就看见托娅从一辆大众牌小汽车上下来,身后跟着两个不认识的男人。一起进了县政府大楼。木青没有下车,想了想开车离开了县政府,在县宾馆门前停下。她想住下,可又觉得这种事在李强和托娅两个人的面前说会让托娅产生误会,也会让李强很尴尬。想到这,她决定回百泉沟去,用电话和李强沟通。

上楼的不是托娅,而是李强的前女友杜萍,她领着两个工作人员是来找县长的。他们要在百泉沟建一座木板加工厂和风电场。她和李强一别五年,从没通过信。到海南的第二年她就和时任海南风电场的经理刘亮结了婚,由于杜萍与刘亮是夫妻关系,她只好当了场内的一名技术工人。两年以后,企业扩大,他们又从新毕业的大学生中招收了五名工人,其中有一个叫江小红的女生长得非常漂亮。她进厂时间不长,就和刘亮打得火热,借工作之便两人经常在一起吃饭,出差。风言风语早已传入杜萍的耳朵,杜萍没有声张,强忍怒火,装作不知道。终于有一天,在他们常去的酒店里,他们被杜萍堵在了被窝里。愤怒至极的杜萍当场痛打了刘亮和江小红,第二天就和刘亮办理了离婚手续,同时也向总公司提出申请,要求调离岗位。正好总公司要在双青县建风电场,在百泉沟村建木板厂,人选还没有定。杜萍的要求让领导喜出望外,当场决定让她担任厂长。杜萍毫不犹豫,决定去当这个厂长,去创建新的风电场和木板厂。要是在过去，她是不可能去的，不为别的，只为李强和托娅，为这个让她牵挂的地方。可是今天却不同了，刘亮的见异思迁让她更加思念李强，她恨不得马上办工厂，在百泉沟和李强一起工作，建设新农村。经过近两个月的准备，人员、规划、设备、资金等都已到位，杜萍就和工作人员先到县政府申请立项和办理土地手续。

在门卫，杜萍向工作人员打听："我们是找负责建厂立项、分管土地的主管县长，请问是哪个办公室？"

"啊，那是李县长分管，三楼东侧，303室就是他的办公室，正好他在呢。今天找他的人还少点，往天得排队。"门卫说。

"谢谢你了。"

"不客气。"

"我们上去吧。"杜萍和两个工作人员上楼了，门卫觉得说话的女人面熟，像以前来过。

303室门外，杜萍听见里面有人在说话，她看看两位工作人员说："你们在我说的时候提醒我一下相关数据，我记得不太清楚。"说完杜萍敲门。

"进来。"是李强的声音。

杜萍一听，觉得声音特别的熟悉，这么像李强。不知道为什么，杜萍的身上起了一层鸡皮疙瘩。她赶紧推开房门进屋，见一个工作人员站在县长的桌前挡住了县长。

听到有人进来，秘书这才起身回头看，他以为是托娅，说："哎，嫂子来了，你还用敲门哪，快坐下，我给你沏水。"

李强一看也以为是托娅，刚要说什么，却发现她是杜萍，愣了一下，马上站起身来，说："杜萍？你是从哪来的？"李强说着，忙走过来和杜萍等人握手。

"杜萍？"秘书也愣住了。

"她是我的同学,和托娅长得很像,你看错了。杜萍,你还好吧?"李强抑制内心的激动,表面上很平静。

"你当了县长?进步这么快。"杜萍感到非常意外,怎么也想不到他会在短短的四年里当上副县长。

"四年了,你音信皆无,我还以为再也见不到你了,更不知道你的情况咋样。"李强有些伤感地说。与杜萍分别时的难过又袭上他的心头,李强不由得低下了头,不敢看杜萍。

杜萍接过秘书倒的茶,喝了一口,掩饰着自己的激动,又慢慢地抬起头来,说:"我不知道你已经当上了副县长,以为你还在百泉沟当村长。这次来县里,主要是为了新能源公司要在百泉沟建木板厂和风电场的事。总公司让我当了这个项目的经理,前期设计、规划和招聘人员等工作都已完成,现在找县里,就是办占地手续,想不到还是你分管,真是天意呀。"

"李县长,白主任找我有事,我得去看看,你有事给我打电话吧。"秘书见杜萍和李强的关系不一般,推说有事走了。

"你去吧,暂时没事了。"李强说。

跟杜萍来的两个工人也看出了两个人不像一般同学,一定有故事。一个工人说:"我们先去一下宾馆,把住的地方安排好了再回来,要是忙就给我们打电话。"

"好,你们去吧,十一点之前赶回来就行。"杜萍说。

屋子里只剩下了李强和杜萍,他们的谈话自然没了约束。李强问了杜萍的情况,杜萍没有说,李强知道她一定有苦衷。看屋子里没人了,李强又问杜萍:"你和刘亮过得好吗?后来我听说你和刘亮结了婚。"

"我们已经离婚两个多月了,你想我能好到哪去。"杜萍眼泪在眼圈里打转。

李强觉得很意外,说:"为什么离婚?我们没分手的时候他就追你,怎么追到手就离婚了？是你提出的，还是他提出的离婚？"

杜萍声音小了很多，说："是我提出的离婚，他找了小三，让我抓住了，我一气之下就和他离婚了。"

"这个刘亮竟然是这种人，真看不出来。所以你就到百泉沟来当厂长？"李强问，眼睛看着杜萍。

杜萍的眼泪不断地流下来，说："我还咋在那工作？当初我去海南主要是为了回避你和托娅，我不想打扰你们的生活。出了这事，我就特别想回到百泉沟来，就想和你一起工作，去和你的乡亲们建厂，因为那样能看到你。我有时就想，如果我当时不给你和托娅让位，你能和我结婚吗？"

李强点点头说："能，我们毕竟相恋了四年，尽管我心里有托娅，那我也不会和托娅结婚，我没有理由离开你。可是你选择了离开，成全了我们，我觉得你很高尚，我永远都会感谢你的。"

杜萍听了李强的话，所有的委屈一起涌上心头，因为是在李强的办公室，才没有放声大哭。她趴在沙发的扶手上，双肩抖动，就是不出声音。李强走到门口把门锁上，他怕来人看见。此时李强非常理解杜萍的处境和遭遇，也感觉是自己害了她。遇事果断的李强面对杜萍，显得手足无措。他走到杜萍跟前，想拉起她，又觉得她在自己面前哭是在发泄委屈。回到办公桌前坐下，他又怕来人看见，让自己说不出道不明。他又站起来，走到杜萍身旁，拉起她的胳膊，说："别哭了，让人看见不好。事都过去了，要振作起来，你还年轻，办好你的厂子，不要被这么点困难吓倒，我一定会尽全力帮助你的。"

杜萍慢慢地抬起头来，李强递给她纸巾，她擦干了眼泪，说："在你的面前我就想哭，我也不怕你笑话我，哭完我心里好受多了。"

"好了，我们说正事吧，你的厂子在哪建？在你们基地吗？"

"风电场在坨子上建，木板厂在基地建。"

"在集体土地上办厂要先依法征收,之后才能以出让方式供地,这要和土地部门研究一下。你有规划吧,拿来我看看。"李强接过杜萍递过来的规划书,认真地看了起来。

木青回到百泉沟,就看见人们匆忙地走动。木青停下车,问:"大嫂,你这是要去哪呀?"

"双合尔爷爷病重了,刚才都把李长玺找去了,我也去看看。"

"那你上车吧,我也去。"木青打开了车门,妇女上了车。

木青把车直接开进了双合尔家院子,两人下车进屋,见很多人都在屋子,托娅坐在双合尔跟前,木青愣住了,说:"哎!托娅,你不是去县里了吗?我眼看着你进了县政府,我开车回来,也没有车超过我,你飞回来的?"木青一脸的疑问。

"我也没出门呀,一直就在爷爷家了。你看错了吧,难道是……"托娅没有说下去,但是她预感到可能是杜萍,想了想问,"你看见的人和我长得一模一样吗?还有其他人吗?"

"还有两个工人模样的男人,他们一起进了县政府大楼。"

"是不是杜萍啊,只有她和我长得一模一样,一般人分辨不出来。你没见她进了哪个办公室?"托娅还是很关心,进一步问木青。

"没有,我有点事,就赶忙回来了。"说着话,木青来到双合尔的跟前,拉起他那精瘦而又无力的手,说:"爷爷,你感觉哪疼吗?"

"我浑身哪都疼啊,没有几天活头了。我听说你为了给我盖房子调动了不少工人,你的好心我领情了,可惜呀,我可能住不上了,可是乡亲们能住啊。这一天乡亲们盼了多少年了,谢谢你孩子。你能亲手给群众建楼,建新农村,你是你父母的光荣啊。志森和周慧没有忘记乡亲们,没有忘记他们都是共产党员。我死了,你不要告诉你的父母,大老远跑一趟不容易,也是六十多岁的人了,路上有个闪失咋整,多叫人担心。"

"爷爷，对不起，我的房子建得太慢了，没能让你住上像别墅一样的好房子……"木青说着眼泪已经流了下来。

"孩子，别难过，你很尽力了。我已经看见房子的模样了，这不比我的老战友孙长友和李老忠强多了，他们啥都没看见。见了他们，我就告诉是木志森的姑娘给乡亲们建的房子，叫别墅，就是和城里的楼房一样，比楼房还好的房子，你说他们能不高兴？"双合尔很兴奋，但是也很累，说完就慢慢地闭上了眼睛，木青和托娅以及在屋子里的人都流下了眼泪。

李长玺和阿斯根来了，看他们俩进屋，人们都走了，屋子里只剩下了托娅和包军夫妇。李长玺问托娅："爷爷怎么样，吃点东西没有？"

"只喝了点牛奶，刚才说了会儿话，又睡着了，身体很弱，看来得准备后事了。"托娅说着，眼泪又在眼圈里打转。

包军说："衣服什么的都齐全，头几年就准备好棺材了。准备伙食，招待来人就行了。我已经和东街徐守忠的儿子定好了，都由他安排人做饭做菜，接待来人。"

阿斯根说："用钱你说话，我这有，找托娅也行。"

"我有钱，先不用。"包军说。

双合尔醒了，看见李长玺也在，摆摆手把他叫到跟前，说："长玺来了，挺忙的，往这跑干啥，咋看也就这样，没几天活头了。"

"爷爷，你别那么悲观，病也怕刚强的人，多吃些有营养的食物，过几天就缓过来了。"李长玺安慰着双合尔。

"你大叔我啥不明白，自个儿快不行了还不知道？我不怕死，人早晚都是这条路，八十六了，够本了。"双合尔看看阿斯根和托娅等人，"你们都出去一下，我和长玺有话说。"

"长玺把你奶奶叫过来。"

"奶奶，我爷爷叫你，过来一下。"

双合尔的老伴慢慢地下地,来到双合尔跟前,说:"啥事,你说吧。"

"你去把我的那个小木头盒子拿来。"双合尔很无力地说。

双合尔的老伴从炕柜的格子里拿出一个很旧的小木盒子,把它交给了双合尔,双合尔打开盒子看了一下,说:"长玺呀,爷爷求你一件事,这个东西你先替我保存好,等我烧百天的时候,你把李强和托娅找到一起,让他们俩在我的坟前把它烧了。这事我不想让别人知道,知道了也没有用,只有你能把他们找在一起,他们信任你。"

"这是什么?是……"李长玺要想看看。

"长玺呀,咱们爷们儿没处够哇,几十年了,父一辈子一辈的。爷们儿要是有下辈子,还找你们老李家的人做邻居。"双合尔深情地说,声音有些颤抖,眼泪从眼角流了下来。

听双合尔说这话,李长玺放下盒子,眼里含满了泪水,说:"爷爷,我们都和你没处够,以后我们有了要紧的事,找谁问去……"

"我老了,啥事也跟不上形势了,好在托娅和你搭班子,上面还有李强,咱们村群众的日子可要好过了。我没这个福分,看不见了,但是我知足,这就不错了。"双合尔又累了。

李长玺又拿起盒子,说:"爷爷,我能看看吗?"

"你看看吧,别给外人看见。"

李长玺打开了那张已经旧得发黄的纸,快速地看完,上面的内容让他非常震惊,说:"爷爷,这东西你咋还留着呢?这是为什么?"

第 十 章

双合尔去世了，他是拉着李强和托娅的手咽气的，当时的情形令在场的人肝肠寸断，悲痛欲绝。

李强在家陪双合尔老人好几天了，县里通知让他马上回去签署一个合作合同，就是新能源公司的风电项目在太平川乡一带落地。李强刚到县里，合同还没有签署，就接到托娅的电话，说爷爷要不行了，他在找李强。李强赶忙把合同签完，也没有看合同内的具体条款，因为是和杜萍签合同。他开车又往回赶，车子开得飞快，一路上不断地超车，不到一个小时就到了家。

此时的双合尔老人又昏睡过去，李强快步来到跟前，轻声地呼唤着："爷爷，爷爷，我是李强，我回来了。"

已经奄奄一息的双合尔似乎听到了李强的呼唤，他慢慢地睁开眼睛，看清了是李强，眼里一下就盈满了泪水，他把右手慢慢地伸给了李强。李强握着双合尔那干瘦的手，忽然感到这个从小到大关爱自己的老人就要离他而去，心里像刀扎一样难受，眼泪顺着脸颊往下流。双合尔的嘴动了动，声音很小地说："托……娅……"

李强听明白了，说："托娅，爷爷叫你呢。"

"爷爷，我在这儿。"双合尔看看托娅，又动了动左手，托娅明白了，用双手握住爷爷的左手。

双合尔看看托娅,又看看李强,断断续续地说着:"托……娅……强……子……不管……你了……"老人慢慢地闭上了眼睛,渐渐地没了呼吸。

"爷爷!爷爷!"

"爸!"

"大叔哇!"

哭叫声、呼喊声响成一片,也听不出个数来。在这儿看守多天的几个老人开始给双合尔穿衣裳,一个老人说:"都先别哭了,等安排妥当了再哭。"

村委会对老人的丧事做了非常细致的安排,还成立了治丧领导小组,李长玺任组长,两委会的成员都是组员。

双合尔的追悼大会三天后在县火化厂的吊唁大厅举行,车停了一院。县领导明海书记、包世达局长和木志森、木林、木青、田美玉、刘瑞、田再新等人站在人群的前面,吴江、官布、孙贵、二迷糊、留留、白板等群众都站在后面。

刘福田主持追悼会:"各位领导,同志们,我们怀着沉痛的心情在这里悼念我们的老书记,老村长双合尔同志。首先让我们向双合尔同志默哀……下面请百泉沟村党支部书记李长玺同志致悼词。"

李长玺面色凝重地走到前面来,说:"各位领导,同志们,双合尔同志因患肝癌,经医治无效,于二零一零年六月二十日十一点二十分逝世,享年八十六岁。双合尔同志十九岁就参加了解放军,打过仗,负过伤。解放后,他在百泉沟村当过十年的民兵连长,当过二十五年的村党支部书记、村长。年龄大了,退下来以后,他不忘党的为人民服务的宗旨,在大事大非面前坚持原则,心系乡亲,在百泉沟村群众中享有很高的威信,在群众的心里筑起党员形象的丰碑。他老人家的逝世,是我们百泉沟村的重大损失,我们失去了一位好党员，好干部，好长辈。让我们化悲痛为力量，继承他老人家的遗志，把我们社会主义新农村建设得更加美好……"

火化双合尔之后，按照他老人家的愿望，把他的骨灰埋在了他父亲的脚下。下葬时，全村的群众除了孩子以外都去了。这个村有史以来从没有人像他这样深受群众的爱戴。整个村子，每家在双合尔出殡的三天里都不看电视里的文艺节目，以示对老人的哀悼。

高明在家琢磨了两天，他觉得最好的办法就是套张鹏的话。他在商店里买了个笔式录音机，别在上衣口袋里，看看没有人来，悄悄地溜进张鹏的屋子。此时的张鹏正在做饭，屋子里让他弄得乌烟瘴气的。高明一进屋，就呛得直咳嗽，"哎！我说你咋不收拾收拾炕呢，这烟都从灶坑出来了，多呛人哪。"高明说着赶忙进了里屋。

张鹏终于做完了饭，眼泪巴擦地进了里屋，他用大黑手擦擦眼睛，说："你来干啥？我啥也不知道，别说我撵你啊。"

"老哥你可真逗，就你那点事还能瞒得住我呀。姓丁的给了你多少钱，以为我不知道哇。就这事说了又能咋的，钱不是到咱们手了嘛，那是真的，能把咱们一个穷老百姓咋的。"高明不以为然地说。

张鹏看看高明，说："你咋啥都知道呢，谁和你说的？"

高明心里有底了，张鹏的话表明丁少中肯定给了他钱，但是给了多少，要他干什么，得弄明白。他坐在炕上，看看桌子上的土豆菜，心里有了主意，说："老哥，你喝酒就这菜呀？"

"这还要断顿了呢，我不管菜好赖，有酒就行了。"

"我去买点熟食和酒，今天没啥事，跟你喝点酒，中不中？"高明看着张鹏说，在等他的答复。

"那你多买些酒吧，剩下的我下顿喝，还真就没有酒了。"张鹏很高兴，不客气地说。

高明真的去买酒了，张鹏拿起桌上的土豆菜去厨房热……

木青送走爸爸和哥哥就回到了村里，李长玺和刘福田都在，托娅家里还有客人，没来上班。木青的神情很沮丧，进了屋也不说话，安静地坐在一边。

李长玺站起身来，说："木经理怎么了，这么不高兴。其实大家的心情都一样，还得振作起来。"李长玺知道木青是因为双合尔老人的逝世而心情不好。

"双合尔爷爷的房子完工了，可是……"木青的眼睛里满含着眼泪，没有说下去。

李长玺也长出了一口气，说："是呀，真遗憾，在这个村子，最应该先住新房子的人就是双合尔爷爷，他还永远地走了……"

"你让包军来办手续吧，办完手续到我那儿拿钥匙，其他九户也同时办手续，办完手续五天之后找我取钥匙。"木青说完也不等李长玺说什么，起身就走了。

木青开车来到双合尔的新房前，李强从隔壁的房门里出来，看见木青，就朝她走过来。李强来到木青的跟前，说："我才想看看双合尔爷爷的房子，可是进不去，旁边的工人说钥匙在你那，你去哪里了？"

木青一边开门，一边说："我去村里了，通知包军交钱办手续。就差这么几天，双合尔老人没有住着新房子。"

李强听木青这样说，心里涌上一阵酸楚。他什么话也没说，只是跟着木青往里走，去看一个又一个的房间。当看见有火炕的卧室时，李强站在那里眼泪流了下来。

木青看李强难过，忙对他说："咱们上楼看看吧。"

李强仍然没有说话，跟着木青上了二楼，他一直在怀念双合尔爷爷。此时木青的心里在想包军买房的事，她觉得现在和李强说是个最好的机会。她看看李强的脸色，有些犹豫地说："我有个事想和你说，可是我的心里很矛盾，不知道该不该说。"

李强站在窗前看着远处的原野，听木青这么说什么，回过头来说："和我有什么不该说的，有啥事你就说呗，客气啥。"

木青抬头看看李强，说："我说了你可不要难为托娅，托娅也可能不知道这件事。我还不能确定事情到底是怎么一回事。"

"什么事，和托娅有什么关系？"李强进一步问。

"包军在县里买了商品楼，这你知道吧，可是你知道他花了多少钱吗？"木青说完抬起头来，用询问的目光看着李强。

"我还真就不知道花了多少钱，有什么问题吗？"

"他买了一百五十平米的商铺，一共花了四十万元，省了二十九万八千元，将近三十万元。丁少中说那二十九万八千元用托娅的瓷砖抵了。这件事如果像丁少中所说的那样，托娅的问题可就不一般了，这你知道是什么性质吧？"木青说完看着李强的脸色。

李强被木青说愣住了，他怎么也想不到托娅会出这样的问题，可是木青能这样说，说明她一定做了调查，否则她不会找自己说这件事的。"你是怎么知道这件事的，看账了吗？"李强问。

"当然看账了，之后又和丁少中问了事情的缘由。"

"怎么会出这样的事，托娅知道吗？"

"她还不知道，我没敢和她说，先和你说说，看怎么办。"

"你是怎么发现这件事的，谁说的？"

"是刘瑞和我说的，他还在等我的信，看他那样子对这件事很重视，一定要弄个水落石出不可。"木青说完看着李强，把滑到面前的头发甩到脑后。

听木青这么说，李强感到事情很严重，问题发生在建设中心村的关键时刻，这对主要负责这个项目的托娅是一个巨大的考验。从心里说，李强是信任托娅的，觉得她不会做出格的事，但是问题究竟出在哪，他也理不清。李强对木青说："我看只有你能调查清楚这件事，你把托娅近两年销售给你们房地产公司瓷砖的所有单据和销售给其他公司的瓷砖做个分析，问题就清楚了。如果真的有问题，乡里会对她进行处理的，也会给你们公司一个交代。这件事就拜托你了。托娅那我和她谈谈，有什么情况，我会和你及时联系的。"

"好吧，我立刻着手调查。我也觉得托娅不会有什么问题，你也不要和托娅发火，别闹僵了。"木青的话让李强感觉很亲切，这很像一个大姐说的话，那么了解他的心。

两人挥手告别，李强回家去找托娅，木青去建房工地安排下批建房的工人和建筑材料。

李强知道托娅在奶奶家，包军两口子也在，他回了自己家，在自己的屋子里给托娅打电话："喂，托娅，你回来一趟，我有事和你说。"

"等一会儿吧，孙叔和徐叔他们都在呢，等他们走了不行吗？"

"你回来吧，有个要紧的事和你说，在电话里说不清楚。"

"好，那我这就回去。"

不到十分钟，托娅就回来了，进门就问："啥事呀，这么急，晚上回来说不行吗？"

托娅坐在沙发上，李强也坐在沙发上喝水，回头看着托娅，问："你知道老叔买商铺时花了多少钱吗？"

"我也没问哪，人家要多少钱，他就给多少钱呗。那是他的事，我哪有时间过问。咋了，没给人家钱哪？"托娅有些不解地问。

"你也太官僚了吧，花多少钱你都不知道，老叔也没和你说？"

"装修的时候我问他，他说都交完了，我没细问。"

李强看看托娅，说："你呀，出大事了，还不知道呢。"

"你倒是说明白什么事，我啥不知道哇？"托娅有些急了。

"老叔的房子只花了四十万，其他的三十来万，是丁少中用白条顶的，并写明是用你销售的瓷砖抵了这笔款项。你怎么解释？"李强说到这里，态度有些严肃，已经有了埋怨托娅的意思。

托娅愣住了，想了想她明白了，这是丁少中想在以后购买瓷砖中给自己落好处，在她叔叔买房子的事上贿赂自己。"他要那么搞，是他的事，和我有什么关系。我一没贱卖瓷砖，二没要丁少中的钱，也没以权谋私，损坏集体的利益。"托娅说。

李强急了，说："你这么说我信，别人能信吗？你叔叔买房少花了三十万，你既是管项目的，又是销售瓷砖的，群众怎么看你？"

"这事是真的吗？你听谁说的，又是那个木青吧，别人谁知道这里的事。"托娅马上就想到了木青，口气变得强硬起来。

"是木青和我说的，可这事是刘瑞最先发现的，他和木青说了之后，木青看商品房销售的账目，并且单独找了丁少中。丁少中说是你在销售瓷砖时给房地产公司带来一定的收益，因此给你照顾是理所当然的。木青说他也没想瞒谁，态度很强硬。"李强说。

"这个丁少中以为我是谁呀，想埋汰就埋汰？我这就去找他，看看他到底想咋的。"托娅站起身来就要去双青县找丁少中。

李强站起来拉住托娅，说："你先不要冲动，明天去找他也不迟。这件事咱们再分析一下，正好你老叔也在，咱们找找他，看看能不能赶快把钱还给人家，省得事情越闹越大，时间长了对你不好。"

托娅气得浑身哆嗦，说："闹大能咋的，我也没以权谋私，没收他一分钱好处。"

"我知道你是没有啥事，可是你叔少交了三十万，你现在是有口难辩，

别人谁信哪？"李强和托娅解释。

"爱信不信，我卖瓷砖、建中心村都是公事公办，问心无愧。丁少中他少要钱活该，和我没关系。你叫那个木青调查去，现在有机会整我了。你们合伙儿整吧，看能把我咋的。"托娅心里还是对木青不满，认为这事是木青从中作梗，本来可以对自己说的事，非要和李强说，还有杜萍回来的事，不和自己说，却非要当着人的面说。

李强对托娅的态度非常的不满，觉得她自从当上村长以后，特别看重自己的面子，工作积极认真，很怕在群众面前失去威信，可是对待这件事的态度很不理智，没有考虑到对她工作的影响。托娅的话也让李强有些愕然，说："那是你的亲叔叔，怎么没有关系？你还讲不讲理，事情出了，你说问心无愧别人信吗？你还把我也扯进来了，我怎么能合伙儿整你呢，我在给你想办法解决问题。"

"什么解决问题？我有啥问题，你给定的罪呀？"托娅急了。

李强被托娅激怒了，说："你觉得自己没有问题？丁少中和你是什么关系，为什么和你的叔叔少要钱，咋没和别人的叔叔少要钱呢？你和丁少中有业务往来，也有建设中心村的项目合作，你怎么向群众解释，说什么能让人信服？"

托娅愣住了，李强的话说到她心坎里，她这才意识到有些事真的和群众解释不清，也和李强说不清楚。李强的话里已经说明他在怀疑自己和丁少中，这让托娅感到十分的委屈，可是拿什么证明自己的清白，拿什么证明自己对李强的忠贞。托娅的眼里含满了泪水，慢慢地坐在沙发上，低着头小声说："我去找叔叔，让他先把这钱还上，之后再去找丁少中，我看看他到底要干啥。"

托娅说话时狠狠地攥着拳头，好像要去和丁少中决斗。

李强想了想说："我和你去找叔叔吧，他也许想不开，咱们一起做做他的工作。"

"不用你去，我和他说就行了。"托娅说着站起身来去她叔叔家，李强跟着走到大门口，看着托娅远去。

托娅到了包军家，家里只有奶奶、叔叔、婶婶。托娅进屋也不说话，悄悄地坐在奶奶的身旁，用手理奶奶已经白了的头发，看着奶奶，想起爷爷，眼泪不由得在眼圈里打转。

奶奶抬起头看见托娅的脸色发白，眼皮微微地肿起，心疼地说："托娅，你爷爷他都八十六岁了，够本了，你也别一门心思地想他，完事了，该干啥干啥去，就是想也得有时有响。你爷爷和我说，他就是出一趟远门，到那边安排安排，安排好了就来接我过去。我就不想他，过两年就去找他了。"

"奶奶，你别说了，那是爷爷骗你呢，他怕你想他。我才不让你忙着去找他呢，想走就走，丢下我们不管，让他在那边待着……"托娅说完这话已经泣不成声，婶婶递给托娅毛巾。

"托娅别哭了，看你奶奶该着急了。这几天你尽哭了，把你哭出病来，村里的一大摊子事谁管哪。"婶婶劝托娅。

包军说："你把那水果洗点，多吃水果败火。"

托娅听叔叔说给她败火，心里的怒火又被点燃了，说："叔叔，你的商铺一共花了多少钱？"

"四十万元哪，卖楼的说这是特价，是看你和丁老板的关系才给出的价格。我这一段净忙着装修房子、上货、剪彩了，忘了感谢你。都是咱们自己家的事，啥时间还不行呢。你说，让叔叔给你买什么，一万元以上的，少于一万元的别提。"包军说起买楼的事是非常的兴奋，因为托娅为他省了三十万元，这让他买完楼又有了进货的款项，没有耽误做生意。

"叔，买楼这么大的事你怎么不和我说一声，少要钱了你就不吱声了，

要是多要钱呢,你也不吱声吗?"托娅的脸色很不好看。

"你这是什么话,买楼没啥说道,我找你干啥呀,再说你也没问我。你那么忙,我都没机会找你。"包军说的也是实情。

托娅想想,觉得也怨自己,哪怕用电话问问,也不至于出这事。"算了吧,这事都怨我,是我没有过问。这件事,乡里和北方集团都知道了。木青还查了楼房销售处的账,这笔款是用白条子顶的账,并说明是我在销售瓷砖时给房地产公司打了折扣,你明白这是啥意思吗?"托娅问包军。

"啥意思呢?哦,那意思是你在卖瓷砖的时候,贱卖给房地产公司了,你从中得好处了。啊!这不是贪污吗?这怎么可能呢。你不是那样的人,打死我也不信。不对,售楼的工作人员说了,过去也有过这样的例子,就是那些有头有脸的领导,你不也是个领导嘛,应该有这样的待遇吧?"包军心里有些害怕,他怕托娅让他交钱。

"叔,你明白了吧,如果就这么放下这件事,那我就是贪污,我就没脸在百泉沟当村长,当经理。"

"托娅,买楼时你和人家要求少给钱了?"婶婶插话。

"我没要求,只是让他按照优惠价卖给我就行。三十万元哪,我要是提这要求,那可是索贿呀,够判刑的了。"

"唉呀妈呀,那么大的事呢,那咋办呢?"婶婶非常惊讶地说。

"你也没和他要,不管他,谁让他愿意给,让他自己负责去。"包军气愤地说,当然最主要的是怕让他还钱。

"我是没和他要,可是他给了,你也糊里糊涂地接受了,如果不处理这件事,让他自己负责去,最后有事的人是我,不是那个丁少中。我是村长,也是预备党员,是会犯大错误的。你听明白了吗?"托娅尽可能用平和的语气向叔叔解释。

包军听明白了,知道这笔钱要是不还,托娅的责任可就大了,可是自己刚交了新房款，手上一点钱也没有了，让他去哪弄三十万元。想到这，他着急了，说："道理我明白，可是我上哪淘弄那三十万去呀，这不是要命吗？你要是早说，我少上一些货，装修上少花点钱，再贷些款，也就解决了。这可倒好，啥事都办完了，钱也没了，咋整吧？"包军点着一支烟低头吸起来。

"我要是早知道，能出这事吗？还不是怨你，得着便宜了就不吱声，也不说问问我。啥也别说了，想办法张罗钱吧，和个人借钱，贷款，砸锅卖铁也得把钱张罗上。"托娅有些生气了，说话的语气有些重，脸色也不好看。

包军的媳妇听了这话有些不高兴，说："你说和人借钱，贷款，咱们村里哪有那钱多的户哇，现在这又要往新房子里搬，哪儿不都得花钱，谁有闲钱借给咱们。托娅，你也别着急，把它先记在我们的账上，我们挣钱后慢慢还呗。"

托娅听婶婶的话，心里觉得堵得慌，她说得也在理，可是这话要是对别人说还可以，对别的事也可以，往前推着办，可是这件事是拖不得的，那样下去，可就把托娅给毁了。婶婶明显是在和自己打马虎眼，托娅来气了，说："婶要你那么说，这钱得还到什么时候，是不是等着把我法办了，关进监狱了，又放出来了你还在还钱哪？"

"那你说咋办，要不把新房卖了？刚分到手，村里能让卖吗？"包军媳妇也觉得托娅不高兴了，自己的话说得是有些见外。

包军急了，把没吸完的烟头往地下一扔，说："卖房子，大小房子一起卖，把小车也卖了，砸锅卖铁也把钱还上。"

托娅觉得叔叔这话是冲她来的，他是听了婶婶的话发脾气。面对叔婶两人的态度，托娅的火也上来了，说："你的房子、车能马上变成钱吗？咱们村每家都有房子，外村的又不能来买，卖不出去你拿什么还钱？你的那辆车买时六万，能卖个四万就不错了，你算算能凑多少钱？"

包军想了一会儿，抬起头来，冲着托娅大声喊："那你说让我怎么办？要命行，我这有一条，别的啥也没有了，爱咋咋的，要杀要剐我顶着。"

托娅被叔叔的态度惊呆了，不知道如何来应对。

奶奶在一旁听了半天，终于开口说话了："包军，你也别喊了，事情出了，房子你得了，想办法还钱就是了。不就三十万嘛，你们自己张罗十万，你媳妇回娘家借十万，托娅再借给十万，不就够了嘛。有能耐张罗钱去，别在这喊，声大当不了钱花。"

托娅站起来，说："我借你十万，晚上我把卡给你送来。奶奶你多保重，我走了。"

托娅说完就走了，包军和媳妇也没出来送她。两个人互相看了看，媳妇示意包军到那屋说话，自己先去了东屋，包军也随后跟了过去。

包军媳妇小声说："咱们先别花要进货的五万元了，把咱们的老房子卖了，也能卖个三五万元，剩下的向我哥哥借点，再和你的哥们儿小李子借个五万，加在一起就差不多了。"

包军低头想了想说："也就得那样了，人家托娅还借给十万，为了咱们的房子，她还得搭钱。"

"那不是借给的嘛，也不是不还了。谁让她怕摊事了，要是我，才不管那套呢，爱谁还谁还。"包军媳妇说着还有些不高兴了。

"尽说那没有用的，托娅是村长，还是预备党员，出了事那还了得呀，你一个老白丁当然不怕了。咱们这回住新房了，这老房子也没有人买呀。"包军在琢磨房子的事。

"哎，我听说李有才和丽丽要结婚，到现在没有房子，急得老李家团团转。想在那边结婚，丽丽不去，非要让李有才到百泉沟来，可是新房没有李有才的。他家要买房子，现在可是个机会。等别人也住进新房了，那房子可就得降价了。"

"丽丽家不也分一栋房子嘛,她还能买房子?"

"我听人说了,丽丽家的房子是她父母和她哥哥住了,还说将来老两口子要住老房子,所以就没丽丽的份了。"包军的媳妇对村里各家的事了如指掌。

包军一听也着急了,说:"那你去联系这事吧,就照五万要,他要是嫌贵就降一万,给个四万也行。我就不掺和了,讲价我还不如你呢。"

"我是干啥的,你看着,五万保证一分钱不少,我这就去了,晚上你做饭吧。"说着,包军媳妇换了一双鞋就出了家门,在街上打了一辆三轮车,直奔李有才家。

第二天一早,托娅早早起来,也没等李强和小龙起床,吃了两块点心,开车着自己的小车就走了,她去找丁少中说清楚这件事。昨天李强的话让她很震惊。晚上托娅和李强谁也没和谁说话,直到要亮天了,托娅才眯了一会儿。

一早路上车很少,托娅的车开得飞快,不到一个小时就到了双青县城,小车直奔工地,在门卫的前面停下。托娅下车进了门卫的小屋,看门的老头在吃方便面。

"大爷,丁老板在不在办公室?"托娅问。

"他不在这住,他住和平酒店。"老人说。

"他一般都什么时间来上班哪?"托娅一边看着工地上的工人一边问。

"那可说不准,有的时候他还不来。你要是有事就给他打电话呗,有他的号码吧?没有我这有。"老人很热心地说。

"我有他的电话号,谢谢你了,大爷。"托娅说着拨通了丁少中的手机。铃声响起来,托娅的心怦怦直跳。

电话里传来了丁少中非常懒散的声音,好像还没起床,说:"谁呀,这么早就打电话。"

"是我,我是托娅,你在哪儿,我要见你!"托娅说话的口气十分的严厉,像是上级对下级的态度。

丁少中马上坐起来,说:"啊,托娅,你这么早打电话有事呀?你在哪儿呢?"

"我在你的工地呢,有事找你,赶快过来吧。"托娅的说话声音很大,门卫的老人觉得奇怪,看看托娅,又摇摇头。

丁少中明白了,托娅是来找他说房款的事。在工地和她见面,工人多,让他们听到了不好,他想了想说:"你到和平饭店的小餐厅来吧,我在三号小餐厅等你。"丁少中赶忙穿好衣服,洗了一把脸,下楼来到三号小餐厅,让服务员端来早餐,坐在那儿等着托娅。

没有两分钟的时间,托娅来了,开门进了三号小餐厅,和丁少中见面也没握手,这让丁少中有些意外。托娅的目光如剑,直视丁少中,三分钟不说一句话。

丁少中被托娅看得有些不好意思,说:"你咋的了,这么看着我,不认识我了?"

"我真就有点不认识你了,我才发现丁经理的胆子可是太大了,谁也不问,我叔叔买房子少要三十万,而且还是明目张胆,无所顾忌。我想问你,不怕北方集团开除你吗?不怕法律追究你的责任吗?"托娅问话的口气十分的严厉,她是越说越来气。

可是丁少中始终是笑眯眯的,好像他听到的是表扬,这也让托娅摸不清他心里在想什么,为什么无所谓。托娅不说了,在等着丁少中的回答。

丁少中指着早餐说:"咱们先吃饭,完了再说事。不就三十万元嘛,多大个事呀,这家伙好像兴师问罪似的,你也是当过经理、村长的人了,就那么沉不住气。我知道你一早还没吃饭,这儿的粥很好喝,来,尝尝。"说着丁少中就给托娅拿碗盛粥。托娅任丁少中怎么劝说,没有动一口饭菜,她很有礼貌地等着丁少中吃完饭。丁少中示意服务员把餐具拿下去，说："再给我们倒一壶奶茶来。说来话长了，出了这事不是我的一时冲动，我是很早就想还你一个人情了。今天我为啥要在这单独见你，而不在工地，我是有很多话要和你说的。今天这里没有别人，你骂我、打我，我都不怕，因为没有人看见。"丁少中说话的神情非常的激动，不像是装的。

"你说吧，我不打你，也不骂你，我倒要看看你的心里到底想的是啥，为什么办出这样的事来。"

"那好，我就直说了。自从你租我的房子开始，我就喜欢上你了。我见过无数的女人，没有像你这样清纯、这么漂亮的，不然我会给你那么大的优惠？从那儿以后，我用的所有的瓷砖是不是都从你那进？你说的价格我从来都没有打折，你说是不是？"丁少中等着托娅回答。

"我给你的价格，那是所有对外卖出瓷砖的综合价，我没占你的便宜。"托娅认同丁少中的话，在和他的交往中，已经感觉到了这一点。

"今天说这话，我不怕你急，再不说我都要憋死了。就说我给你叔叔房子优惠的事，那是我的一个机会，我用它来表示我对你的心意。我也没藏着瞒着，公开地写在条子上的。那有什么呀，你在瓷砖销售中给了我多少方便，我不说，谁知道这事呀，谁管哪？托娅，你别怕，这里的事我来摆平，不用你，我保证你啥事没有。"

"你不是爱我，是害我，我们之间有销售业务和建设合作关系，你让我说得清楚吗？哪有你这么办事的。"托娅的头扭向一边，也不看丁少中。

"我是不得以才出此下策，以前我通过丁兰给过你钱，可是你不收，所以我不能放过这个机会。托娅，你对我是怎么看的我不管，我对你可是真心真意。自从见了你，我去娱乐场所的次数少多了，特别是今年，我干脆不去了。那些小姐和你一比，那简直就是一堆土坷拉，而你则是一块碧玉，玲珑剔透，高贵典雅。"丁少中说这话连眼睛都不眨一下，盯着托娅的脸。

丁少中的话让托娅很恶心，托娅知道他去娱乐场所和洗浴中心，而且从来就没停止过，在托娅面前说这种骗人的话，等于打自己的嘴巴。托娅不耐烦了，说："丁少中，你说完了吗？我说老丁，你是不是因为嘴能说、脸皮厚才当上的经理？对了，还有胆子大，什么违法的事你都能干。难道你就不怕被绳之以法？再说了，你也是有家有孩子的人，你这样做想过他们吗？"

托娅的话对丁少中的打击可以说是致命的，但是丁少中有这个思想准备，不但没生气，笑得更灿烂了，小眼睛眯成了一条缝。"你不愧能当上村长，对我总结得也太对了，拿老白姓的话说就是能说会道，憨脸皮厚，胆大妄为，无所不能。我从来不怕，就是马上下台，我也够本了。"丁少中说。

丁少中的一席话让托娅感到震惊，自己和这样一个可怕的人交往三年多，最终还是上了他的当。想到这些，托娅的心怦怦直跳，有些后怕。托娅感到丁少中很脏，她想尽快结束谈话，说："好了，不要说那些没有用的了，你说这件事怎么办，你怎么和北方集团说清楚？我不能就这样不清不白地受牵连。"

丁少中笑了，阴森森地说："还能说得清楚吗？我为什么让你的叔叔买楼少交三十万？你在街上随便问一个群众，这是为什么？他都会说村里有工程，他们之间有交易呗。"

"丁少中！你……你给我设下了陷阱，你为什么这样害我？"托娅气得脸色发白，浑身都在打战。

丁少中见托娅气成这样，心里非常得意，他眯着眼睛看着托娅，"你一生气更好看了，哈哈哈！"

"姓丁的，我明天就交钱，不要你的人情，从此咱们井水不犯河水，我没有你这样的朋友。"托娅起身要走。

"你交不交钱都一样，已成事实，还是我想办法吧，让你既不交钱，又不受处分。"丁少中非常沉着地说。

托娅站住了，说："你又要耍什么花招，还有什么办法？"

"我不承认这是我的过失，我在业务上没犯错，很正常。这样吧，我让财会给你打一张三十万元的欠条，注明是我在买你公司的瓷砖时，你自己替我垫付的三十万元资金，说明是今年购买第一批瓷砖时的费用，但是和你们公司的销售没有关系。你拿上这个欠条，到售楼处去顶你那三十万元的白条，让售楼处给你开一张正式发货票，就行了。别人一看，是我欠你的钱，在买楼的时候扣下了，现在拿欠条顶账，是再正常不过的，你也就啥事没有了。当然，售楼处会把这张欠条转给我，我会用其他的进货手续抵销，这就不用你管了，是我业务内的正常资金流动。另一个办法就是你去还钱。如果你把钱还了，就等于你把受贿的罪名扣在自己的头上。等着你的是什么，不用我告诉你吧？"丁少中说完话吸了一口烟，眯起小眼睛看着托娅，脸上泛起得意的笑容。

托娅被丁少中说得目瞪口呆，慢慢地坐在了椅子上。

第十一章

　　托娅被丁少中这番话惊呆了,她从来没有想过一个堂堂的房地产经理竟然如此的胆大妄为,北方集团有多少钱被他挥霍,他会拉多少干部下水。她坐在椅子上,呆呆地看着丁少中,好像根本就不认识他。

　　此时丁少中非常得意,觉得自己精心设计的圈套,终于网住了托娅这个草原上高傲的雄鹰。丁少中用非常亲近的口气说:"为了你,这一切算不了什么。以我的能力,你想要什么,想做什么,只要你说一声,我都能为你办到。"

　　"够了,姓丁的,你太小看我托娅了,你除了有钱、有权、有鬼主意,还有啥?你的行为告诉我,你什么都有,就缺少一样东西,那就是人格。"托娅被丁少中气得已经忍无可忍,说着又站起身来。

　　丁少中早就有心理准备,当然也想好了一套对付托娅的强硬办法。"你别以为自己有多么的清高,装出一副大公无私的样子。我告诉你,你在买楼之前要求我照顾你叔叔,这你不否认吧。"他说。

　　"我是说了,可是我要求在你售楼标准的范围内照顾,我要你三十万了吗?那是你的圈套,你想毁掉我。"托娅大声喊着。

　　"你所说的照顾有数吗?三千、三万,还是三十万,你没明说呀。现在我要从你的公司买瓷砖,还要给你建中心村,刀把在你的手上,我能怎么办？就得给你上水。我也告诉你，你们乡里一定会上报县纪委这件事，届时也一定会组成调查组，对你进行全面的调查。作为当事人之一，我只有实话实说。我不是干部，干这类事多了，他咋的不了我。你就不同了，你可是干部，当干部的有了这种事，那就干到头了。我不是吓唬你，这样的事太多了。三十万够你坐牢的了，想想你自己的后路吧，向我大喊大叫的没有用，向你的上级、你的丈夫喊去，那算你有能耐。"丁少中说完话又点着了一支烟，非常悠闲地吸了一口，仰在椅子上，微笑着审视托娅。

丁少中的话像一场疾风暴雨，把托娅心中的怒火浇灭，让她的身心冰凉透底。此时此刻，托娅比任何时候都冷静和理智，她知道这件事的最终结果。她坚信自己没有贪污，没有做什么对不起群众的事，上级会做出公正的评判。她也非常清楚，如果上了丁少中的贼船，自己的一切就都完了，什么建设家乡，什么远大理想，也会失去李强。托娅非常镇静地拿起自己的手包，最后看了一眼丁少中，淡淡地说："我没白来找你一趟，丁经理，你给我上了一堂精彩的政治课，你让我读懂了你，读懂了公与私的界限，读懂了人与妖的分水岭。我这人还没走，茶就有点凉了，让服务员换点热的吧。自己好好地喝一壶，我就不陪你了，再见。"

托娅头也没回就走了，丁少中把杯里的凉茶哗的一声泼在地上，狠狠地说："我让你清高，等着瞧，有你难看的那一天。"

李强一早起来没看见托娅，到外面一看她的小车也不见了，知道托娅去找丁少中了。此时小龙也醒了，李强帮他穿上衣服，一起吃饭，吃过饭后，李强开上自己的小车，拉着母亲和小龙去了本村的幼儿园。

其其格问李强："你晚上回来吗？"

"回来，今天先走两个乡，看看新村建设的进度以及存在的问题。晚饭在家吃，你不用准备什么。"

"托娅也回来吧，你们好像生气了，怎么都不说话。"

小龙接过来说:"说了,我和爸妈都说了,就是他们俩不说话,烦人,晚上不和他们睡觉了。"

李强看看小龙笑了,说:"这小子,还有脾气了。"

李强把小龙和母亲送到幼儿园,直接去了太平川乡,乡里只有刘瑞在家,田美玉去县里开党建座谈会。李强听了刘瑞对另外两个村的情况之后,想要去大庙乡看看他们中心村的建设情况。刘瑞拦住了李强,他要向李强汇报另外一件事情。刘瑞用手理理中分头,好像很为难的样子,说:"李县长,你来得正好,不然我也想去县里向你汇报这件事。你可能也知道了,就是托娅的叔叔买楼的事,现在全乡的群众都知道了,那意见是哇哇的,主要是百泉沟的群众。事不大,可是影响不小,因为这件事,人们对村里建房的费用和瓷砖厂的收入都持怀疑态度。昨天我和田书记一起研究了一下,认为应该查一查这件事,这样对群众也好有个交代,同时还托娅个清白,也体现了法律的公正。我还没向县里汇报这件事,就等着向你汇报完了之后再做决定。如果调查这件事,可能对托娅会有一些影响,要不然这事就算了吧,群众再反映情况,我去向他们解释。乡里不报,上面也不知道。"刘瑞说完很专注地看着李强的脸,等着他的回答。

李强心里非常清楚刘瑞这么做的用意,他的本意就是要把问题搞大,如果自己同意他把事情压下,那他就会把自己和托娅一起送上被告席,只有让上级认真地查一查,才能平息这件事。

向远处眺望的李强回过头来看看刘瑞笑了,说:"我不同意压下这件事,应该让上一级的纪检部门进行调查,要还群众一个真相。你不用考虑我的面子,这没什么,你知道我们,百泉沟群众的利益最重要。"

"有你这句话,我心里有底了。你放心,我一定会还托娅一个清白。咱们乡谁不知道她的为人处事哇,也就是例行公事。"刘瑞恭维地说,脸上带着强装出的笑容。

李强站起身来说："田书记今天回来吗？"

"她没说，应该差不多吧。"刘瑞应付着说。

"好了，你还有事吗，没事我去大庙乡了，再见。"李强和刘瑞握完手，上车就走了。

刘瑞站在大门口，看着远去的小车，得意的笑容挂在嘴角上。

李强开着小车疾驶在去往大庙乡的公路上，沙石路面让小车有些颠簸，李强的心里也像这摇晃的车身忐忑不安。刚才刘瑞在自己面前说辞，让他预感到事情要被他闹大，就算是托娅没有什么事，也会被弄得心力交瘁，降低她在群众中的威信。李强认为是托娅和丁少中交往过密，才会发生这样的事情。李强越想越来气，车子开得飞快，一个小土坑使车子颠得很高，他这才回过神来，放慢了车速。

和托娅的较量，让丁少中感到非常的疲惫，他所有的希望好像在瞬间化为泡影。尽管他说了让托娅胆战心惊、不知所措的话。可是托娅的态度使他很不安，他知道托娅和李强都不是一般的干部，想让他们就范，可能不易。丁少中回到工地，远远地就看见高明在大门外干活，他忽然想起还没有谈妥拆迁的事，就直接走过去，和高明打招呼："大兄弟干活呢？都要扒了，你还垒它干啥呀？"

"这几块砖好垒，要是不扒还不是我的活嘛。"高明头也不抬。

丁少中一听高明说这话，觉得有问题，说："哎！你咋说扒不上呢，你啥意思，是不是要反逛子？"

"我一个小老百姓反啥逛子，怕你们一时一个令，今天用了，明天又说不用的。"高明干着活，没看丁少中。

"谁和你说不用了，头几天让你签合同你不签，今天又说这话，咋的，有人说啥了？"丁少中接着问。

高明回头看看，见周围没有人，他放下砖，拍拍手，说："我不是说你

们，我是说村里的领导，就这几天都找我两次了。"

"村里找你干什么？土地已经出让完了，他还管个人的房屋补偿哪？有村里什么事呀？"丁少中有些疑惑地问。

"你不知道这里的事，和你说了也没用，听了闹心。"高明故意卖着关子，用眼角偷看着丁少中。

"村里的事和我有什么关系，我闹的什么心？你说吧，我听听是个什么事。"丁少中说完拿出一支烟递给高明，自己也点上一支吸了起来，看着高明。

高明也吸了一口烟，声音放低了许多："大哥，你不知道哇，这事不在我这，是那院的事，我和你不外才说，你不能告诉别人。"

"我哪能往外说呢，你说吧，那院啥事？"

"那院房前不是有六十亩地嘛，那个地来历不明，是原来的村长和方志南搞的。新上任的村长想要回来，昨天来找我说，让我先别卖房子，等他把地的事弄清楚再说，不然卖了也白卖。你说这事我可怎么办吧？"高明装出一副可怜的样子说。

"这和你卖房子有什么关系？村里和他折腾去，要不就找原来的村长，找你干什么？"丁少中有些不耐烦地说。

"这你就不知道了，前年原来的村长就死了，这些事都是方志南和原来的村长偷着弄的，现在是死无对证，想要回来，必须得找一个人，而这个人只有我才能请得动。"高明像在讲故事。

"这个人是谁呀？让你找你就找他呗。我听不明白了，那也和你拆迁房子没有关系呀？"丁少中被高明说得是云山雾罩，似懂非懂。

"这个人就是我二叔，他想让我找他我就找他？我现在不找他，如果拆迁费达不到四十五万元，我就找他。"高明说话的口气很坚定，大有不达目标不罢休的架势。

丁少中听明白了，有些不耐烦地说："你的拆迁费是和我们协商的，与方志南一点关系也没有。什么你二叔他三大爷的，我们不管村里的事，就说咱们签合同的事吧，啥时间，你给个痛快话。"

"你说得好听，那院得了六十万，就给我三十万，你是不是看我是个穷老百姓好糊弄啊？你们有钱也不能这么欺负人哪。耗子急了还咬手呢，何况是人了。"高明的底气很足，一点也不怕丁少中。

丁少中被高明的话说蒙了，听他的口气一定是知道了其中的秘密，不光是知道和方志南的私下交易，连方志南的秘密他也知道，此时的丁少中已经明白了事情的大概，他不想进一步激怒高明，故意不说其他，只说高明的拆迁问题："别的事我不管，就说你房子的事吧。前些天我们都说好的，这么两天就变卦了，这是爷们儿办的事吗？"

"丁老板，话不能这么说呀，你给方志南六十万，我的你就给三十万，你们偷偷摸摸、鬼七王八的就是爷们儿？"高明来气了。

"谁给方志南六十万了？那是张鹏的房子，你看账去，看看是不是三十万。要不是三十万，我给你六十万，要是三十万怎么办？"丁少中拿出最后的王牌和高明叫板。

"丁经理，你别在这唬老百姓了，唬你的上级去吧。就你们那点儿事，我是一清二楚，有证有实，把我整急了，我就找个地方说道说道。以后别和我叫号，我这人性急，急眼了啥都敢说，唬劲儿上来了啥都敢干。行了，咱们俩别在这磨叽了，交你个实底，我的房子就要四十五万，少一分不行。"高明说完接着垒墙。

丁少中假装接一个电话："这有一个重要的电话，我接一下。你房子的事，哪天再说吧，我和你单独聊聊。不就是钱的事嘛，好说，不过你可不能随便乱说呀，对你和别人都不好。那我先走了，回见。"

丁少中一边走，一边把手机放在耳朵边。尽管高明没有说得很具体，

可是他那肯定的语气让丁少中倒吸了一口凉气,觉得还得认真对待这个人,可是仔细一想,不就是个钱的事嘛,多给他十五万就完事了,有什么大不了的。这样一想,他的心里又坦然了,觉得自己无所不能,就连方志南的事也能摆平。

丁少中刚坐在办公室的椅子上,工人进来找他:"丁经理,厂房今天封顶了,他们让我来问问晚上会餐不?"

"会餐,一会儿我告诉厨房多加几个菜。告诉工人好好干哪,注意质量。你给我倒一杯水,多放一点茶叶。"丁少中说完长出了一口气,等着工人给他倒水。

工人很高兴,一边倒水一边说:"这些小子,好几天没喝酒了,瞧今天晚上灌吧,不整倒两个才怪呢。"

"你管着点,别让他们喝多了。一个酒啥好玩意儿,喝醉了明天还干不干活了?"

"你天天喝酒不拿它当啥,我们这帮小子见了酒,那不赶上蚊子见血了,不把酒壶叮个大包,也得把自己肚子灌个大包。喝水吧,我没放太多的茶叶,没事我走了。"

丁少中挥挥手,也没说话,工人很高兴地走了。

包军拿了托娅十万元钱,自己开的小车卖了五万元,旧房子卖了三万元,又从自己的老丈人家和生意上的朋友借了一些,终于凑齐了三十万元。钱一到手,包军赶忙坐上班车去县里还钱。他怎么也没想到,售楼处不收,说丁经理有话,这笔钱已经给了,不用再交钱了。无奈,包军马上给托娅打电话。

此时村里两委会的人员都在,他们在研究新能源公司要在基地扩建木板厂和在沙坨子上建风电场的事。李长玺刚要说具体情况,托娅的手机响了,她一看是包军的号码,赶忙到走廊里接通电话:"老叔,你在哪?回来了。

怎么样，交完了没有？"托娅急切地问。包军说："我在售楼处给你打电话，白来一趟啊，售楼处的人说丁经理不让收，说这笔钱已经付了，还说，实在要交就让托娅找丁经理吧。你看这事可咋办哪？"

托娅想了一会儿，包军又问："托娅，你说话呀，怎么了？"

"你把钱先存起来吧，以后我去还，我在开会，晚上我去你家。好了，我挂电话了。"合上手机，托娅没有马上回会议室，她慢慢地走到室外。托娅心里明白，这是丁少中要对自己实施报复。他不是说着玩的，托娅早已领教过他这点，他手下的人有的离开企业，有的只好向他低头，任他摆弄。看着远处中心村的建设工地，这个由她一手经办的大项目已经初具规模，矗立在村南的坨子上。在经办这个项目和筹办瓷砖经销公司的过程中，自己大公无私，从不贪占公家的钱和物一分。也正是因为有这样的工作业绩，群众才信任他，选她当村长。想到这，托娅的心安稳了许多，心里充满了自信。她快步走回会议室，去参加会议。

李长玺在等托娅，看她出去接电话，没有往下说情况，见托娅回来了，他接着开会："召开两委会，有一个很重要的事要和大家研究。这个事包村长还不知道，其他人也不知道。今天我办事路过新能源公司基地，看见院子里有很多工人，他们正在扒墙扩大院子。我一打听，原来是要建木板厂和风电场，厂长就是杜萍，她很热情地接待了我。我们聊了半天，在聊的过程中，我注意到一个问题，杜萍说占地的有关事宜都和李强谈完了，已经和县里签订了合同，他们开工建设就可以了。因为所占的地都是公司承包群众的沙坨子，补偿的费用都给新能源公司了。我当时也没和杜萍说什么，就想回来之后大家研究一下。我觉得这里有这么一个问题，就是补偿费应该直接给新能源公司，还是依法征用土地，给完群众补偿费之后，把风电场占地面积从原承包面积中减出去。我的意见是手续要和村里办，补偿费应该给群众，不能直接给新能源公司。大家都说说，别光听我的。包村长什么意见，你说

说吧。"

托娅知道杜萍去县里,还是听木青说的,她到底来干什么,托娅还真不太清楚,再加上最近一直料理爷爷的丧事,也没有心情问杜萍来县里干什么,李强也没说。李长玺一说托娅明白了,原来她是来村里建木板厂和风电场,而且和李强签订了合同,还把补偿费直接给了新能源公司。托娅对杜萍来找李强并没有想得太多,但是李强把补偿费都给了新能源公司,让托娅十分来气,李强如此办事是为了什么,是旧爱,还是个人情面?听李长玺让她发表意见,毫不犹豫地说:"我不同意直接给新能源公司,这样做不合道理。木板厂和风电场的用地期限在四十年以上,用地要办出让,而办出让只能和村里办。新能源公司没有土地所有权,不能办出让手续,当然,土地补偿费也就不能直接给新能源公司。"

"我同意托娅姐的意见,钱多少不说,道理不对。再说占地四十年以上,2026年群众的土地承包期就到期了,剩下的承包期算谁的?"吴江说。

"我也同意包村长的意见,补偿费不能直接给新能源公司。"丽丽看看托娅说。

"对,不让他们动工,先让群众拦住,等办完手续再让他们干活。在咱们的地盘还管不了她?"张勇说。

"要我说先问问李县长,到底是咋回事,别闹了误会,都是一个村的人,又是上下级关系,这群众闹起来,让李强多没面子。"刘福田看看托娅说,其实也是给托娅听的。

"别管他,他现在是官当大了,乡亲的面子不如老同学的面子了,一会儿就派他二三十人去,就不让她动工,看有人管没有。"托娅气呼呼地说,合上笔记本,收起钢笔。

李长玺觉得应该问问李强,就对托娅说:"你也不用发火,这事还真就得问问李县长,他是主管,合同是他签的,这里要是真有我们不知道的问题，咱们就这么不清不混地闹起来，丢脸的不光是村里，李县长可就里外不是人了，咱们可不是别人哪。这事还是托娅出马，直接找李县长，或者说是接见李县长也行。"

听李长玺这么说，吴江来了兴致，说："托娅姐是正县长，隔三差五就接见他一回，到家去汇报情况。"

要是在往常，托娅肯定笑了，可是今天她的脸冷得和冰一样，吴江一看，知道事不好，低下头不说话了。屋子里顿时静了下来，谁也不吱声。李长玺知道是怎么一回事，他对大家说："好了，今天的会就到这了，包村长留下，其他的人散会，回去等着村里的消息，事情没有结果，不要和家人乱说啊。听着没有三哥，别一有点事就向三嫂汇报。你总和她说，一回不说她就不愿意，你总不和她说，时间长了她就觉得你了不起，很神秘，就和你套近乎。"

"我说弟妹和你黏糊的，原来是这么回事呀？"张勇回击李长玺。

大伙儿笑着走了，屋子里只剩下托娅和李长玺，托娅也不抬头，只是低头喝水。李长玺拿过水壶，给自己和托娅倒上水，说："妹子，我知道你心里想的是啥，可能不是你想象的那样，我觉得这里面一定有问题。你想啊，现在我所看到的也就是新能源公司在动，涉及到土地补偿的事，土地部门一定会进行测量和办理手续的，当然也会通知村里，所以你还是问问李强，一问他，啥事都清楚了。这屋里没有别人，当大哥的说句话，李强和杜萍的事，你得相信李强的人格，不能想得太复杂，都是工作关系，各自为自己的单位着想是对的。杜萍回来工作，一定有她的道理和原因。"

"别说了长玺哥，你知道我不是那小肚鸡肠的人，从李强回乡到现在，我没有因为个人的事耽误他的工作。当总经理的时候，和木青喝酒，半夜回来我都没说他啥。当上县长之后，和木青的交往更近了，这你知道。中心村的批准手续，我们向乡里申请了多少回，可是人家木青当天就拿回了手续，

你说他的眼里还有我们吗？给我一点面子了吗？就说杜萍的事吧，她来了五六天了，他都没和我说一声，就把合同给签了。我在群众的面前还有威信吗？他给我留地方了吗？长玺哥，你的心思我知道，都是为了我们好，可是这些事怎么让我好，我实在是受不了。"托娅和李长玺说的是心里话，她把李长玺当成了她的亲大哥。

李长玺长出了一口气，说："这些你都和我说过，我也理解你的心思，说句真心话，我们真怕你和李强的关系闹翻，咱们村离不开你们哪。你知道双合尔爷爷最担心的是什么吗？就是怕你们俩的误会越闹越深。我们得顾大局，看长远。"

"我是那违背原则的人吗？我是很爱李强，可是我不强求李强的施舍和恩惠，那样我更将失去爱情，也会失去乡亲们。"托娅的话说得很强硬，李长玺不好再说什么。

李长玺点上一支烟，低下头慢慢地吸着，说："作为大哥，该说的话我也说了，你好自为之吧。别看我们是书记、村长，我还真就没拿你当村长看，这些年都是拿你当妹子……"李村长低下了头，不说话了。

托娅懂得李长玺的一片苦心，他的话句句打动着托娅，说真的，能和这样一位长兄倾心交谈，让托娅心里痛快了许多。托娅看着低头的李长玺，眼泪模糊了视线，说："李大哥，让你为我操心了，我谢谢你。我的脾气你也知道，也不是听不进话的人，我会认真考虑你所说的话，理解你对我们的期望……"

晚上九点钟李强才回来，小龙早已睡了，托娅一边看电视，一边在等李强。李强进屋脱下衣服挂在靠墙的衣服挂上，回过头来仔细地看看托娅，觉得她的脸色还可以，没有什么表情。

"怎么还没睡，等着我呢？"李强问。

"对，我在等你。你晚上又喝酒了吧，一股酒味。"托娅有些关心地问。

"我没喝多少酒,就一小杯。你等我有事吧?"

"没有事就不行等你了,当县长了,回家没有人等不让人笑话吗?"托娅的话有些讽刺的意味。

李强也听出了托娅话里有话,说:"最近我们在很多事情上闹了误会,真需要沟通一下,当着爷爷的面,我已经和你说了,是我粗心大意,有些事没和你先通气,让你有些想法也是情有可原的,我以后改正行吧?"李强说完看看托娅,托娅还是不动声色。

"本来我是想村里的事我能做主,就不用和你们说了,到时候一执行就明白了,可是你总是以为我和木青怎么回事似的,你说那可能吗?"李强自知与木青关系清白。

"有什么不可能的,木青人长得漂亮,工作能力也不在我之下,你和她又是情投意合,见解一致,最起码算是红颜知己,你是不是当我什么都不知道哇。"托娅说这话也不是乱说胡说。在很长的时间里,她认真地想了这个问题。

今天托娅说的这番话,好像他们过去在一起漫步时候的倾心交谈,这样反而让李强有些紧张,看着托娅,他愣住了。李强这才知道托娅的心这么细,好像什么事都瞒不住她。她的两个大眼睛深邃无底,也像两面镜子,时时照着李强的行踪。李强认真地看着托娅说:"我说你是不是看推理小说看的,想象力这么丰富。"

"我不是看小说看的,是我的心灵感应,也就是我的预感。"

"你还有什么预感?能当算命先生了吧?"

"杜萍来了,你怎么也不说一声,人家的工厂和风电场都要开工了,和你签订了合同,村里的干部都不知道,这是为什么?这也是我的预感吗?"托娅的眼睛直视李强,像一把利剑。

李强愣住了，他这才想起来这事还真就没和村里说，本来以为和杜萍签完合同之后她还要准备一段时间，这样向村里交代就有时间了，谁想到杜萍是个急性子，已经开工了。李强忽然想起来杜萍还没有办土地手续，就说："你说杜萍的工程开工了？谁让她开工的？"

"你问我，我还问你呢，杜萍说已经和你签了合同，地都是他们新能源公司承包的，土地补偿费也都给公司，可以开工建设了。李书记亲自听杜萍说的，还说她非常高兴，过两天还要到村里拜访各位。"后面的话是托娅说的，故意说给李强听。

"完了，一定是那天爷爷病危的时候，我没看合同的细则，杜萍就按照合同上的要求开工了。这里面还有很多事呢，土地部门要搞土地出让，给群众落下去才能算数。这个杜萍啊，心也太急了。今天太晚了，不然我就去找她。"李强很着急地说，在地上来回走着。

托娅笑了，故意说："真的假的？别整的和真事似的，合同都签完了，还说啥呀？白纸黑字，堂堂县长还想反悔？"

李强知道事情麻烦了，杜萍会不会答应更改合同，李强心里还真就没有底。他是知道杜萍的脾气，也是个较真儿的主。李强想了想说："不管咋说今天也就这样了，明天再说吧。村里为这事开会了吧，都是什么意见？"

"这么大的事还不开会，不但开会，而且还做出了决定。"

"什么决定？"李强很敏感地问。

"办厂所占用的土地，由村里向土地部门办理手续，补偿费一律交给个人和村里，而新能源公司只能是减少承包面积和相应的费用。"托娅一字一句地说着。

李强听了不但没有生气，还笑了，说："你们几个还有点政策水平，账算得很清楚嘛。"

"不管你同意不同意，我们就这么办了，如果杜萍胆敢不办手续就开工，我们就组织全村的群众去阻止，别说我没告诉你，出了事你负责。"托娅警告李强。

"事情怎么能到那一步呢，咱们是干啥的，行，出事是我的。"

"你那么忙，也没问问杜萍现在过得怎么样了，有孩子了吗？"托娅仍然关心杜萍现在的生活，因为她毕竟是李强的前女友，为什么男朋友同意她回来，托娅进行火力侦察。

"有什么孩子，和刘亮离婚了，一气之下回到百泉沟基地当了经理，主管木板厂和风电场。"李强说着杜萍的事时心里有一些难过，可表面上是看不出来的。

托娅的预感真的应验了，她听到杜萍回来就已经猜到她一定是有了问题，当然这也是托娅所担心的，回到百泉沟就是奔李强来的，毕竟她们是四年的恋人，托娅看着李强说："她是来找你的吧！百泉沟对她来说，有她的事业，也有她的恋人。有的时候我就想，和你结婚是不是个错误的决定，优秀的女人怎么都和你有关系。就说我们知道的，木青优秀吧，丁兰也是个老板，这回杜萍也回来凑热闹，你说我这个村长今后的日子可怎么过呀。今天我和你说实话，我真担心你呀，不知道你哪一天会成为别人碗里的一块肉。你说我该考虑后路了吧？"

李强听了托娅的话，心里很不好受。他知道作为女人，她想得不无道理，放在谁的身上，也会这么想的。可是自己是清白的，怎么才能让托娅明白自己的心中只有她，李强摇摇头，觉得无能为力，说："托娅，我现在说什么你也不会相信，这种事就得往前看，时间能证明一切。"

"但愿吧，我每天都在往前看呢，有的时候还得往后看。"托娅说话的声音小了很多，脸色很难看。

"对了，我想起一件事来，早晨我到了太平川乡之后，刘瑞向我汇报，说他要调查丁少中少要钱的事，要上报县纪委，会同乡里组成一个纪检调查

组。他征求我的意见,如果我不同意,他就把这件事压下。"

"你信吗?刘瑞想找这事都找不着呢,他能让你压下?再说了,就是他压下,我也不压下呀,这是什么,不清不混的。"托娅很气愤,她看清了这件事的实质。

李强很佩服地看看托娅,点点头说:"你想的和我一样,如果我同意把事情压下,那刘瑞就会把我和你一起送上案板,切我个包庇罪,砍你个贪污罪。咱们俩回家种地可就有伴了,那就是你浇水来我耕田,夫妻双双把家还了。"

托娅笑了,她没把这件事放在心上,也不怕他们调查。

李强的脸色严肃起来,说:"你还笑呢,你知道事情有多严重吗?"

"有什么了不起的,我也没让他贿赂我,关我什么事?他不怕费事就去查,我奉陪。"托娅不以为然的态度让李强大吃一惊,他目不转睛地看着托娅。

"怎么了,这么看着我干啥?"

"如果纪委真的下来调查你,可能就要停你的职,如果没有什么问题,才能让你正常工作。要我说,你就主动一些,首先辞职。"李强说完看着托娅的反应。

"你说什么?让我辞职,还让我在百泉沟咋待了。我有什么错让我辞职?我是群众选的,我就不辞职,看谁能把我咋的?"托娅愤怒至极,她认为李强为了他的面子,要把她抛出去当替罪羊。

"我也不愿意让你辞职,是怕县纪委的调查人员让你辞职,你主动点不好吗?再说了,你没事,到时候他们就会恢复你的职务。"

"你说啥我也不辞职,我还得工作呢,项目放在那不管了?"

"调查的是你的经济问题,你在调查期间还在搞项目合适吗?"李强有些来气了,语气有些强硬。

"你是非要把我整下去不可,我倒了你就得逞了是吧?你什么意思,还有点同情心没有?我是你老婆,你和纪委的说说还不行嘛,非得让我下去呀?你还让我出这个家门不?"托娅气得要哭了,说话的声调也变了。

李强知道托娅从小就自尊心强,她一定不会同意这件事的,再和她说已经没有什么作用,说:"得了,我到时候帮你说说还不行嘛。"

托娅听李强这样说,也就不说什么了。她拿了一个枕头,也没脱衣服,挨着小龙躺下了。李强也不再说什么,躺下了。两个人谁也没睡着,都在想各自的心事。

李强没吃早饭就来到了新能源公司,此时杜萍和工人们正在吃饭,看见李强来了,杜萍拿过一个碗,说:"我看你没吃早饭,来吧,一起吃点得了,大豆腐汤,肉不少。"

李强也不说话,坐在桌前。工人给他盛了一碗饭,一碗豆腐。李强吃得很香在杜萍面前,李强吃着饭,好像又回到了大学……每天的晚饭,一般都是李强打饭,杜萍打菜,之后两人就吃起来。李强的饭量大,杜萍每次都要给李强的碗里拨饭、拨菜,拨多少他都能吃光。吃完后,两人就去洗碗,每次总是要打闹一阵,笑声和打闹声让同学们非常羡慕。

杜萍吃完看李强,工人们吃完都走了,只剩下他们两个还坐在那里。

"你还是那个样子,吃饭像牛一样,一边吃一边喘着气。"

李强放下碗说:"我刚才好像回到了过去,体会了一下学校的生活。"

"你还记得过去吗?"

"当然记得,这辈子也忘不了。"

杜萍沉默了,李强什么都不说,就在那儿坐着。看着工人们就要工作了,李强这才想起他来是干什么的。

"杜萍,我来有一个事找你,就是你和县里签的合同可能有问题,我当时很忙,也没顾得上看,你这有签的合同吗?"李强问。

"有哇。小刘,把那个合同拿过来。"

李强看着合同说:"你看这,还有这,这些都是很关键的地方,必须要更改一下,否则在村里是落实不下去的。"

"那怎么行呢,这些都是涉及到公司利益的,已经签了合同,就不能更改了,我准备明天向总公司汇报呢。"杜萍很吃惊的样子。

第十二章

　　李强很耐心地对杜萍说："还好你没向总公司汇报，我们去县里重签合同吧。这件事怨我，你的费用我给报。"

　　"你想更改合同的哪些内容？"

　　"最主要的是土地的使用和补偿手续，这要和村里办，风电场的手续和个人办。你们把减少的面积和费用与个人算清就行了。"

　　"那怎么行呢，我向公司交代不下去呀。我说老同学，这事你可得替我说话，我奔你来当这个厂长，可是最后一条路了。"杜萍哀求着，但是态度坚决。

　　"那不行，这样做没有道理，对上面和村里都交代不下去，也会影响工程的开展，关键是这件事根本就实施不了。"李强说。

　　"有什么不行的，你不是县长嘛，这事是不是该你管？"

　　"是我管，可是——"

　　"没什么可是的，一个县长，签了合同不算数了？"杜萍咄咄逼人，让李强说不出话来。

　　李强知道杜萍的脾气，一条道跑到黑，只有自己想明白了，她才回头。李强说："杜萍，这地由村委会管，但是是群众的草牧场，所有权是他们的，不是你新能源公司的，你们只是个承包单位，没有出让土地的权利。"

土地

"在承包期内怎么就没有权利？我们承包风电场不行吗？"杜萍来气了，还像她在学校时那样，与李强争执。

"我说你怎么不讲理了呢，是你们的土地吗？所有权是你们的吗？土地出让和你们有什么关系？"李强说。

"我承包了，就是我们的，承包期间我们说了算。"

"好了，我也不和你争了。我来和你说一个事，你看着办。本来我昨天就想来找你的，可是下乡回来太晚了。昨天村里开了会，专门研究了这个问题。你知道他们是什么意见吗？"

"什么意见能咋的，地是我们承包的，还没有到期。"

"如果不和他们办出让手续，他们会组织全村的群众阻止你们开工，如果闹到这种程度，你在总公司那里能交代下去吗？那将是什么后果，你想过没有？"李强没有办法，只好说出实情。

杜萍愣住了，她没想到事情能闹到这种地步，她看着李强，不知道说什么好，说："你是干什么的，就不能给我做工作？你的权力呢，为了我不能使使吗？"

李强摇摇头说："不是你想的那么简单，我做事是为了群众，如果你不为他们着想，不但没有权力，还会成为他们的敌人。"

"得了吧，我从来就说不过你，你想咋办就咋办吧！谁让我瞎了眼，又回到了你的身边，活该，自找的！"杜萍气得脸色煞白。

李强站起身来说："就这样吧，我们县里见。你不要生气，这样做，你们总公司一定会支持的。"

"支持？让公司少得钱了，他们能满意？你骗鬼呢！"杜萍气得也没送李强。李强非常不高兴，低着头走了，到了大门外，他回过头来看看杜萍，觉得她没有变。杜萍得罪了李强，她也偷偷地看李强是个什么态度。

一辆灰色的小车开进了百泉沟村委会的院子，从车上下来县纪委的王主任、工作人员小马，刘瑞和乡纪委委员。刘瑞领着一行五人进了村委会小会议室。勤杂员马上按照刘瑞的吩咐找来了书记、村长，吴江和刘福田。

李长玺一见是王主任和刘瑞，心里马上就明白是怎么一回事了，他脸上乐呵呵的，说："王主任，你可是个稀客，两年没见了吧，又是和刘乡长一起来检查了，欢迎欢迎，小包给各位沏茶。"

刘瑞握着李长玺的手说："我是领道的，把王主任他们送来就完成任务了，乡里纪委书记小白跟着呢。"

刘瑞又和托娅握手，说："包村长不要有什么心理负担，对任何人都一样，例行公事。事情早清楚，工作早轻松。你有什么事找我就行。好，你们聊，我就走了。"刘瑞上了小车走了，屋子里静了下来。

乡纪委书记小白看看托娅说："包村长，你先回避一下，王主任要向其他同志了解一些问题，我们一会儿再和你谈。"

托娅的脸色通红，马上回自己的办公室了。

"下面请王主任说一下来意吧。"小白说。

王主任拿出一个小本子，翻开他所记的一页，说："来之前，刘乡长领我们到了北方集团售楼处，看了原始凭证。托娅叔叔买楼的手续确实有问题，只有一张四十万的单据，其余的二十九万八是丁少中打的欠条。会计说，丁少中说托娅已经付了，怎么付的，手续在哪不知道，这需要以后进行调查。当前所要做的是，按照规定，当事人应该回避调查，整个中心村建设和瓷砖销售往来都要查。今天来是向村里的领导通报一声，需要其他领导给予配合。我和李县长说一下托娅的事，看看他的意见。"说着王主任就给李强打电话："喂，李县长，我是王志明，我在百泉沟村呢，对，就是为了那个事来的。有这么个事，我想请示你一下。"

"你们办案子向我请示什么，你可别逗我了。"

王主任很为难地说:"托娅是村长,又是你的妻子,我们给人家停职有点不近人情,对你也不好看。你是不是做一下托娅的工作,让她自己辞职,调查完了我们给她恢复职务,这样行不行?"

"好吧,我和托娅说,你等着吧。"

托娅在她的办公室里生气,这么没有面子的事,她说什么都难以接受,可是又无可奈何,给李强打电话,可是手机里总是说对方的手机正在通话中,气得她把手机扔在桌子上。一会儿电话响了起来,托娅一看是李强的电话,她赶忙接通:"喂,你刚才在和谁通电话,这么半天?我有事找你,就是接不通。县纪委来人,对老叔买楼的事进行调查。他们要我回避,那意思是不是停职呀?"

李强说:"是那个意思,你赶快辞职吧,那样好看点,我在家不是都和你说了嘛。"

"我说你就让我在全村人的面前丢丑吗?你和纪委的人说说,不停职不是一样调查吗?你见死不救哇,你的心就这么狠吗?你还让我活不活了?"托娅说着哭了起来,抽泣声已经通过手机传到李强的耳朵里,李强的心里非常难过,可是他非常清楚事情的结果。

李强觉得不能再和她纠缠,说:"越说越不像话了,马上去辞职,否则纪委的领导就会停你的职,哪个好看?别说你没什么事,就是有什么事,我也不能和纪委说情。这是原则,任何人不得违背。你也要成为正式党员了,还有点觉悟没有。怕丢面子,你找丁少中买楼,别处没有楼了?为什么要他的优惠,尽办那说不出道不明的事。这会怕丢人了,早干啥去了?我觉着你和丁少中搅在一起早晚得出事,说你你不听,还说我误会你。"

"你还有完没完了,不帮我,还往我的伤口里撒盐,现在说那些有用吗?我不干了行吧,今后我不当村长了,省得你为了政绩给我出难题。"托娅擦着眼泪说。

"快去吧,别磨蹭了,没什么了不起的,那是调查程序,完事就让你上班。"李强已经有些不耐烦了。

"好,你就听我辞职的好消息吧,先告诉木青啊,让她高兴高兴,对了还有杜萍。"说完,托娅挂断了手机,猛地起身回到了小会议室。

"王主任,从现在起,我辞去村长的职务,调查找我,随叫随到。"

托娅说完转身就走了,走了几步,又回来把办公室的钥匙放在了李长玺前面的桌子上,大步流星地走出了小会议室。屋子里的村干部都愣住了,吴江挠挠脑袋,看着托娅开车远去。刘福田半天没有回过神来,看着李长玺,好像在他的脸上能找出答案。

丁兰已经完成了厂房和车间的装修,一部分机械已经安装就绪。然而丁兰借丁少中的三百万,交完土地出让金,剩下的一百来万早就花光了,没了启动资金。丁兰和韩平又来找丁少中,不是向他借钱,想让他帮着找人贷款。

丁兰、韩平在和平宾馆找到了丁少中。丁兰事先也没说要找他干什么,所以丁少中很不客气地问丁兰:"你是想还我钱吧,工厂开工了,挣钱了?"

"我早就想还你钱了,可是都让设备和原材料给占了。我和韩平想让你找找人帮着贷点款,第一还借你的三百万,第二是增加一些产品库存,因为主厂不生产零配件了,都要交给我们做。有的时候他们急用零配件,如果不压一些库存,我们生产不出来。"丁兰知道丁少中对她不还钱很恼火,所以把还他钱放在第一位,扩大生产的事排在第二。

丁少中听说先还他钱,心里的气消了很多,觉得这也是一个很好的办法,用银行的钱来发展生产,既经济,又及时。丁少中想了想说:"倒是个好办法,可是找什么样的关系才能贷上款呢?"

"你不是和老唐的关系不错嘛,找找他,看他有没有硬门子。"其实丁

兰知道唐占、方志南都和县农业银行的江副行长关系好，自己去请，他们是不会帮她的忙的，可是丁少中就不一样了，他们几个人关系好哇。

听丁兰这样说，丁少中打开手机，找出唐占的手机号拨了出去，说："我给老唐打个电话，看看他有没有门子，他这些年尽搞收购了，没少和银行打交道。喂，老唐，你在哪儿？"

手机里的声音："在公司，你干啥呢，这两天没有什么动静了。"

"你有空么？我想去你那待一会儿。"丁少中想见面和他说这事。

"要不咱们去老地方啊？"

"不去，你等着吧，我去你那。"丁少中说完合上手机，起身穿衣服，又对丁兰说："你们先回去，听我的信吧。"

唐占办公室里就他和丁少中两人，女秘书让唐占支走了，看看丁少中，唐占说："整得挺神秘呀，啥事你说吧，都走了。"

"老弟有事求大哥来了，你无论如何也得帮这个忙。"丁少中递给唐占一支烟，自己也点着吸了一口。

"跟大哥还客气，说吧，什么事？我要是没猜错的话，你是不是要找人贷款？"唐占知道丁兰还欠丁少中的钱。

"你还真猜对了，是丁兰的企业想贷款，她想增加一些零部件库存和流动资金。我在这也没有银行的关系，就想起了你。这些年你和银行打交道多，一定会有关系。"丁少中一脸的期待。

唐占把头仰在靠椅上，说："你想贷多少？"

"怎么也得三百万以上，少了不解决问题。"

唐占坐起来，有些惊讶地说："那么多呀，这得行长批，一般人攀不上这关系。要是方志南出面跑这事还差不多，他和江行长是老交情了，江行长又是主管企业贷款的副行长，这事你找找他吧。"

"我也是通过你熟悉的方主席，这事就得你从中做工作了。你放心，我少不了他和你的好处，成了我拿出五个来。"丁少中许着愿。

"那我给他打电话，让他到这来？"

"行，你和他说好了，我去接他。"

"喂，方主席，你在家吗？丁经理来了，想见见你呢，想你了呗。好，那我让他去接你。"唐占合上手机，对丁少中说："他来，你到绿源小区的大门口就行，他在门卫等你。"

十几分钟，丁少中就开着车回来了，丁少中和方志南一前一后进了唐占的办公室。

方志南常来，也不客气，说："老唐，丁经理来了，怎么也得找个清静的地方啊，在你的办公室，就这样干坐着呀？"

"我想领着丁经理去老地方，可是他说啥也不去，他说谈完事再说，去哪让你定。"唐占说的是实情，丁少中也是那么说的。

其实丁少中完全可以自己对方志南说，可是他故意看看唐占，意思是让他在中间说一下。

唐占明白，说真的他也愿意从中说合这种事，特别是方志南和丁少中这样有分量的人物。"是这样，丁经理侄女的企业新路电动车分厂的基建部分已经完工了，现在开始生产零件，总厂那面不生产小的零部件，全都交给了分厂。为了不影响及时供货，他们想多生产一些零部件备用，就是增加库存，但是他们的资金有限，大部分的钱都花在了买地和建厂上了，现在资金紧张，所以想和银行贷点款。你的门路广，想请你帮忙跑跑这事。老丁还有点不好意思说。我说老丁呢，咱们几个有什么抹不开的，行就行，不行再想别的法呗。再说银行的老人还都在，方主席说话好使。"

"真不好意思，我侄女的事有求两位大哥了。我在银行是一点关系也没有，我侄女要是自己去申请贷款，那是门儿也没有。我和唐大哥也说了，办成事我要重谢你们俩。和我处了这么长时间，你们应该了解我，为朋友我可

以两肋插刀。"丁少中信誓旦旦地说。

"丁老弟是个讲究人,那没说的。"唐占用手理着已经稀疏的头发,眼睛看着方志南说。

此时方志南担心的是怕丁兰一个女孩子承不起这么大的事来,一旦事情有了闪失,自己也裹在里面说不清楚。想了想,方志南问:"他们企业能有多少固定资产,银行可是按比例贷款。"

"包括土地、厂房、设备和一些产品在内,怎么也得有一千万,总厂那面还有他们一些资产,没有统计在里面。"丁少中说着给了方志南一支烟,并且给他点着。

方志南对丁兰的企业是了解的,它根本没有一千万的资产,对于丁少中这样说,他有些反感,说:"凭你说不行,银行部门有专门的评估机构,他们评估完之后,还要看企业运转的现状,最后还要找一个或者几个企业担保。既便是这样,银行也只能按照评估总额的百分之五十给企业贷款,快得话也要两三个月。"

丁少中听方志南对贷款如此的熟悉,知道他过去一定没少和银行打交道,当然也一定会知道这里面的行规和规则。丁少中接过方志南的话说:"这都没问题,你看怎么实际操作,都准备些什么?"

"这年头,就一样东西好使,钱。不过,好使是好使,就是没人敢送,没个硬实人还真就送不出去,不认不识的,谁敢要哇。"方志南说的是实话,同时也表示了他不会给丁少中直接办这事。

丁少中心里有一些不悦,可是表面上是看不出来的。他认真想了想这件事,没有方志南出面还真就办不成。可是自己求他,他是不能出面的,他刚才的态度已经说明白了,看来就得逼他。丁少中笑了,说:"方主席说的也是,办这种事,人要是不可靠,真就不行。就说给张鹏房子补偿的事吧,也不怎么让那院的高明知道了,我估计是张鹏心眼实,可能当着高明说了实话。我来之前高明说什么也不让我走，非要我给他补偿四十五万，否则他要把补偿的事给我说出去，还有什么土地的事。气得我扭身就走，跑到唐大哥这来了。正好侄女贷款的事还没有落实，我想找找人，抓紧办办，急等着用就来不及了。"

方志南马上坐直了身子，说："你说什么，高明说还有土地的事？谁家土地的事呀？"

丁少中故意想了想说："不是我的事，是那院张鹏……也不是，他好像是说什么方主席，是不是你呀，哪还有叫方主席的。"

"他什么意思，说这些干什么？"方志南有些紧张地问。

丁少中也故意不明白似的说："我也纳闷呢，这些和我有什么关系呀。我一来气对他说：'我就给你三十万了，多一分不给。'你猜他说啥？"

"说啥了？"方志南紧盯着问。

"他说：'你不给我四十五万，我就把你们给方主席补偿六十万和土地的事告到县纪委去。'我一听，这是在要挟我，我对他说：'我给那院六十万，就是给八十万关你屁事。'你听他说啥？"

"说啥了？"方志南问。

"他说，一样的房子，两样待遇，就拿他们穷老百姓不识数，说要把那臭事都给抖出来。当他不知道呢，张鹏啥都和他说了。"丁少中说得有鼻子有眼的。

方志南坐不住了，可是他却装得像没事人似的，说："老丁你也是，多给他十五万不就得了，省得让他到处乱说，县里不管你，传到北方集团去不够你喝一壶的？"

"我才不怕呢，这种事在我们那多得是，照顾个把朋友是个很正常的事，我有特事特办的权利。"丁少中看方志南还是不就范，故意说不怕北方集团查处他。

"得了,你不怕我还怕呢,你就多给他十五万得了,省得把咱们俩的事兜出来,弄得满城风雨。"方志南有些妥协了。

丁少中仍然不太认可,说:"他一个小老百姓,凭什么多得十五万元?能和你方主席比嘛,不知道深浅的东西。"丁少中还是不松口,因为方志南还没有答应帮他贷款。

方志南见丁少中仍然不同意多给高明十五万,有些急了。他知道一旦自己那六十亩土地的事被纪委查出来,可就成了全县特大新闻了。于是他的态度来了个一百八十度,说:"这样吧,我帮助你的侄女跑贷款,你就好好地把补偿的事解决了,咱们两不耽误。其实你那点事容易,就是多给他十五万元,满天的云彩都散了。"

方志南终于吐口了,丁少中心里十分得意,说:"那就听大哥你的,我那边再多付给他十五万完事,银行这边的事可全靠你了。"

虽然老谋深算的方志南答应了贷款的事,可是他心里还是非常担心,害怕到时候贷还不上款或者说出现意外。可是高明要把补偿费和土地的事捅到纪委去,让他非常害怕,不允许他再三犹豫,只好答应帮着丁兰贷款。他又仰在沙发上,望着屋子的棚顶,慢慢地说:"丁经理,你得在我们跑银行之前让丁兰去找李强,让李强和丁兰一起去找银行的李行长、江副行长,不要怕别人知道,能让县里的领导都知道最好,这样可以麻痹周围的人,另外也可以让银行的领导有借口放贷,好说话。"

丁少中从心里佩服方志南想得周到,说:"对,方主席说得对,我一定让丁兰把李强找上,明天就让她去。"

唐占在一旁听半天了,觉得这两个人像做买卖,互相帮忙,各得其所,看看差不多了,说:"咋样了,咱们去吃饭,边喝边聊吧。今天我请客,我们很久没在一起喝酒了。"

"算了吧,还是我请吧,两位大哥帮我办事,还让你请我,那多不好意思，别争了，走，都上我的车，老地方。"

丁少中把找方志南贷款的事和丁兰一说，丁兰高兴极了，她迫不及待地要和李强去找银行行长。韩平一早就和丁兰安排好，让她和李强去找银行行长，他马上去南平总厂安排配件的生产数量。

吃过早饭之后，丁兰打扮一番，穿上她最喜欢的裙子，换上了新买的进口高跟鞋，站在镜子前面看了又看。她知道李强不喜欢打扮得过分新潮，所以她只着了淡淡粉底，看上去几乎没有化妆。

江行长很热情地接待了李强和丁兰，亲自给李强和丁兰沏茶，之后他坐在自己的坐位上，看看李强，又看丁兰，微笑着说："美女老板得县长陪着，这样看着才般配。"

"江行长，你别嫉妒，人家丁兰可是奔着你来的，请我来那是让我说句话，求行长给个方便而已。你别辜负了人家对你的一片心。"李强也和江行长说笑着。

"上次我们企业剪彩时，江行长见我面连话都不说，板着脸怪吓人的，今天看你也不那么可怕呀，是不是李县长在这的原因？"丁兰故意这样说江帆，她那会说话的眼睛和江副行长对视着。

"不是奔我来的，是奔钱来的，你们来是想贷款吧？"江帆开门见山地说，眼睛盯着丁兰，看她的举动。

"你是不是职业病啊，我们来你这就是贷款，别的事不兴办哪，比如请你吃饭了，会会老朋友，喝茶了等等。"丁兰故意和江帆开着玩笑，在他的面前显得很大方，无拘无束，火辣辣的眼神让江帆有些走神。

"吃完饭，喝完茶呢，还干什么？"江帆的眼睛盯着丁兰说。

"哈哈哈……完了之后还得求你贷款。"丁兰咯咯地笑着，灿烂的笑容让她显得更加的娇媚。

李强觉得自己这个角色有些多余，两个人俨然一对老熟人，说："江行长,县委对于在双青落地的企业所给的优惠政策你都知道吧,其中就有你们农业银行和工商银行对企业的贷款扶持。当然了,这要符合你们的业务章程。我今天和丁兰一起来,主要有两个意见,一是说明一下新路电动车配件厂的基本情况,这也是你们在贷款时主要考虑的问题。这个厂建设时间短,投产快,产品的销路不是问题,因为他们是为总厂加工配件,想在旺季来临之前多为总厂加工一些零件。因为是初建企业,很多钱都花在了基础建设上,现在资金流动紧张,这才想到了你们。另外你也知道,北方集团房地产经理丁少中是丁兰的亲叔叔,对她的建厂给了很大的帮助,你们可以多一个担保对象。第二是,我来之前县委的明海书记一再和我交代,让我和你说清楚,希望你对这个企业给予支持。我的意见说完了,看看江行长有什么要求。"李强说完喝了一口水,抬头看看江帆。

听了李强的话,此时丁兰脸色变得很严肃,低下头。

江帆是个非常有经验的行长,领导在他的眼里和其他群众没有什么区别。从办贷款的业务上说,他宁可带给群众款,也不愿意给有领导参与的项目贷款。面对李强,他也只是表面尊敬罢了。见李强说完,他非常热情地说:"李县长为企业申请贷款,为双青县培植企业,作为农行的领导,我们一定要重视起来。我马上向行长汇报,专题研究新路电动车企业的贷款事宜。丁经理,你按照这个文件上要求的,把所有的材料都办齐之后给我送来,行里立会研究。"丁兰站起身到江帆的桌前拿过文件。

"那就多谢江行长了,丁兰还有什么要说的?"李强问丁兰。

"没什么了,我会按照江行长的要求,尽快把所需的材料给你送来。我还有一个小要求,晚上我请几位行长和李县长吃饭,希望给我一个面子。"丁兰说完看看李强,又看江行长。

李强原本就不想吃饭,可是丁兰主要是请行长们,所以李强没有先表态,他在等着江行长说话。

其实江行长是愿意和丁兰去吃饭，自打剪彩那天开始，丁兰在他心里留下了很深的印象，尤其丁兰婀娜的身材令江行长念念不忘。可是今天有李强在，就是吃饭也不会有什么事情发生，再说项目还八字没一撇，怎么能吃人家的饭呢。想到这，江行长说："丁经理回去请李县长吧，领导在百忙之中还给你跑贷款，不感谢说不过去呀。"

"江行长是主角，请别人有什么用啊。丁经理别听他的，你要是把他请下来，我作陪行吧？"李强说。

任丁兰怎么说，江帆就是不去吃饭，他只答应项目有了再说。无奈，丁兰和李强回到了宾馆。丁兰觉得机会不错，非要请李强单独喝酒。李强明白丁兰的意思，推说晚上有应酬，丁兰这才作罢。

杜萍又回到了双青县，并且住在了和李强挨着的302房间。李强的话让她在木板厂和风电场的工作上受到影响，她由此认为李强是在给自己找麻烦，他全然不顾过去的情，眼中只有自己的职位和集体工作。杜萍心里很郁闷，甚至想到自己回百泉沟简直是鬼迷心窍，一厢情愿。李强并没有回避她，对她和刘亮离婚，李强心里始终感到内疚。李强马上领着杜萍去找国土局包局长，让他安排地政股和测量队进入百泉沟开展工作。人员安排得很快，当着杜萍和李强的面，对土地补偿问题做了细致的安排。

包世达看看杜萍和李强说："我们测绘股和地政股的两个股长都来了，一会儿我们研究完，他们安排人员跟着杜萍下去，定点、确定所占面积和占补费用。另外，这件事还要和村里协调好，因为出让土地四十年以上，远远超出了群众的承包期。"

占地的补偿费都给了群众，新能源公司什么也没得着，只是减去一些承包面积而已。面对李强和包世达的安排，杜萍十分的不满，可是她又说不出来什么，脸色冷漠，坐在一边喝水。李强看杜萍有些不高兴，站起身来说："包局长，你们安排着，我和杜萍出去走走，反正也没我们什么事儿了。"

"去吧，这没你们啥事。杜萍回去就安排上项目吧，把设备和人员准备好，手续一办完就开工。"包世达知道李强和杜萍有话说，故意把他们支走。

李强和杜萍两个人慢慢地走出了国土局的大院，沿着公路向前走去，杜萍也不说话，低着头往前走。李强看看杜萍，心里有话也不知道从何说起，过去的一切又在他的眼前闪过。今天为了工作，她不得已又来找自己，可是自己的行动没能让她满意，李强想不出用什么方法才能说服她。李强抬起头来说："杜萍，新能源总公司的领导换了吗？"

"没换，还是白董事长，他对我寄予很高的希望，说等开工了之后他会来检查。他对这两个项目很有信心，他还不知道你当了县长，以为你还是村长，所以他很放心。可是……"杜萍没有往下说，她的意思是想不到李强让她事与愿违。

李强心里明白，他长叹一声，说："杜萍，你应该了解我，我办事情是讲究公平的，如果是因为我的同学就给予照顾，群众会反对的，那样我就不配给群众当领导。"

"公家的事你说你公平，个人的事你就不公平了是吧？"杜萍说完也不看李强，向远处的国道望去。

李强明白杜萍是在说他和托娅结婚的事，按理说她不应该再提这件事，当年是她自己退出的，觉得自己对李强的爱不如托娅的深，才做出如此的决定，现在说这话，明显表现出她后悔了，还想和李强重温过去的感情，或者说是想利用过去的感情，让他对现在的工作予以支持。李强半天没有说话，他回过头来，说："杜萍，你当时离开我，现在后悔了？你刚才是在说我在个人的感情上对你不公平？"

"不是吗？我们相恋了四年，托娅的一个舍身相救，就让你喊出了'我心中最爱的人就是你呀'，那我们在一起的四年算什么？你怎么就公平了？

我说错了吗？"杜萍翻起了旧账，觉得李强骗了自己。

李强也是个重情意的人，尽管和杜萍谈恋爱是因为错觉，可是毕竟是四年的同学，四年的恋爱时光，从心而论还是很有感情的，这种感情没有因为与托娅的结婚而冲淡，就像一本读过的曾经让他感动过的小说，放在书架子的一个地方，每当拿起这本书，再次回想它精彩片段的时候，仍然让他激动不已，回味无穷。然而杜萍的话里有埋怨李强欺骗了她的意思，这令李强不能接受："你的意思是我当时骗了你？现在你为什么这么想？"

"我现在才明白，你当时和托娅结婚是为了在百泉沟村站住脚，从村里到乡里，再到县里，你可谓目标远大。现在你又为了县里的利益，不顾朋友的情谊，把土地的补偿费全都给了群众，落得了一心想着群众的好县长名声。"杜萍说话不留情面，想什么说什么。

李强愣住了，他怎么也没想到杜萍会有这样的想法，按她的话说，李强是为了在百泉沟落脚才和托娅结的婚，为以后往上爬打下了基础。李强来气了，他觉得这话是对托娅和他的感情的亵渎，说："杜萍，你不觉得你有些过分吗？你把我看成了什么人，我和托娅的感情那是为了往上爬才建立的吗？"

"不是吗？当时没有她，你能在百泉沟站住脚吗？"

"双合尔爷爷没和你说嘛，我们从小就——"

"一个小孩知道什么？知道你还和我恋爱？你不是骗人是什么？"杜萍的声音很大，过路的行人回过头来看他们。

面对杜萍，李强无话可说，气得他不知道怎么才好。他们慢慢地走了一会儿，李强小声地说："杜萍，我想你在后来已经知道了，我和你在大一开始恋爱，就是因为你和托娅长得非常像，在我的心里，你就是托娅，几年下来，我没觉得有什么不对。可是当我到乡下种甜菜、当村长时，我才觉得自己爱的是托娅，而且很深。当时我并没有想和托娅结婚，因为有你在，我们是四年的同学，感情也很深，我不能为了自己不顾你的感受。托娅受了伤，在那生

离死别的时刻,那是我发自内心的呼唤。我再不说,托娅就听不到了。我的本意不是要和她结婚,她都要死了呀。当然,后来你和梁小丽都选择了退出,也让我感动了很久。我真怕从此再也见不着你了。你的到来让我很高兴,你的不幸也让我很内疚,我曾试想如果我们没有分手,你会怎么样,我会怎么面对这一切……"李强说不下去了,低着头往前走,也不看杜萍。

杜萍的眼泪顺着脸颊流进了脖子,李强说的是实话,杜萍觉得李强的心里还有她的位置,还在思念着她。想到自己与刘亮的不幸婚姻,不由得让她悲恨交加,恨得是刘亮喜新厌旧,是个无耻小人,险些毁了她的前程;悲得是尽管李强话说得有情有意,可是他还是工作第一,原则问题上一点也不让步,自己的所作所为都得在他的指挥下行事,能不能让总公司满意,让她心里没有底。如果总公司对自己的工作不满意,自己就再也没有机会主管项目了。她回头看看李强说:"你说什么就是什么,现在所有的事情都是按照你说得做,我可有一句话说到头里,将来我们总公司的白总进行检查,如果对我所做的工作不满意或者说把我调回总公司,李强,我就永远也不见你了,就是死了,我也不让你前去吊唁。我们回去吧,国土局安排得差不多了吧。"

李强被杜萍说得心里很不好受,什么话也没说,跟着杜萍回去了。

纪委的王主任和两名工作人员在几天里走访了瓷砖销售公司、瓷砖厂,以及部分群众家之后,他们直接来到了丁少中的办公室,丁少中正好在家,他很热情地接待了王主任一行,让工人给他们沏茶拿烟。

王主任开门见山:"不用忙活,我们来是想问你一个事情,你要实话实说,让你的工人出去吧。"

"你们俩出去吧,我们有事。啥事说吧,搞得这么秘密干啥?"丁少中说着,自己点上一支烟,也给王主任点上一支。

王主任很严肃地说:"你为什么买楼不收现金,却用白条子代替?买楼的人要求你这样做了吗?"

第十三章

"托娅有要求哇，我要是不那么办，购买瓷砖的业务和中心村的建设还怎么做了？不得黄嘛。"丁少中说。

王主任对丁少中不以为然的态度非常反感，尽管他不露声色，但像利剑一样的目光直逼丁少中，二人四目相对，足有一分多钟。

"如果真有要求，你为什么不给她钱？打个白条放在那，是想让人看的吗？你的做法，对一个村长来说意味着什么？"王主任声音不大，言辞犀利，直指丁少中这件事的出发点。

王主任的问话点到了丁少中的软肋，他马上坐直了身子，把小眼睛睁得溜圆，说："王主任的意思是我故意的呗？"

"不光故意，你还在向法律和正义挑战。"

"你也太危言耸听了，职业病吧？我们是私人企业，企业有自己的规章制度，你对此了解吗？"丁少中并不畏惧王主任指责，拿出自己应付官方的一套理论。

"什么规章制度能凌驾于党纪国法之上？你不会不知道行贿和受贿都是犯罪行为吧？"王主任对丁少中的回答十分不满，冷峻的脸色，眉头紧锁，两只猎鹰一样的眼睛盯着丁少中。

王主任的话让丁少中打了一个冷战，他知道自己遇到了真正的对手，

如果不认真对待，会是什么结果。想到这，丁少中马上换了一副笑脸，说："王主任的话严重了，你没明白我的意思，也是我没有向你解释清楚我们企业的规章制度，是这样……"丁少中拿出烟来给王主任点上，自己也点着一支，他深深地吸了一口，长出了一口气，吐出一团烟雾，"我们集团董事会每年都要在各个行业里选出一些对集团有贡献的个人和集体进行奖励和表彰当然首先由各个部门经理提名，再由董事会研究决定所要给予奖励的标准和规格。我们房地产公司今年要的奖励就是托娅，正好赶上她的叔叔买楼，我就少收她一部分钱，等到评奖之后，再和她算总账。"

"就是奖励也不能几十万的给呀，这不是公开贿赂干部吗？能给这么大的奖励，她对你们公司有多大的贡献？根据我的调查，托娅在瓷砖销售上，没多优惠你们公司一分钱，你们凭什么给她那么大的奖励？"王主任十分的不理解，进一步问丁少中。

丁少中眯起小眼睛笑了，因为他从王主任的话中听出了他对"奖励"这个词的认可，说："你调查了我才和你说奖励的事，不然你可能都不相信。在销售瓷砖这方面，托娅是没有一点私情，那是公事公办，也正是因为这样，我才敢提名对她进行奖励。"

"没给你们一点好处，为什么给她奖励？是你们的私人交情好吗，还是别的什么原因？"根据王主任的经验，他想到了个人关系这一层，因此进一步追问丁少中。

"王主任，你想哪去了，你也没打听打听，托娅是那一般的人吗？就我这样的，还连边也摸不着呢。"

"你别闲扯，说正事，那到底是因为什么？"

王主任这样问，丁少中心里有了底，他吸了一口烟，说："主要是工作上的相互支持，相互信任呀。比如说我们在装修阶段，有的时候资金短缺了，工程上还急需瓷砖，我只要给托娅打个电话就行，人家立马就给你送去，让我不误工期。不然，几十号人耽误两天，那得多少钱？不过我一般也不超过十天，就会把钱还上。这样的事多了，有的时候给工人开资不凑手了，也要找她帮忙。当然，托娅都要和总公司打招呼，决不违规。说句实在话，就是给人家再多点也应该，可是这我说了不算，董事会给多少是多少，年终研究完还要公示。"

"好了，你们这个情况也是特殊，我回去还要向纪委领导汇报，同时也会对北方集团的这一规章进行调查和论证。但是你必须通知托娅的叔叔马上把这笔钱还上，这件事怎么处理，你们听候纪委的决定。"王主任说完拿起手包就要走。

"这事我自己也说了不算哪，那是木青我们两人研究的，我得和她商量一下。"

"算了，我也正好去太平川乡，告诉她一声得了，这件事马上办。我们走了，有事打电话吧。"

送走了王主任，丁少中马上回到了办公室，身子沉得像一个装满了粮食的麻袋，重重地扔在沙发上。本来他想把托娅如何向他索要好处对王主任述说一番，可是没想到王主任对情况这么了解，看出了问题的实质，幸亏自己脑子转得快，否则后果不堪设想。他头一次这么紧张，汗水从额头上滚下来，也不去擦，点着一支烟，慢慢地吸起来……

到了太平川乡政府，王主任和工作人员下车直奔田美玉的办公室，见门锁着，两个人又来到刘瑞的办公室，刘瑞正好在家。见是王主任，刘瑞赶忙起身迎接，握手寒暄："哎，王主任你好，欢迎，欢迎，你这是从哪儿来的？"刘瑞让座，大声地喊勤杂员："小白！小白！"

"我们俩从县里来，有点事找一下你们两位领导。我才看见田书记办公室的门锁着呢，她不在家吗？"王主任问。

"她去地区党校学习了，还得七八天才能回来，你要是有事那可得等几

天了。"刘瑞见小白来了,说:"小白,给两位领导沏茶。"说着,刘瑞给王主任点着烟。

王主任吸了一口烟,抬起头来对刘瑞说:"她不在家就和你说了,关于托娅叔叔买楼的事,我们已经调查清楚,这件事和托娅没有任何关系,是北方集团的业务行为。另外,托娅所管辖的经销公司,在销售给北方集团房地产公司瓷砖的过程中,与销售给其他公司的价格一致,没有任何问题。因此,我们解除对托娅的审查,恢复她的村长职务。路过百泉沟的时候,我已经通知木青,让托娅的叔叔马上去交其余的房钱。我们到这来,看看你们还有什么意见,没有意见,就通知托娅尽快上班,不要因此耽误村里的工作。"

刘瑞对王主任的意见并不意外,他也知道调查的结果一定是没有问题,可是在纪委调查的过程中,李强和托娅一次也没找他,这让他心里很不舒服,觉得他们有些看不起自己,特别是中心村土地手续的事上,县里和村上把自己这个乡长晾在一边,没把他放在眼里,让他这口气没处出。王主任说要恢复托娅的工作,刘瑞觉得机会来了,他故意装出有些为难的样子对王主任说:"你们调查的结果我并不意外,这种事那就是天知地知,你知我知的事,有事还能让你调查出来?"

王主任有些茫然地看着刘瑞,说:"怎么,你对此还有怀疑呀?"

"我有什么怀疑,我倒是希望托娅没有什么问题。你没在乡里工作,群众的呼声你是不知道哇。我这一天,耳朵都要磨破了,那是什么话都有。有的直接质问我,说我是干什么吃的,挣着公家的钱,不给群众办事,包庇腐败分子。那难听的话多了去了,我不和你学了,闹心。"刘瑞说完站起身来一边给王主任倒水,一边用眼角偷看王主任的脸色。

"你什么意思?对我们的调查有异议?"王主任的脸色有些愠怒,盯着刘瑞的眼睛。

刘瑞知道王主任主要是怕乡里否认他们的调查结果，所以他并不在意王主任的态度，坐在椅子上，微笑着解释："你没明白我的意思，我对你的调查结果完全同意，我也知道托娅是个什么样的人。可是群众的理解是另外一回事，他不管你是不是确有其事，大面上看见包军买楼少花了三十万元，就认为托娅在这里面有事，再加上人们传来传去，把事说得很大，影响随之就出来了。可是要消除这个影响，还真不是一时半会儿能办到的。说真的，你们调查完走了，乡里的工作可就有困难了，我真怕群众会当面骂我们。"

王主任将信将疑地说："不至于吧，要不我们留下帮助你们做做工作？"

"那倒不必，我们的事怎么能劳你的大驾呢，让县里领导知道了，还不得说我们什么也干不了，连群众的工作都让纪委的领导来做。"

"那我们可就交差了，群众有什么意见，就看乡里的工作力度了。"

"王主任，你放心，我马上就开党委会，认真落实好这项工作，不能给上级的工作留尾巴。不过，我想这样办，你看行不行？"刘瑞故意问王主任，想让他来认可自己的做法。

"你想怎么办？"

"我想这段时间让别人来代理一下村长的职位，我是说暂时代理，等群众的工作做通了，就让托娅恢复工作，你看行不行？"刘瑞看着王主任的脸色，猜测他会有什么样的态度。

"那不行，既然托娅没有问题，那就应该恢复她的村长职务，让别人代替没有理由，这样对托娅也不公平，如果你宣布有困难，那我去宣布，因为是我让她停职的。"王主任的态度很坚决，不容置否。

刘瑞先是一愣，转眼又笑了，说："你又没明白我的意思，不是想找人代理，就是想先放几天，等我们做好了群众的工作之后，再让托娅恢复工作。现在有人代理村长的工作，不用另行安排，就是晚几天恢复托娅的工

作,这样对托娅有好处,懂了吗?"

"你是想在此期间做好群众的工作,之后再让托娅上任?"

"对呀,这样不好吗?"

"要是这样的话还差不多,其实这都是你们的工作,我们也没有必要参与。我的任务已经完成,交给你们就行了。"王主任说。

"我们得听上级领导的,有王主任的指示,我的心里就有谱了,就按你的指示办了。"刘瑞眉开眼笑,恭维领导,刘瑞脸不红不白。

"那好,我们走了,你就抓紧落实吧。"

送走了王主任,刘瑞回办公室就给吴江打电话:"喂,吴江吗?我是刘瑞,你马上到乡里来一趟。来了就知道了,马上。"

吴江正在基地领着工人检修机器,看是刘瑞的电话马上接听:"刘乡长啊,我是吴江,有什么指示?什么时间?好吧。"

吴江开车很快就来到乡里,下车直奔刘瑞的办公室。

刘瑞看见吴江进来,很高兴地点点头,说:"来得很快嘛,行,像个村干部样,坐下。"刘瑞说着站起身来,拿过一个茶杯,往里放了一点茶叶,给吴江沏上一杯茶。

吴江马上站起身来,说:"这还了得,让乡长给沏茶,我自己来吧。"

"你可是我们太平川乡的人才呀,是人才就得尊重。乡里像你这样的村干部多了,我的工作就好干,就有底气。"刘瑞满面笑容地回到自己的坐位上,审视着吴江,眼睛里闪烁着光。

吴江看着刘瑞的眼神心里直打鼓,他不知道刘瑞找他到底干什么,不解地问:"刘乡长,你找我来不是为了夸我的吧,有啥事你就说,你这样说,我咋觉得心里没底呢。"

"你小子就是机灵,办事痛快。我问你,村里的工作现在谁主持呢?"刘瑞眼睛盯着吴江问。

"我不是在基地负责机耕队嘛，李书记看我整天和木青打交道，就让我负责建新村的工作呢。"

"村里的其他工作谁管呢？"

"也让我负责呢，最近瓷砖厂那边事太多，李书记分不开身，村里有解决不了的事才让我找他。"

"其实你是在主管全村的工作，不简单哪。"刘瑞故意停顿了一下，长出了一口气，双肘住在桌子上，眼睛盯着吴江，"你干着正村长的活，就没想到要当个正村长吗？"

吴江对刘瑞的话非常意外，根本就没有想到刘瑞会说这话，自己也从来没有想过要当什么村长，赶忙说："没想过，也不可能。"

"我现在就让你当村长，你干不干？"

"什么？让我当村长，我可不行，再说还有托娅姐呢。"吴江简直不相信自己的耳朵，也不明白刘瑞是什么意思。

"托娅的问题不算了结，群众的意见很大，暂时还不能恢复村长的职务，村里的工作量这么大，我怕影响中心村的建设，想让你代理村长职务。本来你现在就是副村长，代理村长理所当然。怎么样，没有什么问题吧？"刘瑞认为吴江会很高兴地答应，笑眯眯地等着吴江回答，又点上一支烟。

吴江非常清楚托娅不会有问题，恢复她村长的职务也是早晚的事，再说，就凭能力来说，自己也不如托娅，更何况与她还有亲戚关系，又是他最好的朋友，当上村长，让他怎么去面对李强。想到这，吴江毫不犹豫地说："那不可能，我相信托娅姐没有问题，她很快就会恢复村长的职务，我在这个时候代理村长不合适。"

吴江的态度令刘瑞很意外，刘瑞本来有些长的脸，此时更加得长，中分的头发由于分得不齐整，有一些在缝中竖了起来，看起来很吓人。刘瑞一改刚才的和蔼态度，说："你是纪委的呀，你怎么就知道托娅没有问题？谁告

诉你很快就会恢复她的村长职务？说你能当村长说小了，我看你能当乡长，你来安排乡里的工作吧。"

其实吴江对刘瑞的印象也不好，可是他毕竟是乡长，是直接管他的领导。听刘瑞说托娅的问题没有完，暂时不能恢复她的工作，这也让吴江的心里多了一个想法。他没想过自己当村长，倒是想听听托娅到底有没有问题。想到这，吴江把话题一转，问起纪委调查的事来："刘乡长，你别误会，我是说我和托娅都在一个村里住着，对她很了解，就是觉得她没有问题。我听说纪委已经调查完了，到底有没有问题呀？要是没有问题，不得给人家恢复工作吗？"

"你听谁说的纪委调查完了，纪委的领导向你汇报了？我说你是不是大脑有毛病啊，我为什么找你，你的脑袋不会转个弯吗？没有十分把握的事，我能往外说吗？"刘瑞故意不正面回答吴江的问话，说得模棱两可。

刘瑞没有正面回答，吴江又进一步追问："乡里安排代理村长，那就是说托娅还是有问题？"

"我说你小子是不是故意的，那个话我能说吗？我找你干啥呀？说，你同不同意？没见过你这样的人。你是不是看我说话不算数哇？"刘瑞有些急了，显得很不耐烦。

吴江摇摇头，说："我不代理这个村长，我现在干的就是村长的活，我好好干工作还不行嘛，非得要那个名誉干啥。再说我的水平也不如托娅，她早晚都会回来当村长，村里还有李书记在。"

刘瑞知道吴江和托娅的关系好，可是没想到他们的关系竟然如此的铁，想让他名正言顺的代理村长看来是不可能的了。刘瑞早有心里有准备，他看看吴江笑了，说："你小子还挺仗义的，看来你不是不想当村长，而是对李强和托娅有所顾忌。这我知道，其实也很正常。不过，你没懂我的意思，我的想法是像你这样的干部，乡里要有意识地重点培养，要把你提拔到重要的岗位上来，充分发挥作用。你现在是北方集团百泉沟基地的机耕队长、副村长，还是草坪花卉合作社的经理。在村里你已经在挑大梁，既然你不愿意公开代理村长，维持目前的实际工作状况也行，我会在适当的场合，让你名正言顺地代理村长一职。说实在的，谁不想当村长啊，也就是你吧，考虑这个，想着那个的。其实托娅的理想更高，村长早已不是她的目标了，她在盯着我的位置。"

　　吴江低下了头，刘瑞的话让他心里泛起了涟漪，在他的内心深处，对当村长早已有了想法，现在不想代理村长，就是因为托娅是村长，自己有那个想法，也不能答应刘瑞。刘瑞的话也是事实，尽管知道刘瑞是在有意忽悠自己，可是听着很舒服，不知不觉的，他有些飘飘然。

　　刘瑞见吴江不说话，知道他的话起了作用，说到了他的心里。"好，我明白你的想法了，你回去要把村里的工作全面抓起来，要有主人翁意识，在心里就当自己是村长。至于代理村长的事，我有办法安排，会让它合情合理，能让大家接受。你还有事吗？"刘瑞说。

　　吴江站起身来，说："那我回去了，有事打电话吧。"

　　刘瑞也站起身来，握着吴江的手说："小伙子好好干，前途大大的。你放心，我说过的话是要兑现的，就看你的表现了。"

　　刘瑞的话让吴江心里很温暖，此时他觉得刘瑞并不像他以前想象的那样小气，还是很有正义感的。握着刘瑞的手，吴江心里五味杂陈，不知道说什么好，"谢谢刘乡长的关心，我回去了。"

　　刘瑞站在窗前，看着吴江开车离去，脸上泛起不易察觉的微笑，转瞬间又慢慢地转换成冷漠的面容，随手把一杯茶哗的一声倒进脸盆里，把茶杯用力放在桌子上。

　　方志南想不让自己非法占地的事败露，只有尽快地帮着丁兰贷款，这样丁少中才能给足高明补偿款，高明才不会把这事上告到纪委。为此他频频联

络江帆行长,把贷款当中的一切细节都安排明白之后,才通知丁兰准备去银行贷款。他首先约丁兰到和平饭店的301房间,在那里检查了所需的一切手续,当然也包括要给江行长的银行卡。丁兰执意要让方志南把银行卡交给江帆,可是老奸巨猾的方志南说什么也不同意,他说已经和江行长说好,丁兰交给他就行了。

江帆的办公室里,江帆在认真地看丁兰提供给他的申请贷款材料,方志南和丁兰坐在沙发上喝水,丁兰不时地看着江帆,很怕材料不过关。方志南则不然,他悠闲地吸着烟,不时地喝一口茶水,俨然一副主人的姿态。

江帆把材料收起来,说:"材料还算完全,只缺一项担保企业的担保书,这个需要马上补齐。过几天行里就要审核今年的企业贷款,你送审的时机很好,如果晚了可就得等下一批了。不过能不能批准,行里统一研究之后才能知道,也可能不批,也可能批,就看你的运气了。你们是新招商来的企业,说实在的我们不太了解企业经营的实际情况,因此行里还要组成考察组,对企业进行全方位的审查。方主席能领你来,说明你的企业还不错,行里如果能批准你的贷款,你可不要忘了方主席呀。"江帆说着,眼睛一直没有离开丁兰。

丁兰被看得心直跳,从江帆的眼里,她看出了江帆的心思。听江帆这么说,丁兰马上接过话:"就是呀,如果不是方主席介绍,你能认得我呀。我不但感谢你,还得重谢方主席呢。"

"我就是引荐一下,成不成是你们的事,不要小题大做。"方志南很随意地说,笑着看江帆。

江帆明白方志南的意思,马上转移了话题:"可是话还得说回来,决定贷款成功的主要条件是你的企业状况和担保的企业规模。"

丁兰问:"那得什么样的企业才能担保呢?"

"就是有能力偿还贷款的企业,比如说北方集团的房地产公司就可以。"江帆说完，用贪婪的眼睛看着丁兰，等着她的回答。

方志南见状站起身来，说："你们聊，我去方便一下。"

这是事先方志南和丁兰定下的计划，方志南出去，丁兰把银行卡交给江帆。见方志南出去，丁兰站起身来，来到江帆的桌前，从衣兜里拿出银行卡放在江帆的前面，说："这是给你的，里面有三十万，用我的名字存的，密码是六个零。你也不容易，还要打点一下其他部门的头头。这是我的一点心意，初次求你贷款，请你给予关照。"

"你这是干啥，让我犯错误哇，赶紧收起来。"

丁兰见江帆的态度很坚决，就拿起银行卡走过桌子，来到江帆的跟前，用左手把他的左手拉过来，把银行卡放在江帆的手里。此时丁兰已经站在江帆的两腿之间，江帆的右手已在丁兰的身后。丁兰的双手让江帆感觉到了她的意图，对丁兰垂涎已久的江帆，再也掩饰不住自己的淫欲，把丁兰紧紧地抱在怀里，丁兰也顺势坐在江帆的大腿上，双手搂住了江帆的脖子……

一阵热烈的拥吻，江帆停下来，他知道方志南要回来了，很亲切地对丁兰说："方志南要回来了，你先拿着卡，近两三天你等我的电话，我找个好地方招待你行吗？"

丁兰的目的达到了，她点点头，又在江帆的脸上亲了一口，说："好，你可得快点，我等着你，把你的名片给我。"

丁兰拿着江帆的名片回到了沙发上，很快方志南就回来了，一进屋见两个人都不说话，他的心里明白了七八分，说："谈怎么样了？完事我们回去。"

江帆笑了，说："不喝点酒就回去呀，老领导来了，今天我请客。"

"怎么能让江行长请呢，我请你们，再把其他行长叫上。"丁兰忙说，用深情的目光盯着江帆。

其实方志南想喝酒，又故意说："行了，给丁兰省点钱吧，要是喝酒，

她能让你花钱哪。"

江帆被丁兰迷得心里痒痒，不甘心就这样让她回去，想借着请方志南留住丁兰，说："丁经理，你也别和我争了，今天我请客。难得方主席来一回，这个机会我不能让给你。你知道的，我们可是多年的老朋友了。"江帆已对丁兰没了戒备，留方志南喝酒其实是意在丁兰。

此时的丁兰心领神会，她明白江帆的意图，可是她故意说："不行，那多不好意思，怎么能让江行长花钱请客呢。"

方志南是真想喝酒，说："这可是两码事，你请我们是你自己花钱，行长请客那是行里花钱。银行请贷款户喝酒，你的项目可就有希望了。丁兰，你就别和江行长争了，陪好行长就行。"

"恭敬不如从命，我只好听行长的了。"丁兰心里十分的高兴，眼睛里闪烁着妩媚的目光，娇羞地撇了江帆一眼。

江帆心中的欲火被丁兰美丽而又带点淫欲的目光点燃，他急不可耐地站起身来，说："走！咱们喝酒去，边喝边聊吧。"

"还是老地方吗？"方志南问。

"不，我今天领你们去个好地方，那儿的大鱼头不错，是我的朋友开的酒店，隐蔽又安全。"

吴江被刘瑞点拨一番后，心里发生了很大的变化，想当村长的欲望是愈来愈强。从刘瑞那回来之后，他到家对谁也没说，憋了一夜。一早吃饭的时候，他终于忍不住，对全家人说了这件事。

吴江一家四口在吃早饭，饭桌放在炕上，吴凤海和老伴坐在炕里，吴江和跟弟坐在炕边上，儿子小海还没起床。桌子上摆着一大盘馒头，几个小咸菜，还有两个炒菜，桌子前面的炕边上放着一盆大米粥。吴凤海喝着酒，样子十分的得意，像个领导一样，腰板笔直，一双滴溜乱转的眼睛，在每个人的身上扫来扫去的。吴江没吃馒头，盛了一碗粥，喝了两口，放在桌子上，他看看吴凤海，又看看母亲，说："爸，妈，有这么个事我想和你们说说。"

"什么事，你就说呗。"李玉梅说。

吴凤海喝完一口酒，一边夹着菜一边说："是代理村长的事吧？"

吴江愣了一下，很惊讶地看着吴凤海，"你怎么知道的，我也没和别人说呀。"

吴凤海听吴江说这话，一副无所不知的牛性劲在他那撇着嘴的脸上显露出来，说："我是谁呀，外号二诸葛那是白叫的，就咱们村里那点事，还有我不知道的？乡里找你了吧，怎么说的，想让你代理村长，还是就任村长？"

吴江此时真的很佩服父亲的判断能力，刚才还在犹豫要不要和家里人这件事说，听父亲说这话，觉得和家里人说说是对的。吴江用向领导汇报工作的姿态对父亲说："昨天刘瑞专门找我了，对我说群众对托娅的意见很大，一时半会儿完不了，为了不耽误村里的工作，乡里想让我代理村长一职。我当时没有同意，主要是考虑强哥和托娅的关系，不然代理也没有什么，本来干的就是村长的活计。可是刘瑞一再和我做工作，说我条件不错，什么年轻有为、前途无量等等，总之就是要让我当村长。"

"你最后答应了吗？"吴凤海打断了吴江的话，眼睛在吴江和跟弟的身上来回转，进一步追问。

"没有，我没明确答应他，我当时考虑的是托娅姐肯定没有问题，乡里田书记没在家，刘瑞的话不太靠谱。"吴江说完看看吴凤海。

吴凤海沉默了，低头想了一会儿，说："不答应就对了，你小子还算聪明，你得看看是谁在当村长。按理说，这个村长就是再怎么选也是你的，可是现在不行啊，还没到时候。"说完吴凤海眼睛看着李玉梅，看她是什么表现。

"你的意思是？"吴江看着父亲，等着他的回答。

"水到渠成,事情还没到那一步。"

"哪一步哇,你的意思是托娅正式下台那天?要我说买楼的事和托娅没关系,托娅下不了台。吴江,你就好好地干你的副村长得了,就是个正村长又能咋的。"李玉梅不同意吴凤海的说法,说话的声调有些长。

跟弟接过来说:"那可不一样,吴江要是村长的话,我们草坪花卉合作社就不用换育苗地了,省得重新换土地,利用旧房宅基地还能扩大面积,多吸收一些农户入股。可是现在就不同了,群众就要搬进新村,村里要求拆迁所有的旧房,我们合作社的草坪用地还不知道怎么办呢。"

吴凤海和跟弟的意见一样,可他不表示自己的态度,用眼角溜着李玉梅,等着她说话。

李玉梅很反感跟弟的说法,她认为这是变相纵容吴江当村长。在她的心目中,李强和托娅是老李家的荣耀和希望,别人对他们的诋毁和取代,那是她所不能容忍的。尽管吴江是她的儿子,要是让她选择由谁来当村长,她还是选托娅,因为她认为托娅要比吴江的能力强,还有一个原因是,她是李强的媳妇,不能有问题,不能给李强的脸上抹黑。她接过跟弟说的话:"村里也不是一个人说了算,就算是吴江当村长,各家的房子就让你留?"

"有啥不让留的,群众不搬,你也不能把人家赶出去,有的先搬进去的人都把旧房子卖给了外村的工人了。你说咋让人家搬,外村的人能听你的?钱也花了,人也住进去了。"跟弟听出了婆婆的意思,还是向着托娅,所以用这话回敬她,说完也不看婆婆,继续低头吃饭。

李玉梅一听跟弟说这话,觉得有问题,忙追问:"你说的是谁家呀?我咋没听说呢?"

"谁家我不说,都当街住着,慢慢还不知道嘛。"

"我真不知道,你就说呗,还瞒我干啥。"

"就是托娅的老叔家,他搬进新房之前就把房子卖了,卖给了基地开车的李有才，李有才想要在年底和丽丽结婚呢。"

吴江本意是和家人说说，想知道他们对此事怎么看，可是没想跟弟的想法和母亲不一致，父亲同意自己不当代理村长，可他的话里又表现出同意他当村长，让吴江等候时机。此时吴凤海只管喝酒，也不说话。吴江忍不住追问父亲："爸，你是什么意见哪？"

吴凤海喝了一口酒，吧嗒吧嗒嘴，说："我不是说了嘛，先不答应乡里，好好干你的工作，再上一个台阶那是早晚的事。"

"你那意思是托娅早晚都得下来呗？"李玉梅明显不高兴了，放下饭碗问吴凤海。

吴凤海见李玉梅不高兴了，马上转移话题，把话说得非常婉转，让李玉梅挑不出毛病："我是说，人家还兴提拔呢，有李强在县里当县长，那不是早晚的事呀。"

李玉梅无话可说了，吃着碗里剩下的饭，心里想着托娅叔叔卖旧房子的事。

此时吴江心里很乱，觉得家人说得都有道理，如何面对这件事，他心里没有谱，头脑一片空白，只觉得听见"吴村长……吴村长……"的声音。

在平安酒店的门外，停着一辆黑色的小轿车，丁兰陪同江行长和方志南从大厅的正门出来，三个人匆匆地上了小车。坐在车里，江帆用那欲火熊熊的眼睛和媚态十足的丁兰对视着，两人眉来眼去。方志南早就看在眼里，明白了一切。这正是方志南想要的结果，两个人的关系铁了，事情就好办，事办成了，自己也会得到五万元的报酬。为了给两个人方便，方志南说："先送我回家，之后再送江行长吧。他家不在这，一夜不回家也行。你们没喝好，回来再喝点也行。"

"对，送方主席回来我们还得喝点，开车。"江帆本来就和方志南不外，再加上喝多了酒，说话就无所顾忌。

土地

今天丁兰也非常高兴,她知道攀上江帆,贷款的事就差不多了,再加上江帆的相貌堂堂,虽算不上美男子,可也有中年男人沉稳、大方、阳刚的特质,这正是她所喜欢的类型。看着江帆火辣辣的眼睛,丁兰说:"要不咱们几个接着喝,没有方主席,我不是你的对手。"

"我可不喝了,快送我回家吧,不然我就睡着了。"

"哈哈哈,老了,不行了吧?"江帆大笑着说,回头又看看丁兰。

"你就别逗我了,早就心有余而力不足了。"方志南也不忌讳丁兰在跟前。

丁兰开着车,微笑着,火辣辣的眼睛不时地看看江帆,说:"方主席,是绿源小区吧?"

"对,一直往前走,不远了。"

从绿源小区回来,丁兰开着车故意问:"我送你去哪儿呀?你真的还想喝酒吗?"

"我那是说给方志南听的,我哪还有心思喝酒哇,都等不及了。去铭心酒店,那里是我的老地方。"江帆说着,手已经摸上了丁兰的大腿。

"我开车呢,等一会儿,这样我受不了了,到了酒店都是你的,随你的便。"丁兰嗲声嗲气地说。

江帆没有停手,反而摸到了丁兰的胸部。

丁兰急促地喘着气,说:"啊!哎呀……"

小车停在了铭心酒店的大门外,江帆和丁兰两人匆匆下车,进了酒店。

第十四章

前台服务员和江帆非常熟悉，和他打着招呼："江哥来了，住还是休息？"

"一会儿再说吧，还是312房间，明天我和你们算账。"

服务员看看丁兰，微笑着把房卡递给了江帆，说："这是房卡，直接去吧，我通知三楼的李姐。"

"谢谢了，改天请你吃饭。"江帆向服务员做一个鬼脸。

"光请我吃饭哪？"服务员说着，斜着眼睛看着跟在后面的丁兰，一脸的轻视。

开门进屋，江帆马上关门，两个人立刻就抱在了一起，在门口亲吻。丁兰楼住江帆的脖子，两条腿盘住了他的腰，江帆就势把她抱上了床。两个人在床上滚来滚去，江帆已经忍无可忍，开始扒丁兰的衣服。

丁兰叫着："别急，去洗洗，完了好好玩。"

江帆哪里还管什么洗不洗澡，脱掉自己的衣服，粗野地扒下丁兰的裤子，压在了她的身上……

丁兰也异常兴奋，大声地叫着："啊……"

雨过天晴，丁兰依偎在江帆的怀里，用手抚摸着他的胸肌，说："看你平时文质彬彬的样子，原来是这么的威猛，我都不行了，晕过去了。"说

着丁兰从旁边的衣兜里拿出了那张存有三十万元的银行卡,"给你,这是三十万元,我可什么都给你了,你就看着办吧。"

江帆用手摸着丁兰的头发,说:"钱对我来说无所谓,我不要了,就当给你的见面礼,你收起来吧。除了你我什么都不要,不管我什么时候叫你,你能来就行了。"说着,江帆又搂过丁兰亲起来。

丁兰听说不要银行卡了,高兴地爬到了江帆的身上,说:"我还想要……"

江帆累了,仰躺在床上喘着粗气,丁兰又爬到江帆的身上,吻着他的胸肌,看着江帆的眼睛说:"我的贷款什么时候能办上,能快点吗?"

"这一批很快的,这个月报上去,下月就能批下来,你就放心吧。"

"不用单位担保不行吗?"

"那得看你企业规模的大小了,如果能达到一千万的总资产,贷五百万就不用担保了,这得我们的评估委去评估。"

"我叔叔的房地产公司是北方集团的,对外担保很不容易,还要通过总公司的批准,你就想想办法别让他们担保了,行不行啊?"丁兰嗲声嗲气地说,把江帆搂得紧紧的。

江帆也把丁兰抱在身上,说:"好,听你的还不行嘛,我的小乖乖。"

第二天丁兰就把贷款成功的消息告诉了丁少中,丁少中马上就把四十五万给了高明。丁少中向高明提出了一个条件,就是从今以后不许再提那院土地的事,如果再提,就要回给他的补偿款,并且当场写了保证书。高明信誓旦旦,为了他的四十五万,打死也不能说。丁少中也就放了心,打电话向方志南汇报了给款的情况。当然方志南也非常高兴,得了丁兰的五万元钱,免去了一个大的隐患,电话里直道感谢。

高明做梦都没有想到得了四十五万元的补偿费,两口子马上就去银行取钱,之后去了超市购物。当他们背着大包小包的货物回到家的时候,已经是下午两点。两个人还都没吃饭，高明媳妇赶忙到邻居家抱回孩子，还给了邻居一包点心和一打袜子。回到家，高明媳妇就把买的小吃、玩具、衣服等摊了一炕。高明拿着一个面包一边吃一边看他的新手机，高明媳妇则忙着给孩子试衣服，孩子手里拿着玩具，不配合妈妈，被妈妈打了一巴掌，打重了一些，孩子哭了起来。

高明说他媳妇："你等会再给他试呗，有玩具他能老实吗？你不饿呀，快吃点啥得了。这家伙，猴喜孩子不等毛干。"

"你好，就知道摆弄你的手机，也不说帮我看看孩子。"高明媳妇给儿子穿好衣服，"你看看咱儿子漂亮不，这套衣服一百五十元呢，我都没花这么多的钱买衣服。这回咱们有钱了，可不能再苦了儿子。"

高明还在摆弄他新买的手机，回头看看媳妇，说："那也得省着点花钱，咱们还得指着这点钱做个什么买卖呢，先在县里买一套房，不然咱们上哪住去？"

"今儿不是头一次嘛，以后就省着花钱了。哎，村长那头的事就算完了，他不再找你了？"媳妇担心地问。

"谁找我也不管了，和我有什么关系，钱到手才是真的，不管他。"高明头也不抬，只顾玩他的新手机，"这咋还打不开了呢，是这个键呀。"

高明媳妇一回头，看见村长进了院子，说："哎，村长来了，你快帮着收拾一下炕上的东西，就知道摆弄你的手机。"

听说村长来了，高明马上就把手机揣了起来，忙着把炕上的东西装进一个大塑料袋子，放在了地下的衣柜里，这时村长进屋了。

"你们这是在干啥呀，弄得满地都是废纸？中午没吃饭哪。"村长有些疑惑地问，他觉得高明和他媳妇有些异常。

高明把一块面包塞进嘴里，说："刚才上街了，中午没吃饭，吃点面包垫垫。村长来了，这边坐下，点一支吧，刚买来的，正宗的云烟。"

刘村长点着了一支烟,慢慢地吸了一口,说:"我说高明,我和你说的事咋没动静了。你找没找那个姓丁的?找没找纪委?"

高明也点着了一支烟,低着头吸着,他好像没听见村长的问话。刘村长见高明不说话,有些急了,说:"咋回事你说话呀,你没听见哪?"

虽说高明心里有所准备,可是面对村长,他还是有些畏惧,不是怕他,是怕连累自己的二叔,为了自己房子补偿费,让二叔成为纪委调查的对象。想到自己已经卖了房子,村里又无权干涉,高明胆子又大了起来,说:"我的房子卖了,卖了四十五万,后天我就得给倒地方了,这事村里不管吧?"高明说完斜了一眼村长,不以为然地吸着烟。

刘村长愣了一下,说:"你小子就知道顾自己呀,村里的事你一点也不管?得着钱就迷下了,我说你还是不是咱们村里的人哪?那六十亩地没有你一份吗?你也太不守信用了,我当时是咋和你说的?"

"你和我说有什么用,我一个老百姓,为了啥去找纪委呀,地是我家的吗?你要是给我了,我就去找。我要是村长,我也去找,那也找得着。要找你去找吧,我不去,有我啥事呀,真是的。"高明反驳刘村长,把头扭向一边。

"我不是说给你五亩地了嘛,还想咋的?"刘村长来气了,声音大了起来,把没抽完的烟扔在地上。

高明回过头来,也不示弱,说:"我不想要你那五亩地了,要找你自己找去,地也不是我家的,我找不上。"

"你是知情人,你不找谁找?"

"我知什么情,啥我也不知道,你还给我定个罪呀?"

"定罪咋的,不行啊,我告你个知情不举,伙同犯罪。"

"嗨,你威胁我,有能耐你告去,我接着。我就不信了,没我缸没我磕,你就能给我定个罪?"高明也被村长激怒了。

刘村长下了地，用手指着高明的鼻子说："你等着，你不告我告去，到时候纪委找你，你要是不说实话，看我怎么收拾你。我就不信了，这秃脑袋上的虱子明摆着的事，就整不明白了？天底下还有没有公理了。"刘村长愤愤地走了，高明坐在炕上没有动窝。

高明的媳妇赶忙抱着孩子送出门外，说："村长，你慢走哇，那人脾气不好，你别和他一样的，过后我说说他。"

刘村长听高明媳妇说这话，心里一动，他站住了，回过头来对高明媳妇说："弟妹，我看你是个聪明人，你得劝劝他，不能看着他瞪眼睛犯错误，纪委真要是定他个知情不报的罪，那不得进去嘛，那你怎么办，孩子怎么办，不看别的得看孩子吧？"刘村长用这话吓唬高明媳妇，说完就要走。

高明媳妇赶忙说："你等等，刘村长，这事你放心，我一定好好劝劝他，让他说实话。你也在纪委的面前给我们说说好话，都是当村住着，抬头不见低头见的，关照着点，等我们有了住处，请你吃饭。"

"那就不必了，你好好说说高明就行了，好了，我走了。"

刘村长一出院子，高明媳妇赶忙回到屋子，对高明说："我说你和人家村长牛啥呀，以后用人家的地方多着呢，啥事不得过人家的手哇。再说了，也不是咱们自己家的事，犯得上得罪他吗？总是那臭硬劲，不会活泛点。"

"爱咋咋的，没我事，我怕他啥呀？吓唬别人行，吓唬我？"高明嘴上这么说，心里还是有些不安，又大声喊，"你以后不行再提村里的事，咱们不在村里待了，把地包出去，离他远远的，我让他想找我都难。"

"你那意思咱们家的地就不种了呗，那咱们干啥去呀？"高明媳妇不明白他的意思，追问着。

"和我哥装修楼去，学会了咱们自己干，哪年不挣个十万八万的。咱也过过城里的日子。"高明说着，又拿起一个火腿肠吃起来，儿子也过来要，"给你这个，那个太大了，你吃不了。"

其实高明媳妇很早就想去干装修，高明不同意，今天听他这么一说，她是非常高兴，说："我早就说去干装修，你就是不同意，怕自己干不好。那有啥呀，不会慢慢学呗，我给你打下手。"

"孩子怎么办呢，给妈送去？"

"送幼儿园呗，早上送去，晚上收工回来把孩子一领。"

"也是啊，对，就这么着。"

刘瑞和吴江谈完话之后，觉得吴江动心了，看出他对村长的位置还是向往的，只是碍于李强的关系不好接任而已。当然，刘瑞也知道吴江取代不了托娅，这么做就是要让李强和托娅来求他，来满足自己的自尊心，也是为了报前两年李强让他蒙受羞辱的一箭之仇。玩人的伎俩是刘瑞的强项，他很快就在心里形成了一个完美的计划。他一上班就给百泉沟村委会打电话，通知他们准备开会，然后又把田再新、农科站长、经管站长召集来，直奔百泉沟村。

百泉沟村两委会成员，除了托娅以外全部到齐，都在小会议室里等。看见乡里的小车进院，李长玺、吴江把刘瑞和几个站长迎进屋里。

刘瑞和李长玺两人坐在了前面，李长玺说："刘乡长来了，下面咱们开会，先请刘乡长做重要指示。"

刘瑞看看与会的人们，用手理理他那中分，两个胳膊拄在桌子上，说："人都来了。这个会开得有点急，原因是有这么几项工作需要马上安排。当前，百泉沟村已经是咱们乡，乃至全县的重点。新农村建设，土地入股，农牧副业专业合作社的建立和村级集体经济大幅度提升等等都走在了全县的前列。今天我把乡里几个农业口的站长带来，就是要进一步落实好各项工作，看看村里在哪些方面需要乡里帮助。咱们一项一项地来吧。种地的事不用管了，都入股给北方集团了。新村入户多少家了？这个谁管呢？"

"吴江管呢，吴江说说吧。"李长玺说。

"一共入户三十一家了，田助理和县国土局、乡房产所的工作人员已经把土地证、房产证发到群众手里。"吴江说完也不抬头，更不看刘瑞的脸。

"对，入一户，我们发一户的证。"田再新说。

刘瑞看看吴江，接着问："专业合作社的情况怎么样？你们谁管呢？"

"也是我管呢。情况是这样，今年的合作社和去年相比，少了一个农业合作社，他们入股北方集团了。养牛的合作社仍然保持去年的十一户，蔬菜合作社和草坪花卉合作社的规模比去年有所扩大，但是两家合作社都反映资金不足，下半年的日子不好过，目前已经向村里提出申请，想向村里借钱。"吴江说完看看李长玺，李长玺点点头，又看刘瑞，等着他的问话。

刘瑞脸上露出了少有的微笑，他那看上去说不出的模样，似乎生动了一些。他看看坐在一边的几个站长，说："你们几位有什么问题？"

"我没问题，手续太好办了，什么都是现成的，特别的规范。"田再新很高兴地说。

"我们没什么，合作社需要钱，我们也不能贷款，我们没有经纪人，要我看，他们早晚也得入股北方集团。"农科站的站长说。

"没问题，我省事了。"经营管理站的站长说。

"李书记还有什么问题？"刘瑞看着李长玺说。

李长玺觉得刘瑞是有目的来的，他也很了解这些情况，前一段在乡里召开的会议上早已安排过这些事，而且很具体，今天为什么又提这些，他的目的是什么，李长玺决定听听刘瑞的意见。"刘乡长说吧，我没什么，刚才吴江都说完了。都是吴江在管事，我一直都在厂子里忙着，真是没有空儿，不过吴江管得很好。"

刘瑞很严肃的样子，还干咳了一声，说："我说两句。你们村的情况总的来看形势很好，可以说不是一般的好。怎么说呢，在我们科尔沁地区，一个新型的社会主义新农村就要出现了。这是在县委县政府的英明领导下，

在乡党委政府的具体指导下,我们百泉沟村干部群众坚持改革开放,锐意创新,拼搏务实,共同努力取得了今天的好成绩。因此,我们要继续努力,把各项工作做好。尤其是吴江副村长,你前一段工作做得很好,全面展示了你的工作能力和领导水平,今后还要再接再厉,以一个正村长的标准来要求自己。特别是当前,在主要领导不能正常工作的情况下,你要认真、努力的负全责。李书记在瓷砖厂的工作忙,抽不出身来顾及村里的事物,那你就得挑大梁了。"

李长玺听刘瑞说这话,心里很别扭,打断刘瑞:"刘乡长,托娅的审查还没完吗?纪委的领导都回去了,咋还不给个意见呢,这样可要耽误村里的工作呀?"

对李长玺的疑问,刘瑞早有准备,说:"已经审查完了,纪委老王也回去了,没有查出托娅什么问题,他和乡里交换了意见。鉴于目前部分群众对于这件事的种种猜测和误解,乡里决定先不恢复托娅的工作。在此期间,做好群众的工作,这样对目前的工作和托娅本人都有好处。因此,我希望吴江不要有什么顾虑,放手工作,别让工作出现漏洞。好了,我要说的说完了,看看村里的其他人还有什么问题。"

"没有问题就让她上班呗,还等啥呀?"李长玺急切地问。

"你没听明白呀,有些群众对此有意见,要做做工作。"

"都谁有意见,我去做工作。"

"群众找你了,你去做工作?"刘瑞不容置否的口气。李长玺沉默了,低下头来点着了一支烟。

刘福田看张勇低着头,用手擦着桌子,低下头来不想说什么。丽丽抬头看看吴江,吴江的脸扭向一边,看着院子里的小汽车。丽丽拿出一张小纸条看着,不看任何人。

李长玺看没有人要说,他又回过头来看着刘瑞,说:"我说两句。对我们村的工作，我有这么两点意见，想向乡里领导汇报一下。一是新村的建设原来计划是三年，看现在的进度和村里的经济状况，我们想提前一年完成，就是用两年时间全部建完。原来考虑的是有些贫困户进驻新村在经济上有困难，可能要晚一年。经两委会研究，提高贫困户补助标准，延长付款期限，特别困难的可以先进驻，村里逐年从救济款中分期给付。另一个是我们村有七个专业合作社，其中有两个是农业合作社，其余的是养牛、养羊、养鸡养殖业合作社，草坪花卉合作社和蔬菜合作社。他们存在的共同问题是规模小，抗自然灾害能力弱，再发展缺乏资金，都希望乡里给予帮助，协调银行贷款。"

"合作社嘛，资金靠大家凑呗，乡里怎么支持？没有东西抵押，贷款是门儿也没有。不过你放心，国家现在有政策，农业合作社有专项补贴，等着吧。"刘瑞一副不以为然的态度，说完扫了一眼大伙儿。

李长玺对刘瑞不负责任的态度很反感，为了试探他真实的意图，决定提出更实际的问题，李长玺进一步说："我说呀，等补贴，都是这个补贴，让我们村多了五个合作社，两个农业合作社和三个养殖合作社。"

刘瑞很茫然，说："你这是什么意思，合作社那是随便成立的吗？怎么个等补贴？"

"就说农业合作社吧，两个合作社都是给个人种地的专业户，他们的合作就是雇佣关系，个人雇他种地，给他工钱。听到国家要对合作社给予资金扶持的消息之后，他们就成立了合作社，其他养鸡、养羊户也纷纷跟风，他们其实是合而不作，等着分国家的补贴。"李长玺说的是实情，说完眼睛盯着刘瑞，看他有什么反应。

刘瑞早就知道这些合作社的实际情况，那些等着分合作社扶持资金的头头，有的请刘瑞喝酒，有的干脆给刘瑞钱，当然刘瑞也许下了很多愿。听李长玺说这话，他本能地反应，说："合作社是国家提倡的新型农业经济实

体,你当村领导的不能说这样的话呀,别管它是什么形式的合作社,那都是咱们的群众,就是等补贴也得等着,补贴是给合作社的,那就是给群众的,没有什么本质的区别。"

李长玺对刘瑞的说法感到很意外,多年从事村里工作的他知道,国家扶持的合作社,是那些组织健全、有能人领导、有产能、有市场的合作组织。他更知道村里那些投机取巧、无孔不入的人是怎么想的。如果要按照他说的意见安排扶持资金,还会有更多的合作社出现,那就让国家的资金起不到应有的作用。想到这,李长玺笑了,说:"要是那样的话,我们几个人成立一个合作社,把自己的亲戚都组织起来,啥事不耽误,等补贴呗。"

李长玺的说法让刘瑞心里很不高兴,他知道李长玺不服他,故意给他出难题,特别是当着几个站长的面,让他下不来台。一个小村支部书记如此的放肆,刘瑞强忍着满腔的怒火,说:"你以为合作社是随便成立的?那得到县工商局注册,得有项目,有资金,有组织。就那么一说谁承认哪?能给你资金?"

"这年头,有钱啥手续办不出来?别人的能批,我们的就不批?"

"你得有项目吧,有规模,够户数。你们有吗?"

"项目现安排就行,什么养狗的、养驴的、养王八的、养兔子的、种辣椒的,多了。你说吧,乡里喜欢什么合作社,我就办什么合作社。"李长玺绷着脸说,又看看几个站长。

田再新等人都憋不住笑了,说:"李书记,你可别养王八,当了社长那咋叫你,王八社长多难听呀。"田再新的话惹得大伙儿都笑了,本来想笑又不敢笑,借着这个由头大笑起来。

刘瑞的脸色很难看,说:"我说田再新,你可找着扯屁磕的机会了,干点正事没有?这些天也不见你影子,你都干啥了?"刘瑞说不着李长玺,拿田再新发泄内心的怒火。

"我和县国土局的小张登记发证了，你知道哇。"

"发多少了，有没有进度哇，是不是净在家里守着木青了？"

"刘乡真逗，我守着别人行吗？"

"严肃点，发多少证了？"刘瑞来气了，没好脸看着田再新。

"住进去的三十五户，在建的四十二户，手续全都办完。"田再新很有底气，因为他的工作已经提前完成。

刘瑞觉得这会再开下去已经没有什么意义了，他站起身来，说："行了，会就到这儿吧，咱们都去看看新村的建设进度，实地检查一下工作。"

李长玺也站起身来，说："刘乡长，我得回瓷砖厂，那还有事等着我呢，就让吴江他们陪你去新村吧。"

刘瑞正好不愿意李长玺跟着，很爽快地答应："你忙去吧，有吴村长在就行了，咱们走。"

田再新开车拉着刘瑞和几个站长，吴江开着村里的小车拉着村委会的人。两辆小车行进在新建的公路上，两侧矗立着漂亮整齐的乡村别墅。向北望去，一望无边的稻田和玉米等庄稼，在别墅红瓦白墙的映衬下，深浅分明，高低错落有致，农田像一块块绿翡翠镶嵌在田野里，红色的大型拖拉机点缀其间，像一个个小甲壳虫，在碧玉上爬行；向南看，透过幢幢别墅，沙坨子上浅黄和紫红色的沙柳，像穿在少女身上的轻纱，隐约展现出沙丘那美丽饱满而又优美的曲线。

看着这美轮美奂的景色，田再新有些情不自禁地说："啊，美丽的科尔沁草原，富饶的社会主义新农村。你说咱们这虽然没有山和水，可是长满庄稼的农田和披着绿纱的沙丘，再加上这现代化的庄园别墅，城里没法和它比。"

"城里都是大楼，咱们这都是庄稼，没有可比性。"农科站长说。

"城里的一幢楼钱，能顶咱们三个村所有农作物的收入，哪儿和哪儿

呀,怎么比?你是诗人吧,要不是画家?"刘瑞从小在农村长大,对眼前的一切没有田再新感受得那么深,认为他的话只是出于好奇心而已,因此故意讽刺田再新。

可是田再新没有理会刘瑞,他继续说:"怎么没法比,就说人均占有率吧,城里一幢楼的人数相当于咱们一个村,可是他只占有自己楼房的空间,其他的楼房那是别人的,公路是汽车的。农村就不同了,广阔的田野,长满柳树的沙坨子,到处都有自己的土地庄稼,那是天然大氧库呀。要说比,也有比不过城里的地方,PM2.5比不过城里。这地方也见不着霾,有霾也就是春天栽树时候'埋'。"

刘瑞气不打一出来,说:"你还没头了,再说我把你埋了,找一家,我们进去看看。"

几个站长都笑了,都知道刘瑞的脾气,不能当着他的面较真儿,更不能不认同他的意见。"你可别埋田再新,小心木青和你拼命。"农科站长说。

站长们都笑起来,田再新并不在意刘瑞的话,他习以为常了。此时他的心里在想,得把刘瑞拉到他的姑姑家去,让他看看现在是个什么样。到了一幢楼前停下车,田再新说:"我们就到这家吧,家家的房子都一样,想要找谁得看账册,我没带。"

"找什么人哪,我们就是看看搬进去的人住的咋样,就这家了,你领着进去。"刘瑞很不耐烦地说着,下车跟着田再新,站长们当然都跟着刘瑞,吴江等人也下车跟在后面,吴江一边走一边接电话,他小声说着话。

田再新刚要开门,老闷从屋里出来,见了刘瑞非常亲切,说:"大哥来了,快进屋。"

刘瑞一愣,说:"这是你家呀,什么时候搬进来的?"

"刚搬两天,你们都先走。"老闷的话比以前多了,人也精神了许多,穿着像个干部。

"老闷哥都有儿子了，成了闷爸爸。"田再新说得老闷只是笑。

刘瑞很惊讶地说："是嘛，我怎么不知道呢。"

"刚满月，没告诉你。"

屋子里有说有笑，膘子和官布的老伴也在这，他们都是一起搬来的，在相互看房子，见刘瑞等人进屋，都站起来。

田再新对老闷娘说："大娘，你看谁来了。"

"大姑你好，搬进新房怎么也不告诉我一声。"

"好，我离得近，没用别人。再说也没啥，和你白叔我们几个半天就搬完了。你挺忙的，就没找你。来，快坐下，都坐吧。"刘瑞的姑姑拿来烟给刘瑞、吴江等人。

刘瑞坐下，看看膘子和官布老伴，说："你们也都搬进来了？"

"可不是咋的，我们几个这不正说呢，原来的家具也不能用了，这么好的房子也不般配呀。我们准备一起去县里买家具，想雇一辆大车。"膘子快言快语地说。

刘瑞站起身来，拿出他那乡长的派头，说："对，买好的，这么好的房子就得配好家具。大姑，你搬进这房子要花多少钱？"

"我的房子基地占了，我一共交三万两千元就行了，其余的两顶了。那三万元也缓我两年交齐，住进来没有饥荒。"刘瑞姑姑说。

"和原来的老房子比，住这样的房子好不好？"田再新问膘子。

膘子哈哈地笑，说："那可是天上地下，你别说烧火做饭，就说那上厕所吧，和城里的楼房一样，不用出屋。在老房子上厕所，春天刮大风，那沙子把屁股打得生疼。哈哈哈！"

"大家都到各屋参观参观，太漂亮了，比我在县里买的楼好多了。"刘瑞说着带头上楼。

刘瑞姑姑忙说："楼上的卧室就别去了，老闷的媳妇和孩子在睡觉。"

边说边领着大家上楼。

一楼到三楼看个遍,之后刘瑞就领着几个站长回乡里了。尽管看的是自己的姑姑家,可是刘瑞却高兴不起来,原因是楼房的面积和装修质量都要比他的楼好。一想起老闷的房子都比他的好,心里很不舒服。可不管怎么说,他算是安排完吴江代理村长一事,达到了自己目的。这么一想,刘瑞心里又得意了起来,因为总有一天,李强和托娅会来找他求情。刘瑞坐在桌前喝水,又点上一支烟,他忽然想起刚才李长玺说合作社的事,心里觉得很不安,拿起手机给合作社的头头打电话……

田再新把刘瑞等人送回乡里之后,赶忙来到新能源公司基地,因为杜萍给他打了好几次电话,让他去办木板厂场地和风电场占地的手续。

杜萍早已等在大门外,田再新的车一停,忙走上前来:"你可来了,咋这么长时间,哪个领导来了?"

田再新一边关车门一边说:"刘瑞乡长来看新建的房子,建这么长时间了才想看,还没完没了。"

"快进屋吧,水都给你沏好了,就等着你呢。"

"国土所的小安来了吗?没有他也不行啊。"

"人家早就来了,快点吧。"杜萍显得非常着急,用手推着田再新,"干啥这么慢呢,木青咋管的你呀。"

进了屋,杜萍不等田再新坐下就说:"我们集团的白董事长要来检查工作呢,就剩两天的时间了,木板厂和一期风电场占地的出让手续在他来之前必须做完,否则我就等着挨闷了。"

"那点活好干,就是统计数字,签合同,制证呗。对了,就是制证和签合同要去县国土局。小安让你久等了,咱们动手吧,晚上再加个班,争取明天送县里制证。"田再新说着拿出手续,开始工作。

"我都等你一个小时了,你不歇一会儿了,要不喝点水吧?"

"不行，一边干一边喝水，我给你们当服务员。"杜萍说着就去给沏茶，催服务员，"你去告诉食堂，整六个菜，炖手把羊肉。"

"好嘞。"勤杂员高兴地跑了。

双青县政府大楼里整洁肃静，办公室里不时有工作人员出入，男士西装革履来去匆匆，女士高跟鞋的声音响彻楼道。

秘书小张拿着一个文件夹匆匆走到李强副县长的办公室门外，敲了一下门，听到应声推门进屋。李强桌前右侧的沙发上坐着五个人，两个是房地产老板，三个是农民。小张不认识这几个人，径直来到李强的桌前，打开本夹子，说："这是准备要下发的有关合作社补贴的文件，尚主任说让你签字。"

李强穿一件深蓝色的西装，白色的衬衣打着一条浅蓝色的领带，他仍然留着自由头，浓眉下的大眼睛炯炯有神，经常挂着微笑的瓜子脸胖了一些。他一边签字一边说："你一会儿把办公室统计的各乡合作社资料给我拿来，我要核实一下这几位大哥反映的情况。"

"在尚主任那儿，他说那是经过核实准备下发扶持款的数字，是不能更改的，你是不是要……"张秘书知道李强要干什么，看看几个农民没有往下说。

"你不用管，和尚主任说我有急用，你要是拿不来我去。"李强说着脸色变得很严肃。

"不用你去，我能拿来。"张秘书出去了，他回头看看三个农民。

李强笑着看看两个开发商，说："你们两个的事没有商量的余地，政府给棚户区改造的钱只能按户数给，至于谁的房子大谁的房子小，你们自己去平衡，额外追加不可能，这件事你们不用找别的领导了，统一研究的政策，谁也不能更改。"

两个开发商站起身来，说："那我们回去了，晚上一起坐坐？"

土地

"谢谢,晚上我还有事,对不起了。"李强起身和两位握手道别。

李强回过头来,说:"几位老哥反映的事,我一会儿看看补贴详细报表,如果有出入,我们会下去检查,及时更正补贴数量。"李强的电话响了,"对不起,等一下,我接个电话。喂,啊王主任,你在哪儿?什么事?"

"我在纪委,给你打电话是想和你说说托娅的事。经过我们一个星期的调查,托娅在销售瓷砖的过程中没有任何问题,中心村建设合同的签署和实施也符合要求。所以我们已经通知木青,让她通知包军,马上交清房款。同时也通知了乡里刘瑞,让托娅马上上任。刘瑞说他去通知,还说要等一段时间再让托娅上任,说一些群众有意见,要做做群众工作。这事我得和你说一下,省得你挂在心上。"电话里王主任的声音。

李强有些意外,说:"啊……我知道了,还有别的事吗?"

"没有了,有时间见面再谈吧。"

"好,再见。"李强放下电话,沉思了一下,回头继续和三个群众交谈:"你们提供的情况很重要,如果属实,专项资金的使用就会有偏差,那会影响全县农业合作社的正常发展。等一会儿张秘书把详细资料拿来,和你们说的情况对照一下就……"

纪委办公室,刘村长在和王主任说地的事,有个干部在记录,王主任的脸色很严肃,他认真地听刘村长反映情况。

"那是村里的机动地呀,都是好地,县里办厂子都没给。啥是少,六十亩哇,就那么打一个条子都给了方志南,说是欠他六万六千三百二十元钱,六十亩地承包给方志南十年,两顶了。那钱是怎么欠的?现在是死无对证。经办人是书记兼村长陈有路,办完就死了。后上来的张宝是代理书记村长,可是人家忙着自己的生意,干着运输的活,哪里还顾得上村里的事。再说,他和方志南还是亲戚,就是知道他能说呀?"

第十五章

"这事已经三年了，村里的群众都知道，可就是没人上告。我当了村长，这事再不说，我当这个村长还有什么用？对得起选我的群众吗？"刘村长气愤地说着。

"你别着急，慢慢地说，到底是怎么一回事。"王主任说着，给刘村长倒了一杯水。

刘村长喝了一口水，说："我是去年换届被选上的村长，之前在工程队里带工了。在我接手前，张宝代理村长和书记。人家根本就不想干，换届的时候也没参选。群众看我这人直性，好打抱不平，办事公道，就把我选上了。选我的目的是啥呀？不就是让我管事嘛，说白了，就是让我解决这些问题。我也知道方志南是县委明海书记的亲戚，你们敢不敢查，查清查不清？有人对我打击报复，我有思想准备，大不了我这个村长不干到头，你们看着办吧。"

王主任听刘村长话的意思，怀疑他们对方志南进行调查，他接过话说："我们不管他是谁的亲戚，也不管他官多大，只要群众报案，我们就查，这你尽管放心。我问你，这些往来手续，村里的账上没有吗？不是有会计嘛，你怎么不去找他？"

"会计就知道是书记陈明打的欠条，用地还的钱，别的什么也不知

道。"

"村里怎么会和方志南有来往?陈有路打欠条,这笔款下他的账了吗,就是记在他的账上了吗?"王主任问。

"记了,可是账上平了,都是用各种白条顶了。"

"都是什么白条子?"

"那多了,什么用车、吃饭等等,啥都有。村里和方志南有往来是头些年他当局长的时候,在村里搞过经济实体,可那都是用村里的地,得给村里钱哪,村里也不欠他的钱。"

"一查他的往来账不就清楚了吗?"

"搞实体是他们自己单立的账,不和村里发生关系,人家自己有会计。"刘村长说。

"你查他们的实体账,看看和村里有没有往来。"

"他用的会计说当时的账销毁了,说留着没有用,你说气人不。村里的会计一问三不知,就知道陈有路的欠条。"刘村长说着来气了。

王主任想了想说:"你举报的问题我们要开会研究,立案后进行调查。你回去等信吧。如果我们展开调查,你可要配合,这没问题吧?"

"我一定帮你找当事人,为我们解决问题我再不出头,那还是个爷们儿吗?好,那我就走了,等着你呀!"

看着刘村长出去,王主任对记录员说:"这个活可不好干,那个方老爷可不是那省油的灯。"

"你说咋办,我们查还是不查,那可是明海书记的亲戚,整不好我们两头受气,咋干都没好。"

记录员说的是实话,这一点王主任心里明白,说:"哪有不查的道理,我们是干这个的,不解决群众的实际问题,不查处不正之风,我们在这个岗位上还有意义吗?那就等于猫不抓耗子白喂。好了,你把材料整理一下,下午请示领导批准。"

虽然南平是个地级市，可是经济发展很快，流动人口多，是中原地区轻工业仅次于省会的大都市。这里高楼林立，车流如水，一派盎然生机，整个城市像一个巨大的火车头，拉动着这一地区的经济迅猛发展。

托娅组建的第二个瓷砖销售公司就坐落在市二环北路胜利广场的东面，坐北朝南，门面十分的醒目，透过整片的大玻璃窗可以看到里面种类繁多的瓷砖，来来往往的顾客和工作人员。

托娅的办公室就在销售大厅后面的一个房间里，四十平米的房间，托娅和副经理、财会三个人办公。托娅的办公桌在正面，面对着门口有一组沙发。托娅和副经理会计在研究工作，不时有电话打进来，托娅接电话："喂，你好。对，我是，你说吧。啊，嗯，行，明天我让财会去，以后你事先给公司通知，我们就及时付费了。好吧，再见。"托娅放下电话，"小雨你下午去交一下电费，我们欠费了。"

"我下午两点去，正好还有些别的事要办。"

"人员上，你们先物色两个吧，说好了领来我看看，行就留下。人进来以后，李姐可以让她休产假了，别等到临产再给假，耽误事。这事小雨办一下吧，我们把把关。"托娅的手机响了，"啊，老叔，怎么了，有事吧？"

手机里包军的声音："托娅，我把楼房款付了，刚从售楼处出来。"

"是谁让你去付款的？"

"是木青通知我的，这回要了，没费事。我听木青说纪委的调查已经完了，说你没有任何问题，你不回来上班吗？"

"那要等乡里的通知，不忙，正好我这里还有一些事情要办。"

"我听木青说乡里暂时不让你上班，说群众有意见。你不回来打听打听啊，都是什么意见，是谁呀，这么不是人哪？"

"乡里谁的意见？"

"说是刘瑞的意见,田书记不在家。"

"行了,你别管了,我过两天也就回去了。不是没有别的事吗?"托娅有些烦,想中断谈话。

可是包军担心托娅,为了他的楼,让她停止了工作,他继续说:"这事你得找找乡里,要不就给李强打个电话,让他说句话,不然就这么靠着,啥时候是个头哇?"

托娅的心里很烦,"好了,我挂电话了。"说着她合上手机,顺手把手机扔在桌子上。

电话里的声音副经理和会计都听见了,看托娅的情绪不高,都站起身来,"没有别的事了吧,我们去仓库点点货。"会计说。

托娅一摆手,说:"去吧,有事我再找你们。"

还没等两个人出去,托娅的手机又响了,托娅见是李长玺的电话,赶忙接过来:"李书记,怎么想起来给我打电话了,有什么事吗?"

李长玺是在他的办公室里打电话,屋子里没有别人,说:"我说呀,你咋还在南平待起来没头了,家里的事你不管了?我发现你这人心咋越来越大了呢。"

"不是有你嘛,再说我也不是村长了,有事我能管哪?正好我把南平这儿的事处理一下。咋的,是不是有啥事了?"托娅心里有些不安,李长玺一般是不会给她打电话的,知道她在外地很忙。

"我说呀,不但有事,事还不小呢,今天上午刘瑞领着几个站长到村里去了,说是检查工作,我看他就是为了落实代理村长的事。他说吴江有能力,有水平,什么集团的机耕队长,合作社的理事,又是村里的副村长,是理所当然的代理村长。不是原话,可就是这个意思。我问你的事调查咋样了,他说调查完了,没什么问题,可是一部分群众有意见,他要做工作,恢复工作需要一段时间。我问他都是谁有意见,我去做工作。他还训我把我给闷了。我觉得你不能坐视不管，任由他为所欲为。田书记去党校学习还没回来，这事都是刘瑞一个人的意见，看来他还是对你和李强有成见啊。"

"这件事肯定是刘瑞做的，他怎么会放过这个机会呢，田书记又不在家，时机把握得恰到好处。我看由他去吧，看他能不能把吴江推上去，真要是群众都愿意，我就省事了，反正也要到届了，用个新人也不错，我还轻松一些。"托娅无所谓的态度。

"你说啥呢，那能一样吗？这是什么时候，工作多重啊？新村的建设那是全县的样板工程，搞砸了谁负得起责任？你这是要打退堂鼓啊，想把大哥往水坑里推呀？光是建房那点事吗？什么资金了，拆迁了，专业户的安排了，事多的是呢。不行，你赶快回来，咱们去找田书记。我就不信了，他刘瑞还一手遮天了？"李长玺急了，说话的声音就像和人打架，吓得勤杂员跑过来，一看没有别人，才放心地走了。

"长玺哥，你急什么，我也没说不回去呀？"

"那你赶快回来，坐晚上的火车，公司的事电话上安排，非得你亲自管吗？"李长玺简直就是命令，不容托娅说什么就把电话撂了。

托娅感到了事情的严重性，此时她又恨起了李强，如果他和王主任说说，能有今天的事发生吗？他就是好面子，为了维护自己的面子谁都不顾了。手机的铃声吓了托娅一跳，她拿过来一看是李强的电话号，想了想放下手机，不想接他的电话，可是铃声还是响个不停，托娅带着气接通手机，说："啥事呀，电话打起来没头了，我们正开会呢。"托娅说着话回头看看，其实屋子里没有人。

李强听着电话，办公室里只有秘书小张，他向小张挥挥手，小张知趣的出去了，"你怎么不接电话？几个人的会呀，连电话都不接，你知道我有什么事吗？"李强对托娅的态度很不满，说话的语气有些冲。

托娅本来就有气，李强说话的口气激怒了她："你有事就得接你的电话

呀，我还有事呢，没空打兑你，我挂了。"

"托娅别挂电话，是你的事，你怎么不问青红皂白就要挂电话呢？听着没有？"李强急了，大声喊着。

托娅其实不想挂电话，就是想和李强较劲，说："我的事你还管哪？太阳从西边出来了？"

"我啥时候不管你的事了，你还讲不讲理呀？"

"啥事快说，我们还开会呢。"

"开什么会呀，把工作安排一下马上回百泉沟去。王主任给我来电话说你的事已经调查完了，没有任何问题，可是刘瑞说有些群众有意见，要放一段再恢复你的工作。他什么意思你不明白吗？是在报复咱们。"

"你知道他会报复，王主任在调查的时候为什么不和他说，非得把我撤下来，让我里外不是人，还让刘瑞钻了空子！"

"如果是我从中说了情，那他会有更充足的理由提出异议，就会真的不恢复你的工作。"

"我什么事都没有，凭什么不给我恢复工作？"

"他会说你这个在任村长受调查，群众不认可，那样可能会重新调查，时间拖长了，会让群众产生误解，也可能让你就此下台。"

"那现在呢，不是一个样嘛，我心里没病，到哪都不怕。"

"我知道你没有任何问题，刘瑞说的群众有意见也只是个托词。田书记明天回乡里，你就去找她，她会主持公道。我们不为别的，就为了不误村里的工作，也为了讨回公道。你要有自信心，我敢说，目前在百泉沟你的能力和对群众的责任感不在其他人之下，信我的话，去找田书记。"

"好了，别说了，我知道怎么办，没别的事我挂了。"托娅的心里很烦，没等李强说完就挂了电话，呆呆地坐在那里，想着李强的话，想着这件事该怎么处理。忽然，她大喊一声："小雨！"接着开始收拾东西，把桌子上的报表和账本都归置在一起。

小雨应声而来，说："经理，你叫我什么事？"

"去给我买一张今天去双青县的火车票，越早越好。我的车在双青县宾馆停着呢。"托娅头也不抬地收拾着，把不用的废纸扔进纸篓里。

小雨说："好，我这就去了。"

"你先把高经理给我叫来，马上。"

江帆的桌前放着一摞等着报批的贷款手续，丁兰报上来的材料也在其中，这些材料江帆都要先审核一遍，之后就送行长办公会核准。江帆单独拿出丁兰报的材料看，其实他早已看过多遍，她的材料齐全，没有什么漏洞，可他就是不由自主地看，一边看，一边想着和丁兰在一起的时刻，想她那白白的胸脯和云里雾里的感受。江帆微笑着，眯起眼睛，靠在转椅上，电话铃声把他拉回了现实，看是方志南的号码，他想了想拿起电话："喂，方主席，啊，一直在家了，审核贷款材料呢。"

方志南是个生性多疑、占有欲极强的人，因为丁兰贷款得了五万元，他心里颇为得意，可是他又有一些担心，为此他专门去了丁兰的工厂，实地查看了建厂情况，他觉得规模没有丁兰说的那么大，而且也没有大规模生产。跑贷款的那天，他已经看出来江帆和丁兰的关系不一般，知道他们一定会搞到一起，这也是他最担心的地方，江帆会因此对丁兰网开一面，在贷款的条件上打折扣。方志南在家里喝酒，刘凤英吃完饭就回卧室休息了。方志南穿着衬衣，一边打电话一边吃菜："我给你打电话是想和你说一下，昨天我去看了丁兰的厂子，从规模上看还可以，但是看不出来后续的生产能力如何，贷款的偿还能力不好判断。所以我想和你说，给她贷款一定要有担保，你让她叔叔的房地产公司担保就行，事情做到万无一失，对谁都有好处。特别是你，不能感情用事，这事出不得半点差错。"

江帆明白方志南的用意，他和丁兰的事方志南是知道的，说："方主

席,你多虑了,感情归感情,事归事。她的贷款资料我已经看过多遍,从总的规模和评估的资产来看,贷五百万是可以的。你不用担心,不会有事的,我看他们不像是炒地皮的。"

方志南听江帆说这话,放下筷子,说:"我说江行长,这事可不能大意,还是谨慎一些好。你是不是让丁兰给磨软了,你别那么认真,那些人没有真感情。不信你看着,等你贷完款再找她就不好使了。大哥我也是为你好,不然关我什么事,我闲的呀?信不信由你。"

江帆听了方志南的话,长出了一口气:"嗯,你说得有道理,那就让她补一个担保书。晚上没事一起喝点,找个清静的地方。"

"算了吧,要喝你和丁兰喝吧,说说事,再叙叙情。我还是少和你打连连好,省得人们看见说三道四的。兄弟有这份情,大哥就感谢不尽了,咱们机会多的是,啥时候喝酒还不行啊。"方志南话说得很实在,有情有意,有大哥的风范,这是他擅长的。

江帆被方志南说得连连点头:"我听大哥的,就按照你说得办,我一会儿就找丁兰。那今天就算了,改天我找一个好地方请你喝酒。"

"咱哥们儿还在乎喝酒嘛,常联系,多关照一下就行了。好了,你忙吧,我挂电话了。"

"好,再见。"放下电话,江帆摇了摇头,他觉得方志南说得有道理,还是让丁兰找她的叔叔做个担保,一旦企业出现问题,自己也好有个退路。他知道,只要贷款能够回笼,什么事也没有了。一想到要找丁兰,江帆的心里就像着了魔,他不由自主地拿起电话,拨通了丁兰的手机:"丁兰,你在哪儿?"

丁兰和韩平在工厂里与工人安装设备,一看是江帆的电话,丁兰忙到一边去接,还看一眼韩平。"江行长,我是丁兰,什么事?"又小声说,"是不是想我了?"

"我是吃啥啥不香,喝啥啥没味呀,你说是不是想你想的?"江帆的办公室里没有别人,说话也就没了顾忌。

丁兰嗲声嗲气地说:"那咋办哪,我给你找一个?"

"我谁也不要,就要你,晚上五点,我们铭心酒店见,我在饭店的小包间一号桌等你。"江帆说。

丁兰看看韩平,说:"韩平说晚上要找施工的监理喝酒,明天不行吗?"丁兰又往远处走走,"韩平起疑心了,我得注意点。"

江帆有些不悦,说:"我找你是贷款上的事,你要是不怕贷款出问题,那你就听韩平的。"

丁兰一听江行长生气了,忙说:"我去还不行嘛,我天天都在想你呢,可下有个正当理由,我能放过呀?我告诉你,请神容易送神难,答对不好我可不回来。哈哈……"丁兰看韩平没有理会,放大了胆子。其实韩平故意不看丁兰,他在用耳朵听,基本知道了丁兰的电话内容,可他装做没事人似的。

晚上五点,江帆和丁兰在铭心饭店的小包间简单地吃了饭,心急火燎的江帆和丁兰匆匆来到饭店的312房间,两人急不可耐地钻进了被窝,长时间的风暴云雨,两个人都累了,丁兰躺在江帆的胳膊上睡着了。江帆没有睡,他在想丁兰会不会答应他的条件,越是这样想,越是觉得这个担保有必要。他用手拨开盖着丁兰漂亮脸蛋的头发,欣赏着她那白皙的身躯和起伏的胸脯,几次想叫醒她,可是又舍不得,她的睡姿实在是太美了。此时江帆已经想好了如何对丁兰说需要担保的理由,江帆忍不住抚摸丁兰,丁兰醒了。她抬头看看江帆,又把头埋在他的怀里,一只手紧紧地搂住江帆的腰,说:"别动,我睡一会儿,困死了。"

"别睡了,我有事和你说。"江帆抚摸着丁兰的头发说。

丁兰慢慢地抬起头来,说:"什么事,你说吧,是不是要给我买一碗莲

藕汤啊。你把我折腾个半死，给我补补哇？"

"你想吃我让服务员去给你买，我打个电话就行。"

"我和你说着玩呢，买什么买，老实待一会儿得了。"

"我和你要说的是贷款上的事。今天上午行里开了个贷款初审会议，全县的企业贷款中，有一半的手续需要担保，其中就有你的贷款。当时我也在会上说了你们的情况，可是大行长就是不同意，原因是对几项评估结果不满意，特别对没有大量生产有疑问。没有办法，我只好少数服从多数，找你要担保企业。"江帆不紧不慢地说，眼睛盯着丁兰。

丁兰很意外，说："本来已经说好的不要担保了，怎么又反悔了。事到如今，你让我找谁去？"丁兰的态度来了个一百八十度大转弯，变得冷峻而又严厉。

江帆知道丁兰会恼怒，他也不急，说："其实担保很简单，就让你的叔叔在印好的担保书上盖一个企业的公章就行了，北方集团知不知道都可以。你所担心的是怕集团不同意，可以不通过他们嘛。"

丁兰坐了起来，一边穿衣服一边说："那我叔叔也不一定同意呀？他要是不给办，我可怎么办？你就不能给我想想办法？"

"这种事对他来说那是小菜一碟，公章就在他的手里，你把担保书拿去让他盖一个章就完事了，有什么不同意的，他不等着贷出款来还他的三百万吗？再说了，这样可以贷出来五百万，否则就是一百万也贷不出来。你想想，应该怎么办，这样我也好说话，贷款有把握。"江帆对丁兰的事知道得一清二楚，这样说也是实话。

丁兰此时有些蒙了，她也知道企业担保的意义，可是她不想因此连累叔叔。面对已经占有了自己的江帆，她还想做进一步的努力，说："江帆，我还没结婚，可我什么都给了你呀，你还要我怎么样？你说过为了我，什么事你都可以帮我办，可是现在就连你管的业务上的事都办不了，你让我怎么相信你，还让我怎么和你往下处。"丁兰说这话时已经哭了，眼泪从脸上流下。

江帆并没有生气，他用手帕给丁兰擦拭眼泪，说："这你就不懂了，虽然是我主管的业务，可是最终要通过审核领导小组，像担保这样的条件都是硬件，是贷款所必须的，特别是你这样的大额贷款，没有担保那就是违规了，上一级银行是不会批准的。如果这一批批不下来，那还要等到下一批，最起码也要等上半年，也许是一年都不一定。你衡量一下，哪个多哪个少。我就是因为喜欢你，才给你安排在第一批，否则下一批都不一定有你的贷款名额。"江帆说完搂过丁兰。

丁兰也就势倒在江帆的怀里，说："我就是喜欢你，否则我才不理你呢，贷不上款不贷了还不行吗？"丁兰说的话半真半假，为了贷款，她才出此下策，可是几次的偷欢，她还真对江帆有了感情，这种感情有别于韩平和田再新。

丁兰回到宾馆已经是十点钟了，韩平早已睡下，躺在被窝里看电视，见丁兰回来，问了一句："你回来了？怎么样，喝多少酒哇？"

丁兰其实没喝酒，听韩平这样问，顺着他的话说："别提了，这几个行长也太能喝了，我只喝了一杯，办公室的主任也是个女的，她也喝了一杯。酒没喝多少，可是陪不起他们，没头没脑的真是烦死人了。不是因为贷款，打死我也不和他们喝酒，这伙子人可真是整不了。"

韩平很理解地说："快洗洗睡觉吧，喝酒应酬最累人了。"

丁兰听了韩平的话，心里感到踏实了一些，脱去外套，从包里拿出内衣裤头和洗漱用品，韩平只是在看电视，也不看丁兰。丁兰则用眼角瞟了韩平一眼进了洗手间。关上门，像每次一样，她先把裤头脱下来，扔在了垃圾桶里，又用一些手纸盖在上面，然后开始洗澡。

韩平知道丁兰今天不会理他，他干脆关了电视，侧卧在一边睡了。等丁

兰洗漱完回到床上,韩平装着睡着了,还打起了鼾声。丁兰轻轻地上了床,很怕把韩平碰醒。她侧向另一边,马上就睡着了。其实韩平并没有睡着,他听见丁兰睡着了之后,悄悄地下了地,来到洗手间,像往常一样,在垃圾桶里中找出丁兰的裤头,把它用手纸包起来装在一个塑料袋里,拿回房间,把它藏在了床头柜里,又把他自己的包放在外面,之后才悄悄地上床。可是他怎么也睡不着,窗外的灯光折射在他那愠怒的脸上,看着房顶上的灯罩,眼睛瞪得很大。

太平川乡的院子里停放着好几辆小车,来往的干部也比平常多了一些,走廊里能听得见办公室里有说话的声音。

乡党委书记田美玉在与李长玺、托娅谈话。

田美玉很严肃地说:"我不知道你们说的情况,我现在就给王主任打个电话,核对一下情况,你们等一会儿。"说着她接通了王主任的手机,"喂,王主任,我是田美玉,你忙吗?"

田美玉电话里的声音:"啊,不忙,你有什么事吧?"

"我想打听一下,我们乡百泉沟村村长托娅工作审查的结论,我前一段去地区党校学习了,还不知道情况。"

"啊,早就调查完了,我回来的时候和刘瑞把情况都汇报了,他没和你说吗?"

"我刚上班,他还没来,人家百泉沟村的书记、村长都找上门来了。我想先问问你呢。"田美玉看看李长玺和托娅说。

"托娅没有任何问题,我同意马上恢复她村长的工作。我和刘瑞说的时候,他说有的群众有意见,说还要做做工作。那是你们的事了,我的任务完成了。你还有别的事吗?"

"没有了,谢谢你。再见!"田美玉放下电话,回头对李长玺和托娅说:"我们得开个党委会,做出决定之后通知你们,你们回去听信吧。李秘书通知开党委会，马上就开。"

李长玺和托娅走了，党委委员陆续进了田美玉的办公室，刘瑞是最后一个到的，看见田美玉，他走过来和她热情地握手，"田书记，你可回来了，再不回来我就去找你，家里的事也太多了，都等着你拿主意呢。"

田美玉看着刘瑞的样子笑了，说："家里有你这能干的乡长，我还想多学一个班，可是一打听，没有下一期了。你在家辛苦了。好了，人到齐了，咱们开会吧。"田美玉整理了一下要在会上传达的文件，"传达文件之前，我们先研究一个亟待解决的问题。刚才百泉沟村的李书记和托娅村长来找过我，问我纪委派人调查完了，托娅没有问题，为什么不让托娅恢复工作，说群众有意见，到底有什么意见，为什么不和群众公开，他们愿意和有意见的群众见面说清楚。我刚才也和王主任通了电话，他说托娅没有任何问题，可以恢复工作。他也说调查完回去的时候已经和刘乡长汇报了，刘乡长说部分群众有意见，要做做工作，是这样吧刘乡长？"

刘瑞听田美玉这样问，忙接过来说："是这样，的确是有些群众有意见，我们事先做做工作，这样对托娅恢复工作有好处，最起码人们不能再乱说什么。我当时想，到时候你也该回来了。"

田美玉对刘瑞的态度不意外，她知道刘瑞的随机应变比谁来得都快，她故意问："都是哪些群众有意见？"

刘瑞说群众有意见，那是托词，现编也赶趟，他随口便说："那可多了，什么老弯腰子、二蛋、刘曙光，还有很多人我记不清了。我笔记本上有，我去拿来。"

"那个村的人我都知道，你说的这几个人，老弯腰子是养羊合作社的头，他的话你也信，一天云山雾罩的。你看他那个合作社是怎么合作的，整天因为丢羊的事打架。二蛋连个媳妇都说不上的人，话都说不明白，他的意见也算数。刘曙光常年在外打工，他能有什么意见。还有谁，你说出来，我

都能知道。"田美玉绷着脸,等着刘瑞往下说。

刘瑞这回可心虚了,想不到田美玉对村里的人这么熟悉,他的脸红了,"我也不了解你们村的人哪,哪知道都是这样的人。就这几个人的意见大,别人都无所谓,这回你回来了,问题就清楚了,那还找啥人了。"

田美玉就坡下驴:"既然这样,那我们马上恢复托娅的工作,大家有没有意见?"

"没意见。"

"没意见。"

"没有。"大家异口同声。

"散会后,白副书记去百泉沟村口头宣布恢复托娅村长的职务。下面我传达一下前天县委的扩大会议精神……"

五天里百泉沟村开了两次会,头一次是刘瑞宣布吴江为代理村长,今天白副书记又宣布恢复托娅村长职务,这让吴江非常不满。特别是李长玺和托娅亲自找了田书记之后,托娅立即上任,吴江此时觉得李长玺和托娅之所以去找田书记,一半是针对刘瑞,一半是针对自己的。会后他接到刘瑞的电话,证实了自己的判断,因此产生了一种与托娅对立的情绪。

开完会吴江闷闷不乐地回到了家,家里正在往新村搬家。吴凤海见吴江回来了,忙着把饭桌放在地上,对吴江说:"你是帮一把手哇,请个假还不行吗?还有,你倒是住哪头,得有个准话呀。"

本来吴江是不同意留下旧房子的,为此和吴凤海吵了一架,说自己是村委会的人,不能在拆迁的问题上和村里不一致,可今天的事让他做出了一个相反的决定。听父亲这样说,他回答:"我和跟弟留在旧房子,你和我妈搬到新房吧。我还得去基地呢,没有空搬家,要不就雇人吧。"说着他就走了。

吴凤海和跟弟都愣住了,好像没明白吴江的意思。吴凤海问跟弟:"吴江他啥意思？"

"他说让我们俩留在旧房子，你们搬到新房子。他咋同意了呢，怎么回事？"跟弟说完也有些不解，愣了一下又继续收拾乱东西。

吴凤海高兴得像个孩子，满脸的笑容。李玉梅从新房子回来，看见吴凤海很高兴，就问："你笑啥呢，又有啥好事了？"

吴凤海拍拍手上的尘土，说："刚才吴江说他和跟弟要留在旧房子，让咱们俩搬进新房子，你说这小子他咋想通了呢？"

"我还以为是啥好事呢，就这事呀。"李玉梅不屑一顾地说，好像她知道吴江会同意似的。

吴凤海说："他和你研究了？这小子还外着我呀，不是个东西，等他回来的。"

"见好就收吧，说急了他又不同意了，总整那闲事，快搬家得了。"李玉梅挎着一筐碗走了，吴凤海看外面没地方坐，坐在饭桌子上点着了一支烟，慢慢地吸起来。

经委的小会议室里，李强在主持全县产业化工作会议，农业、经贸、产业办和各个乡镇的主管领导参加会议，刘瑞也在其中。木青作为农业实体的经理也出席了会议，参加会议的女同志有三个，木青特别引人注目，美丽智慧的眼神，漂亮的披肩长发不时地甩向脑后，动作优美，又不失矜持。

李强在讲话，经委和县政府办的两个领导坐在他的左右。

"中央一号文件提出，今后一段时间，农业扶持的重点要向涉农的经济组织倾斜，大力提倡创办各种农业经济实体合作社。目前，我县的合作社也有三百多个，但是形成大规模的不多，村级出面组织的不多。我有一个想法，已经和北方集团签约的村都要成立农业合作社，原因是它已经具备了成立合作社的基本条件，只是没有被组织在一起。现在每个人都是集团的股东，成立合作社，那合作社就是大股东。这样符合国家扶持资金的投入，可

扩大合作社占北方集团的股份，群众直接受益。有了合作社组织，国家的资金也就有了实际效益。像百泉沟村，集体的资金就是集团的股份，分红时都分给了群众，如果村里出面成立合作社，那将会扩大股份，群众会受益更多，集团的实力也会极大的增强……"

散会了，木青就要回去，她握着李强的手有些不舍。李强的一些见解总是让她意外，她打心里佩服。李强并没有注意到这些，他今天就是想留木青住下，有一个很重要的事要征求她的意见。

"咋的，这是要回去呀，参加会了就得听我的，今晚住下，我还有重要的事和你说呢。晚上经委的领导请你吃饭，经委的三个主任都参加。你面子不小哇，是人家主动要求的。"李强笑着看看木青。

木青有些意外，用疑惑的眼神看着李强。"我现在都无法判断你的话是真还是假了，领导请我吃饭怎么可能呢。要说是你请我，我还信。经委的领导和我也没有什么关系，凭什么请我？"木青真的不明白是怎么一回事。

"你先到胡主任的办公室，我和要回去的领导打一下招呼。"

送走了与会的领导，李强就和木青等几个主任上车去宾馆就餐。晚上的酒没少喝，木青和李强都到量了，但是头脑都很清楚。木青喝了酒不能开车，住在了宾馆，离李强的房间只隔三个门。木青躺了一会儿，可是说什么也睡不着，就来到李强的房间。

李强给木青沏上一杯茶，又往自己的杯子里倒些水。

"你今天可喝了不少的酒，我还是头一次见你这么大胆。你知道吗，经委的胡主任都在卫生间吐了，一边吐一边说头一回和女同志喝多了。我还逗他，是不是看人家木青长得太漂亮了。"李强说着，喝了一口水，挨着木青坐在沙发上。

木青很兴奋，不是酒让她高兴，是李强要她担任县产业化办公室副主任的建议让她意想不到。这是一个官方的职务，和她的工作有关联，也是非常重要的。这对北方集团在双青县的发展将起到不可估量的作用，是她想都不敢想的事。

木青也喝了一口水，说："你是怎么想的，一般来说是不允许私人企业领导参政的，你不怕我以权谋私吗？再说了县委能不能批准？你是不是出于个人感情，在报我让你当经理的私情？"木青对李强说话从来都不顾忌什么，直来直去，说完两眼深情地看着李强。

李强笑了，说："叫你说的，我是主管农业和土地的副县长啊，这些事要是想不到，那还怎么工作？要是出于个人感情，那我让你当县委书记，能办得到吗？"

"那样的话，双青县可就没谁的了，都我说了算吧。哈哈哈！"木青开心地大笑起来，笑得她一阵恶心，忙到洗手间。回到沙发上坐下之后，她还在恶心，又去了洗手间。

李强以为她酒喝得多了，说："要不去诊所吧，用点药就好了。今天你喝得太多了，我可没灌你，都是你自己要喝的。"

木青回到沙发上，"我这一段就是爱恶心，吃什么不对劲了就吐。"说着话，她忽然想起了什么，"啊！莫不是……"

"吃了反胃的食物了？"李强在猜。

木青心里知道，可能是怀孕了。她非常敏感，马上岔开了话题："没事了，还是说你吧，说到哪了？对，你说让我当书记。种着老百姓的地，当着县委书记，那不比黄世仁还霸道哇，都成我的了。"

"产业办是个职能部门，不管人财物，也没有什么特权。我觉得让你去，对于协调生产、制定全县的产业规划十分有利。你是和群众打交道的，知道群众的需求，懂现代化农业管理，了解党的方针政策，这对企业的发展、对我们县农业现代化的实现意义重大。"李强每次说到工作，他都非常严肃，此时也是，从他的表情可以看出来，他对农村的感情。

土地

"是啊,对企业的发展和农业的现代化是有利的。那我又成你的小兵了,你说我这是啥命啊,让你管起来没够了。"木青说笑着。

"说句实在话,和你一起工作这三四年,我最得力的助手就是你,你干什么工作都是那么的细致,我最放心。让你到经委工作,我早就请示了县委的明海书记,他和我的意见一致,决定让你和你的哥哥充分发挥作用,先把你调到经委产业办,后一步还要把木林提为政协副主席,当然是编外,也不驻会。此事已经提请常委讨论通过,等到政协换届通过选举产生。"李强说着,给木青倒水,木青拿起杯子接水。

此时的木青是异常地兴奋,说:"李强,你相信缘分吗?"

"我相信志同道合,缘分是建立在这个基础之上的。"

"我们缘分的基础是什么?"

"是土地,是农民,是农村。你看哪,你的父亲六十年代就在百泉沟下乡,和土地、农民结下了不解之缘,现在呢,我们又是在这个基础上走到一起。"说起农村,说起土地,李强就有说不完的话。

"我很幸运能和你一起工作,还能得到你的重用。"木青非常感激地说。

"如果说是幸运,我是最幸运的,能到北方集团工作,能得到你的全力帮助,甚至让出自己经理的位置。是上帝怕我孤独,派给我一个志同道合的知己。"李强激动了,眼睛盯着木青说。

木青长出了一口气:"真是天意,我怎么都没想到会在你领导下的政府部门工作。有的时候我就想,为什么没有和你生活在一起的机会呢?上大学的时候,为什么没能和你分在一个学校呢?"

"你在想什么呢,如果分在一个班,可能我们还各奔东西了呢。"

"你说的还真是,我们可能都不会去从事这个工作。"木青此时想起了同学,也是自己的恋人,不由得心里一阵酸楚,"时间不早了,休息吧,我回房间了。"

"好，明天再聊，再见！"李强有些不解，把木青送出门。

王主任要调查方志南承包六十亩地的消息，当天就传到了方志南的耳朵，他自己不便出面，马上派唐占请王主任吃饭。唐占请王主任也没说干什么，因为都是老熟人，所以王主任也没有戒备，晚上六点，应邀到了和平饭店，进了一个包间。王主任看看没有别人，就觉得蹊跷，说："怎么就我一个人哪，你有事吧？有事你就说，可不行整别的呀！"

第十六章

"没有别的,咱哥们儿就是喝酒,多长时间没在一起喝酒了,再不找你,都想不起来了。想吃啥,你点。"唐占要等喝个差不离的时候再说事。

上菜了,唐占倒上酒,两个人喝起来。"来,走一个,有个菜先喝着。"说着,唐占和王主任干了一杯。

几杯下肚,王主任给唐占倒了一杯酒,说:"大哥有事吧,要不这不响不夜的,你哪有闲空喝酒哇。说吧,啥事,在我这,只要是不违背原则的事,我都能帮忙。"

唐占举起杯,和王主任碰了一下,说:"啥事也瞒不了大哥,还真有个事求你,不是我的事,是方志南托我,他不好意思当面求你。"

"消息挺快呀,我还没开始工作呢,他就派人到位了。看来这个老爷真就不利索,否则他才不烧香呢。"王主任有些不屑,因为对方志南很了解,过去也和他打过交道。

这些唐占都知道,过去方志南有些瞧不起王主任,方志南在位的时候,王主任还是个小股长,根本就不把他放在眼里。当年审计方志南实体账目的时候,为了一个条子,王主任去找方志南,方志南看都没看,对会计说:'去找个商店再开一张,我这忙着呢。'"

唐占一边给王主任倒酒,一边说:"我也知道你对他很了解,在位的时候，心气高傲，一般人不放在眼里。他就那个脾气，过去有得罪你的地方，你就多担待点。现在他已经退下来了，又和明海书记结了亲，再说他也没有过多的要求，调查的时候你能按照账目上的手续秉公办事就行，不要听信一些群众的传言，找那些没边没沿的事，费力不讨好不说，到头咱们自己也下不来台。"

"老唐，你说话挺艺术哇，这些年没白练，找你当说客算是找对了。按你说的秉公办事，不听信传言，省得费力不讨好，最后下不来台。这是一套工作流程啊，开头、过程和结果都有了。我就按你说的办呗，还有啥要求？就这么简单吗？"王主任说话的时候，眼睛盯着唐占，目光中透着一股威严。

唐占愣了一下，说："对，就这么简单。来，吃菜，别光喝酒哇。"

"老唐，既然让你出面，你想能这么简单吗？"

"要说简单，就这么简单，要说不简单也不太简单。这你还不知道嘛，方主席和明海是亲戚关系，真要是出点事，明海的面子上不好看不说，老方要是有个马高蹬短的，咱们和明海抬头不见低头见，多不好意思。再说老方也放话给我，说只要你够朋友，讲义气，他必有重谢，否则……"唐占没有往下说，端着酒杯看王主任的反应。

"否则怎样？难道还要给我个小鞋穿不成？"

"何止是穿小鞋，还用我说嘛，你还不知道这里的利害关系呀？"

"啥利害关系，我才不听他那套呢，别说他已经下台了，就是不下台，我也不怕他，还想威胁我？"王主任气得脸色铁青。

唐占见王主任软硬不吃，又把话拉回来："其实我也挺反感他那套的，可是咱哥们儿是啥关系，我得和你说实话呀。你也别生气，要我说咱们也犯不上趟这档子浑水，咋整都没好。再说和咱们也没啥关系，按章办事，完事一交差。对上边咱们完成任务，对个人还落个人情。两全其美的事，何乐而

不为呢？"

"你这是劝大哥呢？大哥得领情是吧。我得谢谢你，咱们是多年的老朋友了，这些年我没给你办一件事，可是我们相处得一直很好，你知道因为啥吗？"王主任端着酒杯问。

"因为啥？你人实在呗，和你打交道不用有戒心，不会上当。"

"还有一个原因，那就是我们之间没有权钱交易的事，有也是同志之间的礼尚往来，都是干净的人情。这些年我也知道你不容易，可是你和我办事从来不掺杂那些市侩的东西，所以你请我，我就来了。咱们干一杯，是我敬老弟的。从今天开始，你再请我，可别怪我不给你面子了。"说着，王主任一口干了，"好了，酒足饭饱，账我来结，不能让老弟破费。"

唐占跟在王主任的身后，说："怎么让你结账呢，不给哥们儿面子呀，就算我的话没说还不行吗？"

今天百泉沟新能源公司基地非常热闹，总公司白董事长一行五人检查组，对基地新上的木板厂和风电场前期工程进行了检查。检查的结果出乎杜萍的预料，白董事长当场正式任命杜萍为木板厂和风电场的正式厂长，取消了她厂长前面的"代"字，并在基地吃了晚饭才走，这也是史无前例的，因为白董事长从来都没在基地吃过饭。

送走白董事长一行，杜萍连屋都没进，就给李强打电话："喂，李强，你忙吗？我和你说，白董事长来检查了！"

李强在他的办公室里，在给张秘书拿来的文件签字，忙接过电话："啊，不忙，是吗？什么时间来的，走了没有？"

"刚走，我还没进屋就给你打电话。你猜他什么意见？"杜萍满脸的笑容，一边说一边往大门外的坨子上走去。

李强给张秘书签完字，拿起夹在头和肩膀中间的电话，说："什么意见？表扬你工作有效率，人能干，还能有什么意见？"

"我被撤职了，把我的代经理给免职不说，还要调离我，你说可咋办吧，都是你，修改合同，让我落了如此下场。"杜萍做了个鬼脸，笑着站在远外高一点的坨子上，看着眼前即将成为厂房的场地。

李强将信将疑，觉得不太可能，说："怎么会呢，你们白董事长什么水平，还讲不讲理，做买卖的出身哪，多给钱高兴，少给钱就砍人？"

"哈哈哈！我被任命为厂长，你还真信了？"杜萍心里高兴，憋不住满心的喜悦，脱口而出。

"我说嘛，白董事长的政策水平不能这么低吧，多给钱就好，那得要得着哇。"李强嘴上这么说，可是还是吓了一跳，如果杜萍真要是被总公司炒了鱿鱼，自己也就有麻烦了，杜萍不会让他消停，再说看着她没了工作，能不管嘛。

杜萍听李强没了声音，问："怎么了，感到意外？"

"有什么意外的，我早就和你说过白董事长不会不同意的，他会表扬你。怎么样，照我的话上来了吧。当初这把你气的，没把我吃了。当上经理你得念我的好处，应当给我奖励吧。"李强心里很高兴，好像又回到了学生时代，说话没了顾忌。

"我现在就想给你奖励，你知道我要给你什么吧？"杜萍说着回头看看周围，见没有人，她放大了胆子。

"奖励什么？一盒方便面，要不就是麻花三根。哈哈哈！"此时李强想起学生时代和杜萍打赌，一般都是方便面或者是麻花。

"哈哈哈！以为你还是学生呢，打赌赢了奖一盒方便面。你知道我今天最想奖励你什么？"

"什么？"李强问。

"我此时此刻就想见到你，狠狠地亲你一口。"

"那可是你的最高奖项，我也太荣幸——对不起，我还没回过神来，以

为还在学校,对不起,我说错了。"李强这才意识到自己有些失态了,连连道歉。

可是杜萍却不然,李强的表现告诉她,在他心里仍然还有自己的位置,学生时代的记忆在李强的心中烙印深刻。李强说的最高奖项,他不知道得了多少,也就是说李强不知多少次亲吻过她。和刘亮分手后,杜萍不知有多少次想起这些往事,有时夜不能寐,泪湿枕巾。也是这些往事,才让她鼓起勇气又回到了李强的身边工作。当然,不是她有什么企图,只是寻找一种心灵的归宿而已。

此时杜萍长出了一口气:"你没有说错什么,你这样说让我很高兴,此时能和我分享这份喜悦的只有你。在你与我更改合同的时候,我还在想真是发昏了,怎么又回到了你的身边。可是今天看来,我的选择没有错,李强,我今生跟定你了,我是说事业。我要把新能源公司的基地办成全公司最好的企业,有你的指导我有信心。"

杜萍的话使李强心里又一次受到震撼,她那充满情感的话语,像女人柔软的小手抚摸着他的心灵,让他五味杂陈,万虑聚心。然而,李强并非无定力之人,他很清醒自己的位置在哪,自己是谁,要做什么,不做什么。他平复了一下自己的情绪,说:"好了,杜萍,工作是你做的,不用你感谢我什么,工作上有什么困难,你尽管找我。我这有人来办事了,先挂了,再见。"

杜萍把要说的话都说了,心里别提多痛快了,合上手机、哼着小曲从坨子上下来,快步向几个打地基的工人走去。

木青到医院一检查,确定已经怀孕,拿到化验单之后,哪儿也没去,开车直接回了家。此时田再新还没有回来,她躺在床上给田再新打电话:"喂,田再新,你在哪呢?完事了吗?赶快回来,我有急事。哦,对了,你回来到商店买点青菜,我想吃。"

田再新正和土地所的小雨办手续,接到电话骑着小雨的摩托车马上赶了回来，直接去村里的商店买了青菜，又去李长玺家要了两颗白菜，一进屋，见木青躺在床上，以为她病了，赶紧来到跟前，用手摸摸木青的头。

"怎么了，也不热呀，有病了是咋的，这么急叫我回来。"田再新说着又看看木青的脸，回身脱衣服。

木青没有动，躺在床上从兜里拿出化验单，说："给你，自己看。"

"什么呀，你有病了？我看看，这是……阳性。啥意思？"

"没什么大病，是小病。"木青故意绷着脸说。

"不对，你有些反常，妇科检验，这也没有结论哪？"

"你个笨样，我怀孕了。"

"啊！真的吗？那么说我就要当爹了？天哪！我要当爹了！我得摸摸，多大了？"田再新像个孩子一样，就要摸木青的肚子。

"一边去，才一个多月能有多大，去给我弄点红糖姜水来。"

"好了，我这就去商店，你等着，一会儿就来。"说着田再新出屋，骑上摩托车就跑了。

木青见田再新高兴得像个孩子，自己也很得意，终于有了孩子。她开始想象拉着天真烂漫的孩子在沙坨子里藏猫猫、打滚……手机的短信声打断了她的思绪，是田再新衣兜里的手机。木青拿过手机翻看，只有几个字：能打电话吗？木青想了想，给回复了短信：能。一会儿，手机铃声响了，木青接通电话。

"你在哪呢？这么长时间不打电话？"丁兰的声音。

"你是谁？怎么不说话了？"木青追问着。

"对不起，打错了。"对方挂了电话。

木青回想这声音怎么像丁兰，为什么她打电话还这么小心？木青记下了这个电话号。

田再新回来了，高兴地拿着红糖和姜，另一只手提着一兜鸡蛋，一进门

就对木青说:"我把鸡蛋都买来了,我让你提前坐月子。"

木青还在想着刚才的短信和电话,她分明听见就是丁兰的声音,由此可以推断,丁兰和田再新在招商引资完成之后还保持着联系。他们打电话为什么这么小心?一种不祥之兆涌上她的心头。田再新和她说话,她待理不理的,"随你的便。"木青不想问田再新,还想观察他一下。

田再新见木青的脸色有些不好,问:"你怎么了,身上不舒服吗?"

"没有,我累了,想休息一会儿。"木青说话无精打采。

"那我去做饭了,面条荷包蛋,里面下点菠菜,你爱吃吗?"

"什么都行,快去做吧,别磨叨了。"

田再新要去做饭,看见自己手机放在木青旁边,"我有电话了?"田再新问木青。

"来了一个电话,我一接她挂断了,还是个女的,她是谁呀?"木青看着田再新问。

田再新翻看着电话号,说:"是丁兰的电话,她可能有什么事,不用管,有事她还会来电话的。"田再新说着把手机放进自己的裤子兜里,表情显得有一些紧张。木青看着田再新的一举一动,心里在回想田再新和丁兰交往的一幕幕。

刘瑞参加完县里农村工作会议,第二天就召开全乡的书记村长会,全面贯彻了县农村工作会议精神,会议要求在现有的基础上成立农业合作社。刘瑞一改之前对托娅的态度,十分热情地鼓动百泉沟村要在入股北方集团的群众中率先成立合作社,并提议让托娅当合作社理事长。李长玺当然同意,托娅也没有反对。因此,大家很快选出了合作社理事会的成员,托娅全票当选为合作社的理事长,大部分群众代表当选为理事。选举大会上,托娅做了就职演说,同时也向全村发出动员,要求搬进新村的群众,马上进行旧房拆迁,自己拆或者雇人拆,让北方集团拆都可以。这一决定是建村之前就确定的，可是托娅一宣布，还是引起了与会群众的强烈反应。

张勇是个有事就和媳妇说的人，一回到家，没等坐炕就对媳妇说："哎我说，今天托娅在代表会上可说了，搬进新房子的户马上得拆旧房子呢。你说咱们的房子可咋办吧，钥匙都给了，就差往里搬了。你还说把旧房子留下呢，八成是留不下。"

张勇爱人一听，放下手里的针线活，说："才说的呀？"

"可不才说的，原来村委会早就定下来的，那也没说啥时候拆呀，今天说的是马上拆。"张勇说的意思是问媳妇咋办，让她拿主意。

"先不拆，看看别人再说，我还打算给咱们小二结婚用呢。"

"怕是不行吧，我还是村委会的，也不能违反村里的规定啊？"

"你是真不知道，还是装不知道哇，包军早都把房子卖给李有才了，还有吴江，人家小两口住在旧房子里经营草坪呢。你就说李大路吧，那么好的牛棚子他能拆？我就不信了。还有孙贵也舍不得他那四合院，我听说要和孙小龙分家，那不明摆着是不想拆嘛。他唬谁呀？不拆，他们不拆，咱们也不拆！"张勇爱人田凤气呼呼地说。

张勇挠挠头，说："我都在村委会上表态同意拆了，到时候托娅问起来我说啥呀？"

"说啥，那不是现成的话嘛，没空，等农闲的时候再拆。他们不拆完了，咱们也不拆，等着。再说了，咱们给十来家人种地呢，你不是农业合作社的头吗，就说做合作社用呗。"田凤说着还来气了，又拿起针线做起活来。

"给人种的地都是基本农田以外的沙土地，能算数吗？"张勇还想说什么，可一看媳妇的脸色又不说了。

二迷糊回到新家，膘子已经做好了饭放在桌上，又热了一壶酒，看二迷糊闷闷不乐的样子，觉得有些奇怪，说："这是咋个出呢，酒也给你热了，

菜也炒了,还找个人陪着灌哪?"

二迷糊也不说话,拿起酒壶倒了一杯酒,一口干了,吧嗒吧嗒嘴吃了一口菜,说:"今天代表会上托娅说让搬进新村的户拆旧房子呢,你还说卖给瓷砖厂的工人,没等你卖就得拆了。"

"不是没找着人嘛,要不我早就把它卖了,这可倒好,隔两天还得去看看,不去吧,心里还惦记,其实也没有啥,都是些破烂东西,给人都不要,就是怕把玻璃什么的给打了,再卖给别人的时候不值钱。"膘子说着话也盛了一碗饭。

二迷糊喝了一口酒,说:"想想还有些舍不得,其实也没有什么用了。你说现在这房子多好,比城里的都好,干净不说,做点饭多方便,水、电、气啥都齐全。"

"咱们不是差钱嘛,这要是卖了,咋也值个三万元钱,不就把欠村里的两万还上了,省得绷绷紧。"膘子说着,还给二迷糊倒上点酒,"你把这些喝了就行了,别喝起来没头。"

"我不多喝了,你支持我喝酒,我再像原来那样喝也太不是人了,那不是好赖不知了嘛。"搬进新房后,迷糊真的不喝大酒了,因此膘子也不再说他,有的时候还支持他喝点。两人住得环境好,心情也舒畅了。

"我是看人家包军把房子卖了,要不咱们想都不敢想。咱们厂子外村的工人不少,有不少都要在咱们村落户,房子不愁卖。你看着,用不了一个月,我就把它卖了。"膘子信心很足。

迷糊则摇摇头,说:"我看是够呛,你先别张罗了,等等再说吧。"

"那就更不能等了,赶紧找人把它卖出去。"

纪委非常重视刘村长反映的问题,当即决定立案调查,责成王主任和另一名纪委的工作人员负责此案。他们首先找到了刘村长,刘村长把会计叫到村里。会计姓马,个子不高,四十多岁,不问不说话,不多言不多语的,一看就是那本分人。

王主任开门见山："你们村里承包给方志南六十亩地，手续是你上的账吧？"

"是我上的账。"会计很肯定地回答。

"村里是怎么欠的方志南钱？六十亩地是什么地？"

"我不知道怎么欠的钱，是原来的书记陈有路给我的欠条，让我按收入上账，他拿了很多条子顶的账。"

"你把账给我拿出来，我们看看。"

马会计从卷柜里找出当年的账本，找到账页，又把已经装订好的单据本拿出来，翻到欠条和一些顶账的单据，交给王主任。王主任认真地看着，另一个工作人员把欠条和单据都记了下来。

刘村长在一边忍不住说："账面上什么也看不出来，就得找知情人。"

王主任把看完的单据放下，说："谁是知情人？他能知道什么？"

"高明就是个知情人，他的二叔原来管过方志南的账，一看他们的账不就明白了嘛，往来都在上面。"刘村长心里早就想好了，非要找高明对证不可，让他得了钱就完事，没那么便宜。

王主任看看刘村长，说："那你去把他给我找来，把他的二叔也同时叫过来。"

"我去他不能来，叫我们的治保主任去。"说着刘村长给治保主任打电话，"喂，大光，你去把高明给我找来，还有他的二叔。对，马上到村里，说纪委的干部找他，快点，不来把他拽来。"

不大一会儿工夫，高明来了，一见王主任他就笑了，说："王主任，我认识你，那年不是你来看的我二叔的账嘛，就是方志南他们经营实体的账。"

刘村长愣住了，说："什么，你看过他们的账？"

王主任也想起来了，说："你就是帮会计算账的小伙子，你叫高明。"

"就是我，那些账很清楚，平账只差两元钱。你还记得吧？"

"你小子记性不错呀，我想起来了。你二叔咋没来，我们去他家再看看那笔账。"王主任说。

"他不在家，出门了。"高明撒谎。

王主任知道高明不愿意领他去，说："走，我们和刘村长一起去，出门也去看看。"

托娅在会上宣布拆迁之后，没有见一家拆房子，她和李长玺领着丽丽挨家走访，可是家家说没有空，都说要等等。托娅觉得奇怪，来到留留家，留留刚下班回来，正在吃饭，见李长玺和托娅等人来了，放下饭碗，给他们找烟。

"这书记、村……村长咋都来了呢，有啥……事吧？有事就说，有用我留留的地……地方说话，绝对好使。"留留说着给李长玺点着了烟，知道其他人不吸烟，也没让别人，自己也点上了一支。

李长玺吸了一口烟，说："我说啊，留留，你也住进新房子了，怎么不拆旧房子呢？还在这儿住图个啥呀？"

"我这不是怕……怕有人祸害房子嘛，等有空了，我就扒了它。"留留说着，眼睛还看看托娅，像有什么话要说。

托娅看出来留留有话要说，说："留留，你说实话，为什么不拆旧房子？和我们几个，你还不说实话吗？"

其实留留就怕托娅问他，当她的面不敢撒谎，他看看托娅低下了头，"我是想把旧房子卖了，厂子里的工……工人有要买的，卖点钱好还村里的钱。"留留说完抬起头来，又看看李长玺。

托娅一听明白了，原来群众都是这么想的，怪不得都说没有空，都要等等呢，说："村里事先都和大家说好了的，那可不是说着玩的。"

"我……我也不是不听村里的，只是都……都这么干，那我也想卖俩钱，要不那房子不……不白瞎了。房子一扒，一两万元不就没了嘛。再说了，有的人家都卖了，他们不扒，群众能……扒呀？"留留说着还看看李长玺，好像他也知道似的。

"都谁卖了，我怎么不知道呢？"托娅问。

其实丽丽也知道，就是李长玺和托娅不知道。

"我说了你可别……别生气，就是你老叔家把房子卖了，卖……卖给李有才了，李有才要和丽丽结婚用呢。丽丽也在这呢，是不是她还不知道吗？"留留说着又看看丽丽，丽丽的脸红了。

托娅回过头来看着丽丽问："是吗，李有才真的买了我叔的房子，你们结婚用？"

丽丽知道这事，也和李有才商量过如何过村里的这一关，可是她当着托娅的面，说什么也不能承认，说："没有哇，有才也没和我说呀，他们家的事我不知道，我们也没要结婚哪。"

李长玺笑了，说："李有才要是买房子，丽丽能不知道嘛，你就别问她了，一问你老叔不就清楚了嘛。要不张勇家的说有的人家都卖了，还有的人家分家另过，什么专业户不能搬了，那都是有来头的。"

托娅愣住了，说："谁分家另过？谁家的专业户不能搬了？留留，你知道吗？"

留留听托娅这样问他，有些不好意思说，说："这……这不好说，我也是听说的，不一定准确。你还是自己去调查吧，说差了不……不好，得罪人。"

"跟我你还不说实话嘛，说，都是谁家？"托娅厉声问。

"都是你的亲戚，说吴江要分家呢，小两口都……都没去新房子住，留在了旧房子，还有……"留留没有往下说，看看托娅和李长玺。

"你就说呗，怕什么，看你这吞吞吐吐的，咋这么费劲呢。"托娅有些

急了,说话的声音大了起来。

"孙贵家和你们家也都不想搬呢,就你和李书记不……不知道。"留留说完看看托娅。丽丽在一旁瞪了他一眼,留留没有看见。

托娅的脑袋一片空白,好像没明白是怎么一回事。李长玺也很意外,他也是才听到这些事。其实是大伙儿有意瞒着他们俩,想让这一切成为事实,都想用旧房子卖俩钱。

托娅看看李长玺,说:"得了,那还做什么工作,都是我的亲戚,我去找他们,都回家,该干啥干啥去吧。"

刘瑞之所以积极让托娅当农业合作社的理事长,他有两个目的:一是他要讨好托娅,让她看出自己不记前嫌,公正大度。第二他要利用农业合作社的作用,刺激一下那些不太正规的小专业合作社,让他们向他求情。之前因为恢复村长的事,让田美玉变相地给了他难堪,让刘瑞的心里十分的不悦,他在心里发誓,这股怨气要出在托娅的身上。

知道百泉沟的农业合作社成立了,托娅当上了理事长,刘瑞第二天一早就坐在办公室里,等着那几个求他解决资金的合作社头头来找他。他沏好茶,点上一支烟,悠闲地吸着,不时地翻看文件。其实他没有看下去,只是做做样子而已。果不其然,以张勇子为首的几个合作社的人坐着一辆四轮子来了。几个人吵吵吧火地进了刘瑞的办公室,进屋也不敲门,很不客气地坐在沙发上,大声地说话:"刘乡长,我们找你来了,你得给我们几个做主哇,我们的合作社还算不算了?"领头的是张勇,他个子不高,黄白净子,窄长脸,外号叫条子。

"就是呀,他们的户数多,我们的户数少,有了补助咋分哪?"一个养羊合作社的头头接着说,另外几个跟着来的小伙子也不说话,在一边点着了烟。

刘瑞心里明白,这几个人之所以成立合作社,就是要套取补助,他们所担心的是村里成立的合作社会不会包括他们的专业合作社,因为他们都是农业合作社的成员。刘瑞故意端着乡长的架子，说："你们几个来得正好，我也正想着和你们说这事呢。村里成立合作社那是我批准的，都是入股北方集团的农业户，其他村也一样。这和你们的合作社不矛盾，你们可以在多个合作社里有股份。另外，你们都是养殖专业户，就是农业专业户也有自主成立合作社的权利。"

"可是昨天包村长在代表会上说搬进新村的户都要把旧房子拆了，我们专业户的羊棚子、牛棚子都很好，推倒了再重建不得多花钱吗？我们和村长说了，可是村长就是不让，非要让搬进新村的养殖区，说是给盖新房子、新棚子。我是不同意，没办法，就找你来了。你和村里说说，留下我们的旧房子行不行？"其实张勇在说谎，他并没有和村里的领导说，知道说了也不会同意，还得挨说，所以直接来乡里，他觉得和刘乡长有一面。

刘瑞对这些事早就有些想法，特别是新村建在沙坨子上，办手续时都没问过乡里，这始终让他耿耿于怀。听张勇说这些事，他不由得眼前一亮，觉得机会不错。通过他们的嘴，可以做一些宣传。想到这，刘瑞笑了，说："你这不是说笑话嘛，你家的房子，让我给你说情留下？我是户主你是户主？你没看看咱们国家新颁布的物权法嘛，留不留那是你的权力，别说是乡里，就是县里也无权干涉，村里就更不能强人所难了。"刘瑞也知道群众和村里签了合同，自己家的房子已经没了所有权，应该归村里所有，可他就是要这样说，让群众不明真相，让村里的工作不好进行。

"你是说群众自己不愿意拆迁，村里无权强拆？"

"对呀，房子是你们自己的嘛，自己说了算。"

"那就好办了，要是那样的话，谁家的也不能拆了。"

"那怎么说呢？"

"谁愿意费那事呀，把它卖了，要不租给外地的工人，多少不也挣点钱嘛，这个账谁都会算。"张勇说着又点着了一支烟。屋子里有四个吸烟的

人,此时已是烟雾弥漫。

刘瑞有意鼓动张勇,进一步问他:"你是村委会的,把旧房子拆了之后,土地可是要给个人的,你算过这个账吗?"

"算什么账?土地的账啊?"张勇问。

"对呀,就是土地账和房子的账。它们都能值多少钱,哪一种对个人有利?"刘瑞的眼睛盯着张勇,又看了看其他几个小伙子。

"这我可没算过,就是觉得自己这些年苦奔苦业得攒下点钱,盖这个房子不容易,就那么给拆了,心里不是个滋味,就好像这些年都白干了似的。"张勇说的是心里话,说完看着刘瑞,等着他的问话。

"你说的可能是所有群众最基本的想法,可你们不一定都算过细账。其实这个账最好算,就拿你家说吧,你的房子能值多少钱?"

"能值三万元,加上仓房能到四万多。如果现在盖这房子,最少也得八万元。"张勇一边算一边说。

"那太得了,整不好都得十万。"另一个小伙子接过来说。

"你的房基地一共有多少亩?"刘瑞认真地问,眼睛里闪着狡黠的目光,不时地扫视一下其他几个人的表情。

"嗯,前后园子,加上院子和房也得有四亩地,至多不少。家家都差不多这样,我算得上是中等吧。"张勇掐着手指头算着。

"你们入股北方集团,每年一亩地收入多少钱?"

"去年是一亩四百五十元,说今年能到五百元。"

"这不就好算了嘛,就算每亩一年五百元,四亩每年是两千元,十年就是两万元,二十年四万元。也就是说,四亩房基地种二十年才能顶上你的房钱,拆和不拆这不就清楚了嘛,还用我说吗?你们几个也算算,是不是这个账?账是不是这么算的,你好好地想想,怎么办,不用我告诉你了吧?"刘瑞说完,微笑着看看其他几个小伙子。

张勇还在算:"一年两千,十年两万,二十年四万,可不是嘛,别说是二十年,就是十年谁能等得到哇。我是不拆了,卖它我现得利,再说我现在还用它养羊呢。"

"可不是咋的,还是卖了合适。我家的也不拆了,就等着卖给咱们厂子的工人,有不少工人要往咱们村搬呢。"一个小伙子说。

"村上不让怎么办哪?"

"刚才刘乡长说啥了,个人的房屋那是受法律保护的,村里无权拆,就给他住着,看他能咋的。"另一个小伙子说。

"还有我们几个合作社的名分那可就全靠你了,到时候有补贴别把我们扣到盔外头。"张勇说话语气很亲切。

"我尽量争取吧,这种事谁也说不准,一般情况下,资金下来那是有条件的,只要你符合上面的条件就行,我就有说话的地方。你要是不符合条件,我也没有办法。我可丑话说到头里,到时候不合格可别怨我。"刘瑞事先把话说得留有余地,也让他们几个放心不下。

听刘瑞说这话,张勇心里明白了,他站起身来,说:"那我们就回去,有刘乡长这句话,我心里就踏实了。你们几个先在外面等我一会儿,我有点个人的事。"

几个小伙子相互看看,都出去了。到了外面,一个小伙子说:"条子他要干啥呀?"

"那还不明白嘛,这个呗。"说着用手做点钱的动作。

很快,张勇出来了,说:"谁还有事,赶快进去,我们等着。"

"我还有事,等一会儿啊。"又一个小伙子进去了。

都单独召见完了之后,这几个人才开着四轮子回去了。

刘瑞见他们都走了,赶紧插上门,回到座位上点刚才几位给他的钱,点完钱,把它放在桌子里锁上,又去把屋门打开,让门半开着,这才回到自己

的座位上,点上一支烟慢慢地吸起来,望着窗外空荡荡的院子,脸上露出了得意的神色。

李强正在主持召开乡镇产业化工作座谈会,木青也正式上任,参加了会议。一个乡长在发言,李强的手机响了,见是丁兰的电话,接通电话,低头小声说:"我在开会,等会儿再说吧。"说完他关了手机。

"其他的情况还不清楚,我已经派农牧业助理去进行调查,两天后我们乡会把具体情况报到县产业办。"一个乡长说。

李强看各乡都说完了,回头对木青说:"木青今天刚上任,说说你的想法。刚才各乡都把具体情况说了,也把你们公司的现状和规划向大家说说,让各乡好有个宣传方向。"

木青有些兴奋,这是她头一次在行政部门的会议上给乡镇长讲话。她把滑过耳朵的长发甩到脑后,抬起头,她那圆润白皙的脸上像晕染了淡淡的桃红,藏不住的干练和美丽从她那双又黑又亮的眼神中投放出来。她扫视了一下与会的领导,又看看李强,说:"头一次在全县各乡领导的会议上介绍我们北方集团农业公司的具体情况,很荣幸,机会也很难得。我们集团公司是从面粉、饲料加工、畜产品加工和房地产起步的,后来才进入基础农业领域,这也是根据产业的发展和需要才……"

散会了,李强和木青随着与会的干部走出会议室,李强对木青说:"你到我办公室一下,我还有点事。"

"我成了你的编外秘书了,县里的事我可不管,我的活多着呢。"木青笑着说。

进了办公室,李强一指沙发,说:"你先坐下,我给你看一样东西。"

"什么东西?"

"我最新编制的全县土地和农牧业规划,给我提提意见,高看你了,我都没让明海书记看呢。"李强说着把一张图和一本文字说明材料递给木青。

"你还是让领导看吧,我的水平你也知道,搞不懂你们当干部的是怎么想的。"木青嘴上这么说,可还是翻开看起来。

"知道我为什么让你先看吗?是让你先挑挑毛病,说白了就是让你帮我修改一下,然后再拿给领导看。"

"那不还是秘书的活嘛,你真要拿我当听差呀?"木青开着玩笑。

"有一句那叫什么来着,对了,恩将仇报哇,原来你让我当你的经理,我今天就让你当我的秘书,怎么样,感觉如何?"李强说着给木青沏了一杯茶水,放在她前面的茶几上。

木青抬起头来看着李强说:"你这杯茶说明是领导审查,那我就审查审查。"

李强的手铃声机响了,说:"喂,我是,丁兰哪,什么事?"

"会散了,这家伙,给你打个电话还得选时辰。当上领导,这人就不是自己的了,得为人民服务,我什么时候也用用呢?"丁兰说话的声音虽然不是很大,可是木青听得很清楚。

李强看看木青笑着说:"你有什么事就说吧,别用话绕人哪。"

其实丁兰没有什么事,就是贷款的事成了,韩平也回南平去安排进料和承揽工程,此时她的心情不错,自己待在宾馆里,心里有些骚动不安,想起了李强。自从和韩平、田再新、江帆有了两性关系之后,丁兰对男人有了进一步的认识,真正体会到了放纵的性欲和无所不能的快乐与成功。过去和唐占接触,她还想办法逃避他的纠缠,如果是现在,她可能会选择用她的美色获取钱财和利益。她的这种心理,主要是和江帆接触之后形成的,与江帆跨出这一步,让她的欲望得到了满足和扩张,所以她给李强打电话显得无所顾忌,大胆进攻。她听李强这么说,也不绕圈子了,说:"告诉你一个好消息,我的贷款就要批下来了。你帮助了我,我也得谢谢你呀。你说让我怎么谢你,是吃饭,还是……"

第十七章

　　李强不等她说完，说："那是我应该做的，没有什么，都是老朋友了，还谈什么谢不谢的。"

　　"你也知道我这个人是有恩必报，特别像你这样英俊潇洒的成功男士，报答你就等于得到了上天的恩施，是我修来的福。"丁兰说话的声调有些嗲，话里充满了暧昧的色彩。

　　听丁兰说这话，李强笑着看看木青，木青则打着手势，意思是让李强继续往下说，她想看看丁兰到底要干什么。"丁兰，你说得严重了，这种事我知道，银行是企业，领导说的话或者承诺在他们那儿是没有用的，不当钱花，也不能顶债，要谢你就得谢给你担保的企业，没有他们，你贷不到款。"李强说这话，主要是猜测到丁兰一定是让他叔叔给她做了担保。

　　木青听李强这么说，也意识到了这一点，她没有说什么，放下图纸，仔细听他们的谈话。

　　"怪不得你能当领导，什么事都在你的意料之中。好了，我也不和你兜圈子了，我此时的心愿就是想见到你，就想今晚和你在一起。你说个地方，在哪都行。你要是不方便，我来安排，保证是谁也不知道，安全又清静的地方。"丁兰的话让李强不知道说什么好了，他看看木青，用手指指自己的手机，向木青做了个鬼脸。

李强站起身来，一边走一边说："丁兰，你喝酒了吧，你说什么呢，我这屋子里有人，别胡来呀，让人听了好像咋回事似的。"

"就咋回事了能咋的，我乐意，管得着吗？"

"你还越说越来劲了，真喝酒了？"李强对丁兰的态度十分意外。

"你在办公室呢，屋子里没有一点声音，别以为我听不出来。你有好多天没回家了吧，我听说你在和托娅闹别扭，到我这来吧，保证让你过一个像新婚蜜月一样的夜晚，我的能力不会比托娅差的。"丁兰的话没有一点的遮拦，同时让人感觉出她那急切而又渴望的情欲。

丁兰的话让李强身上起了一层鸡皮疙瘩，他马上大声对丁兰说："好了，有人来办事了，我挂电话了。"李强赶快合上手机。

木青在一旁听得心里怦怦地跳，满脸通红，喘着粗气，看李强合上手机，想要说什么，可是又说不出来，和李强对望了一下又大笑起来。李强也红着脸，笑不是笑，哭不是哭的，一脸的尴尬。

"这个女人怎么了，这么大胆地约人，我记得她原来也不这样啊，这是怎么回事？"李强被丁兰的热情惊呆了，幸亏在屋子里的是木青，如果是别人，说不定会给他传出去什么样的谣言。

此时木青的心绪十分复杂，丁兰的态度让她嫉妒，也让她很受刺激。看着英俊潇洒的李强，她心里也产生了一种本能的冲动，本来就很喜欢李强的心理，现在已经成为爱了。可木青是个阅历丰富、见多识广的人，她马上用玩笑掩盖着内心的活动，尽量不让她表现出来。"你就别装了，是不是早就把丁兰拿下了，从实招来。哈哈哈！"木青的笑声里夹杂着一丝苦涩和不安，李强是听不出来的，只有木青自己才能体会得到。

"你这么想我呀，我是那样的人嘛，别人不知道，你还不知道。你不兴往外乱说啊？"李强指着木青的鼻子说，好像真的害怕了。

木青笑得更厉害了，用手指着李强说："从今往后你给我老实点，否

则你知道是什么后果。哈哈哈哈哈！"木青笑得流出了眼泪，这眼泪不是笑的，是她从心里涌出的一丝酸楚。

李强忙用工作的事来掩饰这种尴尬，说："得了，你快看图纸吧，可别扯这闲事了，叫人听了笑话。"

木青看看李强，说："我看图纸，你干正事去吧。"

"这就是正事，我今天下午就是想修改规划，别的事什么也不用干，你也别溜号了，抓紧看。"李强说着回到办公桌前。

"丁兰不是让你去嘛，那才是正事呢。你可够狠心的，就那么把人家给晾到那了，哈哈哈！"

"你还没完了，要不你去吧。"

"人家找的是你，我找谁呀，我去也是找你，哈哈哈哈！"

高明的二叔果然在家，听王主任说要看账，他二话没说，就把保存完好的账本和单据都拿给了王主任。王主任看过后，刘村长也看了一遍，没有看到这笔款项的支出。也就是说，这些账与村里的事没有什么关系。王主任和刘村长等人又回到了村里，高明要回家，刘村长不让，两个人争执起来。

"没事了你还不让回家呀，这事和我有关系吗？"高明说着话就要往外走，刘村长一把拽住了他的衣服袖子。

"你先别走，你原来和我说的那些事，今天当着王主任的面给我说清楚，不然我不让你走。你还是不是这个村里的人，有点正义感没有，三十多岁了，你是咋长的？"刘村长说话也不撒手，生怕他跑了。

"你拽我干啥，我也不跑。还让我说呢，你当个村长没长脑袋，你不会说吗，非得让我说呀？"高明挣开刘村长拽着衣服的手。

"你不说你二叔知道嘛，今天他啥也没说呀，是不是你和他说了啥？你今天给我说清楚。"刘村长质问高明。

王主任在一边听着，觉得这里面有事。他也不插话，点着了一支烟在一旁吸了起来。

"你就有熊老百姓的能耐,你也不想想,那种没有根据的话叫你说,你能说呀?"高明反问刘村长,刘村长这才停了下来。

王主任问高明:"你二叔说什么话了,你为什么不敢说出来?"

"有什么不敢的,他就说村里上账的手续有问题,别的也没说什么呀。那条子不都在账上嘛,你们不会看哪,问我有什么用。"高明说着来气了,起身又要走。

"你等一下,我问你,他怎么知道账上的条子有问题?"

"我哪知道哇,你去问他呀。"

"刘村长,陈有路的爱人在哪儿?"王主任问。

"陈有路死了之后,她和儿子过了半年,之后就去了姑娘家,和儿子、媳妇闹别扭了,听说是气走的。"刘村长声音小了一些,不屑地回答。他觉得这种事问陈有路的爱人等于白问,自己家的事她能说实话嘛,他此时有些灰心了。

王主任则不然,听了高明的话,他心里有了一丝头绪,回头对刘村长说:"借用一下村里的单据,我们复印后还给你。"回头又对跟他来的干部说:"你给他们打个单据,复印完你给送过来。"

"好,我这就去印。"

"刘村长,那我们走了,过两天再来找你。"

王主任走了,刘村长气呼呼地叫住高明:"你等一会儿,我说你是不是和我做对呀,我就说把你二叔的话对王主任说说,可是你还黑我一顿,怎么的,你这是要造反哪?"

"怎么叫黑你呢,我说的是实话。真要是调查组来了,那种怀疑的话谁能说呀,放在你的身上你说吗?"此时高明并不怕刘村长,因为当着王主任的面把他二叔的话说开了。

土地

刘村长想想觉得也是，王主任已经听明白了，自己再难为他也没有什么必要，只是当着王主任的面挨高明说，心里有些不痛快。"得了，别说那没用的，王主任也走了，咱们私下说说话还不行吗？"刘村长又和高明套起了近乎。

"你可得了，饶了我吧，我说完了，王主任一来，你再把我装里头。"高明说着给刘村长点上一支烟，两个人又坐下抽烟。

刘村长吸一口烟，长出了一口气，说："你没当村长，不知道责任重啊，八百个眼睛盯着我呢，看我这个村长给不给群众主持公道。在工程队我就领着人们干活，什么也不想。可是群众非得让我当村长，我要是不当也就罢了，当上就得给群众办事。我这人的脾气谁不知道哇，一条道跑到黑的人。再说了，也太欺负人了，好端端的六十亩地，就那么两个人一做手续，承包给个人十年。啥是年头少哇，这事放在你的身上，你同意呀？你就眼看着集体的地被个人用，情不领，道不谢的，也太不拿咱们村群众当回事了。"

刘村长的话说得高明心里一阵感动，他忽然觉得刘村长人很高尚，和自己的私心相比，真的很了不起。此时他后悔对村长说的那些话太过分，用手挠挠脑袋，说："对不起呀村长，我刚才的话也是话赶话说的，你别往心里去。我说的意思王主任都听明白了，他已经想到了单据的问题。我估计他一定是去调查了，你也别着急，咱们这样……"

托娅听了留留的话，连家都没回，就去看包军的老房子，一进院子就感觉不一样，仓房前堆放着她从来没见过的旧家具，很破也很黑。她急忙到屋里一看，李有才的父母坐在炕里喝水，托娅愣住了，问："大爷，你们是哪个村子的，是新搬来的吗？"

老李头见有人来，就要下地，说："对，搬来不几天，我们是李有才的父母。"

"这房子你们租的还是买的呀？"托娅问。

"啊，是买的，花了三万元买的。这不寻思有才在集团工作方便吗嘛，将来结婚啥的就不用买房子了。你是谁？"老李头问。

托娅愣住了，她在想群众说的话，听老李头问她才回过神来，说："我叫托娅，是这个村的村长，打扰了，我走了，改天再来看你们。"

"不忙喝点水吧，才烧的。"说着老李头下地要送托娅。

托娅走得很快，不等老李头出屋，她已走出大门。在大门外，她就给包军打电话："喂，老叔吗？你在哪呢？啊，晚上你和老婶回来一趟吧，我有事找你。"

"有事电话上说不行嘛，我这忙着呢，再说你奶奶也在这，离不开人哪。"托娅电话里的声音。

"那就把奶奶拉回来呗，我也有些天没见着她了。"

"啥事呀，说呗，这么远，跑一趟车得一个来小时，费油不说，站一天柜台也累了，吃完晚饭就想休息。"包军边说边招呼顾客，"那一件是二百一十元，对，最低价，不能再打折了。"

托娅听老叔说不想回来，强压着的火气窜上了脑门，说："老叔，你为什么把旧房子给卖了？事先怎么不和我商量一下。"

"我的房子和你商量什么？不住就卖了呗。"包军理直气壮，没把托娅放在眼里。开始卖房的时候还有些顾忌，一交完剩余的楼钱，他和媳妇都有了怨言，对托娅的不顾私情很不满，甚至抱怨托娅只是为了自己的名声和面子，害得他们到处借钱。特别是包军媳妇，在包军面前总提起此事，每次都让包军十分的尴尬，因此他对托娅印象大不如从前，和她说话也就不客气了。

"什么？你的房子？春天的时候你没签合同吗？你仔细看看，那房子还是你的吗？"托娅听了叔叔的话，更加的来气，说话的声音都变了，几乎在

喊。

"你别和我喊,我知道政策,个人的财产是受法律保护的。你就看着自己家的能耐,村里还有别人的房子,你咋不让他先拆呢?"

"谁的也不行,都得拆,你的更不例外,就拿你的房子开刀。"

"不好使,谁给我拆一个看看,没听这么说的呢。再说了,那房子已经不是我的,你跟我也说不上。得了,我这忙着呢,挂了。"说着包军把电话给挂了。

托娅拿着手机愣在了那里,包军的态度令她十分震惊,她想象不出一直对她十分疼爱的老叔怎么变得这样的冷漠和无理。此刻托娅才明白群众都不拆旧房子的原因,就是因为她老叔卖房子果。想到这,她感到拆迁工作是摆在自己眼前最大的难题,而其中最难的就是做自己亲戚的工作。生性倔强的她知道面前的大石头不搬开,拆迁的活就没进展。她毫不犹豫地上车,急速驶向双青县方向,去找包军。托娅只用了四十分钟的时间就到了叔叔的服装店,下车进屋,站在卖衣服的包军面前,说:"叔,你先别卖了,等我们说完事再卖。"

顾客已经和包军讲好了衣服价格,正在付钱。见托娅来了,包军看也不看,说:"等我把这位客人答对完了。好了,钱正好,衣服拿好啊。"包军送走了客人,回过头来看看托娅说:"你还追到县里来了,我不是在电话里都和你说了嘛,你现在再找我没用,房子已经卖给了李有才,你找他去呀。"

托娅一脸的怒气,说:"我找上他了吗?你和村里、北方集团签了合同,把房子一卖就完事了?我当着村长,你带头办这种事,你还让我干不干了?有你这么办事的吗?"

包军也不示弱,对托娅的到来早有准备,刚才两口子已经商量好了对策,他说:"你说啥也晚了,要是我的房子还没卖,你让我咋办都行,卖房子的钱都交楼款了，那是要不回来了。要杀要剐随你便吧，你老叔别的也没有，就是眼前这些服装了，要不你看上哪件拿着，就当是罚款了。"

托娅气得脸色发白，见包军也不说正经话，大声地说："那好，我现在就去找推土机，把你的房子推了，看李有才找谁算账。你在村里按的手印，白纸黑字的，打官司告状我都不怕你，有能耐你就在这卖服装。我就不信了，天底下还有没有王法了。办事出尔反而，有你这样的吗？"

包军的媳妇就在旁边听着，一看托娅要来真的，马上就出来了，说："干啥呀托娅，你还有没有大小了，跟你叔叔就这么说话办事呀？咋的，我们卖自己的房子还有什么错吗？你还说呢，要不是你在当中扯那么一杠子，能出这事吗？把我们整在当中清不清浑不浑的，我们没说啥就给你留了面子，你还跑到县里吵架来了。"

托娅听婶子说这种没情没义的话，气得浑身打起了哆嗦，她用手指着婶子说："你说话还讲不讲良心，这事和你们有什么关系，没让你们少交钱，也没让你多交钱哪。你们有什么清浑的，不就是晚交几天钱嘛，影响你们开业了吗？再说了，我还借你们十万元呢，说说话你们有良心吗？"

"你借给我们的钱不还哪，那是白给的吗？咋不说是你怕事呢，摊上事了，上杆子借给我们钱，还得你奶奶说话。没事你能上杆子借钱？你心里的小九九，以为我不知道哇。行了，啥也别说了，看你叔我们两个人熊，拿我们当笔试头子。"包军媳妇一边说，一边拿着一个枕巾用力地拍打着架上的衣服，以此来发泄她内心的怒火。

包军听媳妇说这话，也来劲了，说："为这事我往售楼处跑了好几趟，人家都不拿好眼睛瞧我，好像我和那姓丁的咋回事了似的。这回拆迁你还拿我们当典型，看我们也太好捏股了吧？你还有点大小没有哇？"

"我怎么没大没小了，我就说这事，说别的了吗？"托娅气得大声地喊着。

土地

　　进屋来的客人一看在吵架，都出去了。包军媳妇一见更来气了，说："你喊啥呀，这事不都是怨你嘛，整那清不清浑不浑的事，没能耐别攀那高枝，别装大。你还有理了，不是我说你，当几天村长就不是你了，就手眼通天了？"

　　婶婶的话让托娅早已忍无可忍，更让她想不到的是，这种话竟能从她的口中说出，托娅气哭了，说："你们也说这样的话，也像别人那样说我，还是不是我的叔婶？我托娅是哪种人，你们不知道吗？咱们老包家干过那不是人的事吗？好，你们今天把话说个明白，我还是不是你们的侄女，我还是不是村长？如果承认我是村长，就想办法把钱退给人家，然后自己把房子拆掉。如果不承认我是村长，不承认是你们的侄女，我也就没什么可说的了，我回去就按照你家签的合同行事，推平你家的旧房子，有意见你们就去法院告我，我接着，以后我们再也不是叔叔侄女的关系，是路人！"

　　这时托娅的奶奶从楼上下来了，说："托娅来了，你们在吵吵啥呀，我想睡会儿觉都让你们吵醒了。"

　　"奶奶……"托娅一见奶奶来了，不由得一阵委屈，抱住奶奶哭了起来，她抖动着双肩，哭得很伤心。

　　包军和媳妇对看了一下，两个人都觉得自己的话说得过了。包军媳妇用手捅了一下包军，示意他说点软话。

　　"这是咋说的，啥大事呀，让你委屈成这样，得了，有什么话和奶奶说。"奶奶说着给托娅擦眼泪，"可别哭了，你看眼睛都肿了。"

　　"奶奶，你还好吗？我有好多天都没见你了。没什么，都是村里的事，你不用担心，回去接着睡吧。"托娅扶着奶奶上了楼。

　　包军媳妇见托娅进了奶奶的房间，小声对包军说："你快说说托娅吧，她真敢推房子呀，死犟死犟的，真要是推了，李有才不得找咱们嘛，那不还得花钱？"

"还咋说了，刚才你那话说得也太狠，我都受不了。要说你说吧，我没什么说的了，再说我一个当叔叔的给她说软话。"包军有些为难地说，他放不下当叔叔的架子。

包军媳妇是个有名的百变精灵，心眼来得快，不吃眼前亏。见托娅从楼上下来，她主动迎上前去，说："你奶奶她没事吧，我就怕惊动她。你说自打你爷爷没了之后吧，看她一天也是没着没落的，要是知道这事可咋整，不得上火嘛。也是赖我呀，一着急说话的声音就大，一来气就得啥说啥，为了你奶奶，你别往心里去啊。这不是在咱们自己家嘛，有多大的事说不开呀。不管咋说，你是村长，管着全村的事呢，不像你叔我们俩，就寻思着自己那儿点事。特别是你叔，仗着自己是个长辈，就倚老卖老，啥都敢说。自己的亲叔叔，你担待着点。你坐下，咱们慢慢地说。对了，你先给托娅倒杯水，我们娘俩也是多少天没在一块唠嗑了，咱们坐下细说说，村里到底是什么意思，我心里也有个底吧，完了咱们想办法呗。"

托娅也知道自己的婶子是个灵活多变的人，可是今天她说的话也在情理之中。说真的，自己也不想把事情闹大，能在自己家里解决当然最好。托娅的火也就消了不少，坐在了婶婶拿来的凳子上，长出了一口气，半天不说话。

"先喝点水，慢慢说，咱们不急，也不差这一会儿。"

"还有什么可说的，该说的我都说了，你看着办吧。我是村长，自己家的房子不拆，怎么有脸去说别人。"托娅说着喝了一口水，看看正在答对顾客的叔叔，此时她才感觉到自己很累，也很无助。

包军媳妇看透了托娅的心思，她试探性地问："村里就我们一家不想拆吗？别人家都同意了？"

"都看着你们家的房子呢。你家要是动了，其他人家就好办。各家自己就能拆。"托娅说着，也不看婶婶。

包军媳妇的眼睛滴溜乱转，她用眼角扫视着托娅，听托娅这样说，觉得时机不错，说："那你可能是官僚了，我听的情况可不是你说的那样。就说村委会里的人吧，吴江就不能拆。人家还在那里种草坪呢，小两口现在就住着呢。吴江说已经和吴凤海两口子分家了，说谁搬家，他也不搬家，还说大不了不干副村长了，就在北方集团干。"

托娅对婶婶的话半信半疑，她追问道："你听谁说的？我上午还问他了呢，他说你们搬他就搬。"

"我和你说，全村谁家的情况我知道个七老八，这还不是最顽固的，最顽固的，你可能都想不到。"包军媳妇看着托娅的眼睛说。

"那是谁呀？"托娅马上追问。

"就是你们家的老爷子李大路。别说是你，就是李强做工作，他也不能搬，不信你回家问问，要是说错了，我头朝下走出百泉沟那街去。"

包军媳妇的话像一枚重磅炸弹，把托娅震蒙了，她愣住了。"怎么会呢，他说什么也不能这样啊，那可叫我怎么办呢？不能，不能，你说什么我都不信。别人可能，他绝对不可能。"托娅不相信婶婶的话，一边说着一边摇头。

"有什么不可能的，是他亲口和我说的。他还说：'干到六十五就不干了，攒点钱领着你妈去南方旅游。'我说旅游还用你挣钱，从李强和托娅要呗。你听他说啥？"

"说啥，是不是要靠自己的能力，花人家的钱不仗义。"

"是呀，就是这么说的，你怎么知道呢？"

"他自己当我们说的，那和拆迁有什么关系，到了新盖的养殖区，那儿也有牛棚子，而且比我们家的要好得多。"托娅说。

"我听的可是在旧房子里养牛，说是这里的牛槽头好，换个地方就不灵了。为这事我们俩还辩论了一番，谁也不说过谁。我还气他了呢，说他啥都是好的,一个臭牛棚子也是好的,真没见过啥。他还说我不懂,对牛弹琴。"包军媳妇说得活灵活现,托娅有点相信了,这也让她回想起公公的种种表现,她判断婶婶的话是可信的。

包军媳妇见托娅已经被她说动,她又趁机说:"我的意思是你回家问问是不是这回事,如果是的话,先解决自己家的,然后是村干部的,我排在第三,到时候我自己拆,行不行?"

托娅真的让她给说动了,说:"你说得也对,我这就回家,先解决自己家的,村干部的,到你家的时候可不行耍赖呀!"托娅说着人已经出门了,包军两口子忙着送到门外,托娅上车挥挥手就走了。

回到屋子里,包军看着自己的媳妇笑着说:"我算服你了,你这百变精灵不是白叫的。今天如果不是你在,我可就整砸了。托娅那可敢说敢干,整个推土机就给你推了,你说咱们咋整吧。合同也和村里签了,那就是个白推,打官司都不赢。"

包军媳妇很得意,说:"你别高兴得太早,托娅在别处碰了钉子还得回来找咱们,你看着吧,不出两天就得来。"

"那可咋办,你答对她吧,我可不掺和了。"

"托娅心软,我自有办法对付她。"包军媳妇说完很自信地笑了,接着就去答对进屋来的顾客,"来了,买衣服吧,是你穿还是给别人买?"

"有没有我穿的小衫?"

"有,我看这一款就很适合你的,来试试吧,没关系的。"

县政府有一个农业上的会议,要求乡里有一名主要领导参加,刘瑞一听是有关合作社的事,主动要求去开会,对田书记说自己还有其他的事要办。他走前把分管农业的助理和田再新找到办公室来,和他们要有关的材料,他知道一定是李强给他们开会,也一定会问新村建设的情况。

刘瑞打开笔记本,看看两个助理员问:"白助理,你昨天给我的是最新

统计数字吗？"

"是最新的，又增加了三个农业合作社。"

"他们的手续齐全吗？我是说工商登记造册的手续。"刘瑞头也不抬地问。

"严格地说，除了和北方集团签约的合作社以外，只有一个养牛合作社、一个草坪合作社和两个养鸡合作社的手续齐全，别的都过不了关，我也催了多少次了，可是都不去办手续。"

"什么原因？"刘瑞抬起头来问。

"多数都是没人出钱，也有的是没人出头，说白了就是心不齐。"

"那还搞什么合作社呀？"田再新说。

刘瑞瞪了一眼田再新，说："你少接茬儿。新村的房子入户多少了，办完手续的多少户？"

"那两项是一个数，你前天不是要了嘛，这两天也没有入户的，一批下来咋也得一个月时间。"田再新说着不时地看看手机上的信息。

刘瑞对田再新的表现很不满，说："你别老看那信息，等我走了你再看不行吗？"

田再新说："有些数字我都存在手机里了，不打开咋看哪，在建的数还要不要？"

"要，是多少？"

"六十三栋，半个月交工。"

"好了，没事了，你还得到村里看看拆迁的情况，不知道进度如何了。"刘瑞一边记着一边说。

"没有进度，群众都不想拆呢，把托娅都愁坏了。昨天去县里找她老叔去了，听说也没有结果，可能还吵了一架。"田再新也就那么不经意的一说，也是实情，他没有多想什么。

可是刘瑞却停下了记录，抬起头来，问："这是昨天的事？你听谁说的，其他户怎么样？"

"那能怎么样，咱们村的外地工人多，家家都想把旧房子卖了换俩钱，想多还一些买新房子的债。木青天天为这点事发愁呢，她说这旧房子怕是拆不上了，群众都盯着领导的亲戚呢，都不想拆。"田再新说完又看看手机，"还要什么数字？"

"别的不要了，你再说说拆迁的事吧。托娅为什么专门去找他的老叔，是他带头不想拆呀？"刘瑞对此非常感兴趣，继续追问。

"不是不想拆迁，是他已经把房子卖给了在集团干活的李有才。托娅想让他退回来，然后拆掉，可是他的老叔没有同意。现在还不知道咋办呢，我估计她一定会来找乡里。"田再新说着，站起身来，"没事我去村里工地了。"

"你走吧。白助理，你等一下。"刘瑞看田再新出了大门，回头对白助理说，"合作社的事，你一会儿再去走一趟，就说我说的，成立合作社的手续一定要齐全，到时候县里审查下来可别说我没告诉他们，特别是百泉沟村的张勇、二蛋、白锁柱，还有海虎这几家。好了，我走了，这件事就交给你了，给我整明白儿的啊。"

"我这就去，你放心吧。"

刘瑞的会是下午两点开，他上午十点就到了县里，领完文件，报到完了之后，他去了方志南家，当然又买了一些水果什么的，还有酒。由于事先他给方志南打了电话，方志南有所准备，没等他来，刘凤英已经把酒菜备好，他进屋后两个人就开始喝酒。

方志南一般是不出门的，在外面也几乎没有应酬，除非是朋友的子女结婚什么的，他才去。刘瑞的到让他喜出望外，一是可下来了个喝酒的朋友，二来他知道刘瑞来一定会带来百泉沟的消息，而且还会是"好消息"。方志

南拿出好酒剑南春,刘瑞接过来打开,先给方志南倒上一杯,又把自己酒杯倒满,回头对刘凤英说:"刘姨也来喝一杯吧。"

刘凤英一边解着围裙,一边说:"你们爷儿俩喝吧,我不喝酒。你总来你别外道,多喝点。你以后再来可别拿什么东西了,他不老不小的,你常来我们就高兴了。这回消停了,自从赵玉柱送精神病院,我们才敢睡个消停觉了,原来他天天来呀,就在我家的门前转,吓得我都不敢出门。"

方志南举起杯和刘瑞的杯子碰了一下,说:"别提他了,一说他我就闹心,喝酒。见着你真高兴啊,咱们也有两个来月没在一起喝酒了,来先干一杯。"

两个人一饮而尽,刘瑞拿过酒瓶倒酒,说:"其实我中午来也可以,下午两点的会,想借这个机会看看你,和你喝点酒,唠唠嗑。时间长了,我工作上的事就想和你叨咕叨咕,你的工作经验多,我得向你学习。"

刘瑞知道方志南好的就是这一口,总是以老干部经验多为荣,给人指手画脚他心里舒服,可是方志南嘴上却说:"那都是老黄历了。过去的经验现在已经没用了,可是大的方向我还是看得准的。怎么样,工作还顺手吧,和田美玉配合应该没什么问题。"方志南知道刘瑞的心思,当乡长一定会有伸不开腰的地方,总得在书记的管辖下工作,刘瑞又是个争强好胜的人,一定会有不顺心的事。他也知道刘瑞是个不满足的人,不当上书记,他是不能心甘的。"

刘瑞的想法也非常明确,就是要通过方志南在明海那儿得到一些支持,他觉得自己工作做那还是不错的,尤其是在新农村的建设方面成绩突出,又给县里招来一个大型的轻工企业,让他当个党委书记应该不是大的问题。然而,有田美玉在那,他暂时无法达到目的。前一段因为托娅恢复职务的问题,刘瑞的心里十分不悦,让他感到自己权力受到制约,因此他想当书记的想法是越来越强烈。可是当着方志南的面,他还不想直说,总想让方志南说话，他知道方志南最想听百泉沟的坏消息，一说起李强和托娅的事，就会说到自己的事上去，会起到一个意想不到的效果。刘瑞端起酒杯和方志南碰了一下，说："干了这杯酒。"两个人一起干了。

"要说配合田书记，那我是竭尽全力的，咱们是乡长啊，咋也是个二把手哇。啥叫配合，就得无条件服从。就说前一段恢复托娅村长工作的事吧，我的意思是先放她一段，做做群众的工作。可是田书记当即就给恢复了，把我卷个啥也不是，你说我怎么和她理论吧，不能因为这一点事两人干架吧。"

"我听说托娅的事了，那可是个说不清道不明的事，是个原则问题，群众如果有意见，别说是放一段，就是免她的职也是可能的。她们俩的个人感情不错，田美玉当然要保护她了，这也是人之常情，可以理解。不过话又说回来，田美玉也得为此承担全部责任。"方志南把如何对付田美玉的方法点给了刘瑞，话说得是有里有面，不露声色。

刘瑞当然也明白方志南的意思，进一步说："光是那点事也就算了，可是目前村里是一片混乱，无法进行旧房子的拆迁工作。群众都想把旧房子卖给外村的工人，可是村里和北方集团要求拆迁，双方牛起来了。群众不露声色，就给你偷着卖，既成事实。这不把焦点都转移到包军的头上了，托娅去县里找他，工作也没有做成，自己家那一帮她都整不了。北方集团大型机械都到位了，可就是拆不了。开始建村的时候，我就主张在原村东大片地里建，代表会的大多数代表也都同意，可是李强硬是做工作，把村址建在那片沙坨子上。这回好，看他们怎么收拾吧。"

"田书记什么意见，她支持哪一方，是群众还是村里？"方志南对此事很感兴趣。

"当然是支持村里了，当初就是她同意李强的意见，我是二把手说了也不算哪。"

"能不能做通群众的工作啊,如果做不通,会不会造成群众上访事件?"

"那太可能了,那是家家都想卖房子,村里一动那不激起民愤?"

"你什么想法,是支持群众,还是支持村里强拆?"

"我的想法是让群众卖房子,还是走以人为本的路子,也符合时代的要求。"刘瑞故意说得很正义,站在群众的立场上。

方志南摇摇头说:"要我说你得支持田书记的意见,支持村里进行强拆,那是书记的意见哪,你得听啊,可是出了问题,那也是书记的,你是执行者,和你没什么大的关系,不是主要的责任,大的责任都在田美玉和李强那呢,这一点你得想清楚哇。"方志南说完看看刘瑞,"你想想是不是这个理?"

刘瑞慢慢地点着头:"说得也是,我怕什么呀,有人负责呀。"说着,端起一杯酒和方志南碰了一下,他一饮而尽。刘瑞的酒劲也上来了,方志南的话提醒了他,话也多了起来,说:"还有,你听说没,最近李强通过县里把木青提到县产业办当副主任去了。你说他咋尽别出心裁呢,整个企业的老板到政府的职能部门当领导,那不违反政策嘛,我说县委他能同意?"

方志南也知道那是个职能部门,没有什么人、财、物的权力,任职也是个虚职,县委也不会不考虑的,可是他当着刘瑞的面却不那么说,说:"两个人走得很近哪,都这么不遗余力了,看来李强他要犯错误哇,别人不用说,托娅就够他喝一壶的了。"

刘瑞倒是没有想到这一层,因为在太平川乡已经有两三年的时间,还真就没有人说他们有男女关系。可是他倒觉得可以利用这种关系,达到他的目的。刘瑞喝得有点多了,他像刚充完电的摇头娃娃,不断地动着头,说:"嗯,我看百泉沟要有好戏看了,等着吧,不出大事才怪呢。我还得求你在大书记面前给吹吹风,我听说他要调地委当副市长去了,走之前最好把我的事解决了，调到外乡也行，能当上书记就行，这憋气的乡长我是干够了。"

方志南端起酒杯，说："这事包我身上了，来，干了。"

韩平回总厂之后，丁兰每天只是到车间看看建设进度，韩平都已安排好流程，也有监理监工。丁兰有了时间与江帆接触，可是他开会不在家。她单独给李强打了两次电话，可是她连李强的面都见不着，李强的态度越来越冷漠，让她望而生畏，也因此死了这份心。巡视完工地之后，回到她与韩平的办公室，此时她的心情不错，想起了田再新，看看时间，已经是上午十点半，想他可能还在乡里，就拨通了他的电话："喂，田再新，你在哪？说话方便吗？"

田再新在办公室里汇总前一段办手续的档案，手机响了，见是丁兰的电话，他走出门外去接，因为屋子里还有两个同事在，在走廊接通电话："我是田再新，在单位呢，我出来了，在外面，有事说吧，别人听不见。"

"想我没有哇？你把我招商招来扔在双青就不管了？"丁兰的话尽管是质问，但是声音十分的亲切。

田再新在走廊里回头看看，见没有人，说："我给你打电话，你总说没有空，在忙，要不就是韩平在，你让我怎么办，又离得这么远。"

第十八章

"我真的很忙,那么大的一个企业,又是新建的,一切都要从头开始。有的时候想你了,可是韩平还在,所以只好抽空给你打电话。你不要多心。我心里有你,有时候我和韩平在一起,心里想着的是你。"丁兰的话说得十分动情,其实也是她的心里话。她对田再新的感情一直没有变,在百泉沟的那段经历给她很深的印象,田再新对她的帮助令她难忘。当然,她也想把田再新追到手,可是田再新爱的是木青,最终没有战胜木青是她最大的遗憾,因此得到田再新也就成了她报复木青的终极目标。

田再新此时的想法和丁兰完全不同,自从两个人在金洲的那次交欢之后,丁兰就再也没有给他这样的机会,一是韩平一直在她的身边,另一个是她为了贷款又攀上了江帆。田再新一回到木青的身边,就有些后悔了,和丁兰相比,他体会到的是真情和纯洁,而丁兰则是淫荡和放纵,让他感觉到丁兰就是在利用自己。特别是她和江帆好了之后,他更证实了自己的判断。可是丁兰身上特有的妖媚和淫荡也是所有男人的神经触点,田再新也不列外。他并不反感丁兰的电话,倒是很愿意和她搭讪,不为别的,为了他的那根神经。"我很理解你的处境,办那么大的一个企业,别说是你,如果放在我的身上,可能早就垮了。我现在也很忙,都是业务上的事,一天让领导指挥得蒙头转向,真有些身不由己了,也没有机会去看你,再说你的身边还有韩平、江帆，我去也不太方便。"田再新说得实话，他的确没有时间，同时也间接说出她已经有了新欢。

丁兰对田再新的话是特别敏感，她从沙发上站起来，说："吃醋了吧，看来你心里还有我，只是没有机会。那我今天就给你个机会，找个什么借口来吧，这两天我属于你的。韩平不在家，我又没有什么事，咱们吃饱了、喝足了就是个睡觉。不过，你是不是还像在金洲时那样结实了，都让木青把你蛀空了吧。哈哈哈！"

丁兰的话对田再新是特别有诱惑性，如果是在县里，他一定会去赴约，可这是在乡里，也没有什么理由去双青县，再加上木青看得又紧，说不定她对此事已经察觉。此时田再新很理智，他知道丁兰还对自己抱有幻想，这在木青面前是一个危险的信号，不能为了她失去木青，绝对不能再冒这个险，这是田再新的底线。好在是在电话里，说什么话都没有关系，这是田再新的强项，看看走廊里没有人，说："行了，你就别刺激我了，我这人意志不坚强，受不了这个，我现在都那啥了……"

木青拖着疲惫的身子从车子上下来，她环视了一下基地院子里的车和机械，知道工人们已经收工在吃饭。她看起来没有往天精神，头发已经溜到面颊，她也不管，慢慢地走回自己的房间。要是往天，她会和工人们一起吃饭、说笑或者是打扑克。木青怀孕的反应并不大，主要是从县里回来心情不好，在李强的办公室里听到丁兰打给李强的电话，让她心里很不安。她由此联想到田再新手机里的短信和电话号码，一种不祥的感觉缭绕在她的心头。

木青无力地躺在床上，田再新随后进来，问："你今天怎么了，身体不舒服吗？我给你打饭吧？"

木青抬头看看田再新，说："我不想吃食堂的饭，你去给我做点疙瘩汤，往里放一点菠菜就行。"

"再荷包两个鸡蛋吧，光吃汤没有什么营养。"

"好吧,快去做吧,我饿了。哎,把你的手机借我用一下,我的没电了。"木青说完眼睛盯着田再新,看他有什么反应。

田再新愣了一下,回过头来把自己的手机交给木青,也顺手拿起木青扔在床上的手机,看了一下,说:"你这不还有两个格的电嘛,哪没呀?"

"我就是想看看你都和谁通了电话,审查你,快去做饭,少啰嗦。"

"领导审查呀,要我给你打开不?"田再新嬉皮笑脸的样子。

"做饭去吧,还没头了。"

木青翻看电话记录,在已接电话里,她又看到了丁兰的电话号码,而且是上午十点多打的,但是没有新的短信。

不一会儿田再新用茶盘端着一大碗疙瘩汤进来,他慢慢地走着,盛得太满了,生怕弄洒了汤。汤里有鲜绿的菠菜,白色的鸡蛋,看着就有食欲。田再新边走边说:"公主殿下,汤来了,请用膳。"说着把汤放在了桌子上,回过头来叫木青。

要是往天,木青早就等在桌子旁边了,今天她没有动弹。"我问你,今天上午丁兰给你打电话什么事?"木青的脸色很严肃,眼睛盯着田再新的脸。

"啊,她就是问问咱们村里建房的情况,别的也没说什么,对了,还说她的贷款就要批下来了,大概是五百万。你说她也挺能耐的,厂子办成了不说,还能贷款五百万,这年头上哪说理去。我们办公室的几位同事都羡慕死了,李明还逗我呢,说我你当年咋不追丁兰呢,和她结婚现在不就是大老板了。我说她能和我的媳妇比吗?我媳妇的资产上亿元,哪跟哪呀?说这话的时候心里真痛快。"

田再新的话说得没有一点破绽,木青这才说:"我可和你说呀,你少和她打电话,别说我没提醒你。"

"我给她打什么电话呀,躲还躲不过来呢。"田再新说完这话觉得有些不对了，没事躲她干啥呀。

木青也很敏感，她也听出了问题，说："你说什么？躲着她，为什么躲着她呀？在她的身上有什么把柄是咋的？"

田再新反应挺快，说："你不说让我离她远点，不躲能远嘛。"

"你就是嘴好使，别在这贫了，你去再给我拿点酱和辣椒来，咋就想吃辣椒呢。"木青最近就是想吃辣椒。

"好的，手到擒来，马上就到。"田再新飞快地跑出去给木青拿辣椒，也是逃避木青的发问。

方志南知道王主任调查发货票的事了，对此他非常惊慌，马上就让唐占派人给他开发票的商店老板下话，让他们守口如瓶，不说一点情况。

新华商店来了一位矮个儿的、有点黑的小胖子，大约有三十来岁的样子，一进门就问："是刘贵老板吧，求你点事，政协方主席在你这开过发票吧？"

刘贵说："是开过，怎么了，你是？"

"你不用问我是谁，如果有人来调查，你就说方志南没来过，不让你白说，我给你两百元钱，能做到不？"

"能，我说没开过就得了，那有啥呀。"

"如果你说了，小心你的窗户。"小胖子说完就走了，头也没回。

刘贵呆呆地愣在了那里。

又有几个商店也同样遭到了这个小胖子的警告，当然也都得到了两百元的小费。

王主任的调查是一无所获，他本以为把发票调查清楚，事情就会明了，他没有料到这个结果。没办法，他们又把刘村长和高明找到了村里，进一步寻找新的线索。

高明在刘村长的感召下，说出了他所知道的真实情况。

土地

原来高明二叔的姑娘高彩凤是陈有路的儿媳妇，原本就和陈有路老两口子在一起过，日子过得很和睦。不幸的是，两年前陈有路得了食道癌，尽管手术、化疗、吃药，几经治疗也没有好转，家里积攒下的十几万元花完了不说，还花了姑娘陈莹莹的两万元钱。陈有路和方志南是好朋友，过去方志南在经营实体的时候经常和村里打交道，在陈有路的帮助下，又在村子边上建了十间砖瓦房。陈有路弥留之际，方志南来看他，借机向他提出要承包村东六十亩机动地的事。当时全家人都在场，高彩凤和爱人当即反对，理由是父亲病情严重，已经不能主持村里工作，要承包等到下一任村主任上任再说。因此方志南也没说出什么具体的方案，事情就没了消息。可是陈有路死后，方志南领着张鹏找到村里的会计，打地顶账，承包了村里的六十亩好耕地，当然都是陈有路签的字，高彩凤和爱人谁都不知道这是怎么回事，是什么时间做的手续。再后来群众的舆论让高彩凤和爱人受不了，为此她和自己的婆婆大吵了一架，可是婆婆就是什么也不说，把责任都推到了已经死去的陈有路身上。高彩凤知道婆婆从小就溺爱女儿，婆婆和陈莹莹一定知道此事，可究竟是怎么回事，她也不清楚，婆婆就是不说。因此她一怒之下，把婆婆撵到了小姑子家。

王主任、干部小曹对刘村长和高明提供的新线索非常重视，并决定去调查陈有路的爱人。

王主任看看高明说："谢谢你小伙子，你说的情况非常重要，可以说这就是问题的所在，可是能不能做通陈有路爱人的工作，我可是心里没有底。看看你们还有什么好办法？"

"别的有什么办法，先去问问吧，如果能行呢？"刘村长说着，似乎已经有了希望。

可是高明的情绪不高，低着头在想什么，说："问问吧，也许她能说出事情的真相呢。"

"那我们就去找她谈谈,想尽一切办法也要让她说话,不然这个案子可就搁浅了,咱们走!"

托娅心神不定地回到家,她先把小车停在了自己的房前,下车环视了一下院子,她没有马上回自己的屋子,而是来到了牛棚。李大路正在往外扔牛粪,汗水已经把他的衬衣湿透。这样的情景托娅自从和李强结婚之后经常见到,李大路的勤劳使托娅的印象非常深刻,也让她由衷的敬佩。可是她怎么也想不明白,自己的公公李大路怎么也会不同意搬迁到新村,那儿的设施好,房子大,特别是牛舍可以说是个现代化的育肥牛厂,像起粪这样的事,都是用水冲的,省力又干净。

看见托娅来了,李大路放下铁锹,用毛巾擦擦汗,说:"托娅回来了,今天这么早呢?"

"啊,村里没什么事我就先回来了。爸,歇一会儿吧,别累着。"

"每天这些活,干惯了,也没觉得累,一天不干还觉得少点啥事似的。"李大路擦擦汗又接着干起来。

托娅看李大路没有停下来的意思,想叫住他,又有些犹豫。因为昨天从叔叔家回来已经和他说了拆迁的事,可是他那不温不火的态度,一个舍不得就没了下话,让她无可奈何,她想急都急不起来。今天一个上午连着走了十几家,可都是一个意见,"等等看",别的话也不说。本来想找吴江和跟弟,他们都像合计好了似的,都说在外地,晚上才能回家,没有办法,托娅只好先回到自己家,晚上再去找吴江。倒是膘子说了一些实话,可是让托娅的心里十分不痛快。

"包村长,我跟你不外和你说,现在大伙儿都不想拆迁,也都是背后说,当面不敢和村里较真儿,咋说也是签过合同。可是话又说回来,你是当家人,你一句话,大伙儿一响应,他北方集团还能咋的呀?这样家家不多得点钱嘛。别人不这么想,你可得替群众想想。我听说这个新村规划是李强和

木青一起搞的，人家都是机关单位的干部，他们想的是大政方针。俗话说得好嘛，爹有妈有不如自己有，手里有俩钱是真的。哎，我听说木青最近当了县里什么办的副主任，还是李强办的，是真的吗？"

"产业化办公室副主任，是真的。"托娅心里很烦的样子。

"对了，你们都是一个捻儿，我和你说这个干啥，算了，不说了，你看我这嘴，说起来就没把门的了。你来做我的工作，我还给你叽叽上了……"

当然，真正让托娅不痛快的不光是拆迁，还有木青进了县产业化办公室，尽管是个虚职，可是她因此和李强的接触更加名正言顺，从上任到现在，已经开过三次会了。

中午家里只有三口人吃饭，小龙送去幼儿园，中午不回来。托娅帮着婆婆其其格把桌子放上，又给李大路烫上一壶白酒，把其其格炒的两菜端上来，然后去叫李大路吃饭。

喝上酒，李大路的话匣子打开了："干点活，出点汗，喝酒也香。我这岁数的人，一辈子都在干活，待不住哇。我说这话，这时候的年轻人都不信，都得说谁不想待着，谁不想吃好的，喝好的。我要是吃好的，再待着不干活，用不了一个月，非得有病不可。"

"还说呢，你就是那干活的命，一天不下地干活，六神无主。人家托娅让你搬到新村去养牛，不用你扔牛粪，饲料你要多少给你多少，也不用你去打，连玉米秸秆都给你粉碎现成的，那有多好。你说就在这待着，我都和你一起遭罪。就说做饭吧，玉米秸秆上都是土，做一顿饭整一身土，也不干净啊，我是做够够的了。"其其格抱怨，还瞪了李大路一眼。

见托娅想要说什么，李大路接过来说："我也知道是那个理儿，昨天托娅已经和我说了，可就是一想到要扒了咱们的旧房子和牛棚子，我的心里就舍不得。"

"一栋旧房子、一个牛棚子能值几个钱，有什么舍不得的，也就是你，过去的事还那么在意。"其其格说着，声音也低了下来。

托娅听婆婆这么说，似乎听出了原因，随即问道："过去什么事？"

李大路听托娅这么问，想了想一口干了一杯酒。托娅见状又给倒满，之后等着李大路讲牛棚子的故事。

"十年前的事了，现在想起来，就好像是在昨天。"李大路的表情凝重，好像他所说的事有多么重要。

"那是李强刚上大学的第一年，答兑完李强上学后，咱们家是一点钱也没有了。那一年秋吊哇，家家的玉米都没收，就那么干到了地里。咱们家也不例外，可倒好，不用秋收了。我当时不愁别的，就愁下年李强的学费怎么办。这时候乡里和县里都下来查干旱的情况，工作队里有一个叫王玉山的干部，是县里农科站的高工，下派到太平川乡当科技副乡长。后来我才知道他是自己要求下来搞玉米氨化饲料的，氨化饲料是他发明的。工作队到了咱们家之后，我们俩一见如故。他小我五岁，人长得有些黑瘦，一口一个老哥的叫着，问这问那的，当他知道李强上了大学，愁着下年交不上学费的情况之后，他沉默了一会儿，对带队的乡长说：'你们往前走吧，我等会再回去。'"

"你是说他留在咱们家了？"托娅问，同时又给李大路倒满酒杯。

"在咱们家一待就是三天，听你爸爸说。"

李大路又喝了一口酒，说："可不，一待就是三天。他先问我：'有一个挣钱的项目我看很适合你，你干不干？'我当时也没想别的，随口就说：'干，只要是能挣钱的活，我就干。'他说：'育肥牛。'我说：'一分钱也没有，怎么育肥牛？'他说：'我帮你弄到牛，也教你怎么做饲料，怎么样？'我一想那也就不差啥了，很痛快地答应了他。就这样，他让我把自己的亲戚朋友都找来，帮我割各家不要了的苞米秸秆，他也跟着干。那个时候，咱们家里啥好吃的也没有，整天就是高粱米饭和苞米面大饼子，菜就是

咸萝卜条子煮黄豆，油都没有多少。他就那么跟着吃，每天还弄点酒来和我喝两盅。"

"之后呢？"托娅很感兴趣地问。

"你听我说呀，看我找人干起来了，他就回去把轧玉米秸秆的机械和柴油机拉来，一边粉碎一边教我怎么放氨水，怎么窖藏玉米面。"

"那机械都是谁的呀？"托娅问。

"他说那都是他们农科站，在乡下做示范用的。他还说机械归我用了，上面什么时候要什么时候给他。我就按他说的干了半个月，弄了两大窖饲料。这个当中他又找拖拉机拉来了一车砖，帮我盖成了现在这个牛棚子。建棚子的时候，他也下手干活，和水泥、砌砖什么的。一进棚子门前面的矮墙都是他砌的，我喂牛的时候一往上放筐就会想起他来。"李大路有些伤感地说。

"后来牛怎么解决的呀？"

"这些准备工作都完成了之后，他和一个叫少布的年轻小伙子从离咱们村有六十里路的海里图赶来五头牛，一头母牛、四头架子牛，交给我的时候说这牛是他自己的，一共五千元的本钱，三年以后还给他五千元就行了。那时一头牛都在两千元左右，他说一千元可是太低了，我当时也不知道一头牛能卖多少钱。就这样，他亲自赶来了牛，又给我留下了育肥牛的饲料配方和常见病的防治方法，以及驱虫药等。我要给他打条子，他说不用，吃过饭就和少布走了。"

"后来他也常来吗？"托娅问，看看李大路的酒杯满着，托娅把酒倒回壶里，又给倒上一杯热的。

"从那以后他就来过一回，是两个月以后。他人瘦了很多，见我弄了好多的菜，还有酒，他十分高兴，我们两个那顿酒喝的，到今天我也忘不了……"

李大路和王玉山两个人都喝多了，两个人在抢酒瓶子，王玉山说话有些笨："别，别的，这杯酒我敬大哥。你知道吗，我自打开始推广氨化饲料，到目前为止，你是最成功、效果最明显的一个。干我们这一行的，有了项目还不行，这就像有了孩子，他生不下来也是白有。能在企业和专业户推广，能有效益，那就是生了，就是成长，所以推广最重要。我得谢谢你，我先干了。"

　　"等一下，你那意思是我帮你生孩子了呗？"李大路有些不明白地说。

　　"哈哈哈，是那意思。别说，你比喻得还真有道理。"

　　"照你这么说，我成你的媳妇了？来，媳妇和你喝一个。"

　　"哈哈哈！这个我喝，来，媳妇，大哥碰一下。"

　　两个人一饮而尽，王玉山又抢过酒瓶，说："我还得和你喝一杯，这一杯是我的要求，不过你得先答应我才能喝。"

　　"你说什么要求？"李大路眼睛有些发直，头有点晃，舌头大了许多。

　　"你养牛要是挣钱了，一定要坚持八年。欠我的钱，八年以后再还我。在这八年里，你要用这笔钱给我发展十户以上养牛专业户，办得到不？你说办得到不？"王玉山重复地问。

　　"那有啥办不到的，不还钱，还用这笔钱发展专业户，是吧？"

　　"对，不光是不还钱，主要是发展专业户。"

　　"你那意思是还让我给你生啊？"

　　"不是让你生，是让别人再生。哈哈哈！"

　　"对了，这是让别人再生。我明白了，老弟，你这是图啥呀？自己一点利不得，那钱不是你的呀？"

　　"大哥，你不知道哇，我……我……"

　　"你咋的了？"

　　"是我没这个能力了，就得靠像你这样的专业户……"

两个人都喝得烂醉,东倒西歪地睡着了。其其格拿来被子给两个人盖上,悄悄地收拾桌子。

第二天,吃过早饭,要走的王玉山和李大路来到牛棚子,王玉山用他那干瘦的手摸着已经胖了很多的大牛,又摸摸他自己帮着砌的砖墙,长出了一口气,深情地对李大路说:"大哥,如果你能坚持八年,这个村就会有十户以上的人家来向你学习养牛,就会有十户以上的人家变富裕。一个村十户,全乡呢,全县呢,要是这样算那可就不得了。"

"老弟,你放心,我一定能坚持十年。要是能挣钱,我一定能干到七十岁。"李大路下着保证。

"下次再来,我给你带一瓶好酒,咱哥们儿还像昨天一样一醉方休。"王玉山说着,眼泪在眼圈里打转。

"我可不让你买酒,等卖了牛,我去乡里专门请你,你说喝什么酒,我去县里买,就这么定了,行不行?"

王玉山没有再说什么,握着李大路的手说:"老弟走了,等着你的好消息,等着你的好酒。再见!"

王玉山的手久久不愿和李大路的手分开,直到来接他的司机招呼他,才依依不舍地离去,头也不回地走了……

"谁知道这是他和我的永别,半年以后,我卖了牛,买了两瓶郎酒就去乡里找他,乡里的干部说王玉山得了肝癌,在两个月前就去世了。他告诉乡里所有的干部,不让我知道,如果我来了找他,话都和我说过了,叫我按照他说得办。"李大路说着,眼泪已经流下了面颊,用他那粗糙的大手擦着。

"那钱怎么办哪?该送给谁?"托娅很关心此事的结局。

"我回到家之后,第二天就拿着一万元钱去找在海里图住的少布。一打听,原来少布是王玉山的姑爷,他的媳妇也就是王玉山的姑娘对我说,他爸临终时告诉她,如果我要是来找她,就告诉我,用笔钱作为发展专业户的周转金，不用还了。她姑娘还说，她现在每年育肥牛七十头，要挣三十万元，如果我们专业户需要资金，可以找她。"说完了这一切，李大路长出了一口气，又干了一杯酒。

托娅和其其格两人都擦着眼泪，没等托娅再说什么，李大路又说："托娅，我知道你目前的工作很不好做，可是你无论如何也要给我一年的时间，就一年，我就自己扒了这牛棚子，不为别的，就为了咱们对王玉山的承诺。"

托娅和其其格都流着泪放下了饭碗，谁也没吃饱饭。托娅更是心情沉重，再也没了说服公公的勇气。

晚上八点钟，托娅怀着忐忑不安的心情去找吴江和跟弟，由于离的不远，所以托娅也没开车。走在这个生她养她的小村子街道上，孩童时候的记忆闸门不由自主地打开了，当她和李强是大孩子头的时候，吴江和跟弟就是个跟屁虫，特别是跟弟，整天缠着托娅。自己不敢藏猫猫，非要和托娅一伙儿，可是藏起来她就出动静，生怕人家找不着，气得托娅赶她走，可是她跑到托娅打不着的地方站着，托娅回来，她就回来，保持一定的距离，气得托娅忍无可忍，可是又无可奈何。一阵狗叫声打断了托娅的回忆，已经到了吴江的家门口。

听到狗叫声，跟弟迎了出来，见是托娅，说："嫂子来了，快进屋，这小狗不咬人，就是个瞎锵锵。"说着把托娅领进了屋子。

托娅环视了一下，见屋子里没有别人，问："吴江还没回来？"

"也该回来了，可能是在基地吃饭吧。"跟弟说着给托娅沏了一杯奶茶，放在了茶几上，"来，坐这来喝茶。"

"小海呢，和我大姑去了？"

"可不是嘛，就是不离他奶奶，咋叫也不回来，再说他就是回来，我明天一早还得送回去，在那住就省事了。"说着跟弟也挨着托娅坐在沙发上。

托娅侧过身面对跟弟说:"你什么时候搬?是不是在等这一茬草坪交付了之后哇?"托娅的语气有些生硬,因为是她的姑舅嫂子,平时说话也是这样。

跟弟事先就知道托娅为了旧房子拆迁的事一定会来找她和吴江,因此白天她已经和吴江商量过如何应对托娅的追问,第一条就是说什么也不发火,给她来个软磨硬泡。跟弟就着托娅说的话:"对呀,咋也得把这一茬草坪种完了哇,不然没有人看着,还不叫猪和羊给祸害了。"

"我看你们还在这立火了,什么意思,分家了吗?"托娅表示出怀疑。

"不好意思,可不是嘛,让老两口把我们给开出来了。"

"那咋还给你们看孩子呢。不对,跟弟,你说实话,是不是也为了不拆旧房子,来个假分家,像张勇家似的?"托娅马上就明白了跟弟的用意,如果是真分家,决不是这个样子。

"咋啥事也瞒不住你呢,我们对外说已经分家了,住在这,就说是分给了我们旧房子,还有草坪,不然咋办,草坪得有人看着吧?"跟弟笑嘻嘻地说,同时也在观察托娅的脸色。

"吴江是村干部,你又是草坪合作社的理事长,村里的决定你得执行吧?你们还有说道吗?"托娅觉得吴江和跟弟应该没有什么问题,所以说话也就十分随便。

原来跟弟是不想拆旧房的,就想借着这个机会分家,可是吴江说什么也要拆,没有办法,她只好听吴江的。自从刘瑞让吴江当代理村长的事发生之后,吴江的态度有了很大的变化,李长玺和托娅去找田书记,他认为是冲着他来的,认为托娅贪权,当着三个销售公司的经理还不知足,非得当村长,自己刚当上代村长就被她给顶下来。因此跟弟张罗假分家,吴江什么也不说,也不反对,听任他们安排。今天他也是故意不回家,让跟弟答对托娅,自己要选择一个适当的机会再露面。

听托娅这么说，跟弟说出心里话："嫂子号召的事，我有什么说道哇，绝对服从，不过咋也得到时候不是。"

"到什么时候，你要等到秋天，还是收了草坪之后？"

"收了草坪之后呗，不，秋天吧。但是我只能保证自己，合作社里的其他人家我可不管。你是我的嫂子，我和你说实话，合作社的那些人根本就不想搬，这几年家家都挣钱了，有的人家还扩大了面积，什么鸡架、狗窝、小棚子什么的都扒了，现在你让他搬迁，打死他也不干，都当面应付你呢，说实话，我都是那种想法。这是你来做我的工作，别人来我才不管他那套呢。"跟弟的话里话外明确表达了自己意思，说完她看着托娅的脸色，又给托娅倒茶，"嫂子喝水，我新买的奶茶粉，挺好喝的，也不知道你喝得惯不？"

托娅没有心思喝茶，她在想跟弟的话，觉得她是在用别人家的意见，明确表达了自己的想法，尽管话说得有里有面，但透着一种强硬。托娅知道跟弟已经不是当年的跟弟，她现在是草坪合作社名副其实的理事长，不是以前的小妹妹了，要把她当做干部来管，管得住她，就管住了她合作社的二十户人家。想到这，托娅回过头来看看跟弟，说："那不行，秋天不行。你的话我听明白了，尽管你给了我面子，可是实际上并没答应我的要求，不，是村里的要求，或者说没有按照你和村里所签合同的要求兑现。现在你大小也算是村里的一个头头，说话办事代表着你所管辖的百十来口人，二十多户人家。不是歪你，就是你带头不拆房子，其他人家才跟你学，都怕断了这条财路。唬别人行，你能唬得了我吗？"托娅的态度很严肃，说话的语音提高了很多。

"嫂子，你不能这么说话呀，那可冤枉死我了，我才不是说了嘛，秋天我就搬，别人我可管不了，人家谁听我的。家家的房子都能值两三万，你让谁拆谁能干哪，那是我能说得了的吗？你是村长，咱们姐妹说话，你不能压

着我呀，那么大的责任我可担待不起。"跟弟的态度也有了变化，一扫刚才的微笑，脸色变得不好看。

"怎么叫压着你呢？你和村里签没签合同？"

"签了，那又怎么样，也不光是我自己签的。"

"你签了就行了呗，管别人干什么？"

"为什么不管，好事可着别人，这拆迁的事就可着我？凭啥呀，我咋那么冤大头呢？"跟弟的口气像是和托娅叫板。

"凭啥，就凭你是合作社的理事长，吴江是副村长，都是头头，你们不带头谁带头？你们不拆别人能先拆吗？"托娅倚仗自己是跟弟的嫂子，说话也就无所顾忌，又把她当成了原来的小妹妹。

身体有些发胖，留着五号头，圆脸大眼睛的跟弟已今非昔比，在合作社里说一不二，村里求她入社的人多了，有的人甚至给她送礼，请她吃饭什么的。尽管和吴江商量过，无论如何也不和托娅顶牛，可是面对托娅的咄咄逼人，已经有了实力的跟弟再也藏不住内心的怒火，她呼的站起身来，说："我和吴江都是头头，那你是啥呀？和你比，我们还上得了数吗？"

托娅感到很愕然，她也明白跟弟的意思，故意说："啥意思，你是在和我比官大官小，还是攀我呢？"

"你不说我和吴江都是头头嘛，不和你比大小和谁比？"

"比啥呀，就让给你们得了。你们说了算就拆是吧？"托娅有些变相地讽刺跟弟。吴江也曾经代理过村长职务，可是没有几天。当然，这也是吴江和跟弟最忌讳的话题。

跟弟彻底被托娅的话激怒了，说："嫂子，你不能这样挖苦我，你那村长我连做梦都没梦着过，再说我也没有你那水平。吴江代理几天是乡里刘瑞搞的鬼，他连理都没理，基地的事还忙不过来呢，哪有工夫当什么代村长啊。也就是你吧，挺看重的。一年工资还不如我种一亩草坪挣钱多呢，有能耐的人谁干这个苦差事呀。"跟弟故意气托娅,说完把个喝水杯子一放,发出啪的一声。

托娅想不到跟弟竟如此明目张胆地向她发出挑战,并且出言不逊,对她蔑视,这是她所不能容忍的,说:"你干啥呀,吓谁呢?你不拆旧房子还有理了?和你好说好商量,你还来劲了。我告诉你,通知你管的所有草坪专业户,草坪起了就马上拆房子,别的条件不用讲,都和村里签过合同,别说村里没通知你。长能耐了,和我还来横的。"托娅站起身来想要走。

被激怒了的跟弟也不示弱:"咋的,欺负人哪?通知专业户,我有那个义务吗?再说了,就是通知了,你能把人家咋的。你以为谁能听你的呀?没听那么说呢,我还就不拆了,你能咋的吧?"

"你不拆也行,村里帮你拆!"

"你想强制拆迁是不是太过分了,你还让我说你别的吗?"跟弟越说越来劲,离托娅近,眼睛瞪得溜圆。

"说呗,以为自己有理是吧,没有理也让说。"

"说实在的,我都不想说你,给你留着面子呢,是你往前赶欺负人。过去我一直对你很尊敬,可是你现在的所作所为,不是从前的那个姐姐和嫂子了,也不是原来的那个村长,不客气地说,你现在的做法就是个欺负人。"跟弟的语气十分的激动,眼睛里含着泪,不满地看着托娅说。

托娅被跟弟气得脸色通红,她怎么也想不到,自己的亲戚、过去的知心朋友竟然变得如此的无情,托娅的头脑已经乱了,她下意识地说:"说呗,都欺负你了,还留什么情面哪?你给我说清楚,我哪儿欺负人了?"

"还哪呢,欺负人的地方多了。就说拆迁这事吧,你自己家和亲叔叔都不拆,让我们拆。你是我的嫂子,今天我已经给你留足了面子,可是你还是往前赶。干啥呀,我们还是小孩子呀,你想说什么就说什么?"

"吴江是村里的副村长,人家都看着呢,你们不拆,群众就不拆,我说

的不对吗？"

"什么叫我们不拆别人也不拆，我给你更正一下，那叫你叔叔不拆，谁也不拆；你公公不拆，别人更不拆！你家的事整明白了吗？上这给我做工作来了？不是我说你，你也就是明白别人，不明白自己。"

托娅真是无话可说，跟弟的话让她如鲠在喉，"他们也不是不拆，是有原因的，也就是晚几天的事，你攀他们有意思吗？"

跟弟笑着说："你说谁没有原因哪，谁不会找借口、找原因？别整那小儿科的把戏，群众能服气？"

托娅简直就要气疯了，说："你不服气我这个村长是吧，那好，让给你行了吧？明天给你当。"

"给我当咋的，最起码的不能做出格的事，不能让纪委的来调查。"跟弟说完轻蔑地瞥了托娅一眼。

"你别动不动就拿买楼的事做文章，那事已经调查清楚，证明我是清白的，再说还有意思吗？"

"那种事能清楚？也就是眼不见而已，你骗得了纪委的眼睛，可是你骗不了群众的心。"

"跟弟……你也这样看我，那从今往后你就别拿我当嫂子看、别当村长看就得了，我们之间没有什么可说的了，你不用和我处了。"托娅气得已经说不清话了。

"和你处？再和你处，纪委的就来找我了。我最后叫你一声嫂子，嫂子再见，不送。包大村长，自己走吧。"

托娅气得什么也说不出来，哭着走出了跟弟家的大门。

看托娅走了，吴江从仓房里出来，在大门口偷偷地看着托娅远去的背影，长叹了一口气，回到屋子里，看着也在哭的跟弟说："我不和你说好了嘛，咱们不说别的，你的嘴咋那么黑呢，以后咱们还怎么见面了。再说了，她是那种人吗？"

跟弟抬起头来，说："你还帮着她说话，没听她都说的是啥嘛，就知道拿大话噎人，我受她那个……呜呜……"

吴江也无可奈何地坐在沙发上，说："行了，你就别咿咿了，烦死了。"

百泉沟北方集团农业基地的院内静悄悄的，中耕和喷洒叶面肥的拖拉机在大片地里作业，只有吴江和两个工人在保养抓钩机和装载机，准备拆迁。木青一早就开车去了新村工地，家里只有田再新一个人在睡觉。昨天晚上他开了夜车，自己干到三点多钟，把一个月以来入户人家的建设用地手续全部存档。今天下午他要去乡里上班，起来洗漱完了之后，就去食堂吃饭。伙夫早已给他打了饭菜，两个厨师回家休息了，他自己就在小灶上热一热，之后在餐厅的圆桌上吃饭。

一会儿，木青从外面回来，她怕掉头费事，就把小车停在了大门外面，之后回屋取自己的手包，她要去双青看饲料厂的建设进度，当然也想见见李强，说一下村里拆迁的问题。李强由于工作太忙，加之与托娅这一段时间关系有些紧张，已经有十几天没回来，木青心里产生了一种莫名思念，很想见到李强说这一段的工作情况和下一步打算。

木青拿过手包刚想出去，透过窗户见田再新吃完饭回来，边走边接电话："喂，丁兰啊，又有闲空了？"

"想你了，给你打个电话，你也不说主动找我。"丁兰坐在她办公室的沙发上，办公室里没有别人，所以她显得很懒散。

"你等一下。"田再新说着转身进屋，又把外屋门关上，"你说吧，我在家呢，家里没人，木青去工地了。"

木青听得清清楚楚，听见田再新关门，她灵机一动，转身把大衣柜的拉门打开，钻进里面又把拉门轻轻地拉上，从里面拿起一件自己的上衣顶在头

上,又拿起一件裙子挡在腿前。她所站的位置是她自己衣服的一面,另一面是田再新的衣服,都是挂着的。木青大气不敢出,听着田再新打电话。

田再新听着电话走进里屋,说:"韩平还没回来,去多少天了?"

"十一天了,他说得五号回来,还有三天呢。这一天也太没意思了,除了吃就是睡,都闷死我了。"由于屋子里很静,田再新电话里的声音木青听得非常清楚。

"厂子里的事你不得过问嘛,没事出去走走,别老闷在屋子里呀。"田再新并没有坐下,他一边打电话,一边把衣柜的拉门推向另一边,从中找出一件休闲上衣扔在床上,又把拉门拉上。

"你找个借口来双青呗,好好地陪我两天,要不等韩平一回来又没有机会了。你马上来吧,我一定让你比在金洲的那次更舒服、更刺激。你不用找旅店,就住在我的房间就行,非常安全,晚上白天都可以玩儿,就看你的能力了,哈哈哈哈。"丁兰嗲声嗲气地说,笑声里充满着淫荡。

第十九章

"你可拉倒吧，说是说，笑是笑，那种事我不能再干了，你也不要再给我打电话，这事要是让木青知道了，她不和我离婚哪。再说了，现在木青已经怀孕，我要好好地照顾她。"田再新不想再和丁兰继续，因为木青有所察觉丁兰的电话，这已经让他心惊肉跳了。

"她要是和你离婚，我和你过，有什么呀。金洲的那次，你给我的印象深刻，我总是忘不了你，和你在一起我心里踏实。和韩平在一起，我心里没底，总是不知道他在想什么。"丁兰有些抱怨韩平的意思。

"丁兰，那一次也是我们的最后一次，就算我对不起你了。我和木青现在过得很好，请你不要再打扰我们的生活。我实话告诉你，我不能再对不起木青，更不能失去她。今天好在她不在家，我把话和你说明白，我们到此为止吧。"

此时木青已经从衣柜里出来，从田再新的后面一把手抢过手机，"谁说我不在家。丁兰，你是个什么东西，你还知不知道羞耻！"木青发疯地喊着，把田再新的手机摔个粉碎，随手又狠狠地打了田再新一记响亮的耳光。

田再新吓蒙了，看着那打开的大衣柜，他明白了一切，双腿一软跪在了木青面前。木青就势一只手按着田再新的头，另一只手打田再新的后背，歇斯底里地大喊着："你个王八蛋，你欺骗了我，我要和你离婚！"

土地

丁兰在电话里听到了木青的叫骂声、摔碎手机的声音，吓得她马上跳了起来，想了想又像一条装着沙土的口袋，重重地坐在了沙发上。

木青气得脸色通红，打完田再新，她坐在床上喘着粗气："你……你给我说清楚，在金洲你们是怎么挂上的，谁主动的，几次，说！你说呀！"

田再新的眼镜也给打坏了，一只眼镜已没了镜片。木青在哪，他就冲哪跪着。木青坐在床上，他就冲着床，也不敢抬头。听木青问他，他战战兢兢地说："就一次，是她主动的，她不主动我敢嘛。"

"咋个主动法，你说！"

"咋说呀，就是……就是她……那也不好说呀。"

"你说不说？事都做了，让你说不敢说了，当时那色胆哪儿去了？说！你要是不说，立马从我的眼前消失！"木青说着又拿起扫炕的塑料笤帚狠狠地打了田再新几下。

田再新哭了起来："我说还不行嘛，那是我去金洲招商引资，我没找到投资的企业，想起来丁兰在北方集团的售楼处，就去找了她。她听了招商的条件之后非常感兴趣，就想要在双青县建一个企业。她请我喝了三次酒，最后那次……"

饭店的一个小包间里，只有丁兰和田再新在喝酒，桌子上有两个菜、几瓶啤酒和一瓶白酒。丁兰本来有些卷曲的头发是用手帕系着的，可是今天她却打开了手帕，披肩长发使她十分的时尚和性感，浅绿色的内衣前领开得很大，被内衣兜起的胸脯，像两只会跳动的小白兔，调皮地吸引着田再新的目光。丁兰和田再新面对面坐着，她那勾人的眼神盯着田再新，没有一点的躲闪，向田再新传达着一个信息，她很想要他。田再新被丁兰的举动弄得十分的激动，心跳加快，再加上喝了点白酒，他脱去外套和毛衣，解开衬衣领口的扣子，燥热不安。

丁兰则不然，她故意用胳膊抱住双肩，说："我都冷了，特别是两只脚，放你腿上行吗？"

"怎么放，离得这么远，还隔着桌子。"

"你往前点坐，我也往前就够着了。"说着丁兰把自己的凳子往前移了移，脱去高跟鞋，把双脚从桌子底下伸过去，放在田再新的两腿上。丁兰眼睛盯着田再新，举起酒杯，说："来，干一杯，谢谢你的大腿。"

"我看你怎么吃菜，够不着菜了吧？"田再新一边和丁兰干杯，一边用一只手握着丁兰到处游走的脚，很怕它碰到自己的神秘之处。

"你给我夹，我张嘴等着不就行了。"丁兰眼睛里的欲火熊熊燃烧着，张嘴等着田再新来喂她。

田再新喂了她一块烧茄子，丁兰又坐直身子，穿上高跟鞋，座到田再新的身边，说："我现在身上很冷，靠你的臂膀暖暖身子行不？"说着丁兰靠在田再新的胸前。

田再新已经失去了理智，一把搂过丁兰，丁兰也搂住田再新的脖子，两个人激烈地亲吻起来……

一会儿，丁兰停了下来，她抬起头看着田再新的眼睛，说："想要吗？"

"现在？"

"对，就是现在。"

"特想要，可是在这……"

"走，找个地方。"

"去哪儿？你的住处？"

"去旅馆开个房间，我的宿舍不安全，人来人往的。"

"走，前面有一个小旅馆。"

两个人付了饭钱，走向一个小旅馆……

"别说了，你个混蛋，馋嘴的猫，吊你就上钩？起来，跪着有什么用，

收拾好你的东西,离婚!"木青说着气得趴在床上痛哭起来。田再新站起身来,他没有走,又站在木青的跟前。

"木青,我错了,我爱的是你,不是丁兰,你看在咱们孩子的面子上,你给我一个机会吧。"田再新泪流满面地哀求木青。

"你还想要孩子,别做梦了,明天我就去把孩子打掉,然后离婚!还想要孩子,你的脸皮咋那么厚哇。"木青说到孩子再次痛哭起来,一边哭一边捶打着床。

一听说要把孩子打掉,田再新可吓坏了,扑通一声又跪在了木青的前面,抱住木青的大腿,说:"木青,我知错了,你让我当牛做马都行,可千万不要把咱们的孩子打掉哇,那样你还不如让我死了!"田再新大声地哭起来。

此时木青清醒了一些,看着田再新的可怜相,说:"这时候知道要孩子,和丁兰鬼混的时候想啥了。挺大个老爷们儿,你那能耐呢,你不说你是铁板一块吗?我觉着你不是好美吗?行了,别在这缠着我了,你马上收拾东西给我走人,去乡里住,等我有空了通知你离婚的时间。"

"木青,我知道错了,看在咱们孩子的面子上,给我一次机会吧。"一说到孩子,田再新痛哭起来,木青的眼泪也往下流。

木青起来在衣柜里找了一个大旅行包,把田再新的衣服往里装,装完了,一手拉着田再新,一只手提着包,把田再新拉出屋门。到了外面,木青把包扔在地上,说:"你给我滚,爱哪哪去,别在这给我丢人现眼。你等着,明天咱们就去县里离婚。我一天也不想看到你。你走,走得远远的,别让我再看见你!"

田再新没有马上走,他把掉出来的衣服又装在包里。这时候吴江等人来到了跟前,说:"这是咋了的,因为啥事呀生这样的气。田助理,你别走,有话好好说嘛,吵什么架呀。"说着吴江把旅行包又拿回了屋子里。田再新没敢回屋，还站在院子里。

木青一看田再新还没有走，气又不打一处来，大声地喊："你站在那干啥呀，等人送你呢？走！"

田再新走了，木青看吴江在跟前，说："给拆房子的机械加油，把李三给我找来，让他把车开到村委会的门前，准备强拆。"

吴江愣了一下，马上回答："好，我这就去找他，他在大片地喷叶面肥呢。"说着，吴江开着车走了。

木青想了想，拨通了刘瑞的电话："喂，刘乡长吗？我是木青啊，有这么个事我想和你请示一下呢。"

刘瑞正在自己的办公里，屋子里没有别人，他听是木青的声音，心里就已经猜到一定是为拆迁的事。他笑着说："木大经理呀，有事就说，什么请示请示的，那么客气干啥。"

"是这样，百泉沟村已经有三分之一的群众搬进了新房，拆迁的工作也做了将近十天，可是没有一户主动拆房子的，我想统一给群众拆，他们都是签了合同的，和你汇报一下，可不可以进行强拆？"木青的气还没有消，打着电话还回头看看田再新走没走。

刘瑞想了想说："既然有合同在先，那就不属于强拆，是合乎法律法规的，没有问题，木青，我支持你。"

"那我就动车了，我们的车是雇来的，每天是三千元，干不干活都得给人钱，我等不起了。"木青本来是不想强拆的，因为她相信李强能说服群众，可是今天的事让她失去了耐心和理智，她用拆房子的举动来发泄自己内心的愤怒。

"可以。其实你找不找乡里都行，有合同在，你们怎么做都可以。这是你，要是别的什么企业早就动手拆了，还等到今天？"刘瑞说完环视了一下院子和走廊，见没有人听见，才放心地关上办公室的门。他想利用木青搅乱

群众和托娅的关系，让他们最后都来找他解决事情，达到自己从中获利的目的。

木青打完电话，对几个工人说："你们几个把车里的柴油加满，等李三一到，听他的指挥，准备强拆。"

村委会小会议室里，李长玺、托娅、刘福田、丽丽和张勇几个人在一起研究有关拆迁的事，吴江在基地有事，没有到会。会是托娅主张召开的，她主要是想汇报一下目前拆迁的进度和意见。

"以上就是我这几天的工作情况，我的意见是向乡里汇报，申请强制拆迁。我算看透了，好说好商量，群众拿你也不当回事，啥话都敢说，我也就是个村长，要是群众，我让他乱说……"托娅说着眼泪流了下来，群众说的话又一幕幕浮现在眼前，她心里的委屈说不出。

"我说啊，你们几个啥意见，也都说说，不管咋说都是村委会的班子成员，咱们自己定的事——"李长玺的话被急匆匆闯进屋的吴江给打断了。

"李书记，包村长，不……不好了，木青派推土机强制拆迁来了。"吴江喘着粗气断断续续地说。

"你别忙，慢点说，到底咋回事？"李长玺问。

"是这样，刚才我和几个工人正在保养机器，就见木青从外面回来了，隔了一会儿，就听见他们在屋子里吵架，也听不出说的是什么。过了一会儿，木青就拽着田再新出来，又把他的一包衣服扔在了外面。我见状就去拉架，我也不知道是怎么回事，问木青她也不说，就说要和田再新离婚，让他滚，硬是把田再新给撵走了。我把衣服包送回屋子，没等问木青为什么，她就让我去通知李三，让他启动铲车，要强拆旧房子。我给李三打了电话，就直接来村里了。我估计木青马上就会来。咋办哪？赶快研究个办法吧。"吴江说完，把丽丽的水杯拿过来，一口喝了半杯。

李长玺点着一支烟，说："按理说，人家强拆也有理，咱们家家都和村里签了合同。等着，一会儿木青来了咱们再和她说说，让她给咱们点时间。"

"我看木青那劲头，和她说也够呛，铲车和挖沟机都是雇来的，一天三四千元，这都十来天了，一直等着村里的决定。咋整，赶快研究个办法吧。"吴江说着偷看了一下托娅。

此时托娅心里想的是另外一层意思，就是木青和田再新离婚是为了什么。前一段木青进了县产业办，而且多次去县里参加会议，现在又提出和田再新离婚。尤其是木青的举动非常突然，马上就要进行强制拆迁，甚至也不和村里打招呼。想到这，托娅气不打一处来，决定要会一会木青，她坐在那儿什么也不说，眼睛看着窗外长满黄柳条的沙坨子出神。

李长玺也觉得这件事很突然，见其他人都不说话，说："我说啊，你们倒是说一说，到底是拆还是不拆，都说话呀。"

谁也不说话，都在那儿低着头。李长玺看看托娅，见她也是不想言语，回过头来说："我说呀，咱们举手表决吧，同意拆迁的举手。"见没有人回应，也没有人举手，"不同意拆迁的举手。"

吴江、张勇和丽丽举起了手，稍等了片刻，刘福田也举起了手。托娅还在看着窗外，突然她回过头来，也举起了手。

"我同意不拆迁，咱们都在这等着木青，看她有什么理由要强制执行拆迁。我就不信了，在咱们家门口，她这么肆无忌惮，倚仗什么呀？"说着她把笔记本收了起来，装在手提包里。

李长玺愣住了，他怎么也没想到托娅竟然也同意不拆迁。他想可能是群众的意见让她改变了主意，不管怎么说，一个女同志，群众说话又没深没浅的，受不了打击那也是正常的。可是这个节骨眼上，如果同意了群众的做法，这对以后再做工作可就不利了。

吴江和丽丽等人也很意外，特别是吴江，昨天晚上跟弟和托娅的对峙，

他已经感到托娅态度坚决,为什么突然改变了态度,这令他十分的不解。吴江决定不表态,看看木青来了,托娅是个什么态度。

丽丽和张勇都很高兴,托娅同意不拆迁,拆不成的可能性大大增加,这对他们是非常有利的。两人虽然没有说什么,可是看着托娅的眼神都变得十分期待。

李长玺回过神来,说:"我说啊,托娅,你怎么能改变意见呢,这样一来咱们不和北方集团唱反调了嘛,那就麻烦了。你想过没有,咱们可是全县的样板,不是随便可以更改的。"

"有什么不可更改的,全县的地区差别很大,村与村的条件都不一样,家家的情况也不相同,但是群众的利益是一样的,为了群众的利益,我改变意见了。"托娅的态度很坚决,没有商量的余地。

会议室里已经听到了一阵装载机的马达声了,随着刺耳的刹车声,一辆小车停在了办公室前面,木青和一位工人下车,他们急匆匆地走进会议室。木青进屋也不客气,挨着李长玺坐下,和托娅正好面对面。两个人对视了一下,木青把头发一甩,对李长玺说:"李书记,我来拆迁了,群众的工作做得怎么样了?我是干等也没有信,挺不住了,雇来的车一天要给人家三千元钱,给不起了。"

没等木青说完,有二十几个群众冲进院子,又像流水一样涌进小会议室。在前面领头的有跟弟、膘子、二迷糊、孙小龙、吴凤海等人,妇女居多,还有一些小青年,把个村委会人员和木青团团地围在中间。

李长玺站起来看看进来的群众,说:"这是干啥呀,要造反哪?我说啊,村里领导还没下台呢,用得着这样吗?你们谁领的头?"

"我们都是自己来的,听说要强行拆迁,找村里讨个说法。"膘子说。

其他人也就附和着说:"对,就是要讨个说法。"

"讨什么说法,春天的时候你们白纸黑字签了合同,房子都盖完了,住进去了,想反逛子,当时你们想啥了?你们找村里,村里怎么给你们做主?"李长玺大声地对群众喊,"你们都回去,让我们和木经理再研究一下。"

"有什么研究的,要么拆,要么不拆,当着群众的面定下来,干什么呀,听大家的还是听个人的?"托娅有意当着木青的面给群众一个暗示,也给木青一个下马威。

群众一听,都异口同声地说:"我们不拆了,另签合同!"

"对,合同作废,爱咋咋的,房子是我们自己的,受法律保护!"

"不行我们不住新房了,还住旧房子,有什么了不起的。"

群众乱哄哄的,也听不出个数来,木青气得脸色铁青,她大喊一声:"够了,你们也太欺负人了。春天你们想啥了,没想到旧房子要拆吗?现在我们都把新房子建完了,你们说不要,还懂不懂法,讲不讲理。我告诉你们,这个旧房子我是拆定了,给你们一天的准备时间,明天就从已经住进新房的人家开始拆。书记、村长都在这呢,就算通知你们了,明天别说我不讲情面。"

托娅早就忍无可忍了,盯着木青说:"木经理,你是在威胁群众吗?以为你有理就可以拆群众的旧房子?这是在百泉沟,不是金洲,不是你那一亩三分地。不是我小瞧你,群众不同意,你拆不了,不信你试试看。"托娅轻蔑地看着木青,似乎在向她挑战。

托娅的话让木青愤怒,在她的工作中,还没有人能在工作上对她发起挑战。在这么多的群众面前,她觉得如果不回应托娅,自己也太没面子了。她稳定了一下情绪,微笑的嘴角向一侧动了动,说:"不讲理的人我见得多了,还没见过成帮成伙不讲理的。其实都一样,在法律面前,就像废铁倒进了炼钢炉,都是变成铁水的下场。不过,有你托娅领头,我倒是很想尝试一下打官司的滋味,看看你这块铁能不能烧化,是不是快好钢。"

木青极具讽刺的话刺激了托娅，特别是当着这么多人的面说她是不讲理的领头人，她说："木青，你不要说那些没人怕的大话，在群众的面前，别说是你，就是在乡里、县里，法庭上，也要给群众一个交代。就你这样，群众会让你的铲车变成一堆废铁，你信不信。"

托娅说的是气话，可是木青心里知道，如果群众被误导，砸毁机械是完全可能的，这不是小事，它会让集团在太平川乡的基地建设受到威胁。可是她又一想，这个决定权在她自己的手里，如果自己不再往前赶，事情也不会发生太大的变故，得压住托娅的气焰，不能让她占了上风。"原来我不信，现在我信，在你这个天不怕地不怕的草莽英雄带领下，什么光辉的奇迹创造不出来呀？你试试让我看看，让你的群众替你出出气？"木青故意刺激托娅，她知道车不动，群众是不会动手的。

托娅知道木青在想什么，毫不示弱地说："你不用说那些电视剧里的台词，来点真的，你动车拆一块砖看看。"

"你真会说笑话，我动你一块砖？要动我就连一块砖也不会给你留下，这其中当然包括你的叔叔和你家的房子。请记住，我只给你一天的时间。你还有什么招数赶紧使，什么乡里、县里呀，该找的，该求的，别等到时候让群众哭天喊地的，我可看不了那可怜相。"木青说着，非常牛气地把头发往后一甩，一副旁若无人的神态。

托娅气得脸通红，说："你也太瞧不起人了，以为我们不敢告你呀。走！咱们都去乡里，找说理的地方。我就不信了，这个地方是你说了算还是我说了算。"

"对，找乡里去，告她去！"

"告她！"

"不行上县里，还没王法了呢。"群众的情绪被托娅的话点燃，一片叫喊声。

李长玺听不下去了,说:"别吵吵了。停!停!我说啊,你们都跟着起什么哄,村里不是正在研究嘛,你们打私架呀!"

"走!吴江安排车,都去乡里,别在这和她磨牙。"托娅说着就和群众一起出来。

吴江打电话调来一辆大型拉客的面包车,没有小车的人们都上了面包车,三辆小车、一辆大车鱼贯开出百泉沟村,向太平川乡驶去。

办公室里只剩下了李长玺和木青,两个人都很尴尬。尽管木青在群众面前说了硬气话,可是群众的举动也让她倒吸了一口冷气。她知道惹怒了群众可不是好玩的,弄不好什么事都可能出。她看看李长玺,说:"托娅今天是怎么了,火气这么大?"

"还说托娅呢,你今天吃枪药了?怎么不和我研究就要进行拆迁,群众得做工作,不然出点事咋办。他们管你那套,把你的车砸了,你找谁去?"李长玺生气了,他头一次批评木青。

"叫你说的,砸坏了车可不让他赔。"

"还赔呢,到时候你连是谁砸的都找不出来,法不责众你不懂啊?再说了,托娅这几天在群众家做工作受了多少委屈,今天早上在会上汇报情况都哭了,她是力挺拆迁的,也不知道今天是怎么了,你一来,她立马就转变了态度,成了反对拆迁的领头人,把我都弄糊涂了,这是怎么回事?"李长玺说完低下头吸烟。

木青此时有些明白了,托娅一定是因为自己和李强的关系。木青后悔了,她低下了头,什么也不说……

王主任和工作人员小张找到了陈有路的爱人,然而她对陈有路承包土地的事是闭口不谈,一问三不知,一切事情都推到了陈有路身上。没有办法,王主任留下话,说一定要查个水落石出,如果她现在不说实话,将来是要受到牵连的,到时候就是想说也来不及了。王主任走了之后,娘俩真就犯了嘀

咕,女儿有些后悔要了她母亲的两万元钱。王主任并没有灰心,他在询问陈有路爱人时,看出来她有一些犹豫,差在什么地方他不知道。回来之后,他又把刘村长和高明找来,还是让高明想办法。

此时的高明已经被刘村长重用,准备让他当小组长。王主任的事,他当然不遗余力地为他们想办法,出主意。高家的事他最清楚,陈有路的爱人与儿媳,也就是高明的姐姐感情很深,虽然因为这件事两人拌了嘴,可是时间一长,两个人又都想和好。她们相互打听对方的情况,可又都不想主动出面认错。这些都是高明的二叔对他说的。因此高明心里有了主意,他去做姐姐的工作。

高明把他的姐姐高彩凤找到自己家里,还让媳妇炒了四个菜,高明说出他的想法。

高彩凤喝了一口酒,说:"我在家是从来也不喝酒的,今天我给二弟一个面子,就喝一杯。二弟找我来,你不说我也知道是啥事。既然来了,我也就实话告诉你,村里那六十亩地的事,我是一点也不知道。这你都知道的,邪门歪道的事,他们多会儿也不让我知道,背着咱们老高家人。因为啥你还不知道吗?"

"大姐,我知道你和这事没有关系,找你来,是想让你帮一个忙,帮村里把老太太请回来,让她说出实情。我想了,只有你才能请得动她,别人谁也不好使。"高明说着给高彩凤倒上酒。

"我可不要了,再喝我就多了。不瞒你说,我们娘儿俩那就和亲娘儿俩一样,比亲娘儿俩都对劲儿。我那老公公你也知道,这些年多会儿和我婆婆说话和气过,啥事和她商量过呀,不是骂就是喊,我婆婆要是对付两句,他上来就打呀。我因为啥和他们分家,就是看不上他们那副官架子。分家之后,婆婆一有个不顺心的事就去找我,我们娘儿俩一唠就是半夜,她在我家一住就是十多天。我告诉她,公公不来请,就不给他回去。你还别说,从那以后，我公公还不敢得罪她了。"高彩凤说得激动了，一口喝了一杯酒，高明赶紧给她倒上。

"一说起婆婆，我这心里就难受。弟妹知道，我自打有我们那小子，就得了个着肚子疼的毛病。你说我婆婆，每天也不管多忙，睡觉前都要到我家去摸摸炕热不热，要是不热，二话不说，到外头抱来柴火就给我烧炕。我们那人心疼他妈呀，打那以后，别的事不管，天天把炕烧热，那她也天天来检查一遍。你们说说，就是亲妈也不一定做到这样。"说着，高彩凤又喝了一杯酒。

高明有些感动了，说："是嘛，那老太太和你的感情那么深哪？"

"有一回，我公公也不知道从哪儿整来一只大雁，有二十多斤，炖了一锅雁肉，又请来两三个他的朋友，那也没吃完。剩了有两碗，我婆婆就偷偷地给我送来一大碗，我也没吃多少，都叫他的儿子吃了。我公公下顿饭的时候找剩下的雁肉，婆婆不敢说给我送来了，知道我公公和我不对付，就说她吃了，气得我公公把她打了一顿。我当时也不知道，后来听我小姑子说的，你说我心里这个难受哇……"高彩凤哭了起来，"你说，就因为这六十亩地的事，我还把婆婆给气跑了，你说我是人吗？我对得起她吗？呜呜……"高彩凤也是喝了酒，往事一起涌上心头，忍不住放声痛哭起来。

高明和他的媳妇也都流下了眼泪，高明媳妇擦擦眼泪，说："大姐别哭了，你也不是有意的，都是这点事赶的，想她就去把她接回来吧。"

"是呀，你去把她接回来吧，她自己也不好意思回来。再说了，村里的事，群众都看着你呢，她又只听你的话。咱们不能揣着明白装糊涂哇，别让群众看不起呀。"高明说的是心里话，当然也是提醒高彩凤。

"我去，明天就去，我打一个车把她接回来，想得我都不行了。酒我可不喝了，不知不觉喝多了。都是高明一个劲儿倒酒，我尽说话忘了多少了。哈哈哈！"高彩凤一说起要去接婆婆，心情马上就好了起来。

土地

韩平回来了，他拉回两车设备和一车的原材料，丁兰是喜出望外，十多天了，可把她憋坏了。江帆去省城学习，田再新不敢出来不说，还让木青给抓住了把柄，李强更是影儿也见不着，就连电话都打不通，有几次想和唐占联系吧，还有点看不上他，所以她只好等着韩平回来。可是韩平的心思不在丁兰的身上，一到厂子就忙碌起来。他首先把设备放到车间，之后又忙着把所有的手续都交给会计上账，同时也把建厂所有的往来手续都弄得清清楚楚，非常规范地入账。丁兰围前围后地跟着韩平，看着韩平那认真的样子，心里十分高兴，同时也不断地暗示韩平，要他快点办事，好腾出时间回酒店休息。韩平很耐心地安慰丁兰，让她去订餐。丁兰很愉快地去订餐了，韩平还在忙个不停，弄得满头大汗，丁兰不断打电话进来。

在宾馆下面的饭店里，丁兰和韩平在喝酒，丁兰端着酒杯，说："来，为了我这能干的老公凯旋归来，也为咱们的贷款即将发放干一杯。"说着，丁兰和韩平把酒杯碰了一下，两人一饮而尽。

韩平看看丁兰说："夫人在家辛苦了，我敬你一杯。"说着，韩平倒满了啤酒，两个人又碰杯干了。

丁兰给韩平的碗里夹菜，说："吃点肉，补补吧，看你都有些瘦了。不在我身边，你没找别的女人吧？"

"别的女人有几个能顶住你的，这么聪明、漂亮又能干，我为什么要去找别人呢？"韩平说着搂过丁兰亲了一口，丁兰也不回避，也很激情地回吻韩平。

"我们快吃吧，回宾馆再……那啥。"丁兰放开韩平说。

韩平说："不忙，下午有的是时间，我都安排完活了。"

"人家想你了嘛，就想和你在一起……"丁兰迫不及待的样子，一边说一边摸着韩平的大腿。

"江行长说哪一天能发放贷款？"韩平问。

丁兰好像不经意地说:"后天就能到账,我拿着身份证去就能办,该办的手续早就办完了。"

"那就好,咱们还有一个最关键的在总厂那边的设备没有拉来,没有它,我们就生产不了。所有款项到位之后,总厂才能给我们发过来,主要是怕我们的钱到不了位。一般企业都是这样,这是规矩。"韩平说完看看丁兰的脸色,"总经理和我说了,开始生产之后,他们直接供应咱们原材料,半年一结账,产品全部都给他们,所以我们不用担心产品销不出去,只要正常生产就行。"韩平很有信心地说。

"你觉得怎么好就怎么安排,我同意这样办。"丁兰说。

"那样的话就好办了,贷款下来,咱们按照总厂的安排,先把尾欠总厂的款给它打过去,他供应咱们原材料不付现金,那样不是等于又贷款了嘛,是不是这个账?"韩平说着看看丁兰的脸色。

丁兰满脑子都是韩平,她想尽快吃完饭和韩平去宾馆休息。"你看着办吧,我听你的。咱们快吃饭吧,我想去休息了。"

"好吧,咱们走吧,我看你都等不及了。"

刘瑞的办公室里坐了托娅、吴江等一群人,没有坐位的人就靠窗户站着。刘瑞非常严肃,坐在自己的位置上很生气的样子,手里不停地摆弄一支自动笔。他料到托娅一定会领着群众来乡里,怎么答对群众,他心里早就想好要说什么了。他扫视了一下群众,看到托娅的时候停下了他那狡黠的目光,说:"这是怎么了,村长领头来了,什么事呀这么兴师动众的。"

托娅怒气未消,说:"木青今天就要对群众的旧房子强行拆迁,事先也没和村里领导商量,到村里还不说好的。这不,群众都来了,他们都在场听着了。现在群众不想拆了,都想把旧房子卖了挣点钱。"

"对,我们不想拆了,卖俩钱还想还欠款呢。"

"也太欺负人了,她凭啥那么霸道哇。"

"乡里还管不管了,就让他们这么欺负老百姓啊?"

"那房子不是我们自己的嘛,不我们说了算嘛,木青要强拆,乡里不管吗?"吴江等人七嘴八舌地说,一片乱,都是一个意思,就是不想让木青拆旧房子。

刘瑞挥了挥手,说:"大家静一下,听我说两句。你们来之前,木青来过电话,她说你们春天的时候和村里、北方集团签了合同,所以她要进行拆迁。我问她和村里沟通了吗?她说她等不起了,要强行拆迁。我一再阻止她,可是她态度坚决,说什么也不听。如果是这样的话,那人家木青要求拆迁是有道理的,你们不让拆就是违约。可是话又说回来,群众不想拆迁,我也很同情,每家多得个三五万元钱,那也不是小数目,作为个人来说,可不是小事。村和乡里是啥呀,那是群众的靠山,群众有事了,得帮助解决,实在解决不了的,也得想办法。我们解决不了,可以找县里嘛。我的看法是,如果要想不拆旧房子,就得重新写合同,不过那得有人批准。乡里没这个权力,你们找县信访办就啥都解决了,就看你们心齐不齐了。"刘瑞说完用眼睛扫视了一下托娅,托娅陷入沉思之中,低着头在想着什么。

"走!去县信访办,还等啥呀?"

"对,就去县里,重新签合同!"

"走,乡里管不了,找县里。"

已经有人出去了,所有的人都站了起来。此时托娅已身不由己,跟着人流出了刘瑞的办公室。刘瑞坐在那儿动都没动,看着出去的人们面无表情,心里很得意。

第二十章

县信访办的白主任坐在接待室里，面对着百泉沟的三十几名群众，在给李强打电话："李县长，你忙吗？过来一趟呗，百泉沟来了三十多名群众。啊，上访呗，不然来我这干啥呀？对，那等着你了，就先不找别人了，我让他们等一会儿，你快点呀。"白主任放下电话对大家说："大家稍等一会儿，李县长马上就到，让他来接待你们。"

大约五分钟，李强来了。他上身穿着一件深灰色的休闲装，下身是深蓝色的牛仔裤，由于有些发胖，原来的尖下颏已经不是那么明显。浓眉下的大眼睛依然是那么明亮有神。李强一进屋就和乡亲们握手寒暄。说："来了这么多人，老孙叔也来了，二哥你好，吴江也来了，四叔……"

打过招呼，李强坐在了前面的椅子上，信访办的白主任坐在他的身旁，说："大家静一下，下面就请李强副县长和大家对话，有什么要反映的事就和李县长说，李县长会给你们一个满意的答复。"

李强看看托娅，脸色有些愠怒。他知道这是托娅带的头，否则群众是不会来的。他也知道一定是因为旧房子拆迁的事，因为托娅一直对新村的选址有不同意见。当然群众的呼声也让她难以抵挡，至于木青在其中的作用，他是一概不知。他也知道托娅的脾气，和她来硬的，她会当面让自己下不来台，既要说她，还要让她不发火。李强问托娅："是你领着来的呀？不就是

旧房子拆迁的事嘛，打个电话不行嘛，这么兴师动众的。你是村长，怎么带这个头呢，在村里还解决不了？什么意见，那你就先说说吧。"

托娅也知道李强一定会说她，早上和木青的对峙，让她憋着一肚子的气，她早就准备发泄，听李强这么问她，没好气地说："你说得好听，在村里解决，所有的群众都不同意拆旧房子，木青都把装载机开到村部了，也不和村里研究，就要强拆。她是干啥的，为什么这么牛性？我再不找上级解决，那就出大事了。群众能让她拆？装载机都得给人家砸碎喽。我当初说在村东建新村，你非要在南坨子建，这回好哇，照我的话上来了吧。这事你别以为我在当中怎么起作用，你问问大伙儿，听听他们是咋说的。"

李强听托娅这么说，觉得这是个可下的台阶，再和托娅对峙已没有什么意义。他抬起头来看看大伙儿，对孙贵说："老孙大叔说说，群众都是什么意见。"

其实孙贵一见李强就已经有些灰心了，在确定村址的时候，他是非常同意在南坨子建的，为此还挪了祖坟，现在说不拆旧房子真有些说不出口。可是事以至此，又是大伙儿都同意的事，索性就说实话，他想舍出自己的老脸，李强爱说啥就说啥吧。"这不，老少爷们儿都在这呢，大伙儿都是一个意见，就是想把自己的旧房子卖了，多得俩钱好还点欠款，别的也没有什么。群众也都会算账，房基地倒出来种地，那得种二三十年才能够个房子钱，还不如卖了合算呢，反正都是自己的地，种不种的也没有啥说的。大伙儿都说说吧，我是这个意见。"

"我们就是想重写合同，反正都是我们自己的地，北方集团也不差那几亩地。"

"对，就是想多卖点钱。"

"我们自己的地和房子，还不让我们说了算吗？不是有物权法嘛，她木青要强拆不犯法呀？"

"李强，你就帮我们想想办法吧，说啥也不能让她拆了旧房子，那可是我这些年省吃俭用攒钱盖的房子呀！别人不知道，你还不知道吗？这事就靠你了。"

群众七嘴八舌地说着，也听不出是谁说的。

李强向大伙儿挥挥手，说："好了，老少爷们儿，你看这样行不行，你们先回去，明天上午我和村里的干部再加上木青，咱们开一个群众代表会，当场确定旧房子是否拆与不拆。今天下午我还有一个很重要的会议要开，是我主持的，脱不开身，不然我马上就和你们回去。"

"不行，你得马上给个答复，这么多群众大老远地来了，就这么三言两语地打发走了？"托娅不依不饶地说。

"对，给个说法，不然我们白来了。"

"你就说不拆行不行吧，行的话怎么重新写合同？"两个小青年说。

其他人也跟着起哄："就是，我们白来了。"

"不给答复不走！"

李强的表情很严肃，看看说话的小青年，说："怎么给你答复，木青也不在这，这事要和北方集团的领导商量。回去我们坐在一起研究个办法，现在我就是法院院长也解决不了这件事。你们已经和人家签了合同，现在又要重签，这本身就是个无理要求。你们还想不当着人家的面让我答复，这不是强人所难吗？我有这么大的权力决定吗？好了，大家都先回去，咱们明天上午解决，好不好？"

"木青说就给一天的时间，明天上午她就开始拆房子了。"一个群众着急地说。

李强笑了，说："这个我敢保证，事情没有结果之前，她不会拆的，你就放心地回去吧。"李强说着话，给了吴江一个眼神。

吴江明白了李强的意思，他先站起来，说："那我们就先回去，等明天

开会解决,都走吧。"

"我就不留大伙儿吃饭了,实在对不起,咱们明天见。"

群众都在上车,李强想要和托娅说什么,可是托娅却赶忙上车,开着小车先走了。李强有些失望地站在信访办的大门口,看着离去的几辆车,心里很不好受。

白主任看出李强的心思,他劝说:"这种事很正常,你不用放在心上,晚上回去劝劝嫂子,实在有问题不拆旧房子还不行嘛,何必闹得这么紧张。"

李强摇摇头说:"不是你想得那么简单,为这事我们已经吵了好几回架。不过没事,我晚上回去,明天给他们开个会,应该没有什么问题。谢谢你,我回去了,我办公室还有两伙儿人等着我呢。"

高彩凤打了一辆小车去接婆婆,两人一见面那是抱头痛哭,互相道歉,娘儿俩好像分别了多少年似的。高彩凤也没坐炕,拉着婆婆就走,婆婆拿起早就准备好的包跟着高彩凤,只和女儿说了一声"我走了"就上了车,气得女儿头也没回进屋了。回到家,两个人坐在炕上这个说呀,当然,高彩凤也趁机做好了婆婆的工作。

两人还没有近便够,王主任和小张就进门了。刘村长和高明把两位送进屋子就回到村里,他没有让高明回家。

刘村长还是有些不放心,领着高明的意思是想进一步问问他,高彩凤是否做通了婆婆的工作。

刘村长递给高明一支烟,又给他点着,说:"你刚才和你姐姐见面的时候是怎么问的,她和婆婆说没说地的事啊?别整得不透亮,王主任一问,她又说不知道可就完了。"

"她倒是没说具体事,就和我说放心吧,她去接老太太,都把老太太乐坏了,也正想回家呢。应该没问题吧?"刘村长这么一问,高明也有些说不准了，因为他也没细问，只是凭感觉。

"那你咋不当面问清楚呢，这事整的，挺好点饭，可别做夹生了。"刘村长有些埋怨高明的意思，显得很着急。

"也没有机会说呀，那两人一说话谁也插不上嘴，还没等我问呢，王主任他们一来你就把我叫去了，你是让他等一会儿呀，给我个时间问问。"高明解释。

"我不是着急嘛，还以为没事了呢。那咱们就只有等着了。我说她们俩都唠些个啥呀，那么黏糊？"刘村长还想从她们的谈话内容里判断这老太太能不能说实话。

"也就是家常里短，什么姑娘家的饭菜不合口哇，孩子惯得没样了，对了，她还说和姑娘吵了两回架，其中有一回是王主任调查回来以后。娘儿俩大吵了一架，我姐姐去接的时候，老太太也正想回来。老太太说得绘声绘色的，学她女儿的说话声可像了。"

"说啥了？咋说的？"

"学她女儿说：'今后咱娘儿俩一刀两断，不行来往，拿你那宝贝媳妇当姑娘吧。'她姑娘有点公鸭嗓，学得可像了。我当时都让她逗乐了，我姐姐也笑，她说得更来劲了。"高明给刘村长学两人的对话，刘村长认真地听着，分析老太太能不能说实话。

王主任已经和陈有路的爱人打过两回交道，可是她也没说几句话，就会说一个不知道，还说她从来都不敢问陈有路的事，别的啥话也不说，也毫无表情，让王主任无可奈何。

王主任有些担心她还会像上次一样什么也不说，就试探性地问："大嫂是咋回来的，累不累呀？"

"不累，我那媳妇专门打车把我接回来的，一点也没累着，要是坐班车可就累人了，等车没个准点，一站就是一两个小时。"她满脸的笑容，不像

是被调查的人。

见老太太的情绪不错,王主任开门见山:"大嫂,上次我来和你调查的事,你想好没有?你知道那六十亩地的事吗?"王主任说完看着老太太。

陈有路爱人冲正在烧水的高彩凤说:"彩凤,你把我的包拿过来。"

高彩凤把老太太的包从柜子里拿出来,递给了她。高彩凤很严肃地看了一眼王主任,又去烧水。

老太太从包里拿出了一个报纸包,她把报纸打开,里面是两万元钱,她把钱放在了王主任的面前,说:"王主任,这是方志南给陈有路的两万元钱,今天我把它交给你,怎么处理随你的便吧。你要问什么,我所知道的都告诉你。"

"究竟怎么回事,你从头说,不要有什么顾虑。陈有路是怎么和方志南认识的?"王主任打开了笔记本。

陈有路的爱人长叹了一口气,说:"说来话长了,那时候方志南还是企业局长,他在我们村里办什么经济实体,就是种地、养牛时,他们就有了来往。方志南没少给我家送东西。后来,方志南又在我们村基本田的边上盖了十间大瓦房,村里也没少给他木头砖瓦什么的。这些个事,一般陈有路都不让我知道根底,高兴了和我说,那还得喝酒喝乐呵了,要是我问,他不高兴就翻脸,所以我是从来也不问他的事。"

"那十间房子不是张鹏的吗?"

"那只是为了掩人耳目,当时也有给县里写告状信的,所以他就用了给他看房子工人的名字。"

"这两万元钱是怎么回事,是给包地的钱吗?"

"嗨,我真都没脸说,就是因为这件事,全村的群众和我的亲戚见着我那眼神、说话的近便劲儿都没有了,有的人还拐着弯给我话听,整得我人多的地方都不敢去,谁家有个大事小情,我让孩子们去。"说着陈有路的爱人低下了头。

"看来你很有正义感,说说方志南包地的过程吧,把问题弄清楚,你也就解脱了。"王主任进一步做她的思想工作,觉得老太太人不错。

陈有路爱人示意高彩凤给她和王主任倒水,高彩凤马上过来,一边倒水一边说:"实事求是,咋个事就咋说,这事没你缸没你茬儿的,你怕啥呀。事弄清了,你也落个清白,省得一年一年不敢出门。"

"那是两年前的事了,陈有路得了癌症就要不行了,方志南来看他……"

一辆出租车停在了陈有路家的大门口,方志南提着一兜苹果下车,他身着灰色的休闲装,看上去不像个干部。他环顾了一下周围,对司机说:"你就在车上等着吧,也用不了多少时间,一会儿就完。"

方志南进屋,陈有路还没有起床,陈有路的爱人在厨房做饭。见方志南来了,已经非常瘦弱的陈有路赶紧起床,说:"方主席来了,你看我还没起床呢,坐沙发上。"

"大哥好点没有,今天有个会,我早点来看看你。"说着他把苹果放在了靠墙的办公桌上。

"你来看看我就行了,还拿什么东西呀。你还没忘咱哥们儿呢,别的朋友见我这个样都不来了,叫人寒心哪。"陈有路说话的声音不大,有气无力的,身体显得很弱。

方志南很亲切地坐在陈有路跟前,说:"大哥这说啥话呢,咱们哥们儿那是多少年的交情,过去你没少帮我呀,我能忘了你吗?有病了看呗,大伙儿想办法。"说着方志南从衣兜里拿出两万元钱,把陈有路的手拉过来,放在他的手里,"你先拿着,需要我再想办法。"

陈有路一见是两万块钱,有点不敢接,说:"这可使不得,你买点水果也就中了,这么多的钱我可不能接受。这是多大的情啊,你赶快收起来,来

人看着不好。"

陈有路的一句话提醒了他:"你让嫂子把屋门插上,我还有话和你说。"

陈有路大声说:"哎!我说你把外屋门插上。"

陈有路爱人应声答道:"知道了。"说着她插上了外屋门,回来扶着里屋门框问:"大兄弟在这吃饭吧,我给你们哥儿俩炒几个菜?"

陈有路大声地说:"吃什么饭,烧你的火得了。"

"大嫂,你不用忙活,说会儿话我马上就走了,车还在外面等着呢。"方志南赶忙安慰陈有路的爱人。

陈有路的爱人声也没吱,又回去烧火,可是她却一边烧火,一边认真偷听两个人的谈话,生怕淘米做饭弄出一点动静。

方志南看陈有路的爱人又去做饭,回过头来,把钱放在了陈有路的褥子下面,就是来人也看不见了,这才放心地说:"不瞒大哥,我还有点事求你办。"

此时的陈有路心里已经明白,方志南一定有大事要求他,要是在他没病的时候,他一定不会先要他的两万元钱,他要知道是什么事,再确定要多少钱。可是现在的情形则完全不同,他知道自己已经没几天的活头了,看病花去了自己的所有积蓄,还欠自己姑娘两万元钱,因此他没有拒绝方志南给他的两万元钱,叹了一口气说:"我一个要死的人,还能帮你什么忙,不求别人就不错了。"

此时的方志南心里也十分明白陈有路在想什么,他也正是抓住了陈有路的这一弱点,就像给溺水的人扔去一点食物,而不是救生圈。方志南的胆子大了,知道实现他的计划已经有了可能。他往炕里坐了坐,说:"只有你能办成我这件事,其他人谁也不行。"

"什么事,你说吧,是不是门前的六十亩地……"陈有路没有往下说,故意想让方志南说。

"大哥不愧当了这些年的书记村长,啥事也瞒不了你。我就是想承包那六十亩地,你同意,签个合同就完事。"

"什么理由,多少年,多少钱?"

"十年,一共十二万。"

"怎么付钱,是现金还是顶账?"

"当然是顶账,村里欠我的钱用地来顶账,就这么简单。"

"村里欠人家这么多的钱,什么理由哇?"陈有路担心地说,有些不情愿。

方志南进一步解释:"你可以给我多打几个不用时间的欠条,合计起来让十二万多元,不能正好,纸张也要不同的颜色,这样看上去才真实。然后你用支出的条子上账,什么用车、吃饭、买东西、用工等单据。这些单据我帮你搞到,不用你去张罗。你只要在单据上签字,让会计上账就行了。你现在能干得动这个活吧?"

"那土地呢,什么时候包给你?群众可都看着呢。"陈有路怕一打地群众就会炸锅。

方志南胸有成竹地说:"这个你放心,我先不要地,选个适当的时候,我会把地拿到手。"方志南没有说等他死了再打地,这样会刺激陈有路的。方志南太了解陈有路了,知道他是不会放过这个机会,过去这样的事他做得多了,他在临死的时候怎么会在乎这一次呢。所以这是自己的唯一机会,这样的事只有像陈有路这样要死的人才会做。

陈有路陷入了沉思之中,他明白方志南话里的意思,是要等他死了之后再打地,别人再说什么也都晚了,只有把地顶给方志南。他不得不佩服方志南的精明。想想过去和方志南的交往,有哪一件不是揩公家的油,哪一宗没让自己得到实惠。陈有路点点头,说:"方主席,你可真精明,这死无对证

的事也只有你能想得到。好吧,你把平账的手续拿来,咱们就写合同。不留你吃饭了,也没什么好吃的,再说也没那个心情。"

方志南达到了目的,站起身来,和陈有路握手,说:"你要保重,坚强起来,你的病会有转机的,过个两三天我再来看你。我走了,你不要下地啊。"

陈有路在炕上招呼老伴:"哎!你送一下方主席,我就不下地了。"

陈有路的爱人送走了方志南,一回屋子就听陈有路叫她:"你过来一下,把这两万元钱给我藏起来,过两天姑娘来了还她,省得她整天叨叨这点事。"陈有路说着把两万元交给了媳妇。

"这是什么钱?方志南给的?"

"你就别问了,给我搁起来就得了。和谁也不能说呀!这事和你没有关系。"陈有路说话的语气非常霸气,这也是他平时的样子。

"我知道了,和谁也不说。"陈有路的爱人早就让陈有路吓破了胆,唯唯诺诺地回答,把钱放在了一个小木盒子里,上了锁,又把它装进大衣柜的格子里,锁上大衣柜。

王主任听到这里,又问:"就是你刚才交给我的那两万元钱?"

"对,就是那两万元钱,前一段给我姑娘了,我又把它拿回来了。"

"是哪一天签的合同呢?你也在场吗?会计来没来?"

陈有路的爱人喝了一口水,说:"又过了两天,方志南来了,也是打的车,也是他自己,是在晚上,事先把会计叫到我家。他们签了合同,方志南拿走了一份,村里留了一份,会计拿走了合同和条子,别的事我就不知道了。"

丁兰办完贷款手续,中午没有回来吃饭,她和江帆在一起。丁兰在电话里和韩平说请业务员吃点饭,让他自己在饭店吃。韩平知道丁兰一定去会江帆,看看已经十一点四十了,拿出手机给他熟悉的业务员小刘打电话。

"喂，刘哥，你在哪呢？"韩平非常客气地问。

"小韩哪，我在家呢，这不刚回来嘛。你是不是想问贷款手续的事呀，上午办完了，丁兰没回去吗？完事她就走了。"韩平电话里声音，非常清楚。

韩平听刘业务这样说，忙回答："啊，回来了，我们想请你吃点饭，也不知道你有空没有？"

"今天就算了吧，我都吃完饭了，改天好吧？"

"是嘛，这么快呀。好，那就改天请你。再见！"韩平放下电话，脸色非常难看，想了想，来到宾馆下面的饭店，要了两个菜、两瓶啤酒，自己喝了起来。韩平想到此时丁兰一定和江帆在一起，甚至他能想象得到他们是如何的疯狂和快乐。韩平是个心理素质非常好的人，他所承受的压力是一般人所不能及的，可是每次面对丁兰和江帆的幽会，他也时时想爆发，但他还是强压怒火，忍了这夺妻之恨，否则这贷款是拿不到的。这是个大事，相比贷款而言，只有接受这个现实。想到这里，韩平的心里又平静下来，他一杯接一杯地喝酒，用啤酒来排解心里的烦闷。

此时的丁兰和江帆正在他们常去的宾馆房间喝酒。江帆在下面的饭店买了两个菜，宾馆里就有啤酒，菜就放在茶几上，两个人都穿着内衣对饮起来。

江帆举着酒杯，说："祝贺你，钱都到手了，要是别人，也只能给付你三分之二。说吧，怎么感谢我呢？"

"我能怎么感谢你呀，给你当编外媳妇呗。快吃快喝，抓紧时间兑现。哈哈哈……"说着丁兰和江帆碰了一下酒杯，一饮而尽。

晚上李强自己开车回来了，他要准备明天的代表会。其其格见儿子回来，多做了好几个菜，本来很高兴，可是见托娅和李强两个人谁也不说话，觉得有问题。她来到牛棚子来问李大路："哎，我说托娅和李强两人咋不说

话呢,是不是闹别扭了?平常两人形影不离,这是咋的了?你倒是问问李强啊。"其其格很着急的样子,"我说你没听着哇,那点活明天干还不行吗?"

李大路放下起粪的铁锹,用搭在肩上的白毛巾擦擦汗,说:"能有啥事呀,也就村里拆房子的事,谁也不服谁,一个比一个犟。问他干啥,他们的事咱们管不了,你别跟着瞎操心了。饭好了没有,好了我吃饭,还真饿了。"

其其格非常不高兴,用手指着李大路说:"你就知道吃,正事就不管了,你没看见他们多长时间没在一起了,有过这时候吗?一天就知道扔你那臭牛粪。饭好了,去吃吧!"

李强和托娅谁也没说话,李强只是询问了家里的一些情况。小龙见爸爸回来了,围前围后的不正经吃饭,让托娅打了一巴掌。他跑到爸爸的怀里哭了起来。托娅很快就吃完了饭,回了自己的屋子。其其格借机问李强:"你们生气了,托娅咋和你不说话呢?"

李强吃着饭说:"没啥事,你别管了。"

李强吃完饭也过了西屋,他看托娅躺在炕上,问:"怎么了,生病了?"

"没有,累了,就想躺一会儿。"托娅也没起来,躺在炕上说,也没看李强。

"晚上村里要开一个会,研究旧房子拆迁的事,我通知的是七点开始,时间到了,咱们走吧。"李强说完站在门口等着托娅。

托娅知道这个会木青一定会参加,她气不打一处来,说:"我不去,你们爱咋研究咋研究,别整我夹在当中攒荞麦,省得碍你们事。"托娅话里有话,说话的语气很强势。

李强无可奈何地摇摇头,回身慢慢地走了。

托娅没起来，等了一会儿，她下地拿过爷爷留给她的马头琴，坐在炕边上拉《草原恋》，拉得是如醉如泣，把托娅的思绪带到了让她永远怀念的童年，带到了与李强生离死别的相恋，也回到了现实生活之中。拉着马头琴，她想象着木青和李强在一起谈笑风生、眉来眼去的情形，托娅的眼泪不停地流着……

李强开完会回来了，没等进院就听见了马头琴的声音，琴声里透着凄楚哀怨的韵律，李强不由得放慢了脚步，轻轻地进了屋，把灯开着，见托娅满脸的泪水，不由得悲从心来，觉得她的心里压力太大了，毕竟是个女人，承受能力是有限的。李强觉得自己不是个好丈夫，只顾自己的工作，而忽视了托娅的生活和工作。他从脸盆架上拿过毛巾递给托娅，托娅也放下马头琴，接过毛巾捂着脸哭泣起来。

李强站在托娅面前，十分怜爱地看着她，说："托娅，我们好好谈谈吧，你不要这样，有什么事说不清楚呢？我已经和你说过，以前是我不好，什么事都以为你理解，有的时候工作一忙起来，就顾不上和你打招呼。你也知道，县里的工作千头万绪，不是一个村一个乡，出台任何一项规章制度，办理每一个项目都要考虑对下面和以后工作的影响，所以——"

"所以你就有理由去办一些不给别人留面子的事，让人不理解的事？我是那小心眼的人吗？从你辞去乡长当经理以来，木青跟你在一起多少年了，前些年我咋没说你呢。就连你们两人在一起喝酒，喝得回不来家，我都没有说什么。啥也别说了，我太信任你了，这才让你无所顾忌、为所欲为。现在你当上县长了，权力也大了，又把她拿到县产业办。你为什么没把她拿到政府给你当秘书呢，整天在一起有多乐呵，名正言顺的，何苦绕这个圈子。别人不明白，我还不明白吗？得了，你啥也不用说了，你那理由多得是，我承认我不是木青的对手，我告饶行了吧，我给木青让地方。"托娅终于说出了她的心里话，在李强面前直接表达了自己的真实想法。她嘴里说是给木青让

地方,其真正的目的是告诫李强,他们不要走得太远,要把他从悬崖边上拉回来。

其实不用托娅说,李强早就明白托娅生气的主要原因,也努力和她解释过多次,都是无功而返,不但没有解决问题,还一次次加剧了两人的矛盾。自己仔细想想,主要的原因就是和木青的联系。也就是说,随着农业项目的步步深入以及新农村建设的实现,和木青的联系也就随之加深。但是,这是全县的事,是大事大非的问题,不能因为托娅的嫉妒就放弃这个自己为之奋斗的远大目标。此时李强甚至怀疑自己的能力,为什么就说服不了自己的爱人,为什么让误会一次比一次深。托娅如此之说,让李强既反感,又无奈,因为他和木青没有什么事。

李强一扭身坐在了沙发上,说:"托娅,我们真的没有什么事,如果有那还能等到今天?我当经理的时候,天天和她在一起,什么机会没有?你就是神经过敏,我帮你们解决问题,事先没有和你打招呼,特别是有些事是和木青一起办的,让你产生了误会。这我都知道,也和你做过解释,你不能没完没了哇。都是过去的事了,你还抓住不放,那让我怎么办?就算我做得不对,我给你道歉行了吧?"李强无可奈何的口气,话里也包含对托娅的不满。

这次托娅来气是因为木青到产业办工作,李强事先也没有和她说起过,因此她认为李强怀有不可告人的目的,最起码也是为了他俩在一起有更多机会。听李强这样说,托娅马上问:"那你说木青为什么要和田再新离婚,不但离婚,还要强行拆迁群众的旧房子,她也明明知道我在做群众的工作,而且十分困难。在百分之百的群众都不同意拆迁的情况下,她把推土机开进村委会,让所有的群众都对我产生了敌对情绪,好像是我把木青推到了台前。没有办法,我只好和群众一起把木青告到乡里、县里。当然也有你,因为这些馊主意都是你出的,是你和木青一个鼻孔出气,才出现了今天的局面。"

"他们离不离婚和我有什么关系,就是离了婚还能和我在一起呀?你这不是瞎猜嘛。你说告状的事，还是你的工作不细，在宣传上、工作方法上没有到位，不然群众咋就不同意呢？"李强不服托娅的说法，变相说她工作做得不好。

"你还说我工作不细呢，咱爸的工作都做不了，还怎么说别人？还有你的那个表弟和媳妇，都没把我气死。你说这群众的工作怎么做？走了那么多家，没把我骂死。我现在一想起来心里就难受，这人都咋的了，为了这么一点利益就六亲不认。我从小到大这么多年了，也没挨过这样的骂呀。呜呜呜……我这个村长还干个啥劲那？你不但不帮助我，尽给我出难题不说，还捧着个木青来压制我，让我在群众面前没有一点尊严。"说着托娅又哭了起来，这些天在群众家所听到的讽刺、挖苦、谩骂和委屈一起涌上心头。

李强沉默了，托娅说的这些他真不知道，也是他想不到的。他原以为群众签了合同就没有问题了，托娅当时说问题在后头，他也没往心里去。可是事到如今，只有等着看明天的结果了。李强又把毛巾递给托娅，说："好了，明天就会有结果，你也不用再听群众的骂声了。"

托娅马上停止了哭泣，说："什么结果，你们在村里是怎么计划的？"

"当然是统一拆迁了，我想群众是会同意的。难道你不同意吗？"李强很有把握地说，见托娅不哭了，也放松了一些。

"你是不是在做梦啊，群众那么大的劲头，你一来就都同意了？"托娅有些不相信，她睁大了眼睛，不敢相信。

李强看托娅的表情，十分不解说："有什么意外吗？那可是群众同意签了合同的。"

"那又怎么样，你能让所有的群众同意拆迁？"托娅不相信李强的话，因为她知道每一户都是什么态度。

"有什么不能的，事在人为，满足了群众的需求，公平合理，群众就没意见了。当然了，要想让群众满意，北方集团和村里就要做出一些让步。"

李强故意没提木青，而是北方集团，想让托娅在心理上平衡。

可托娅是谁呀，她马上就想到这又是木青在李强的面前再次使手段，让李强对她信服。托娅刚有些好转的心情，又让李强的一句话拉了回来。托娅的眼泪又流了出来，她心里木青虚化了的影子又像被镜头聚焦了一样清晰起来，而且这个影子就像站在李强的身边，时时在和她叫劲、对比，在等待托娅精疲力尽的时候取代她。托娅实在是不敢再往下想，觉得自己已心力交瘁，无力地对李强说："李强，我们……别说了，睡觉吧。"她想说"我们分手吧"，可是她说不出来，但是这个想法一在她的心里出现，就把她那扇最敏感、最柔软、最严实的感情闸门打开，往事和对李强的爱喷薄欲出。托娅再也抑制不住自己的情感，放声大哭起来。

李强从来没有见过托娅这样悲痛和绝望的表情，任他怎么劝说都无法阻止托娅的哭泣，李强束手无策。"托娅别哭了，有什么话就说呗，这大半夜的让人听着多不好……"李强拿着毛巾劝说托娅，一脸的茫然。

托娅的痛哭变成了抽泣。

方志南面对王主任和小张有些尴尬，可是他表面上却很自然，就像跟老朋友会面一样。王主任为了让方志南的面子过得去，就在自己的办公室里对他进行审讯，当然，也把"审讯"一词改成"询问"。

王主任面对谈笑风生的方志南，心里涌上一股难言的悲凉，找方志南之前，他看过他在各个单位工作的经历和他在土地问题上所犯的错误，让他了解了方志南的生活和工作的轨迹，让这个在纪委工作多年的老同志十分感慨。他感到中央把腐败问题提到亡党亡国的高度，实在是太对了。就这么一个在领导岗位上工作多年，曾经在基层工作的科级干部，直到要退休，还在打土地的主意，还在想尽办法捞取不义之财，其手段可谓高明，花样百出。

王主任的思绪被屋子里的寂静打断，他这才意识到今天只是开始，马上回过神来，说："方主席喝水，有两个事向你询问一下，不忙，咱们时间有的是，慢慢聊。"王主任示意小张记录。

"有事你就问，不用客套，你我也不是才认识，多少年的老朋友了，有话直说。再说我已经退下来了，也不用再顾忌什么。"方志南向王主任暗示自己已经退休，不怕那些在他看来小里小气的事情被翻出来调查。

其实王主任和方志南的较量在唐占请他喝酒的时候就已经开始，在调查的过程中，也有一些所谓的好心人进行劝阻、提醒、恐吓等等，包括小黑胖子对各个商店的警告，都是方志南的指派和授意，这些王主任全都心知肚明。面对方志南毫不在乎的表情，王主任的心里如五味杂陈，难以明状。方志南软里带硬的话让王主任感觉到党纪国法和自己的尊严都受到了挑战，他沉下脸来。

"姓名。"王主任看着方志南问。

"方志南。"

"搞得挺正规呀，你不认得我呀。"方志南微笑着看看王主任，又看了一眼正在记录的小张。

"民族，年龄。"王主任脸上没有表情。

"汉族，六十一岁。"方志南也严肃起来。

"城南刘家窑村承包给你的六十亩地，你是通过什么方式承包到手的？村里怎么欠你的钱？"王主任问。

"陈有路向我借的钱呀，没钱还我，就拿村里承包地抵顶的，十二万一千三百元，承包六十亩地给我十年。"

"情况属实吗？陈有路的爱人可不是这么说的。你可要说实话，否则后果你知道。"王主任的话很严厉。

方志南的眼睛转了转，笑着说："你可能不知道，陈有路的爱人在家不管事，她从不过问陈有路的事，怕他一贴老膏药。过去办实体的时候，我在他家待了很长的时间，她说什么你也信？我说话你别不爱听，你还不如问我

呢。"

　　王主任对方志南要耍赖有心理准备,可是没有想到他会这么轻松自如地应对这么大的问题,他的表情告诉王主任这没什么大不了的。方志南的态度激怒了王主任,他的表情告诉方志南,王主任生气了,要来真的。

　　"村会计说,欠条和各种支出单据是他在陈有路家一起拿到的,而且你也在场,这怎么解释。"

　　"我解释啥呀,我去他家看陈有路,他们在这个时候办手续,和我有什么关系。"

　　"陈有路的爱人把你给他们的两万元钱都交给了我,这你怎么解释,这也是他们的事吗?"

　　"我没给他钱哪,给他们钱干什么?村里还欠我的钱呢。她要给你钱,我有什么办法,这也和我有关系吗?我说老王,我过去和你没有仇吧,你为什么尽把这些稀奇古怪的事往我身上栽呢?"方志南倒打一耙。

　　"老方,你是不是想把问题闹大呀?"

　　"啥问题,没有问题我闹大啥呀?没有的事我怎么接受。"

　　"陈有路那些上账的发票是不是你开的,又指使别人对商店工作人员进行恐吓,不让说是你开的?"

　　"我没开过任何发票,也没指使人进行过恐吓。"

　　"你可说准,要是有证人说是你开的发货票咋办,以什么论处?"王主任进一步逼问方志南。

　　方志南语塞了,他低头想了一下,说:"发货票那东西谁没开过,那有什么错呀。"虽然这样说,方志南心里可犯了嘀咕,莫不是老唐出了问题,要么就是胖子出事了。

　　王主任见方志南这样耍赖,也就无心和他再纠缠,不耐烦地说:"算了吧,我都清楚你心里是咋想的,你还是听我说吧。"

第二十一章

百泉沟的早晨，薄雾如轻纱，太阳刚刚从披着黄柳条的沙坨子顶上露出半张金黄色的脸庞，它的光芒像和了金箔的油漆，涂在面向它一侧的风电机高大圆柱和庞大的叶片上，一栋栋别墅似的小楼的东墙上，涂在田野里喷施叶面肥的大型拖拉机和广袤的田野上。任何人看了这色调统一、和谐，颜色对比强烈，明暗清晰，立体感极强，像油画一样的田园风光，都会沉醉在其中。杜萍新建的厂房和堆积如山的干黄柳条垛，在阳光的照耀下，拖着长长的投影，把开始工作的工人们罩在里面。

即将开始制板的车间里，杜萍和工人们在研究新工艺制作出来的木板样本，准备开工剪彩时一次成功生产。

杜萍问工人技术员："你说木板的原材料不是太干，要增加个烘干的设备，我们马上上，这套设备需要几天？"

"也就是一天吧，现成的机械，有三个人就能安装完，安装完就得工作，不然开工原材料就供应不上了。"技术员说。

"那你马上领两个人安装，明天开始正式生产，后天开工剪彩就没问题了吧？"杜萍问。

"那没问题，领导可以看到我们生产的新型木板。"

"那我去准备会议材料和后勤的事去了。对了，我听说李强来了，等

会儿去请他一下,让他参加剪彩仪式。生产的事就交给你了。"杜萍说着要走。

"你去吧,我这没问题。"技术员说。

"杜厂长,你上午不能去,他要给村里开会呢。"一个工人说。

"你干脆等他去县里请他,我听三喜说昨天晚上李强和托娅吵了半宿的架,两人正在气头上,你请他能答复你呀?再说了,那不得多请一些领导嘛,什么工商、税务等相关领导,咱们得用人家呢。"技术员说。

"他咋知道李强和托娅吵架了?因为什么事呀?"杜萍十分关心李强和托娅的关系,前一段她知道两个人正在闹矛盾,最近由于太忙了,没有注意他们的事。

"昨天晚上他们几个打扑克,回去的晚,路过李强家的时候,在门口就能听到两个人的吵架声。"工人说。

"听出来是因为啥事吵架吗?"杜萍追问着。

"是说木青和田再新要离婚的事吧,又听托娅说怀疑李强和木青有关系什么的,不是特别的清楚。这事也不能乱说呀,哪说哪了。"工人说。

杜萍听工人这么说,她知道是怎么一回事了,原来两个人的矛盾不只是因为新村建房用地的事,这里还有木青的原因。其实杜萍回来工作,在她的潜意识里有一个想法,那就是万一托娅和李强也在婚姻上出了问题,自己还有机会和李强在一起。虽然她也知道这是不可能的,可就是这样的想法促使她回到了百泉沟工作,而眼前的事就是这个结果。杜萍的心里有些忐忑不安,忙说:"你们抓紧干,忙我的活去了。"说着匆匆地走了。

九点钟,百泉沟村群众代表来齐了,村委会的大会议室里座无虚席,群众也来了不少,都是关心房子拆迁的户主。木青、李强、李长玺和托娅坐在前面,木青坐在李强的左面,托娅坐在李长玺右面。

会议开始,李长玺主持会议:"大家肃静了,别唠嗑了,开始开会了。

我说啊，今天的会就一个事，大家都知道。昨天晚上村委会和李县长、木经理我们研究了一个晚上，对咱们村群众旧房子拆迁的问题，拿出了一个意见。我想让咱们的李县长说一说，他比我说得透彻，大家注意听了。"

李强笑了，他和蔼亲切地向代表点头致意，浓眉下的一双大眼睛非常专注地看着代表们，说："常言说得好，县官不如现管，我说可是越权了。不过昨天大家已经找到县里了，我说也在情理之中，就算给大家一个答复吧。"李强翻开笔记本看了看，"我说三个方面的问题，也是昨天村里研究的具体方案。一是村里原来和群众所签订的合同。我不知道大家注意到没有，合同里面已经包括了拆迁后给群众的补偿款，但是没有明确每户是多少钱。昨天经过进一步研究决定，按平均每户五万元给予补偿。这笔补偿费足够房舍最好户的拆迁费，这等于照顾了条件差的户。原来合同里没有说明如果群众不想拆迁，那五万元应当如何处理。昨天研究决定后，不想拆的户，那就取消五万元的拆迁补偿费。可能百分之九十五以上的房子都卖不到五万元钱，大家都会算这个账吧？第二个问题，昨天北方集团在研究的时候，给我们群众让了一大步，就是允许群众自己拆迁，可以把拆的旧房子材料卖掉，钱归个人。另外，我们马上计划建设四栋六层的住宅楼，卖给来咱们村打工的工人，价格要比县里的楼房每平米便宜三百元，交五万元首付就可以入住，其余的欠款可以分三年还清，要多大面积的都可以预定。有了楼房，谁还买你的旧房子？"

"村里群众买楼不行吗？我儿子想出去过呢。"一个代表说。

"当然可以，村里也考虑了这方面的需求。第三个是养殖专业户和草坪专业户管理，完成一户，进驻一户。至于草坪专业户，这一批完成之后，全部拆迁，由北方集团调整地块，然后集中连片种植，用水、用土会比原来更方便、省工。"

"那可太好了，我家的井正好坏了。"一个代表说。

土地

"我还想说一说旧房子拆迁的好处,一方面可以倒出很多好地,另一方面卫生,大家看看新村,再看看咱们现在的街上,到处是各家扔出来的粪便和烂柴火,满街的玉米秸秆,一旦有了火灾,那可是火烧连营。这次北方集团在养殖户和排污工程上为我们出了大力,所有的粪便和排污都由他们集中处理做肥料,为此他们花了不少钱。在此我们要对木青表示感谢。我说完了,村里的领导说说吧。"

李长玺对托娅说:"包村长说说?"

托娅摇摇头,说:"你说吧,我没事。"

"木青说说。"李长玺面向木青说。

木青想了想,说:"我说两句吧,向大家道个歉,昨天我有些冲动了,对不起,请大家原谅。"

李长玺看木青也不说了,回过头来说:"我说呀,大家还有啥,当面说说,这回可别像昨天似的,再往县里跑了,正好李县长也在呢,有啥问题当面说,就地解决。"

"还说啥了,那就拆呗,谁的房子也不值五万元,那不明账嘛。"

"拆了好,省得两头跑。"

"拆!我同意!还想咋的呀,这房子住着也太好了,我看比城里的房子好,啥事那也只能着一头哇。还想当和尚,又想娶媳妇,哪有那好事。"群众七嘴八舌地说着,也分不清是谁说的。

"有意见的说说。"李长玺见没有人说,"那咱们举手表决,同意拆迁的举手。"所有的人都举起了手,只有孙小龙和弯腰子没举手。

"我不拆,还住原来的房子。"孙小龙大声说。

"我也不拆,我的羊没法养啊,我认交五万元钱了!"弯腰子说。

"就你们两户。好,其他户没意见明天就开始拆房子,散会!"

李长玺大声宣布散会,群众一边往外走,一边说着拆房子的事。

李强来了电话,他到外面去接:"喂,尚主任,什么事说吧。完了,啊,那我这就回去,自己开车呗,没事。"

　　李强合上手机对李长玺说:"我得回县里,市农口的领导来检查了,在路上,要我一个小时赶到。我这就走了,这两户不同意拆的,孙小龙家的,你找一下孙贵,应该没有什么问题。弯腰子叔家的,你单独找他的儿子根英,那个孩子有主见,家里的事主起来了。实在有问题就放一放,等我回来再找他们。"

　　"没事,你忙就走吧,这两户我去做工作。"

　　李强来到托娅的跟前,说:"托娅,我走了,县里有事,我们电话联系吧。"说着李强匆匆开车走了。

　　托娅看着李强的车远去,见群众代表们三一伙儿两一串地往回走,边走边议论着如何拆迁的神态,心里十分懊恼,回想这些天来自己做拆迁工作时蒙受群众的辱骂和挖苦,与木青的对峙中,托娅又和群众站在了一起,可是群众就这么轻而易举地被李强和木青说服,让自己这个村长成了荞麦皮,一个无足轻重的马前卒。想到这,她觉得自己很无能,不配当村长。此时她恨不得找个地缝钻进去,再也不出来。托娅像个小偷一样,生怕别人看见,一个人溜回了家里,盖着大被,蒙头躺在自己的炕上。

　　代表会一散,李长玺的眼睛一直瞄着托娅,看她进了家门,他才慢慢地向自己家走去。李长玺低着头,他在想托娅此时内心是什么感受,能否承受得了群众的做法。他进了院子,看见爱人在收拾园子里的烂柴火,也没与她说话,进屋沏了一杯茶,又点着一支烟,慢慢地吸一口,长出了一口气。他感到从来没有这么累,这么让他心神不定。按说拆迁的事已经解决,应该高兴才对,可是托娅和李强两人的误会越来越深,让他束手无策,心始终放不下。精神上的郁闷,再加上累,使他坐在靠墙的炕边上睡着了。

　　"他大嫂,可不好了,我家那爷儿俩吵吵起来了,要砸电视呢。李书记

在家没有,快让他去说说吧!"孙贵老伴慌慌张张地跑进院子,上气不接下气地说。

"他在屋里呢,我去给你叫他。"李长玺爱人忙放下耙子,快步回屋去叫李长玺。

李长玺被说话声惊醒了,从屋子里出来了,说:"咋的了大婶,谁吵起来了?"

"我家那爷儿俩呗,你快去拉开吧,你大叔要砸电视呢,这可咋整啊。"

"因为啥生这么大的气?"李长玺一边问,一边往院外走。

"还不是拆迁的事,我家小龙说啥也不拆,他爹非拆不可。这两人牛起来了,谁也不让谁。"

李长玺家和孙贵家就隔两个大门口,李长玺很快就到了孙贵家,他赶忙进屋,见爷儿俩还在吵。"哎,咋回事,别吵了,一个一个地说,我听听因为啥呀?"李长玺坐在炕边上。

"你说这小子胆儿有多大,我让他参加会,还和他说了,拆迁的事要听村里安排,可是这小子和后院的根英两人一合计,说不拆了,以后要自己盖房子,还要盖大别墅。"孙贵气得直哆嗦。

"咱们这房子现在闭着眼睛也卖十万元钱,村里的拆迁费定的是五万,那得赔多少钱?一转手卖了不挣五万嘛。那房子是咱们的,不得自己说了算吗?"孙小龙也不示弱,和孙贵对着喊。

"什么?你还要盖大别墅?"李长玺问。

"那是根英说的,我才不盖呢,村上能让嘛,我还不知道那点事。我这房子转手一卖,剩下五万元够买个小车了,我干啥还盖别墅哇。"

"孙小龙,你想过没有,家家的房基地都成了耕地,你们两家的房子在中间,你们从哪儿走,拉电的杆子往哪儿埋?你想出门得绕出二里地去。在这没有地，人家住着图个啥呀？还卖十万元，就是五万元都没人买，你信不信？"李长玺看着孙小龙耐心地说。

"那你就别管了，自己的房子，咋整我乐意，你还能强拆我的房子啊。我不怕那个事，谁动我一块砖试试？"孙小龙嘴上这么说，可是心里却没了底。他知道李长玺说的是实话，将来周围都种上地之后，出门就得走田间公路，真要是不让他埋电线杆，怎么在这里住哇。可是他又一想，事已至此，就得硬下去，最少也要让村里给点优惠。

李长玺笑了，说："没看出来呀，你小子还挺尿性，想当钉子户呢。不过，在大面积耕地里有一户，也挺好看的。那就不是钉子了，是个橛子，钉在农田里的木头橛子。我说啊，你兴在全县出名啊，过去老支书的儿子，如今是钉在农田里的橛子。哈哈哈……"李长玺故意说给孙贵听，说完哈哈大笑，眼睛看着孙贵。

孙贵在一边受不住了，说："你他妈的好赖不知呀，你不明白李书记的话？你让我的老脸往哪搁呀，气死我了！"

"你就是要面子，啥年月了，还以为是过去呢，你的面子不值钱了。再说了，现在的年轻人有几个认得你的，什么橛子不橛子的，五万元钱是真的。"

"你还反天了，我盖的房子，拆不拆我说了算。李书记在这呢，我明天就拆，给我找一个铲车来，一天就拆利索它。"

"你别以为我不懂法，那房子还有我一半的产权，当年盖房子的时候我们已经结婚。你说拆就拆，我上法院告你。"

孙贵被孙小龙气得说不出话来，一边往屋外走一边指着孙小龙的脸说："好，你告我去，你要不告我，你就不是我的儿子。我让你告！"

孙贵到仓房拿来一条绳子，进屋往房梁的钉子上一挂，又拿来一个凳子，他站在凳子上，一边系绳子，一边说："杂种操的，我让你告，我死到

这屋，让它当我的坟丘子。"说着就往脖子上套绳子。

李长玺在一旁看着，动也没动，知道孙贵吊不上，他倒要看看孙小龙怎么办。

孙小龙先以为父亲要用绳子打他，有意识地往旁边躲着，可是见父亲要上吊，吓得他连忙把孙贵抱住，不让他往脖子上挂绳子，说："爸！你这是干啥呀，不就是拆房子嘛，还值得你这样啊！"

孙贵拽下了绳子，哭着打在他前面的孙小龙，说："我让你告我，你告去，告去！你以为我上吊是怕你呢？人家李强为了给乡亲们增加土地，让群众都住上了别墅一样的楼房，你让我一个当过多年村干部的老党员在拆迁问题上打横，我还有脸活吗？有啥脸再见李强啊？将来九泉之下，我有啥脸去见你爷爷和双合尔大叔啊？别说这是个砖平房，是楼房我也得拆，就是死也要把这房子拆了。"

孙小龙吓哭了，跪在了孙贵的前面，说："爸，我错了，听你的还不行嘛，你不能这样吓我啊。"

李长玺见孙贵已经打了几下，也解气了，拉住孙贵的手说："行了大叔，小龙知错了，你也消消气。我听着这事也不全怪小龙，这里还有根英的事呢。小龙你起来。"

孙小龙起来了，低着头不说话。李长玺接着说："小龙，我问你，你是不是和根英一起研究了，你们俩谁是主谋，当着你爸的面说实话。"

"是根英舍不得自己家的大院子，不想拆，还怕自己太孤单，他就找到我。我也舍不得这八间大房子，卖了最少也能得十万元。我们俩一合计就在会上说了。他自己不想露面，就让他父亲去说的。"孙小龙说着话，也不抬头，用眼角偷着看孙贵。

此时孙贵坐在一边点着了一支烟，一口接一口地吸着，看也不看孙小龙，说："你给他打个电话，说说你的意见，看他什么想法，行不行？"

"那咋不行呢，他要是知道我同意拆迁，你都不用找他，明天他爸就得上村里报名拆迁。"孙小龙很有把握地说。

"那你这就给他打电话，我听听他什么意见。"

孙小龙接通了根英的电话："喂，根英，我是小龙。你在哪呢？"

孙小龙手机里的声音："我在家呢，咋的，听我爸说就咱们俩家不同意拆迁？这事怕是不牢靠哇，村里书记、村长不得找咱们哪？"

李长玺对孙小龙摆摆手，孙小龙明白了，说："村里倒是没找我，我回家一说，我爸不同意了，为这事还把我骂了一顿，这事我是退出了，你自己坚持吧。"

"你要是退出，那我还坚持啥了。这么大的甸子就我一家，还有什么意思了，得憋屈死我。算了吧，拆就拆了吧，没事挂了。"

解决了拆迁的问题，木青心里很轻松，她也没想到会如此快，尽管有两户工作没做通，可是大势所趋。她真的很佩服李强的工作能力，还有他在群众之中的威信。回到基地，她见田再新在家做饭。原来他们都是在食堂吃饭，自从他和丁兰的事被她发现之后，田再新主动要求自己做饭，木青也没有反对。可是有的时候他做完饭，木青不高兴就不吃，故意到食堂去吃。他们还没有和好，主要是木青不依不饶的，根本没有理他，还放话说等她把工作做完了，就和他去离婚，让他准备好身份证等着。

木青进屋，田再新没有看见，还在炒菜。木青有些不高兴，走到田再新跟前说："你炒菜给谁吃呀，是不是以为自己表现好，我就会原谅你？你小子别做梦了，你犯的是原则错误，罪不可赦。"

田再新听了木青的话，眼睛里立刻含满了眼泪，说："我也不为别的，就是想在我和你离婚之前给你做几顿饭吃。我真的很爱你，可是我也真的对不起你。要是我能变成牛马，就让你骑着我上班，来赎我的罪。可我变不了牛马，也只好当个厨师给你做饭，将来回忆起来我们在一起的时候，心里会

少一些遗憾,不管怎么说,我和我爱的人在一起生活过,给她做过饭。对我来说,这就足矣,因为我不配给你当丈夫。我对你只有一个希望,那就是请你把我们的孩子生下来,我会终生不再结婚,把他养大,不用你来负担一切。这对我来说,就是最大的恩惠了。我们夫妻一场,请你答应我。"田再新泪流满面,把他炒的菜倒在盘子里,回过身来把它放在桌子上,真诚地看着木青。

木青最受不了的就是说孩子,她大喊一声:"别说了,你这个没良心的东西,离婚!马上就离婚!呜呜呜……"木青痛哭起来。

此时吴江已在门外,听木青大声喊叫,还以为他们在打架,忙着进屋来。"怎么了,喊什么?"吴江问木青。

木青一指田再新说:"这个不是人的东西,我要和他离婚。"

田再新也不说话,低着头在哭。

这时木青的电话响了,"喂,李县长,我是木青,什么事?"

"你来就知道了,我这还忙着呢,我七点以后有空,在我的住处见吧。"电话里李强的声音。

木青放下电话,也停止了哭声,想了想说:"那这样,吴江正好在呢,我一会儿就去双青县,晚上在县里吃饭了。李县长找我有点事,我可能晚上回不来,明天你叫三四组的打完药就检修机器吧。没有别的事,你给我看看村里群众拆迁的情况,然后打电话告诉我,我估计李强也在等消息。你去把我的车加满油,这是钥匙。"

吴江拿着钥匙走了,木青看看田再新,口气不是那么严厉了:"你不是想做饭嘛,让你看两天家啊,等我回来再和你算账。"说完就开始找自己的牙具和手提包。

田再新已经给她准备好了,从柜子里拿出来,递给木青,说:"牙具旧了,我给你换个新的,你看行不行。这是衣服,出门常用的,看缺什么你再找。"

木青一看，他准备的都是自己想要拿的，她放在桌子上，说："等一会儿去，你先烧点水来，我想吃方便面。"

"你等着，我一会儿就好。"田再新飞也似的跑出去烧水。

托娅睡着了，也不知道睡了多长时间，已经是下午，电话的铃声惊醒了托娅，托娅打开手机。"包村长，我是吴江，你在哪呀？"托娅手机里的声音很大。

"我在家呢，有事吗？"托娅没有起来。

"白助理来电话说给合作社的无息贷款来了，让理事长去办手续，他还说乡里刘瑞要把这些贷款平分给合作社，让我们赶快去呢，他都告诉我有贷款的合作社了，咋办，是不是现在就通知到户？"

"吴江，你现在在哪？"

"我在村里。"

托娅马上坐了起来，说："这样啊，你先按白助理说的通知到户，让他们马上去信用社，我这就去村里接你，你等着。"托娅下地，弄乱了的头发也没梳，拿起手包出门，快步来到自己的小车前，由于忙乱，好几次才打开车门。

信用社的业务柜台前人很多，柜台里面刘瑞正和工作人员进行交涉，僵持不下。

刘瑞有些急躁地说："这生产组织是乡里统一组织上报的，乡里有权进行调整，不能就给那么几户，那样不合理。这是百泉沟的合作社名单，就按这个重做合同，出事我负责。"

"这我真的不能办，主任都说了，合同都是上面发下来的，是县里审核完的，只要合作社负责人在上面签字就行了，我们重做的手续不行，就是主任都没有权另做合同。"一个小姑娘说。

"你等着,我去找主任,先不要给他们办手续。"刘瑞说着就要去找主任,这时托娅和吴江等人都来了,刘瑞又坐下。看见托娅也来了,刘瑞走过去,隔着玻璃招呼托娅:"包村长,你过来。"

"刘乡长在这呢,什么事?"托娅明知故问。

"托娅,你和来的专业户说一下,让他们等一会儿,乡里在合作社贷款的问题上要考虑面上的工作,我想找一下主任。"刘瑞没有说重新分配贷款,他怕来的户不会同意。

托娅明白刘瑞的意思,非常爽快地答应:"行啊,你去吧。我们等着你,可得快点啊。"

刘瑞上楼去找主任,托娅问业务员:"刘瑞是不是要平分贷款?"

"是,可是那不行的,县社都把存折和手续做好了,是指名下来的,不能重做,除非再到县里补手续,那也得批下来的户同意。"

"你的意思说如果刘瑞去县里找人,我们同意等着,也有可能再补一些手续。要是我们都不同意呢?"

"不同意就马上办手续,签字领卡完事,因为这些户都是县里审核完的户,贷款是专项的。要我说你们就别等了,让他们马上签字。"业务员提醒托娅说。

托娅回头对来的人说:"都到那边签字领卡,不等刘瑞了。"

"我给办村里的,是你签字吧?"业务员说。

"是我签字,合同在哪?"托娅问。

"在这呢,你们是最大的一笔,一百万,无息贷款,五年期。"

"太好了,群众又多了一个大股份。"托娅边说边签字。

"这是惠农卡,钱在里面,你到那个窗口确认一下,再设好密码。"

当刘瑞从楼上下来的时候,托娅等人都办完手续走了,刘瑞气得一跺脚,说:"这个托娅真不是东西。"

托娅开车和吴江行进在回村的路上，托娅问："吴江，你想去哪，是基地还是村里，我好送你。"

"送我回基地吧，木青要去县里呢，说一会儿就走，晚上还要住在那儿。她不在我得顶岗，基地的事太多了。"吴江说着看了一下托娅。

"去那儿干什么？有人找她吗？"托娅心里打了个疑问。

"她接了强哥一个电话，我估计她现在可能要走了，所以我得去基地看看，她一走我就得很晚回家。"吴江看似很自然地说着，可是却把木青的事都告诉了托娅，说完用眼角看着托娅。

托娅的心里顿时像塞了一团脏抹布，让她觉得胸口堵得慌。她什么也没说，只是小车开得快慢不稳。她把车停在了基地大门外，吴江下车，要是往常她会把车开进院子里。托娅什么话也没说，只是向吴江挥了一下手，飞快地开走小车。

李强的办公室里只有王主任和李强在，两个人的表情都很凝重。李强站起身来给王主任的茶杯里倒水。

王主任抬起头来说："其实方志南早在给企业局办实体的那会，就已经和陈有路有密切关系，来往频繁。陈有路后来又给他十几间房基地盖房子。大前年，方志南看见陈有路得了癌症要不行了，就找到他，给他两万元钱，诱导他给自己打了六张欠条，合计十二万三千一百元，同时给了陈有路八个不同店面，和四个出租车司机那儿开的同等数量的发票。陈有路把条子交给会计，让他上账顶了欠款。当然了，那份土地承包合同也是同时拿去签的，并当着陈有路的面给了会计一个信封，里面装着五千元钱。他们三人同时决定，要在陈有路死了以后再拿出土地合同，并且打地，这是会计说的。他已经把那五千元钱交给了我，这些陈有路的爱人没有看见。就这样，方志南把六十亩地搞到了手。"王主任喝了一口水，长叹了一口气继续说，"当方志南知道我要调查时，就派来唐占请我喝酒，充当说客。见说和不成，又在我

调查商店的时候,让唐占派小黑胖子挨个下话,恐吓他们不许说出方志南开发货票的事。唐占和小黑胖子都做了笔录,也包括陈有路的爱人。方志南在卖房子的时候和丁少中也有金钱来往,我们会继续调查。"

"我真不敢想象,一个在农村工作多年的老干部,竟这样不择手段获取钱财,都退下来了,还在盯着农民的土地。纪委打算怎么处理这件事?"李强问。

"纪委还没具体研究,我提前征求一下你的意见,之后报请纪委拿出处理意见,最后提请县委常委会决定。你是主管土地工作的领导,你的意见很重要。"王主任说着看了李强一眼,端起水杯喝了一口水。

李强点点头,说:"是啊,明海书记和钟县长刚被调走,新来的领导又不了解情况。"

"另外我在办理这个案子的过程中了解到方志南在县委和政府里也有不少关系,什么事都能到他的耳朵,这些人都会对你今后的工作构成威胁。"王主任十分担心地说。

李强看看王主任,说:"怎么,你怕了,不敢拿意见?"

"哼!我怕啥呀,就是干这个的,自打干上这个工作,就没打算和坏蛋交朋友。谁干坏事谁巴结我。我就是有些担心你的处境,这也是两难的事。"王主任说着长叹了一口气。

李强听王主任说这话,心里很感动,他站起身来,给王主任的水杯里倒满水,在地上来回走着,说:"我很佩服你的正义感,也很感谢你对我的关心。不瞒你说,明海对我有知遇之恩。我当村长的时候,和方志南斗,他被撤职回家,而我却被明海提拔为乡长。之后明海又支持我当上北方集团的农业经理以及副总经理,今年又把我提拔为副县长,还让我分管全县的土地工作,可我还是在和方志南斗,准确地说是在和把手伸向土地的腐败分子斗。方志南是明海书记的亲戚,明海让我当副县长可不是为了帮方志南,是让我来保护和用好双青县每一寸土地的。在明海身上,我看到了我们党的干部一心为人民服务的高尚品质和宽阔的胸怀。说真的,我也很矛盾,人之常情,谁都有,可是我们不同,在关键的时候要分清孰重孰轻,这一点我们得向明海学习。"

"你的意思是?"

"没有什么可说的,违纪的交由纪委按党纪规定处理,违法的交给司法部门查处!"

丁兰又被江帆一个电话叫走了,丁兰却说是他的叔叔找她,韩平在一旁听得是清清楚楚。丁兰走后,韩平随后打了一辆出租车跟着丁兰。丁兰在铭心酒店下了车,江帆已经等在门口,见二人亲密地进去,韩平坐车又回到了他和丁兰住的宾馆。韩平回来后就开始收拾自己的东西,用两个早已准备好的大提包把东西装好,都准备好了之后,就去下面的饭店里吃饭,要了两个菜,两瓶啤酒,自己喝了起来。韩平的脸色十分难看,可以看出,他已经忍受不了丁兰。

丁兰回来的时候,已经是下午三点了,她和江帆在一起足足待了四个小时。她走进房间,看见韩平已经睡着了,可是不像往常那样都脱了衣服,而是穿着衣服,连皮鞋都没脱。丁兰觉得他有些异常,就把他弄醒,说:"哎,怎么没脱衣服睡呢,多不好受哇。"

韩平被丁兰叫醒,他看了时间,说:"你看看,这都几点了,你去哪了,能不能和我说实话?"

"你怎么了,我不和你说了嘛,去我叔叔那了嘛。怎么,怀疑我去了别处哇?"丁兰不以为然地说,没有把韩平的话当回事。

"你还在骗我,明明去了铭心酒店会江帆,为什么说去你叔叔那?你们还有头没头,这么公开地幽会,你想到我的感受了吗?丁兰,我知道你爱上了江帆,可他是有爱人的人啊,你能和他结婚吗?"韩平头一次对丁兰这么说。

第二十二章

丁兰非常意外,她以为韩平一直不知道她和江帆的关系或者知道一些也是出于有求于江帆,所以她一直很大胆地和江帆幽会,想不到他完全知道了。可丁兰很冷静,她也知道韩平没有捉奸在床,自己还有机会,说:"你吃江帆的醋了?我只是和他在一起喝了几次酒而已,我们用人家,不去能行嘛。再说不都是你同意的吗?你反过头来说我和他有关系,那你为什么不去跑贷款,非得让我去。"

韩平也平静下来,说:"是,我们为了贷款需要应酬,要喝酒什么的,可是你真的不是在和他喝酒哇,你已经爱上他了,这我能感觉到的。我是个男人,你自打认识他以后对我是什么样,你心里不清楚吗?你说句实话,你到底爱没爱上他?"韩平非常激动,气不打一处来。

丁兰很平静地说:"我没爱上他,你别疑神疑鬼的瞎说。"

"那你说今天你到底去哪儿了?"

"去我叔叔那了呗,信不着你跟着我呀。"

"我眼看着你去了铭心酒店,和江帆一起进去的,还说是去了你叔叔那?你是不是以为我傻呀,人好欺负是咋的。"韩平表现得十分愤怒,有些不依不饶的。

丁兰急了,说:"你跟踪我?我是和江帆中午喝酒了,可是喝完酒就去了我叔叔那，江帆要一个补充的担保手续，我和他吃完饭去拿的，之后又给银行送去，这也有错吗？你要是不信任我，为什么还让我去办事，都你办呗。我愿意跑这些事呀，低三下四的。明天这些事都由你来跑，我可清静清静。"丁兰说得有模有样的，一点也看不出来破绽。

无奈，韩平从床头柜里拿出证据放在丁兰的前面，说："你还认得这些东西吗？"

丁兰一看都是自己和江帆做完爱脱下的裤头，她这才知道韩平早就看出她和江帆的关系。丁兰反而坦然了，说："我是和江帆发生了关系，可那也是没办法呀，不然他能给咱们贷款嘛。那只是应酬而已，也不是爱上他了。我爱的人是你，以后我再也不找他不就得了嘛。"

丁兰说得很轻松，可是韩平接受不了，他情绪很低落，声音很小地说："丁兰，我们分手吧，咱们之间有了这些，还能爱得下去吗？企业我都给你办好了，账已算清，其余设备，你找高经理就行了，这是他的名片。"

丁兰傻眼了，这没有韩平，自己怎么搞企业哇，当初就是因为有韩平才上的企业。可是现在她能说什么呢，他啥都知道了，丁兰这才想求饶："韩平，你不能走哇，没有你，这企业怎么办哪？我错了，都是为了这个企业，我才——"

"丁兰，我是爱你的，可我是男人，我受不了这个。你不想把这事闹得满城风雨吧，最好的办法是让我走，你让我自己静一静，出去过一段也许我会回来。"说着韩平拿起两个旅行包就要走。

丁兰挡住了他的去路，说："不行，你就这么走了，那我怎么办？再说，钱你是怎么处理的，把会计叫来咱们当面核一核。"

韩平放下旅行包，说："好吧，我等着，你去把会计找来吧。"

丁兰打电话把会计找来了，问："小刘，韩平让你怎么处理的账，就是收支情况。"

会计说:"账上的外欠款已经按数量打了款,欠韩平的款也打到他的卡上,其余的钱都在账户上。"

"账上还有多少钱?"

"还有五十四万,账是平的,一点也不差。"会计说。

丁兰一听韩平把自己的账都算清了,心里来气了,说:"那好,我们两清了,你我就算了结。我对不起你,可是你也别忘了,我这么做是为了咱们的将来。请你不要后悔,想明白了你再回来。我送你一程吧,总算我们也好了一回。"说着话,丁兰的眼泪流了下来。韩平也在抹眼泪。

两个人慢慢地走进了火车站,韩平要上车了,丁兰猛一下抱住韩平哭了起来:"韩平,我对不起你,没有你,我的企业可怎么办哪?"

韩平慢慢地推开她,说:"有困难去找江帆吧,他的能力比我强。再见,我会想你的。"说完,韩平上车了。从车窗口,韩平挥手,示意丁兰回去。

火车开走了,丁兰还久久地站在那里,此时她觉得自己的心就像车站的候车室,火车一开,里面空荡荡的。

下午三点多杜萍就来到了双青县城,她把车停在了县宾馆,选择和李强挨着的302房间住下。此时杜萍的心情不错,洗漱了一阵之后,梳头,化了淡淡的妆,又对着镜子左右看看,觉得很满意。看着自己有些胖了的脸和黝黑的头发,觉得自己要比托娅漂亮,尽管和托娅长得很像,可是自己比她白净。杜萍看看时间还早,就打开电视,可是她都不想看,不断地调台,想躺一会儿,还怕把刚才梳的头发弄乱了。她来到了窗前,看见对面有一个佳佳饭店,不觉心头一动。她看看表,已经接近五点钟,觉得李强快要下班了,决定先去饭店要好了菜,在那里等他。

李强下班之后,拉上办公室的尚主任,招待市农口的几位科长,还有两个秘书,七个人在宾馆的小餐厅喝酒,李强首先提杯:"来,上来两个菜了，咱们就先喝着，这是晚上，要是中午那是不许喝酒的，就是晚上也不许喝好酒，这是县委的规定。可是特殊情况可以特殊对待，几位市农口的领导来我县指导工作，我代表县政府表示热烈地欢迎，特别是对我们下面各乡合作社的工作要进行实地考察，这是我们求之不得的。来，我们共同喝一杯，深表谢意。"

李强喝了一口，尚主任一口干了，两位秘书也干了。

尚主任端着酒杯看着几位科长，说："李县长提的酒都干了，看啥呀，他不能喝酒。"

"那不行，我们不能超过李县长，他喝多少我们喝多少。"一个科长说。

李强看都在攀他，也一口干了，说："你们几个是要把我整趴下呀，哪有这么喝酒的，还让不让人活了。"

"哈哈哈，谁让你官大了，不看你看谁呀。"一个科长说。

紧接着尚主任和一个科长也提了一杯酒，李强也跟着喝了。两杯白酒下肚，李强的脸都红了。

这时李强的手机响了，说："喂，我李强，杜萍啊，什么？我在陪市里的领导，去不了哇，啥事说呗。"李强说话的气很粗，酒劲上来了，用手捂着电话，"这咋办吧，我的同学杜萍，就在下面的佳佳饭店等我呢，说是有事找我。我也不能把几位领导扔在一边去会朋友哇。"

尚主任向几位科长使了个眼色，一位科长明白了，说："你可得去，咱们都是老朋友了，有尚主任在就行了，再说你也喝不动了，留着你也没用。哈哈哈。"

"对，你去吧，你在我们喝不起来。"

"那好吧，让尚主任陪你们，我就先走了。来，和大家再喝一个，这杯我干了。"李强喝完走了。

尚主任说:"张秘书倒酒,来,咱们喝。"

杜萍在佳佳饭店等了有一个小时,见李强来了,她十分高兴,说:"你也忒难请了,看你那脸红的,喝多少了?"

李强坐在杜萍的对面,说:"啥事呀,这个时间找我,今天好在没有别人,都是老朋友,否则都出不来。"

"你来什么,是白酒还是啤酒?"

"最好是矿泉水,我都喝了三杯白酒了,酒是一点也下不去了。"

"服务员,来瓶矿泉水。你先喝点啤酒吧。"说着杜萍给李强倒上了啤酒。

李强接过来一口干了,说:"真凉快,解解白酒的劲儿,喝得肚子火辣辣的。"

"你是不是天天都这样啊,这怎么工作呀?"杜萍说着又给李强倒上啤酒。

李强接过服务员拿来的矿泉水,打开盖一口喝了半瓶。李强喘着粗气,说:"你什么事找我呀,是不是你的木板厂要开工了?"

"啥事也瞒不住你,可不是嘛,想让你找县里的领导去给剪彩,我也不认得谁呀,就得找你。"杜萍说着,眼睛盯着李强。

"那可得去个大领导,和风电场的事一起搞吧?"

"就是一起搞,到时候白董事长也来呢。"

"那得去个书记或者县长,我去不去的没什么,主要领导去了可就不一样了。好,我给你找领导。还有什么事?"

"别的就是和你喝酒,想你了,见见你。来,咱们俩干一杯。"说着杜萍拿起酒杯和李强碰了一下,一口干了。

李强长出了一口气,看看杜萍,说:"我一见你心里揪得慌,好在你的事业成功了,赶快找个对象,省得在外面飘着。"

"我恋爱也谈过了，也结过婚了，以后在你的地盘上搞个企业就心满意足了。"杜萍手里拿着酒杯在桌子上打转转，也不抬头看李强。

"你这是什么意思，在我面前示威呀。有相当的赶快找一个，别在我面前晃。"李强喝了酒，说话也就不细想什么。

杜萍清醒，她是意有所指的，"相当的倒是有，可是还没有离婚，我在等机会。"

"你说我呢？怎么和托娅的话一样。你们都怎么了，神经兮兮的，女人咋都这样呢。"李强以为杜萍是在影射他和木青的关系，并没有想到是在说杜萍自己。

"托娅也这样吗？看来我们俩不但是长得像，脾气也一样啊。李强，你说实话，你更喜欢哪一个？"杜萍见李强酒喝得多了，想试探一下他的底线，因为她知道现在他和托娅两个人的误会很深。

李强抬头看看杜萍，又看看饭店周围的环境，旁边两张桌子上还有客人，他想要说的话咽了回去，说："杜萍，你吃好了没有，没吃好快吃，吃完回去聊吧。我们不是谈恋爱的时候了，什么都不怕，无所顾忌。"

"你说得对，我吃好了，咱们走，回宾馆。"说着，杜萍结账，两个人去了宾馆。

木青磨蹭到五点多钟才出发，此时她的心情不错，因为她又收拾了田再新一顿，而田再新的态度也让她心里舒服了一些，尽管她还不想原谅他。再一个拆迁的事定了，不用自己费劲了。最让她高兴的还是李强要找她，不管是什么事，她还是愿意见他。她开着自己的小车，打开DVD播放机，播放草原歌曲，一首《科尔沁迎宾曲》回响在小车里……

托娅的小车就在能看见木青小车路过的小树后面停着，见木青的车过去了，托娅才慢慢地把车开出来上了公路，远远地跟在木青小车的后面。由于两车的距离远，木青根本就看不见。托娅就是要看看木青和李强是什么关

系,他们急于见面到底要干什么。为了捍卫自己的,她也顾不了许多了。她还从来没干过这种偷偷摸摸的事。她目不转睛地盯着木青的车,既不能跟得过于远,也不能离得太近。

太平川乡刘瑞的办公室里,县组织部的一个副部长、两个组织员正在和刘瑞谈话,在问他对其他主要领导的意见。部长在提问,两个组织员在记录。

"你怎么评价现任纪委副书记的工作,主要从思想觉悟、工作能力,和人事关系方面说说你个人的看法。"部长说完看着刘瑞,"不用拘束,怎么想的就怎么说。"

刘瑞想了想说:"怎么说呢,就这个人来说,思想觉悟是很高,工作能力也很强,就是在人际关系上有些不尽人意——"

刘瑞的话被进来的五个群众打断了,他们也没敲门,进来就坐在了考核组对面的沙发上。领头的张勇大声说:"刘乡长,合作社的贷款已经分完了,咋没通知我们呢?这是咋回事呀?是不是没有我们的份了?"

刘瑞显得很紧张,他连忙站起身来,说:"你们是下一批,也用不了几天,等一下。你们先回去,明天我去村里找你们好不好?"

"那不行,我听说你去协调了,也没协调成。这事你可得给我们一个准话,我们就在这等着,不然你——"

刘瑞没等张勇再往下说,忙打断他的话:"好了,我和领导在谈工作,咱们到外面去说。部长,等我一下,我简单交代一下就回来。走,我们到下面的接待室。"

刘瑞领着几个群众走了,部长说:"小付去下面打听一下看是什么事。"小付出去了。

刘瑞把张勇等人领到了接待室,很着急地说:"我说你们怎么还找到乡里来了,我不叫你们等着吗?"

"还等什么，人家都把存折拿到手了，我们还在那儿傻等你呢。你给个准话，倒是整了整不了，实在整不了，就把我们给你的钱还我们，我那钱都是从人家借的，得还人家。"

"再说还是个贷款，那不得还嘛。你不说是白给的嘛，这咋一较真儿就黄了呢？算了吧，我们也不要了，把钱还我就行了。"

刘瑞回头看看说："你现在让我上哪整钱去，你们给的钱我都干别的用了。明天我给你们送去不行吗？"

"那不行，我们这就拿，你张罗去，我们在这屋等着。你放心，给了钱，我们啥也不说，要是不给，那可就别怪我们不客气了。正好县里的领导都在呢，我们去找他们。"张勇坐在接待室的沙发上。

"对，不然我们就去找领导。"

"好，你们等着，我去给你们取钱。"说完刘瑞自己开着小车走了。

这时，考核组的小付进来了，问："几位老哥是为了啥事呀？刘瑞去干啥了？"

"取钱去了，要还我们钱。"

"欠你们什么钱？你们咋这么忙着要哇？"

"当着领导的面还好要点，你们不在他都不给。"

"啥钱，明白费呗。他说合作社要给一批钱，他管分配，说能多给我们拨点。我们给他钱，让他照顾一下，可是就连贷款都没有我们一分钱，那还要我的钱干啥吧。我们分不到钱，还白搭钱？要回来！"几个群众异口同声地说着。

小付进一步问："都给了他多少钱？"

"这……我给他五千。"

"剩下的都三千。"

李强和杜萍回到宾馆，杜萍把手包和外衣放在自己的房间之后，又去了

李强的房间。杜萍沏了茶,两人坐在沙发上喝水。

杜萍看看屋子里的设施,说:"你不觉得这屋子像过去你住过的和平饭店嘛,也是这样的桌子和沙发。"

李强的酒劲上来了,他的头有些晕,看着屋子里的陈设说:"你别说,还真就像我原来住的那个饭店。你还记得我上当的事吗?"

"我这辈子都忘不了。如果那天我真的和你睡了,你说我今天是不是就是你的妻子了?你还会和托娅结婚吗?"杜萍现在说这话,一是有点后悔当初没有和李强真正在一起,以至于今天托娅成了李强的爱人;另一个是她在向李强暗示,自己此时还是那样的心情,也许还要考验他一下。

此时李强回想起当时的情景,杜萍给他留下的纯洁、高尚的形象依然如故,他抬起头来看着杜萍那再熟悉不过的脸庞,似乎也有一种遗憾在内心里涌动,想起刚参加工作时,与杜萍在一起的时光……

那是在和平宾馆的一个房间里,杜萍和李强都坐在床上看电视,杜萍靠在李强的胸前,抬头看着李强的眼睛,深情地说:"我今天不回去了,和你住在这里。公司那边没人了,我回不回去也没人知道,不知道你让不让我住?"

李强先是一愣,接着他明白了杜萍是什么意思,可是他看就一张床,还是一床被子,说:"咱们俩可就盖一床被子了,我们就得那啥了。"

杜萍笑了起来,说:"怎么,你害怕了?"

"我怕啥呀,你都不怕。那我脱衣服了。"

"你先脱吧,我等一会儿再脱,先看一会儿电视。"杜萍继续看电视,李强则马上就脱了个精光,只穿一个裤头躺下。看李强脱完衣服,杜萍哈哈地大笑起来,说:"你小子这回心眼实了,我考验你呢,我一句话,你就马上脱个精光。光着个膀子你羞不羞哇?明天我看你怎么见我,怎么解释你的行为。"

李强的脸马上就红了，大呼上当："我说你咋学坏了呢，你这么说我还不上钩。走吧，你也太坏了。"

杜萍笑弯了腰，指着李强说："看你那狼狈样，正经样儿都哪儿去了，经不住诱惑了吧？拜拜了，不用你送我了，哈哈哈……"杜萍大笑着走了。李强不敢送她，躺在被窝里……

"想啥呢，喝蒙头了。"杜萍的问话把李强从回忆之中拉了回来。

"我在想过去和你在一起的时候，你出坏主意戏弄我，让我好多天都不敢见你。想想真的很甜蜜，很幸福。"李强很深情地看看杜萍。

杜萍也看着李强，笑着说："打那以后长记性了吧，再也不留我住下了，哈哈哈。"

"可不是咋的，自从那次以后，你一笑我的心里就发毛，都不敢接近你了。"李强说着也笑了，用手点着杜萍，"一肚子折腾我的坏主意，还笑呢。"此时李强感觉自己又像是在和杜萍谈恋爱，又像是和托娅在一起，晕晕乎乎的，有些分不清楚。

可是杜萍的头脑是非常清醒，见李强对他们的过去还是那样怀念，她心理防线的大堤终于在感情的大潮冲击下坍塌了。杜萍接着李强说的话题："今天我和你住行吧？我们都已结过婚，在一起已经没什么可顾忌的了。这样可以弥补我们过去的遗憾，也能让我体会一下我所爱的人的一切。"杜萍说完站起身来，慢慢地走向已坐在床上的李强。

李强听明白了杜萍话的含义，也知道她不是在和他开玩笑，看着杜萍那深情的眼睛，让他手足无措，坐在床上任由杜萍解开上衣的扣子。杜萍见李强已经默许，她大胆地抱住李强，把李强压倒在床上。就在李强的前胸被杜萍的两个乳房压住的一刹那，李强瞬间感觉到是托娅压在自己的身上，平头刺向他的匕首扎进了托娅的后背，李强大叫一声"托娅"，一股身起来，把杜萍推到了一边，吓了杜萍一跳，看着李强不知所错。

李强回过神来,说:"杜萍,对不起,我不能对不起托娅,我们还是做好朋友吧,让我做你的大哥行不行?"

杜萍哭了,她捂着脸快步出门,回到自己的房间。

这一切都被早已在门外的木青看到和听到,由于杜萍冲出屋门时捂着脸没有看见木青,木青闪在了一边。杜萍回到自己的房间,啪的一声关上门,在屋子里哭了起来。木青被刚才这一幕吓得心惊肉跳,她稳定了一下情绪,开始敲门。

"进来。"里面传出李强的声音,木青推门进去了。

李强见是木青,说:"你来得挺是时候哇,刚才那场戏你听到了吧,看来这晚上不能找人谈事情,特别不要和女同志谈话,瓜田李下,传出去说不清楚。"

"那你还大老远把我找来,有什么事打电话还不行嘛。"木青说着坐在李强旁边的沙发上。

"不一样,我和你要说的是你的家事。田再新给我打电话说了你们的情况,让我求你给他一个改过的机会。"

"这个臭小子,他倒是挺会找人的,居然求到你的头上来了。你没问问他不怀疑我和你的关系了?这会儿不吃醋了?"木青说着来气了,声音很大。

"你小点声,怕宾馆的人们不知道哇。我问你,你到底想怎么办?"李强问。

"离婚,和田再新离婚。我一天也不想看见他了。"

"你已经怀孕,孩子怎么办,这个你没想到吗?"

"你说怎么办就怎么办,我还没拿定主意。"木青说着眼泪就流了下来。李强拿起茶几上的纸巾递给木青。

托娅尾随着木青来到李强的门外,听到"怀孕"两字她再也忍不住了,破门而入，满腔怒火，疾步来到李强和木青的面前，脸色愠怒，说："李强，我要和你离婚！你为什么不早说，你们当面装人，背后是鬼，这回你还有什么可说的。"

李强和木青两个人被托娅这突如其来的举动惊呆了。李强马上明白是托娅误会了他，说："托娅，你听我和你解释，不是你想的那样。我们是在——"

"你不用解释是在谈工作，在谈木青肚子里的孩子该怎么处理对不对？李强，你什么也不用说了，我成全你们！"托娅说完转身离去，头也没回。

李强赶忙跟了出来，说："托娅，你回来，你听我和你解释还不行吗？"

托娅哪里还听李强的话，她快步来到自己的小车前，上车疾驶而去。李强看着远去的小车，摇摇头，无奈地回到屋中。

木青看着李强，也不知道说什么好，说："托娅一定是误会了。这怎么办？你看事没说完，又给你添了新麻烦。都是我不好，害得你和托娅闹这么大的矛盾。"

李强低头想了想说："托娅的事我和她去解释，还是说说你们的事吧，我的意见是……"

托娅晚上回到家，把房门关上，趴到炕上就痛哭起来，其其格几次叫门她都没给开。这一夜她几乎没有睡觉，从小到大，让她怎么也没有想到，她和李强竟然会落得这样的下场。一想到和李强离婚，托娅的眼泪就不断地流下来，有时也会失声痛哭。她不知道什么时候才睡着，天刚蒙蒙亮，叮叮咣咣的响声又把托娅惊醒了。她看看天还没有全亮，还想睡一会儿，可是响声不断，而且越来越大。她觉得奇怪，就出了院子，来到了街上。原来是已经住进新房的人家都在拆自己的房子，人们趁着一早还没上班的时间干一会儿，好不误上班。托娅沿着街道走过，看见她曾经去做过工作的人家，爷儿

俩在拆屋顶。看着这位倔强的老人，托娅想起那天被他痛骂一顿的情景……

老人把一根木棍握在手里，怒目圆睁，说："一当上村长就不是她了，这么好的房子你就让扒了？我看谁敢来扒，王八羔子操的，我就在这看着，谁来我打断谁的腿。你给我滚，我不用你给我做工作，王八羔子操的！"

一想起这些，托娅赶忙快步走过，她又来到二迷糊家的门前，他也在和自己的老婆膘子拆房。看着这个快言快语、心地善良、平时和她要好的中年女人，托娅想起她那天的话，给自己的打击是非常大……

"你说人这玩意儿真怪，都是一个层次的时候，哥们儿、姐们儿那个近便哪，可是一当上个小官了，她咋就分心了呢。这就和那啥似的，一帮女人平时都很和气，当中来了一个好男人的时候，她们就都分心了。"膘子说事也忘不了扯膘话。

"就说你吧，没当村长的时候和我们一条心，一当上村长咋就和群众两劲儿了呢？"

托娅不敢再往前走了，不敢再想群众在拆迁问题上的态度和对她的谩骂、挖苦、打击。此时托娅明显感到自己已经不胜任村长一职，觉得在群众中失去了威信，也在李强的心里没了妻子的地位。想到这些，自尊心强、性格倔强的托娅当即决定辞去村长的职务，准备和李强离婚。

吃早饭的时候，托娅给其其格和李大路盛了一碗粥，恭恭敬敬地递给两位老人，她不想把心里的事向两位老人说起，不想让他们为自己担心。其其格也给托娅盛上一碗炒米拌乌日莫，只要托娅在家，其其格每天早上都会给托娅准备一碗，这是托娅最爱吃的早餐。托娅心里一热，她赶忙到厨房去擦眼泪，回来端着一碟咸菜，"我想吃点咸菜。小龙快吃，妈妈送你去幼儿园。"

"我和奶奶、小凤一起去。"小龙说着，头也不抬地吃饭。

其其格说："你有事就先走吧，一会儿我去送。"

托娅吃完饭，把她已经装好的衣服放在后备箱里，又把她经常带着的马头琴也放在车里，开车去了村委会，因为李长玺在等她，托娅事先已经打了电话。

李长玺已在村委会的屋门口等着托娅，他也是刚到。托娅下车，从衣兜里拿出自己办公室的钥匙递给李长玺，说："这是我办公室的钥匙，我辞职了，我没脸再当这个村长，如果你自己忙不过来，就把吴江找上吧。我先去南平，过一段再去金洲。有事电话联系吧。"

"哎！这是咋的了？因为什么也得跟我说说，就这么不明不白地走了，你让我怎么和村里交代呀？"

"有什么交代的，就说我不干了。"托娅说完上车就走了。

李长玺看看手中的钥匙，摇摇头说："这是咋的了？"

韩平走了之后，丁兰接手机械安装和生产。可是丁兰对厂里的生产设备以及生产是一窍不通，就把江帆找来。江帆对所有设备进行了检查，觉得这些设备工艺简单，产品也不会有太高的价值，再加上丁兰的管理水平低，可以预见她无力偿还贷款。这是江帆最担心的事，可是他在丁兰面前表现得十分自然。中午吃过饭，他和丁兰又去了铭心酒店，此时的江帆心里清楚，这可能是他和丁兰最后的幽会，他想一次把丁兰尝尽，所以他几近疯狂，让丁兰高潮迭起，死去活来。丁兰也因为没了韩平，心理上再无牵挂，江帆也就成了她唯一的依靠和感情的寄托，因此她也毫无顾忌，激情澎湃，大声呼喊。云雨之后，江帆没有像往常那样和丁兰一起休息，而是马上下地穿上衣服，倒了一杯水，又点着一支烟。他回头看看已经睡着了的丁兰，心里掠过一丝悲凉，想象不出她今后会去何方，会再遇上什么样的男人，能否会像他这样既喜欢她，还要远离她……

丁兰醒了，见江帆已经穿上了衣服，忙着找自己的衣服，一边穿一边说："你今天怎么先穿上衣服了，是要走吗？"

"对,今天下午我参加个会,看你睡得香,我没叫醒你。你再多睡一会儿吧,看你已经很累了。"江帆很温情地说。

"我今天特兴奋,完事就什么也不知道了。"

"我没有走主要是想和你说说我对企业的看法,依我看,你这个企业的工艺比较落后,就是正常运行也不会有太大的利润,要想还贷款我看是不太可能。"江帆说的是实话,当然他也不是太懂,这么说也是为了让丁兰就范。

"那我怎么办哪?因为和你在一起,韩平才和我分手的,我又不懂技术,这不等着破产嘛。你得帮我想想办法。"丁兰十分着急,简直就要哭了出来。

江帆的脸冷了下来,说:"办法只有一个,把企业过继给北方集团,交给你的叔叔管。"

"人家会要吗?我叔叔就不同意。"

"你不是欠你叔叔地产公司二百万嘛,他要是想要钱就只有这个办法,否则,有一天银行扣押你的企业,他什么也得不到了。"江帆对丁兰和他叔叔的企业十分了解,一个计划已经在他的心里形成,他不想让丁兰的企业把自己拉下水。

丁兰一着急,马上来到江帆的跟前,坐在他的大腿上,说:"贷款刚下来,还有两年呢,好好经营,怎么就还不上了?再说还有你的帮助,到时候再贷款还债呗。"

其实江帆怕的就是有这一天,那他可就难脱干系了。现在他的手里还有丁少中这张王牌,如果不用,再和丁兰儿女情长,就会坏了大事。想到这,江帆说:"你信我的话,等着北方集团来要你的企业,你就一了百了了。"

"那你怎么办哪,和我说说不行吗?"丁兰摇着江帆的肩膀说。

江帆搂过丁兰,看着她那动人的眼睛,轻轻地吻了一下,站起身来说:

"你再睡一会儿吧,醒了在下面的饭店吃点饭,之后再回家也不晚。我这就走了,再见。"

丁兰想了想,也赶忙收拾东西,马上打车回了厂子。

江帆回去之后,就给银行打了关于新路电动车配件厂贷款风险评估报告,之后依据报告收回贷款,当然是用丁少中房地产公司的钱,因为他是担保企业,这在银行是允许的。而地产公司得到通知的时候,银行已经办完手续,木已成舟。丁少中找到丁兰大骂了她一顿,可是说什么也晚了,只好把丁兰的企业收购在地产公司的名下,可以想到丁少中在北方集团会是个什么样的下场。

房地产公司的会计知道后,立即汇报董事会和总公司。董事会马上召开会议,并做出决定,委派总经理木林和木青前来处理此事。在丁少中的办公室里,丁少中的对面坐着木林、木青和来接替丁少中的许山副经理,也就是被丁少中排挤的地产经理。

木林在宣布董事会的决定:"鉴于丁少中的错误,经董事会研究决定,免去丁少中房地产公司经理职务、董事会副董事长的职务,收回其在北方集团的股份。丁少中私自担保的企业占用北方集团的资金,用其个人股份偿还资金,企业归其个人所有。另外,其在房屋拆迁过程中多给方志南三十万元,高明十五万元,从其股份中扣下四十五万。"

丁少中抬起头,说:"那四十五万不能扣,不合理。"

木青说:"你想要证人吗?会计早就把你的所作所为告诉了我,可是你一错再错,变本加厉,不知悔改。对了,还有高明给张鹏的录音,你还想听听吗?"

丁少中摇摇头说:,"是我自作自受,我认了。"

木林说:"丁少中所剩股份资金为一百三十一万元。经董事会研究决定,木青任房地产经理,许山为副经理。如果你没有什么异议,现在就和木

青、许经理办理交接手续。"

办完交接之后,丁少中来到了丁兰的电动车配件厂,他在厂里转了一圈,回到办公室,见丁兰正在打电话,他什么也没说,悄悄地坐在了凳子上。

丁兰给江帆打电话,可是他没有开机,她知道江帆从此不会再见她了。想了想,一狠心,她给唐占打电话,电话通了,"喂,丁兰吧。大小姐找我一定是有事呀?"

"啊,没什么正经事,就是看看你那还用不用人了?"

"看是谁呗,要是你,就是没地方,也得想办法安排呀。"丁兰手机里唐占的声音。

第二十三章

见叔叔进来,丁兰放下电话,说:"叔叔,我对不起你,都是我的错,给你添了太多的麻烦。"

"你在给谁打电话?是不是唐占?"

"是唐占,我想去他那工作,别处没人要我了。"说着丁兰的眼泪已经流了下来。

"孩子,从今往后我就是要饭也不让你自己出去干了,咱们自己能挣多少花多少,更不能让你去跳唐占那个火坑,你不知道他是什么人吗?就在我这干吧,咱们爷儿俩还干房地产,我就不信成不了功。十年河东,十年河西。"

二十天之后,木青领着村两委会的一班人检查新建完的革命烈士纪念碑和在建的幼儿园、公园、村委会大楼,一起研究确定剪彩的日期。根据完工的情况,大家一致认为定在十月一日比较合适,可是有一个问题很难解决,就是托娅说啥也不回来,谁打电话也说不通,村长不回来怎么剪彩。

李长玺急得是团团转,说:"你说这个托娅,我电话费都花了两百多元钱,咋说她也不听,我看她是铁了心不当村长了。明天我挨家问问,都是谁在动员拆迁的时候骂托娅了,谁骂的让谁去请。"

张勇说:"去几个人把她硬装车上拉回来。"

吴江说："要我说，谁说她也不能回来，拆迁的时候人们都把她骂伤心了。要不就家家都给她打电话，向她道歉。"

木青在一旁一声不吱，她知道托娅生气主要是因为李强和自己，这个扣连李强都解不开，何况他们，此时木青心里很纠结。

托娅在南平分公司一住就是二十天，当中在金洲待了三天。每天晚饭之后，托娅都坐在二楼的阳台上拉爷爷留给她的马头琴，她只拉草原歌曲，当然拉得最多的是《嘎达梅林》、《草原恋》和《雕花的马鞍》。今天她又和往常一样拉起了《草原恋》那首深情、优美的曲子，那如醉如痴的马头琴声把托娅又带到了自己的家乡，二十天的分离早已让愤怒变成了思念。托娅的眼泪流过面颊，随着琴声，她又想起孩童时的一切……看着车水马龙的街道和那栋栋被灯光照亮的高楼大夏，想着家乡新建的栋栋小楼；看着来来往往的人流，想着家乡的父老乡亲。忽然，她看到人流之中有一个她熟悉的身影，非常像韩平。托娅放下马头琴，仔细看，就是韩平，还领着一个女人和一个五六岁的孩子。托娅赶忙下楼，快速地跟了上去，尾随在他们的身后，听见孩子叫着爸爸和妈妈，几个人非常高兴。一会儿，他们上了一辆大众牌小汽车。托娅赶忙开上自己的车，跟在他们汽车的后面。直到看见他们进了单元楼，托娅记下了小区、单元和门牌号才回来。托娅之所以跟着看个究竟，是因为她知道韩平和丁兰在一起经营厂子，现在怎么又领着老婆和孩子在逛街，他是不是把丁兰当小三了，而丁兰还蒙在鼓里。

第二天，托娅心里放不下这件事，她就借着推销瓷砖来到了电动车厂，在供销科，她见到了科长，一个长得有些胖，个子不高的人。托娅自我介绍："我是百泉瓷砖销售公司的，看看你们需要瓷砖不。我们的瓷砖种类齐全，送货上门。这是我的名片。"说着托娅递过名片，胖经理接过看了看。

"我们暂时不需要，过个十多天吧，改造食堂的时候用点，到时候我给你打电话。包经理不是本地人吧？"胖经理问。

"我是内蒙人，科尔沁地区双青县人，我们那还有你们一个分厂呢，厂长是个女的，叫丁兰。她的男人是你们厂长的弟弟，叫韩平，你们知道吧？"托娅问。

"我们在外面也没有分厂啊，厂长也没有弟弟。我们厂长姓刘，叫刘君，不姓韩，不是我们市的吧？"胖厂长说。

"啊，那可能是我记错了，对不起了，那你忙着，再见！"托娅走了，回到自己的公司，觉得很奇怪，她又去问同事。

方志南和刘凤英两个人都焦急地守在电话旁边，方志南把自己的手机放在前面的茶几上，已经是晚上九点钟了，要等的电话还没有来。方志南点着了一支烟吸了起来，他低着头也不说话。刘凤英去了卫生间，刚要方便就听见电话的铃声响了，赶忙提起裤子就往回走。

方志南已经接起了电话："喂！大为呀，会散了？怎么样？"

"常委会才散，研究完了，情况不是太好，我说了你可不要着急呀。"

由于屋子里很静，电话里的声音听很清楚，刘凤英也能听到。

方志南明白了，他已经有了心理准备，说："你说吧，我有思想准备，大不了就是个开除党籍呗。"

"你还真说对了，就是开除党籍，退还占地所得款，免于起诉。"

"谁的意见？"

"这个意见是纪委和李县长提的，书记、县长和委员都同意。你怎么和李强结这么大的仇。你明天找找明海市长吧，趁着纪委还没下发文件。有人来了，我挂电话了。"

方志南慢慢地把电话放下，低下头吸烟。刘凤英哭了，默默地哭，也不敢说什么，她知道方志南比她更难过。

"李强，你等着，我要是不把你整下来我就不姓方。"说着，方志南把没吸完的烟狠狠地摁在烟灰缸里。

天一亮，木青自己开着车上路了，她要赶在天黑之前到达南平。车子开得飞快，不断超越货车和小面包车，中途她在一个路过的小城吃了三两饺子，用了半个小时。木青到达南平的时候，已是下午五点。她很快就找到了科尔沁百泉瓷砖经销公司，小车停在了公司的窗前。木青下车环顾了一下四周，发现这里离广场很近，交通方便，人流如织，是个非常好的商业区。她感叹托娅有眼光，选了这么好的地方开公司。

木青一进屋，一个工作人员迎着她走过来，说："欢迎光临，请问是买瓷砖还是有什么事要办？"

"我找你们包经理，她在吗？"木青问，把头发甩到脑后。

"请跟我来，她在办公室里。"工作人员非常热情，领着木青来到设在最里面的一个办公室。

工作人员敲门。

"进来。"里面传来托娅的声音。

木青推开门进屋，来到托娅的面前。托娅在看报表，并没有注意是谁进了屋子。

"经理，这位小姐找你。你请坐。"工作人员去给木青倒茶。

木青站着没有动，托娅一抬头见是木青，先是一愣，接着说："你怎么来了？"托娅的态度很冷漠。

"是我自己要来的，不欢迎吗？让个座呗。"木青故意和托娅调侃，脸上带着微笑。

此时托娅心里七上八下的，她不知道木青是出于什么目的来找她，是不是来和她摊牌。托娅下意识地说："坐吧，客气什么。"说完，托娅对工作人员说："小梅，你告诉他们，谁也不准到我办公室来，外人来找就说我不在。"

"知道了。"工作人员出去关好了门。

"说吧，找我什么事，想要和我提条件吗？"托娅很直白地问。

"什么条件？我和你有什么条件可谈的？"

"你不是要和田再新离婚，和李强结婚嘛，向我提条件呗。我告诉你，我什么条件都没有。你们要愿意在一起，我马上就和李强离婚，不用你大老远跑来费这周折。我托娅没那么小气，婚姻不是强留的。"托娅说这话是出于她内心的，她已经做好了准备。

木青哈哈地笑了，说："托娅姐，你误会了，我来就是想告诉你我和李强什么关系也没有，不是你想的那样。凭心而论，就李强的人格和品质，任何一个女人都会喜欢，我也不例外。可是他真正爱的是你，是任何人也取代不了的。说句实话，在他的面前，我都不敢有那种想法，那样想，都觉得自己会变得特别渺小，无地自容。"

"那为什么不管是工作还是事业，你都围着他转？你们在一起工作多少年了，不但没有离开，而且越来越亲密，他居然把你拿到县产业办工作，这怎么解释？"托娅非常严厉地问。

"我在工作和事业上都围着他的原因只有一个，就是他不管在哪，也不管干什么，都在为群众着想，都是为了群众。我跟着他也就是跟着群众，也找到了我们企业的落脚点。至于说他为什么把我调到县产业办工作，那是为了让我们的企业着眼全县的产业化全局，进行统筹发展，整合全县的土地和人力资源，进一步加快我们县农业现代化发展的步伐。通过这一段时间的工作，让我知道政府宏观调控的能力，企业加合作社加农户的科学组合，给我们县描绘了一个多么美丽的前景。"木青说得兴奋异常，甚至忘了她是来干什么。

托娅还是没有解开心中的疑团，问："你为什么要和田再新离婚？为什么要和李强说？"

"别提了，我要和田再新离婚是因为他和丁兰搞在了一起，两个人已经

在旅馆开房睡觉了。李强找我是为了说和我们的。可就是那么巧,居然让你碰上了,你还不听我们解释。"木青说起这件事又来了气,脸色变得十分难看。

"李强是什么意思?"托娅问,心里已经明白是怎么一回事了。

"让我给他一次机会,说他年轻,遇到丁兰这样的人难免犯错误。我当时就说那你咋不犯错误呢,丁兰也不是没找过你。'你听他说啥?"

"说啥了?"托娅一听丁兰也黏过李强,赶忙问。

"他说心里只有托娅,没有一点地儿。那意思说,田再新的心里就是有缝儿呗。嗨,那话多了,一个晚上也说不完。"

托娅的心里亮堂起来,她拿起手包说:"走,咱们找一个安静的饭店说去,你也饿了,咱们一边吃一边说。"

两个人去了托娅常去的饭店,要了两个菜,喝上啤酒,又开始聊了起来,气氛当然不像刚才了,两人已经无话不谈,就像一对闺蜜。两个人的脸都红了,托娅频频给木青夹菜,说:"你吃菜,少喝点酒。"

"今天的酒我说什么也得喝够,因为我心里痛快。刚才我说到哪了?"

"你的孩子。李强要你干什么?"

"对了,李强不是问我孩子怎么办嘛。我就说不要了,做了。我嘴上这么说,可是我心疼啊,一说我就想哭。不瞒你说,我在大学毕业那年和我的男朋友住在一起,不小心怀孕了。当时就要毕业了,我男朋友说什么也要让我把孩子做掉,否则就要和我分手。我下跪求他都不行。没办法,我就把孩子做了。可是我的男朋友再也不见我了。我去找他,没有找到人不说,在回来的公交车上,我看见他和一个女孩手拉手在逛大街。我当时就晕在了车上,一直到了终点站才醒来。从此,我再也没见我的男朋友。这次田再新的事让我知道了,我也要做掉孩子,可是田再新说什么也不同意,他说如果我实在要离婚,他把孩子养大,一辈子也不结婚了。你说这个王八蛋咋这样折磨我呀。"木青哭了起来，也是喝了很多酒的原因。

托娅递过纸巾，说："看来他是太爱你了，也是一时糊涂。李强说得对，你就给他一个机会吧。"

"人和人就是不一样。就说那天晚上吧，你跟着我，我是一点也不知道。我进李强的屋子之前，你猜我看到了什么？"

"你是说李强的屋子还是别的什么？"

"别人我和你说有什么用啊，就是李强的屋子里还有一个女人。"

"谁？认识吗？"

"当然认识了，就是杜萍啊。"

"杜萍？"

"你听我说，我当时正想进屋，就听里面杜萍在和李强说话。他们说了什么、要干什么，我听的是一清二楚。杜萍说……之后杜萍捂着脸快步出门，回到了自己的房间。我随后就敲门进屋，到屋里刚说几句话，你就进来了。你也不等我们解释，扔下那几句话就扬长而去。"

"我哪知道这些事呀，当时就是个气，气得我恨不得撕了你。哈哈哈，来，干一杯，算我给你赔不是了，对不起了。服务员，换白酒，喝！"托娅和木青一口干了一杯白酒。

"要说恨，我也恨丁兰，那可不是个好东西，不是她勾引，田再新也不至于出这事。当然了，苍蝇不叮无缝的蛋，你们李强咋不上当呢。有一次在李强的办公室里，只有我在，丁兰给李强来电话，屋子里没有别人，我听得真真的……"

木青详细地学了一遍丁兰给李强打电话的内容。

托娅听完木青的述说，心里十分难过，她觉得对不起李强，自从和李强闹别扭，已经有两个月没和李强一起生活，同时也十分担心丁兰的行为，担心李强能不能抵御丁兰的诱惑。

她举起酒杯,说:"木青,姐,对不起你,也对不起李强,是我心胸太狭窄误会你们了,请原谅。我先干了,表示我的歉意。"

"得了,你也别道歉了,你不在的这些天,韩平和丁兰吹了,把企业扔给丁兰回南平了。他家就是在这个城市吧?银行怕丁兰还不上贷款,把企业转给了北方集团,北方集团又把企业合给他的叔叔丁少中经营,丁少中已被北方集团辞退了。"木青说着长叹了一口气。

"我觉得丁少中不是好得瑟嘛,这回好了吧,真是恶有恶报。对了,我昨天看见韩平了,领着爱人和孩子在大街上遛弯,我觉得奇怪,他不是和丁兰处朋友嘛,怎么还有老婆、孩子。所以我今天早上就去新路电动车厂打听,厂里的领导说没在外面建分厂,也没听说过韩平这个人。他是不是个骗子啊?"托娅有些疑问。

木青想了想说:"你说的是你亲眼所见?"

"是呀,我跟着到了他们家,小区、单元、门牌号我都记了,还有他们供销经理的名片,你看,这个就是。要不你打个电话问问?"托娅说着把她记的住址和名片都给了木青。

木青看着,心里有了怀疑,说:"这个我拿着,回去研究一下。对了,村里的群众都等着你回去给烈士纪念碑剪彩呢,时间定在十月一日了,你什么时间回去?"

"我还要去一趟金洲,那儿有几个事挺急的,什么时候回去再说吧,我也说不准,我们电话联系。"托娅这样说,主要是她对丁兰还有一些怀疑,觉得事情不是这么简单。

"好,我明天一早五点出发。咱们也快吃吧,回去在被窝里唠嗑,有些事我给你从头细说。"木青和托娅最后干了一杯。

木青赶到双青县的时候是下午四点了,在路上就已经和李强联系,所以她直接去了县政府,李强已经在自己的办公室里。

李强给木青沏了一杯茶放在她的前面，说："大小姐辛苦了，你劳苦功高，完成了一件谁也完不成的大事，对我来说太重要了，它已经影响到我的工作。晚上请你吃火锅怎么样？"

　　"我跑了两天的路，够上火的了，还吃火锅。回家折腾田再新去，让他给我做点凉快的。你不让我们离婚，我还得使唤他。电话上和你说韩平的事，你怎么看。"木青问。

　　李强想了想说："这肯定是一桩诈骗案，县里不能视而不见，我要把这件事汇报给县委。"

　　"我就是和你说说这事，你真要和县里汇报？那不是没事找事嘛。人家企业都转给别人了，还管他骗不骗的干啥。如果要立案调查，你不是负主要责任嘛。这事你可得想明白。"

　　"我想明白了，这件事很有代表性，有一定的警示作用，在我们这个地方，不能让这种事情再出现一个，这是我们当领导的责任。"李强的话说得十分坚定。

　　木青急了，说："我说你这人咋这么固执呢，你是县长，这种事一出，对别人没有啥，对你那可是影响不好啊，弄不好你可能被撤职，你别不信。我是为你好，别人谁劝你呀。"

　　"我明白这个道理，可是我不能昧着良心装糊涂，我不能做对不起广大干部群众的事。我去找段书记，这事要立案。"李强说着，就要去找段书记。

　　木青横在李强的面前，说："我不让你去，你给我坐下。"

　　"你是我的什么人哪不让我去？这么大的事你让我坐视不管？"李强急眼了，说话已经不管自己的身份。

　　"我是你的朋友，要是你老婆我抽你。"木青也失去了理智，两眼放出咄咄逼人的目光。

"不信你问问托娅,她是让我去,还是不让我去。你打电话,这就打电话。"李强刚木青。

木青拿出手机就给托娅打电话:"托娅姐,我刚才和李强说了有关韩平的事。他说这肯定是个诈骗案,他要向段书记汇报。我挡不住他呀,如果真是个诈骗案,李强的责任可就大了,弄不好撤职呀,你赶快劝劝他吧。"

"木青,他是领导,不能装糊涂,就是撤职也要给群众一个交代。你让他去吧,我支持他。我挂了。"木青愣住了,看着李强慢慢地合上了手机。

李强眼泪流了下来,说:"知道了吧,这就是托娅。"

木青开着车行进在回家的路上,眼泪顺着脸颊不停地流着,她不知道是不是因为对托娅的妒忌,可她知道是李强为了群众的利益,所做出超乎常人的举动让她恨得牙根痒痒,也让她从心里爱他爱得流血。

李强为了韩平的事找到段书记,段书记觉得事关重大,立即召开常委会。听完李强的汇报之后,段书记对与会的领导说:"根据李副县长说的情况来看,这有可能是一个诈骗案。但是,现在没有确凿证据,还不能下这个结论。我们要研究的是,如果怀疑它是一起诈骗案,他骗了谁,该由谁来立案,我们政府要负哪些责任。明海和钟县长都调走了,我和刘县长刚刚到任没几天,对这个企业不是十分了解,各位领导都说说,为我们如何处理这件事提供参考意见。李强副县长是主管这项工作的,你的意见十分重要,领导们说完之后,要提出你的想法。下面哪个领导先说?"

"说说我的看法,会前我向个别领导问了一下该企业的基本情况。就现状来看,企业的老板是丁兰,这个韩平是受雇于丁兰,如果确定韩平是个骗子,那他也只是骗了丁兰,是他们企业内部的事,对政府来说没有什么损失,也就是说他没有骗到政府和银行。这件事应该由当事人报案,是他们受了骗,如果报案,可以支持他们。另外,这个企业已经转手两家公司。我的意见是支持丁少中的企业报案,起诉韩平,把这件事交给司法部门处理。"

刘县长说完，看看李强，又看看其他的领导，"这只是我个人的看法，大家也都说说。"

"我同意刘县长的意见，这是他们企业内部的事，我们政府和银行没被裹在里面，也算是万幸了。这种事在现实生活中多得是，我们不能一一去替企业报案，得靠企业自己主动维权。另外，明海书记和钟县长刚刚调走，我们现在办这事也不太合适，容易给人们造成错觉，同时也给李强县长带来很大的压力，因为出了案子就得有领导负责，特别是主管领导。"人大洪主任说完抬起头来看看李强，目光充满着关爱。洪主任对李强的印象十分深刻，从李强当上村长和方志南较量开始，再从乡长到北方集团任农业经理，又在副总经理的岗位上被提拔为副县长，他都一清二楚。特别是就任副县长以后，李强为人谦虚谨慎，尊敬领导，对工作认真负责，以及对群众那种深厚的感情，都让洪主任对他刮目相看。从心里说，他真不想让这件事影响了李强的政治前途，他的表态是出于他的真实想法，当然也不失原则。

"我同意刘县长的意见，就算是诈骗案，那也得企业自己起诉或者报案。因为韩平不是企业的老板，只是个员工。"

"我也同意刘县长的意见。"

"同意洪主任和刘县长的意见，可以通过企业报案，然后再调查这件事。"几个常委纷纷表态，大体上和刘县长的意见一致。

尚主任还没有发言，他认真地听了其他常委的意见，觉得都是在保护李强。他也很清楚，如果立案侦查，李强是必须要负责任的，也可能被处分。尚主任平时和方志南的关系很密切，其中最主要的原因是方志南是明海的亲戚，尚主任投其所好，自然和方志南走得很近。方志南需要县里的有关信息，尚主任则需要方志南在明海面前吹风。然而，这只是他的一厢情愿，方志南根本就没在明海面前给他说过什么好话，他知道说了也没用，明海不会听他的。可是在尚主任面前，他又装得十分大气，有时绘声绘色地学明海说

话,让尚主任十分信服。久而久之,尚主任就对方志南有了依赖,也很认同他的处事哲学和观点。当然,他对李强的印象也就一般,用方志南的话说,他就是明海一手提拔的,否则他什么也不是。自己当主任的时候,李强还是个村长,凭资历很不服他。面对今天这件事,他的想法很复杂,在他看来,李强主管的行业出了问题,他就应该负责任。看常委们都说完了,只剩下他和李强没有发表意见,他故意干咳了一声,说:"说说我的意见,我同意以上各位常委的意见,大家分析得很对,那是企业上的事,交给他们自己去办,和我们没有任何关系。就是主管领导也没有什么大的责任,手续都是各个职能部门办的,有责任也是经手人的责任。"尚主任说完看看李强,"我说完了。"

李强看看段书记,说:"段书记,说一下我的意见。刚才尚主任说这件事和我们没有任何关系,以上各位领导也说这是企业自己的事,应该由企业自己报案。我不这么认为,假如这个诈骗案成立,这个企业是我们政府部门准入的,签发了各种手续和银行贷款,首先他骗了政府。不管他是怎么转让给别的企业,也改变不了这个事实。另外,我是主管土地的副县长,在双青县内,土地和企业出了任何问题,我都脱离不了关系,或者说是我工作失职。如果真是个诈骗案,把这样受骗的事扔给企业,我们置身事外,全县人民会骂我是政治投机分子。我知道副县长的职责是什么,不光是眼睛盯着土地,心里还要想着群众利益。打击犯罪就是为了维护群众利益。因此,不管是骗了电动车配件厂,还是北方集团,罪犯一定要绳之以法,给群众一个说法。另外,也是最关键的一点,如果诈骗案是真的,包括我在内,所有行政管理机关的直接和间接负责人都要接受处分,为工作中所出现的错误负责。只有这样,才能保证我们的政令畅通,清正廉洁,务实高效,才能让我们的经济建设健康有序发展。我建议马上通知公安局立案调查。我本身也要做好准备,积极配合公安机关查清此案。我说完了。"

洪主任愣住了，他想不到李强的态度是如此明确，他下意识地说："李县长，你可要想好啊，不能这样表态，要听主要领导的意见。"

"我知道自己不是常委，所以我请常委批准我的请求，查清事件的真伪，还群众一个清白的企业。"李强的态度坚决，用诚恳的目光扫视了一下在座领导。

与会领导都对李强的表态感到震惊，因为大家都知道这件事最终的结果，如果诈骗属实，李强被处分是肯定的。当然，李强的话也让在座的每一个人深思。

段书记被李强的话感动了，李强的政治觉悟和大公无私的执政理念，让段书记明白了李强被提拔到县政府工作的真正原因。"好，我同意李县长的意见，马上通知公安机关立案，相关领导配合公安机关行动。大家还有不同意见吗？"

"没有。"

"同意。"大家异口同声，同意立案调查。

夜幕降临，三辆警车开出公安局，驶向南平方向，次日凌晨将韩平抓获。经过审讯，韩平交代了一切，原来他是通过新路电动车厂的一个勤杂员把厂子的经营执照拿出来，在双青县注册了一个分厂，建厂之后，又把他在各地低价收购来的加工废旧塑料机械和一些再生塑料拉到厂子，再用假发票开出高额的价格，从中获利三百五十多万元。利用这种方法，他骗了三个厂子，非法所得达八百七十万元。

案情真相大白，公安局也随之对本案相关的细节做进一步调查。

常委会一散，尚主任就把公安局立案的消息告诉了方志南，当然也说了与会领导们的意见。本来尚主任不再想和方志南来往，因为明海已经调走，再和他有联系已没有什么意义。可是他知道方志南一定会对这件事感兴趣。出于对李强嫉妒的心理，鬼使神差，他就主动给方志南打了电话，还有意无

意地透露出此案必是诈骗案，李强难逃其咎。这让方志南看到了向自己仇敌反扑的最后机会。方志南放下电话，在屋子里来回走。他要亲自上阵，觉得力量单薄，此时想起了已经被撤职成为助理员的刘瑞，马上给他打电话，约他到县里来商量大事。

此时的刘瑞也把自己被撤职的原因都归罪于李强，他认为如果不是李强和托娅在合作社条件上较真儿，他也不会落到如此下场。他连夜赶到方志南家，当晚，两人喝着酒，一起密谋……

方志南家的小餐厅，餐桌上四个炒菜，一瓶白酒。刘凤英做完饭回了卧室，她不愿意听方志南和刘瑞再说那些让人闹心的烂事。

方志南端起酒杯，两只眼睛布满了血丝，以往梳得溜光的背头乱糟糟的，由于上火，他的嗓子有些沙哑。方志南现在反而轻松了，再也不用顾忌什么，说："来，咱爷们儿喝一杯，反正也他妈也这样了，大不了咱们鱼死网破，临死我也抓他个垫背的。"

"干！你说得对，我们不能就这么算了，他打断我的腿，我也咬破他的喉咙。你说吧，要我干什么？"刘瑞说着，怒气冲冲地干了杯中酒。其实刘瑞明白方志南找他来一定是有新情况。他被开除党籍是李强的主张，这口气他一定得出。所以，不等方志南说干什么，他就表态支持。

方志南早已有了一个周密的计划，在给刘瑞打电话之前就在心里形成了。此时刘瑞的态度让他有了信心，为了进一步了解刘瑞内心的真实想法，方志南故意提起刘瑞被撤职的事："我听说你被撤职的事了，主要是收合作社头头的钱，还有别的原因吗？"

"没有别的原因，本来把贷款平分给合作社就没事了，可是李强非在县里搞什么资格审查，结果求我办事的几个合作社都没得着贷款。我点也是背，这事还让县组织部考察组的给碰上了。别说了，我都恨死李强了，他就是我一克星。要是不把他整下来，我死不瞑目。"刘瑞说着气也上来了，自己干了一杯白酒。

"现在机会来了，我找你来也是为了这件事。"

"你说什么机会，是不是李强有什么事了？"

"也可以这么说，是他自己把把柄交到我们手上了。"

刘瑞没明白方志南的意思，呆呆地看着方志南。

"你跑来的那个企业立案调查了，很可能是一个诈骗案，是李强力主立案，你想想最后会是什么结果？"方志南说完看着刘瑞表情。因为这个企业是刘瑞跑来的，当然会对他有一些影响，他会不会因此不敢对李强下手。

刘瑞一听愣住了，张大了嘴巴看着方志南，似乎不相信他说的是真的，问："你说什么，韩平是个骗子？怎么可能呢，你听错了吧？"

"是韩平骗了所有的人，人已经被抓到双青县，正在审讯。"

"那和李强有什么关系？我们要做什么？"

"既然是个诈骗案，那就有文章可做了。企业是谁批准的，是怎么贷出来的款，是谁包庇了罪犯？"方志南用狡黠的目光看着刘瑞。

刘瑞有些明白了，说："你是说这一切都是李强所为，也只有他才能做到这一切。我明白了，你是要——"

"就是要告他，咱们俩署名告他。咱们还怕啥呀，什么都没有了。他让咱们没好日子过，咱们也不能让他消停。怎么样，你敢不敢？"方志南直视着刘瑞，等着他表态。

"我有什么不敢的，让他把我整得啥也不是了，还怕告他？你说得对，就去告他，把他告到市检察院，来直接的。"刘瑞狠狠地说。

"好，我不吃了，马上起草告状信，你明天直接送到市检察院和纪检委，我们来个双管齐下。"方志南说着放下了酒杯。

"对，马上就写，写完再喝酒。"

第二十四章

方志南和刘瑞连夜写完了上告信,第二天一早刘瑞送到市纪委和市检察院。方志南则约江帆到一个隐蔽的小旅店,他要和江帆实施另一个计划,以此来配合他们的两封上告信。

方志南先来到房间,付了钱,要了一壶茶水,点上一支烟吸着,等着江帆的到来。不到十分钟,江帆进来了。

"大哥有什么事不能在电话上说嘛,搞得这么神秘?"江帆有些不太明白方志南的意思。

方志南递给江帆一支烟,说:"有大事了。你可能不知道,韩平已经被抓,他是一个骗子,骗了我们所有的人。"

"他爱骗谁骗谁,和我有什么关系,我的贷款都已收回。"江帆不以为然地说,非常悠闲地吸着烟,仍然一副行长的派头。

"哼!要不是当时我提醒你让丁少中担保,你现在早就进班房了,还能这么悠闲?"方志南非常不高兴,有意用这件事敲打他。

"谢谢你当时的提醒,那本来也是我们贷款的硬件条件,是必须遵守的,没有担保银行拿什么保证资金的安全。"江帆的意思是没有他的提醒,银行贷款也会遵守担保的规则。

方志南见江帆不服他的劝告,进一步揭他的老底:"你是不是以为你做的事别人都不知道？我知道你和丁兰的关系，才提醒的你，不然你就出大问题了。外面的人不说，就说你们银行内部的人，谁不知道你和丁兰的事？谁不知道你们评估有问题？你别以为还了贷款就万事大吉了，最后的问题都会集中在银行身上。你想逃脱责任，那得看丁兰怎么说，得看你们的关系铁不铁。"

方志南的话点到了问题的关键，好像往江帆身上泼了一盆冷水，可是江帆也是见过大世面的人，暗自庆幸自己没要丁兰一分钱。两人关系的事，丁兰自己不会说，说了对她也没有什么好处，她毕竟还没有结婚。因此他表面上并没有惊慌，反而十分镇静地说："男女关系不是利益关系，无所谓铁不铁，是各取所需。和你说实话，我没要她一分钱。我们关系很亲密，但没有影响正常贷款业务，贷款如数收回。这在银行业是硬道理，其他都不是大问题。"

方志南对江帆的态度十分不满，都这个时候了，还在他的面前装硬。无可奈何，他只好直奔主题，不再和江帆绕圈子："好了，我们别绕圈子了，今天找你来就一个目的，贷款是谁的责任。"

"我不是说了嘛，贷款收回，已经没有谁的责任了。"

"我不是说你们银行的责任，我说的是政府的责任，也就是李强的责任，你明白了吧？"方志南看着江帆，在等他的回答。

"这我就不太明白了，贷款都收回了，还问谁的责任有意义吗？"

"当然有意义，而且意义很大。你是我多年的老朋友，我的事你也听说了，给我的处分不轻啊，我什么都没有了。你知道是因为谁吗？"方志南说着话，眼睛里已有泪花闪现。

"因为谁？是李强吧，你这么说我有些明白了。"

"就是他！这个处分是他提出的呀。你可能还不知道，我和他斗四年多了，最后他让我落了个双开的下场，你说我能甘心吗？"

"你找我就是为了这件事？要我干什么，你直说吧。"

"我找你就是让你把贷款的责任推给政府，推给李强。他和丁兰不是去找过你嘛，你完全有理由说是他给你施加压力促成了这个贷款项目。丁兰的工作我去做，这你放心。"

"好吧，我就听你的，还有什么要做的？"

"另外，你对丁兰就没有什么表示吗？比如以你的名义要求她，这得需要钱来说话……"

方志南从江帆那回来，就把丁兰约到了和平饭店312房间，当然是通过丁少中约的，是什么内容也没瞒着丁少中。原来丁少中也和李强有意见，因此也就默许了丁兰赴约。

方志南知道丁兰不吸烟，自己也没有吸，让服务员沏了两杯绿茶放在桌子上。丁兰显得很不自然，出了韩平的事以后，她几乎不出门，这件事对她的打击很大，特别是方志南这样知根知底的老熟人，见面更是无话可说。

方志南知道丁兰此时的心理，也知道这正是做工作的有利时机。"丁兰，我知道你现在的心情不好，企业上的事让你深受打击。你还年轻，这算不了什么，谁年轻创业没有挫折。好在有你叔叔从中帮忙，让你的企业没被银行拍卖，可以继续干下去，来个东山再起。"方志南并没有着急说事，先安慰丁兰，让她放下心来。

丁兰心里在琢磨方志南找她是何用意，是否为他得了五万元钱的事来找她，可是听他的话，并没有这个意思，就顺着他的话回应着："是啊，如果没有我叔叔帮忙，银行还不把我送去坐牢哇。捅了这么大的娄子，我真的没脸面对我的叔叔。你得在背后劝劝我叔，让他想开点，我们从头再来呗。"

"我早就和他说了，所以他同意让我来劝劝你。事已经出了，我们要勇敢面对，也算不了什么。你说得对，从头再来嘛。"方志南说得在情在理。

丁兰已经没了戒备，觉得方志南是有事来找她的，就直接问："方主席，你找我有事吧，不光是为了劝劝我吧？"

"我是替别人来求你的，我想你也一定猜到了。"

"那会是谁呢，莫不是……"丁兰没有往下说，她明白了，一定是江帆求他来的。因为江帆此时不便和她见面。丁兰很激动，转瞬间泪水已在眼里打转。

这一切都被方志南看在眼里，他觉得时机不错，和他事先预想的一样，自己以江帆的身份做丁兰的工作，一定会成功。方志南从兜里拿出一个银行卡，在丁兰的面前晃了晃，说："这是江帆托我给你捎来的十万元钱，他说不便见你，算是给你的一点安慰，请你务必收下。他同时还和我说，如果公安来调查贷款的事，让你一定说是副县长李强帮你找江帆行长贷的款。不管谁问你，你都要这样说，这你能做到吧？"

"那有什么做不到的，本来就是李强领着我找的江帆行长啊。"听丁兰说完，方志南就把银行卡交给丁兰。丁兰愣了一下，还是接过银行卡。

"江帆都和我说了你们俩的事，他有事不瞒我。你也不必多想，就按我说得做就行了。我该走了，该说的我都说完了。"方志南说完就站起身来准备要走，他知道这种事不能解释得太细，不能让丁兰看出这是自己的意思。为了整倒李强，他只好利用他们之间的感情，达到最终目的。

"你放心，我一定按照你说得去做，你慢走。"丁兰送方志南出了酒店，自己也打车回去了。此时她的心情好了许多，坐在车上环顾大街上的汽车和高楼，她好像刚对这个小城有了印象。

县公安局刑警队审讯室里，两个公安人员在审讯韩平。韩平坐在特制的椅子上，他的脸色有些白，长了的头发和胡子让他失去了往日的精神，但是神情很坦然，没有一丝的不安和恐惧。

"韩平，你用收购来的废旧塑料机器骗了丁兰，你又用什么方法骗取了银行的贷款？你要说实话，争取宽大处理。"一个干警问。

"我什么都说了，不会再隐瞒任何事情。贷款的事都是丁兰一个人经手的，她先找了李强副县长和她一起找农业银行副行长江帆，因为他是主管贷款的副行长。后来丁兰又和方志南一起找了江帆，并且还带去了一张存有二十万元的银行卡。丁兰回来的时候说把钱给了江帆，到底给没给我也不清楚。之后就是银行的评估，也是丁兰自己安排的。她说江行长已经和评估组打了招呼，还让丁兰给每个人一万元钱。评估完时间不长，贷款就下来了。"韩平很从容地说。

"你认为这笔贷款是谁申请下来的，是李强还是方志南？"干警接着问。

"方志南拉的线，丁兰自己申请下来的。"

"什么意思，她自己就能申请下来？"

"对，就是她自己。因为她和江帆一见面就发生了关系，当天晚上她回来得很晚，我亲眼看见方志南早就回了家，而且是丁兰送的，之后他们就去了旅店。在贷款期间，他们几乎是每天都在一起，借口贷款的事，一去就是四五个小时，有的时候十一点才回家。"

"你怎么知道他们发生了关系？"

"她每次回来的时候都要把裤头脱掉，我把她的裤头都留了起来，就是为了有一天好离开她，离开这个厂子，达到我安全撤离的目的，所以任她为所欲为，也不去制止她。"

"你亲眼看到他们给评估组钱吗？"

"那倒不是，是江帆安排她给的，我不在场。"

"你可要说实话，我们还要和丁兰核实这些问题，如果情况不属实，你知道后果。"

"我说的这些完全属实，我还有必要隐瞒嘛"韩平说得十分诚恳，一副无可奈何的样子。

就在隔壁，丁兰的审讯也同时在进行。韩平所说的一切，丁兰矢口否认，这让审讯的干警十分挠头。因为有了方志南的提醒，还有江帆的支持，虽然干警审讯，但是她的态度十分明确，说话的语气也很肯定，没有一丝的犹豫。

"丁兰，你身为厂长及法人，为什么用那么多没用的机械来建厂？你不知道它不能生产零件吗？"干警问。

"我不懂，这一切都是韩平一手安排的。本来我是想和他结婚的，所以也就没有防备，想不到他是个骗子。"

"贷款是你自己跑下来的吗？谁帮的忙？"

"李强县长和方志南帮的忙，主要是李强县长，方志南只是领着我和江帆见个面，之后就再没管这事。"

"你没说实话吧，韩平可不是这么说的。他说贷款是你自己跑下来的，还让你带去二十万元的银行卡，之后贷款就成功了，是这样吗？"干警问，口气严厉了很多。

"一个骗子的话你们也相信？那你就听他的好了，我无话可说。但是我可没带银行卡，更没给江帆钱。韩平那是在胡说，把我害得这么惨还不够，还要往死里整我。"丁兰气得浑身直哆嗦。

"另外，你和江帆是什么关系？他不但给你贷款，还把你这个不挣钱的企业转给了北方集团，让你落得个轻松自如。"

"你说什么关系？他是行长，我是老板，有了贷款是客户关系，没有贷款，什么关系也没有。"丁兰知道韩平说了一切，干警的话已经让她感觉到了这一层意思。

"韩平可不是这么说的，他说你和江帆有不正当关系，才让你的贷款顺利到手。韩平说他是有证据的，他保留了你的裤头，才得以和你顺利分手，这应该是事实吧？"干警说完看着丁兰的脸。

丁兰心里已经有了准备，也知道韩平现在是拿不出证据的，说："就凭那个骗子的一张嘴，说啥你们就信啥？让他拿出证据来，没有证据你让他闭嘴。还有事吗？没事我走了，没空在这听他的鬼话。"

丁兰的话还真就让干警没了话说，因为韩平已经把证据都交给了丁兰，没有办法，干警只好让丁兰回去。

李强被告的消息惊动了广元市委，市委立刻组织市纪委和市检查院成立了联合调查组奔赴双青县展开调查。双青县委对此非常重视，马上召集公安局领导，会同市委联合调查组通报情况，分析案情，寻找案子的突破口。公安局审查的情况表明，银行贷款是这个案子的问题所在，它的漏洞在于不能生产的机械为什么能带出五百万元的贷款，是谁给这个企业开了绿灯。目前几个当事人的口供表明，所有的问题都指向李强，是李强干预了银行贷款。韩平说江帆与丁兰的不正当关系是贷款的主要原因，可是他又拿不出任何证据，他的话可信度不高，不足为凭。告状信说是李强干预银行贷款，还说他和丁兰有不正当的关系，用丁少中的企业担保取得了贷款。面对复杂的局面，经调查组和公安局共同研究，决定再次审理韩平和丁兰，当然也包括江帆和李强。

木青对李强的处境十分担心，她不断通过电话来了解韩平诈骗案的进展情况。可是所有的消息都对李强不利，特别是人们还谣传丁兰和李强关系密切。这个消息让木青蒙了头，她有些不知所措，感到丁兰太可怕了。离百泉沟村革命烈士纪念碑剪彩只有两天时间了，李长玺给托娅打了两次电话，可是托娅的态度不明朗，总是说忙，回不回去还不一定，好像有什么问题也不明说。木青也想给托娅打电话，可是眼前案子的情况对李强很不利，自己也不知道怎么对托娅说起。想了想，她还是拿起了电话，拨通了托娅的手机：

"喂，包经理吗？我是木青，你在哪呢？"

"我听出来了，大经理的声音与众不同啊，声音甜润悦耳。长玺哥来了两次电话，吴江三次，接着就是你，你们几个是飞机呀，轮番轰炸我。咋的，非得让我回去剪彩呀。"托娅的声音有些沙哑，情绪明显不高。

"看你说的，你是村长啊，一村之长不到，怎么剪彩，你可是不能取代的呀。"木青只说剪彩的事，不说李强的情况。

"木青，跟你说话我不藏着瞒着，实话和你说，我真的不想回去剪彩，原因你也知道。现在县里传闻李强和丁兰关系不清楚，贷款的事是李强一手经办的，为了啥，不就是为了丁兰这个女人嘛。我此时什么都不想干，也不想回那个生我养我的家。我想在外面待一段时间，觉得自己太累了，非常害怕听到我最不想听到的消息。你和李书记要把剪彩仪式搞得隆重一些，这对太平川乡来说很重要，我替父老乡亲谢谢你了。"

"嫂子，你回来吧，离剪彩就剩下两天了，不能没有你呀。你心情不好，剪完彩再回去也行啊。"木青有些急了，又叫经理又叫嫂子的。

"木青，你别再叫我嫂子了，就叫我大姐吧。不管出了什么情况，我都和你处下去。有人来了，我挂机了。"托娅合上了手机，眼泪流了下来。

尽管追查贷款责任没有什么结果，但韩平诈骗的事实清楚，所骗资金已被警方扣留，金额达到二百七十五万元。李强领着两个公安干警到电动车配件厂来找丁少中，一进厂大门，里面空无一人，只有两栋新建的厂房还静静地矗立在那里。李强和干警向办公室走去，开门进屋，只见屋子有一个木板床，丁少中还在床上躺着。见有人进来，他躺在床上看了一眼，见是李强，他马上起来。"李县长来了，是不是来看我的笑话，管说不行？还是当官的，出了啥事也不影响自己的前程。"丁少中满心的窝囊说不出，只好用话讽刺李强。

"丁大哥说啥话呢，总也忘不了收拾你的小老弟。这大白天的咋还躺着不干活呢，丁兰呢？"李强还像以前似的和丁少中说笑着。

"不躺着干啥去呀，整这一堆废铁，啥用也没有，想干活都难了。这个

丁兰哪，可把我害苦了，厂子弄不好不说，事还没头了，这不又让市里纪委和检察院的叫去了，说是查贷款的事。你说我都用自己的钱把贷款还完了，还追查那事干啥。我就服你们这些当官的，狼吃不见，狗吃撑出屎来，有影的事不管，没影的事追起来没头。"丁少中一肚子的怨气，也不知道说什么好。

"丁大哥，我来有一个事和你商量，征求一下你的意见。"

"还有事找我呢，你说吧，啥事。"

"县委和政府对你们厂子的遭遇非常同情，出了这样的事，我们也有责任，所以派我来和你商量，退回你们企业受骗款。目前从韩平的账户上扣留下是二百七十万元，县里研究退给你们企业，看看你还有什么意见。"李强说完看看丁少中。

丁少中好像没有听明白，呆呆地看着李强，张着嘴："你说什么？给我们退赃，真的假的？"

"这是真的，是李县长向政府提出的，把他所骗赃款退给企业，县委和政府领导同意了，这事你得感谢李县长。"一个干警说。

丁少中明白了，他抱住李强嚎啕大哭说："李强，我以前对不起你，我不认真假人哪。你可救了我的命了，你让我说啥好哇……"说着，丁少中拿出手机就给丁兰打电话。

"喂，丁兰吗？你听我说，什么，不让打电话，那你听着……"

纪委和检察院的人，加上两个干警在审问丁兰。丁兰拒不承认她和江帆的关系。领导和干警劝说她，她无动于衷，仍然一口咬定是李强帮她办的贷款。这时丁兰的手机响了，她拿出来一看，是叔叔的电话，刚想要接，干警把手机拿过来，打开免提让丁兰说话。手机的声音很大，满屋子的人都能听到。丁兰说："我们正在谈话，不让打电话，开免提呢，有事你说吧。"

"丁兰，我告诉你一件事，李县长来咱们厂子了，他说咱们受骗了，要给咱们厂子退赃二百七十万元。你听见了吗？是二百七十万元哪。丁兰哪，摸着良心想想，李县长才是咱们的恩人哪。咱们受一回骗，不能受两回骗哪。方志南、江帆的烂事你还给他们留着干啥？他们就是要整倒李县长啊，你知道吗？"

"叔，我知道了，我把我知道的都和纪委的说了。"丁兰合上了手机，"我说，我都说……"

此时丁兰心里异常平静，因为她终于可以说实话了，她现在才知道韩平、江帆、方志南、刘瑞等人都是骗子，他们都在为了自己的利益做打算，只有李强不顾自己蒙受诬陷，积极为受骗企业着想。自己再不站出来说话，还是个人吗？想到此处，丁兰长长地出了一口气，说："我是和江帆有了那种关系，他才给我贷款。他并没有要我给他的二十万元钱。方志南得了我给他的五万元好处费。给评估组三个人，每人一万元，也是江帆安排给的，是我拿的钱。市纪委调查组来的前一天，方志南给了我十万元，说是江帆给我的，让我说是李强帮助贷的款，别的什么也不用说。"

"你说的这些都有证据吗？"一个纪委的干部问。

"当然有证据。"

"都有哪些证据？"

"江帆和我的事被韩平发现之后，他保留了我的裤头，他走的时候都给了我，我并没有扔掉，想以此要挟江帆，我怕他从此不再理我。给评估人员钱的时候，我是在厂部给的，那里都安装了监控摄像头。方志南得的五万元钱和他给我的钱，银行卡的信息都在，可以查到存储人的签字。"

已是午夜十点钟了，木青在双青县的宾馆里给托娅打电话，她显得很兴奋，把滑过面颊的头发甩到脑后。

"喂，木青，深更半夜的你打什么电话呀，不让我睡觉了？有什么事吗？"

木青听托娅这么问,兴奋地说:"我这么晚给你打电话,你就没有什么感觉?坏事我能半夜三更得找你吗?"

托娅正在床上看书,接电话时她还躺着,听木青这么说,她猛地起来,问:"你说什么消息?快点!"

"着急了吧,不烦我了?"

"哎呀,你快说吧,都急死我了。"

"韩平的诈骗案结了,丁兰交代了一切,江帆、方志南被隔离审查,李强是清白的,和丁兰没有一点关系,你可以放心了。不过,市纪委也给了他行政记过处分,但是他可以照常上班。"

"你是说没有撤职?"

"对呀,就是照常上班,在档案里记过。我说你这回该回来了吧,明天可就是十月一日了,李强明天一早回去,说坐我的车。"

"我也回去,九点就到。好了,我挂了。"

托娅说完就开始收拾东西,木青则拿着手机愣在那里,心里又高兴,又有一丝的醋意。

十月一日,对于百泉沟来说是个永远值得纪念的日子。今天高大雄伟的革命烈士纪念碑在新建公园的一侧落成,就要在上午十时进行揭幕。另外,公园、幼儿园、文化广场、村委会大楼也同时开放使用。人们早早就来到这里,村委会大楼上的喇叭播放着优美动听的草原歌曲。有的人领着孩子在公园里玩耍,有的人在参观图书馆,小青年在篮球场上打篮球,大部分中年人都在广场上驻足张望,他们在看自己住的别墅和那一望无边即将收获的田野,享受着这现代化社会主义新农村带给他们的喜悦。

九点半,李强、田美玉、木青和李长玺等前来参加革命烈士纪念碑揭幕的乡干部都到了。李长玺看看表,说:"托娅也该到了,是不是路上车坏了?"

李强摇摇头说:"不是,现在没到,我知道她在哪了。"李强说着就往坨子里走去。

李长玺一看李强走了,也跟在了后面。

膘子在一边看见了,对旁边的妇女说:"你看,李强肯定去找托娅了。"

托娅来到双合尔墓前,拿出她特意买的一束鲜花,还有酒和烟,摆放好之后,又把爷爷留给她的马头琴拿出来,她一边往墓前倒酒一边说:"爷爷,托娅回来看你了。今天烈士纪念碑落成,公园、文化广场、村委会大楼都建成开始使用。咱家过去住的地方,现在都成了最好的耕地,你向往的现代化新农村建成了。可是,你却连一天新房子也没住着,却在这里给我们看坨子……又冷又孤独,没人照顾你……"托娅说不下去了,她拿起马头琴,"爷爷,你要是还活着,现在一定又在拉你的马头琴了,我知道你会拉哪支歌曲。"说着托娅拉起了双合尔最爱拉的《嘎达梅林》,琴声悠扬,飘过长满柳条的沙坨子,飞向那广阔的田野。琴声把托娅带到了和爷爷朝夕相处的时光,让托娅重温了爷爷对自己那无微不至的关爱。托娅已经泪流满面,琴声也更加铿锵有力……

此时李强站在托娅的身旁,他什么也没说,默默地站着在双合尔的墓前,听着这首双合尔爷爷经常拉的马头琴曲,李强更加思念爷爷,爷爷的教诲像电影画面一样从他的脑海里闪过。经历了这么多事可是再也不能和爷爷诉说,李强不由得悲从心来,眼泪像开闸的洪水夺眶而出。

托娅一曲拉毕,抬头看见李强在流泪。她慢慢地站起身来,走到李强的跟前,握着他的双手,一双流泪的眼睛看着李强,说:"李强,对不起,这么多天让你自己在外面生活,真的对不起你,我错怪你了,你骂我吧,让我的心里痛快痛快……"

李强心里也非常难过,面对能用自己生命保护自己,能为乡亲们竭尽

全力、恪尽职守的女人,由于自己的粗心大意,使她承受了常人不能承受的巨大压力,她不但没有责怪自己,还说对不起。李强再也控制不住自己的感情,一下把托娅揽在怀里,说:"托娅,别说了,是我对不起你,事情都怪我,让你受委屈了。"李强一句话打开了托娅满腔委屈的闸门,她俯在李强的怀里放声大哭起来。

看见李长玺就在跟前,李强放开了托娅,说:"长玺哥,让你操心了,给你添了不少的麻烦,对不起。"

"让你们为群众操心了,我代表父老乡亲谢谢你们。"李长玺说着从兜里拿出双合尔交给他的小木盒子,双手递给李强,"这是双合尔爷爷让我转交给你们的,他告诉我,让你看完之后在他的坟前烧了。"

李强打开小木盒子,里面有一张对折的发了黄的纸,他展开那张纸,是一个油印的文件:

太平川人民公社管委会文件

太政发(第十一号)

鉴于百泉沟大队民兵连长双合尔同志在第三小队内包庇社员私自种菜,助长小农经济泛滥的错误行为,经公社管委会研究决定,免去双合尔民兵连长职务,以此警示各级干部以集体经济为中心,办好社会主义大食堂。

太平川人民公社管委会

1958年9月20日

李强感到非常意外,他对托娅说,"这不是我们在小学六年级的时候看见的那个文件吗?"

托娅也想起来了，说："对，就是它。"

两个人同时回忆起当时的情景……

星期日六年级的李强和托娅到双合尔爷爷家玩。已经到了中午，他们都饿了。托娅见奶奶在园子里干活，爷爷下地还没回来，就在屋子里翻吃的，找了厨房，又找柜子，什么都没有找到，就把柜子的底格打开了，看见一个小木盒子，她十分好奇地看着，并叫来李强："强哥，你看这是什么？是不是爷爷的什么秘密呀？"

"打开看看就知道了，不像是吃的。"李强拿到手上，说着打开盒子，里面是一张纸。

这时双合尔爷爷进屋了，说："你们看什么呢？哎呀，怎么把我的那个宝贝掏出来了。"

李强打开给爷爷看，问："爷爷这是什么意思？你犯错误了，什么是免职啊？"

双合尔接过文件，说："这是公社处分我的文件，免职就是不让我当民兵连长了。"

"那你还当个宝贝似的保存它干什么？奖状都挂在墙上，处分就放在柜子里，怕被人看见？"托娅天真地说。

"是吗，爷爷？"李强也天真地问。

双合尔摸着李强的头说："说来话长，这虽然是处分爷爷的文件，可是他要比爷爷得的奖状珍贵得多。"

"爷爷给我们说说呗，我们不懂。"

"是啊，你给我们说说嘛。"

李强和托娅一起央求爷爷。

双合尔点着一支烟，慢慢地吸了一口，说："那是1958年哪，公社当时实行办大食堂，各家不兴做饭，都到大队吃食堂，也不许各家在园子里种

菜、种玉米。可是人人都吃不饱哇,吃不饱咋干活呀?我就偷着领乡亲们在自己的园子里种土豆、种瓜、种玉米。村长李老忠就假装不知道,也帮着打掩护。可是这件事到底还是让公社管委会副主任李天宝知道了。这个人坏呀,外号叫李老狠,就派人来没收家家种的青菜。我领着大伙儿连夜把土豆、地瓜、玉米什么的都收了起来,他们什么也没有得着,气得他下文件把我的民兵连长给免了。免了我没什么,可是乡亲们得实惠了。那年的秋天,我家的土豆吃不完哪,也不知道都是谁送来的,仓房门前总有送来的菜呀。那一年,我在乡亲们的面前好像多大的干部一样,人们都高看我一眼。"

"后来你的民兵连长恢复了吗?"李强问。

"后来大食堂就黄了,大跃进的风过去之后,李老狠也下了台,给我恢复工作不说,还升为副村长。"双合尔又吸了一口烟。

"后来你又挨处分了吗?"李强问。

"傻小子,哪能总挨处分呢。孩子,你们还小,还不懂这些道理。你要是真心为群众办好事,不一定就能得到奖励,兴许还受到处分。可是群众的心里有一杆秤,他们是不会忘了你的。想为群众办真事、办好事,你就得受得了委屈,吃得了苦哇。等你们长大成人了,和群众打交道就知道了。"

李强和托娅顿时明白了爷爷的用意,他们同时跪在了双合尔的坟前,李强流着泪说:"爷爷,这份文件留给我吧,我们要永远留着,时刻记住你给我们的教诲。托娅,有委屈你在爷爷的面前哭吧……"

"爷爷,我想你……"托娅痛哭起来。

"爷爷……爷爷,懂你的心思了,我想你……"李强泪流满面。

李长玺看李强和托娅哭的时间长了,就把李强和托娅拉了起来,说:"好了,别哭了,你们看都谁来了。"

李强和托娅回过头来,见乡亲们都在他们的身后。跟弟和膘子走上前来抱住托娅的双肩,说:"大婶对不起你,你别往心里去呀。"

"大婶……"托娅抱着膘子又哭了起来。

"我对不起你。嫂子，你骂我吧，你别和我一般见识……"跟弟说着哭了起来。

人们把托娅围了起来，说："我们错了，你回来给我们当村长吧……"

"我们都错了，对不起。"

人们七嘴八舌地说。

"好了，大家都到烈士纪念碑前面，揭幕仪式开始了。"李长玺大声地喊着，人们簇拥着托娅和李强来到了烈士纪念碑前。

田美玉、木青和田再新等乡干部都在烈士纪念碑前等，吴江大声地宣布："百泉沟村革命烈士纪念碑揭幕仪式现在开始。请双青县副县长李强同志，太平川乡党委田美玉书记，北方集团木青经理，百泉沟村党支部李长玺书记，百泉沟包托娅村长为纪念碑揭幕。"

几个人走上前去，李强和田美玉在中间，左面是李长玺，右面是木青和托娅。他们一起拉下红色的彩绸，一座庄严雄伟的墓碑展现在人们的面前，大家热烈鼓掌致意。

吴江接着宣布："下面由双青县副县长李强同志宣读碑文。"

李强走到墓碑前大声地宣读："在历史的进程中，为开发土地而奋斗终生的前辈永垂不朽。在御外辱、求解放的战斗中，为保卫土地的革命烈士永垂不朽！太平川乡百泉沟全体村民敬立，公元二零一一年十月一日。"

"这碑文写得好哇！"随着这宏亮而又熟悉的话语声，人们回头望去，只见明海领着十几名市县领导鱼贯走进了会场。

机灵的吴江立刻凑到麦克风前大声宣布："下面请我们的老书记明海同志做指示。"

"不，我不是来做指示的，首先我代表市县党委政府向乡亲们表示祝贺！我们此次前来更重要的任务是向大家来学习的，学习你们在建设社会主

义新农村的进程中，开拓进取和艰苦创业的好精神、好经验、好作风！"在大家的掌声中，明海书记动情地说，"我们的脚下是养育我们的科尔沁大草原，为了这片热土，我们的祖辈流过汗，我们的父辈流过血。而今天，在与天灾人祸的斗争中，我们的同志、我们的亲人也流过泪，但是我们胜利了！如今这片土地传承到我们的手中，我们应该钟情她，善待她，让她，不，让她和我们一起，为圆了实现中华复兴的梦想，做出更大的奉献！现在，我想以一个百泉沟村民的身份来宣布，全体脱帽，向先人和烈士们致敬，默哀。"

仪式完成之后，大家参观幼儿园、文化广场、公园和村委会大楼。李长玺和吴江陪同明海等市县领导、田美玉等乡干部去参观。

李强和托娅两人手挽着手，一起向最高的沙坨子走去。他们站在坨子顶上，托娅挽着李强的左胳膊，亲切地看着他。李强用手理了理拂过托娅面颊的头发，说："托娅，不买县里的楼了，我们就住在百泉沟吧。"

此时小雨停了，一道彩虹把黄柳条、一望无边的农田、一栋栋楼房和工厂罩在那七彩霞光里。

"我听你的，你在哪我就在哪。"托娅说。

李强非常的激动，说："托娅，这里的景色太美了，我们唱支歌吧。"

"唱什么？"

"《美丽的草原我的家》，你来伴奏。"

托娅拉起了马头琴，李强清了清嗓子："美丽的草原我的家，风吹绿草遍地花……"

马头琴那优美的旋律伴着李强高亢的歌声，吸引着欢乐的人们驻足聆听。这歌声飘过柳梢，飘过公园和广场，飘向即将收获的田野……在那七彩的云霞里，仿佛出现了李明山、李老忠、双合尔的高大形象，他们微笑地看着这对幸福的伴侣和广场上欢乐的人群……

后　记

　　《土地》是一部围绕土地问题，反映农村牧区农牧民生活的长篇小说。小说讲述的是我国北方科尔沁草原蒙古族和汉族杂居地区，回乡大学生当村官的现代生活故事，具有鲜明的地域特点，浓郁的民族风情和时代感。作品由三部构成：第一部《春绿百泉沟》，第二部《情系太平川》，第三部《霞满青云路》。

　　一、作品的出版

　　第一部《春绿百泉沟》是在2009年创作完成的，历时一年半，文学形式是剧本，2010年6月改编成小说出版。作为小说出版时，对话多，缺少人物的心理描写，但没有影响作品的意义和主要人物精神风貌，因此在纳入《土地》出版时，没有改变原来的文体。在创作《春绿百泉沟》的同时，"土地"这个主题就已经确立，后两部《情系太平川》和《霞满青云路》分别在2011年和2012年完成，因为都是有关土地，所以用《土地》这个名字冠以出版。当然，这三部书也能单书成册，因为每部都反映了主人公在不同阶段的人生经历。

　　二、作品的内容

　　土地是农业、农村、农民问题的核心，土地是中国共产党在毛主席领导下，无数革命先烈抛头颅，洒热血为农民打下的家业。有了土地，利用好土

地,农民才能安居乐业,社会才能安定和谐。特别是改革开放以来,如何保护耕地,如何保护在土地流转中农民的切身利益,确保国家粮食安全,推进城乡一体化的新农村建设,是这部作品的主题,也是我创作的初衷。

《土地》第一部《春绿百泉沟》讲述主人公回乡大学生李强当了村官之后,心系乡亲,为群众致富贡献自己的知识和力量。他紧紧抓住了土地这个关键,从本村的实际出发,提出找对产业、找对户,有人富了就是路,指导和帮助种甜菜、养牛、养鸡等专业户。由于历史遗留问题,特别是土地问题成为他工作中的最大障碍。在老支书、村支书、乡党委书记以及青梅竹马托娅等人的帮助下,他把土地分给群众,也让腐败分子和村霸得到了应有的下场。

主人公的价值观和恋爱观,受老一辈人的影响,他的爱情观感动了身边的女朋友,她们都在感情上得到了升华,找到了各自的美好生活。

第二部《情系太平川》讲述主人公辞去乡长职务,当上北方集团的农业经理,去给群众种地,用双合尔的话说是给群众当犬子。老知青带着他的企业和儿女回到太平川,老知青和当代大学生在太平川乡和双青县演绎了一曲土地流转、农业基础建设的华美乐章,让科尔沁草原的农牧业生产展现出现代化的宏伟蓝图。男女主人公为大公求大爱的高尚品质,伴随着草原上优美的歌声,飘进千家万户。一切为群众着想,让企业的董事长——过去的老知青做出了超乎寻常的决定,也在群众心中扎下了根。

第三部《霞满青云路》,通过新农村建设,给科尔沁地区的农牧民带来全新的生活,同时也让男女主人公在如何使用土地的问题上发生了尖锐的矛盾,就在解决这些难题的同时,贪官攫取土地,企业被骗等问题都摆在了主人公——副县长李强的面前。面对因自己失职而丢官或遭打击报复的危险,李强毫不犹豫,果断查处,显示了法律的公正,维护了群众的切身利益。李强不惧危险,大公无私,一心一意为群众,让百泉沟的老一辈感到欣慰,让新建的革命烈士纪念碑显得宏伟高大。

小说《土地》由始至终体现了村一级领导班子集体的原则，大事都要通过群众代表、党员和群众大会来决定。特别是党支部和村委会之间的关系，以及在决策中所承担的角色，都在作品中有所体现。集体领导和村民议事制度是农村抵制不正之风的主要有效方式，是我党历来所提倡的。这关系到农村的发展和安定，是实现党在农村的政策落实和建设社会主义新农村的根本保证。

《土地》所描写的是科尔沁蒙汉杂居地区的故事，所以民族团结也是这部作品中的一个重要内容，蒙古族和汉族都是中华民族的一份子。作品中李强的母亲、托娅、双合尔、阿斯根、包世达、明海等都是蒙古族人，蒙古族特有的正直、勇敢、善良等品质在他们身上表现得淋漓尽致。他们在工作和生活等方面都给李强以最大的支持和帮助，让他的事业取得了成功，也让这个蒙汉杂居地区的新农村跟上了时代的步伐，工农业生产有了更大的发展。

三、作品的形成

作品中的人物都是虚构的，但是源于现实生活。小说按时间顺序直叙，其中部分人物有少量的回忆。整个篇幅采用了剧本的表现方法，画面的展现和切换使小说节奏明快，更能抓住读者的视线。人物语言朴实，基本上保持了农村群众的语言特点。第一部《春绿百泉沟》因为是根据电视剧本改编，所以对人物内心世界的描写少了一些，因此让人感觉缺少细腻的东西。后两部有所改变，增加了对人物内心活动的描写。小说中没有太多的戏剧化情节，都是实实在在的人和事，他们的言行举止进入了我的生活，成为我作品的一部分。

由于我的写作功底不深，也从来没有写过这么大部头的作品，不论是在塑造人物，还是在架构故事结构上都有一些缺陷，幸好有著名作家李廷舫老师的关注和指导，有单宏宇、吴世昌和苗树申三位老师的点拨，以及小说

《河道沉浮》的作者张维兴等朋友的帮助,给我的作品提出了很多宝贵的意见,让这部作品的立意及艺术表现力有了很大的提升,在此我对诸位老师深表谢意。

本书出版得到远方出版社的高度重视,社里调集骨干力量,严格编审,精心制作,为此我非常感谢为此书出版付出辛勤劳动的编辑们。

有人说我写这部小说是得益于在基层工作,用几十年的时间体验生活,我觉得有一些道理,但是不全对。我原本就是一个农民,1968年初中毕业就回乡劳动,到我当了乡长和乡党委书记,一直都在种地,所以我很了解农民的想法。我进入乡政府和县土地局工作的十几年中,是我国农村发生重大变革的时期,我党以人为本的执政理念,彰显了我国社会主义制度的优越性,人民群众的理想家园——社会主义新农村已经展现在眼前。然而生活中仍有很多问题需要有人带头解决,时代呼唤像李强这样有理想、有志向、有责任感的年轻人敢于担当,来完成我党这个伟大而又神圣的历史重任。我已退休,不再有身先士卒、直接投身建设火热的社会主义事业的机会,但我是一名多年从事农村工作的干部,作为一名中共党员的责任和使命感,让我拿起笨拙的笔,写出未尽的心愿,编织出我心中的蓝图,用生活中的"禽毛木羽",缝缀粘制出这样一幅科尔沁地区社会主义新农村的美丽画卷,以飨读者,宽慰我心。

范力国

2010年8月18日

土地 第二部
情系太平川

范力国◎著

内蒙古出版集团
远方出版社

图书在版编目(CIP)数据

土地/范力国著.—呼和浩特：远方出版社，2013.10
ISBN 978-7-5555-0031-5

Ⅰ.①土… Ⅱ.①范… Ⅲ.①长篇小说—中国—当代 Ⅳ.①I247.5

中国版本图书馆CIP数据核字(2013)第238648号

土 地

作　　者	范力国
责任编辑	云高娃
封面设计	阿　荣
版式设计	韩　芳
出版发行	内蒙古出版集团　远方出版社
社　　址	呼和浩特市乌兰察布东路666号
	（电话 0471—2236466　邮编 010010）
经　　销	新华书店
印　　刷	内蒙古爱信达教育印务有限责任公司
开　　本	710×1000　1/16
字　　数	1200千
印　　张	86
版　　次	2013年10月第1版
印　　次	2013年10月第1次印刷
印　　数	1—1 000册
标准书号	ISBN 978-7-5555-0031-5
总 定 价	105.00元
本册定价	35.00元

如发现印装质量问题，请与出版社联系调换

目　录

第 一 章 ············· 1

第 二 章 ············· 23

第 三 章 ············· 42

第 四 章 ············· 61

第 五 章 ············· 79

第 六 章 ············· 94

第 七 章 ············· 111

第 八 章 ············· 128

第 九 章 ············· 144

第 十 章 ············· 160

第十一章 ············· 180

第十二章 ············· 193

第十三章 ············· 210

第十四章 ············· 225

第十五章 ………… 246

第十六章 ………… 263

第十七章 ………… 280

第十八章 ………… 301

第十九章 ………… 322

第二十章 ………… 340

第二十一章 ………… 360

第二十二章 ………… 378

第二十三章 ………… 394

第二十四章 ………… 411

第 一 章

  九月中旬的太平川，大地已经让一夏的风雨洗去了曾经的翠嫩，渐渐地露出了温暖醇厚的苍绿。披着绿里透黄的外衣的玉米和大豆，藏不住胸前的累累果实，和沙坨子上的黄柳条在微风的吹佛下，交相辉映、此起彼伏，共同鸣唱着秋天的序曲。然而，平原上大片的稻田却像铺在运动场上的草坪，苍翠欲滴，浑然不知秋天的到来，让三道沙梁、三道平原的太平川，凭添了一个多彩的境界。把这幅秋的油画改变了基本色调。特别是百泉沟村的大片稻田是丰收在望，似是别有洞天，让人倍感神秘莫测。

  此时，双青县委政府在大青沟召开农村工作总结会议，太平川乡包世达书记和李强乡长参加了会议。

  散会之后，尽管李强很郁闷，但还是热情地把来大青沟旅游的两个大学同学送到双青火车站，并给他们买了去往沧州的火车票。在站台上，李强握着同学的手说："两位老同学，实在对不起。这次会议不让请假，没能全程陪同你们在大青沟游玩。下次你们来，我陪你们游遍科尔沁地区的所有景点。"

  "咱们同学就数你厉害，才毕业两三年就当上了乡长。行了，这次借你的光还和县长一起喝了酒。你公务在身，不陪我们，我们也高兴。"一个身材高大的同学说。

土地

"就是，我们头一回得到这样的待遇，喝酒、吃手把肉、听民族歌曲。下次来，可就不是我们两个人了，最少也得五个同学。还有什么景点我们都得看看。"另一个同学说。

"景点多了，什么孝庄故里、三大寺、赛马场、扎鲁特旗草原、莫力庙水库等等。本县还有双合尔山、博王府。这些都是具有民族风格的旅游区，下次来一定让你们看看。"李强如数家珍介绍着。

"是吗，还有那么多的景点呢？那我还得来，把我的女朋友也带上，光我自己来没意思。"

"你这次为什么不领来呢？"

"我就是先来看看，要是好，她就来。哈哈哈！"

"车来了，我们上车了，谢谢你的照顾，再见！"

"再见，我等你们再来。"

汽笛一声长鸣，火车开走了，李强回到候车室，发现胖子李有才和他的父母坐在候车室的角落里。李强觉得奇怪便朝他们走了过去。

李有才正和父母一起吃东西，李有才吃一盒方便面，而他父母却在吃豆腐，新买的豆腐装在一个铝制的饭盒里，两口子用自己带的汤匙连汤一起吃着。

李强走过来问胖子："有才，你们这是要去哪儿？"

胖子见是李强忙站起身来，说："啊，是李乡长，我想出一趟门。我爸妈来送我，早上起来没吃饭，在车站吃点。"

老李头见是李强也放下饭盒，对李强说："李乡长啊，你从哪儿来的？"

"我从大青沟来，到车站送我的同学。大叔，你们这是要去哪里？"李强问。

老李头有些不好意思说，李有才说："去通辽，我表哥给我找了一份建筑工地的活，说一天七十元钱，我爸妈不放心，就过来送我。"

李强有些不解地问："家里的庄稼还没收就走了，你父亲自己能忙得过来吗？"

老李头慢慢地说："孩子，不瞒你说，那地收不收都中了。本来指着水稻下来就有粮食吃了，可谁曾想都贪青了，就剩下一把草。我寻思让有才去他表哥那找点活干，挣点钱好过冬啊，要不这日子怎么过呀？"

"大叔，你们只吃这个呀，买点火腿肠什么的，也经饿呀。"李强心里有些难过。

"不怕你笑话，家里没有一点钱了，给有才带的车费还是从他大姑那借的五十元钱。回去我们老两口子好对付，有苞米，还有咸菜，饿不死。当年那样挨着饿都过来了，这不比过去强多了。"老李头乐观地说着。

李强愣住了，这让李强心里很难受，觉得自己特别没用，连群众种地都管不好。老李头家是李强负责的扶贫户，因为种水稻落得如此地步，让他感到非常羞愧。李强想了一下说："大叔，让有才到瓷砖厂上班吧，先不要到外地去打工了。走！坐我的车回去。"

李强说完就来帮助老李头拿包袱，李有才对李强说："瓷砖厂我去过，今年的工人收够了。"

"不行，你是我的联系户，不能看着不管，我知道厂里还有用人的地方，上班离家近，还能照顾家。你就听我的，赶紧拿东西上车。"李强不由分说地拿起包袱就往外走，老李头一家三口人跟在李强的后面，来到小车前，都站在那不动。

李强打开车门，说："上车呀，还愣着干什么。"

老李头和老伴先上了车，李有才有些迟缓地说："这……还得麻烦你。"

"快上车吧，咱们直接去瓷砖厂。"

小车在公路上疾驶，不断超越大货车和其他车辆，两旁的村庄和树林疾

土地

闪而过。李强头也不回，目视着前方，胖子想和李强说话，又不知道说什么好。

老李头看李强不吱声，还以为他生气了，看看李强说："李乡长啊，这也太麻烦你了。按说你帮助我们种水稻，买了设备，也就够意思了。种不好水稻那不怨你，都是我们没经心，办班的时候有才没正经听。没啥的，不就一年没有收成嘛，明年再好好种呗。人们都说你李乡长为群众办事认真，前几年种甜菜的人们都这样说你，今天我算领教了，好人，群众的好官啊！"

李强赶紧道："大叔，你别那么说，当干部应该做的，谁都一样。"

"那可不一样，有几个像你那样给群众种甜菜的，我没种还没看见别人家种吗？遇上你也是咱爷们儿有缘，我有福气。"老李头说着话拿出一支烟点着吸起来。

李有才小声说："爸，人家小车里不能吸烟，等到下车时再抽吧。"

李强说："没事，你抽吧，我的车没事，随便。"

百泉瓷砖厂区内厂房林立，运送产品的小车和工人来来往往，一派繁忙的景象。生产车间高高的大烟筒吐着的白烟，和天上的云彩连在一起，分不清哪些是烟，哪些是云。

厂长室里，李强和李有才等人都坐在办公室的沙发上，已经是厂长的李长玺在给大伙儿倒水沏茶。

李长玺看看胖子笑了，说："你来应聘过，人们都叫你胖子，是有点胖。这回把李乡长搬来了，我要是不安排，是不是有点不尽人情了？"

李强忙说："不是他求我，是我求他。我在火车站遇见他要去通辽打工，叫我给拉回来了。求完他还得求你，想个办法在厂里给找一个活干，这样他在家还能帮帮父母，行不行李厂长？"

李强说完看着李长玺，等着他的答复。

李长玺回过头来看看李有才，说："我说你这小伙子真有运气，能遇上李乡长扶持你们家。说真的，李乡长还没给任何人说过情呢，你是头一个，我要是不安排那就可惜了李乡长的一片心了。刚才李乡长都和我说明白了，要是没有特殊情况，他是不会来找我的。那就这样，你先到留留管的车间里干着，过几天再给你调整一下工种。中午一般都在厂里吃饭，来回上班你就先骑厂里的备用自行车，家里没有钱先找托娅去支点，到开工资的时候扣下就行了。咋样，中午在厂里喝点酒哇？两个月没见着你有点想了呢。"

李强长出了一口气，说："酒就不喝了，这就感谢你了，等乡里开会我请你吧，真想和你喝点酒。哎，你还别说，别的不见长，我的酒量可见长了。"

"都是陪人喝酒喝的，别说是你，就连我都能喝一斤酒了。昨天中午沈阳来的老客户非要和我喝酒，我们俩一人一瓶，喝完该干啥干啥，啥事没耽误。"李长玺高兴地说。

"我看你这肚子也大了，少喝点酒吧，别把身体搞坏了。"

"我说，你要是中午不在这喝酒，那我可就干活去了，成品车间还有事找我呢。实在对不起了，改天再请你。有才，你还不干活去，直接去找留留就行了，他让你干啥就干啥。"李长玺干练地安排着。

李强高兴地站起身来，说："好，那我就走了。先把李叔送回家，再到各家走走。"

李长玺听李强说到各家走走，站住问道："去各家干啥呀，有事呀？"

李强有些为难地说："县里开会点了咱们乡，其中还有咱们村。我想看看到底是怎么回事，谁搞的鬼。"

李长玺不以为然地说："水稻的事吧，有啥好看的，那不秃脑袋虱子明摆着嘛。县里研究那事干啥？说啥也晚了，还不如给群众点补助费呢。走吧，我送你，要不我怎么去车间。哈哈哈！"

李强来到大片地，已经贪青的水稻长得非常绿，块块都一样，哪块地是

土地

谁家的，李强基本都知道。他在留留家的地边停了下来，看着这一片深绿色的稻苗，他拿起一根稻苗掰开看着，小苗刚出花蕊，这样的稻苗可能会颗粒无收。明海书记的话又响在他的耳边："你们百泉沟村有个叫留留的，说他的地绝不歉收，是谁让他这样说的……"李强走完一块又一块地，远远地看见有一个老人在稻田地里，看样子好像是双合尔。李强沿着田埂走过去，果然是双合尔爷爷。李强来到双合尔跟前，说："爷爷，你怎么来了，小心点别掉到水里。"

双合尔抬起头来见是李强，说："强子来了，我听说今年的水稻都贪青了，不放心来看看，真可惜了的，可能大部分上不来粮食了。你看看这个，里面还没有花骨朵儿呢。"

李强接过来看着，说："可不是，已经来不及了。"

"强子，我听人说都是因为你去党校学习，种水稻的事没有人管才落得这个样子，是吗？"

"爷爷，这事和我去党校学习是有一些关系，但并不是那么简单的事，还有很多原因。"

"那个学校咱们不去不行吗？改个时间去就得了呗。你说这得有多大的遭损？有的人家那就是一年的口粮，一年的花销哇。都是个人种的地，和谁说理去，谁来担这个责任吧？"

"这……"李强无言以对，不知道说什么好了。

"强子，你一当乡长咋还不如当村长的时候了呢？啥都不如往年了，怎么回事呀？"双合尔说。

李强耐心地说："爷爷，不是因为我，那是咱们村里的群众都到瓷砖厂去打工，没有时间种地了。投入的人和时间少，庄稼就长不好呗。"

双合尔直起腰来，看着手里的稻子像是对李强、也像是自言自语道："打工能挣钱，那保命的粮田都不要了？强子，这可就是你的责任了，你得想办法呀,你是乡长啊,得管全乡的地吧。群众种不过来,你找有能力的企业种,不能眼看着群众受损失啊。"

"今年怎么着也来不及了,明年我想办法解决种水稻的问题。"

"怎么解决?你来给种啊?你一个乡长得管全乡的事呢,个人的地你咋管?"

"找个企业种呗,还能怎么管?"

"今年还有企业种呢,怎么就没种成呢?"

"那是因为群众头一年不太了解企业,不敢让他们种。"

"明年就能了解了?要我看哪年都一样,除非是你来给大家种地,群众才能信得过。这年月信得着谁呀?"

"我一个乡长怎么给群众种地呀?"

"承包呗,乡长就不能给群众种地了?想办法,你不是办法多吗?就看你心里有没有群众,有没有乡亲们,有乡亲就有办法。"

李强沉默了,双合尔爷爷的话让他感到非常压抑,他说的有一定的道理,可又不现实。

"回家了,别看了,上火!咋看也就这样了。"

李强无言以对,只觉得脸上火辣辣的。

李强送双合尔回家,两个人默默地走在路上,谁也不说话。李强不时地看看双合尔,老人一来气走路就快,有些上喘了。来到了小桥边,李强说:"爷爷,咱休息一会儿吧,你都上喘了。"

双合尔也不说话坐在小桥的台阶上,头扭向一边,也不看李强。李强知道双合尔生气了,也不敢再说什么,看着桥下潺潺的水流,想起和托娅、双合尔爷爷一起在河里捉鱼的情景……

十二岁的托娅挎着小筐,不时地看看筐里的小鱼,李强和双合尔爷爷在小河里捉鱼。双合尔手里拿着一个半圆的小网,李强什么也没拿,就在水里摸鱼，不时地把小鲫鱼扔上岸来，托娅把它捡起来放进小筐里。双合尔捞了几网之后就找个干净的地方把小鱼倒在地上，托娅放下筐捡小鱼。到了小桥边上，双合尔上了岸，对还在摸鱼的李强说："强子上来吧，咱们回家，天有点凉了。"

李强又摸着一条小鲫鱼才上了岸，北风一吹，李强打起了哆嗦，上牙打下牙咯咯地响。双合尔走过来把李强已经湿了的上衣脱下来，又把自己的上衣脱下来给李强穿上，自己上身只穿个小背心，等托娅捡完鱼，几个人就回家了。走在路上，李强觉得双合尔的上衣很温暖，他心里很感动，抬头看看双合尔说："爷爷，你不冷吗？"

"爷爷是大人，不怕冷的。你小，衣服都湿了，所以就会冷。怎么样，还冷吗？"

"不冷了，你的衣服很暖和。"

李强穿的衣服盖过了大腿，双合尔又半光着膀子，托娅看看笑着说："你们爷儿俩好像打了败仗的兵，一个光着、一个裹着，哈哈！"

"爷爷，你晚上喝酒吧，喝酒会暖和的，我爸那有酒，我一会儿回家给你拿来，再让奶奶把小鱼炖了下酒。"李强边走边看光着膀子的双合尔说。

双合尔用手摸着李强的头，很高兴地说："好小子，知道心疼爷爷了。晚上我让你奶奶把大鱼炖了，小鱼炸酱吃。你晚上别回家了，我把你爸爸也找来，咱们一起吃饭好吧？"

"我去叫我爸，把酒也拿来。"

"好，晚上好好喝点酒，好些天没有和你爸喝酒了。哈哈！"

双合尔见李强不说话，回头看了看他说："庄稼人的事还得庄稼人自己办，谁也帮不了。就说你吧，还当着乡长呢，村里的地不也种成这样了吗？指着企业解决问题，企业还指着咱们的地给他挣钱呢，没有利益谁来呀，白给群众服务？老话说得好，没供的喇嘛不念经。"

双合尔的话李强没有办法接茬，让他感到沉重……李强心里很郁闷，双合尔的态度他很在意，回到家里把门一关，鞋也没脱就躺在了炕上，望着棚顶想着双合尔爷爷的话。李强的儿子小龙已经会走了，见爸爸回来，脚步蹒跚地走过来敲门："爸爸！爸爸！"

　　李强一骨碌起身，开门抱起小龙亲了起来，小龙也依偎在李强的怀里，用小手抓住李强的鼻子笑着。

　　三胖从外面进来，见父子俩那个亲近劲，高兴地笑着说："哎呀！这爷儿俩打起来了，快来看哪！"

　　其其格听到三胖的叫声，赶紧过来，看见李强和小龙扭在一起笑得十分开心，说："这小犊子两天没见着爸爸了，让他亲近一会儿吧，别拉着。"

　　李强放开小龙，说："三嫂怎么没把小凤抱来呢，叫他们俩玩呗。"

　　"小凤他奶看着呢，昨天还来了，两个人玩得可高兴了，玩完还不想走了，小龙也不让回去，一走他就哭。"三胖高兴地说。

　　李强看着其其格问："妈，饭好了吗？我饿了，吃完饭我有点事出去一趟。"

　　其其格说："饭已经好了，等我再炖点菜就吃饭。你先等一会儿吧。"

　　李强忽然想起会上明海说的话，问三胖："三嫂，你知道工作队来村里调查的事吗？"

　　"不知道哇，没有人说起呀。"

　　"乡里或者县里的人没找过你吗？"

　　"没有，有也是和留留说，没和我说过。"

　　小龙又上来了，这爷儿俩又扭在了一起，李强说："妈，看你的孙子，没完了。我的耳朵呀，好小子，等你妈回来看我不告诉她的。"

　　其其格和三胖在一旁笑着，还纵容小龙，小龙更来劲了。

　　吃过晚饭之后，李强来到二迷糊家。二迷糊两口子吃完饭正在看电视，见李强来了忙着让坐，又拿来茶杯给李强沏茶。

二迷糊有些意外，说："李乡长咋这么闲着呢，你可老长时间没到我家来了。也是，当了乡长可就没有时间串门了，事多呀。"

"你给我们买的茶叶现在还没喝完呢，足有二三斤，喝一年了还有。"膘子笑着说。

"今天没有啥事，出来看看你们。怎么样？活都忙完了，就等着秋收了吧？"李强微笑着问。

膘子接过话说："可不是，就等着秋收了，不过也没有啥，也就是秋菜和玉米，水稻收不收都行，怕是不赶趟了。"

"你说啥呢？咋就不赶趟了？这离上冻还有两个月的时间呢，咋还不得上半个多月粮食。"二迷糊有意解释着。

李强心里明白，这是二迷糊给他面子呢，当着他的面不好说水稻要绝收的事。李强表情很严肃地问："二叔，我想和你打听一件事，前些天县里的工作组来咱们村调查水稻的事了吗？"

二迷糊迟疑了一下说："来过，还有乡里的刘副书记，他们是三个人，两个是县里的。"

"他们问什么了？到地里看了没有？"

"在家问的，听说在各家调查完之后又去地里看的。咋的，有啥事了？"膘子说。

"他们问你，你们是怎么说的？说歉收了，绝收了，还是丰收了？"李强问二迷糊。

二迷糊一听李强这样问，觉着有点问题，他看看膘子，又回过头来对李强说："我就说今年丰收了，水稻苗长得很壮，产量得超过往年。这不还没有到秋天吗？谁知道收不收哇。"

"各家都这么说的，李长玺和我们大伙儿说了，这件事要统一口径，他说这项工作是你抓的,不能因为这事给你造成影响。"膘子说。

李强听了很惊讶,半天没有说话,心想明海书记说的话是有来由的。膘子说完话见李强沉默了,也愣住了,有些不解地看看李强,又看看二迷糊,二迷糊示意她多嘴。

"李村长在哪儿说的?在各家,还是在村里?"李强问。

二迷糊说:"他来我们家闲串门唠起嗑来说的,他也没有别的意思,就是怕你在乡里或者在上面受批评。反正各家的地就那样了,咋整也歉收,还把你拉进来干啥呀?你对群众就够意思了,为了群众的长远利益,费了多大的劲才种上的水稻。种不好那是个人的事,不能把责任落在你的身上,你要是受上级的批评或是处分,咱们村的老少爷们心得多难受哇。"

"就是嘛,再说你春天也没在家,上级让你到外地去学习,走的时候安排的好好的。我听说都是那刘副书记把事整叉劈了,群众没学好都是他的事,跟你没有关系。长玺说水稻是你抓的项目,责任还要落到你的头上,这可有点不公平。要我说长玺安排的就对,我们收不收的问题不大,影响了你可不行,你可是咱们村的心肝,打死我们也不说歉收,爱咋咋的。"膘子激动地说着。

李强听了二迷糊和膘子的话,让他很感动,到了嘴边的话就是说不出来。多么好的乡亲们,为了不让自己受批评,宁愿瞒报歉收。作为一个乡干部,却把工作做到这种程度,让乡亲们遭受了这么大的损失。李强把脸转向窗口,看着房后结满果子的沙果树,绿里透红的沙果压弯了枝条,小树承载着那么多的果实,可它还是那么默默地承受着。这让李强感动,他的眼里已闪出泪光。

李强又走了几户人家,都和二迷糊家说的一样,有的是李长玺做的工作,有的是自己想那么说,乡亲们的话感动着李强。从乡亲家里出来,走在这熟悉的街道上,看着从小藏过猫猫,捉过蚂蚱和蝴蝶的小草地,李强觉得

土地

自己还是个孩子,这个生他养他的小村子就像是个大摇篮,感觉在这个摇篮里是那么的幸福,乡亲们像母亲一样守护着自己。李强不知不觉地走过了留留的家,他想了想又返身回来,悄悄地进了留留家的院子,在外面就听见屋子里三胖在哄小凤吃奶。

"小凤乖,快吃吧,吃饱了该觉觉了,明天好找你弟弟小龙去呀。"

"我不要瓶瓶,要嗯嗯!我要嗯嗯嘛!"

"我姑娘乖,快点吃,吃完了爸爸让你骑大马,这么高的大马。"

"哎,妈妈的姑娘最听话了,真乖。"

李强走进屋子,见三胖正在给小凤喂奶粉,他愣住了,此时三胖和留留也愣住了。留留起来得快,马上下地,说:"李乡长来了,看我这屋子乱的,没……没个坐的地方,来坐凳子吧。"

李强坐下来看着桌子上的奶瓶奶粉等,他才明白,原来三胖给小龙喂奶不是因为奶多,而是给小凤喂了奶粉。这令李强十分的惊讶,李强指着奶粉袋子说:"原来你们给小凤吃的是奶粉,把三嫂的奶水都给小龙吃了。你们怎么能这样呢?这怎么对得起小凤?你们这是干什么呀?小龙可以喂别的东西嘛,这叫我说什么好哇。"

三胖解释说:"每天也没喂多少,就是晚上喂一次,其他时间都吃我的奶呢。真的,这也是长大点了,吃得多了才喂奶粉的,不长时间,还不到半个月呢。"

留留说:"对,都没有半个月,也就……就十天吧,也就是晚上喂点。你别想啥事,咱们两家还说……啥呀,那不见外了?"

李强心里很激动,用手拿起一个奶瓶子看着,回过头来问留留:"我听说你和县里工作队的干部说你的水稻丰收了,有这回事吗?"

"说了,和县里来的工……工作队长老刘说的。咋的,有事啊?"

"你怎么说丰收了呢,明明是绝收了,这是怎么一回事?"

"那不还没收嘛，到时候收了再说呗！谁……谁叫他们先问我了。"留留一本正经地说，还很仗义的样子。

"是你要那么说的，还是李村长让你说的？你说实话，别以为我不知道啊。"李强很严肃地问。

"那天县里的干部由刘副书记领着，到……厂子里找工人们调查种水稻的事，我就……就和李村长研究，这调查不……不好，要整事，咱们得注意点，不能让他们说你不好，就说是今年丰收了。还……还没秋收呢，他们知道个啥呀。"留留也不瞒着李强，很高兴地说。

"哎呀，你们就知道为了我好，却帮倒忙了。县里批评我，说我造假，明明歉收了还让群众说丰收，我跳到黄河也洗不清了。"李强无可奈何地说。

留留听李强这么说，挠挠头，说："要那么说我们整差了。县……县里知道是怎么回事了？那也不怕，我……去和县里说，就说这事都是我搞的，把……把你择开不就得了吗？你认得那个干部吗？叫……什么名字，你告诉我。"

李强叹了一口气，站起身来，看看三胖和小凤，又看看这可爱的留留，说："三哥三嫂，我谢谢你们，啥也不说了，你们都是为了我，为了我们家和我的孩子，谢谢了。"

李强说完就走了，留留送他出门外，说："小凤的事你……别和托娅说啊，你一说她……她该不让三胖给小龙喂奶了。我求你了，我们只能帮你们这点事，别……别的你们也不需要哇。"

回到家，李强一声不吭，低着头来到父母的屋子里，坐在沙发上，托娅和小龙也在这屋。见李强回来有些反常，托娅把小龙送到李强的怀里，李强抱起小龙，两眼里泛着泪花，对小龙、也像是对自己说："乖儿子，咱爷们欠乡亲们的太多了，你快点长大吧，长大了好给你的胖妈打猪草、洗衣服、挑水，报答你的胖妈妈。爸爸自己报答不过来了，你得帮爸爸一把呀。"

小龙见着李强"爸爸、爸爸"地叫个不停，又和他闹起来，托娅把小龙抱过来，坐在李强的旁边，问："你今天怎么了？遇到什么事了吗？"

李强不吱声，低着头想他在各家所听到的，以及留留家为了小龙给孩子吃奶粉的事，心情十分沉重，既让他感动，又让他喘不过气来。乡亲们的那份感情像一副重担压在他的肩上。李大路在炕上喝水，见李强低头不说话，觉得他好像有心事，就问李强："怎么了，有什么事还不能在家里说吗？"

李强抬起头来，看看李大路说："也没有什么，都是村里的事。刚才我各家走了走，乡亲们真的让我很感动。不是大伙儿向着我，我就感动，而是他们对我的那种期待和保护让我感动。"

"感动什么，怎么回事？"李大路追问李强。

托娅也不解地问："乡亲们又出啥事了？"

李强看着小龙说："我才从留留家回来，看见三胖在给小凤喂奶粉。他们家满桌子都是奶粉瓶子，原来她省下奶水是为了给小龙吃。我真不知道说什么好，这得欠人家多大的情啊。"

"什么？原来三胖在给小凤喂奶粉？"托娅惊讶地说。

"咱们也没看出来呀，还以为是奶水多才给小龙吃的呢。这可怎么好？多亏待人家小凤呀。"其其格有些着急。

"这是啥事情啊，怎么能做出这样的事来？这是三胖在报答你救她一命的恩哪，咱们也欠人家的情了。"李大路说。

托娅抱过小龙说："我的傻儿子，你吃了人家小凤的饭还不知道呢，就知道疯玩，等长大了帮助胖妈妈干活，保护小姐姐，听着没有？"

"这还不说，前些天县里的工作队来咱们村里调查水稻贪青的事，各家都说丰收了，谁也没有说实话。原来是李长玺在群众中做了工作，目的只有一个，就是为了不让我被上级批评，受处分。乡亲们的心让我感动，也让我难过。家家那是遭了多大的灾，那么好的地都歉收了，我有责任哪。"李强红着眼，说不下去了。

李大路叹了一口气，又吸了一口烟，慢慢地说："李长玺那可是咱们家的贵人哪，为了保护你，为了你不受批评做大家的工作，他一个村长担责任哪！有件事你不知道哇，前些年咱们家里供你上学，那可真是困难。上学的头一年，我和你姑夫借了三千元钱学费，那才不到一半的钱，再和你姑夫借也不好意思了。实在没有办法，我就去找李长玺他爸，他也无可奈何，家里真没有钱。李长玺的母亲在一旁说：'你等一会！'就和李长玺出去了。过了不到半个钟头就回来了，手里还拿着五千元钱，递给我说：'你查查，这是五千元，够不够？'我哪还顾得上查呀，连忙说：'够了、够了。'赶紧回家把钱交给你，你坐上班车就走了。后来我才知道，李长玺的母亲领着李长玺去她的老叔家借钱，后来还不上，把自己家的一头挤奶母牛给了人家。咱们家养牛以后，经济条件有了好转，把钱还给了李长玺，可是他们家从此就没有再养牛。在你就要大学毕业的那一年，李长玺的母亲得急性阑尾炎，由于治疗不及时，造成肠穿孔，人就这样没了。后来听人们说，这种病是死不了人的，如果及时送到县医院，她不会死的。听说李长玺的母亲刚强，为了省钱才耽误了治疗。这些事我从来都没和你说，怕影响你的学习。到今天，我们还是借人家的光，还得靠着人家帮衬咱们。你小子干多大的事也别忘了李长玺和她的母亲，别忘了乡亲们。"

李强失眠了，托娅也睡不着，两个人都躺在床上，看着已经入睡的小龙出神。李强仰望着棚顶，像是对托娅、也像是对自己说："我今天才知道是李长玺的母亲用自己家的母牛做抵押，借来五千元钱让我上的学。而自己又为了省钱，耽误治疗去世。你知道吗？小的时候，李长玺的母亲特别喜欢我，因为她是蒙族，就让我叫她阿妈。李长玺比我大七岁，我总是爱跟他玩，经常在他们家吃饭。有什么好吃的，阿妈总是先给我吃，剩下的才给李长玺。为此李长玺有时候就忌妒，变着法的撵我回家，可我就是不走，还倚仗阿妈气长玺哥。记得有一次……"

李长玺的爸爸和妈妈从坨子铲地回来，阿妈累得放下锄头就坐在房前的小凳子上，还用衣服的前襟兜着什么，看见六岁的李强和李长玺在玩，她无力地喊："强子过来，看阿妈给你拿什么好吃的了。"

听到阿妈的喊声，李强跑过来，见阿妈满头的汗水，又连忙跑回屋子拿来毛巾递给阿妈，说："给你先擦擦汗，累了吧，不铲地不行吗？"

"傻孩子，不铲地能打粮食吗？没有粮食咱们吃什么呀？"阿妈用手摸着李强的头说。

李强拿过毛巾给阿妈擦汗，说："明天我和长玺哥也去帮你铲地吧，省得你累成这样。"

"好孩子，你还小呢，等你长大了帮我干活就行了。"阿妈疼爱地看着李强。

李长玺在一边说："我长大了帮我妈干活，那是我妈，不是你妈，你去帮你妈干活吧。"

李强不服地说："也是我阿妈，我也帮阿妈干活。"

"那是我的亲妈，不是你亲妈。你有你的亲妈。"李长玺和李强争论着。李强听李长玺这样说便坐到阿妈的腿上，抬起头来看着阿妈的脸，很委屈地问："阿妈，你和我不亲吗？是我的亲阿妈吗？"

阿妈笑了，"是你的亲阿妈呀，谁说不是了，别听你长玺哥胡说。"说着话阿妈示意李长玺不要和李强争执。

李长玺明白了妈妈的意思，随口说道："对，也是你的阿妈，我说错了，逗你玩呢。"

李强脸上这才露出笑容。李长玺看李强坐在阿妈的腿上有些妒忌，用手拉李强，说："你下来，阿妈不累呀，你还坐她腿上。"

阿妈用手摸着李强的头说："坐吧，阿妈不累，密尼儿子坐我乐意。"

李强也气李长玺，说："就坐，气死你，我的亲阿妈。"

阿妈把兜里的欧李拿出来，先给了李强一把，又给了李长玺一把，李强从阿妈腿上下来蹲在前面吃着，说："呀，真好吃，这是在山上采的吗？"

"对呀，就是在山上采的，满山的欧李，可多了。"

李强听说山上有很多的欧李，往阿妈的怀里靠，说："阿妈，明天你也领我去铲地吧，到山上好给你采欧李。行吗？"

"阿妈铲地没有空管你，明天和你长玺哥去吧，正好是星期日，他不上学。"

"不嘛，我就想和阿妈去，和他去，不听话就收拾我。"

"不和我去拉倒，我还不乐意领你呢。一上山就不愿意回来，我才不和你去呢。"李长玺有些不高兴地说。

李强靠在阿妈怀里吃着欧李，看见阿妈带着的玉观音很好看，伸手拿过来看着说："阿妈这是什么呀，这么好看。"

阿妈拿过玉观音看着说："这是一块翡翠玉石做的观音像。"

"是谁给你的呀？戴着它干什么？"李强好奇地问。

"这是我的姥姥送给我妈妈的，我妈又送给了我。"

"那是谁送给姥姥的呀？"

李长玺在一边不耐烦了，说："你咋啥都问呢？"

阿妈不满地瞪了李长玺一眼，说："你别多嘴，吃你的欧李吧。是一个八路军女战士送给我姥姥的。"阿妈看着李强那纯真的双眼，非常耐心地说。

"为什么送给姥姥哇？"

"八路军女战士负了重伤，在姥姥家里住了很长的时间。伤好了之后，就要归队了，女战士非常感动，对姥姥说：'你就是在世的观音菩萨，这尊

土地

玉观音是我妈在我参军时送给我的。我把这玉观音留给你，愿你的家乡早日解放，你们过上好日子。'"

"那后来呢？"

"后来我妈的姥姥给了我姥姥，姥姥又给了我妈。知道了吧？"李长玺不耐烦地说。

"你长玺哥说得对，我妈妈又把这尊玉观音给了我，希望我家的日子过得红火，能得到幸福。"

"它真能让你们家过上好日子吗？"

"能啊，你看咱们今天的日子过得不是很好吗？"

"那你以后把这块玉观音给谁带呀，是给长玺哥吗？"

李长玺赶紧接话道："当然给我了，我是妈妈的儿子嘛。"

"阿妈，我不也是你的亲儿子吗，能给我吗？"

"你不是我妈的亲儿子，你妈叫其其格，不能给你带。"李长玺有些生气地说。

李长玺的母亲愣住了，无言以对。

"快做饭吧，别在那儿和他们胡扯了。"李长玺的爸爸在屋门口喊着。

"好了，我回屋子给你们做饭，你们两个好好吃。长玺，你让着点强子，有个哥哥样。"

"知道了。这些都给你，我要这一堆少的。"李长玺和李强忙着吃欧李，李长玺的母亲回了屋，走到门口回头看着李强笑了……

李强说完这段往事，长长地出了一口气。托娅对李强说："多好的一个人，可惜那么早就没了。"

见李强不吱声，托娅又说："从明天开始，别让三嫂子给小龙喂奶了，给他吃一些米粥也行。真有点过意不去，也怪我太粗心，这么长时间怎么就没发现呢。"

"这事也赖我,也没有往深了想,就以为她身体好奶水足呢。唉,他们的心情我明白,就是想用这种方法来报答咱们。人心都是肉长的,谁还没有个难处。可是他们的这种做法让我心里既难过又感动。我们有什么理由不为乡亲们工作,为他们服务哇?回想起这两年的工作和生活,我真是很幸运,太值得了,有了你,有了小龙,还有乡亲们的关爱。"说着李强把托娅揽在胸前,亲吻着托娅的头发。

托娅也依偎着李强,用手摸着李强的脸,看着李强的眼睛认真道:"我和你的感觉一样,整天在乡亲们的跟前,他们的目光和情感真让我感到幸福。我觉得哪也不如咱们家乡好,我哪都不想去,就愿意在家里守着你,守着小龙和父母。"

李强紧紧地抱住托娅,托娅也搂住李强的脖子。

第二天吃过早饭,李强上班去了,托娅在厨房收拾碗筷,其其格给小龙喂米粥。三胖又准时来了,今天她进屋来和往常不一样,特别注意观察其其格和托娅的表情。当她看见其其格在给孩子喂米粥时,赶紧过去抱起小龙,就要给他吃奶。托娅走过去拦住了她,说:"三嫂,从今天起你就别给小龙喂奶了,我们真不好意思,这么长时间净让小凤吃奶粉了,都是我们粗心。你的心情我们理解,谢谢你。你不要介意,真的,小龙不能再吃小凤的奶了,这就够过意不去了。"

三胖明白了,这是李强把昨天晚上看见自己给小凤喂奶粉的事说了,她听到托娅不再让她给小龙喂奶了,不由得流下眼泪说:"就再让我给小龙吃一回奶吧,我都离不开这孩子了。"

托娅见三胖的神情,只好把小龙交给她,又对小龙说:"再吃一次胖妈的奶,以后就不吃了啊,咱们要吃米粥了,小龙长大了,是吧?"

听托娅说这话,三胖便低头看小龙吃奶,小龙水汪汪的眼睛盯着三胖,三胖的眼泪又流了下来。小龙见三胖流眼泪,松开奶嘴用小手去擦,说:

"胖妈不哭,爸爸打屁屁。"

其其格看三胖哭了,也不禁流下泪来,又听了小龙的话,笑着用手擦眼泪,说:"你也不是不来了,常领着小凤来玩呗。小龙告诉你呢,爸爸打屁屁,别哭了。"

托娅看着三胖的样子,不由得感动,走过来用手拍着三胖的后背说:"三嫂,我说不让你给小龙吃奶,也不是不让你来呀。每天你没事就领着小凤来玩呗,我们小龙都离不开小凤了,你不来他还不让呢。天天来还难过什么,也不是远走高飞了。"

三胖笑了,说:"也不知道咋的了,不给他喂奶了就觉得可心疼了,本来就没到断奶的时候。要是到了一周岁半还差不多,要不就喂到一周岁半吧,就十一天了,行不行?托娅,我求你了,小龙我们娘俩儿求你还不行啊。"

托娅感动地说:"我们已经很感谢了,说好了,可不能再给小龙吃奶了,否则可就不让你来了。好了,你们玩吧,我得去上班,都要迟到了。"

托娅走了,小龙吃完奶下地大声喊:"姐姐!要姐姐!"一边喊一边往外跑,三胖和其其格在后面跟着,笑着。

李大路从牛棚子出来,大声喊:"小龙,慢点跑,摔了跟头!"

院子里充满了笑声。

太平川乡政府的小会议室里,党委成员在开会研究水稻歉收的问题,木青也应邀参加会议,因为此事与木青有直接关系。包书记坐在圆桌的横头,左边是刘副书记,右边是李强,挨着李强的是田美玉,其他党委成员都分坐在两边。

包书记主持会议,传达完上级的会议精神之后,提到了明海书记对百泉沟水稻歉收问题的批评。包书记一改往日讲话温和的态度,非常严肃地说:"这次明海书记专门把我和李乡长找到他的办公室,对我们乡,重点是百泉沟村的水稻种植提了意见，等于当面批评了我和李乡长。他所批评的主要问题是：百泉沟村今年种植的水稻已经明显歉收了，可是工作队去调查，人们都说丰收，没有一户说歉收。对此明海书记大发雷霆，他要追究是哪个干部在搞虚假之风，欺上瞒下。今天我们就重点讨论这个问题，一是对上级有个交待，另一个对我们的干部要起到个教育作用。据我所知，水稻育秧现场会，乡里的主要干部都不在现场，这可是前所未有的事。李乡长学习去了，安排给谁了，谁没有到现场，你们都说说。群众为什么说没有减产，是谁鼓动的？"

刘瑞听包书记这样说，已经明白了明海书记主要是针对群众说假话，至于谁没在现场已经不重要了，而且包书记早就知道是怎么回事。所以他要等着李强说完再说。

李强见包书记已经说完，接着说："我说一下，我走之前把现场会的任务交给了刘副书记，走之后的事我就不知道了。"

田美玉接着说："现场会那天，是刘副书记临时交给我的，可是正赶上县里计生委的主任来检查工作，我汇报完工作之后到会场已经散会了，其他的事我不知道。"

刘瑞听田美玉说完，说："现场会那天县里组织部找我有事，所以我临时把开会的任务交给了在家的田乡长。我觉得再查谁参没参加现场会已经没有意义了，关键是谁把群众鼓动起来说水稻没歉收。这件事对谁有利，群众想保护谁，这还用问吗？上学的小学生都知道，就看自己有没有觉悟了。"

说完刘副书记看向李强，故意刺激李强。田美玉对刘瑞的发言非常反感，可是又没有接话的理由，只好看着李强，等着他做出反应。

李强被刘瑞带有针对性的话激怒了，他把笔记本合上，看着刘瑞说："照你这么说，那只有我才能鼓动群众呗，我抓的项目，又都是我们村的群众。你就直说得了，用不着绕圈子。我这个乡长是白得来的，做梦我都想不到，保不保护我真没有啥必要。水稻歉收是明摆着的事，鼓动群众说丰收就有人信了？我真不明白有些人是怎么想的，在想什么？"

"你就别说那没用的了，那你说群众们为啥歉收却又说丰收了，他们图个啥呀，没有人从中鼓动能口径一致，唬傻子呢？你是从百泉沟村出来的，早就处好关系了。真正有事了，上级追查责任的关键时刻，就看出来了。"刘瑞大有决一胜负的架势。

"包书记和各位委员以及木经理都在这呢，回来之后我做了调查，确实是有人在群众当中做过工作，他是百泉沟村的村长李长玺。群众说他的出发点就是为了保护我。因为水稻是我抓的项目，他认为说歉收上级就会批评我，所以工作队去调查才出现了瞒报歉收的情况。这件事不用追查了，都是我的责任。"李强解释说。

刘瑞皮笑肉不笑的样子，冲包书记一笑说："李长玺是谁呀？托娅在瓷砖厂得当一大半的家，她说干啥，李长玺还不乐呵呵地跑哇。乡里干部谁不知道这点事呀。"

包书记听不下去了，说："刘书记，你说话要有原则，不能道听途说，更不能简单推测。我们大伙还是很信任李强和托娅的，你这样说话没有根椐。"

"这事上哪找根椐去，这是良心账，我不说了，你们都说说吧。"刘瑞显得很大度的样子。

第 二 章

　　李强被刘瑞的话气得忍无可忍，他把手中的钢笔咔的一声折断，抬头看了一眼包书记，冲着刘瑞说："不用找根据了，就是我让群众说的。包书记，你看着处理吧，大不了我不干了，回家种地去，也好给着急想当乡长的人让地方。别这么拐弯抹角地制造事端，影响乡里的正常工作。我去找明海书记解释，研究别的事吧，这件事到此打住。"

　　"你爱干不干，以为谁稀罕当你那乡长呢，要当我早当了，还轮到你。我当副乡长都六年了，再干几年我也是正科级，当个乡长好像咋回事似的。"刘瑞不屑一顾的样子。

　　木青在一边听不下去了，说："说一下我的意见，按理说这是乡政府的会议，没有我说话的地方，可是因为我们和群众签了销售合同，已经涉及到了北方集团的利益，所以我觉得应该说说我的意见。你们刚才所争论的问题我不感兴趣，我只担心水稻的产量和辣椒的质量，其实也是你们所争论问题的核心的。说句不客气的话，群众的收入才是我们要研究的主题，你们所讨论的是个人利益得失，我觉得很无聊。让我听你们追究个人责任，真有些浪费我的时间，这个会我不听也罢，对不起，我还有事。"木青说完走出了会议室。

　　包书记被木青的一席话说得火冒三丈，气不打一处来，这还是头一次当着所有领导的面被外人说得下不来台，他把笔记本一合，大声宣布："散会，打私架回家去打，别在这矻碜我。"

领导们都回自己的办公室了。李强回屋见木青坐在办公室的沙发上，绷着脸在生气。李强有些意外，把笔记本放在桌子上，看看木青，说："你没走哇？没你什么事，说那些干啥？包书记都生气了，你一出来就宣布散会。"

"也太欺负人了，就这么点事，你已经说明白了，还么不依不饶的，我看着气不过。那当书记的还看不出来你是什么样的人呀？我可不管他套，能咋我呀，大不了我走人。"木青气得脸色有些发白，说完话把头发往后甩了一下。

李强长出了一口气，慢慢地说："这件事我怎么解释都没用，说什么刘瑞都不会饶了我，这是他拆我台的机会。包书记也明白，可是包书记也没有办法，没有理由说刘瑞，你又火上浇油，他那脾气一上来还得了。你不原意听借故出去不就得了，在会上说那些解气的话，你以为在帮我，其实你是往火坑里推我。"

木青不解地问："怎么能说我推你呢？也太气人了，啥好脾气能憋得住哇？"

李强摇摇头说："你是不知道哇，这些人要是和方志南拉上关系，再加上自己的私欲，那是什么事都能给你编出来的。你一个年轻姑娘，我一个年轻干部，说你点什么不好听的，他就有人信，你就说不清道不明。"

"我这人真就没怕过谁，别看我小，啥事没经过？怕他们说？你明天就去我那当经理，我给你当助手，叫他们说闲话。我就不信这个邪了。"木青说的是气话，可也是心里话。

李强则不以为然，听木青这样说反倒笑了，说："你可真能说笑话，经理是随便给的呀，我的职务是随便辞的？"

"什么笑话，我说的是真话，比你当乡长挣钱多。你当不当，要当我马上就给我爸打电话。是你要当还是我推荐你当，给个痛快话。"木青不以为然地说。

李强愣住了，木青的态度很认真，不像是说气话。木青的话忽然让他眼前一亮，解决群众种水稻的方法有了，要是自己真的当了经理，这问题不就解决了吗？可是他又一想，这可能吗？北方集团能同意吗？就是北方集团能同意，乡长职务能那么随便辞去吗？为了给群众种水稻而辞去为群众服务的乡长职务？李强陷入了沉思之中。

木青看李强在想事情，知道他已经被自己说动心了，十分高兴得继续说："就太平川乡和百泉沟这点稻田，要是北方集团种，保证年年丰收。群众增收不说，集团也得利益，两全其美的事，省得和刘瑞憋那个气，犯不上。就看你能不能放下官架子，敢不敢当经理了。"

听木青这样说，李强的犟脾气又来了，他抬起头来说："有什么放不下架子的，我原来也不是什么乡长，就是个老百姓。一个经理有什么不敢当的？就怕你们集团不让我当。"

"你要是真干，我爸肯定同意。你可说准了，到时候你别反悔呀。"木青进一步强调。

李强并没有直接回答木青的问话，他反问木青："把太平川乡的水稻交给北方集团种，每亩地能增收多少？"

"当年产量这一块就能增收四成，和集团对半分成还多得二成产量的钱呢，再说种地成本也会相应地减少，比自己种都合算。我们在保山县就已经算过，人家种水稻年长，比你们这里的种植水平高多了，交给集团种还合算呢。你们要是交给集团种，收益就更高了。"木青熟练地介绍着。

李强听完陷入沉思，也不看木青，只是低着头看他手上茶杯的花纹。茶杯上的中国结造型很别致，非常好看，它的每一条线都是连在一起的，你找不到开始和结尾，就像李强所犹豫的，究竟是当经理，还是当乡长。都是为了群众服务，哪一个更能解决实际问题？此时，李强的脑海中闪过李有才父母送儿子到火车站去打工的情景，留留、三胖为了给小龙吃奶，给自己女儿吃奶粉的情景，李长玺为了不让自己受到上级的批评在群众中宣传水稻丰收，双合尔爷爷那期待而又脑怒的目光，和他那语重心肠的话，"庄稼人的事还得庄稼人自己办，谁也帮不了忙，就说你吧，还当着乡长呢，村里的地不也种成这样了吗？指着企业解决问题，企业还指着咱们的地给他挣钱呢，没有利益谁来呀，白来为群众服务？老话说得好，'没有供的喇嘛不念经'。刘瑞的话：这事上哪找根据去，良心账……你爱干不干，你以为谁图希当乡长呢，要干我早就干了，还轮到你呀……想到这李强又气得脸色通红，喘了起来。回过头来对木青说："和你爸说吧，我要求当经理，乡长不干了，当个乡长连群众的水稻都种不好，还有啥脸干。"

木青见李强真要当经理，她反倒愣住了，瞪大眼睛说："你真的要当经理呀，那乡长的职务怎么办？公职不要了？"

"当经理还要什么公职呀？尽可着我了呢，哪有那么好的事。"

"你可得冷静冷静，这事想好了再定。我说的是气话，你还当真了，为了和刘副书记置气可就不值了。你们都是为了工作，也不是什么原则问题，犯不上牺牲这么大的代价。"

"那倒不是，我们在工作中只是有些观点不同罢了，为了他我不至于辞去乡长的职务，主要是乡亲们对我的感情太深了，我看不得他们生产上有损失。明明已经歉收了，为了保护我，还要在上级调查中说丰收、说富裕。另一个是群众想要出去打工，没有人种地，交给外来的企业又不放心。这是农村产业发展的必经之路，也是最需要大的企业来扶持的阶段。这项工作乡政府代替不了，只有像你们这样的企业才能解决当前生产中的实际困难，才能让农业生产向前迈进一步。出于这个原因，我才考虑了你所提的意见。我可是真心的，你要不是真心的就把话收回，我不会黏上你。"

"这……这样吧，晚上给我爸打个电话，问他能不能让你当经理。如果有可能，你再往下研究，不行就算了，当我瞎说。"

木志森的家，一栋深蓝色瓦顶、白色墙壁的别墅，在松树的映衬下，显得非常的漂亮。豪华的客厅里，木志森和周惠坐在沙发上一边看电视一边喝水。木志森沉默了一会儿说："木青在电话里说要聘李强当农业经理，我没有答复，原因是我不太清楚情况，另外任用经理也不是我一个人说了算，还得通过其他三个副董事长。我有些不理解，一个年轻的乡长，可以说前途无量，怎么能屈尊到我们集团来当经理呢。首先我是有些不相信，也觉得不太可能。可木青又那样急切地提出要求，我不明白，为什么要让李强来接替她的职务呢？这对木青和企业有什么利益？"

木志森的话，周惠也有同感："我看这件事不行，也没有可能。这年月谁都想当乡长，更何况李强年轻有为，将来是前途无量的。要我说先别在董事会上提了，等一等再说吧，找个机会你们去考察一下。再说了，木青干的不是很好吗？让李强当经理，木青干什么去呀？虽然说水稻减产，可是对咱们没有多大损失，只不过少收点水稻而已。"

木志森听了周惠的话，也觉得有道理，他看看周惠说："要不咱们俩去一趟百泉沟吧，本来想春天去的，事太多没能成行。这次咱们主要是看看双合尔老人和李大路，还有孙贵、官布等百泉沟的老少爷们儿，顺便把李强的事弄明白了，到那时候再定怎么办吧，也许人家会改变主意呢。"

周惠有些惊讶道："你是说去百泉沟看双合尔、李大路、官布老人？"

"对呀，你不想去看看吗？过去不想去，现在还不想去吗？不知道你什么想法，我现在是太想去了，太想见那些乡亲了。"木志森说。

"我早就想去了，都是你，非得等企业有了大的发展才去见百泉沟的乡亲们。要不是田再新和他爸来找你，你不定什么时候去呢。"周惠有些埋怨

木志森。

"还真是,要不是小新和田教授来找我,我打算等宝山县土地承包合同到期,企业在那站住脚了,再去看看百泉沟的乡亲们。这回好,不用等了,咱们明天就起程。"木志森非常兴奋地说。

"什么!明天就去,那我可得买些东西给乡亲们带去。"

"你快去准备吧,我还有点事和办公室交代一下。"

刘瑞自从和李强在会上正面交锋之后,对乡长职位的渴望是越来越强烈,群众瞒报产量事件似乎让他看到了希望。他急忙找来赵玉柱,想把这件事告诉他,再由他告诉方志南,以达到县委主要领导对李强印象变差,自己的威信提高的目的。

接到电话的赵玉柱急匆匆地来到刘瑞的办公室,进门之前还回头看看有没有人。进了屋子,刘瑞起身和赵玉柱握手,刘瑞说:"今天乡里的干部都下去了,我看挺清静的,就给你打个电话,有点事想和你聊聊。"

刘瑞很亲近地给赵玉柱倒了一杯茶放在茶几上。赵玉柱坐在沙发上,随意地拿起茶几上的烟,抽出一根来点着,说:"我正忙着给工人登记档案呢,说是企业要给工人上养老保险。这事让我经手,整得我还忙起来了。接着你的电话,我材料都没收拾就过来了,怕你有急事,别给耽误了。"

刘瑞也坐在沙发上,看着赵玉柱说:"真是不好意思,让你跑这么远的路。本来我想过去找你的,可是又一想我下去乡干部都知道,一名二声的,不好。你就不同了,到乡里来没有人注意,就当是到商店买东西,顺便到乡里办点事。特别是你这样的村干部,到乡里来那不是太平常了嘛,群众们不会注意你。"

赵玉柱觉得刘瑞可能是有求于他,所以他也装得大气起来,喝了一口水,翘起二郎腿吸着烟,一副村干部的模样,说:"不是吹呀,我来乡里谁都知道是干啥来了,说不定要找哪个乡干部,这都习以为常了。群众不是不注意我，而是认为我来乡里是常事。刘书记，你有事就直说，别怕他那套。"

刘瑞就喜欢赵玉柱这架势，他一上来不服的劲头，办事肯定痛快。想到这，刘瑞便神秘地说："最近乡里领导有很大的分歧，是因为你们村的水稻。你是那个村的人，对群众今年种的水稻是一清二楚。可是你不一定知道，前一段县里包乡工作队下来了解情况，群众都是怎么说的，是谁让群众说假话的。"

赵玉柱有些不解地问："谁呀？说什么假话了？"

"这事你不知道？那不是李长玺带的头嘛，让群众都说水稻丰收了，你知道目的是什么吗？"刘瑞故意吊赵玉柱的胃口。

赵玉柱眼睛转了转，说："我明白了，水稻不是李强抓的嘛，目的肯定是为了李强在上级跟前有面子，我说得对不对？"

"看来你是真明白，不愧是路路通，没有你不知道的事。乡干部会上，这事已经挑明了，我和李强整起来。李强当场就承认是他让李长玺干的，脸不红不白的，你说气人不。当这些年干部了，真就没见过这样没有脸的人，做错了事好像还有理了似的，还扬言大不了不当乡长，回家种地去。你说说，这是什么水平？简直就是个无赖。他还有理了，理直气壮的，谁说和谁掐，连包书记都不放在眼里。"刘瑞说着还来气了，又点着了一支烟吸起来。

赵玉柱听得眼睛都直了，他真就不知道这些事，他也是头一次听说乡里开会的事。赵玉柱最爱听这些事，特别是李强的事，他从来都放在心上，不过只是对反面的事感兴趣。他挺直了腰，脸上泛起得意的笑，说："还有这事呢？他简直成无赖了。县委知道不？"

刘瑞一副鄙视的样子，说："县委早就知道了，所以在大会上通告了太平川乡，包书记立马开会，会上才出的这事。对了，那个北方集团的木青也参加会了，因为追究这件事的责任，她在会上还不高兴了，把包书记气的。她明显是在给李强抱不平，说什么这事不重要，群众的收入最重要，开这个会没意思等等，要不包书记能来气吗？"

赵玉柱对这种事是最敏感的，听刘瑞说木青在会上公开向着李强，说："我早就看着这个姓木的和李强不利索，她还在会上公开帮忙了，关键时刻见真情啊。不用急，你看着他们俩将来肯定得出事，这一天天形影不离，李强走哪木青跟到哪。也就是没有人说他们，都是本村的，不好意思往那上说。照这样干，他的乡长长不了，这事还不得传到县领导的耳朵里呀？人嘴是啥呀，好事不出门，坏事千里闻。要我看你真得有点思想准备，下任乡长就是你的。改天我去双青一趟，让我二舅和明海书记说说，吹吹风，等有了机会你就上来。"

刘瑞很老练地摇摇头说："当乡长对于我来说无所谓，再干两年我就是正科级，当不当不重要了，关键是这样的干部在咱们乡里对群众有影响啊，鼓动群众说假话，这让我们干部在群众中还怎么建立威信？他还是年轻啊，急功近利呀。"

赵玉柱明白刘瑞的意思，现在这种事对于李强来说根本就不起什么作用，因为县里的会上说明白了，不过刘瑞的面子还得给他，赵玉柱喝了一口水说："刘书记，我明白了，这事你不用忙，很快就会传到县领导的耳朵里。村里的事我留神听着点，有什么情况我给你打电话。你当乡长的日子不远了，你得做点努力呀。我这你放心，不是吹呀，想啥法我也把这事给你整到县委的耳朵里去。"

刘瑞目的达到了，很亲切地对赵玉柱说："中午我们喝点酒，自打过年到现在还没和你喝过酒呢。"

其实赵玉柱真想喝酒，却装出一副很忙的样子说："要说这酒咱们倒是该喝，就是这两天太忙了，要不等哪天有空再喝？"

刘瑞明白赵玉柱的心思，一边收拾桌子上的东西一边说："咋忙今天也得喝点，走，我们喝酒去。"

李强从乡里回来已经天黑了，他悄无声息地进屋。家里人都吃完饭，小龙已经睡觉，托娅在地下洗衣服。李强进来坐在沙发上，托娅都没有发觉。李强喝水的声音吓了托娅一跳，见是李强才摸着胸口说："你啥时候进来的？吓死我了，咋没个动静呢？"

李强也没有说话，继续喝水。托娅放下洗的衣服，站起身来擦擦手说："你还吃不吃饭，我给你热去？"

"我吃过了，喝点水。"李强说话有些气粗。

"你这是喝多少酒哇，一股酒糟味，多喝点水解解酒吧。"说着托娅把暖壶拿过来放在茶几的旁边。

"小龙这么早就睡了，我还没和他玩呢。"

"你也不看看这是几点了，你再不回来我就登寻人启事了。"

"今天县里工作队的刘股长来了，非要和我比画比画。把他喝倒了，我也蒙了。"

"县里人总来，你天天喝受得了吗？陪着喝点就得了呗，总改不了你那犟劲。"

"你知道吗，乡里种水稻的事就是他来调查的。为这事，县委明海书记把包书记和我当着大伙儿的面闷了。正好他来了，我还能饶了他？群众说假话就是他向县委汇报的。我问他是怎么回事，他还有理了，说群众不说实话，他原原本本地向县委汇报没有什么错，让我找县委去。你听听，他还一身的理。"

"按理说人家汇报也没有什么错呀，那是人家的工作，不说实话能行吗？谁知道咱们乡里是怎么回事？"

"不是，他要汇报就把水稻长得什么样、是不是歉收汇报给领导就得了，还整出群众说假话来，好像是我们乡干部做工作了似的，那么多人的大会上挨批评真丢人。我是受不了，包书记也上火了，上午开会都急眼了。"

"谁爱说啥说啥，干工作问心无愧就行了。"托娅一边拧衣服一边说。

"这还问心无愧？当个乡长连群众的水稻都管不好。群众今年歉收了，来年的日子咋过？想到这些我觉得自己真没用，还不如人家木青呢。我和木经理说了，我不干乡长了，到她那当农业经理去，把群众的水稻种好就行，别的都是小事。"说着李强已经困了，眼皮都抬不起来。

托娅一听李强不干乡长要当经理，马上放下衣服说："你说什么？不当乡长了，要去当农业经理？你是不是真喝蒙了，真话还是假话呀？"

"真的，上午说的，她说晚上就给她爸打电话，还没给我答复，我等信呢。托娅，你说这事行不行？"李强大着舌头说。

托娅呆住了，半天才回过神来，她知道李强说要干的事谁也拉不住，又见他酒喝得太多了，想等到明天找爷爷和父亲说服他。想到这；托娅对李强说："不是还没有定下来嘛。今天你酒喝多了，睡觉吧，明天再说行不行？"

"我不困，酒劲才上来，我想和你说说话。你说这事行不行？反正我都答应木经理了，就看北……方集团的了。"李强东倒西歪的样子。

托娅忙把李强扶上炕，又把他的鞋子和衣服脱掉，给他盖上被子。李强动也不动，打起了鼾。托娅呆呆地坐在一边，想着李强才说的话，想了想拿起电话拨号……

第二天太阳还没出来，李大路就已经起床，他拿起扫帚打扫院子，等着阿斯根。见阿斯根来了，把他迎进屋子，又到厨房告诉其其格多做几个菜，早上要和阿斯根喝点酒。阿斯根坐下点着一支烟，向托娅那屋子望了一眼说："李强和托娅还没有起床呢？"

"托娅早起来了，在给孩子喂奶。李强还没有起来，昨天晚上喝得太多了，一直都没醒，一会儿让托娅叫他。也不是什么急事，听托娅说只是和木经理说到那儿了，人家集团批不批还是个事呢。这事你别着急，等他醒了我们一起说说他。我告诉其其格整菜了，咱们哥儿俩喝点酒，从过了年还没在一起喝过酒呢。你也是太忙啦，我这一天板个死身子，十几个张口物，也离不开，真就没有空在一起喝酒。今天这个机会挺好，喝点酒再说事。"李大路边说边往炕上放桌子。

其其格过来把奶皮子、炒米、乌日莫、白糖等用小碟装好，放在桌子上，沏上茶水，热上一壶白酒，说："亲家上炕里头，菜马上就好，你们哥儿俩喝点吧，都多长时间没在我家喝酒了。"其其格安排完了又回厨房去炒菜。

托娅抱着小龙过来，说："爸来了，他还没醒呢，半夜吐了好几回，也不知道喝了多少酒，从来都没这样过。"

阿斯根点点头说："我也听说了，种水稻的事让他受到领导的批评。他也是犟，咋个事就咋个事呗，水稻不收成谁也没有办法，也不是咱们给个人种的。从小就受不了别人说他，自尊心太强。说去企业当经理也许是个气话，想干人家还得用你呀，现在的企业都不用干过行政工作的人。"

李大路把小龙抱过来，说："来，上爷爷这来。看看谁来了？你的大姥爷来了，不认得了，去让姥爷抱抱。"

小龙早就认识了姥爷，咯咯地笑着扑到姥爷的怀里。

李强终于被托娅叫了起来，他揉着眼睛来到父亲的屋子，见阿斯根也在，说："爸来了，小龙别缠着你姥爷，快下来！"

阿斯根说："这小子就愿意和我闹，几天不见还想了呢。"

托娅把小龙抱过来，说："你快去洗脸吃饭吧，就等着你呢。早上你就别喝酒了，让爸他们喝吧。"

"这酒喝得太多了，头还晕呢。爸，你先吃点东西，我去洗脸。"李强到外屋厨房去洗脸，托娅抱着小龙也跟过去。

李强看看托娅说："爸怎么来了？是你叫来的吧？"

"是我叫来的。你昨天说的事还记得吗？"托娅问。

"记得呀，不就是我想到北方集团去当农业经理的事嘛。"

"昨天你喝多了，我也没有细问。你真要去北方集团啊？你咋想的？那是个人企业，你是公务员、是乡长，怎么能到企业给人家当经理去呢？县委能让吗？"托娅不高兴地说。

李强一边擦脸一边说："有什么不让的，辞职还不行嘛。"

托娅很惊讶，说："什么！你要辞职？你咋想啥是啥呢？得了，我不和你说了，你个犟牛，一会儿你和爸说吧，看爸不收拾你。"

李强上桌了。托娅把小龙放在炕上，去帮其其格往桌上端菜。李强给李大路和阿斯根倒上酒。小龙爬过来，扶着桌子站起来，顺手抓住一块点心就吃，李大路赶紧把他放到一边，说："这小子，你姥爷还没吃呢，你就先上手抓了，快把他抱走吧，这小子横划拉。哎！别把酒杯碰洒了。"

托娅把菜放在桌子上，顺手把小龙抱走，说："我们也不喝酒，吃点心还不行啊，也算是一个人了。"

李强对阿斯根、李大路说："你们俩喝酒吧，先吃点菜，一早上空肚子喝酒不好。"

阿斯根说："你也喝点吧，头一天喝多了，第二天早上喝点能解解酒的。"

"我可不喝了，见着酒我都恶心了，你们喝吧。"

李大路说："来，亲家，咱们先喝一杯。半年没和你喝酒了，这杯干了，然后咱们慢慢喝。今天你也别忙，晚一点上班，让托娅给你请个假。"阿斯根用无名指蘸酒弹向天，又弹向地，又点在额头，李大路也跟着做，动作显得有些笨，两人又碰了一下杯共同干了。

李强又给倒上酒。阿斯根看看李强问:"托娅说你要去北方集团当经理是真的吗?"

李强一边倒酒一边说:"是真的,成不成还不一定,木青已经给董事长打过电话,但是没有明确答复。"

"那你的工作怎么办,乡长不当了?"阿斯根绷着脸问,显然是有些不高兴。

李大路接过话说:"我就不明白了,那经理比乡长大咋的?当经理名好听啊,其实那不就是给人家打工吗?哪像乡长啊,国家公务员,铁饭碗,到多咱也没事。这年头考大学、考公务员那得费多大的劲。你就别说能当上乡长了,就是当个小干部也不容易呀。你可倒好,还想辞掉乡长职务,去给个人企业干,你图啥呀?我是想不通。"

"南北二屯的人们多眼热呀,见了面都高看你一眼,因为啥呀?你是一乡之长啊,得管多少事呀?别说是你,就是我在别人面前都觉着脸上有光。这事你可干不得,别想啥是啥。"阿斯根说。

李强只是笑没有说话,接着给他们二人倒酒。李大路沉不住气了,说:"你老丈人说你呢,听着没有!你倒是说个话呀,到底是怎么打算的,你得和我们说明白呀。"

"其实也很简单,我就是想把群众的水稻种好,把群众的地种好,为了咱们乡、咱们村今后有更大的发展,别的什么都不为。"李强平静地说。

阿斯根听李强这样说有些火了,说:"当乡长不就是为群众管事的吗?那有什么不一样吗?"

"你不能把眼光只放在咱们村哪。你是乡长,要对全乡负责,眼睛就盯着那几千亩稻田,你那远大目标哪去了?"托娅在一旁说。

李大路急了,说:"我可和你说啊,这事你不能自做主张,还无法无天了?从小供你读书,长大成人翅膀硬了是吧,谁的话都不听了,你老丈人说话都不好使了？一会儿上班你和木经理打退了这桩事，不然我和你没完，听着没有？"

"好了，你们别说了，喝酒吧。我只是说说，还没有定下来。我告诉木青一声，说不当经理就得了呗。"李强很无奈地说。

听李强这样说，阿斯根也就放心了，他把酒杯举起来，说："来，亲家，咱们喝一杯，这事也不是说干就干的。李强你好好恬量恬量，凡事都有个轻重。你也是个当乡长的人了，不能再像小时候那样，为了一件事钻牛角尖，那犟劲得改改，在外工作可不像在家。公家的事是大事，私家事、个人事是小事。来，咱们共同干一个，消消火，李强不是已经表态了嘛。"说着李大路和阿斯根两人都干了杯中酒。李大路喝完酒还带着气，狠狠地瞪了李强一眼，托娅在一边偷着笑。李强见托娅偷着乐，也瞪了托娅一眼，托娅捂着脸跑外屋厨房笑去了。

其其格见托娅笑，不知道怎么回事，过来扒拉问托娅："笑啥呢，咋整了？"

托娅大声地笑着："哈哈！我爸瞪他了，他不敢说啥又瞪我，拿我撒气呢。小龙，咱们可得离他远点，要不他吃完饭该收拾你了。"

其其格听说要收拾小龙，说："还反天了呢，小龙别怕，他要收拾你，看我不把他耳朵拧下来。"

"咱们可快躲开吧，奶奶要是把你爸耳朵拧下来，那可咋办呀。可了不得了，快跑！"托娅抱着小龙跑进西屋。

木志森要来太平川乡，乡党委包书记亲自主持召开了一个会议，主要讨论怎么接待木董事长一行。最终决定由党委班子成员迎接，李强负责全程跟随接待，木青主要负责联络。

木青接到电话，木志森的车就要到了，乡党委政府领导和木青都到办公室门前等候，一辆黑色的小骄车开进院子。小车慢慢地停在包书记等领导面前，木志森、周惠下了车，司机把车开到了房前。木青上前给大家介绍："这是我爸，这是我妈。这位是乡党委包书记、李乡长、刘副书记、田副乡长、王组委、韩秘书。"

木志森和包书记握手，说："早就听说你的大名了，办事果敢、坚持原则、心系群众的党委书记，久仰久仰。"

包书记说："你是大名鼎鼎的企业家，我在网上查了，在东北除了国营农场以外，你的企业是屈指可数的。你比我强，我是为群众办事的，你是为群众种地的，民以食为天，和你比，我只能排在第二。我早就等着和你会一会了，有你和我们合作，咱们老百姓的生产生活可就有保障了。你可是我们的财神。欢迎欢迎！"

木志森又握住李强的手，仔细看着李强的脸说："你这么年轻就当上了乡长，真是前途无量，木青对你的评价可是很高哇。"

李强也打量着木志森，谦虚道："过讲了，非常欢迎你来我们乡考察。"

木志森、周慧又和其他领导握手。包书记看看木青说："木青走前面，领着进屋，到党委会议室。"

小会议室是日常党委开会的方，屋子中间有一个椭圆形的大桌子，桌子上摆着水果和茶杯。人们进屋坐下，勤杂员倒着水。

包书记见大伙儿都坐下了，看看坐在身边的木志森，又扫视了一下大伙儿说："我先说两句，今天我们全体党委政府班子成员把所有的事都推了，都在乡里等着迎接木董事长和周女士，我代表太平川乡党委政府和全乡人民对于你们的到来表示热烈欢迎，并对你们能够为太平川乡建农业基地表示衷心的感谢！木董事长和周女士都是在我们百泉沟村下过乡的老知青，咱们乡以及百泉沟村是你们的第二故乡。年初木董事长就把自己的女儿木青派过来，在咱们乡抓种植基地，可见你们对咱们乡深厚的感情。木董事长，今天你就听我的安排，晚饭前我和李乡长陪你们先到百泉沟，去见见双合尔老人和乡亲们。晚饭就在乡里吃了，这头一顿饭那得乡政府安排，晚上住在乡里，我还得和董事长近便近便。明天你就听村里的，他们怎么安排我就管不着了。行不行木董事长？"

木志森微笑着点头说："行，包书记想得很周到，我是得先见见双合尔老人和乡亲们。"

包书记接着说："我给大家介绍一下，北方集团的总部在金洲市，是东北位列前十名的民营企业，企业所属种植业、加工业、房地产等大型企业共二十多家，下面请木董事长给我们大家介绍一下，让我们进一步了解北方集团的基本情况。"

木董事长看看大伙儿说："好，那我就向各位领导汇报一下我们企业的基本情况。首先我感谢党委政府领导对我们的热情接待，以及对我女儿木青工作的支持和照顾。百泉沟是我的第二故乡，这里有我年轻时的梦想和可亲可敬的父老乡亲，今天我们终于回来了，带着我的梦想和团队回来了……"

瓷砖厂厂长室里，阿斯根让托娅去找村里两委会的人，自己点上一支烟。李长玺匆忙地赶来，并没有发现远远地跟在他后面的赵玉柱，径直进了厂长办公室。赵玉柱到厂长办公室的门口站住，靠在门口听阿斯根和李长玺谈话。

"阿书记这么着急找我们有大事啊？"

"可不有大事，木董事长来了，村里得研究一下怎么接待呀。"阿斯根着急地说。

"那就好好地安排一下伙食就得了呗，我以为什么大事呢。"李长玺不以为然地说。

阿斯根看看外面，见没有人来，有些神秘地说："你知道木董事长来干啥吗？"

"干啥？"李长玺不解地问。

"他是考察李强来了。你不知道哇，李强要到北方集团去当农业经理，想要给咱们乡种地。前几天他已经和木青说了，这不真就上来了。这事别人还不知道，我就和你说说，你得想法劝阻李强和木董事长啊，这事不能让他成。李强那小子犟，说干啥就干啥啊。"阿斯根说着又看看窗外。

李长玺一听愣住了，说："这事也不能开会说呀，能让别人知道嘛，咱们背地说说李乡长呗。"

"开会是为了接待木董事长，这事可不能在会上说，我这不是正和你说呢。行了，别说了，张勇他们该来了，人齐了我们回村里开会去。"阿斯根说完收拾东西，准备去村里。

赵玉柱在门口听到阿斯根和李长玺的对话，让他非常吃惊。他赶忙转身往回走，走了几步又回来，装做若无其事的样子，还咳嗽几声示意他来了。随后张勇刘福田、托娅也都来了。

百泉沟村村委会和支委会在开以如何接待好木董事长为主题的会议。李长玺发言："我说啊，接待木董事长的规格就按阿书记说的办了，托娅负责陪董事长参观，赵主席找两人杀个羊，就在咱们瓷砖厂食堂吃饭吧，定在明天中午。今天我们就是陪着木董事长和乡里领导到双合尔家、官布等个人家看看，咱就都跟着吧，反正咱们也影响不了厂子里的生产。谁还有事？没事散会，就等着乡里的车吧。刚打来电话，说车一会儿就到了，先到村里，之后再去个人家。"

散会了，赵玉柱起身去厕所。到厕所里面，他从十字花墙往外看，见没有人来就打开手机，给刘瑞打电话："喂，刘书记吧，我在外面呢，没有人。木董事长什么时候来村里呀？啊，你来吗？我告诉你个事呀，这可是绝对的秘密。"

刘瑞在走廊里接电话，一边小声说话一边往包书记办公室里看，说：

"我不去了,有书记、乡长陪着就行了呗。什么秘密?"

赵玉柱用两只手捂着手机小声说:"你知道木董事长干啥来了吗?"

"考察农业基地呗,还能干啥呀?"刘瑞不以为然地说。

"我告诉你吧,他是考察李强来了。你知道吗,李强想当北方集团的农业经理,这回你的机会可来了。"

刘瑞一听李强要去当经理,马上精神起来,说:"怎么可能呢,放着乡长不当,跑去企业当经理,不可能,绝对不可能。你听谁说的呀?"

"什么听谁说的,是阿斯根和李长玺说的,我在门外听着了。阿斯根还让李长玺劝李强,说李强还挺坚决。真的,这事百分之百是真的。"赵玉柱认真地说,看见有人来了,忙说,"找个时间再和你说吧,有人来了。"说完话他挂断电话,假装系着裤子。

木董事长要来的消息已在村子里传开,几个妇女在街头唠嗑。

膘子手里拿着一个小兜去商店买东西,看见官布的老伴和两个年轻妇女站在一起聊天,便走过去和她们搭话:"哟,到底还是年轻人哪,你看人家穿的体形裤多合身呀,这两条腿看着叫人心里直扑腾。我和官嫂子是没有那身材了。哈哈!"

"二婶,别看你五十多岁了,身材还是那么好,你要是穿上体形裤肯定好看,得年轻十年。"一个年轻妇女说。

"你二婶年轻的时候长得可俊了,那十里八村也是有名的人呀,在这下乡的知青小伙子有好几个都想要和她处对象,可是她说啥也不干,就看上那个木志森了,可人家有对象,就是他们一起下乡的同学周惠。你们问她是不是有这么一回事,听说他一会儿就到咱们村里来,说是要看看乡亲们,会不会来看看你呀?哈哈哈!"官布的老伴说完哈哈地笑着。

"真的呀,还有这么浪漫的事呢?"一个妇女说。

"别听官嫂子瞎说。我那时候是年龄小,才十七,不想找对象。人家木志森是集体户的户长，跟我们村的小青年们整天在一起，都是他们没事儿瞎编的。我知道人家有对象，再说了他也不能要咱们农村人呀！那时候我就是愿意和他们在一起混。那些人吹打弹拉的都会，整天可高兴了。"膘子兴奋地说。

"哎！你们看，那有三辆小车开过去了，好像是去了双合尔爷爷家，对，就是去双合尔爷爷家了。"一个妇女大声地说。

官布的老伴逗膘子："你快回家吧，木董事长一会儿不得去你家呀，你得好好地接待一下，不行把二迷糊赶走了，见着面说话方便。哈哈！"

"哎呀，嫂子你可别瞎说了，她们都要当真了，我定照顾你岁数大，要不我可不收拾你。"膘子红着脸说。

一个妇女笑着说："二婶脸都红了，看来是真事。不过那有啥呀，都这么大岁数了，还怕别人说什么。"

包书记、李强和村里领导陪同木志森等一起进了双合尔家，双合尔和老伴在家里看电视。见突然进来这么多人，双合尔有些不知所措，刚要下地，包书记赶忙拦住他，说："大叔，你别下地，你看这是谁来了，还认识不？"

木志森来到双合尔跟前，握住双合尔的手说："大叔你好哇，还认识我吗？我是志森。"

双合尔惊讶道："是木志森啊，我都多少年没有见着你了，你都老了，啥时候来的？我听说你当什么大老板了。"

木志森眼里含着热泪，说："你看这是谁？"说着木志森把周惠拉到双合尔前面。

周惠握住双合尔的手流下了眼泪，说："大叔，我是周惠。"

第三章

周惠激动得说不出话来,握住双合尔的手,看着他那已经布满皱纹的面容,说:"大叔,我是周惠,是惠惠呀……"

双合尔看着已经花白头发的周惠说:"是惠惠呀,你也老了,当年你多漂亮啊,现在都认不出来你了。"

"您老还好吧,对不起,我一直没有来看您……"周惠说不下去了。

"大叔,不瞒您说,我们很早就想来看您了,可是企业发展却是三起三落呀。搞养殖业我破过产,搞种植业我赔过本,十年前我还负债累累,真就没脸来见您老人家。后来我联合了几家小企业办起了农产品加工的龙头企业食料厂和房地产公司,这才有了落脚之地。五年前,我们又在宝山县开办了农业生产基地,企业这才有了大的发展。"

双合尔抬起头来看看木志森,又看看周惠说:"你们俩也是太要强,非得企业成功了才来见乡亲们哪。这都什么年代了,再有几年不来,你都见不着我了。不说了,世达也来了?还有村里的干部,大家都坐下、坐下。强子,你快把烟拿来,托娅去烧水。"

包世达笑着和双合尔握手,说:"您老就别忙活了,来的都不是外人,要吸烟让他们自己拿,关键是木董事长两口子,人家可是专程来看您二老的,到乡里没待十分钟就急着要来见你们,可见他们对二老的感情有多么深哪。"

木志森接着说："这么说吧，没有双合尔大叔、李老忠大叔，就没有我的今天，在他们身上我学到了正义、勤劳和做人的道理。也正是受他们的影响我才坚持做了农业企业。"木志森把木青拉到双合尔前面，"木青，这就是我常和你说的双合尔爷爷和奶奶。这是我的小女儿木青，大儿子木林有事没有来，改天我让他专门来看您。"

木青很有礼貌地给双合尔行了个礼，说："爷爷好，奶奶好，我早就想来看您二老了，由于工作太忙一直没能来，请您原凉。"

"这孩子长得真俊哪，这么懂礼貌，是你木志森的女儿。"双合尔笑着说。

木志森又对木青说："木青，你快去车上把给你双合尔爷爷买的东西拿来。"

"哎！"木青应着跑出屋子，田再新也跟在后面去帮着拿东西。

木青和周惠把东西放在双合尔的炕上，一样一样地拿给双合尔和他老伴看，大家也在一旁有说有笑。

李长玺看着周惠给双合尔买的皮鞋说："大叔，您要是穿上这双皮鞋，一出大门，我在瓷砖厂就能听见响声。"

"那不赶上日本鬼子进村了。"双合尔笑了，摸着胡子说。

"大叔要是在年轻的时候穿上这身衣服和皮鞋，那可就帅呆了。"包世达笑着说，"年轻时穿衣服是给别人看的，现在穿衣服是自己享受。"

"现在穿衣服只有给我老伴看了，这一天也不出一趟门，不给她看给谁看哪。"双合尔笑着说。

木志森笑了，说："给我婶看就对了，年轻的时候尽给别人看了，老了也该给我婶看了。"

"现在她净看电视，一天到晚也不看我一眼，哪像年轻的时候，等着盼着我回家来。哈哈！"双合尔哈哈地笑。

双合尔的老伴用手点着双合尔的头说："没良心的东西，我整天围着他转，就为他一个人服务，到头来还说我一天不看他一眼。"

大伙儿都笑了，看着这对恩爱的老人打心里高兴。

在李强家里，木志森和李大路就像久别的战友，手握着手相互打量着。木志森看着李大路说："你没有太大的变化，就是走在大街上我也能认得出你来，只是比过去更壮了，老了一些。想当年你就像是我们知青点跑腿的，天天在我们那儿混，我们一有个什么困难就去找你的父亲，你父亲当时是村长。你父亲要是不来，双合尔大叔就来给我们解决。所以当时我们就叫你通信员，给你起了一个外号叫'路先生'。"

"可不是嘛，你说我一天不到你们知青点就像有啥事没办似的。有时候放学不回家，先到点上，看看你们都在干什么，回家就和我父亲说。后来我父亲也是有事没事就问我，点上缺啥了没有，木志森干啥呢，我今天怎么没看见他呢？"李大路高兴地说。

这时候托娅抱着小龙来到了木志森面前，李大路非常高兴地抱过小龙说："你看看谁来了，这是你木爷爷，快让木爷爷看看。"

木志森看着小龙说："这是你的大孙子吧，长得这么好看，多大了？有一周岁了吧？"

"十四个月了，小龙快叫爷爷、奶奶。"托娅说。

周惠抱过小龙，小龙有些怕生，看看托娅又看看周惠。

"奶奶抱抱，叫奶奶呀！"托娅催着小龙说。

小龙看着周惠，胆怯地说："奶奶。"

"这还有爷爷呢，叫爷爷呀，看看这是什么？"木志森从旁边拿过来一个玩具递给小龙，小龙看见玩具高兴得笑了，伸手要拿，木志森把玩具拿回来，"叫爷爷就给你，叫哇。"

托娅也催促："快叫爷爷，叫爷爷就给你了。"

"爷爷！"小龙叫完就拿玩具，大伙儿见他那可爱的样子都笑了。

李大路叫其其格："老伴，你赶紧做饭，我要和木大哥、包书记喝酒，托娅去帮你妈做饭，李强看一会儿孩子。"

包世达说："乡里安排了晚饭，今天把这个机会给乡里吧！我也知道你们感情深。木董事长是为了全乡种植业来的，政府必须代表迎接。这可是你儿子安排的，不是我不给你面子。"

"那就多待一会儿，托娅给大伙儿沏茶。"其其格说。

"千万不要忙了，我还要到孙贵和官布家去一下，之后我们就回乡里。"木志森说。

包世达说："好吧，还有时间，你和他们也有交情？"

"那可都是我们家的恩人，你们不知道，以后我告诉你们。"木志森说。

太平川乡政府盛情招待了木志森一家，木志森喝了很多酒，但是他头脑清醒，回到招待所对包世达说："包书记，你就回去吧，我看你也喝不少了，就让李乡长陪我待一会儿，聊聊工作情况，再叙叙家常，这样行吧？"

包世达喝了不少酒，他和木志森很投缘，想法观点都一致。听木志森这样说，包世达说："那我就听老大哥的安排了，这要是别的干部来了就得听我的，整不好我不让他睡觉，打他半宿扑克。李乡长那就看你的了，还有田村长，陪不好董事长我可找你算账啊！"

其实李强从开始就知道木志森的意图，这次木志森是专程为了他当农业经理的事来的。听包世达这样说，李强赶紧回应道："包书记，你就放心回家吧，我一定能陪好董事长，明天早上我和你汇报情况。"

"包书记用不用我送你回家？"田再新说。

"不用了，我自己回去。董事长喝了不少酒，也早点休息吧。李乡长别聊得太晚，木董事长坐一天车已经很累了，不像年轻人。"说完包世达就走了，木志森、李强和田再新将他送出门外。

招待所里，周惠和木青坐在沙发上等他回来。因为她们俩不喝酒，所以提前回了房间。木志森进屋后走路有些晃，木青赶紧上前扶住他说："这是喝了多少酒哇，走路都晃荡了。"

周惠忙给木志森倒了一杯水，说："老这样，一喝酒就过头，吃点药不，犯了老毛病又得折腾我。"

"没事，今天这酒喝得高兴，喝多点没有问题。你们包书记人很可交，你能遇上这样一个好领导真是幸运。来，坐下，木青给李乡长也倒一杯水。"木志森拉李强坐在身边。

"我自己来吧，木青是我们的客人，哪能让客人给主人倒水呢。"李强拿起水杯倒水。

木青知道父亲要和李强谈事，故意对木志森说："爸，你要是没喝多的话，我们几个打会儿扑克，趁你喝了酒赢你几局。"说话时眼睛还瞟着田再新。田再新心里在想如何找个借口约木青出去单独谈谈，听木青说要打扑克，他看看周惠，又看看木青，示意木青不玩扑克，到外面去。

"玩什么扑克，我和李乡长还有事要说呢，你们该干啥干啥去。"木志森粗着气说。

周惠知道木青和田再新两个人彼此都有意思，田再新的表情她看在眼里，心里也明白了几分，听木志森说这话，对田再新和木青说："你叔要和李乡长说点事，你们俩到别的屋子里待一会儿，或者到街上走走。"

田再新站起身来等着木青表态。木青当然也想走，可是嘴上却说："人家都是大领导，有重要的事要研究。咱们俩都是小兵，走吧，自觉点。"

木青和田再新对视了一下，高兴地走了。到了外面，木青又回过头来对李强说："我们喝酒去，别说不让你们。"

"挑理了。"李强笑着说，又看看木志森。

"挑什么理，两人正高兴呢。"周惠微笑着说。

看周惠的表情，李强才明白是怎么回事，也就微笑着不说话了。

木青和田再新两个人到了外面，木青一改刚才在屋子里的态度，调皮地对田再新说："不赶我还想走呢，这叫正中下怀。今天给你个机会，请我吃烤羊肉串，算我在天鹅饭店请你吃大餐了，行不行？"

"哎呀我的大姐，你也太了解我了，这就等于领导对我的关怀，我有点受宠若惊了。咱们去满达烧烤城怎么样？"田再新非常兴奋。

"咱们太平川乡就一个满达烧烤城，别的饭店没有羊肉串，以为我不知道哇。走，就去满达烧烤城了。"两个人兴冲冲地走了，边走边手舞足蹈地说着什么。

木志森见木青和田再新两个人走了，脸色变得严肃起来，抬起头来看着李强说："李乡长，你也知道我找你要聊什么事。不瞒你说，今天我酒喝得多主要就是因为你，当然包书记也让我很感动，还有乡亲们的热情。特别是参观了百泉沟村的瓷砖厂、种植户和养殖户，让我感触很深，这些都是你当村长所取得的成绩，真的不容易。县委提拔你当乡长，说明上级对你工作的肯定。"

"那也不是我一个人的功劳，是全村百姓共同努力的结果，我只不过是带个头罢了。"李强很诚恳地说。

周惠起身给木志森和李强倒水，李强接过暖壶，说："我来。"

木志森看看周惠，又回过头看着李强，说："木青给我打电话说你想辞去乡长职务，要到北方集团来当农业经理，我们很不理解。那可是个铁饭碗，既有利又有名，更何况你年轻有为，可以说前途无量，将来当个县长也是有可能的。木青说因为群众种不好水稻，所以你要当经理给群众种水稻、种地。就因为这人人能干的事，又是人人都不愿意干的事而辞职，值得吗？

群众能理解你吗？"

周惠说："老木和我说这事，我当时都没信。怎么可能呢？乡长是公务员。经理名好听，其实也就是给企业打工的，虽然挣钱多一点，可是待遇没法和乡长比。另外它上边还有经理、总经理、董事长什么的。企业破产了，或者说裁员了，工作不得力了，都可能被辞退。这些你都想过吗？青年人血气方刚，可是你要面对现实呀？我说这话可是为你着想，说真的，你的爷爷对我们俩那可是有恩哪，我们一辈子都忘不了。这件事要是放在别人身上，我们也没有什么好研究的，是绝对不能用的，因为我们企业不缺经理。"

李强想要回答，木志森一摆手说："你先别说。我问你，究竟因为什么你要当农业经理？是因为不顺心，嫌单位工资低，还是有其他原因？今天没有别人，连木青都让我赶走了，当着我们俩你不要藏着掖着的，有啥说啥。我和你大娘不是外人，问你的父亲就都知道。"

李强听木志森这样说，也打消了顾虑。他想了想，深深地叹了一口气，很平静地说："我就是想把群众的地种好，让群众增加收入，能够安心地打工，早日致富达小康。"

木志森有些不解，说："就这个原因？就这么简单？"

"对呀，就这么简单，没有别的目的。"李强说。

木志森愣住了，对李强的回答有些不解，说："各家的地交给企业不就得了嘛，还用你给种啊，就算都是你的亲戚也不能亲自给他们种地，那不是个人家的事嘛。我有些不明白，你是出于什么想法要干这个工作的。"

周惠也说："就是呀，非得你亲自给群众种地吗？交给企业不就完事了？"

李强见木志森和周惠都不理解他的这一举动，决定说出自己的真实想法。他抬起头来对木志森和周惠说："我是这样想的……"

满达烧烤城的一个包间里，木青和田再新要了二十根羊肉串和几瓶啤酒，两个人各自倒上一杯啤酒。木青拿起一支羊肉串就吃起来，田再新想提一杯酒，却因为看见木青吃羊肉串的样子，心里一激动，平时爱说爱笑的他，一时也没了话。平时木青总是把头抬得高高的，让人看起来很强势，特别是把头发往后甩的样子，更是漂亮优美。像这样认真地吃东西的木青，田再新可是第一次见，她认真品尝食物的样子，田再新尤其喜欢。

木青见田再新呆在那里，只是看着她，也不提酒，这才意识到自己光顾着吃了，有点失态。她笑了笑，放下羊肉串，举起酒杯，说："不好意思，太想吃羊肉串了，不过这是在你的面前，我就不客气了。要是别人请我，我哪能这样呢，那多难看哪。咋的，啥意思？提一杯酒呗。"

田再新举起酒杯和木青碰了一下，诚恳地说："真心实意想请你，今天真是天赐良机。我本来就想找你说点事的，正好董事长给了我这个机会。再一个咱们太平川乡这儿也没有天鹅大酒店，你就是找遍全乡也没有上星级的饭店，也算为我省钱，你就拿这个烧烤店当天鹅大酒店吧。来，为我有幸能够请到高贵的木青，为我们在这科尔沁大地上的相逢，也为我们能够服务这里的农牧民，咱俩干一杯。对了，咱们还是来白酒吧，得学蒙古族的礼俗敬酒。服务员，拿白酒来。"

"咋的，你这是想报春节的仇才请我的吧。"木青笑着说。

"在你面前我就得小心点，让你挑着理，在这饭店里可就丢人了。"

"你还挺有记性的，就冲你这一点，我今天就和你单挑了，比画比画，谁输了谁买单。这可不是钱的问题，是面子工程。你不要面子我还要面子呢。"木青说着就把两个杯子倒满白酒，一杯给田再新，一杯自己端起来，"还是你先来吧，今天是你主持。我看看你这蒙古族的礼节学得怎么样。"

田再新见木青这么爽快，非常高兴，说："你看着，就这样……"田再新说着就用左手端起酒杯，用右手的无名指蘸酒弹向天，又蘸酒弹向地，最后又蘸酒点向自己的额头，和木青碰了一下杯，说："干了，祝你们的企业在太平川乡落地生根，也祝我们的友谊在这里开花结果。"说完田再新一口干了杯中的白酒。

木青见田再新把杯中酒喝了，她却没有喝。她把酒杯放在桌子上，看着田再新难掩心中的欢喜，却板着脸严肃地说："你的两个祝福挺大呀，我不太敢喝这杯酒。但是这杯酒我一定喝，不过在喝之前我想让你给我解释一下什么是落地生根，什么是开花结果。"

对于木青提出的两个问题，田再新早有心里准备。就是木青不问，他也是要解释的。田再新不太敢看木青的眼睛，看着自己手上的酒杯，声音不大还有些结巴地说："第一个问题，你们的企业能否在太平川乡生根，其实你心里明白，这已经是可以预见的事了，你父母的根很早就扎在这里了。第二个问题是咱们俩之间的事，你是想让我说出内心的真实想法。不瞒你说，过去我对你十分崇拜，但是没有更进一步的想法，也不敢有这种想法，因为你太强势，我们之间的距离太大了。今天我当着你的面说开花结果这句话，那是因为通过这一段时间的工作交往，我看到了我们之间的距离并不大，你也并不像我想象的那样不可接近。我是指我们的志向相互间距离不大，水平我还低你一等。"

木青笑着看看田再新说："你还挺谦虚的，我过去在你眼里为什么是不可接近的？因为都是在农村工作就可以接近了，相互之间就没有距离了？你说你低我一等，低在什么地方？现在怎么就不怕低了呢？"

木青这样一问，田再新觉得木青早把他们之间的事放在心上，因此自己也就没有什可怕的，干脆把心里话都说出来，看她到底是怎么想的。田再新把酒杯举起来说："要不咱们先喝了这杯酒吧，喝点酒壮壮胆，不然我有点胆突的呢。"

"有话就说呗，我还能吃了你呀！说，说完我们再喝，要是说得有道理我多喝一杯。"木青绷着的脸听田再新这样说忍不住就笑了，又故意装出一本正经的样子。

"好！那我就说了。不行，还是喝一杯酒再说吧。"说着田再新又把一杯酒干了，木青看着田再新那可爱的样子咯咯地笑。

"青姐，说真的，自从和你为了给百泉沟和太平川乡群众种地的事搅和在一起之后——"

"什么叫搅和呀？那是合作，听着怎么有点别扭呢。"木青纠正田再新的说法。

"对，是合作，反正都一样，就是共同为群众服务。说搅和有点不清楚的意思，我愿意不清楚，你愿意清楚。"

"什么呀，咋叫不清楚呢？在农村待一年咋还不会说话了呢。"

"我都叫你整蒙了，别挑字眼了，我们都是农村人，不太会说话，是那意思就行呗。"田再新全然没有了拘束。

"不行，我还得喝一杯，刚有点热乎。"说着田再新又干了一杯酒。

木青抢过酒瓶说："行了，酒都让你喝了，想说酒话呀？"

"我不是想说酒话，是想借着酒说点实话，壮壮胆子，要不我有点怕你。"田再新嬉皮笑脸地说。

逗得木青又笑了起来，用手指着田再新的鼻子说："你这个鬼机灵，表面上装傻，脑子里想的事比谁都多。痛快说得了，跟我还来那套，我还不知道你呀？"

"这回我可要说了，不过你可别生气呀。"

李强抬起头来，很认真地说："木董事长、大娘，我想当北方集团的农业经理有这么几个理由。第一，乡亲们对我的感情太深了，这是我意想不到的收获。因此，我看不得他们因为打工和没有专业知识而使自己的地减产荒废，遭受经济损失。第二，目前这个地区的农牧业生产基础设施很差，要想发挥土地应有的效益和各种专业户的形成，需要有像北方集团这样的企业来扶持、承包和经营。可是群众对于北方集团还不是那么信任，如果我能到集团来当经理，群众的积极性就会被调动，就会加入到北方集团的企业里来。第三，当乡长是能为群众办一些实事，可是像种地这样具体的工作，政府是做不到的。作为乡长，我只能找一些企业来做这些工作，而不能直接为群众服务。通过一年的工作，我感受到行政工作只是在大政方针上给群众和企业提供便利条件，而不能去做具体工作，那样群众的地能不能种好。群众好端端的地也可能为了效益都种其他作物，不但影响了收入，也会给我们国家的粮食安全带来隐患。今年就是很好的例子，乡村两级都抓种水稻，可是最终全部歉收，作为政府乡长的我却无能为力。因此我决定当北方集团的农业经理，希望董事长考虑我的要求。我是真心的，请你们相信我，我一定会对企业发展和群众的增收做出应有的贡献。"

木志森和周惠认真地听着，李强对于农业企业的了解和一心为群众的想法让木志森很感动，他接着问："是什么让你想要放弃乡长的职务去当经理？"

李强毫不犹豫地说："是乡亲们对我的感情让我产生了辞去乡长职务的念头。"

"你想过个人因此而得到不同的待遇吗？"

"当然想过，企业上是效益工资，而乡长是固定工资，而且有保障。但是在企业干得好，也会有不错的待遇，这对于我来说不是问题。"李强胸有成竹地说。

"你有把握把工作干好吗？如果工作不得力，或者说企业对你的工作不认可，辞退了你怎么办？"木志森问。

"我会尽我的全部能力做好工作，让企业有效益，也让群众得到实惠。干好了企业不会辞退我，群众也会认可。"

周惠问："这么大的事你和家人说了吗？"

"说了，我父母和我的爱人都不同意我当经理，不过我能说服他们，会让他们支持我的。"

"当乡长是很有前途的，当了经理就意味着你失去铁饭碗，失去升职的机会。那样你会不会在群众中失去威信，乡亲们还会不会还像过去那样对你？"周惠接着问。

"这个年代的铁饭碗在于个人的能力和他从事的事业，图安稳当然是当乡长比较合适，但是当农业经理为群众种地，乡亲们收入提高了，他们会更加信任我，还会像过去那样对我。"李强说。

"企业是要效益的，农民要的是收入，有的时候两者的矛盾是不可调和的。你偏向企业，群众的利益就会受到损失；你要是偏向群众，企业就会不满意，可能对你的工作造成威胁。你怎么来处理这两者之间的关系？能让两者都认可你吗？另外，个人的利益远永也不会有满足的时候，达不到个人的要求，最终你会失去群众的信任。换句话说，你当上了企业的经理，其实也就站到了群众的对立面。多年的工作经验告诉我，土地、群众、企业三者是个生物链，相互依存，又相互蚕食。企业从群众那里得来土地，群众又从企业索取利益，得的多了则认为理所当然，得不到就会认为企业太黑，企业的老板自然就会成为群众不喜欢的人，或者说敌人，你想过这些问题吗？"木志森看着李强问。

"当然想过，我认为企业和个人是共同体，双方的目的都是要从土地里获取利益，只要是两者在利益上合理分配，矛盾就不会产生，就不会形成相互蚕食的生物链关系。对于企业来说，你所从事的项目决定了所得的利益范围，想要多索取必然会导致对方的反对。从这个意义上说，企业满不满意主要取决于领导者。木董事长是这里的老知青，我相信你是个明智的企业家。对于群众个人的利益能不能得到满足，这一点你说得很对，总是有一些永不满足的人，但是它必定是少数，代表不了广大的群众。你对群众一个好，他们会还你十个好。"李强有些激动,说着话把外衣脱了下来。

木志森想不到李强会有这样的观点,这令他兴奋不已。然而木志森又想到木青会不会和李强有什么特别的关系,如果有关系可就有问题了。他仔细地打量着李强,半天不说一句话,这也让李强感到不安,心想自己是哪句话说错了。他环视了一下,又把外衣穿上,回过头来看着木志森,两个人就那么对视着。

田再新终于鼓足了勇气,抬起头来,深情地看着木青说:"青姐,我真的很喜欢你,从小就喜欢。你上大学走了之后,我有很长一段时间心里很苦闷,整天就想着自己也上大学,上你去的那所大学。第二年我如愿考上了你那所政法大学,那可是顶着我爸的意思考取的,他非要让我考农业大学,将来好从事他所做的工作,可他不知道我是为了你才考取政法大学的。"

木青有些感动道:"原来你是这样考上政法大学的呀,是不是现编的?你可别骗我,你让我有点感动了。"

"你听我说。我刚入学的那一年,你就有了男朋友,让我本来满怀希望的心一下子冷到了极点,我决定再也不理你,不和你接触。可是我还是控制不住,时不时地到你们班去找你,可是你的心思都在你那个男朋友身上。对于我,你就像对待一个小你十几岁的弟弟一样,几句话就把我打发了,根本没有时间待见我,更谈不上别的了。所以我也就死心了,决定不再去找你,不过也不是没有找过你,有个什么事或是放假什么的还找你。毕业的时候,我知道你已经在你父亲的企业里工作了,可是你和男朋友吹了,这我还是为村里找项目的时候才知道的,我当时就觉得我们之间还是有缘分的。我去当村官主要也是受你当了农业经理的影响。"

木青没等田再新说完就说:"你又给我编故事呢。我当农业经理,你就去当村官,那也不是一个地方啊,能有什么关系?"

"这你就不懂了,当上村官得在农村工作吧,得和农民打交道吧,那不就有共同语言了嘛。就算我们没有什么机会了,见着面还能说到一起,你是搞农业的,农村的事能不知道吗?"

木青听田再新这么说,心里很感动,她从来没有想过田再新为了和自己有共同语言就去当村官,如此用心地爱一个人,这让她怎么能不心动。大学毕业和男朋友分手之后,她就再没有过这种感觉,天性活泼的她沉默了。这时饭店墙上的一副风景画吸引了木青,画上是一片大海,在大海远处有一叶白帆,海边有一个等待渔船的妇女,她仿佛在向远处招手,欢迎自己的丈夫凯旋归来。那美好的意境令她向往,难道眼前的田再新就是她所要等待的人吗?田再新本想继续往下说,可是看见木青凝神看着墙上的画,神色十分严肃,也就停止诉说,有些不知所措地看着木青,打量着她的表情。此刻两个人都不说话了,就听饭店老板用蒙语和服务员说话,然后服务员来到桌前,往烤箱里添炭,又用汉语说:"还要啤酒和羊肉串吗?"

田再新说:"再来十根羊肉串,两瓶啤酒。"

木青回过神来,见田再新又要了啤酒和羊肉串,便拿过白酒瓶,往自己杯子里先倒上酒,又给田再新把杯子里的酒添满。木青举起酒杯说:"来,不用解释了,这杯酒我们干了,祝福我们能在太平川乡相聚,也祝愿你的执着给你带来幸福。"木青一口干了杯中酒,田再新愣了一下,马上明白是怎么一回事,也一口干了一杯白酒。田再新想拿酒瓶,木青早已把它握在手里,又给田再新倒满杯,自己也倒上,说:"这杯酒是我为在过去的时光里,对你的冷淡和漠视表示歉意,我干了,你不用干。"说着木青一口又干了一杯白酒。

田再新之前喝了一些白酒,酒劲早就涌上头顶,把刚才的胆怯和紧张抛到脑后。他把酒瓶抢过来说:"不行,不能尽是你喝。这回我倒酒,我还有话和你说呢,你坐那听我说。青姐,我还是叫你青姐,等那什么了再改口行吧?"

木青也喝热乎了，说："那什么是什么意思？你没说明白。你说，那什么是什么？"

"那我说了，我说了你可别不高兴……我还是有点怕你收拾我。"

"你说吧，今天我说啥也不收拾你了，请客还挨收拾，我也太不够意思了。说，大胆地说，你今天说什么我都爱听。"

"真的？那我可就说了，不说白不说，说了也不白说。就那啥，就是那什么。"

"你是不是忘了，还是心里没有我，要么就是在那装呢。"

"不是，我一想说就有点胆突呢。怎么搞的，这些年你都把我吓破胆了，这一时半会还缓不过来了，不行，再喝一杯酒就好了。"说着田再新又喝了一杯酒。木青看着笑，也不拦他，用手指着田再新的脸说："看你那点出息，有点像灰太狼。"

"你要说我像灰太狼，那你就是那红太狼。对了，你要是红太狼，我就是灰太狼。反正就是那意思，行不行给个痛快话。"田再新可下找到了借口。

"什么呀，演动画片呀，想当灰太狼你就当呗，有什么行不行的？"木青故意不往田再新的意思上说。

田再新实在没有办法了，把酒杯往桌子上一放说："就是我和你结婚，非得逼着我明说。"

木青听田再新这样说，突然收敛了笑容，慢慢地放下酒杯，表情显得很激动，定定地看着田再新，什么都不说。这样的木青又让田再新心里没了底，有些不知所措。木青慢慢地站起身来说："老板结账。"

田再新抢着和服务员结账，一边给钱、一边回头看木青的脸色，刚上来的酒劲变成了一身的冷汗。结完账田再新跟着木青来到外面的街上，木青温柔地挽上田再新的胳膊。看着木青的手，田再新这才明白了她的意思，他受宠若惊，觉得胳膊不是自己的，都不会动了。他们就那么默默地走在街上，慢慢地向村外走去。

送走了木志森夫妇，包世达就到县里报到，参加县委组织的赴外省的产业化考察团，要考察一个星期。走之前包世达把乡里急需要办的事交给了李强。李强并没有因为木董事长的考察而影响工作，上班之后要去云霞村检查外出务工人员家里种地情况。

李强拿起电话拨号，说："喂，刘村长，我今天想去你们村了解一下外出务工人员家里种地的情况。咋没有时间呢？啊，什么时候通知办班的？那你安排完检查再参加呗。什么，刘书记不给假。那好吧，我先不去了。"

勤杂员进来，李强问："小吴，通知今天下午办党训班了吗？"

"通知了，韩秘书通知的各村，我通知的机关。"

"啊，你叫韩秘书来一下，我找他有事。"

韩秘书进来后说："李乡长，你找我？"

李强问："是谁让你通知召开党训班的？"

"是刘副书记让我通知的。"

"包书记知道这件事吗？"

"那我不知道哇，我没和包书记联系，再说他也没在家，一个党训班还用通知包书记？"韩秘书不以为然地说。

李强有些不悦，说："党训班不通知书记通知谁呀？再说这党训班要办也行，那得选一个适当的时间哪。眼下各村有好几个事要落实，都来参加学习班了，还怎么工作？你等一下，我给包书记打个电话。"

李强拿出手机拨通了包世达的电话："喂，包书记，还在开会吧？不好意思，打扰你了，说话方便不？"

包世达到会议室的外面接李强的电话："开着呢，看是你的电话我出来接了。有事吧，不然你也不能给我打电话呀。"

"有这么一个事呀，刘副书记想要在今天下午开始办党训班，你知道

吗?"李强问。

"不知道哇,今天下午就办?几天哪?"

"听韩秘书说三天。正好有几个要紧的事要和村干部落实,都去参加学习班了,这人还找不齐了,要不以后再办?"

"哎呀,怕是不行吧,我们这个会的内容也是需要在党训班上落实的,等我回去之后再办吧。你通知韩秘书,取消这次学习班。"

"正好韩秘书在这呢,你和他说吧。"李强把手机交给韩秘书。

韩秘书接电话:"啊,是我,怎么办?啊?啊。"

"我们还要传达这个会的内容,等我回去一起办班吧。刘书记那我来和他说,你通知一下各村和机关的就行了,告诉他们以后再办这个班,就说上级有新的精神要传达。好了,没有别的事了,你把电话给李乡长。"包世达在走廊里来回走着。

"包书记,还有别的事吗?什么时候回来?"李强问。

"还得三天吧。那几个事你就按党委研究的办吧,不用再问我了,办班的事我一会儿告诉刘书记。木董事长走的时候说的事呀,你抓紧调查一下,看看咱们乡到底有多少可以种的水田。除了沙土地,能种辣椒的地一共有多少,这得让各村会计来调查,一定弄准确。你还有别的事吗?我得回去了,出来时间太长了不好。"包书记说。

"没有别的事了,好,就这样吧,不打扰你了。"

李强放下电话对韩秘书说:"你马上去通知各村吧,不然离乡远的村干部该出发了。"

"好,我马上就去通知。"韩秘书回头回脑地走了。

李强放下手里的文件,想着这件事的起因。他知道这是刘副书记趁包书记不在家有意安排的,无非就是想要为当乡长做准备。难道刘书记知道自己要去企业当经理的事了?可是除了李长玺和家人就没有人知道这件事呀,李长玺是绝对不会对外说的，家里人就更不可能了。别人只知道木董事长来乡里是为了企业种地的事，谈话内容连木青都不知道，那到底是谁走漏了消息呢？李强想着这件事，觉得很奇怪。

刘瑞在自己的办公室里正在准备党训班上的讲课内容，桌子上摆满了红头文件，还有写的稿件，都是党训班上要用的。正当他要出门的时候，手机响了，刘瑞一看是包书记的电话，有些犹豫，这个时候包书记来电话让他有种不祥的预感，可是这个电话又不能不接，说："喂，包书记，是我。对呀，啊，我已经通知下去了，来不及了。"

包世达有些不悦，说："你之前怎么没和我说一声呢，不是不让你办这个班，主要是有些相关的内容还没有完全收集齐，另外办班的意义、目的还得进一步研究，不能草率地学几个文件就完事了。再说你怎么不和李乡长研究一下呢，政府眼下有几个很主要的工作需要安排给各村领导，一办班就找不到人了。等我回去再办这个班吧，我们这次会议精神还要在班上传达。"

刘瑞有些愕然，他马上猜到是李强告诉包书记的，马上问："是李乡长向你汇报的吧？他有事怎么不和我当面说呢，整的好像咋回事似的，办不了不办呗，和他研究啥呀，他也不管这一摊。"

"你不能这么说呀，我不在，李乡长要主持工作，他是党委第一副书记，你不和他打招呼那你也得跟我说一声啊，还有好多的事要在班上解决呢。"包书记的脸色有些不好看。

一个从旁边走过的干部看见包书记不高兴的样子调侃道："咋的，挨老婆训了吧，好几天不回家。"

包书记瞪了他一眼，继续听着刘瑞说话。

"通知已经下了，再收回对我来说也太没面子了，我头一回主持学习班还遇上这么个事。包书记，你看这样行不行，我想接着办这个班，李乡长要找的村干部，就不让他参加学习班，全力配合他工作还不行吗？"刘瑞说着站起身来，一副很可怜的样子。

包书记有些恼了，说："你马上通知不办党训班了，就这么的，别的理由你不用说，听不懂我的话咋的。好了，有事回去说吧！"

包世达脸上有一些愠色，本来是想回会议室，却向外面走去。

刘瑞头一次被包世达批评，这股火他都放在了李强的身上，认为是李强告了他的状，坏了他的好事。本来他不想在这个时候找李强的茬儿，可是这件事的确让他在全乡干部面前丢了面子，这口气说什么也得出。想到这，他立马起来，怒气冲冲地向李强的办公室走去。李强正在收拾东西，准备下班回家，见刘瑞进屋来，他又放下收拾的文件和手包，说："刘书记来了，有事吗？我要回家了。"

刘瑞冷着个脸说："有事没事你还不知道吗？还好意思问我？"

第 四 章

李强已经料到刘瑞会找他，可没想到来得这么快。刘瑞咄咄逼人的样子刺激了李强，激起了他心中的怒火。"我知道什么？有什么不好意思问你的？咋的，兴师问罪来了，注意点形象好不好？"李强尽量掩饰自己的情绪。

"你咋啥都想插手呢，办党训班那是我的工作，你凭什么向包书记打小报告！想咋的，仗着自己是个乡长就欺负人哪？欺负别人行，欺负我不好使。"

"欺负人？我向包书记打听一下乡里的工作不行啊，还打小报告，你咋没说告状呢？你是个副书记，眼里只有包书记一个人？我也是副书记，是党委第一副书记，包书记不在我要主持工作，你要办党训班为什么不和我研究？上次党委会是怎么定的？你自作主张还好意思来找我。"

"我是主管党建工作的，我和包书记研究办不办班，和你研究啥呀？你管这事呀？那专职副书记干啥？都你干得了呗。别总整那找领导汇报的小动作，办事光明正大点。"

"谁搞小动作了，咱们说说，别以为你办事都那么光明，背地整事以为我不知道哇。"

"还说我搞小动作呢。你好，当着乡长，背地里还要去北方集团当经理，以为别人不知道你的秘密呢？木董事长干啥来了，你以为我不明白呀，唬别人行，你唬不了我。"

李强语塞了，没有想到当经理这件事让他知道了，他看看走廊里围观的干部，说："你不要信口开河，谁和你说我要去当经理？你说话要有根据。"

"赵玉柱说的，你老丈人和李长玺在厂办公室说的，他在外面偷听着的。有没有这事？说我搞小动作，你这是啥呀？我告诉你，你不给我留情面，也别怪我不客气，反正事也这样了，我怕谁呀？"

"当不当经理是我个人的事，你说这事有用吗？别说我还没去当经理，就是去当经理和你有什么关系？"

"和我没有关系，和乡里有关系呀，不影响工作吗？符合政策规定吗？想搞权钱交易呀？"

李强被刘瑞气得说不出话来，指着刘瑞说："我请你出去，别在这影响我办公，有意见等包书记来了再提，我现在没有时间和你扯皮。"

刘瑞也不示弱，说："谁扯皮？把话说明白，是你扯皮还是我扯皮？说到你痛处了就说我扯皮。"

韩秘书过来拉刘瑞，说："刘书记走吧，这点小事吵吵闹闹的，影响多不好。走吧，过后再说呗，有啥大不了的事。不就是党训班的事嘛，得顾全大局呀。"

"韩秘书，你说得轻松，不办党训班，我的面子往哪搁？以后在村干部面前还有说话的地方吗？没有这么办事的。"

韩秘书拉着刘瑞到走廊里，说："李乡长没和包书记说什么，只是打听了一下，因为他不知道要办班，听村干部说的，这才问包书记办没办党训班。人家也没有说别的，打电话的时候我在场呢。包书记对我说停办党训班，改为以后再办。"

刘瑞根本听不进去韩秘书的话，一边进自己的办公室，一边说："算了，你别装好人了，当秘书没有一个不和稀泥的，谁官大向着谁。你去吧，该干啥干啥去，我这不用你管。"

韩秘书有些不悦，说："你看我好心劝你们还落个不是，这扯不扯。不怪有人说有能耐的人不当秘书，受夹板子气。"

韩秘书很不高兴地回到办公室里，有几个干部在议论。

"刘书记说李乡长要去当经理的事是真的吗？我咋没听说呢？当着乡长还当经理，上级能让吗？挂职啊？"

另一个年轻的干部说："这时候有能耐的当大官，要不就到企业里当老总，咱们小老百姓能有个工作就不错了。人家李乡长年轻，还有能力，我看当经理有可能，只是不知道怎么个当法，是兼职还是辞职？"

"你别扯了，谁当了乡长还辞职呀，脑袋进水了才当经理呢。企业有什么保障啊，有一天倒闭了，那不得回家种地去呀。李乡长才不干那傻事呢。"

一个女干部说："都是瞎说，刘书记也是话赶话那么说的，有没有这事谁知道哇。再说了，辞去乡长当经理谁那么干哪，不可能。"

韩秘书一肚子气，说："你们都别在这议论了，一会儿又该说我了。一天闲话传来传去的，没有一个正事，我这成交换台了。"

"韩秘书，你说这事是真的吗？我咋看着李乡长对这事有点打糊涂语呢，没有这事早就不让他了。"一个小干部说。

"去吧，别问了，我不知道。回你自己办公室去，啥事你都想掺和。"韩秘书没有好气地赶小干部。

大伙儿都笑了，一个干部说："要不怎么管他叫二呢，打扑克里的二就是混，哪都得有他。"

小干部反击他说："你好，管你叫黑桃皇后你咋不说呢，还黑桃皇后，名好听，在家尽做饭，当老娘儿们呢。"

人们一阵大笑，韩秘书再不高兴也被逗乐了，说："得了，得了，爷爷奶奶们，你们可回自己办公室去吧，别在这扯闲篇了，我求求你们了。"

木青开着车行进在高速公路上，木志森和周惠坐后面，一曲由凤凰传奇演唱的《我从草原来》回荡在车子里。木青边开车边晃着头，小声地跟着唱。木志森满脑子都是李强的影子。周惠在木志森的耳朵跟前小声说着话，木志森点点头，坐直了腰板，对木青说："你把音乐关了，我和你说点事。"

木青把音量放小了一些，说："这样还不行吗？不听音乐我有点犯困。什么事你说吧，我听得到。"

"木青，李强想当经理是他自己提出的，还是你提的？你是不是对李强有好感了？这事你可要说实话，这是用人，而且是很重要的岗位。一般来说，集团是不应该再招聘人。特别是你在这个位置上，最起码你哥都不会同意。"木志森说完这话看了看周惠，周惠看木志森盯着她，明白了他的意思。

"是我提出来的呀，我知道集团里的情况，我哥他——"

周惠没等木青说完问："你是不是爱上李强了？你得说实话，要不你爸怎么决定这个问题呀。这没有别人，你怎么想的就怎么说，还背着你爸我们俩吗？"

木青没有直接回答，长出了一口气，又把车往路边上靠了靠，放慢了速度，说："人家李强有爱人有孩子，我怎么能爱上他呢？只不过我对他的印象很好。这个人很有原则，为人处事正派、思想开放、头脑敏捷，如果能在我们企业工作，我看他能成就一番大事业。他的经营理念比较超前，对群众的感情深厚，这样的人做企业的领导，对企的长远发展非常有利，因为他很在意群众的利益。"

木志森认真地听着,觉得她说得很对,他对李强的看法也和木青一样,可是他还是放心不下木青,怕她会爱上李强。他忽然想起昨天晚上她和田再新一起出去了很长时间,是不是他们俩有意思呢?要是真的在恋爱,他就放心了。想到这,木志森问:"木青,昨天晚上你和田再新咋出去那么长时间,你们说什了,能和你妈我俩说说吗?"

木青看了一下木志森和周惠,微笑着说:"田再新想和我交朋友,说他早就爱上我了。我们俩喝了一瓶白酒,现在我的头还有点晕呢。"

"傻丫头,喝那么多酒受得了嘛,一个女孩子。不行让你爸开车吧,你下来休息一会儿。"周惠有些责怪地说。

"我来开车吧,你休息一会儿。"木志森说。

"不用,没事,早上我喝了两杯的酸牛奶,很管用的。"

周惠感兴趣地问:"那你对小新的印象怎么样,答应他了吗?"

"我还不了解他嘛,早就知道他,人还是不错的,不过和李强比就差多了,显得小气一些。我答应和他处一段时间。"木青很轻松地说。

周惠往前坐了坐说:"小青,我看你别错主意,小新那孩子不错,他年龄小,哪能和李强比呢?再说人家李强不是有家了嘛,就是好咱们也不能打他的主意呀。"

"妈,你说啥呢,我是小孩子呀?我对小新的印象不错,处处看吧,你们就不用为我操心了。"木青娇嗔地说。

木志森听这娘儿俩的对话,知道木青没爱上李强,也就放心了。至于和田再新恋爱,他当然同意了,从田再新父亲那说,这门亲事也是很合适的。因此他也没有搭话,就在一边听着。

木青没听见父亲说话就问:"爸,你咋不吱声呢?怎么了,有想法了吧?"

木志森笑了,说:"你这丫头,我这不是在听嘛,你妈和你说还不行

吗？"

"那你是什么态度？同意我们处，还是不同意我们处？"

"我当然同意了，其实我们早就希望你和小新处朋友，可你就是不搭理人家，总觉得人家不如你。"木志森说。

"可不是咋的，以前我总认为他就是一个小屁孩，在我眼里是个永远也长不大的孩子。可是自从我下乡抓项目以后，看见他在村里那还是一个道道去呢。乡亲们对他可崇拜了，都说他有知识、有修养、有人缘，还成人物了，人真是没处看去。现在他是副村长，可村里事都是他在管理，李长玺整天在厂子里忙得不可开交，他就成了一把手。"木青很高兴地说着，周惠用手碰木志森，示意他注意木青的表情，老两口都很高兴。

"农村本来就是个锻炼人的地方，做村一级的群众工作更是复杂和辛苦，更能让人得到历练，特别是年轻人，这对以后的成长是非常有帮助的。"木志森深有感触地说。

"爸，你当年要是不到农村来接受贫下中农的再教育，可能就没有今天的成就吧？你觉得下乡值吗？"木青故意问。

"当然值了，毛主席说得对，农村是个广阔的天地，在那里是会大有作为的。别说是年轻人，就我们中年人、企业家都有用武之地呀。我也想不到，会在四十年后的今天，还能回到过去下乡的地方搞农业综合性企业。都是到农村工作，时代和方式不同了，可是道理一样呀。"木志森意味深长地说。

周惠说："你走的时候不说再也不回来了，要永远忘了这个让你胆战心惊、前途渺茫的地方吗？今天咋的了，又大有前途了呢？"

"当时我哪能想到这么长远呀，就是怕吃苦，就想回家。好在还有你，我们还算是有了美好的希望，要不那可就更难过了。"

"什么心惊胆战的，还有那样的事呢？"木青好奇地问。

木志森沉默了，周惠也不说话，木青觉得很奇怪，开着车不时地从后视镜打量父母。

李强很晚才回家，家人都吃完晚饭了，父母看着电视，托娅和小龙则在自己的屋子里玩，托娅看上去很不高兴，惹得小龙不时地哭闹。李强进屋看托娅和小龙在玩，也不吱声，表情很严肃，要是往常他早就把小龙抱起来闹了。托娅对李强进屋视而不见，还故意把小龙逗哭了。李强心痛地把小龙抱起来，说："妈妈欺负你了，来，爸爸看看，小龙挺乖的呀，怎么老欺负我们呢。"

托娅还是不吱声，在一边头也不抬地洗衣服。李强看在眼里，知道她是因为自己要当经理的事在生气，问："你怎么了？从昨天晚上开始你就不高兴，因为啥呀？"

托娅用力地搓着衣服，把盆子弄得叮咣响，也不抬头，看都不看李强。小龙要下地，李强放下小龙，拿个凳子坐在托娅的前面，把已经洗完的衣服拿过来，放在另一个盆里，又倒上水，冲洗了起来。见李强来帮忙，托娅放下衣服，用毛巾擦擦手，对李强说："我说你到底是怎么想的？爸妈的话都白说了，你还在做当经理的准备呀？木董事长都来了，是不是来考察你的？昨天晚上你那么晚回来，什么也不说，以为我不知道哇！和木董事长咋说的，你和我说说不行吗？我说你咋那么有主意呢，这么大的事就想自作主张啊？我可和你说，这事要是不通过我就不行，我去找木董事长，你说了不算。"

李强放下手中的衣服，说："昨天晚上回来我困了，看你已经睡下，也就没和你说。木董事长是和我谈话了，主要问我为什么要当农业经理，还提出一些问题，别的没说什么。"

"你是什么态度？他说什么了？你就不能主动和我说说吗？"托娅头一次和李强这么说话。因为她知道李强的主意已定，所以非常生气，又怕拦不

住他。

　　李强本来在生刘瑞的气,可是听托娅说出这些话来,才觉得托娅很在乎这件事,当然他也明白自己最怕的就是托娅不同意。李强态度软了下来,温和地说:"昨天你没问我,我也就没说这事。木董事长的意思是回去之后还要和其他董事会成员研究一下,这是个中层干部的职位,得大部分董事会成员同意才能通过,成不成还不一定呢。我这不也正想着和你说嘛,你咋还生气了呢?"

　　"我咋不生气呢?你是我男人,要是别人他爱干啥干啥去,不怕他去掏大粪呢,关我什么事。再说了,昨天你看那木青,一天到晚跟在你身边,当经理的主意是她出的吧?她什么企图?你是不是有事瞒着我呢?"托娅终于说出了她最担心的事。

　　李强笑了,说:"看你越说越离谱了,有那么干的吗?挺漂亮的姑娘为了找一个有妇之夫,还把自己的职业搭上?"

　　"这时候的人上哪儿说去,看见好男人就从人家手里抢,现在当小三的还少了?也就你吧,像个木头似的,你是真不知道还是装不知道哇?"托娅越说越来气,把已经洗完的衣服装在一个大盆子里,端起来就往屋外走,李强忙着过来接,可是她一闪身躲开了。

　　李强跟着她来到外面,一边帮她往晾衣绳上晾衣服,一边说:"木董事长对我印象还是不错的,可是他没有表态,看不出来他同不同意。我也没有进一步提出要求。"

　　"要是同意了,你去不去呀?县里那边你怎么说这事呀,是请假还是辞职?要是辞职,你的工作可就没了,后悔都来不及。我说你咋这么犟呢?爸妈说不行,我爸说你,你还坚持要干,你迷哪一窍了,你准是被那个木青给迷住了,听她的、信她的,将来还不得跟她走呀?我可提醒你,要是有那心你可早点说,我给你们倒地方。"托娅毫不客气地说。

被托娅这样一说李强语塞了，因为他有口难辨、说不清楚。如果托娅都不理解他，别人就更不理解了。李强无话可说，低着头来哄小龙，小龙挣脱李强跑进东屋去找奶奶，李强也跟在后面。

木志森一家人吃完饭都在客厅里喝水看电视，等着木林的回来。保姆李小红给木志森和周惠沏上茶，又去忙着收拾厨房。木青不喝茶，倒了一杯白开水喝了一口，翻看着当日的报纸，见木林还不来，就拿起手机打电话："喂，哥，你磨蹭啥呢？爸妈都等你半天了，咋还不来呀？你是不是喝酒了，要不我开车去接你呀？啊，啊，那快点吧。"

木青放下电话说："说有两个客人还没走呢，客人一走他直接过来。"

木志森问："说是谁了吗？"

"没说。"木青回答。

木林回来了，他穿一身灰色西装，中等身材，国字脸有些微红，大眼睛长得像周惠，身材和脸形像木志森。由于喝了酒，他的举止很随便，样子很潇洒。他坐在沙发上，把手包放在茶几上，顺手拿起木青给他沏的茶，说："这是给我沏的吧？"

"是给你沏的，你这是喝了多少酒哇？一股酒糟味。"木青笑着说。

木志森问："和谁喝的酒？"

"是丁董事长的客人，他们三个人，我们两个人，一共喝了三瓶酒，我没喝多少，那几人喝得多。"木林喝了一口水说。

"怎么，求人家办事呀？"周惠问。

"项目早就批了，就是见一下几个工作人员，到一块坐坐，喝点酒，丁董事长非得让我坐陪，不去不好。"

"年后开工的三栋楼手续办完没有？"木志森问。

"都办完了，刘主任帮忙办的，今天请他们就有这层意思。爸，你找我来就是要问这个事呀，打个电话不就得了。"

"不是，有一个重要的事想先和你说一下，之后再通过董事会研究。"

"这两天你去内蒙古了，是那边的事吧？"

"对，就是那边的事，木青提议让李强当农业经理。我在那儿考察了两天，也和李强聊了对这件事的想法。他给我的印象不错，是个理想的人选，所以我想听听你的意见。"木志森说完看了一下木林。

木林感到很突然，一时回不过神来，他看看木青，说："你要把农业经理的位置让给别人，你干啥去呀？那个人是谁？有能力担任这个工作吗？"木林追问木青。

"是太平川乡的乡长，原来爸下乡的那个村老村长的孙子。"木青回答。

木林瞪大了眼睛，"什么？是个乡长，人家能干吗？再说了，一个乡长怎么管他，还不得听他管哪？不行，不行，哪有这种事呀，一个乡长来给咱当农业经理，没听说过。不可能行，就是他愿意干，我也不同意。木青，你别异想天开，这事没有研究的余地，请神容易送神难，将来管不了怎么办？那不是一般的老百姓，是乡长，公务员。"木林摇着头说。

"什么乡长，要是能当经理，人家会辞职的，那就不是乡长了。"木青着急地说。

"我就不明白了，一个在任乡长，为什么要到企业当这个小经理？乡长当不下去了，还是图我们什么？这里面肯定有问题。"木林说。

"他和百泉沟的乡亲们感情很深，今年看到各家水稻歉收了，他想通过咱们企业为群众种水稻。可是群众对我们的企业还不太了解，不想把地拿出来让我们种。所以他才想到我们企业当经理，这样群众就会放心地把地交给我们，达到企业、群众都受益的目的。"木志森解释说。

"我是不敢相信，为了群众种地，辞去乡长的职务，真有这样的人？你没看那当乡长的比我们小经理牛性多了。要说挣钱嘛，经理倒是比乡长多挣一些，难道他是为了多挣钱才来我们企业的？对了，肯定就是为了钱，我们可得小心了，这样的人私心重啊，那就更不应该用了。"木林态度很坚决，似乎没有商量的余地，说完就要拿起手包回家。

木志森有些不悦，说："你坐那，等一会儿再回家，我们得商量出个结果来，就这么三言两语完事了？"

"行就行，不行就不行呗，还有什么说的。你那意思非得用他呗？有那个必要吗？"木林有些不耐烦地说，把手包又放在了茶几上，看见木志森不高兴，说话的声音小了一些。

木志森喝了一口茶，耐心地说："参观百泉沟的几个项目，给我的印象很深。从他干的这些事中，可以看得出来他是很有事业心的人。前天晚上我从他的谈话中体会到他真是一心为了全乡的群众着想，有决心要做一个能为乡亲们服务、给群众种地的经理。他只说乡亲们对他太好了，让他感动，没说具体事。但是我已经感觉到他和乡亲们不是一般的感情。说真的，在和他谈话的同时，还有在他们家里与李大路及他的小孙子见面的时候，我在心里就已经同意了。可我没有当着他的面表态，因为还没通过你和其他三个副董事长，别人也许不这么看，包括你。"

木林认真地听着父亲的意见，听他说到其他董事会成员会有不同意见时，他又说："就是嘛，你和他见面了，对他有了好的印象，其他董事长们还不定怎么认为呢，还不说你是为了交人，报答过去恩人的情啊？"

木志森和周惠两个人都愣住了，目光同时投向木林，那目光中带着惊讶和恼怒。

木林见两个人同时愤怒地看着他，让他不知所措，说："怎么了，我说得不对吗？你们咋这样看着我呢？"

木青也看出父母的情绪很激动，说："你们怎么了？我哥就是说说，也许别的领导不这么认为呢。"木青解释着。

土地

周惠看着木志森，眼睛里有了泪光闪出。木志森长长地叹了一口气，像是对木林、也像对着周惠和木青说："要说报恩，我们还真就应该报恩，四十多年了，我和你妈从来都没说过。今天你说到别人会认为我是为了报恩才让李强当的经理，我觉得该和你们说说那段我们非常不愿意提起的往事。"

"什么往事，是你们下乡当知青时的事吗？"木青好奇地问。

木林则不以为然地说："远离父母，坚难困苦呗，别的还有什么事啊？"

木志森非常不高兴地说："还有什么事？大事！我和你妈在百泉沟那个地方挨批判，受处分，多亏了李强的爷爷李老忠让我上了班，上了大学，躲过一场灾难。"

"什么？因为啥呀？平白无故的就挨批判？"木林不解地说。

木志森没有直接回答木林的问话，他看了一眼周惠慢慢地低下头，多年来从未向任何人诉说的往事涌上他的心头。此时周惠已经两眼含泪，双肘拄住双腿，手捂住脸低下了头，木志森长长地叹了一口气说："那是我们下乡的第二年春天，当时你妈我们两个都是大队革委会的成员，由于我们表现突出，公社革委会抽调我们到专案组给其他大队开会。当时太平川革委会主任叫张怀玉，他的侄子是韩家大队革委会副主任，叫张俊生。我和你妈去韩家大队开会，这个张俊生看上了你妈，就托他的叔叔张怀玉给你妈说媒。你妈下乡时就和我确定了恋爱关系，我们要在农村扎根过日子，她当然不会同意。张怀玉三番五次地找你妈做工作，威逼利诱，你妈无奈说了实话。张怀玉因此怀恨在心，并扬言让我们等着瞧。当时我们并没有在意，继续我们的工作。"

"但没想到到张俊生竟是个色狼，看我不同意，他又打地主王老七女儿王桂香的主意。"周慧接过来说。

"那是一个下午，以调查王老七的社会关系为借口，张俊生让他的两个打手把王桂香找来。打手明白张俊生的意图，把她关进审讯室就走了，张俊生自己对王桂香进行审讯。因为晚上有会，我和你妈下午到村里准备晚上的会议材料，到大队革委会办公室，见空无一人，就坐下来翻看晚上要用的材料，但是没一会儿就听见有人喊救命。我们俩顺着声音找到了审讯室，可是门从里面插着。从窗户往里看，见张俊生把王桂香摁在地上，正要解自己的裤带。我一边喊开门，一边敲打门板。张俊生见来人了，只好放开王桂香，又假装朝王桂香吼着：'你个地主崽子还不老实，想反抗，说，你是不是海外发展的特务？'说完，他才慢慢地走过来开门。我非常气愤地问：'你在干什么？'他说：'我在审讯，她是国民党特务，拒不交代不说，还要和我动手。'我说：'你有什么证据？'他说：'他的老爷是国民党，这就是证据。'王桂香哭着说：'他欺负我，他想要……'她说着哭了起来。'你胡说什么，再不老实我绑上你。'我气急了，大声说：'她老爷是国民党，和她有什么关系！你回家吧，没事了。'王桂香一听赶忙跑了，什么也没说，只用感激的目光看了我们一眼。张俊生指着我说：'你包庇坏人，你等着，有你好瞧的。'说完悻悻地走了。第二天，公社革委会主任张怀玉开会宣布，将我和你妈撤职，退回村里知青点，隔离反省进行批判。理由是我们包庇地主崽子，乱搞男女关系。当时上面就派人下来对我们进行批判。李强的爷爷是大队革委会主任，副主任是乡里派来的干部。李老忠在村里威信高，说一不二，张怀玉就怕他和双合尔大叔。他们两个人坚决不同意开会批判，公社革委会没办法，只好下发文件给予处分。"

周惠接过来说："没过几天，李老忠大叔得知县里下来一批工矿企业招生的名额，是给还乡青年的。可是张怀玉却把百泉沟的指标给了他侄子张俊生，为此李老忠、双合尔大叔与张怀玉大吵了一场，两人找到县五七办，硬把指标要了回来。当时的还乡青年只有阿斯根，这个指标也是阿斯根的。李老忠和双合尔一研究，就把指标给了你爸。"

木志森说："填表的那天，李老忠把我约到村外的敖包旁，对我说：'孩子，本来我想把周惠也送出去，可是现在只有一个男生的指标，而且是机械设备厂，也真是不适合女孩子干。你就带着周慧走吧，再待下去，他们可就要对你们下手了。'"木志森说到这里又长叹了一口气。

"那后来呢？你们就离开了百泉沟了？"木青急切地问。

"离开百泉沟之后，我和你爸就结婚了。你爸在岭南机械厂上班，离家有两百多公里，每周都能回来。可是好日子没过几个月，肃反开始了。咱家成分是资本家。因此你爷爷、奶奶，还有你的大爷都被隔离审查，我的父母也被定为资产阶级学术权威，被下放到五七干校。这还不算，还要审查我，说我是他们的黑干将，吓得我又回到了百泉沟知青点。"

"啊，又回去了。"木青一脸的惊讶。

"回去之后我才知道自己怀孕了，我没了主意，就去找李老忠大叔，把我的想法和他说了。他听了之后，想了想说：'别做人流了，这个孩子得要，那可是知青的后代，我找你双合尔大叔想想办法。'他让我先住在他家，白天在知青点干轻一点的活。我怀孕特别想吃地瓜干，李老忠就让他的老伴给我晒，晒了那么多。半年以后，看我的肚子已经大了，就送我回家去休养，走的时候还给我拿了很多的地瓜干。此时，肃反的高潮已经过去，没有人再找我的麻烦。可是，我生了木林之后，你们的爷爷和奶奶相继病倒，都送回家来。我一边护理老人，一边带孩子，实在是坚持不下去了，又去找李老忠。李老忠和双合尔做通了官布两口子的工作，第二天就把木林送到官布家，当时说是官布弟弟的孩子，还给你起了个名字叫小林，所以百泉沟的人们谁也不知道。"说完周慧长出了一口气。

"我爸当时咋没管呢，他还在工厂吗？"木青问。

"多亏你爸挣点钱，不然这个家就更没法过了。他每个星期都要回来给我送钱，帮着护理你的爷爷和奶奶，一点工也不敢耽误。"

木林听到这里，眼泪已经在眼圈里转，说："我不是在我大伯家长大的吗？这怎么又是在官布家了？"

"两年以后，你的爷爷和奶奶去世了，我这才把木林接回家来，直到恢复高考，我考上了大学，又把你送到你的大伯家。我上了大学之后，回来过两次。李老忠去世的那一年还给我晒了一小袋子地瓜干。我现在一想起他老人家，一看见地瓜干就受不了，恨我自己忘恩负义。"周惠说着失声地哭起来。

木青过来给母亲擦眼泪，说："妈，你别哭了，你不是看过他老人家嘛，也不是你忘了他们。"木青安慰周惠。

木志森说："我要走的头一天晚上，李老忠把我叫到他家里，为了不让别人知道，没让我把周惠带来。他嘱咐我要好好干，别忘了乡亲们。我当时也没有什么礼物送给他，就把我们下乡时学校发的写着'广阔天地大有作为'的铁搪瓷缸送给了李老忠做纪念。我当时说：'大叔，我现在什么也没有，只有这个茶缸，上面的字代表我的心，我把它送给你做个纪念。我会回来报答你老人家的大恩大德，会回来用它给你敬酒。如果我要是不回来，你就把这个缸子给我捎回去，我会拿着这个缸子来找你。'后来双合尔大叔把缸子捎给我，虽然见到了缸子，可我给谁敬酒哇？我真的愧对了他老人家呀！我忘本了我呀，你们知道吗？"木志森说着已泣不成声，木林也哭了，一家人都在抹眼泪，半天没有人说话。

木林擦擦眼泪，坐直了腰，说："爸，你什么也别说了，我同意让李强当农业基地经理，就冲他爷爷对你们的那种感情，咱们就应该接纳人家。再说李强也是被破格选拔当的乡长，说明他有能力担当。可是，他那边还有县委管着，能不能让来可不好说了，那不是咱们管辖范围。"

"其他董事长的工作我来做，董事会通过之后李强就可以上任，那边的工作关系由他自己来办，这我们无权过问。木林，你先做好和李强交接的有关事项，什么电脑、交通工具等。木青，你就先做李强的助理，协助他的工作。等他熟悉业务了，再调你到其他岗位。"木志森对木林和木青说。

星期日，李强早起吃过饭后没有到乡里上班，拿起铁锹帮着父亲起牛棚里的粪，一会儿就出了满头的汗。

李大路正往牛槽子里添草，他看看李强说："昨天晚上你和托娅吵架了吧？是不是因为你要当经理的事呀？"

"是，她不同意我当经理。"李强一边扔粪一边说。

李大路生气了，把装草的筐扔在地上，说："我说你就断了那当经理的念头，多少人都说你不应该干这个经理。你咋这么犟。"

李强的手机声打断了李大路的话。李强放下铁锹接电话："喂，我是李强，是木青啊，有消息了？是吗？啊。"

木青非常兴奋地在自己的卧室里一边找要换的衣服一边打电话，手机夹在耳朵和肩膀之间，说："我爸今天一早上班就开会研究，我哥和其他几个副董事长都没有意见，让我通知你马上就可以上班了。对了，你那边县里的领导还得批准吧，是不是很麻烦呀？"

"现在不是县里麻烦，是我们家里多数成员都不同意，特别是我父亲和我爱人都不同意我当经理。原因很简单，放着铁饭碗的乡长不当，去当那没有保障的小经理，这事放在——"

李强话还没有说完，托娅抱着孩子来叫李强："李强，你的电话，是包书记的，你电话老是占线，打到座机上来了。又是和那个叫木青的打电话吧？是不是你当经理的事？你干脆回绝她，不当了，你不好说我来说。"说着就来要李强的电话。李强把手机关了，也没交给托娅，赶紧回屋接包书记电话，托娅很不高兴地跟在后面。

"喂，包书记，什么事呀？我想下午去乡里，家里这边还有点事。啊，下午两点开会，那我提前到。研究什么内容？知道了，对，材料都在我那呢，合同有样本。行，那下午见。"李强打完电话，见托娅还站在身边，小龙已经跑了。看着托娅生气的眼神，李强心里很是不安，知道托娅是什么态度。不等托娅问，李强就赶忙说："包书记说下午要开个党委会，研究乡里和北方集团全面合作的事。我中午过去，一些材料都在我那呢。准备吃饭吧，在这看着我干啥呀，我这脸上也没有饭吃。"

托娅没有一点笑容，过去把屋门关上。小龙见门关上了，就在门外打门，一边打一边叫："开门！爸爸开门！"托娅无奈又把门打开，小龙蹒跚地进屋。

"你到底想咋办？今天把话说明白。我知道你有主意，想不通过家里就去当经理。那天爸妈说你，你当着大伙儿的面说不当了，可那木董事长咋来了，还不是你同意当经理人家才来考察你呀。你和我说说，到底为什么非要当这个经理，当乡长就不能帮助群众种地了？"托娅生气地说着，小龙见托娅的声音很大，吓得跑过去抱住妈妈的腿又哭又闹。

李强见儿子小龙哭了，说："你别喊了，看孩子都让你吓哭了，有话好好说不行吗？"

"好好说你听吗？我还不知道你！今天你跟我说明白，到底去不去当经理？为啥非要去当那个农业经理？"托娅抱起小龙继续追问。

"我不是都和你说了嘛，看着乡亲们遭受损失，我心里难受，觉得我对不起他们。面对群众的损失，我一个乡长竟然束手无策，还不如去当一个农业经理，这样来得直接，能让乡亲们多得收入，我也能得到比当乡长还多的收入。"李强说。

托娅心里想的主要是木青，可不到万不得已她还不想把这个想法和李强挑明，因为怕伤了感情。她又对李强说："你说乡亲对咱们感情深这我知道，可以理解。那我们不能用别的方法来报答吗？非得去给他们种地呀？你

土地

没看见吗?现在就是一家哥几个都得分开种地呢,千家万户的事,种得好了人们不说你什么,要是歉收了,你怎么办啊?赔人家呀。你以为人人都为你好哇?有的人你就是给他搬一座金山来也不说你好,还得说你在企里得好处,多得钱,不多得钱谁干啊?放着乡长都不当了,去当经理,还不是为了钱吗?谁能理解你呀?"

"这是个良心账,要是为了让人家说咱们一个好,那就干得没有意思了。干这个经理,为乡亲们服务,我才觉得对得起乡亲们。"李强说。

"叫你说当乡长就对不起乡亲们,就不能为乡亲们服务了?要我说你当乡长为群众公正地办事,那就是最好的服务。"托娅越说声越高。

李强觉得自己的想法没有人理解,最起码托娅都不理解他。当然托娅反对,他认为情有可原。想到这,李强又对托娅说:"你就让我试试吧,我有两个把握。第一,挣钱肯定不比当乡长少,同时工作也能相对稳定。第二,我相信能把工作干好,既能让乡亲们得到实惠,也能让企业的利益最大化。"

托娅见李强还是这么坚定,终于说出她心里最害怕的事实:"你是不是看上木青了?还是她看上你了?要不你咋这么坚定,谁说啥也不听。要是这样的话,你就直说,我给你们让位行了吧?"

李强无奈地笑着说:"看你说到哪去了,你还不知道我是什么样的人嘛。再说人家木青那也是一表人才,至于吗?"

"李强,你也别说那些好听的,我就一句话,你要是看上木青,你就当经理;要是没看上,那就不当经理。我只能用这个标准来要求你,你看着办吧。非要当经理,我就给你让位,离开这个家,让木青名正言顺地当经理夫人。何去何从你说话,我再也不说你了,你看着办吧。"托娅说完把小龙放下,无力地坐在沙发上。

李强愣住了,托娅的话是最后通牒,这让李强无话可说,已别无选择。

第 五 章

当然，李强也很理解托娅的想法，还不是为了这个家，为了自己嘛。想到这，李强深情地看着托娅说："算了吧，我不当经理了，不当乡长不足惜，可我不能失去你呀。何苦呢，咋样还不能为乡亲们工作啊。"

托娅的脸上有了笑容，坐在沙发上，说："真的假的呀，是不是在骗我呢，嘴上说同意，背地里又要去辞职？"

"我骗过你吗？你要是不同意，我怎么工作呀？在外面工作是为了群众，不同样也是为了这个家、为了你吗。你不同意的事，我还干个什么劲，不是白干吗？有句老话是怎么说的，事事不由东，累死也无功，那就是说我呢。我的东家不是你吗？老东家不高兴了，我还能有好果子吃？"李强笑着逗托娅。

"你别嬉皮笑脸的，和你说正事呢。这件事就这样说定了，你不许背地里再想这件事，听着没有？"托娅娇嗔地说。

"不光听着，已经铭记在心。"李强绷着脸说，把托娅逗笑了。

这时听到外屋其其格的说话："哎呀！大叔，你咋来了呢？慢点走，别摔着了，到我们这屋来。小龙，你看谁来了？"

"爷爷来了，快过去看看。"托娅一边说一边拉着李强过东屋来。见了双合尔爷爷，李强把他让到炕里，托娅去厨房把吃茶点的小桌子放在双合尔

土地

面前，又把装奶豆腐、白糖和点心的碟子摆在桌子上。

"爷爷半年多都没有到我家来了，今天来得正巧，我们都在家，中午我给你烤羊腿吃。"李强笑着说。

"爷爷已经咬不动烤羊腿了，要是炖手把肉还差不多。牙不行了，真是老掉牙了，这不，走这两步道还喘上了。"双合尔喘着气说。

托娅把茶放好后，坐在双合尔跟前笑着打扫双合尔身上的尘土，说："爷爷这是在哪干活了，整一身的土。"

"哪还有爷爷干的活了，那是早上穿衣服站不稳靠在墙上沾的土。人老真是不中用了，这耳朵还有点背，听三不听四的。昨天我听阿斯根说，强子不当乡长了，说是要去当什么经理，给群众种地去。怎么回事呀？犯错误了还是咋的，干得好好的咋就不干了呢？我来想问问强子，不然这心里头老惦记着。我看今天是周日，你们都在家，就过来了。"双合尔喘着，有些吃力地说。

李强看看托娅，说："爷爷也知道这事了，你和爷爷说吧。"

托娅的气还没有消，头一扭说："你自己的事你说吧，我说不明白，我怕爷爷说我。"

李强对双合尔的耳朵大声说："爷爷，我没犯错误，今年的水稻不是歉收了嘛，我就是想给咱们村，还有咱们乡里的群众种水稻、种旱田、种菜，到北方集团当农业经理。"

"乡长不当了，上级能让吗？那也不是咱们个人家的事，说不干就不干了？给人家当经理能长远吗？有一天企业黄了，人家还能要你呀？庙要是没了喇嘛不得散嘛。"双合尔说。

李强耐心地说："要去当经理，就得辞去乡长职务，那得县委批准，不批准我就当不了经理。另外北方集团是个大企业，是个有前途、有发展的企业，只要农村种地，它就黄不了。企业给的工资也不比当乡长的少，企业也给个人上养老保险，将来退休之后也给开工资，没有什么后顾之忧。本来我也想去征求你老的意见，可是这两天的事也太多了，还没来得及去问你。"

"唉，我老了，跟不上形势了，就是你问我，我能说啥呀。可是我想知道你当经理是为了啥呀？是为了挣钱多，还是经理的权力大？乡长也是管一个乡的事呢，当经理的管几个乡啊？"双合尔问李强。

李强笑了，又往双合尔跟前凑了凑说："我看不了群众歉收，就想把群众的地种——"还没等李强的话说完，一帮村民涌进屋来，李长玺、留留、白板、二迷糊、膘子也在其中，李长玺见双合尔也在就说："双合尔爷爷也在这呢，我有不少天没有看见你了，咋样，身体还好吗？"

双合尔看看来了这么多乡亲们，又听李长玺问他，大声说："还行吧！咋来这么多人，长玺领着来的？有啥事咋的，你是头羊吧？"

二迷糊说："对，他现在就是头羊，是他领着我们来的，不，也是我们自愿来的。都是一个事，来找强子的。"

膘子说："就是李村长不领着，我们也想来。今儿人们也不知道咋的了，一出门都碰在了一起，一问都是一个事，那就一起来吧，人家还好接待，要不一个一个的，还让人家消停不。"

留留接着说："就……就是嘛，要是往天咱们还没有空呢，周日放假半天，要不我就晚上来了。"

双合尔有些不解地问："什么事呀？咋这么齐整呢？"

"还问我们呢，那你老来是闲串门呀？"李长玺笑着问双合尔。

李强和托娅忙着给大伙儿让坐，托娅又拿出烟来给吸烟的人点着。李强又忙着找水碗给来的大伙儿倒水。小龙在人们中间跑来跑去，高兴得不得了。其其格怕小龙摔着，跟在后面追他。

双合尔明白了，他们原来也是来问李强当经理的事，可他们都是咋想的，是不是来求李强当经理的呀。双合尔心里犯了嘀咕，抬起头来问李长玺:"长玺,你们来是让李强当经理的呀?"

"老爷子,你说错了,我们来是想让李乡长别当农业经理。"李长玺说。

"对,我们都是劝李乡长别当农业经理的。"白板说。

双合尔有些不明白了,这是为什么呀,帮助群众种地咋还不欢迎呢?双合尔想听听这里边的道道,转过身来问二迷糊:"老二,你为什么不让李强当经理呀?他当经理那不是为了给你们种地吗?你们不愿意让他给你们种地?信不着他呀?"

"老爷子那你可说错了,我们信不着谁也不能信不着强子,他要是给我们种地,那我们把所有的地都拿出来让他种,可是我们也不能太自私了,为了自己的地,就让一个好不容易当上乡长的孩子辞职,去当个人企业的经理。你说我们咋舍得呀?咱们村多少年了才出一个乡长啊,还指着他给我们撑腰呢,谁也别想欺负我们。到企业当经理,那不得为人家企业服务吗?要是向着我们,人家还不把他给辞退了。"二迷糊像李强的亲戚一样说着。

"对,企业那是啥呀,今天有好处了就让你干,明天歉收了还不让你下来?谁能保证不被辞退。"

"还有,李乡长在,我们得到的补助费什么的一点都不少,样样明白,你和他问啥他都告诉你。你要不当乡长了,我们心里咋没底了呢。"白板说。

李长玺阻止大伙儿道:"大家都别说话了,咱们一个一个说吧,反正大伙儿都是一个事。那我就先说说,大家没有意见吧?"

"没意见,你就说吧,我们都听你的。""没意见!没意见!"人们异口同声地说。

李长玺看着一直不说话的李强说:"李乡长,这些人都是来劝你不要去当那个农业经理的。我们知道你的心情,你就是看见乡亲们的地歉收了,当着乡长也没能把地种好,还不如当村长的时候。说真的,你的好意我们大伙儿心领了,能分到地我们就已经满足了。你现在为了我们又要去当经理,我们实在是不忍心让你丢了乡长的职位给我们种地。虽然当乡长时间不是太长,可你的年龄小,前途不可估量。你是乡亲们的心尖呀,为了我们那点地,让你去当一个受人管的经理,我们受不了哇。我说啊,这些年都过来了,就是没分着大片地的时候不也就那么地了嘛。这回我们不但分到了好地,还把坨子地承包出去了,还能到村里的瓷砖厂去打工,收入是原来的好几倍,我们已经很感谢你了。你还要给我们种地,还要把乡长的工作给辞了,这无论如何我们也接受不了。再说那乡长是多好的工作呀,不但有地位,还有权利,连我们这些村里人都觉着荣幸。我妈要是还活着,看见你当上了乡长,她得多高兴啊。"李长玺说不下去了。

留留的眼泪已经在眼睛里打转了,说:"李乡长,你不能当……当经理去,我家的那点地以后好……好好种还不行吗?绝不能再撂荒了。我求你别去当……当那个经理行不行?我们在厂子上班,家里的地让你来给我们种,我……我心里难受。真的,你是乡长啊,我们是个啥呀,还……还给我们种地,你让我们咋整啊……"留留说不下去了,用两只粗壮的手擦着流下来的眼泪。

膘子一改大声说话的习惯,嗓子有些沙哑地说:"强子,说真话,我们是多么希望你能当我们的农业经理呀,你给我们种地,那就像我儿子给我种地一样,我们信得着你。可是,谁家会放着乡长不让儿子当,让他来种自己家的地呀,谁能舍得呀。这不是一个道理吗?我们都没拿你当外人,都当自己的家人,跟自己儿子一样,所以才来劝你不要去当那个经理。我们每一家多收点粮食,多得点钱又能咋的。这么多年都过来了,说实在的,现在不比过去好得天上地下呀。钱那玩意儿,多有多花、少有少花、没有不花,再穷我也不想让你耽误了前途,那样的话我心疼。"膘子的眼泪也在眼睛里打

转,说不下去了。

"李乡长,你别去当经理,还是当乡长吧。我爸和我说,过年我们家的黑土地都种水稻,保证再也不撂荒了。他说他要自己种,把养的五头牛卖了,全力以赴种水稻。"一个小青年说。

"你不能当经理去,你就信我们的话吧……"

乡亲们的话说得李强早已流下了眼泪,托娅也在一旁用毛巾擦眼睛。李大路在门口听了群众的话,心里非常激动,低着头回到牛棚,坐在门口点着一支烟吸起来,吸了两口又一股身起来回到屋里,对着李强大声说:"强子,你倒是说话呀,乡亲们对咱爷们儿是啥心情啊?别说给群众种地当经理,就是给乡亲们当长工也应该,也值得。到底要咋样,你当着乡亲们的面表个态,我可和你说,我先给你表个态,你做啥爸都支持你,不管你是当经理,还是当乡长,我全都支持!"

听到乡亲们的真心话,双合尔也激动了,他双手往下压,示意大家别吱声,听他说:"大家听我说说。我听明白了,乡亲们是为了强子有个出息,不要冒那个风险。这些话只有当父母的和亲兄弟姐妹才能说得出来,乡亲们是把强子当成自己家的人了。我真感动。我也是来打听强子要当经理这件事的。原本我也想劝李强别去当那个什么经理,可是我一听乡亲们说的话,又让我改变了主意,就冲大家对强子的感情,强子要干什么应该有谱了。当经理不也挣钱吗?当经理要是能让群众的收入提高就当呗,要我看比当乡长还有出息、有前途。当乡长也能让乡亲们多打粮食、多挣钱,可慢哪,那弯绕得太远了。乡长还得找企业给群众种地,还得是个好企业,遇上有良心的老板,群众才能有个好的收益。要是直接当经理,做得好了,当年群众就受益呀。我才明白强子为啥要当经理,是为拿你当儿子一样的父老乡亲们哪。想当年你太爷为啥把地分给乡亲,为啥舍命也不把粮食交给日本人?那是乡亲们和共产党对咱们有恩哪,舍命报恩值呀!强子,就冲这一点,你真是老李家人的好子孙，老八路的后代，干吧，爷爷支持你。你要是把咱们这个村、咱们的乡建设好了，不比当乡长贡献小，对咱们家乡来说你就有功劳。咱们牧民有句老话，上天的恩泽不如膝下犬子。强子，你毕业就回到家乡来，城里那么多的好工作你不干，你是要给乡亲们当犬子呀……"双合尔声音哽咽说不下去了，眼角已有泪花在闪动。

李强和托娅被双合尔说得热泪盈眶，李长玺和膘子、留留等人也都在擦眼泪。李强擦擦眼泪对大家说："乡亲们，啥也别说了，你们的心意我领了，我只想说一句话，我不管干什么，都要为乡亲们的富裕做出我最大的努力。"

双合尔和众乡亲们都走了，只剩下李强一家人，大家围坐在一起喝奶茶。托娅挨着个倒奶茶，小龙一会儿在这边玩，一会儿又到另一个人跟前叫着。沉默了好半天，李大路终于说话了："强子的心思我明白，可是这事你要和托娅商量好，不要为了工作上的事再闹别扭，家里不和怎么能干好工作？我可和你说，要干就得给干好，说到哪做到哪。咱家人办事那可是丁是丁，卯是卯，不能有一点差错。"

托娅听李大路这么说，说："爸，你不用担心我们俩，原来我不同意他当经理，现在我想通了，乡亲们的感情真是真挚的，我们怎么做都应该，我会全力支持李强当好这个经理，这样我们的心才能好受一些。"

其其格抱着小龙说："你爸爸又要吃苦了，前些年给各家种甜菜挨着家跑，这回还是挨家跑，跑吧。等小龙长大了帮着爸爸跑，帮着胖妈妈种地，吃了胖妈妈的奶长大的小子，能忘了妈妈的恩吗？"说着话其其格和托娅的眼泪流了下来，小龙不知道怎么回事，看看这个又看看那个，用小手给奶奶和妈妈擦眼泪。

李强红红的两眼望着窗外，激动得让他说不出话来，含泪的眼睛仿佛看到自己驾驶着拖拉机，加大马力奔驰在田野上……

土地

百泉瓷砖厂的大办公室里，一早来上班的工人都聚集在这里，李长玺、留留、白板、吴江和赵玉柱等人都在。留留跟在李长玺的后面问："李厂长，你……你说昨天李乡长那是什么意思，是要……当经理还是不当经理了？他也没说准哪？"

"你小子咋这么笨呢，还说啥呀，双合尔爷爷把话都说到那个份上了，李乡长还能干啥？那是铁了心要当经理了。这倒好，我们一去还把事给整实了，这回一点余地也没有了，谁说啥也白扯。"李长玺有些不高兴地说着。

赵玉柱在旁边听见了，非常敏感地接着问："李乡长真的要当经理？不说他家里不同意吗？"

李长玺正心烦没处撒气，听赵玉柱这样问恼火地说："谁和你说的家里不同意呀？你咋啥都知道呢。你现在心里是不是特高兴，觉着不用费事了，他自己把乡长辞了。"

"你这话说的，我有啥高兴的，当乡长是为全乡服务，不当乡长也是为全乡工作，咋整也没出咱们乡。这是你们提起来了，我就是顺便问问。你看你这态度，好像他当经理我有多高兴似的。"赵玉柱有些不满地说。

"你就那两片嘴好使，话说得溜光水滑的，心里咋想的谁知道啊。"李长玺撇着嘴，没好气地说。

"你说我是怎么想的？别把别人看扁了，你就有和我掐的能耐，别人你咋不敢说呢。"赵玉柱反驳。

"你们俩别掐了，说正事吧。李厂长，强哥真的要当经理不当乡长了？"吴江问。

"不当了。咋的，你想当啊，想当我明天和县里领导说说，我们这正缺个乡长呢，让吴江当怎么样？"李长玺一本正经地说。

吴江把留留推到前面来，说："让留留哥当吧，我可干不了那差事，坐在办公桌前手没处撂。"

"我当咋的,保……保证把你们管得服服帖帖的。"留留开着玩笑说。

"你当倒是行,那要是一开会可就……就没头了,说话断条啊。哈哈!"一个工人开着玩笑。

"都别在这闲扯了,到点了,各就各位,干活去。"李长玺说。

工人们都散去了,赵玉柱假装出去方便,来到取完土剩下的沙坨子后面,拿出手机打电话:"喂,二舅吧,起来了?我上班了,在厂里呢。吃完饭了,没出去活动活动?"

方志南吃过早饭正在小区院里散步,走在花园的小道上,一边抬抬腿,一边摇着胳膊,样子很悠闲。手机响了,见是赵玉柱的电话忙接听:"玉柱哇,你在哪呢?我呀,吃过饭了,在我们小区院子里走走,没远去。你有事吧?"方志南很敏感,他觉得赵玉柱这个时候来电话肯定是有事,因为正是上班时间,没事他是不打电话的。

赵玉柱听方志南这样问,回头四处看了看,见没有人来,用手捂着手机小声说:"有这么一个事呀,我才听说李强要辞职,不当乡长了,要去北方集团当农业经理。"

方志南感到很意外,往前走的他停了下来,有些不相信自己的耳朵,问:"你说什么?不当乡长了,要去当经理。怎么可能呢,你听谁说的,是不是忽悠你呢,这事你还信?"

赵玉柱见方志南不相信,声音又放大了一些说:"真的,头些天我是听阿斯根和李长玺说的,今天我又听大伙儿在一起议论,说昨天李长玺和一帮村里人上李强家去劝他,双合尔也去了。结果不但没有劝成,还反倒把李强说得下定了决心,非要当这个经理不可。"

"他的动机是什么?谁都知道乡长那是个干部,公务员,是个有前途的工作,他怎么会不想干了呢?是不是有什么别的原因哪?"方志南将信将疑地问。

土地

赵玉柱也不用手捂着手机了,干脆大大方方地说起来:"要我看可能有这样一个原因,前些日子,李强因为种水稻的事在县里受了批评,回到乡里,在党委会上又让刘副书记给闷了一顿。我听说两个人那是互不相让啊。刘瑞说他造假,李强就当着全体党委成员的面承认了,还蛮不讲理地说是他让李长玺做的工作,爱咋咋的,大不了不当乡长了。包书记一看压不下,就宣布散会了。你说这个刘瑞还真有两下子,压根儿就没把李强放在眼里,要我说和这件事有绝对关系。"

方志南听得心跳加快,像往常一样用右手理了理背头,兴奋异常地说:"看来李强的官路走到头了。真是人不报天报哇。好,这事好,要我说他也就是那干活的命,不是当领导那块料,整天围着老百姓的屁股转,还能有多大的出息呀。你看着,就是他当经理,群众最后也不拿他当个啥,群众那玩意儿没有满足的时候,做得再好还是有挑毛病的人,最终都落不下好。你记着我的话,将来他想回去当村长都当不上,不信你就看着。新上来的小年轻们能听他那一套?在八十年代的群众面前还行,在现在的年轻人面前那是白扯。"

赵玉柱听方志南这样说,也非常高兴,似乎看到了自己的前途也会有转机,说:"前段时间刘瑞把我叫到乡里,就李强的事我们聊了大半天,还喝了一顿酒,是刘瑞请的。那个时候我就觉得刘瑞这个人不简单,他对李强当乡长那是非常忌妒。想不到他还真就把李强逼得辞去乡长职务,给企业去打工。"

方志南高瞻远瞩地分析着:"北方集团那是个人企业,给个人企业打工,这谁都知道,干得好就得损坏群众的利益,干得不好企业就会开了你。你说他怎么干吧!要是给企业好好干,百泉沟和太平川乡的老百姓可就得让他得罪光了,原来的好印象就没了,会成为群众心目中的坏人;要是为群众出力,给群众谋利益,那企业的领导很快就会把他辞退。他再想找个工作都难，就连糖厂都去不了。现在的企业都不缺人，更何况他这样几进几出的人。"

赵玉柱听方志南这样说觉得有道理，他心底的积怨让方志南的一席话搅动得泛起沉渣，得意地看着远处的沙坨子，用征求的口气说："二舅，这事我想得让刘瑞知道，叫他活动一下，趁早顶上这个位置，要不到时候安排上别人，他不就白跟咱们跑了吗？"

方志南听了赵玉柱的话，想了一下说："我看行，告诉他要稳住，没事不要忙于出头，背地里找找人，从根上找，其中也包括包书记，关键时候说句话管用。这事你就看着办吧，有事电话联系。"

赵玉柱一边听方志南说话，一边四下看着，忽然看见坨子那边有人过来，忙小声说："有人来了，等我回家再给你打电话吧。"赵玉柱说完关上手机。原来是一个找牛的，往厂子这边看了看就走了。

赵玉柱看看没有人，索性坐下来，又给刘瑞打电话："喂，刘书记，我是赵玉柱。对，在厂子呢。忙着呢？我跟你说一个好消息，这两天你听说没有，李强要到北方集团去当农业经理了。"

刘瑞正在自己的办公室收拾桌子上的文件，一看是赵玉柱的电话，赶紧把门关上，然后坐下来接听："你在哪儿？不忙。什么？这是什么时候的事？是吗？"

赵玉柱说："就是昨天的事，说是已经决定了。对，不少人劝他都不好使。这回你的机会来了，今天他就可能找包书记说这事。"

刘瑞心里一阵激动，这对他来说那可是个好消息，他觉得自己当乡长的机会来了。这时他听到有人上班来，好像是李强的脚步声，就小声对赵玉柱说："我挂电话了。他可能来了，说话不方便。"

赵玉柱看看手机，对方已经挂断，脸上露出一丝得意的微笑。他拍拍衣服上的土，又往坨子里望了一下，四下里看看没有人就大摇大摆地回自己的

土地

办公室，走了几步又改变了方向，朝生产车间走去。

刘瑞听见李强进了自己的办公室，起身来到包书记办公室外面，门没有关，听见包书记正和秘书韩风在一起研究文件。他想了想又转身回到自己办公室，故意开着门，坐在沙发上点着了一支烟。他知道如果李强找包书记辞职，一会儿就能来。包书记的门开着，自己办公室和包书记办公室挨着，说什么基本上能听得清楚。他吸了一口烟，把桌子上的工作文件汇编打开看起来，胡乱地翻了翻，仔细地听走廊里的动静，谁从他的门口过去，他头都不抬，但他能听得出是谁进了包书记的办公室。

包书记和韩风研究了一会儿农建任务表册中的分配数字，之后韩风就走了，宣传委员和文化站的李站长来了，他们俩来向领导汇报报刊征订和春节文化活动的事。两个人汇报了之后，包书记说："报刊征订还按照去年的数量订吧，这个你和李乡长商量一下。至于春节文化活动的事，你们先拿个计划，然后——"

"包书记给车加油吗？去双青油可能不够。"司机打断包书记的话。

"你找李乡长去，加一箱油吧，少了回不来。"包书记说。

李强在他的办公室里和几个干部研究玉米良种泰丰十三推介会的事，李强说："按照县农业局的精神先开村一级的干部会，会刘站长具体安排一下，开会的目的就是让村干部做具体工作。你们两个的差旅费单子拿来我看看，马上报了吧，不要放太长时间了。"两个干部拿出差旅费单子递给李强签字。

小司机进来，说："李乡长，包书记要去双青县，想加一箱油。"

李强抬起头来问："一会儿就走吗？"

"说没什么事就走。"

"你等一下，我把这两个发票签了。你一会儿告诉包书记，他走之前我还有事找他，我要是过去晚了，你让他等我一会儿。"李强认真地看着单子。

司机说:"知道了,我这就告诉他,你找他来得及。"

李强忙完刚要走,计生办的白主任进来说:"等一会儿,我还有点事找你。昨天县计生委来电话,说手术队明天进来,服务室的消毒设备得换新的,使用超过两年,已经不合格了。咋整,换不换哪?"

"这不像别的设备,得换。可是这得用钱,乡里暂时也没钱,你先回去计划一下,看需要多少钱,算得准一些,把这次手术所要用的经费都打在一起,完了来找我,我来想办法,行吧?"

"我都算好了,一共得一千两百元钱,伙食费还得另算。"

"咱们乡这次有几个结扎的?"

"还有五个要结扎的,上次结扎的有三个需要复查。"

李强从自己的衣袋里拿出一叠钱数了一下,说:"我这有一千一百元,你先拿去用吧,把单据给我留好,缺多少你先给补上。还有什么问题?"

"别的没有啥了,你告诉食堂一声提前准备,别误了工作。"白主任数着李强交给他的钱说,表情有些不自然。

"我到包书记办公室有点事,你就按着计划安排吧,有事随时汇报。走吧,不没有别的事了吗?"李强看白主任不愿意走,对他说。

这一切刘瑞都听见了,因为乡长室和书记室都在一栋楼里,只是乡长室在西,书记室在东,中间是副乡长副书记和组宣委员的办公室。他没有动,仍在翻看那本农村工作文件汇编。听李强安排工作的态度,刘瑞觉得他不像是要辞职的样子,因为他为了计划生育工作把自己的钱都拿出来,并不符合要调走的心理。但他还是告诉自己要沉住气,一定要等他到包书记办公室里去,听听他说什么,是不是真的要辞职。要是在往常,他早已在包书记的办公室里了,今天他不去包书记的办公室报到,自己还觉得很不适应,总觉得心里不安,怕会有什么事派不到他的头上。为了排解不安,他吸完一支烟之

后,又点着了一支。

　　李强终于走过来了,身后还跟着食堂的管理员。他们一边往包书记的办公室走一边说话。李强说:"食堂要养猪我看搞个收益分成吧,这样你们两个还能有些收入,也调动你们的积极性,集体还能有一些收入,食堂的剩饭什么的省得白扔了。你拿个计划,就是定个比例,完了拿给我,我和包书记研究一下再定。你回去吧,我还有点事找包书记。"

　　"行,那我就找他们研究一下,下午交给你计划。"

　　李强进包书记办公室也没吱声,坐在侧面的沙发上,其他几个干部和包书记聊得正兴起,李强进来都没有停下来。

　　"粮食是一天一个价,前天还六角五分呢,今天早上到我们邻居家来打玉米的给了六角七分一斤,还不用个人出人工打玉米,装车过秤点钱。你说这会儿的农民有多牛,秋天不用自己打玉米,夏天不用铲地,春天一个人开着四轮子把地种完了。这一年待着的时间太多了,勤快的人就去打工,那也不少挣钱。"一个干部说。

　　"有不少在厂子里打工的人把地都交给别人种,到秋收完一卖完事,挣着钱还种着地,这时候的农民头脑也灵活了,不像过去。"另一个干部接着说。

　　包书记见李强进来坐那也没说话,知道他是有事要说,就对几个干部说:"你们还有事吗?没事你们出去一会儿,我和李乡长有点事。"

　　李强对几个干部笑了,说:"聊得挺热乎的,让我给赶跑了,等我完事再把你们找回来,再和包书记聊他十元钱的。"

　　"等一会儿我们就去你那屋聊,准备茶水吧。聊他二十块钱的,反正你消费。"几个干部笑着走了。

　　屋里就剩下包书记和李强两个人,静得没有一点声音。包书记看看李强的表情,觉得和往常不一样。李强想要和包书记说当经理的事,可是又非常担心，怕连包书记这一关都过不去。刘瑞在屋子里听到包书记屋里一点声音也没有，还以为李强也走了。他屏住呼吸，尽量不出一点声音，歪着头听着。

包书记站起身来要往自己的杯子里倒水，李强拿过暖壶给包书记倒上，这是李强到乡里工作以来的第一次。包书记认真地看着李强，觉得李强今天很反常。包书记坐下喝了一口水，说："李乡长，你有事吧？我怎么觉得你今天和往常不一样呢？没你可不是这样，有事进屋就说，说完就走，一点也不黏糊。今天是咋的了？有啥困难的事了？还为前几天在县里挨批评的事上火呢？"

李强拿过一个杯子，往里放点茶叶，倒上水，又轻轻地喝了一口，说："包书记，我还真就有个难事想求你，看在我们共同工作的面子上，你得帮我一把。"

"啥事呀，这么严肃。你就说呗，咱们俩还有难说的事吗？"

"我想辞去乡长的职务，到北方集团去当农业经理，为咱们乡的群众种地。"李强有些胆怯地说。

"什么？你要辞掉乡长的职务，去北方集团当农业小经理？你是说着玩，说气话呢？"包书记简直不敢相信李强说的话，这让他大意外了。

"是真的，我已经想好了，请你帮我向县里提出申请。"李强郑重地说。

第 六 章

　　包世达明白了,以为他是因为群众瞒报产量的事在赌气,用辞职的方法来和刘瑞抗争,经验丰富的他非常轻松地说:"工作上的事,有些观点不同那是常事,别说他说得不对,就是说得对,你也不能辞职呀。职务是共产党给的,是让你为群众服务的,遇到困难和挫折就退回来,就没有勇气干工作了?我不能说你是逃兵,因为你要做的工作是为群众服务的。可你那是在回避矛盾,回避解决问题的机会。说真的,这事我不能为你说情,再说县委也不会批准你辞职。你还是有啥问题解决啥问题,这我能帮助你。在乡镇干部这块,还没有我解决不了的问题。不是我说大话,这种事我见得多了。"

　　刘瑞站起身,来到门口听,当听到包书记说是因为工作上观点不同要辞职的话,他有些沉不住气了,想过去和李强一争高下。可是他又一想,两个人的话还没有说完,究竟怎么办还不明了,所以还是先听听再说。想到这,他又轻轻地走回桌子前,慢慢地坐下了。

　　李强摇摇头说:"包书记,你理解错了,我不是因为和有些干部的观点不同才辞职的。"

　　"那你是因为什么?难道还有比这更大的事让你辞职?"包书记满脸疑惑,不解地问道。

　　"我要去当农业经理,主要就是想把群众的地种好,让群众在工厂里安心工作，让土地发挥最大的效益，这事还小吗？"李强很平静地说，好像在说一件日常工作。

包世达惊讶了，说："我说你是怎么想的，你可是公务员哪，放着乡长不当要去给群众种地，我有些不明白，你到底图什么？是当乡长的工资不高？"

"今年百泉沟村还有咱们乡群众种水稻都歉收了，原因是有的人家里没有好劳动力，有的是因为种水稻的经验不足，还有的是因为基础设施不到位，影响了水稻的有效种植。北方集团是个大型的农业综合企业，如果群众把地交给他们种，就能解决这些问题。我来当这个经理，群众会积极地参与。至于我个人收入可能和当乡长差不多，但这不是我主要考虑的。"

"你说的这些道理我都懂，当乡长也可以解决这些问题嘛。我还没听说过有哪一个当乡长的辞职去给群众种地的呢。你真是让我长见识。你的理由不充分，说服不了我，我不帮你这个忙。年轻人头脑一热，工作上解决不了的问题，就自己动手去干。你要知道咱们是干部，是引导群众的，帮助群众解决问题不一定非得亲手去干，应该在宏观上起作用，微观上是群众自己的事，咱们参与过多还事得其反。得了，你可别别出心裁了，明海书记又该说我是包新闻了，我成新闻专业户了。那就这么的了，你也别往上面找了，就是找县委也不会批准的，更何况你还是一个后备干部，县委的苗子。还有事没有，没事我去双青一趟。年终了，事也多，你就在家里应付吧，有事给我打电话。"说着包书记开始收拾桌子上的东西，准备要走。

刘瑞在自己的办公室里听到包书记没有答应李强的请求，还要去双青县，他觉得应该见一下包书记，借着有几个党员要转正的事，当李强的面说一下。虽然不能参与李强的事，但是这个节骨眼上，这样可能会刺激到李强，说不定会坚定他的信心。想到这，他拿起几个党员的档案往包书记的办公室走。

土地

李强坐在那儿没有动,脸上透出一股刚毅。包世达见李强没有起来,一看他的脸色,知道这小子犟劲又上来了。他放下手里的小包,双手拄着桌子,说:"你还赖在这呀?走吧,我还得赶时间呢,去晚了上午又办不成事了。"

"包书记,我想和你去县里找明海书记,这个忙你一定得帮我,算我求你了,看在我们一起工作的面子上。"李强恳求着。

刘瑞到了门口听见李强在恳求包书记帮他去找明海,又停了下来,趁着他们两个没看见他,又悄悄地回到自己办公室,慢慢地坐下,怕弄出一点响动。

包世达有些不明白了,还以为李强在耍小孩子脾气,说:"我说话你没听进去呀,还找明海书记。我这关你都过不去,明海书记能批准你这事?回你自己办公室,该干啥干啥去,咋还耍小孩子脾气呢?"

李强还是不动身,坐在沙发里也不抬头。包书记见李强还是不动弹,才觉得问题没那么简单,既然李强一定要坚持这么做,肯定是有他的道理。想到这,包世达来到李强旁边的沙发上坐下,说:"到底是为了什么,让你有这么大的决心一定要去当农业经理?你得和我说呀,我不知道情况怎么给你做工作?再说了,人家北方集团让不让你去呀?还有个木青当着经理呢,能用一个外人吗?"

"我忘和你说了,木董事长来就是考察我的,来电话说已经同意了,所以我才向你申请的。"李强说。

"他同意你就干哪,他也没想想你是个乡长,那是大材小用了。他还真敢用人,用到我们政府头上来了。你问问他,这还有一个书记要不要?要的话我也跟着去,一个月一万块钱,少一分不干。"包世达说笑着,他完全没把这当成事。

这时有两个干部来找包世达,包世达一挥手说:"你们有事先到别的办公室等一会儿，我和李乡长有点事，说完了你们再来，出去把门关上。"

两个干部出去把门关上，来到刘瑞办公室，坐在沙发上。本来刘瑞正听得真切，可是他们两人一来还把包书记办公室门给关上了，不客气地坐在了他的办公室里。刘瑞心里十分恼火，可是又没有办法，也不能因此说他们两个，只好和他们搭话。

"你们找包书记有事？咋还出来了，包书记在呢。"刘瑞故意问两个干部。

"人家两人在谈事，我一进门听着好像是李乡长的事，什么当经理啥的，没听全，好像和木董事长有关系。"一个干部说。

另一个干部看看刘瑞说："我看刘书记忙着呢，咱们到秘书室去等吧，别影响了书记办公。"

刘瑞故意摆出要写东西的样子，说："啊，县里要党建材料呢，这不找个时间想写嘛，先看看有关材料。"

两个干部知趣地站起身来，说："那我们俩到秘书室等吧，别影响你写材料。"

"没关系，也不是急着要的材料，明后天报上去就行。"刘瑞漫不经心地说，也没抬头看他们俩。

看那两个干部走了，刘瑞站起身来走到门口，歪着头细听包世达和李强的谈话。他拿着毛巾假装擦手，走廊里不断有人来往，很嘈杂，已经听不清两个人的谈话内容。刘瑞气得把毛巾用力搭在脸盆架上，又回到座位上坐下，满脸不悦地看着门口。

"你说吧，到底怎么回事？这屋里没有别人，有啥你就说啥，跟我你还不敢说实话呀？我们——"包世达的话被电话铃声打断。包世达站起身来到自己的座位上，看看电话号，把听筒按下说："老接电话耽误事，说个话都没有头尾。"

土地

李强喝了一口水,抬起头来看着包世达,激动地说:"我不是因为想多挣钱,也不是因为和刘副书记有矛盾,我是因为乡亲们对我的感情太深了。我看不得他们一年一年因为生产能力和经营管理落后而歉收,有地有人就是不能很快致富。自从我回乡以来,特别是我当上乡长之后……"

刘瑞听不见包书记和李强的对话心里十分着急,因为他已经听见李强坚持要去当农业经理,可是包世达就是不同意。究竟怎么样,会有什么样的结论,他太想听了,急得他在办公室来回走。

过会儿来了一个干部要去包书记的办公室,看见门关着,听见里面有人说话,敲门却没有回答,于是就到刘瑞办公室里来了。见刘瑞在屋子里来回走就问:"刘书记,包书记那屋谁在里面呢,咋不给开门呢?"

刘瑞有些不耐烦地说:"那是有事呗,不想被别人打扰。你有事等一会儿再来吧,我还有事想找包书记呢。"

那干部走了,刘瑞还是来回地走,他在想办法,怎么才能把包书记的门打开。这时他的手机响了,他忙接电话:"喂,是老关哪,听出来了。老朋友的声咋能听不出来。咋的,什么事?快说,我这还忙着呢。啊,他在办公室呢,那行我去告诉他一声。"

刘瑞关上手机一拍手说:"有了。"

他赶紧来到包书记的门口,使劲敲门:"包书记有电话,我是刘瑞。""进来说吧。"包书记回答。

刘瑞把门打开,进门没有往里走,站在门口说:"民委的关副主任来电话找你,说你的电话占线,就打到我的手机上了,他让你一会儿给回个电话,啥事没说。"

"知道了,你告诉他,我等一会儿再给他打电话,说我这有点事。"

"好,那我这就告诉他。"刘瑞说着还用眼睛扫了一下李强,出门的时候,他把门虚掩上,故意留了一条缝,看着好像关上了门。他回到屋里也没急着给老关打电话，又侧着耳朵听起来。

李强把这一年来留留家三胖给他的儿子喂奶，张有才因为水稻歉收要去打工，以及李长玺、白板、留留、二迷糊等乡亲们为了不让李强受到上级的批评，瞒报产量等感人的事情一一说起，包书记也感动了。他认真地听着，手机上来了两次电话都让他挂断了。李强说到群众到他家去劝他的时候，有些说不下去了。

"由于家人不同意我当经理，我已放弃了当经理的念头。让我没想到的是，我给乡亲种地去当经理，明明是值得乡亲们高兴的事，可是乡亲们都到我家去劝我不要当农业经理，他们有的要把牛卖了种水稻，还向我保证下年一定要种好水稻、种好地。你知道他们是咋说的吗？"

包书记问："咋说的？"

"张二婶说：'强子，说真话，我们是多么希望你能当农业经理呀，你给我们种地，那就像儿子给我种地一样，我信得着你。可是，谁家会放着乡长不让儿子当，让他来种自己家的地呀，谁能舍得呀。这不是一个道理吗？我们都没拿你当外人，当自己的家人，跟自己的儿子一样，所以才来劝你不要去当那个经理。我们每一家多收点粮食，多得点钱又能咋的。这么多年都过来了，说实在的，现在不比过去好得天上地下呀。钱那玩意儿，多了多花、少了少花、没有不花，再穷我也不想让你耽误了前途。'双合尔爷爷明白了我的心思，他说：'上天的恩赐不如膝下犬子呀。'说我要为群众当犬子。"李强很激动地说。

"看来你是真把乡亲们当成自己的家人了，乡亲们也把你当成自己的儿子一样看待。难怪你要去给乡亲们种地，去当群众膝下的犬子。不过当乡长就不能为群众当犬子了，就不能报答乡亲们的恩情了？我看也可以，只是直接和间接的问题而已。"包书记被感动了，说话声小了。

"当然也能，通过这两年乡长工作，我觉得两者之间还是有区别的。当乡长能够在大政方针上指导群众，解决群众在实现产业化与企业接轨当中一些政策上的问题，但是与群众有直接关系的收入问题解决不了，这是企业和个人之间的问题。就拿今年来说，我当着乡长，可是群众的水稻大面积歉收了，而我又毫无办法解决。说教、开会都无济于事，都帮不上群众的忙。找来企业给群众种地，首先面临的问题就是双方的信任和利益关系。没有利益企业不会来，利益大了群众又不买账。"

"你当经理也得给企业挣钱，不给企业挣钱企业还能用你吗？相反给企业挣钱多了，群众会同意吗？这可是一个非常难解决的问题。除非你能超出企业和个人的收入预期，达到一定的收入高度，否则谁都不会满意。"包世达说。

"我会用我的方法去解决这些问题的。"李强说。

"你认为当经理会有前途吗？我是说和乡长比较，相对而言。"

"一样会有前途，而且前途远大，也符合党和国家建设新农村的总体要求。"

"你怎么理解企业的前途？"

"我觉得农业企业非常有前途。当前党中央号召建设现代化的社会主义新农村，要想实现我党提出的这个宏伟目标，政府主要得依靠农业企业和有良心的企业家。施实土地产业化、土地流转关键还在于农业企业和群众的有机结合，而各级政府是不能替代的。从这个角度上说，我去当农业经理就是直接和群众接触，解决政府不好解决的问题。我的目的很明确，就是到一线去，解决政府所期望的粮食安全，土地流转，城乡一体化；群众所需要的增产增收，工农兼顾，致富达小康。我是一名党员，党龄和工作时间都不长，但是我知道实现我们党和国家对农村的长远战略目标，特别是农业战线上，要靠千万个企业和广大群众来实现。企业就是一线，我要在一线为我的乡亲、全乡群众，为党和国家做出应有的贡献。"李强越说越激动。

包世达也激动了，令他想不到的是李强竟然有这样的思想，觉悟比他这个二十多年的老党员的还高，对企业、群众、政府的关系看得这样透彻。他瞪大眼睛像看陌生人一样看着李强。李强还以为自己说错话惹得包书记生气了，抬起头来看着包书记，等他的回答。

包世达平静下来，和蔼地看着李强说："你的话让我想起一部我爱看的战斗片，那些不怕牺牲的勇士们冲锋在前，为战争的胜利献出自己的生命，赢得了全国的解放。我国现代化建设也一样，同样需要有胆有识的企业家冲在第一线，为我国农村现代化建设做出贡献。你就是要当冲锋在前的勇士呀！好，你想得对，我被你说服了，走，我们去找明海书记，这个工作我帮你做。收拾东西准备出发。"

刘瑞听到李强的一翻话非常意外，李强所说的理由和自己想的根本不是一回事，这让刘瑞感到很惭愧，也很矛盾。但是一想到李强决定辞去乡长的职务，自己将有机会成为乡长，他立刻冷静了下来。听到包书记要和李强去县里，他马上起身把门关上，又轻轻地回到自己的座位上假装看着材料，他在等包书记来安排自己在家主持工作。

包书记和李强出了办公室，包书记打开刘瑞办公室的门，看刘瑞在看材料，也没有进屋，说："老刘，我和李乡长去一趟县里，有事你应付一下吧，估计晚上我们就能回来，有重要的事给我打电话。"

刘瑞站起身来说："好吧，你们去吧。你放心，有啥事我给你打电话。"

刘瑞在窗口看着包书记和李强上车走了，此时他的心跳非常快，也说不上是激动，还是紧张。他想到自己当乡长的机会来了，又告诫自己要稳住，一定要保持稳重，不露声色。他坐着冷静了一会，慢慢拿起桌上的电话，说："喂，韩秘书，你来一下，我有事和你说。"

韩秘书接电话，不以为然地说："啥事你就在电话上说呗，我这还有两

土地

个人，事没办完呢，等一会儿不行吗？"

刘瑞急了，一脸的恼怒，摆出一副乡长的架势，说："叫你来你就来得了，讲什么条件哪？知道谁大谁小不？其他事先放下，先到我这来！"

韩秘书有点不好意思地对办公室里的两人说："刘书记那有点急事，你们俩先等一会儿，我去去就来。人家官大，我得听人家的。"

来办事的两个人笑了，说："你先去吧，我们俩的事不忙。"

韩秘书来到刘瑞的办公室，见刘瑞端坐在办公桌前写着什么，急忙进来问："刘书记啥事呀，我那还有两个开证明的等着呢。"

刘瑞也不抬头，说："你先坐下，稍等一下，我把这几个材料整理完了。那有水，自己倒吧。"

韩秘书有点不解地说："我不喝，我在自己办公室倒水了，啥事你就说吧。"

刘瑞看看韩秘书，说："你知道包书记和李乡长去县里吗？"

"知道哇，不是才走的嘛，走的时候还告诉我，有啥事找你办。这院里你是最大的官了，都得听你的。咋说来的，山里没老虎，猴子称大王，你就是大王了。"韩秘书逗刘瑞。

刘瑞不高兴了，说："照你那么说，我就是那猴子了呗，你这秘书咋当的，话都不会说了，等我要是成了大王，你这样的秘书得提拔起来，到别的站当个站长什么的，干这个秘书屈才了。"

韩秘书一听刘瑞这是生气了，头脑灵活的他笑着说："别呀，我还想给你当几年政府秘书呢。李乡长要走了，你还能干几天副书记呀，很快我就是你的兵了。你要是把我整到别处去，还真就没有我这么相当的人选。"

韩秘书的话把刘瑞说乐了，他笑着抬起头来说："你真是这么想的，还是给我吃宽心丸呢？满院子就数你的头脑灵活。那就看你的表现了，不过我当乡长可没有准头，说不定这个乡长会落到谁的头上呢。"

"那是板上钉钉，我敢打保票。咱们晚上在香香酒家见，我请你喝酒，主要是我有点情况和你说说，到时候你看我的消息准确不，再研究一下还有哪些事要做的。"韩秘书讨好地说。

刘瑞没说不去，也没说去，看看韩秘书笑了，说："韩秘书，你把上班的人员给我记录一下，我看看是谁没来上班，有事的除外。对了，田乡长的会还得两天吧？"

韩秘书想了想说："明天就散会，能不能回就不好说了，她有可能在县里办点事啥的，咋的也得后天回来。管她呢，在家也是你说了算，有事你安排得了。"

韩秘书终于出了刘瑞的办公室，走到门外回头撇了一下嘴，嘴里嘟囔着："什么玩意儿，还没当上乡长呢，就有脾气了。"

双青县委明海书记的办公室里，县委组织部长、包世达两人在和明海书记谈话。包世达把李强的情况汇报完之后，明海书记说："是很感人，群众对他有那么深的感情，这说明他所坚持的是对的。但是批准他这个要求，咱们可没有这个先例呀。按说他就得辞职，可是我觉得有点太可惜了，这样年轻有为的青年不多，将来会有大出息的。老吴，你看怎么办，是不是想点别的办法，保住他的公职。也是给我们自己留一手，将来有可能用上这样的干部。"

组织部长吴青云说："书记要是有这样长远的想法，我看就按下派到外地挂职来安排吧，给他两年时间，如果需要再延长，别的没法保留公职。"

"包书记，你看这样行不行？"明海问。

包世达忙说："太行了，这样的干部留着将来有用处。"

"好了，就那么办吧。你们组织部负责备个案就行，同时停发工资。这个事只有我们三人知道就行，对李强也要保密。李县长那我去和他打招呼，如果他没有意见就这么定了。这小伙子，他总是令我们意外。"说着话明海书记拿起电话,"喂,郑主任,你让李强来我办公室吧。"

李强进了明海书记的办公室,很有礼貌地和明海、吴部长握手,说:"明书记你好,吴部长你好。"李强挨着包世达坐在沙发上,勤杂员过来给李强倒了一杯水。李强抬起头来看着明海书记,等待着他的批示。

明海书记看着李强,目光很亲切,说:"刚才包书记把你的情况向我、吴部长说了,我们很感动,一个国家干部能有这样为群众服务的心,我们感到很高兴,也很不安。我不知道你想过没有,一旦你当上这个经理,可就意味着你的公务员身份没了,将来企业有了变化,你对今后的生活有信心吗?有没有心理准备?你不后悔?"

"我不后悔。就现在的社会环境,想找一个跟乡长收入差不多的工作并不难,可是要找一个能为群众种地的好企业不容易。北方集团是个很有实力的农业企业,是能让我为乡亲们服务的最好企业,所以我才向组织提出申请,辞去乡长的职务,当农业经理。请你们放心,我一定会种好太平川乡一带的水稻,再也不会出现今年歉收的情况。"李强很坚定的回答。

李强的态度令明海和吴部长很佩服,明海笑了,说:"你还记着因为种水稻挨我批评的事呢。是不是因为我的批评,你才要当经理去呀?"

"没有,我怎么能记恨这事呢,领导批评得对,我虚心接受。但是和我当经理没有关系,不信你问我们包书记。"李强不安地说。

"小伙子,好好干,土地流转、农业专业化生产就看你的了,能不能在全县起个带头作用?"明海书记问。

"能,这一点我可以向领导保证,要干就干成一流的农业企业,要给全县带个好头。"李强非常有信心。

"那好,你就等信儿吧,最多明天就会答复你的申请。包书记,你先代理乡长,过些天我给你配一名乡长,还是你提出人选吧,老吴审查完提交给常委。"明海说。

"行,过几天你把人选报上来,我们审核一下。"吴部长说。

"就这样吧,没事我们俩走了。我倒好说了,人家李强还忙着上任呢,再见。"说完包书记与明海、吴青云握手。

李强来到明海、吴青云面前和他们二位握手,说:"谢谢领导的支持,我不会让你们失望的。我在双青县境内工作,还是你们的部下,希望得到你们的帮助。"

"我们会时刻关注你的,希望你还能给我们带来意想不到的惊喜。"明海说。

李强和包世达走了,明海对吴青云说:"看来我们再给大学生村官们开会可要增加新的内容了,李强这个例子发人深省啊。"

"是啊,我刚才还在想,大学生都要有李强这样的头脑和价值观,我们农村牧区的发展可就快了。好!我回去研究一下,下一步大学生在党校学习的内容,重点探讨有关大学生在企业,特别是在农业企业就职,要提到在村级班子任职的同等高度。"吴青云说。

明海点点头说:"我看可以,你就安排吧,拿出方案给我看看。"

刘瑞上班来了,他知道包书记和李强昨天晚上就回来了,可是他并不知道县委已经批准李强当经理的事。他先进了自己的办公室,收拾一下桌子上的文件和东西,接着又洗了毛巾来擦桌子,不时地看着去包书记办公室的人,注意听包书记在布置什么工作。此时,他仍然觉得李强当经理这件事不太可能,但是他也敏锐地发现李强没有按时来上班,他开始猜测,难道李强真的去当经理了,那也得到乡里来做交接哇?他控制自己先不要到包书记办公室,让自己看起来不是那么急于当乡长。

包书记办公室里又来了两个找李强办事的人,他们进屋问:"李乡长来了吗?我们是云霞村的,有事要找他。"

包世达抬起头来说:"你们后天来吧,这两天他不在家,后天你们到原来林业站大办公室找他。他不当乡长了,到北方集团农业分公司去工作了。"

"什么?他不当乡长了,那我们原来种辣椒的地想种水稻还行不行了?他答应我们种北方集团的稻子,价格比咱们这的水稻贵一角呢。他不当乡长,这事还有没有谱了。"一个群众说。

"这回他就管这个事了,你找他就找对人了,等两天吧。"包世达回答他们。

刘瑞在办公室里听得清清楚楚,这让他很是激动,想不到机会这么快就来了。他拿起一张预备党员名单来到包书记的办公室,也不说话走到包书记桌子前,把名单往上一递,说:"这是预备党员名单,你先审查一下,没啥问题好在党委会上研究通过。"

包书记拿过名单看着,说:"有这么个事,咱们李乡长辞职去北方集团当农业经理,乡长的位置暂时还没人选,明海的意思是让我先替几天,我的想法是把你推荐上去,县委怎么安排我可就说了不算了。这段时间你工作要主动一些,别出什么问题。另一个我想和你说的是,你过去对李强的看法是不公正的,在群众说假话这个事上,李强是真没做群众的工作,更没做李长玺的工作,党委会上那也是话赶话说的。其实你也知道李强的脾气,不怕硬、不求全,敢于承担责任,这一点你得向他学习。这种想当然地对某一个事情下结论可是个毛病,不改正可能会对你今后的工作造成影响。这个名单给我留下吧,我先看看,等过两天开党委会通过一下。你还有别的事吗?"

刘瑞听包书记这样说非常高兴,对于李强的事他并没有在意,很诚恳地说:"我有什么缺点请你多指教,你放心,我一定会改正的。"刘瑞说完又给包世达的水杯里倒满水,这才放心地走了。回到办公室,他开始整理东西,打开抽屉把一些票据、日记本、证件等都用一个大的塑料袋装起来,他开始为下一步交接做准备。

县委批准李强辞职之后，当天李强和木青就去了金洲总部，和木林接受了任务，领了企业牌子。第二天他回到太平川乡，在韩秘书的帮助下钉牌子、收拾屋子、搬桌凳，忙活了一天，北方集团农业公司在太平川乡的办公室就算成立了。然而，对于李强来说，他从乡长室搬到了原林业站的大办公室，成了只管木青一个人的光杆司令。别人不太理会，可是李强心里明显感觉到了这种悬殊的落差。

收拾完屋子就下班了，木青开车送李强回家，到了家门口停下车，李强说："要不你在我家吃晚饭吧，回去还得到食堂吃饭。"

"不了，我想休息一会儿，晚上不吃了，减肥呢。等以后我找个时间去看看你爸妈和小龙。"说完木青开车走了。

李强头一次这么早下班，托娅还没有回来，其其格和三胖、小龙、小凤在屋子里玩。小龙见到爸爸回来了，跑过去抱住李强的腿叫爸爸，小凤也叫着爸爸。两个孩子一人抱一条腿，李强高兴地一手一个抱起小龙和小凤亲着，小龙和小凤抢着亲李强，李强也不躲，亲得李强脸上都是口水。

其其格和三胖在一旁笑，说："这家伙，可算见着亲爸了，要吃人了！你快放下他们俩吧，多沉哪。来，小凤下来，妈妈抱着啊。"三胖说着把小凤接过来。

可是小龙就是不下来，其其格叫他也不理，还在和李强闹。

三胖抱着小凤说："咱们走吧，该做饭了，你爸爸要回来了。"

可是小凤哭着叫喊："我不回家，我也要爸爸、爸爸，要弟弟……"三胖硬是抱着小凤走了，也不理会她哭闹。

小龙看看也哭了起来，说："要姐姐，我要姐姐……"

李强抱着小龙大半天才哄好，又抱着他来到牛棚，见父亲在起粪，就把小龙交给了李大路，李大路擦擦汗抱过小龙，说："来，爷爷看看，刚才谁招我们小龙了，是爸爸吗？等会我打他，当我们没人了呢，敢欺负我们小

龙。"

小龙听李大路这样说又哭了,说:"我要姐姐,姐姐走了。"

李大路哄着小龙:"等会我领你找小凤姐姐去,别哭了啊。"

李强拿起铁锹扔起粪来,扔了几下又把外衣脱下来。

李大路抱着小龙看一头头又大又胖的育肥牛,回头问李强:"上班了,一个月给多少工资呀?"

"每月基本工资三千,年终有效益提成,多少要看企业的当年效益。"李强也不抬头。

"那和当乡长比也差不多,将来退休怎么办?"李大路问。

"企业给每个员工都上养老保险,将来一样有退休金,这个不用担心。人们观念还是有些保守,认为只有国家的干部才能有退休金。"李强说。

"说实在的,我还是愿意你当乡长,别的不说,人们见着我都用异样的眼光看,还不是因为你当上了乡长啊。唉,可是乡亲们那天说的话也真叫人感动,那是啥感情啊?这是放在你身上,就是放在我身上,我也得当这个经理。你说咱爷儿们咋都这个命呢,乡长当得好好的,这又给乡亲们种地去了。上几辈人种地,寻思到你这辈儿可算闹了个干部,逃出这庄稼地,谁曾想这还给大伙儿种地了。"李大路说着有些心烦。

李强直起腰来,说:"爸,你咋还有这种观念呢,这个年代有铁饭碗已经不像以前那样是唯一的出路了,现在干什么工作都有前途,干好都会有保障,像养老保险、住房公积金等等都有,也都不少于机关干部。爸,你放心,我既然要当企业经理,就一定干好。当然,困难肯定很大,我有心理准备。"

李大路还要说什么,可是小龙要下地玩,李大路怕让牛碰着他,就把小龙交给李强,说:"你把他送回屋去吧,在这没法干活。你先看一会儿,好让你妈做饭。托娅也该回来了,她来了你交给她,再来帮我把这一堆粪扔出去。"李强接过小龙,"上爸爸这来,我领你去看大公鸡。"李强抱着小龙走了,李大路又接着往外扔牛粪。

托娅下班回来了,看见李强和小龙在屋门口玩,高兴地把小龙抱起来进屋,李强跟在后面。三口人进了西屋,托娅把小龙放到地上,一边脱外套一边问李强:"今天你正式上班了,办公室设在哪了,是不是乡政府给安排的?"

"包书记把林业站的大会议室给我们做办公室,真是照顾我们,基本上什么也不缺,拿钥匙进屋就行,连喝水的水壶和茶碗都是现成的。"李强高兴地说。

"这回叫李经理了,小样还两名呢。经理来了,晚上做点什么吃呢,我和小龙也借个光。"托娅说笑着。

李强坐在沙发上,笑着挠挠脑袋,说:"一叫经理还有不点适应,觉着不是我,心里面像缺点什么似的。"

"那叫失落感,感觉能一样吗?当乡长,一帮干部围着你转,这回成了光杆司令了吧,小车也不往家送你了,勤杂员也没有。对了,还有个木青呢,她不得让你伺候哇。"

"你说哪的话呢,就两个人,谁伺候谁呀,等以后基地建设完,工作人员一多就好了。"虽然李强这样说,可是心里还真有些失落。

托娅看着李强的神态,知道他有点不好意思,就岔开话题,说:"我进来没看见你骑的摩托车,你咋回来的呀?"

"木青用车送我回来的。"

"你也没留她在家吃饭?"

"留了,她说有事,没吃就走了,走的时候还说等哪天还要见见你呢,说有很多天没看见你了。"李强说。

托娅听李强这么说,忽然心里有一种很难受的感觉,以前杜萍来的时

土地

候有过，和梁小丽见面的时候也有过，一种担心的感觉向她袭来。按说木青用车送李强也没有什么，可是一想到从今往后李强整天和木青待在一起，有的时候还要出差，住在外地，不由得心里很难过。托娅看着李强长出了一口气，脱掉外衣扎上围裙要去厨房帮其其格做饭，说："你看一会儿小龙吧，我去帮妈做饭。"

"还是你看小龙吧，爸还等着我帮他扔牛粪呢，让妈自己做饭吧。"李强把小龙交给托娅，到外面牛棚扔粪去了。

托娅的脸色很难看，也不说话，抱过小龙坐在沙发上，围裙也没解开，呆呆地望着墙壁。

晚上小龙光着屁股在托娅、李强之间玩耍，一会儿爬到李强的身上，一会儿又爬到托娅怀里。李强想要和托娅亲近，托娅推开李强，说："等一会儿孩子睡了。"要是在往常，托娅会用一只手搂着小龙，另一只手从后面钩着李强，迫不及待地和李强亲近。

小龙终于睡着了，托娅把他放在一边，回过身来搂住李强，把头埋在他的怀里，李强压在托娅身上，托娅闭着眼睛，一动不动，满脑子里都是木青的身影。

李强有些茫然，抬起头来问："你今天怎么了？"

第七章

　　李强和木青俩人用了三天的时间，终于把太平川乡农业分公司一年的生产计划做完。为了尽快报到总公司批准，木青决定开车回总部，吃过早饭，他们就上路了。

　　木青兴致勃勃地开着车，打开音响，凤凰传奇唱的《我从草原来》传了出来。歌曲欢快，节奏感很强，木青一边开车一边点着头。

　　李强看看木青说："你可注意安全，别听得太投入了。路途远，我又不会开车，没有人替你。"

　　"没事，我一般开车都听音乐，要不我自己还不闷死。你爱听什么歌？我这什么歌都有。"

　　"我爱听草原歌曲，让人心旷神怡，给人一种自豪、向上的感觉，让人热爱自己的家乡、热爱自己的亲人、热爱祖国。"李强兴奋地说。

　　木青看看李强说："我是领教了你对自己家乡的热爱，说真的，你当农业经理我很意外，最初让当经理，其实我心里还真就没这个打算，以为你不会接受这个事情。可是我没有想到，你竟然会那么坚决和执着，让我佩服。你是我所见到过的农村干部中最优秀的一个，给你当下手我觉得值。"

　　"你言过其实了，我只是一个工作三年的大学毕业生。论实践经验，特别是农业企业，我还是个新兵，今后你得多指点和帮助我，要不我这个经理做不好，你可就有责任了，我可是你推荐的。"李强谦虚地说。

木青抿着嘴笑了，说："你还挺谦虚的，看来还有进步的空间。将来有了出息可别忘了我呀，我可是你进入企业的介绍人。"说完木青习惯性地把头发往后甩了一下，样子很好看。

"要是没有前途，也是你的责任吧？"李强笑着说。

"师傅领进门，修行在个人。你要是不学好还怨我呀？哈哈哈。"

"啊，有了成绩是你的，失败了是我自己的？"

"对呀，你就不能有失败，有也是你自己的。坐好了，别溜号。"

小车跑得飞快，不断有货车被超过。李强有点担心，说："你可慢点开吧，我有点晕车了呢。"

"你就这点胆呀？那好，别吓着经理大人，我开慢点吧。"

木青的电话响了，说："喂，田再新，有事呀？啊，你早说呀，我们都要到黑山了，对呀，就我们两个。你坐火车吧，我们不能回去了，都多远了。行了，好，再见。"

"田再新吧，是不是要跟着来呀？"

"可不是嘛，早干啥了，还想让我回去接他，真是的，这都多远了，没心的样儿。"

木志森的大办公室里，豪华的真皮沙发、高档的老板台和书柜非常漂亮。整个办公室分为两个空间，木志森前面有一组沙发，另一端有一个两组沙发组成的小客厅，虽然是一个房间，却是单独组合，便于人少的时候研究事情。木志森坐在老板台前，木林、木青和李强坐在他前面的沙发上。李强和木林坐在一起，木青坐他们二人对面。

木志森和蔼的面容、稳重的神态让李强没了刚进屋时的紧张。李强、木林和木青都看着木志森，等着他说话。其实木志森已经知道具体的内容，但是还想听听李强怎么说。前几天在太平川乡里的谈话给木志森留下了很好的印象，因此他的问话显得很随便，说："李强上次来报到我没在家，听木林说你们第二天就回去了。看来你是个急性子，干工作就得这样，我喜欢这样的工作态度。今天主要听你们在太平川乡的下一步工作计划。因为是农业方面的工作，所以其他董事长没来参加，再加上他们都有事，咱们几个具体研究一下再报董事会吧。你们两个谁说说？"木志森说完看看木青，示意她先说一下，这样免得李强拘谨。木青知道父亲的意思，可是她偏不先说，自己装得跟没事人似的，用手摸着双合尔给的翡翠扳指。木林还是在李强来报到的时候认识他的，对他印象还可以。对于让李强当经理，从感情上说他同意，因为有木青在，所以他很放心。对于下一步农业方面的计划，他已经在心里有了打算，是否与李强合拍还不得而知，当然也没报有多大的希望。

李强看木青的态度是要让他汇报，故意对木青说："木青先说吧，就按我们研究的说一下，我来补充。"

"经理说吧，需要我说明的再说。"

"那我先说说吧。根据上年的生产基础，下一年我和木青做了几点计划。一是原来的收购计划不变，还可以再增加一些，因为只要资金到位，就可以收购水稻、辣椒和玉米的收购。第二是计划下年由公司经营水稻、辣椒，就是我们自己种。我们做过一些调查，能够入股的群众会多一些，直接把地承包给公司的大约能占到三分之一，当然我们还没有更进一步的落实，可能会有一些出入，但是不会太大。第三，整合一些同类的专业户，就是把小的专业户统一纳入总公司，形成一个整体。这也是长远计划，我们也没有拿出更具体的实施方案，只是一个构想，因为我现在还不了解公司的具体实力。"李强停顿了一下。

木林低着头，用手一圈一圈地转着茶杯。

木志森感兴趣地问："今年的收购不太理想，明年你们想怎么解决今年出现的问题？由公司统一经营土地，我们在保山县已经有了四年的经验，那

土地

里的土地少，承包方式单一，基本上都是承包，也有一少部分是入股的。这是由木青和木林经手的。木林等会儿说一下你的看法。太平川乡那个地方我还是很熟悉的，要说地是很多，可是有些地也很薄，当然承包费也相应的少一些。再有那里的工业化程度低，大部分群众还在种地，没有太多的工厂，去外地打工的人也不是太多，所以我觉得出租土地的群众不会太多。整合专业户的事，那可就更没谱了，对企业有什么好处？我觉得没有可操作性。"

木青听父亲这样说，想要说，可是又低下头来，继续玩她的那个翡翠扳指。

李强没有看木青，接着木志森的话说："你说得没错，今年收购的水稻和辣椒并不理想，特别是品种的杂乱程度令人吃惊。下年的实施过程中我们会注意的，这一点你放心，不会再出现此类问题。至于由公司种水稻，我认为时机已经成熟，今年的水稻歉收变成了好事，人们认识到了基础设施的不足和人力、物力的缺乏。面对我们公司的进驻，群众一定会积极入股，去年观望的群众今年一定会加入进来。至于你说的整合专业户的前景，我是这样看的，在太平川乡以及双青县这个地区，专业户将来是主力军，特别是农业和养殖业的专业户会更多，把它们整合在咱们公司，是个双方得利的事。我们会在以后拿出详细计划，暂时还做不到，这要看我们企业在双青的实际工作成果。"

李强说得兴致勃勃，全然没有看见木林的表情。木青在一旁的注意力全集中在哥哥身上，她知道木林不会同意他们的计划，她不想补充，在等木林说话。

木志森听李强这样说，觉得还是有一些道理的，并没有继续往下问。

木林本来很放心木青，李强的介入让他心里总有一些不踏实的感觉。听李强说，他往后仰靠在沙上，很严肃地看着李强说："我看收购水稻和辣椒不是问题，注意点就行了，整合专业户的计划也是后话，而且那好像是政府部门的事，与咱们企业的关系不大。最主要的就是来年我们想要直接种水稻，有这么几个问题不好解决。第一，我们现在和保山县的合同还没有到期，资金不足，设备短缺，这个计划不太符合咱们公司现在的现状。第二，就今年收购水稻和辣椒的实际数量看，来年就想让群众入股，由公司种水稻和辣椒，我看没有什么把握，就是有资金也不能盲目投入使用。再说那也不是一笔小数目，就咱们公司现在的情况看不可能再购买设备。"

木林的话无疑给李强泼了一盆冷水，完全否定了他的计划。木青已经料到会是这个结果，但在制定计划时没有说出来，她是想看看李强用什么办法解决这个问题。可是事情僵到这儿，连个研究的余地都没有了。

她刚想要说话，李强很失望地说："那这个计划就没有一点可能了吗？我们再三衡量，只有通过这个项目，我们公司才能在太平川乡立足，在双青县立足。否则，我们可能站不住脚。"

"那也没有办法，如果实施这个计划，一旦资金投进去，我们可能永无翻身之日，就更不用说在双青县立足了。"木林毫不客气地说。

李强有些尴尬，他看看木青，木青抬头看看父亲，木志森的脸色看不出来是支持还是反对。木青有些不满地冲着木林说："你说我们的计划一点用也没有了呗？就是不行你也得给提个修改意见哪，就这么一个不行、两个不行的，到底怎么才行啊？我们两个整整想了三天，还从太川平乡要来各种农业资料，之后又听取群众的意见，才拿出来的计划。这是有根据的，不是凭空想象瞎编的。"

木林看木青急了，笑着说："你就是用一个月搞的计划，也得符合咱们公司的实际情况。我是总经理，要对资金的使用、企业的发展负责。头脑一热就干，如果失败了，我怎么向董事会交待？到时候你一拍手啥事也不管了，我找谁去呀？过完年你们就发动群众多种水稻和辣椒，我们全部收购，这其中再宣传一下，就是花钱也用不了多少，不会有太大的损失。"

土地

李强愣住了，他知道木林的意见是最终的意见，他不同意的事就不好实施了，因为他是总经理，是各个部门的直接决策人。他还想要说什么，可是脑袋里一片空白，不知道说什么好。

木青对哥哥的意见坚决不同意，说不服哥哥，她又转向父亲，说："爸，你倒是说话呀，怎么办？这个计划行不行？要是不行还怎么办？"

木志森心里已经有谱了，可他还是不冷不热的。听木青这样追问，再加上李强已经没话说，木林对这个计划态度明确，此时木志森心里有了一个大胆的想法，决定同意李强这个计划，当然也是对李强的一种考验。想到这，他才说："好了，你们也别争了，我看这样吧，我觉得这个计划还是很有前途的，可以试一试。但是得有一个前提条件，那就是公司没有钱，得靠你们农业组自己来解决，其中包括机器设备、人员使用、资金流转等都要自己想办法。"

木青瞪大眼睛看着木志森，非常不满地说："你让我们上哪儿去整钱？要是有钱，谁还扯这个。得了，我们听总经理的，你说怎么办就怎么办，计划作废，就按照公司安排干了。"

木林笑着说："公司的计划早就公布了，你们今年执行的就是。那就省事了，过年开春再议这事都来得及。"

李强不再吱声，只是低着头在想办法。

过了一会，木志森又说话了："我往董事会上拿这个计划有困难，就是资金问题。你们想要实施，就得自己解决资金，不然这个计划就落空了。"木志森故意将了李强一军，他想要看看李强能不能把企业办起来，自己手上是有一些资金，但是他暂时还不想用，怕李强他们投资有闪失。

李强听了木志森说的话，非常高兴，这好像让他在黑夜里又看到了一丝光亮，说："那我们就试试，想办法解决资金不足的问题。"

李强这样说，木青愣住了，说："连我都整不来钱，你去哪儿整钱啊？"

"我想想办法。"李强坚定地说，好像很有把握的样子。李强的态度让木林和木志森都非常意外。中午木志森和木林要陪木青和李强吃饭，李强推辞了，说别人有事托他要办。他从总公司出来，沿着人行道漫无目的地往前走，走过一个又一个店铺。商店门口的音响此起彼伏，让李强的心里更加烦闷。他在想自己辞去乡长的职务当个收粮的小贩子，要是这样那可就遭人笑话了。刚才在木董事长面前说自己想办法，到底想什么办法，李强一点谱也没有。此时走在街头的李强心情很差，也不知道自己要去哪里，去干什么。此时木青远远地跟在李强的后面，她想看看李强到底要干什么，可是见李强漫无目的地走着，她明白了李强此时的心情。她不想让李强发现自己，远远地在后面跟着他。

李强来到一个大的汽车销售市场，他顺着人流进了停车场，那么多的汽车让他感到非常的振奋，这么多的汽车得用多少资金才能买到？前面有一个干部模样的人在和一个售车员看车，李强走过去，跟在后面听他们说话。

工人说："我给的就是最低价了，再低五千元我可做不了主，你去找我们老板吧。"工人指着办公室门口一个打着电话稍显肥胖的中年人，"那个打电话的就是我们老板，他要是同意了就办手续，真的，你去找他问一下吧，也不搭啥。"

"那我去问一下吧，你先在这等着。"买主走到老板跟前，等他电话打完了，就问："你是这个公司的老板吗？"

"是呀，怎么有事吗？是不是想买车？"

"对，我想买那个进口车，工人给的价格是二十四万五千，你要是二十四万元我就买了。那个工人做不了主。"

老板想了一下说："一次性付现金可以。"

"好，那我就要了，你和工人说一声吧，我去办手续。"

老板给工人打电话:"喂,二十四万给他吧,一次性付现金。"

买主走了。

李强走上前来问:"老板,那个车多少钱?"

"现金十五万,一次付清。你想买车吗?"

"对,我们公司想进一台车,让我先来看一下。老板很厉害呀,这么多车得花多少钱呀?"李强问。

"要是用钱买,怎么也得一个亿吧。"

"那你这不是买的吗?"

"大部分都是厂家的,我们是合作伙伴,要不谁能有钱弄下这三百辆车,卖不出去那还了得嘛。"

"你们是分成,还是卖了车给一定的费用?"

"你问这个干什么,是不是也卖车呢?上这来套我的信息来了?"老板非常警觉地问。

李强笑道:"我是北方集团的,真是来看车。我就是问问,我很佩服你的实力。你别多心,就是卖车的也学不去方法。"

老板笑了,说:"我以为你是打听事的呢。跟你说实话,我也没有多少现钱办这个企业,主要有人帮忙,再一个就是找合作伙伴,互惠互利呗,有钱大伙儿挣。你想想,汽车制造厂也得需要销售不是,要不那么多汽车往哪送啊,都在各大销售市场呢。我这也是三家合资的企业,我的股份多一些,那两家比我少,以我为主经营。"

"你一年得挣多少钱啊?"

"不瞒你说,我一家就能挣三百万,那两家也能挣三百万。这两年买车成风,中档车好卖,个人买车的多了。"老板高兴地说。

李强听了老板的话很受启发,一回头看见木青就站在他的身后。

老板还以为他们是两口子,说:"你们这是个人买车吧,怎么两口子都来了,来了就好好看看,啥样车都有,多少钱都能买到车。"

李强笑了,说:"你忙吧,我们看看车去。"

木青脸红了,看老板走了,冲着李强说:"这回你占便宜了吧,啥眼神呀,还两口子。"

李强看看木青,又看看自己说:"你要这么说是我不够格了,差三岁也不至于配不上你呀?"

"你咋心眼实了呢,让我怎么说呀。"木青红了脸笑着说。

李强也笑了,不好意思地说:"我不是故意的,你别往心里去啊,要不你打我一下解解气。"

"得了,走吧。你跑这干什么?真的要买车呀?"

"我哪有钱买车,我是看这家的车行挺大的,想问问人家咋搞得这么好。你还别说,我还真受启发。走,回太平川去。"

"怎么说走就走哇,不和我父亲说一声了?虽然他同意了咱们的计划,可是我哥那人你不知道,也是个一条道跑到黑的人,他说不行,那就不行,不会给咱们钱购置设备的。"木青很担心地说。

"我看不用和木董事长说了,他的话说得很明确,原则上是同意的,我们自己想办法。通过今天看人家的车行,我有这么个想法,你看行不行……"

百泉沟村委会副村长办公室里对摆着两张桌子,一张是田再新的,一张是赵玉柱的。身着西服的田再新和老成的刘会计在统计农牧业的年终报表。田再新读数字,刘福田用计算器计。田再新漫不经心地读着,心里一直在想李强和木青坐一个车回总部会不会在路上吃饭,或者说住下。同时也后悔没来得及和木青一起回去,心里的醋意越来越浓。刘会计放下手中的计算器,不解地看着田再新,但田再新一点都没察觉,还在那继续读数字,"一百三十二只,五头,三十一只,六百二十三亩。"

"你在念啥呢？怎么都念在一起了，那五头是牛，一百三十二只是羊，六百二十三是亩，这怎么加呀？都是啥数字？"刘福田笑着说田再新。

"哎呀，我挨着念了。今天这头怎么有点晕呢？一片空白，休息一会儿再统计吧。"田再新把炉子上冒着热气的水壶拿过来倒水，先给刘福田倒上。

刘福田把计算器放在一边，接过水碗喝了一口，看了看田再新的表情，他心里明白是什么原因，故意问："今天田村长怎么有点不对劲呢？心里有事吧？我啥时候也没见过你这样啊。我猜一下你看对不对，是不是木青把你的心带走了，剩下空壳留在村里了？你也是，咋不跟着回去呢？就这么点事我整就得了呗，还把你拴到这。要是着急，你明天就回去吧，我自己有两天也能统计完。"

田再新很可爱地笑了，说："我的大哥呀，你还真就说对了，她一走我还真有点不得劲呢，想跟她回去没来得及。"田再新没有说实话，其实他所担心的不是木青回家，而是李强和她一起回家，所以顺着刘福田的话说。

刘福田低头喝了一口水，说："要我说过年了，也该回去了。不行你明天就走吧，我和阿书记请假，奖金什么的年后再领呗。"

"我不是差奖金，是阿书记不让我走。还有不少事都没完呢，党建、计划生育、综合治理、纪检等部门都要来检查，咱们村是乡里的典型，这两年都是这样。书记和村长又抽不开身，就指我呢，我走得了吗？昨天要是和木青走了，等两天还得回来。不回去也好，省得来回跑。"田再新有些无奈地说。

田再新的话还没说完，赵玉柱背着手像个大干部似的走进屋，看见刘福田也在这办公，三角眼睛往桌子上扫了一下。"咋还上这办公来了，你自己没有桌子吗？想当副村长是咋的。"赵玉柱一本正经地说。

田再新说："赵叔，我以为你今天不来办公呢。为了方便，我就让刘叔到咱们这屋统计点数字，不然我得到刘叔办公室去。你要是有事我们挪地方。"

"算了吧，一会儿要求种麻黄草的群众来，就去会议室吧。你们接着统计。我说小新你咋不和木青一起回去呢，我听说车上就李强和木青两个人，那木青得多憋屈呀，还得开车，要是有你在就不一样了，心情好哇，是不是？虽然我不年轻了，但是年轻人那种心情我明白，不是吹呀，年轻时搞这事我也有一套，要不那奶豆腐能让我整到手？当时她还跟李长玺恋着呢，都让我给弄到手了。"赵玉柱别有用心地说，一边说还一边偷着看田再新的脸色。

刘福田对赵玉柱的话很反感，可是脸上仍然装出一副很高兴的样子，他平时也和赵玉柱说笑话，有时也不客气地揭他老底。听他自己说奶豆腐的事，接过来说："你说的还真是实话，那奶豆腐当年可是咱们村里的一枝花呀，谁不惦记呀，连我晚上做梦都梦着她和我对象呢。"

赵玉柱听刘福田这样说不高兴了，说："你说话注意点，奶豆腐是我媳妇，真惦记你也不能说呀。这叫别人听着影响不好，咱们大小也是个干部，得体面点。"

"还体面点，我保证不摸她行吧。哈哈！"刘福田故意气赵玉柱，根本不没把他说的话放在心上。

"你小子胆儿也太大了，我的媳妇你也想摸。我告诉你啊，别说我把你送进去，告你个性骚扰罪。"赵玉柱严肃地说。

"论着叫嫂子，跟她咋闹都没事，要不你就别让她出门，让我碰上就闹，你能咋的我呀。"刘福田说完还哈哈大笑。

"叫嫂子也不行，以后严肃点。咱们都是村干部，公众场合注意形象。"赵玉柱见田再新一声不吱，心里那坏劲又来了。

"田村长咋有点不高兴呢？是不是因为木青为不当农业经理的事闹心

呢？我可听人说是木青自己主动让李强当经理的，都是年轻人，有些事你得多个心眼呀。干得好好的为啥让给李强啊？这里面没有啥事？能是一般的关系吗？你们的恋爱关系确定没有哇？这些事你想过吗？我是过来人，啥不明白呀，不是跟你吹，他们一撅尾巴我就知道拉几个粪蛋。"赵玉柱一边说一边看田再新的脸色。

刘福田听赵玉柱说有损李强形象的话，更加讨厌他，有些气不过地说："我说老赵你咋还扯上老婆舌了，别人不知道，咱们李乡长你还不知道哇，他是那样人吗？再说了，人家木青还是个大姑娘，田村长刚和她谈上恋爱，你别啥都说啊，我看你那嘴有点刺挠了吧，小心有人抽你嘴巴。"

赵玉柱看田再新还是不吱声，知道这小子是往心里去了，说什么他也不会生气，就故意和刘福田理论："你说那话就没道理，不是有那么一句话嘛，男女搭配，干活不累。那是啥意思？一样干活他咋就不累了，那不是男女互相吸引吗？还有郎才女貌，天生地造。那不说的是有才有貌的男女吗？你知道啥呀。这时候不像过去了，大姑娘找好小伙，有的就单找那二婚的，说有魅力、成熟。"赵玉柱故意看着田再新。

田再新忍无可忍，说："赵叔，你要办公我们到刘叔那屋去，别当我的面说那些和你年龄不相称的话。这些话你能当着李乡长的面说吗？"田再新恼了，脸上像涂了红颜色。一向爱说爱笑的他，从来没有这样的表情。

赵玉柱像是在自圆其说："我说的是一般情况，老百姓的观点，当然也有例外，像李强、木青这样的人就和别人不一样。你别往心里去，我也是和你不见外才说的，要不谁说这种话呀，整不好出事。"

刘福田当着赵玉柱的面撇着嘴说："你是属那尿盆子的，挨呲没够，连点记性都没有。李乡长让你当两天工会主席，嘴上又没把门的了吧？谁你都敢说，当人家田村长面，你一个长辈说的那叫啥话呀。走，到我办公室去统计，不在这听你胡扯。"说着刘福田拿起计算器和本子站起身来要走。

赵玉柱一看刘会计和田再新要走忙道："我也不是故意的，你们要是不爱听，我不说了还不行嘛，别走了，我到大办公室去等人。你看那不来人了，我过去，你们继续算账吧。没事，别往心里去，我这人有嘴没心，咱们不见外我才说的，别多心啊。"

赵玉柱走了，田再新和刘福田又慢慢地坐下来，两个人你看看我，我看看你，谁也没有话说。田再新想了想把账本交给刘福田，说："刘叔咱们明天算吧，今天我心情不好，一念就出错。赵主席真烦人，啥都敢说，真受不了他。"

"好！今天我也不统计了，休息一个晚上，明天我们继续合计。晚上去我那吃饭吧，家里正好有新买来的猪肉，我叫你婶给你炖粉条吃。"刘福田知道田再新心情不好，想和他喝点酒，安慰安慰他。

田再新很干脆地回答："行！喝酒去，明天再干。"

赵玉柱在大会议室里看见刘福田和田再新走了，为了看他们去哪里，赵玉柱走到窗口往外看。来签合同的群众看赵玉柱趴着窗户向外看，和他开玩笑："赵主任又看见哪个大姑娘了，线蚂蟥盯上还下不来了，别把正事耽误了，你再不签合同，我们几个走了。"

赵玉柱见两个人向刘福田家的方向走去，知道这是到刘福田家吃饭去了，这才回到桌子前，说："你们几个瞎起啥哄？我看看刘会计去哪了，等会我还得找他盖章呢。还看见谁家姑娘了，咱们村的姑娘啥样不都在我心里装着呢，还用看？我是老了，要是倒退十年你看看，我想看谁就看谁。不是我吹呀，就这一点我服过谁。"

"还不是吹呀，你就是吹呢。你看上人家，人家还得看上你呀，看你那三角眼的样吧，满脸的褶子吓人。"一个群众说。

"现在是老了，我不是说年轻时候嘛。"

"年轻时候那也是借你舅舅的光，要不是你舅舅，奶豆腐能到你手里，

早就叫李长玺带走了。"一个人说,其他几个人笑了。

赵玉柱来气了,说:"都出去吧,你们都不用签合同了,到时候收就得了,就算个口头合同吧。"

"那不行啊,到时候你要是不收,我们不白种了吗?要不我们找丁兰去,她不是经理嘛。咋让你和我们签合同呢,我们有点信不着你。"一个群众说。

"你就是找丁兰也没有用,她走的时候委托我了,不信过几天她来了你们问问。这事没差,有我在你们还不相信,那这麻黄草就别种了。"赵玉柱说。

"我们还想要点麻黄草籽儿呢,你这有吗?"

"那得等丁兰来,她回去就是取种子,大约得三天能回来。你们等一下吧,过两天再来,事先给我打个电话。"赵玉柱说着从兜里拿出名片,每人一张。

"赵主席这个片子不错呀,在哪印的?工会主席、治保主任,这家伙还两个头衔呢。"

"那也不是假的,这是在村里,要是在外面,都重视我。以后可能还得增加一个头衔,经理。"赵玉柱得意地说,两个眼睛眯着,有点瞧不起人。

赵玉柱的手机响了,一看是刘瑞的电话,忙对几个群众说:"你们走吧,我都和你们说完了,过两天给我打电话。我接个电话,对不起了。"说着赵玉柱走到自己的办公室里接电话,"喂,是我,在村里呢,有事啊,啊!你说吧,没有人。"

刘瑞在自己的办公室里打电话,气急败坏地说:"文件刚传达完,田美玉是乡长了。到底怎么回事?问一下你舅舅,看这事是谁搞的鬼?我他妈的白费劲了,又让一个女人顶了。"

赵玉柱听刘瑞这么说,回头看看没有人,几个群众已经走到了大门口,说:"我说你还用打听啊,那不明摆着是李强搞的鬼嘛,选乡长能不向原来的乡长征求意见吗?书记推荐那只是他一个人的想法,乡长的意见同样重要。再说了,你想想,过去两个人都在村里当干部,这回他辞职了,还不推荐他的人吗?你别着忙,让我二舅给你问问明海。"赵玉柱明知道他舅舅不会去问明海,明海更不会说有关人事上的安排,但是他就想这么说,也知道刘瑞一定会相信。

刘瑞的牙咬得咯咯响,说:"你给我好好问问,要是李强做的工作,你看着,我决饶不了他,我让他一败涂地,被公司赶回家去。"

赵玉柱也非常的懊恼,刘瑞没当上乡长对他来说也是一个很大的打击。这一年来他千方百计抓住刘瑞,想等他当上乡长,自己也当一回村长,然而这个消息让他彻底绝望了。这个仇当然要记在李强身上,他认为就是李强干的。想到这,他对刘瑞说:"既然这样了,你也就别着急了,我想办法打听一下,看看到底是谁做的工作。十有八九是李强搞的鬼,你等着,我明天就给你打电话。"

放下电话,赵玉柱的心情和刘瑞一样,觉得自己真是生不逢时,好不容易有了个靠山又没了。

百泉沟村委会大会议室里,李强、木青在和两委会人员研究与北方集团合作的事。阿斯根和李长玺坐在李强的对面,木青挨着托娅坐,木青有意让李强挨着托娅,主要是让大伙儿看看,自己与李强是正常的工作关系,省得别人胡思乱想。而此时的托娅也明白木青的用意,她倒觉得这样反而不正常,说明木青心里还是有所芥蒂,证明她心里有想法,这是托娅最不愿意看到的。心事重重的田再新坐在木青的对面,一改平时有说有笑的作风,绷着脸也不看木青。此时李强心里想的都是合作、入股、集中经营等农业生产上的具体事,他一点也没有察觉这些细微的变化。

阿斯根本来就不同意李强去当经理,此时又旧事重提,还想让村里与北方集团合作，他不同意。等李强和木青说明来意之后，也没征求李长玺的意见，首先发表意见：

"说一下我的想法。李强和木青的意见我都听明白了，就是要和村里合作，说白了就是要用村里的钱，与北方集团合作种群众的地。我这人说话直来直去，咋个事就咋个事，我不同意合作。拿村里的钱种群众的地，那我们自己种呗，让人家北方集团种干啥。大伙儿都知道，去年年底也提过怎么用村里这笔钱，但是意见不统一，想给群众建房也没建上。今天李强又来找村里合作，要把这笔钱投资给北方集团。我不懂投资的事，心里没底，那么大一笔钱出去了，要是年头不好歉收了，那不打水漂儿吗？我是不同意投资入股。长玺啥意思？"

李长玺对如何经营也不是太懂，但是对给群众集中建房一直是持反对态度，原因是建房解决不了当前种地缺劳力的主要矛盾，认为李强的想法对群众有好处。可是他也知道阿斯根的脾气，性格直爽，办事果断，他要坚持的事很难改变。而他也非常清楚李强的想法，为了给群众种水稻，辞去乡长到北方集团当经理，可见他的决心有多大，常人是做不到的，他也是个不达目的不罢休的人。面对这姑爷和老丈人，他怎么表态，支持谁，让李长玺感到很为难。李长玺环视大家一眼，笑着说："怎么用村里的钱研究过两回，最终也没有形成统一的意见。我说啊！我是这么想的，现在就给群众建房子还有点早，没到那阶段。阿书记提出给群众盖房子，群众倒很踊跃，可那解决不了种地人手紧张的问题，只能解决分家或者是使在瓷砖厂上班的人离家近一些。这些事你就是暂时不解决，他照样上班，日子照样过。说实话，我们现在就是看老天爷的脸子吃饭呢，头两年旱了就减产，去年涝了还减产，好年头没几个呀。我说啊，这可是大问题呀。我同意李乡长的意见，想加强农业的基础建设，可是无从下手哇。今天李乡长——对了，李经理又来和村里协商投资合作的事，说真的我也没有这方面的经验，心里没底。刚才李经理一说，我有点明白了，咱们投资入股的话不就解决基础建设了吗？我的意见是和北方集团合作，这可是长远之计。"李长玺说完点着一支烟吸了一口，回过头来看着田再新说，"田村长说说，你啥意见？"

田再新头也没抬，心里还在想着李强和木青的关系如何，小孩子脾气上来了，说："我还没想好，别人说吧。"

赵玉柱听田再新说没想好，觉得该轮到他发言了，抬起头来干咳了一下，说："我说说。要我说这个事简单，我是同意阿书记的意见，给群众建房子。首先解决工人上班离得远的问题。至于和北方集团合作投资，我认为没有那必要。地是个人家的，和村里有什么关系？多收的钱给村上啊，情不领道不谢的谁管他那些事呀。再说了，你没投入呢，一旦个人有收益了，那些没让北方集团种地的人们不得有意见哪？都和村里要钱怎么办哪？不是我吹，我早都研究明白群众这点事了，我还是那话，想让群众得好处，那啰唆事多了，众口难调，没头。"

李长玺一听赵玉柱说话就像过敏一样，一口烟没吸完，呛得咳嗽起来，咳嗽完了看着赵玉柱说："我说你还是不是村干部？你不是群众啊？群众就那么不懂道理？叫你那么说什么扶贫、粮补、老保都别搞了呗。什么逻辑！这啥事让你一说咋就变味呢。你是属啥的？当个村干部整天琢磨整群众，不是难调理，就是刁民，有你那么说的吗？"

"你别把我看得那么低气，我说群众不好调理，那是事实吧，不信你就搞投资，要不按我说的来，我都不姓赵。我当村长咋的，一样整明白儿的，谁照谁差多少咋的。"赵玉柱不服气，说完还歪着头撇了李长玺一眼。

李长玺让赵玉柱说得来气了，说："你还有头没头了？给你脸就上鼻子，你先眯一会，别人还没说呢，有点自知之明行不？"

托娅见两个人又要掐起来，忙说："得了，你们说完了吧，该我说了。"

第八章

"我支持村里投资北方集团,原因有三个:第一,群众的地需要有这样一个企业来种,特别是种水稻,今年的实际情况大家有目共睹。第二,村里投资可以解决我们一直以来解决不了的农业基础建设问题,提高机械化程度,做到旱涝保收,提高产量。第三,群众可以安心打工,使农业增产增收,让土地专业化生产。"托娅说完,木青点点头表示赞同。

田再新看木青对托娅的发言表示满意,心里很不高兴,他以为是木青做了对不起托娅的事在向她示好。想到这些,小孩子脾气上来了,他抬起头来,一副不以为然的样子。当他一看到木青的眼睛,本来想要发言的勇气烟消云散,立刻没了脾气,又低下头来。

张勇原来就和阿斯根打过招呼,想要给儿子盖个砖房。阿斯根考虑他的两个儿子,基本上答应了他,对此他也非常感激阿斯根。听到李长玺和托娅发言要与北方集团合作,心里有点着急,见托娅说完忙说:"我说说。我是赞成给群众建房,不管咋说,钱给到群众手里看得见,摸得着。和北方集团合作这种事我们没经验,合作就得把钱交到人家手里,挣钱不挣钱谁知道哇。李乡长去当经理,可他也不是会计,还不是人家总公司说了算吗?"

"我是同意给群众盖房子,别的不说,要是盖房子,在瓷砖厂建一个新村没问题。人们住上新房,再到瓷砖厂上班,跟城里上班的工人一个样。啥叫社会主义新农村,我看这就是了。别的事咱不明白,也说不好。"刘福田没等张勇说完接着说。

参加会的人都发了言,只有托娅和李长玺同意和北方集团合作,其余的人都表示给群众盖房子。

李强有些沉不住气了,因为大多数人都同意给群众盖房子,特别是阿斯根的态度很坚决,这让他感到非常意外,李强还想做最后的努力:"我有这么一个想法,你们听听是不是可行。由于北方集团在保山县的合同还没有到期,现在机器设备还不能投入到咱们村来,所以村里的资金主要用于农业生产机械和设施建设,比如机井、渠道、抽水机喷灌机等,而群众只要拿出土地就可以。北方集团负责经营,出流动资金、工作人员工资。总体上按着投资的多少定分成。这样一来,群众不用为种地犯愁,集体的投资也作为固定资产参与分成,达到了加强农业基础设施建设的目的,而北方集团也不会因为没有设备而推迟经营计划。这可是三全其美的事。我作为北方集团的农业经理,以我的人格向你们保证,由我们经营的土地,一定做到旱涝保收,达到我们所期望的目的。"

李长玺听了李强的话,非常的兴奋,说:"我同意与北方集团共同经营土地。如果能让群众的土地高产稳产,收入提高,村里多投钱也行。我说啊,各家要是收入高了,有钱了自己不会盖房子啊?这个道理谁不明白?啥叫治本,这就叫治本。再者说李乡长给咱们种地当经理,我们还信不着?你们想想,是不是这个道理?我看就这么办吧,想好了的再说说。"

阿斯根对李长玺有意见,因为他给群众盖房子的事搁置下来。刚才李长玺的说就这么办,好像他是村里的一把手,这让阿斯根很生气,性格直爽的他听李长玺说完了,没好气地说:"咋个事就咋个事,你说如果,如果歉收,村里投的钱怎么办?收入高了自己建房子,你怎么就知道收入高呢,要是不高你咋办?你能打保票给群众包产哪?李长玺,我不是说你,别人头脑

土地

一热啥事都行，你这样不行，你是村长啊，整错了你要负责任！"

李长玺听阿斯根说要他负责任，把拿在手里的水杯往桌子上一放，说："我当然负责任，姓李的说过的话、做过的事那是板上钉钉，错了我赔偿损失！还咋的？李乡长为了给乡亲们种地乡长都不干了，我这算个啥呀，没法和人家比。就这么个事，左一回右一回研究。咱们和兰江市建材公司也合作了，那不是很好吗？我们没出钱但也出地了，每年收入五百万元以上。按理说这个钱也是我们全村群众的，把这个钱再投入到农业生产上是应该的。北方集团是个大公司，是可以相信的。再有咱们李乡长当经理，我们还怕啥，有啥可犹豫的？我不怕有责任，出事我负责。"

"谁说的话不是板上钉钉啊？你能负责谁不能负责呀？我还是那个话，咋个事就咋个事，咱们也别在这吵吵了，过两天我们开群众代表会进行表决，看看大家愿意盖房子还是愿意种地。过去我们开代表会分地，这回咱们还是开代表会表决。大伙儿同意不同意，都说说。"阿斯根生气了，不但是对李长玺，对李强和托娅也有意见。

"对！开代表会表决，群众哪有不同意给自己建房的。这事你交给群众就对了，我是没有意见。"见机行事的赵玉柱故意看看李长玺，又讨好地看了阿斯根一眼。

"开就开呗，有关群众利益的事早就应该开代表会解决。我没有意见，别以为我怕群众。咱们就看看到底是盖房子的多还是种地的多。"李长玺不服气地说，还瞪了一眼赵玉柱。

因为李长玺和阿斯根的不同意见，决定要开代表会进行表决，这也在李强的意料之中，可是最后变成什么结果可是不好说，因为他也见到过那些等着盖房子的群众，各家的情况他基本了解，多数人是为了给儿子盖房子，很少有真正想挪户的，无非是想借机得到一些补助费，多落一间房子而已。然而这样的情况才不好说，利益的引诱往往可以决定一切，李强很明白这一点。带着不安的心情，李强和托娅回家了，木青开车回到乡里。阿斯根和李长玺两个人很明显有了矛盾，阿斯根散会后去了瓷砖厂，李长玺见他去了厂里，一扭身回家，显然他还带着气。

赵玉柱还没等回家，看看后面没人，拿出手机打电话："喂，刘书记，在哪呢？"

刘瑞在办公室里，自从田美玉当上乡长之后，他很少去包书记的办公室，一般没有事就待在自己的办公室，很消极。对此包书记说过他，劝他不要闹情绪，上级的安排有他的道理，因为那不是其他人左右的事，希望他正确对待这个问题，要安心做好自己的工作，机会会有的。可是说归说，他心里还是过不去这个坎。正在看书的刘瑞听到手机响吓了一跳，忙拿起来看，见是赵玉柱的电话，赶紧关门，说："喂，赵哥。我在办公室呢，没事，你说吧。"

赵玉柱说："有这么一个事呀，村里才开完会。对，还是北方集团要求投资的事，李强和木青去的。"

刘瑞紧张起来，一听到李强的事，他本能地想要打听："村里什么意见，同没同意投资？"

赵玉柱站在自己家的大门口没有急于进屋，怕奶豆腐听见，眼睛看着街头上的行人说："这事可就不好说了，书记和村长的意见有分歧，最后阿书记决定要在群众代表会上表决。对，一到群众会上那还有好，谁不想盖房子得两钱啊。"

刘瑞脸上露出了一丝笑容，说："要是交给群众就好了，十有八九得给群众盖房子，李强的计划肯定得落空。群众是啥呀？有利的事都同意，等于分钱一样。阿书记啥意思？"

赵玉柱看见奶豆腐出来了，赶紧对刘瑞说："等一会儿我再给你打电话吧，我家的那家伙出来了。她听着又该瞎咧咧了，我挂了。"

土地

奶豆腐走到跟前问："你咋不进屋呢？我看你站这半天了，给谁打电话呢？是不是你的小妌头呀，我一来你就挂电话了。"

"你别胡扯了，还小妌头，我这样的还有小妌头，亏你想得出。单位的事。你干啥去呀？我还没吃饭呢。"赵玉柱问奶豆腐。

"到点了，该上班了。饭在锅里，自己拿出来吃吧。"说着奶豆腐说着头也没回就走了，赵玉柱进屋之后没有去吃饭，又拿出手机打电话。

木青回到乡里，自己在招待所回想会上的情形，觉得争取百泉沟村的投资会有问题。该不该将这一切告诉父亲，让她没了主意。她知道事情还没到水落石出的时候，过早地和父亲说，他会做出什么样的决定，还真就说不准。可是木青真的很担心，这件事如果真的不成，那就是说她和李强来年只有当收粮的小贩子。如果是这样，让出经理这个决定既害了李强，也害了自己。想到这她再控制不了自己，马上给父亲打电话："喂，爸爸，我想和你说一下这儿的情况。不是，还没有定下来，但是我看会上书记的劲头不想和我们合作，还要在群众代表会上做出决定。不是，村长的意见还行，态度很明确，要和咱们合作，但是只有两个人同意，其他人都不同意。李强的意思是要做一下工作，我看他心里也没底了。啥时候哇？行，上班我就和他说。"木青显得很着急，要给李强打电话，想了想又放下了，呆呆地躺在床上。

李强和托娅回到家，两个人进了西屋谁也不说话。其其格见两人进来，就领着小龙来到西屋，看见两个人谁也不抬头，都坐在沙发上愣神，问："这是咋的了，怎么都不说话呢，连小龙都不理了？"

小龙则不管他们什么样的情绪，跑过来抱住李强的腿，要让李强抱他，嘴里不停地叫着："爸爸，爸爸，抱我。"

李强把小龙抱起来亲了一口，又把他放到地上。小龙还没有和他亲够，抱住李强不撒手。李强不耐烦地说："去，找你妈去，我累了。撒手，你小子还不撒手！"

托娅见李强不高兴，知道他是因为今天会上的事在生气，就把小龙抱过来，说："来，上妈妈这来，你爸生气了，看一会儿打你，离他远点。"托娅抱着小龙挨着李强坐下，看着李强一脸的不高兴说："要我说你也别着急了，开代表会之前咱们再做一些工作呗，群众是通情达理的。你别听我爸那么说，其实他也是为了群众。人们一找他盖房子，他就不好意思推脱了。我看这事你得先找一下我爸和长玺哥，把他们俩找在一起，把怎么合作说细致一点，主要是利益分配及与公司之间的关系怎么处理等。我想他会同意的。他同意了，再由他去做代表们的工作，这事就差不多了。"

李强点点头说："你说得有道理，大多数群众还是把个人收入放在首要位置，至于有的群众要求建房，那也是听了村里有这个想法才要求的。说真的，谁不想补点钱哪，特别是那些平时爱占小便宜的人，这可以理解。可是我觉得咱爸和李村长的意见有些对立，我怕咱爸不给李村长面子，也怕李村长不肯和咱爸和解。"

托娅想了想，把小龙放到地上，说："找奶奶去，把这个给奶奶送去。"小龙跑了，托娅回过头来对李强说："要我说长玺哥才不会不给咱爸的面子，他主要是在看你的意见，为了你，他啥不敢干哪？我倒是怕咱爸那个拧劲上来，比你还拧。"托娅说完笑了。

"别说不同意，就是同意了，拖两三个月事也就黄了。"李强有些担心地说。

"北方集团一点钱也不出吗？木青都不做这点工作，是不是在看你的笑话？把经理让出来了，还不帮助弄钱，她是怎么想的？我看开会时她还有意把我和你安排坐在一起，我咋觉得她别有用心呢？她是不是冲着你来的，看上你了吧？"托娅说话眼睛盯着李强，李强听托娅这么说愣住了。

"你怎么有这样的想法，可能嘛，人家是个姑娘，董事长的女儿，犯得上这样吗？再说她正在和田再新谈恋爱。当着田再新的面，她这样做是可以理解的。我发现你有点神经兮兮的,别老是往歪了想。"李强解释着,看着托娅那严肃表情。

"我不是神经,放在谁的身上不这么想,自己好好的一个经理,把职位让给别人,甘心情愿当副手,图啥呀,不图钱不图利就是图人。我看她就是打你的主意呢。我可和你说,你要是看上她了,我给你让地方,决不给你找麻烦。"托娅说这话心里很难受,眼泪已经在眼里转。

李强看托娅难过了,拿过毛巾给她擦眼泪,说:"你说啥呢?我回家乡来工作,就是为了你。别说我现在当个经理、乡长,就是当县长,要让我在工作和你当中做出选择,我也会毫不犹豫地选择你。我可以什么都没有,就是不能没有你。"

听了李强的话,托娅抱住李强在他的怀里哭了起来:"我什么都不要,就要你。"

晚饭后,心事重重的田再新开着村里的车去乡里,开出百泉沟村不远,见前面有两个人在拦车,田再新到了近前停下车,原来是胖子李有才和张丽丽两个人。

"田村长这是去哪儿?要是去乡里把我捎上,我的车坏了,不然得走着回去了。"李有才问。

丽丽在一边笑着说:"他那个破自行车三天两头就坏,走着回家好几回了。"

田再新一摆手说:"上车吧,正好顺路,丽丽也去吗?"

"我不去,我是帮着他找车的。他跟你走我就放心了。有才,我回去了,明天早上来时别忘了我告诉你的事啊。"张丽丽不明说,怕让田再新听着。

田再新启动车,胖子在车里和丽丽摆手。

田再新一边开着车,一边问李有才:"你是不是和丽丽谈对象呢,我看她对你很关心。什么事呀还不让我知道,你不能和我说吗?"

"没啥事,她喜欢猫,想从我家要一只小猫,当着你的面不好意思说。咋说呢,要说没谈对象吧,我们还经常在一起,啥事我一般都要问问她。她呢,有啥事还都和我说,挺对心的。我们就是没挑明是不是对象,有点不好意思说。这种事我也没有经验,你教教我呗。"李有才很高兴地说。

田再新笑了,说:"我也没有经验哪,我和木青两个人也没正式地说处对象什么的,谈着谈着就说明白了。这种事两个人心里有就行,到时候不说也明白。"

"我有时候想好了对她说明白,可是一见着面就没法说,这样子好几回了。我们俩是同学,当面说这事觉着不好意思。你说是不是还没到时候哇。"李有才很愿意说自己的心事。

田再新笑着看看李有才,说:"你说得对,就是没到时候,等两个人离不开了,一天不见面都不行的时候你就敢说了。小伙子胆子大点,人家有想法才和你在一起,还送你回家,这还不明白呀?"

"田村长,你和木青到啥时候了,不见面不行了吧?要不你能开着车到乡里去见她吗?你们俩真是郎才女貌,般配,让人羡慕。"李有才看着田再新说。

田再新没有直接回答他的话,开了一段路,回过头来说:"丽丽也是百泉沟村的一枝花呀,除了托娅就数她长得漂亮。你要是真能和她处成对象,你小子可就有福气了。"

田再新的话说得李有才心里非常高兴,说:"你说我一见着她和别的小伙子说话心里就不得劲,说不清是个啥滋味,你也有这样的感觉吗?"

"那是你爱上她了。爱上一个人,就会非常注意她,在乎她。"

"人家是不是爱上我了,这我也不知道啊。好了,我到家了,谢谢你了田村长,到家待一会儿不?"

土地

"我就不进屋了,改天路过的时候再进你家看看你父母。"

田再新很快就到了乡里,停好车直奔木青住的屋子。

木青刚吃完饭,回宿舍看了一会儿电视。田再新就敲门进来了。木青很高兴,让田再新坐下,又把水果放在他面前,说:"村副没事了呗?有闲心来看我了,真让我受宠若惊,不知道怎么招待你了。"

田再新没有和往常一样,显得不太高兴,说:"不让我难堪就算照顾我了,一个小村长还是个副的,有什么值得招待的,要是乡长还值得恭敬一下。"

木青听田再新话里有话觉得好笑,她发觉田再新特别在乎自己,心里不免有些得意,她想故意气气田再新:"你还别说,人都是眼虚,见着乡长和一般人就是不一样。再说既然能当乡长,那一定是有水平、有能力的人,这样的人能不让人有好感吗?你就说李强吧,年轻有为,才华横溢,谁用人不用这样的呀?"

木青的话让田再新觉得心里堵得慌,他知道木青是在故意气他,可他还是真的生气了,说:"你把经理让出来给李强当,是因为好感吗?还是因为他有能力,还是有别的目的?"

田再新的话也让木青来气了,说:"我知道你在想什么,我让李强当经理,你认为是我看上他了,这样说你就满意了吧。这是你所希望的吗?小伙子谈了几天恋爱就成这样了,也太不爷们儿了吧?人家有老婆、有孩子,再怎么下贱,我也干不出这样的事来。心宽敞点,要和我谈对象就得有点高尚的情操,这对于你来说要求不高吧?"

田再新让木青说得无地自容,脸红一阵白一阵的,但是他终究没有急眼。木青说完了之后,他的心里也好受了一些,因为他觉得木青说得有道理。其实自己有的时候也这样想过,可还是担心木青会在感情上出问题。田再新抬起头来,看看木青笑了,说:"我的话问得多余了,还把你问炸了。"

其实我就是想不通为什么会出现这样的事,一个乡长竟然会到企业里当经理,放在我身上是绝对不干的,就算是我看上你这个漂亮的经理也不会出此下策。"

"还和我谈恋爱呢,这句话让你说露了吧!就是看上我,你也不会来当经理,这可是你说的。明天我就让李强把你从村里调到企业,让你当这个部门的副经理,代表村里参与管理企业。你干不干?"木青一本正经地问田再新。

田再新被木青这样一说还愣住了,想不太明白是怎么一回事。他停顿一下说:"真让我来你们企业当副经理呀?那我干,为了你我干。你明天就和李强说吧,不能反悔呀。"

木青笑了,说:"你一个副村长有什么干不干的。你要是乡长还能干吗?能有李强那样的决心?"

"有,不信你让我当上乡长看看。"

木青笑得前仰后合,用手指着田再新说:"我能让你当上乡长还在这干哪?最起码也是个县长书记什么的。要是那样,这个经理我还不当了呢,整天管着你,让你围着我团团转。哈哈哈。"

两个人都乐了,特别是木青,田再新让她很开心,看得出他是很爱自己的。木青拿过瓜子递给田再新,说:"吃点瓜子吧,还有水果。经理也就这个水平了,怠慢村长了,以后别给我小鞋穿就行。"

田再新的火也消了,吃着瓜子又和木青聊天,用吃完的瓜子皮打木青,两个人嘻嘻哈哈地闹起来。

李强没到八点就上班了,进了大办公室就开始收拾屋子。此时木青吃完早点,在自己的宿舍里收拾东西,梳洗打扮完了才到前院的大办公室。见李强早已坐在桌子前写着什么,屋子里打扫得干干净净,有些不好意思地说:"对不起,我来晚了经理,明天我一定先来打扫屋子。"

"这有什么，谁先来就收拾一下呗。"

木青放下手包就去倒水，见暖壶里的开水已经打满。木青认真地看看李强，心里有一种说不出的佩服。平时在乡里见到的都是勤杂员打水、收拾屋子，乡长一上班就坐在那里打电话、喝水、开会什么的，想不到李强会这么快适应了角色转换，觉得他真不是一般人，心里不由得敬佩他。昨天木青已经想好，今天一早就让李强给父亲打电话。虽然自己很担心父亲会对他说些不好的意见，但她必须要让李强面对这种情况。木青倒了一杯水，坐在李强的对面说："李经理，昨天晚上和我父亲通电话了，他让你今天早上给他回个电话。他没有直说，我感觉可能还是种水稻的事吧，我问他，他不和我说。"

"那我这就给他打电话。"李强说完拨号，"喂，木董事长，我是李强，对，在办公室呢，她也在，是啊。昨天上午开的会，书记、村长意见有些分歧，还没有定下来，等着开代表会。是，我们都参加了。你说。"

木董事长在自己的办公室，前面坐着木林和两个公司的副董事长，木志森说："木青也和我说了一下基本情况，她看村里的情况觉得希望不大，刚才我也和几位副董事长研究了一下，如果村里有投资，量不是太大，满足不了公司需要的话，公司还会投入一定的资金，不然就会前功尽弃。所以我的意思是村里的资金先别争取，还是等到保山县的合同到期，再考虑由我们经营吧。你们年后重点抓一下品种经营数量，再进一步做好其他村的工作，为来年的全面进入打好基础。你看这样行吧？"

李强没有想到木董事长会有这样的想法，他马上说："木董事长，我是这样想的，村里的资金一定要用，多与少都要用。这里面有一个群众利益和发展前景的问题。另外村里的代表会还没有开，开会前我们做一下工作，问题应该不是太大。木青不是太清楚这儿的情况。昨天她看见会上反对的人多，就有些灰心了。所以请董事长给我们一个机会，我要争取一下，成与否都要争取，这关系到我们将来在这里的长远利益。"

木董事长拿着手机看看在坐的副董事长，点点头说："那好吧，我们就给你一个机会，不过要一步到位，我说的一步到位是指资金和土地面积，要够我们立足的需求。好了，我们还有事，你们俩看着办吧，再见。"

木董事长放下电话，长出了一口气，说："这个李强还有一股子不到黄河不死心的劲头。你们都听着了，我已经要求他一步到位，意思是我们公司在那里不用再投钱，都用村里的资金和群众的土地做经营。这就看李强的水平了，我们可是从来都没有这样做过，也是最合算的经营。"

"怕是没有那么便宜的事，不过要是不用公司的资金，经营达到一般的水平，或者说更低一些，那对我们将来进入可就有影响了，这一点应该注意。而且话是那么说，真到了关键时刻，公司还得伸手拉一把，不过这不能和李强说，先让他去做工作，实在不行了我们再出手。"丁董事长有些担心地说。

木林把头仰起来，看着天花板说："看来这个李强是个好折腾的人，从我见到他，我就觉着在他的身上有一股牛劲，还有点犟，是个犟牛，放着乡长不当，来当经理，换一个人都不会干。"

木志森笑着说："真要是个牛就行，能拉套哇，就怕不干活还一身的毛病，我们几个坐车的可就操心了。"

几个董事长哈哈地笑了。

李强接完电话心里很着急，一边收拾东西一边对木青说："董事长给咱们一个机会再做村里工作，成功与否就看这次的。我让托娅把我老丈人和李村长找来，还是当他们面细说说，我就不信这件事成不了。你的车有油吗？都跑两三天了。"

木青看李强还要回村，叹了一口气说："你可真是个犟牛，董事长们都说不争取了，你咋还费这个劲呢。我都有点陪伴不起你了。车里还有十升油，跑到村里再回来够了，明天再加油吧。走！"

土地

　　木青有些不耐烦，说完看看李强又笑了，心里想这事都是自己找的，谁让自己把李强弄来当经理了，活该！

　　李强和木青从村委会出来，两个人都低着头，看表情就知道没结果。随后李长玺和阿斯根也从村委会大会议室出来，两个人一个往厂部走去，另一个回家了，脸上布满了阴云。托娅最后一个从村里出来，看见李强和木青上车走了，脸色非常难看，站在村委会大门口向着汽车开去的方向眺望。

　　木青开着车子，目视前方，一句话也不说。李强抬起头来，看着田地里的土粪堆出神，也不说话。两个人就那么往前看着，过路的人向他们打招呼，他们都面无表情，好像是没看见一样。车子过了一片稻田，进入沙坨子之后，李强让木青停下车，自己下车向最高的沙坨子走去。木青想了想把车靠在路边，关上车门，随后跟着上了沙坨子。走在前面的李强回过头来见木青也来了，停下等着她，等她到了跟前，他又往上走去。到了坨子顶上，李强向远处眺望着，眼睛停在了那一大片新开发出来的已经种了水稻的大片地上。他回过头来对木青说："你知道吗，有了这片稻田地，我们村里的群众就有好地了，原来都是种的沙土地，就是我们过来见到的那些地，地很薄，产量很低。让我没想到的是，今年就是这样一片好地，不但没有丰收，有的户还搭上了种子和化肥钱，我还当着乡长啊，真叫人心疼。"

　　木青点点头说："我知道，还是李村长给我讲的开发那片地，真的让我感动，因此我才有了让你当经理的念头。"

　　"你说我们能罢休吗？这件事能就此了结吗？"李强在问木青，也像是在问自己。

　　木青看李强激动了，也被李强的情绪所感染，说："不能罢休，真的不能就此罢休，我们再想办法。"

　　李强两手一拍，说："对！我们想办法，天无绝人之路，难道还有比开发这片土地更难的事吗？有了地，有了企业，人也有了，缺钱就不能办事了吗？开发这片地的时候我们是一分钱都没有，不也开发出来了吗？现在的条件要好过那时呀，怎么就没有办法了？走，回去，不去乡里，去了也没用。你先不要给你父亲打电话汇报这里的情况，等有了最终结果，我给他打电话。走！下山！"李强刚毅的脸上露出了自信的表情。

木青把车开到双合尔的大门口，李强先下了车，等木青把车停好，和她一起向屋子里走去。进屋里一看没有人，李强又来到厨房，见双合尔爷爷和奶奶都在那儿，一个烧水，一个在洗沏茶的小铜壶。李强问："爷爷，你们在干什么？烧水还用两个人哪？"

双合尔愣住了，说："来得这么快呀，托娅刚从这走，说是等一会儿给你打电话。她给你打电话了？"

"打什么电话？她没打电话呀。"

"管它电话不电话的，回屋子说去，这儿你不用管了。"双合尔老伴说。

双合尔跟着李强回到西屋，边走边说："托娅说要把你爸和长玺找到这来，还说把你也找来，咋没给你打电话呢？"说着话来到西屋，看见木青问，"这个丫头上回来过，你爸他还好吧？听说你给李强当助手了。"

"爷爷你好，我爸身体挺好的，他还特意让我来看你。你的身体也好吧？"木青微笑回答。

"还行吧，没什么大毛病。"

这时李强的手机响了，说："喂，是我，是你安排的，爸能来吗？"

托娅在瓷砖厂的办公室里说："我把情况都和爷爷说了，爷爷表示支持。通知完爸和长玺哥了，他们一会儿就到，我等一会儿去，这还有点事没完。"

李强很感动地说："我就在爷爷家，你咋知道我会找爷爷呢？"

托娅得意地笑着说："我是谁呀，你那牛脾气还不知道。你来还得让我

找他们，还不如我先给你找算了，还落个人情。"

"知我者托娅也，不过你可得来呀。"李强笑着说。

双合尔听李强打电话，知道是托娅来的电话，问："咋样，来电话了吧，怎么说的？是不是还有你爸和长玺呀？"

"是她来的电话，说一会儿我爸就来，长玺哥也来。"李强脸上有了笑容。木青不知道这事会有多大的变化。李强见双合尔爷爷出面要说这事，心里就有了底，心情马上就好了，这才想起来给木青倒水，说："你要奶茶还是绿茶？"

"我还是要绿茶吧，喝不惯奶茶。我自己来。"木青说。

李强不安地望着窗外，双合尔看着李强的神态说："强子，你真的就当了咱们乡种地的经理了？原先我是真没想到。那次在你家，乡亲们的话，让我感动，才说了劝你的那些话，现在想起来还有点后悔呢。你叔叔说我老封建，什么老传统、不现代。我这心里让他给说得矛盾了。托娅刚才来一说你们的事，我就更上火了，我还是老了，跟不上时代了。俗话说得好，人老浑，马老贫。我是不是有点浑了，说好听点就是糊涂了？"

李强忙说："爷爷，你可不糊涂，我感谢你给了我勇气，要不我真就打退堂鼓了。"

自从木青听了父亲说双合尔老人过去的事之后，就知道李强为什么一有重要的事，就要找双合尔爷爷了，她怀着崇敬的心情看着双合尔老人。

双合尔的老伴让着木青："孩子喝水吧，你不喝奶茶呀？"

"奶奶，我不喝奶茶，绿茶就行了。你老坐下喝奶茶吧，我给你倒上。"说着木青给双合尔的老伴倒奶茶。

"他们来了，好像是一起来的，托娅真有办法。"李强笑着说。

阿斯根和李长玺两个人一前一后进屋。阿斯根看见外面的汽车，知道是李强和木青又回来了。托娅告诉他是双合尔叫他和李长玺一起来，不知道是什么事，他也就没往这事上想。因为刚才他把李强和木青打发了，已经否决投资的事，决定给群众建房。阿斯根来气了，进屋也没和李强说话。木青见状知道阿斯根还是要坚持刚才会上的态度，不免担心起来。

李长玺则不然，他见到双合尔，走到跟前握着他的手问："爷爷身体好吗？我有一个月没见着你了，怎么不出屋呢？没事到厂里去看看，今年又扩建了不少厂房，规模大多了。"

"我听说了，等天气好了，我一定得看看去。将来我死了，还得埋到八路坟那，整天看着厂子，那多好哇。"双合尔微笑着说。

"死了也不忘不了看着人家，你能看得见哪？"双合尔的老伴说。

李长玺笑了，说："那我们厂子喝酒的时候，我就得给你上供，要不你不得让我脑袋疼啊。"李长玺说得大伙儿都笑了，人们没了刚才的拘谨。

阿斯根还是绷着脸，说："爸，你找我们啥事啊？上班忙着的时候叫我们来，等到晚上还不行吗？"

双合尔抬起头来，那饱经风霜的脸上，刚毅的神情从他双眼中投射出来，说："托娅都跟我说了，咱们村里对投资北方集团的事有分歧，是你不同意，说说什么道理？强子也在这呢。刚才你们还开了会，会上还做了决议，说是你定的？"

"是刚开完会，会上已经做出决定，再说这事没有必要了。刚才那是在村委会，现在是在个人家，咱们再提这事不对劲儿吧？"阿斯根想用公与私的关系来应付双合尔。

第九章

阿斯根说这话,别人都愣住了,谁也没接话。双合尔听出了儿子不耐烦的态度,把蒙古袍的腰带往上提了提,掐灭吸了一半的烟,冲着阿斯根说:"我作为你的父亲,想听听你们对这个事的想法不行吗?你不能和我念叨念叨吗?"

"我也没说不行啊,等到晚上和你说呗,这多耽误事呀,厂子里还有事等着我办呢。"阿斯根不以为然地说。

"这是正事,是村里的事,耽误你什么了?这个事没办明白还办什么别的事?不是我说你,又犯老毛病了吧。得了,那你和我说说是怎么回事,怎么做出的决定?"双合尔追问。

阿斯根不情愿地说:"你都知道,托娅不和你说了嘛。"

"她说什么和你有什么关系,我要听你说。"

"就是北方集团要和村里合作,想让村里投资种水稻,村里研究给群众盖房子,解决工人上班远的问题。上午定的,这不长玺也在这呢,怎么回事你也说说。"阿斯根无奈地说,声音也小了很多。

"工人上班远就给盖房子?都是本村的人,能有多远啊?这时候都有摩托车、自行车,骑车上班还不行吗?我听说了,那些要盖房子的都是有钱户、分家户的,困难户有几个找你的?有好处了都上来了,一磨你你就受不了。你没听人们说，膘好的羊走在前头，膘瘦的羊跟在后头。可下长出点好草，都让那膘肥的头羊吃了，跟在后头的羊啥都没吃着。这不是一理吗？咱们乡亲种地，有的户年年贷款，抬款那点收入还不够还人家利息的；有的户没人力，地年年种不好，要是把地入股给北方集团，自己再到企业打工，收入能不高？那是多好的事。"双合尔停下来又点着了一支烟。

阿斯根把头一歪说："那样的户到啥时候也是困难，种不好地怨谁呀，村里也不是民政局。"

"出了贫困户你能不管吗？谁家要是没有粮吃了你不负责任？"

"这时候哪有没粮食吃的，连玉米都没人吃了。现在的困难户和过去的困难户不一样，没盖上砖房的就是困难户，所以村里才想给他们盖房子嘛。"阿斯根说。

"你给他盖上房子就不困难了？有了砖房住，手里没有钱不还是一样吗？住着砖房没钱花、没大米吃有啥用啊？再说那些种不好地的人家收入不高，拿什么盖房子？自己不得花钱嘛，你都能负责呀？村里也只能给个人补助一部分钱，别的钱上哪弄去？所以你只能是给有钱的、分家的、偷奸取巧的人盖房子，你没有解决大部分人的困难。你这是越肥越添膘，治标不治本，等于往沙坨子里灌水，沟底成河泡，坨子顶上晒干草，不如下两指小雨来得实惠。坨子上有草了，羊才能肥，桌子上才有手把肉。你不懂这个道理吗？当干部的要想得长远。根本，啥是根本？牧人的牛羊，仓里的米粮。现代化不只是几幢砖房。强子去当经理，那是他知道咱们农牧民需要啥。你忘了头两年开发那块地吗？没有那块地，没有瓷砖厂，你们现在能这么牛吗？出门坐着小车，进屋坐沙发。别忘了现在种地还在靠天老爷开恩，有的人家还没有大米吃。"双合尔抽出一支烟，木青忙给他点上。

阿斯根沉默了，屋子里没有一点声音，所有的人都在想着双合尔的话，想着一位八十多岁高龄的老党员对事情有着如此清晰的判断。从小到大阿斯

土地

根非常崇拜自己的父亲,他从来都认为父亲的话是对的,当然在很多的时候他也不是太理解。然而今天他用最简单的道理,说明了什么才是真正的为群众谋幸福,阿斯根看到了父亲那崇高的精神境界,也看到他对自己的那份感情和期望,这让阿斯根无比的感动和自豪。阿斯根慢慢地抬起头,眼睛里满是泪水,看着父亲那饱经风霜、刚毅慈祥的面容,好像久别重逢的人一样,就那么看着,眼泪顺着面颊流下来……

百泉沟村两委会决定和北方集团合作,第二天就召开村民代表大会,绝大多数代表同意村委会投资北方集团,也同意个人入股北方集团种水稻。紧接着村民大会也在村里召开,在会上北方集团和村委会举行签字仪式。

村委会大院里站满了参加会议的村民,村委会房前竖着两根木杆,上面拉着一条红色的横幅,上面白字写着"百泉沟村与北方集团农业合作项目签字仪式暨个人入股大会",横幅下面摆着三张办公桌子,桌前坐着乡政府乡长田美玉、阿斯根、李长玺、李强、木青。

阿斯根主持大会,说:"乡亲们,今天我们在这里举行与北方集团合作签字仪式和村民入股大会,首先我代表党支部、村委会向前来参加大会的乡政府领导田乡长以及北方集团的领导表示热烈的欢迎,对我们村与北方集团农业项目的成功合作表示祝贺!"大院里响起热烈的掌声。

"乡亲们,这可是我们村里的一件大事,它不亚于建立一个瓷砖厂。它的意义在于,我们村在种植水稻方面集约式经营,就是这么个意思吧,我也说不好。村里和个人都入了股,到秋天我们都参与分红。大家都知道,咱们乡原乡长李强出任这个项目的经理。我这个人说话直来直去,咋个事就咋个事,咱们心里有底呀,合作放心哪。所以希望村民都来入股,让北方集团种水稻,我们好腾出手来打工,去当专业户,什么养鸡呀、种辣椒哇、养牛等等,我们的日子还愁不好过吗?我也不多说了,下面签字仪式正式开始,由北方集团农业经理李强、百泉沟村委会主任李长玺代表各自单位签字。"阿斯根讲完话，工作人员拿出来合同放在李强和李长玺前面。两个人都在合同上签字，又互相交换签字，手执合同握手，群众热烈地鼓掌祝贺。

阿斯根宣布："大家静一静，村民入股签字开始，排队到前面来，在自己组签合同，桌子上有组名。"

领导们都离开桌子，工作人员坐在桌前，群众排着队开始签合同。李长玺在指挥群众排队，说："你的组在这呢，对，你先站这，其他人跟着就行，后来的人一看就知道自己是哪个组的了。你往这站，那是二组的。站着别动，别挤！"

工作人员吴江在和群众签合同，说："这个合同主要是大片地水稻区的，你那有多少亩，你就签多少亩的合同，其他地方的水稻地，会安排另签。"

一个群众说："我大片地一共是二十一亩，就一块，村里有底子，我签个名就行了吧？"

"对，你看这不都在这嘛，前面的就是亩数，二十一亩，对，你家就是二十一亩，你在这签个名字就行，再按个手印。"吴江说。

"那这是多少年的呀，得有个年限吧？"群众问。

"咱们先签五年的，以后看情况再续签。如果效益高，群众有积极性，可以再续十年，或者说二十年都是可能的。"吴江给群众解释着。

"那我可就签了，我的字写不好呢，平时总也不写字。"

"自己的名字还写不好嘛，念多少年书哇，都就饭吃了吧。"吴江笑着说。

旁边一个群众说："老黑说只要认得两个字就行，一个男，一个女，省得上厕所走错了。"

"哪都有你，你比谁强多少咋的？你好，卖粮的时候给人家打条子，人家叫张顺鸣，他给人家写个张损鸟，让人家骂一顿。你听他咋说的？"

吴江笑了,好奇地问:"咋说的?"

"大概差不多将就着使呗,其实人名就是个代号,电影上有的外国人还叫老Q呢。"群众说着还笑起来。

"别扯了,该你了,说得算不?说了不算叫你媳妇来。他不敢叫他媳妇来,他媳妇长得好看,太招风。"

"滚一边去,签完了还在这占地方。"旁边的群众笑着。

在一边准备要签合同的群众在闲聊着:"你也来入股了,你原来说不入股了,今天怎么还来了?"

"李强当经理我就入股,跟着他干没事,只有好处,没有坏处。你不想想放着乡长都不当,来当经理,还在自己家门口干,他能不往好了干吗?我爸说李强咋要求的咱就咋干,他说入股好咱们就入股,保证没错。你不也入股,这回你媳妇同意了,不说你是想偷懒了。"

"谁和你说的我媳妇不同意,她早就让我入股,那不是没定下来嘛,这回准了。我都签完合同了,你还在这等啥呀?排队去!"

说话的群众排队去了,不一会儿就排成了长队。田再新和木青在人群里走来走去,组织人们排队,两个人还不时地对望着,群众的热情让他们高兴。

各组签字的人排着长队,会场上一片乱哄哄的。田美玉走过来对李强说:"李经理以后有什么事尽管说,乡里会尽一切能力协助你们。这项工作很重要,县里很重视,我们每次开会领导都要问你的情况,特别是明海书记。"

李强说:"你还别说,我正想要见明海书记一面。"

"怎么,后悔了,想要回乡里了?"

"不是,后悔也找不上他。我是想当面感谢他,从我当上乡长,到他批准我当经理,要是没有他,这些都是不可能的。他让我很佩服。"李强若有所思地说。

木青高兴地来找李强,说:"李经理,签完字还得一个小时,你们到小办公室里谈吧。"

田美玉说:"不用了,我这就走,下午还有一个会。看到这个场面我就放心了,你们忙吧。"李强送走了田美玉,又回到签字的现场。

木青则跑到一边给父亲打电话:"喂,爸,你在哪呢?啊,我好几天没给你打电话了,今天情况有了变化,我想告诉你一声。不是,你猜?"木青满面笑容地说。

木志森在他的办公室里,漫不经心地说:"不是没成,那就是成了,我对此没抱多大的希望,成了也是个意向,不一定有实质性的进展。"

"我们正在和村民签入股合同,到会的群众基本上都签了。村里的合作规模主要以参股的户数和要种水稻的亩数来确定,需要多少资金,村里就拿多少资金。"木青表情很激动。

"什么?需要多少就投多少,村里有那么多资金吗?"木志森显得很惊讶,这是他没有想到的,有些不相信木青。

木青看看签字的群众说:"村里这两年的收入近千万元,都没有用,一直在盖房子和投资农业上拿不定主意,李强一上任,村里才下定决心要与我们合作的。"

"看来你让李强当经理的选择对了,这等于我们没用自己的资金就开辟出了一个新基地。好,很好,签订完合同之后,你们回总部来汇报情况。我们做下一步计划,发展扩大这个地区的基地建设规模。"

木青答应着:"好的,等签字结束了我再给你打电话。"

赵玉柱没有到前面去签字,他走到房后装着小便,拿出手机要给刘瑞打电话,想拨号又停下了。他想起来刘瑞让他问方志南是谁做了明海书记的工作,这事怎么和刘瑞说得先想好了,因为赵玉柱压根就没想问他二舅,他知道问也是白问。赵玉柱心里有了主意,才拨号,说:"喂,刘书记,我是赵玉柱。啊,她刚才回去了,才开完会,人们都在签合同。对,成了,早上田美玉来的,你不知道吗?"

刘瑞在他的办公室里接赵玉柱的电话:"早上是包书记派她去的,想派我去,我说有事,就让她去了。这种事我不感兴趣,再说村里也没请我。说实在的,种地的事,这才哪到哪呀,千家万户的,就是一家种地还不容易呢,而且还是最费事的水田。你看着吧,非得黄了不可。你咋打算的,是入股还是自己种?"

赵玉柱说:"我不想入股,先看一年,要是做成功了,明年我再入。这事真就像你说那样,说不定会怎么样,成不成都可能。"

"我同意你的说法。对了,我让你问方主席的事问了吗?"

"我用电话问的,果然不出我所料,明海书记确实找过李强,但是明海书记能说嘛,不能像咱们哥们儿直来直去,有啥说啥。这事你不用怀疑,就是他做的工作,别人谁管这事呀。"赵玉柱瞎说,撒谎脸都不红。

刘瑞听了赵玉柱的话,不吱声了,待了一分钟,说:"还有别的事吗?我想出去一趟,好,挂了。"刘瑞放下电话,心里很不是滋味,呆呆地看着外面已经没有树叶的老榆树。

赵玉柱关上手机解了个手,回头看看没有人,顺着墙边溜出了大门,出入村委会的人很多,没人注意他。赵玉柱本来想去孙贵家,可是一想,他一定会种水稻,因为过去孙贵和木志森是好朋友,这种事找他等于白找。他知道吴凤海的脾气,小聪明,还有点小气,有了便宜他就上道。另外他们两家的地还挨着,合伙不入股还有借口。赵玉柱已经来到吴凤海的家门口,他探头探脑地往院里看看,见没有什么动静,咳嗽一声,直着腰板大模大样地走进院子,看着一直没有动静,就走近前一看,原来门上着锁,赵玉柱自言自语地说:"这咋都没在家呢,开会去了?咋没看见呢?"说着转身出来了,走到大门口，一出大门，吴凤海就站在他的眼前，吓了赵玉柱一跳，"我的妈呀，你这是去哪了？我进院咋没看见你呢？"

"我就在你后边，离你也不到五十米，你低个头往前走，我还以为你要回家呢，所以我就没吱声，想不到你进了我的院子。你不在会上签合同，跑我家来干啥呀？"吴凤海有些不解地问。

"走吧，屋里说去，站在门口干啥。在会场上我咋没看见你呢？还特意找你了。"赵玉柱边走边四下看着。

两个人坐下点着烟，吴凤海心里已经明白了一大半，猜测赵玉柱来是有事找他，估计他也是没有签合同，为种水稻的事找他。想到这，吴凤海故意说："你可有时间没来我家了，是不是当上麻黄经理啥事也不用求咱哥们儿了？"

赵玉柱回头看一眼吴凤海，说："你还真就说对了，我真是因为当这个麻黄经理忙得没有闲空了，别说上你这来，就是在家里待着都没有消停的时候。哪像你呀，一天到晚没有别的事，想干啥干啥。"

吴凤海吸了一口烟，说："我不像你一天没有别的事，孩子大都是你嫂子看着，我就是家里这点零活。这不我才开会去了，到底入不入股我还有些拿不准，所以没签合同就回来了。我想再等等看，反正地是我的，想入股那还不容易。不过我有个想法不知道对不对，你帮我分析分析。"

赵玉柱本来要找他做一下工作，搭个伴，这下可好，自己送上门来了。他装做很关心的样子说："咱哥们儿那还说啥呀，你有啥事就跟我说呗，别的事不行，让我出个主意啥的那不是看我了。"

"你看这个事是这样啊，我呢，现在种吴江两口子的地，要说累点这是真的，可是我收入也多。他们两口子自己挣钱自己花，种地得的钱就是我们老两口子的。你说这要是入股北方集团的话，人家吴江的地不得自己去签字，将来得收入那不就进了人家的腰包？你说是不是这个理。我还能把人家两口子的分红拿到我的手里呀？那也不好意思，好说不好听啊。"吴凤海低着头说。

赵玉柱一听心里有数了，知道吴凤海为啥不签合同，说："老哥，你真是个二诸葛，没有你想不到的事。你说得对，你也不种地了，人家那份地的分成还能给你吗？再说也不是那么回事，叫旁人讲究你。这事咱们没有理，你是啥人哪，在咱们村，就是在全乡都有一号，不能因为这么点事丢了名声啊，那不是白明白一辈子了吗？"

吴凤海叫赵玉柱说得有些飘飘然了，说："所以我不想和北方集团签合同，可是我也想，就我不入股，你说李强得怎么想，还不得说我记仇。你嫂子那人就听李强的，还不得给我上眼药？你说我怎么办吧？"

赵玉柱一听吴凤海已经有了打算，觉得是时候了，说："和你一样，我这不也是想自己种水稻嘛。我觉得北方集团一下子种这么多水田，当年不一定收，另一方面村里投资，个人入股，北方集团经营，这得几个头分钱哪？到时候人家北方集团说了算，想怎么分就怎么分，能到个人手上的钱有多少哇。再者说，我们周围都是北方集团的地，他们一上水，咱们地里那还用抽水呀，自然而然水就满了，就是自己抽点水，也不用多少电费。也就是栽稻子忙几天，其他就是抽点水的活。我这一天也没有太多的事，一走一过就把水稻种了。正好咱们俩搭个伙，省得只剩下我自己不入股，看着好像故意似的。"

其实赵玉柱心里对李强去北方集团当经理有看法，方志南被处分，他心里一直记恨着。李强的宽容没有感动他，反而让他有一种被可怜的感觉，在人们面前有些自卑。

吴凤海听赵玉柱说得有道理，觉得自己种水稻合适，正好和他搭个伴，吴江不同意也好有个借口，说："那我也不入股了，咱们俩都自己种，到时候谁也不许掉链子。"

赵玉柱又凑到吴凤海的耳朵旁边小声说:"还有一个好处,北方集团一种地,咱们的地在他们的地中间,他们不好种,连不成片,到时候还得找咱们,拿他一把,多整点钱那是真的,不然咱们就自己种,看他能咋的,不犯啥法吧?"

吴凤海点点头,表示赞赏,还伸出大拇指头说:"你小子真鬼,啥时候也不吃亏。"

赵玉柱达到目的,得意地走了。吴凤海心里还是有一些不安,他觉得这事怕是难通过李玉梅,要想自己种水稻,真得先做李玉梅的工作。想到这,他开始做饭,做完饭等着李玉梅回来。

中午十二点多李玉梅才抱着小孙子回来,吴凤海高兴地接过孙子说:"来,爷爷看看,去哪儿了,吃着饭没有?太奶没给饭吃吗?"

李玉梅说:"这个小东西,把人家的屋里弄得乱七八糟的,吃饭的时候把人家的碗给打了一个,自己吓得哭了。"

"你吃饭没有?我把饭都做好了,放在锅里,要吃我端上来。"

李玉梅看看吴凤海说:"今儿个你咋这么勤快呢,自己在家把饭都做了。对了,你没去开会吗?我看家家老爷们儿都去村里开会了,说是入股种水稻。咱们的地是不是也得入股哇?"

"我去了,没签合同。我觉着入股不太合算,村里、北方集团,还有个人,这到秋天分成,整到个人头上能剩下几个钱哪。再说这地一入股,吴江和跟弟那份的地钱,人家不得要吗?咱们还好意思要人家那份钱哪。我还是想自己种,到插秧的时候求人,几天就能干完,我自己就能抽水。"

"咱们自己种对人家北方集团没有影响吗?要是有影响,咱们就入股,别到时候让人家找上门来求你。"

"要有人上门来求我入股那还好了呢,咋的他也得给点优惠,不给我就不入股,地是自己的,那不咱们说了算嘛。"

土地

"你总想那便宜事，多麻烦哪。别人都入股了，只剩下咱们好吗？李强不得说咱们给他出难题呀？"

"出啥难题，千家万户的事，不差咱们一家的地。没事，你别管了，我在外面办事你还不放心，吃亏的事找不着我。"

"占小便宜的事可就找着你了，要我说你别总整那事，叫街坊邻居看着不好。"李玉梅把饭端上桌子，两个人开始吃饭，吴凤海吃了两口，又下地去拿酒瓶，倒了一杯酒喝起来。李玉梅把小孙子放到地上，看看吴凤海说："这咋还喝上酒了，也没菜喝个啥劲？要不我给你炒两鸡蛋，你先等一会儿再喝。"

"那也行，多放几个。"

李玉梅去厨房炒鸡蛋，吴凤海就着咸菜喝，不时地逗着小孙子玩，显得非常高兴。

进入三月，李强、木青已经和近五百户签下合同，入股的土地达到一万亩。百泉沟村投入了近三百七十万元的资金，种植水稻的设备、种子、化肥等生产所用资料已经全部到位。田再新、吴江都被抽调到北方集团，成为北方集团的工作人员，吴江是班组长。田再新是村里派驻企业的农业副经理，参与水稻、辣椒种植管理工作，是村里的代表。吴江是育苗组组长，还兼管辣椒种植，也是水稻育插秧机械组组长。

开始育苗了，一片片塑料小棚在稻田地边扣起来，看上去像白色的雪，村子里的红砖瓦房在它的映衬下，像雪里绽开的红梅。太平川乡的早春一片盎然生机。拖拉机的轰鸣声和人们的笑声，回荡在乡村田野。入了股的村民又来给北方集团当工人，种自己的地，挣着北方集团的钱，年终还有分红，让人们心里充满希望。

李强、田再新、吴江和木青几个人在临时租用的办公室里研究当前生产。这个办公室是个人家的，三间房子，一间外屋做厨房，两间里屋，屋子里的摆设很一般,地上有一个小平柜,炕上有一个装被子的玻璃柜,家里有一个五十多岁的母亲和一个三十多岁的儿子。母亲叫斯琴,老伴去世两年了,由于家里家外的活都要她操心费力,本来个头不高,面容更加憔悴、身材瘦小。儿子名叫韩小亮,外号老闷,他中等身材,瓜子脸,脸色有些发黑,平时总是爱低着头。因为他不爱说话,人们给他起个外号老闷。

由于老闷种地比较粗放,所以每年的收成都不好,再加上他父亲常年病着,日子过得很困难。因为家里困难,再加上他办事有些木讷,又不爱说话,相了几个对象都黄了,至今还是光棍一个。这次北方集团在太平川乡的基地设在了他家,他家所有的地都入了股。老闷家里没有小四轮车,也没有牛马,只有一头公驴和一个驴拉的小车。种地的时候他不求人,总是用自己这头毛驴种,所以年年种不好,年年减产。这次入股北方集团,老闷和他妈高兴极了,因为再也不愁种地的事了。老闷把毛驴车收拾得干净利索,又用木板把车棚四周加宽,这样可以多坐一些人。他用小车把下地干活的工人送到地头,等到中午和晚上又把工人拉回来。本来公司也没说用车拉人,可是老闷也不说啥,就是给公司送人。他说公司给了他家租房钱,又让他妈帮着做饭,也给工钱,所以这小车就算是白干,不要钱。李强和木青研究每个月给他九百元钱,老闷高兴得见人就笑,谁说要去工地,他马上就跟着出来,也不说啥,赶上毛驴车拉着就走。等到中午,他把人送回一拨,还要回去再拉一拨,直到地里没有人了,他才赶着毛驴车回来。

李强身穿工作服,在给几个人安排任务,老闷也像工人一样在一旁听着。李强说:"我看这样吧,木青先和董事长申请抽调拖拉机、插秧机、打井队的技术人员。同时再招聘一些在瓷砖厂表现比较好的工人当学员,先招十个,不够以后再招,这项工作由吴江配合木青来完成。苗床管理工作也由吴江负责,现有招来的工人,一个人要管三十床秧苗。剩下的人员都去整地,整地需要机械,有些角落还得人工作业,这项工作由我负责。种辣椒的任务全部交给吴江了，机械人员也都由他来安排。田村长负责协调集团和村里用工、用钱的事项，不负责具体工作。看看你们还有什么问题？"

"打大井的人手还不够，让田乡长和县里井队联系，再派两个井队进来，不然时间来不及了。"木青说。

"好，我马上和田乡长联系，尽快解决。"李强说。

吴江说："一个工人管五十床苗吧，三十床苗太少了，现在只是管理，不像育苗时用的工多。种辣椒的机械都准备好了，明天就开始播种，明天木经理得跟着，等工人熟悉了你再回来。"

"好，这样可以节省很多人工。明天木青就跟着吧，其他事我来解决。"李强点头说。

"从瓷砖厂抽调工人，你得和李厂长说好，抽得多了他们还得招工，别影响生产。我来安排抽谁，那的工人我都了解。"吴江说。

"对，因为都是开机械，要找懂机器的人，比如在家里开过拖拉机的。"说完李强又在小本子上记着什么。

田再新的眼睛一直没有离开过木青，还不时地看李强对木青的态度。木青知道田再新在看她，故意装着没看见的样子。田再新思想溜号，别人说了什么他都没有记住。

李强回过头来问："田村长还有什么问题要说的，村里还有什么安排吗？"

"李村长告诉我一切都听你的，需要资金再打报告，用人找他，别的没有什么了。"田再新说着，又看看木青。

李强笑了，说："我是说你对我们的安排还有什么补充，不是问李村长怎么安排。你别光看着，发现什么问题都要提出来。我也是头一次做这项工作，人家木青才是本行。"

"你看着木青就行了，她是外人，其他的都是咱们村里人。"吴江说完，笑着看看木青。

木青也憋不住笑了，说："田再新，你就全程为我服务算了，我另给你工钱。对了，影视圈的名演员都有经纪人，你就做我的经纪人得了。他们不明白我说的话时，你给他们解释解释。"

田再新有些不好意思，大伙儿都知道他和木青的关系，吴江也在给他话听。头脑灵活的他趁机说："李村长还安排给我一个重要的任务，你们知道是啥吗？"

"啥呀，不是当特务吧？"吴江说

"他让我重点保护木青，说她是北方集团派到百泉沟的财神，女财神，让我在生活上无微不至地照顾，在精神上力所能及的关怀，政治上——"

"你就是我的勤杂员。小田，来，给我倒点水，少耍嘴皮子。"木青绷着脸说，逗得大伙都笑了。

坐在一边一直不吱声的老闷笑了，说："一物降一物，卤水点豆腐。"

"哈哈，咋样，连老闷哥都看明白了，快点倒水，还坐那不动，找抽哇？"吴江笑着说，人们发出一阵笑声。

吴江培训完工人回家了，一进院子，就看见吴凤海在园子里挖苗床。他走近吴凤海问："爸，你整这个干啥呀？咱们家的土地没入股吗？"

吴凤海头也不抬说："没入，我想自己种呢。入股还能剩下多少钱哪，还是自己种有把握，别看栽秧苗的时候忙一点，除草剂一打就完事，把水看住就行了。"

吴江拿过稻种看了看说："你这稻芽还没长够长呢，栽上得啥时候出来呀，还不得像去年似的。现在人家集团的稻苗都长出一寸高了，你这得晚半个多月。再说就咱们一块地在当中，周围都是北方集团的地，那可咋种啊。我是机械组的组长，你这不是给我上眼药吗？你还让不让我干了？"

吴凤海看也不看吴江，说："这和你有啥关系，你种你的地，我栽我的稻子，井水不犯河水。那地是我们自己的，入不入股那不得自己说得算嘛，还强迫呀。"

吴江见无法说服父亲，又来找母亲。李玉梅正在哄小孙子，吴江对李玉梅说："妈，你让我爸种水稻了？"

李玉梅抱着孩子说："你爸说要是把地入股给北方集团，他没有事做，趁着还能干想再种两年水稻。我说他别种了，他不听话非得种，我也伸不上手，说不住他。"

吴江气得一扭身回了自己的屋子，跟弟没在屋，又去草坪户了。吴江躺在炕上，想了想又一骨碌起来，来到吴凤海跟前，说："爸，咱们别种水稻了行吗？就咱们自己种让人看笑话呀，我还当着个机械组长。"

吴凤海站起身来说："啥咱们自己？赵玉柱也自己种，他还是村委会的呢，人家都不怕，咱们怕啥呀？你该干啥干啥去，别在这跟我瞎叨叨，我这么大岁数还不如你。"

吴江无奈地走了，走了几步又回来，到吴凤海跟前想再说什么，又没说，气呼呼地走了。吴凤海见吴江走了，抬起头来洗洗手，拿出一支烟来点着，望着吴江远去的背影，吸着烟想吴江说的话。

赵玉柱在自家的园子里把苗床弄好了之后，坐在一块木头上，点着了一支烟抽起来，显得很累的样子。吸了两口烟，他从兜里拿出手机打电话："喂，刘书记，在哪呢？啊，我在家育稻秧呢。请假了呗，随便耽误工不行啊。"

刘书记在家里炕上躺着，听是赵玉柱的电话忙起身来接："我在家呢。你没上班吗？啊。咋样？干活累吧，让你入股你不入，自己干就得挨累。"

赵玉柱说："真有点累了，自打当上工会主席，这地里活可少干多了，不像以前那么清闲，事有些杂了。我说，你知道不，这次村里可投了巨资呀，一次就拿出三百七十万元购买设备，另外李村长说如果需要，还可以追加。虽然我没有经手这事,可是我觉得用不了那么多的钱,这一定是李强做了手脚,他只有用这个方法才能得到村里的钱。今天我好像才明白李强为什么要当经理了,这是奔钱去的。你想想是不是这个理?"

刘瑞有些明白了,说:"嗯,还真是,我咋就没有想到呢?这事不用忙,不是刚投入嘛,你要留点神,每次你都给我记着,然后再看所购买的机械价格是多少,大体上就明白了。"

"这事他瞒不了我,每次要给北方集团投资村里都开会,这方面没有问题,怎么用可就是个事了,田再新在那也不一定能摸着底。不用忙,等一等,他跑不出咱们的手心。"赵玉柱站起身来往屋子里走去。

刘瑞听到赵玉柱提供的情况之后,狠狠地把烟头掐灭,说:"让他等着,早晚有一天叫他认识我的厉害。"

第十章

赵玉柱听刘瑞这样说，心里产生了一个想法，不过他觉得这个想法还不能和刘瑞说。他知道刘瑞只不过是没当上乡长怀疑李强说了坏话，是因为两个人在工作中有过一些摩擦。工作上的事怎么和刘瑞说都没关系，他都能信。想到这，他又对刘瑞说："行了，我得干活了，二十个苗床我连一个还没整完呢，有了消息我再给你打电话。"

这时奶豆腐下班了，见赵玉柱在园子里整苗床，走到跟前看了看说："你这不爱干活的人，今天看着还像那么回事。不过就你这样干，栽稻子不得到七一呀，累死你也干不完，不信咱们打赌。"

赵玉柱因为种水稻和奶豆腐吵过架，听她这么说心里很烦躁，说："我说你咋总是把我看得那么熊？今年我就让你看看到底是六一栽稻子，还是七一栽稻子。看着吧，我要是不比别的人家多一倍的收入，就算你赢，我就服你；要是多收一倍的钱，你就服我。"

奶豆腐笑了，说："那得赢点啥的，白赌不干。你说赌啥？"

"赌啥都行，只要是我有的都可以。"赵玉柱认真了。

奶豆腐想了想说："这样吧，要是你赢了，我挣的钱全都给你，让你去县里把它花光；要是你输了，你所有的工资和稻田收入全部都归我，由我来支配，你没有花一分钱的权利。"

"行，君子一言驷马难追，大丈夫说话板上钉钉。"

"还大丈夫呢，到时候怕连个小媳妇都不如。我还不知道你呀，总是过高地估计自己。咱们可说好了，我是不能帮你，别到时候耍赖，怨天怨地的，整不过来自己找人。我一天上着班，可没有时间伺候你，饭我做，这样行吧？"奶豆腐认真地说。

"行，你让我雇人就行，再给我做饭，别的啥也不用你。就这么说定了，不许反悔。"赵玉柱怕奶豆腐反悔，因为只要他雇人，这就解决了他最大的问题。

"得了，我可做饭去了，没空和你在这扯皮。"奶豆腐说着回屋去做饭，赵玉柱又干起活来，不时地用毛巾擦汗。

中午水稻苗床在放风，一块块稻秧形成一片翠绿，早春五月上旬，田野里还没有小苗，非常的显眼。特别是远处整地的拖拉机和一片黑土映着水色的方田，在绿秧苗的衬托下，是那么的厚重、辽阔，就像人们心中的田野。种了多年地的村民从没见过这种阵势，看着自己二三十亩地变成了几千亩地连成一片，令人兴奋不已，一家一户用铁锹整地变成开着拖拉机整地，一天就完成上百亩，这个变化让人们真正体会到企业的力量和现代化技术的强大。

正当吴江、李强、木青几个人在地边上研究水田的地块大小、水的走向等具体工作时，一个拖拉机手跑过来找吴江说："吴组长，地中间有一块大约五十亩地是个人的，不让咱们整地。那块不整开，挡水不说，地也成不了片呀。我问了，他们说是你家和赵主席家的，咋办啊？找找他们还是绕过去？要是绕过去，可就麻烦了，费工不说，地两边的高低都不一样，将来上水可就成问题了。"司机说着用手套擦着脸，越擦越黑。

李强看看吴江，吴江用手挠挠头说："这事我头两天就和我爸说了，他也不知道中了啥邪，说啥就要自己种水稻，去年还说种不过来呢，今年有人给他种了还不用了。为这事我都和他吵了一架,看那样我妈也让他给白话住了,一不管他,他就更来劲了。"

李强叹了一口气说:"还有一家是赵玉柱的地。你们两家挨着,我看都是他做的工作。个人的地,人家要是不愿意让公司种,我们也不能强求。可就剩下两家,这里面就有问题了,一定是故意的。吴江,这事还得你做工作,我去指定没戏。不过就他们两家也好办,你自己想办法吧,你是组长。"

吴江听李强这样说,心里打了个疑问。想办法,怎么想办法?做工作等于零,要不就……因为是自己家的地,吴江有了主意。

拖拉机围着这五十亩整地,只用半天就完成了。由于四周都是水田,这五十亩地等于被困在水中,进不去人,也送不进去稻秧,北方集团有专用车能进能出。赵玉柱育完秧苗来到地里,可是他进不去了,只能远远地看着那块地。这回他急了,赶忙回去找吴凤海,因为他知道吴江是机械组的组长,只有他才能想办法解决这事。

吴凤海跟着赵玉柱匆匆来到地里,只见一片汪洋,已经进不去自家的地里了,留下的一条小田埂,让水泡得只要一踩鞋就陷到泥里。吴凤海怒气冲冲地来找吴江,吴江在离他们地不远的地方和一个工人说着什么,见吴凤海来了,起身要走,吴凤海急忙喊他:"吴江!等一等,我有事找你。"

赵玉柱跟在吴凤海的后面。到了吴江的跟前,两个人上气不接下气,吴凤海不等气喘匀,忙说:"你先别……别走,把事解决了再……走。"

"啥事呀,你们跑成这样,慢点说,我等着你们。"吴江不在意地说,好像不知道怎么回事似的。

吴凤海等喘匀了气,指着吴江说:"你小子还有点好道没有哇?你把两家的道都挡住了,还怎么栽稻子?你说咋进地吧?没有这样办事的。别说是你爸的地,就是别人的地你也得给留条道哇,你们也太不讲理了。你说,把水都放到四周了,让我们还咋进地?你说话呀,行不行给个痛快话,不行我们找李强去!"

赵玉柱在一边接过来说:"我说你是不是故意的?明知道就咱们两家的地没签合同,你还先把咱们周围的地给整了。整了也行,你倒是留条道哇,让你爸我们两个怎么往里面运秧苗?"

"这事也怨不着我呀,你们四周都是公司的地,那也不能因为你们种地,给你们留道哇,谁家的地能让别人当道走?要不这样吧,我给你们留一条道,就是从赵叔地的这头顺着地边,一直到我们家地的那头,我给你们留出来没水的地方,这样行了吧。别的我可就没有办法了,公司催进度呢,要求五月二十号开始插秧。你们得早点插秧,插完秧一上水,给你们留道也过不去了。"吴江认真地说着。

可是吴凤海看看留路的地方,脚一下去就没了脚脖子。这还没上水呢,要是上了水,根本就进不去。这一下他可有点蒙了,再也没挑吴江的理。吴凤海说:"我们的稻苗现在还没出好呢,就是插秧也得七月份哪,周围一上水那不完了吗?我说老赵这事可咋整啊,你得想个办法呀,我是没辙了。"吴凤海有些绝望。

赵玉柱知道自己不方便,北方集团也不方便,反正得给留一条路,不好走也得走,只要公司来求他,这事就好办了。就是不种,公司得包赔损失,已经育了的稻苗不能白育。想到这,他对吴江说:"那行,这条道给我们两家留着,其他地方你爱咋整咋整吧。走!老吴,咱们回去,等苗长够高了就插秧。"

吴凤海不情愿地跟着赵玉柱走了。赵玉柱走在前头,吴凤海在后面低着头跟着。赵玉柱看看走得远了,吴江听不到他们的谈话声,回头对吴凤海说:"咱们俩硬着头皮也得干,要不咱们育苗的费用可就白搭了,钱是小事,这累挨得冤哪。好多年我都没这么干活了,好不容易把苗育完了,地还出问题了。不能就这么算了。我们不方便，他们更不方便，插秧的时候看他们怎么挪机器。"

吴凤海已经看明白了，第一他育的苗和北方集团的比差得太多了，这一点就得减产三成以上，另外北方集团在管理上专业，品种、化肥也都比他的好。可是事情弄到这一步，真就骑虎难下了，听赵玉柱说这话，吴凤海也觉得有道理，说："咱们也只好硬着头皮干了，干到哪算哪吧。"

"不干咋整，那些工白费了？说啥也得整到底了。雇人干，我就不信这个劲了，就是种不上也不让他们连成片。你看着，李强不来求我，都算我白说。"赵玉柱说着还来劲了，把头上的帽子摘下来拍得啪啪响。

插秧开始了，除部分插秧机开到插秧现场进行实地培训外，其他插秧机已经开始分片插秧，上机人员和服务人员很多，都在场地上忙着，李强和木青也到了现场。赵玉柱看见插秧机把挨着他的地都插上了稻苗，气不打一处来。看热闹的人很多，他没有心思再看下去，低着头回家了。到家看见自己育的稻苗，他的心凉了半截，和北方集团的秧苗简直没法比，还没有人家的一片叶子大。赵玉柱已没有信心再经营下去，鬼使神差地来到北方集团的临时基地，仔细地察看所有的机械，偷偷地记在笔记本上。回到家里，他见奶豆腐还没有回来，给县农机销售公司打电话："喂，农机公司吗？我是云霞村的，想问问农机产品的价格呢，对，我想打听一下这几种农机具的价钱，有推土机、有插秧机……"赵玉柱给农公司打完电话，又拨号："喂，刘书记，说话方便吗？啊，是这么个事……"

丁兰是北方集团房地产公司经理，总公司副董事长丁少中的侄女。大学毕业后，她想让丁少中给找个工作，丁少中让她等一等。可是丁兰等不及，就找到她在大青沟旅游的时候结交的朋友小梅，让她给找个合适的工作。正赶上方志南找唐占去百泉沟种麻黄草，小梅就安排丁兰给唐占当副经理。丁兰在种麻黄草的同时，借唐占的钱种了花生，当年让她挣了十万元钱。因此，她的心活了，想把种麻黄草的工作让给赵玉柱做，自己再多种一些花生。她回去争取丁少中的意见，当然她的意思是想让他出钱支持一下。丁少中本来不想支持丁兰的这个计划，可是听她说是在太平川乡种花生，正是新上任农业经理李强的家乡，他马上答应了她的要求。因为在聘用李强当经理的时候，丁少中就持有不同意见。他认为李强是个外人，还是个乡长。听说他对自己家乡的群众感情特别深，觉得他做企业经理不合适。因为向着群众就会减少企业所得利益，用他在房地产行业上的行规说，站在买房者的立场上，还能做好房地产吗？尽管他有意见，但是木董事长的态度坚决，董事会上多数人又同意，他只好保留了自己的意见。同意丁兰种花生，从某种意义上说，丁少中是想要与李强一争高下。丁少中是个非常自负的人，又生性多疑，怀着这样的心态，丁少中对丁兰给予了最大的支持，要她尽自己最大所能，所有费用都由他来承担。因此丁兰才这样的大气，让唐占、赵玉柱、方志南等人对她另眼相看。

丁兰种花生的面积已经达到了三千亩，签完承包合同之后，她安排李三等十几个有大型机械的村民给她种地。就要种地了，她还是有些担心麻黄草的面积不够数，所以又来找赵玉柱商量。她来到赵玉柱家里。

赵玉柱不在家，奶豆腐热情地接待了她。尽管热情，可是奶豆腐还是有些芥蒂："丁兰来了，找你赵叔吧？"

"是呀，他不在家吗？"丁兰很自然地说，说完看着奶豆腐眼睛，顺手把包放在炕上。

"哎呀，他去乡里了，说是找书记有事，也不知道是哪个书记。"

"去了多长时间？中午了还没回来？"

"谁知道，他那一天鬼七王八的事总有，也没有个准话，再说我也懒得问他。自己育的稻苗还没浇完水呢，这不一个电话就给请走了，也不知道哪个乡干部找他。"奶豆腐说着脸色有些不悦，目光从丁兰的身上移开。

土地

丁兰刚想走,赵玉柱就回来了。他脸色严肃,匆匆忙忙地进了屋子,看见丁兰,马上满脸带笑地说:"丁经理来了,吃饭没有呢?没吃让你婶做点好吃的?哎,我说你做饭没有?"

奶豆腐头也不抬地说:"早就做好饭了,没有啥菜,只有大白菜土豆,你去买点菜来吧。"

丁兰忙说:"我已经吃过饭了,有点事和赵叔说一下,你们不用张罗。"

赵玉柱一听,坐下来点着一支烟吸了一口说:"有啥事你就打个电话,大老远的还跑一趟。"

"是这样赵叔,我已经承包了三千亩地,在百泉沟就有近两千亩,有五百亩还没有找到耕种户,我想请你帮助安排一下。麻黄草的事我真就顾不上了,就按我上次和你说的,全都由你来管行不行?我只是挂个名就行,到时候唐老板要是问你——"

"我就说是你管着,这事你放心。种地的事你交给李三不就得了吗?"

"已经让他种一千亩了,再多他种不过来。"

"那我帮你找别的户吧。不是吹呀,跟谁说一声不好使呀。你就放心吧,还有啥困难说话,咱们谁和谁呀。从我二舅那说,这个忙我也得帮啊。"赵玉柱不等丁兰说完下着保证。

其实丁兰是想到村里去找田再新,先找赵玉柱打听一下田再新的去向。她不经意地说:"原来田再新说他给我找,可是我找不到他,也不知道他能不能帮这个忙。"

"他就在村里。对了,这几天他和李乡长在一起,现在村里也是北方集团的股东之一,他代表村里当上了农业副经理。你要找他那还不容易呀,给李强打个电话就知道了,要不你就到村委会,中午一定回来了。走,我领你去。"赵玉柱要领着丁兰去村委会。

奶豆腐在一旁说:"你还没吃中午饭呢,吃完饭再去呗。"

"不用了,你们吃饭吧,我自己去。"说着,丁兰走了。

见丁兰走了,奶豆腐也没有留她,回过头来狠狠地瞪了赵玉柱一眼,说:"看你那贱巴巴的样儿,村委会这么近,人家不会自己去呀?显你道道去呢?"

"看你说那玩意儿,我帮她找找田村长还不应该呀?人家把那么一大摊子事都交给我了,咱们能帮人家啥?跑跑道,帮助办点事啥的还不中啊。你咋那么死性呢?"赵玉柱急头白脸地说。

"帮人家倒是行,看你当着人家面那嘚瑟样儿。这是有我在这,背后还不知道你啥德性呢。"奶豆腐脸色很难看。

"你看你这人,我咋嘚瑟了?人家是个大姑娘,你多那个心干啥呀,真是的。"

"要吃饭拿碗去,别等现成的,你上班,我还上班呢,没有一次是你先做饭的。一天没个正经事,不知道你都在干啥呢,神出鬼没的。"奶豆腐边说边把盆子弄得叮咣响。

村委会只有勤杂员二毛愣在,他正收拾屋子,打扫完大会议室,又来打扫田再新的办公室。因为田再新住在办公室,所以他的行李衣服什么的二毛愣都要整理。

丁兰来到村委会院子里,四处环顾,除了兴旺养殖业服务中心有人说话,村委会这面没有一点动静。她来到田再新办公室门外,听到里面有动静,还以为是田再新在里面,站在外面敲着门问道:"有人吗?"

"进来!"二毛愣头也不抬地应着。

此时田再新已经站在丁兰的身后,她进院的时候,他已经到了大门外,看见丁兰的样子,他没有作声,想看看她要干什么。因为他已经和她熟悉了,上次见面田再新对丁兰的印象比较好,所以想逗她一下,就跟在她的身后进了走廊。可是丁兰的精力集中在办公室，并没有听见田再新的脚步声，田再新也跟着进屋。二毛愣一看田再新跟在丁兰的身后，看着田再新愣在那里。丁兰看二毛愣的眼睛看着她的身后，一回头差点和田再新碰个对面，吓了丁兰一跳，说："我的妈呀，吓死我了，这么没有正形呢。"丁兰不由自主地打了田再新一拳。

"哈哈哈，我跟着你有一会儿了，你居然没有发现我，看来你的精力太集中了。"

"你啥时候跟在我后面的，我咋一点也没有听到呢。你当过特工吧，不然脚步怎么这么轻？"丁兰脸上有些红，有点不好意思了。

田再新不以为然地说："你以为我在办公室呢，所以没有太注意后面。我也不怕你发现，大着胆子跟着你，所以你就听不见我的走步声了。丁大小姐你无事不登三宝殿，找我有事吧？"

"这家伙倒是当村长的，找你就得有事呀，没事不能见见你吗？"丁兰边说边坐在田再新对面的椅子上。

二毛愣已经收拾完屋子，见丁兰和田再新有事，礼貌地说："田村长，没事我收拾大会议室去了，刚打的开水在桌子上呢。"

"知道了，你去吧，先给丁经理沏杯茶。"田再新边收拾桌子上东西边说。丁兰也不客气，把手包放在桌子上。

二毛愣给丁兰沏茶，说："丁经理请喝茶，这是红茶，你习惯喝吗？"

"可以，平时我也是喝红茶，有时候还喝奶茶。"

田再新笑着说："对不起了，村里可没有奶茶，除非到老乡家里去才能喝到。"

"我们这儿基本上家家都喝奶茶，蒙古族人多。"二毛愣说。

丁兰喝了一口茶，见二毛愣走了，回过头来对田再新说："听说你是北方集团的农业副经理了，具体都干什么呀？村里的事你还管不管了？"

听丁兰这样问他，田再新头也没抬地说："咋不管呢，两头都得管，整得一天没有一点空。"忽然又放下手里的文件，看着丁兰，"你有什么事吧？"

丁兰知道田再新在和木青谈恋爱，可她对田再新也有好感，有事来找他，其实也是借口而已，主要是想通过田再新打听李强的情况，李强才是她最关心的人，这是她叔丁少中叮嘱的。丁兰笑眯眯地打量着田再新，说："你不说我是红太狼吗？找你要羊来了，你还没抓到羊吗？"

田再新笑了，看看丁兰说："你没带大马勺来吧，那我就不怕你了，要羊没有，要命有一条，要杀要打由你。"

丁兰也笑了起来，两个人没有了先前的拘束。田再新这才认真地打量起丁兰来，她有些卷曲的头发染了深红色，看上去自然、漂亮，衬托着她那白皙的脸，更加生动美丽。标准的身材穿着一件浅咖啡色风衣，深蓝色的牛仔裤，棕色的中跟皮鞋，这一身打扮就像在公司工作的白领。田再新头一次这么打量着丁兰，有些失态。

丁兰也注意到田再新的表情有些异样，知道他在打量自己，故意地说："怎么不认得我了，看看就得了呗，还盯住不放了。"

田再新虽有些不好意思，但是他还是大方地说："别怪我这么看你呀，是你今天打扮得与上次不同，既大方又美丽，这可不是我的错啊，你实在是太漂亮了。"

丁兰心里很得意，心想多亏来之前自己认真地打扮了一下。她见田再新这么夸她，装出羞涩的样子说："你别这样夸我了，我哪有你说的那么好看，和木青比差得远了。"

"木青没有你长得漂亮，但是她有气质，有一种说不出的大气。我这样说你不会不高兴吧？"田再新认真地看着丁兰说。

"我怎么会不高兴，我又不是你的女朋友。看来你挺爱木青，当着别人

的面就夸上了。"丁兰并没有不高兴。

田再新低下头,也不看丁兰,说:"嗯,我是很爱木青,从小一起长大,她比我早一年大学毕业,彼此都很了解。"

"估计她也很爱你,你们什么时候结婚?"

"是不是很爱我还说不准,处处看吧,到了该结婚的时候就结呗。"田再新很高兴,并不隐瞒自己的想法。

丁兰没说话,心里不由得一阵酸楚,她感觉到自己对田再新是有些在意的。可是她想到此行的目的,又不经意地转移了话题:"你真有心计,谈上恋爱就跑到木青身边当副经理,有机会看着她了。你们两个人都在李强的手下,可够他管的。"丁兰说完看田再新的表情。

田再新的脸色有些变化,可他没有马上说什么,低头喝了一口水。丁兰的话的确说到他的心里去了,倒不是他和木青两个人怎么配合李强的工作,而是最担心李强和木青的关系如何。尽管李强有爱人和孩子,这种担心一点也没减少。丁兰的话很尖锐,田再新不得不如实回答:"当经理是村里的决定,主要是代表村委会参与管理,基本上不做生产上的具体工作,主要监督和参与北方集团对资金的使用。李村长是主要领导,我要向他汇报,听从他的安排。其实我和木青都很佩服李强的管理能力,不存在私人关系,尽管我们在谈恋爱。"

"行啊,有你们这两位干将,李强可就省心多了。我看李强可挺向着乡亲们的,公司能允许他这种行为吗?"丁兰想进一步打听李强的情况。

"李强有他的办事原则,向着乡亲们不假,可是他也决不会损坏公司的利益,这一点不用怀疑。"

"我听说他当农业经理目的是看上了村里的几百万元收入。这次村里投入了多少钱?"

"你听谁说的?他怎么会打村里钱的主意呢,有那别到北方集团工作呗，在乡里整钱的机会不更多吗？村里让我当这个副经理是干啥的，不就是监管钱的吗？有没有机会我还不知道？你咋这么想呢，是不是又听赵玉柱说的？"

"是谁我不告诉你，但不是赵主任说的，咱们哪说哪了啊，我是和你不见外才提起来了，没有最好。我听说家里人都不同意他当经理，那咋还当上了呢，托娅也同意了？"

"当然同意了，要不他能来当经理嘛。你还不知道吧，李经理最在意托娅，还有双合尔老人的意见。"

"托娅的心真宽，能同意他当经理可不是一般的度量。"

"你这话什么意思？那还需要度量吗？"

"你想啊，他到北方集团是不是得和木青在一起工作呀，那木青是多漂亮的姑娘。对了，当着你的面我不该说这些，对不起，我说错了，不好意思。"丁兰说这话是有意的，说完又偷偷看着田再新脸色。

田再新愣了一下，说："没有你说的那么复杂，不到企业去工作不也时常和她在一起嘛，那有什么区别。"田再新嘴上这么说，心里却非常不愉快，顺手把笔扔在桌子上，明显对丁兰的话不满意了。

丁兰见状也知趣地收回话题："你别想歪了，我和你不见外才说这些的，不知咋的，见着你我心里的事都想说出来。"

"没什么，你说的也是实话，放在谁的身上都会这么想的。我还不至于那么小气。再说了，谁都有选择自己生活的权利，你我也不例外，你说是不是呀，红太狼？"田再新有意打破这尴尬的谈话和丁兰说着笑话。

丁兰也意识到自己问得太多了，已经让田再新有了不愉快的感觉。田再新的话让她有了台阶下。"还不去抓羊，在这里扯皮，快去呀！"丁兰哈哈大笑。

田再新也有了笑容，说："咱们俩拍上动画片了，那得拍续集，改抓羊

成种地了。"

丁兰还是想说李强的事,说:"你说我种地的事找李强行不行?他能不能帮忙?"

"你要是求他,他肯定会帮你想办法的,不过他现在是真忙,我找他都得到工地。怎么,种地的事还没落实完吗?"

"哪有哇,还有一千亩地没有着落呢,要不你帮我找种地户吧,再找找你那帮大学生村长。上次你可帮我大忙了,要是指着赵玉柱给我找人可就麻烦了,就给我找到两个人,一个是妇女,一个是六十多岁的老头子。"丁兰满脸堆笑,眼睛盯着田再新说。

"你在哪个村里有承包地,就在哪个村找种地户,你告诉我,我给你找人行吧?"田再新答应着。

"你和李强说说,用北方集团的机械行不行?"丁兰说完用乞求的眼神看着田再新。

"北方集团要给三千亩辣椒播种,能否挤出时间给你种地,我也说不清,你还真得问李强去,木青也行。你和木青处得怎么样?求她这点事应该没有问题吧。"

"我试试吧,下午就去找李强。你下午还去工地吗?"

"下午我不去了,村里已经做完一期,第二期大概得一星期以后吧,这几天我处理一下村里的事。你这个红太狼实在需要,用大马勺打我,那灰太狼就得出山了。"田再新开着玩笑。

"不到万不得已不用你了,你是预备队。不是说得好嘛,实在不行了,啥人都得上吗。"丁兰说完哈哈地笑了。

"完了,我还不知道是啥人了,打不着冲锋,当个替补队员也行,为了红太狼,我当预备队员了。"

"得了,今天大马勺没有带来,不收拾你了。我去工地,不和你在这胡侃了，别误了村长的大事。"

田再新也没再留丁兰，送出大门外，两人挥手道别，两个人都有意犹未尽的感觉。

瓷砖厂一派繁忙的景象，厂区内拉成品瓷砖的专用车和业务人员来来往往，推土机的轰鸣声和汽车的喇叭声此起彼伏。厂区在一个比较高的地方，可以看到远处的万亩稻田。远处水田白绿相交的景色使厂区显得更加显眼、雄伟和有生气。

托娅的办公室里的三位女同事都在忙着各自手头上的事情。托娅做完自己的报表，松了一口气，起身走出办公室。她每天做完工作，都习惯去厂区前面最高的坨子顶上，向万亩稻田眺望。托娅身穿深红色线衣，米色的裤子，在有些绿了的沙坨子上显得非常的亮眼，在很远的地方就能看见。当然，托娅站在这里可以看到稻田里整地的拖拉机和插秧机。由于是机械作业，稻田里的人很少，只有给插秧机装秧苗的工作人员。然而在插秧机不远的地头上，一个穿白色上衣和一个穿蓝色上衣的人最显眼。穿白色上衣的大个头的是男人，穿蓝色上衣的小个头的是女人。托娅知道那是李强和木青，远远地，两个身影在一起走动。所以每天托娅都要在这向稻田方向看，每次出来方便也要看上一会儿。当然托娅是出于对李强的关心，也不是不放心李强，最主要的是，木青是个什么样的人，她心里没底。当她看到那两个人影消失的时候，心里想，这两个人又到哪去了呢？是不是两个人出差到外地去了，中午会在什么地方休息？因此托娅心里总是不好受，那是一种说不出的难过，是人们所说的吃醋的感觉。

和托娅同屋的有三个女同事，见托娅出去了，其中一个叫小米的姑娘站起身来向外看，见托娅向着稻田地眺望，回过身来对同屋的两个同事说："你们看看，托娅又在看稻田地呢，这一天得看十几回吧。你说这有多闹心哪，当初就不应该让李强当这个经理，你说她不傻不痴的怎么就同意了呢。

土地

要是我压根就不让他干，明摆着的事，木青放着经理不当让别人来干，她图啥呀？再说李强也是，当乡长那是多少人都想干也干不上的工作，当这个经理不让人多心？放在谁的身上也多心，要是我早就和他拜拜了。"

一个年纪大一些的会计说："也是，要是放在我的身上还不如托娅呢，我看她就够有修养的了，表面上看不出来什么，可是这一段说笑少多了。"

另一个业务员说："你说那赵玉柱也是，舌头不在嘴里，没事跑咱们这屋里说什么木青的事，你说他是不是有意的？我看他是没安好心，啥人让他这么一说也受不了哇。"

"可不是咋的，说在工地吃饭时木青和李强使一个饭碗。我一较真他又说是一个菜碗，最后说是一个咸菜碗。你说他什么玩意儿，幸亏当时托娅不在屋，要是让托娅听着还不得把他赶出去呀？"会计说。

"光是在咱们屋里说吗？在车间里说得更玄乎。我昨天听长山说，赵玉柱说李强和木青出差一般都住大宾馆，大宾馆都没有人查宿，要是干点啥事谁也不知道。他说这话是啥意思？这要是到了托娅的耳朵那还得了吗？真是没事找事，什么玩意儿！"业务员生气地说。

托娅回屋来了，在外屋走廊里听到屋里几位女同事的议论，一进屋看见几人都低着头不说话，托娅故意绷着脸，说："咋都不吱声了呢？说我什么坏话了，别以为我不知道啊？小米，你笑什么？如实招来！"

因为几位会计和业务员都对托娅非常好，听见托娅这样问她们，也就不瞒着，年纪大一点的姓方，人们都叫她方会计，她看看托娅说："都说你呢，你整天在坨子顶上看那稻田地，我们都替你难受。别让李强干那个经理了，省得这一天提心吊胆的。"

"当断就断，这样长久下去不得出事啊，我都替你担心。"小米说着给托娅倒了一杯水，放在她的桌子上。

托娅礼貌地说："谢谢。"

业务员又说:"托娅姐,你当不了李强的家吗?"

托娅叹了一气,头也没抬,说:"他当经理是我同意的,如果当时我阻拦他,他也不会去当经理。你们不知道哇,放在谁身上也会这样做。话又说回来,当经理也不是那么容易的,要冒很大的风险,干得好了皆大欢喜,干得不好,就有被辞退的危险。你们说,要不是为了群众,而是为了别的什么能这么干?值得这样干吗?所以我相信他的追求,他回来工作就是对家乡的父老乡亲有感情。"

"是对你有感情吧,有感情还整天和木青在一起?"小米说。

"我可听人说他回乡来主要是冲着你的,把你追到手了,又当上了乡长,这也就是最好的结果了。可这当经理整的是哪一出哇?你们俩呀,真是痴情老婆多情汉子。你支持他,咋还天天看着他,整不明白你们两个。"方会计摇摇头,不解地说。

听方会计这样说她,托娅低下头不说话。几个人都不说话了,屋子里静得只有电子钟的嘀嗒声。想着方会计和小米她们说的话,托娅本来有些郁闷的心情反而好起来,她们的话解开了托娅心里的疙瘩。她喝了一口水,抬起头来望着窗外的沙坨子。她天天上去的那个沙坨子,在屋子里看是绿色的,可是在坨子顶上看它就是沙堆,也没感觉有多少草,到了屋子里怎么就看得见绿了呢?这让她心里一动。托娅回过头来对几个同伴说:"你们看见窗外的大地了吗?是不是已经绿了?可是你站在坨子上,其实脚下没有几棵草,就体会不到春天的到来,知道这是为什么吗?"

"为什么?我不知道。"小米不解地问。

"是呀,这么看着就很绿,就是春天到了的感觉。"方会计说,她并没有觉得有什么不对。

"其实道理很简单,在屋子里看的是整个大地,可是在坨子顶上看的只是脚下,就是自己身边的那一块地方。如果不是春天来了,其他地方没有草,你的脚下就是有很高的草,那我们这里肯定见不到绿色,没有绿色,那还是春天吗?"托娅说完笑了,又去做她的报表。

"我有点不明白你的意思,这是哪和哪呀?"小米愣住了。

方会计也抬起头来看着托娅,不知道说什么。

百泉沟一望无边的大甸子上,十几台插秧机在插秧,整个大甸子已经变成一片浅绿,晴朗的蓝天映照在水面上,稻田又像一大片湖泊,蓝里映着绿,想不到也画不出的颜色,美丽、辽阔,好像江南水乡一样。大部分的稻田已经插完秧苗,只剩下一角,有几台插秧机集中在那里。李强、木青、吴江等人在地头上看着即将插完的稻田,研究明天要去的村子。李强和木青穿着靴子,吴江打着赤脚,三个人站在田埂上。在远处的田间路上,老闷坐在毛驴车上,等着人们收工。

李强不时地回头望着瓷砖厂南面坨子顶上的那个红色人影,看完回过头来,从木青的身边走到吴江跟前。其实李强是下意识的行为,他知道那是托娅,因为每天都能看到她那穿着红色线衣的身影。在家里李强也注意到近半个月来她一直不换衣服,就是穿了外套,上山时也会脱下再去,李强想她是有意的。由此李强想到托娅的心里在想什么。每当这种时候,李强还真有些后悔,让托娅这样担心自己,这是李强所预料不到的。

有的时候木青也问他在看什么,李强就说在看瓷砖厂大烟囱,烟囱冒出白烟就是在生产,不冒烟了就是停止生产。木青也没有在意,因为这个厂子毕竟是李强建起来的,应该有感情才对。可是今天木青见李强看完瓷砖厂之后还从自己的身边走开了,她有些纳闷。她回过头也朝瓷砖厂方向望去,见坨子顶上有一个穿红色衣服的女人,她忽然想到那女人一定是托娅。木青也听说过李强和托娅的感情非常的深,看来托娅一直都在关注着李强的一举一动,这证明他们的感情真是不一般。当然也可能是怕李强做出其他的事情,可能和自己有关。想到这木青笑了,回过头来对李强说:"你每天都看的那个人是谁呀？是不是托娅？"

吴江听木青这样问，回过头向瓷砖厂南边的坨子顶上望去，说："你说的是那个穿红色衣服的人吧，看那身形是托娅姐，过去没穿过这样衣服哇，多数都是绿色的。"

李强笑了，说："那就是托娅，每天都要上坨子顶上看咱们栽稻子。"

"那你还说看瓷砖厂，早说不就得了，有什么不好意思的，这是人之常情。不过托娅那是看着你呢，你的行动以后要规矩点。"木青逗李强，故意看看吴江，吴江也笑着看李强。

"托娅姐真是喜欢强哥，没有人比我更了解。"吴江对木青说。

"看来我做错了一件事，不应该让李乡长来当这个经理，多少人不得安宁啊！我的天，我这成啥了？"木青面露难色。

李强和吴江都回头看看站在坨子顶上一动也不动的托娅，红色衣服在那浅绿色的坨子顶上，万绿丛中一点红，显得是那么的突出、美丽。

李强回过头来，有意岔开话题，对吴江笑笑说："你爸是咋求你的，你咋没和我说呢？"

吴江一说起这件事来非常得意，也不管木青就在跟前，说："别提了，头一回和我那么客气。他最后这么和我说的：'吴江，你去和李强说说，把咱们的地也入股得了，少要点股份还不行吗？我实在是整不动这地了，别的不说，秧苗都送不进去。再说咱们家的稻苗那也太小了，得少打多少粮啊。到秋天要是不如人家入股的收得多，你说我多余不多余呀。别的不说，你在那当个机耕队队长，那也不光彩呀。'我一听他这是告饶了，故意说：'那可不行，强哥说了，今年不入股的户以后就不要了，不管是谁。这事你叫我怎么和强哥说吧，人家有话在先，我是没法了，要说你去，让你入股好像给你多大亏吃似的。'我爸头一回愁，用手拍着大腿说：'这可咋整，想栽稻子连人都找不着，还得到别的村去找，里外里这得多少钱哪。不行让你妈去

土地

找李强,说啥我也不种这稻田了。吴江,你看着办吧,实在不行今年就撂荒。'"吴江看看木青有些不好意思了。

木青笑了,怕吴江不好意思,拿出手帕假装擦嘴。李强微笑着看吴江,说:"你这办事能力真没得说,这事要是放在我身上,还真就不好办,我不能像你一样用水把地给淹了。赵玉柱算借了个光。他说啥没有?"

吴江嘴一撇,说:"都插不上秧了还在那装呢,你听他咋说的。"

"咋说的?"

"他说入股行,那得包赔损失。我说那你就自己种去吧,以后你也别想入股了,这事我做主。我转身就走,他一看不好,在后面跑着喊我:'大侄子你站住,有话好说。'我站下了,他喘着气跑到我跟前说:'你看也不能丁是丁卯是卯哇,你高抬贵手把我育苗的钱给报了就行,再说还有你们家的呢。借我的理由说这个事还不行吗?要不你给自己家报费用也不好说呀。'他也就是辈大,要不我可不给他一脖溜子。你听他说那话,真不是个东西。"

木青笑着问:"后来呢?"

"后来我也不愿意和他扯了,你听他都说些个啥呀,烦死我了。最后我答应给他补入股手续,可是他非要承包,还想马上要承包费。我说秋天给他,还说如果集团的秧苗不够了,他的地还用他的苗,到秋收入低算他的,他没有办法只好答应。其实苗都够了,我就是不让他们俩省心。因为这两块地咱们费了多少工,真是的,这还是看我爸的面子,要不我可不和他要工钱。"说完吴江笑了,笑得很得意。

李强既高兴又开心,说:"看来让你当队长是对了,别人真就没有你这办法,不过这也就是你家的地,不然咱们也不能那么办。我大姑夫心里不一定咋恨你呢。"

"可不是咋的,昨天我看他还偷着瞪我呢,我假装没看见。我媳妇跟弟说：'爸咋老是瞪你呢，因为啥事呀？'我说：'没啥事，可能心不顺呗。'"

李强和木青两人都笑了，李强说："这段时间你可别惹他，找个茬儿再打你可就不美了。哈哈哈！"

木青笑完了又问吴江："今天能完成吗？明天计划去哪个村？"

"明天是包家村，大概有一天也就完了。后天是云霞村，有一天也完了。"吴江很干练地说。

李强拍拍手上的土说："木青，我们到前面去看看，胖子说那的井出水有点慢，吴江你知道修没修好？"

"昨天就修好了，缺个螺母，胖子从家拿来的。"吴江说。

李强问："李有才干得怎么样？笨不笨？"

"行，不笨，责任心强，不差事。他和丽丽谈对象成了，要串小门呢。还说了要请你和木青去参加。"吴江说。

说完李强和木青去看井，吴江又向一个插秧机走去。

田再新在自己办公室里打电话，神色有些不安。二毛愣在一旁听着，觉得事情不一般，放下手中的扫帚听。田再新一边接电话，一边记着什么，说："啊，还找谁呀？村长、书记、李经理、木经理、会计，几点到？下午两点半在村里开会是吧，别的还有什么？好，好，我马上通知。"神色紧张的田再新放下电话对二毛愣说："你赶紧收拾一下小会议室，中午烧几壶开水，下午两点半县里纪委领导和乡里的刘书记等五个人要到村里开会，说是有人把村委会和北方集团给告了。他要到村里调查情况。这事你不要和任何人说，我来通知开会的人，你做好会议上的准备就行了。"

"好吧，我马上就收拾屋子，再把炉子点着烧水。"二毛愣说着就去点炉子。田再新开始打电话通知开会的人。

第十一章

村委会的小会议室里,县纪委的两个领导和乡里的包书记、刘瑞副书记坐在一面,县纪委的两位领导坐在中间,包书记和刘瑞坐在两边,村里和北方集团的人坐在对面。会议还没有开始,每个人的脸上都很严肃。

包书记看看大家,说:"县纪委的王凤祥主任和牛志刚股长代表纪委来村里调查资金投入北方集团之后的使用情况。有人举报说北方集团借合作名义,将资金挪作他用,资金去向不明,购买机械设备的钱物不符,有贪污受贿嫌疑。今天凡是接触过村里资金的人员都来了。在例行调查之前,王主任说一下对这项工作的安排,都需要哪些人参加,分几个组,怎么进行。下面就请王主任讲话。"

王主任并没有讲什么话,也没有提举报信所说的内容,他那没有表情的脸就像戴着面具,说:"没什么说的,这几个人首先和我们谈,财会人员不要外出,等着我们的工作人员核查账目……"

因为村里的账目是李长玺负责,王主任首先和李长玺谈话,另两名工作人员则单独与刘福田查账,分两个组同时进行。

李长玺的办公室里,王主任坐在李长玺的对面,刘瑞在一边记录,调查还没有开始,谁也不说话,屋子里显得很闷。李长玺点着一支烟,同时也给刘瑞一支,王主任不吸烟,打开笔记本先记着什么。李长玺吸了一口烟,心里想究竟是谁把村里告到纪检委的。他用眼角斜了一下刘瑞，觉得这种事只有刘瑞才能做得出来，也可能是赵玉柱，或者说刘瑞指使赵玉柱。想着想着，不由得气就上来了，他抬起头，像平常一样无所顾忌地喝了一口水，弄得动静很大，故意给刘瑞看。

刘瑞看看王主任又看看李长玺，说："王主任，咱们开始吧，李村长也不要紧张，这就是个例行检查……"看王主任没有理会刘瑞，刘瑞知趣地闭上嘴，也拿出笔记本想记录。

王主任斜着眼睛看了一下刘瑞，又转向李长玺说："你是主管村里财务的？"

"是我管财务，所有的财务单据都要经我签字。"

"与北方集团的合作有合同吧？拿出来我看一下。"

李长玺从他的桌子里拿出一个薄本，上面写着：百泉沟村与北方集团农业合作合同，下面标明"副本"字样，李长玺把合同副本递给王主任。

王主任打开重点看了百泉沟村投资的数量，之后就合上，抬起头来问："你们是按照合同上要求支付的款项吗？"

"对，按照合同要求的一点不少，也不多。刘会计账上都有，这个可以看账。"李长玺回答王主任的问话，有些不以为然。刘瑞有些不高兴，用眼睛示意李长玺要认真一点。

王主任并没有因为李长玺的态度有什么不满，接着问："是谁批准你们和北方集团合作的？有批文吗？"

"群众批准的，没有批文，有群众代表会的表决记录，你看看吗？"李长玺说着就要给王主任拿代表们的签字和会议记录。

刘瑞接过来说："代表会记录那算什么批文呀，就别看了吧？"刘瑞说完看着王主任，又看看李长玺。

"拿过来我看看，包括会议记录。"

土地

李长玺从抽屉里拿出群众代表会议记录和签字,站起身递给王主任,王主任认真地看着。一个个鲜红的指印和歪歪扭扭的签字,让王主任心里很有感触,他慢慢地点点头,似乎找到了这个问题的答案,又把合同合起来,交给李长玺,又问:"乡里什么意见,支不支持村里和北方集团合作?"王主任说完看着刘瑞问。

刘瑞有些措手不及,还没来得及想这些问题,可是王主任这样问,他本能地回答:"我还真不知道,没开党委会研究,征求没征求乡里意见我也不清楚。这事得问书记、乡长。"

刘瑞把事都推给了书记、乡长,按说这也没啥,本来也没有开过党委会研究。其实刘瑞知道是书记、乡长点的头。木青在乡里当着经理,又是李强提出百泉沟村和北方集团合作,能不和包书记说吗?但是就说不知道,这也能看得出村里在这个工作上的漏洞。刘瑞说完看看王主任的脸色,又低下头记录。

王主任听刘瑞这样说,也就不再问了,他想到了村里与北方集团的另一层关系,又问李长玺:"李强当乡长之后是你接的村长吧,书记还是阿斯根?"

在刘会记的屋里,两个审计的工作人员在看刘福田的账。一个工作人员看了单据和账目之后问:"你们和北方集团就这三笔拨款吗?还有其他的没有,有的话都要拿出来,过后再拿出来可就不算了,出了问题你要负责任。"

刘会计回答:"就这三笔,别的一分也没有,这是北方集团的手续,到那一看他们的账就知道了,再有算我贪污的。"刘副田显然有些生气,说这话时脸色很难看。

"这可是你说的,再有别的单据,那就你负责了。咱们丑话说到前头,别说我们没告诉你。"看账的审计人员说。

两个工作人员一边看账，一边记着单据，也不和刘副田说话。刘副田给他们俩倒上水，自己也倒满水碗，之后坐在自己的办公桌前开始收拾桌子上的东西。

李长玺对王主任的问题很敏感，其实是很反感，他想到这是在怀疑他和李强、阿斯根的关系。他故意对王主任说："李强、阿斯根是老丈人和姑爷的关系，我和他们没有亲戚关系，都是街坊邻居，也沾亲带故，不过就是远点。论着阿斯根是我三姨她二哥的小舅子媳妇侄子的表叔。我论着也就叫他叔叔了。是有点远了，说着跟小品里的话似的。"

王主任和刘瑞都笑了，说："那还是亲戚嘛，整到海南岛去了，你就别扯淡了。王主任不知道李强和阿斯根的关系，随便问问你。"

李长玺故意说："那和组织上谈话也不能说谎，有啥说啥。我说啊，这可是一个党员的态度问题，你说对不对呀？"

王主任笑了，合上笔记本，对李长玺说："今天的谈话就到这，我们主要是看看账和有关的单据。行了，以后有什么不明白的，还要找你问，你可得极积配合我们工作，这也是对你们负责。事情弄清了，对谁都有好处，你说是不是？"

李长玺一本正经地，说："那对呀，整明白儿的，要不别人啥都说，那还了得吗？知道的还行，不知道的那不跟着瞎叨叨吗？我说啊，你可得给我们做主啊，这事整不明白你们可别走。"

赵玉柱知道纪委和审计的来村里调查，可是没有找他，他心里总觉着有点事似的，在瓷砖厂里坐不住，找个借口溜出来。到了村里，看见审计员正在他的办公室里看刘副田的账，他假装很着急的样子，匆匆忙忙地进屋去，一边打开自己的抽屉，一边说："我忘带工会的报表了，我拿上就走，不影响你们吧？"故意看看两个工作人员。

刘副田知道赵玉柱的来意，没好气地说："不忙，你在这待一会儿呗，一会儿报告新闻详细点,别说差了,这可是公事,不是街头新闻。"

赵玉柱一听刘副田说这话,知道他认为自己是故意来的,索性放下表格坐在自己的坐位上,对着坐在沙发上的刘福田说:"你还以为你那是啥好事咋的?我哪有时间说你们那些闲事,正事还干不过来呢。再说了,还用我宣传?全乡都知道了,你就等着上电视吧。"

刘副田觉得赵玉柱这是要整点事,像是故意的,马上接过话说:"老赵,你没事先出去吧,我们这还没完事。你要是有问题要反映,等我完事了你单独和领导们说,行吧?"

"得了,我还忙着呢,就是找我,也得等我办完事再说。"说着话赵玉柱走了,出了大门口,回过头来得意地笑笑,吐了一口唾沫,自言自语地说,"我觉着不是好美吗,该!"

一个工作人员问刘副田:"他是干啥的,咋这么牛呢?"

刘副田没好气地说:"治保主任,厂子的工会主席,外号路路通。哪有事哪到,也不知道人家烦不烦他。"

赵玉柱并没有回瓷砖厂,而是来到街上,看见膘子和几个妇女在二迷糊的门前闲聊,装着没事闲溜达就走了过去。

膘子见赵玉柱来了,笑嘻嘻地说:"赵主席这又从哪来呀,没事找老娘们儿扯淡来了?"

"你这老娘们儿咋说话呢?这里还有兄弟媳妇,你咋闹笑话不分场合呢。迷糊跟你得受多大的气呀,啥人受得了你。"赵玉柱装着文明样,绷着脸像个大干部似的。

"你别装人了,我还不知道你呀,这是有人了,没人的时候嬉皮笑脸的损样。哎!我说你咋不上班呢,大白天的在街里出溜啥呀,又上谁家去了?"膘子逗赵玉柱,说完哈哈笑着,几个妇女也跟着笑。

一个论着叫嫂子的妇女说:"白天出溜有机会,老爷们儿都上班去了,家里就剩下小媳妇，办点啥事那多有把握呀。赵主任真精明啊，啥事都想得到，还从来出不了事。哈哈哈！"

"我就想上你家去呢，要不咱们俩这就走，你敢不敢回去？我知道大哥给人家开车呢，就是回来也得半夜，等他回来咱们俩早就完事了，保证他发现不了。"赵玉柱借机会和叫嫂子的妇女闹着。

膘子也跟着笑，可是膘子心里知道赵玉柱这是有事要说，不然他平时是不会耽误工作在大街上闲逛的。想到这，她对赵玉柱说："赵主任今天又给大伙带来什么新闻了？是不是谁家的老公公穿错儿子媳妇的鞋了，还是大伯子上兄弟媳妇炕了？一般这事他都知道。"

"上回赵主席说大城市里还有配对的，说分给谁算谁，摊上好的、摊上坏的都有，说分完了就在一起喝酒，对心情的还有可能住在一起。还说他也让人家给他配了一对，说太年轻了，他没要，你是不是吹牛呢？哈哈！"论着叫嫂子的妇女笑着说。

"你可别扯淡了，我啥时候和你说的，瞎编白儿呢。不过今天可有个特大新闻，不知道你们听说没有？"赵玉柱神秘地说，还回头看看四周。

膘子知道他有事要说，就追问："啥事呀？和我们几个说说，咱们都不见外，不会向外说的，就当没听着。"

"啥事？可是大事，在咱们村里那可是天大的事。你们没看见村委会院子里停着的小车吗？知道那是哪来的车不？"

"哪来的，中央来的呀？"膘子故意逗赵玉柱说。

赵玉柱并没恼火，接着小声说："那是县纪委工作组的车，连审计局的一共有五六个人呢，你们知道是来干啥的吗？"

"干啥？该不是查咱们村的吧？"一个妇女担心地问。

"你还真说对了，就是来咱们村调查的。说是有人举报村里投给北方集团的资金去向不明，有人贪污公款，借着入股北方集团的机会捞钱。那事多了，不是一个事。"赵玉柱摇头晃脑地说着。

膘子听他这么说，马上就想到了李强，她有些担心地问："是不是和李强有关系呀？村里的钱不都入股北方集团了吗？李强是经理，那能脱离了关系吗？"

一个妇女说："呦！这是咋说的，可别出啥事，出了事，咱们入股的地和村里的钱不都受损失呀？"

"谁扯这事干啥？能有人贪污吗？有李强在那管着，谁敢哪？"膘子有些气愤地说。

赵玉柱不爱听了，神秘地说："我听说数目还很大呢，得有上百万的钱没有着落，究竟弄哪去了谁也不知道，不然上告的人能说得那么具体呀。无风不起浪。这年头，宁可信其有，不可信其无。谁见着钱不眼开呀？只要是公家的事、花钱的事，就有漏洞，就出问题。"

经赵玉柱这么一说，膘子心里还真就没有底了，可是又一想李强为了给群众种地连乡长都不当了，能因为点钱就动心吗？不可能，都是赵玉柱在造谣，他是贼心不死，想要整点事，对李强还是有成见。想到这，她对赵玉柱，又像是对几个妇女说："别听赵主任胡扯，事情没有他说的那么复杂，李强是啥人咱们还不知道哇。我说赵玉柱你可别造谣乱说了，整出事来你可得负责任。咱们哪说哪了，都回家吧，别在这扯老婆舌了。"

膘子带头走了，赵玉柱一看人都走了，也背着个手打算回家，走了几步又往瓷厂走去。

北方集团生产基地的临时办公室，纪委工作组的两个人和审计的两个工作人员，在对李强、木青、田再新和公司会计现金员进行询问。王主任在东屋负责询问李强。两个审计的工作人员在西屋审查公司会计和现金的账目。刘瑞在王主任这组，其实没有他的事，就是坐陪而已。见了李强，他一本正经的样子。

李强和王主任等人握完手，又很大度地与他握手，说："刘书记来了，真没想到我又归你管了。这段事多，一直没有去乡里，咋样，忙不忙？"

刘瑞还是有一些不自然，说："乱事太多，一天也不知道在忙啥。我也是很长时间没见着你了，你有点晒黑了。"

王主任见木青和田再新也在这，就对他们俩说："木青和田村长先出去，先和李强谈，一会儿再叫你们。"

木青和田再新出去了，两个人你看看我、我看看你地往街头走去。

李强和王主任中间隔着一个炕桌，另一个工作人员和刘瑞坐在王主任后边的炕上。王主任抬起头来，把钢笔放在笔记本的中间，仔细地端详着李强。他头一次见着李强，过去听别人说过有关百泉沟村的事，他还真想看看这李强到底是个什么样。面对这个身材魁梧、方脸平头、浓眉大眼的小伙子，不由得心生敬意。他那朴实、厚道的面容里透出正义和庄严，目光如炬，亲切而又机智。李强被王主任看得不自然了，从王主任的眼睛上移开，转向窗外。王主任也觉得自己失态，不好意思地说："对不起，我是久闻你的大名，今天头一次见面有些失礼了。你可是我们县首位辞去乡长来当农业经理的新闻人物。这段时间，全县各个单位的干部都在议论你的举动，真是一石激起千层浪啊，猜测的，谣传的。有的说你别出心裁，有的说你是奔钱去的。当然了，了解情况的说你是为了群众富裕，为了给群众种地，众说不一啊。不过纪委接到群众举报，说你们北方集团利用与村里合作的机会，把村里入股的资金挪作他用，资金去向不明，购买机械物资与花销不符，有贪污的嫌疑。我们找你就是要弄清这些问题，请你不要有什么顾虑，实事求是，怎么做的就怎么说，组织决不会冤枉一个好人，也决不放走一个坏人。百泉沟村一共投入多少资金，分几次拨款，都经过谁手办的？"

李强回答："分三次拨款，财务人员经办的，我在村里签的字，合作合同也是我签的。"

"我听说这笔钱村里本来是要给群众盖房子的,在你的努力下,把钱投到北方集团,是这样吗?"

"是这样的,我认为入股北方集团,能够解决百泉沟村的农业基础设施建设,让农业生产有较大的提高,能让群众的收入逐年增加,加快新农村建设的步伐。"

"可是你知道村里的钱可是集体的,把它变相交给北方集团使用,那是违规的,这一点你知道吗?"

"那不是交给北方集团,村委会是股东,也有权利经营这个企业。田再新村长就是股权代言人,而且在公司主管资金的整体使用。你可以向田村长和李长玺村长了解。"

"既然是合资经营,群众、北方集团、村里各方投资的比例是多少?"

"群众按每亩地两百五十元计算,五千亩地是一百二十五万元;百泉沟村投入机械费用,包括打大井一共三百七十五万元,北方集团计划在全乡一万三千亩稻田中投入生产资料和人员工资等资金二百一十万元,总计投入资金为七百一十万元。群众的土地,其中有百分之二十的是承包,百分之八十的是入股。签合同时就已经付给群众承包费用。"

"就算村里是股东,可是购买农业机械、打机井都得经你手办吧?"

"是我和木青决定购买的农业机械,数量、品种由我们来确定,田村长参与研究。打机井是吴江负责,钱是财会小于付的,你们可以看账。"

"我们会看账的,现在主要是看你的态度。对于群众的举报,你有什么想法?"

"很正常,也有人认为我是为了多挣钱才到北方集团工作的,如果是这样,使用入股的资金就有捞钱的机会,群众的怀疑不无道理,我很理解,也没有意见。这是我的真心话,我有心理准备。"

王主任沉默了……

木青和田再新两个人出了大门，木青回头看看田再新，说："你说这是谁举报的？入股的群众能举报吗？"

田再新摇摇头说："群众怎么会举报呢？要我说就是刘瑞和赵玉柱搞的鬼。村里投多少钱都是开会研究的，赵玉柱每次都参加，能不知道嘛。他经常去找刘瑞，有的时候还在一起喝酒，打电话那就更不用说了，一有个屁大点事就打电话告诉刘瑞。"

"很有可能，在乡里我也见过刘瑞和李强闹意见，原因就是没有当上乡长。李强来当经理，他又没当上乡长，他一定会认为这是李强的关系。要是放在别人身上，不一定这样认为，可是刘瑞则不然。我见过他那态度，对李强的意见大了去了，真是个小人。我们刚开始合作，他就整出这些事来，以后还不定搞什么阴谋诡计呢。看来我们和地方合作可要困难了，这头一脚本来就很难迈，再来这么一出，可够李强受的。你是个副村长，责任不在你，村里还有其他领导。李强则不同，他已经没有退路了。"木青担心地和田再新说着，说完又看看田再新，好像在等他回话。

田再新心事重重，关键是他的心里还有一个不好解开的疙瘩，就是木青对李强的真实态度，他到目前为止还是不理解。把经理让给李强，从哪个方面说都觉得不合情理，他认为，一般的感情是办不到的。因此，木青提出的问题他没法回答。田再新低着头往村外走，木青跟在后面。

木青说："不让咱们走远呢，一会儿该叫咱们了，回去吧。"

田再新转身回来了，看着木青的眼睛不说话。木青奇怪道："这么看着我干啥呀，不认得了？"木青又把头发往脑后一甩，样子很好看。田再新就是喜欢木青这个样子，严肃的木青显得更漂亮，有冷美人的风采。田再新又低下头来，用脚尖点着地，说："放着乡长不干，来当这个受气的经理，弄不好还不让北方集团给开了？这些麻烦都是冲着李强来的。看着吧，事整到这一步，结果还真就不好说。如果真在购买农机具上出现问题，李强可就干到头了。这年头不好说呀，谁能保证谁不犯错误。图个啥呢？我真有些不理解他的举动。你是整个事情都参与了，你应该知道吧？"

木青听田再新这样说有些反感。"什么意图？当农业经理，为群众种地呗，还能有什么意图？你要是有想法就明说，别这么不阴不阳的，我看你才是有什么意图吧？你在他们村有一年多了，还不知道他是个什么人？这么问我，你是什么意思？是不是——"

田再新没等木青说完，说："我觉得他对你有意思，要不能到北方集团工作？我就不明白了，那可是乡长啊，像我们这样的，就是混一辈子到头能当上乡长就阿弥陀佛了。"

木青听田再新的话，不免有些好笑，也觉得田再新真的很在意自己，所以她并没有生气，反而很高兴。她故意问田再新："要是放在你身上，为了我你能不能到北方集团来？假设你也当着乡长，能不能为了我放弃乡长的职务来当经理？"

田再新没有想到木青会这样问他，但头脑灵活的他马上就意识到这是木青对自己的一个考验，要是顺着刚才自己说的话回答，就得说辞去乡长来当经理，那样李强当经理的理由就成立了；可是从心而论，自己就是爱木青也用不着牺牲乡长职务来追她呀，因为没有那个必要，再说也不影响两个人爱情的发展。可他又一想，事情总是有意料之外的时候，李强有爱人，出此下策也是有可能的。想到这，田再新说："我现在要是个乡长，能追到你让我干啥都行，别说是当个经理，就是一般的工人也行，不信你就试试。"

木青哈哈地笑着，说："这家伙，把自己说得有多痴情似的，想让我感动啊？下手太狠了吧？我还没听说过有谁这么干的呢。"

田再新靠在猪圈门子上，低着头也不说话。这时一个工人从旁边路过，说："哎！田村长，人家谈恋爱都是压马路，你们这是压猪圈门子哪，也太浪漫了吧，小心猪拱了你们。"

田再新有些不好意思，见是他熟悉的工人便说："你小子还能想点正事不，你是不是又找机会回家看媳妇去了，误了插秧我可罚你。"

"看媳妇也是正事，不然我心里不踏实，你说心里不踏实，能干好活吗？"小伙子嬉皮笑脸地说，还故意看看木青。

"看你那点出息，快走吧！"田再新说。

木青看小伙子走远了，笑着对田再新说："你看人家那小伙子，工作之余有点空还要回家看看自己的媳妇，放到你身上能这样吗？"

"要是我，干脆不干活了，整天在家里看着你，还用得着抽空回来？"田再新一本正经地说完又冲着木青笑了。

木青也乐呵地打了田再新一拳，说："你就是嘴能说，动真格的行不行啊？你不工作了，还整天看着我，是不是怕我跟别人私奔了？"

李强从屋子里出来，他走到木青跟前，面无表情地说："叫木青进去呢，田再新等一会儿。"

李强走了，田再新仍站在大门口等着。

木青进了屋。木青进屋之后，刘瑞介绍："这是县纪委的王主任，这位是小张。"

木青有礼貌地和他们握手。习惯性的向后甩了甩及肩长发，样子很优雅。木青很反感刘瑞，对他视而不见，也没和他握手。

王主任脸上没有表情，眼睛却瞪得很大，问："你原来是农业经理，为什么让给李强？难道你不能胜任吗？"

木青对王主任的问话有些反感，抬起头看着王主任，说："纪委还管企业用人吗？我们公司一般都是董事会来决定中层领导的任用，研究的时候没找纪委吗？"

木青说这话并没有表现得有多激动，可是她的话却让王主任十分的不爽，在他经手查办的案件中，还没有人敢和他这样说话。毕竟是个有着多年经验的领导，他心里虽不高兴，但脸上却露出了笑容，不紧不慢地说："什么事都有个缘由，既然有群众举报北方集团有变相侵吞公款的情况，我们首先要查当事人的动机是什么。也就是说，你为什么把经理让出来，李强为什么放着乡长不当去当北方集团的农业经理？至于企业用什么人，当然不是我们管的范围。但调查的当事人是我们管的主要对象，你和李强是当事人，我这样问有错吗？另外我提醒你，只要是有违法律的事和人，都是我们管的范围，是干部我们交给行政机关处理，是企业或者说其他公民，我们可以送交给检察院依法惩处。可以这样说，在我们的工作范围没有逍遥法外的人。"

王主任的语气，让木青觉得他在摆官架子，吃软不吃硬的她被王主任的话激怒了，但她仍旧不动声色地说："请问王主任什么是当事人？出了问题，或者说有了违法的案件叫当事人。我们企业有问题了吗？你如果查不到问题，事件就不存在，那这个当事人之说还成立吗？你是不是经常这样调查说惯了？我得纠正一下，这是我作为一个公民的权利。我这样说你不反感吧？"

王主任很意外，也令他无地自容，平时沉着的他，还是显得很尴尬。他歪着头认真地看看木青，说："没有调查清楚事情之前，谁也不能说你是不是当事人。说你是当事人，这是我们工作的用词。你还挺能挑字眼的，你敢说你们企业在使用百泉沟村的资金上没有问题吗？你能保证你自己，可是能保证李强也没有问题？"

第十二章

"我当然能保证,我也能保证李强没有问题。可以这样说,如果有问题我们都有责任。"木青想都没想说。

王主任愣住了,他真没有见过这样的被调查对象,当着刘瑞和工作人员,觉得有些不好意思,不应该在这些小字眼上和她纠缠不清,要马上进入调查实际内容。"好了,我们别钻牛角尖了,说点实际的吧。"王主任说。

"什么叫钻牛角尖?是你说我们是当事人,事情还没个水落石出,怎么会有当事人呢?你这样有辱我们的尊严,对于你们来说这是小事一桩,可是放在我们小老百姓身上可就是个大事了,我们担待不起你这样的尊称。"木青故意和王主任较真。

"那好,我问你,百泉沟村投入了三百七十五万元,群众投入了一百二十五万元,北方集团的资金在哪?说是二百一十万元,可是账上没有来路和去向,这你怎么解释?"王主任严肃地问。

"这不用我解释,看账就行了。现在账上没有是因为资金没有到位,因为北方集团的各项费用是到秋天才能结尾,流动资金会在结算开支之前到位,最终到位的可能不止二百一十万元,也许会更多。这不像村里和群众投入的是土地和购买农机具的钱,钱要先花,而且还是固定的数量。"木青解释说。

土地

"我们不管你什么到秋不到秋的,只要是投资,就应该在账面上反映。现在连个工资表都不全,只有一个月的人员工资。这么大的资金缺口,你怎么解释?如果做不出合理的解释,我们就按北方集团违约或者是欺诈论处。"王主任生气了,语气非常强硬。

木青对此心里有底,因为还没有到使用大量资金的时候,可是王主任这样将她的军,她没有后退的余地了只有面对王主任做出决定,让北方集团立刻注入资金。木青想了想抬起头来,说:"按照规定的资金数量,我们马上就可以注资到账,你想现在要吗?"木青很轻松地问。

王主任也不客气地,说:"对,要求马上到位,我就在这里等着,你们已经注入资金七十八万元,还差一百三十二万元。"

木青立刻拿出手机拨通木志森的电话,说:"喂,爸,你在家吗?什么?去海南岛了,什么时间回来?"

太阳即将落山,晚霞给村落和田野抹上一层金色,插完秧已经上满水的稻田里,像浮着一层金箔。没有一丝风,村落里鸭鹅和狗的叫声,还有辣椒地里拖拉机的马达声显得格外清晰。家家的炊烟已经升起,不管路过哪一家的大门口,你都会听到炒菜的声音。

李强拖着长长的身影从村外走进村子,向自己的家走去。和这美丽的景色正相反,他心里很郁闷,低着头一直在想是谁把北方集团告到了县纪委,当然也在想北方集团对这件事的态度。

吃过晚饭,李强躺在床上,托娅坐在沙发上,两个人都沉默起来,各自想着心事。李强想着刚才托娅说的话,又看看托娅穿的红色线衣,觉得她对他和木青的关系有了猜疑,可是自己既无奈,又说不清道不明。本来纪委调查的事就已经让他很头疼,再加上托娅对他俩的怀疑,真让李强有陷入困境、如坐针毡的感觉。想到这些,他起身来到托娅的身边坐下,看着也在沉默的托娅,想解释一下他和木青的工作情况,可又不知从何说起、怎么说。

此时托娅主要是关心李强的工作，特别是县纪委来村里调查，李强的处境令她十分担忧。另一方面李强和木青的关系也让她心里很忐忑。虽然她很了解李强，知道李强爱她，可是木青整天和李强形影不离，加上赵玉柱等人说三道四，也让她不知所措，心情很复杂。想了半天，她觉得还是和李强谈一谈。自己近来对李强的冷淡，李强已有察觉，只是没有当面和她说出来。托娅拉过李强的手，看着他的眼睛说："你瘦了许多，也晒黑了。知道我有多担心你吗？"

"知道，每天看见你的红线衣，就能体会到。"

"我知道你每天能看到我的红线衣，我是故意给你看的，你能理解吗？"托娅目不转睛。

"我能理解。"李强也很专注地看着托娅的眼睛。

"第一我担心你的工作，第二担心你会被别人抢去。不是我的心胸狭窄，也不是说你的心里没我，是工作的环境会让你身不由己。就像上一座险要而又崎岖的山，努力登上山顶后，却找不到下山的路，或者说回不到出发地。当然，为了要下山，还可能上不到山的顶峰，尽了力却达不到理想的目标。"托娅坦诚地说，也暗示他将会走上一条艰难的路。不论是在工作上，还是在生活中，他都面临着巨大的考验，当然这个考验也包括她自己。

李强懂托娅话中的意思，觉得自己已经走上了她所说的崎岖的山路，并且没了退路。纪委的调查他没有太往心里去，因为他知道在资金的使用上是没有问题的。可是托娅对自己的担心，以及她最近的表现都说明，这件事对他俩的信任构成了最大的威胁。托娅坦诚地把问题摆在了他的面前，对他没有任何的不满、报怨和斥责。然而这恰恰击中了李强心中最敏感、最善良、最脆弱的那根弦。这是托娅的过人之处，也是李强爱托娅的根本原因。李强紧紧握住托娅的手，说："托娅，你是让我重新做选择吗？"

"你还有别的选择吗？你没完全懂我的意思，只是把我放在了最重要的位置上去理解我的话。当初我同意你的选择,是因为我也同样被乡亲们感动,这是我们要选择这条路的主要原因,到任何时候都不会忘记。感谢你对我的尊重,你把决定权交给了我,这说明你很在乎我。你也知道我特别在乎你,可是你要知道我更在乎你对乡亲们的感情,一个把自己的前途和命运都交给乡亲们的人,还有什么让人不相信和不放心的。这样的人,能辜负他所爱的人的期望吗?这些天来我一直在坨子顶上看你们工作,我在思考一个让我犹豫不决的问题。今天从你的表现中我找到了答案,让我下定了决心。"托娅眼里满含着泪水,温柔地看着李强说。

"什么决定能让你这样的犹豫不决?是对我工作的态度吗?"

"你猜不到的,我爸都不知道。"

"那是什么事情?怎么不和我说?"

"今天和你说,不过你可要支持我。这件事对你、对我教是考验,我怕你不同意。"

"什么事这么严重,只要是正事,工作上的事,或者说是家庭中的事,还有难得住我们的吗?"李强疑惑不解地问。

托娅长叹了一口气,把在李强身上的目光收了回来,低下头说:"金董事长前些天给我来了一个长途电话,说要在金洲市设一个瓷砖产品销售公司,让我当这个公司的经理,给我一周的考虑时间。这件事到今天已经有一个星期了,明天应该给金董事长回电话,决定是否接受这个工作。说真的我很犹豫,一是我从来都没有离开过家,没离开过孩子,更重要的是我真怕离开你,我不知道离开你我该怎么生活。一想到离开你就觉得生活没了意义,没了你我当经理还有什么用。至于钱挣的多少我还真没有考虑,我觉得那些不重要,只有你才是我生命中最重要的。"

"你什么意思?是想当这个经理?"李强很惊讶。

"这些天来,你每天回家,都要把你们工作情况和我详细的诉说,你尽量让我知道你所做的一切，在消除我对你和木青的猜疑。每天我故意穿上红色的线衣，站在坨子顶上向你工作的地方看，也是为了让你看到我，我想知道你对木青的态度，验证自己的判断。你每天的行为告诉我，你很怕我产生误会。我觉得长此以往，会对你的工作和我们的感情产生影响。至于我的心里，说实话也和其他人一样，对于你和木青的工作关系，有一些不可言喻的感觉。我已经说了，不是我不相信你，这是人之常情，我也不会例外。另外，还有一些人故意在我们之间挑拨离间、无中生有，都会对我们的感情产生影响。尽管我们是经过生死考验的感情，但也怕这污泥浊水的浸泡，日久天长，都会在我们的心中产生一定的影响。这一点你我都已经体会到了，你说过，我对你有些不热情，其实我也是不自觉的表现，这些表现就是来源于人们的流言蜚语和自己心里产生的想法。我是非常爱你的，可是这些表现真的影响了我们的感情。所以，我才决定要去当这个销售经理，让我们分开一段时间，让我们远离人们的是非之说。这样有利于你全身心投入工作，同时也能考验我们的感情。"托娅说完心里话觉得轻松了很多，她亲切地看着李强，等着他的回答。

李强沉默了，低下头来不说话。他想不到托娅对两个人之间的感情看得这么透，这么长远和现实。她对自己的心里所想、所做是那么的坦诚和直白。她是这样一个诚恳的人，让李强自叹不如。托娅的决定让他很佩服，这种选择不是一般人可以做得出来的。从道理上说，李强真没有任何理由来阻止托娅的决定。可是从感情上说，他真是离不开她，不论是什么原因，他都不想让托娅离开。李强为难了，他抬起头来看着托娅，说："我离不开你，不想让你去金洲。没有你在我身边，有了问题我去找谁商量？"

"不是有木青吗？再说我也不是不回家，也可以用电话联系。"

"看不见你我心里没底，你还是别去了。我怎么觉得这事不可能呢？再说你爸能同意你去吗？"李强几乎哀求着说。

土地

"我会说服他的,我已经决定了,你不用多想。我刚才已经和你说得很明白了。我不是赌气,我也舍不得你,一想到要离开你到外地去工作,我的心就疼,我的眼泪就止不住。好多天晚上,当你睡着的时候,我自己偷偷地流泪,枕头都湿了,每天我都拿到外面去晾。妈问我,我就说是小龙尿的。李强,我们能够在一起生活,经过了多少曲折,这是我想都不敢想的事。我曾经在心里发过誓,就是死我们也不分开了,可是没想到我们真要分离……"托娅说不下去了,泪水流了下来,李强也泪流满面,紧紧握住托娅的手,不断地为托娅擦眼泪,也不说话。

"今天我做出这样的选择,也是为了我们今后的美好生活,为了我们能够长久地生活在一起,为了报答父老乡亲们对我们的厚爱,无愧于先辈们的期望。我不想让那些不干净的东西夹在我们的中间,让那些流言蜚语给我们的生活带来不愉快。李强,你支持我吗?"托娅流着泪问李强。

李强擦着托娅的眼泪,自己的泪已经流进脖子里。他点点头说:"我的心和你一样,一想到要和你分开,我一个大男人怎么也止不住眼泪。道理你说得很明白,可是我怎么也管不住自己……你的想法我觉得很现实,对我们的事、集体的事想得很长远。我回到家乡工作之后,才知道咱们俩是多么的相爱。可是今天,我才知道乡亲们对我们的爱是什么样的,那是对我们事业成功的期许、是对自己幸福的向往。我们的事业和爱情已经寄托在乡亲们的期望里。我们的爱已经和乡亲们的事业生活分不开了,这份爱不只是我们的朝朝暮暮、卿卿我我,更是和乡亲们息息相关的事业,所以,值得我们去做出牺牲,接受严格的考验。"

托娅听了李强的话笑了,站起身来擦擦眼泪,扑进李强的怀抱,说:"李强,只有你才懂得我的心思……"

李强也情不自禁地抱住托娅,说:"我们又要谈恋爱了,让乡亲们看着吧……"

此时小龙跑进屋来见李强和托娅抱在一起,往两个人中间钻。李强松开托娅把小龙抱起来,夹在他和托娅中间,连同托娅一起抱住转了起来,逗得小龙咯咯地笑,托娅吓得大叫起来:"快放下,把孩子夹坏了,又来蛮劲了。"

两个人坐在沙发上,小龙在两个人的腿上爬来爬去,又用小胳膊紧紧搂住两人的脖子,李强和托娅一起亲他,吓得他放下两个人下地就跑了,边跑边说:"要吃人了!我找奶奶去,叫你们吃我。"

托娅见小龙跑了,回过头来问李强:"纪委调查的怎么样了,应该没有事吧?咱们村里所拨的款项就那么几笔,关键是北方集团怎么用的,提的问题有针对性呀。调查的人员也去了我们办公室,只是看村里分成的数量,目的是和村里对账。"

"村里和厂里都没有问题,关键是北方集团的资金没有到位。我和木董事长通过电话,他说这笔款项已经按计划拨给了总公司。木青和他哥寻问此事,他哥说,这笔钱让房地产公司丁经理的项目给占用了,说他们正在筹措资金,把应该注入的资金马上打进来。看来报案人对情况还是很了解的。这个人是谁呢?是我们村里人还是刘瑞我还拿不准,调查组也没有告诉我们。"李强有些担心地说。

"北方集团筹措点资金不应该成问题吧?要是丁经理的钱不及时还给农业公司,纪委可就有说的了,北方集团就存在欺骗行为。这对你和木青很不好。如果群众不明真相,闹起事来就麻烦了。"托娅分析。

"谁说不是呢,现在关键就是资金到位。钱一到位,也就没有什么说的了。购买的农机具都是我经手的,没有一点差错,用人的工钱有明细,这些我都不怕调查。"李强低着头说。

"你说这会是谁举报的呢?"托娅问。

"不一定就是刘瑞举报的,但是肯定与刘瑞、赵玉柱有关系。别人还真就不会怀疑北方集团，更不会怀疑我。说是针对北方集团，其实就是冲我来的。我都听李长玺说了，调查组的人所提的问题中，就有我到企业当经理是出于什么目的，是不是冲着钱去的？为什么放着乡长不当去当一个企业经理？这些都说明只有刘瑞和赵玉柱才能有这样的想法，才对我有这样的看法。我真是想不到会有人提出对我辞去乡长当经理有怀疑。"李强有些伤感地说。

托娅看着李强，用坚定的口气说："出现这些事是肯定的，不要认为自己做的事对群众有利益就不会有人反对。无事生非的人总是有的，包括我们之间的流言蜚语。这只是极少数人，代表不了多数人的意见，可以说这些人是和大多数人对立的，也成不了气候。你我都要有这样的思想准备，还有比这更难、更复杂的事在后头，想要得到建立在乡亲们大爱基础上的小爱，我们必需坚定信念，决不回头！有大爱，才能得小爱！"

托娅的话让李强再次感动了，他又紧紧地握住托娅的手，泪水夺眶而出，就那么拥着托娅，想要说什么，可就是说不出来……

木林接到父亲的电话之后显得非常的着急，在自己的办公室里来回走，一边走一边给房地产经理丁少中打电话："喂，老丁，你在哪儿？啊，有个要紧的事，你马上来我办公室一趟。不行，电话里说不明白，快点，别跟他扯皮了。"

木林的办公室非常阔气，老板台的后面有一排书柜，米色的真皮沙发，大理石茶几上摆着高档的茶杯和饮料，木林坐在桌前等着房地产经理丁少中。等了一会儿不见人影，他看看手表又拿起手机打电话："怎么还没到呢？是不是在公司呀，又玩去了吧？快点！"

丁少中一米七五的个头，方脸尖下颌，黄白的肤色，浓眉下的小眼睛显得很有神，穿着利落大气，西服的衣扣没有系，肚子有点突出。他和李强一样，都是木林手下的二线干部，可是丁经理还兼着副董事长职务，和其他部门的经理想比之下实力要大一些,更受总经理的重视。平日里丁少中就和木林走得近,在很多问题的决策上两个人的意见基本上一致,当然这里面有丁少中对木林投其所好、溜须拍马的成分。因此他很得木林的重用。丁少中有一些见不得人的事,有的时候也不背着木林,当然这是丁少中表示与木林亲近的一种方法,他不会把重大的事告诉木林,只是一些洗澡、按摩、派对之类的小事。今天他就说是在按摩,还说什么小姐很漂亮,还想多按摩一会儿再来。其实他就在自己的办公室里躺着看一部外国电影。听木林的口气很着急,打第二遍电话他才下楼,开着自己的车奔向总公司。

丁少中在总公司的院子里停下车,急切地上了三楼,直奔木林的办公室,遇见工作人员,点头打着招呼。

"丁经理好。"

"你好,小唐。"

"丁经理来了,找木总?他在办公室呢。"

"好的。"

木林办公室的门没有关严,留了一条小缝。丁少中从外面往里看了一眼,见没有别人,也不敲门就推门进屋,说:"什么事呀这么忙?我还没完事呢。"

"我说你别一天尽整那没用的事,大白天的按什么摩呀,晚上干什么去呀?工作上的事都弄完了?你倒会享受,比我这总经理还清闲了。我问你,总公司批给农业公司的那笔资金你用完了没有,现在有人告到县纪委了,说咱们北方集团欺骗群众,说我们资金不到位,用的是百泉沟的资金。调查组已经看过账了,我们还差一百三十二万元资金没有到账。你用完那笔钱马上拨出来,给人家农业组打过去。"木林看着丁少中说。

丁少中仰坐在沙发上,点着了一支烟,小眼睛看着木林,听木林问他要挪用农业组的资金,立刻直起腰来,说:"哎呀!现在可拿不出来,我都用在田园小区三栋楼的原材料上了。现在压着呢，新楼没有出售，资金倒不出来呀。"

木林一听急了，说："去年你们盖的楼不都卖出去了吗？怎么还资金不足呢？"

"卖出去了，大部分都是银行的贷款，手续是办完了，可银行兑现是有时间的，钱不是还没到我们账上嘛，不然我用他们的资金干啥呀？"丁少中解释着。

"你原来用的时候说是怕钢筋涨价，想多购一些，要不我能让你用农业公司的资金吗？本来他们不忙着用，可是有人告了，说咱们北方集团的资金没有到位，等于是欺骗群众。这事整不好对我们集团不利。昨天我爸都生气了，问我为什么不按照规定拨款，给我两天的时间把资金打过去。你看这事咋办吧？"木林生气地说。

丁少中的小眼睛眯了一会儿，说："那我回去想办法呗，别的咋办？我借的，还钱就是了，那有啥说的。我找人先借点吧，我们的账上只有二十万，还不够个零头的。"

木林不耐烦地说："得了，快去整钱，不管你怎么整，把钱打到位就行，别的少扯。"

丁少中一看木林生气了，赶忙起身说："那我整钱去了，完事再和你联系吧。"

木林头也没抬，向丁少中挥了挥手。

丁少中走到外面，站在车旁边拿起手机给丁兰打电话："喂，兰兰吗？我是你叔，你在哪呢？啊，有这么一个事呀，原来借给你的那七十万元，你花完没有？都用了。什么？一点也没剩下？那可麻烦了，我们公司的账上只有二十几万元，借给你的钱是农业公司的经费。现在公司要求资金到位，因为太平川乡有人举报北方集团涉嫌诈骗，如果资金不能及时到账，集团可就说不清楚了。咋样，你那头能想点办法吗？"

丁兰正在村里让田再新帮助她统计种地的户数和亩数，见是叔叔的电话，忙到外面走廊里去接："啊，叔叔呀。我在村里呢。我都用完了，承包地钱、种子、化肥，包括用工费用全都付出去了，已经收不回来了，一点没剩下。是吗？那咋办呢？"

丁少中急了，没好气地问："你们唐老板不是很有钱吗？能不能找他借点，我们公司有房产可以做抵押，你再找找和他不错的那个方志南说说，多给点利息呗。要是能行的话，就给我引见一下，我当面和他们说。北方集团谁不知道哇，他们不怕我还不上钱。"

丁兰听丁少中这么一说，觉得可以试一下，可是一想起唐老板那个样儿又有些犹豫，怕唐占纠缠她，可是眼下叔叔的钱还不上，还真就没有别的法了。

这时手机里传来丁少中的声音："兰兰你在听吗？怎么没有声音了？喂！喂！"

"我在听呢，我想可以试一下。我和他们联系一下，你听信吧。"

"大约得多长时间？我好有个准备。"

"一会儿我就给你回电话，很快的。"

"那好，我回公司等你电话，你就抓紧联系吧。"丁少中关上手机，上车走了。

丁兰打完电话没有回屋，在外面又给唐占打电话："喂，唐老板，又在哪玩呢？怎么都听不出来我的声音了，让谁把你迷成这样了。"

唐占并没有在公司，他和蓝天药业有限公司的副厂长王顺在一起吃饭。开始唐占并没有听出来是丁兰的声音，因为有很长时间丁兰没给他打电话了。他占不着丁兰便宜，也忘记和丁兰联系了。当他听出是丁兰的时候喜出望外，特别是丁兰说话的态度让他很高兴。他也不背着王顺，说："丁兰啊，我以为你把我给忘了呢，怎么时间长了想我了？是不是马上就想回来呀？"

丁兰也不生气，故意逗唐占："我倒是想回去，可是这也太忙了，回不去呀，打个电话问候一下还不行啊。要不你自己找一个朋友，回去我给你报销费用，行不行啊？"

唐占头一次听到丁兰这么和他说笑，让他特别高兴，全然忘了王顺在跟前，说："想我就回来吧，还用打电话？说真的，你一打电话我还想你了呢，快来吧，都等不及了。"

丁兰真正要说的话还没说，只好跟他闲扯起来，说："我不是说了嘛，你先找一个，等我回去了给你报销费用吗？这咋说急还一时不等了呢？别扯了，我有事找你，说正经的吧。"

唐占知道丁兰有事，否则她不会打电话的，故意拿出大老板的架子，说："有事痛快说，我这还有客人，不和你闲扯了。"

"还真有个要紧的事求你帮忙，我叔知道我在你公司上班，想见见你这个远近闻名的大老板。我叔是北方集团房地产公司的经理，你应该认识他的。他有事要求你，想和你面谈，不用我在当中掺和。怎么样？唐老板肯赏脸吗？"丁兰说话语气很嗲，这是从来没有过的。

唐占在电话里听着丁兰有些发嗲的声音，心里别提多高兴了，因为丁少中经理是房地产老板，他扬起脸向着窗外，大声说："行，你安排见面时间和地点吧。对，也行啊。我要是求他，他肯定能来。"

丁兰高兴地说："那就有劳你了，方主席要是能来那可就太好了，我叔过去也和他见过面的，很希望能够见到他。好吧，你等我的电话吧。拜拜！"

丁兰马上给丁少中回了电话。好半天他才回到办公室，田再新见她回来了，说："你这电话打的时间可不短哪，给谁打电话了？是不是你的男朋友？给别人能有这么长时间？"

丁兰为完成一件大事而高兴，开着玩笑说："我倒是想给我的男朋友打电话，可惜没有人要我，不想起来还得罢了，思想起来让我好难心哪……"丁兰拖着戏剧的腔调。

田再新也学丁兰的京剧腔调说："小妹妹，不要难过，待我与你找上一位如意朗君，过得平安日子去罢……"

两个人大笑起来，其实丁兰已经爱上了田再新，可是田再新爱木青丁兰也知道。但是眼前的田再新却是让丁兰心里泛起波澜，她仔细地看着田再新眼镜下的双眸，充满活力和智慧。本来她不想说刚才电话里的事，看着田再新的眼睛，她产生了一个大胆的想法，说："别扯了，刚才是我叔的电话，他是房地产公司的大老板，来电话让我回去负责售楼业务。新建的楼已经快要开盘，目前招收了五个售楼员工。因为原来管楼房销售的生孩子辞职不干了，所以想让我回去做售楼业务。你说我这还种了那么多的地，咋回去呀，我只好说等到秋收之后回去。他还问我有没有对象，要是有对象可以一起带过去。你说我可怎么办吧，对象没有不说，整这几千亩地还种上了。你点子多，给我想个办法吧。"

田再新一听丁兰说是售楼工作，惊讶地张大了嘴，说："哇噻！房地产商可了不得呀，那你还不回去，在这混。"

纪委对北方集团的调查已经告一段落，情况基本核查清楚，购买农机具的账面单据与出售方完全一致，问题只集中在北方集团资金能否到位上。调查组的其他成员已经回去，只剩下王主任和一名工作人员在等北方集团在限定时间内资金到位。刘瑞作为乡纪检委的负责人，一直陪伴在王主任的左右。他知道王主任已经没有什么新的调查任务，问题集中在北方集团资金投入上，如果资金全部到位，这次调查的问题就有了结论。可是人们一定会知道是谁告的状，如果不在这时候说清楚，人们肯定会怀疑是他告的状，这对他以后的工作会很不利,想到这,心里就有了一个主意。他来到王主任住的房间。

王主任正看一本有关金融界贪污案例的资料。见刘瑞进屋来,他坐起身来给刘瑞让坐,说:"今天没有别的事了,早上包书记说他今天要去县里办事,有事就让我找你。我是没有什么事,就等着北方集团把资金的事落实到位之后回去。"王主任说完放下书,喝了一口水。

刘瑞故意装做为难的样子,说:"要说事吧,也不算什么大事。可是我觉得这次调查做得有些不够全面。比如说当事人、属名告状的人等,是不是都要走访一下?要不这件事完了之后,再出点事就不好了,好像我们的工作没有做到位似的,劲都费完了,就差这么一点了。"

王主任听刘瑞这么一说,觉得有一些道理,不在事情的大小,关键是图个完整,办一件事是一件事。这对自己在办理上访案子中的结案率是很关键的。想到这,王主任看看刘瑞说:"你说得有道理,这儿的情况你比较熟悉,你看还应该找哪些人合适?别客气,你就安排吧。"

听王主任的口气,他对自己没了猜疑。所以达到目的的刘瑞放大胆子说:"我看应该找找百泉沟村的治保主任,也是瓷砖厂的工会主席,他可能知道一些内情。另外还要和这次写告状信的群众接触一下,把问题落到实处。这对你们工作组是非常重要的,当然对我的工作也是一种肯定。"刘瑞说完看着王主任的脸色,猜测王主任的想法。

王主任并不反对刘瑞的意见,还觉得有一些道理,心想反正也是等着,就按刘瑞说的找一下当事人,这也是工作当中必须要坚持的原则。他看着刘瑞,说:"你看我们到哪去找他们?"

刘瑞想了一下,说:"还是到村里吧,那里方便。另外他们都没有车,来的也慢,我事先和村里打好招呼,约个时间一去就行。"

"就按你说的安排吧,吃过中午饭我们就去。"王主任说完,又看他手中的案例。

刘瑞站起身来，说："那我打电话通知他们，你忙着吧。"

刘瑞到了外面走廊拿出手机给赵玉柱打电话："喂，赵主席吧，我是刘瑞，在乡里呢。啊，有这么个事呀，下午两点你到村委会等我，王主任有事要和你了解。对，还是那个事，你知道怎么说。好了，见面再说吧。"

刘瑞回到自己的办公室，又拨通了刘村长的电话："喂，刘村长，我是刘瑞，在乡里呢，有个事你得去办一下。下午县纪委的王主任要和李有才谈话，对，就是反馈意见。你让李有才不管问啥都说没有意见就行了。他原来属名的材料在王主任手里呢，别的事没有，告诉他这是了解群众意见。对，马上就找他，让他下午到百泉沟村委会。听明白了吧？那就行了，我也去的。咋找不着，中午他不回家吃饭吗？你咋这么笨呢，打他的手机，找他爸问手机号！"

刘瑞打完电话松了一口气，又走到门口看看有没有人来，见走廊里空无一人，这才回到自己的坐位上喝了一口茶水，觉得有些凉了，又用暖壶倒了点热水，头靠在转椅的后背上闭目养神，想着下午还有什么要做的和要发生的事情。

百泉沟村委会，王主任和另外一个工作人员、刘瑞已经坐在小会议室里等候。

田再新负责接待他们，他让勤杂员给他们沏上茶，又买了两盒香烟放在桌子上。安排完之后，田再新来到刘瑞跟前问："还需要我干什么，请你吩咐，我在办公室里等候你的指令。"

王主任笑了，说："小伙子爽快，不愧是个大学生村长，有前途。"

刘瑞也笑着说："这是我们乡里十个大学生中的小领队，外号篮精灵，精明能干、足智多谋，现在是村里的当班村长。李长玺不在就他管事呢。那句话是怎么说的？叫做山里无老虎，猴子称大王。你就是那个猴子了。"

田再新笑着用手挠挠头，说："刘书记把我举得太高了，我有点飘起来的感觉。可别这么说，这让我得失眠多少天哪？"

几个人都笑了，王主任说："还别说，你还真有猴子的机灵劲儿。"

赵玉柱走进屋来，他身穿着西服，扎着的领带总是比别人的短一截，一双旧皮鞋好像是新打了鞋油。因为见过王主任，所以他大方地走过来和王主任握手，说："王主任来了，有失远迎。"说着又和另一个工作人员、刘瑞握手。

王主任看着赵玉柱这一身打扮，笑着说："到底是当主席的，人家就是有派。不过你这领带有点短似的，我看别人扎得比这长啊。"

赵玉柱非常自信地说："那是个人习惯，我就反感那长的，办个公、写点材料什么的碍事。我故意扎得短一些。"

刘瑞对田再新说："好了，我们说事吧，田村长在你的办公室里等一下李有才，他来了之后叫他等一会儿，赵主席谈完就让他到这屋来。"

田再新知道是在打发他走，知趣地出去，屋子里只剩下赵玉柱和王主任他们一行三人。王主任看看刘瑞，刘瑞明白这是让他先说一下。此时工作人员和王主任都打开了笔记本，在做记录的准备。刘瑞看看赵玉柱，赵玉柱看看刘瑞，两个人都笑了，但是有些不太自然。刘瑞把自己的本子也拿出来，说："赵主席，找你来有这么几个事要和你了解一下，请你如实回答。原来找过几个村干部谈了，没有找你是因为你没有经手村里的资金管理，但是你在村里研究资金使用的时候，也参与了决策。所以听听你的意见是理所当然的。你不要有什么负担，实事求是地讲，问你什么你就回答什么。下面王主任问你问题，请你回答。"

王主任抬起头来，看着赵玉柱问："你叫什么名字？"

"我叫赵玉柱。"

"分管什么工作？在决定村里与北方集团合作这个问题上，你当时是个什么态度？"王主任接着问。

"我是村里的治保主任，去年又分管瓷砖厂的治安工作，兼任厂里的工会主席。说真话还是说假话呀？"赵玉柱故意问。

"当然是说真话，说假话那咱们的工作还有什么意义。"王主任很严肃地说，对赵玉柱的回答有些不满。

赵玉柱心里有底，所以放开胆子说起来："那我就实话实说了。要说村里投资这事，当初我是坚决反对，我主张给群众盖房子，把钱用在建设新农村上，那也叫跟上时代的步伐吧。可是李强做了几个委员的工作，非要把村里的资金用于与北方集团合作。你们也调查了，这哪是合作呀，干脆拿村里钱种群众的地玩呢，他们出多少钱了？钱到账没有哇？当着乡长都不干了，去当农业经理，那不是奔钱去的，是奔啥去的？图的是啥呀？明眼人都明白这是怎么回事。我这人说话就直来直去，要是不出事可就怪了。"

第十三章

王主任听赵玉柱这样说，觉得有道理，进一步问："除了你之外就没有别人反对与北方集团合作吗？班子成员没有其他人支持你的意见？"

"咋没有呢，当时同意给群众盖房子的有四个人，同意搞基础设施建设的只有两个人，连阿书记都同意给群众建房子。李强当了经理之后，经他一做工作，又都同意与北方集团合作了，只剩下我一个人坚持有什么用。再说阿书记是李强的老丈人，托娅又是李强的媳妇，这事能不成吗？谁来也整不黄，集体的钱早晚是人家嘴里的菜。这种事群众也就是说说，能咋的人家呀。白纸黑字，合理合法，钱都弄没了，群众的地都歉收了，人家也没责任，打官司都不赢。这是有人举报了，不然谁知道这些事呀。"赵玉柱装得像有多么正义似的，说完用眼角偷看王主任。

王主任和另一个工作人员认真地记着，刘瑞不看赵玉柱，表情更加严肃，也在笔记本上飞快地记着。

王主任调查了好几天才听到有人这样说，而且所提问题又十分的严重，他抬起头来问："据你所知，李强有没有贪污的具体问题，比如买东西多开发票哇，没买东西虚开发票等等。"

此时李有才来了，后面还跟着张丽丽。田再新迎了上去，把他们叫到自己的办公室里，说："李有才，你先到我这屋来，等一会儿纪委的人叫你你再进去。"

李有才有些不明白，坐下之后问田再新："田村长，他们找我干什么？我知道啥呀，一天开着插秧机，啥事也听不见，还不如丽丽呢，要不让丽丽说吧。"

丽丽笑了，逗李有才："人家找的是你，不是我，还说啥也不知道呢，调查组的人都找上你了，别装糊涂了。有啥事从实招来，免得皮肉受苦。"

"我啥都不知道，说啥呀，谁装糊涂了。"李有才紧张起来，逗得丽丽和田再新哈哈大笑。

田再新指着李有才说："考验你的时候到了，就看你说不说实话，要是表现不好，丽丽可就和你拜拜了。"

李有才信以为真，看着张丽丽说："丽丽最知道我，一天都干什么全在你的眼睛里呢，别听田村长说。再说还不知道问什么事，要不你先告诉我。"

"看你那傻样吧，没干坏事你怕啥？你是不是有什么事瞒着我呢，表面装傻？"丽丽严肃起来，眼睛盯着李有才问。

这时赵玉柱仰脸朝天地进屋来，看看李有才说："你叫李有才吧，叫你进去呢。"

李有才忙问："问你啥事了？你先和我说说，我心里没底呢。"

"我哪儿知道，问我和问你能是一样的事吗？你一个小孩牙子，真是的。"赵玉柱说完就来到自己的办公桌前，丽丽给他让坐。

李有才去了小会议室，一进屋见刘瑞也在，心里安定了一些，坐在了工作组的对面。

刘瑞满面笑容地说："有才，你不要紧张，调查组主要是反馈一下意见，问你什么你就说什么，要是有新的问题也可以提出来。这位是纪委的王主任，这位是纪委的小马同志。"

王主任看看李有才，问："你就叫李有才？今年多大年纪？"

"是，我叫李有才，有钱的有，才能的才，不是钱财的财。今年二十二岁，属马的。"

"你对北方集团还有什么意见？还有没有具的问题要反映？"

"没有了，也没有要反映的问题。"

"这次调查组经过详细调查取证，了解到北方集团的大量资金没有按要求到位，我们已经责承李强经理去落实此项工作，限其三天时间解决问题，对此你有什么意见？"

"我没有意见，你们看着办吧。"

"你还有别的意见吗？"

"没有了。"

"如果没有别的意见，这次调查就算结案，处理意见我们会以文件的形式转发给你的。这样行吧？"

"行啊，你跟村里说呗，我啥意见没有，没有别的事我走了。"

"你走吧，王主任和你说的话不要和别人说，这是组织纪律，你懂吗？"刘瑞对李有才说。

李有才不明白这是什么意思，似懂非懂地说："我知道，不说就对了呗。走了，你们忙吧。刘书记再过去到家串门，谢谢你的照顾。"

李有才出去了，王主任问刘瑞："照顾他什么了？看来你们还很熟的。"

"他家是个困难户，春节的时候乡里去慰问，见着我们表示感谢呢，小伙子还挺活泼的。怎么样？这个结果还满意吧？"刘瑞非常得意地说。

王主任收拾起笔记本，站起身来，说："这件事就算完了，等北方集团的资金一到位，我们就可以回去交差。"

刘瑞笑着说："我晚上请你喝点，庆贺一下。案子总算是有了结论，这些天数你最累了,别人还有个靠,你不行啊,啥事都得管。"

"我累不累的都是小事,当事人没有意见就算结案了。赵主任说得挺严重,可没有具体问题,我们不能无事生非。再说事情已经查清了,刚开始合作还没有多少资金流转。好了,那就听你的,俗话说好,事事不由东,累死也无功。"王主任张开双臂伸了一个懒腰,拿起手包出了小会议室。

赵玉柱没走,和田再新一起迎上前来。田再新说:"刘书记、王主任留下吃了饭再回乡里吧,瓷砖厂那有食堂,我已经给食堂打电话了。"

赵玉柱想跟着蹭饭,说:"我们村里一般来客人都到那儿吃饭,走吧,我领你们去。小新再给食堂打个电话,就说要到了,整点好菜。"

刘瑞怕赵玉柱跟着,喝点酒没深没浅地再说走了嘴,赶忙说:"今天就不用村里安排了,晚上我请王主任喝点,多少天了可算有个机会,自从到这工作,我还没请王主任吃顿饭呢。再说这种工作不适合在村里吃饭,怕影响不好,请你们理解。"

"那就请便吧。"田再新说。

赵玉柱白了刘瑞一眼,心里想,用人朝前,不用人朝后,还防着我呢,交不透的东西,这点光都借不上,嘴上却说:"还是书记觉悟高,想得周到。那就算了,记着,你们欠我一个人情啊,等哪天没有事了咱们好好地喝一顿。"

赵玉柱把话点给了刘瑞,刘瑞当然明白他的话是什么意思,接过来说:"事情过了之后,我请你和田村长好好地喝一顿,咱们不带王主任,和他喝酒麻烦,喝不起来不说,群众还会有闲话说。你说是不是,王主任?"

王主任笑笑说:"工作期间我们从来都不和当事人喝酒,这是原则。刘书记说得对,等没有案子了,你们到县里,我请你们好好喝点。"

王主任和刘瑞走了,赵玉柱坐在田再新的对面故意问他:"你说这个案子是不是就算结了?也没有整出个子丑寅卯来呀。这是谁告的呢?你知道

吗？他们没和村里领导说吗？"

田再新笑笑说："我和你一样，谁告的能和我说吗？连你都不知道，我能知道？没有咱们事就回家吧，别跟我在这混了，吃饭还得上食堂去。"

赵玉柱还想和田再新聊一会儿，田再新知道赵玉柱要说什么，故意装出很不高兴的样子说："这事整的，我和木青都夹在中间了，一个是拨钱的，一个是花钱的，弄不好还说不清楚了。咋没有人告这事呢？这不一告一个准吗？"

赵玉柱听田再新说这话，他还装明白了，说："你别扯了，谁不明白呀，你们两个都不是主要领导。说了算的，办实际事的那是李强。村里往外拨钱也得李长玺说了算，有会计经手，你也就是听个数，看着人家把钱拨出去，再看着李强把钱花出去。不过你和木青可是主要的证人，要是有啥事，你们两人不说谁知道。"

其实田再新要听的就是这句话，知道赵玉柱会这么说，田再新好像很庆幸地说："要说当个副职还真不错，有点啥事有人担着。这要是我和木青是主要领导，这事可就说不清楚了。我的天哪，万幸啊。别说别人，就是你赵主席都不能放过我们。"

赵玉柱听田再新这样说还高兴了，说："照你那话说吧，我是干啥的？啥事不在我的心里走一遭哇，最起码你得过我这一关。你小子知道就行，别瞧不起我，咋的，大小也是个官，管事的官。"

其实田再新最烦的是赵玉柱说木青和李强的关系，所以把话引到有人告状上来，把他说上道了。田再新心里很高兴，打开音响听起歌来，赵玉柱没趣地走了，田再新头也没抬。

双青县和平宾馆的小会议室里，前台主管小梅和服务员小红在安排会客用的水果、香烟、茶点之类的东西，室内布置得非常讲究。圆桌的四周都是沙发靠椅，圆桌中间是五盆开得正艳的火鹤，正面的墙上是一幅大青沟风景照片，满山枫叶的大青沟非常美丽。

丁兰从外面进来，一看布置得这么漂亮，说："我的天呀，这也太漂亮了，真够气派的。我得怎么谢你呀？"

"谢什么谢，我是干这个的，这点光还借不上吗？人什么时候到？时间说准了吗？"小梅一边放着茶杯一边问。

"十点半就能到，直接到和平宾馆的门前，我们到那里迎接。方主席他们先上来，在这里等吧？"丁兰说。

"不用了，我也通知他们在大门口见面，然后一起上来，这样显得亲近一些，装那个大气干啥。"小梅不客气地说。

丁兰知道小梅是不想在小会议室里先见到他们，一起接待的话，省得有单独见方志南的机会，因为小梅和丁兰说过，她已经对方志南失去了兴趣，方志南几次想见她，都被她找借口给推了。

丁兰说："那太好了，显得咱们没有架子，毕竟我叔是来求人家的，这样好让他心里宽慰。"

小红放完茶杯走过来，说："丁姐，今天可别让我喝酒了，那次喝完酒之后，唐老板找我好几次，我一次也没和他去。他和梅姐说上我的当了，把个丁兰还得罪了。"

"他是不会放过今天这机会的，还是你来对付他吧，一见你他就不找我了。我给梅姐你们俩每人买一条项链，晚上我们单独再喝一顿，以表达我对你们的谢意行吧。"丁兰拉着小红的手说。

"谁跟谁呀，还用得着那个。"小红嘴上这么说，可是心里还是很高兴，觉得丁兰这人很可交。

唐占和方志南已经来到楼下，两个人坐在服务台左面的沙发上，唐占拿出烟来给方志南点上，自己也点上一支。

方志南仰在沙发上望着窗外，说："老唐，我的意见是帮助丁经理一把，这个人可是北方集团房地产公司的总管。他也就是临时缺点钱，不和咱们借，也能从别处借到钱。他有很多房产，你在外面做生意，这可是个用得着的人。"

原来方志南不想借给他钱，因为钱借出去就能给李强解围。可是他又一想，这是北方集团的事，那么大的一个企业，一百多万元算不了什么，还不如交个朋友，再说李强在北方集团，将来会有大用处。想到这，方志南又改变了主意，又对唐占说借给他钱。

唐占有些不明白了，回过头来对方志南说："你不在电话上说不借给他钱嘛，怎么又同意借了呢？那得借给他多少？我这没有太多的钱，光靠我自己可不够。"

"我想了一下，借给他钱有把握，一分五的利我们有利可图。再说他就缺个百十来万，在哪还借不到钱啊，谁怕他呀。咱们借给他六七十万就行，我出四十万，你出三十万，借他十个月我们就挣下十万元，挺合算的，还交了个房地产朋友。"方志南说。

其实唐占有一百万元存款，但是收麻黄草得用几十万，听方志南说他出三十万元，觉得还可行。唐占知道方志南是为了小梅，想通过这件事讨好她，因为最近一年来，小梅还没有和方志南到过一块。方志南多次约小梅，可她都没有来。方志南曾经当着唐占抱怨过，说人没处看去，原来不错的朋友，现在连面都不见了，指的就是小梅。这次小梅求他，他认为这是个机会，让他再次看到了能和小梅和好的希望。为此唐占曾经劝过方志南，让他别再打小梅的主意，说她不可能再像以前那样对他好了。想到这些，唐占觉得这个钱得借，就冲着方志南也得借，再说借个三十万还不算多，他抬起头来，说："好吧，我可是看你的面子，要不可没有闲钱借给他，我和丁老板也只是一面之交，又不太熟悉。虽然他是丁兰的叔叔，可是我和丁兰过去也没有任何交往。她是小梅介绍来的，这根都在你这呢。"

"这个情到啥时候我都领,咱们哥们儿多少年了,不然能有这些事吗?你不用怕,他有房产,利息到时候都归你,我一分不要。你看咱哥们儿够不够意思?"方志南很大方地说。

唐占点点头说:"那就这么着,我借给他三十万,你借给他多少?"

"我刚才不是说四十万嘛,就那么地了。"

唐占一抬头看见有两个人推门进来,回头看见丁兰、小梅、小红三个人也都从楼上下来,迎着来人走过去。唐占对方志南说:"可能人到了,丁兰她们出来迎接了,我们也过去看看吧。"

方志南站起身来没有动,等着他们过来,又对唐占说:"我们在这里等着就行,不用过去。"

小梅、丁兰和小红领着两个老板模样的人走过来。小梅一见方志南便有些不好意思,可是她马上装做很热情地和方志南握手,说:"太少见了方主席,你还是那么精神哪!你好唐老板,肚子还是没见小哇。"

小梅也握住唐占的手,说:"我给你们介绍一下,这位是丁老板,司机小马,这位是方主席,这位是唐老板,这位美女是我们宾馆的小红。"

大家握手寒暄,唐占握着小红的手说:"小红自打和我喝酒之后再也见不着了,怎么怕我了,咱们今天再比画比画?"

小红大方地说:"我哪是唐老板的对手,那天是你让着我,要不我还不叫你给吃了哇?"

丁兰也握着唐占的手说:"唐老板也太不够意思了,见着美女就不理我了,连个电话都不打,我这个特务和总部失去了联系,成了单飞的大雁了。"

唐占握着丁兰的手不松开,眼睛色眯眯地看着丁兰说:"你心里都是花生,哪还顾得上我这个经理呀,就是给你打电话那不也是白费功夫吗?你忙的不回来,有什么用啊?"

土地

"这话叫你说的,非得我回来,打个电话问问情况还不行啊。你就是把我扔出去不管了,心真狠哪!"丁兰说完和小梅一起笑了。

小梅又忙着招呼人们:"大家都别在这聊了,上二楼会议室。"

"对,方主席、唐老板你们先走,叔跟着。"丁兰说。

小梅在前面引路,丁少中跟在方志南的后面,唐占跟着小红和丁兰,进了二楼会议室。

坐下之后,丁少中介绍跟他一起来的小马:"这位是司机,也是我的副经理小马,名字叫马海明。你们几位的大名我早已如雷贯耳,今天有幸与两位相见,真是幸会。不瞒你们说,我这可是头一次和个人借钱,公司有些流动资金让我的侄女在太平川乡种地用去了七十多万,再加上我为了贮存一些钢材用了近五百万元,所以总公司拨给农业公司的钱让我给花了,这不县纪委来农业公司调查,这笔钱就得还了。正赶上去年楼房贷款还没有到拨付期限,所以只好求你们两位有钱的大哥了。不白借给利息,多少你们定,还款的日期你们定,时间长短都可以。不是说大话,借你们钱也是为了和我侄女的老板、朋友有个交往,多个朋友多一条路,不然从别的朋友也能借到。这种事每年都有,总有钱不凑手的时候。"

唐占说:"老弟,你想用多少?"

"我占用的这笔钱是一百三十二万元,尽你们能力吧,多了更好,少了我再到别处去借点。"丁少中大方地说。

唐占看了方志南一眼,方志南没有什么表情,唐占回过头来说:"我们哥儿俩只能借给你七十万,说真的我们也没有太多的钱,到秋天我还要收麻黄草,需要的资金很多。利息就按照一分五厘吧,半年十个月都可以,你看行咱们就办手续,办完手续就把银行卡交给你。其他时间我们好喝酒哇。对了,今天你得住下,我们晚上好好玩玩。"

丁少中很高兴地说:"两位大哥办事真爽快,好,那就按十个月计算利息吧。我这就给你们打手续，小马把我的包递给我。"

丁少中给唐占打手续，方志南只是看着也没说什么。丁兰和小梅在一边小声说话："他们都出多少钱哪？谁出的多？"

"这我可不知道，我估计方主席出的大头，我知道唐老板的实力，他没有太多的钱，秋天还得收麻黄草呢，还不得留点嘛。"小梅说。

唐老板到外面打电话："喂，小凡，你办一张六十万的银行卡，对，工行的，办完马上送到和平宾馆来，二楼小会议室，越快越好。"

唐占回到桌前，方志南在看丁少中写的手续，看完又给唐占看，说："老唐，你看看吧，这都得经你办。我看是没有啥了，要不要把公司的章也盖上？"

丁少中一听忙说："那行，我带来公章了，来，这就盖上吧。"

手续办好盖了章后方志南才说话："通过丁老板借钱这个事，我们交个朋友。钱不多，可是真心实意。我们的能力有限，请你谅解。这事你得感谢老唐，秋天他还要收麻黄草和小杂粮什么的，钱也不是特别多，不像你这搞房地产的大老板。但是冲着丁兰在他的公司工作，他已经尽了最大的努力。"

丁少中有些不好意思了，说："什么大老板，还跟人家唐老板借钱呢，你可别这么说了，再说让我无地自容了。"

丁少中和方志南聊着，唐占又到外面去打电话，丁兰、小梅和小红在旁边小声聊着什么，不时地笑着。

终于唐占等来了儿子小凡，他接过银行卡赶紧来到丁少中的跟前，把卡递给丁少中，说："这是六十万，按照规矩，我把十个月的利息扣下了，一共是十万零五千。那五千就不要了，你看这样行吧？"

丁少中听了一愣，但他马上就说："行，对，按规程办事，这我懂，我们一般借钱都这么办。"嘴上是这么说着，可是心里已经很不高兴了。这无

土地

形中就损失十万。这钱能让丁兰给嘛,她有多少钱哪,最后还得是自己还这个钱。丁少中把银行卡收起站起身来,说:"走,咱们到下面去吃饭,就在和平宾馆的餐厅吃吧。"

方志南和唐占起身下楼,丁兰把丁少中叫到一边,说:"叔,这两个人光吃饭不行,晚上你还得给他们安排其他活动。"

丁少中听了丁兰意见,他也知道这里的规矩,可是让他白搭了十万元钱,实在是没心思安排活动。可是如果就这样走了,丁兰以后的工作还怎么做,在人家手下工作,出点什么难题就够她受的。丁少中只好无奈地答了。

丁少中吃过饭以后,给唐老板和方志南安排洗澡、按摩等一系列活动,又让他花了近两千元钱,等于没省下利息,气得丁少中夜里两点开车就回去了,也没和丁兰打招呼。

托娅得到金董事长的批准,就任金洲市瓷砖经销公司经理,并让她马上交接、制定计划、招聘人员,准备到金洲成立销售公司。

瓷砖厂的财会室里,托娅正和方会计办理接交手续,把手头上日常各项报表以及存档的工资表等一一与方会计核对。同室的两位工作人员也在一旁帮忙。

方会计一边清理着表册一边问托娅:"这个消息也太突然了,我怎么回不过神来呢,老觉得这事不是真的。事先咋没听着一点动静,是你要求的吗?是不是你和李强——"

"不是,你别瞎猜了。是金董事长点名让我当经理,给了我一周的时间考虑。我想好了,还是去试一试,机会难得。"托娅说。

"你走了我们咋办哪?一想心里空落落的,你不在真没意思了。"小米伤感地说。

"就是嘛,每天你上班来晚了我都不习惯,这回长期迟到,你说怎么办吧?跟金董事长说说,把我们几个也调金洲去吧。"另一个工作人员说。

"傻样，都走了这的工作谁干哪，你想让瓷砖厂黄了哇？再说了，你的对象能让你走吗？一天都离不开的主。"托娅笑着说。

方会计放下手中的表册难过地说："看见你每天都到坨子顶上去，我知道你有多么在乎李强。你调到外地去工作，以后长时间见不到李强，你受得了吗？"

"有什么受不了的，也不是不回来了，想了打个电话或者回家来看看，看看你们还有家人。"托娅感动地看着方会计。

"我是从总公司那边调到百泉瓷砖厂的，现在觉得自己就像是这儿的村民，都是因为你，让我对这个地方有了感情。我是你的大姐，可是你的举动、对乡亲们的感情，让我觉得你才是大姐，你是我们的主心骨。那么多的工人家里有事就找你，你从来不嫌他们麻烦，有的时候还要把自己的工资借给工人，到开工资的时候，你的钱已经没有多少了。你这一走，那些工人有事咋办哪？"方会计看着托娅说。

托娅放下手里的表册，看看方会计和小米，说："你这一说，我想起来了，你们真还得像我一样，哪个工人家里有用钱的地方，想办法帮助解决一下。反正他们也有工资，从以后的工资里扣下就行。有的时候对工人来说，是能解决大问题的。他们会非常感谢你们，会拿你们当自己的亲人对待。我也真是，要走的人了，还给你们找麻烦。咱们姐妹一回，就算我求你们了。你们要是同意我就和工人们说了，不同意就算了，算我多事。"

"你说哪的话呢，你的乡亲不就是我们的乡亲嘛，平时你是怎么做的，我们都看在眼里，跟你学还不会吗？你就放心吧，你怎么对待他们，我们就怎么对待他们。"方会计说。

"那我就先谢谢你们了，这才是我的好姐妹。"托娅高兴地说。

"你这一走，我们两口子再吵架谁管哪？上次你说他一回，老实多了，回家干活也不等我了。他和我说，别看托娅姐说人那么狠，我还挺服她的，人家说得在理。他还说等哪天买点东西看看你呢，这可倒好，你还要走了……"小米有些难过。

就在这时一帮工人涌进财会室，白板和留留领头。方会计一看就明白了，这都是来看托娅的。她故意说："你们来这么一大帮，这是要抢钱哪？下班了吗，你们就出车间？"

白板说："下班了，今天任务完成得快，提前了半个小时，我们都听说托娅要调走，来看看她。"

"抢钱也……也得等托娅走了再抢，不能把她装……装里头。"留留有些结巴地说，工人们都笑了。

"哎呀，看什么看，也不是不回来了，就是调动工作，大惊小怪的干啥，你们提前下班别耽误了生产，李厂长知道吗？"托娅说。

留留自打吴江抽调到北方集团之后就成了班组长，听托娅这样问，说："我们提前干完上……上午的活，李厂长知道。他一会儿也过来。"

"我知道，是我让他们来的。"李长玺推门进屋，说着话来到托娅跟前，托娅给他让坐。

"长玺哥，你也跟着凑热闹，整这么大的动静干啥，让人看着我好像不回来了似的。"托娅说。

"妹子，你不知道，乡亲们跟你感情深哪。你看看这帮工人，哪个你没帮助过，哪个家里有事你没去过？你心里装着大伙儿，大伙儿的心里也装着你呀。你这一走，把乡亲们的心都带走了。我也一样，明知道你就是为厂子销售瓷砖到外地去工作，这时候交通也方便，随时都能回来，可就是不由自主地想看看你，和你说说话，不然心里憋屈。"

托娅眼里已经满含泪水，白板和留留等人也都背过脸去，眼泪在眼圈里打转。

"从小到大，你从来都没离开过百泉沟村，一个女同志只身在外，又是在一个新建的公司，困难多，条件差。平时在村里、在厂子，你那么关心工人，工人能不惦记你嘛。"李长玺说不下去了，慢慢地坐在椅子上，掏出烟来点着，深深地吸了一口。

"妹子，你别换手机号，有啥事你就给我们打电话，我把大伙儿的电话号码抄来给你。我不会发短信，只能给你打电话，你别怕花电话费，我们往你的卡里存话费。"白板说。

一个工人拿着一个暖水袋，把它放在了托娅面前的桌子上，说："这是我媳妇让我拿给你的，说在外面住，有的时候屋子凉，装上点热水暖暖胃，睡觉放在被窝里暖和。"

托娅拿起暖水袋，心里非常感动。虽然东西小，但却代表了对她的关心，她说："谢谢你们了，我会把它带上的。"

"妹子，你放……放心去吧，小龙我媳妇帮看……看着，小凤还乐意和他玩，憋屈不着，不……不能太想你。"留留说。

"行了，看看就中了，也该下班了。瞧你们这两口子，李强呢，为了乡亲们种地，把乡长都辞了；你呢，为了瓷砖销售远走他乡，其实也是为了给村里挣钱，卖的钱多了，村里分的钱也多呀，村里钱多了，能为群众办的事就多了。你们俩呀，就为了老少爷们活着呢，一个甘当犬子，一个背井离乡。我说啊，咱们老少爷们领情了，心里记着呢！大家都回家吧。托娅，哪天走告诉一声，别偷着走，别让我们心难受，中不？"李长玺激动地问托娅。

"中、中，我一定告诉大家。下班回家吧，都饿了，要不我请大伙儿吃饭得了，我去告诉食堂。"托娅说着就要去食堂。

"不用了，我们都走吧。"李长玺说完，大伙儿都走了，屋子里只剩下托娅和方会计几个人。看着大伙儿远去，托娅不由自主地走出了门，向坨子顶上走去。

土地

托娅到了坨子顶上，远处一望无边的稻田，在瓷砖厂厂房的映衬下，像一幅山水画，大烟囱吐出的烟雾像天上的白云随风飘向远方，给这幅画面增添了动感和生气。望着这美丽的景色，回想起李强回乡以来这几年家乡的变化，以及自己与之奋斗的过程，托娅心里非常的激动和自豪。可是一想到自己就要离开家乡到外地去工作，又要远离自己心爱的人李强，特别是想到刚才李长玺等众乡亲们的话，不由得悲从心中来。托娅再也忍不住，坐在坨子顶上放声痛哭起来，抖动着双肩不断地抽泣。方会计等三人没走，从屋子里看着托娅走到坨子顶上，又见她坐在地上手捂着脸，双肩抖动着，像是在哭。三个人赶紧跑出屋子，朝坨子顶上的托娅跑去。

托娅仍然放声大哭，她们三个把托娅扶起来，小米为托娅擦眼泪。

方会计也哭了，说："托娅，我知道你心里难过，我也和你一样，理解你对李强和乡亲们的感情，不要再伤心了，哭哭心里好受些就行了。"

"托娅姐，我们不想让你走，你走了我们咋办哪？"小米说着抱住托娅哭了，几个人抱在一起痛哭起来。

第十四章

丁少中回去之后,没有马上给北方集团打款,因为还缺六十万元,他只好又向其他人借钱。第二天一早丁兰才知道丁少中半夜里就走了,她知道叔叔生她气了,因为借钱当时就扣下十万元钱,这笔钱谁来还叔叔肯会在意,他是不会还这笔钱的。丁兰觉得马上就应该去他叔叔那,这种事不能打电话。想到这些,丁兰马上就去了汽车站,连早饭都没顾上吃,到了车站,正好有去金洲的长途汽车。

到了丁少中的办公室,已经是下午三点。丁少中正在给朋友打电话借钱,见丁兰出现在办公室门口,令他十分意外,用手示意她进来。丁兰坐在沙发上,等着丁少中打完电话。

"老兄,咱哥们儿有房产做抵押还不行吗?你还怕我不还你。对,就差三十万了。这就要,一会儿我的会计把借款手续给你送去,你把卡交给她就行了。晚上找个地方喝酒哇,老地方咋样?好!就这样,把你的那个领着吧,当然也得去了。行了,别整的那么大扯了,注意点吧。"丁少中笑着说。

放下电话,丁少中回过头来对丁兰说:"你怎么来的,你来还有事吗?"丁少中以为丁兰还有事找他,有些不耐烦。

丁兰笑着说:"都是我,把你折腾得到处借钱,半夜就回来了,还不把

你累坏了。我婶没说我半夜了还让你回来，不给安排住宿？"

"我到现在还没回家呢，这不还在借钱嘛。不光是你借的那点钱，我们也用了不少农业公司的钱呢，这回基本上都凑够了，明天就可以还给农业公司。"丁少中说着站起身来给丁兰拿杯子。丁兰自己起身倒水。丁少中坐在丁兰旁边。

"叔，我想跟你说，我来还和唐老板借钱的利息，到秋我能收入五十万元，还借款利息十万元，还剩下四十万呢。这得感谢你的帮忙，要不我能种上那么多花生吗？能收入四十万元吗？"丁兰很高兴地说，同时也看着丁少中的脸色。

听丁兰这么说，丁少中心里很高兴，他所担心的利息钱有了着落，觉得丁兰这个姑娘不简单，只身一人种了这么多的地，年收入五十万，就算是个男人也不一定能做到。他回过头来，语气亲切了很多，说："反正事也办完了，你就在我家待些天吧，让你婶带你玩玩，这里还有旅游区呢。"

"我一会儿去见见婶子，明天上午回去。那边还有不少事呢，这时候是离不开的。等秋天收完花生了，再到你家来住些天，让我婶你们俩带我玩。"丁兰撒娇地说。

这时丁少中的手机响了，说："喂，木董事长，我在公司呢，啊，钱筹到了。嗯，那得明天了，今天还没办完借款的手续。行，我马上就安排。好，好吧。"丁少中生气了，把手机扔在了沙发上，头扭向一边，也不说话。

丁兰看叔叔生气了，知道是为了给农业公司打款的事，所以也不敢问他，看着丁少中不敢吱声。

"那个叫李强的人，是不是有人在背地里整他，不然纪委查这事干啥。在双青县，和方志南、唐老板洗澡的时候，我就听他们话里话外说这事，我当时也没有太往心里去。"丁少中头也不抬

"他们都说什么了？"丁兰问。

"提起借钱的事，我说是因为纪委调查。方志南说李强放着乡长不当去当经理，那是奔钱去的，有利可图。当经理挣钱不说，来来往往的流动资金，进出买卖当中得多少好处哇？丁兰，你在那边种地，给我注意点李强，这个人是不是有问题。用他的时候我就不同意，结果还是出了问题。让他干到年底，过完年就让他走人。"丁少中余怒未消，恨恨地说。

丁兰觉得李强不是那样的人，可是见叔叔的态度，也就顺着丁少中说："好，我一定给你看着，天天在那儿，他们有啥事我都知道，你就放心吧。"

"没有别的事，你去我家吧，你婶在家呢。"丁少中说着站起身回到自己办公桌前，拿起电话拨号。

"我找我婶去了，你忙吧。"丁兰说着起身走了。

丁少中也不抬头，接着打他的电话："喂，小张，你去大兴公司把咱们借的钱取回来，对，给咱们支票。手续我已经办好了，你到我的办公室来取吧。"丁少中放下电话仰起头，靠在沙发椅子上，阴沉着脸望着天上的白云。

托娅就要上任了，公司派给她的汽车就停在她家的门前，李强帮她收拾要带的东西，其其格也在旁边给托娅叠衣服。司机常小宝把大提包放在车的后备箱里。公司派过来的副经理肖作仁也在帮忙，他一米七八的个头，小托娅两岁，长得白白净净，有点像刘德华，人送外号"华仔"。因为他聪明能干，又善于交际，所以公司派他来协助托娅组建新的销售公司。肖作仁拿起一个暖水袋问托娅："托娅姐，这个还拿着吗？到了公司那再买吧，还有做饭用的工具什么的，都别带了，花钱买点算了。"

托娅一边往包里装衣服，一边说："带着吧，这是工人送给我的，那可是一份感情啊。做饭的用具也带上吧，买不得花钱嘛，公家的钱能不花的就不花，咱们是新建的公司，还没挣钱就浪费上了。对了，我才想起来，财务人员公司让咱们等一下，要派一名主要负责人，其他的两名人员让我们自己招聘，把公司的房子安排完了之后再落实，咱们心里有数就行。"

"如果咱们自己招聘没把握，那就再和公司多要两人。"肖作仁给托娅出着主意。

车都装完了，李强把托娅拉到一边和她耳语了一会儿，托娅点点头对着肖作仁说："小肖，你和李强先上车，我们马上就走，一会儿就走不成了。"

说着托娅回到屋子里小声对其其格小声说："妈，我们就走了，晚了乡亲们该来了，等小龙醒了就说我上班去了，省得他闹。"

"别落下啥东西，你不用惦记小龙，有我没事，有事打电话吧。"其其格跟着托娅出了屋，李大路也从牛棚出来，和其其格一起站在院子里目送托娅。

托娅上车，摇下车窗和父母挥手告别："爸妈，你们回屋吧，要保重身体。"

"你也保重身体，干啥别像在家似的不管不顾的，听着没有？"其其格叮嘱着，说完又背过脸去抹眼泪。

"知道了。"托娅的声音有些沙哑。

小车慢慢地开出了院子，来到了大街上，托娅十分留恋地看着家家的红砖瓦房，整齐的砖墙和高高的玉米秸秆垛。此时太阳刚刚露头，朝霞映红了家家房前屋后的杨柳树，微风吹过，带着金色阳光的树叶发出哗哗的响声，像是给托娅送行。此时托娅的心情非常的激动，因为这是她第一次代表村里去外地组建销售公司，也是她长这么大头一次远离乡亲和家人。

小车出了村子拐上公路，托娅回头望去，只见村子里的街道上，瓷砖厂的大门口都站满了人，他们没来得及送别，遗憾地向托娅招手。托娅再也忍不住眼泪夺眶而出，她也顾不上擦拭，远远地看着乡亲们，任眼泪流下……

王主任和另一名工作队员也撤回去了，因为北方集团已经把款打到农业公司的账户上，一百三十二万，一分不少。纪委调查的结果没有任何问题。虽然北方集团拨款晚了一些，但是构不成经济问题。

刘瑞对这个结果有些意外，可又没有任何理由再为难北方集团。刘瑞坐在自己的办公室里，拿起电话拨号："喂，赵主席吗？你在干什么？现在有时间吗？"

赵玉柱正在家里看电视，刚从厂子回来还没吃饭。手机响个不停，他拿起手机看，见是刘瑞的电话连忙接通："喂，刘书记，我刚下班回来。有时间，咋的，有事吗？啊，在哪儿？这就去呀？那好，你等着吧。"

太平川镇香香酒家，赵玉柱进屋四下看看，见里屋包间里有服务员走动，就朝里屋走去，一进门见刘瑞坐在圆桌前，桌上已经有一个菜，白酒和杯子都已摆好，女服务员把菜放在桌子上正要出去，刘瑞说："再给我们来点蘸酱菜，炸一碗鸡蛋酱，再来四瓶啤酒。"

"好的，一瓶白酒够了吧？"

"够了。"刘瑞说。

赵玉柱坐下，见女服务员出去，问："怎么还有别人啊，多两套餐具呢？"

刘瑞回头看看走廊，说："没有别人，就咱们俩。放上两个，饭店老板会以为有别人，证明我不是只约你一人，人没来那就例外了。我怕饭店的人多想，给他们看的。"

"怕他那套呢，咱们也不是搞什么不正当活动，都是伸张正义、维护群众利益，怕什么？"赵玉柱理直气壮地说。

刘瑞不那么认为，他知道赵玉柱的性格，再加上这次他所提供的情况不真实，险些让刘瑞露了马脚，幸亏他安排的周密，才没有把事情落到自己头

土地

上。嘴上说是为了集体，可是他明白这里是怎么一回事。听赵玉柱这么说，刘瑞非常耐心地说："赵主席，说实在的我不像你，办一件事那得有头有尾，有事实在才行。我知道维护集体利益那是堂堂正正的事，到哪儿我也不怕，我们就是干这个的。可是话又说回来，咱们明白这里面是怎么一回事，他李强也会明白是怎么一回事呀。就说这回纪委调查的事吧，整到头啥事没有，北方集团把款打到账上就没事了，购买农机具来往发票一张不缺，钱数和商店所卖价格一点不差，有的还比卖给别人的便宜。现在是没啥事了，可是李强他不得想想是谁告的呀，所以我才没在电话上和你说这事。咱们在这碰个头，把事情再详细地研究一下，为下一步的工作找找方法。"

赵玉柱听刘瑞这样说有些不高兴了，说："你咋那么胆小呢？那有啥呀？特别是你，一个乡里负责纪律监察的，干的就是找别人毛病的活，还怕他李强？要是我早就和他明着干了，把村里好几百万元都挪走了，将来北方集团要是把地种砸了，或者说卷钱出逃了，他李强跑得了关系吗？放着乡长不当，就是冲着钱去的，还有啥说的？"

赵玉柱越说越来劲，刘瑞见他说话声大，忙用手往下压，说："你小点声，别让老板和服务员听着，好像咋回事似的。咱们咋说都行，要是让别人听着，一传十、十传百，话可就长尾巴了。以后再出点啥事不都是咱们的事吗？"

赵玉柱听刘瑞这么说，觉得也是，还是小心一些好，毕竟是故意找人家的小脚，或者说有点无事生非。想到这，赵玉柱拉回话题，说："咱们还是先喝酒吧，一边喝一边聊呗。我也是，一提起李强的事心里就急。我也不瞒着你，要不是他，百泉沟村主任那还不是我的嘛，有他的份？人这玩意儿就是个命，命运捉弄人哪！来，走一个，多长时间没和你喝酒了。"两个人先喝了一杯酒。

刘瑞主要是对没当上乡长心存不满，特别是对李强。听说托娅又去当了销售公司的经理,心里更是忌妒。他放下酒杯说:"我听说托娅也去当经理了,这两口子真是要挣大钱哪。百泉沟已经不够他们干的了,跑到金洲市去了?"

赵玉柱摇摇头说:"托娅那是总公司安排的,和村里没有关系,再说她能力也不错,和李强当经理不是一回事。不是我说她好,还真就挑不出人家啥毛病来。"

刘瑞觉得自己说多了,自言自语道:"我觉得村里的钱就这么几百万地往外拿真是个事,乡里的事他们咋那么——"刘瑞想要说的话,到了嘴边又咽了下去。

赵玉柱看刘瑞说了半句话,愣了一下,说:"咋的,村里和乡里还有经济往来呀?"

"不是,我想到了一个事,和乡里没有关系。来,咱们喝酒吧,再整一个。"刘瑞把酒杯倒满又和赵玉柱喝了一杯。

赵玉柱两杯酒下肚,不服人的毛病又犯了,说:"说真的,我也就不是村长,要是村长能这么花钱?早就给群众盖房子了。你说交给北方集团这算咋回事吧,今年要是收了还有说的,要是天旱歉收了,钱也花光了,群众入股连土地承包费都不落下,这责任算谁的吧,到时候找谁去?乡里还管不管哪?"

刘瑞听赵玉柱的话,给他很大的启发,觉得他说得很有道理,更深一层说,这里面有个法律法规问题。村里的钱怎么用,这样用合不合乎政策要求?出现欺骗行为之后,责任是谁的?想到这,刘瑞说:"那就等到秋天看吧,既成事实,是福是祸到时候就知道了。"

赵玉柱听刘瑞这么说,他还来明白了,说:"要我说,村里的钱你们乡里也得用,不用白不用,上下级那还不好办吗?"

"乡里用哪有理由哇?这时候都不许乱摊派了,谁还找那个不愉快呀。"刘瑞说着又给赵玉柱倒上一杯酒，端起酒杯和赵玉柱碰了一下，喝了一口，可赵玉柱却一口干了。

"干了，不干不解劲。你才说什么？不许乱摊派？那你不会不乱摊派吗？活人还能让尿憋死。"赵玉柱皮笑肉不笑地说。

刘瑞还真就来了兴趣，说："那你说怎么才能不乱摊派，还能整到钱？你说说，我听听靠不靠谱。"

"来，咱们再喝一杯，算是给我的咨询费。干，干完我和你说。"赵玉柱又一口干了一杯酒。

刘瑞看看赵玉柱笑了，说："你这学费还真不贵，好，我也干了。你给我说说怎么个不乱摊派。"

赵玉柱等着刘瑞给自己倒酒，把他那三角眼眯成一条缝，笑容使他的脸上布满了皱纹，他示意刘瑞靠近一些，说："乡里是啥呀，那是权利机关哪，有了权利还愁算计不到村里的钱吗？你看这一年得有多少节假日呀，哪个节假日不是机会。"

刘瑞明白了，点点头说："我知道你说的意思了，难怪大伙都叫你路路通，没有你不知道的事呀。"

赵玉柱本来喝得就有些晕，再听刘瑞这么说，更加忘乎所以，说："这些年尽研究啥了，我不是吹呀，对付村干部我那招多了去了，你要啥招吧，好的、坏的都有，不用回家取去，随身携带，手到擒来。"

"这家伙，一套一套的。来，走一个。"刘瑞很高兴地和赵玉柱碰杯，两个人又喝了一杯。

刘瑞想打听李强种稻田的情况，把话题岔开，说："哎，我听说今年北方集团新栽的稻子苗情不错，你到地里看过吗？"

赵玉柱不以为然地说："天天路过，看得见。长得是不错，不光是水稻不错，他们还在排干渠做了个拦截工程，满干渠里都是水，里面还撒上了泥鳅苗。昨天我还和阿斯根去看了呢,泥鳅长得很快,都见着成帮的鱼了。不过还没到水大的时候,雨一大,没准被大水冲坏了闸门,那可就前功尽弃了。"赵玉柱说到这好像想起了什么,看着手里的酒杯不说话了。

刘瑞觉得奇怪,看着赵玉柱半天不吱声还以为他喝多了,说:"咋的,喝多了,没声了呢?不行算了,就杯里酒吧。"

"啊,没事,我想起一件事来,接着整。"

托娅到了金洲以后住在了白云宾馆。这是一个三星级宾馆,托娅自己住一室,肖作仁和常小宝住一室。李强帮托娅把东西安置好之后,就要回去,小常的车已经在外面等着了。

李强坐在托娅身边说:"托娅,我这就回去了,新建的单位,什么都得从头开始,遇到的困难会很多,有事多和小肖商量,多给我打电话。等你们都安排好了,我们还可以在网上聊。"

托娅依偎在李强的怀里,握住着李强的手,抬头看着李强的眼睛,说:"我昨天要走时的劲头还挺足,可是今天早上和乡亲们、家人分别,我心里就有点后悔了,空落落的。特别是你这一走,我就没了主心骨,让我六神无主了。李强,我是不是选择错了,不应该离开你吧?"

"托娅,你那天说的话,让我对你刮目相看。今天早上乡亲们送你,更让我坚信你的选择是对的,没有人比你更了解我,没有人像你那么爱我,今生有你是我最大的幸福。你不要后悔,暂时的分离会让我们爱得更深,会让我们将来的日子过得更加幸福。总有一天,我们会让乡亲们富裕,同时过着自己甜蜜的生活。"李强安慰道。

托娅的眼泪又流了下来,说:"这我都知道,可是我们要长期分离,自从我们结婚之后,你从来都没离开过我,只有你去县里开会的时候才分开一两天。你这一走,我们各忙各的,还不知道多少天见上一面。一想到见不着你,我心里就难过、就想哭……"

土地

　　李强给托娅擦着眼泪，自己的眼泪也止不住地流了下来。其实李强何曾不是这样想的。每天下班一到家，看见托娅在家，就赶紧过去问这问那，和她一起逗孩子玩。见她不在家，就问母亲托娅怎么还没有回来，有的时候他也知道还没到下班的时间，可就是想问，托娅不在家心里就像长草了一样。李强默默地和托娅相拥而坐，他知道再说什么话都没用了，要说的话早已说过，就像托娅说的那样，为了乡亲们的爱，舍了自己的小爱，再难也是值得的。外面传来小车的喇叭声，是常小宝在催李强了，因为再不走他们就要回不去了。明天李强还有重要的事做，住下是不可能的。李强慢慢地站起身来，松开托娅的手，用手理了理托娅刚才揎乱了的头发，说："托娅，你自己要保重，我走了，有事打电话。"

　　李强和常小宝走了，托娅和肖作仁送他出了宾馆门外，直到看不见车的踪影才各自回到房间。托娅进了洗手间关上门，放开水龙头，用手把水擦在脸上，放声痛哭起来，哭够了，擦擦脸，一头趴倒在床上。

　　第二天吃过早饭之后，托娅和肖作仁一起在繁华的市中心找到瓷砖销售比较集中的地方，看见大的门面房，就进去询问。

　　肖作仁先走近柜台，说："先生我打听一下，你们这个店面出租吗？"

　　一个服务员说："我们也是租的房子，不出兑，你们租房要做什么生意？"

　　"想做瓷砖生意。你们这的瓷砖生意怎么样，好做吗？"肖作仁问，回头看看托娅，托娅示意他继续问。

　　"看那样子还行吧，我们家电生意一般，这年头瓷砖生意好做，新上楼的多呀，只要是好瓷砖就好卖，价格再便宜一些就更好卖了。你们到前面那个商铺看看，那是新开盘的楼房，要是租的话可能还便宜一些。"服务员热情地说。

　　"谢谢你，我们到那边看看。"肖作仁礼貌地告辞。

情系太平川

两个人又来到新开盘的门面楼，里面正有人在收拾，肖作仁走上前去，问："小姐，请问你们这楼房对外出租吗？"

服务员模样的小姑娘看了看肖作仁和托娅，说："你们想租几间？要是多租我给你优惠，后面还有仓库。想租可以看看，相不中没关系。"

托娅点点头，说："这个地段还可以，房子有点太大了，可能用不着这么多，要是一块儿都租下来，能不能给优惠？"

"能，要是只租两间，租金一年二十万元。四间都租下来，一年三十万元，包括仓库。你们要是租，我和老板打招呼，你们和他当面谈，还能便宜一些。"服务员说。

"好，那就见见你们老板，现在能见到吗？"托娅问。

"能，我给你们联系一下。"说着服务员就给老板打电话。

"喂，丁老板，有人要租咱们的商铺，可能想全租，想和你面谈，你有没有时间？啊，好吧。"服务员合上手机。

"你们跟我来吧，老板正好在办公室里，让我领你们去见他。"服务员说完领着托娅和肖作仁往旁边一幢大楼走去，托娅抬头看见楼顶上写着"北方集团"。

托娅觉得奇怪，怎么是北方集团的楼呢？她对肖作仁说："小肖，你看那不是北方集团吗？莫非这个商铺是北方集团的？能有这么巧吗？"

"可不是嘛，是北方集团的大楼。小姐，你们这是不是北方集团的商业楼哇？"肖作仁问服务员。

"对呀，就是北方集团的商业楼，最近房地产公司经济方面有点紧张，对外租房会有优惠的。"

到了一楼顺着走廊往里走又拐了一个弯。"这间就是丁经理的办公室。"服务员指着走廊里一个比较大的门说。

服务员上前敲门，里面传来："进来。"

丁少中坐在老板桌前见托娅和肖作仁进来，用手示意他们坐下，说："你们要租房子？是哪儿的？"

肖作仁看看托娅，托娅示意他说："我们是百泉瓷砖厂的，想要在这租个房子经销瓷砖。这位就是我们经销公司的经理托娅，姓包，你就叫她包经理吧。"

丁少中一听原来是百泉沟的，他知道李强，他没听说过托娅。他好奇地问："托娅，原来是干什么的？我咋没听说呢？"

肖作仁笑了，说："她是李强的爱人，李强不是你们农业公司的经理吗？"

"啊！你是李强的爱人，这也太巧了，咱们是一家人哪。这得支持你们厂子，虽然农业公司和我们都是北方集团的，但是经济上都是独立核算，我们还得按照规矩，该怎么办就怎么办。租房我给你们优惠，但是不能太过了，那样我在公司里也交待不下去。你们开个价吧，想多少钱租我那四间房子，包括仓库。"

托娅说："四间房全租，包括仓库，一年十八万元，上打租。怎么样？丁老板给个面子，我也是头一次为了公司办事。"

"那可不行，前两天来两个要租的，给我二十五万一年我都没租给他们，你给十八万，少了七万，太少了。你去打听别的商铺是多少钱，我这房每间是五十平米，比一般的都大。你问完了回来再和我谈，怎么样？"丁少中笑着说，一副很大度的样子。

托娅笑了，说："我不去看，就租你们北方集团的房子。丁经理，你要是够朋友，看在我和李强是一家的面子上，我再给你加两万，一共是二十万一年，上打租。这么大个经理，面子怎么也值十万元吧？"

丁少中被托娅说住了，虽然她话不多，可是说到了点子上。另外这个瓷砖厂对房地产公司有很大用处，因为建筑业使用的瓷砖量是非常大的，如果能在购买瓷砖上得到优惠，一年能省很多钱。再说这是农业经理李强的爱人，和李强有着密不可分的关系，这对于了解李强、了解农业公司的经济状况是非常方便的。上次和方志南的接触就让丁少中有了这个想法，只是还没找到有效的途径，托娅的到来正可谓踏破铁鞋无觅处，得来全不费工夫。丁少中心里很高兴，可是托娅开的价又太低，让他少收十万元钱，视钱如命的丁少中有些犹豫。当他想到以后在购买瓷砖上还有优惠时，就心动了，对托娅给的价格做出了回应："二十五万一年，上打租。"

"就二十万，我说了，不能再多了。咱们可是亲戚啊，以后还见不见李强了？"托娅坚持她的意见。

"二十三万，不能再少了。"

"二十万，不能再多了。"

"二十二万，少一分也不行。"

"二十万，多一分也不行。"

"那你找我们董事长去，我可说了不算，太低了，对公司交待不下去。"丁少中拿出最后一招。

"就二十万了，安排合同，签完就给你打钱。"托娅一点也不让步，好像她是卖方一样。

坚定的态度让丁少中无可奈何，又想不到别的办法。他抬起头来看看托娅笑了，说："我就没见着过你这样的顾客，好像你是房主，我倒成了租房子的，你可倒是不客气，省钱的事说话算话，吐吐沫是钉。得了，谁让我摊上你这么个主，又是我们农业公司经理的爱人。我给李强这个面子，以后咱们多合作，互相多照顾啊！"

托娅见丁少中同意了，高兴地说："这还像个老大哥的样子，签完合同我请你喝酒。"

"等等，我还有个要求。"丁少中说。

"什么要求尽管说，只要是在我的权利范围内能办得到的，我都能答应，怎么不得有个礼尚往来吗？"托娅大方地说。

"从今往后，我们公司都用你们的瓷砖，但是有一条，你必需比其他公司便宜百分之五。因为我们的用量大，这对一个瓷砖厂来说可是个机会，会让你们的资金流动得更快，效益更大。这不用我说你也明白，怎么样？行不行？"丁少中看着托娅。

托娅还没有销售经验，对这里面的分配比例还不懂，她很客气地说："你说的比例我还不太懂，但是有一条，我肯定会给你们优惠，价格一定不会高于其他公司。这个你放心，我初当经理，工作还没有经验，可是我说话算话，咋说咋办。"

"成交！张秘书把合同拿来，马上签。"丁少中吩咐着。

在一旁坐着的肖作仁看呆了，没有想到托娅的办事能力这么强。一个三十万元的租房价格，硬是让她砍下十万元，这样的场面他还真没有见过。原来还以为她一个农村姑娘没出过门，也没办过什么大事，没想到正经事上，自己连一句插话的地方都没有。肖作仁坐在那儿抱着个皮包，呆呆地看着秘书拿过合同，一动不动。

托娅对肖作仁说："小肖把咱们的公章拿出来，等会好签合同。"

肖作仁这才如梦初醒，忙打开手包拿出公章，把笔递给了托娅后问："还用什么？"

托娅看了他一眼，觉得他好像变了一个人似的，怎么这样木讷了，说："他们有现成的合同，别的还能用什么。你喝点水吧，早上还没有喝水呢，一定是渴了。"

肖作仁回过神来，说："还真是有些渴了，你喝水吗？"

托娅没有看他，说："我不渴，你喝吧。"

公司的服务员给肖作仁倒水，托娅到丁少中桌子对面坐下，把丁少中拿过来的合同打开仔细地看着,又不时地询问一些条款的意思,认真地听丁少中给她解释。一个上午,总算把合同签完了,肖作仁等得很累,想出去走走又不敢,只能喝水,喝多了又想上厕所。

托娅要请丁少中吃饭,他谢绝了。因为一般签这样的合同,都是房东请客,可是今天他没有占着便宜,又是托娅主动请他,他怕以后让李强知道了会被笑话,一个大老板让顾客请吃饭,顾客还是经理的爱人,他觉得自己丢不起这个人。

进入七月份,已经有三十多天没下一场透雨了,太阳火辣辣地挂在天空,西南风每天不大不小地吹着,街头一有汽车或者是拖拉机开过,就像沙尘暴袭过,满街的尘土。沿街的商店和饭店都不敢开窗户,怕尘土飘进屋。田野里一片黄绿色,小苗已经到了要追肥的季节,可是还没长到一尺高。太平川乡政府已召开了两次抗旱会议,号召各村采取各种措施进行抗旱保苗,口号是"保大田,保粮食,多浇一桶水,少死一棵苗"。百泉沟村的压力相对要小一些,水稻已经全部承包给北方集团,还有近一千亩地承包给北方集团种植了辣椒。与那些干旱的小苗形成鲜明对比的,是北方集团经营的一万亩水稻和三千亩辣椒,绿得像毛石中的翡翠,鲜润夺目、苍翠欲滴。百泉沟大片地里一望无边的稻田,由于气温高,水又充足,稻苗长得有近一米高,已经丰收在望。

在干渠第一个大涵洞的小桥上,李强、木青和吴江在看春天插秧时修的拦水闸门,闸门上面有一米多高的细铁网。水有一米深,水中的泥鳅很多,成群结队,这些就是在春天的时候养的黑背泥鳅。原来田再新的父亲给百泉沟村构想的稻田泥鳅项目,被李强付诸实际,在稻田排水沟里养起泥鳅,还派专人给泥鳅喂饲料。

看着这么肥壮的稻苗和那在水中游来游去的泥鳅,吴江对李强说:"强哥,你当乡长时把地种成了荒草甸子,交给北方集团种,成了旱涝保收田。

土地

我现在明白你为什么要当经理了,你不当经理,群众能那么痛快把地都拿出来给北方集团种吗?这水稻能有今天这样的长势吗?你说就咱们村这一片地,得照往年多收多少粮食?真是不服不行,企业有生产力,强哥的脑袋有数。我算服了,你说吧,让我干啥我都干去,跟定你了。"

木青对吴江的话非常的认可,对李强也是非常的佩服,她心里高兴,故意逗吴江:"这话可是你说的,他让你干啥你都干,你不能反悔啊。李经理,你让他下去给咱们摸泥鳅,晚上给所有的工人改善生活,最少得抓三十斤泥鳅,否则他说的话那是忽悠你呢。我不说你别的话,说别的不好听。"

"木姐,你咋尽出坏招呢,那泥鳅是用手摸的玩意儿吗?你就是让我摸三天,也摸不出一斤泥鳅来。你是不是和赵玉柱学的,除了他没有人能想出这样的点子。"吴江苦着脸说,知道是逗他玩,可是也觉得有点讽刺他的意思。

木青哈哈大笑,说:"那不是你说的嘛,这一较真就没电了。是我说让你去捉泥鳅,李强经理不还没发话嘛,他要是向着你,这事不就过去了吗?"木青故意变相地杠李强。

李强明白木青的意思,用手拍了一下吴江的后背,说:"木青说得有道理,那就让你去抓泥鳅。"

吴江信以为真,说:"啊!强哥,你真的让我去抓泥鳅哇,三十斤一年都抓不到哇,那不是用手抓的东西,得用网。你别上木姐的当啊!"

李强一本正经地说:"那不行,这泥鳅一定得抓,还不止三十斤,"李强停顿了一下,"不过要等到冬天上大冻的时候,你得领着工人把泥鳅全部抓出来。"

"我的妈呀,你咋还大喘气呀,说话咋这么慢了呢,吓死我了。"吴江用手摸着胸口说。

木青得意地说:"看出来了吧,你强哥是怎么保护你的,方法真叫绝,既给了我面子，又让你免受皮肉之苦，知道啥叫水平了吧？"

吴江点着头说："强哥是谁呀，堂堂的大乡长，科级干部，上万人都能领导，保护我一个小吴江那不是小菜一碟。"

"行了，你就别再忽悠我了，我那点老根木青早就知道得一清二楚了，当着她你就得说我的坏处、缺点，那她的心里才能平衡。"李强故意逗木青，说完看着木青的脸笑。

木青把手往脸上一捂，说："哥三哥两地欺负人，这还让不让人活了，百泉沟的人们咋都这么狠呢，连美女都不放过。这年头找谁说理去呀？我的天哪，我不想活了，哈！"

她的话逗得几个人大笑起来。李强的脸色忽然又严肃起来，说："对了，咱们给辣椒浇水的移动喷灌机，就是靠包家村地边上那眼大机井的水怎么样，误没误事？"李强问吴江。

"那眼井打的时间长了一些，耽误一天半时间，现在已经浇三天了，目前在东坨子边上大块地那浇呢，咱们在这也能看见大架子。你看，就在那。"吴江指着远处一个大长架子说。

"咱们过去看看实际效果怎么样，浇得透不透。"木青说。

吴江很有把握地说："接着湿土了，没有灌的透，相当于下了一场中雨。过一星期再浇一遍，啥事没有。辣椒长得很不错，我是没见过那么好的辣椒。"

"走，我们去看看。"李强说着就和木青、吴江一起往喷灌机的方向走去。

田野里有很多群众在浇地，大多数都在浇菜地，也有的在浇玉米。在坨子坡下边有一辆四轮子，车边有两个人在浇地，他们是吴凤海和赵玉柱。这两个人的水田归北方集团之后，其他的地还是自己在种。吴凤海的麻黄草是豁沟种的，草长在沟里好浇水；玉米地已经蹚成上垄，水浇不上去，浇点

土地

水就往下流,往沟里灌又不可能。没有井不说,就是有井地不平也灌不了。面积大,又是沙土地,水一下去就没了,十天也浇不了一亩地,还不够工钱的。所以两个人一合计,还是搭伙浇豁沟的麻黄草。

吴凤海开着四轮子,赵玉柱坐车头一边的叶子板上,拉着一车水进了吴凤海的麻黄草地。麻黄草长得有十厘米高,非常细小,再加上旱,已经打蔫了,几乎看不见有几棵苗。看着这样的小苗,吴凤海对赵玉柱说:"你说这不白费劲嘛,浇一车水还不到二分地,种麻黄草时也没上粪和化肥,就是不旱也长不大呀,旱成这样还能有啥希望?要我说咱们俩就别费这个劲了,听天由命吧。"

其实赵玉柱心里也明白,就是不旱这地也长不好。就现在这个样,一亩地连二十斤都收不到。平时他也到其他户的麻黄草地里偷着看长势,看过很多家的,基本上都一样,别说是吴凤海的,所有的麻黄草长得都不高,连他自己对麻黄草的前景都不看好。听吴凤海这么说,他放下水桶,说:"那你说咋办,咱们还浇不浇了?你说个痛快话,我听你的。"赵玉柱把这个破皮球踢给了吴凤海。

吴凤海这两天累得已经挺不住了,听赵玉柱这么说,也放下水桶坐在田垄上,拿出烟来给赵玉柱一支,自己一支,两人点着烟坐在地头上吸起来。吴凤海沉默了一会儿,吸一口烟说:"叫我说咱们就算了吧,这也浇不起了。别的不说,就说这柴油钱吧,一天再不用也得五公升油,得四十元钱。行,咱们自己的人工不搭钱,再加上这水桶钱、焊水箱钱、修车钱,哪不用钱哪。"

"你还没算喝酒钱呢,我这一天得一斤酒,光喝酒不得整俩菜呀。管他咋的,这干活呢,老婆给整点好吃的,不给脸子看。她们是没看见这麻黄草长成什么样,要是看着,能让咱们浇水吗?让咱们浇玉米,也不能让浇麻黄草。"赵玉柱说了实话,他知道这些事瞒不了吴凤海。

吴凤海把水桶放在地上接水，水箱里还有半箱水，他打算把车里的水浇完，今天就收工了。他想明天说什么也不来浇麻黄草了，要浇就去浇玉米。想到这，他对赵玉柱说："把这点水浇完收工，明天浇苞米去，咱们别搭伙了，各浇各的吧，省得把一家的浇完，另一家的地早就旱完了。"

赵玉柱早就不想搭伙了，怕直接提出来吴凤海不高兴，听吴凤海这么说，他赶忙顺着说："我看行，想点别的招吧。今年的庄稼肯定是歉收了，就是往后雨水足，庄稼想长也来不及，歉收是板上钉钉了。唉，咋整也是个靠天吃饭，人算不如天算。"

李强、木青和吴江来到大型喷灌机旁边，机器正在作业，无数个喷头像下雾一样。喷灌机徐徐前进，工人在一边忙着挪动备用的水管子，为喷灌机不断地接通水源。

李强对吴江说："其他三台的情况怎么样？机电井没影响进度吧，还有什么问题？"

吴江满有把握地说："全部开动，这三千亩地五天浇一遍。天旱不天旱的无所谓，你就放心吧。"

木青说："这里的几台机器比起保山县的还是小了一些，因为面积小，以后面积大了，咱们再上一些大的。机电井也相应地改为新型三项高压式的，那就更快了。有了它，才能说旱涝保收，不担心种地收成的好坏了，应该说比其他行业的生产都要保险一些。除非老天爷下冰雹、发大水。但是我们还有农业保险，也无后顾之忧。"

吴江感叹："这就是现代化呀，农村不走这一步，致富得慢多少年哪。一家一户的力量咋和企业比。"

"就是呀，现代农业有别于传统农业的地方就在这儿，今年这个开端很好，为明年大面积经营打下了基础。走，我们到跟前去看看。"李强说着向喷灌机走去，吴江和木青跟在后面。

土地

一个工人迎过来，说："李经理，你们来了，别往前走了，浇着你们。"

李强问："怎么样，进行的顺利吗？"

"行，每个机井的接水时间不超过三分钟，机井的位置正好。这活干着太舒服了。我算体会到啥是现代化了，就是比用水桶浇水舒服。"工人说话的样子很兴奋。

木青说："这才哪到哪呀，等大面积实施喷灌的时候，像这样的旱天气，你都看不出来是旱，庄稼照样收。"

吴江指着远处的一辆小车说："你们看，那是不是看地的，怎么看着像丁兰呢，男的像田村长。哎，就是他们两个，准是在看地。我听说丁兰都急坏了，所有的花生都长得不好，有的苗还不全，加上这一段干旱，到秋天非得减产不可。"

李强看着那辆小车，说："那是村里的车，肯定是来看地的，遇上今年这样的大旱，丁兰可能要歉收。我听说她投了近七十万元。这要是歉收了，可就赔大了。"李强说着话呢，老闷赶着毛驴车过来了。

木青心里想田再新为什么和丁兰在一起，见老闷的车过来了，向他招手："老闷大哥，过这边来，我们要坐车！"

老闷也不回话，赶着毛驴车往这边过来，到了他们跟前，把车停好了之后，抬起头来看看他们几个慢慢地说："要去哪儿呀？"

木青用手一指，说："就去那儿，看见那辆小车了吧？"

李强明白木青是要看看田再新和丁兰在干什么，他没有说什么，看了一眼吴江。吴江多机灵一个人，马上就说，"对，咱们也去看看丁兰的花生，天这么旱，又种了那么多，这得多担心哪。"

几人都上了车，老闷把车调转头，赶着毛驴车往回走，木青觉着不对路，说："哎，我说老闷你这是往哪走呢？小车那儿。"

老闷回头笑了，慢慢地说："近道不好走，净是横垄地，远道光溜，快点跑不就得了。"

木青怕田再新他们走了，说："那你快点赶毛驴，快点！一会儿他们走了。我说老闷你快点不行吗？说话慢，怎么赶车还慢呢？就你这样咋说媳妇哇。"

老闷只是笑笑也不说话，赶着毛驴，"驾！驾！"

李强知道木青心急火燎的，故意逗她："闷大哥挂最快的挡，否则追不上那辆小车了，对了，这车也没有挡啊。这扯不扯，多耽误事呀？木大小姐要会不着情郎了。"

吴江也在一边添油加醋："今天要是赶不上小车，闷大哥得负全责，晚上到家不许吃饭，把田再新拉到基地去。"

老闷放下鞭子拿出一个小木棍，照着毛驴的屁股就是一棍，疼得小毛驴飞跑起来，老闷嘴里大喊一声："驾！"

第十五章

上了另一条路,毛驴车向着小车的方向奔跑着,还没等到跟前,小车一溜烟不见了。一条滚动的尘土长龙向着太平川乡方向移动。木青气得脸色铁青,吴江背对着木青捂嘴偷着笑。李强则把毛驴的笼头一拉,"吁——!"毛驴站住了,说:"人都走了还跑个什么劲呀,闷大哥呀,你不是闷,是笨。"

老闷笑了,不紧不慢地说:"你要不拉住毛驴,我想追上它。"

要是在往常,木青早就逗老闷了,可是今天田再新让她非常生气,明明看见基地的毛驴车来了,他还跑了,要是心里没鬼能不等着吗?木青越想越气,狠狠地对老闷说:"你以为你那毛驴车是飞机呢,非得走光溜道,要是走小道那就追上了,说你闷一点不屈。"

老闷赶着车往前走,木青没好气地说:"你还真追呀,回基地!"

老闷也不生气,半天才说话:"这就是回基的道。"说完看着木青笑。

李强挥挥手说:"快点往回走吧,还有别的事呢。闷哥走的路对,还得拐一个弯呢。对了木青,董事长批准咱们建多少间房子?"李强有意岔开话题。

"七间办公室、十间库房,库房的规格要大,都有现成的图纸。建房手续办完让我们马上动工。"木青说。

"位置就定在老闷哥家的房西吧，他家的园子大，手续还简便。只是闷哥家的房子得拆了。但是闷哥不用担心，我们给你盖三间砖瓦房，要比你现在的好很多，都是当下时兴的材料和样式，行不行闷哥？"李强问老闷。

老闷想了半天才说："那在一个院子里呀？"

吴江说："怎么能和你一个院呢，那不成了老闷公司了，知道的行，不知道的还以为是闷大米饭的呢。"

木青这回笑了，说："啥事吴江一说咋就有乐了，老闷哥就叫闷经理了，吴江出个歇后语呗。"

吴江想了一下说："那还不容易，用企业头头做饭，闷经理呗。"

"哈哈哈，你可真能编，别说还真靠谱。照你那样我也会编。"木青笑着说。

吴江好奇道："那你编一个我听听，说得好我拜你为师。"

木青看看李强说："电饭锅里煮李强，闷经理。"

李强笑了，说："不准确，应该说炖李强，就当一只鸡炖了。"

老闷也来了兴致，说："嗯，有肉，还能烂糊。"

木青和吴江都大笑起来，刚才的不愉快没了，李强也笑着对老闷说："老实人说话更幽默，盖完房子给你找一个对象吧。三十多岁的人了，老母亲年龄也大了，还想抱个孙子呢。"

老闷半天才说话："搁啥说媳妇，穷得叮当的，谁肯呀？"

"这回你可要交好运了，等盖完房子，就有人给你提亲。到时候大伙儿帮忙，让木经理借你五万元，啥事都办妥了。"吴江说着笑话。

木青不以为然地说："还真不是说笑话，你真要是结婚我借给你钱，这么好的一个人咋就没有人给当媳妇呢？不就嫌咱们没钱嘛。房子的事你同意了？"

老闷这回来嘴来得快，说："同意了，给我盖到你们基地外面就行，要

是在一块那多不方便哪。"

吴江逗老闷："还没咋就嫌不方便了,还不是怕有了媳妇不方便吗?要不一个光棍有什么呀,谁爱看谁看去呗,随便看不要钱。"老闷只是笑,也不说话,赶着毛驴车紧跑。

到了基地,吴江把一卷图纸拿出来,让李强和木青看。吴江说:"正好都在呢,我有事和两位经理说呢。"

李强和木青坐在桌子前面,吴江把图纸放在桌子上。李强问吴江:"啥事说吧,一会儿我再安排一下这几天要干的事。"

吴江说:"建房图纸我都看了,用哪儿的工程队你得定下,是用集团的,还是咱们在当地找一个队?另外还得抽两个工人帮助我一下,看看料、找找人什么的,我的意思是就在工人里抽调。"

吴江的话还没说完,李强的手机响了,铃声打断了吴江的话。李强马上接听:"喂,托娅,这两天怎么没有你的电话?是吗?哦,有那么巧的事,啊,好吧。"

电话挂断了,李强高兴地说:"托娅的房子租完了,你们猜猜是谁的房子?"

"谁的房子,该不是北方集团的吧?"木青敏感地问。

李强看看木青,说:"你还真说对了,就是咱们北方集团丁经理的房子,四间商铺,已经签完合同,正准备装修呢。她忙着呢,就把电话挂了。"

吴江高兴地说:"托娅姐就是厉害,租房都能想着强哥,往一个公司整,事好办。"

木青也说:"我们和瓷砖厂沾亲了,从李强这拐过去的。你们两口子把北方集团和百泉沟串在一起了,想分开都难了。"

吴江笑着说:"黄宏有句小品台词说得好,'军民团结紧紧的,试看天下能怎的'，说的就是你们两口子，还有比你们两口子团结更紧密的吗？木青姐，咱们好好干吧，咋整也跑不出人家那两口子的手心了。"

吴江又问李强："托娅姐就说这么两句话呀，怕我们听吧？"

"当着别人面呢，背后手机还不得打爆它。"木青说。

李强笑着对木青说："我们都结婚三年了，老夫老妻没那个激情了。不像你和田再新，一天换两块电池。"

木青听李强这么说，想起田再新和丁兰，说："你不说我都忘了，他和丁兰怎么回事？见我们去为什么开车跑了？"说着拿出手机打电话，拨了号却接不通，电话上传来："您所拨的电话不在服务区。"声音很大，几个人都听见了。

吴江笑了，说："就给你玩失踪，让你找不到。"木青脸色很难看，李强在一边偷着笑。

托娅已经开始装修房子，装修工人和托娅在现场研究图纸，肖作仁和北方房地产办公室的小张也在一边。因为装修时要对房子的结构稍做改变，所以要求房地产公司派人监督。小张今年二十三岁，是个很细心的女孩，还没有对象，人长得很漂亮也很有气质。托娅和她从签合同时就已经认识，两个人一见如故，很快就成了好朋友。有装修经验的小张为托娅提出节约材料的意见，托娅对她印象变得更好了。肖作仁对装修也不是太懂，小张给出主意他也就随声附和，虽然抢了他的风头，但是他一点也不忌妒，倒希望她常来参与，她的美貌让他心动。

托娅指着图纸上不明白的地方问小张："小张，你看这是什么意思？我怎么有点看不明白呢，小肖也没搞过装修，也不太懂是什么。"

小张看了看说："这是产品展区的展板，一页是一张板的图纸，我们经常装房子和其他展柜用。这种是专用展板，双面的。你把它交给装修工人，他们都知道。这个是立体图，做完了就是这样的。"

"啊，我说看不明白呢，原来是展板。你过来跟我看看洗手间应该怎么设计，我说的是隔断要放在什么地方才合适。走，跟我去看看。"托娅领着小张和肖作仁进了一个比较小的房间。这里是专门的洗手间，屋子里只有几个预留孔。托娅说："就是这个洗手的地方应该从哪隔？大一点好还是小一点好？"

小张看了看说："在这就行，洗手间宽敞一点好。"

小张正说着话手机就响了，小张一看是丁经理的电话，赶忙接通道："喂，丁经理，有事呀？我在包经理这呢，她让我看看图纸。完事了，好，我这就回去。"

小张对托娅说："丁经理找我呢，我得回去了，有事你就打我的电话吧。"

小张走了，托娅和肖作仁又开始帮着工人拿板材。

小张回到丁经理办公室，丁少中坐在办公室里喝水，其实他也没有什么事，只是不见她在办公室里，就打个电话把她叫回来。

小张进屋来到丁经理桌前，说："丁经理有事啊？给托娅看看图纸，他们过去没搞过装修，有个地方看不明白，她才叫我去的。"

丁少中并没有马上说什么，喝了一口水抬起头来说："小张，你以后要和托娅走得近一些，多了解他们企业，包括李强方面的情况。有些事我现在不便跟你说，以后你就明白了。她要是找你帮忙，你就去，平时也多和她联系，关系处得好，说的事也就多了。你是我招来的，在这干了一年多了吧，我对你怎么样？"

"你对我很照顾，我从心里感谢你。你放心，你要我做包经理的朋友，我一定能和她处好。就这两天看，她都离不开我了，一天得找我三四次，昨天还请我吃饭了呢，还说要和我交朋友。"

"那就好。求你的事，你要真帮忙，多为她着想，这样才能交得上好朋友。我看这个包经理不简单,就从她和我们租房子这件事上看,她有男人的气度,也有商人的智慧,我们不能小看她。她和我们的关系,主要是我们要用她的产品,主动权在我们手里,她给的价格不合适,我们可以找别的公司购买。"丁少中说着,喝了一口水。

小张见水杯没水了,拿过暖壶给丁少中倒满水,说:"这件事我一定能办好,你就放心吧。我看托娅是个很直率的人,心地很善良,我很高兴和她打交道。"

"好吧,你忙去吧,把水壶放这就行了。对了,往总公司送的表格给我打印出来,印三份吧。"

"好,我这就去打印。"小张出去了。

丁少中坐在椅子里,想着李强和托娅,这两个人都是经理,业务上会不会有联系?多疑的丁少中生怕被别人给骗了。

田再新接到刘瑞的电话,说他要到村里来,让田再新通知李长玺到村委会等着。田再新马上打电话通知了正在给拉货车开单子的李长玺。

李长玺开完了提货单才回到村里,此时刘瑞还没有来。李长玺进屋就问:"田村长,刘书记啥时候给你打的电话?说什么事没有?"

田再新说:"没说啥事,来电话就说让你在村里等着,还说有重要的事找你,必需到村里。"

田再新看李长玺来了,就想要溜出去见木青,说:"李村长,刘书记来了你接待吧,我想出去一趟,木青打电话找我呢。"

"她找你也不行,乡里来人,有正事啊,等刘瑞走了之后再去吧。你们那点事我还不知道嘛,谈恋爱、谈恋爱,不到一起怎么谈哪?可也是,谁还没从年轻时候过过呢。不过,咋着急也不差这一会儿吧,去晚了还能黄了不成?"李长玺一本正经地说。

田再新只好等着刘书记了,他向外面看了看,见刘瑞的小车进了院子,

"刘书记来了，还挺准时的，说十点到，十点过一分到了，也不算迟到。好了，我去迎接。"说着田再新出去迎接刘瑞。

刘瑞进屋后李长玺站起身来和他握手，说："啥事呀，书记还亲自来一趟，打个电话就好使。现代化的工具不用，跑腿受累。"

刘瑞握着李长玺的手说："这件事很重要，不当面和你说，我怕整不明白。"

"啥事？说呗。"李长玺问。

刘瑞坐在沙发上，把田再新给他沏的水端起来喝了一口，说："这件事要说重要，对于你们来说也不算重要。"

"重要不重要的你倒是说呀，整得我心里都没底了。"李长玺说。

刘瑞有点不好意思的样子，说："是这样，乡里七一要搞一次大型的党的历史知识竞赛，这件事我早就给县委宣传部打了报告，已经批准了，包书记更是支持这项活动。可是乡里没有钱，他让我到各村搞点赞助，买一些奖品。你也知道，其他村没钱哪，想让你们村赞助一下。对了，题目我都想好了，这次活就以'太平川乡百泉杯建党九十周年党史知识竞赛'为名，重点突出百泉沟村的名字。这个活动一搞，你们村的影响力可就大去了，全乡不说了，就是全县也都得知道。我已经和县电视台打好招呼，届时台里会派出得力的记者带着摄像机全程报道，当中再插入你们村里瓷砖厂生产以及与北方集团合作种植水稻的录像。到时候你这个村长兼厂长在电视前面一讲话，你说那是什么效果？"刘瑞眉飞色舞地说着。

李长玺低着头在听，可是心里想的是，去年百泉沟村民说水稻没有减产，可刘瑞却说是李强在背后做工作，这件事还查到了自己身上。李长玺承认是自己做了群众的工作，可是刘瑞拿这件事做由头，出发点是想让李强在县委领导面前出丑，想趁他没站稳脚跟随前整掉他。前些天又把村里和北方集团告到纪委，虽然不知道是谁告的，但是这事绝对和刘瑞有关系。想到这，李长玺气不打一处来，他最看不上的就是背后整人的人。他见刘瑞说完了，抬起头来说："刘书记，这事还真就有点不好办，不是我不给你面子。第一，我自己说了不算，得两委会研究。第二，这是全乡的活动，打我们的旗号，什么百泉杯，又是瓷砖厂的，不合适。其实也用不了多少钱，你就在全乡各村分摊一下得了，别用什么百泉杯的名称了，真要用，那还得请示金董事长。多大个事呀，惊动总公司干啥？我说啊，有一条你可得明白呀，我不是不支持这项工作，我是举双手赞成提高党员的知识水平。各村平摊多少钱我都没有意见，还不用两委会研究，我自己就说了算。"

刘瑞的脸马上就红了，觉得李长玺没有把他放在眼里，还没提用多少钱呢，他就封门了，一点面子也不给。刘瑞把吸了一半的烟扔到了地上，看着李长玺，说："我明白了，你的意思是不想支持这个活动呗？你也没问我用多少钱，就一口回绝了。你什么意思？看我官小是吧，要是包书记来你给不给，田乡长来你给不给？"

李长玺早有心理准备，按照刘瑞的脾气，他是不能善罢甘休的，所以李长玺也不生气，笑容可掬地说："那你可说错了，对我来说乡政府的头头都是大官，哪个都得管着我们，是不是田村长？我还行呢，还管着个大学生村长，要不就更没有活路了。你们一说话把我们都吓出尿来。田村长还行呢，前边还有我这个挡风的墙。你刚才说包书记来我就给钱，那可不对。因为村里的钱不是我个人家的，我个人说了不算，你就是谁来也不好使。要是个人家的那我说了算，让我个人家赞助来个长玺杯还差不多。村里真的不行，那得开群众会，我可不敢答应。"

田再新看看刘瑞又看看李长玺，他心里明白李长玺是在逗刘瑞，忙笑着对刘瑞说："我是管干活的，你们说东我就往东，说西我就往西，说立正我就站得直溜的。"

刘瑞一听李长玺这是在逗他，气得忘了村里是谁管钱，大声叫田再新：

"田村长，你去把阿书记给我找来，我就不信了，村里就你一个人说了算吗？就这么点小事，推五诈六的，跟我玩那什么三国志，你李长玺还嫩点。我这是和你商量呢，别不识好歹。你说得对，钱不是你家的，那是村里的吧。为了闲事你敢花，为了正事你就不敢花了，我倒要看看你在党的活动上花不花钱？"

李长玺也终于忍不住了，刘瑞说为了闲事敢花钱，让他想到了北方集团、想到了李强，特别是想到这次有人举报村里和北方集团，说白了也就是举报他和李强，这一切都是刘瑞搞的。他早就想和刘瑞当面较量一下了，今天可算有了机会，说："我说啊，刘书记你把话说清楚，什么为了闲事敢花钱？为了什么闲事？你给我说说，我听听。"

"我问你党的事业大，还是北方集团的事业大，北方集团能给三百七十万，党的知识竞赛活动给个三千元还不行吗？你作为一名党员觉悟都哪去了？怎么当的村长啊？就这个觉悟，下届还能不能继续干了？"

"当不当村长不是谁的觉悟高低，那得群众选举，你管党建的书记说了也不算。我的智商那么低吗？谁大我还不知道？当然是党的事业大，那你说党的事业里啥最大呀？"李长玺故意问刘瑞。

"既然是党的事业大，那党的事业当中最大的当然是政权建设了，没有党的领导，还有什么事业兴旺、祖国强盛和人民的幸福。就你那点知识还来考我，下半年你去党训班学习一下吧，提高一下政治水平。"刘瑞带有讽刺意味地说。

"说的片面了吧，你说政府门前为什么都写毛泽东的为人民服务呢？那是啥意思？那就是党的宗旨。过去推翻三座大山是为了广大群众，今天带领群众致富也是为了广大群众，共产党是为了天下劳苦大众的解放和幸福而建立的，如果不为了群众的利益，我们的党存在还有意义吗？投资北方集团那是村委会成为股东的必要条件，那是为了给群众种好地，让个人收入提高，钱是村民的，多收了也是村民的。你说要办党的知识竞赛，是个有意义的事，那是你们组织内部的工作，怎么办是你们的事，可是跟群众要钱不应该，要是损害了群众的利益，那个知识竞赛还有意义吗？你别以为村里的钱谁都可以用，觉着党组织活动是个正当的事，就更应该用，那你就错了。我不能说你觉悟低，只能说你的想法太片面了，没有想到根上，没想到那是村里老百姓的钱。党员不是有党费嘛，用在那上面不行吗？"虽然李长玺嘴上说得很随意，可是气得身上直哆嗦。

刘瑞的手已经有些发抖。李长玺的话不多，可是说得都是真道理，把刚才他的意见否个啥也不是，好在面前只有田再新一个外人。刘瑞在村干部面前从来都是说一不二，没有想到李长玺竟然敢对他说三道四，这是他想不到的，令他忍无可忍。他知道再说这个事已经毫无意义，再闹个乱摊派的名声也不好交待，他索性来邪的，说："李长玺，你不用在我面前耍威风，你知道我不是书记乡长，左右不了你，可是那书记乡长也不能总是一个人当吧。你也一样，还能干一辈子呀？说不定哪一天斗转星移，十年河西。咱们放着名利双收的事不办，有权有势的朋友不交，是不是有点迂腐了，换句话说太牛了。"

李长玺听刘瑞这样说，知道是在威胁他，这反倒让他心里静了下来，火气也消了。他不说这话还有点尊敬他的意思，说了这话让李长玺更加坚信了一点，刘瑞是个小人。李长玺坚信邪不压正，就是谁来当书记乡长也一样，都要维护群众利益。想到这些，李长玺抬起头来说："刘书记，你不用吓唬我，你就是明天当上乡长，我也不能给你这钱。不是我太牛性，钱是群众的，赞助搞活动出师无名，和中央的不许乱摊派精神相违背。"

刘瑞站起身来，田再新见刘瑞要走，忙着客气地说："刘书记要走哇，中午吃了饭再回去吧，厂区里有食堂。"李长玺瞪了一眼田再新，田再新低下了头，不敢看李长玺。

听田再新这样说，又见李长玺的表情，刘瑞气不打一处来，觉着他们是在赶他走的意思,他又坐下了,说:"那好,就等着吃饭了,你们安排吧。"

这时候赵玉柱来了,他知道刘瑞今天到村里来要钱,故意装着回村办事的样子,进屋先在自己的桌子上翻东西,拿着一个文件来到李长玺的办公室,见着刘瑞还握握手,说:"刘书记什么时候来的?咋没通知我一声呢?这是有事赶上了,要不还真不知道。"

"来了半天了,通知你干啥呀,你说得也不算,就连村长说了还不算呢。真不知道你们这个村是谁说了算,怎么对外办事的。"刘瑞是给李长玺话听,也是对赵玉柱表示李长玺不同意赞助钱。

赵玉柱明白了,故意问李长玺:"李村长还有说了不算的事?啥事办不明白呀?现在咱们的李村长,不,李厂长可牛了,一般不三不四的不尿他,刘书记的面子怎么也得给,谁管谁还不清楚吗?啥事呀,不保密跟我说说行不?"

没等李长玺回答,刘瑞马上说,"乡里要搞一次党员党史知识竞赛,想让村里赞助点经费。李村长说他说了不算,说那是群众的钱,不该往党的事业上用。"

"哎!李村长,这可是咱们村出名的好机会。刘书记找咱们村来赞助,咋没找别的村呢?那是瞧得起咱们。能用多少钱哪?有个三万五万元不够吗?几百万都花得起,还差那三五万了。咱这屋没有别人我说这话,一个公家的钱,出名还交人,又是正经事。那可是党的事业呀,钱得花到点子上。刘书记,这次活动不是你说得算嘛,把我们村里的党员都带去参加竞赛。请电视台的没有?要是有录像,咱们都上镜头说两句,那多有派呀,何乐而不为呢,真是的。"赵玉柱说了一通,看李长玺不吱声,感觉不妙,这才停下。

李长玺发现这两个人是通了气的,说的话一样。本来李长玺不再想说什么了，可是赵玉柱一说话，特别刺激他。李长玺先笑了一下，回头看看赵玉柱，说："我说你算哪个衙门挑泔水的？咋不管凉热插嘴就咕噜呢。刘书记找你了吗？觍着脸自己上来了，这有你说话的地方吗？哪有事就到哪，你脸咋那么大呢。"李长玺的话不仅打击了赵玉柱，刘瑞听着也十分的难受。

刘瑞看了赵玉柱一眼，赵玉柱也明白刘瑞的意思，有刘瑞在跟前给他壮胆，他索性把文件往桌子上一摔，说："你说谁插嘴就咕噜呢，我是猪哇？再不济我也是村委会的治保主任，提个建议不行啊？这个村是你老李家的，别人连说话的权利都没有？你也太猖狂了！我就不信这个劲，这个事我就参与，你咋的我吧。没听那么说的，几百万元都给人家了，乡里要这么点钱就不给？凭啥呀，就凭你李长玺一句话？"

李长玺要是在平时肯定还会和赵玉柱掐一会儿，可是今天有刘瑞在跟前，赵玉柱才会无理取闹，和他也说不清什么道理。李长玺觉得机会不错，站起身来，仔细看看赵玉柱的脸，说："那就你老赵家说了算吧，正好你接待一下刘书记，我和田村长还有事，恕不奉陪。田村长跟我走，厂子那边还有点事，这有赵主任就行了。"

李长玺说着话就走了。田再新跟在后面，回头看看刘瑞，用手指指李长玺的背后，示意他得跟着，不能陪他。

屋子里只剩下了刘瑞和赵玉柱，两个人大眼瞪小眼。李长玺一走，赵玉柱也蒙了，觉得把刘书记的事给搅黄了，有些不好意思地说："你看这还让我给整走了，要不我把他叫回来？"

"就是你不把他气走，他也不会给乡里钱的。刚才我们都已经把话说绝了，再不可能给钱。你别忙，这事我得找包书记，得让他知道知道。这个李长玺目空一切，无视上下级关系，在村里一手遮天，钱多了胆子也大了。得让他受点教训，让他知道是谁管他。"刘瑞说着，也站起身来，拿着手包就要走。

土地

赵玉柱看刘瑞要走，又见屋子里没有别人，说："这事要不找找阿书记？看李长玺的样子那是没戏了，别再找他了。"

刘瑞狠狠地说："你给我盯紧村里，特别是经费的使用，我就不信挑不出他的毛病。走了，别跟他费劲。"

田再新把李长玺送到瓷砖厂之后，开着车就要去找木青，在厂门口正好遇上了丁兰，丁兰招手示意他停车。田再新把车停下，摇下车窗，问丁兰："你到厂子有事啊？"

"我就找你，听别人说你在厂子呢，我就过来了。"丁兰说着就去开车门，进了车里坐在后坐位上。

"你咋还上车了呢？你知道我要去哪儿吗？"田再新着急地说。

丁兰也不下车，说："我想去基地找李强，你先把我送去不行吗？这离基地有三里多远呢，你让我走哇？"

"得了，正好我也去基地，连送你都有了。你找李强干什么？"

"昨天你不都看见了嘛，我的花生都要旱完了，求他用喷灌机给花生浇点水呗，也不知道他能不能答应。我看基地的辣椒都浇完了，应该差不多吧？到那你也帮忙说说，我看他很重视你的意见。"

"要我说你趁早别去添乱，现在基地忙得不可开交，哪有时间管你这事。再说要用喷灌事先得打好井，你没有井咋抽水？你光着急不行啊。又是那么大的面积，都赶上基地辣椒的亩数了。"田再新说。

"那你说我就光看着，这到秋要得减产多少？不得赔死呀？我投入了近八十万，看这样连老本都回不来，这可咋办哪？一想到这事，我晚上连觉都睡不着。"丁兰愁眉苦脸的样子。

"听天由命吧，这样的年头种啥也得歉收，除了水稻以外，就是往后不缺雨水，那也得减产。特别是花生，生长期又短，花落地的时候旱，我昨天看的那块地就得减产三成以上。你得有点思想准备。"田再新开着车，看着路边的庄稼说。

　　小车很快就来到了基地，正好李强、木青、吴江都在，他们在研究秋收之前的准备工作。基地建房进度很快，已经在打地基，老闷的整个园子已经全平了。房子地基已经打好，准备用半个月的时间盖起来。

　　田再新把车停在老闷房前，见李强和木青等人都在新房子地基那，就和丁兰走了过去。木青早就看见田再新开着小车过来了，田再新走到跟前时，木青装没看见，故意把头扭向一边和一个工人说话。昨天田再新开着车走了，她以为是为了避开她和丁兰单独在一起，今天又拉着丁兰到基地来，也是为了自圆其说，一定会编出一个合适的理由，所以故意不理田再新。田再新没有在意木青的表情，还以为她当着别人的面不好意思得和他说话。这一段由于工作关系，田再新和木青接触得多，可是单独在一起的时间却少了，主要是没有机会独处，多数都是一大帮人在一起研究工作。田再新来到李强跟前，说："经理有什么指示精神，我来得有点晚了，乡里刘书记刚才到村里找我和李村长，刚送走我就过来了。"

　　李强看看田再新，又看看丁兰，说："丁兰也来了。刘瑞找你们什么事？"

　　田再新说："啥事，要钱呗，说乡里要搞一个党的知识竞赛，想让咱们村里赞助一下。"

　　"李村长给了？"李强问。

　　"给啥呀，两个人掐起来了，李村长把刘瑞气个倒仰，没等说完事，把他扔在村里就走了。"田再新一边说一边看木青，木青仍然在和一个工人聊天，好像没听见田再新说话一样。

　　"他就是看着村里有点钱，心里不平衡，特别是北方集团跟咱们村合作之后，用三百七十万入股，成了股东，他心里更是忌妒。要不能出纪委来调查的事吗？"李强说。

"就是这么个事。可是我听调查组的小宋说,写告状信的人还真是个群众,是个二十多岁的年轻人,不是咱们村的,说叫李有才。他还不让我和任何人说,丁兰在这听着呢,你可别往外说啊,我觉得你靠得住,所以不背着你。"田再新叮嘱丁兰。

丁兰说:"我能说嘛,那不是组织上的秘密嘛。"

"什么!李有才告的,怎么可能呢?"李强有些不相信。

"小宋亲口和我说的,他不能说假话呀。"

"丁兰你干啥来了,有事吗?"李强问。

"还真是有点事找你,天这么旱,我种的花生可完了。你看能不能把你们的喷灌机给我用一下呀,我付工钱。我听说你们都浇完两遍,再不用浇了,趁着这个时间把我能浇的地浇一下不行吗?"丁兰哀求道,不失她特有的媚态。

"实在对不起,虽然浇了两遍,可是眼下要是不下雨,还得浇水,这不正趁着这两天没浇水检修机器嘛。"李强说。

丁兰觉得没有希望了,又问:"李经理,天这么旱你们还忙着盖房子,你是忙哪头呀?"

"抗旱和盖房子不冲突,要赶在雨季之前盖完,省得在秋收的时候还留个尾巴。"李强说着又回头看看田再新,见他想和木青说话,可是木青和工人聊得起劲。

工人说:"你大嫂吧,她身体不好,我回家还得帮她一把,其实也没有多少事,就是喂喂猪、做做饭,还得给她把柴火抱到屋子里。她自己在家里把家里活做了,我把地也都入股了,这回省心多了。"

"哎!你别唠了,倒泥,供不上了。"一个磊砖的工人喊。

木青这才回过身来,看看丁兰说:"丁小姐来了,我说闻着这么香呢。我看昨天你也坐着田再新的车到地里去了。见我们过去,你们咋还跑了呢？"木青把跑了两个字说得很重，丁兰和在旁边听着的田再新明白了她的意思。

丁兰非常敏感，但是她不在乎，特别是当着田再新的面。她觉得自己也可以和田再新谈恋爱，因为他们还没结婚，说："木经理多心了，我昨天和田村长去看地，并没有见到你呀，如果见到我们能走吗？怕什么呀？光明正大的，也没干什么见不得人的事。田再新在这呢，你问问他，我们都干什么了？"

田再新愣住了，觉得事情有点说不清楚，说："就是去看看地，丁兰求我去的，你让我说什么呀？丁兰你什么意思？"

"我没什么意思呀，是木青这样问，我就得这样回答。"丁兰说话十分的严肃。

田再新看着木青那阴沉的脸色，心里乱极了，知道木青误会了，可是自己又没有什么话说。他转过头来问李强："李经理，我们还研究什么事吗？正好我今天有时间。"

李强知道田再新是在转移话题，也就应和着说："我们想要研究的主要是建房的事。工程上还得找点小工，原来想让你找工人，可是咱们村的劳动力也没谁了，还是在外村找吧。我看你找一下其他村的大学生，让他们帮一下忙，也不用太多，十个人就行。"

"啊，那好办，我打个电话就能搞定，让他们明天来？"田再新说着话，眼睛还盯着脸色铁青的木青。

"不用你找，你拉着丁小姐去看地吧。这不用你，啥时候花钱你再来，帮着村里监督钱的去向。"木青说的是气话，同时也是给丁兰一个下马威。

"那我谢谢木青经理了，走吧田村长，这回名正言顺了，村里车的油钱我出。"丁兰挑衅地看看木青，气得木青把手上拿着的一个短靠尺啪的一声折断了。田再新目瞪口呆，回头看看李强，李强也有些意外地看着木青，场面

很尴尬。

工人见自己的靠尺被木青折断了，说："哎呀，那是我的靠尺，抹水泥时用的，不是木板子。你咋这么不注意呢，明天你得找木匠做一个。"

木青不说话，把折成一半的木板又折了一下，工人愣住了，这才注意到木青的情绪有些不对劲。事出突然，李强也不知道该怎么应对了。见丁兰真的要坐车去看地，田再新进退两难，去也不是、不去也不是。李强知道木青是生田再新的气，在使性子，可是中间总得有人说句话，李强觉得反正也跟着看两天地了，有事的话早就有了，没有事就是去看看地又有什么，都是朋友。想到这，李强说："都拉了好几天，还差这一回吗？帮人帮到底，你就再拉着丁兰去看地吧。基地的事我们合计一下就行了，回来向你汇报。"

李强这样说，也是出于缓和木青、田再新的关系，他看木青再和丁兰这样说下去会闹不愉快，也可能和田再新争吵。可是田再新心里却是另外一种想法，他和丁兰没有别的意思，只是帮忙而已。可是他并没有放松对李强的戒备，他和木青恋爱之后，特别是李强当上经理后，对李强戒心是越来越强。本来他不想再跟丁兰去看地，可是听李强这样说，反倒让他妒火顿时升起，故意借机气木青，说："好吧，那我们继续看地，看祖国的大好河山。走，丁小姐上车，哪好看哪。"

丁兰也不客气，跟田再新上了车，并且坐在副架驶的位置上。田再新把音响打开，摇下车窗，音量开大。

工人们停下手中的活看向这边，木青气得忍无可忍，大喊一声："干活，看什么看！"

第十六章

工人们不知所措,只好开始干活,有的还愣在那里。随着小车远去,歌声也渐渐地消失了,工地上又恢复了刚才的平静。

李强看木青还在气头上,说:"木青,你也别使性子,田再新不是有意的,昨天他肯定是没看见咱们,要不怎么会不停车呢。你别抓住一个没影的事盯住不放。"

"算了吧,我不和他处了,我看不下去。你在这看着呢,我说叫他拉着丁兰去看地,还真就去了,你说这胆子也太大了。当着我的面就这样,整天拉着个女人在街上跑来跑去的,都叫别人说些什么呀?我丢不起那人。"木青说着回了屋子。

李强愣在了那里,因为是他让田再新去看地的,当时让他去,也是为了缓解一下他和木青的情绪,想不到竟把事弄糟了。他心里很郁闷,觉得解决个人感情的事比工作上的事还难,没有办法,只能看着木青回屋,却没有合适的话劝她。

这时吴江开一辆小车进院,吴江下车就奔李强来了,边走边说:"好消息!最近三天有大雨,乡里要召开防汛会议呢。"吴江说着已经走到李强的跟前。

李强听吴江这么说,忙问:"你听谁说的?我咋不知道呢?"

土地

吴江坐在李强前面的一个板凳上，说："我听李村长说的，他也是刚接到乡里的电话，明天开会，他让我告诉你一声，给农田浇水的活先停下来吧。你看人家李村长，首先想着咱们，想着强哥，光说不行，就是感情深，谁也眼红不得。"

李强首先想到的是排干渠里养的那些泥鳅，马上对吴江说："咱们进屋和木青研究一下，养鱼工程那儿得看看，其他地块都不怕雨大。"

李强和吴江进屋，木青自己在那儿生闷气，摆弄着手机，像是在打电话。李强对木青说："吴江才从村里回来，李村长让他告诉咱们近三天之内有大雨。咱们先把排干渠的拦水坝检查一下，我们这就去，这事不能等。"

木青回过神来，说："对，去看看吧，如果有问题，马上采取措施还来得及。"

老闷早已等在门前，手里拿着个鞭子，坐在门前的一个石头上，毛驴车停在大门旁边。李强等人向毛驴车走来，吴江说："坐我的车吧，我一会儿去工地也行。"

李强说："你忙去吧，坐闷哥的车就行，那是我们的专用车。"

田再新拉着丁兰漫无目的地走着，他心里忐忑不安，知道木青这次气生大了，心里想着怎么和她解释才能让她相信自己是清白的，半天不说话，也不问丁兰要去哪块地，就沿着乡间公路往前开。丁兰则不然，她看看田再新那严肃的表情，心里不觉有些得意。她知道田再新心里在想什么，故意问："怎么，害怕了？还没结婚呢，就让她管成这样。你瞧木青那个样儿，我真受不了。"

"这事和你有什么关系？你别往里掺和行不行。咱们是朋友我才拉着你看地的，你看这事还整麻烦了。看木青那样，还不得跟我拜拜呀？"田再新埋怨丁兰。

"有什么呀，黄了再找一个，不是没结婚嘛，就是结婚了，过不到一块还得离呢。真是的，少了她还不过日子了？"丁兰撇着嘴说。

田再新听丁兰这么说，才知道她是有意要和他去看地，故意在木青面前显示她和田再新的关系。在以前的接触中，田再新明显感觉到丁兰对自己有意思，今天的事更加证实了他的判断。田再新对丁兰有好感，可是他还真没想过把她作为自己的爱人。他歪着头看着丁兰，她那微微卷曲的头发非常得体，白皙的皮肤使她像一块光洁的玉石，圆润而又饱满。她的下巴尖而平，看上去非常生动，特别是在她微笑的时候更加美丽。田再新的心里很乱，一不小心把车开到路边的田垄上，小车颠簸起来，丁兰的头撞到了车顶，丁兰连忙抓住旁边的把手，说："哎呀！怎么开的车，你怎么了？"

田再新把车开回到路上，停下车检查，前后看看没什么异常，又上车来，说："你倒是说去哪啊，就这么没有目标地跑，私奔呢？"

丁兰笑了，觉得田再新很可爱，说："要是没种那么多的花生，咱们开车私奔还真行。失踪几天再回来，啥事都解决了，还用你费那些心思想来想去的。是不是呀，我的灰太狼先生，你还不去抓羊？"

田再新回头看看丁兰，说："我发现你心挺大的，还有心思开玩笑。都啥时候了，你倒挺开心。"

"有什么呀，既然你已经和我开着车出来了，那还有什么可担心的，咋整你也说不清楚。两个人在外面，谁知道你干什么了？谁管你干什么呀？也就是木青吧，不过她这回还不把你给蹬了？莫不如高高兴兴地玩，管她那套。"丁兰心里有准备，无所谓的样子。

田再新这才知道上了丁兰的贼船，真是有口难辩。看着眼前这个让人心乱的美女，又想着木青那恼怒的表情，他真不知道如何是好了。田再新索性把车停在路边，想和丁兰认真谈谈。这时田再新的手机响了，田再新一看是李强的电话，连忙接听："喂，李经理，是我在路上呢。你说什么？真的呀，好吧，我这就回去。"

"什么事呀,为什么回去?"丁兰不解地问。

"不用看地了,三天之内有大雨。快,咱们回去,你去哪?"田再新说着开动了汽车。

李强和木青等人认真检查了水坝,确信没有问题,他们早早就回来了。老闷先把李强送到家,又去送木青和吴江。李强的家里,白板的父亲领着孙子小飞、三胖在和小凤、小龙玩,已经玩了半天,可是小龙还是不让他们走,特别是小飞,很会哄小龙,他把爷爷给他做的小手枪拿给小龙,小龙爱不释手,追赶着小飞跑来跑去,小凤跟在后面喊叫着。李强一进院就被小飞看见了,他领着小龙大喊一声:"敌人来了!冲啊!"小龙和小凤跟着小飞跑过来,把手里拿的小手枪举着"嘟嘟嘟"地开枪,到了李强跟前,小凤和小龙一人抱住李强的一条腿,小飞在一边喊:"抓住了,抓住了。"

李强摸着两个孩子的头和随后追过来的老白头打着招呼:"大伯来了,这几个孩子闹的,你不嫌吵哇?"

老白头笑着对李强说:"这多有意思,和孩子们一起玩高兴啊,我都觉着年轻不少了。"

"大伯,你的病没事了吧,看你的脸色都红润了呢。"李强说。

"可不是嘛,好了,吃药维持着就行了,一般的小活儿也能帮儿子干。现在生活也好了,这一天都吃得好,比过去强太多了。我念你一辈子好,白板被关押的时候多亏你花钱给我看病,要不我就没命了,哪还有哄着小飞玩的日子。小子,你积德呀。"

"过去的事了,还提它干什么。现在白哥是车间的骨干了,干得不错。谁还没有犯错误的时候,改了就行。你们现在的日子过得多好,还不是我白哥能干哪。"李强说着把两孩子推开。小飞又一声号令,几个孩子又往牛棚子跑过去。

李大路迎了出来,说:"别往里去,让牛顶着。这个小子,你往哪钻！"李大路抓住小龙抱起来，小凤和小飞也被赶了出来。

老白头看李大路抱着孙子，说："我说大路啊，你说咱们这当爷爷的是不是发贱哪，我觉着白板小时候也没这么稀罕，一天见不着这孩子们，心里就像少了多少东西似的，你说贱不贱吧。"

李大路哈哈笑着把小龙放到地上，小龙起来就跑，去追小飞和小凤。李大路拍拍身上的尘土，说："咱们这个年龄，看着隔辈人就看到了将来，一天活蹦乱跳的，瞧着他们干活都来劲，越活越觉着有奔头。"

李强让着老白头，说："大伯到屋里歇一会儿吧，几个孩子把你累坏了。"

老白头说："可不坐了，都来一下午了该回去。走好几回都走不出去，小飞不愿意走，小龙不让回。小飞，快过来，咱们可得回家了。"

送走了老白头，李强回到屋子里，其其格过来叫他："强子，吃饭了，小龙给你拿的碗筷，等着你呢。"

李强没有去吃饭，拿出手机给托娅打电话："喂，托娅，怎么一天没有你的电话呢？我中午打你没接，忙什么了？"

托娅正在和肖作仁验收装修的展柜，工人们还没有收工，说："喂，是我，中午我去吃饭，手机放在包里了，打车没听见，下午我看是你的电话，估计也不是什么忙事，也赶上忙着给工人们安排活儿，就没给你回电话。我想等到晚上再打，省得一打电话就有事，打不消停，想说点啥话也说不成。咋的？有闲空了，你在哪呢？"

李强满面笑容，说："在家呢，一到家里才想到你不在家，这心里空落落的，饭都不想吃了。妈才叫我去吃饭呢，我就想给你打电话，不想去吃饭了。"

"我这还没完事呢，等一会儿我给你打过去吧，再有几天就装修完了。安上电脑，我们晚上可以视频，既能见面，还省话费。"托娅说。

土地

李强有很多的话想和托娅说,可是他也知道托娅还没有干完活,干完活还得去吃饭,弄下来就得到八九点钟。他只好说:"好吧,等你吃完饭回到住处之后,给我打电话啊。"

托娅笑着说:"等你睡着了再给你打,让你一夜不得安宁。哈哈哈,好了,我挂电话了,你去吃饭吧。"

李强回到父亲那屋去吃饭,小龙早已把饭碗放好,李强高兴地说:"这是谁给我准备的呀?"

小龙抢着说:"是我,爸爸,我乖吗?奶奶说只要我乖,妈妈就回来。"

李强看着小龙很感动,说:"咱们小龙学乖了,奶奶说得对,你要是乖,妈妈就回来看你。"

"咱俩都乖,妈妈才回来。"小龙天真地说,样子非常可爱。

李强看着小龙,心里一阵难过,真的想托娅了。

田再新从地里回来之后,又接到李长玺的电话,让他回村里召开两委会。丁兰没有别的事,借口去找赵玉柱,也跟着回到村里。两委会的成员开会,她就在赵玉柱的办公室里待着,因为赵玉柱和田再新是一个办公室。

会议开了很长时间,六点钟才散会,田再新和赵玉柱回到办公室里,见丁兰还在那儿,赵玉柱还以为是在等他,就对田再新说:"田村长,你先走吧,我和丁经理有点事想谈谈。"

丁兰马上说:"我在等田村长,赵主任有事就说吧,说完我好搭他车回乡里。"

赵玉柱一愣,说:"田村长也不去乡里呀,你搭啥车?"

"送我一趟还不行啊,非得搭顺风车。叫你说的,我就那么没有人缘了?"丁有些不高兴地说。

赵玉柱不知道丁兰已经看上了田再新,可是今天丁兰的态度倒让赵玉柱开始怀疑,丁兰看田再新的眼神似乎和平时也不太一样。赵玉柱本来就对这种事敏感,丁兰说要搭田再新的车,原来是等着他去送。对此赵玉柱心里很不舒服,说:"丁兰成了种地大老板,有资格让人送了,能让田村长送这感情不一般哪。得了,我别说是没啥大事,就是有啥正经事,今天也不说了,别耽误了你们的好事。丁经理有事打电话吧,今天就不打扰了。"赵玉柱很不高兴地走了,一边走嘴里还小声嘀咕着。

田再新看丁兰等着他送,心里有些犹豫,一是自己还没吃饭,二来和丁兰的关系还算不上多好,只不过对她有一些好感而已。尽管丁兰婉转地表达了自己的想法,也没有直接的表达,只是暗示。可是今天自己就是耍小孩子脾气,这样木青的误会不更加深了吗?想到这,田再新决定去乡里找木青说清楚,他把笔记本往桌子上一放,说:"走,我送你回乡里。到那儿吃饭,还是到瓷砖厂食堂?"田再新问丁兰。

丁兰娇媚地一笑,说:"到乡里吃,不去厂里了,那儿的人太多,看着好像咋回事似的。行吗?"

田再新非常同意,因为他急于见到木青,说:"好,这就走。"

小车行进在去太平川乡的路上,丁兰很得意地坐在副驾驶的位置上,眼睛盯着田再新说:"今天你得给我个面子,晚上的饭我请,到镇上的香香饭店,那里有鸳鸯火锅。你已经为我服务两天了,我真有点过意不去,我也没问李村长。"

"李村长知道,他同意的,你不用客气。一个女同志出门在外也真不容易,就这么点事李村长能计较吗?要谢你就谢李村长吧,不用谢我。我不是灰太狼嘛,是专门为你红太狼服务的。你没用大马勺打我就不错了。"田再新逗着丁兰。

"那不行,今天说什么你也得给我这个面子。别人我不管,你给我当司机,理当感谢。"丁兰说。

"改天吧，改天我请你，你说吃什么就吃什么，抓不着羊还不请吃饭，那不找打吗？"田再新笑着说，回头看了一眼丁兰，发现她的脸色有些变化，好像要哭的样子。

"不行，今天我就请你吃火锅。要不我就在你的车里不出来，住在里面。"丁兰不达目的不罢休的样子。

田再新真就没有办法，只好同意，说着话就来到香香饭店。田再新把车停好，两人下车进了饭店。

赵玉柱在家吃过晚饭之后，看看天已经黑了，穿上一件普通工作服，对奶豆腐说："今天晚上我得查一下岗，回来可能晚点，给我留门，省得回来晚了吵醒你。"

奶豆腐觉得奇怪，说："今儿个是啥日子，咋还查岗呢，查什么岗？"

"厂子里打更的呗，还有什么岗。这是我的责任，要求每个月要有两次检查。我一回都没查呢，没人说咱们也得自觉点。我走了，保密啊，别和工人说，这是偷着查岗。"赵玉柱神秘地说，又把手电筒揣在兜里。到了外面，赵玉柱回头看看奶豆腐没有出来，悄悄地来到仓房里，拿出一把铁锹，慢慢地，怕弄出来响动，又蹑手蹑脚地出了大门消失在茫茫的夜幕中。

木青自从和田再新生气之后，一整天沉默寡言。李强知道她心情不好，特意早早收工，让她回去好好休息一下。可是木青回去之后，连晚饭都没吃，一头扎到床上，迷迷糊糊地躺着。田再新和丁兰吃完饭回到乡里，已经是晚上八点多钟。因为田再新开着车，再加上他心里老是想着木青，所以没有喝酒。尽管丁兰一再表示，田再新装糊涂，早早吃完饭等着丁兰。丁兰没有办法，只好喝了一杯啤酒，也没吃饭就跟着田再新回到了乡里。她住的房间和木青挨着，有什么动静，木青在隔壁听得清清楚楚。

丁兰打开自己房间的门，柔情地看着田再新说："到屋里喝点水吧，没喝酒还不喝点水嘛，回去想喝水还得自己烧。"

田再新也不回避丁兰，说："不了，我到木青那看看，找她有点事。你休息吧，我就不打扰你了。"

丁兰想了想说："你等一下，这有个东西给你。"

说着丁兰进屋拿出个不锈钢保温杯，说："这个杯子给你吧，朋友给的，还有好几个呢。你把它放在住宿的屋子里，晚上能喝点热水。"

其实田再新想要这个杯子，可是他还要到木青那，如果拿着丁兰给的杯子，木青一定会不高兴，说不定会把他给赶出门来。想到这，田再新说："你留着吧，我也有好几个呢，你要我给你拿来几个。"

"你的是你的，这不是我给你的嘛，你用它喝水的时候，就会想到我，喝水的感觉可不一样啊！"丁兰有意高声说着，她知道木青在隔壁房间能听着。

田再新听丁兰这样说，而且又大声说话，用手把丁兰拿的杯子推开，说："得了，你自己用吧，我不能要你的东西，快回屋子吧。"

田再新赶忙离开了丁兰的房间，到木青的门口敲门，说："木青，在屋里吗？开门哪，木青，是我，田再新。"

丁兰并没有回自己的屋子，站在门口看着田再新敲门，说："她也许没在屋子，要不你先到我这屋里等等吧。"

"木青开门哪，我是田再新，我知道你在屋里呢。"田再新一边敲着门，一边挥手示意丁兰回屋子。丁兰明白了田再新的意思，笑着向他点头，回自己的屋子了。

木青在屋里，外面的一切她都听见了，听丁兰往自己屋子里让田再新，终于忍不住把门打开。田再新进门之后，木青又出门看看，见丁兰已经回屋，这才把门关上。回过头来看看田再新，非常严厉地问："你找我干什么？还和我有关系吗？真不知道你的脸皮竟然这么厚。"

田再新知道木青正在气头上，早就有了心理准备，说："我不明白，你怎么说我们没有关系了呢？"

"你别给我装糊涂，这两天跑来跑去的都在干什么？你开那车是村里的，为了个人的事，两天两天地跑，你一个副村长就有这么大的权利？就算你有权利，还要不要脸了？你不嫌害臊，我还嫌害臊呢，还有脸找我来？"木青气得直喘粗气。

田再新无奈地看着木青说："我知道你心里是咋想的，事情不像你想的那样，我拉丁兰看地不假，李村长答应让我开车陪她看看地，那你说我能不干吗？她来这么长时间了，又在这种了那么多的地，咱们都成了朋友，帮这么点事还不行啊。说实在的，我也不是个傻子，我对你的感情都和你说了，那不是我编的故事，是我对你的真心表达。我不会轻易改变我的追求，不会因为一个漂亮的故娘就移情别恋。我到农村来就为了和你有共同语言、和你走在同一条路上，难道你不明白我的心思吗？"

木青听田再新说这样的话，心里怒火已经减弱了许多，可是她仍然不能容忍他当着李强等人的面拉着丁兰就走，而且理直气壮。这让她的面子实在是过不去，这口气不出她不甘心。她说："你说得好听，编故事眼睛都不眨一下，我还不知道你，跟我耍两面派，你也不看看我是谁，骗得了别人，你骗得了我吗？你给我走，别在这胡说八道。"木青的态度明显弱了许多，可是脸色仍然不好。

田再新有些心虚，他完全可以找理由推脱掉陪丁兰看地，从内心来说，他还是愿意和丁兰在一起。因为他看出丁兰对自己有好感，话里话外已经向他表明自己的爱意。田再新虽然没有答应什么，可是他很喜欢被美女追的感觉，喜欢和丁兰在一起说笑。听木青这样说他，也觉得自己理亏，可是他当着木青的面不能承认，这可是原则性错误，无论如何也不能说出来。田再新挠挠脑袋，说："我说大姐呀，我可不是那脚踏两只船的人，我是有点爱说爱笑的，跟谁都一样，有的时候我就忘了对象是谁了，丁兰就是一个。她有什么想法我不知道，可是我没有哇，你别冤枉好人哪。"

"你还是好人？一天油嘴滑舌的，没想法你还跟着她跑两天，还当着我的面大摇大摆地走了，走了你别回来找我呀，跟着她跑哇，私奔哪！"木青越说越来气，把桌子上的水杯弄得叮咣响，吓得田再新直哆嗦。

"这咋还越说越离谱了呢？什么私奔哪？多难听。我就那么低的层次，这时候那种事还用私奔。"田再新也不知道该怎么说了。

"那么说你有心理准备，不用私奔了是吧？大大方方地、公开地搞。行啊，能耐了！你走吧，别在我这胡扯了。走，走，去那屋找丁兰去，她就在那听着呢，等着你呢。"木青气又上来了，一边说，一边把田再新往外面推，田再新就是不动，赖在那不走。木青见推不动田再新，回身拿起自己的外衣穿上，说："你不走我走还不行嘛，让你们两个在这待着吧，我给你们倒地方。"

田再新见木青真的要走，忙站起身来，说："得了，我走还不行吗？你也休息一下，消消气，明天上班我来接你。我给你道歉，我不对，以后改正，注意形象还不行吗？"

木青也不吱声，回身坐在床上，头扭向一边的窗户。

田再新只好走了，到了外面把车打着，坐在车里望着前面雪白的灯光出神。他心里很后悔，早知道木青会生这么大的气，说什么也不能在基地和她较劲。都是李强，要不然自己也不能有这样的举动。田再新叹了一口气，丁兰在窗口向田再新招手，田再新看见了，只是用眼角撇了一下，没有回头，他知道木青也在看他。田再新目视前方，开着车回了村里。

赵玉柱从家里一出来，在街头就遇见从厂里回来的李长玺和留留，两个人边走边聊着厂里的事。赵玉柱忙闪到一边的玉米秸杆堆旁边，蹲下身子偷偷地看着。

李长玺说："要下雨了，咱们车间的基础土够用多少天，用不用多往里

运一些了?"

"不……不用了,够用五天的。再说堆……堆得太多了,地方也不够用啊。"留留说。

"可得注意半成品防雨呀,半成品被雨浇了损失就大了,晚上让人值班吧。我估计这雨明天下午就得下。"

"我……我都安排长福和大柱子值班了,今天晚上就……开始值班,不行明天晚……晚上我也来,省得你放心不下。"留留说。

两个人从赵玉柱的旁边过去,赵玉柱吓得大气也不敢喘。等两个人走远了,他才从秸秆堆旁站起身来,慢慢地向村西走去,一边走一边回头看着……

已经到了下半夜,赵玉柱才蹑手蹑脚地回来,回来之后他没有进屋,把铁锹放在仓房里,又把几个闲着的麻袋铺在地上,躺在麻袋上想眯一会儿,可是刚躺下一会儿,就觉着身下凉得很,再加上刚才挖土出了一身汗,这会一休息,加上地凉,浑身冷得打起了哆嗦。他只好坐起身来,靠在一个粮食袋子上,点着一支烟吸了起来,吸着烟,他打起了瞌睡,身子一歪,把刚才放在墙边的铁锹碰倒了,咣当一声,把赵玉柱吓了一跳。

由于赵玉柱不在家,奶豆腐睡得不踏实,迷迷糊糊地听到一声响动,吓了她一跳,可是她又不敢出外去看,只好把手电打开,隔着窗户往外照,大声地喊:"谁呀!出来!我看着你了。我打110报警了!出来!"喊了半天,没有一点动静,她自言自语地说,"该不是猫吧,这时候哪还有小偷,又没有钱。"奶豆腐把外面的灯打开,从屋子里往外看,院子里空荡荡的什么也没有,想了想又把灯关上躺下睡觉。可是她说啥也睡不着,翻过来调过去的,实在没有办法又起来看电视。

赵玉柱在仓库里大气也不敢出,听见奶豆腐的喊声,知道她也不敢出来,反倒放心了,就在仓库里等天亮,天一亮就出来,奶豆腐也就不怀疑了,她知道他在厂子里值班。赵玉柱放下心来,他靠在粮食口袋上睡着了,天已经大亮,他还在睡,还打起了鼾。

奶豆腐还惦记着昨晚的响声,心里还是不踏实,一早起来就到院子四下查看,只有赵玉柱的脚印,都是出入仓库的。这时她听到仓库里有打鼾的声音,吓了她一跳,连忙来到仓库门前,打鼾的声音更大了,听着像是赵玉柱的声音。她大着胆子打开仓库的门,见赵玉柱坐在粮食口袋旁边睡着了,手里还有半截烟没抽完,两只脚上满是黑泥。奶豆腐没有叫醒他,仔细地看着,琢磨他去了什么地方。奶豆腐刚想叫醒他,却又改变了主意,决定不惊动他。等他自己起来,回到屋子里再问他,看他会说去了什么地方。想到这,奶豆腐回屋做饭去了,像个没事人似的,来回抱柴火、打水、往外面倒水什么的,还故意把装泔水的小桶掉在地上。奶豆腐把桶捡起来,往仓库那看了看,见没有动静又微笑着回屋去烧火。

赵玉柱听到声响,吓了一个激灵,睁开眼睛一看,天已经大亮,太阳都出来了。他连忙站起身来,从窗口往屋子里看,见奶豆腐已经起来,在院里来回走动。他看了看自己满是泥土的鞋子,觉得应该换一双,要不奶豆腐看见该怀疑了。他忙把这双鞋子脱掉,又在仓库里找旧鞋,找了半天,只有一双旧棉鞋和凉鞋。实在没办法,他只好穿着旧棉鞋出了仓库。他趁着奶豆腐进屋的机会,先走出大门,又从大门口往家里走。

奶豆腐在屋子里看见赵玉柱从仓库里出来,又见他假装从外面回来,气得奶豆腐脸色发白,就知道他在外面没干好事。奶豆腐坐在灶台前烧火,等着赵玉柱进屋。

赵玉柱一步三晃地进屋来,好像困得跟啥似的,说:"早饭好了吗?我饿了,想喝点米粥,再切点咸菜就行,完了好好睡一觉。"

奶豆腐绷着脸不动声色,说:"你干啥了,一宿没睡觉哇,困成那样?"

土地

"干啥了？查岗呗，查完岗又和打更的待了一会儿，扯到大天亮才回来，这把我困的。大刘聊起来没个头，七百年的谷子，八百年的糠。反正他一个打更的，也没啥事。我就不行了，那得和人家近乎点呀，有点领导的样儿，实在困了白天再睡呗，反正也没有人攀我。"赵玉柱说着，打了个长长的哈欠。

奶豆腐把饭端上桌子，对赵玉柱说："你咋穿上棉鞋了，晚上冷吗？这都啥时候了，还用得着穿棉鞋？"

"啥时候晚上也冷，穿上棉鞋倒是不冷，就是不好看。我这么大的岁数了，还管那好看赖看的。"赵玉柱说得滴水不漏。

他哪里知道奶豆腐已经知道他夜里并不是去查岗，而是有不可告人的事瞒着她，她此时也不想再往下问了，因为该上班了，说："你自己收拾吧，饭菜都在桌子上呢，我得上班了。你爱干啥干啥，我对你干啥没有兴趣，你只要能干人事就行了，我对你要求不高吧？"说着话奶豆腐已经出了屋门，向大门口走去。

奶豆腐一走，赵玉柱赶忙吃饭，其实他已经饿坏了，只是在奶豆腐面前装。一碗没吃完就又盛上一碗，就着咸菜吃得香极了，他还不时地看看外面有没有人来。

晚上木青和丁兰两个人都没睡好觉，木青看她带来的小说，丁兰则看电视，到了早上三四点钟才睡着。两个人住的房间是挨着的，晚上谁出去方便都能听得见。这一夜木青想明白了自己与田再新的误会出在哪儿、出在谁的身上。而丁兰通过这两天和田再新接触，觉得田再新的心已经动摇，虽然有些顾及木青的面子，但这也情有可原，毕竟两个人已经相处了一段时间。丁兰觉得自己再努力一下，在木青面前与田再新再亲密些，就是田再新不十分认可，木青也会把他推到自己的身边。

早饭的铃声响过，两个人才起床，几乎同时来到洗漱间洗脸、刷牙。

276

平时她们见面都要打个招呼，可是今天她们两个仿佛对方不存在一样，谁也不看谁，谁都不说话，都在那认真地刷牙，比每天都细致。丁兰洗脸的声音更是大得超常，她是故意给木青看，表示她的自信心。木青忽然觉得这样和丁兰对着干很无聊，有失水准。她匆忙洗漱完，去食堂吃饭。她要了一个馒头、一个鸡蛋和一碗米粥，咸菜就在桌子上放着。因为在食堂吃饭的人不多，大家都在一个桌子上吃饭。一个干部见木青吃得那么少，笑着说："木经理减肥呢，吃得那么少能干得动活吗？"

木青笑笑，说："我的饭量少，不像你们大小伙子，能吃能干的。"

说着话丁兰来了，她看木青只吃一个馒头、一个鸡蛋，就拿了两个馒头、两个鸡蛋，还有一碗米粥，故意摆出食欲很好的样子。那个干部看了看木青，又看了看丁兰说："你好饭量啊，是木经理的一倍，看来你的食欲不错啊！"

丁兰笑着说："我这人心大，天这么旱，眼看着就要减产了，可这饭不能少吃。革命的本钱可不能丢了，有本才能有利。你看这天马上就要下雨了，人忙天不忙，早晚有一场。"丁兰故意说给木青听，故意装得很大度气木青。

木青听丁兰这样说，吃完饭并没有马上离开，拿出手机拨号："喂，田再新，你吃过饭没有？啊，那你来乡里接我一下，到基地去呗，你就来得了，去哪我还不告诉你嘛。李村长那我问吧，不用你问了。对，马上，少啰唆。"

木青这一招很灵，丁兰马上就不吱声了，脸色有些难看，剩下一个馒头和一个鸡蛋、半碗粥，起来就回自己的宿舍了。

木青看着丁兰的样子，心里非常得意，坐在那儿和干部聊起来："你说今天的雨能不能下大呀，看这天气阴得可挺沉的。"

那个小干部很爱说，听木青问他，好像很懂似的，说："看这样儿雨是

土地

小不了，天气预报说的也是大雨，旱得可够久的，该下点大雨了。"

"那你说旱的这段时间花生是不是要减产呀，玉米也得减产吧？"木青问着小干部，眼睛还看着已经走出食堂的丁兰。

"啥不减产哪，花生更厉害，正是开花的时节，旱得不开花，拿什么结籽。往年玉米都追完肥了，今年还没有半米高呢，到现在连肥都追不上，还有不减产的？我们下乡看你们北方集团的辣椒和水稻长得好，今年肯定丰收了。还是企业的力量大，一家一户种地，咋整也不行。"小干部说。

丁兰回到屋里之后就给田再新打电话："喂，田再新，我想去包家村，你送我一趟呗，离得不远，一会儿就回来了。"

田再新正在启动车，坐在车里接丁兰的电话："哎呀！那可是不行，刚才木青打电话找我，她已经和李村长说了，得先为她服务，你就得排第二了。另外你得问一下李村长，他让我出车，我才能出，我可不敢私自为你服务。这个道理你应该懂吧？前两天你不是已经用车了嘛，要不是李村长答应，我能开着车拉着你到处乱跑嘛，那可就没事找事了。"

"我和木青一起走，顺便多坐两公里的路。就这么点事还用找李村长啊？"丁兰的声音有些嗲。

"那可不行，你别没事找事了，你是不知道昨天晚上人对木青说了多少好话，她还是不理我。可算开天恩了，你再上我的车，还和她一起去，那不要我的命嘛。丁兰，我拉你那是看咱们都是朋友，不是我对你有什么非分之想，你可能把我想得复杂了。我不是那见异思迁的人，除了木青，我不想和别的女人交朋友。你看我又说又笑的，那是我的性格，对谁都那样，真正谈恋爱，我不那么随便。我知道你对我好，可是今天这个面子我说什么也不能给你。好了，我马上就去乡里了，开车打电话不方便，我挂了。"田再新把电话挂了，开着车出了村委会的大门。

丁兰放下手机站起身来，望着窗外流下了眼泪。性格要强的她心里升起一股无名火，随之产生了一个大胆的想法。

　　田在新开着车很快就来到乡里，一进院子，丁兰首先走过去，打开车门坐进了后面的座位上。田再新还没反应过来，丁兰说："怎么的，坐你车的光还借不上吗？你也太不够朋友了，别说我们处了这么长时间，就是个路人，顺便搭个车还不行啊？有什么大不了的，不就是你的女朋友嘛。非得一棵树上吊死吗？我照她差哪儿了。她能种地，我照样能种地，有什么了不起的。我发现你们男人就是贱，说你、骂你，你就舒服了。你不用那样，我再贱也粘不到你身上。不过，今天的车我是坐定了，要么你就把我拽下车，否则你就拉着我走，你看着办吧。"丁兰说着头往后一仰，眯起眼睛不说话了。

　　田再新很意外，没有想到丁兰会这么泼，眼看着木青就要来了，田再新急得哀求丁兰："哎呀我的大姐，你可怜可怜我不行吗？可下木青发话了，让我来拉她，你别跟着掺和了，再整我们俩的事可就黄了，我求求你下去吧，一会儿我再来拉你还不行吗？"

　　"那不行，你别耍两面派了，怕她和你黄，我和你处对象，到底行不行？你说个明白。"丁兰态度坚决。

第十七章

田再新想要说出他的心里话,可见木青出来了,又改口:"丁经理,你要是用车,那你先给李村长打个电话吧,他要是同意,你让他给我来个电话,我送你去还不行吗?"

丁兰觉得这样也可以,还有和田再新单独相处的机会,如果让木青和田再新两个人赶下车,反倒不美了。想到这,丁兰说:"那好,你等李村长的电话吧。"说完她下了车,和正要开车门的木青打个照面,两个人四目相对,木青则像没看见她,打开前车门进车里坐下,回头看看丁兰才把车门关上,对田再新说:"开车,去基地!"木青说完瞪了一眼田再新。

田再新也不说话,开着车打了一个半圆,飞快地冲出乡政府的大院。

木青看了看田再新问:"丁兰进车里和你说什么了,是不是想搭车?不要脸的东西。"

"可不是嘛,说要搭你的车去包家村,我说你自己找李村长要车,这车是木青要的,我不能拉你,去哪儿木青说了算。她一听就下车了,她说也要找李村长。"田再新说着看看木青的脸色,生怕说出什么漏洞。

"什么!她找李村长,你还给她出车呀?放着副经理的事不干,成司机了!你这是找借口和丁兰单独在一起呀?我没看出来,你原来有这么多的心眼。那好,你要和丁兰处,一会儿就去拉她,咱俩就一刀两断,否则你不许去拉她，听着没有？"木青非常严厉地说。

田再新点着头说："这回八抬大轿请我，也不给丁兰开车了，再开把我的老婆开没了。从今往后，我都不拉第二个女的，就拉你一个女的行了吧。要不你买一辆汽车，我给你当司机行不行？"

木青被田再新的话逗笑了，指着田再新的头说："你小子还想占我便宜，给我开车还得给你买一辆车？碰上我算你倒大霉了，给我开车还不给你买车，爱受不受，受不了你就走人。"

"上帝呀，苍天哪，我可找到主了，赐给我力量吧，我要为我的主卖命了。"田再新见木青对自己的态度有了好转，心里很高兴，又耍起他那特有的幽默，逗得木青哈哈地笑了。

田再新觉得机不可失，又对木青说："我有很多天没得到上帝的恩赐了，不知道今天能不能得到一些赏赐，比如说一个吻什么的。"说完话，田再新一本正经地看着前方，目不转睛，不笑也不看木青。

木青心里很高兴，可是嘴上却说："你说那赖蛤蟆咋总想吃天鹅肉呢，也不看看天鹅是多么的优雅，自己是什么德行。"

"那是一个典故，是一个有趣的故事。说在一个秋天，家在北方的天鹅要到南方去过冬，途中遭到猎人的袭击，左脚受了很重的伤，时间一长就溃烂了。它实在飞不动了，无奈落到了一个小湖边。正在无助的时候，一只赖蛤蟆来到它的跟前，见鹅的脚伤得很厉害，就用舌头给它疗伤，把已经坏掉的肉舔掉，细心地处理了天鹅的伤口。天鹅的伤渐渐地好了，为了追上其他的伙伴，天鹅等不及伤口痊愈，依依不舍地告别赖蛤蟆飞走了。赖蛤蟆每天惦记着天鹅的伤口，也不知道全好了没有。可怜它一片好心，被天下有偏见的人误解为想吃天鹅肉。哪有天理可言哪！苍天啊，大地呀，我的大姐呀。"讲这个故事时，田再新一点也不笑，特别认真，说到依依不舍地飞走时，还发出了可怜的颤音。

木青被田再新编的故事逗笑了,说:"你真是个活宝,啥事一到你的嘴里就成了故事,没心没肺的人和你在一起可找到了知音,从天上可以扯到地下,再从地下扯到太空。"

"谁叫你说我是个没心没肺的人,没心还能编故事?没肺还能开车拉着你到处跑哇?说实在的,当年曲艺团要我,我都没去,你知道那是因为啥吗?"田再新问。

"因为啥?嫌你长得像个赖蛤蟆,哈哈哈!"木青笑着说,全然没有了刚才的不高兴。

"我的条件是当团长,招我的团长一听吓跑了,把我招去,他的工作就没了。"田再新一本正经地说。

木青打了田再新一拳,说:"你也太能编了,你的话还有没有可信度哇。"

"这不是逗你笑嘛,要是说正事我一般都立正姿势,那就得停下车说,那不耽误时间嘛。"田再新这回笑了,看着木青说。

木青彻底被田再新哄高兴了,心想自己的决定还是正确的,要是让丁兰钻了空子,该有多后悔呀。木青不由自主地向田再新靠了靠,伸出胳膊把田再新的胳膊勾住。

田再新故意说:"嗨!把车整串挡了,跑到玉米地里去了。"

木青哈哈大笑,说:"爱往哪跑往哪跑,反正你打的方向盘,我没有责任。"

田再新的手机响了起来,打破了两个人的亲密气氛,田再新也不管手机,挎着木青的胳膊不松开,说:"爱谁谁,就是不接打电话也不分个时候,没看我正忙着呢吗?"

木青把胳膊拉了出来,拿过手机看号,说:"是丁兰的号码,给你,接不接?"

田再新看也不看，他知道一定是丁兰的电话，当着木青的面，今天说什么也不接了，以表示对木青的忠诚，说："不接，今天就是她把我的手机打爆了也不接，从此和她终止联系。你给我看着，要是别人的就给我，是丁兰的，你就挂了吧。"

木青对田再新的表现很满意，嘴上却说："你不用当着我的面不接，背后接不是一样嘛，该接电话就接呗，兴许有别的事呢？"

田再新说："有什么事，就是自己那点事，除了坐车就是看花生，别的事用她管哪？像个草蒺藜似的，粘上就下不来，扎手又没用。"

"别装得跟真事似的，以前你不认识她呀，现在才知道？你就像那无影无踪的苍蝇，牛一拉屎就围上来了。"木青说完看着田再新笑。

田再新无奈地看看木青，说："好，你就希望我当个苍蝇是吧。那好，我就当苍蝇，哪有屎哪去，你别说一定很快乐。"

早上木青和田再新的举动让丁兰觉得很难受，田再新的态度令她非常意外。在这几天的接触当中，虽然田再新没有什么表示，可是话里话外还是有一些意思，为什么一到关键时刻他就跑了呢？丁兰百思不得其解。眼看着田再新拉着木青走了，丁兰心里非常难过，她已经意识到田再新不是她要找的对象，他早已属于木青。可是就这么算了，她心有不甘，还想做最后一搏。

丁兰给李长玺打电话，要求用一下田再新的车。李长玺知道田再新已经开车去接木青，就对丁兰说让她坐顺车回村里，可是丁兰非要单独让田再新去接她，李长玺觉得这里面有问题，就让丁兰自己和田再新说就行，不用再找他。可是丁兰给田再新打电话，田再新就是不接，气得丁兰直跺脚。没有办法，她只有在乡里待着，等顺车再说。

丁兰待在乡招待所里十分无聊，田再新不接电话，让丁兰没了主意。丁兰的本意是想让田再新帮忙找一下其他村的拖拉机，给花生打除草剂，因为还有一部分花生地有些荒。可是没有田再新她还真就玩不转了，不光是找车的事办不成,就连她追田再新的计划也很难实现。田再新的行为说明他对木青是真心的,已经没有必要再打他的主意了。这时她又想到李强,觉得求李强一定能行。对于李强,丁兰十分地倾慕。当然,她也知道托娅和他的感情十分的深厚,现在托娅到外地去工作,李强对托娅是不是还像以前那样忠诚,想到这些丁兰的心里有些乱,简直不敢往下想了,可是又忍不住,有些想入非非,几次拿起手机要给李强打电话又合上手机,最后鼓起勇气拨了李强的号码,可是电话中传来:"你拨的电话正在通话中……"她只好关上手机,躺在自己的被子上,望着屋顶,继续想下过雨以后的工作,想李强没有托娅,自己的生活会是什么状态……

李强看天阴得很厉害,他指挥工人们用大塑料盖上机械,安排好值班人员就回家了。李强进屋先找小龙,东西屋子找了个遍,没见个人影,就连母亲也不见了。李强只好来到牛棚找父亲李大路,李大路正在给牛喂草。

李强问父亲:"爸,我妈和小龙呢,都去哪了?"

"刚才和小凤、小飞走的,说是去小飞家。这几个孩子都玩恋圈了,谁也不走,人家要走,小龙还跟着,没办法,你妈就领着走了。他走了消停一会儿,这也太闹人了。"李大路倒完饲料把筐扔在一边说。

李强问李大路:"爸,今天回来得早,我帮你起粪吧。"说着就去拿铁锹。

李大路说:"算了吧,我昨天起的粪也没有多少,你刚回家,歇一会儿吧,实在没事帮你妈把饭做上。"

"行啊,我给你炒两个菜,晚上喝点酒吧。"李强说着回屋做饭。

李强洗完手,正要拿刀切菜手机就响了,一看是托娅的手机号码,李强忙接听:"喂,托娅,吃过饭了吗?我才要烧火做饭呢,妈领着小龙去小飞家了,对,就得我烧火做饭了。那有啥呀,也不是没做过,就今天回来得早,还不表现表现。可惜你不在家,要是在家我就做白菜炖粉条了,今天做个简单的，猪肉炖豆腐。我看见爸爸捡了豆腐，冰箱里还有肉，正好是一锅。"

托娅正在电脑旁边打电话，新装的电脑已经试过，她迫不及待地给李强打电话，要和他视频聊天。她笑着说："我已经把电脑装上了，快把你的QQ号发过来吧，我好加你。"

李强很高兴，说："好，我这就加你，我的还是那个号。"

李强放下手机，打开电脑登陆QQ，向托娅发启了视频请求，没一会儿托娅便出现在了屏幕上。他们微笑着看着彼此，李强对着话筒说："我们用语音吧，省得打字了。"

托娅说："我听到你的声音了，好吧，那我们就用语音。"

李强说："对了，我还要做饭呢。你吃饭没有？要是没吃快去吃饭，我好趁这机会做饭，省得耽误咱们的时间。"

"刚才小肖打来了盒饭，我正要吃呢，怕耽误时间，边吃边给你打电话。你别关视频，我看着呢，你去做饭吧，吃完饭我们接着聊。"

李强把视频调到能看得见外屋的角度，能看见李强做饭。托娅看着视频吃饭，不时地笑，见视频里的李强来回走，有的时候还向着托娅招招手，看得托娅笑容满面，有时夹菜还夹到盒饭的外面。

对面吃饭的肖作仁见托娅如此聚精会神，好奇地问道："托娅姐看什么呢，连吃饭都不顾了，夹菜都把钢笔夹起来吃了。"

托娅这才发现自己有多么好笑，回过头来说："我跟李强视频看他做饭呢，在屋子里走来走去的，一看就知道是不常做饭的人，不会减工。"

托娅从视频里看见小龙跑进屋见没人正要跑开时，忙对着麦克叫："小龙，小龙，妈妈在这呢。"

小龙听见是妈妈的声音，四下看看没有人，又往外屋跑去。到了厨房，小龙拉着李强说："爸爸，妈妈说话了，我要妈妈。"

李强笑了，摸着小龙的头说："妈妈在电脑上，走，我领你去看看。"说着李强领着小龙回到屋子来，李强指着显示器上托娅的图像说："小龙，你看那是谁？是不是妈妈呀？"

　　见是妈妈小龙笑了，举起小手去抓，却什么都没抓到，小龙急了，说："爸爸，我要妈妈，妈妈！"

　　李强笑着对小龙说："妈妈在很远的地方。这是视频，你可以和妈妈说话。来，坐这和妈妈说话吧。"

　　托娅见小龙坐下，就问："小龙，想妈妈了吗？"

　　小龙听托娅这样问，小嘴一撇哭着说："妈妈，我想妈妈了。"

　　"看来小龙真想妈妈了，别哭啊，等妈妈忙过这一段就回去看你，还要给你买好多的玩具、好吃的。在家里听奶奶的话，好好和小飞、小凤玩啊，别和他们打架。"托娅一边擦眼泪一边说。

　　小龙见托娅哭了忙说："妈妈不哭，小龙听话。"

　　托娅哭得更厉害了，只好关掉了视频。小龙见妈妈消失了就按键盘，把电脑按死机了，小龙吓得哭了起来，冲着显示器喊："妈妈，妈妈，呜呜……"

　　李强哄着小龙："小龙不哭，不是妈妈不见了，是你把电脑弄死机了。等一会儿爸再开机，还让你见妈妈好吗？小龙乖，先到奶奶那屋去玩，听话啊。"小龙听话地跑了。

　　其其格哄好了小龙，又去帮李强做饭。在厨房里，其其格问李强："刚才小龙见着托娅了？她那咋样，开业没有呢？"

　　李强一边烧火一边说："最近就要开业，干得还不错，工作有效率。她说就是想家、想小龙，刚才和小龙通话还哭呢。"

　　其其格说："唉，都是要强的人哪。一个女人离家在外，难处比男人多。你多关心着点，有事给出个主意什么的，别让她觉得孤单了。"

"我知道,这不还没开张就把视频安上了,我们每天都能聊天,有啥事随时可以沟通的。"

"托娅不在家,我这心里也觉着空落落的,不让回家呀?"

"也不是不让,就是工作上的事多了不好回家。这才不到半个月,啥事都没安排完呢。等以后工作走上正轨了,时间也就多了,到时候就能经常回家来了。实在想她,等我有空了开车拉着你和小龙去看看不就得了。"

"那多麻烦,还是等着她回来吧。"其其格说着,眼泪在眼圈里转。

李大路从外面进屋来,他拍打着衣服,说:"这雨可要下大呀,下得太稳当了,不紧不慢的。强子,你们集团的机器都盖好了没有?可别让雨浇着生锈。"

"没事,都安排好了稻田那儿下多大的雨也没事,排干渠宽敞,铁网又密。"李强有把握地说。

吃过晚饭之后,李强心里惦记着托娅,趁小龙和奶奶睡觉了,他又打开电脑和托娅连上线。托娅吃完饭之后紧忙收拾一下,一直在电脑旁等着李强联系她。见李强上线了,托娅又把视频打开,两个人都微笑着注视彼此。李强没有说话,打字:"几天不见脸色有些白了,显得更加美,看上去你成熟了很多。"

托娅:"学会夸人了,不管是不是真话,我听着还是很高兴的。你的网名改成'我在草原等你来',那不是一个歌的名字吗?为了我改的,是等着我回来?"

李强笑着点了点头,又给托娅回信息。"是呀,为了你才改的,这首歌的歌词很符合我的心情。你听过的,咱们家的电脑里就有这首歌,想听我给你发过去。"

托娅:"现在还不想听。最近我经常和丁少中的秘书小张在一起,通过她我了解了你们北方集团的一些事情,对你的工作是十分有用的。"托娅想用语音对话，见肖作仁也在办公室里只好打字，因为她有事要和李强说。

李强也看见肖作仁来回走动，继续和托娅打字聊天。

李强回复："我这儿的工作一切都很正常，尽管前些天天旱，可是公司的地一点没有旱着，水稻长势非常的好，没有特殊的自然灾害，今年肯定丰收了。纪委调查已经结束，没有任何问题。"

托娅："家那头儿的事我都知道，北方集团这边的事你还不知道。我听小张说，关于你到北方集团工作，丁少中保留了意见，他是反对你当经理的。原因很简单，你是当地人，又当过村长和乡长，肯定要向着村里的群众，怕公司进入之后被群众拖住。前些天纪委来调查，农业公司的钱就是丁少中占用的，他借给丁兰七十万种了花生，这次你知道他向谁借的钱吗？"

李强疑惑道："和谁借的钱？有问题吗？"

托娅："向方志南、唐占借了七十万元，一分五厘的利息，当时扣下十万元作为利息。据说他们处得很好，关系很复杂。"

李强："是吗？怎么和他们扯到一起了，这一定是丁兰联系的，看来这事没那么简单，这说明种麻黄草、种花生是有来头的。"

托娅："我们得知道这些事，要注意事态的发展，光想着对群众好不行，还要把握好政策，关注公司领导的动态，不然我们会站不住脚的。"

李强："小张说的话可靠吗？她和你的关系如何？"

托娅："我们关系很好，丁经理当着她的面和木林说过你的事，开董事会的时候她做记录，会上丁少中不同意，并且保留了自己的意见。再加上这次还钱的事，他一定会对你更加的不满，所以你要注意丁兰的举动。这边我会通过小张了解情况，以便及时应对。"

这些情况是李强所想不到的，托娅给他敲响了警钟。木青原来只说过丁少中占用了农业公司的钱，后来和谁借的钱，怎么回事她也不太清楚。今天听托娅这么一说，李强觉得事情不简单。这一切关系到他能否在北方集团站住脚，群众的利益能不能得到保障。

托娅："怎么不说话呢？你在想什么？"

李强："我在想你说的事，还真是个问题，我工作若是稍有不慎，就会有被辞退的可能。"

托娅："你也不用有太大的负担。企业是你的工作单位，你付出那么大的代价争取的工作。我们的根本就是努力奋斗，守住这一条，就没有问题。我们不能左右环境，有的时候也是不能选择的，你进入了这样的环境，就要接受挑战。"

李强笑着说："这是领导说的话呀，当上经理就是不一样，水平马上提高了。金董事长用你算是找对人了，埋在土里的金子让金董事长给发现了。我可不是恭维你，你说得很有道理，特别是我，面临的困难很多，都是不能回避的，可以说处处是挑战。"

托娅："我面临的问题更多，什么事都是头一次，在别人面前还得装懂，背后再偷着问别人或者找资料现学。你说这么大一摊子事让我一个人撑起来，真是赶鸭子上架。说句实话，没有你在我身边，干什么事都觉得费劲，总感觉干不好似的。好在能打电话，还能上网，能相互沟通，否则我真不知道怎么当这个经理。"

李强："你的行动告诉我，用不了多久，你一定是个非常优秀的经理。不用我给你出主意，你会把公司办好的。"

托娅笑道："咱两口子就互相吹捧吧，没人听得见，说啥都行。照你这样干，明年我看有希望竞选美国总统。我给希拉里打电话，让她抓紧做好选举工作，要把大多数选民团结在李强的周围。"

李强笑着看看外面，又回过头来："那得请夫人回来，帮我到美国去拉票，得去一架专机，最好是K380，显得有派。哈哈哈！我要到外面看看雨下得咋样，你也休息一会儿，我给你发一首歌曲听听吧。"

托娅发过一个谢谢的图像:"那好吧,就听那首《我在草原等你来》。"

李强把歌曲打开,发给了托娅。李强和托娅的电脑同时播放……

"草原是个爱情海,爱情海,

来了就让你难以忘怀,难以忘怀怀。

鸿雁声声,声声期待,

蓝天上飘着遥望你的云彩。

草原是个大舞台,大舞台,

来了就让你尽情开怀,尽情开怀,长调悠悠,

醉了安代,

琴声是我思念你的表白。

我在草原等你来,

草为你绿花为你开,花为你开,

我在草原等你来,留住人间人间情和爱……"

李强和托娅两个人听得如醉如痴,歌声代表了他们的心声,歌声激起了两人的思念之情,他们就那么对望着,一遍又一遍地听着这首歌……

聊完天已是深夜十二点多钟,李强到屋门口往外看,只见满院的水,雨还下个不停,而且越下越大。李强回屋躺在炕上睡不着,外面的雨声哗哗响,刚才与托娅聊天的情景不时地出现在眼前,越睡不着越是想托娅,与托娅在一起时的情景不断地闪现,让他更加思念托娅。

早上七点钟,李强还在睡觉,昨天晚上他睡得实在是太晚了,三点钟才睡着。手机突然响了,把李强从梦中惊醒。李强一看是李长玺的号码,说:"喂,李村长,你在哪呢?什么?还有没有堵住的可能了?那好,我马上过去。"

李长玺在小坝前面的桥上说:"我就在桥上,小坝已经全开了,水从闸

门底下流呢。先不用找人,你自己过来就行了,阿书记和刘会计也在这,好吧。"

李强匆忙来到小坝前,李长玺和阿斯根在看闸门,水从闸门底下流着,流量已经不是很大了,闸门悬空着,整个渠道里的水基本全部流走,水只剩下半尺深,泥鳅全都跑光了。看着眼前的情景,李强呆住了,赶忙走到跟前查看,之后回到李长玺跟前问:"谁先发现的?"

李长玺说:"我们几个一早从家里出来,过小桥的时候就觉着水的流量很大,还有些浑,沿着河边走到小坝跟前一看,原来是小坝开了,看样子还没有别人来过呢。一个脚印也没有。"

李强四处看着,同时给木青打电话:"木青,咱们的小坝开了,被水从底下掏开的。你过来一下吧,到现场看看,我让田再新去接你。"李强放下电话又对李长玺说:"让田再新开车把木青接过来看看情况吧,这件事我们要向总公司汇报。"

李长玺马上给田再新打电话。

李强看见一堆土被雨浇得有些平了,蹲下用手扒土,土堆底下是硬底,没有鼠洞。

李长玺看看说:"哎,这也不是鼠洞啊,昨天我看着像鼹鼠掏的土堆,看来这是人堆的,莫非是有人做了手脚?"

"肯定是有人掏了小坝的土,你看应该是在这掏的,水一大就把闸门底下的土都冲走了。不行,我们得报案。"

李强说着,马上给木青打电话:"木青,你马上到乡派出所报案,小坝像是被人破坏的。田再新接你去,你就和派出所的人一起来吧。我和李村长等人都在这呢,对,直接来。"

很快,派出所的警车和田再新开的小车到了小坝跟前,干警们下车在坝前查看,同时录下现场的情况。勘察结论是:下雨前有人做了手脚,挖空了

土地

小坝一侧挨着水面的土基，下雨涨水后，冲开了小坝闸门底部的土基。由于是雨前做案，现场没有留下任何痕迹。

李强和木青回到基地。基地的工地上，工人们正收拾盖在新砌砖墙上的塑料，老闷也在帮忙。李强和木青来到老闷家，坐在炕边上，谁也不说话。木青被这突如其来的事故吓呆了，她从没想过那么结实的坝会被水冲开。她急着要向她父亲汇报。李强说："还是我向总经理汇报吧。是我主张搞的这个工程，当时总公司有些人不同意，认为这个工程冒险。出了这样的事，我不出头承担责任，让你去汇报，我算什么经理！"

李强说着拨通了木林的电话，说："木总经理吗？我是李强，有一个重要的事情向你汇报，你有时间吗？"

木林正在和丁少中研究楼房开盘的事，见是李强的电话，忙拿起手机接听："是我，李经理啊，我正和丁经理研究楼房开盘的事情，有时间，什么重要事，你说吧。"

"是这样，昨天晚上我们这里下了一场大雨，大水把养鱼闸门底下的土掏空了，水都从下面流走，养鱼工程全部损毁了。"

木林十分惊讶，说："什么？怎么会从底下掏空呢？你们雨前没有做好防洪准备吗？"

"根据现场的情况看，是有人在闸门旁边挖了洞，当雨大水位上升的时候，水就逐渐把闸门底下的土冲开了。我们已经报了案，派出所的干警到现场勘察后做出了这样的结论，现在已经展开调查了。"

木林十分不悦，甚至有一些恼怒，说："李经理，这可是你主张的项目，当初有人说这个项目风险大，看来是有道理啊。既然事情已经出了，没有挽回的余地就放弃。投资的三十万元真就打了水漂儿，不过只有木青你们俩看见了。三十万元要是捆在一起扔在地上，那动静一定不小，可惜我们连个响都没听着。行了，我还有事，先挂了。"

李强还要说什么，可是听木林的话，让他如鲠在喉，噎得他喘不上气来。他慢慢地放下电话，低下头什么也没说。木青看着李强，她的眼睛好像在问，哥哥都说了些什么？是什么态度？但她没吱声，就那么看着李强……

木林放下电话脸色非常难看，丁少中已经听见他和李强通话的内容，一个三十万元的养鱼项目失败了。丁少中明知故问："怎么了，养鱼的小水库开了？"

木林把手机往桌子上一扔，说："可不开了，三十万元打水漂儿了。真照你说得，当过乡长的人胆子就是大呀，敢想敢干，不是自己家的钱，花着不心疼啊。"

丁少中皮笑肉不笑地说："别说是我反对养鱼这个项目，就是当初用他的时候我也不同意。你说这一段出了多少事？县纪委刚查完，这又来一出水漫金山。你看着吧，以后涉及到群众利益的麻烦事还多着呢，这才哪到哪呀。不信你就瞧着，不是我个人对他有什么成见，是他干企业的出发点和我们不同，注定麻烦事就多。"

木林不解，问："什么出发点？和我们有什么不同？"

"我听说他到企业来是为了群众的地来的，带着乡长的心态来工作，你说他有多少心思在企业？剃头挑子哪有两头热的，顾及群众利益就得损坏企业利益，这是必然的。我们都是指着企业生活的，没有那么多的顾及和牵挂，和他能一样嘛。"丁少中说完喝了一口水。

"我不那么认为，从工作的角度上说，这个养鱼项目是为了公司，它和群众的关系不大，失败了也属于正常。特别是这类项目不像其他种植业，受天气因素的影响很大，风险相对要高，所以不能一概而论。你说的虽然有一定的道理，可是不全面。"木林显然是在纠正丁少中的观点，就他的本意来说，是同意丁少中的说法的。但是在对待两个经理上，他不想当着面就对丁少中的意见给予肯定，这样会对他以后平衡经理之间的关系产生影响。丁少中的年龄和木林差不多，小木林四岁，可他的老练不亚于木林，他明白木林的心思，所以也没有继续争论。

"算了吧，个人的观点不同而已，领导说什么我们就听什么。也就是在你面前我什么都敢说，要是别人，我才不说呢，说多了惹是非。"丁少中笑着说。

木林问："我听说李强的爱人租了你的房子，快开业了，怎么样，有点经理的谱没有？听说她是头一次出门在外，头一次当经理。"

丁少中一听是问托娅，马上精神起来，说："哎，你别说，这个女人还真就不简单，很会利用关系，有办事能力、说话算话、不拖泥带水。租完房子，只用了不到十天就已经装修完，最近在进货，估计有个三五天就能开业了。我看了产品，我们公司装修所用的瓷砖，他们都能供应。价格上我已经和包经理说好，要照同类产品便宜百分之二，开业之后我们还要进一步商量。"

木林笑了，说："看你那样，对她很有好感哪，接触这么几天就知道有办事能力了。"

"真的，我看人那还有错呀，不信哪天我把她请来，让你认识一下，不光是有能力，长得也不一般，城里的小姑娘也没法和她比。"

"你别说，这么一整咱们还是亲戚了呢。李强是咱们的经理，她是李强爱人，又是百泉瓷砖厂的经销经理，咱们又在百泉沟种地，她还租了你的房子。你安排一下，找个机会我们请她吃顿饭，认识一下，加深一下感情。"木林说。

"找什么机会呀，等她那儿开业，你去不就认识了嘛。"丁少中说。

"那种场合，能交流什么，人家还得应酬来宾和客人。不过，开业还是要去的，想交流咱们另找时间吧。"木林说。

"好吧，时间我来安排。"

早上太平川乡政府就召开会议，安排干部下去查看灾情。刘瑞被分到百泉沟村，他带着三个干部来到村里，首先查看了已经被冲垮的小坝闸门，又在稻田地里走了一圈，然后回到村里开会。村里两委会人员全部参加了会议。会议由阿斯根主持。

刘瑞一脸的严肃，说："这场雨应该不算是特别大，各村没有出现像百泉沟村这样的开坝事件。临下乡之前，包书记特意叮嘱我们，一定要把百泉沟村开坝的原因弄清楚。到底是什么原因？这次的损失要在三十万元以上，投入三十万元，所用的人工等各方面费用无法计算。更重要的是，这是北方集团与你们村的合作项目，它的成败直接关系到群众年终的收入。村里没有经营责任也有管理责任，我们的地、我们的水，我们不能放任不管，出了问题，村里主要领导有直接责任。我们不能只把眼睛盯在瓷砖厂上，与群众种地有关的事更重要，不能不管。我们要把了解的情况汇报给党委，党委对村里做出什么处理意见，希望你们要正确对待，接受教训，改正工作作风，以免以后再出现这类的问题。下面请村里的领导们说一说，表示一下你们的态度。"

李长玺明白刘瑞的意思，所谓的村里领导就是针对他说的。上次刘瑞来要钱被他顶了回去，今天他可找到了村里的毛病，不管怎么说，村里有一定的责任，虽然是北方集团经营的项目，作为村里领导理应给予关注，特别还是李强管理的项目。李长玺想着这些，首先发言："我说一下，刚才刘书记说得对，村里对这件事是有责任的，主要责任在我。这件事我向乡里和村里做检讨。我作为村长只顾抓瓷砖厂的工作，忽视了与北方集团共同经营的项目。这一点刘书记批评得对，我虚心接受，也请求乡里给我处分。我吸取教训吧，以后在工作上多注意点，我说完了。"

本来阿斯根也要说，刘瑞见李长玺说完了，就领着几个干部走了，也没和阿斯根等人说什么。没人出去送他们，阿斯根看他们走了又继续开会。

阿斯根说:"刘书记他们有事走了,我们继续开会。我对刘书记的说法有意见,小坝被冲垮这件事是个意外。我这人说话就直来直去,咋个事就咋个事,这事赖不着咱们。不知道是哪个王八羔子干的,他看着咱们村里的养鱼项目要成功了,眼红了才干出这丧天良的事来。你等着,把这个人抓住你,看我不扒他皮。"

刘福田在一边接着说:"完了给蒙个胡琴,声音一定贼响。"

李长玺笑了,说:"还不得鬼哭狼嚎的,谁敢拉呀?"

大伙儿都笑了,只有赵玉柱笑不是笑、哭不是哭的,样子很难看。赵玉柱一直低着头吸烟,田再新和其他人都没有什么想说的话。阿斯根见大家都没有什么事要说,就宣布散会。散会之后阿斯根和李长玺去了瓷砖厂,赵玉柱和刘福田、张勇都回家了。村委会只剩下田再新和张丽丽,张丽丽有几个表册要让田再新打印,这时丁兰进了屋。

赵玉柱回家路过髁子家门口,几个妇女闲聊着,见赵玉柱过来,一个妇女问:"赵主任干啥去了,是不是处理小坝开口子的事了?没整明白是咋的?看你有点不高兴呢。"

髁子笑着说:"赵主任一有大事脸上就严肃,没有大事见着老娘们儿就满脸褶子。看今儿这样,事情有点不好办,脸色有点像茄皮子似的。"

赵玉柱没心思和这些老娘们儿胡扯,走到她们跟前说:"我说你们老娘们儿真是有福,也不管村上出啥大事,就知道胡扯。"

"你就今儿像个人似的,我也没说你啥呀,咋就说我胡扯呢?跟你扯你不说我胡扯,不跟你扯你又说我胡扯。我说你这人咋好赖不分呢?问你小坝开口子的事,那是正事。你是不是以为我们愿意和你胡扯呀,也不撒泡尿照照自己的影子看看,还有爱人肉没有了。"妇女说完又哈哈地笑了。

赵玉柱本来不想再和她们说什么,忽然觉得这是个机会,妇女的嘴好说,有事传得快。他停下来看着刚才说话的妇女,说:"你就知道打听事,也不知道这事里有哪些说道。你说，这小坝开口子和你有什么关系？有没有直接关系？"

"有什么关系呀，那是人家北方集团的养鱼池，也不是村上的，人家花钱养的鱼，开不开口子和咱们有啥关系。你要是不明白我告诉你，还路路通呢，连这事你都不懂了？"妇女不服地说。

赵玉柱装明白道："你个老娘们儿家家地，明白几个频道哇。我跟你说，这到秋天算账的时候，都摊在群众头上。啥是少哇？三五十万哪，咱们村按三百户计算，每户就得摊一千元。还在这笑呢，到时候你都得哭。"

"你别瞎说了，照你那么说，人家没入股的也得摊钱哪？再说了，那也不能都给群众摊哪，北方集团不得负一大半责嘛。"膘子说。

赵玉柱心里很乱，知道自己说得不对，表面上还是坚持说："不信你就看着，没工夫和你们说了，回家吃饭去。"

"吃饭也得自己做，奶豆腐还没下班呢，我还不知道你呀。你会做饭吗？没有奶豆腐，你就喝凉水吧。哈哈哈！"膘子笑着说。

一个妇女说："我也得回家做饭去了，我家那人快下班了，中午炖点牛肉萝卜。"

赵玉柱又来了闲心，说："要不我也去吧，咱们一块吃呗，不那啥就行呗，吃点饭能咋的。"

妇女笑着说："有胆你就去，我那人儿好吃醋，打扁了你我可不负责，医药费啥的没人给你报。"

几个妇女一阵大笑，赵玉柱心里有事，没心思再闹下去，回头就走了，嘴里不知还嘀咕着什么。

丁兰进了田再新的办室，见他正和张丽丽装订表册，很随意地坐在田再新对面的座位上，说："打印的是什么表册呀？哦，计划生育的。丽丽当上妇联主任了，我得恭喜你呀。"

"丁姐来了，我这还啥也不懂呢，是田村长帮我打印的表册。你喝点水吧，我给你倒一杯。"丽丽说着放下表册就去给丁兰倒水。

田再新见到丁兰有些不好意思，但他马上就调整好了情绪，自然地说："丁大经理光临，有失远迎。对不起，我先把她这表册订完，你坐那喝水，一会儿再聆听你的指示。"

丁兰表情很严肃，说："不敢，能让我坐在这喝口水就不错了，我没有更多的奢望。田大村长不必打官腔，吓唬咱们这小老百姓。"

"丁姐咋这么客气，听这口气，田村长慢待你了？要是那样的话，你跟我说，咱们俩共同对付他。"丽丽笑着说，她并不知道丁兰与田再新的事情。

田再新知道丁兰要找他，他也想认真地和丁兰谈谈，可是今天有丽丽在，说他们之间的事有些不太合适。想到这，田再新说："老天爷就知道照顾咱们丁经理，这雨下的，简直就是给人家下的钱、现金哪。下雨的时候，丽丽听着没有，叮当响的是硬币，刷刷响的就是纸票。人家丁经理那时运多好，你看咱们，下场雨水坝还开了。开了就够窝火的了，乡里刘书记还来找责任，上哪说理去？我的丁大姐呀，和你比我们死的心都有了。"

田再新这样一说，把丁兰和丽丽都逗笑了，丁兰的脸上有了笑容，说："就你那脾气，啥事能让你有死的心哪，世界末日就剩下你自己，你都得高兴。"

"那还有啥高兴的，一个人怎么活呀。"丽丽天真地说。

"一个人随便了，穿不穿衣服都没人管，也没有人看，无法无天了，那他还不高兴啊。"丁兰也逗田再新，刚才她那冷漠的神态没了。

丽丽整理着表册下意识地说："你说自从咱们村里和北方集团合作以来，这事咋还连上了呢？上一次调查资金投入的事和这次水坝开的事，咋都是刘书记来的呢？他管这事呀？"

田再新说:"上次那是有人告咱们村和北方集团,和这一次不一样。这次是出了点事故,找村里的责任。刘书记是主管纪检的,就得他陪同县纪委的调查。"

丁兰问:"田村长,你上次说举报的人叫李有才,是哪个村的人?事后县里找他没有?有没有事?给个结论了吗?"

丽丽一听忙问:"丁姐,你说那个举报的人叫什么名字?"

"田村长说叫李有才呀,是不是田村长?"丁兰问。

"是叫李有才,云霞村的,外号叫胖子。我不是和你说了嘛,不让你往外说,上边要求保密的。咱们知道就行了啊,别再往外传了。"田再新说。

丽丽有些蒙了,愣了一下忙问:"你说他是哪个村的?"

"云霞村的,这个人在咱们北方集团里工作呢,是个开插秧机的。小伙子有点胖。那不是你同学吗?就是你送他回家的那个小伙子。人看着还不错,可是不知道他为什么要举报?有什么根据。"田再新故意说,又看看丽丽的脸色。

丽丽的脸色变了,马上收拾起表册,起身就走,说:"对不起,我回家了,你们聊吧。"

丁兰和田再新都觉得有些奇怪,田再新说:"丽丽怎么了?一说是李有才,她的态度就变了,她们是不是有关系?"

丁兰说:"一定有关系,不然她不会这样失态。"

丁兰看着田再新,田再新也看看丁兰,田再新慢慢地低下了头,说:"丁姐,看来你是误会我了,我不接你的电话,主要是因为木青。我已经和你说过,我和木青恋爱了,而且是我追她。前两天因为给你开车,差点没把我们的关系弄断了。所以,我不敢再拉你去看地。我采取不接电话的方式,向木青表示了我的真心。这对你有些无礼,请你原谅我,我没有其他办法来满足你的要求。我们还是朋友,这一点是不会变的。希望你也和我一样,保持朋友的关系，在工作上互相帮助。"田再新很诚恳地说。

丁兰低下头，说："我明白了，今后我不会再来纠缠你的。但是，实在有我解决不了的问题，我还是要找你，你得想办法帮助我。我在这个地方是人生地不熟，今年又种了这么多的花生，没有人帮我，我根本就完不成。"丁兰说着，眼泪在眼圈里打转。

田再新看见了，也觉得她很可怜，说："你也不用着急，我帮你想办法，明天我去找一下李强，再找一下其他几位大学生村长，他们肯定能帮你把地收完，你不用担心。"

丁兰擦着眼泪说："我真的很喜欢你，可是你的心不在我身上，让我很失望。我觉得在这个地方再干下去已经没有意义，明年我也许会去另一个地方，离开你，省得给你添麻烦。你忙吧，我走了。"

丁兰走了，田再新坐在桌前，心里有些纠结，说不清是为什么。

丽丽从村里匆匆回到家，进屋连饭也没顾得上吃，就给李有才打电话，手机里却传来"你所拨的电话已关机，请稍后再拨"，拨了几次都是一样，她只好放下电话，气得躺在床上，也不吃饭，母亲过来叫她，她直说不饿。

第十八章

晚上,李强和往天一样坐在电脑前等着托娅上线。约好了每天的九点在网上见面,如有特殊情况,打电话告诉对方。这时已经过了九点,托娅还没有上线,李强拿起手机拨号,想了想觉得还是等一会儿吧,可以先看看新闻什么的,他打开网页看起来。

嘀嘀的响声显示托娅上线了。李强马上点开她的对话页面。发出信息:

李强:"你来了,我刚才要给你打电话,今天怎么晚了呢?"

托娅:"和你们总经理木林、丁经理吃饭了,是木总请的。这不刚进屋我就打开了QQ,怕你看不见我着急。"

李强:"哦,面子不小哇,木总都请你了,就连我这个农业经理还没和木总吃过饭呢。行啊,我们的托娅上档次了。"

托娅:"还不是因为有你这一层关系,害得我和他们喝酒,坐在那烦死人了。那是你们男人干的活,以后谁请我也不去了。今天是看你的面子,要不我和他们喝得什么酒,给我钱我都不去。"

李强:"对不起,让你受累了。"

托娅:"木总经理说你们的养鱼工程被水冲毁了,是真的吗?当他们的面我没好意思细问。"

李强:"是真的,水把闸门底下掏空了,渠道里的鱼和水都从闸门底下

流走了。"

托娅："那怎么办哪，不白费劲了吗？"

李强："当天就报案了，是有人雨前搞破坏。派出所已经展开调查，我们在等消息。"

托娅："会是谁干的呢？咱们村里现在也没有这样的人哪，莫不是……是赵玉柱？"

李强："别人真就干不出来这种事，可是一点证据也没有，只好等着派出所调查的结果。"

托娅："今天喝酒时木总经理的态度还可以，对这件事没有表示什么不满，也可能是当着我的面没表现出来，背后就不好说了。那个丁经理不阴不阳的，有些话说得不太中听，说你是当乡长的出身，敢想敢干，拿着公司的钱搞试验。我没说什么，只和他谈我们之间业务往来。"

李强："这件事我还是大意了，雨前没有认真检查，造成这样的后果确实是我的责任。公司会对我做出处分的，我有心理准备，你不用担心。"

托娅："后天我们公司就开业了，想搞一个庆典，也不请太多的来宾，就是在金洲市建筑行业里，与我们有业务往来的单位。主要针对业务关系，让他们看看产品，吃顿饭，给点宣传品。你和木青能不能来呀？路是远了点，小车得八个小时能到。"

李强："现在还不好说，这边的事没有结果，我们不好出去，总公司也没有让我们回去的意思。另外，马上就要秋收了，我们得尽早做好准备，更没有理由去参加庆典。"

托娅："木青对这件事是什么态度？没埋怨你吗？"

李强："她的态度和我一样，也是很无奈，这种事不是我们所能左右的。她也知道是有人故意破坏，不是项目本身的问题。"

托娅："她和田再新的关系怎么样了？"

李强："已经和好了，是木青误会了田再新，为这事，田再新已经不敢再带着丁兰看地了。其实丁兰是在追田再新，前些天他们基本每天都在一起，所以引起了木青的怀疑。"

托娅："我看丁兰是个危险人物，她的心思可不一般，看她那眼神就知道，多勾人哪！"

李强看看视频里的托娅笑了，他明白托娅现在最担心的是丁兰，对木青的戒心已经不像以前，有田再新在中间她就放心了。托娅见李强只笑却不回复，就知道他在笑什么，又低下头打字。

托娅："我知道你心里在想什么，你先别笑，你等着吧，她一定会找你的。"

李强还没有回复托娅，手机就传来短信的声音。他拿过来一看，是丁兰的短信："李经理，睡了吗？现在给你打电话行吗？我有点事想求你。我是丁兰，现在在乡里。"

李强回复丁兰："现在不行，明天再说吧，我正忙着呢。"

托娅见李强在看手机问道："你在看什么，是不是手机短信？谁的？"

李强："你说对了，是丁兰的。她要给我打电话，我说没有时间。"李强笑着回复。

托娅："怎么样，马上就来了吧。你可要当心，美女已经向你招手了。半夜打电话，要和你说些什么呢？"

李强："我哪知道她要问什么？准是收花生用人的事，田再新不敢帮她的忙，找我来了。"

托娅："不光是用人的事吧，也许还有心事向你倾诉呢。哈哈哈，我不在家，有人关心你了。"

李强："说啥呢，别影响咱们的关系。别看今天我们的闸门开了，可我还是很高兴的，因为你和我们木总平起平坐了，百泉沟的部队打到北方集团总部去了。他没有小看我们，你知道这让我想起了什么？"

托娅："想起了什么？该不是什么歇后语吧，比如坐火车排队，没大没小。"

李强笑着摇头："不是，那不瞧不起我们的经理了嘛。你让我想起最近听到的一首歌，叫《草原凤凰》，我觉得你就是草原凤凰，现在发给你听听。"

李强把一首《草原凤凰》发给托娅。两个人的电脑同时传出了这首优美动听又舒情的歌声……

"她的家在美丽的地方，

那里人们淳朴善良。

蓝天下，

绿草上，

牛羊成群马儿高壮。

她牵挂那可爱的故乡，

不管她在哪里闯荡，

在梦里，

在心房，

花草山水永生不忘。

看那草原飞来的凤凰，

飞过千山翱翔在四方，

祖先的希望，

童年的梦想，

在肩上……"

动听的歌声让托娅激动，乡亲们离别的赠言、工人们在瓷砖厂门前的等待，一幕幕地闪现在眼前，想到乡亲们的肺腑之言，托娅的眼泪止不住流了下来。

"这是一个多么善良的姑娘，

来自一个多么美丽的地方，

背负着祖先的希望，

还要寻找童年的梦想。

不管明天将去何方，

也不管异乡路上历经多少沧桑，

只盼望等到变成凤凰，

带上成功不顾一切飞到母亲的身旁，

她牵挂那可爱的家乡，

不管在哪里闯荡……"

托娅被歌中的歌声所感动，也陶醉在那优美的旋律中，自己多想像歌中唱的那样，变成凤凰，带上成功，不顾一切飞到母亲的身旁和她牵挂的可爱的家乡。

托娅："谢谢你对我的评价和鼓励，这首歌真让我感动，它唱出了我对家乡的感情，对事业的向往，和对你的思恋。李强，就这么二十多天，我的感触太深了，才知道离开你、离开家乡的艰难。李强，我想你了。"

李强："我也一样，听着这首歌，我觉得你是那么的美丽和圣洁，真是我们草原上飞出的一只金凤凰。你让我想起了一句成语，比翼双飞。你在金洲市为村里的企业销售产品，我在村里为乡亲们种地，这就是所谓的志同道合吧。你知道双合尔爷爷是怎么评价咱们两个的吗？"

托娅："怎么说的？臭味相投，还是一丘之貉？"

李强："说我们是草原上的雄鹰和骏马。"

托娅："怪不得你的手机铃声是《我的根在草原》，那里面就有'我是父亲的骏马，永远奔驰在草原……我是母亲的雄鹰，永远俯瞰着草原，不论在哪里，我的根在草原……，爷爷过奖了，他的希望值太高了。那是我们的理想。"

李强："我觉得爷爷没有说错，我们就是雄鹰、就是骏马，永远奔驰在草原、守护着家乡、爱恋着草原。我放一遍，你听吗？"

托娅："听啊，放吧。"

音乐响起，一首《我的根在草原》让两个人沉浸在美好的意境之中，幻想着自己是骏马、是雄鹰，飞翔在蓝天、奔驰在草原……

基地的房子已经竣工了，李强和木青及所有的工人都搬进了新建的办公室。老闷家的房子也拆了，开始给他建新房。他和母亲临时住在基地的办公室里，每天他仍旧拉着工人上工，哪用到哪。他看到自己要住上新房子，逢人就笑，拉着工人满甸子飞跑。

李强这几天一直忙于搬家，丁兰给他发的短信都没有时间回，收拾完桌子和办公室用品之后，坐在桌子前打开手机的短信收件箱，十一条短信都是丁兰的，他打开一条看起来："强哥，我给你发了这么多的短信，你怎么一封都没给我回呀？是忙，还是故意没回？我确实有事求你，你在哪？给我回个信息呀。就是不帮我什么，回个信息还不行吗？"

李强看完这条信息，给她回复一条："我在基地搬家，很忙，一点空都没有，等我安排完了之后再找你行吗？"

李强合上手机，对木青说："秋收需要准备的机械已经全部到位，你再看看还需要什么，别到时候现买来不及。丁兰给我来信息，说让我给她找秋收的人和车，这个事交给田再新行不行？我是说让他找找同学，其他村里闲着的劳动力多，不像咱们村都在企业上班。"

木青一提丁兰就来气，李强说找田再新帮忙，她把头一扭说："要找你找，别指着田再新。刚把他们俩分开，你还想让他们死灰复燃？我说你是不是故意的？"

李强笑了，说："得了，还是我找吧，找其他村的村长就行。"

话说着丁兰进屋了，李强和木青都愣住了。还是李强打破了僵局，说："丁大经理光临，怎么来的？"

"我打车来的，给你发短信不回，打电话你也不接，我来看看你到底在忙啥。当上经理还不如当乡长的时候了，躲着我呢。"丁兰说着话，用眼角扫了一下木青，没正眼看她。

木青故意在自己的桌子上翻着什么，漫不经心地说："丁大经理就认得李强，他是正经理吧？别忘了我也是个副经理，我这么大个活人你看不见哪？给点面子不行吗？"

木青的话带有挑衅的味道，丁兰愣了一下。木青不让田再新给她帮忙的这口怨气又涌上心头，她回过头来，说："我在太平川哪还有面子了？求个人拉着看看地都有人说三道四的，办个事还得看人家的脸子。说实在的，我都不如老闷有尊严，就我这比纸还薄的面子你也要哇，不降低你的身份吗？"

木青被丁兰这极具嘲讽的话激怒了，她站起身走到丁兰面前，说："看来丁小姐很自卑呀，为什么把自己看得那么低气呢？我要你的面子，你说自己的面子薄，可是我男朋友田再新没要你的面子，你给新很足哇，电话一打就是十几个，我们在谈恋爱，都没有你打的电话多。你当时一定是以为脸皮厚，没想到自己的面子薄吧？"

当着李强的面，木青的话直接点到了丁兰的痛处，她的脸瞬间红了，极度的羞愧让她无所顾忌，像好斗的狂徒找到了发泄的借口，"你们能谈恋爱，我们也能谈恋爱呀。田再新没和你结婚吧？就是结了婚又能怎的，可以离婚再婚嘛。你还扯什么脸皮薄厚的理论，谈恋爱的人脸皮能薄得了吗？都啥年代了还这么守旧。就你这样的观念，怎么管好现代企业？怪不得请李强来当经理。"丁兰像是木青的上级，说话大气又伤人。

土地

木青被丁兰这态度气得暴跳如雷,说:"我请你出去!用不着你来教训我,这里是北方集团,不是麻黄公司,没你说话的地方。你还知道什么是廉耻吗?出去!"木青站起身来指着丁兰大声说。

丁兰也站起身来,毫无惧色,眼睛看着木青,说:"要不是找李经理,请我都不来。你看着,没有田再新我能不能收花生。怪不得你们的闸门开了,就你这种人管着,能不开吗?算计你的人多了,还觉着自己咋回事似的。"

"你给我站住!今天你把话说清楚,我是哪种人?"木青看丁兰走出门外大声地喊着。

丁兰没有停下脚步,回过头来说:"没有时间跟你这种人磨牙,正事还干不过来呢。"

丁兰上出租车走了,屋子里只剩下李强和木青,其他看热闹的工人也都忙碌起来。木青气得坐在椅子上喘着粗气,李强给她倒一杯水放在桌子上,说:"得了,跟她发这么大的火不值得,为了田再新的事她故意气你,和她生真气你就上当了。"

"不是,没有她这样没脸没皮的人,怪不得田再新愿意和她往来。她是个什么东西,肯定没有好下场。你等着,看我不找个机会收拾她。"木青气得脸色发白,哆嗦着狠狠地说。

李强笑了,说:"我真不知道她还有这样一面,表面上看着挺温柔的人,怎么一到正经事上会成这样。"

"她本来就那样,那是变的吗?你还向着她说话,你是不是也让她给迷住了?托娅不在家,你可要当心啊,别弄一身的蝇子,给北方集团丢人。"木青冲着李强严肃地说。

"你草木皆兵了,她还能把人吃了?别把我和田再新看得那么低气。我对她还是了解一些的,帮助她是出于同情心,不管咋说也是来咱们乡种地的，应该帮助她。再说她种群众的地，对群众还是有好处的。"李强很耐心地对木青说。

"有什么好处，我看她是和咱们对着干呢。你看着，等到春天的大风一刮，种花生的地都会被风刮去一层土，一定会造成沙化。"木青不同意李强的说法。

"那些事也不是咱们管的。好了，咱们说正事吧，收辣椒的机械已经到位了，配套的货车准备好没有？"李强问木青。

木青长出了一口气，回过神来说："那要等待时机，干好了才能收。一个收割机、一辆大货车，割完装车，装完车就拉到加工厂去晾晒，中间没有其他环节。三千亩地两天就完成了，这是最省事的。因为这个辣椒的品种在秆上就已经干了，到加工厂的晾晒是用机械去秸秆之后，大面积翻晒几遍就可以加工粉碎。"

"那就省事多了，最起码不用找人采摘。小坝开口子的事，总部有什么意见？"李强试探性地问木青，他想木青一定和父亲交换了意见，究竟怎么处理，木董事长会给她一个说法。

木青深吸了一口气，声音很小地说："给我爸打过电话，他说开就开了吧，秋天不用抓鱼了，话说得很轻松，也没和我说怎么处理这件事，让我也挺迷糊。"

李强想了想，这件事还是让他感到一些不安，说："咱们还是去检查一下收割的机械吧，别的都是小事，秋收是大事。"

终于丽丽在中午找到了胖子，胖子在基地保养已经封存的插秧机，丽丽把他叫到一边。

丽丽脸色非常难看，眼睛瞪着胖子，严厉地问："李有才，你那天在村里接受王主任的询问，都说啥了？你和我说实话，他们是不是在核对你上告的材料？"

土地

胖子有些不解地说:"也没说什么呀,就是问我对上告这件事还有什么意见,我说没有意见哪,因为我也不知道谁上告的,为什么上告,能有什么意见。"

"你还装是吧?田村长都问清楚了,说上告信就是你写的,他们找你就是来征求你的意见。你在我面前不说实话,白费我的心思了。你摸着良心想一想,给北方集团干着活,挣着人家的钱,背后却告人家,这是人干的事吗?我看错人了,跟你交往我真是瞎了眼,我没有你这样的同学。以后你别再找我,我不是你的朋友,不是你的同学了。你好自为之吧!"丽丽说完话起身就走了,胖子回过神来追出门外。

"丽丽你站住,我还没明白怎么回事呢?你咋就走了呢?你听我说呀,咋说走就走呢?"不管胖子怎么喊,丽丽头也不回,骑上摩托车走了。胖子呆呆地站在大门外面,弄得他莫名其妙。

丁兰自从和木青吵了一架之后,再没有来基地找李强,只好打电话或者发短信。在短信和电话里,丁兰柔情似水,话语里充满着深情。李强没有办法,经不住她的纠缠,只好答应帮她找人收花生。

李强回到家之后不见小龙和母亲,又到牛棚来找父亲,说:"爸,我妈和小龙呢?"

"又去找小飞和小凤了,不知道在谁家呢。"李大路忙着给牛打扫粘在身上的粪土,也没抬头。

李强趁着小龙不在家,给丁兰种花生的村打电话,找他们的村长。各村的村长和李强的关系比较好,当了一年多的乡长,又是上下级关系,找他们帮忙是最好的办法。

李强拿出手机拨号,说:"喂,白村长,你好哇,我是李强,老朋友。哈哈,不忙,你咋样?听说你扶持十户养了牛,干得不错呀。"

手机里传出的声音:"马马虎虎,哪像你呀,进了大企业,想干啥干啥，我就服你。"

　　李强笑了，说："你可别抬举我了，干啥也不容易。我有个事求你，丁兰不是在你们村种花生了嘛，现在就要收获了，这得需要很多人工和车工啊。她一个女人，在这人生地不熟的，自己不好找，请你帮忙给找一下。另外，在收的时候给组织一下，就是让人把花生收完放在地里，等干了她就拉走了。你不用担心，她都给工钱，其中也包括你，她会另外给你费用的。就这事，行不行啊？"

　　电话里的声音："李乡长说了，哪有不行的，怎么和她联系？"

　　"我会把你的电话号码给丁兰，她明天就会找你。那就这样，改天我们聚一下，北方集团还有事求你呢。"

　　"好哇，我总想和你喝酒，和你一起聊聊。"

　　"好吧，那就这样，再见！"

　　李强接着又给其他的村打电话，都安排完了之后，这才给丁兰回电话："喂，丁兰吧，是我，在哪呢？"

　　丁兰正在乡招待所里，刚给丁少中打过电话，安排秋收之后花生的销售。丁少中答应帮她找大车拉花生，把花生卖给集团的食品加工厂，可是秋收他帮不上忙。丁兰想了想，还是借找人秋收的机会，再找一下田再新。一是让他帮忙找人秋收，二是对他还报有一线希望。电话拨通了，田再新就是不接电话，气得她把手机扔在了床上。这时又见木青从外面回来，她狠狠地瞪了木青一眼，一头趴在床上小声哭了起来，声大了还怕木青听见。手机铃声响了，丁兰愣了一下，忽然坐起来拿手机，见是李强的电话连忙接听："李经理，我在乡里。我给你打了那么多电话，你怎么不接呢？我特别想见你。"

　　"我也是事太多，有的时候把手机落在家里接不到。刚才我给你种花生的几个村都打了电话，我都记下了村长们的电话号码，等一会儿发到你手机上。我和他们都说好了，村长们帮你找收花生的人，还帮你组织把花生收完，再雇人给看几天，等花生干了，你用大车拉走就行了。等开始收的时候，你先过去把地块指认出来就行了。"

"太好了，这点事都愁死我了，那我得怎么谢你呀？"

"谢什么，都是朋友，以后谁还用不着谁呀。"

"你说让我怎么谢你都行。其实我打电话不光是因为秋收的事找你，我就是想见到你，也不知道怎么回事，这一段我特别想你。"丁兰说话无所顾忌，因为托娅不在李强身边，她对李强的感情在心里已压抑很久，有了这样的机会让她心潮澎湃，想入非非。她也知道李强与托娅的感情很好，也不敢想取代托娅，就是想托娅不在的时候接近李强。

丁兰的话把李强说愣住了，他拿着手机半天没吱声。丁兰以为李强动心了，没等他回答便说："我想见你，什么时候都行，你说个地点、时间就行，我会准时去的。"

李强这才回过神来，说："哦，我……你这是干啥？你不是没有别的事了吗？"

"现在别的事对我不重要，我只想见到你，我想你。"丁兰的话说得再明白不过了，李强对她的态度有些意外。托娅提醒他，他没有太往心里去，觉得她想钻他和托娅的空子不太可能。面对丁兰充满激情的表白，李强才意识到托娅敏锐的观察力。想到这些，李强心里有了主意："丁兰，我还有个电话要接过来，是公司的，没有别的事我挂了。哪个村有问题，你给我打电话吧。"

李强说着就要挂电话，丁兰忙说："等一下，我还有点事没和你说呢，你忙啥呀？我能吃了你呀？一个大老爷们儿，我不怕，你怕啥？"丁兰发嗲地说。

"什么事你快说吧，我有个重要的电话要接呢。"

"我想给你买一双鞋，你穿多大号的鞋？我看你一天总是在田间地头的，一定很费鞋。再说穿一双合脚的鞋，走起路来舒服。"丁兰很了解李强的工作环境，体贴地说。

虽然李强对丁兰有所提防，但她的善解人意也让李强有些感动，说："别买了，我的鞋多着呢，托娅走的时候给我买了好几双。我谢谢你的好意，咱们都是朋友，相互帮助一下是应该的，你别多想什么，我是个什么人你还不知道吗？"

"你是什么人哪？是神仙吗，没有七情六欲？难道你不想吗？"丁兰真的动情了，完全不管李强的态度。

丁兰的话已经超出了一个女孩子底线，李强觉得不能再和她谈了，这样下去自己会把持不住，会误导了丁兰，说："好了，我挂电话了，谢谢你的好意，再见。"

李强放下电话，觉得自己说得有些不妥，如果不明确回绝她，会被她黏上的。李强摇了摇头到厨房去做饭。此时李强的手机不断有短信进来，李强拿出手机看，都是丁兰的。他也不看内容，把手机放在兜里继续做饭。

丁兰做好收花生的准备之后，安排收购麻黄草的事，给赵玉柱买了秤，预付他两万收购麻黄草的钱，收购地点就设在赵玉柱家。赵玉柱天天早早回家，收拾院子里的乱柴火，收拾出一间仓库，准备贮存麻黄草，还把秤安放在房前，把地弄得很平，让秤的四角着地。

奶豆腐在厂里做饭，每天回来要晚一些，回到家还得给赵玉柱做饭。赵玉柱一下班就干他自己的活，饭好了进屋就吃，吃完又去收拾东西。对此奶豆腐非常生气，因为她从厂里回来就已经很累了，做完家里的饭再去上班，连走路的力气都没有了。

奶豆腐浑身无力地坐在炕边上，看着赵玉柱喝着小酒，头也不抬地吃菜，气便不打一处来，说："我说你就知道干那点儿事，挺早就回家了把饭做了还不行吗，非得指着我呀？给厂子做完饭，我就很累了，回家还得给你做饭。你要是干个什么正事也行，那是人家丁兰的活，你干算是怎么回事呀？到时候挣钱给你呀？你这么大的岁数，能收麻黄草吗？你是不是有什么把柄在她的手里？不是我说你呀，这活你不该接。"

"你知道个啥呀，人家早就把收麻黄草的事交给我了，挣的钱都是我的，要不我能这么干嘛。我都和你说几回了，你就是不信。到时候了，人家把秤都安上了，你跟我扯这个。让你做点饭嫌累了，实在嫌累算了，不用你做了，我雇个人行吧，雇个年轻的妇女给我做饭，到时候你别说我闲话啊！"赵玉柱一副牛哄哄的样子，一边说着一边把杯中酒干了，完了还吧嗒吧嗒嘴，故意气奶豆腐。

奶豆腐狠狠地瞪了赵玉柱一眼，说："就你那样，每个月给人家两千元都没人干，别的不怕，就怕在你跟前闹个骚名。德行吧，麻黄没收上呢，就想着外快了。你招人做饭吧，我给你让地方，连吃带住都行，随你的便。损样，一肚子花花肠子。"

赵玉柱很得意地往杯子里倒酒，说："这可是你说的，招来人要是全方位为我服务，你可别说我不够意思。"

奶豆腐气得转身就回厂子上班去了。赵玉柱对奶豆腐的态度不以为然，嘿嘿一笑，自言自语地说："小样，做点饭还嫌累了，不愿意做我让你下岗，找个比你年轻的做饭，我看你还有啥脾气。"

赵玉柱这样说，其实心里想得比这还要肮脏。他要通过收麻黄草挣钱，他要尽情地挥霍挣来的钱。

收购麻黄草的准备工作做完了，赵玉柱就去种麻黄草的人家，通知他们收草日期。有了丁兰付的两万元钱，赵玉柱更加牛气，说话办事都不一样了，在奶豆腐面前更是吹胡子瞪眼睛，气得奶豆腐整天不回家，不稀得看赵玉柱那牛性样。

赵玉柱背着手，扬起脖子来到吴凤海家。吴凤海正坐在炕上发愁，见赵玉柱来了，好像见到救星一样，把他让到炕上，又是点烟，又是倒茶，一口一个大兄弟叫得亲近。

赵玉柱坐到炕上，手里拿着刚点的香烟，说："还抽红山茶呢，也不换换牌子，都这年头了，咋也得抽红河、云烟之类的呀？"

吴凤海笑笑，说："还云烟呢，这红山茶都要断流了。愁死我了，当年种的麻黄草只有一巴掌高，又遇上这旱年头，今年我这十亩地可是颗粒无收了。看今年的长势，明年也好不到哪去。"

"这玩意儿当年基本上不得利，那得看以后。下年不用再种了，反而一年比一年长得好。明年你再看看，哪儿就年年旱呢？再说了，就是旱年头，你种别的不也一样歉收吗？"赵玉柱安慰吴凤海。

"依我看，明年也好不到哪去。你看今年人家种在洼地里的长得多高，东街老弯腰子家的就长得不错，看那样一亩地能收个百十多斤。今年多少钱一斤？"吴凤海问。

"价格已经给了，麻黄草青收一斤两角钱，干的八角五分钱一斤。"赵玉柱熟练地说着。

吴凤海听了之后，心里盘算，说："我的天哪！一亩地就是收五百斤，才一百元钱，那还不如租给别人种呢，一年承包费还一百五十元一亩呢。这人工、车工、种子钱加在一起也得一百多元，得啥年月挣回来呀？就今年这旱年头，种一亩玉米也能纯收入两百元。再说，你们要是不收了，那可咋办？"吴凤海忽然有了危机感。

赵玉柱也明白吴凤海算的账，但还是极力地解释："你不能这样算账，今年是头一年，雨水再怎么好也不行。头一年种，又赶上旱年头，歉收是理所当然的，你不用担心，明年你再看看。"

"就我那地，明年也没有多大出息，你可别唬我了。今年歉收我认了，要是明年还那样,我就亏大了。"吴凤海情绪很低落,头也不抬地坐着。

赵玉柱本来想到吴凤海这炫耀一下自己的成就,可是吴凤海这账一算,也让他心里没了底。赵玉柱脑袋活,他马上对吴凤海说:"你知道我来干啥吗?"

吴凤海有些不理解,说:"干啥来了?"

赵玉柱回头往外看了一眼,小声对吴凤海说:"麻黄草还用收自己家的呀?你到那栽了黄柳条的坨子上看看去,到处都是麻黄草。前些天我特意转了一圈,走了几个坨子,我看今年这麻黄草长得行,借前些天这场雨,现在都有一尺高了。你别往外说这事,等过几天你就偷着上坨子割草,别让人知道。这一段正赶上秋收,人们都忙,谁也不知道这事,等明白过来,你已经收个差不多了。"

吴凤海听赵玉柱这样说,觉得很意外,说:"坨子上的麻黄草行吗?你咋不早说呢,知道这个,我那十亩地种玉米多好,何苦今年没有收成呢。不过那是人家新能源公司种树的地,能让割草吗?"

"对呀,那就是麻黄草,家里种的和坨子里野生的一样。过去咱们这没有人来收,谁也就没拿它当回事。新能源公司不管,也不割他的黄柳条子。"赵玉柱见吴凤海动心了,继续解释着。

吴凤海如同落水的人抓住了稻草,说:"要是那样,我马上准备。在你收购之前,我就上坨子割草,要绿的吧?"

"对,要绿的,不过你得等我个准信再动手。收购之前我还要与唐老板通个气,究竟怎么收、啥价格,都得整明白儿的。我收麻黄草,你着啥忙啊,那不像自己家的一样嘛。"赵玉柱套着近乎。

"你收麻黄草,不上班了?"吴凤海问。

"我利用中午和晚上收,去各家一通知就行了。哎!嫂子呢,咋没看见她呢?"赵玉柱四下里看看。

"领着孩子串门子去了,也该回来了。我还得做饭。咋的,在这喝酒哇?"吴凤海试探地问。

赵玉柱站起身来,说:"可拉倒吧,嫂子回来又该磨叨你了。种了麻黄草,当年没有收成,她不来气?"

赵玉柱走了,吴凤海也没有留他,送走赵玉柱后他坐在炕边上,点着一支烟慢慢地吸着。他在想赵玉柱刚说的话,能上坨子割麻黄草,让他心里有了一丝希望。

木青和丁兰吵了一架之后,心里很郁闷。到乡里见丁兰也回来了,她故意在走廊里给田再新打电话:"喂,田再新,你吃过饭了吗?啊,那你来一趟乡里,我有事找你。嗯,我在招待所等你。得了,快点吧,车没油不会加嘛,这还用我告诉你呀?快点,别废话!"打完电话,木青走出屋门,到院子里散步,在丁兰的窗前走来走去,也不往屋子里看一眼。丁兰就在招待所里,窗外的木青走来走去,她都看在眼里,也知道她是在等田再新。然而此时的她,心思已经不在田再新身上,她躺在床上给李强发短信,发了一个又一个。

田再新开着村里的车来了,在院子里打了一圈,停在木青身边,木青开车门上车,说:"走,去烧烤城。"

田再新眼睛溜了一下丁兰住的房间,什么也没说,生怕丁兰出来,忙开车出了乡政府大院,直奔太平川镇东烧烤城。到了烧烤城,田再新停下车,说:"就这了,还喝酒哇?"

木青想了想说:"算了吧,咱们去镇南小桥边走走吧。"

木青和田再新坐在小桥的木栏杆上,木青挽着田再新的胳膊,头靠在田再新肩膀上,两个人就那么默默地坐着。

田再新低头看看木青的脸,说:"怎么不说话?有什么不高兴的事吗?这儿没有人,你说吧。"

木青抬起头来,把头发向后甩了一下,很严肃地说:"我们结婚吧,我回去让我爸来一趟,把事情定下来。你同意吗?"

田再新把木青搂紧,说:"同意,我也给我爸妈打电话。你说什么时候结,就什么时候结。"

木青笑了,甜甜的样子,说:"现在,哈哈哈!"

田再新激动地抱紧了木青……

李强每天都要和托娅聊天,今天回来得早一些,在基地吃过了饭,回来帮着父亲往外扔了一会儿牛粪,干完活才回到屋子里。小龙吃完饭又在院子里疯跑,其其格跟在后面,又是喊又是叫的,满院子的笑声。李强回到屋子里打开电脑,见托娅早已在线上,还没等李强发信息,托娅就发过来一个笑脸和一行字:"你来了,怎么晚了呢?"

李强:"我刚才帮爸爸扔牛粪了,才进屋子。你吃过饭了吗?"

托娅:"吃过了,是肖作仁给我带上来的盒饭,我没出去吃。"

李强把视频打开,托娅出现在显示屏上,李强把自己的视频正了正,两个人对望着,看见肖作仁在后面走动。李强打字:"咱们还是打字聊吧,你在办公室里,有人听着不好。"

托娅:"可以。我告诉你,今天我们销售公司开业了,请了有关单位的负责人,还有房地产业和装修业的头头。大约有五十人吧,一共五个大桌子,都坐满了。我们还请了主持人、歌手和乐队。来宾都说场面很大气,我也觉得不错。"

李强:"祝贺你!我实在去不了,因为就要秋收了,一直都在检修大型收割机和拉货的大卡车,所以我只有在这里祝贺你了。"

托娅:"没关系,有你的支持我心里就有底。怎么样,什么时候开始秋收,定下来没有?"

李强:"十月一日准时秋收,辣椒、水稻一起收。木青说开机一星期完事，辣椒和水稻全部入库，农业公司就算完成任务，可以年终总结了。粮米加工那是其他公司的事了。"

托娅："那么快呀。丁兰的花生收完了吗？"

李强："她收得早，花生起了有几天了，她已经计划在十月一日之前就拉回保山县饲料公司，在那里脱粒、加工，直接卖给北方集团。"

托娅："谁帮她找人收的？又是你吧？田再新已经不敢再帮忙了，她只有找你才能解决问题，她连赵玉柱都不会找的。"

李强："啥事也瞒不了你，你知道她是怎么求我的吗？"

托娅："我怎么知道？她求的是你又不是我，不过她求你的方式我也能知道个七八成。"

李强："我把她发给我的短信给你转发过去，你看看就知道她是怎么求我的了。我是被她黏得没办法了，才求各村村长，安排人给她起的花生。"

李强拿过手机，把丁兰发来的短信给托娅发过去。

托娅看看笑了："那你还不成全了她？人家可是个大姑娘，上杆着和你约会，还叫你选地方，你是不明白呀，还是装傻呢？咋样，到一块儿没有？"

李强："怪不得木青怕田再新和她接触，真危险哪。"

托娅："那你就不危险了？趁着我不在家把你拿下了吧？哈哈哈！"

李强："我才知道她是什么人，为了钱、为了感情，什么手段都用。她在我心中的形象没有了，完全是个投机者、危险分子。"

托娅："投机是什么？就是有了空隙就钻。我不在家，一个年轻男人独自生活，又是有才、有职、有前途的英俊男人。丁兰的目光挺长远哪。"

李强："托娅，你看我的心里有空隙吗？"

李强没有隐瞒丁兰对他的追求，把所有求爱的短信都发给了托娅，托娅被李强的真诚所感动，她能感觉到李强对自己的爱有多深，不由得心里一阵酸楚，想像着李强一天到晚忙得没有一点空，回到家还要自己洗衣服，自己照顾自己，有的时候还要帮着父亲扔牛粪……托娅就那么看着李强，眼泪流了下来。

　　李强看托娅流泪，还以为托娅因为丁兰的事难过得哭了。李强赶紧问："托娅你怎么了，心里难过？是因为我和丁兰吗？我新买的光碟里有一首歌，让它表达我对你的爱吧。"李强把一首《唱不完的情歌》发给托娅，两个人的电脑里都传出那情感真挚的歌声……

　　"格桑花想念它的原野，
　　转经轮想念它的经幡，
　　雪山啊想念它的雪莲，
　　我想念你如花的笑颜。
　　白毡房想念它的炊烟，
　　黑骏马等待它的马鞍，
　　篝火啊等待它的暮色，
　　我等待着你从我的身边走过。
　　亲爱的亲爱的你不用再说，
　　我会用心守护美丽的承诺。
　　我是那蓝蓝的天空，
　　你就是那云河，
　　我是那扎木年，
　　你就是我心中的歌，
　　我是那清清的河水，
　　你就是那碧波，
　　我是那马头琴，
　　陪你唱情歌。……

我是那蓝蓝的天空,

你就是那云河,

我是那扎木年,

你就是我心中的歌,

我是那清清的河水,

你就那碧波,

我是那马头琴,

陪你喝情歌……"

托娅听着歌曲泪流满面,当着李强的面竟然抽泣起来,李强不解地打字问道:"托娅,你怎么了?为什么哭……"

托娅:"我想你……"

李强听后也不由地流下泪来:"我也很想你……"

第十九章

百泉沟的秋天美丽而又充满生机,无边的稻田一片金黄,成熟了的玉米块块苍绿,翡翠一样的秋白菜,绿得干脆有声。片片鲜红色的辣椒点缀在其间,简直就像一幅重彩的油画。

秋收开始了,北方集团的大型收割机和卡车开始收辣椒和水稻,大卡车跟在收割机的后面,轰轰的声响回荡在这装满五谷的原野上,生动的场面让看热闹的群众震撼、激动。

玉米地边上,村民在收玉米,小四轮的响声此起彼伏。

丁兰的花生早已起完晒在地里,来了十辆大卡车把花生全部拉走,丁兰跟着大车也走了。

老闷的房子已经盖完,娘儿俩没有秋收的庄稼,就在家里收拾屋子,过去用过的家具,放在这新盖的屋子里显得非常破旧,想扔了还没有别的家具。李强和木青看见老闷娘儿俩在收拾屋子,要过来帮忙,可一看这些没有用的家具,也真就没法再往屋子里搬。李强把木青叫到一边,说:"木青,我看咱们别要在乡里用的文件柜了,给老闷哥,咱们再买新的吧?"

木青点点头说:"行,他们家这都是什么年代的家具,和这新屋子也太不搭调了，让田再新跟着老闷哥去乡里拉来，我给田再新打电话。"

李强对老闷说："老闷哥，你们别往屋子里抬旧桌子了，一会儿你和田村长去乡里拉柜子。我们那儿剩下的办公桌、椅子都给你了。你原来的旧家具都当柴火烧吧，也太旧了，不能再用了。你要是找个媳妇，一看你的旧家具，还不得黄了。"

田再新很快就来了，和老闷一起到乡里把搬家剩下的柜子、不用的椅子桌子都拉来和又帮他抬到屋子里。小屋一放上新柜子和桌子，显得干净整洁，把个老闷娘儿俩乐得合不拢嘴。

李强和木青马上就要去建在保山县的北方饲料加工有限公司，新收的稻谷和辣椒都运到那里过秤、晾晒、加工。做完这些，农业公司就算完成了一年的工作。

木青把田再新叫过来："小新，你们村里有事吗？"

田再新不知道木青什么意思，说："有事啊，秋收开始了，李村长让我在村里盯着，群众有什么事好帮一下。咋了？你有事啊？"

木青想了想说："那你在村里盯着吧，我想和李经理去保山县饲料公司，给新收的稻子和辣椒过秤、入库，还要和领导们见一下面，交接货物。"

田再新一听愣住了，他知道去保山县就得住下，就李强他们两人去，田再新心里很不是滋味。

李强听木青这样说，马上说："田村长得和我们一起去，他是村里的代表人，收粮计量这是个大事，不能只有我们北方集团的成员中完成，那样会出说道的。"

木青非常佩服李强，可是因为她和田再新的关系，她才故意装做有意回避田再新，不让他去，其实是在试探李强。木青不说话了，她想让田再新去，所以等着田再新表态。

田再新听李强这样说，觉得李强很正义也很男人，自己刚才的想法太偏激，和李强比简真就他妈的不是人，田再新在心里狠狠地骂自己，说："李经理说得对，我不能白给村里当代表，一会儿我给李村长打电话，告诉他我要去保山县，履行一个副经理的职责。"

田再新说话的表情非常严肃，和他平时完全是两个人，木青看着田再新，觉得他成熟了很多，说："这还有点村长的样儿，拿得起、放得下。没有别的事咱们走吧，别等大卡车都到了，咱们还没有安排好。"

田再新把村里的车开回村委会，木青开着车跟在后面。田再新把车停好之后，回屋子里拿个小包出来，到木青的车跟前，见李强已经坐在后面座位上。他打开后车门，说："李经理坐前面吧？"

李强把手一挥，说："别跟我正经了。木青开车，副驾驶只有你才能坐，我就得靠后了。"

其实田再新也就是装装样子，让一让李强，说："那我就不客气了，当一把领导。"

木青心里很高兴，说："你今天借李经理的光了，听我的就不让你去了，像个跟屁虫似的。"说完又回头看看田再新咯咯地笑了起来。

田再新知道木青在逗他，说："正经理在呢，你一个副经理少嘚瑟，注意自己的身份啊！"

李强笑着说："这要是表决什么事，我可是二比一，你们两人一合手就把我架空了。"

木青哈哈大笑，说："这回你李强可虎落平川了，没想到吧？"

"那你们俩可就成狗了，还是一对呢，不是我骂你们，是你自己说的。哈哈哈！"李强占了便宜，大声地笑着。

田再新非常高兴，说："造成语的人也是，还整个被犬欺，要是虎落平川被狼欺就对了。我是灰太狼，木青就是红太狼了，真没有远见。"

木青高兴得打了田再新一拳,说:"被犬欺就被犬欺吧,要是被狼欺,我还得买个平锅,否则拿啥打你灰太狼啊。"

小车飞快地奔驰在柏油路上,笑声传出车窗,飘向金色的田野。

丁兰拉回来的花生,一进保山县饲料公司就脱粒,秸杆做了饲料,花生准备榨油。公司看在丁少中的面子上,按照最高的价格收了丁兰的花生。丁少中就等在饲料公司,因为他马上就得还唐占和方志南的钱。可是所有的花生只卖了六十一万元,离还给方志南和唐占的七十万元,还差十万元。丁兰傻眼了,丁少中心里有气,嘴上却什么也没说。从饲料厂财会室里拿着钱出来,他抽出一沓钱,对丁兰说:"你拿着这一万元回家吧,剩下这六十万元我马上就去还唐老板,缺的十万元我回总公司想办法,你就不用管了。你先回去好好地休息一下,过段时间我在公司里给你找个好一点的工作,安排完给你打电话,在家等信吧。"

丁兰低着头上了丁少中的小车,丁少中开着车目视前方。丁兰种地没挣着钱,结果还欠了人家十万元。丁少中这么说,她只好听着,什么也不敢说。两个人就那么坐着车,默默地看着前方。

走了有半个小时,丁少中这才说话:"我说不让你种地,你非要种,说是能挣钱。你不能和北方集团比,人家那是机械化,天旱能浇灌,可以说是旱涝保收。可你这是靠天吃饭,今年旱了,你就歉收。其实你今年闹个出来进去,欠的款就是借唐老板钱的利息,如果没有上告李强的事,我们就不用向唐老板和方志南借钱了,不借钱就没有利息。要我说怨就怨李强,有人告他,才让我们还农业公司的钱。我看好了,这个人就是我们北方集团的克星。还有他的爱人托娅,都不是省油的灯。我从她那进了大量的瓷砖,赊销一点也不行,就给我们公司留了五万元的货作为押金。把家虎似的,没见过这么抠的女人。你看她上不上我的钩,我就不信了,还有不吃鱼的猫。"丁少中狠狠地说。

土地

丁兰知道这一切都是冲着这十万元钱来的,自己赔了钱,已无话可说。

丁少中说完,见丁兰不吱声,他知道自己说得有些过了,有意缓和一下气氛:"这些事和你没有关系,做买卖有赔有挣,种庄稼有收有歉收,你不要太放在心上。咱们干别的再挣钱呗,那有啥呀!想当年你叔我不也是做买卖赔了二十万吗,现在不照样当经理,年薪三十万。你这才哪到哪呀。"

丁少中劝丁兰的话,说得可谓有里有面,像个当长辈的样。可是丁兰知道丁少中是个爱钱如命的人,欠下这么多的钱,他心里不定怎么恨自己。丁兰也是个聪明人,她觉得在叔叔面前应该有个态度,她声音不大,但是很坚定地说:"叔叔,你帮我的忙,我到任何时候也忘不了。欠下的十万元钱,我会找工作挣钱还你的。你也不容易,我弟弟又在上学念书,家里家外都是你一个人。"

丁兰的话说得丁少中心里很感动,觉得丁兰是个懂事的姑娘,他决定要为她找一个好工作,说:"好了,事已经过去,不说这事了。你还和我去唐老板那吗?你不管收购麻黄草的事了?"

"我把收麻黄草的事交给赵玉柱了,他是村里的治保主任,还是靠得住的。我预付他两万元钱,现在已经开始收购了,过些天我再去看看,和他结算一下就行。估计也收不了多少,要是有人能到坨子上去割草,那还能多收一些。"

"赵玉柱给你收购,唐老板怎么给你工钱?"丁少中问。

"他付我月工资,一个月一千五百元,如果收购超过定额,还给百分之二的提成。今年是不可能超的,所以我不想现在去,去了也没用。"丁兰说。

丁少中没有话说了,专注地开着车,丁兰有些困就闭上了眼睛。

李有才被丽丽说了之后,怎么也想不明白,丽丽怎么就说自己写上告信了?凭良心说,他感谢李强还来不及呢,怎么会告他呢,一定是误会。李有才多次给丽丽打电话，可丽丽就是不接，有时不耐烦了还关机，弄得李有才非常的苦恼。中午下班之后，李有才会瓷砖厂找丽丽，丽丽刚下班要出厂子大门，迎面遇上了李有才。

丽丽白了李有才一眼，说："你干啥来了？"

李有才有些结巴说："我……我找你，想和你说说。"

"有什么可说的，除非你证明那封告状信不是你写的，否则我永远也不想见你！"丽丽非常严厉地说，脸色冷若冰霜。

丽丽一看有很多工人在看他们，她就往南边的坨子顶上走去。李有才也不说话，跟在她的后面。到坨子顶上，丽丽面朝北面的大片稻田坐下，望着那已经收割完的稻田，一句话也不说。李有才也沉默了一会儿，说："丽丽，你听我和你解释，我真的没有写过什么告状信。我为什么要告李强经理呀？我们家种稻田的机械设备都是他给买的，还把我送到瓷砖厂工作，这又重用我，让我到北方集团开插秧机，我感谢他还来不及呢。我要是告他，那我还是个人吗？别说是你，就是我都瞧不起我自己，还有啥脸来见你呀？"

"那你说纪委的干部瞎说呢，无事生非呀。叫我说你也做不出那种事来，可是怎么证明啊！人家说白纸黑字上签的是你的名字。"丽丽说着，把头扭向一边。

"那我咋证明呢？对了，等过几天不忙了，我请个假，上县纪委去查一下。我倒要看看，那封告状信是谁签的名字。丽丽，你等着，要是不弄个水落石出，我李有才这辈子都不见你。我走了，再见！"李有才起身走了，头也没回。

丽丽站起身来，心里非常难过，她也不相信是李有才写的告状信。她已经爱上了李有才，刚才李有才的倔犟劲让她又高兴、又心疼，不觉眼泪流了下来。

白板父亲的病已经全好了，秋天收拾园子、扒玉米，什么活都干。儿媳妇把他叫到屋子里，对他说："爸，我听说北方集团给老闷家新盖了房子，可漂亮了。他们把地入股给北方集团，娘儿俩又在北方集团打工，说一年就挣了两万多元钱。我姑姑有个女儿叫灵芝，有些残疾，就是有点跛脚，别的啥毛病没有，今年都三十二岁了，还没找对象。我看老闷那孩子挺老实厚道的，原来家里穷，日子过得紧巴，我也没敢给介绍。人家现在的日子多好哇，灵芝嫁过去一定能享福。爸，你有闲空去给灵芝当个介绍人呗。你能说上话，你和老闷他妈都是年一年二同村老人，老闷又听他妈的话，一说准成。"

老白头想了想说："你还别说，真挺般配的，年龄也就差个两三岁，老闷大一些。老闷是个老实孩子，都是前些年他父亲得病把个挺好的家拖累了。这回靠着北方集团、靠着李强，今后日子差不了。我见过灵芝那孩子，还上咱们家来过呢。我看她怪聪明的，过了门一定能当家。灵芝那头儿要是没有啥意见，我去给说说，老闷那孩子肯定同意。他妈就更不用说了，老闷说不上媳妇她都上老火了，当我都咕叨多少回呀。那时候我有病，也没有闲心寻思这事呀。"

白板媳妇高兴了，说："这要是说妥了可挺好，在村里我们又多了一门亲戚。爸，你快去吧，他们也不秋收，肯定都在家呢。"

老白头换了一件上衣，又穿了一双新鞋，对着地上大衣柜的镜子照了照，发现胡子有点长，就从抽屉里翻出白板平时刮胡子的电动剃须刀，对着镜子刮起来。儿媳妇看他又穿衣服，又刮胡子的，觉得有些好笑，偷偷地笑着。老白头没看见，还在那儿照着镜子看着，觉得满意了，才背着手出了大门。

刚收拾完家，老闷就赶着毛驴车去拉工人，家里只有老闷的母亲。她在收拾院子里的碎砖头和瓦片，见老白头来了，觉得很意外，赶忙迎上前，说："白大哥咋这么闲呢，这是从哪儿来？"

老白头边往院子里走边回答:"从家来,怪不得人们都说好,这新砖房盖得真不错,你们花钱没有?"

老闷娘笑着说:"没用我花一分钱,这还不说,屋子里的桌子、柜子啥的也都是李强他们给的。这些年了,自从你大兄弟他生病,我们家就没翻过身。这回可好了。大哥,你说我们娘儿俩今年打工挣了多少钱?"老闷娘激动地说。

"多少钱,我听说有两三万元?"

"可不咋的,我给基地做饭一个月一千元,我那闷小子一个月九百元,加在一起两千,一年那不就是两万元嘛。还有我们入股的土地呢。再说了,我们也没有花销啊,吃人家基地的饭,用人家基地的东西,啥都不用我们花钱。这要是我那老伴活着该有多好,没那福啊。日子是好了,可是就剩下我一个人了,还有啥意思,是好是赖谁知道哇。"老闷娘一提起她死去的老伴,不由得悲从心来,眼泪汪汪的。

老白头年轻的时候就对老闷娘有好感,只是存在心里,自己的对象是父母做主选的,倒是也不错。可是对于老闷娘的好感一直保留在心中,直到今天也没改变。听老闷娘这样说,觉得自己和她是同命相怜,日子好过了,又都是一样的孤单,不由得也叹了一口气:"我也和你一样,光棍一个,一天说话都有数。和人家年轻人说不到一块,有了小孙子还好一些,这还上学了。"老白头说完看看老闷他娘,见她呆呆地站在门口,心里好像在想着什么。

其实当年老闷娘对老白头的印象也不错,他们年轻的时候,自由恋爱被人笑话,老闷娘一个姑娘家,就更不好意思主动去找老白头。后来老白头结婚了,她也就死了这份心。刚才听老白头的一番话,倒让她心头一动,她觉得他来是有意。想到这,她心跳加快,脸也红了,想要说什么,又不知道说啥,呆呆地站在屋门前,看着老白头不知所措。

老白头见她不说话，站在门前不动，说："咋不说话呢？不请我进屋看看哪？站在门口干啥呀？"

老闷娘这才回过神来，说："你看我这呆子，不知道请客人进屋。来，到屋子里看看。"

老白头从东屋到西屋，认真地看着，说："我说斯琴，你长这么大从来没住过这样好的房子吧？"

"可不是嘛，干了一辈子，穷得儿子说不上媳妇，沾了北方集团的光才住上这么好的房子。"老闷娘笑着说。

"那是沾了李强的光，没有他在北方集团工作，这样的好事能落到你的头上？吃人家、喝人家，还挣着人家的钱，人家种你的地还得给你分红。强子为啥放着乡长不当，到北方集团当经理呀？不就为乡亲们种好地，让咱们过好日子吗？你没看咱们村家家现在多充裕，地有人种、钱有处挣，小日子都过得挺红火。"老白头边看边说。

老闷娘点着头，说："你说得对。自从强子回来，咱们村地也多了，还建了瓷砖厂，群众收入一年顶过去的两年。就说我这房子吧，占我点地，白给盖这么好的房子就算顶补偿费了。要不是李强当经理，能有这么好的事吗？我们老辈子念人家老李家的好处，这辈子还是得老李家的济。"

"不光对你一家这样，全村都一样。就凭这一点，李强是真正的共产党员，啥叫为人民服务，这就是。"老白头激动地说。

"他也是那对乡亲负责的人，不然当个乡长多好，非得找罪遭。你看他这一天到晚累的，简直是个铁人。"老闷娘说。

"看乡亲们日子好过了，李强他不高兴啊？累点也值。"老白头说着坐在炕边上，拿出烟来，递给老闷娘一支。

"我忘了给你找烟了，抽你的也行，烟酒不分家。"老闷娘拿打火机给老白头点着烟。

"斯琴，你就想自己过下去呀，没想找个人啥的？"老白头说完看了一眼老闷娘，又低下头吸烟。

"大哥，不瞒你说，儿子还没有对象呢，我一个六十来岁的老婆子还能找对象吗？那不叫人笑掉大牙？"老闷娘说。

"要是儿子说了媳妇呢？你还找不找个伴呀？"老白头在打探老闷娘的心思，说完话用眼角瞟着老闷娘的表情。

"老闷都三十多岁了，谁乐意呀？再说了，这年头当媳妇的谁愿意和老人在一起过。后找个老伴，那媳妇不得和我分家呀。算了吧，我就这命了，日子好过点了，不愁吃穿我就满足了，不敢多想什么，都啥年纪了。"老闷娘说的实话，也没有想太多。

"我来想给老闷当个介绍人，是我儿媳妇姑姑的女儿，人我见过，就是有些跛脚，别的啥毛病没有。你要是觉得行，哪天让我儿媳妇领来看看，相中了就定亲。"老白头说。

老闷娘高兴得忙说："那叫你儿媳妇领来互相看看，我是没有意见，就怕人家相不中我们老闷。"

"你要是没有意见，这事就有个八打了。儿子媳妇有了，再给你介绍一个老伴咋样？什么标准的？像我这样的行不行？"老白头故意逗老闷娘，半真半假地说。

"说句实在话，找老伴真要是大哥你这样的，我还真就有点心情。不是当你面套近乎，我年轻的时候就对你有好印象，可是没等托媒人，你就结婚了。这说明你心里没有我，所以我就死了这份心。今天你说起来了，咱们也都这么个年纪了，心里怎么想的还有啥藏着掖着的，不怕你笑话我，有话直说了。"老闷娘说了实话。

老白头心里犯了嘀咕，这给斯琴儿子说媒，又把自己扯了进来，在儿媳妇面前可怎么说呀？还是先把老闷的媳妇说成，之后再说自己的事。可是他又一想，要是把老闷娘的心思摸透，再说老闷的事，那不更好办了嘛。想到这，老白头说："其实你不知道，我年轻的时候也对你有好感，可那时候不知道你是什么心思，你也没有什么表现。就这个节骨眼儿，我母亲给我托人找了对象，从此我也就断了对你的念想。今儿个你说起来了，我说这话可不是应和你，这是我的真心话。过去我们没有缘，下半生我们有缘哪。你要是同意，我先把你儿子的事说妥，之后再说咱们的事，你看这样行不行？今天咱们面对面，你说实话，咱们自己的事谁也不用管，也不用推脱。你表个态，我心里好有个安排。"老白头有些急切地说，看着老闷娘，等着她的回答。

老闷娘真的是动心了，但又有些不敢想，事情来得太突然了。她慢慢地抬起头来，看着老白头那瘦削而又精神的脸，虽然不见了当年风采，但是他那刚毅果敢的气质还在，说："大哥，我们真的有缘吗？我们还能有好日子过？"

保山县北方集团饲料公司的小会议室里，木林总经理在给李强、木青、田再新等人开会，研究北方集团与太平川乡种植水稻、辣椒的收益分配问题，开会之前把方案发给了李强、木青和田再新。木林一身西装，身体有些发胖。他端坐在圆桌的一面，身边有个女秘书在记录，对面坐着李强、木青和田再新。木林有礼貌且严肃地说："根据农业公司今年水稻和辣椒的总产量，以及北方集团、百泉沟村和群众入股的资金份额，总公司做出了这份收益分配计划，你们看的就是。这是经过细致研究，严格按照原承包入股合同条款进行核算的。你们看一下，还有哪些地方需要补充完善的，提出来修正一下，之后我们就实施。这个用不了多少时间，一两天就结束。距离上冻还有近两个月的时间，来年需要提前准备的工作还有很多，所以我们要抓紧时间，尽快给群众兑现。这也是李经理的愿望，是不是？李经理对乡亲们的收入非常期待呀，一年的工作就要有成果了。好了，下面你们都说一说意见，对这份分配方案还有什么补充的。"

木青首先摇摇头，对李强说："李经理说吧，我没有什么。具体操作分配还得进一步研究，那是我们的事了。"

李强的表情很严肃，还在看方案，他似乎没听见木青的话。田再新也在看方案，看完抬起头，看了看木青想要说什么，看看李强表情，又拿起方案看起来。

李强沉默了一会儿，放下方案，看了一眼木青，又看着木林说："木总经理，大体上我对这个方案的兑现条款没有意见，基本核算方式及分成比例都行。但是这里面有两个问题要解决，和总公司的意见有所不同。一是养鱼工程。这个工程不应该例为双方的投入进行分配，它是北方集团的行为，跟群众没有什么关系。这个项目没占群众的地，没用群众的一分钱，也没经群众同意，合同里也没有明确具体分配关系，就是有了收益也是北方集团的，现在水坝开了，把它放在一起进行平均分配，我认为不妥。"

木林脸色变得很严肃，这个问题是他没有想到的。沉不住气的木林想要接过来说些什么，木青做了一个手往下压的动作，示意他听完。他没有说话，继续听李强往下说。

李强接着说："还有一项是百泉沟村的投入分成。是分给群众、留给村委会，还是继续入股，这要看白泉沟村的意见、群众的意见。这一点明确了之后，才能进行收益分配，不知道木总想过没有。我就这两点意见，看木经理和田村长还有什么问题？"

木林和木青都没有想过这两个问题，这都是很关键的具体问题。李强说完话，屋子里没有一点声音。木林心里很不高兴，还没有人对他所做的方案有过质疑的先例，觉得眼前这个李强太目无一切了。一个农业经理，对上一级的决定如此不屑一顾。如果不否决他的意见，自己会在其他公司面前有失威信，还怎么去领导别的经理。想到这，木林沉默了一会儿，抬起头来，用

土地

不屑的目光看着李强说:"那只是你的个人意见,我不那么认为。小坝养鱼属于北方集团,是在百泉沟农业项目中产生的,是对那里的水、渠、资金和人力的充分利用,尽管没有征求群众的意见,那是因为它既不是用地,又不是用个人或集体的资金,没有必要通过群众研究。但是所有用工和资金都是绑在一起的,分不清是北方集团还是群众的,理所当然加入收益分配之中。百泉沟村属于股东之一,投入的是村里的资金,继续入股还是分红是村里的事,与群众无关。在收益分配中,可以直接与村里发生关系,不涉及群众收益。没有别的意见,就按这个方案执行吧。总的收入款数已经出来,你们把它带回去落实到户,我的想法是最好每户给一个存折,就不用带很多现金了,这样安全一些。看看你们还有什么,没有就去办理手续。"木林说完就往手包里装笔记本和笔,好像要走的样子。

李强坐在那儿没有动。对于木林的意见和态度,李强很反感,但是他的理智告诉他这只是看法不同而已。对木林的态度和他看下级的眼神,李强特别敏感。他觉得这是一种挑战,这种挑战既是针对他本人,也是针对群众的,他别无选择,只能面对。李强把他记的笔记本打开,说:"木总,问题没有弄清之前,我们不能领取分配资金。我认为你的做法不妥,我没法把这个决定告诉百泉沟的群众。养鱼的事是我当时和木董事长请示的,他同意我们上这个项目,也同意利用北方集团的资金,这件事可以去问木董事长。百泉沟村对于收益分配还没有拿出准确的意见,我们不能私自为他们做主决定如何分配。所以请木总重新修改分配计划,把我们的意见考虑进去。"

虽然李强说话声音不大,可是语气坚定,让人仿佛没有反驳的余地。这令木林十分的不爽,答应李强的意见,就得收回总部的分配计划;不听李强的意见,李强拒绝执行总公司的计划。木林看出李强态度强硬,大有不达目的不罢休的架势。处事老练果敢的木林哪里能让李强这一步棋,他站起身来,把手包一拿,说:"我们不要在这里争了,这事上交董事会吧。今天太晚了,明天一早五点我们就回总公司,争取中午十二点到达金洲,饭后一点半准时开会。你们三位参加会议,在会上拿出来你们的意见,也让其他董事长们见识见识。我这个总经理的水平低,说服不了你们。"

木林说完起身走了,秘书和司机紧跟在他的后面。小会议室里只剩下李强、木青和田再新,几个人你看看我,我看看你的,都不说话。李强先站起来,说:"走,吃完饭再说。借总经理的光,饲料公司给我们准备了一桌好菜,别浪费人家的一片心意。"

一个大圆桌上摆满了丰盛的菜肴,饲料公司经理和李强坐在木林的两边,李强旁边依次坐着田再新、木青,饲料公司经理旁边坐着各个车间的主任和办公室人员。

饲料公司经理问木林:"木总今天想喝什么酒?"

木林面无表情地说:"什么也不喝,吃饭!"饲料公司经理愣住了,其他人也都面面相觑……

赵玉柱家院子的麻黄草虽然不是很多,可弄得到处都是。赵玉柱吃过晚饭后出来收拾,把堆在院子里的麻黄草往仓库里抱。一辆小轿车停在大门外,丁兰从车上下来,司机坐在车上没有动。

丁兰来到赵玉柱跟前,说:"赵叔忙着收拾麻黄草呢?嚄!你还真收了不少,收多少斤了?"

赵玉柱见是丁兰,放下抱起来的麻黄草,说:"是丁兰哪。没收多少,也就是七八百斤。当年种的没有,都是人们在坨子上割的。"

丁兰用手拿起一把麻黄草看着,说:"还很绿呢,照几等收的?"

"一般都是二等,两角五分一斤,我没给他们太高等级。"赵玉柱熟练地说着,装出很内行的样子。

丁兰放下草,说:"赵叔咱们到屋里吧,我有点事要和你说一下。"

赵玉柱坐炕边上,点着一支烟吸着,丁兰也坐在另一边的炕边上。奶豆

腐在厨房里收拾碗筷，她看见丁兰进屋子，也没过来打招呼。

丁兰有些不好意思地说："赵叔有这么个情况，唐老板通知我不收麻黄草了，原因是收麻黄草原材料的红星药厂，有一个副厂长因为用麻黄素做冰毒，被警察抓住了。公安局下令停止收购麻黄草，什么时候再收等通知。"

赵玉柱很惊讶地说："什么，制造冰毒了，那麻黄草就不收了？"

"不收了，收来的麻黄草就放在你家吧，先不用往县里送了。钱算我的，你把剩下的钱给我，我回去好和唐老板交差。"丁兰的样子有些匆忙。

赵玉柱一听要把钱拿回去，心里很不高兴，本来想通过收麻黄草挣点钱，这还黄了，心想这钱不能都给她，他马上对丁兰说："你看这事整的，我都和村上的群众说好了，有多少收多少，有的人家已经割几千斤了，正准备往我这送呢。这要是不收了，人家还不得找我要工钱哪！那得把我答应的给收了，你就是没有人要了，烧火也得收完，不然我没法和人家交待。"赵玉柱很生气。

丁兰也知道赵玉柱一定会不同意停收，也许会在钱上耍心眼。她四下看了一下，知道大概有一千斤左右，也就是两三百元钱的草。丁兰问："你答应要收的有多少斤？几家？都是谁家？"

其实赵玉柱并没有答应谁家，只是个托词而已，可他是那撒谎不眨眼睛的人，脑子转得非常快，说："得有一万斤吧，都是谁家可说不太清了，基本上都说了，都怕咱们不收。"

丁兰知道赵玉柱在撒谎，心里一算，加在一起也就是三千元钱的事，说："那这样吧，我一共给你留下一千元钱，剩下的一万九千元你得给我，唐老板让我都拿回去。你先别收了，收多少赔多少。等着药厂的通知吧，过一段再看看，咋能就一点也不要了呢？"

赵玉柱听丁兰要把钱都拿回去，这火一下子就上来了，说："这不坑人吗？一年多了，跑跑嗒嗒的，你说我容易吗？真要挣钱的时候还不收了，你说我咋就这么倒霉呢！那不行！这事我得去找唐老板，他让种麻黄草他就得负责任。不收了，群众的工作谁去做呀，让他来吧，我是整不了。没有这么办事的！丁兰不是我说你，既然让你负责种麻黄草了，你得说了算哪。你就给我留一千元钱，连跑腿的钱都不够。这事让人知道那有多寒碜，一个堂堂的工会主席白给人跑腿，为了啥呀？我都没法和人解释。"

丁兰一看赵玉柱这是捞不着钱心里不高兴，真要是去找唐老板，他把麻黄草的事都当着唐老板说出来，她的工作也就干到头了，明年唐老板不会再给她开工资，她也就没法种自己的花生了。想到这，丁兰说："那就再给你一千元钱，你也别收了，就算给你的操心费。"丁兰说完，等着赵玉柱回答。

因为钱都在赵玉柱的手里，还没等收麻黄草已经挥霍了近两千元，所以他根本不想还丁兰那么多钱，他摇摇头，说："我是给不了，我花了三千元，都用在修房子和整院子上，我只能给你拿回去一万五千元，其他的等收完麻黄草再说吧。"赵玉柱说完点着一支烟吸起来，一副无所谓的样子，明显是对丁兰的不屑。

丁兰被赵玉柱气得脸色铁青，说："我还不知道你的院子什么样？秤是我买的，你就收拾一下仓库，怎么就用了三千元钱呢？麻黄草一共收了不到一千斤，那也就是三百元钱的草，都加到一起也值不了一千元，你怎么能少给我五千元呢？你是不是穷急了？你那腿咋那么值钱哪？你走了几户人家，我还不知道哇，凭什么要我五千元钱哪？"

赵玉柱知道丁兰拿他没办法，故意装熊："那你说我都把钱花完了，你说咋整吧。要钱没有，要命有一条，还是一条烂命。"

"得！得！得了，你就快把那一万五千元拿出来，别的钱你给我打欠条子。"丁兰无可奈何地说。

赵玉柱非常不情愿地从炕上装被的柜子里拿出一个小木盒子，从里面拿出一沓钱，数出一万五千元递给了丁兰，手里剩下的大约有一千元钱赶忙揣在兜里。丁兰见还剩下一千多元，真想下手去抢，可是她怕赵玉柱耍赖，就把一万五千元接过来，数也没数装在手包里，什么话也没说转身就走了，连头都没回。赵玉柱见丁兰走了，心想种了麻黄草的群众绝对不会就此罢休，丁兰一走，事不都得落到自己的头上吗？他心里一阵恐慌，觉得应该去找唐老板，让他来想办法，继续收麻黄草，另外他要把收麻黄草的事彻底从丁兰的手中抢过来。想到这，赵玉柱打定主意要去双青县找唐老板、找方志南，因为唐老板听方志南的。

木林、李强、木青和田再新都住在了保山县饲料公司，第二天一早五点钟起程回金洲，中午十一点就到了金洲北方集团总部。因为木林提前给木董事长打过电话，所以董事会的主要成员都已在总部，木林、李强等人一下车就进了董事会会议室。

木林等人进屋坐下之后，服务员过来给他们倒茶，这时木董事长和几位副董事长也进屋来，木青给董事长们介绍："这位是农业公司的经理李强，这位是副经理田再新，这位是朱副董事长、李副董事长，这位是丁副董事长，也是房地产公司的经理。"

李强和田再新与几位董事长握手，木董事长握着李强的手说："我们有多半年没见了吧，小伙子晒黑了。怎么样，农业经理的活不好干吧？"

"没什么。农村人从小就干活，不怕晒。"李强说。

丁少中握着李强的手说："我可久闻你的大名啊，丁兰向我说起过你，对你是非常的佩服。"

李强微笑着说："你丁经理的大名我也是如雷贯耳，房地产大老板那还了得呀！"

"你们两口子可真是珠联璧合呀，包经理的产品打进我们房地产公司，你又给我们当经理，百泉沟进军北方集团，你们两个是里应外合，百泉沟人民有福哇。"丁少中话里有话,眼睛里藏着一丝难以捉摸的神色。

李强对丁少中的了解主要是通过托娅,听他说这样的话,李强笑了,说:"应该说是深入虎穴,包经理是明着来的,打到丁经理的前院了。按你说的她应该是个卧底,卧底是不明身份的。"

"丁经理成老虎了,别让包经理当打虎英雄。"木青也开着玩笑。

都坐下之后,木林把他的那份分配方案发给大家。木董事长拿着分配方案认真地看着,然后慢慢地抬起头来,看了一眼李强和田再新,说:"木林电话里已经和我说了李强的意见。两个问题,一个是养鱼工程的投入产出应该怎么分配,另一个是百泉沟村的投入收益到底归谁。你们来之前我和几位副董事长碰了一下头,都认为这个方案没有问题,可以实施。你们几位经理都在,有不同意见提出来,在这个会上做出最后的决定。"

李强看看木青,木青摇头表示没意见。李强又看看田再新,田再新示意李强说。李强放下手中的方案,说:"这个方案的投资部分数字准确,没有问题,对养鱼项目和百泉沟村的分红我有不同意见。提出养鱼项目的时候,我就已经和木董事长说过,这是我们北方集团的行为。百泉沟村是股东之一,怎么分红,那是村里的权利。另外,百泉沟村还没有做出决定,到底是把分红的钱再分给群众,还是继续投资北方集团。这两个问题不明确下来,没有办法分红。"

木志森说:"你说的意思是,养鱼项目全由北方集团负责,百泉沟村的分红得等他们拿出意见?"

"对,要等他们拿出意见,否则没法分配。"李强说。

"照你这么说,养鱼是北方集团的事,按公司规定,如果有经济损失,项目经理是要负责任的,也就是说经理要包赔损失的百分之五十。按三十万元计算,你就要被扣除十五万元,你能接受吗?"丁少中说完靠在沙发上,看看木志森又看看李强,样子很得意。

第二十章

托娅知道李强要来,路上李强已经给她打了电话,托娅高兴得心里怦怦直跳。她把手头上的业务处理一下,就给银河宾馆打电话,订下了晚上住宿的房间,之后去了一趟建筑公司,因为他们定了近五十万元的瓷砖。忙完之后,她打个车就来到北方集团。此时李强等人已经到达,正在开会。托娅站在北方集团的大厅里,工作人员不知道她是李强的爱人,也就没人理会。

托娅坐在大厅左边的沙发上等了一会儿,又站起身来向上楼的楼梯上看,来往的人员不时地上下,可就不见李强的身影。她拿出手机看看时间,已经快到十二点了。她又给经常吃饭的小饭店老板打电话:"喂,刘姐,给我订一桌饭,大约四个人,就在你里边那个小包房。四个菜,一个烧茄子,一个辣豆腐,其他两个你给安排,再来一个乱炖,主食馒头。就这些了,半个小时就去。"

打完电话,托娅想给李强发信息,刚写了几个字又合上手机。因为她知道,会议不散,他是不会出来的。托娅走到旁边看顾客须知,这是一个玻璃罩的展示板,从里面可以看到自己的影子。托娅对着这个不是镜子的镜子看着自己,顺便整理头发,整理完头发又把衣领和内衣的褶弄平整,就像一个小姑娘要和自己的情人约会,生怕身上哪里有缺点。托娅外面穿一件米色的风衣,每次站起来的时候,都要用手把刚才压的褶子弄平。托娅实在等不及了，又起身向楼梯上走去。

"有什么不能接受的？公司定的各项条款是为了执行的，不是写在纸上看的。但是，我认为小坝开口子是人为的，是有人搞破坏。如果是这样，那怎么处罚公司经理？"李强问丁少中。

丁少中被李强问住了，他回答不了，回头看木志森。木志森说："如果确实是有人破坏，而且抓到了人，那就另当别论。既使有责任，处罚也轻些。"

丁少中被李强问得很没有面子，心里不高兴，又问李强："村里没有确定怎么分红，你李经理能定吗？"

"我怎么能定村里的事呢？那得村委会拿出意见。根据村里的意见，我们再计算分红。"李强说。

"那我们不等于白研究了嘛，没有村里的意见，我们在这扯啥呀？"丁少中有些不满地说。

一直坐在那不吱声的木林抬起头来，说："田村长什么意见？"

田再新非常果断地说："我和李经理一个意见，养鱼的事不能算合作，那是北方集团的行为。至于分红方式，我们回村里研究，在这不能定。"

木青狠狠地瞪了田再新一眼，用脚踢了他一下。可是田再新没当回事，理也不理木青，把木青气得直跺脚。

木志森看了一下大家，说："那就等村里拿出意见，然后我们再研究吧。看看其他几位董事长有什么意见。"

"村里拿出意见后再研究。"

"对，拿个准意见来。"另外两个董事长说。

木志森看看木林，木林示意没什么说的了，说："那就这样吧，李经理和田经理吃完饭抓紧回去，没有别的事散会。"木志森说。

"中午在天山酒店吃饭，各位董事长都留下。"木林站起身来说。

土地

李强已经收到托娅的短信,知道她就在大厅里等着他。一散会,李强就来到木志森跟前,说:"木董事长,我、田再新不和你们一起吃饭了,我们在路边的小店里吃点得了,省下时间好抓紧赶路,不然晚上到家就太晚了,夜路又不好走,实在对不起了,不能陪你一起喝酒了。"

"你可真是个急性子,不行就住下呗,还差这一天吗?"

"木董事长,你不知道,群众那是天天盼啊。可算要分红了,我们能提前一天就提前一天,钱早点发到群众手里,我们也好开展明年工作。"李强诚恳地说。

听了李强的话,木志森点点头,说:"嗯,我喜欢你这种精神。好吧,那你就请便,本来几个副董事长都想和你喝点酒,熟悉一下,看来今天他们是白等了,只有我们几个老同事一起喝了。不过来日方长,时间还多着呢,以后有机会再喝。"

"那我就走了,再见。"李强和木董事长握手道别。

李强又来到木林身边,木林正和丁少中说着什么,见李强来了,木林说:"今天你好好陪一下丁经理,他的酒量可不是一般人所能敌的。上次和你爱人喝酒,却让她把老丁喝倒了,今天看看你怎么样吧,有没有包经理那两下子。"

李强笑了,说:"对不起,我今天还要回去,托娅找我还有点事,她已经安排了午饭。我不参加宴会了,以后有机会再陪你们。"

"李经理,你重色轻友哇,怎么,长时间没见着老婆想了?那就更不能让你见了,说啥今天你也得陪我喝酒。"丁少中笑着逗李强。

木林看看李强,说:"也对,很多天没见老婆了,可下有个机会还不让人家见上一面,我们是不是有点太那个了?"

"哪个呀?你这年轻英俊的小伙子,在哪找不到朋友,非得见自己的老婆呀?"丁少中无所谓的样子,皮笑肉不笑地说。

李强很反感丁少中的话，说："我可没那本事，不像你丁大经理，财大气粗，朋友多。"

"得了，这小子还当真了。快去吧，你老婆等着急了。"丁少中说着就和木林一起下楼，还和李强摆摆手。

木青把田再新叫到会议室外面，在洗手间旁一个放清洁工具的地方。木青的脸色非常难看，她拽了一把田再新，说："我说你是不是有毛病啊？你怎么向着李强呢？你是哪头的人？北方集团是我们个人的企业，你和他一样吗？"

田再新有些不解，说："有什么不一样，都是北方集团的人，都是经理，区别在哪呢，你给我说说。"

"你还和我结婚不？结了婚，你是不是北方集团的人？到时候你就是不当经理了，那也是咱们的财产。李强能和我们一样吗？今天干，是北方集团的人，明天不干了，他还是北方集团的人吗？"木青越说声越大。田再新也明白她说的，他低下头不说话了，用脚搓着带花的地板。"你说话呀，咋的，蒙了？如果你让村里把分红的资金再入股，那样我们的企业就会有更多的周转资金，不然把钱分给群众，那么大的一笔钱没了，下年不还得筹集资金吗？"木青气得直跺脚。

"我是村里派驻北方集团的代表，首先我要维护群众的利益、村委会的利益。向着北方集团，那我还在村里待不待了？再说了，那对得起群众吗？那样公平吗？假如群众同意把村里的资金入股北方集团，我坚决支持，别的没啥可说的。"田再新理直气壮地说。

木青被田再新说话的语气吓了一跳，从来没见田再新对自己有过这样的态度，不但没有同意她的意见，而且还理直气壮，这令木青忍无可忍，说："啊，你小子翅膀硬了是不是？谁的话你都不听了？那好，咱们俩的事就此一刀两断。今天你和李强回去，爱咋分咋分，没我什么事了。为群众好，你

就和群众处对象去,别来找我。"

"这哪和哪呀?我们结婚和村里的事有什么关系?和你结婚就得同意北方集团的意见?还有这道理?那是村委会、是群众,要是不为他们的利益,人家和你们北方集团合作什么呀?你别拿这事来威胁我,好赖我也在那儿当了一年的副村长,不说向着村里,公平一些总可以吧。"田再新似乎对木青还有了意见。

木青愣住了,认真地看着田再新的眼睛,说:"行,你觉悟提高了,给我上政治课呢。我真没看透你,长能耐了是吧?什么个人利益、村委会利益,你以为我不懂啊?你求公平,难道北方集团所做出的决定是不公平的吗?一个小副村长,装什么大公无私。你今天必须做出选择,要么同意北方集团的意见,要么我们分手。这两个当中,你选择一个,而且现在就做出决定。"

田再新对木青说的绝情的话很震惊,想不到她为了企业会如此不明事理。两条选择摆在他的眼前,田再新为难了。木青是他心中的恋人,为了追到木青、为了和木青有共同语言,他去百泉沟村当村官。现在两个人真正恋爱了,田再新怎么能舍得和木青分手?百泉沟村是他实现自己人生价值的理想天地,一年多的工作实践证明,自己所做的一切都与群众息息相关。看到李强被群众所拥戴,那种责任感让他体会到一个年轻人的人生价值在于用自己的智慧为更多的人服务。自己决心要向李强学习,对于李强提出的问题,田再新非常同意。可是木青却把这两者对立起来,让他在当中做出选择。田再新沉默着半天不说话。

木青见他不说话,进一步追问:"你是说话呀,到底怎么选择,给个痛快话!"

田再新已经没有时间再想,他抬起头来,说:"我同意李强的意见,回去在村委会上拿出意见。对于我们之间的爱情,我是到任何时候也不会放弃的。我身在农村，就应该为乡亲们做点什么，这是我做人的原则，请你理解我，给我一个为了群众做点工作的机会。"

木青听田再新还是坚持李强的意见，气得她扭头就走，说："从今以后你不要再找我了，我们谁也不欠谁的，就此分手吧。"

木青走了，田再新在后面追："木青你站住，你听我说呀！"

李强送走几位董事长，马上下楼来找托娅，来到一楼大厅里四下看着，只见一个身穿风衣的女人在看墙上的规章制度。不见托娅的身影，李强忙拿出手机给托娅打电话。电话通了，是从那个女人那儿传来手机的铃声，托娅回过身来，李强愣住了，原来打扮得非常洋气的白领女人就是托娅。只见她的肤色白了许多，在淡绿色的纱巾的衬托下，简直比电影明星还漂亮。托娅赶忙走过来，李强也回过神来向托娅走去。到了跟前，两个人又都站住了，托娅抓住李强的手，李强也抓住托娅的手，站在大厅中间两人就那么对望着，谁也不说话。托娅的眼泪慢慢地流了下来，李强用手给她擦拭，托娅顺势把李强的手抓住贴在脸上。她太想李强了，在大厅里她不好意思拥抱，只好抓住李强的手亲吻着。李强也和托娅一样，太想托娅了，可他能克制自己，紧紧地握着托娅的手不松开，眼泪顺着面颊流下来。托娅看见，也用手给李强擦拭。柜台里的两个服务员看见这一对年轻恋人在相对流泪，偷偷地笑着，比比画画地小声说着什么。

托娅看着李强说："你又瘦了，一天到晚也没有人照顾你……"

"你可白多了，但是也有一些憔悴。头一次独立管理一个公司，又是远离家乡，真难为你了，让人心疼……"李强看着托娅的眼睛，难过地说。

李强的话让托娅坚强的内心柔软了起来，多少酸甜苦辣一起涌上心头，托娅无言以对，任眼泪流淌。李强从口袋里拿出手帕给托娅擦泪，托娅站着一动也不动。

这时满脸失落的田再新来了，看见托娅也在，说："托娅嫂子来了，多少天没见着你了,强哥想你想得都要得相思病了。那么忙吗?回去几天不行吗?哦,你们怎么……对不起,我太冒失了。"

托娅笑了,一边擦眼泪一边说:"刚成立销售公司,一天忙得蒙头转向的,哪有时间回去呀。今天我安排了你们最爱吃的菜,走吧,都一点了,早就饿了吧。"

田再新说:"今天的饭是董事长安排的,明天再让你请我们经理呗,我好借个光。"

托娅假装生气:"啊,你当上副经理就把嫂子忘了?董事长重要了是不是?那好,李强我们两个吃,你找董事长喝酒去吧。"

李强对田再新说:"咱们得马上回去,我已经和木董事长说好了,不和他们一起吃饭了。一和他们吃饭就得喝酒,喝了酒还能回去嘛,我还指着你开车呢。你嫂子安排了饭,我们赶快吃饭,趁着时间还早抓紧赶路,这样可以少走夜路,安全一些。"

田再新也没有心情和董事长吃饭,李强这样安排正中他的下怀,说:"好,今天就吃嫂子给安排的饭了。别说是李哥呀,就是我都有些想嫂子了,这么说强哥不介意吧?"

"你把我看成啥人了,我有那么小心眼吗?哎,你来了,咋没看见木青呢?叫她也过来得了,和那些董事长们吃个啥劲哪,打电话叫她过来。"李强催着田再新,可是田再新却不吱声了,低下头眼里含满了泪水。

"这是咋的了,怎么还哭了呢?"托娅低下头看田再新。

"因为我同意强哥的意见,她和我吹了。"田再新小声说。

"我给她打电话,说说她。这是哪跟哪,什么事也不能把你们两个分开呀。我还不知道你嘛,为了木青下乡到农村当村官,这多不容易呀?她木青怎么能因为公司的事影响两个人的感情呢?"李强边说边打电话。

"强哥,你别打了,她一定不会来的。"田再新说。

电话通了，可是一直没有接听，李强又拨号，说："喂，木青，我们都在托娅这呢，你也过来一起吃吧，和那些老头子们有啥吃的。另外我还有事要和你说，我们吃完饭就走了，走之前我想再研究些事，省得你再赶回村里。"

手机里木青的声音："我就不去了，也不和董事长们一起吃饭了。我回家看看我妈，有什么事你就在电话里说吧。你们和村领导研究完，要是来金洲不方便，就把结果告诉我，我和董事会说也行，差不了事的。和嫂子说，等有了机会我请她吧，反正这几天我也不回去，有时间我去找她。"

李强合上了手机，说："木青不来了，看来她还真就对你有意见了。别怕，过几天我找她。咱们走吧，安排在哪了？今天我们俩可是北方集团的客人，托娅得请我们吃点好的，不用太好，就是我们平时最爱吃的就行。"

托娅笑了，甜美而又幸福的表情，说："我还不知道你要吃什么？田再新要吃什么我不知道，你说吧，喜欢吃什么？"

田再新满脸的沮丧，说："木青都和我吹了，我哪还有心去想吃什么？我现在啥都不想吃。"

"别那样，我看没啥事。她是为了公司的利益着想，如果她以后明白了你所坚持的意见是正确的、是对北方集团有好处的，她还会来找你。她不来木董事长也会来的，不信你就看着。"李强很有把握地说。田再新还是不高兴，低着头跟在李强和托娅的后面。

吃过饭之后，李强和田再新马上就要走了，田再新上车打着了火，李强和托娅站在饭店的门口，又在那里对望。

李强深情地看着托娅说："对不起了托娅，晚上不能陪你了。你知道我的脾气，为了赶时间、为了把今年的分红尽快分到群众手里，我只好赶快回去，一天也不能拖。都怨我，你给我记账吧，算我欠你的。等我有时间了，来金洲多陪你几天。"

土地

李强眼里含着泪水，看着托娅那深情的眼睛。托娅把用塑料袋装着的几瓶矿泉水递给李强，说："别说对不起，只要你心里有我、有乡亲，我比什么都高兴。虽然今天你不能陪我，可是我们有明天、有将来。可是乡亲们等这一天已经是太久了。我还是那句话，为小爱得有大爱才能幸福。你没有欠我情，其实是我欠你的，你回乡来工作很大原因是为了我，我心里知道。就为这，我一辈子感谢你，你让我等你多少天都行。我不给你记账，是我欠你的。你的爱在我的心里存得太多、太满了，真的，我该给你更多的爱……"托娅说不下去了，看着李强，不停地擦拭着泪水。

李强也说不出话来，用手把托娅眼泪擦掉，说："托娅，别说了，等着我……"

李强上车后，摇下车窗，向托娅挥挥手，说："回去吧，别担心，我们慢点走。"

田再新向托娅喊："等着吧，过两天我就把李哥拉回来！"

看着李强走了，托娅仍然站在那里流泪，她太想李强了。

赵玉柱家的院子里到处是麻黄草，院子零乱不堪。自打丁兰走了之后，赵玉柱什么心思也没有了，看着满地的麻黄草也不收拾，认为没有什么希望了。可是今天又听刘福田说麻黄草到啥时候也是值钱的货，现在不收，过一段准收。说者无心，听者有意。他上午听的，下午就早早回家了，到家就开始收拾被鸡刨了一地的麻黄草，认真地归拢起来，用塑料带子捆成一个个小捆，又把它都搬到仓库里。

不一会儿，吴凤海来了，一进院也没和赵玉柱说话，直奔仓库，他想看看里面到底有多少麻黄草，看完了才来到赵玉柱身边。赵玉柱没有马上和他说话，有些回避他的样子。

吴凤海说："你也没收多少哇，有五百斤吗？"

赵玉柱忙着捆草，头也没抬地说："秋收呢，人们都忙着，谁还有空割它呀？这是没有地种的人家割的。你割多少了？"

"有一千多斤吧，我想明天就给你送来，多少钱一斤哪？收我的你得优惠点吧，咋也是老朋友了，不能在我身上挣钱哪。"

"你可别送来了，你没听说嘛，暂时不收了。"

"什么！我割了那么多，你不收了？那我十多天的工白费了？你这不是坑人嘛。"吴凤海听说不收麻黄草，马上就急眼了。

赵玉柱慢慢地站起身来，说："我也没办法，收麻黄草的药厂副厂长用麻黄素做了冰毒，让公安局给抓起来了，所以暂时不收了。过个把月还得收，你先把麻黄草阴干起来呗。到时候收了你先送来，我先收你的还不行嘛。"赵玉柱说话已经不那么牛气，生怕吴凤海恼他。

"这扯不扯，今年我十亩地是颗粒不收，麻黄草长得没多高，一亩地连五十斤都割不出来，可下到坨子上割点，这还不收了。你说我和你整这点事得赔多少钱哪？"吴凤海后悔地蹲在了地上，低着头也不看赵玉柱。

赵玉柱这回蔫了，放下手里的麻黄草，给吴凤海点着一支烟，自己也点上一支吸了一口，说："谁知道他药厂能出事啊，不然能不收麻黄草嘛。你先别急，等几天我去一趟双青，看看到底是咋回事。"

"还能咋回事，公安局都介入了还能让收？没个一年两年的你就别想这事了。算我倒霉，闷头的种这玩意儿，自找的，活该！"吴凤海说着，没好眼色看着赵玉柱。

"大哥，你别着急，等我问明白了再收。就是不收了，我也把你割的收了。从今天开始你可别再割了，再割我可不收了。也就是你吧，别人一概不收，爱咋咋的。"赵玉柱一副死猪不怕开水烫的架势。

他的话音还没落，二迷糊进院了，听赵玉柱说什么不收了，忙问："你说啥不收了？麻黄草哇？"

赵玉柱也不吱声，吴凤海带有埋怨的口气说："那不是麻黄是啥呀？种

玉米哪有这些事,到多会儿也得收粮食。"

"你也别说种粮食有把握,你们知道今年入股的群众能分多少钱哪?知道吗?早上李强就和木青、田再新去金洲了,听说是回去算账。这年头的企业,能把承包地的钱给你就不错了,还能给你分成?左算右算的,都把你们给算进去。谁挣钱哪?都是那些当经理的挣钱,要不脑袋削个尖往里钻。"赵玉柱在二迷糊和吴凤海面前胡说八道,目的是干扰他们追问收麻黄草的事。

二迷糊听赵玉柱这样说,有些急了,说:"你都听谁说的?刚收完水稻,能马上分红吗?再说了,有李强在呢,啥事也没有,那个犟小子能让他们算计群众?"

赵玉柱不以为然地说:"你也别说得那么绝对,要是给你二十万让你干啥你不干哪?给你五十万呢?这年头谁也不是铁板一块儿。重赏之下必有勇夫,给钱啥不敢干哪。"

吴凤海听着不顺耳了,说:"我说你说话有点根据不行吗?李强是那样人吗?要不是冲着他当经理,群众能把那么好的地入股?少给群众分红,他能让吗?我不信。"

"李强的刀把在人家手上攥着,他不听企业的,还不把他撤了,乡长职务没了,再把经理撤了,他还是啥呀?"

赵玉柱的话说得二迷糊和吴凤海心里没了底。二迷糊挠挠脑袋,说:"照你这么说,那李强是干也得干,不干也得干,不听企业的就挨撤?"

"企业能花重金买通他?我不信。"虽然吴凤海这么说,可是心里却有着疑问。

李强没等到家就给李长玺打电话,让他通知两委会的人员开会。晚上八点钟李强和田再新到了,他俩也没来得及吃饭,小车直接开进了村委会。李强和田再新匆匆进了小会议室,两委会的人员已经等在那里,人们喝着水聊天。

　　李强看大家都在等着他们，说："对不起，让你们久等了，我们开会吧。李村长，你先说一下，电话上我都和你说清楚了，就那么两个问题，一会儿研究完，我们就上报给总公司。"

　　李长玺笑了，说："李经理还是这个脾气，办事雷厉风行。你们还没吃晚饭吧？要不你们先去吃饭，回来咱们再研究也来得及。我们也是刚到村里，按你说的时间来的，再等一会儿没关系。"

　　阿斯根有些心疼李强，说："对，强子，你先去吃饭吧，我们也都刚吃完饭，在这等你们一会儿，喝点水。"

　　李强看看田再新，说："还是先研究吧，我给家里打个电话，告诉我妈一会儿回家吃饭。"

　　"那咱们就抓紧研究。还是李经理先说说吧，怎么个分成，怎么个入股，大家都认真听听，之后讨论一下。这个会上就定下来，之后好让北方集团尽快分红，群众都等不及了。"李长玺说。

　　李强看了一下大伙儿说："就两个问题。第一个是养鱼项目的归属，这一条我在董事长会上就已经表明，这是北方集团的行为。小坝开了，如果追究责任，那是我的责任，要罚罚我，不能影响群众的分成。第二，今天会上所要研究的是村里的股份分红，是分给群众还是村里把股份继续入股北方集团。北方集团想让村里把今年的分红继续入股，以便减少集团的投资压力，我在会上坚持要听村委会和党支部的意见，所以和田再新赶回来开会研究。"

　　李长玺问："我说啊！你掌握总的分红情况吗？如果村里把分红都给群众，每亩地能得多少钱？入股的群众每亩地得多少钱？李经理得给说一说，我们心里有底，才能做出结论。"

　　"对，强子说说总的情况，咋个事就咋个事，都听明白了，该咋办就咋

办,群众都等着分钱呢。"阿斯根说。

刘福田说:"咱们都是大姑娘上轿头一回,谁也不知道是啥样的分红方式。给我们说说,也好给群众个解释,要不说闲话的人多了,还有的说北方集团今年因为房地产不景气,要打白条,说明年一块给,说啥的都有。"

李强把随身带的本子打开,说:"我就给你们细说说吧,这也是群众所关心的大问题。群众一年到头为了啥呀?真正要分红了,怎么分还闹不明白怎么行呢。"

张丽丽等人都把笔记本打开准备记录,赵玉柱在一边低着头不说话,用眼角溜着李强和李长玺。

李强看着笔记本上记的数字,说:"总的收入情况是这样,全乡水稻面积是一万亩,百泉沟村就占了五千零二十一亩,每亩平均产量是一千二百五十一斤。辣椒每亩的产量是四百零二斤,全乡三千一百亩地,百泉沟村占一千一百零五亩。群众每亩地按二百五十元计算,投资一百二十五万元,百泉沟村投资三百七十五万元,北方集团投资二百一十六万元,比原计划超支了六万元。根据三方投资的数量,已经算清楚账。现在的问题是百泉沟村的分红方式,是给群众、留在村里,还是继续入股。你们的意见一拿出来,马上就可以算出每一亩地能分多少钱。这几种方案的账我们都算过了。"

李长玺把吸了半截的烟掐了,说:"我说啊!那就快点研究吧。先说说我的意见。说之前我问一下李经理,如果咱们村里把分红钱分给群众,别的村也跟着一样分吗?"

"其他村不能分百泉沟村的分红,只有百泉沟村的群众才能分到。"李强解释说。

"那我明白了,要是这样的话,我的意见是把村里的分红分给群众,只限在册的耕地数,草牧场不在内。大伙儿都说说意见,这可不是小事,它说明村里的股份是咱们群众的，这就受益了！原来咱们说要解决农田基础建设问题，这不就解决了嘛。以后还能分红，再也不怕天旱水涝了。我的意见是分红的钱就分给群众。"李长玺很激动地说。

"我看行，我同意分给群众。"刘福田说。

阿斯根问："要是都分给各户，每亩地能得到多少钱？现在能拿出来吗？"

田再新一直低着头，心里还在想木青和他分手的事，听阿斯根问明细，他接过来说："能拿出来，基础数都在我这呢。你说吧，要什么数？"

李强说："田村长，你按照李村长刚说的意见，把每亩的明细和阿书记说一下，大伙儿也都听听。"

田再新翻开日记本，说："如果按刚才李村长说的，把分红钱分给各户，每亩地要分得四十五元，入股群众每亩地二百五十元，除了本钱二百五十元以外，每亩还能分得一百三十一元，这三项加起来每亩今年能分四百二十六元。哇，这可是纯收入啊，比自己种地的钱还多。一个劳动力再加上打工钱，这一年可是挣海了。"

听田再新算的账，大伙儿都惊讶地瞪大了眼睛，似乎有些不敢相信。赵玉柱一听，忙说："那不公平吧？一样种地的，入股的有分红，那没入股的就没分红了？我那是承包地，啥也没有了呗？"

李长玺说："刚才不是说了嘛，你那是承包地，就是二百五十元。四十五元是村里统一给你们的分红钱，那还得是在册的耕地。咋的，你没入股？"

"可不承包了咋的，就二百五十元一亩地，赔透了。"赵玉柱说。

"你就是那二百五的命，还说我吃屎赶不上热乎的，你可赶上了，凉猪屎！"李长玺的话逗得人们一阵大笑。

李强和田再新吃过饭之后，田再新回村里了。李强到母亲那屋看看已经睡着的小龙，赶紧回屋打开电脑。见托娅已在线上，李强打开视频，托娅立刻出现在显示屏上。

看见李强她挥挥手，接着发来信息："你到家了，路上安全吗？"

李强："到村里之后就开会，开完会饭都吃完了。"

托娅："有效率，结果怎么样？"

李强："村两委会成员一致同意把钱分给村民，平分给在册的土地，每亩分四十五元，加在一起每亩地纯得四百二十六元，比自己种地都合算。你看着吧，这回群众的极积性可就高了，不用发动，都得来入股。"

托娅："我真替你高兴，你的目的达到了。群众有了收入，还解决了农田基础建设问题，带领人们闯出一条农业发展的路子。"

李强："我是很高兴的，就是一想到让你白等我一天，心里有些难过，觉得对不起你。"

托娅："看到你我就心满意足了，你的表情告诉我，你很想我。可是你为了村里的事、群众的事，宁愿舍去和我相聚的机会，驱车六百多公里回到村里开会，把结论汇报给总部之后才去吃饭。你的行动告诉我，我们晚一天相见，群众就早一天得到入股的分红，就早一天用收入的钱去办他们最想要办的事，也可能早一天给儿子说媳妇，也许早一天计划明年的春耕生产。我们的离别换来群众的喜悦，太值得了。你没有对不起我，让我特别激动，真恨不得马上追着你回到家里，和你团聚……"

李强："知我者托娅也，我也恨不得连夜赶回金洲去找你……"

托娅："我发一首敖都唱的《遥望草原》给你，表达我对你和家乡的祝愿。"

李强："好哇，我喜欢这首歌，它深沉，表达了对草原的情感。"

托娅和李强的电脑里同时响起了歌曲《遥望草原》……

"仰望白云依偎的蓝天，

我情心早已飞向心中的草原,

那里有马背悠悠的童年,

那里有阿妈慈祥的容颜。

饮烟袅袅弥漫我的思恋,

乳香飘飘洋溢我的祝愿,

祝愿绿色奔涌到天边,

祝愿吉祥洒满草原……"

托娅沉浸在思念家乡、思念李强的情绪当中……

李强也被托娅发来的这首歌所感动,在优美的歌声中,想象着托娅站在草原上那种美丽的身姿……

李强:"我也给你发一首《陪你一起看草原》,好吗?"

托娅:"好,我最爱听这首歌了。"

"因为我们今生有缘,

让我有个心愿,

等到草原最美的季节,

陪你一起看草原,

去看那青青的草,

去看那蓝蓝的天,

看那白云轻轻地飘,

带着我的思念。

陪你一起看草原,

阳光多灿烂,

陪你一起看草原,

让爱留心间……"

托娅当然明白李强的意思,他用这首歌表达了他对美好未来的期盼。

等到草原最美的时候,那是他心中盼望的,现代化的草原,美丽富饶的家乡……

李强在这动听的歌声中,幻想着和托娅一起看着家乡的变化和草原的美丽景色……

九点多钟,二迷糊和膘子还没睡觉,躺在被窝里看电视。赵玉柱想偷着进屋,看看二迷糊和膘子在干什么,可是外屋门已经从里面关上了,没办法,只好叫门:"开门哪!开门。"

"谁呀,黑灯瞎火的,这么晚了还串门子。"膘子问。

"是我,赵玉柱。开开门,我有事和你们说。"

"我们都睡下了,还得穿衣服。没溜的玩意儿,半夜串门。"膘子趿拉着鞋,穿着衫衣出来开门。

赵玉柱进屋见膘子穿着衫衣,故意挤着膘子身子过来,膘子吓得向后闪身,回手关上门,跟着他进屋来。

二迷糊在被窝里看电视,见赵玉柱进来,才起身穿衣服,说:"这黑灯瞎火的,有事啊?"

赵玉柱故意大声地说:"有事,不然上你家来干啥呀?"

"这家伙,闲串门子还有功劳了。"膘子说着,看二迷糊上身都脱光了,把衣服扔给他,自己穿上外衣,又给赵玉柱拿来烟和打火机。

赵玉柱点着烟,眼角溜着膘子的身体,装出很稳重的样子,说:"你们家有多少入股的地,多少承包地?"

二迷糊说:"二十五亩哇,还有就是草场了。"

"刚才村里开了两委会,研究决定入股的地和在册的耕地都能分到村里分红钱,就是村里投入的股份,今年分红钱都分给全村群众了,每亩地四十五元,每亩入股地分一百三十一元,土地钱是二百五十元,加在一起一共是四百二十六元一亩地。你们今年可发了,干得一万零六百五十元。"赵玉柱给二迷糊算着账。

"膘子一听，眼睛睁挺大，说："什么？一万零六百五十元。妈呀，比我们自己种地收得还多呢？真的假的？你小子说话没正经。又上这跟我扯犊子来了。"

"你这老娘们儿，我说笑话也不拿这事说呀。我刚开完会还没到家呢，就来告诉你们，好心还当驴肝肺了。"赵玉柱不高兴地说着，也没忘了看看膘子。

膘子和二迷糊两人都高兴得不得了，二迷糊拿过水杯给赵玉柱倒水，说："真要是收入一万多元，明年我的地还都让北方集团种，自己打点零工还能挣点。这样攒个几年，给儿子说个媳妇也就差不多了。"

膘子问赵玉柱："你入股多少地呀？"

赵玉柱低下头，"我今年赔大发了。就那点水田，要的承包费，每亩就得二百五十元，十亩地两千五百元钱，加上村里给的每亩四十五元分红，一共是两千九百五十元，顶我一个月的工资。"

膘子嘴一撇，说："不是我说你，人家李强一搞点啥事你就打横，哪件事你不闹一鼻子灰？一个大老爷们儿没个大量，就知道和人家对着干，鼓捣种麻黄草。咋样？今年没收成了吧，你老婆没骂你呀？你是摊上奶豆腐那样的，要是摊上我，早就跟你拜拜了，谁还伺候你这个猴。"

二迷糊听膘子这样说，脸上有些挂不住，说："人家好心好意来告诉你，你说那些干啥？那是工会主席，给留点面子不行吗？"

"他还要面子？见着老娘们儿迈不动步的主儿，女人说他啥他都不急眼，我说得对不对？赵玉柱你说实话。"膘子和赵玉柱较真。

赵玉柱嘿嘿地笑着，"都论着叫嫂子，咋能急眼哪，不挨收拾就不错了。"

"咋样？我没屈说他吧，他就是老太太尿盆，挨呲没够的玩意儿。"膘子笑着说，赵玉柱也不急眼，低头吸烟。

二迷糊想起自己割的麻黄草还没卖，说："唉，我说麻黄草多会儿收哇，再不收那不都干了嘛，一干就不值钱了。还没信儿呀？你去县里看看，不能就这么在家里等着人家来找你呀。"

一提麻黄草的事，赵玉柱就闹心，说："你一说这事我想起来了，得给唐老板打电话，让他想办法收麻黄草。不和你们在这扯了，耽误事。走了，改天再来和你们扯。"说着话赵玉柱就走了，膘子跟在他身后，见他一出门，马上就把门关上，赵玉柱听见响声回头看了一眼，见门已经关上，膘子也没出来送他，觉得很没趣，回头悄悄地走了。

北方集团的几个副董事长和木林总经理在木志森董事长的办公屋开会，木青代表农业公司汇报百泉沟村的分红意见。本来木林想让百泉沟村的分红留做下年入股资金，可是村里却要把钱分给群众。因为这个决定，木林等人对李强产生了看法。

木青汇报完情况之后，丁少中首先发言："闹了半天都按照李强的路子走了。养鱼的损失还没有定论，百泉沟村又要分红。我是看好了，百泉沟村也是听李强的。干一年北方集团落着啥了？就收入了一百七十多万元钱，不顶我们五六套房子钱。要是这样干，基地前途不大。关键是李强在这当经理，啥事不得听他的？他又听老百姓的，有没有前途那不是明摆着嘛。要我说，这次分红完了之后，还是让木青来当农业经理吧。别绕弯子了，让李强当副经理，要不就让他回乡里去。"

丁少中这样说，正在做记录的小张下意识地看了一眼丁少中，又赶紧记录，不时地偷看木青。

木林与丁少中有同感，他是从总经理的角度考虑问题。见丁少中说完，他抬起头来说："说说我的意见。百泉沟村要分红，要给谁是他们的权利，这我没有意见，可以按照村里的意见执行。养鱼的事要明确责任，该怎么处罚,今天会上要拿出个意见。我的想法是按北方集团制定的规章制度执行,对工作失职,造成巨大经济损失的责任人给予经济处罚,也就是按照直接损失的百分之五十赔偿,并免除当年奖金。至于他的职务,其他董事长看看有什么意见,都说一下。"

"没有意见,按规定执行!"

"同意木总经理的意见,让木青当经理。"

"撤他的职,让他回乡里去。"

三个副董事长一个意见,丁少中看看木青,一副得意的表情。

第二十一章

木志森一直没有说话,见大伙儿都同意了木林的意见,说:"我想和你们说这么一个问题。养鱼项目的失败很可能是人为的,如果是那样,对李强的处罚就不公平。这件事我们放一放再说,等一下公安局的侦察结果。村里的钱怎么花那是村里的事,与李强关系不大。我熟悉太平川乡的情况,是个有发展的地方,想要在那里立足,不能没有李强这样的人。这件事以后再议。木林马上把村里和群众所得的款项打到农业公司的账上,分到入股群众的存折上,明天就办。没有别的意见就散会。"

木志森的态度让木林和几个副董事长愕然,他从来都没有这么武断地决定过公司的事,按照往常,木林和副董事长同意的事,基本上就定了,木志森都会给面子,就是不同意也会有个折中的意见。

木志森家的大客厅里,木志森、周惠、木林和木青都在喝水。木志森看木青的情绪很低落,眼睛盯着电视看坐在那儿也不说话。木志森示意周惠问她怎么回事。

周惠坐到木青身边,问:"怎么了木青,我看你情绪不高呢。今年你抓的项目获利了,咋不高兴?"

"有啥高兴的,就是个种地呗,哪年不收哇。"木青没好气地说。

"那是因为啥呀?是不是小新你们两个闹别扭了?"周惠已经猜测到她

可能与田再新闹别扭，别的事她不会这样。

"别提那忘恩负义的小人了，分不清里外的东西。"木青满脸怒气，仍然看着电视。

"怎么回事？和我们说说不行吗？"木志森和蔼地说。

"因为啥你说呀，让我们听听是谁的理。"木林追问。

"还问呢，你忘了分红的事？那天他要是同意把村里的分红继续入股北方集团，李强也就同意了，还能整出这事来？你看他那心在哪儿呢，分得清里外吗？就是一傻子，李强说啥他信啥，就是不信我说的话。"木青越说越来气，索性关了电视。

木林听明白后，想起那天的事也有些生气，说："其实那天我也很生气，主要是生李强的气。我看那天就是田再新同意我们的意见，李强也不会同意，他一定会去村里落实这件事。你把责任都赖在田再新身上那可错了，李强的犟劲一般人说不通，这我能看得出来。"

"可不是吗？我一说让他当经理的事，他咋就同意了呢？"木青说。

木林笑了，说："那是他想当经理。真想为乡亲们种地，不真心为群众，放在谁的身上也不能舍去乡长来当这个农业经理。"

周惠想了想问："还有别的原因吗？就是这么个事呀。"

"这事还小哇。你瞧把咱们公司的领导们折腾的，又是开会，又是调节，三番两次的。我说他，他还和我牛起来了，我气不过，就说和他分手了，让他以后不许再来找我。"木青气又上来了，气得直喘。

木志森看看木青笑了，不以为然地说："就为这事气那样。田再新同意和你分手了吗？"

"他哪有那骨气，整个一个臭黏。同意李强的意见，还不分手，有那好事？尽可着他了呢！"木青把头发向后甩了一下说。

"小青，你该结婚了，田再新这孩子成熟了许多，他能这样坚持原则，

土地

说明他是一个敢作敢当的男子汉，大是大非面前才能看出一个人的本质。你们知道我在董事会上为什么拍板李强的意见吗？原因有两个。一个是北方集团今年在太平川乡的投入只有二百一十六万，可是当年就收回近两百来万元，我们还有一些设备和房屋等固定资产在那里，明年可以不用花钱，仍作为股份。另一个是先在太平川乡的这块地方站住了脚，明年我们就把农业项目重点转到整个太平川乡来。有李强在，这项工作不成问题，整个农业方面的项目，会有大的发展。过两天我们都去百泉沟，看看分了红的群众有什么意见，研究一下小新和小青的婚事。小青听爸妈的话，把婚结了吧。"木志森和木青商量着。

"我不结，我都说和他黄了，再去找他多没面子。"木青撅着嘴说，但是语气明显缓和了许多。

周惠知道木青的脾气，说："行，就这么定下了，我准备东西。他爸，你说什么时候走，就什么时候走。走，木青和我回里屋，我有事和你说。"周惠拉着木青回屋了，客厅里只剩下木林和木志森两个人。

木志森看看木林，说："这次去百泉沟，我带你去见官布他们老两口子。那是你的恩人哪，我们永远也不能忘了两位老人的恩情。"

木林想了想，说："我怎么一点记忆没有呢？总觉得我一直是在爷爷奶奶身边长大的。"当年木林才一岁，这一切他根本不记得。

木志森则不同，那段经历让他永生难忘、刻骨铭心。木志森抬起头对木林说："本来早就应该去看看官布老人，可是今年的事也多，我想着以后机会也很多，也就没有忙着让你去见他们。这回去把你妹妹的婚事办了，他们两个人年龄都不小了，以后在那儿也有个照应，我们在家就放心了。不然一个姑娘家的，这一年跑来跑去的，多让人担心。"

木林点点头，说："好，明天我把手头上的事处理一下咱们就走。"

今天基地特别热闹，屋里屋外都是来领钱的群众，财会人员发放已经按户存好钱的存折，叫到谁的名，谁就上前去取，并附上一张清单，上面有该户地数和所得钱数。女会计喊道："张勇。"

"来了。"张勇走上前来，拿走发给他的存折。

"白德方。"

"来了。"走上前来的是白板的父亲老白头。

"我是他父亲，他今天在厂里出不来，我替他领了。"

在一边等着的村民逗他："大姐夫领完钱到斯琴那院儿吧。这钱也有了，就和她搭伙得了，省得你天天往这跑。"

"我那是给老闷说对象呢。快要定日子了，你他妈的别瞎说啊。儿子的事没说完呢，咋还扯到娘身上了？"老白头嘴上这么说，可是心里很高兴。别人都知道他要和斯琴处对象，有的时候自己也瞒不住，主动和别人说。

老白头出了基地的院子，真就往老闷家去了。身后等着分红的群众笑着说：，"你看，这老家伙又去了吧，八成都到一块了。都那么大的岁数了，还放不下架子，年轻人都不管呢，别说他了。"

"看这样两人快了，差不多晚上就住一块儿得了，有啥谈的？"

"你别管多大岁数，只要是还没到一块，那就有话可谈。要是到一块了，可就没有话说了。"一个四十多岁的妇女说。

膘子在一旁说："咋没话说呢？那就说，咋样，还行不行了，行的话整一局啊？"

"你也太彪了，哪有那样的两口子？"

"我说的是打麻将，你想哪去了，思想咋那么复杂呢。哈哈哈。"膘子说完哈哈地笑着，把旁边的人们也逗笑了。

人们正说笑着，见老闷娘斯琴从大门出来，到基地办公室来领钱，都停止了说笑。膘子见机会难得，逗斯琴："老白刚进你家，你就出来了，也不好好招待他一下，领钱忙啥啊？这么近，啥时候领还不行啊？"旁边的群众

都在笑。

刚才和膘子说笑话的妇女在一边说:"要是我就把门一关,谁叫门也不给开,钱也不领了,好好跟老白头喝点奶茶,干点啥不好哇。"

斯琴也不害羞,说:"趁我领钱这工夫,你去和老白扯一会儿呗。我先不回去,在外面等着你,多会儿扯够了再出来。"

"我可不要那个老东西,你都收拾完了,给我个二手货,我不要。哈哈哈!"妇女大声地笑着。

斯琴用手指着妇女,说:"你等着,领完钱我可不把你嘴撕了。"

斯琴刚要领钱,会计接到一个电话:"啊,韩秘书?啊,正在分红。什么?乡纪检委让停下来?"

电话里的声音:"你是会计吧,你先停止发放工资,因为百泉沟村涉嫌私分公款,组织上要进行调查,等事情有了结论再说。我马上就通知你们李经理。你必需先停下来,否则你将负全部责任。"

电话挂断了。会计愣在那里,回过神来对领钱的人们说:"乡里不让分钱,暂时不发了,回去等消息吧。"说着话,会计收拾一下桌子上的账本,起身去找李强。

斯琴刚要领到钱,却出了这么个事,气得她大骂:"这是哪个阴损小子干的事呀,老百姓一有点好事他就难受是咋的。缺大德的玩意儿,不得好死。"

刚才和她闹的妇女笑着说:"我说让你先跟老白扯一会儿,你偏不干,咋样,还得回去找老白吧。多耽误时间,钱还没领着。"

"你还有闲心闹呢,钱都不给咱们了,不知道是哪个领导不让发。你说我这点儿赶的,你的领了吗?"斯琴问。

"我的刚领完,晚两分钟就跟你一样了。"妇女说。

李强在他办公室里被一群想要入股的村民围着,人们争着入股,吵闹着也听不出个数来。李强没有办法,只好站起身来对大伙儿喊:"你们站成一排,一个一个来。吴江负责登记,只记人名、村组、亩数和地块就行,以后我们再重新签合同,落实地块。"

人们马上就排成一排,从屋子里排到外面,在院子里还拐了一个弯,有的从财会室里拿出存折,马上就排队。

这时会计来了,说:"李经理,乡里纪检委来电话让我们停发钱,说村里涉嫌私分公款。"

李强听了愣了一下,说:"那好,你先停下来,我给乡里打电话,你等我的消息,先回去和群众解释一下。"

老白头在老闷家里边喝奶茶边等着斯琴。斯琴没有领到钱,回到家里满脸的不高兴,一进屋就说:"这点儿赶的,乡里不让发分红钱了,说村里私分公款。这也不知道是谁说的,真他妈的不是人,群众一有点好处了,他们看着就难受。"斯琴说完还特意往外看看,看有没有人跟着进来,往老白头碗里倒奶茶。

老白头很有把握地说:"也就早一天晚一天的事,村里发给群众的钱没啥错,那是分红钱,就是瓷砖厂的收入分给群众也没有啥说的。不信你就看着,不出一天就得发给你。"老白头说完,两个人相互打量了一下。

斯琴笑笑吟吟地问:"你来别人没说啥呀?"

"爱说啥说啥呗,反正人们都知道了,早晚住到一起就没有人咕叨了。要不我先住过来?怕你不让。"老白头已经和斯琴把两人的事说妥,决定老闷娶了媳妇老白头就住过来。

听老白头这样说,斯琴心里很高兴,表面却装出一本正经的样儿,说:"那可不行,不等孩子结婚,两个老的先住到一起了,好叫街上的人说闲话?"

"我就是那样说说,逗你玩的。叫你说的,能那么把持不住吗?这些年

都过来了,还差那么几天呀。"老白头以为斯琴不高兴了,解释说。

斯琴听老白头的解释,往外看看说:"这事我都和闷儿子说了,他非常同意你搬过来住,说让咱们住东屋,他们住西屋,有了孩子还指着咱们俩给看着呢,那小子想得更远。哎!那头说定日子没有?"

"人家那头没有别的要求,给做四套行李就行,让你们定结婚日子。"

秋收正在紧张地进行,各家的玉米还没有全部拉进场,公路上来往的四轮车、大小拖拉机都装着一车车玉米棒子,拉向屯子里。大柳树下,胖子李有才和赵玉柱上了同一辆班车。

两个人都觉得对方在这个时间出门一定是有大事,否则秋收这么忙,谁还出门哪。赵玉柱坐到李有才旁边,问"这么忙出门去干啥呀,咋不等秋收完了再去?"

胖子对赵玉柱有些忌讳,故意不说实话:"我姑姑家的孩子明天结婚,赵叔你去哪儿?"

赵玉柱想了一下说:"到我二舅家有点事,下午就回来了。"

赵玉柱闭上眼睛,不再与胖子说话,胖子也望着车窗外,想着心事,看路边来往秋收的人流。满载着玉米的四轮车冒着黑烟,从班车旁边闪过。胖子对丰收的忙碌景象不感兴趣,满脑子想着自己怎么成了写上告信的人,这到底是怎么回事,纪委能不能接待他。

木志森的小车慢慢地停在了百泉沟村委会的院子里,木志森、周惠、木林和木青下了车。木志森环视一周,没有见到一个人。干净、整洁的院子里只有办公室的门开着。木志森一行几人进了走廊,听见里面的屋子里有声音,木青一看是田再新的办公室,就走过去敲门道:"有人吗?"

门开了,田再新出现在门口。看见木志森一家人,田再新愣住了,手里端着一碗方便面站在那儿,不知道说什么好,说:"这是从哪来的?咋没个消息呢?"

"我们从家来，事先没给你打电话，李强也不知道。我们要在这待几天，所以没有通知你们。怎么，你这是在吃晚饭？"木志森问。周惠等人都坐在沙发上。

田再新有些不好意思地说："你们坐下，我给你们沏茶，这点面我不吃了。"说着他把面放在了自己的桌子上，就要去打水。

木青拦住了他，说："我去打水，你先把方便面吃完吧。你平时就吃这个？"木青看田再新吃方便面，心里不由得一阵酸楚，前几天的怨恨变成了心疼。

"今天有点事，去厂子吃饭时已经过点了，随便对付点，一个人的饭在哪吃都一样。你们还没吃饭吧？我去通知李村长，让他安排。"田再新说。

"我们在路上吃过了，村里、乡里都不知道我们来，个人的事不想惊动他们。晚上就在基地住，我爸和我哥都想看看基地。"木青说着拿过水壶打满水插上电源烧水。

木志森坐在那里，看着田再新把方便面吃完。木林则和周惠去各屋看看，一会儿两人回来了，进屋坐下。田再新吃完了方便面，他把面盒子扔到了纸篓里，正要去小会议室拿水杯，木志森说："小新，你坐下，一会儿让木青去拿吧，我有话和你说。"

田再新坐下来，不知道木志森要和他说什么，心里有些七上八下的，担心木志森会让木青和自己分手。

木志森和蔼地看着田再新，说："我来之前见过你爸妈，他们让我代表两家找你谈谈。其实只有一件事，你是不是真爱木青？你同意不同意和她结婚？"

"我同意！我爱木青，我从小就爱她，一直到今天。我下乡来当村官，也是为了她才来的，不信你问问木青。可是木青要和我分手，我表态还有啥意义。"田再新急切地表达自己的想法，可以看出他非常爱木青。听田再新

这样说,木青在一旁背过脸去偷着笑了。

周惠笑了,说:"傻小子,还是小时候那个样儿。你大伯和我要是做主让你们结婚,你同不同意?"

田再新不相信自己的耳朵,说:"什么,让我们结婚?这可能吗?"田再新说着看看木青,木青背着脸,看不见她是什么表情。

"小新,事情是这样的,本来你们的婚事应该由你家提,我们和你爸妈商量之后,就由我们做主了。你们俩要是没有意见,我想过几天就让你们把婚结了,房子就安排在基地,倒出两间屋子,收拾一下就可以。用的东西从双青县买就行了。在这结完婚一个星期之后,你们回金洲,你们家还要举办一次婚礼,我们双方都要请一下自己的亲戚朋友。在那儿我给你们买一套一百四十平米的房子,东西家具啥的都买全,你们回去就能住。在这边环境差一点,你们将就一下吧。在外工作,不要搞得那么奢侈。不然你们两人东一个西一个的,生活多不方便。再说你们也老大不小的了,早到了结婚的年龄。小新,这样安排你有意见吗?"木志森问。

田再新的心简直都要跳出来了,说:"我同意,可是木青同意吗?"

木志森又看向木青:"木青表个态,当着小新的面,说说你同不同意。北方集团分红的事,小新的意见是对的,他那样做才是真正为了公司和村里的群众着想。木青说说。"

木青回过身来,说:"让我说啥呀,你们都大包大揽了,事事不由东,累死也无功,不听也得听了。不过,你别高兴得太早,咱们俩的事还没完,你得给我一个交待。"

木林笑了,说:"你这是什么态度,好像多委屈似的,还得逼着小新屈服。"

"得了,就这样吧。明天我和李村长、阿书记定日子,咱们到官布老人家去一趟,小新就不用去了。对了,你通知一下阿书记和李长玺到基地等我们，一会儿我们回基地，和他们安排一下你们结婚的事。我们现在就走。"木志森起身走出门外，田再新和木青跟在最后面。

木青小声和田再新说："你先去把李强找上，一起到基地安排一下。"

田再新看着木青，高兴地说："我这就去，你放心吧。"

官布老两口喝着奶茶正看着电视，木志森一家突然出现在他们面前，两口子蒙了。官布认得木志森、周惠和木青，半年前他们来过。官布下地，说："哎呀，是你们哪，这是从哪儿来的？快坐下。老伴儿你去做饭，大老远来的，还没吃饭吧？"

木志森拉着官布的手说："你不用忙活，我们已经吃过饭了。"

周惠说："大哥大嫂，你看我们把谁带来了？"

木林走上前去，说："阿爸、阿妈，我是小林子。"木林说着给官布和他的老伴深深地鞠了一躬。

官布的老伴瞪大了眼睛，"什么？是我的小林子？多少年了，可想死阿妈了。"说着官布的老伴就流下了眼泪，她拉着木林的手仔细地看着。

官布说："你刚走那两年，她想起来就哭，后来时间长了，也就好点儿了。可是你阿妈一吃蒸鸡蛋糕的时候就叨咕，'我们小林子就爱吃蒸鸡蛋糕，等他来了我给他蒸一大盆。'等了四十年了，你可来了，这回让你阿妈给你蒸鸡蛋糕吃吧。"

木林看着曾经养育过他的白发苍苍的阿爸、阿妈，说："阿爸、阿妈，原谅小林子，上次我有事没能和爸爸一起来看你们，实在对不起。"木林又给两位老人深施一礼。

木志森叹了一口气，说："过去我们的事业不稳定，不好意思来百泉沟。今天不同了，是到我们相见的时候了。孩子已经长大成人，特意到这里来跟你们二老谢恩。大哥、大嫂原谅我和周惠吧，你们最理解我们的心情，不是忘了你们，而是我太要面子了，怕乡亲们看不起我。从今以后不怕了，

我木志森又回来了,回来和乡亲们一起过日子。"

木林把提着的东西放在炕上,说:"阿爸、阿妈,这是我给二老买的东西,以后缺什么就跟我说,用钱就找我。"

"这孩子,来就中了,还拿什么东西?你阿爸、阿妈现在啥也不缺,富贵两口子跟我们一起过呢,村里也照顾我们,不像头些年那么困难。小林子在这的时候,幸亏家里养了奶牛和两只老母鸡,给小林子蒸点鸡蛋糕,喝点牛奶,别的就是粗粮了。那年月家家日子不好过,你在我家里待了两年,什么好东西也没吃着,我到现在还觉得对不起你。"官布难过地说。

官布的老伴拉着木林的手,仔细地看着木林的脸,又把木林的衣服撩起来,左后背露出一块拳头大的青迹,说:"是我的小林子,这块青迹到哪我都认得。阿妈一辈子没有孩子,有你的那两年,是这辈子过得最开心的日子。你妈把你接回去,我就像儿子被谁拐走了一样,一想起你来心里空落落的。"

"你阿妈没少哭哇,咋劝都不行,年头多了就好点了。这两年喜欢上李强的儿子小龙了,一有空就要去看看。"官布说。

木林被眼前这一对慈祥的老人感动了,眼里含满了泪水,说:"对不起阿妈,我不该才来看你……"

木志森眼里含着泪,说:"大哥,是我对不起你们,我太要面子了……"

周惠和木青在旁边激动得说不出话来。

官布老人笑着说:"好了,过去的事咱们不提了,今儿个咱们哥儿俩得喝酒。老伴儿你快去做饭,还给小林子蒸鸡蛋糕,再炒俩菜。咱哥儿俩还像过去那样抢着喝酒,都怕对方喝多了。哈哈,咱们俩一人一瓶。"

木志森忙说:"我们在双青县吃过饭了,改天我请你喝我女儿的喜酒,就在咱们村,请你,怎么样,行不?"

"真的？和小新结婚？"官布问。

"对呀，你看小新那孩子行不行？"木志森问。

"太好了，两个孩子早该结婚，多好的一对儿。你这个姑娘真有眼光，我同意。"官布说完看看木青笑了。

木志森说："大哥，那我们就到基地去了，小青结婚的事还要和村里的领导们商量一下，他们都在那里等着我们呢。我们明天再来行吧？"

"中，那你们先去办正事，改天来，我得和你喝酒。"官布说。

官布的老伴笑着看木林，说："你阿爸就知道喝酒，不说让小林子来家待一天，让我们娘儿俩近便近便。"

"阿妈，不用你找，我明天自己偷着跑来，让他们谁都不知道。"木林拉着官布老伴的手高兴地说。

木志森一家人走了，官布和老伴送他们出大门外，人都走远了，官布的老伴还在那儿抹眼泪。

李有才到双青县纪委找到了王主任，因为他是举报人，所以王主任按规定给他看了举报信。李有才见举报信上的确是自己签字，经过仔细辨认，李有才突然想起来这是刘村长说给他申请扶贫款时签下的字，怎么会在纪委的举报信上？上半页还有打印的举报内容。李有才二话没说出了纪委办公楼，打车去车站，坐上了回家的班车，到家天已经黑了，下车就去找刘村长。

刘村长在家和一个外村的村长喝酒，李有才从外面进屋来，径直来到刘村长面前，说："刘村长，你给我申请扶贫款的手续交上去了吗？"

刘村长见李有才来了很意外，突然问他签字的事，心里马上明白这李有才是在调查举报信的事。刘村长慢慢地放下酒杯，说："早就交给乡里了，怎么想起问这事呢？"

"你交给乡里谁了？"李有才也不管刘村长的态度如何。

"我让勤杂员送过去的，我告诉他交给民政助理。咋的，你有意见

哪？"刘村长有些不耐烦地说。

"啊，没意见，我就是想问问我上报的手续报没报上去。勤杂员说交哪个助理了？"李有才追问。

"我说你小子咋看不出没眼高低呢，没看见我们喝酒么？咱们乡总共几个助理，你不会去问吗？我哪知道他交给哪个助理了。小样，磨叽起来还没头了。去，该找谁找谁去。"刘村长来了气。

李有才出了刘村长家的大门，想了想又去找勤杂员。

赵玉柱到了双青县以后就给唐占打电话，可是打了几次都没有人接，赵玉柱觉得事情可能难办了，唐占不接电话让他束手无策。

唐占之前已经接到丁兰的电话，知道赵玉柱要来双青县，还要找唐占要求收麻黄草。丁兰对唐占说赵玉柱在百泉沟已经找她要过跑腿钱，让唐占不要见他，也不要理方志南。唐占有丁兰的嘱咐，当然不会再接赵玉柱的电话，可是他又一想，赵玉柱要是找方志南出面，事也不好办。想到这，他有了办法，等着赵玉柱再次打来电话。

赵玉柱在旅店里，打了半天电话没有人接，心想再打一个，如果再不接他就去找方志南。赵玉柱又拨号，电话通了，里面传来唐占的声音："喂，哪位？"

"我是赵玉柱哇，我在双青县呢，给你打电话咋不接呢？"

"啊，我手机放包里了，有个急事，开车出去没有听见。咋的，找我有事呀？"唐占故意问。

"有事，有大事了。村里种的麻黄草，人们都割完了，都是和个人家订的，不收他们不让啊。"赵玉柱着急地说。

"我现在在外地，暂时回不去，不能接待你了，你自己在双青好好玩吧，没事多待几天。现在还是不能收麻黄草，因为药厂的事还没处理完，原材料这块儿让警方给封了。等些天你再听信儿吧，你先让有麻黄草的户把已经割了的草阴干起来,等着收购。你要是想玩就多住些天,等我回去之后陪你。"其实唐占就在双青县城的一个洗浴中心。

挂断电话赵玉柱摸摸兜里的钱,丁兰给他的钱还有两千元,天色已黑,内心的欲望难以抑制,悄悄地出了旅店的门,到街上去找有按摩服务的地方……

此时的基地格外热闹,李强和村里的干部都来了,还有一些群众也来看木志森。各个屋里都挤满了人,木志森和木林、李强、李长玺、阿斯根、田再新等人在大办公室里谈工作。年纪和木志森差不多的乡亲都来了,老白头、孙贵也在其中,人们见到木志森都非常高兴,聊了过去,又问现在,直到村里要和木志森谈工作,人们才纷纷散去。木志森和木林把乡亲们送到大门口,不见人影了才回屋。

木志森深有感触地说:"乡亲们还是那样热情,对我的感情不减当年哪!"

阿斯根说:"我们这帮年一年二的,当年都围着知青们转,围着你木大哥,岁数大的都说我和李大路是你的小狗腿子。我们也不管好赖话,跟着你就行,整来整去,这又转回来了,还是跟着你走。"

李长玺说:"过去李强是我的跟屁虫,那是小的时候,现在我成了他的跟屁虫了。双合尔爷爷说得对,谁为群众着想,谁就是头羊。"

李强笑着说:"其实我们都在跟着群众走,跟着乡亲们的足迹走。木董事长从城里回到农村,也是跟着乡亲们走呢。"

"李强这话说得对,我们都在跟着群众走。没有群众,我们的工作就失去了目标,失去了意义。今年李强给我们北方集团开了个好头,把集体的力量也纳入到集团里来,这是我没有想过的。这不但解决了资金短缺的问题,也让村里的工作上了一个新台阶,走上良性循环、科学发展的道路。"木志森感慨地说。

李强不好意思道:"木董事长过讲了,这都归功于村里的领导开明,他们心里想着群众。"

"你就别谦虚了。不是你做工作、讲道理,我们还想把钱都拿去盖房子呢。盖了房子都成了死钱,一分利也不长,还能像今年这样,群众能分到那么多钱哪?"李长玺实在地说。

阿斯根说:"李村长说得对,为这事我和强子还闹了别扭,想想怪不好意思的。倚老卖老,以大欺小,说的就是我这样的。"

木志森笑了,说:"看来你们对李强的做法很认可,怪不得他不等保山县的合同到期,有村委会这个靠山,还有做不成的事?得了,今天我也跟你们学,就让李强来安排田再新和木青的婚事,还有北方集团明年的工作。书记、村长、木林,你们看行不行?"

"行!太行了,我正要说呢,木董事长先说了。"李长玺说。

"这合适吗?还是木董事长来安排他们两人的婚事吧。明年的工作我可以拿个初步意见,请董事长审核,也请村里领导提出意见。"李强谦虚地说。

阿斯根也不客气,说:"强子,你就安排吧,咋个事就咋个事,有不对的地方还有大伙儿呢,都提意见,人多出韩信。"

木志森对李强说:"你就安排吧,有不合适的地方,我们都会说的。工作上的计划,你可以大胆地提出,正好村里领导都在,机会难得。"

李强想了想,说:"我说个大概意见,大家补充。按照木董事长的意见,田再新和木青的婚礼定在后天,就在瓷砖厂的食堂里举行,接待来宾这项工作由李村长负责。明天,田再新和木青两个人坐厂里的大车去双青县,一是登记,二是买东西。你们自己计划好要买的东西,一次买完。明天木董事长通知你们一起插队的老知青们,后天上午十一点前到百泉沟瓷砖厂。十二点婚礼准时开始。乡里的领导和村里的乡亲们由我来通知。请县里专业礼仪公司主持婚礼，田再新去登记时把礼仪公司请到位。婚礼上的事这样安排行不行？大家看看。"

李长玺说："行，我保证完成任务，你们就等着喝酒吧。"

"可以。"

"行！就这么办吧。"木志森和阿斯根等人说。

李强接着说："下面我说一下基地明年的工作安排，正好木董事长和村里领导都在。今年的年终分红，极大地激发了群众的极积性，就在领分红的这几天，光百泉沟新入股的地就达到了两万亩，其中一万亩坨坡地，其他地是比较平坦的沙土地。这只是百泉沟的地，其他村的还没算在里面。我打算把这两万亩地当中的一万亩，加上周围三个村的一万五千亩，共两万五千亩地变成能浇灌的旱涝保收田，以喷灌为主，管灌为辅，合同期都在十五年以上。群众还没最后签字，在等董事长的意见。另外，原来和各户签订秋菜合同的李小兰、种地的李三、糖厂基地经理王大勇也都来找我，他们都要和北方集团合作。我的意见是，农业公司直接和李小兰、糖厂签销售合同，我们可以为他们提供生产所需要的秋菜和甜菜。和李三签合作合同，就是他可以带机械入股北方集团，成为我们的一个作业组合。这些都是我的想法，如果董事长同意，我再拿出具体可操作计划。"

李长玺听李强这么说，非常兴奋，说："这么做的话，咱们不是实现机械化了吗？距离土地三十年承包期还有将近二十年，好好规划一下不行吗？我是说在犯风的坨子地栽上防护林，让各家的地成方成块，大拖拉机一种地，那该多好哇？"

李强笑了，说："我还真是这么计划的，我想等董事长同意之后再拿出详细计划，然后和你们共同研究实施，没想到咱们真想到一块儿去了。"

"真要是实现这个计划，咱们村、咱们乡可就大变样了，地让北方集团种，群众可以去打工或者搞专业养殖。北方集团有啥厂子，我们就种啥、养啥，这就成了产供销一条龙。以前我们在县乡两级会上总听领导这么说，这不就要实现了嘛。好，就这么整。"阿斯根说着，激动得站起来，点上一支烟狠狠地吸了两口。

木志森抬起头看看李强，说："你小子可以当个大老板哪，按照你的计划，我的第二故乡成为社会主义新农村为期不远了。这可是个大手笔呀，超出了我的想象。好，我要看你的详细计划。"

木林点点头，又摇摇头，说："群众的意见能那么统一吗？二十年的承包期，时间不短哪。如果个别户不同意，你怎么把土地连片？如果要规划就把土地统一划块，打乱重组，还要栽农防林。眼下最要紧的是资金问题，大型机械、树苗、承包费、人工，这些李经理都计算过吗？现在总部的资金是最紧的时候，房地产用了总公司百分之六十的资金，新楼还没有开盘。农产品和几个大饲料厂的库存用了百分之二十五的资金，产品销售出去，资金才能回笼。剩下的百分之十五就是人员的工资，总公司要运转，动不得呀。资金得不到解决，那不是白计划吗？"

说到资金，木志森也点点头，说："木林说的是实情，这还真是个难题。每年这个时候总公司的资金最紧，也是最关键的时候，没有特殊情况，银行也不给贷款。"

李长玺听木志森这样说，也低下了头吸烟，想了想又抬起头来说："村里的资金今年都用于瓷砖厂扩建了，五百万元全部购置新设备和新工艺专利了。这点赶的，要不年后再考虑这个计划吧？"李长玺说完看看李强，李强也在犯难，低着头不说话。

屋子里一时没了声音，木志森问李强："需要多少资金，你计算过没有？我是说，主要用在规划和设备上的钱。"

李强说："我大概计算过，一共需要三百五十万元，主要还是大型设备上用钱多，林路规划用的资金少，还有一部分是人员工资。"

木志森说:"先把木青和田再新结婚的事办完吧,这个规划我没意见,资金暂时解决不了,不行明年再实施吧。"

木青和周惠、丽丽、奶豆腐等妇女在另一间屋里聊天,多少年不见,周惠都不认得当年长得最水灵的小姑娘张凤兰了。奶豆腐这个名字是她嫁给赵玉柱以后人们给她起的,周惠还是叫她兰子。

周惠拉着奶豆腐又白又胖的手说:"当年兰子长得那个漂亮,小我们十来岁,可是像个大姑娘一样。你和那个叫柱子的处对象了?叫什么赵玉柱吧?那时候我们都管他叫干巴猴子。对了,听说他是治保主任,咋没看见他呢?没在家吗?"

"别说他了,一提他我就上火。这不给人家收麻黄草嘛,收了一千多斤,药厂还不要了。原来是人家丁兰来这搞的项目,可他非要掺和,等他一收药厂出事了,厂长造冰毒让人给抓起来了。他去找唐老板,求人家收麻黄草。你说我当年发哪门子昏呢,嫁给他这么个玩意儿,后悔死我了,啥也别说了,眼泪都流干了。要不是为了儿子,我早就和他离婚了,还伺候他?"奶豆腐苦着脸说。

周惠说:"那时候我可喜欢你了,有事就找你。"

丽丽说:"这时候也招人喜欢哪,长得多年轻啊,办事热心肠,干啥都行,我们小年轻都赶不上她。"

一个妇女说:"一朵鲜花插在了牛粪上,又臭又脏。"

"是一堆臭狗屎,哪赶得上牛粪呀。"奶豆腐说。

"反正都一样,不是好屎。"妇女说完哈哈地笑着。

第二十二章

李强回到家已经十点钟了,屋里屋外静悄悄的,小龙和爷爷、奶奶早已睡下。回到自己屋子,李强赶紧打开电脑上QQ,见托娅还在线上,李强马上打开视频,托娅出现在显示屏上。

托娅:"怎么才上来,刚回来吗?"

我在草原等你来;"可不才回来,木董事长来了,在基地研究木青结婚的事和明年工作,村里的领导都去了。你怎么还没睡?睡太晚了明天会难受的,一上午没有精神。还说我呢,轮到自己就管不住了吧?"

托娅:"看不见你我就睡不着觉,看到短信也行。你有事聊不上的时候,我很早就睡觉,躺下就着。董事长有什么指示?不光是为了木青结婚的事吧?"

李强:"木董事长听了我的计划非常感兴趣,可现在的问题是资金短缺。今年秋天如果不能按计划实施,那就得错过一年。那么多入股的地,怎么和群众交待,种还是不种,我遇到难题了。"

托娅:"村里啥意见,不支持你吗?"

李强:"村里是支持,但是资金已经用于扩建厂区、购买产品专利上,也是无能为力。"

托娅沉默了,半天没有给李强回复。李强也想着自己事,看着托娅出神。

托娅:"让我们共同想办法,没有过不去的难关。想听歌吗?我给你发一首《游牧情歌》。"

李强:"想听,看见你,听着歌,我就觉得有自信心。"

一曲《游牧情歌》随着优美的旋律,格格那甜润的声音在两个人的电脑上响起来……

青青的牧草,微风中婆娑,

奔驰的俊马,追赶着快乐,

马头琴声响,听风在唱歌,

是谁在弹奏,沐浴了爱河。

雪白的羊群,天上的云朵,

想牵你的手,一起去漂泊,

只为你绽放,深深的笑窝,

想为你唱首,游牧的情歌。

想陪你走过所有天辽地阔,

天上有鸿雁飞过,花香也飘过,

你身边一个我,深深爱着。

想为你唱一首游牧的情歌,

想陪你看完所有灿烂烟火,

夜空有繁星闪烁,湖面荡清波,

我身边一个你,深深爱着……

托娅放了一遍,李强还要听一遍,歌声表达了托娅的心情,也让李强信心倍增,两个人边听边聊,直到午夜……

瓷砖厂大餐厅里挂着拉花,正面墙上挂着双喜字,左上方写着:田再新 木青新婚庆典。二十多张圆桌都坐满了人,来宾还不断地涌进屋子,没办法，李长玺只好又在其他办公室里摆了四张桌，这样才把后来的客人安排下。一个大圆桌周围坐着乡里包世达、田美玉和九位当年的老知青，阿斯根也在坐，李强坐在包书记和田美玉中间。李长玺在安排客人入坐，木林也和他一起屋里屋外地忙着。

主持人大声宣布："各位领导，各位来宾，大家中午好！在这金秋十月五谷丰收的季节里，百泉沟迎来了大喜大庆的日子，那就是省农科院田方教授和爱人于敏的爱子田再新，和北方集团木董事长，也是当年百泉沟知青点点长木志森和周惠的爱女木青的结婚庆典。首先让我代表两位新人和新人的家属，向前来祝贺的亲朋好友表示热烈的欢迎和衷心的感谢！大家都知道，木志森同志四十年前是百泉沟村知青点点长。四十年后的今天，他又把自己的女儿派到太平川乡，在百泉沟抓农业基地建设，还把省农科院著名专家田方的儿子田再新收为爱婿。这说明，木董事长没有忘记百泉沟的情、太平川乡的恩，他在用真挚的感情和实际行动向百泉沟父老乡亲、向太平川乡群众表达和诠释广阔的农村是现代化农业企业的天地，科技兴农是乡亲们的美好前景。为此，让我们为木董事长和周惠女士对百泉沟和太平川乡的一往深情热烈鼓掌，对他们的到来表示衷心的感谢！下面请木董事长和夫人周惠到前面来。首先两位新人向你们的父母深鞠一躬，感谢父母的养育之恩，向今天来参加结婚庆典的来宾再鞠躬，向老一辈知青三鞠躬。结婚喜宴正式开始，我提议，为了一对新人的幸福，为了太平川乡人民早日过上小康生活干杯！"

各桌上的客人都举起了酒杯，碰杯声响成一片。乐队开始奏乐，女歌手一曲《我和草原有个约定》把人们的情绪带入了高潮……

坐在主桌的都是乡村领导和老知青，包书记首先提杯："各位老知青、老朋友、和村里的领导，我们共同举杯，为一对新人的幸福，也为你们老一代知青的晚年幸福干杯……"

田再新和木青开始给各桌敬酒，木志森和周惠也在给百泉沟的父老乡亲敬酒。他们一个一个地辨认着："这是刘大哥、这是李大哥、长玺的父亲。哎呀，孙大哥，我还记得你家的玉米面饼子呢，那可真香啊，现在的玉米饼子咋没那个味了呢。来，我们干一杯，杯中酒都得喝了，你们看我的。"说着话木志森一口把一杯白酒干了，其他人也都干了。

木志森走完了各桌，回到了主桌，他喝得有些多了，坐在包书记跟前，说："都喝到哪了？我这回不走了，就坐这了。周惠也坐下，给大家倒酒，我得和包书记，还有我们老知青点的喝一杯了。"

包书记说："我已经和老知青喝一圈了，就差你没喝，你先提杯吧，都等着你呢。"

木志森晃着身子站起来，说："木林你来，你到车里把我的包拿来，我有东西要用，快点！"木林应声出去，很快拿着包回来。

木志森打开包，从里面拿出一个掉了漆的搪瓷茶缸。上面印有"广阔天地大有作为"的红字。他把茶缸倒满酒，端起来对全桌的人说："我说老同学们，你们还认得这个茶缸吗？这是我在百泉沟当知青时，学校发给咱们的，你们每人都有一个。当年我离开百泉沟的时候，身上啥也没有，也没有什么能感谢李老忠村长的，我就把这个缸子留给了他。走的时候，我对他说'大叔，这个缸子留给你做个纪念吧，等我回来的那天，用这个缸子给你敬酒。'可是我一走就是四十年，李大叔没有喝着我敬的酒哇，我不是人哪，忘恩负义呀！今天当着各位同学和领导的面，我敬老忠叔一杯酒。"说着木志森又拿一个杯子倒上酒，和桌上的铁茶缸碰了一下，一口喝干了杯中酒，之后把搪瓷缸里的酒洒在地上。木志森哭了起来，说："老忠叔叔，你喝酒吧，志森给你敬酒了。我的今天是你给的，当年要是没有你的帮助，哪有今天的一切啊！你不想见我了？你走了咋不告诉我一声？今天我又回来了，把儿子女儿都领来了，我不是那忘恩负义的人，我没忘百泉沟，没忘记太平川

乡啊……"

包书记见木志森喝多了，劝他说："行了，你也不要太自责了，这不回来了嘛。别哭了，你的同学都等着和你喝酒呢。"

木志森坐下来，说："我没喝多，我一想起老忠叔心里就难过。当年你们只知道我去了工厂。要是没有老忠叔，我和周惠还不得挨批判哪？不说了，咱们喝酒。今天你们都来了，我太高兴了，特别是我的这些同学，四十年不见了，都老了。来，谢谢你们赏脸，还念老同学的旧情。共同喝一个，然后我跟每人喝一杯。"

李强见木志森喝多了，站起身来，说："各位长辈，我敬你们一杯。木董事长今天高兴，酒喝得多一些，我替他和各位单喝一杯酒。"

木志森大着舌头说："那不行，今天谁也不能代替我，这可是我四十年不见的同学呀，你们不懂。包书记咋不吱声呢？还有田乡长，来，咱们先单喝一个。"木志森又和知青们单喝，每人一杯，越喝越高兴。

"我给大家喝一首《东方红》，大伙儿听着。"木志森站起来就唱，"东方红，太阳升，中国出了个毛泽东，他为人民谋幸福……"木志森唱着忘了歌词，又坐下想。

这时一个同学站起身来提酒，说："我和大伙儿喝一杯，今天是木董事长的女儿结婚，我们——"

还没等他说完，木志森又唱起来："他为人民谋幸福……"

"我和田乡长再跟各位老知青喝一———"包书记还没说完。

木志森又唱起来唱："他为人民谋幸福……"

木志森一唱到这就忘了词，也不管谁在说话，他真的喝太多了。

派出所的一个干警接县公安局打来的电话："喂，对呀，我是派出所干警，叫张中全，是所长。"

电话里的声音："我是县刑警队的韩勇，请问你们百泉沟村是有个叫赵玉柱的吗？"

"有哇，咋的，找他有事吗？"张所长问。

"昨天晚上他嫖娼被查夜的干警抓了，想让你们通知他家属交罚款来领人，不交罚款拘留十五天。"

张所长想了想说："你看这样行不行？北方集团在百泉沟村修了一个小水坝，被人给弄开了，我们怀疑是赵玉柱干的。前一段调查他的爱人，他爱人不配合。我想就这个机会再去调查她一下，耽误你们点时间行吧？"

电话里的人说："可以，但时间不要太长，通知家属是有时间限制的。"

张所长说："那好吧，我们尽量在要求的时间内把事情落实完。"

张所长马上带两名干警上了警车，直奔瓷砖厂。

参加宴会的人们已经散了，只有木志森还在和老知青们喝酒。后厨的师傅和工作人员在另一张桌子上吃饭，奶豆腐也在其中。她今天也格外高兴，举着酒杯和一个老师傅碰杯："马师傅咱们单喝一个，一年多你没少照顾我，家里事多，来得早了、晚了的，你从来都没说我一个不字。我这人嘴上不会说，但是我心里有数，都记在心里。今天借着喜宴的机会，我敬你一杯，我先干了。"说着和马师傅碰一下杯，一口干了杯中酒。

马师傅举着酒杯说："今天看你的面子，要是赵主席在这，我可不和你喝酒，过后还不找你算账啊！好，我也干了，我最满意你这个下手，干活利索。"说着也一口干了。

这时一个小伙子来到跟前，说："赵婶有人找你，在外面呢。"

"谁呀，喝酒呢，这刚来劲，真扫兴。"奶豆腐酒劲上来了，说话有些粗。

小伙子说："来人务必让你出去见他，说是照顾你的面子。"

"什么，照顾我的面子？谁呀？"奶豆腐跟着小伙子出去了。

到了外面，张所长和一个干警站在那里等着。见奶豆腐来了，张所长说："你叫张凤兰，是赵玉柱的爱人？"

奶豆腐说："对呀，咋的了？"

"走，我们到所里谈吧，上我的车，完事我们送你回来。"干警说。

奶豆腐突然想到一定是赵玉柱出事了。她什么也没问，跟着上了警车。

派出所张所长的办公室里，张所长和一个干警询问奶豆腐："我们正式通知你，赵玉柱在旅店嫖娼被抓了，现关押在县刑警队里，要交罚款五千元，拘留十五天。找你主要是让你替他交出罚款，给他送去住宿用的行李。"干警说。

奶豆腐一听气得浑身哆嗦，说："这个王八犊子，我才不给他交罚款呢，爱咋咋的，死在里头也和我没有关系。"

干警看奶豆腐的态度，又问："前一段时间，我们向你调查赵玉柱在小坝开口子前几天的活动情况，你是不是没有说实话？"

奶豆腐低下了头……

看守所里，干警在提审赵玉柱。干警问："你们村里小坝开口子的前一天晚上，你在哪里？"

赵玉柱想了想，知道干警们在怀疑他。可是上次因为奶豆腐做证，他没被发现，今天问这个问题是想借机破案。赵玉柱回答："上次你不是问过了嘛，在家了，奶豆腐可以证明啊。"

"今天奶豆腐可说你晚上去查岗了，还说是小喜子值班不放心。可是我们问过小喜子，从来就没有值过班。那你一个晚上都干啥去了？怎么弄的一身的泥？早上回来为什么不在家里住，却在仓库里睡觉？"干警问。

赵玉柱知道奶豆腐把一切都说了，再狡辩已经毫无意义了。他低下了头，说："小坝是我放的，我把坝底挖空了……"

自从秋收完之后，丁兰一直待在叔叔家里，常去叔叔的办公室，和办公室的小张打得火热。丁兰是个有心眼儿的人，她也看出来小张和托娅的关系不一般，得知托娅正在为李强的工程筹款，她特意来找叔叔丁少中。丁少中正在办公室和小张研究工作，小张见丁兰来了，借口有事便出去了。

丁少中看看丁兰，说："今天你到星海五号楼销售中心去，看看那的准备工作做完没有，下个月想开盘售楼。"

丁兰说："我一会儿就去。叔，你知道托娅现在忙什么吗？"

丁少中对托娅十分的关注，几次想找她吃饭都被拒绝了。丁兰这样问他，他觉得丁兰有事要说，问："干啥呢，卖瓷砖呗，别的还能干啥？"

"她呀，正在给李强的工程筹款呢。这可是个好机会，你不是想让她降价吗？"丁兰笑眯眯地说。

"嗯，是个机会，怎么和她说呢？来真的，还是磨嘴皮子？"丁少中问丁兰。

丁兰把头一歪，说："就得来真的，你不说要和她挂个死钩子嘛。"

"好，你和我一起去，拿上二十万现金。"说着丁少中让会计拿出二十万元现金，和丁兰出了门。

托娅穿一件米色的羊毛衫，头上仍然戴着银头饰，中跟鞋和牛仔裤显得腿很长，洒脱靓丽。她在给客户打电话："李总，那就说定了，下午让我的财会过去，明天上午十点到货。对，打卡上就行，好，再见。"

打完电话，托娅想了想拿起电话拨号，没一会儿电话里传来一个浑厚的男人声音："喂，哪位？"

"金董事长你好，我是托娅，你身体好吧？最近忙不忙？"托娅很亲切地问。

电话里的声音："还好，不算太忙。我看你的报表了，销售业绩还不错，看来这个点设对了。怎么，你有事吧？"

托娅忙说："我是有点事想请示您，就是北方集团今年秋天要做一个大项目，可是集团眼下没有那么多资金，会影响这个规划。我想暂时从咱们销售公司挪用一笔资金，他们三个月以后还给咱们。你看行不行？"

"是李强搞的工程吧，要不你这么上心哪。哈哈！他们需要多少钱？"

托娅说："三百五十万，包括大型的灌溉设备和打井等全套工程，还要造林、修路和整地。"

电话里没了声音，等了一会儿，金董事长说话了："这样吧，也快到年终了，你让百泉沟出面跟销售公司借吧，年终结算时从村里的分成中扣下。如果他们同意，你明天就可以让他们去你公司办手续。这样行吧？"

托娅高兴地说："行行，那太感谢你了，就按你说得办。还有别的指示吗董事长？"

"没有事了，就这样吧，再见。"

托娅放下电话高兴得拍了一下桌子，吓了自己一跳。她回头看看，见没有人注意，一伸舌头笑了。她想了想，准备给李长玺打电话，刚拿起电话，丁兰和丁少中进了办公室，托娅起身让座说："两位是稀客呀，今天怎么有时间光顾我这小店了？"

丁少中说："我是想从你公司进一批楼道瓷砖，来和你谈谈价格。丁兰没事跟着走一走，最近她也到售楼处上班了，想熟悉一下业务。"

丁兰笑着说："我来过两次你都不在，当上大经理了，见一面都难，不像在百泉沟，差不多天天见。"

托娅对丁兰的印象不太好，主要因为她对李强有非分之想，听丁兰这样说，托娅随和道："我一天到晚总是去客户单位，你有事给我打电话呀，要是知道你来，我就在店里等你了，哪有找不着的呢，还是不想来我这。我要是个男同志，你早就找上门来了。"托娅故意和丁兰开玩笑。

丁兰听托娅这样说，觉得和托娅亲近了很多，说："你要是个男同志，我早就把你拿下了，还等到今天。"

托娅看看丁少中,对丁兰说:"那可不行啊,我要是有爱人你也追呀?你不成小三了嘛。哈哈哈。"托娅话里有话,开着玩笑,丁兰的脸一下子就红了。

丁少中见丁兰有些不好意思了,接过话说:"你们别扯皮了,我可是有事求你大经理的。最近我们的楼房进入楼梯间装修阶段,瓷砖的用量很大,可能得将近两万块,我说的是八十平方的。原来你给我们的价格是六十八元一块,我现在买两万块,你每块合我五十元吧。这次量大,你在瓷砖厂也能说得过去,省下的十八元,让给我八元,我给你十元,行不行?咱们接触这么长时间了,有话直说,我也不藏着瞒着,这样你有额外收入,我也得个八元钱,两全其美。"

托娅摇摇头,说:"我不和你说过嘛,那可不行,那已经是给你的最低价了,不能再低了。你要得多,我给你多打一些损耗可以,降价的可能没有。"

丁少中看了一眼丁兰,示意她进一步说说托娅。他拿起手机,假装接个电话,边说话边往屋外走,又用手捂着手机对托娅说:"你们俩先聊着,我有点急事,等会我再来。"说着他走出门外。

屋子里只剩下丁兰和托娅两个人。丁兰看没有人来,从挎包里拿出一捆钱,走到托娅跟前,把钱放在桌子上,说:"这是我叔的一点心意,早就想来了,可是他又怕你不给面子。这件事谁也不知道,你在瓷砖上照顾一下他就行了,咱们都不容易,你也得在厂子那头费心思,有的也需要打点一下。快把钱收起来,一会儿该有人来了,让人看见不好。咱们姐妹没说的,你别多心。"

托娅站起身来,拿起桌子上的一捆钱,走到丁兰面前,不由分说地把钱装回她的挎包,说:"丁兰,你不能办这种事。咱们姐妹一场,你不能让我犯错误吧。再说,瓷砖价格是厂里统一定的,我是可以适当地照顾一些老客户，可是我不能拿着群众的血汗为自己换钱。总公司信任我，就是看我能够坚持原则，不谋私利，这些是用钱买不来的。说句不客气的话，我托娅没那么贱，别说几十万元，就是几百万元也买不动我的人格。丁兰，你也知道，我在百泉沟说话好使，你知道那是为什么吗？因为我有尊严，我心里有群众，我办事有原则。本来我们可以做个好朋友，你这样一来，可就和我拉远距离了。不是我说你，听你丁叔的话，要分是什么话、什么事。这种事你还帮着他，我觉得你的胆子太大了，你能这么干，还有什么不能干的？请你回去和丁总说，我给他的价格就是最低价了，他可以去打听其他房产公司，量少的都比他的贵。不是我撵你，我还有几个电话要打，你请便吧。"

丁兰什么话也说不出来，只好低着头出了办公室。丁少中站在街头，远远地看着丁兰出来，他迫不及待地迎着丁兰走过来，到了丁兰跟前，见丁兰低着头不太高兴，他就知道事没有办成。

丁兰把包递给了丁少中，说："这个托娅和李强一样，软硬不吃。这么多钱，一点都不动心。你听她咋说的？"

丁少中问："咋说的？"

"她说，'我托娅没那么贱，别说是几十万，就是几百万也买不动她的人格。'你说这世上还有这样的人，这两口子可咋凑和了呢？我真弄不明白他们。"丁兰说这话，长长地叹了一口气，因为她在李强面前也吃了败仗。

丁少中看看手中的一捆钱，说："算我省下，早晚有一天我让他们认得我姓丁的。"

托娅又给李长玺打电话，电话通了："喂，长玺哥，大厂长又忙啥呢？是不是陪客户喝酒呢？"

李长玺刚送走木志森和老知青等客人，正陪着包书记喝水，聊着村里的工作，李强、田再新和木青也在。一曲《草原在哪里》的铃声响亮又悦耳，李长玺接过来："啊，是托娅，刚喝完酒，陪着乡里包书记、北方集团的经理们唠嗑呢。"

托娅故意说李长玺："李大哥把妹妹送出村就不管了，多长时间也不给我打个电话，叫妹妹心寒哪。"

"大哥一天忙得晚上都不知道上哪家住去了，找不着自己家门，哪还有闲空给你打电话呀？再说也没有什么事，我都知道你那的工作情况，让我放心，一点都不用惦记。还说我呢，你咋不说让大哥去你那儿旅游呢，编个理由让我去一趟呗，也好清闲几天，这一天整得我蒙头转向。"李长玺一边说着，一边看着包书记和李强笑。

托娅问："包书记在村里，一定是有大事了？"

"让你猜着了，今天木青和田再新结婚，在厂子食堂办的，人来得很多，就缺你了。这也不怨你，离得太远，没来得及通知。都是木董事长安排的，木青自己都不知道时间。"李长玺笑着说。

托娅遗憾地说："离得太远了，就是通知我，我也去不上，公司的事也是太多，离不开呀。请你转告木青和田再新，这顿酒得给我补上。"

"他们就在跟前，你和他们说吧。"

木青接过电话："我是木青。托娅姐，对不起了，我们结婚没通知你，等你以后回来，我们请你喝酒。"

托娅笑着说："还是我请你们吧，明天你和李村长、田再新、刘会计一起来吧，我请你们喝酒。"

木青说："这么远你请客，我们咋去呀？人家李村长多忙啊？"

托娅说："再忙他明天也得来，金董事长已经同意让村里从我的销售公司借钱，然后再由村里借给北方集团，你说这事李村长不来行吗？你把电话交给李村长，我和他说。明天你和田再新也来吧，一起来，再一起回去，不然在家待着干啥，就算旅游结婚了。"

李长玺接过电话："咋的，真让我去金洲哇？"

土地

托娅说:"金董事长已经同意由村里转手借给北方集团钱,这笔钱在你们年终分红时扣下,到时候北方集团还村里钱,这样村里没有意见吧?"

李长玺马上表态:"没意见。为群众办事,村里能有什么意见?再说北方集团也不是不还了,就是还不上,算村里入股也行啊。"

托娅高兴地说:"跟长玺哥办事就是痛快,明天你们早点来,把刘会计也带来,还有田再新他们两口子,让他们散散心。"

李长玺说:"你咋不让李强去呢?你是不是故意的?"

托娅说:"这事和他没有关系,他要是来了反而不好,有些人会不理解的。田再新、木青刚结完婚,他们可以代表北方集团。"

李长玺说:"我说啊!那就这么的了,明天我们早上五点起程,中午到你那吃饭。"

托娅:"好,就这样。"

包书记看看李强说:"我听着这是托娅把资金的问题解决了,能力不小哇。啥是钱少,三百多万元,就是放在乡政府也解决不了。我说李强,你们这两口子可要把咱们乡整翻个呀。"

听包书记这样说,李强此时心里除了对托娅的思念,更多一份感激,说:"我真得感谢托娅对我的帮助,她总是在关键的时刻为我排忧解难。我们共同的愿望就是让咱们村、咱们乡有新的变化。如果能做到这一点,我们就心满意足了。"

晚上,给田再新和木青闹洞房的小青年们早早就在基地院子里集结,大部分都是在基地打工的。吴江是领头,他把这一帮小伙子叫到办公室里,说:"大家小点声,你们听我安排。一会儿你们就当是来串门的,一起到木经理新房,他们问你要干啥?你们就说啥也不干,就来串个门。你们这样……"

十几个小伙子一起来到木青和田再新住的房前,一个小伙子叫门:"田村长在吗?"

"在呢,谁呀?"田再新回答。

"我是张文,我们几个想到你家串个门,没休息吧?"小伙子说。

"没有呢,进来吧,门没关。"田再新说着,出来开门。

一帮小伙子涌进屋子,屋里只有四个凳子,只坐了四个人,其他人都靠着窗台站着,木青让他们上床坐,谁也不肯坐。木青一看,基本上都是基地的工人,有三个是瓷砖厂的。她笑着说:"你们今天到瓷砖厂去喝酒了吗?"

凳子上的一个小伙子说:"都去帮忙了,酒没喝,都不会喝酒。"

木青知道他们都是来闹洞房的,她已经叫老闷娘做了一些准备,说:"正好,我让厨房给你们准备了一些酒菜,田再新领大伙儿去餐厅,晚上没啥事喝点酒。我就不陪你们了,我不能喝酒。"

"我们在家都不喝酒,又是刚吃完饭,不用麻烦。"坐在椅子上的一个小伙子说。

木青看看田再新,田再新明白木青的意思,他到办公室桌子上把一个装满糖果的茶盘拿过来,让小伙子们吃糖,可是谁也没拿糖,还是那个小伙子说:"我们都不爱吃糖。"

这时吴江进屋来,说:"你们要想喝酒,菜都摆桌上了,还都在这坐着不走,想干啥呀?还让不让人家睡觉了?走吧,走吧,都上那屋去。"

小伙子们谁也不吱声,都在那坐着,就像没听着吴江的话一样。吴江摇摇头,一副无可奈何的样子,低着头走了。

田再新又把香烟拿过来,挨着个给烟,可是都说不吸烟,又都不说话,田再新没了办法。木青数了数人,一共是十二个人,她对田再新说:"你用红纸包十二个红包,每个红包放上五十元钱。"田再新按照木青说的包了十二个红包,里面放上五十元钱。木青拿着红包,一个一个地发给这些小伙子，说："你们又不喝酒，也不吸烟，给你们发个红包，回去买点自己喜欢的东西吧。这是我和田再新的一点心意，别嫌少，都收下。到年终，还要给你们发奖金，那可就比这多了。"

小伙子们谁也没客气，都接过了红包。收了红包，小伙子们都看那个坐椅子上说话的青年。这回小青年慢慢地站起身来，说："咱们走吧，天也不早了，再待影响人家睡觉了。"他特意把个睡觉说得很重。

小伙子们一窝蜂似的出了门，但是没有回家，都到厨房去喝酒了。吴江早已等在那里，见他们回来便小声问："田村长跟过来没有？"

"没有，我们一走，他就把门插上了。吴队长，你可真高明，我们一句话没说，干得五十元钱，还能喝酒。这回咱们就放开喝吧，那俩人说啥也不出来了，这一天两人不知道盼了多长时间呢，可算到一块了，还不得那啥。"

"那啥呀？你小子还没有对象呢，咋啥都知道呢？喝酒得了，尽胡扯。"吴江笑着对小伙子说。

小伙子也回击他："都是你说的，这啥那啥的，这会儿工夫装文明了，忘了你在地里都说啥了？"其他小伙子们哈哈地笑，因为吴江平时总是逗他们。

小伙子说着又跑到外面，没有一分钟又飞快地跑了回来，他小声说："黑灯了，鸦雀无声，准是那啥了。哈哈哈。"

"别扯了，喝酒！罚你一杯，你把这杯干了，不干你不能吃菜。"吴江逼着小伙子喝酒，小伙子没有办法，只好干了一杯白酒。

这一群小伙子走了之后，田再新把门插好，回到屋子里想要睡觉，又觉得不好意思，坐在床边，拿着一本杂志假装看起来。木青一把抢下杂志，说："你小子心满意足了？忘了我要和你算账的事了吗？还想看书，跟没事人似的。你说，那次你气我咋办？"

田再新有些发怵，不知道木青怎么发落他，小心地回答："你说咋办就咋办，实在不行就跪搓衣板。对了，还没有搓衣板，要不跪椅子也行，只要你出气，什么酷刑我都能忍受。"

看着田再新那可笑又可爱的样儿，木青扑哧一声笑了，说："罚你给我脱衣服……"

田再新愣了一下，马上明白了木青的意思，说："你咋不早说呢，都吓死我了，这活我天天帮你干都行。那我可就不客气了……"

两个人马上滚在了一起……

第二十三章

　　一辆黑色的现代小轿车飞驰在车流如水的高速路上，小车拐下高速路，进入开往金洲市区的弯道。

　　田再新开车，李长玺坐在副驾驶的位置上，后面坐着会计刘福田和丽丽。李长玺和刘福田两个人头一次出远门，看着车水马龙、高楼林立的金洲市，刘福田对李长玺说："你说大城市和小县城就是不一样，楼这么高，不得住个几百户哇？"

　　"一幢楼房住的人比咱们一个村的人还多呢。"田再新接过来说。

　　丽丽说："我去过沈阳，和金洲差不多，我看这高楼也不比沈阳少。"

　　田再新看看李长玺问："李村长想啥呢，咋不说话？"

　　"我在想李强和木青没来真可惜。木青和你刚结婚，这要是坐车一起来有多好。李强已经三个多月没跟托娅在一起了，当中只见过一面，还只有一个小时。今天好不容易有机会了，这又忙着规划。有时候我一想起他们真有点心疼，经常和李强见面还觉得没什么，托娅这一走三个多月，我还真想她了。在村里研究个啥事，不用碰头，准保是同一个意见。不管是她父亲，还是谁，她都坚持原则，心里有乡亲。"李长玺动情地说。

　　田再新看看李长玺，说："别说你，就是我都想托娅姐了，一到厂子财务室看不见托娅姐，我心里空落落的。她在的时候，我一待就是小半天，和她有说不完的话。现在一到财务室，我办完事就出来。"

"你们谁也没有我和她在一起的时间多，特别是李强当上村长那时候……"刘福田没有往下说，心里也涌上一阵酸楚。

金洲市对于田再新来说那是再熟悉不过了，不用找人问路，把车直接开到瓷砖经销公司的大门口。托娅和肖作仁带着公司所有的员工在大门口等着，托娅穿了她最爱蓝色蒙古袍，戴着银头饰，脚上穿一双长筒黑色皮靴，站在几个人的前面，显得非常突出和漂亮。

车门开了，丽丽首先跑过来抱住托娅，说："托娅姐，想死我了，你咋这么长时间不回家呀？"

托娅也抱住丽丽，说："我也想你呀，越来越漂亮了。我听说你有对象了，怎么不和我说呢？我不在家你又无法无天了？"

"不是，成不成还不一定呢。李有才写上告信，我和他吹了。"

托娅又和下车的刘福田、田再新握手，说："三个月不见刘叔，年轻了呢。小新昨天当新郎官，今天就出差呀？李村长也太狠了吧？"

李长玺站在刘福田的后面，说："我找了司机的，可他听说要来金洲，非要开车来，说是想见你。"

托娅来到李长玺的面前，说："长玺哥，我太想你们了……"说着，托娅拥抱李长玺，眼泪流了下来。

李长玺也是热泪盈眶，说："多大了，还像个孩子似的。好了，还没给我介绍你的同事呢。"

托娅这才松开李长玺，给大家相互介绍，然后领着李长玺等人进了办公室。这是三个人的办公室，最里面的是托娅的办公桌，另一边是肖作仁和会计的办公桌，一套组合沙发摆在北侧，茶几上放着水果和香烟。李长玺等人坐在沙发上，托娅忙着给李长玺和刘福田点烟，肖作仁给丽丽和田再新拿水果，会计给他们倒茶。

托娅递着烟说:"我知道你们两个都抽云烟,就没给你们买别的烟。"

李长玺吸了一口烟说:"托娅妹子,在这待得习惯吗?"

托娅说:"还行,习惯,就是想家,想你们这些和我从小就在一起的乡亲。"

"时间长就好了,长这么大头一次离家这么长时间吧?"李长玺问。

"可不是嘛,哪次也没有这次的时间长。"托娅说。

刘福田说:"抽空回一趟家呗,不想孩子吗?七百公里,小车也就半天多的路程。"

托娅笑了,说:"咋不想孩子呢。这一个月好点了,头一个月的时候,我都有点待不下去了,天天想回去,可是新开公司,这一天事也太多了,有两次把车都准备好了,刚要上车,临时有事就没回去。"

李长玺说:"也是,你又是那要强的人,工作放在第一位,得跟你学习。今天的事怎么安排的,得办个手续吧?"

托娅笑了,说:"还说我把工作放在第一位呢,坐了这么远的车,刚歇一会儿就要办手续。那简单,三百五十万我已经打到卡上了,我没设密码,你在这个借据上签上你的名就完事了。"说着,托娅从自己的办公桌上拿过一张已经打印完的借据和笔,放在了李长玺的前面。会计也把银行卡放在李长玺前的茶几上。李长玺看看上面的内容,在上面签了字,又交给刘福田,让他也在上面签字盖章。

李长玺把银行卡交给丽丽,说:"这个你拿着,回去交给李强,让他给我们办手续。刘会计,你给托娅再打个借据。"

托娅拿过已经签完字的借据和入账单据,交给会计,对肖作仁说:"饭店那边准备好了吗?"

"早都准备好了,马上过去吧。"肖作仁说。

"那咱们走吧,边喝酒边聊。"托娅说。

黄海大酒店的一间包房里，音箱里传出德德玛演唱的《草原恋》，电视画面上展现出美丽的草原风光。一张大圆桌上围坐着托娅及公司的几个工作人员，还有李长玺等一行四人。身穿红色旗袍的服务员正给大家上茶点、奶豆腐、炒米、白糖和乌日莫。

"大家先用茶点，我用咱们家乡的美食招待你们好吗？"托娅问李长玺。

李长玺说："奶豆腐和炒米一上来，我就好像坐在你家吃饭似的，感觉真好。"

丽丽说："托娅姐，我想吃你做的手把肉。"

"小馋猫，我点手把肉了，先吃茶点，等一会儿！"托娅很亲切地对丽丽说。

田再新吃着一块奶豆腐说："你别说，蒙古族这种习惯好，吃点炒米、奶豆腐之后再喝酒不伤胃。"

吃过茶点之后，托娅让服务员上菜，菜很快上齐。托娅站起身来，说："知道你们要来，我昨天晚上都没睡好觉，今天一早我就在这里订了一桌。说实话，离开家乡我才体会到对家乡亲人的思念之情，才知道在一起工作时你们给我很多帮助，才知道我是多么的幸福。要和你们说的话有太多太多，说也说不完，我唱一首《下马酒之歌》来表达我的感激之情，为各位敬上一杯美酒。"

服务员打开音响，点了《下马酒之歌》伴奏曲，又拿来银碗和哈达。托娅手执哈达，一只手托着银碗，服务员往银碗里倒酒，草原音乐让托娅思念家乡亲人的感情涌上心头，也让李长玺等一行四人回想起与托娅在一起的日子，每个人都非常激动地看着托娅。

托娅眼里已有泪光闪动，她深情地唱起《下马酒之歌》，边唱边走近李长玺。

"远方的朋友,一路辛苦,

请你喝一杯下马酒,

洗去一路风尘,

来看看美丽的草原。

远方的朋友,尊贵的客人,

献上洁白的哈达,

献上一片草原的深情,

请你喝一杯下马酒……"

托娅一边唱,一边从李长玺开始敬酒……

"远方的朋友,一路辛苦,

请你喝一杯下马酒,

草原就是你的家,

来尝尝香甜的美酒。

远方的朋友,尊贵的客人,

献上洁白的哈达,

献上一片草原的深情,

请你喝一杯下马酒。

啊……"

托娅唱得眼泪流下面颊,李长玺等人被唱得热泪盈眶,纷纷干下银碗中的酒,从不喝酒的丽丽也一口干了一杯。田再新还要开车,所以没喝酒,他用矿泉水代替……

李长玺刚开了一个班组长会,重点汇报了金洲市一行,有关瓷砖的销售情况和北方集团整体规划的方案。李强做的长远规划让李长玺非常兴奋,会上除了布置生产以外,对这个规划做了宣传。会散了,留留等人还在询问土地入股北方集团的相关事项。

留留问李长玺:"我的地都入……入股北方集团,还能像今年这样分……分红吗?年头多会不会有变化呀?"

"那有啥变化,咱们得分红,他北方集团也得收入。你看人家那规划的,田成方、林成网。这要是咱们一家一户种地,那怎么栽防护林?占谁家的地?可是北方集团就不同了,二十年的承包期,到时候树都成材了,那也是一笔不小的收入。成片的土地,用大机器一种,加上水浇条件,肯定旱涝保收,它能有变化?有变化也是收入提高的变化。你们看着吧,咱们村的将来就是科尔沁地区标准的新农村。"李长玺说得兴致勃勃,留留等人听得非常兴奋。

这时奶豆腐低着头走进屋子,人们见她这样,都停止了说笑,热烈的讨论立刻停了下来。李长玺看看奶豆腐,问:"这是咋的了,蔫头耷脑的,有事呀?你们几个都回去吧,别在这胡扯了。"

几个班组长都走了,留留还给李长玺做了个鬼脸。奶豆腐见人们都走了,抬起头来对李长玺说:"我和赵玉柱离婚了,前天我去看守所,赵玉柱在离婚协议上签了字,昨天法庭就给判了。房子都留给赵玉柱了,别的我们家也没有啥,他愿意给儿子还是自己住由他,我净身出户。今天来找你,我想计你在瓷砖厂给我找个地方住,工人宿舍也行,反正我也在厂子做饭。等以后条件好了,我自己盖房子,儿子愿意跟谁随他便。"

李长玺很同情奶豆腐,年轻时对她的好感直到现在也没有变淡。听她提出这样的要求,李长玺关切地说:"要是这样,你就住在宿舍吧,还有一个单人间,是留着给客人住的,你就先住着吧。经厂里研究,上报总公司批准,赵玉柱已经正式被辞退,我估计他也不会再来打扰你了。其实这也是个好事,对你来说是一种解脱。对赵玉柱来说,这是他自作自受,应该让他自我反省一下,尝尝自己酿的苦酒。"

奶豆腐哭了,说:"我这是啥命啊?当初我就是看他有靠山,将来兴许有个出息，谁能想到他是这样的人哪。我后悔死了，要是嫁给你能有这样的事吗？你说我这是中了哪门子邪了，呜呜……"

李长玺也低下了头，说："过去的事就过去了，别这样，你以后的日子还长着呢。好好干，给儿子说个媳妇，遇上相当的，再找一个伴儿。没啥大不了的，离开赵玉柱你会过得更舒心，你有一个好儿子，将来的日子错不了。"

奶豆腐用红红的眼睛看着李长玺，说："那我谢谢你了，有李强和你在，我的日子还有点盼头。你放心，我在食堂好好干，别人干不了的活，我都能干，不能给你找麻烦。那我走了，去收拾一下屋子。"

"你先过去，我一会儿让来顺帮你收拾，一个人抬不动床。"李长玺说。

奶豆腐听李长玺这样安排，眼泪又下来了，说："谢谢你了。"

奶豆腐走了，李长玺浑身无力地坐在椅子上，看着远去的奶豆腐，半天才拿出烟来，低着头吸了起来。

基地农田规划的实施进展迅速，成片的玉米地已经被植树机划成方格，每一个方格边长两百米。沿着林网，田间公路自然形成。按照灌溉的要求，同时打上大机电井，三项电线路也开始施工。在收完秸秆的地里，大拖拉机正在翻地。基地院子进出的车辆很多，都是来加油和修理的。隔壁老闷家，老闷正在院子里套毛驴车，屋子里老白头和斯琴在用塑料袋和纸箱子装刚买回来的衣服、烧鸡和茶叶什么的。

斯琴站在一边说："我有两年没到我哥哥家去了，他也没上我家来，也不知道他身体怎么样了。"

老白头捆着箱子，说："该去就去呗，过去那点事放在心上干啥？你哥那人我知道，为人正派，就是太老实。这年头都是他儿子当家，更何况他儿子又是乡里的副书记，你哥他也是没办法。"

斯琴一提起这事脸色变得很严肃，说："我不是记我哥的仇，他也不挣钱，还说了还不算。让我生气的是刘瑞，好不容易有人给老闷介绍对象了，照实说人家就要两万元钱也不算多，可是我家分文没有哇。我是让刘瑞跟别人借，我出面没有人借给我。他可倒好，一直推拖说自己没有门子，没有有钱的朋友，当着我哥的面才借给我五百元钱。我当时真不想拿了，可是家里没钱，请媒人吃点饭，买点肉和酒什么的还得用钱。没办法，我就拿了他的五百元钱。今天我去还他，再看看我哥哥，把老闷订婚的事告诉他们，也把咱们俩的事和我哥哥咕叨咕叨。"

老白头把装好的箱子抱上和斯琴一前一后出了屋子。老白头一边往小车上放箱子一边说："到那儿别再提过去的事，把钱一还咱就不欠人情了。不帮你借钱，也许他也有难处，不然自己亲姑姑能不帮忙吗？"

"就你心眼儿好，那你给我看家吧，反正回家也没有啥事。"斯琴笑着说，随后上了车。

老白头看着斯琴，挠挠头，说："行，正好我收拾收拾鸡窝。"

老闷赶着毛驴车走远了，老白头才回屋拿出水桶和铁锹给斯琴收拾鸡窝。

被林网划成块的地，什么方向的垄都有，里面还有一些弯曲的车道，大马力拖拉机很快就把地翻成一片平坦、垄头整齐的方田。按照规划，打机电井和三项电路的工程同时进行着。李强、木青、田再新和吴江在打井工地，和工人们一起研究喷灌机和机井的合理位置。

木青指着远处的井位说："因为是两百米的方格，所以每块地中心打一眼大机井就可以，灌溉的时候还要加上主管道，喷灌机都能够得着横垄的两侧，我们在保山县就是这样做的。"

李强说："如果是那样，咱们上冻之前能完成百分之六十的打井任务，百分之七十的林网任务，秋翻能达到百分之五十。这样我们开春压力就小很多。只是资金压力大一些，因为年前有些大的设备要到位。"

吴江说："还得扩建车库，上冻前也必需建完，不然买来的机械放在露天可不行。"

"吴江说得对，这事找个建筑队，把图纸一给，地点选好就行。吴江你负责一下吧，按照咱们原来设计的图纸建就行。"李强对吴江说。

"我不管秋翻的事了？"吴江问李强。

"管哪，这活都你管。木青再看看还有什么？"

"就这些事，你按着咱们计划的进行没错，我在保山县都做过。"

"好了，就这么办了！到植树那看看。"李强说着和木青、田再新走了。

刘瑞家就住在太平川镇东头靠近一个小沟子旁边，三间砖房，东西屋，刘瑞和媳妇住西屋，刘瑞的父亲自己住东屋，孩子在双青县读高中。小院子很干净，没有种地的机械，只养了几只鸡。刘瑞的爱人是镇医院的大夫，很少在家，很多时候都是刘瑞做饭，因为他有时间，可以早一点下班。

老闷赶小毛驴车直接进了刘家的院子，把驴拴在猪圈门的木桩子上。斯琴往下拿东西，老闷抱起纸箱子，娘儿俩开门进了东屋。老刘头正在看电视，看妹妹和外甥来了，愣了一下，赶紧下地，让妹妹上炕里坐。斯琴放下包，上炕里坐下，老闷放下箱子，坐在凳子上。

老刘头有些意外，说："妹子咋来的？秋收完了吗？"

斯琴看看老了许多的哥哥，有些激动，因为有很长时间没有见到他了。斯琴问："都不在家呀？刘瑞还没下班吗？"

"他在做饭，我去叫他。厨房门关着，来人他听不见。"说着老刘头到厨房去叫刘瑞。

刘瑞正在炒菜，斯琴和老闷进来时他从窗户看见了，但却装做没看到。

老刘头说："刘瑞，你姑姑来了，先别做饭了，过去看看。"

"什么？我姑来了，好，我把这个火关了。"刘瑞赶忙关了煤气，跟着父亲进了东屋。

"大姑来了，闷弟弟也来了，我刚做饭没看见。"刘瑞解释着。

斯琴问："你没上班吗？"

"下班了，没啥事我早回来一会儿。我看时间早，就把饭做出来，省得我媳妇回来还得做，那样中午吃饭就太晚了。"刘瑞说。

其实刘瑞知道姑姑家已经盖了砖房，也知道他们都在给北方集团干话，出于对李强的成见，他不想到基地去看他们，另一方面是怕他姑姑再跟他借钱，盖房子肯定得借钱，所以他一直没有去见姑姑。今天姑姑突然来家，他不知道是为啥，可是看到地下放着的纸箱子，他又觉得是来借钱的，应该是姑姑送的东西。想到这儿，刘瑞觉得应该主动一些，就对姑姑说："大姑，我这两年也没到你家去，主要是因为前两年给老闷弟弟说媳妇借钱的事，我真有些不好意思见你。当时我家里真没有钱，儿子小海刚要上高中，又找人、又住宿的，家里的钱都花光了，想翻盖房子都没有钱，你看我这房子还是十年前盖的呢。你也知道，我妈生病也花了不少的钱，一直也没有缓过劲儿来。"

刘瑞的父亲看着妹子，也不说话，低着头抽烟。其实斯琴知道刘瑞家里当时真没攒多少钱，只是让他想办法和别人借。可是刘瑞他左一个不行，右一个没有有钱的朋友。斯琴觉得是因为自己家穷，所以刘瑞看不起她，不肯帮她的忙。她主要是生这个气，所以一直没到哥哥家来。听刘瑞刚才说的话，又是怕她来借钱，早早封门。斯琴心里十分的不悦，故意对刘瑞说："我今天来，还是为了老闷的婚事。我们村老白头给他又说了个对象，要定日子呢。人家要三万元，三间砖房，钱到就结婚。这又找你来了，今天说啥你也得把这事给我圆上，不然你这个闷弟弟可就一辈子打光棍了。这事就看你了，你当个副书记，三万元的事还不能做主吗？"

老实的老闷听母亲这样说，反应也变快了，忙说："不是说不要钱嘛，这咋还整出个三万元来？"

刘瑞并没理会老闷的话，他挠挠头，说："唉呀，这让我向谁借去？看着乡里干部一个个溜光水滑的，真要和他们借钱，还都没钱。要不我给你找找个体户吧，成不成不知道，成了更好，不成大姑你也别恼我。我尽力给你办吧，不是还得等一段时间才用嘛。"

"这就用，回去的时候就得拿着。"斯琴一本正经地说，很严肃，有些长辈的派头。

"那大姑对不起了，要是这样我可办不到，我没有那样的硬门子。"刘瑞见姑姑的态度，有些不高兴。

斯琴看刘瑞不太高兴，就从上衣兜里掏出钱来，数出五张一百元，递给站在她面前的刘瑞，说："其实我是来还钱的，大前年为了给老闷介绍对象，从你那借的五百元钱，今天还给你。当时多亏有你这五百元钱，要不连请介绍人吃饭钱都没有。刚才我是和你说笑话，你还当真了。"

刘瑞不好意思地把钱推回姑姑手里，说："姑姑，这钱我不要了，拿着买点零用的东西吧。我再没钱也比你们好过些，我们两口子都挣钱，不像你们一年到头收点粮食，剩不下多少钱。"

斯琴见刘瑞这个态度，心里的气也消了，又把钱塞回到刘瑞的手里，说："你小子是个心思重的人，家里的钱都是你媳妇当家，还以为我不知道哇？好借好还，别因为这点钱两口子闹别扭。实话和你说，我们有钱了，今年我和你闷弟弟两个人的工资有两万多元，今年十五亩地还分得七千多元，三间砖瓦房是基地给盖的，一分钱没要我们的。基地租我们房子的租金和盖房的钱相互顶了。这不，老白头又给你闷弟弟说了个对象，是他儿媳妇姑姑的女儿，一分钱不要，说给做四套行李就中，已经定了日子来看家，想请你们爷儿俩去陪亲家。"

这个消息让刘瑞吃惊不小，愣了一下神才明白过来，他有些不敢相信，说："姑姑，你说这些钱都分到手了？怎么给的呢？这是咋挣的钱哪？"

一提起挣钱这事，斯琴也是非常兴奋，说："你是问这钱都是咋挣的？那我得从头说起。去年秋天，李强当上经理以后就在我们三组选地方，还要租房子，看了十多家，就相中我家了。我那地势好，又宽敞，园子也大，离大片地还近。定下来那天，还有人不同意。"

刘瑞忙问："谁不同意？那后来怎么又租你家的房子了？"

"那个女经理和吴江不同意。李强都和我把租房子的事说妥了，吴江说：'李经理，咱们还是换一家吧。'李强说：'为什么？'吴江说：'这可是刘瑞的老姑家呀，你不知道吗？'木青在一边听了以后，也说：'什么？是刘瑞的姑姑家？那咱们换一家吧。'他们也没说是什么原因。"

刘瑞忙问："那李强咋说的？"

"李强说：'自己村的人，我咋不知道呢，那有什么关系。这个地点最合适，人家人口又清，就定这了。大婶，租你房子一年一万元，你给我们做饭一个月一千，老闷哥给我们拉人，每个月九百，行不行？行的话，我们明天就进来，从今天开始算。'我当时就同意了，你想想，连租房子那一年不是三万元吗？我的地还入股了呢，今年每亩分四百二十六元，一共七千多元。后来到了八月份，基地盖房子的时候，李强找我说：'基地给你盖三间砖瓦房，顶房子租金和占园子钱了，咱们也别细算了，细算你得找我们钱，你们家日子又不富裕。'后来我一打听，三间房子盖下来得六万元。你说我这是占了多大便宜呀。"

刘瑞问："工资和入股的钱发给你们了吗？"

"发好几天了。可别说了，差点没发成。你说也赶点，我刚要领入股钱的时候，乡里来电话说不让发了，说是怀疑村里私分公款。后来李强打电话找包书记，这才又让发的。你在乡里工作，知道是谁扯的王八犊子不？你说那当干部的一天吃呀喝的，都是谁的钱哪？老百姓一得点好处，不是私分，就是多占了。群众得一点好处他心里就难受，你说这是啥干部？"斯琴说着来气了。

老闷怕刘瑞生气，接过来说："那不是发了嘛，还说那事干啥，我哥在乡里工作呢，也不是他说的。"

"后来我寻思明白了，原来李强是乡长，你们都是一起工作的，基地给我们盖房子，用我们干活，那也是看你的面子，从这点上说我还得感谢你呀。我这光说不行，老闷把烧鸡熟食啥的拿出来，还有酒，咱们感谢感谢你哥，也让我这老哥哥解解馋。"斯琴说完喝了一口水，满脸的兴奋。

刘瑞听姑姑说的愣在了那里，不知道说什么好。看着老闷打开纸箱，拿出烧鸡和熟食，他才回过神来，说："我再炒俩菜，今天和姑姑好好喝点酒。"说着刘瑞就到外屋去炒菜，把刚才没炒完的干豆腐又炒起来。炒着菜，刘瑞心里还在想刚才姑姑说的话，'原来李强是乡长，你们都是一起工作的，那也是看你的面子呢。'这句话让刘瑞的心里仿佛塞了一团乱麻，想着自己对李强所做的一切，觉得心口一阵恶心，吐了几口酸水才好了一些。

这时屋子里传来姑姑的大声喊叫："有糊味，什么烧干了？"

刘瑞这才看见干豆腐已经炒糊了，他忙把水倒马勺里，哗的一声，一股热气冲上棚顶，整个厨房被蒸气所笼罩，刘瑞的手也被热气烫红了，一阵热辣辣地疼。

科尔沁地区的十一月份，地已封冻，一场初冬的小雪随着寒冷的西北风纷纷飘落，像是宣告冬天的来临。北方集团农业公司一年的农田基础建设工作也就此结束，进入保养机械阶段，开始准备明年生产。

在总部木董事长的办公室召开北方集团董事会议，三位副董事长、木志森、木林，以及其他在金洲的董事和总部办公室的工作人员参加会议。木林在会上通报当前各项工作情况："饲料公司和辽中面粉厂昨天发来仓储报表，已入库百分之五十的原材料，这里指的是水稻和一些杂粮，包括少量玉米，剩下的百分之五十基本上就是玉米的收购量。收购资金就现在的情况看有些紧张，因为今年的新楼刚开始销售，资金回笼还看不出来有多大的把握，不管什么情况，回笼的资金一定要保证两个厂子的原材料收购。另外一笔是农业公司借百泉沟村的三百五十万元在十二月份到期，这也是必需要还的。目前农业公司的秋季工作已经结束，整合了三万五千亩地，其中有两万五千亩达到旱能浇灌。不过资金缺口很大，三百五十万元基本上解决了打井、电力、林网和大型拖拉机等设备，一些喷灌机，收割机等大型的机械在明年一、二月份也得到位，这大概也得五百万元，李强他们正在做计划。总之，当务之急还是资金问题。人事问题，目前还没有什么变动，先维持现状，二月份再研究。下面丁经理说一下售楼的情况吧，大部分的钱都在你那压着，好几个企业都等着你的米下锅呢。"木林说完了，示意丁少中说售楼的情况。

丁少中今年盖了十栋楼，北方集团的大量资金都压在他的楼盘里，所以他这个经理显得比别的经理更重要，他还担任副董事长。饲料厂和面粉厂的用钱，还有其他公司需要的周转资金，基本每年都是这样。可是今年农业公司要用近一千万元，这是个额外负担。虽然钱是总公司的，可是丁少中非常不情愿拨给农业公司，当然这里也有对李强不满的因素，给丁兰借钱让他赔了十万元，这个账他都算在了李强身上。丁少中说："说说资金回笼的情况吧，现在有五栋楼已经开盘，可是销售不是很理想，和往年同期比销量下降了百分之三十，而且多数是贷款，交付的现金我都用在还原材料欠款上，所以我们公司手上只有不到一千万元资金。每年的这个时候两个厂子收购原材料都要用去两千多万元，给了他们，农业公司那儿就没有着落了。往年农业公司在这个时候都是收钱的季节，今年就保山县那有收入，太平川乡刚开始就投入大量资金，我认为有很大的风险。这个钱不能盲目投入，只能让他们自己想办法。另外我对农业公司现在这种做法有意见，也可以说不理解。就拿今年秋天搞的长远规划来说吧，那应该是政府行为，我们作为民营企业，没有那个义务对地方的基础设施和环境投入大量资金。我们是企业，得挣钱，要生存，赔了本根本没有人管你。再一个，对于李强这个人的任用，我在董事会研究的时候就保留了意见。原因是李强的出发点和立场与我们有所不同。从今年秋天实施农田规划可以看出，他的目的就是为了自己的家乡，为了他们村和乡里的群众。说白了，就是想搞个名堂，别出心裁。从经济角度上说，太平川乡这个基地还没有真正形成规模，就已经投入了近千万的资金，能不能收回成本我看是个未知数。我的意见是，集团的钱不能再往里投入，让他们自己想办法，今年种水稻他们村不是出钱了嘛，不也解决问题了吗？另外，李强这个人是否继续任用还值得考虑，我的意见是让他干到年终，明年不能再用了。即便用，也把他调到其他公司去，不能等他把我们拉上虎背，到了想下又下不来的那一天，那就晚了。"

丁少中的话音刚落，另一位副董事长说："我看丁董事长说得有道理。都为群众服务了，那我们企业怎么办，还怎么生存？一千万的投入不少哇，一旦收不回来，我们企业就陷到那了。"

"我也同意丁董事长的意见，请木董事长考虑。"另一位副董事长说。

"同意丁副董事长的意见。"一位董事说。

木林看了同意丁少中发言的两位副董事长和一名董事，心里就明白是怎么一回事了。这几位的房子都是去年丁少中经手安排的。每户给了近十万元的优惠，别人不知道，木林却知道。关于李强的问题一定是丁少中事先做了工作，所以木林没有回应，等着父亲的意见。

木志森对丁少中的意见没有什么反应，还想听听其他人的意见，这时他的手机响了，他看手机上显示的是陌生号码，想了想接通了电话："喂，哪位？我是木志森。"

情系太平川

手机里的声音："木董事长你好，我是双青县县委书记明海，我们见过面的。明天我们县里要召开农田基本建设总结大会，我代表县委请你参加，县委有重要的事和你商量。"

木志森见过明海，听明海这样说，他想了想道："好吧，我准时参加，明天见。"

木志森放下电话，对与会的人们说："今天的会就到这，我要去双青县开个会，回来我们再继续研究。木林，让司机马上备车，今天晚上去双青县住。"

木林说："马上就走？不吃中午饭了？"

"路上吃吧，节省一些时间，不然晚上到不了双青县。"木志森说着拿起手包，穿上风衣。木林把牙具交给司机，跟着木志森出了办公室。与会人们还没来得及走，木志森就已出门上了车，小车快速驶出了总部大院，汇入车流之中。

赵玉柱放水坝的事，法院判了他两年徒刑，缓期三年执行，方志南打了出租车把他从法院接了回来。对百泉沟他有一些忌讳，所以没有送赵玉柱回百泉沟，让出租车司机把赵玉柱送回了家。

赵玉柱剃了光头，还穿着出门时穿的衣服，经过两个月的看守所生活，他脸色苍白，胡子很长，整个变了一个人，就像是街头的乞丐一样。赵玉柱下了出租车，胆怯地环视一下街头，见二迷糊家门口有人走动，他低着头赶紧进院。大门用麻绳绑着，系得很结实，他马上明白奶豆腐已经走了，这个家有一个多月没有人来过。院子里悄无声息，麻黄草被鸡刨得到处都是，屋门上着锁。赵玉柱伸手摸了一下门框上边，钥匙还在。他急切地打开屋门，里外屋看了一遍，见屋子里的东西一样不少，还是像奶豆腐在的时候那样整洁，只是平柜里多了几瓶白酒。他出门的时候家里没有酒，看来这是奶豆腐留给他的。看着这几瓶酒，赵玉柱不由得流下了眼泪。他知道这是奶豆腐留给他的念想，知道他爱喝酒，虽然离婚了，临走还给他买了几瓶白酒。其实

土地

赵玉柱是很爱奶豆腐，年轻时两人是形影不离，年纪大了虽然经常吵架，可是从心里说，赵玉柱还是很佩服奶豆腐的为人处事。他拿起一瓶白酒，回想着这些年与奶豆腐的夫妻生活，不由得失声痛哭："奶豆腐哇，我对不起你呀！我不是人哪……"

哭够了，肚子也饿了，他又到厨房来做饭，看着干干净净的灶台，整整齐齐的碗筷，碗柜下面的坛子里有荤油，旁边还有一大瓶新买的色拉油。赵玉柱走之前都没有这些东西，这是奶豆腐临走时留给他的，看着这些，赵玉柱又哭起来，一边哭一边往外走，他要抱柴火做饭。一出屋门，见二迷糊、吴凤海等五六个群众都背着麻黄草进了院子，还有用小毛驴车拉的，赵玉柱愣住了，他们都是他让上坨子割麻黄草的群众，还有几个空着手来的。

吴凤海首先说话："大兄弟回来了，这咋还把头剃了呢？在里头不让留头吧？"

赵玉柱不知道说什么好，就势坐在秤上，低着头说："麻黄草不收了，我都这样了，你们还拿这来干啥呀？"

一个群众说："那你说我那十亩地就白种了？就割了几百斤，你还不要哇？可坑死我了。早知道你办这事，管我叫爹都不能种。这整的啥事呀？"

"你说我累死累活地割半个月麻黄草，到头来还不要了。你不是说别人的不要，也得要我的吗？这咋的了？你找唐老板，事没办成啊，还有点希望没有？"吴凤海又气又急地问。

赵玉柱低着头说："我是说过这话，等我上班挣钱赔你工钱还不行嘛。这麻黄草是说啥也不要了，爱咋咋的吧，我也没办法。"

吴凤海瞪大眼睛，说："什么？你还想上班哪？你已经被厂子开除了，你不知道哇？别说是工会主席，就是想当工人也不行了。"

赵玉柱一听这话，头嗡的一声，就觉得天旋地转，头一歪倒在了秤上，人们吓得大声喊："老赵你咋的了？老赵！赵玉柱！快掐人中！"

第二十四章

　　人们把赵玉柱扶起来，吴凤海给他掐人中，赵玉柱醒了过来。只听他"啊"了一声，睁开眼睛看着吴凤海问："你才说什么，把我的工会主席给撤了？连工人也不让当？"

　　吴凤海怕赵玉柱再晕过去，说："工会主席是撤了，让不让上班我不知道，哪能不让上班呢，一个工人有啥呀。"

　　一个小青年说："班也不让上了，我听李厂长说的。"

　　赵玉柱这次没有倒下，他心里明白，这是真的。以后他只有种地的份儿了，自己种地，自己做饭，一个亲戚朋友也没有。想到这，他感到非常的恐惧，非常的无助，只觉得天旋地转。人们看赵玉柱两眼发直的样，都有些害怕，有人把麻黄草放在地上就走了，说："我这是八十五斤，放你这了，啥时候收啥时候算吧。"

　　"我的也是，这是一百二十斤，有空你称称。"

　　"我的九十四斤。"

　　"我的七十斤。"

　　人们把麻黄草放在地上就走了，弄得满院子都是。

　　吴凤海见人们都把草放在院子就走了，他对赵玉柱说："我就等你的信儿了，啥时候都行，没事我走了。"说着吴凤海匆忙走了，也怕赵玉柱再晕

过去。

赵玉柱好办天才清醒过来,这才去抱柴火做饭。

双青县秋季农田基本建设总结表彰大会在县会议中心举行,大会主席台上方一条横幅上写着:双青县2008年秋季农田基本建设总结表彰大会。主席台前坐着县委常委,明海书记在发言:"总之,今年的农田基本建设规模大、速度快、有突破,打破了以往统一要求修畦田、挖水沟、打小井模式。因地制宜,以大机电井、大喷灌机、全覆盖和林网化为主,解决了科尔沁沙地不能灌溉的难题。最值得推广的是北方集团在太平川乡完成两万五千亩沙地的打井、秋翻,三万亩的林网建设。也就是说,太平川乡完成了两万五千亩沙地的打井、喷灌、田成方、林成网,成了真正意义上的旱涝保收田。当然,这个工程完成了一大半,明年春天种地之前将全部完成。今天,我们也把北方集团的木董事长请来参加会议。你们可能还不知道,木董事长是下乡到太平川乡百泉沟村的老知青。四十年后的今天,他响应党中央科技兴农的号召,再次来到我们科尔沁草原。用他的话说,要和太平川乡的农牧民一起过日子。让我们以热烈的掌声,对他这种与农牧民情同兄弟的感情表示感谢!前一段时间,全县热议李强辞去乡长到北方集团去当农业经理的事,很多人不理解,认为他是奔钱去的。今天你们再到百泉沟去看看,那里的群众今年收入多少,水稻又种得怎么样。前些天电视台的专题片我想大家都看到了,看着像江南一样的百泉沟,就是对李强去当经理的最好解释,就是李强对他家乡父老乡亲们的真情写照。李强对农牧民的感情,对土地的保护和对国家粮食安全的远见卓识,值得我们全县干部学习。虽然今天他没有到会,我还是代表县委县政府,对他为农牧业与企业有机结合,实施科学发展,加快社会主义新农村建设,探索科尔沁地区农业发展的新路子,表示衷心的感谢!……"

包世达和刘瑞参加了会议,他们两个坐在一起,包世达小声对刘瑞说:

"关于乡长的任用，明海书记昨天和我说：'我认为你推荐的刘瑞当乡长还不够格，最起码没有李强那种对群众的感情。在种水稻的问题上，我认为他的做法不阳光，所以我在常委会上提出用田美玉，希望你加强对刘瑞的教育，如果他再不改变，就把他从副书记的位置上撤下来。'我也和明海做了解释，说你已经认识到对李强的态度有所偏激，决心改正。"

刘瑞无言以对，过了一会儿说："我知道错在哪了，你看我以后的行动吧。"

主管农业的副县长在宣读县政府关于农田基本建设当中，成绩突出、对全县农田基本建设有贡献的获奖单位和个人："奖励北方集团三百万元，奖励绍海镇一百万元，奖励和希吐镇五十万元，奖励白音花苏木三十万元，奖励百泉沟村三十万元。获奖单位代表到台上来领奖。"

木志森等获奖单位代表上台，每人手里举着获奖金额的大牌子，阿斯根也在台上。大喇叭里播放着运动员进行曲，响起热烈的掌声……

赵玉柱喝了一天酒，四瓶酒喝没了两瓶，桌子上放着一锅土豆炖白菜。昨天群众给他送麻黄草，又告诉他已被瓷砖厂辞退的消息之后，他觉得自己彻底完了，没法再见村里的乡亲。可是他又想到儿子赵凯，觉得去他那还是可行的，省得在村里抬不起头来。晚上他到小卖店给儿子打了个电话，没有想到被儿子说了一顿，赵凯不让他去，说没有地方住。赵玉柱彻底绝望了，一早起来就开始喝酒，就着昨天晚上炖的土豆白菜，两瓶白酒喝光了，他精神恍惚，忘记了发生过的一切，觉得自己是个村长，在和村里的人喝酒。他要出去方便，顺手拿起桌子上刚打开的一瓶白酒，一边下地一边喝，东倒西歪地向外屋走去，一出屋门，一个跟头摔在地上，把酒瓶打个粉碎，酒洒了一地，没等起来，他就睡着了，裤子尿湿了都不知道。不知睡了多长时间，他被冻醒了，坐起来，从身上摸出一盒烟，哆哆嗦嗦地抽出一支，又从兜里拿出打火机，打着想点烟，可是一下子点着了洒在地上的白酒，忽的一声着了起来。赵玉柱的袖子着了，烧疼了他，他拍打着，赶紧爬到一边。看着已经烧着的麻黄草，赵玉柱笑着说："咋的？不服哇？当村长就得用大火点烟，哈哈哈……"赵玉柱疯了。

火越着越大，过路的群众看见了，大声呼喊："着火了！快救火呀！"人们从四面八方赶来。李强刚从基地回来，听见喊声就奔过来。救火的多数都是老人和妇女，李强在大火前接过群众端来的水往火上浇。仓房着起来，已经救不了了，李强站在大房子前面，把人们端来的水泼向火舌，赵玉柱在一边傻笑着。火势渐渐弱了下来，仓库已经烧落架，火焰再次冲过来。李强手里拿个扫帚不断地拍打着冲过来的火焰。火被扑灭了，可是大房子的窗子被火烧坏了好几扇。李强想拿手机打电话，可是怎么也找不到，身上都翻遍了就是没有，他猜想可能是掉到火里给烧了。

此时李长玺等瓷砖厂的工人来了，看见李强也在这，李长玺过来向李强询问情况："怎么着的火？谁发现着的？"

"不是我发现的，听到人们喊我跑过来，到这已经救不了了。幸亏赵叔没被烧坏，你看他还笑呢，可能精神失常了。"李强拍打着身上的灰说。

"真疯了，烧成这样他还笑呢。"

"长玺哥你看这样吧，你回去以后让奶豆腐给他儿子打个电话，让他回来照顾他父亲，就安排在瓷砖厂工作吧。人疯了，再没有人照顾那可不行。奶豆腐说啥也不能再照顾他了，只有他儿子还有可能。尽管他过去犯过错，可是现在人疯了，已经什么都不知道了，我们不能看着不管哪。"李强用请求的目光看着李长玺说。

"他也就是疯了，要是好好的，可不安排他儿子。你瞧他都干了些什么？属狼的，咋整也交不下他的心。也就是你，他咋对待你的，还管他？"李长玺有些不太情愿。

北方集团的董事长会散了，办公室里只剩下木志森和木林两人。木志森给李强打电话,可是占线,电话里传来无法接通的语音。木志森想了想又给托娅打电话,电话通了:"喂,包经理吧?"

电话里的声音:"我是托娅,木董事长有事吗?"

"打不通李强的电话,有重要的事要通知李强,你到我的办公室来一趟,我想让你转达。"木志森说。

电话里的声音:"好,我这就过去。"

很快托娅就到了,一进屋托娅就问木董事长:"什么事,你说吧。"

木志森抬起头来看着托娅说:"我们刚才开了董事会,主要研究了李强的工作问题,决定让他来金洲当副总经理。按规定,要经这一级干部提供一百四十平米的住房,配备一辆小车,这是车和房子的钥匙,就交给你了,请你通知他马上到金洲上任。你可以回去把他接来,把孩子也接来吧,咱们这有条件很好的幼儿园,你和小张说一声,让他给你联系一下就行了。"

托娅没有想到这一切,她愣在那里,下意识地说:"谢谢董事长,谢谢!"

木董事长笑着说:"这回你们可以团聚了,快去接他上任吧。"

托娅也不知道是怎么离开北方集团总部的。回到办公室,她想了想先给小张打电话:"喂,小张,有一个事请你帮一下忙,你给我联系一下你们公司的幼儿园,我要把儿子带来入园。对,马上,大后天就来。好了,谢谢你。"

她又把常小宝叫到办公室:"小常,你拿着这把钥匙,把北方集团新配给李强的汽车开回来,明天一早我们回家。"

小常觉得意外,说:"怎么,北方集团给强哥配车了?好,我这就去开回来。啥牌子的?"

"大众的,快去吧,回来咱们上街买东西。"托娅忙着收拾桌子。

托娅兴奋得晚上没吃饭,在附近小饭店买了几个包子,一边吃,一边在电脑旁等着。还是打不通李强的手机,她给父亲打电话,父亲说李强在家,听说他去赵玉柱家救火了。

李强从赵玉柱家回来已经天黑了,换了换弄脏的衣服,吃过饭忙打开电脑,见托娅已在线上,点开视频,托娅出现在显示屏上,李强向她摆摆手。

托娅表情很严肃,认真地看着李强。李强不知道托娅这是怎么了,忙给她发信息:"你怎么这么看着我呢?"

托娅:"我看看你长什么样,咋那么让人喜欢。"

李强:"这又咋的了?谁又打我的主意了?"

托娅:"木董事长看好你,把你调到总部当副总经理了,让我明天用配给你的小车去接你,我都让小常把车开过来了。明天一早我回家接媳妇去,哈哈哈!"

李强不明白,马上回复道:"前几天木青还说有几个副董事长要撤我的职,会议中断才没有往下研究,这又调我到总部当副总经理,不可能。你是不是要让我去给你当副经理呀?"

托娅:"是真的,我打你电话,老是打不通,怎么回事呀?"

李强:"在赵玉柱家救火时手机被烧了,我刚从那儿回来,赵玉柱疯了,着那么大的火他还在笑,没把他烧伤命够大的。"

托娅:"这回他啥都没了,那么要强的人接受不了的。"

李强不太相信托娅说的话,李强说:"你明天真回来?"

托娅:"是真的,我早上吃完饭就走,晚饭前赶到家。"

李强:"我怎么觉着不可能呢,明天我得找木青问问。"

托娅:"傻样吧,我都拿来房子和车的钥匙了,你还不信。木董事长对我们的情况非常了解,亲口对我说,让我回去接你。你看这领导,多体谅人,就知道你想让我回去。"

李强:"干不干副经理无所谓,你可快回来吧,我都要想疯了。"

托娅:"我干脆不回去了,让你想疯算了,好和赵玉柱搭伙。网上就得疯传,两个多年对立的村民,一夜之间全疯了,在大街上唱二人转呢。哈哈哈!"

李强:"要真是这样,我在北方集团就算是站稳了脚跟,可以为乡亲们致富做长远打算了。你知道我的手机铃声为什么是《我的根在草原》吗?"

托娅:"我怎么不知道,你就想当草原的一匹骏马,永远奔驰在草原上,还想变成一只雄鹰,永远俯瞰着草原。我把这首歌发给你,让我们再听听这首让你心潮澎湃的歌曲吧。"

托娅把一首《我的根在草原》发给李强,两个人的电脑同时响起令人激动的旋律,德德玛那圆润高亢的音色把两个人带到了辽阔的草原……

"走遍了山山水水,

美不过辽阔的草原,

听遍了四海歌声,

还是牧歌最动人,

我是父亲心爱的骏马,

永远奔驰在草原,

无论在哪里,

我的根在草原,

啊嗬嗨……"

激动的李强回复托娅:"我们俩是草原的儿女,家乡就像是马鞍,我们都在上面长大成人。我也发一首家乡的歌曲《雕花的马鞍》,让我们一起分享那成长的快乐。"

托娅:"好哇,此时我就想听这首家乡的歌曲。"

李强把《雕花的马鞍》发给托娅,马头琴的前奏立刻从他们两人的电脑音响中传出,显示器上出现了草原的画面……

土地

"在我很小很小的时候,

很小的时候,

有一只神奇的摇篮,

神奇的摇篮,

那是一副雕花的马鞍,

啊哈嘿……

伴我度过金色的童年,

金色的童年……"

乐曲声中,激动的托娅发给李强一个飞吻,李强发给托娅一个拥抱,又在显示器前展开双臂。看着李强的动作,托娅非常甜蜜地笑了……

一辆黑色的小轿车飞驰在高速公路上,托娅看着车窗外一闪而过的村庄、田野和弯弯曲曲的小河,心早已飞向自己的家乡,飞向父母、小龙和李强。她专注地看着前方。

她不时地问常小宝:"还有多远?"

"托娅姐太心急了吧,我们还没走三百公里呢,早着呢,你眯一会儿吧,要不就听听音乐。"常小宝说。

"那你放点草原歌曲吧,有《走不出我心中的草原》吗?"托娅问。

"有,什么歌都有,草原的歌最全了。我给你找。"

一首《走不出我心中的草原》的音乐响起,腾格尔那豪放、深情的带有蒙古人特有的激昂的声音回响在耳边……

"告别了滚滚的草浪,

告别了缕缕炊烟,

牵着额吉含泪的视线,

去尝那苦中的苦,甜中的甜……"

李强家的窗前停着一辆大众牌小轿车,透过屋里的灯光,可以看见炕上坐着很多人，在院外就能听见大人的笑声和小龙的喊叫声。

李强住的屋子里，炕头上坐着双合尔和他老伴，前面的小桌子上放着奶豆腐、炒米、白糖和奶皮子。挨着双合尔的是李大路、其其格，挨着双合尔老伴的是阿斯根和他老伴，还有托娅的叔叔、婶子、李强的姑姑、姑夫。大家围坐一圈。李强在给大伙儿倒奶茶，托娅抱着小龙坐在凳子上，小龙搂着妈妈的脖子不松手，生怕她再走了。

双合尔喝了一口奶茶说："托娅长得越发漂亮了，像个城里人，在家里总觉着你愣头愣脑的，现在看着你变了，成熟了很多。老话说得好哇，圈里养不出千里马，还是外面锻炼人哪！"

阿斯根骄傲地说："托娅在村里说话办事也顶事呀，不是我当面夸她，一般男人办事不如她。"

托娅不好意思了，说："爸，你就别夸我了，忘了你说我没鼻子没脸的。我也不像你说得那么好。刚去半个月的时候，我都想跑回家来，实在是太想家了，太想我妈和孩子了。"

李强说："别不好意思，你得说：'过讲了，谢谢。'"

"哪都有你，你看着小龙。"托娅笑着要把小龙给他。

可是小龙就是抱住托娅不松开，还大声喊着："不要爸爸，要妈妈，晚上睡觉妈妈还摸我小屁屁。"

小龙的话把大伙儿都逗笑了，其其格说："你真要把小龙带去？到那没个家里人看着能行吗？在家都和小凤玩惯惯儿的了，再说我也想他呀。"其其格眼泪流下来了。

"妈，你不用担心，那儿的幼儿园非常专业，孩子们一进去就不想出来。我和李强都在那儿，你放心吧。要是想小龙了，我们就回来，或者李强下乡时候带回来也行。"

阿斯根的老伴也是眼泪在眼圈里转，说："两天不见还想呢，这一走不

得一年半载的,那得多惦记呀?"

双合尔喝了一口茶,说:"嗯,我的小重外孙子都到城里去了,时代变化真快呀,一匹小马驹跑出草原了。哈哈!太姥爷要是想你了怎么办哪,这么远又不能去看你。"

李强说:"爷爷。你要是想他了,就给我打电话,我让他回来住些天。"

"话是么说,这要是上学了,还不得耽误学习?我们看不看的有什么,学习要紧,再说路途多远哪。"双合尔有些伤感地说。

托娅见爷爷有些难过,说:"爷爷,你不用担心,什么五一、十一、寒暑假都能回来,不耽误学习。"

"那还差不多。唉,人老了发洋贱,想这个、想那个的,都想走了就不想了。"双合尔说着眼里含满了泪水。

李强和托娅知道爷爷是因为他们两个都要走了心里难过,看着爷爷落泪,李强和托娅两人也都非常难过。

一家人都知道双合尔拿李强和托娅当宝,从小到大,就李强上学算是离开过爷爷,爷爷盼着他们出息了,却又要离开。老人难过让所有的人心酸,屋子里静静的。

小龙看看妈妈,又看看爸爸,看所有的人都不说话,他以为妈妈还要走,哇的一声哭起来:"妈妈不走,呜呜……"

托娅忙哄小龙:"妈妈不走,是爷爷奶奶要走。"

"爷爷、奶奶也不走,呜呜……"小龙一听爷爷奶奶也要走,又哭了起来。

托娅好半天才把他哄好,知道小龙愿意给爷爷摘"辣椒",就对小龙说:"对了,你还没给爷爷、奶奶摘辣椒呢,小龙要走了,得给大家都摘一个辣椒吧。"

小龙一听要他摘"辣椒",马上伸手去摘,先摘一个送到奶奶嘴里,又摘一个送到爷爷嘴里,看别人离得远了,小龙就用手扔,摘一个扔一个,离得更远的人,他还用力扔过去,逗得大家一阵笑。

李强又纵容小龙:"小龙还没给大伙儿飞吻呢,还会不会了?"小龙又用小手在自己的嘴上吻一下,再把小手按在爷爷的嘴上,直到都给了飞吻才回到了托娅的怀里。大伙儿笑着,其其格和阿斯根老伴抹着眼泪。

人们都回去了,屋子里只剩下李强、托娅和小龙,小龙显得非常兴奋,怎么哄也不睡觉,就在炕上闹。李强忍不住要拥抱托娅,小龙赶忙跑过来用力拉开李强,不让他碰妈妈。小龙怕爸爸还抱妈妈,干脆躺在两人中间把他们隔开,时间长了小龙就睡着了。托娅悄悄地把小龙放在一边,给他脱衣服盖上被子之后,看看窗帘严不严实,又下地把门插上,回过身来,见李强已经朝她走来,两个人对望了一下,立刻抱在一起,急切地亲吻着……

早饭过后,李强不想惊动乡亲们,准备悄悄地走。还没等托娅和李强装完衣物,三胖领着小凤来了,后面跟着膘子、二迷糊、官布和他的老伴等很多乡亲,随后吴江和吴凤海、老白头也来了。本来小龙已经穿好衣服就要上车走了,见到小凤来了跑过去拉着小凤就跑,一转眼不见了踪影。

李强看乡亲们都来了,放下手里的包,把他们往屋子里让,可是他们谁也不进屋。

膘子说:"强子,我没曾想你当经理给我们带来这么多的好处,这回你又当上副总经理,还管乡亲们种地的事吗?"

"总经理不光是管种地事的,将来还要管你们盖楼房、办工厂、修公路、等等,管的事更多了,你就放心吧,我不会离开乡亲们的。不好意思,惊动乡亲们了,这么早就来送我,真让我感动。大家都回去吧,你们这样,好像我要远走高飞了似的,让我都不好意思走了。"

二迷糊问:"你走了我咋心里没底呢?你还管村里的事不?"

土地

　　膘子说:"强子没事常回来看看,有你在我们心里踏实,我也知道你没离开我们,还要给我们种地,可你一走我心里就不好受……"

　　膘子说着眼泪在眼圈里转,说不下去了。

　　李强很感动地说:"我人走工作没走,这回我的根扎实了,今后我就管你们种地的事,请你们不用担心。"

　　吴江过来说:"强哥快走吧,人越来越多了,一会儿走不成了。"

　　小龙和小凤从房子后头出来,三胖跟在后面。

　　托娅抓住小龙,说:"别跑了,跟胖妈和小凤再见。"

　　三胖抱起小龙问:"小龙,你走了,想不想胖妈?"

　　小龙想了想说:"胖妈也去。"

　　三胖问:"要是胖妈不去呢,你想不想我?"

　　"胖妈不去,我不去,小凤姐姐也不去。"小龙说。

　　三胖眼泪流了下来,亲了小龙一口,说:"小龙,你要是想胖妈了就给我打电话,不会让你妈妈告诉你,听着了吗?"

　　小龙给三胖擦眼泪说::"胖妈不哭,我不走。奶奶说给你割猪草,捶背。"

　　托娅把小龙抱过来,说:"嫂子别难过了,我们会经常回来的。小龙别闹,和小姐姐再见。"

　　小龙下地跑到小凤跟前,一只手拉着小凤,一只手拉着三胖,往车上拽,说:"走,我们都走。"

　　没有办法,李强把小龙抱上车,小龙在车里又哭又叫,托娅让常小宝快开车,车子开出院子,小凤也在院子里大哭起来,三胖一边哭一边哄小凤,怎么哄也哄不好。

　　小车驶出村子,就看见有很多人站在公路上,车到了人们跟前停下来,李强和托娅下车。李长玺等一群工人涌上前来。李长玺走在前头。

李强和工人们握手，说："你们怎么都来了，不耽误上班吗？"

李长玺说："我说了算，车间工人休息一会儿，都来送送你。这是工人们一致要求的，不是我请他们来的。"

李强很感动，说："乡亲们，你们的心意我领了，其实我没走，还在这里工作，只是管的事更多了。长玺哥，你领工人回去吧，不要耽误生产。"

李长玺来到李强的跟前，他从兜里拿出一个小盒子，打开盒子，从里面拿出一个玉观音，对李强说："李经理，你还记得这个玉观音吗？你六七岁的时候，在我母亲面前，咱们俩争着要戴这个观音。可是我母亲谁也没给，我是他亲儿子，她也没给我。从你上大学，给你借钱交学费时我才知道，她有多疼爱你。她死的那年你不在家，她临死的时候对我说：'长玺，这块玉观音要保存好，将来强子准有出息，他要是回家乡来工作，你就把这块玉给他，它会给百泉沟带来好运。今天你接任北方集团的副总经理，这块玉该给你了，你阿妈生前的愿望实现了。可惜我妈的命不好，如果她能亲手交给你那有多好……"李长玺说不下去了，眼泪在眼睛里打转。

李强接过玉观音，儿时的记忆和上大学时李长玺的母亲用大牛换来钱让他交学费，而她自己因为阑尾炎穿孔死在家里的一幕幕在眼前闪过。想到这位疼爱自己的阿妈对自己有如此的期望和深情，李强不由得流下了眼泪。他握着李长玺的手说："我们只有努力工作，才能对得起死去的阿妈，我们不会让阿妈失望的……"

李强和托娅正要上车，忽然赵玉柱的儿子赵凯来到李强面前跪下，说："李经理，我替我的父亲向你赔罪了，我爸他对不起你。赵凯在这给你磕头了，感谢你的大恩，给了我工作和照顾我父亲的机会。"

李强赶紧把赵凯扶起来，说："你这是干啥？他有错也是你的爸爸，今后你要照顾好他，在厂里好好工作，这样才对得起乡亲，对得起你的母亲。"

此时藏在人们背后的奶豆腐号啕大哭起来。奶豆腐走过来，边哭边抓着李强的手，说："我们一家对不起你呀，将来就让我儿子报答你的大恩大德吧……呜呜……"

李长玺对李强说："你快上车吧，让人受不了。"

上了车，李强对小常说："咱们去基地看看木青，从那儿直接走。"

小常把车直接开到基地，老远就看见门口站着几个人，原来是木青、田再新、老闷和他娘，还有胖子和丽丽也在那等着李强。

车停在人们面前，李强下车，说："你们这是干啥？以后我得常来呢，说不定哪天我又回来了。木青家里有事没有，在这度完蜜月不回家了，怎么说来着，乐不思蜀吧！"

木青笑了，说："这多清静啊，连个汽车的声音都没有，只有鸡、鸭、鹅、狗和小鸟叫声，一回家见到满街的汽车烦死了。我没有事，刘副经理已经做完了保山县那面的工作，我放年假了，我爸说让我待到过年。把这个给嫂子带上。"

托娅要下车，木青不让，说："快别下来了，孩子该哭了。"

木青又说："给嫂子打电话，不是我有事，是他们有事找你。"

李强握着老闷和胖子的手说："什么事呀？有事打电话呗，和木青、田再新说也行。大娘，你多保重，干活不要太累了。"

老闷娘抓住李强的手，说："孩子，我等你是想告诉你，我们老闷订婚了，腊月初八结婚，到时候请你来喝酒。别人不来行，你和托娅、木青、田再新不来可不行，没有你们，我们老闷这辈子就打光棍了。这酒你们说啥也得喝，听着没有，大娘就求你这一个事。"

李强高兴地地说："是嘛，那我说啥也得来。"

木青说："还有一个喜事呢，白板的父亲和大娘也一起办。我说让他们现在就住在一起，大娘说啥也不干，还老封建呢。"

"哎呀，那可太好了，双喜临门，那更得来了。"李强说着，看胖子和丽丽站那不吱声，就问："你们不也在谈恋爱嘛，什么时候结婚哪？要不一天得了，我来一回，喜酒喝个够，别的啥事也不用干。"

胖子往李强跟前走了一步，说："李经理，告状信不是我写的，我——"

没等胖子说完，李强接过来说："我早就知道不是你写的，谁写的我知道。你这么正直的孩子怎么可能干那没有根据的事呢。丽丽不用再怀疑有才了，你们好好处，我和托娅还等着喝你们喜酒呢。"

托娅在车里喊："丽丽结婚我给你主持，不能找别人呀！"

丽丽高兴地说："你要不给我主持，我就不结婚了。"

托娅的手机响了："喂，包书记，别麻烦了，好，我们这就过去。李强，包书记让咱们去一趟。"

李强向木青等人告别："好了，再见。包书记找我有事，正好我想见他一下。"

小车到了乡政府门口，只见包书记、田美玉、刘瑞等乡干部都在大门口等着。李强下车和乡干部们握手。

李强和包书记握着手说："太不好意思了，还让你等在这里，我又不是不回来了，麻烦你的时候在后头呢。按照我们的计划，来年基地要重点建设太平川乡，你得支持我们。"

包世达和田美玉两人对视了一下，笑着往前看，包世达说："不是我送你，是他要找你。"说着示意前面的刘瑞在等他。

李强走过去，刘瑞也迎着李强走来。

李强客气地问："你找我有什么事吗？"李强站在刘瑞的面前。

"我有些话想和你说，还有些不明白的事想问你，你能回答我吗？"刘瑞很真诚地说。

李强专注地看着刘瑞,说:"当然能,有什么话你说吧。"

"上告信是我写的,不是李有才写的,这你知道吗?"

"我当然知道,李有才那么好的小伙子怎么会写上告信。不过我不认为上告是个坏事,相反它让我们的工作少出漏洞,我得感谢你。"

"你是在嘲笑我?"

"不是,就是你不告我们,可能还有其他什么人对企业实施监督,这很正常。时代变了,人们对社会的认识也在变。"

"你调到北方集团去当副总经理,证明你走企业之路成功了。你的成功还在于群众今年的收入大幅度提高,我姑姑家的变化让我明白了你为什么选择辞去乡长去当企业经理,也纠正了我对你的误会和偏见。你初当乡长,我认为你年龄小,赶上了大学生当村官的幸运时机。然而这两年的工作证明,是我错了,我低估了你的人格和水平。我佩服的人很少,我这人很自负,工作上的事没有我拿不起来的,也可以说没服过谁。可是像你那样得到上级领导的重用,又得到企业的青睐,我不明白,你为什么能够那样来去自如,在群众中如鱼得水,一呼百应?"

"其实很简单,在我看来就两个字,'群众',立党为公的'公'字就是群众。我们当干部的,谁都知道是给谁当的,没了群众也就没了我们这些干部。可是真正能当好干部,其实就这一条,心里要有群众。想着为群众办事,做领导的就不会犯错误,群众也会拿你当亲人。企业也一样,地是群众的,没有与群众合作,企业拿什么去种地?可是你要是只为企业着想,不顾群众利益,那就会失去群众,也就会失去企业的生存空间。谁都会说这些道理,谁都知道,真能按照这些去做的人才是成功者。我不是在说我自己,我还不算个成功者,离群众的要求还差得远,不过我想努力做到。"

"我明白和你的差距在哪了,请你原谅我过去对你的偏见和无理,我年纪比你大很多,可是和你比我真的很无知,也很卑鄙。我想交你这样的朋友,可是……不知道你能不能原谅我?"

"我非常欢迎,其实你的工作经验非常丰富,值得我学习的地方也很多,我还得向你学习呢。"

"能和我握握手吗?"

李强握住了刘瑞的双手,两个人互相看着对方。刘瑞大声地说:"谢谢你原谅了我,谢谢!"

"在以后的工作中我需要你的支持,乡亲们都指着咱们带领他们致富呢。好了,再见,下次回来我找你。"

李强握别刘瑞,又和包书记等乡干部告别,小车开走了。

刘瑞两个手握在一起,高高地举过头顶,向李强表示敬意,激动的表情说明他对李强的感谢。然而,这所有的一切都是演给包世达看的,他要通过对李强的态度,进一步取得包世达的信任,为以后上台当乡长做准备。面对李强给他带来的耻辱,想到让田美玉当上了乡长,他把牙咬得咯咯地响……

小车上了公路加快速度,路边的村庄和田野不断地闪过。司机常小宝打开音响,一曲《我的根在草原》飞向田野。

李强问:"小宝,你怎么知道我要听这首歌?"

"全乡人都知道,就你不知道。"常小宝笑着看看李强。

谁也不说话了,都在听这首歌曲……

"走遍了山山水水,

美不过辽阔的草原,

听遍了四海歌声,

还是牧歌最动人,

我是父亲心中的骏马,永远爱恋着草原,

无论在哪里,

我的根在草原,

啊嗬嗨……

住过了琼楼玉阁，

蒙古包里睡得最甜，

尝遍了山珍海味，

奶茶奶酒最香，

我是母亲放飞的雄鹰，

永远俯瞰着草原，

不论在哪里，

我的根在草原，

啊嗬嗨……"

望着车窗外不断闪过的村庄和田野，李强觉得自己就像骏马奔驰在辽阔的草原上，更像雄鹰飞翔在蓝天，俯瞰着美丽富饶的家乡太平川……

土地

第一部

春绿百泉沟

范力国 ◎ 著

内蒙古出版集团
远方出版社

图书在版编目(CIP)数据

土地/范力国著.—呼和浩特：远方出版社，2013.10
ISBN 978-7-5555-0031-5

Ⅰ.①土… Ⅱ.①范… Ⅲ.①长篇小说—中国—当代 Ⅳ.①I247.5

中国版本图书馆CIP数据核字(2013)第238648号

土 地

作　　者	范力国
责任编辑	云高娃
封面设计	阿　荣
版式设计	韩　芳
出版发行	内蒙古出版集团　远方出版社
社　　址	呼和浩特市乌兰察布东路666号
	（电话 0471—2236466　邮编 010010）
经　　销	新华书店
印　　刷	内蒙古爱信达教育印务有限责任公司
开　　本	710×1000　1/16
字　　数	1200千
印　　张	86
版　　次	2013年10月第1版
印　　次	2013年10月第1次印刷
印　　数	1—1 000册
标准书号	ISBN 978-7-5555-0031-5
总 定 价	105.00元
本册定价	35.00元

如发现印装质量问题，请与出版社联系调换

目　录

第 一 章 ………… 1

第 二 章 ………… 29

第 三 章 ………… 53

第 四 章 ………… 78

第 五 章 ………… 101

第 六 章 ………… 120

第 七 章 ………… 138

第 八 章 ………… 156

第 九 章 ………… 172

第 十 章 ………… 187

第十一章 ………… 204

第十二章 ………… 219

第十三章 ………… 239

第十四章 ………… 255

第 十 五 章 ………… 275

第 十 六 章 ………… 296

第 十 七 章 ………… 309

第 十 八 章 ………… 327

第 十 九 章 ………… 343

第 二 十 章 ………… 357

第二十一章 ………… 375

第二十二章 ………… 393

第二十三章 ………… 407

第二十四章 ………… 430

第二十五章 ………… 450

第二十六章 ………… 466

第二十七章 ………… 484

第二十八章 ………… 498

第一章

　　这个地方自古以来就是蒙汉杂居，有着沙丘和平原相间的地貌。一条弯弯曲曲的小河，流淌在这起伏的沙丘与平原之中。小河的源头是个小泡子，泉水翻涌而出，形成了一条波光粼粼的小河，弯弯曲曲流向远方。小河的两岸是万亩平原，平原的周围是连绵起伏的沙丘。沙坨边上有几个小村落，就近的村子由此河得名，叫百泉沟。

　　走近小村子，就看见错落有致的房屋。有高大明亮的砖瓦房，铁栅大门内停放着拖拉机、摩托车。房顶上架着的太阳能热水器，在阳光下反射出各种颜色。也有砖墙土顶的平房大院，铁栅门不是那么阔气，两侧是牛马棚圈。院内停放着卸了套的胶轮大车或四轮拖拉机。村子里更多的是老式土房，院墙也是土打的，但用泥抹得十分光滑。有铁栅门，也有木栅大门。院内停放着胶轮车或是毛驴车。一般都盖有西厢房，多为驴、马、牛的棚舍，院子里到处都是鸡、鸭、鹅。街道上有人在走动。乡间路上有小四轮在送粪。小河边上有许多的鸭鹅在戏水。这是一个蒙古族和汉族杂居的村落，村里不时传出犬吠声，一幅北方农村早春的景色。

　　百泉沟村子西头有一棵大柳树，人们把它视为神树。离大柳树不远的坨子坡上，有几个很显眼的坟墓，人们都叫它八路坟。一条宽阔的油漆路就从大柳树的前面通过，路旁有一条小河，河上有一座小桥，到村里来的汽车都在这儿停靠，这里就成了人们等车的地方。

　　托娅站在大柳树下专注地看着从太平川乡方向来的汽车，一双长而细的眉毛下，美丽明亮的大眼睛像一泓湖水，平静而深邃。马尾式头发上带着银

土地

制头饰，额前随风飘动的刘海，使她俊美的脸庞更加白皙。粉绿色的蒙古长袍，浅咖啡色的裤子。在颈上白纱巾的衬托下，胸、颈和双肩呈现出匀称和美丽的曲线，像画家笔下的速写。

她在等和他从小一起长大、大学毕业后又在双青县糖厂工作的李强。因为他俩是在一天出生，从小就青梅竹马，李强总到托娅爷爷双合尔的家里玩。从小双合尔就把李强当孙子看，也没少给托娅和李强过生日。今天双合尔知道李强要到百泉沟来落实种植甜菜的事情，又赶上是李强和托娅的生日，所以准备好了酒菜，就让托娅到村头迎接李强。

不见李强的车来，托娅哼起了歌曲《达那巴拉》。她一边唱一边拿起一个小土块，向正在小河里嬉戏的鸭鹅扔去，几只鹅吓得往前跑了，两只鸭子在互相嬉戏，理都不理托娅。托娅唱着歌，蹲下来看着那两只嬉戏的鸭子，眼前浮现出童年时她和李强一起抓鱼的情景⋯⋯

"快点，往前跑了，在那个草根里。咋那么笨呢！你上来我下去。"托娅一边把裤脚往上挽，一边把装着几个小鱼的小筐放在岸边。

李强又没有捉住小鱼，不服气地往前摸。托娅也下到河里来抓那只小鲫鱼，两个人一起在河里摸来摸去。托娅感觉抓住了鱼，两只手用力一抓，低头一看原来是李强的手，两人大笑起来。

李强指着托娅说："你把我这条大鱼抓住了，看你怎么吃。"

托娅没有抓住鱼有点不好意思，说："把你炖茄子，看你的肉好不好吃。"

汽车的喇叭声打断了托娅的回忆。李强坐着拉甜菜种子和化肥的货车，停在了托娅的旁边。

身材魁梧，穿着一身工作服，留着自由头的李强，浓眉下的一双大眼睛疑惑地看着前面的托娅，常挂着微笑的瓜子脸变得严肃起来。他打开车门下车，慢慢地走到托娅跟前，又回头看看，不解地问："今天是什么日子，穿得这么漂亮？你在这儿干什么？"

托娅很美地笑了，弯弯的眉眼和洁白的牙齿很迷人，冲着李强说："等你呢，我都等了一个多小时了，怎么才来呀！爷爷说你九点就能到村里，叫我来这等你，你看这都快十二点了。"

"怎么，爷爷有事找我？"李强有些不明白。李强严肃的脸上透着英气。

"你说今天是什么日子呀，还问我？"托娅有点不高兴了。

李强挠挠头，看着托娅，嘴里叨念着："今天是四月十日。什么日子呢？"

"想不起来就算了，我回去了，这么没有记性！"托娅假装要走。

"唉呀，是咱俩的生日，看我忙得什么都忘记了。那好，你快上车吧！"李强敲打着自己的头，满脸带笑地看着托娅。

小河里有鱼打水的声音，托娅回头一看原来是一条大鲤鱼。

托娅急切地说："强哥！鱼！大鱼！快点下去抓呀！"

说着她跑过去，想挽起裤子要下水，李强来得快，鞋一脱，挽起裤子就下去了，把已经浅住的鲤鱼捉住扔上岸。

李强说："你别下来了，把它放在塑料袋子里，我再看看还有没有了。"

果然又有一条在深一点的水坑里，李强把它困在浅滩上，然后捉住扔上岸，托娅赶忙把它装起来。

李强往上挽了挽裤子，看看已经湿了的上衣说："反正也湿了，我再往前看看还有没有了。"

李强在河里顶着水往前走，托娅在岸上跟着。这时穿着蓝色警服的留留过来了，一看李强在抓鱼，大声喊："谁……谁抓鱼呢！你……你们没看见这个大牌子吗？"

李强抬头一看，只见一个大牌子上写着：严禁捕鱼，违者罚款。落款是太平川乡红旗水库，白底红色大字。回过头来看留留，留留正眯着小眼睛，两手叉着腰，得意地看着托娅手里的鱼，围着托娅转圈走。

李强从河里走上岸，来到留留的跟前，看着又黑又小，一双小眼睛，脸上长着雀斑的留留问："这水库外面是谁的地方啊，也归红旗水库管吗？"

留留理直气壮地说："有鱼就……就是红旗水库里的，别……别的道理不用你讲。两……两条鱼罚款一百元，掏……掏钱，鱼……没收。"说着就来抢托娅手里的鱼。李强一把抓住留留的手，紧紧一握，把留留痛得直喊叫："唉呀！唉呀！我……我的手呀，快松开，有……有话好说。"

"留留你干啥呢！上这装人来了，这水库外面是你家的呀？"李长玺从大柳树后面走来，肩上扛着一把铁锹，一脸的怒气。留留从小就怕李长玺，一看李长玺吓得蹲在了地上，李强放开了他。李长玺生气地对留留说："水库下游的鱼也是你们的呀？你们的鱼有记号吗？"

留留用左手揉着右手说："下游是……是广原市，在咱们这个乡的范围那就……就得算是红旗水库的鱼。咱们这是孙……孙家村朗家店，抓鱼的事得……得朗总说了算。我今个是临时替朗总看水库。行，咱……咱们都当村住着，我就当啥也……也没看见！俗……俗话说得好，你是瓜，我是蔓，见面分一半。把……把那条大……大的给我当个下酒菜。"

李长玺说："你小子包子不是包子，馅饼不是馅饼，欠拍呀！"

李强看留留一副可怜相，拿过一条小鲤鱼给他，又用手指着村委会前学校内随风飘扬的红旗说："你看看那是啥，这是共产党的天下，人民的土地，别跟个狗腿子似的。"

留留拿上鱼点头哈腰地说："谢了，这事我保证不和朗鑫说，咱……咱们都有好处。嘻嘻！"

留留走了，托娅脸色很难看，刚才那高兴劲儿没了。

李强笑了，看着托娅说："撅啥嘴呀！犯不上跟这号人生气！瞧，甜菜的种子化肥都拉来回了。"

托娅转怒为喜，说："嗬，满满的一大车呀！身上一分钱没有，就把种子、化肥都赊来了。昨天我还以为你是吹牛呢！"

司机说："姑娘，我们李工可不是一般战士，别说是一卡车，就是一火车，陆总也绝不会皱一下眉头。"

托娅说："你们李工？"

司机很认真地说："是啊，告诉你个绝对可靠的消息吧，用不了多久，你哥就荣升基地经理助理了。"

李长玺说："嗯，还是双合尔爷爷说得对呀，是骏马就得飞向草原，是雄鹰总会飞上蓝天。"

托娅不高兴地说："飞！飞！飞得越高越好！有能耐让他飞到联合国当秘书长去！"

司机不解地说："这……"

李长玺挤眉弄眼地和司机打手势，二人同时大笑。

李长玺笑着说:"托娅妹子,看来你是舍不得让李强走啊!"

托娅觉得有些失态,说:"那当然……当然不是了。哼,也只有你们才拿他当个宝,我才不稀罕呢!长玺哥,这条鱼你拿去,当下酒菜。"

李长玺:"那可不行,生日宴会上哪能没有鱼呢!有鱼有水,两全其美嘛。哈哈……"

托娅脸上飞起了红云,李强听了李长玺的话皱了一下眉头,心里说不清是什么滋味。李长玺说的两全其美让他想起了自己的女朋友——大学同学杜萍,看着托娅那因羞涩而更加美丽的脸,心像从悬崖上跌落下来飘在空中。李强沉思了片刻,忙从衣袋里掏出一盒烟,说:"长玺哥,我这儿还有一包陆总给的'外交'烟,你尝尝。"

李长玺高兴地拿着烟,说:"嚄,大中华呀!这可是人家方主席长年不倒牌子的烟。前些日子,方主席给了他外甥赵玉柱一包,那小子逢人就显摆,足足得瑟了小半年。"

"一盒烟能抽半年?"李强不解地问。

托娅笑了,说:"这我知道,上我家小卖部买包红山茶,出门就把烟往中华烟的盒里装呗!"

三人同时大笑,李长玺先走了。

托娅看着李强说:"走吧!"

李强先上车了。

托娅假装不高兴地说:"拉我一把,我上不去!"说着用眼睛瞪了李强一眼,之后又偷着笑了。李强拉她上来。上车后,她很得意地挨着李强坐下来。车开了,托娅又回头看那两只鸭子。

李强问托娅:"你看啥呢?没有鱼了,就是有也不抓了。"

托娅笑了,神秘地说:"我心丢那儿了。"

"什么心丢了,你说我呢?"李强有些心惊地说。

托娅咯咯地笑了起来,银铃般的笑声从车内飘向田野,刚才的不高兴全没了。

村委会有十一间房子,都是架子砖房,大部分都空着。货车一直开进村委会的大院里,停在窗前。李强、托娅和司机都下了车,看院的老头也出来了。

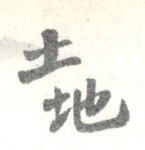

李强问:"大爷,我想把种子和化肥卸下来,你看放在哪个屋子里?这个事乡里提前和村领导沟通了,孙书记和你说了吧?"

看院的老头看看李强说:"孙书记刚才告诉我了,说村里没有地方放,叫你拉回自己家去。"

托娅看见有好几间屋子都空着,回过头来和老头说:"大爷,这几间屋子都闲着呢,咋说没地方放啊?"

老头很无奈地说:"孙书记不让放,说这几间房还有用。要不你们就去找孙书记,我说了不算。人家书记不让,我不敢开门。"

李强拿出手机说:"我给孙书记打电话。大爷,他的手机号是多少,你告诉我。"

"我记不住,屋里有。"

托娅、李强随老头进了屋。

李强拿过电话簿拨号,说:"喂,孙书记吧,我是李强啊,对,我在村里呢!我把糖厂给基地户的种子和化肥拉来了,你看往哪儿放啊?"

孙贵躺在炕上接电话,一副不以为然的样子,说:"啊,那你拉家去吧!村委会的房子还有别的用处呢。"

李强有些着急地说:"乡里开会不都和你们说了嘛!别的村都落实完了,人家都是先放在村里。用不了多少天就放下去了,误不了村上事。"

听李强这么说,孙贵坐起来了,说:"我说李强啊,别的村是别的村,咱们村没有地方放啊!那几间房子还有别的用处呢。反正你也是往下放,拉你家去方便,也占不了多少地方,放到村里费那二遍事干啥!"

孙贵没等李强说话就挂了电话。

李强听孙贵挂了电话,慢慢地合上手机,很不高兴地看着托娅,托娅也看着李强。李强对司机说:"那就拉我家去吧,孙书记不让放在村委会。这叫什么事。别的村都给安排个好地方,还有人看着。"

老头试探性地问:"那你事先没找找书记?"

托娅很气愤地说:"你事先没打点他。"

李强有点不明白,说:"什么打点,你是说给他送礼呀?"

托娅冲着李强说:"你是不是念书都念傻了,这还不明白呀!"

李强有些惊讶,说:"天哪,这么点儿事就得送礼?不放村里!让放也不放了，拉家去！"

　　李强的家正房四间，西侧有三间仓房，东侧有一排四间的牛棚。院子很宽敞。李强和司机在仓房前卸车，托娅也过来帮忙。

　　"不用你了托娅，一会儿我们俩就卸完了。你先把车里的东西拿回屋。"李强对托娅说。

　　托娅拍拍手上的土回到车里，往下拿李强的东西。一个手提包开着口，一不小心，包里的东西掉在了地上，笔记本中有一个女子的照片，托娅仔细看着，人长得很端庄、美丽、大方，很像自己，可是穿的衣服非常时尚。自己也没有这样的照片呀，更没有穿过这样的衣服。她自言自语地说："这个人怎么这么像我呢？哼，我要是穿个露肩膀、露肚脐的衣服，还不得叫人笑话死！"托娅回头疑惑地看了一下正在卸车的李强。她很快就把照片放回包里，又拿下其他的东西，往屋子里送，和李强的母亲打招呼。托娅笑吟吟地说："大娘，中午强哥不在家吃了，我爷爷今天要给我们两个过生日，大娘你也去吧！"

　　其其格笑了，一脸的慈祥，看着托娅高兴地说："我就不去了，本来我也想做点好吃的，等强子回来也把你叫上一起过生日，那我明天给你们俩补上吧。"

　　车开到托娅爷爷家的门口停下来，托娅和李强下车。车开走了，李强挥手和司机告别。

　　在大门口，就听到悠扬的马头琴声，那优美的安代舞曲让李强和托娅激动起来，两个人快步进屋。

　　屋子里，人称"一把手"的双合尔爷爷早就把桌子放好了。点心、黄油、奶豆腐、炒米、白糖摆了一桌子，正中间放着一个大蛋糕，蛋糕上有两个红色的心形，心尖相对，周围插着蜡烛。双合尔正坐在炕上闭着眼睛拉琴。由于他右手没有手指，把筷子绑在右手臂上，又把琴弓夹在筷子和手臂中间。李强随着琴声唱了起来，托娅翩翩起舞，优美的舞蹈伴随着琴声和歌声，把包奶奶也吸引来了。看着李强和托娅又唱又跳，双合尔那饱经风霜、长满胡须而又刚毅的脸上透着无比的喜悦，看着两个孩子，琴拉得更来劲了。包奶奶双手打着拍节，随着音乐耸着双肩。

　　一曲拉毕，大伙儿都鼓掌。双合尔收起琴，把一瓶酒放在桌子上，说：

土地

"强子，我等你一上午了。自打你上了大学以后，就没有给你和托娅一起过过生日。今天赶得巧，正好听说你要来咱们村里落实糖厂种甜菜的事，昨天我叫你叔叔在集市上弄了一条羊腿，还杀了一只小公鸡，托娅从县城订了生日蛋糕。咱们一起喝点酒，庆贺你们一起来到这个世上。咋这么长的时间才回来？"

托娅给李强打水，李强一边洗脸一边说："在包家村耽误了一会儿，要不早就到了。我们还在小河里抓了两条鱼呢。刚卸车只用了十分钟，完事就过来了。"

托娅不高兴地说："你还说呢，差点没让留留罚了。幸亏长玺哥帮忙。这也就是你，要是别人就得挨罚了。"

双合尔来气了，说："没带过笼头的驴子嘴巴硬，没有学问的喇嘛口气硬。这些个不说理的东西，早晚有人收拾他们，兔子尾巴长不了。"

李强也气不打一处来，说："你说那村里房子闲着，孙书记就不让往村部放种子和化肥，真气人。"

双合尔看着李强说："那就放在家里，不用村里的屋子。孙贵那是得好处得惯了，你没给他送点礼什么的，那他能让你放吗？好在这是和个人签合同种甜菜，要是和村里，那你就别想种了。"

"咱村领导怎么能这样呢，连这么个小事都要好处，那他还能管群众的事吗？"李强摇着头说。

托娅一边拿碗一边说："你以为呢，我看你的难处还在后头呢！"

双合尔手一挥，说："来，吃饭，先不管他那事，说起来都气死你。托娅把筷子拿来。"

李强给双合尔爷爷和包奶奶倒上酒，也给托娅和自己倒上酒，等着双合尔爷爷发话喝酒。

双合尔爷爷端起酒杯用手沾酒，向上点了一下，又向下点了一下，说："强子、托娅一起把酒杯端起来，我和你奶奶祝你们生日快乐。都喝点，能喝多少喝多少，酒不在多，是个意思。"

李强和托娅一口喝了杯中的酒，包奶奶看着李强和托娅笑了，李强有点不明白地看着包奶奶。

包奶奶笑着说："小时候你们两个要是到我们家来过生日，托娅非得让李强叫她姐姐，李强就一口一个姐姐地叫着，等吃完了饭，就不认账了，还让托娅管他叫哥哥。托娅气得没有办法，按着李强要他把吃的东西吐出来。其实李强就比托娅大了两个钟头。长大了，李强就不叫姐姐了，托娅也不争了。想起来，就像是昨天的事似的。"

　　双合尔接起话："小时候托娅尽欺负李强，上坨子去采山杏，回来就说走不动了，非叫李强背着回来，把李强累得连饭都吃不下去了。可是越是欺负越是离不开，一天见不着都不行。来，再喝一杯，祝贺李强在糖厂上班，又来到家乡落实甜菜基地的事。这可是我想不到的事，我还以为你得留在大城市呢。我就为这个事高兴。这一杯咱们都干了。"

　　"强哥一上大学就把我给忘了，不是小时候那个跟屁虫了。"托娅有些伤感地说。

　　听托娅说这话，李强皱了一下眉头，一口喝了杯中酒。

　　托娅见李强有点不高兴，问："怎么，还想着村里的事呢？"

　　李强一边给双合尔倒酒一边问："爷爷，你原来当村支部书记，干得好好的，咋就不当了呢？"

　　双合尔一听李强问他这个事，叹了一口气，一口就把杯里的酒干了，李强又给他倒上。

　　双合尔脸色马上变严肃了，说："要说这个，唉，那是我这辈子最窝囊的一件事了。我不当村书记是1988年，当时我五十九了，按说年龄是大点，可是身体没有问题，还能干个几年。当时是方志南在这当书记，他要搞个什么养鱼企业，看上了咱们村里的那个小泡子。当时小泡子是年年出鱼，鱼又大又鲜，那是远近闻名啊。看着能出钱，上面就动员全乡各村修水库……"

　　双合说着想起当年的情景——

　　全乡干部会上，方志南发言："上级现在号召兴办企业，乡里打算在百泉沟的泡子周围造出一个六千亩地的大水库。双合尔书记，你回去之后，做好群众的工作，把地让出来，要让群众顾全大局，想到全乡的利益。"

　　双合尔站起身来说："这个工作我做不了。那是我们村里的保命地，都成了水库，我们上哪儿种地去呀？"

　　方志南很严肃地说："你要考虑全乡的利益，工作做不了也得做，没有地种可以上坨子嘛。"

土地

双合尔气愤地说:"那里还有新上的高低压线和机井,有我们新开出来的稻田,我们还指着那里的地活呢!圈地做水库,群众能同意吗?几千亩地一年打多少粮食啊,改水库一年能落多少钱?再说了,就是有收入,那能给群众分吗?"

方志南不满意了,说:"群众他不得听领导的吗?做不了工作,那是什么领导哇,实在整不了你说话。"

双合尔一听这是在挤对他呢,当即在会上宣布:"那好,我这个领导不称职,做不了这个工作,再说我的年龄也大了,不干还不行吗?我退休!今天我在这干部会上正式提出,我辞职!"

方志南一听,先是愣了一下,转过神来笑着说:"大家都知道,双合尔书记是多年的老干部,又是老荣军,解放战争中打过仗的,劳苦功高,今年快六十岁了吧,按理说应该享享福了。今天双合尔书记在会上提出退休,我看那应该让咱们全乡的干部来欢送。我们的会议不开了,改为欢送双合尔书记座谈会。大家晚上都别走,徐秘书通知食堂杀一口猪、两只羊,晚上欢送双合尔书记。双合尔书记到我办公室,我们一起谈一下,党委的成员都参加。"

双合尔叹了一口气,说:"就这样我不得不下来了。我把话说了,他也把事做了。第二天他马上就安排朗鑫当村长,把原来高低压线等设施全都撤下来卖了,动用全乡的劳动力,历时两年,把我们村的六千多亩地圈成水库。修完水库之后,又贷款买鱼苗,把这么大的一个泡子承包给了朗鑫,一年只要承包费五千元钱。朗鑫雇了几个人看水库,还让他们戴上大盖帽,叫什么水警。用人的开销,还有他坐的小汽车的油钱都让乡里报,一年到头算下来,乡里反倒欠朗鑫三万多元钱,你说气死人不。雨季水大,鱼跑到库外来,不让人们抓,朗鑫雇的一小帮打手,看见就打。咱们村好抓鱼的人,没有没挨过打、挨过罚的。水库里水没多少,长了一眼望不到边的蒲草和苇子,谁家的牛马进去了抓住就罚,少的三百元,多的没收牛马,吓得没有人敢放牲畜。"

李强气愤地说:"那群众就没有向上级反映吗?这也太猖狂了。"

双合尔接着说:"那时节,孙贵这人还很正派,看着不公了,要发动群众整事。方志南看形势不好,就让孙贵当了村长兼书记,让朗鑫撤出来专门管这个水库。这水库一年能出多少鱼那谁也不知道底细,一年怎么也得出个几万斤鱼，还有那么大面积的蒲草和苇子呢。方志南在双青县造纸厂里有股份，这一项收入可就老多啦！谁想到孙贵当上村长之后，就变了味。他也得到了好处，水库边上的地全都由他来对外承包，钱都归他。朗鑫也没少给孙贵上供，这样孙贵就不吱声了，他们成了一条线上的蚂蚱，谁也拿他们没办法。人家上下一条心，告都告不赢呀！强子，你回来待一段就知道了，憋气呀！我就是老了，要是在年轻的时候，我能让他们得逞？"

李强有点不服气地说："现在不是实行竞选村长了吗，那还不把他们选下去呀！"

双合尔看着李强说："强子你不知道哇，没有挑头的，人心就不齐呀！要我说你小子就应该挑个头，过年到届竞选村长，我支持你。"

李强摇着头说："我当村长？我哪是那块料哇，不行，不行！"

托娅很有信心，说："有什么不行的，你的能力比他们强百倍。你干，我也支持你。"

"你？"李强看着托娅。

双合尔笑了："哈哈哈！强子，你可别小看托娅呀，在这些回乡的高中生里，托娅可是一呼百应啊！"

托娅不好意思地低下了头。

李强想了想，拿起酒瓶给双合尔和包奶奶倒酒，又给托娅倒上，看着托娅说："士别三日，当刮目相看哪！来，咱们一起敬爷爷和奶奶一杯吧，祝你们健康长寿，感谢二老对我们从小到大的关爱。"

大家一起干了这一杯酒。

托娅也拿起酒壶倒酒，端起酒杯说："我也祝爷爷、奶奶健康长寿，祝强哥事业有成。我给你们唱一首《敖包相会》表达我的心情，十五的月亮升上了天空哟，为什么旁边没有云彩……"一边唱一边看李强的脸色，可是李强始终皱着眉头。

张勇的家，三间架子房，三小间仓库，院子很干净。李强在和张勇两口子说种甜菜的事。

张勇的个子不高，中等身材，方形的脸，显得有点老成。他有点不好意思地说："不是我们不愿意种甜菜，是孙贵昨天晚上来我们家，说我们要是种甜菜，就把泡子边上承包的地给收回去，不让我们种了。按说种甜菜是个

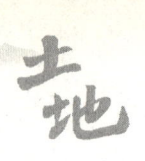

收入大的项目,可是我们也不能为了这事,把承包的地让抽回去呀!你还是看看别的户吧。"

张勇爱人在一旁看着他们俩,想要说什么,可是又不知道说什么。

李强愣住了,半天没有说话。他怎么也没有想到,在自家门口,却落实不了种甜菜的任务。

张勇爱人看李强不吱声了,有点不好意思地对张勇说:"要不咱们就别包那水库里的地了,十年九涝,一年到头也不知道收不收,还得给人家村长好处。咱们种甜菜得了,别让强子为难了。"

听张勇爱人这么说,李强回过神来,说:"算了吧,我再去看看别的人家,你们别为难了。"

张勇替李强分析:"你是没给村长好处吧?那可不好办,村长不让种,多数人就不敢种,怕他拿地治你。唉,我要是不种他那点地能听他的?"

李强又到方志南的妻侄刘国民家,他的家窗子明亮,地下的大衣柜很漂亮,炕边摆着一张大方桌子。

李强看着刘国民说:"你看这不是明账吗,一亩地最少按四千斤计算,一斤五毛多钱,那就是两千元钱哪。"

刘国民有点不耐烦了,一不高兴脸拉得挺长,说:"得了,你就是一亩地到秋剩下五千元钱也不行,村长下话了,说我们要是种甜菜,就不让我们种泡子边上的地了,那谁还敢种啊!我们得要泡子边上的地,你到别人家去看看吧。"

走了一个上午,连一户也没有落实下去,李强气得回家了,耳边不断地回响着人们说的一句话,"村长下话了,谁要是种甜菜,就把泡子里的地收回去。"自从在太平川乡落实甜菜种植以来,其他村都进行得很顺利,村里的领导也都很支持。他怎么也没想到,在自家门口连一户也没有落实,这让他既气愤又无奈。性格倔强的他从内心深处升起一种莫名的担忧,在自己的家乡落实不了甜菜种植任务,同事和乡亲们对自己会产生什么想法?完不成任务还怎么到别处去工作?乡亲们在这样的环境下怎么能发展生产?从上大学到下乡落实甜菜基地工作,他头一次遇到这么大的困难。冥冥之中他感到这就是自己的命运。为什么要到自己的家乡来工作,为什么遇这样的事和人,为什么要面对乡亲们,还有托娅?

李强下意识地在自己的屋子里翻看过的书，在书架子上找到一本杂志，看了看又放下，根本看不下去，满脑子都是孙贵的影子。李强心想：不行，得去找孙贵讨个说法，想到这起身，他来到母亲屋里。李强脸色不好，说："妈，饭好了吗，我想吃饭。"

其其格看看李强说："一会儿就好，你饿了？"

李强头也不抬，说："吃完饭我有事出去一趟。"

其其格觉得不对劲，就问李强："你上午走了几家？都不愿意种甜菜呀？"

说着话，李强的父亲李大路进来了，听其其格这么问就说："我都听说了，都怕孙贵不让承包泡子边上的地，都不敢种。你说还有这样的村干部，对群众有利的事也不让你办。你就是没给他送礼，他有意难为你呢。"

李强坐在炕边，看着窗外不吱声，脸色非常难看。

李大路把外衣脱下来挂在衣钩上，贴身的衣服有点紧，显示出李大路那结实的肩膀，再加上他那有点黑的脸膛，标准的农村壮汉。他回头看看李强说："孙贵就是那样，你不给他送礼，啥事也不让你干顺当。你别管他，先找找咱们自己家的亲戚朋友，咱们带头种，看着有效益了，就有人跟着种了。那个孙贵你别理他，就不给他送礼，不信他那个劲了。"

李强就是不吱声，回过头来往桌子上放碗，端上电饭锅就盛饭，头也不抬地吃起来。

其其格一看赶紧给他拿来热过的菜，李大路也上桌子吃饭。谁也不吱声。其其格不时地看看李强。

孙贵家，五间大架子房，大院，东西厢房各三间，铁大门，很气派。

李强脸色很严肃，进了孙贵家。孙贵正在炕上躺着看听收音机，看见李强来了，还以为是给他送礼来了呢，马上起身让坐。孙贵那小眼睛一笑眯成一条缝，用手挠了挠已经有点谢顶的头说："李强这么闲来串门了，来坐下，这有烟。"

李强坐下了说："我不会抽烟。"

孙贵回头看看刘春英说："春英来给沏上茶。"

李强说："不用了，我不喝茶水。我来是找你的，有点事要和你说说。"

土地

孙贵一听明白了，这是来找事的，不是送礼的，脸色马上就冷了下来，看也不看李强说："你找我有事？啥事说吧，是不是种甜菜的事呀？"

李强说："对，就是种甜菜的事。我今天上午走了几户，可是都说你下了话，说谁要是种甜菜，就把承包泡子边上的地给要回来，整得大家都不敢种了。种甜菜是对群众有好处的事，乡里在会上都布置了，这不用我说你是知道的，我不明白你为什么要这么做。"

孙贵毫不在意地说："乡里布置，那不得村里安排吗，村里有村里的打算。站在你的角度上那是个大事，可是在全村来说，那就不是什么大事了。这些年种这个，种那个的，到底听谁的。都说挣钱，上当受骗的多了。要说你也是为了干好糖厂的工作，都不容易。我呢，也是这些年摊事都有点怕了，啥事不担责任哪。就说你种甜菜这个事吧，我要是答应了，到秋要是不收，你说我有没有责任？强子，你别对大叔有什么意见，这个事他有风险。工作我帮你做，你也别着急。我和你说，就你这个水平干这个活有点屈才，我看你还是到城里干，这年头有能耐的谁回农村哪。"

孙贵的话像一把没有刃的软刀子，割着他的心，出了学校门这还是第一次，而且还是在自己的家乡，被人这么变相地数落着。李强冷静下来，抬起头来，咽了一口吐沫，说："你还别说，别的事我真的做不来。我学的是种植业，干这个是我的本行，别的工作我还不想干。要说你当这个村长也不容易，是经过群众选举的，要为群众办事，责任大呀。我来找你是想看看村里到底有什么打算，既然你有安排，那我就不打扰你了。百泉沟不种甜菜没关系，我主要是管全乡的种植甜菜项目，一个村不种没有多大的影响。人们得有个认识的过程，见着好处就该干了，主要是现在还没有见到好处。到时候，看着别的村大把大把地挣钱，你这个村长可就被动了。"

孙贵听了李强这具有讽刺性的话，恼羞成怒，可是又不好发作，他满脸通红，在地上来回走。孙贵回过头来说："你小子还真有点老李家人的味道，那你就试试看吧，干这个事在别处好干，在咱们村可是有点费劲。不过你放心，我是不能袖手旁观的，肯定能帮上你的忙。吃饭看牙口，办事看茬口，还没有我办不成的事呢。"

李强一边往外走一边回过头来说："那好，有你这话，我心里有底了。种甜菜的事爷们儿怕担责任，咱们村就不种了，就是种也不麻烦你。你腾出时间来管管水库边上地的事吧,那地是个大事!"李强头也没回地走了。

孙贵在村里还是第一次受到这样的挑战。李强最后说的话,让他心惊肉跳。他一口气喝了一杯水,喝完啪的一声摔了杯子,坐在炕边上喘着气,把儿媳刘春英吓了一跳。

李强走到大门口听到一声响,回头看了一下。

托娅小商店里的货物都排在墙边,所以屋里很宽敞。

二迷糊的媳妇,外号叫"膘子",个子不高,长得有点胖,可是身材很好看,一张娃娃脸很可爱。她在地中间转着,一边拿货一边和托娅聊着。

"有洗衣粉和酱油吧,你这货还挺全的呀!"

"还要点别的东西吗?"

"别的不要了。哎,这个多少钱哪?"

"十元一盒,也有二十元一盒的。你想用呀?"

"我家还有呢,没了再来买吧。"

托娅给膘子拿来洗衣粉和酱油,放在她的小筐里,对她说:"李强回来搞甜菜基地了,你们家也种点呗,每亩能多收入一倍呢!"

膘子有点神秘地说:"我听说村长不同意他搞甜菜基地,还下话说谁要种甜菜,就不让承包水库边上的地。不过我没有承包水库边上的地,种不种他管不着。"

托娅一双大眼睛很真诚地看着膘子,说:"那你就种点儿呗,也算支持李强了,到秋要是没多收,我给你补上行不行?"

膘子听托娅这么说,想了想说:"等会儿我叫迷糊找李强去,冲你的面子种十亩地看看,要是收入高,下年再多种一些。好了,那我走了。"

托娅送膘子到外面,说:"你别告诉李强是我让你种的呀,也别告诉我二叔,要不我可就不保证你的收入了。"

膘子笑了,高兴地说:"知道了。"

回到屋里,托娅坐在桌子前,正想着这个事儿,李长玺进来了。他穿着一件深蓝色的上衣,灰色的裤子,三十几岁的他看着有点老成,圆圆的脸黑里透着红,看上去非常壮实。

李长玺一边掏钱一边说:"托娅,给我拿一盒红河烟。"

托娅把烟递给李长玺,问李长玺:"长玺哥,你听说没有,孙贵为了不

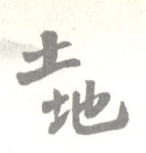

让李强搞甜菜基地，放话说，谁种就把那泡子里的承包地收回去。你说承包他那地的有多少人呀？"

李长玺抽出一支烟点着，说："那人可多得去了，不过我可没承包他那地，种着憋气。"

托娅的大眼睛眨了眨说："那你说怎么办，都不种甜菜，强哥的任务可怎么完成啊？你想想办法呗！"

李长玺吸了一口烟，说："怎么想办法，那就种呗！能增加大伙儿的收入本来就是好事。把咱们的亲朋好友都找上，每家种十亩地，等有了收成就好了，你挡都挡不住。孙贵他能管了谁呀，谁听他的！"

托娅一听，高兴地说："还是你有办法。对，就找咱们的亲朋好友种，看他孙贵能咋的。行了，这烟我送给你了，不要钱了。"

李长玺有点不明白了，说："怎么的，不要钱了，这哪儿和哪儿呀！不给钱能行吗，给你。"

"真的不要了，算我给你的，下回要钱，多要点。这事儿你别和强哥说，他要是知道了该说我了。"

李长玺笑着说："你还怕个人呢，为他办事还能说你呀。"

"你还不知道他的脾气呀，啥事不求人的主。"

"行，我不说，找找我的亲戚朋友，让孙贵看看，我就不信这个劲儿了。"李长玺气愤地说。

李长玺趁托娅不注意，拿出五元钱压在计算器下，转身走了。

托娅跟着送出门外，说："谢谢你了长玺哥，买烟你过来呀！"

托娅回屋高兴地哼着小曲，收拾屋子，发现压在计算器下面的五元钱，笑着摇摇头，向外看着李长玺远去的背影，回过身来又给吴江打电话，说："喂，吴江吗？是我，你到我店里来一趟，我有点事儿和你说一下，对，这就过来吧。"放下电话，托娅收拾货物……接着又拿起了电话。

李大路在外面叫李强："强子，帮我一把，牛槽子歪了，我自己搬不动。"

李强来到牛棚，见两个大牛把槽子拽掉了，就和李大路一起放正槽子，完事看看这一排十头育肥牛，对李大路说："爸，我有十几天没有看这牛了，觉得胖了不少。"

李大路得意地说:"这一天一个样,膘够了就卖。行了,不用你了。"

李强带有歉意地说:"爸,你看我这也帮不上你的忙,养这十头牛,你也够累的。"

李大路打打粘在身上的土说:"这几年每天就这样,习惯了,也没觉得怎么累。这都是逼出来,要不拿啥给你交学费呀,忙你的去吧。"

李强回屋了,边走边回头看大牛。

吴江来了,一进商店就问:"托娅姐有什么事呀,这么急。"

托娅给吴江拿过一个凳子,让他坐下,很着急地说:"强哥和孙贵顶起来了,孙贵不让强哥在咱们村里种甜菜。"

吴江一听来气了,小平头下的一双大眼睛瞪得溜圆,说:"他不让,他一个村长管了个人的事吗?"

托娅小声地说:"强哥和他叫上劲儿了,从孙贵那儿回来说非种不可。孙贵也给人们下话了,说谁要是种甜菜,就把泡子里的承包地收回来,所以有承包地的人都不敢种。我想让你找一下你的朋友亲戚,都种一些,这个我保证能有成倍的收入。"

吴江很有把握地说:"那有啥不行的,我们的领袖托娅姐发话了,不行的事也得想办法呀。我的亲戚朋友都种,还有跟我转的那一帮小青年。我回去找他们,就说托娅姐发话了,种甜菜。"

托娅想了想,说:"还有一个人很重要。"

吴江说:"谁呀?"

托娅说:"孙贵的外甥刘小峰,这小伙子有头脑。"

吴江说:"对,堡垒最容易从内部攻破,他要是种了会带动一大批人。托娅姐真聪明!"

"别耍贫了,快去吧!别忘了,叫他们明天上午就到强哥家签合同,同时把种子、化肥也领上。糖厂的肥都是专用肥,价格又比其他化肥便宜,还不用拿现钱,交甜菜的时候扣下就行。"托娅笑着说。

吴江站起身来,说:"好了,那我这就去找他们。你放心吧,我办事你放心。嘿嘿!"

说着话吴江走了,托娅送出门来,看着吴江那矫健的步伐,又向李强家的方向眺望。此时的托娅心里宽慰了很多,因为她又能帮助李强做一些事了。她知道李强有女朋友，是他的大学同学。自己为李强做这些事似乎有点身不由己，还好像是在童年时代一样。长大了，李强上大学走了，她才知道自己是多么的爱李强。可是自己没有考上大学，与李在一起是不可能了，成了她心中最大的遗憾。当她知道李强回乡来种植甜菜，高兴得一晚上睡不着觉，盼望着他到百泉沟下乡的那一天。当她看到孙贵阻挠他落实种甜菜的事，决定要尽一切力量帮助李强。只要能让李强的工作顺利进行，她就心满意足了。

李强在家里看着外面发呆，院子里有几只母鸡在觅食，静得只有母鸡的咕咕声。

忽然二迷糊和李长玺来了，李强看见连忙出去，把他们俩迎进屋。

李强带点疑惑地问："你们俩有事吧，怎么一起来了呢？"

二迷糊有点没睡醒，坐在炕边上说："我听说你负责种甜菜的事，这不找你来了嘛。怎么种，你和我们说说，我们俩都想种点呢。"

李强很意外，没想到还有自己找上门来的。

李强拿过合同，说："你们看看这合同吧，具体的要求都在上面呢。你们过去也种过甜菜吧。我还要统一办两次班，教大家怎么育苗、移栽和管理等等。这次种植甜菜的方法和我们过去的种植方法不同，所以能增产百分之五十以上。"

李长玺点着一支烟，吸了一口说："我和我老叔、四姨、大姑父都说了，每家最少都种十亩地，到时候都来听你讲课。今天我先把我自己家的合同签了，把种子、化肥拉回去。合同呢，签吧！"

"在这儿呢。你在这个栏里签名，我在这个栏里签，一共是三份。二叔这个是你的，你也在这签字。"李强指给李长玺签字的位置。

还没等他们两个走，门外又来了好几个签合同的，李强忙了起来。

李强在家里给村民办班，很多人在认真地听李强讲课。有的人在做笔记，刘兰英的女儿跟弟也在其中。

吴江送来一箱矿泉水，放在学习班的西屋，说："来，大伙儿喝水！"

李强看着吴江，问："谁买的呀？"

吴江神秘地眨眨眼，说："今天我高兴，请客！"他没有说是托娅叫他送来的。

李强愣了一下，又继续讲课。吴江挨着跟弟坐下来听讲，跟弟用眼角瞟吴江，假装没看见，继续听课。

李强在敖包村部讲课，听讲的人比百泉沟村的人多了很多，支部书记徐守忠也在听讲。村里还安排人给听课的烧水，又新买了很多的水碗。

在孙贵外甥刘小峰家，李强在看育苗小棚。小苗长得很好。

李强对刘小峰说："小峰，你现在要注意中午通风，天气一天比一天热了，中午你就把它打开这么宽的一条缝，到下午两三点钟的时候就把它合上。"

刘小峰说："知道了，我看这也不太麻烦，好侍弄。"

种甜菜的人们都在移栽小苗，李强在指导。别的庄稼还没有出苗，一块块的甜菜苗，远远地看去像一块块绿地毯，非常漂亮。托娅在另外一块地里指导人们移植甜菜。徐守忠领着吴江在刘兰英家栽甜菜，跟弟从家里拿来一暖壶水放在地头上，招呼大伙儿喝水。

"托娅姐！老徐大叔！喝水啦！吴江你领他们过来！"

"知道啦！"吴江高兴地应着。

托娅拿着甜菜苗说："大婶你看是这样啊，这个根不能窝住，要直一点，往下深挖点就够了，水要多浇两遍，三天过去就活了。"

刘兰英按照托娅说的做着，说："这和栽地瓜差不多，就是根子不能窝住，是吧？"

"对，就这样。"托娅看着说。

"行了，知道了。托娅、老徐，咱们去喝水吧，吴江拿着水桶。多亏你们爷俩来了，要不我们得干几天哪。"

托娅看看徐守忠，又看看刘兰英，说："大婶，你们俩啥时候结婚哪，都这么大的岁数了，还等啥呀。"

刘兰英满脸的笑，说："等跟弟找着婆家再说吧，二十多了，没有几年待头了。"

托娅站起身来，说："你们喝水吧，我到别人家看看。"

徐守忠、吴江、刘兰英、跟弟在一起喝水，托娅又来到别家。

托娅拿着甜菜苗做示范，说："你看，就这样，你那根子有点弯了。"

栽甜菜的人说："这也不难呀，和栽地瓜差不多，只不过根是直的。"

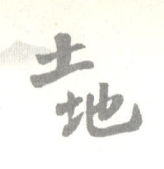

"对,你理解得很快嘛。"托娅笑着说。

孙贵和治保主任赵玉柱站在村头,远远地看着人们在移栽甜菜苗。孙贵心里很烦,狠狠地吸着烟,把没有吸完的烟扔在地上,用脚使劲地踩着,正好孙贵的妹夫路过。

孙贵气呼呼地说:"刘山你过来!"

刘山有点不好意思地说:"哥有事呀?"

孙贵阴着个脸说:"你不说不种甜菜吗,怎么种了那么多呀?"

刘山胆怯地说:"哥,我当不了你外甥的家呀,你妹子也支持你外甥啊!"

赵玉柱看看孙贵说:"要我说你就别上这个火了,那玩意儿我种过,头一年行,下一年不长庄稼。你看着吧,下年就没有人种了,谁种谁上当。再说了,这地是个人的,人家愿意种咱们也挡不了。咱们回去吧,别管他,和他一个小毛孩子置什么气呀。整这个项目长不了,你看着,麻烦事在后头呢,赶上天灾就有他好瞧的了。"

孙贵听赵玉柱这么说,觉得也对,个人家的地管他干啥。可是他和村民做了工作,李强还能把这个项目搞成,这让他的权威受到了挑战。他觉得心里堵得慌,又拿出一支烟给赵玉柱,自己也点上一支,想要和赵玉柱说什么,想了想又没有说。

两个人抽着烟,低着头走了,赵玉柱跟在孙贵的后头。

秋天,人们在收甜菜。二迷糊和膘子在装车,两口子高兴得不得了,只能一个一个地装,甜菜长得太大了。在收购点上,膘子在数钱,二迷糊在一旁看着。

膘子笑得合不拢嘴,说:"这一车就一千四百五十元,咱们家得拉二十车,那是多少钱哪?"

二迷糊绷着脸,但也掩饰不住内心的激动,说:"三万来块钱呗!我的天,咱们可干正了,这才十亩地呀,要是多种点那可就发了。"

膘子看着二迷糊说:"走,咱们买点肉,再打几斤酒,回家。"

一年以后,又是一个早春。

双合尔爷爷的家里,托娅和李强都在这儿,托娅的父亲阿斯根也在。

双合尔用左手摸着胡子,看着李强说:"明天就要选举了,强子你可要有思想准备，孙贵、朗鑫，还有赵玉柱，可是多年的村干部了，围他们转的人多呀！万一选不上，你也别泄气。"

李强不以为然地说："没事儿爷爷，大不了还种我的甜菜去。昨天糖厂来电话，说要让我统管五个乡的甜菜基地。我选不上这个村长，在哪儿干都不安心。要是选上了，我就不在糖厂干了，选不上下届还选。"

双合尔很激动地说："有种，是你们老李家人。"

托娅很有信心地说："强哥，你肯定能选上，再说乡里已经把支部书记派来了，田美玉那人我知道，是个很有正义感的人。她家在这个村里住，什么事她不知道哇，她肯定会支持你的。"

阿斯根接着说："托娅说得对，美玉那孩子是个好干部。你别看她和方志南有点亲戚关系，可是她和他们不一样。"

换届选举大会。刘副乡长、田美玉、孙贵坐在主席台前。台下参加选举的群众很多，朗鑫、赵玉柱等一伙人都在台下。

田美玉大声宣布："大家请静一下，太平川乡百泉沟村换届选举大会现在开始。这届选举的候选人是原村长孙贵，还有家在百泉沟村的大学生李强。下面请两位候选人演讲，阐述自己的见解。首先请孙贵演讲，大家欢迎！"台下一片掌声。

孙贵上台很有派，四下看看，一脸的诚挚，说："乡亲们，我这已经是第五次给大家演讲了，别的不多说了，过去怎么干的，以后还怎么干，还要更好地带领群众致富。谢谢大家多年来对我工作的支持和老少爷们儿对我的厚爱。我说完了，谢谢大家。"台下响起稀稀拉拉的掌声。

田美玉说："下面由李强演讲，大家欢迎！"台下一片掌声。

李强走上台前，脸色有点红，很激动地说："父老乡亲们，我愿意回乡来和大家一道建设我们的新农村。如果我能够当选村长，第一，要把我所学的知识都贡献给家乡，和大家共同致富。第二，办事为群众着想，公平合理，决不索取群众一分血汗钱。我说完了，谢谢大家。"

群众报以热烈的掌声。

田美玉宣布："下面开始投票，一共是两张票，一张是选村长的票，另一张是选村委会成员的票，工作人员开始发票。"

人们开始投票。孙贵不以为然地坐在台前，很大方地写着自己的那两张

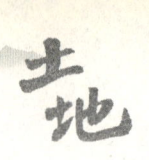

票,很有把握的样子,写完就去投票,还向大家招手致意。赵玉柱和朗鑫等人在台下挥手打招呼。

开始计票,赵玉柱监票,阿斯根唱票,吴江计票。

阿斯根念着选票:"孙贵,李强,赵玉柱,李长玺,托娅……"

黑板上有得票的数字,吴江抄下来,交给了田美玉。

田美玉给刘副乡长看看,刘副乡长小声和田美玉说着什么。田美玉站起来宣布:"下面我宣布选举结果,村委会的成员的得票数是,刘福田387票,李长玺477票,托娅457票,赵玉柱441票。祝贺这四位当选为村委会成员!"群众热烈鼓掌。"村长选举得票数是,孙贵470票,李强472票。根据得票数,李强当选为本届村委会主任,大家鼓掌祝贺。"

台下一片欢腾,吴江和一群小青年把李强高高地抛起来,托娅和双合尔爷爷站在一边高兴地看着,双合尔摸着胡子笑。

孙贵低着头离开了主席台前的桌子。田美玉走过来,握住李强的手说:"祝贺你当选村长,能在一起搭班子工作我很高兴。"

李强也很激动地说:"我也很高兴和你一起工作,以后还请大姐多帮助我。"

"别那么说,互相帮助。明天我们开一个会吧,乡里还有领导来参加。你和刘副乡长道个别,他要回乡里了。"田美玉说。

李强过来和刘副乡长握手道别,又来到双合尔爷爷的面前。

李强很动情地说:"爷爷,多谢你了,是你给了我勇气,我会好好干的,给你争气。"

双合尔亲切地看着李强说:"好小子,行,差不了,好好干吧!看样子我还得多活几年,看看百泉沟的变化。"

托娅在一旁看着李强,脸上都是笑,看李强和爷爷说话,也过来握住李强的手,很激动地说:"真想不到你能当村长,我真高兴。"

李强也盯着托娅的眼睛说:"我最应该谢谢的人是你,没有你帮助我种甜菜,这个村长我是选不上的。我……"李强说不下去了,只是看着托娅,托娅不好意思地松开手。

"得了,你快去找人收拾桌子吧。"托娅笑着说。

第二天八点钟,开会的党员,还有村委会的成员陆续来到村委会。人们都在大会议室里闲聊着。

　　李强和田美玉是在一个办公室，面对面坐。李强先来了，进屋就开始收拾桌子里的东西，有用的孙贵都拿走了，只剩下一些没有用的材料和废纸。

　　李强找来抹布擦桌子，擦着擦着，手慢了下来，回想起和杜萍在一起的情景……

　　支部书记田美玉来了，打断了李强的回忆。田美玉看见李强发怔，好像在想什么，就笑着对李强说："嗨！大村长想什么呢，听说你在大学就有对象，是不是想你的女朋友了。我跟你说，现在走还来得及，要是等我们的会一开，你再走就是个逃兵了。哈哈！"田美玉半开玩笑地和李强打招呼。

　　李强从沉思中回过神来，面对田美玉的玩笑，他很认真地说："有这么一回事儿，她是我的同学，叫杜萍。这事儿还真没和她说，不知道该怎么办呢。"

　　"那你可得和她说说，不好说的话大姐帮你说，不行就叫她也过来。"田美玉一边帮李强收拾桌子一边说。

　　其实田美玉只比李强大七岁，今年三十二岁，已经在乡里工作了八年，现任乡团委书记。爱人是个个体司机，叫刘峰。田美玉人长得很秀气，一说话总是先笑。虽然年龄不大，可是在工作上很有经验。乡领导考虑这是个大村，而田美玉就在这个村的三家子住，对情况了解，又有工作能力，所以就让田美玉兼任这个村的党支部书记。

　　李强很无奈地说："杜萍已经在新能源公司工作了，是个白领，她还等着到秋天和我结婚呢。这叫倒好，我还回不去了。刚才还来电话，说让我抓紧回去呢。"

　　田美玉感到这还真是个事儿，很明确地和李强说："那你可要想好了，你和她商量一下，不能因为当村长影响了你们的关系。这村长是群众选的，可不是说干就干，说不干就走的呀！那样你可就伤了乡亲们的心了，让你的父母还怎么在这个村子里待呀。"

　　听了田美玉的话，李强渐渐地抬起头来，用一种很有信心的眼神看着田美玉，说："就在这儿干了，其他的事总会有办法的。不过我可什么经验都没有哇，工作上全靠你了。"

　　田美玉很认真地说："要我说什么是工作经验呀，想法让老百姓富裕就

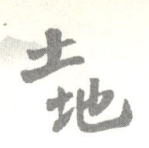

是最好的经验，心里有群众就是水平。现在好了，党中央的政策就是让你带领群众致富，三提五统也没有了，村干部的工资都国家给开了，用咱干部干什么，主要就是带领群众致富。"

说着话呢，进来了五保户官布老两口子，邻居李三在后面跟着。

官布看看李强和田美玉说："哪个是村长啊，我俩是这个村子的人，刚从外地回来。家里的房子破得不能住了，村里的领导给想想办法吧。"

李三看官布说话有些笨，接过话说："我是他们的邻居，他汉话不好，我跟你们说吧。是这样，前几年他们在侄儿家住了，去了五年多，昨天回来的，临时在我家住。他们的房子不能住了，想让村里给帮忙修一下，他俩没儿没女。还有他们的口粮地也让别人占去了，前两年重新分地的时候他们不在，所以就给落下了。"

李强看着官布老两口说："是吗，这两位老人我知道，可是有没有口粮地我可是不知道哇。怎么不在那儿待了呢，城里生活不习惯？"

官布不好意思地说："侄子下岗了，日子过得紧，我们不能老在那儿待呀。侄子不让我回来，我们就说回家看看再回去，要不不让回来。"

"田书记，我看这样吧，等我们了解一下你们组的土地情况，然后再想办法吧。房子的事明天就找人修理，这个不能等，你看行吗？"李强问田美玉。

田美玉点头说："行，这个事在会后研究一下，尽快地解决好老人的生活问题。"

官布老伴说："这孩子真好，谢谢了。"

官布感动地说："书记、村长我谢谢你们了，等房子修好了，我请你们喝酒。"

李三说："人家书记、村长能喝你们的酒吗，哪天我请书记、村长吧。"

田美玉笑着说："算了吧，三哥心眼好，在跟前住着有事多照顾一些，那我们还得谢谢你呢，找时间我和村长请你喝酒吧。"

李三忙说："那可不敢当，没听说过书记、村长请老百姓喝酒的呢，那我不得发高烧哇。"

李强问："三哥，你知道他家的地分给谁了？"

李三支支吾吾，说："那我可不知道，不……不知道。"说着拉上官布就往外走。

田美玉和李强看在眼里，心里都打了个问号。

田美玉说："人来得差不多了，等刘副乡长一到我们就开会吧。"

李强看着田美玉说："我看会上你就安排吧，这儿的工作你熟。虽然我是这个村的人，只有这一年搞甜菜基地，才了解了一些情况。"

田美玉拿过电话说："有些事你间接的也知道一些吧，都是本村的事，你就大胆地干吧，出了问题我顶着。我给刘乡长打电话。"

"喂，刘乡长吗，你在哪儿呢？快到了，那我就通知开会了。刘乡长就到了。"田美玉给刘乡长打完电话对李强说。

"托娅，通知大家到会议室。"田美玉对托娅说。

托娅应声答到"好"，说着到外面去了。

"田书记说了，大家都到大会议室开会。"托娅冲着人们喊。

党员和村委会的成员三三两两地进会议室，人们闹吵吵地说笑着。

车停在了村委会的门前，刘乡长等三人下车，李强、田美玉迎出来相互握手，进办公室。

大家都坐下后，刘乡长笑着说："哦，李强换装了，当上村长就是不一样了，原来是一个小帅哥呀。"

"别逗我了乡长，这是我下乡时穿的衣服，平时就这样。"李强有点脸红地说。

田美玉笑着说："乡长，你别逗我们小村长了，李强够朴实的了，现在这样的年轻人少了。"

"呵，来不来就向着了。好，咱们说正事吧！开会的人员到的怎么样了，可以开会了吗？"刘乡长问。

田美玉说："人都到齐了，只缺席一名党员。"

"昨天在选举大会上已经宣布了对你们的任命，今天我把乡里批复带来了，我看也不用读了。我就是在会上听一下你们的工作安排。因为是第一次会，我看就由田书记主持安排一下会议，有些具体的事李村长布置。"刘乡长说。

田美玉看看李强说："李村长意见呢？"

"行，工作上的事你安排吧，我对村上的工作有点不了解。"李强点着

头说。

　　田美玉认真地说:"你是村长啊,该说的一定要说,特别是你对咱们村以后的发展有什么想法,你有什么打算。群众是很期待你的,所以才选你当村长。具体的工作可以日后慢慢地安排,今天的会主要是看看我们的态度,看看我们的大政方针。没事,不用紧张,都是乡里乡亲的。那我们就到会议室吧,人都齐了。"

　　"要我说人别有钱,有钱就学坏,穷得叮当三响就老实了。"李长玺说。

　　赵玉柱不爱听了,说:"你说那玩意儿,谁不想多呢!钱多就坏了,什么理论。"

　　李长玺没好气地说:"二姐夫你也别装,你要是有个三十万,早就不是你了,那县里的酒店不得成了你的家呀,你得有多少业余连襟哇。"

　　赵玉柱不高兴地说:"你就把我看的那么扁?"

　　李长玺笑着说:"他媳妇奶豆腐就得给我了,那是又白又香啊!"

　　人们一阵大笑。

　　刘乡长、韩秘书、田美玉和李强进屋坐在前面,刘乡长和韩秘书坐在中间。与会的人们看见刘乡长等人进来就都不吱声了。

　　田美玉看看大伙儿说:"大家静一静,现在开会了。开会之前呢,我给大家介绍一下,这位是我们乡的刘瑞副乡长,刚刚到任两个月。这位是我们乡政府的秘书韩风。今天二位领导来参加会议,指导我们村的工作,请大家鼓掌欢迎。"

　　人们鼓掌。

　　田美玉继续说:"刘乡长是代表乡党委和政府来参加会议的,要对我们村新班子的工作做重要指示,大家欢迎刘乡长讲话。"大家鼓掌。

　　刘瑞副乡长扫视了一下大伙儿说:"指示不敢当。今天是百泉沟村新一届村委会班子和党支部在一起开会,乡党委政府对你们这个会非常重视,本来党委王书记想来参加会议的,早上县政府临时通知开会,所以指派我来参加。首先我代表乡党委政府,向百泉沟村新一届村委会班子成员表示热烈的祝贺。你们是百泉沟群众亲手选出的带头人,是百泉沟群众的希望所在,你们肩上的担子不轻啊。特别是李强村长,刚出大学校门时间不长,就为企跑甜菜基地，在百泉沟村赢得了群众的信任，又是土生土长的孩子，最知道你的父老乡亲需要什么。你还是学农的大学生，在企业工作过，知道生产什么最能挣钱。田书记，我看还是让李村长给我们讲讲，他是怎么想的，用什么方法来改变我们百泉沟村的面貌。"

田美玉看着大伙儿说："好，那就请我们李村长讲话，大家鼓掌欢迎。"

人们热烈鼓掌。

李强有点不好意思，冲着刘副乡长点点头说："我都不知道说什么好了。上级领导和乡亲们对我的期望值太高了，我只不过是一个刚走向社会的学生，个人的能力是有限的。百泉沟的富裕要靠乡亲们的努力和上级领导的支持，我会尽我的努力。至于要我说有什么样的打算，怎样带领百泉沟的父老乡亲们致富，我想很简单，就是四个字：示范，信息。这个示范：包括科技、支持、互助、因地制宜，就是找对产业找对户，有人富了就是路。所谓的信息就是市场信息，其实这是个很专业的问题。我们天天都在听信息，真正的信息是个很实际的数字和趋势，做到村、乡、县及全国的信息准确是不容易的，那我们就得尽量做到。有了信息，具体实施还得回到示范上面来，还是要找专业户。有了专业户的带动，群众就会跟着学。应该说现在是农村发展的最好时机，什么两免一补、低保、合作医疗、退耕还林等等各种政策深入人心，有各级领导的支持，只要我们同心合力——"

李强说话的同时，朗鑫带着四个小伙子旁若无人地进了会议室，打断了李强的讲话。朗鑫先冲李强发问："我说你李村长别尽在那说些个不实际的，说多少也是重复上边领导的话，没用，你来点实际的得了。你说村上欠我的翻地款给不给吧，啥时候给，给个准话，我还等着用钱呢。这不老铁和白帮柱还等着这钱取媳妇呢，晚了耽误抱儿子你负责呀。"朗鑫长着三角眼，高个头，有点发胖，一副目无一切的样儿，谁都没有放在眼里。

刘乡长两眼盯着朗鑫等人，有点怒不可遏。田美玉也沉下脸来，冲着朗鑫说："朗鑫你没看见我们在开会吗，有什么事等我们开完会再说。"

朗鑫不以为然地说："我们都等多少年了，还等？会一散我们找谁去呀。正好都在呢，咋办吧，给个说法。你以为我愿意找你们哪，没事在家打麻将还兴赢点呢。"

留留接过话茬儿说:"就……就……就是呀,耽误我赢钱了,谁……谁负责,给个痛快话得……得了!"

刘乡长终于忍不住了,说:"你叫啥名,咋这么没有礼貌,没看见我们在开会吗?"

朗鑫毫不畏惧地说:"叫啥名咋的,欠人钱行,要钱就没有礼貌了是吧!你不就是新来的副乡长吗,你说了算,让他们把钱还给我,我立马就走,以为谁爱在这儿待是咋的。开这个没用的会,不腐败就不错了。"

刘乡长一脸的怒气,说:"你说谁腐败,有证据吗?你知道你这是什么行为吗?你在影响公务,影响村委会的正常办公,是违法的知道吗?"

"我违法,你村里欠我钱就不违法了。你们欠人钱不还,还办什么公啊,研究还钱的事了吗?当领导的有时间干点正事,村民种地的事用你们管哪,谁听你们的呀!哪儿凉快哪儿歇着去得了。"朗鑫非常得意地说。

李强不动声色地看着朗鑫,田美玉已经气得手有点颤抖,她站起身说:"朗鑫,你也太无法无天了,我们在开会,请你出去。"

"我出去,把钱给我就出去,你以为我乐意在这待呀。"朗鑫说。

刘乡长气得要站起来,被李强用手摁下。李强站起身来,对着朗鑫等人心平气和地说:"朗鑫,你说村里欠你钱,你把手续拿来我看看,怎么欠的钱,我们要对账。真要是欠你钱,我们按规定,想办法还给你。你把手续拿出来我看看。"

朗鑫下意识地摸摸衣兜,一边翻一边说:"当然有手续了………嗯,哪儿去了呢,我忘带了,账上有,你看账就行了。"

李强马上严肃起来,说:"朗鑫,你没有手续上这儿来要钱不合适吧。如果账上有,那你怎么没有手续呢?你说账上有,没有手续那是欠款还是存款哪?我告诉你朗鑫,由于并村,所有村的账已经封存了,谁也不能动。等到统一核查时再看你是存款,还是欠款。你今天什么手续也没有,就到村委会来要钱,还扰乱会场,你这是防碍公务!"

朗鑫早有准备地拿出了一个白纸条子,说:"你不要手续吗,这个就是,这是原村主任孙贵给我打的欠款条子,这还不好使吗?"朗鑫把条子拍到李强的前面。

第 二 章

李强拿起条子看了一眼，不以为然地说："这是孙贵欠你的钱，是个人的事，村上管不着。"

朗鑫急了，说："你好好看看那是村里的公章，怎么说是个人的呢？"

李强坚决地说："那不行，孙贵不是会计，没有通过会计审核，就是个人欠款，这和村里没关系。公章是村上的，不是盖到哪儿都好使的。有些村的公章，村长的儿子还拿着玩呢。你找孙贵去吧。你自己走呢，还是找派出所的人来请你呢。"

"那好李强，咱们走着瞧，看是谁欠谁的，有你哭那天。咱们走！我就不信了，你个小村长还成气候了！"朗鑫一边说着，一边和其他的几个人悻悻地走了。

托娅两个拳头攥得紧紧的，坐在那儿，直直地看着李强。

"这些人都霸道惯了，年年要钱，钱早都给够了。小坨子那块地六千亩哇，都被他占了，那不是钱吗？"

"欠他的钱，那叫五分利呀，哪辈子才能还清啊！"人们纷纷议论着。

田美玉大声说："好了好了，大家不要说他了，这些事以后会处理的。我们接着开会……"

李强父母吃完晚饭在西屋看电视，李强在东屋上网。李强的姑父吴凤海来了。吴凤海是个黄净子脸，乍一看好像是个干部的样子，个头不高也不矮，眼睛乱转，一看就是个聪明人。他进外屋来回看了看，开门进了西屋，李大路、其其格和他打招呼："他姑父来了，快坐下，吃过饭了吗？"说着

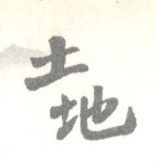

其其格就下地去找茶杯沏茶，吴凤海也就上炕盘腿坐下。

吴凤海明知道李强在家，还问李大路："大哥，强子在家吗？"

"在那屋呢，一般没事他也不太上这屋来，整天没事就看那个电脑，里面也不知道有啥，那么吸引他。"李大路有点不满地说。

其其格把茶端上来，放在吴凤海的前面，说："他姑父喝茶吧。"

吴凤海谦让着说："好了，放这吧。"

吴凤海一脸的笑，一说话眼睛来回转，回过头来对李大路说："大哥你听说没有，今天开村委会和党员会，朗鑫一伙又去闹事了，你猜谁把他们给制服了？"

李大路一惊，回过头来问："谁也斗不了他们，谁呀？"

吴凤海说："是强子啊！你说这小子平时文文静静的，还真有两下子。你说那朗鑫是个好惹的呀，全乡的人谁不知道哇，他根子硬，说打就闹的，可就让强子给制服了。"

李大路一听有点紧张了，把手里的烟都掐了，忙问："打起来了？"

"没有，我听李长玺说朗鑫到会上要钱，在那要横，乡领导都没办法。可是李强较真儿，跟他要手续，他就老实了。谁不知道哇，他哪有什么手续呀。"

李大路不高兴地说："你说这个小子，他非要当这个村长。咱这个村可不像别的村，多复杂呀！你说这不是没事找事吗？这回好了，没个消停。"

李大路又冲着其其格说："我说，你去把李强叫这屋里来，说他姑父来了。"

李强进西屋，看见吴凤海打招呼："姑父来了，我在那屋上网，你来我没听到动静，咋不早叫我呢？"

吴凤海冲李强笑着说："我来也没啥事，就是过来看看你爸妈，连带看看你这新上任的村长。听说你今天挺出彩的，把那人人都怕的朗鑫给制服了。"

李强有点无可奈何地说："服什么服哇，就是个暂时的应付，因为我也知道村里的一些事，知道他肯定没有什么正当手续。不过他有很多的后台和关系，什么样的手续整不来呀，以后还不知道怎么办呢？"

李大路生气地冲李强说："我说什么来着，这是啥地方，咱们跟他们整不起呀。人家黑道白道都有，我怕你整不过人家。"

"你就看着咱们乡亲们这样忍着哇，以后他们还不定出什么招坑害村里呢！我就不信这个邪了。"李强的犟劲儿又上来了。

李大路着急地说："可是那小子啥手段都有，跟他混的都是啥人哪？咱们是啥人哪，祖祖辈辈都是木分人，跟他整不起！"

吴凤海眼珠一转说："那是，南北二屯没有不知道的，到岁数的人们还念你太爷的好呢。要说这村长也是为群众办事的差事，还有上级撑腰呢，怕啥呀，再说对咱们自己也有好处哇。"

李强一听这话，有点反感地看着吴凤海说："姑父，我当这个村长可不是为个人捞好处，我是看着群众受魇憋气，想让咱们的村有点发展，要是想个人的利益我就不干了。"

李大路有点担心地说："你为村里的乡亲们着想，这我没有意见，问题是不好干哪。你说那朗鑫一伙是多少年的根了，人家上头还有县里当官的撑腰，就是有点啥事还不是大事化小，小事化了吗？要我说你趁早别干了，省得打不着黄皮子惹一身臊。"

李强不服气地说："我就不信正不压邪，这是共产党的天下。"

吴凤海鼓励李强说："小子有志气，别怕他，最起码村里的乡亲们都支持你呀。"

李强觉得没有什么话说了，说："姑父，你要是没有事，我想去看看玉米的行情，你们聊着。"

吴凤海一脸的笑，忙对李强说："那啥，我有点小事。这不村里承包给我的二十亩地年底到期了，我想再承包几年。这回你当村长就好办了，要不我就得还给村里了。"

李强一听，想起来官布还没有口粮地，马上说："姑父，我是这样打算的，把过去承包出去的地先收回。个别群众还没有口粮地，像官布大爷就没有。解决了这些人的问题后要是有剩余的，再公开承包给群众。"

吴凤海一听是拒绝他，有点不高兴地说："我的地少，人们也不太注意，你不吱声谁还较那个真儿呀。其实人们都不知道承包多少年，不吱声就过去了。"

李强觉得好笑，说："姑父，你是让我揣着明白装糊涂哇。这是集体的

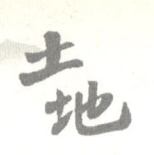

事,就是别人不知道我也不能那么办。实在对不起,姑父,这件事我不能答应你。"

李大路看着吴凤海的小气样来气了,不吱声,一个劲地吸烟。

吴凤海有点下不来台了,只好说:"那就算了,不能因为我这点事耽误了我大侄子的前程。"

吴凤海说着下地要走,说:"好了,我没有别的事,走了,大侄子好好干啊,我不能影响你。你别怕,在我的身上找不出毛病来。你放心,我不能给你添麻烦。别人都能像我这样,你就好干了。"吴凤海明显不高兴了。

李强很不自然说:"那你走哇,我送送你。"

吴凤海很客气地说:"不用了,你忙吧。"

吴凤海走了,李强回到屋子里,李大路气得瞪着眼睛看着李强,半天说不出话来,又一回身冲墙坐着没好气地说:"什么玩意儿,就这么没意思。这可倒好,本来你姑父就对我有点成见,还不得怨我呀。"

李强安慰李大路说:"没事,改天我去和我姑说,她信我的。"

李大路回过头来看着李强说:"你姑父那人你还不知道吗,谁给他好处就和谁好,吃里爬外的,你还得注意他呢。"

李强摇着头说:"不会吧,能这么小气吗!你别管了,这事和你没关系。"

李大路不吱声了,就在那抽烟。

"爸,我去双合尔爷爷家一趟,他让我查的资料我给他送去。"

李大路在生闷气,也没有回李强的话。李强轻轻地带上门走了。

老支书双合尔的家,四间瓦房,大院落,很宽敞。隔壁是他大儿子阿斯根家。双合尔和老伴跟小儿子包爱民一起过。包爱民已经快四十多岁了,家里有一辆三轮车,和他媳妇跑各乡的市场,做点小买卖,他们有一个儿子在上初中。

天色已经黑了,李强因为常来双合尔家,没有打招呼就进了屋。

双合尔和老伴在看电视,看见李强来了都要下地。

双合尔说:"强子来了,咋没个动静呢,来,快坐下,上炕来。"

"哎呀,爷爷你们别下地了,我也不是别人。"李强坐在炕边,不让双合尔老伴下炕。

双合尔对老伴说:"我说你快去东院托娅那拿两瓶汽水来,强子他不喝茶。"

"别去了,我不渴。"李强不让包奶奶去。

包奶奶还是去了。

双合尔很高兴地说:"我都听阿斯根说了,上午开会朗鑫又去闹了,说你把他降住了。我就说嘛,你小子准行。别怕他,越怕他,他就越熊你。咱做得正走得直,怕他啥呀,他反倒是怕你。"

"爷爷,我这头一天就碰上这么多的事呀,心里真的没有底了,怕是当不好这个村长。"李强有点担心地说。

双合尔点上一支烟,说:"这才哪到哪呀,开弓没有回头箭。我是老了,要不我还干,不然我看着憋气。这都成了啥了,公家的事他们想干啥就干啥,公家的东西想拿啥就拿啥。小子你别怕,绝大多数人是拥护你的,就凭这个,咱们底气足。"

李强拿出他刚从网上查到的资料对双合尔说:"爷爷,我刚才在网上查了有关小绿豆食品工业的信息,需求量是很大的,价格也很高,只是在收购的环节上还找不到商家。"

"哦,这么快就查到了,多少钱一公斤呢?"双合尔问。

"沈阳五爱市场是一等八元一公斤。最近的锦州是七块八一公斤。像济南市是八块七一公斤。北京的价格更高一些,是九块三一公斤。"李强说。

"那就好了,我是想在咱们西坨子下坡的那片薄拉地上种绿豆,现在的新品种产量还是很高的呢。我去年试着种了两亩地,每亩平均产二百五十六斤。要是八元钱一公斤的话,那亩产小一千元钱哪,种啥能达到这个数哇。"双合尔高兴地说着。

"还真是,种玉米还达不到这些钱呢,爷爷你真的很细心哪。"李强说。

包奶奶回来了,托娅也跟着一同来了,人不到声到地了,说:"强哥来了咋不招呼一声呢,怕我沾你大村长的光啊,先给你喝两瓶汽水不算贿赂吧。"

"你又拿我开涮哪,两瓶汽水就把我打发了,你想得美。"李强和托娅开玩笑。

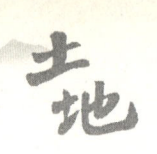

"强哥真的很厉害呀,看你文文静静的,关键时候还有两下子,我当时都害怕了,要不爷爷推举你当村长呢。哎,我说爷爷你是怎么看出来的呀,我也看不出来他有什么特别呀。"托娅心直口快地说。

"不是我夸海口,这些年我干啥了,别的不敢说,看人我还是很准的。托娅跟你强子哥学着点吧,别净挖苦人家。"双合尔得意地说。

李强的家,李大路和老伴其其格在看电视。张勇缩头缩脑地来到了李强的家门前,四下看看没有人就进了院子,开门进屋。李大路看见张勇进屋愣住了,说:"哎!老三来了,你咋这么闲着呢,上炕。"

张勇有点拘紧地说:"不用,我就坐这吧。"说着就坐在炕边上。

其其格忙着给张勇沏茶,一边倒水一边说:"三弟好长时间没有到我家来串门了,她三婶还好吧。"

张勇有点不自然地说:"还好,没啥大毛病,总是那个劲。"

"孩子们出去打工怎么样啊,回来信没有,志成不也去了吗?"李大路问张勇。

"志成也去了,昨天还来电话了呢,都挺好的,就是消费太贵了点,去了吃住的所剩不多,也不打算长干,五一就回来。我想志成和志仁回来这地也不够种啊,这不找村长帮忙嘛。"张勇看看李大路说。

李大路感觉突然,说:"啊,找强子有事呀?"

张勇有点不好意思地说:"我想承包泡子边上的那片荒地,反正也没有人种,少给点钱就包给我们得了。这是我的一点心意,请李大哥帮这个忙。"说着张勇把用纸包的一千元钱放在炕上就赶快走了。

"老三你这是干啥呀,我可当不了李强的家,这钱你拿回去,这可不行。"李大路一边拿钱一边穿鞋说。等李大路出门,早已不见了张勇的踪影,外面一片漆黑,李大路只好拿着钱回到屋里。

"这可咋整,这算啥呀!"

其其格说:"咋整,强子整呗,该咋办咋办呗。"

李大路自言自语地说:"你说这当村长第一天就这样,找办事的人就不离门了,这长了还了得呀。可拉倒吧,长了不得出事啊。"

其其格说:"不要就得了呗,强子回来交给他!"

李大路两口子把钱放在炕上,谁都不吱声,等着李强回来。

已经是将近九点钟了，李强才回来，一进门就看着有点不对劲。

"咋的了，怎么生气了？"李强看着父母问。

李大路生气地说："咋的，还不都是因为你呀！你说这头一天当村长，那张勇就给你送钱来了，说是要承包泡子边上那片荒地，叫你照顾照顾，你说这可咋办吧。"

"钱你们收了？"李强有点着急地说。

李大路说："他放到炕上就走了，等我出去人就没影了。"

李强拿起放在炕上的一千元钱看了看，自言自语地说："这都是咋的了，要不都争着抢着当村长呢，看来这个村长我还真当对了。爸、妈别着急，我来处理。"

说着李强拿着钱就出去了，其其格忙着给李强找出手电，说："强子，把手电带上，别让狗咬了。"

张勇的家，三间瓦房，还有牛棚子四间，院子很大。张勇有点埋怨地说："你说也不知道这小子是啥脾气，这钱要是不收那就反倒不好了，我咋觉着有点唐突呢。"

张勇的爱人无所谓，说："啥不收哇，这时候有那样的人吗？到啥时候也是官不打送礼的。你看那原来的村长孙贵，你不给他还和你要，吃你喝你还不给你办事，过去也是多好的人，跟朗鑫那一伙人掺和上就完了。他们把这个村整乱了，把咱们的地也整没了，好好的地修什么水库，机井和地被淹了多少哇。"

"头几年那不是当官的想咋整就咋整吗？这可倒好，大伙儿没好地种，都是一些坨子地，沙化了不说，它也不打粮啊。你说几千亩的河滩地就那么被淹了，整个水库都便宜朗鑫了。水库里的苇子和地都卖了钱，不交承包费不说，到头来乡里还欠他好几万元钱，一想这事都气死你。现在我们没地种，还得求爷爷告奶奶地找人送钱，成了还行，要是不成这多不好哇。"张勇无可奈何地说着。

"三叔在家吗？开门呀！"李强叫门。

张勇和爱人互相看了一下，出来开门，说："是李村长啊，快进屋。"张勇满脸带笑地往屋里让李强。

李强迟疑了一下还是进屋了。张勇的爱人在看电视，看李强来了站起身

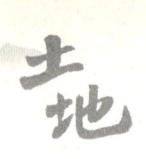

来，有点不好意思地说："李村长来了，快坐下。"

李强问："三叔，我听说志强、志仁五一要回来？"

张勇说："是呀，是呀。"

李强心平气和地说："你家地少我知道，我们慢慢想办法，别着急。"

张勇不知所措地看着李强，说："这日子怎么过，愁人！"

李强说："办法我来想，这钱给你拿回来了。三叔，我强子是个啥人，你还不知道吗？你要是有事，我肯定会帮忙，要是不行的事，我是不能办的。我是你们从小看着长大的，你们希望我像孙贵一样吗？"

"这都是你三婶出的馊主意，说你办事也不容易，表示一下我们的心意。你又不是别人，从你奶奶那论，我们都是老亲呢。"张勇不好意思地说。

张勇爱人满不在乎地说："这算什么呀，就是少点了，现在的人们都这么办事，原来孙贵不给还要呢。你不要钱，我们心里没底。"

李强把钱拿出来放到炕上说："三叔、三婶，我强子在咱村当村长是想给咱们村找一条致富的路子，行不行要靠乡亲们的支持。你这不是支持，是给我出难题。这钱你们看看对不对，快收起来。"

张勇很尴尬地说："你看这多不好意思，那我收起来了。是这样，咱们泡子边上的地不是很多嘛，也有人在种。我寻思志成和志仁回来也没什么干的，我的那点地也不够种啊，两个大小伙子没事干咋办哪，就想种点。"

李强说："这些年你们也知道，那个水库是朗鑫和乡里承包的，那里的地得朗鑫同意才能种。孙贵当村长的时候，朗鑫把承包权让给了孙贵，那是怕他闹事。这个红旗水库是乡里过去搞的工程，村里也没有办法。你先别种了，以后大家想个办法解决这个问题。"

张勇说："咋解决，没办法。"

李强干脆地说："咋没办法，放水还田，把地分给群众。那片地里还有很多眼机井呢，有的还能用。"

张勇有点不相信，惊讶地看着李强说："那能办到吗？那朗鑫一伙把着能让你放水开地？上边还有方主席撑腰，谁敢放水呀！"

晚上赵玉柱来到孙贵的家中，进屋见朗鑫、留留、白板都在。

孙贵嫌赵玉柱来得晚了，有点不高兴地说："你小子真会装啊，到这个时候才来，是怕人家看见咋的？谁不知道你是方主席的外甥，啥事你能脱离了关系呀！"

朗鑫嘴里有点不干净地说："看你他妈的那个熊样，别说你还是个村委会治保主任，班子成员，就凭你是方主席的外甥，还怕他个白脸书生，有权力该使就得使，别像那三孙子似的。不合心思的事，就叫它通不过，通过也干不成。有我们爷儿几个给你顶着，什么事你也不用担心，有事你招呼一声就好使。"

赵玉柱急了，说："别他妈的跟我扯这套！哥们儿那'路路通'的大号也不是拿气吹出来的，我是南山打过虎，北坡斗过熊，我一不怕他小李强，更不怕那些逮鱼捉虾的蛤蟆精！"

白板讨好地说："就是，就是，谁见过我赵叔怕过事，肯定是家里有事，才……"

孙贵眼睛一瞪说："这没你小子说话的地方，一边眯着去！我说赵主任，这不大伙儿都着急了嘛。咋大眼贼掐豆鼠子，还窝里反了呢？"

赵玉柱坐在炕边上，个头不高还有点瘦，显得很猥琐，他强装笑脸，冲着孙贵说："我是真的有点事，我的那个三小姨子来了，不应酬一下不好，好像看不起人家似的。这不她刚走我就来了嘛。大哥有点着急了吧，多大个事呀，就那个小村长，你看我怎么对付他。"

朗鑫不服气地说："你可拉倒吧，今天那场面上你咋的了，咋没出面说明一下呢，叫我下不来台。我这还是头一次丢人呢。我服过谁呀！这回要是不好好地整整李强这小子，那我以后还有什么威信。"

赵玉柱忙说："这不关我的事吧，我也没经手，条子也不是我打的，这事老孙大哥看咋整就咋整呗。不过不管怎么整那可得严密点，别像今天上午似的。"

朗鑫眼睛瞪着赵玉柱，说："上午咋的了，那有啥呀，手续不对重新做呗，那不是咱们说了算嘛。咋来不来你就有点水淌了，尿裤子了？"

赵玉柱不服地说："哼，还不知道谁尿裤子呢？那也不是我的事，我是说整得明白点，别出啥漏洞。"

朗鑫有点急了，说："啥叫漏洞！就是有漏洞，他李强还能咋的呀，那他不是干瞅着吗？我看你是指不上了，就你这个样还想当村长呢，治保主任

干长就不错了。"

赵玉柱来气了，看着朗鑫说："请问我在什么时间、什么地点和什么人物说过我想当村长了。不错，这要是在老年头，村长不过是个九品芝麻官，我这个治保主任是个跟在人家屁股后头扛旗跑龙套的。可是跑龙套也是官家的人，总比地痞混混强吧！话又说回来了，兄弟，我记得方主席在这儿当书记时，你点头哈腰的对我不是这个态度哇，嘿嘿，这真是麻杆不叫麻杆，棍呀？"

朗鑫也觉得自己的话说过了，把话拉了回来，说："我不是看不起你，我是说你胆子也太小了，那有啥呀，咋整他不得咋接着嘛。你别介意我这个人说话粗，这些年了你还不了解我吗？"

孙贵接过话说："顾全大局，顾全大局，算了吧，赵主任你就别挑理了，这都啥时候了，咋说咱们都不是外人。我看这样，先把有关的手续都整清了，别的事以后再说吧。"

赵玉柱借机下台，说："我倒没有什么，反正这事和我也没什么关系，我在这是多余的，那没事我走了。"

说着赵玉柱就要走，朗鑫和孙贵赶紧拦住赵玉柱。朗鑫说："大哥还真的往心里去了，咱们是谁跟谁呀。你别走，全仗你这个路路通，活诸葛出主意呢。"

赵玉柱装做有些生气地坐下了，接着孙贵等人又开始商量起来。

李强回到家，见父母还没有睡觉。

李强有点奇怪地看看父母，说："怎么还不睡觉哇，是不是在等我呢？"

李大路没好气地说："不等你还等谁呀，你说说头一天就这么多的事，我们是担心你以后干不了，这要出点事可咋整呢？"

其其格看着李强，说："强子，咱们心里可得有点根呀，做人处事不出格就没有事。那钱的事咋整了，还给人家了吗？"

李强坐下，长出了一口气说："还了，真是有点不好意思。你说多么老实的人，他咋也整这一套了呢？"

李大路有些不明白，说："他不就要种那泡子边上的地嘛，干啥还花钱弄景呀。他愿意种就找朗鑫去，找你干什么？"

李强说:"很多人都在种水库里的地,都是孙贵答应的,那能白答应嘛,都得花钱。他不是老实嘛,以为是村长管着呢。都是这个没用的水库,占着六千亩地。我看就得放水还田,还能解决四周五千亩地的内涝问题。加上水库外一共得有一万多亩地,这对一个村来说是多么重要,它能让我们全村增加多大的收入哇?"

李大路不敢相信,说:"放水!这事你想都不能想,你知道这里的水有多深吗?别说是你,就是乡里的领导他也不敢提呀!"

李强不服气地说:"什么了不起的人物搞的呀,不就那个方志南吗?谁损坏群众的利益也不行,我就不信他那个邪,他能把我咋的。农民要回属于自己的土地,那是合理合法的事。"

李大路摇着头说:"就是你真想整,乡里也没人敢批,乡里不批那你不是白张罗吗?"

李强激动地站起来说:"我就不信乡里没有好人,共产党的天下不是哪一个人说了算吧。"

李大路看李强这样,说话声小了点:"我的话你别不信,别去捅那个马蜂窝。这些年都过来了,群众都习惯了,没地种就种坨子地,怎的都是过。你是年纪小没有经过事,不知道害怕呀。"

其其格在一旁听着,也来劝李强:"强子,你就听你爸的吧,这些年的事我都看明白了,胳膊拧不过大腿,啥都得听上级的。"

李强的态度更加坚决,说:"那你说我干这个村长还有啥意思,属于群众自己的地都要不回来,还能干啥呀?发展村里经济,提高百姓生活水平,是党和国家的政策,我不能光说不干哪!"

李大路也来气了,说:"你看你看,这还长脾气了。不信我的话,到时候吃亏别说我没挡你,不信你就整吧。"

李大路生气地关灯睡觉了,其其格跟着到了李强的屋子,又和李强说起这个事来了。其其格很耐心地和李强说:"强子,你爸说的有道理,你别不信。这些年人们都知道这个地是应该种的,可是他咋就没有人敢整呢,这一茬一茬的干部就没有敢干的呀。咱们要干就帮助群众干点实事得了,你像那种菜,还有那养牛、养鸡不都行吗?"

李强也心平气和地对其其格说:"妈,不是我不知道这里的利害关系,

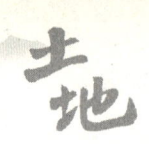

那个水库实在是太影响咱们村发展了。妈，你别怕，我心里有数，没有理的事我不会干的。你帮助做做我爸的工作就行了，好了，回去睡觉去吧。"

其其格走了，李强说什么也睡不着了，他拿起手机想给杜萍打电话，拨了号又放下，躺在床上脑子里回闪着一天的事情。

吴凤海回到家一脸的不高兴，李玉梅一见就知道事情办的如何。李玉梅一边和面一边问吴凤海："咋样不行吧，我和你说过，这歪门邪道的事，李强是不会同意的，就是李强同意了，大哥也不会同意。让你别去讨那个没趣，你不听，弄了一鼻子灰吧，活该！"

吴凤海气不打一处来，说："李强这个没良心的东西，上大学的时候从咱们家里借了多少钱哪！我怕耽误他上学，家里没钱还是从朋友那借的三千元钱。这倒好，求他办点事左一个不行，右一个怕群众有意见。我算看透了，他当村长咱是借不上光了！"

李玉梅有些不耐烦地说："行了，那选举的时候你向着谁了，你选谁了，成天一口一个你那孙大哥，咋样落选了吧！那明知道群众不得意的人你还跟着跑！"

吴凤海很深奥地说："你当我是为了孙大哥呢，那是为了我自己，当时孙大哥说他已经干够了，要推我当候选人，我才和他干的。"

李玉梅没好气地说："那咋没选上你呢？想得倒美，他还能让你选上村长，他是为了他自己。别人找不着了，才找的你，看你的家族大，人多，可你的亲戚哪个听你的了？"

吴凤海嘴一撇，有点瞧不起的样子说："一个二十多岁的毛孩子能当村长，真是没有人了。我就是不服，他当村长还不如我当呢。你看着吧，有他好瞧的，赵玉柱、朗鑫那一伙人就够他受的了，还用别人。"

这时候吴凤海的儿子吴江进屋来，听见他们说李强当村长的事就问："你们说什么呢，说我李强哥当村长的事呢？"

李玉梅说："你爸说你李强哥小，当村长不合格，主不起事来。"

吴江有些惊讶地说："爸，你白天还说我强哥怎么怎么厉害，把没人敢斗的朗鑫都制服了，怎么又说他不行了呢？"

吴凤海没好气地说："你个小孩子知道什么，这才哪儿到哪儿呀。走着瞧，有他李强哭的那一天。"

吴江不同意吴凤海的说法，说："反正我看李强哥行，没人能比。"

吴凤海发火了，大声说："滚！该干啥干啥去，别在这瞎咧咧！"

吴江有些愕然，不高兴地走了。

李玉梅一边扫炕，一边说："得了，你别扯那没用的了，都啥时候了，睡觉！"

第二天李强六点就起床了，看摩托车有没有油，然后又给田美玉打电话："喂，田书记吧，我是李强，你在哪儿呢？啊，啊。我今天想给官大爷修房子去呢？"

田美玉在家里接电话，说："去吧，可是有人干活吗？"

"我想找一下敖包屯的党员和刘会计，还有他的邻居李三，加一起也有十来个人，就差不多了吧。"李强说。

田美玉说："那还得花点钱吧，你先找刘会计想想办法，以后咱们再解决吧。"

李强说："好的，那我就招集人去了。"

田美玉说："还有别的事吗？"

李强说："你今天在乡里看一下咱们村的账，主要是朗鑫的账。"

田美玉说："好的，我和乡长问一下。"

李强还没放下电话，原三家子村的支部书记徐守忠来了。

李强迎上前来，说："徐书记这么早就来了，你有啥事吧？"

徐守忠站在李强的面前，说："说起来真是不好意思，前几年我在三家子村干的时候，村里欠了我一万多元钱，都是些乡里来人吃饭欠人家小卖店的钱。这手续一点没有假，不信你去打听打听。都是我个人打的欠条，别人去他们不给。我当书记的时候也没有钱还，想以后再还吧，谁知道并村了，这事就放到这了。"

李强握着徐书记的手说："徐书记，你是咱们乡最实诚的老党员，我去年下乡的时候就听说过。这样吧，怎么办等看了账再安排。我今天要去敖包屯的官大爷家给他修房子，你来得正好，帮忙通知一下敖包屯的党员，咱们一起把官大爷的房子修上。你是老支书，好招集人。你还没有吃饭吧，正好一起吃吧，走，先到我爸那屋。"

徐守忠有点不好意思，说："不了，我回去吃吧，人我帮你招集。"

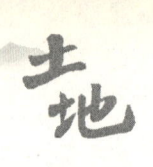

李强拉住徐守忠，说："你别见外，正好我爸也没吃呢。"

李强拉着徐守忠进了屋子，李大路正在外屋洗脸，看见徐守忠打招呼。

李大路擦着脸说："徐书记来了，我可是有些时间没有见到你了，怎么样还好吗？"

徐守忠有点自嘲地说："还好，这回省心了，村里的事不用我管了，这无官一身清。"

李大路很诚恳地说："话可不能那么说呀，你是个老党员，村里的事你还得多看着点。李强年纪小，有些个事没有经过，到时候你得帮他出出主意，把把舵。"

徐守忠摇摇头说："年轻人比我们强多了，敢想敢干，能跟上时代潮流，我们不行了，老了，该下台了。"

李强接过话说："这是哪儿的话呢，大叔你还不老，有经验，有威信，村里有些事得向你请教呢。"

说着话其其格已经把桌子放好，端上来四个菜，还有酒。

其其格看着徐守忠说："吃饭吧，他大叔头一回在咱家吃饭，这也没什么准备，赶上啥吃啥了，别客气。"

徐守忠笑了，说："我可不客气，大路我们过去就好，从小的光屁股娃娃。"

李大路很高兴地说："那是呀，这多少年了，一晃都老了。我比你大五岁，你今年五十一了吧？"

徐守忠说："可不是嘛，正好五十一了。"

李强给徐守忠倒酒，说："大叔你们俩多喝点，今儿个的事早一点晚一点都行。大叔，我听说官大爷还有一个亲戚，是谁呀？"

徐守忠想了一下，说："那是他的一个叔伯侄女叫银花，婆家在大庙乡住，离咱们乡远着哪。"

李强接着问："那官大爷去的侄子家是不是他的哥呀？"

徐守忠说："不是，那是银花的弟弟。"

李强说："哦，是这样。"

官布家，一幢三间破旧的土房子，院墙已经残缺不齐，窗子的玻璃都没有了，屋里的炕也塌了。李强、刘福田、徐守忠、李三和党员们都来了，人们都在官布的房子前边。

李强看看刘福田问:"刘会计,党员和村委会都通知了吗?没落下谁吧。"

刘福田说:"都通知了,快到了吧,早上都得吃饭。"

李强对李三说:"李哥你跟前住着,大家吃饭喝水什么的就在你家了,过后村里会给你一些相应的费用。"

李三说:"那不用村里负责,我是他们邻居。"

李强看着李三说:"那就谢谢你了。"

李强回过头来又问刘福田:"刘会计,咱们账上还有钱吗?"

刘福田苦着个脸说:"哪儿还有钱了,都是欠的外债。"

李强说:"这得用油毡纸吧,得多少钱呀?"

刘福田说:"怎么说也得个五百元钱,还得用水泥呢,河沙也没有哇。河沙这西院有,我去要点,那是我小姨子家。"

张勇借机逗刘福田:"这小子借机要看小姨子去。"

刘福田反击他:"你小子就这点出息,看小姨子还费事呀,叫她来她不就得来呀,像你呢,还得找个借口。"

张勇笑着说:"也没说别的呀,你别多心哪,想哪去了。"

李强从兜里掏出钱来,说:"我这有五百元钱,你拿着去安排水泥和油毡纸。河沙你能要就要吧,不省点钱嘛。"

刘福田走了,党员们陆续都来了,李强脱了衣服干起来。

有的在补修房顶,有的在收拾窗户,还有几个人修理院墙。

不一会儿官布老伴送来水和一些茶具,大家过来喝着茶水。

李强喝了一口水问:"官大爷是这的老户吧,还有什么亲人吗?"

官布说:"这就算是老家了。我们早年的老家在那荣旗,我父母是跟着主人来的。我们是人家的奴才,在这个屯子已经有六十多年了。现在我只有一个侄子,还有一个侄女叫银花,住在大庙乡。侄子的情况已经和你说过了,他下岗了,正在找新的工作。"

没等官大爷说完李强的手机响了,李强接电话:"喂,是我。你在哪呢?"李强一听是杜萍的声音,就站起身来走到一边去说话。李强回头看了一下干活的人们说:"好,你说,我听着呢,刚才旁边有人,现在好了,你

说吧。"

杜萍在公司的办公室里,拿着电话说:"这两天你在干什么呀,怎么一个电话也没有呢?你是不是在干什么坏事呀?啊?是啊,我在班上呢。头头不在,要不得到外面去打电话。我得小点声,要不同事们都听着了。"

李强笑了,小声地说:"我也正想给你打电话呢,说说我干的坏事,可……可……就是有点不敢说。"

杜萍有点信了,忙问:"什么坏事,敢干还不敢说呢。我猜你是又有什么新的发现了,比如谁家的大姑娘长得漂亮,还有……"

李强很得意地说:"这回你猜错了,你想都想不到的事。"

杜萍想了一下说:"要不就是你喝酒喝多了,趴到猪圈里搂着老母猪睡觉去了,哈……"

李强很甜地笑着,说:"要搂也搂广原市那个小母猪,哈哈!告诉你吧,我当村主任了,就是村长。"

杜萍止住了笑,十分惊讶地说:"什么村长,是谁让你当的呀?群众选的?那咋整啊,你不回来了,咱们的婚什么时候结呀?"

李强看了一下干活的人们说:"看来咱们结婚的事得往后推了。我才上任两天,怎么也得干一段再说。说实话我心里真的没底,这事也太多了,不是我们想象的那样轻松。"

杜萍着急地说:"那你生产基地的事咋办呢?工作不要了,我可和你说啊,你别弄的鸡飞蛋打,什么也干不成啊!"

李强看接电话时间长了,人们都在等着他干活,就说:"好了,我在给官大爷修房子,忙着干活呢,过两天我去你那再和你说吧,好吗?那好就这样。"李强放下电话和大伙儿干活,只是脸色有点和刚才不一样。

李三逗李强:"咋样,对象来电话了吧,那是上级的命令,必须得执行。"

李长玺给李强打圆场说:"你咋知道是对象的电话呢,那还兴是领导的电话呢。"

李三好像很明白似的说:"打电话要是到旁边听,那不是对象的电话,就是小姘的电话,不然就当人面接喽。"

李长玺也不服地说:"我看你是啥也不懂个玩意儿,那是有修养,打电话不打扰别人。谁像你打电话那样,'喂,大哥呀,你家的毛驴下骡子了吗?要是下了得喝喜酒,可别忘了他二叔唯。'"

众人哄堂大笑。

新能源公司办公室,杜萍放下电话,有点发呆了,高云云用手在她的前面晃,她都看不见。

高云云用手拉杜萍,说:"喂,杜姐怎么啦,刚才谁的电话?"

杜萍回过神来,长出了一口气,说:"李强。这日子没法过了。"

高云云追问:"怎么回事,李强他说什么了,你们什么时候结婚?"

杜萍没好气地说:"结什么婚,黄了,他当村长去了,这个没有心的东西,气死我了!"

李长玺抹完了最后一桶水泥,官布的房子修完了,李强招呼着收拾东西,李三让大家到他家去吃饭。

李强冲着大家说:"大家都去吃饭吧,我先去一趟马天保家看看他的甜菜育苗情况,一会儿就回来。"

官布家离马天保家不远,只隔一家。李强到天保家看了育苗的情况之后,问马天保:"大哥,官大爷家的地谁种了?你在他们临近住着,应该知道吧。"

马天保有点不好意思说,又觉得李强这么关心他的地,就说:"我说了你可别生气呀?"

李强说:"你说吧,我怎么能生气呢。"

马天保四下看看,又在李强的耳朵边说:"是你姑父种了他们的口粮地,我听说是你姑父给了孙贵……"

往下的说话声音小,听不清说的是什么了。

李强大声地说:"那我能告诉别人嘛,你就放心吧,我不可能说,你别怕。"

马天保又放大声音:"我知道你们是亲戚,这事整不好可是要记仇的。吴凤海那人本来就心眼小,最好让别人来处理这个事。"

李强苦笑了一下说:"那让谁处理?啥好事呀,我的亲戚就得我来处理,别人都看着我呢,你说是不是?"

马天保想想说:"倒是这么个理,可是那人可不好斗哇,整不明白可有

麻烦。"

李强无所谓地说："有什么大不了的。"

马天保小声说："他可和孙贵、朗鑫那些人关系不一般，你得注意点呀。"

李强听完感到压力很大，对马天保说："好了，我知道了。"

李三来找李强，李强和马天保小声交待了几句，就和李三走了。李三家里其他人吃完饭都回家了。

李强扒拉一口饭，问李三："唉，我说三哥，官大爷的地是谁种了？你是他家的邻居，应该知道吧。"

李三不好意思说："这……我不好说。"

李强说："有什么不好说的，怕什么呀，你说吧。"

李三试探着说："那是你们家的亲戚种的，我不说你也知道。"

"你是说我姑父吧，那有什么不好说的？"

李三笑了，说："你看你都知道还问我干啥，这事就是官大爷不知道，其他人都知道。"

李强对官布说："官大爷，地的事你听信，落实了我通知你。三哥你不要往外说这事，因为还没有落到实处。"

李三说："我知道，那我哪能说呢，你放心李村长。"

李强放下饭碗对官布说："官大爷，你先在李哥家住两天，等炕干透了再住，还有什么事尽管说，直接找我就行。"

官布说："没别的事，太谢谢你了，这么快就把房子修好了，真是没有想到。"

李强回头对李三说："李哥在跟前住着，多照顾一些，我替官大爷谢谢你了。"

李三说："这说啥呢，你放心就得了，有什么事他不好意思找你，我可好意思找你，别怕麻烦就行了。"

李强走了，官布和老伴依依不舍地看着李强骑着摩托车远去，久久不回屋。

李强回到家中已是晚上七点钟了，停好摩托车就回到自己的屋里，打水洗了脸和脚，坐下来打开电脑，这时其其格进来了。

"强子吃饭了吗？饭还在锅里热着呢。"其其格说。

李强回头看看其其格说："妈，我吃过了，是在李三家吃的。"

其其格坐在李强的旁边问："房子修的怎么样，老房子了，不太好修吧？"

李强把电脑暂停，说："可不是嘛，房子太破了。两个老人挺可怜的，没儿没女，又没有什么正经的收入，村里要是不照顾点，日子可怎么过呢。"

其其格又问道："他们的地有安排了吗？"

李强很不高兴地说："他们的地让我姑父给种了，今天我打听清楚了。"

其其格听了一惊，说："那怎么办哪，能要回来吗？是不是那天你姑夫要包的那块地呀？"

李强态度坚决地说："对，就是那块地，要不回来也得要，不然官大爷怎么办，没有地种日子怎么过呀？"

其其格看着李强说："谁去要，你呀？"

李强有些无奈地说："那可不得我，咱家的亲戚你叫谁去得罪人呀。再说，那天他来咱家我不是和他说了吗，他是有点不高兴，可是他也没说不给呀，再说这种事他不给也不行啊。"

其其格提醒李强："你姑夫那人有点小心眼，你和他要的时候注意点，别太横了，多和他讲道理，咋也是你的姑父。"

李强说："啥道理他都懂，就怕他故意不给，想出什么歪主意，给找出难题。哦，对了，这事我得和田书记说一下，看他什么意见，我给她打个电话。"

李强拿起手机，给田美玉打电话，其其格回西屋了。

"喂，是田书记吗？我是李强，还没有休息吧！啊，修完了，是啊。没用多少钱，一共花了四百多。嗯，是我垫的，救急呗，别的以后再说吧。我给你打电话主要是官大爷口粮地的事，他的地让村里承包给别人了。嗯，还没有到期呢，差一年。我想这事咱们得研究一下，具体怎么落实。那明天咱们村委会见吧。好吧，就这样吧。"

放下电话，李强又打开电脑看起来，看着看着就困了，打起了瞌睡。李

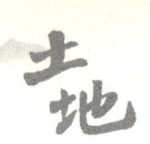

强关上电脑倒头就睡着了。其其格进来给他脱掉鞋子,拿来被子给他盖上,又把灯关上,才悄悄地走出屋子,关上门。村委会,李强在办公室里等田美玉。正要给田美玉打电话,李强的手机铃响了。

李强接电话:"喂,田书记啊。怎么了?是吗,一天的会呀。那……"

田美玉在听电话,说:"怎么个情况你说吧,嗯……嗯。"

李强在屋子里来回地走,说:"官大爷地的事我问清楚了,是村里承包给吴凤海的,今年年底到期。我想现在就把问题解决了,把地还给官大爷。这不要种地了嘛,晚了今年就种不上了。"

田美玉沉思了一下说:"倒是行,只是怕吴凤海没到期不给。要不等开完会我去找他吧,你和他不好说话。"

李强很坚决地说:"他是我的亲戚,还是我来说吧,要是说不通你再出面。"

田美玉说:"那也行,不行我找他,那好,就这样吧。"

吴凤海家,一家三口正在吃饭。吴江先吃完了,要出去。吴凤海叫住他说:"你先把那黄粪拉到地头堆上,等下午再拉一些土掺上,一会儿我帮你装车。"

吴江答应一声就出去干活了,来到院子里准备发动四轮子,看看机油。这时李强进来了,见了吴江打招呼。

李强问:"吴江,你收拾车要下地干活去吧?"

吴江见是李强,很高兴地说:"强哥来了,我要去送点粪,得先装上车箱。走,进屋,我爸我妈都在呢。"

李强站那没有动说:"我找你,就在这说吧。"

吴江有些奇怪地说:"找我,啥事呀?"

李强说:"官布的口粮地前几年承包给你家了,可能还没有到期,还有一年吧。官布老两口前两天回来了,要种自己的口粮地。前天他已经找我了,这事得给人家解决了。可是找姑父说怕他不同意给,因为还没有到期。我想这一年的承包费村里可以负责任,该给退多少钱就退多少钱,你一会儿帮助说一说行吗?"

吴江觉得没有什么,就答应李强:"哦,我家承包的是官布家的地呀,那是口粮地,应该给人家退,有账再和村里算呗。行,我帮你说,没问题。"

李强拉住吴江说:"别忙,等我先和姑夫说一下,要是有麻烦你就帮助一下。走,我们一起进屋。"

说着话二人就进屋了,吴凤海一见李强来了,马上就知道他是来干什么。

吴凤海漫不经心地说:"李村长来了,那么忙咋还有闲空来串门子呢?有事吧?"

李强看吴凤海有点不高兴的样儿就说:"姑父别那么叫,你叫我强子就行了,在家里,我是晚辈。"

吴凤海态度有点冷淡,说:"那还是假的呀,村长是村里最主要的领导,啥事都要管,啥责任都得担哪。碰到难题了,担不起了,不自信了吗?"

吴江听着不顺耳,说:"爸,你说什么呢,那不是和你说话嘛,要是别人能那么说呀。"

李强也没有表现出不高兴来,很认真地说:"说真的,在你面前我还真的有点不自信。你是长辈,我就是再大的官也得尊敬你呀。要说担起来担不起来,那是另外一回事,群众选你了担不起来也得担,干好干孬是个人的水平问题。"

吴凤海冷笑了一声,说:"嗨,你小子还挺谦虚的呀,话说得挺招人听的,办事也是这样就好了。"

李强实在地说:"姑父,你还不知道我嘛,我从小就不会说骗人的话。"

吴凤海拿起家长的风范,说:"那倒是,我是看着你长大的,这一点我信。不过,你总得有远近之分吧,不能家里外面都一样,不能没大没小的吧?"

李强听出了他的意思,亮出了自己的观点:"那要看是什么事,自己家的事涉及到公家了,就得先公后私,先人后己,没亲没后。"

吴江忍不住了,说:"得了大哥,别兜圈子了,有话你就直说吧。爸,你别像那刁德一似的,阴阳怪气的,都是自家的亲戚谁不知道谁呀。我强哥是向你要那承包地来了,行不行给个痛快话。"

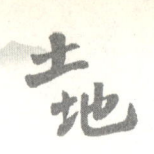

吴凤海一脸的怒气，说："你小子跟着瞎掺和啥呀，你大哥说了吗？他能那么没亲没故的？要地也不能他来呀，不还有书记嘛，是不是李强？"

李玉梅在外屋收拾碗筷，听他们说话有点事，进屋来问："你们都说啥呢，咋还扯到刁德一了。"

吴凤海怕李玉梅过问，忙说："没什么，说着玩呢，你该干啥干啥去得了。"

李玉梅出去了，李强这才对吴凤海说："姑父，我还真是为这地的事来的。本来我应该领着会计和有关人员来，但这是你家的事，我觉得还是先来和你说有好处。有什么问题你可以说明白，这对你对我都有好处，不会有什么影响。"

吴凤海的脸立刻冷了下来，说："你真是为这承包地的事来的？"

李强毫不犹豫地说："是的，就是为这事来的。"

吴凤海一副教训人的样儿，说："你小子还真好意思，自己要地来了。你这些年还是头一回来我家要东西，我记得就连你上学没学费你都没来借过，那还是你爸爸来的呢。为了一个五保户，这么快就登门要地，他是给你什么好处了，还是你的八辈子老亲哪？不是我说你，就你这样，还能当好那村长啊，你得稳住架。你看人家孙贵当村长的时候，啥事出过家呀。可家里像个办公室似的，人来人往，大车小辆的，那叫有派，你这样像个啥呀？"

吴江受不了了，说："爸，你说啥呢，你咋拿我强哥和那孙贵比呀。你知道群众在背后都叫他啥吗？都叫他损鬼。干得好怎么下来了，大家咋没选他当村长呢？中了，你以后可别再和那个不干人事的孙贵一起，是亲戚咋的，不干人事就离他远点，少来往。"

李强口气很诚恳地说："姑父，你说的话有点过了，虽然官布和我没亲没故，昨天给他修房子还是我拿的钱。其实这个道理你比我明白，这个村子也好比是一个家庭，有老人有孩子，你要是个当家人你能不管老人和孩子吗？他们有了困难你能不帮助吗？村长是啥，就是这个大家的当家人，当家人就得当官做老爷吗？像孙贵那样我不会，会我也不做，我们老李家从祖辈上就不会这个，就是这个小打的命。"

吴凤海听李强这么说还急了，说："你小子怎么还教训起我来了，你还没资格。你说的那些道理我都明白，我这辈子净和人打交道了，啥人我没见过呀，就你那儿点小恩小惠能有啥用啊！遇到点事他能帮你啥，一个老百姓，没钱又没势的，那收买不了多少人心。"

李强有点受不了吴凤海的讽刺和打击，脸色由红变白，呼吸急促。可是他还是平静下来，他知道自己是干什么来的。在一旁的吴江都听不下去了，刚要说话叫李强给拉住了。李强想了想，心平气和地说："姑父，咱们也别讲什么大道理了，讲道理我讲不过你。就说地的事吧，村里的意见是今年把你承包的地收回，用于解决官布的口粮地。原本这个地就是官布的口粮地，所以要还给他。如果没有到期，那剩下的承包期所差的钱，由村里付给你，你看怎么样？"

吴凤海听李强这么一说，沉思了一会儿，眼睛转了转说："我这合同可是受法律保护的，没到期单方面违约，是要罚款的，那村里可得负责，别说我耍赖。"

李强说："你说吧，有什么样的要求。"

吴凤海一边想一边说："要是现在收回土地，那可要耽误我一年的收成，拿去年的收成来说吧，我这二十亩地的玉米是二千五百斤的产量，每斤玉米按六角五分计算，那可是一万六千二百五十元钱。我今年计划种花生，每亩计划五百斤的产量，今年的花生价是二块八一斤，那可是二万八千元。你要给吧，我就把地交回，否则的话我不交地，打官司到哪我都赢。"

吴江惊讶地说："什么？你要村里赔你二万八千元钱，那也太多了吧！村里一共欠你多少钱哪，你这不是给我强哥出难题吗？"

吴凤海皮笑肉不笑地说："我也没多要哇，这是按产量算的，你不都听着了嘛。再说了，也不是我强要的，是村里不守合同规定，按理应当罚款，这还没算罚款呢。"

李强有点无奈地说："姑父，你要是这么算的话，那村里就没法收回土地了。村里别说是没有钱，就是有钱也没有这么赔的。你种地只算收入不算成本哪？那产量只往高算，不往低了算？再说了，以地顶钱是当时村里没有钱，现在要地是想还官布家的口粮地，所以村里给你钱你就应该把地交回来。这地是人家个人的口粮地，按理是不应该承包给个人的，就是人暂时不在村里也应该有人家的那份地，至于承包不承包给别人，那是人家官布的权利。"

吴凤海听李强这么说来气了,说:"照你这么说,我那合同是一张废纸呀,那可是受法律保护的,我看看谁给我动动。你小子别给我上那个政治课,你那套给我拿一边去!有别的事你说,要说地这个事你给我出去,叫田书记来。没别的事我可走了,没空和你在这扯犊子!"

吴江接过话说:"你看你咋还急了呢!人家强哥说的是道理,咱们得实事求是,该给村里退回去就退回去,再说村里也不是不给钱。我哥当村长,咱们也不能狮子大开口啊。"

吴凤海不讲理地说:"谁说出天花戴绿叶来也不好使,我就是不给,合同没到期,爱咋咋的,谁也不好使!"

李强那较真儿的劲也来了,说:"就是书记来这事也得我办,本来书记想来,我想还是咱们先把这事说明白了,拿出一个合理的方法来,然后再和书记说。这是坐在自己的家里说话,说深说浅,我是小辈的,没有关系,可是姑父你一点也不给面子。"

吴凤海讽刺李强:"你别装那个大瓣蒜了,什么合理,地白给你拿回去就合理了是吧。不就为了你那个村长要点面子嘛,这种事你找别人去,别拿我当垫背的。"

李强真的是忍无可忍了,脸色通红。吴江也气得直哆嗦,和吴凤海吵架。吴江冲着吴凤海喊:"你还讲不讲理呀!"

吴凤海气不打一处来,脱下鞋,脸不是脸地冲着吴江喊:"就他妈的不讲理了,我是你爹,还是你是我爹呀?有能耐你告我去!我就不给了,今年不给过年还不给,看你能把我咋的!"

第三章

　　吴凤海借机向吴江发难,其实是在向李强示威。吴江气得要和吴凤海喊,李强心里明白,用手按住吴江。

　　李强反而平静下来,很严肃地说:"姑父你不要生气,这是村里的公事。我现在就以村长的名义通知你,村里决定收回你所承包官布家的口粮地。按政策,村里无权把口粮地承包给他人,是经谁手承包给你的,承包费交给了谁,通过什么手段承包的,我们可以找有关部门调查处理。官布这几年的经济损失和承包所连带的责任,到时候我们一起解决!"

　　李强说完转身要走,吴凤海当时就懵了。因为他知道,口粮地只有个人才有权承包给别人,是他趁官布不在家的机会,花了两千元贿赂孙贵才承包到这块地的。

　　在外屋的李玉梅听见吵吵声就进来了,一看李强要走就问:"怎么回事?你们吵什么了,强子要走哇。"

　　吴凤海让李强这么一说有点清醒了,知道事情不好办,真要把孙贵装里头,自己也会有麻烦,让他最心痛的一点是老官布的损失费可不是个小数目。再加上一看见李玉梅进屋来,他立刻就蔫了,一改拿大辈耍横的态度,低着头小声地说:"我们说地的事了,这不是想争取点钱嘛,合情合理的。争论点政策的事,没什么,说通了。李强你别走,说给你姑姑听听。"

　　李强没吱声。吴江没好气地说:"说啥呀,我爸咋说也不给,还说些个不好听的!"

　　李玉梅用眼睛狠狠地瞪着吴凤海说:"我就知道你又扯那个不利索,你

和孙贵怎么包的自己不知道吗?那是谁的地不知道吗?痛快地把地给人家退回去!强子你按规定算,该多少是多少,要是多了我们给退,有什么责任我们负。就这么定了,吴江你下午领你强哥给人家认地去,交给人家官布!"

李玉梅的态度也让李强目瞪口呆,从来没见过姑姑这么有魄力,弄得自己都不知道说什么好了。吴凤海本来就让李强给吓住了,再加上李玉梅这么一说像个蔫茄子似的,什么也不说了,低着头不敢看李玉梅。

李玉梅往前走两步,冲着吴凤海说:"你说话!行不行给个痛快话!"

吴凤海头也不敢抬,低着头小声说:"行,就按强子说的办。"

一看姑姑已经把吴凤海给说住了,李强的态度也平和了,说:"姑父你别介意,我说话不客气。你要是同意的话,那下午我就和吴江、刘会计去看地了。"

吴凤海没有一点脾气了,连忙说:"去吧,去吧,让吴江和你去,我就不去了。"

李强接过来说:"谢谢姑父支持我的工作,还有件事姑父也要有心理准备,我们打算清理一下这三个村的账目,心里没数我无法安排工作。如果你的账目上有什么问题,请你服从村里的决定,这样别人的问题我就好处理了。"

吴凤海点着头说:"行,中,听村里的,你咋安排都行。"

李玉梅一脸的怒气,说:"就这么个脑袋,牵着不走打着倒退,让他干点啥准出勾当。强子该咋安排就咋安排,别听他的!"

事情就算了结了,李强和吴江、吴凤海、李玉梅告别,很不愉快地走出吴家的大门。吴凤海的话像一堆破抹布堵在胸口,憋得他喘不过气来,也不知道走了多长的时间才回到家,进屋倒头便睡,和谁也不说话。李大路和其其格面面相觑。

第二天一早,李强在收拾东西,拿出手机给田美玉打电话,说:"喂,田书记吗?我李强。啊,吴凤海承包地的那个事办完了,赔款数等看账之后再算吧。明天刘会计和官大爷把地一认就行了。是,基本没事了。我想去一趟甘南糖厂,有些事得和人家交待一下,别误了糖厂的工作。两三天就回来了,有事给我打电话,好了。"

李强背上背包出屋,来到父亲跟前。

"爸，我要去一趟糖厂，我妈呢？"

"这就去呀，啥时候回来？"

"两三天吧，告诉我妈一声。"

"你妈去你张婶家了，我告诉她。你还到厂原吗？"

李强想了一下说："时间来得及就去一趟，这个事杜萍已经知道了，她不同意我当村长。"

李大路抽了一口烟说："去了好好和杜萍解释，她会理解的。以后有事多征求她的意见，别老是自作主张，把关系搞得那么紧张。"

李强看着父亲，说："我知道了，爸你没有别的事吧，我给你买点好茶叶来。"

李大路把烟掐了，站起身来和李强一起出门，说："不用了，上次买的还有呢，办好你的事就行了。"

"那我走了。"

李大路跟着出了门，站在门口看着李强远去。

李强在双青糖厂门前下车，进了厂子，先来到了基地经理办公室，去见经理王申。门开着，李强敲门。

王申一抬头，看是李强，就站起身来，说："你装什么呀，进来不就得了，我还以为是小丽呢！啥时候来的，早上吃饭没有？"王申和李强握手。

李强把兜子放在桌子上说："我刚到，早上吃完饭过来的，也就一个小时的车。看样子你还挺忙的呀，整什么呢？"

李强看王中写的报表，拿过报表坐在桌前，边看边问："今年我们的任务又比上年多了七百亩，这是新下来的吗？"

王申在整理文件，随口说："是，这是昨天下午研究的，还没有发下去呢。你的片是增长最高的，陆总对你很有信心，所以给你提高了百分之二十的面积。怎么样，有没有什么问题？"

李强有点为难地说："这倒是没有什么大问题，群众的积极性还是很高的，面积能超过这个亩数。只是我真遇到难题了，这不来找王哥出个主意。"

王申不以为然地说："什么难题，业务上哪有难倒你的事呀？说说看什么事吧，看我能帮你什么忙。"

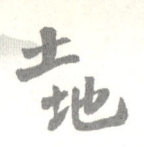

　　李强看着王申说:"就这几天我选上村长了,就是我们家的那个百泉沟村,你知道的,你还去过两次呢。"

　　王申放下材料,有点惊讶地问:"什么,选上村长了?开玩笑!"

　　李强认真地说:"真的,王哥。"

　　"村长是那么好选的呀!那也不是个好干的活呀!"王申用敬佩的眼光看着李强说,"哎呀,在你们村里你还有这么高的威望,不简单。可这基地的工作怎么办哪?"

　　李强说:"这不让你拿主意嘛,你说怎么办吧,我想听你的意见。"

　　王申也有点懵了,说:"你是怎么想的,我听听。"

　　李强很干脆地说:"我是想辞去糖厂的职务,当好村长,不然的话怕影响工作。"

　　王申想了想问:"当村长一个月能给多少钱?"

　　李强想了一下说:"就是工作补贴,一年也就一万元钱吧,每个月不到一千元。"

　　王申毫不犹豫地说:"我说李强啊,那你干个啥劲呀?咱们这不算工资光奖金还三千多元呢,陆总打算提你为东片的基地经理,以后可能还有别的打算,把你管的片扩大到五个乡,那工资每月就三千元了。这可是绝好的机会呀,你可要拿准主意。"

　　李强有些为难地说:"这个事我知道,也觉得很可惜的,可是我已经上任,选上就不好推掉了。如果现在辞职,那乡亲们怎么看我呀,我的父母还怎么在那待呀?"

　　王申坐下看着李强,说:"啊,也是,大家选你就对你寄予希望,不干可太伤人心啦。那怎么办呢?要不你兼职怎么样,我是说糖厂的工作你也干着,不耽误工作就行呗。"

　　李强摇摇头说:"那不好吧,误了工作可不好,厂子要受损失是大,个人的收入是小,我看还是别干了。"

　　王申忙说:"别的,我问问陆总,要是他同意的话就行呗。你已经干了一年多了,基地的工作你是轻车熟路,加上村长的工作,是累点。不过你年轻,身体好,我看行。走,去陆总办公室,和他当面说说。这个我来说,不用你说。"

李强拉住王申，说："不行，工作还没有和你汇报呢，等汇报完之后我再去辞职。"

　　王申站起身来，不由分说："一块说就得了，你的情况我都知道，这个事要紧，走，这就去！"

　　二人来到陆总的办公室外，秘书梁小丽正在办公，她一身工作装，非常得体，身材不胖也不瘦，一张娃娃脸，显得那么灵气、美丽。看见李强和王申来了，梁小丽就站起身来，非常高兴地和二人打招呼。梁小丽看着李强，眼里充满着喜悦："强哥什么时候来的呀？"

　　"小丽，你好，我刚到的，想找陆总。"李强上前握手。

　　王申问："小丽，陆总在吗？"

　　梁小丽眼睛盯着李强，说："在呢，正在和东柳乡的书记谈话，好像是基地的事，你们有事就进去吧。"小丽转身为他们敲门。

　　梁小丽上下打量着李强，小声地说："有点晒黑了。"

　　李强看着梁小丽不好意思地点点头，很感谢地说："是嘛，我怎么不觉得呢，可能是这两天干活晒的吧。"

　　三个人进了陆总的办公室，包书记看见有人进来，就站起来和陆总道别。陆总握着包书记的手说："别忙着走哇，来的不是别人，是我们单位的王经理和李技术员。来，我给你们介绍一下，这是东柳乡的包书记，也是为基地事来的，我看正好，中午咱们坐一坐喝点。"

　　几个人握手，包书记握着李强的手说："好像在哪见过你呢？"

　　李强笑着说："是在太平川乡的甜菜现场会上见过。我知道你，你不认得我。我叫李强，是北片的技术员。"

　　包书记想了一下说："哦，我想起来了，是那个大学生技术员，你还给示范育苗了呢。今天我还有个会要参加，改天我请陆总和你们，也请你们多到我们乡去指导，这是请财神哪。"

　　李强接过话来说："包书记不请我们，我们也得去你们乡，这是我们的工作。别看不是一个片的，打个电话就到。"

　　包书记看看李强，有点喜欢，说："你能这么想不简单，看来咱们有缘哪。会有求你们的时候，到时候别推脱呀。"

　　李强忙说："那怎么会呢，不信就试试，不过你最好先告诉陆总。"

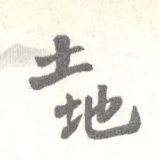

包书记开玩笑地说:"你小子还挺聪明,不得罪领导。好了,你们聊,我就走了,再见。"

送走了包书记,陆总挨着李强坐下。

陆总很亲近地问李强:"怎么样,你片上的育苗工作准备到什么程度了?还有什么困难,用我们生产资料的占百分之多少?"

李强马上回答:"基本上不缺什么了。用我们厂子生产资料的占百分之八十。已经有百分之五十的户先盖上了塑料棚,等气温上来就播种。人们已经有一年的经验了,所以上手快。今年土粪上的最多,这对甜菜的增糖可是很有作用的。"

陆总示意梁小丽给李强倒水,并叫李强接着说。

李强继续说:"由于去年有一些户在咱们的指导下使用了叶面肥,产量有明显的增长,今年订购叶面肥的户比上年多百分之六十五。底肥的用量并没有减少,这可是个好的兆头哇,产量和含糖量一定会有很大的提高。"

王申说:"李强的工作很到位,群众信服了才肯按咱们的方法去做,群众是不见真佛不烧香。"

李强接着说:"不过今年重茬种植的专用肥必需得用到量,否则会减产的,这个抓住就没有问题了。"

陆总听得很有兴趣,往前坐坐又问:"那还有什么问题没有?"

李强看看王申,王申又看看李强,李强很为难地叹了口气。

李强有点不好意思地说:"生产上没有什么问题,可是我有点个人问题。"

陆总有点不解地看看李强,又看看王申说:"有什么问题,有什么困难你就说,别不好意思。"

李强沉默了一会儿,说:"我想辞职,现在和你说这个真的是有点不好意思。"

陆总有点惊讶,"什么!辞职?"

梁小丽一听也非常吃惊地看着李强。

李强叹了一口气说:"是这样,前几天我们村里选村长,把我给选上了,这还推不掉了。这个村长我要是不干,真的辜负了乡亲们的一片心意。其实我这一年在公司干得很顺手,也学到了不少东西,特别是得到了领导的关心和帮助，真的不想离开糖厂，可又没有别的办法，只能如此。对此我希望陆总和王经理能够理解，答应我的请求。"

陆总点点头，说："时代进步喽，农民的眼光也提高了，盯上了人材。可我也舍不得你呀。前两天我和王经理研究，想让你做太平川乡一带五个乡的基地经理。王经理也在呢，你看这个事怎么办好，现在还真的没有你这么相当的基地技术员。每个人对实现自己的人生价值都有选择的自由，李强你也好好想想，哪个工作更有利于你。"

梁小丽一听陆总这么说更着急了，忙对李强说："你当那个农村干部多苦哇，挣钱还少，图个啥呀，别干了！"

李强叹了口气说："说句实在话，我当这个村长也是因为种甜菜。百泉沟是我出生的地方，可去年全乡只有百泉沟种植面积最小，原因就是村长挡道，为了个人捞好处，不配合我的工作，设置很多障碍，所以我才想当村长。"

王申看着陆总说："陆总，我看他这个村长是推不掉了，怎么说也是个责任问题，那么多群众的期望。你看能不能这样，这个技术员先兼着，村上的事有很多也是生产上的事，基地的工作其实就是村里的中心工作，二者可以合一嘛。他可以统筹兼顾，管的范围再小一点，比如只管太平川乡，这样工作起来也方便，都是本乡的，又近一些。"

梁小丽急忙冲陆总说："陆总就让他兼职吧！走了多可惜呀，人才难得呀！"

陆总回过头来看看李强说："我看王经理说的也有一些道理，如果不影响工作，做个兼职也可以。李强你自己好好考虑一下再做决定，对你这样的安排，在糖厂也是个例外。小丽中午安排一下，王经理和李强你们几个聚一聚吧，我有个同事的孩子结婚，不去一下不好。年轻人在一起喝酒，没有我更来劲儿。"

李强很高兴地说："谢谢陆总的看重，我一定考虑你的意见，保证让你满意。"

陆总起身，说："那我走了。"

几个人都从陆总的办公室出来了，陆总上车走了。他们几个回到了王申的办公室。

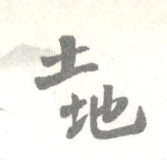

梁小丽已经看出李强准备兼职的意思，可没听到确切的答复，心里不落底，就问李强："李强你可想好了，陆总是什么意思你应该知道，那是留你呢，知道不？兼职行不行，你倒是有个痛快话呀！"

王申在一旁偷着笑，对其他的几个职员说："看着没有，是谁在着急呢，李强别不领情啊！"

同事们都笑了，梁小丽也觉得自己有点失态，不好意思地转身就走，边走边说："对了，我去安排饭，好了我打电话给你们。"

王申看着李强说："李强，小丽可是个好姑娘啊。"

王大勇来到李强的身旁："小丽可有好几个小伙子追呢，可是她理都不理。我看这个小丽比你那杜萍长得漂亮，心地又善良。"

李强认真地对大伙儿说："哎呀，我和小丽只是同志关系，她怎么想我不知道。杜萍是我的大学同学，我们相爱已经四年了，这些小丽都知道，大伙儿别瞎扯了。"

王大勇笑了，说："你真是个书呆子，女朋友多了还不好哇，多培养几个，到时候哪个好就要哪个呗，哈哈！"

李强很无奈地说："你可别瞎扯呀，那我成啥了。"

王申摇着头说："是呀，我也觉得小丽对李强有点不一样，眼神和说话都有点那个。"

王大勇坏笑，说："哪个呀，说明白点得了，就数你知道的多，我们才见着几回呀。"

李强哀求地说："你们可别瞎扯，这样对人家小丽……"

王申接电话："别吵吵……喂……喂什么地方？清泉饭店，那好了。"

王申冲着大伙儿说："小丽安排好了，叫去呢，走吧。"

王申办公室里，李强、王大勇等喝完酒回来都在喝水。

李强拿起背包说："今天我还有点事，得马上走了，谢谢各位。"

梁小丽不高兴地说："你那点事我都知道，不就是去见杜萍嘛。"

王申一听来了精神："是吗，李强？小丽你是怎么知道的呀？"

小丽很自信地说："凭直觉，不信你问李强是不是这个事。"

王大勇看李强，说："是吗？"

李强点头说："是。"

王申红着脸，带点醉意地说："那可不行，喝完酒就走？打扑克！不是黄不了嘛。"

王大勇看看小丽说："黄了也不怕，还有咱们小丽呢！"

小丽一点也不害羞地说："我早都和李强说了，我做后补队员，是不是李强？"

王大勇说："李强真的假的？"

李强脸都红了，冲着小丽说："小丽你咋啥都敢说呢，我啥时候说了？"

小丽大笑起来，说："现在说了还晚嘛，哈哈！"

佳佳旅馆，李强和杜萍吃过饭后在房间里休息。

李强心疼地看看杜萍，说："你晚上也没吃多少东西，都是我不好，事先没和你商量，自作主张，事情才弄到这个地步。"

杜萍不以为然地说："现在做检讨有什么用，木已成舟，这些事我不管，我只想知道你对咱们俩的事是个什么态度，怎么安排。"

李强有点为难，说："杜萍，我生长在农村，又是学农的，现在当上村长，真想在农村干一番事业。现在党的政策好了，农村正处在一个最好的发展阶段，同时也特别需要有知识的人才。我们大学毕业已经两年了，我感觉在企业工作和在村里当村长是两回事。就这两天，我已经体会到了当村长的责任和作用。在自己的家乡能得到群众的信任，那是对我自身价值的体现，让我重新认识了自己，从未有过的责任感占据了我的心灵。杜萍，请你给我两年的时间，我只用两年，之后我就跟你走，和你结婚，你说去哪就去哪，行不行？"

杜萍很坚决地说："不行，一年也不行，现在就结婚，怎么办你自己想办法。我已经给你找了一个医药销售的工作，明天就可以上班。我妈为这事急得嗓子都肿了，正挂着点滴呢。"

李强握着杜萍的手，看着杜萍说："我在糖厂的工作没有辞掉，继续兼职，是糖厂不让走。因为基地的工作和当村长没有多大的冲突。这次我就不去看你爸妈了，见面还得挨训，等以后再见他们吧，你替我解释解释。"

杜萍更着急了，说："那不更忙了嘛，能干得过来吗？你心里还能有我吗？"

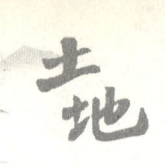

李强握紧杜萍的手,说:"再怎么忙也忘不了你呀,你说哪儿去了。"说着李强的电话响了,李强拿出了手机。李强看看电话号说:"我接个电话,是田书记的,肯定有事。田书记,我是李强,在广原呢。开会,什么会?忙不忙?嗯……嗯……好吧,那我明天回去来得及吧。好吧,行……行……"李强合起手机说:"是田书记的电话,说要开支部会和村委会,让我明天赶回去,是落实关于合作医疗和扶贫的事。"

杜萍已经听出是一个女性的声音,心里产生了疑问,很婉转地问:"田书记是个很有经验的老书记吧?"

李强心里明白了杜萍的心思,笑着说:"是乡里的团委书记,在我们村兼职村党支部书记,人很有水平。丈夫开出租车,她又照顾孩子上学,又要兼两头的工作,真不容易呀!"

杜萍就高骑驴,说:"那你就尽量多做点工作,少给她增加负担。"

李强笑着说:"我的杜萍真是个善良的姑娘。"

杜萍抓住李强的手,眼睛直直地看着李强。李强有点不知所措,也握住了杜萍的手。

李强亲切地看着杜萍说:"时间不早了,你也该回去休息了。"

杜萍很动情地说:"我也住这儿吧。"

李强有点不好意思地说:"那怎么行呢,让人知道了多不好哇。再说我们还没有登记,这对你不好。"

杜萍多情的眼睛火辣辣地看着李强,说:"不嘛!我就想和你待一个晚上,要不明天你就又走了。"

李强把杜萍揽在胸前,吻着她的头发说:"你以为我不想吗?可是我怕那样会失去我们最珍贵的时刻和新婚的意义。"

杜萍回过头,看着李强说:"土包子样,我一个女的都不怕,你怕什么!"

李强警觉起来,说:"你是不是又在试探我呢,我可不再上你的当了,整的我没脸见你。"

杜萍笑了,说:"你还真的长记性了,再也不上当了是吧,我这回是真的,你别害怕。哈哈!"

李强更觉得不安了,连忙坐起来,说:"得了吧,我一看你笑就有点发毛。"

杜萍看天色不早了，很正经地说："你也很累了，我就回去了。"

李强穿上衣服说："那我送你。"

二人出了旅馆，杜萍回过头来和李强相拥在一起，两人谁也不说话，就那么站着。出租车来了，杜萍松开李强上了出租车，和李强挥手告别。

村委会会议室，开会的人来得差不多了。党员和村委会的成员只差赵玉柱没来。李强和田美玉在聊着什么，声音不大。田美玉直看手表，阿斯根和李长玺等几个党员在闲聊。赵玉柱来了，脸上挂满笑容，他背着双手进来就坐在李长玺的前面。李长玺觉着赵玉柱今天有点奇怪，就直直地看着他，本来平时就和他闹，论着叫姐夫，李长玺一本正经的样子把大伙儿都逗乐了。

李长玺说："你们乐啥呀，你看这小子今天有点不一样，好像有啥喜事似的，要不就是奶豆腐给他脸了。你看他从里往外高兴，抬头纹都开了。"

刘会计说："人说那死人才开抬头纹呢。"

要是往天赵玉柱早就接话了，今天显得很大度，谁说啥也不理会，只是笑笑。他还从兜里拿出一盒红塔山烟，抽出一支慢慢地吸了起来，一副悠然自得的样子。这让平时就瞧不起赵玉柱的李长玺有点受不了，想着法的刺激他。李长玺一本正经地说："我听说这抽烟一般都不换牌子，二姐夫你是不是平时总抽这烟哪？这可是十五元一盒的红塔山啊，一天要是一盒，这一个月就是四百五十元。你和奶豆腐干一个月，也就是挣三条烟的钱。要是我的话，这好烟只有家里来客人才能拿出来，装装门面。这么多人一人一支就没有了，多可惜呀，让人家抽了心疼啊。"

赵玉柱装着很不在乎的样儿，轻蔑地说："叫你说的，这年头谁一个月不挣个千八百的，也就你吧，有好烟还留着来客人抽。来，大伙儿都尝尝，这好烟的味儿就是不一样，来一支。"

赵玉柱把一盒红塔山一下子就分没了。人们吸着烟，有的说味道不一样，有的说没有劲。李长玺的目的达到了，乐得他捂着嘴，转过身去不让赵玉柱看见。等烟都发完了，他回过头来，也和赵玉柱要烟，说："二姐夫也给我一支尝尝，感受一下好烟的滋味。"

赵玉柱知道李长玺在耍他，故意说："唉呀，你小子命不好，还没有了，那你就抽我这半支吧，我没有传染病，再说你那个臭嘴也尝不出啥味

来。"

　　李长玺有点兴灾乐祸地说:"二姐夫,你这十五元钱可就没了,这回家不得闹心半个月呀,别窝囊出病来,那可就人财两空了。"

　　赵玉柱让李长玺整得有点急了,满心的窝囊再也装不住了,没好气地说李长玺:"你小子还有点好道没有哇?我出门遇到你真是倒八辈子血霉了,有烟我给你抽,喂驴也不给你呀。"

　　大伙儿一阵笑声,都知道他们俩是咋回事。

　　田美玉看看来的人,回头和李强说可以开始了,李强点头,让田书记主持开会。田美玉让大家安静。田美玉打开笔记本,看一下安静下来的人们,说:"咱们人全都到齐了,现在开始开会。今天的会议主要是传达乡里的会议精神,就是两个事:一个是合作医疗的全面落实,另一个是有个扶贫项目要在咱们村落实,县里给我们村打五十眼小管井。"

　　人们一听打小井,还是白给打,马上就议论起来,会场上人们七嘴八舌说什么的都有。

　　李强一看会场有些乱,就大声制止:"大家安静,等田书记说完了再讨论,都有发言的机会。"

　　田美玉接着说:"关于合作医疗,乡里的意见是按照上级制定的方针办,落实不走样。就是从今年开始人人都要参加合作医疗,每人交二十元钱,大病统管,小病自理。村里按小组落实,这个事大家要做好宣传工作。还有一个是扶贫项目,就是给生活比较困难的户打一眼小井。上级给了我们村五十眼小井,每眼井按一千元计划的,总计是五万元的工程。如何安排,等一会儿大家讨论个方法,要合情合理地落实下去。据说这个项目,是咱们原乡党委书记方副主席跑下来的,给刘副乡长写了条子,要求必需有三个指定的户,这三户是刘国民、刘兰英和赵玉柱家,总体上就是这么个精神。一会儿根据我们村的实际情况,大家讨论一下,下边听李村长的安排。"

　　李强听了田美玉的发言,心里觉得很不舒服,又是方主席的指示精神,怎么这百泉沟的事都是和方志南联系在一起的呢?他看了看在议论着的委员们,不知道说什么好,就对大伙儿说:"这个事我也是才知道的,是田书记参加的会,具体的精神已经和大家都说清楚了。这两个项目如何按规定落实下去,真正做到群众没有意见,我看还是大家说说吧,谁先说?"

与会的委员们你看看我，我看看你，都不说话。赵玉柱用他那三角眼的余光扫视着大伙儿，看人们有什么反应。李长玺一看他那个样又来劲了，往凳子前坐坐，看着田美玉和李强大声说："我说说。"

　　李强点头示意李长玺说。

　　李长玺咳了一下嗓子，情绪有点激动，说："要说这两个事都是咱们生活当中的大事，是好事。特别是合作医疗，对每一个人都有好处，你说谁不得病啊，最重要的是能避免一个家庭因病返贫。这个事上边要求怎么办就怎么办。关于扶贫小井那得给困难户打，不困难的户还给他打啥井啊！过去总整这事，群众的意见老大了，都是背后议论，当面没人敢吱声。现在还这么整，是不是有点太那啥了，这么整我不同意。项目不给就拉倒，过去没给不也这么过来了，也比看着憋气强。"

　　支部委员张勇看了看赵玉柱说："要说跑这个项目也不容易，放在咱们身上谁能跑得来呀，亲戚朋友的借点光也是有情可原的。不然这项目给了别的乡，别的村，那咱们不就啥也捞不着了吗？不就那三家嘛，三眼井的事，我看行，别整黄了，黄了对咱们谁都不好。前几年的扶贫项目不也是这样定的嘛，就按老规距算了。"

　　阿斯根不吱声，在听大家的意见，低着头吸烟。

　　刘福田说："这两个事都是好事，我是没有意见。打井的事，给谁打都是打，反正都是咱们村的人。再说是咱们老书记跑来的项目，那还有啥说的。书记、村长，你们就定吧，咋整我没有意见。"

　　李强觉得这是个原则问题，事情虽小，可是在群众的心里留下一种不合理、不公平的印象。当官的亲戚借扶贫落好处，真正困难的群众得不到扶助，这是什么道理呀！于是他示意要发言，田美玉点头同意。

　　李强看了一下大伙儿说："说一下我个人的意见，对不对大家讨论。合作医疗的事我们要积极做好工作，吃五谷杂粮哪有不得病的，怕就怕得大病，万一摊上了，那就得卖房子出地，整个家庭就完了。长玺哥说得对，这就叫因病返贫，希望村委会的成员和党员多做宣传工作。至于扶贫项目打小井，我的意见是人人平等。既然是以贫困户为主的项目，那就落实到贫困户，让它充分地发挥作用，让党的政策深入人心。要照顾谁，看谁的面子，这个我不同意，项目不是哪个人的，是国家的，不是哪个人说给就给，说不

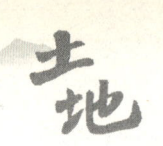

给就不给的。刚才田书记说的名单里还有咱们的村干部，也在照顾之内。我们村干部是带领群众走致富之路的领头人，是为群众服务的，不能向国家伸手。"

赵玉柱早就忍不住了，趁李强停顿的工夫接过话茬儿说："我是村干部，我是跟别人说过，还是向你要求打小井啦？哼！别说一个小井啊，就是一口大井我也不稀罕要。真是那个啥眼看人低！"

李强也知道自己过于激动，说的有点过火，又接着说："我的意思是作为村干部，在国家扶助困难户时，不能伸手，要看到还有比自己更困难的户。"

赵玉柱看李强往回拉话，更来劲了，说："李村长，照你那么说是我伸手了呗？你看着了还是听着了，我舅舅告诉你了？刘副乡长说的，你去问刘乡长，兴许是他讨好我舅舅呢，你管得着吗？我告诉你李村长，你不用在我身上下工夫，没啥油水，我犯事也犯不到你的跟前。我还真不服这个劲了，这个小井我非要不可，不信走着瞧！"

李强气得红了脸，还要和赵玉柱理论，田美玉拦住了他。

田美玉说："我看这个事你们俩谁也别争论了，项目我们无论如何也得要，至于怎样落实，我们大家研究一下，终归能找到解决的办法。其他人也都说说，有什么好的建议也可以提出来，不要在枝节问题上打主意。"

李强接过田美玉的话题："以我看这可不是什么枝节问题，应该是原则问题。项目当然要，已经给我们了谁也要不去。田书记，我看大家围绕小井的分配原则和具体操作办法发表意见吧。宁可不要这个项目，也不助长拉关系走后门的不正之风。"

田美玉马上理解了李强的意图，这样锵锵下去没有好结果，说："对！就这样，一是分配原则，就是给什么样的户；二是用什么方法把这些困难户确定下来。"

由于李强提出了两条，大家的意见很快取得了一致。田美玉说："大家围绕扶贫小井的分配原则和分配方法都发表了意见。绝大多数人的意见是小井落实到真正的贫困户。二是通过村代表会议提名，村委会审定。"

大家七嘴八舌地表示："对！""没意见。"

李强强调说："就这两条！"

田美玉没能完成刘副乡长交待的任务，还想做最后的努力，说："现在提倡招商引资，谁从外面引来资金或项目，一般政府都给一定的奖励，其实上边要求照顾这三户也就是这个意思。在咱们村来说，这种事不一定非得要求的那么严格。"

李强站起身来说："我不同意这种说法，招商引资给予奖励是各级政府出台的激励政策，有贡献的人可以得到相应的报酬，这也是有阶段性的。而扶贫项目是国家扶持贫困地区群众脱贫致富的大政方针，不能混为一谈。一些领导利用手中的权利，把国家给予农村的优惠政策当做自己权利价值的筹码，谋求私利，为自己的亲戚求得利益，我是坚决反对。这个项目是给我们村的，我们当然要，但是得一视同仁，没有什么照顾不照顾的。我还有点事，田书记你看着安排吧。"

李强走了，田美玉有点愕然，她知道不管怎么安排也得李强来落实，他一走这会还有什么开头，只好说些总结的话："具体操作由村长负责，村委会成员要协助他。好了，散会。"

李强的中途离会，这让田美玉有点难堪，人前的面子是小事，和村长的意见不一致，怎么落实这个项目呢。反思自己的发言，自己也是方主席在这当书记的时候提拔的，而且还是方志南的叔伯小姨子，不自觉地就有些倾向了。想到李强可能是对自己有想法了，就拿出手机给李强打电话，说："喂，李村长，你在哪呢？在干什么，啊，得多长时间？是这样，李村长，会议已经散了，我想和你交换一下意见，可能你是误会我了。有些具体的事，我们还得进一步研究一下。好吧，那我等你。"田美玉放下电话给自己倒了一杯水，一边喝，一边在等李强。

李强是去了种甜菜户金钟家，告诉他移栽后的注意事项。接到田书记的电话，他和金钟交待一下就回来了。他觉得这也是个台阶，本来在开会中途走掉就太不冷静，也是不成熟的表现，正在后悔。他也暗暗地佩服田美玉的老成，所以接到田美玉的电话就马上回来了。

李强进了办公室，看见田美玉在等他，脸色也不太好看，没等田美玉开口就说："金钟昨天找我，我一直没有去，今天开会的时候突然想起来了，我看会议也开得差不多了，就去看看。田书记你别多想，我也是一时冲动，请原谅。"

田美玉本来想说一说李强中途退场会对她有什么影响，可是一听李强的话中有道歉的意思，就淡淡地说："算了，别的都是小事，把项目落实好是个大事。我想了一下，你在会上说的是对的，招商引资和扶贫项目不是一个概念。我当时说的意思是，这些事在农村的界线不是那么清晰，有的时候有些事就得折中。再者说方志南过去是我的直接领导，我是他提拔的，论着还有点亲戚关系。虽然他没有直接让我说情，但是事情落实不到位，再见面也真的不好意思，就算你给我一个面子行不行？"

李强有些为难地说："其实我应该给你面子，没有你我无法支撑这个局面。我刚刚上任，第一次处理村里的事务，如办事不公，群众就不会信任我。没有群众的信任，我舍弃白领来当村官就失去了意义。所以我想了许多，但是我从心里是信任你的。咱们还是召开群众代表会吧，这样就是刘国民和刘兰英选不上，咱们也有话说。"

田美玉有点求李强的意思，说："这事不管怎么落实都得在代表会上通过，这是最起码的，有必要时可能还要通过群众大会选出。我和你说的意思是怎么想办法把他们几个选上，可能得做一些工作。"

李强非常反感地说："田书记，这个面子我不能给你，你在会上看见赵玉柱的态度了吧，那就是被这种不合理的事给惯的。我真是没有想到，这种事我们还要到群众面前去做工作。我做不到，你也不能做，这样做伤群众的心。"

田美玉也觉得此事不妥，不应该向李强提出这样的要求，就对李强说："好吧，就按会上研究的办吧。那打井就让阿斯根领着干，他有管理水平，人又正直。"

李强本来就对阿斯根的印象很好，田美玉提出用他，也觉得合适，就说："行，包叔行，就让他领着打吧！还有些原材料的事得和打井的技术员研究一下。"

赵玉柱散会之后来到了刘国民家，他还有点余怒未消。

赵玉柱进屋就说："高低和他整到底，一个小毛孩子还成气候了，真是没人了。"

刘国民不知道发生了什么事，一边给赵玉柱倒水一边问："出啥事了，喝口水慢慢说。"说着刘国民把水递给赵玉柱，看着他的脸。

赵玉柱喝了一口水，又喘了几口气，大喊："你说他妈的这个小李强，就是想和咱们几家作对。你说说，这些年谁敢哪？啥好事能落下咱们。你说他明着跟我整，我听他那一套？今儿个在会上当着大伙儿的面我把他扁了。我是谁呀，南北二屯的人打听打听，为啥叫我路路通。就他一个小孩子，我怕他，听他的？"

刘国民目不转睛地看着赵玉柱，说："他因为啥和你干起来了？"

赵玉柱喘了一口气，说："就是那打小井的事呗！不同意吧还说些个不在行的话，什么不正之风了，什么以权谋私了。在会上我们两个干起来了，我和他叫号了，这井非打不可，把那小子气跑了。"

刘国民一听也来劲了，他头一次听说有人不把他当回事，而且还不给他打井。他气得喘上了，那野蛮劲上来了，狠狠地说："我找人把他面了，让他长长记性，叫他知道在这个村里谁是爷。"

赵玉柱听了有点不在乎地说："不用费那么大的劲头，就那么一个小毛孩子，还犯得上和他玩犯法的招，你看我怎么治他。他不让我打小井，到时候让他给咱打。"

刘国民摸起电话，说："给我姑夫打电话，告诉他把这个项目撤回去。我让他们争！咱们得不到，别人也别想得到。"

赵玉柱说："这你就不明白了，这可不是说要就给，说不要就不要的。这是公家的事，上级有这个项目，还得有这样的村子，当中还得有人跑。我看还是得想办法，找人做工作。哎，我听说吴凤海的儿子吴江在和兰英姨的女儿谈对象，这事要是找吴凤海说一下还是可行的。"

刘国民看着赵玉柱说："这事只有你去说还差不多，你跟吴凤海的关系铁。"

赵玉柱想了想说："那好，我就去试试。老吴和我那是没的说，就看他能不能使劲儿了。"说着赵玉柱就走，刘国民送他到门外。赵玉柱出了大门回头看看刘国民回去了，脚步慢了下来。他先是皱眉头，接着拍了一下手说："嗯，就这么办！"脸上露出了奸笑。

村委会，刘福田会计和李强还有卫生所医生苗青青、张志明在统计各组上交的合作医疗款和人数。苗青青把各组参加合作医疗的花名册拿给李强看，李强详细地看着，不时地问张志明和苗青青。

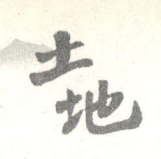

李强说:"这表上什么也没填的是没交钱的吧?"

张志明看了看说:"是,表上什么都没写的就是没交钱的。交了钱的就开始建立档案。这是以后报销药费的依据。这些是上边医保核算中心要的,要一次报上去,最晚到本月的十五号。"

苗青青接着说:"咱们村还有百分之五的户没有交钱,各组组长都挨家走了,个别的是困难,多数人还是认识不足,说小病小灾的自己花钱算了,二十元钱能买多少药。这离上报的日期只有三天了,村长你看怎么办吧?"

李强看了看表说:"青青,你把困难户给我划出来,看看有多少,其他的户你们三人一起下去走一下,再做一些工作,尽可能别漏掉了,说明个人交的只是很少的一部分,上级给补助的多,大病报销的更多,有些具体的数字你们要和各户算算账,准确一些,这样可能效果好。"

苗青青用笔把困难户的名字都划出来给李强看。苗青青说:"其实这些户也不是交不起这个钱,没看到利,认识不足,以后可能会交的。可是这个日期不等人啊,过了这个时间,以后就不知道什么时候补办了,要是这个期间有什么大病就不能报销了。"

李强一边往一块加,一边嘴里念叨:"三户,啊,这官布,还有马小六、留留,十人,十六人……总计是二十七人。刘会计我看这样,这二十七人你从村里拿钱先给报上,明后天糖厂开支我把钱还给你。我先给他们垫上,以后要上钱了再还我,这个青青负责吧。其他的你们再要一次,就按期上报,把档案做好。"

刘会计说:"行,一会儿我想办法。"

苗青青爽快地答应:"好的,你放心吧村长。"

赵玉柱深一脚浅一脚地来到吴凤海家,走过了吴家门口才回过神来,又往回走。吴凤海刚下地回来,看见赵玉柱来回走,好奇地问:"老通,你来回走啥呀,找啥呢?"

赵玉柱有点不好意思了,说:"找啥呀,想上你家去走过门了。这来得早不如来得巧,你这下地才回来?"

吴凤海知道赵玉柱来是有事求他,常在一起互相都了解。他们俩有事一般都是答应的痛快,办起来就不一定。今天来是什么事呢,吴凤海心里想着,可是面上十分热情。吴凤海满脸带笑地说:"可不是嘛,我去看看地的浆口咋样，该种地了。快进来，你咋这么闲呢？"

赵玉柱随吴凤海进院，边走边说："也没啥闲头喽，地都该种了，这地温说上来了可快了。"

吴凤海把赵玉柱让进屋，让赵玉柱坐下之后就到外屋厨房小声和正在做饭的李玉梅说："那赵哥来了，再整两个菜，我们俩喝点酒，他来可能是有点事，这赶上饭时了。"

李玉梅平时就反对吴凤海和赵玉柱来往，有点不情愿给他们俩整菜，但为了吴凤海的面子，想了想说："那你别答应他什么事啊，那小子没好道，总和他混……"

吴凤海放心了，不管怎么说，这酒是能喝了，办不办事那另说，不撅面子就行。吴凤海回屋就把桌子放上，叫赵玉柱上炕，准备喝酒。赵玉柱假装客气，吴凤海把他拉上了炕。吴凤海一边往炕上推赵玉柱，一边说："我说你咋还外道了呢，咱们在一起喝的酒还少嘛，今儿个咋的了，装文明呢。"

赵玉柱借口说："不是，今天我饭吃得晚，才吃完没一会儿。"

吴凤海看饭还没好，就小声问："赵哥，你来是有事吧？有啥事你就说，正好她忙着做饭，听不见，叫她听了不好，乱打耙。"

赵玉柱往外屋看了看，有点神秘地说："你可能知道了吧，上午开会，上级有个扶贫的项目要给咱们村，就是给贫困户打一眼小井。这个项目是我舅给跑下来的，他要求村里给刘国民、刘兰英和我每户打一眼小井，给钱也行。可是在会上李强说什么也不同意，为这事我俩还闹了个半红脸。其实我要不要两可，关键是还有刘兰英家的。你们两家快要成亲家了，这事你能不管吗？"

吴凤海一听是找李强说情，连连摆手，一点余地也没有地说："可拉倒吧，我可说不了。你知道他连我承包地的事都不答应，就这个事他能同意？那是不可能的，你还是想别的招吧。"

赵玉柱无所谓地说："笑话！我想的哪门子招哇。我赵老通可不是图那仨瓜两枣，不过是看那小李强跟个秃尾巴驴似的，长幼不分，六亲不认，心里来气。"

吴凤海明白了，说："噢，你的意思是让我帮你出气，整自己的亲妻侄，我图个啥呀？"

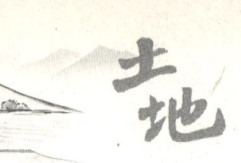

赵玉柱把嘴凑近吴凤海小声说:"这么着,我要是得了这口井,钱都归你。"

吴凤海也小声说:"拉倒吧,到嘴的食,你啥时候往外吐过,你唬秃子哪?"

赵玉柱说:"要不这么办,你帮我,我帮你……"

吴凤海眼睛一转,说:"你的意思是……"

赵玉柱狠狠地吸了一口烟,说:"咱们俩全要,不行我再给我舅打电话,可就怕过不了群众代表这一关。"

吴凤海嘴里叨咕着:"群众代表……群众代表……对了,就从群众代表身上下手。"

赵玉柱偷着奸笑,说:"你的意思是先在代表身上下工夫。嗯,这办法中。只要群众代表通过,他李强就无话可说。行,不愧是二诸葛。"

吴凤海乐意给别人出主意,因为这可以证明他聪明,自己又没搭啥。虽然是对李强不利,可是李强不让他承包地这事,他一直记恨在心,正愁没处出这口气。

赵玉柱点点头,说:"你看啊,这二组的代表就是马天保和你,我在二组,那就交给你了。一组的代表是二迷糊和李三,这两个人同意就行了。刘国民和刘兰英都在一组,我去谈。"

二人说话的时候李玉梅把菜端上来了,两个菜还有一壶酒。听到他们二人的谈话,她有点不高兴地说:"那不是作假嘛,这么一整得让多少人受害,应该打井的人打不上井,当代表的失去了信誉。一千元钱没见着过呀?你们俩喝完酒该干啥干啥去,别整那损人利己的事。"李玉梅没好气地把碗放在桌子上,还瞪了吴凤海一眼。

晚上八点多钟,二迷糊的家,赵玉柱和孙贵一前一后进了屋子。二迷糊正在看电视。膘子在外屋洗碗,看见孙贵和赵玉柱来了,就先和他俩打招呼。因为论着叫嫂子,所以说话就没有顾忌。

膘子笑着对赵玉柱他们俩说:"这咋一块来两呢,串门子还打伙呀!"

赵玉柱本来就好逗,和膘子更是没样,就回应她:"我自己来怕你把我收拾了,找个帮手,要不制不服你。"

进了里屋,二迷糊看见孙贵和赵玉柱来了赶忙起身让坐,非常热情地给他们二人倒茶。二迷糊心里直打鼓，这两人一起来肯定是有什么事。他一边倒茶一边想，嘴上招呼着："这两位主任咋有闲空串门子了呢？你们两个早点来呀，好一起喝酒。要不咱们再喝点？"

孙贵有点不好意思地挠挠有点秃的头，说："得了，你别叫我主任了，现在不是了怎么还叫呢。"

说着话的时候膘子进屋来了，听孙贵这么说，就笑嘻嘻地说："那就得管你叫损鬼了呗，小样还两名呢。哈哈！"

二迷糊觉得膘子有点不尊重孙贵，人家刚下来就开这样的玩笑，有点不合适，就对膘子说："你别没深没浅的，人家不当村长了，你也得尊重一点。"

膘子嘴一撇，说："得了吧，就今天像个人似的，要在往常早跟我扯上了，就像那偷腥的猫似的。"其实膘子是个好说好笑的人，不管闹上闹不上的人她都说笑，从二迷糊那论和孙贵有点亲戚，论着叫嫂子，所以就没顾忌了。膘子忽然觉得这两人一起来肯定是有事，就严肃起来。膘子问孙贵和赵玉柱："你们俩来是有事吧，要不怎么一起来了呢。"

孙贵看看赵玉柱，示意赵玉柱说。赵玉柱想了想，好像有点为难的样子，说："是这么回事，县里给咱们村打五十眼扶贫小井，是方主席给跑来的项目。李强他一个村长不好意思说，就叫我来做做工作，和群众代表说一下，在开代表会的时候把刘国民和刘兰英选上。迷糊不是这个组的代表嘛，所以这个事得他说话。老孙是在路上碰到的，他没啥事我就把他拉来了，我怕嫂子收拾我。"

孙贵接着赵玉柱的话茬儿说："这没我什么事，是李村长让老赵来说的。但是我知道这个项目是白给的，是方主席做工作才给了咱们村，要说这亲戚借点光也是应该的。"

二迷糊有点较真儿地说："那刘国民和刘兰英两家也不是贫困户哇，再说他们都有井啊，那怎么给呀，不打重了吗？"

赵玉柱急忙接过话说："你咋那么笨呢，有井就不用打了呗，给钱不就得了嘛。"

二迷糊这才明白，说："啊……是这样……"

膘子是个直性人，心地善良，听明白了这是怎么一回事，有点气不公

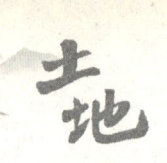

地说："这不是扶贫项目嘛，应该给那困难户才对呀。再说了，那刘国民和刘兰英家多富裕，还缺这两钱呀。人没个实足的时候，要那点钱干啥，真是的。"

孙贵接过话说："人家方主席白费劲给跑项目，一点儿也落不下，图个啥呀。"

膘子一听也来劲了，冲着孙贵说："那项目的钱是方主席家的呀，那是国家安排的，他不跑也得给。就你们这些当官的花花肠子多，明明上级给的，他还要个人情。他跑的，能给咱们村跑个企业来？"

二迷糊有点不好意思了，觉得膘子话说得过了，就接过话茬儿："那这个项目还得有人说给谁吧，人家领导说给谁就得给谁，不给你不也一样吗？你个老娘们家家的知道个啥呀，别跟着瞎咧咧！"

膘子不服气地说："这些年的项目还少跑了？哪个成了？都成了病了。现在银行里的欠款有多少了？这可好，一个水库的项目成了，没有效益不说，群众的地没了，养的鱼给朗鑫了。眼下有个群众得利益的项目，这还得给自己的亲戚落好处。"

赵玉柱是方志南的外甥，膘子说的都是方志南过去做的事，他听着不顺耳，说："我说膘子，你别锅台上尿尿，乱炝汤啊。你说的那些项目也不是领导一个人搞的，那是乡政府搞的，不能都算在一个人的身上吧！再说搞项目那也是为了群众好，没成功那没办法。我今天也是受李村长的委托，同不同意迷糊你自己知道，不能听别人的摆布。"

膘子听赵玉柱这么一说，火一下子就上来了，扭头冲着赵玉柱就来了，指着赵玉柱的鼻子说："说你舅舅你不乐意，这些年你借了多少光啊！啥好事没有你的份呀。我说说你不愿意听了，群众背后谁不说呀，就你在那装呢。今儿个这事我说了算，迷糊我告诉你，不管他谁的意见，你就听我的意见，要不我和你没完。"

二迷糊背对着膘子给赵玉柱使眼色，示意他不要和膘子较真儿。赵玉柱明白了二迷糊的意思，口气缓和下来。赵玉柱面带笑容，有点和膘子不惜外的口气说："咱们这个村也就你敢这么说我。打是疼骂是爱，最爱不过挨祸害。你越说我我，咋心里就越舒服呢。"

赵玉柱不以为然的态度也让膘子的火气消了不少，膘子的话说了，心里也就痛快了，对赵玉柱说："你个贱皮子玩意儿，不祸害你心难受，肉皮子紧，这回好受了吧。"

孙贵在一旁只是假笑，也不说话。他知道膘子什么都敢说，别没事找事，少插嘴。

二迷糊看赵玉柱的态度缓和了，就对他说："你二嫂那是个有嘴无心的人，说多了你别往心里去啊，事该咋办咋办。你放心，大哥这儿差不了事。"

膘子狠狠地瞪了二迷糊一眼，说："说啥呢，谁没有心哪，你才没心呢，一给你两盅尿水子喝啥都答应，你要是女的早和那卖酒的跑了。"

几个人都笑了，全没了刚才那尴尬的情形。孙贵一看这事也就是这样了，就示意赵玉柱该走，赵玉柱心领神会。赵玉柱站起身来，满面带笑地冲着膘子说："那啥，二嫂我得回去了，家里还有点事，改天再来看你。二哥你别送了，都在屋吧。"

其实赵玉柱的意思是让二迷糊送送，有些话好在外面说说。二迷糊倒没有那么想，只是赵玉柱越是这么说他还越想送，膘子就不管那些事了。膘子冲赵玉柱说："来一回多扯一会儿呗，我还没扯够呢。下回你二哥不在家的时候来，他在家有点碍事，扯不起来。哈哈！"

二迷糊有点不高兴了，说："你说这老娘儿们胆子可真大了，我要是不在家还真不知道能干出什么事来呢。你们两个可别上她的当，跟她整不明白。"

赵玉柱笑着说："我可不敢来，老孙你来吧，我整不过她。"

孙贵推着赵玉柱，说："得了，你可快走吧，别扯了，我还有事呢。"

二迷糊把赵孙二人送出门外。赵玉柱看看膘子没有跟出来，就对二迷糊说："当你媳妇的面真有点不好说，她总是乱炝汤。这事你可得当个事，明后天就要开会了，你就把刘国民和刘兰英选上，别人你就看着办吧。完事我们俩请你喝酒，上清泉酒店整一顿。"

二迷糊一听要请他喝酒，情绪马上就来了，毫不犹豫地说："你俩放心，这事包我身上了，别听膘子胡咧咧！"

离开二迷糊家，孙贵对赵玉柱说："我说老赵哇，我咋寻思你这假传圣旨的道道真不咋的，不光明正大。万一将来穿了帮，可要下不来台呀！"

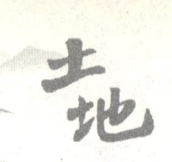

赵玉柱不以为然地说:"得了吧,哥,这些年,别说假传圣旨,批假条子、签假发票的事在咱们村还少哇!咱哥们儿是你知道我,我知道你。大舌头讲话,谁也别说谁。哼,要不是看着李强夺了你的位子气不公,我才不整这景呢!再说,万一他将来翅膀硬了,还有咱哥们儿的好果子吃吗?"

孙贵默默无言,无话可说了。走到街口,一辆三菱越野车停在二人面前,朗鑫从车上下来。

赵玉柱和孙贵一看是朗鑫的车都显得有些惊讶。赵玉柱有点讨好地说:"你怎么换车了?这不是那三菱车嘛,越野的,真牛哇,原来那个小轿车呢?"

朗鑫牛气十足地说:"卖了,换成三菱了,这个车马力大,哪儿都能去。你们有什么事吱声,我给你们当司机。"

赵玉柱问:"那你往双青送鱼咋办哪,用这个车吗?"

朗鑫说:"不用,有专用的,带箱的车。"

赵玉柱用手摸摸车身,说:"这个三菱车不得二十多万哪?"

朗鑫得意地说:"二十三万,都下来二十五万。去年冬天收粮买一个车还有剩呢,自己卖鱼和种地的收入还有三十几万,一点都没动,你们用钱我借给你们点。"

赵玉柱笑了,说:"借了我还不上,你还不扒了我的皮呀,我可不敢借。"

朗鑫笑着说:"叫你说的,咱们谁跟谁呀,还不上就白给你了还不行。"

孙贵说:"有不少天没有看见你了,你这是要去哪儿呀?"

朗鑫没好气地说:"要钱去,李强不是说我没有手续嘛,这回手续全了,我看他还有啥说的。你们俩是不是也跟我一起去呀,看看我是怎么收拾他的。"

赵玉柱和孙贵这两人谁也不愿意跟他去,他们都知道朗鑫是个什么人,要是去见别人他们可能去,可是见李强,他们二人都怕沾了朗鑫的腥味,就找个借口说有事。

赵玉柱一本正经地说:"我找老孙有点事,今天是不能和你去了,要是有什么整不了的事你找我,绝对好使。"

孙贵说："这事我就更不能去了，手续是我做的，我再和你去那就有点不合适了。"

朗鑫有些不耐烦地说："得了，一到正事就拉稀。去了也不顶用，树叶掉了怕砸了脑袋，成不了大事。"

朗鑫的汽车一阵风似的冲向了村委会，掀起了尘土，来往的人们用手捂着鼻子走过，都回头看这辆汽车。朗鑫和白板下车，进了村委会。

第 四 章

村委会大会议室里，来顺正在摆桌子，屋子里没有其他人。

朗鑫一进屋就问："来顺，你当勤杂员了，啥时候的事？"

来顺说："今天早上来的，还不到一天呢。"

朗鑫问："田书记和李强呢，他们咋没来？"

来顺一边摆桌子一边说："刚才他们来了，安排完明天开会的事就走了，去哪没说。"

朗鑫一听是开会，就忙问："明天开会，什么会？"

来顺也没抬头，说："说是代表会，研究打井的事。"

朗鑫问："你通知开会了吗？"

来顺洗着碗说："我都通知完了，就剩下几户了。"

朗鑫看来顺很勤奋，上下打量一番，又从衣兜里拿出一盒烟，点着一支吸了一口。他看着来顺说："来顺你过来一下，我和你说点事。"

来顺应声道："啥事呀，你说吧，我听着呢。这活得赶快做完，不然就没有时间了。"

朗鑫仔细打量着来顺，说："村上每个月给你多少钱哪？"

来顺抬起头，说："每个月五百。"

朗鑫歪着头说："你到我那去干行不行？我每个月给你一千，供你吃饭，活还不累。"

来顺一听能给一千元钱，眼睛睁挺大，放下手中的活说："啥活呀，一个月给一千元钱？"

朗鑫笑眯眯地说："就是跟车，到处看看，收收玉米什么的，不累还风光。"

来顺真的有点动心了，挠挠脑袋犹豫不决地说："那我得问问我爸，要不你等一下，我这就去问。"

朗鑫摆摆手说："算了吧，今天不用了，你晚上回家再问吧。要是行的话就去我家找我，马上可以上任。好了，我也不等了，明天开会的时候再来。"

天快黑了，来顺正要回家，李强和田美玉从乡里回来，顺便到村上看看会议室收拾得怎么样。李强和田美玉进了大会议室。

来顺跟着过来，说："我正要回家去吃饭呢，你们这是从哪来呀？"

田美玉说："刚从乡里回来，看看会议室准备得咋样。"

来顺说："都准备完了，你们看看行不行，不行我再重摆桌子。"

李强说："行，行，这就行了，四十多个人坐下了。来顺，你把碗好好洗洗，长时间没用，有些脏了。"

来顺回答："我都洗好了，都在这呢。"

李强看了看，点头表示满意。田美玉也扫了一眼，对李强说："我们到办公室，有些事还得研究一下。"

田美玉和李强在办公室研究工作。来顺本来想回家和爸妈说一下上朗鑫那儿干活的事，可是现在走不开了，急得来回走，终于忍不住敲门。

李强看着门口，说："进来吧，小伙子还挺懂规矩的呀，有事吗？"

来顺说："我……我想回家一趟，有点事。"

田美玉说："那就回去呗，离家也不远，一会儿不是回来吗？"

来顺有点迟疑地说："不过这事和村里有关系。"

李强看着来顺说："啥事你说呗。"

来顺抬头看看李强说："今天上午朗鑫来了，说是找你们，看你们没在，就要让我到他那儿去干活，说一个月给一千元钱。我想回家和我爸研究一下。你们俩来了，我也想问问你们，去他那儿干行不行。"

听了来顺的话，两人都有些惊讶，互相看了看。

李强回过头看看来顺，说："他说干什么活了吗？给的钱倒是不少。"

来顺说："说是跟车，活不累。"

田美玉有点不同意，说："最好别去给他干活，不知道他有多少花花道儿，整不好上当，名声不好。"

来顺解释："我主要是想多挣点钱好给我妈看病。他要是干坏事，我就不给他干，我不怕他。"

李强想了想说："看看是干啥吧，要是个正当的工作也可以干嘛，能多挣点钱对家里也挺好的。村里也只能一个月给五百元钱了，这还是从总的补助资金里抽出来的呢。村里是不设勤杂员的，我们主要是为了照顾你，你要是去了我们就不设了。怎么办自己拿主意吧。"

田美玉点点头，冲着来顺说："那你去吧，和家里好好地商量一下，村上不挡你。"

来顺感谢地说："谢谢书记、村长，那我就回去了，问了我爸之后我再告诉你们。"

田李二人接着商量明天开会的事。

代表会人来得可真齐，四十五名代表只缺一人，会议室坐得满满的。李强和田美玉在办公室核对村里掌握的贫困户花名册。代表们闲聊，乱哄哄的，吴凤海和赵玉柱坐在一起，低头和另外两个代表小声说话。二迷糊也在和同组的代表李三说着什么。李长玺和马小六子因为打井的事又扯起来了。

马小六对李长玺说："这给打井是好事，可是没有水泵和柴油机那不也是白扯嘛，有水抽不上来呀。"

李长玺不以为然地说："那活人还叫尿憋死呀，花钱雇呗，买没有钱，雇还没有钱吗？"

马小六很有主意地说："给我打了井我也没钱抽水，就等着啥时候再给我个柴油机和水泵。"

李长玺一听来气了，说："我说你个熊样，就知道等着要补助，再等着给你说个媳妇得了呗。这么懒，给你什么也白扯。"

田书记宣布开会，大家都静了下来。田美玉大声说："现在开会。今天召开群众代表会，是落实扶贫打井的事。县政府给咱们村五十眼小井，主要是照顾那些打不起井的贫困户。我们就在这个会上把这些小井落实下去，以每个小组为单位，按人口分配井数，基本上是每小组五眼井，个别组人多的六眼，少的四眼。由小组里的代表提名，经所有代表同意通过。大家看看有没有意见,没有意见举手通过。"

代表们都举起了手。

田美玉看看大伙儿,说:"好,这个意见通过,下面由李主任安排落实。"

李强打开本夹子,拿出已经写好的各村应分的井数,看了看代表说:"刚才田书记已经说了评选方法,下面我们就一个组一个组来落实吧。原三家子村一组五眼井,请代表提名。"

代表提名,三个代表同意,所有代表举手通过。

李强说:"二组四眼,请代表提名。"

三个代表共同提名,所有代表举手通过。

李强说:"百泉沟二组五眼,请代表提名。"

马天保看了看田美玉和李强,站起身来说:"我提赵玉柱、吴凤海、张小平、海龙,还有马小六。"

马小六和赵玉柱表示同意,经大家举手通过,只有三个代表没有举手。李强愣住了,不知道如何是好,过一会儿才回过神来,又继续往下进行,通过了刘家营子的三个组。

李强有些心神不定地说:"百泉沟一组,五眼井,请代表提名。"

二迷糊首先发言:"我提刘国民、刘兰英、留留、所柱、常百顺。"

其他两个代表也表示同意。

李强:"请大家举手表决。"

全部代表举手通过。李强真的懵了,不知所措地看着田美玉。赵玉柱得意地笑着,看着李强。这是李强没有想到的,他不同意的户都选上了。看到赵玉柱那得意劲,李强气得脸色发白。田美玉也感到意外,看着李强的脸色,心里很不是滋味。李强觉得自己失态了,努力控制着自己的情绪,往下进行。有很多知情的代表都在看着李强。

李强有些精神恍惚地说:"百泉沟三组五眼井,请代表提名……"

几个组全部落实完,李强的脑子里一片空白,都不知道是怎么选完的。

托娅在一旁用惊讶的眼神看着大伙儿,不知道这些代表们是怎么了。

田美玉看见李强的神态不正常,就问李强:"都通过了吧?"

李强这才回过神来,低声说:"全完了,还有啥事你就说吧。"

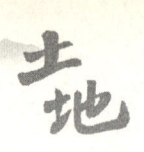

田美玉抬起头,大声说:"大家别说话了,我说几句。今天的会就到这,小井落实完了,大家回去后通知打井户做好准备,主要是定好打井的位置。过个一两天就下去打井了,由阿斯根领着打井,有事你们找他就行。"

代表们都走了,会议室里只剩下李强、田美玉、托娅和来顺。李强坐在那一动没动,田美玉也觉得这件事有些蹊跷,面对李强不知道该说些什么,有一种说不清的感觉。来顺一边收拾茶杯一边看着李强。

田美玉起身叫李强:"李村长,我们到办公室吧,别在这坐着了。"

李强抬起头,眼睛直视田美玉。托娅站在桌子边上盯着李强。

田美玉拉起李强,说:"走,我们到办公室去,有啥事到那儿去说。"

李强和田美玉进了办公室,托娅也跟着进来。李强还是看着田美玉不吱声。

田美玉有点着急地说:"你老看我干啥呀,这事我也不知道,准是那赵玉柱和孙贵搞的鬼,还有吴凤海。"

托娅很确定地说:"对,就是那赵玉柱搞的鬼,不能就这么算了。"

李强气愤地说:"不行,这事我得去问那两个组的代表,一定有鬼。这两个组的井先别打,等我调查一下,如果有问题让群众重选。"

田美玉说:"这怕是不行吧,其他的组会不会有意见哪?"

李强说:"有意见的都重选,没意见的就这样,要不你说怎么办?"

田美玉想了想说:"那就按你说的办吧,由你来通知阿斯根。"

托娅说:"告诉我爸先从其他组开始打井,这两组弄清楚再说呗。"

李强说:"只好这样了。我觉得这不是个小事,事关村委会在群众中的形象和今后的威望。田书记你不要怕,这事我顶着,出了事我负责。"

田美玉说:"你说错了,是我们俩顶着,首先是我,我也是领导,原则上的事首先得我负责。对了,你的组织关系还没拿来吧?"

李强说:"在糖厂呢,我下次过去就办过来。"

托娅说:"还有我呢,算我一份,还有我爸。"

李强看看托娅说:"你们有这样的态度,我就啥也不怕了。"

朗鑫、白板、留留几个人又来了,进了会议室。

朗鑫四下看看,说:"来顺,书记、村长呢?"

来顺见是朗鑫,很客气地说:"来了,朗哥,他们在书记室呢,会议才散，刚过去，我去给你找一下。"

朗鑫一边往办公室走一边说："不用了，我找他们！"

说着几人就进了书记室，也没敲门。

朗鑫很随便地坐在了沙发上，白板和留留也不客气地坐下。

郎鑫故意看着李强说："书记、村长研究工作呢？我来打扰你们了吧。要不我们出去，等你们研究完了再进来？"

李强知道他在逗闷子，说："先出去等一会儿，说明你懂礼貌。现在就接待你，是我们村干部的素质高。什么事，说吧？"

田美玉说："朗鑫你是来要账的吧？"

朗鑫笑容满面地说："还是书记有先见之明，就是为那钱的事，别的事也不用我来呀，打小井就是我来八趟你们也不给我。再说我这一天得挣个千八百的，你让我来取钱，我都没有时间。"

李强听朗鑫说这牛性的话，心里真是气极了，再加上小组会上的事让他气不打一处来，手里握着的钢笔喀的一声断为两截，李强顺手把它扔进纸篓里。可是他表面上仍是那么的平静，不卑不亢地说："你来要钱就不怕耽误时间了？算这回跑两趟了吧，要不要误工费呀？"

"李村长你这话说的，那是村里欠我的钱，就是一分我也得要，误工没办法，谁叫我遇上这不给钱的主了。这钱要是不要，还不得叫哪个腐败分子给占了哇。"朗鑫没把李强放在眼里。

田美玉立刻严肃起来，说："朗鑫你说话讲究点，村里欠了你多少钱，是在我们接手之前的事，我们刚上任还没有十天呢。你说这些话给我们听有用吗？"

朗鑫不讲理地说："那不是有账嘛。你们当这个村的领导就得管这个事，要不你就别当。你们还不承认哪！"

李强回过头来，看着朗鑫说："我们说不承认了吗？腐败领导不是我们，是谁你清楚。有一条我告诉你，你账上的那些往来要是有假，我们就不承认，不但不承认而且还要搞清楚。别以为这个村的事我们不知道。你那套唬别人行，唬田书记我们俩行不通。"

朗鑫愣了一下，又大声地说："欠我的钱都是前任村长经手的，有开地款，还有借款，总共二万多元呢。你想说假的行吗？我看你是活得腻歪了。"

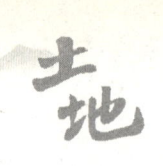

看谁敢说我那是假的！长几个脑袋，不信试试！"

李强有些激动地说："你不用拿那个横劲吓唬人，没人怕你哪套。你敢说你的手续没有假吗？"

朗鑫也不让理地说："当然敢说。你敢说我的手续有假吗？"

李强胸有成竹地说："我现在只能说你的手续有问题，是不是有假，等以后证实就知道了。"

朗鑫说："你说有什么问题，当面提出来！"

李强看了一下田美玉，田美玉点点头。李强拿出笔记本，翻到他记录的朗鑫等人的账目，对朗鑫说："你的这笔欠款有这么几个问题：第一，欠你的钱是一万七千五百元，以五分利计算，每年的利息变成本下年再行五分利，以此类推至今已经八年，现在已经达到四万五千元。县里主管部门已有明文规定，利息最高不能超过一分，而且利息不能再次行利。第二，你还把其他人的欠款纳入你的账中，采取五分利的方式得到利息。第三，你以他人的名义借款，其数目已超过你现有的存款数。第四，很多人证实，你每年翻的地是同一块地，地的亩数与你账上所翻亩数相差太多，还翻了哪些地没人知道。第五，你承包了小坨子六千亩地，承包费一分没给，而且合同上没有乡领导签字，更没有群众的签字，那是一份无效合同。你占有小坨子地十五年，这部分的承包费也要算一下。这只是我们记的大概情况，还有一些没有记，等以后具体落实的时候再和你核对。你来要钱，这些账你都算过吗？"

朗鑫愣了一下，自己那点事怎么全都被李强掌握了。他有些心虚，可是又一想，不能让李强看出来，又拿出那不讲理的样儿来，说："我不管上级有什么规定，欠款不给就得行利。五分利还是少的呢，有的还要一角的利呢，谁叫他欠款了。怕利高还钱呀！小坨子的承包地咋的，那是有合同的，乡里也盖章了，合理合法，你说是无效的，你是啥呀，是法院哪？告诉你，再不给钱我就上法院告你们去，上北京告你们去，连县里一起告，我叫你们吃不了兜着走。"

田美玉气不打一处来，将朗鑫的军："那你还来这找我们干啥呀？有能耐你上北京，我们都接着。"

朗鑫说："这可是你说的，好，明天我就整他十个人去北京，看有没有说理的地方。"

李强严厉地说:"我最后和你说一遍,想和村里要钱就得等我们把账算清了,谁欠谁的都得还。要是觉得不公平那咱们就法院见,在这和你说不清楚。"

朗鑫站起身走到李强身边,好像要打人的样子,冲着李强说:"小样,法院我没见过呀,你这就告我去,我接着。我看你是不是有点找不自在呀,你知道我是干啥的不?"

李强动也没动,很轻蔑地看着朗鑫说:"我真不知道你是干啥的,干啥的也得归法律管。"

托娅在一旁偷着拿起一盒钢笔水瓶,紧紧地握着。

朗鑫色厉内荏地指着李强的鼻子说:"你等着,我和你没完,看咱们谁的下场惨。白板咱们走,这事跟他没完,等几天我们再来。今天我还有点事,没工夫和他们扯这个不利索。走!"

说着话他三人都出了办公室。汽车走了,留下一团烟雾。

田美玉担心朗鑫真的会动手,对李强说:"这个小子啥事都敢干哪,以后你得多加小心,不能吃他的亏。"

托娅气呼呼地说:"刚才他要动手我就给他一瓶子,打懵他。"

李强长出了一口气,感谢地看着托娅说:"这种人你越是怕他,他就越是欺负你,要是抓住了他的要害问题,他就老实了。我们掌握的情况都是真的。"

田美玉看看托娅说:"看不出来呀,托娅很勇敢哪。"

看着托娅,让李强想起了小的时候,只要他和别的孩子们发生"战争",托娅第一个反应就是赶快抓起一块硬土块或小砖头攥在手里,可她从来没打过谁。孩子们还给她起了个外号"手榴弹",这也让李强很丢面子……

托娅把钢笔水瓶放在桌子上,说:"这种人你就得和他来真的,要不他欺负死你。"

田美玉看着李强,说:"群众往来这块还真得整细了,下次就不是他找咱们了,是我们找他啦!他欠的钱可能要比他要的数多一些。而且他的承包合同是无效合同,并且经营了十几年。他把大量的地开出来对外承包,可能得有五千亩地,按亩数这得给多少承包费呀。"

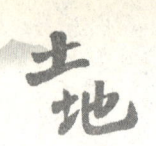

李强点头，说："对，下次我们找他要钱，不能叫他再来。他的账我们马上结清，做到有证有据，铁板钉钉，我看他还咋牛性。对了，三家子徐书记的一万多元钱那是真的，我们得想办法给他，那是个忠诚可靠的人。晋成子的那笔开地款，按规定已经付够了，他们是在利息上做了手脚，等哪天让刘福田和他们核对一下就行了，这个事就算完了。"

田美玉说："看来我们得有思想准备，这些事得法院裁决。朗鑫已经在小坨子地栽了一部分树，收回来还是有点麻烦。这与徐书记、晋成子的事还有点不一样，得区别对待。"

李强说："你说得对，朗鑫的事不怕他，我知道他根子硬。只要是这块地的承包合同是不合法的，那他就得付承包费。多少我们定，或者法院定，其他的好办。"

田美玉说："对了，你得通知阿斯根打井，让李长玺帮助他，一个人忙不过来，材料让他们找人进吧。"

李强看着托娅说："你回去和大叔说一声，李长玺我来通知。"

托娅答应："行，我告诉他，那咱们回去吧。"

朗鑫气急败坏地回到家中，进屋就给孙贵打电话。

朗鑫急头白脸地说："喂，老孙吗？我是朗鑫哪。我说你整那手续咋都叫李强挑出毛病来了呢？啊，基本上都看出来了，这得想个办法呀，是呀，这事就得靠你了。承包地的事也说是无效的合同。"

孙贵在家里躺着接电话，听朗鑫这么说马上坐起来，说："那可不太好整了，账都封了，我又不在位。这事你得找乡里的领导，找方主席还差不多。"

朗鑫着急地说："找方主席倒是行，但是有些手续还得是你来做证明啊，别人他没经手哇。还有合同的事，现在你找群众签字，那不是白扯嘛，谁能给咱们签哪！"

孙贵拿着电话无可奈何地说："合同的事你就找方主席吧，别人是不好使，千万别交给法院。那好吧，你先找找他。"

朗鑫低下头说："好吧，这事先找一下方主席再说吧，有什么事我再找你，好了。"

白板看朗鑫打完了就说："别跟他扯别的了，就找几个人收拾他，看他还敢跟我们叫板。不用你出面，我找几个哥们儿干。"

朗鑫摆摆手说："这个节骨眼上先别着急，还没到那个份儿上，我再想想办法，反正那小坨子地也不是我的。"

白板有点不明白地说："那是谁的？"

"你就别问了，反正有人着急。"

李强来到了二迷糊家，只有膘子在家。她正在喂猪，见李强来了就迎出来。膘子一边擦手一边说："李村长来了，咋这么闲着呢？"

李强问膘子："我二叔在家吗？我找他有点事。"

膘子有点疑惑地说："他下地了，到甜菜地看看，说是有死苗的。"

说着话二迷糊回来了，看见李强来了，他愣住了……

在马天保的甜菜地里，李强和马天保在聊。马天保一副惊讶的表情，二人比画着不知道在说什么。

赵玉柱坐在刘国民家的炕上，一副牛哄哄的样儿，吸着烟，正在和刘国民吹牛皮。刘国民的媳妇在外屋厨房里做饭，炒菜的油烟不时地飘进屋，赵玉柱直咽口水。刘国民一边给赵玉柱倒水，一边奉承地说："哥，你这外号真不是白起的，啥事没有你是整不通啊。你说这小李强不得乖乖地给咱们打井嘛，他是王八钻炕，憋气带窝火呀，有苦说不出。让他的面子丢光了，看他还有啥威信领导大伙儿。"

赵玉柱有些飘飘然地说："小家雀也鬼不过老家贼呀，我是谁呀，他也不看看是在和谁斗呢。我那'路路通'是白叫的呀，他小李强学去吧！跟我比，差远了。不是我和你吹呀，我在咱们乡有名。头几年我舅舅在的时候，谁到了我跟前哪，人这玩意儿眼虚。"

刘国民满脸的笑，说："那是不假呀，和村里办事都得先找你。"

赵玉柱得意地说："你说他李强有口难言哪，吴凤海是他的姑父吧，也给选上了，那他咋就不吱声了呢？吱声说啥呀，当时他连个屁都没放。我选上了，大伙儿都知道啥事没有落下我的时候，你说他吴凤海还凑这个热闹，真是天助我也。有他在里面，李强就不敢说我了，那可是他的亲姑父哇，拿啥脸说别人哪，想起这事我就高兴。"

刘国民又点着一支烟，递给赵玉柱，说："再来一根，菜马上就好了。今儿个咱们俩好好地喝点。我这有两瓶好酒，还是过年时候买的，没舍得

喝，你有口福，这酒就得你喝了。"

赵玉柱一副无所谓的样子说："咱哥们儿谁跟谁呀，喝啥酒都行。好酒你留着给高人贵客喝吧，咱们俩喝那大老散就行。"

刘国民忙说："别别，你就是那高人贵客，给别人喝我还舍不得呢。"说着话刘国民的媳妇已经上了两个菜，两人开始喝酒。

李玉梅在厨房做饭，吴凤海跑前忙后地帮忙，李玉梅有些不耐烦，嫌他碍事。李玉梅没好气地说："唉呀，要干啥你就说话得了，别在这瞎转，弄得我脑袋疼。是不是要喝点酒哇？"

吴凤海笑嘻嘻地说："你咋知道呢，我就是想喝二两。那你给我整个好菜，一个就行，嘻……嘻……"

吴凤海在屋子里忙着放桌子，一边捡碗一边哼着小曲。菜没好他先就着咸菜喝上了，喝了一口酒，吧嗒吧嗒嘴，又夹点咸菜，满脸的笑意。不一会儿李玉梅端上来一盘菜，吴凤海有点迫不急待，又倒上一杯酒，一饮而尽，笑眯眯地吃上一口菜，好像很香似的。李玉梅看着吴凤海那高兴劲，心里头有点打鼓，心想他又有什么高兴的事了，这得问问。李玉梅给吴凤海夹了一点菜，又给他倒满酒，不经意地问："你今天怎么想起喝酒来了？有什么好事呀，这么高兴？"

吴凤海笑着说："我咋有点啥事也瞒不了你呢，还真叫你说着了，真就有点好事。"

李玉梅看看吴凤海，说："啥好事呀，天上掉馅饼了？"

吴凤海得意地说："差不多吧，等于白捡了一千元钱。"

李玉梅警觉地问："怎么个白捡，有人白给你呀，还是你骗人了？"

吴凤海有点神秘地说："这回给咱们村的扶贫小井有咱们一眼，要是有井的话，就给一千元钱，你说是不是白捡的呀。"说着吴凤海又高兴地干了一杯酒。

李玉梅愣了一下，又给吴凤海倒上，说："是村上的户都给呢，还是个别户？"

吴凤海摇头说："不是，是扶贫井，只给困难户。"

李玉梅有点不明白，说："那是怎么给的呢，是大家选的还是村里提的名？"

吴凤海说:"是群众代表选的呀。"

李玉梅有些疑惑地问:"咱们这样的户都有,那其他困难一点的也都有吗?"

吴凤海摇头说:"不是,有的困难户还没有呢,可是咱们就有。"

李玉梅脸色有点不好看了,追问:"谁提的咱们家呀?"

吴凤海说:"是我和马天保做了一点工作,他在会上提的,大会就通过了。"

李玉梅一听,一下子就把吴凤海手里的酒杯给抢过来了,把里面的酒倒在了地上,又把酒壶抢过来放在身后,没好气地说:"你这不是给李强出难题吗?你怎么家里外头不分呢,就知道占小便宜。我说你这个人咋就这么没有记性呢?"说着话李玉梅把酒壶给摔了个粉碎,吓的吴凤海一缩头,赶忙吃饭,吃完了就要下地走,李玉梅看他要走,大喊:"你给我站住,要去哪?你这事完了?你说这事怎么挽回?"

吴凤海说:"那代表会都通过了,别的还咋办哪,那就告诉村里我们不要了还不行啊?"

李玉梅满脸的怒气,说:"那你找李强说我们不要这个小井了,给困难户打上。这就去,别的事先别干了,都放下!"

吴凤海无可奈何地说:"那我等会儿去还不行嘛。再说也没人说什么,就那么得了。和李强说多不好意思,会上李强也没说啥。"

李玉梅气得站起身来,指着吴凤海的鼻子说:"人家李强能说什么,那是在会上,而且代表们都通过了。你这个没脸的玩意儿,我这辈子跟你憋这个气,什么时候是个头哇。"

李玉梅一边说着一边往下收拾碗筷,气得饭也没吃完。吴凤海也没吃饱,看着李玉梅捡碗,小声说:"那吴江还没吃呢,捡了干啥。"

李玉梅没好气地说:"又去刘兰英家了。你说和谁的姑娘处对象不好,偏偏和她的姑娘。这还分不开了,总到那。"

吴凤海试探性地说:"那有啥呀,就让他处去呗。"

李玉梅瞪了吴凤海一眼,说:"那可对你的心思了,你跟那刘兰英一个味,都不是什么好东西!"

吴凤海不满意地说:"你说人家干啥呀,人家又没得罪你。"

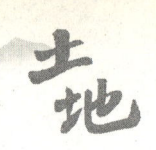

李玉梅回过头来冲着吴凤海说:"还不是呀,都是那占小便宜的主,以后少和她来往!"

吴凤海低着头说:"那要是吴江和跟弟成了的话,我们两家是亲家了还不来往了?"

李玉梅气得坐在炕上,说:"不来往,要来往你跟她来往,我是不和她有来回,一看她我就心里烦。"

吴凤海小声说:"再啥那也是亲家,黄不了就得来往。"

李玉梅没好气地说:"行了!别提她了,该干啥干啥去,别忘了去和李强说明白这个事!"

说着话,李玉梅到外屋收拾厨房去了。吴凤海挠挠脑袋看看李玉梅出去也悄悄下地,出了家门。

在村里的金龙电焊修理部,李强和阿斯根在安排打井的材料,李长玺也在,几个人和焊工师傅研究下料规格。

李强指着一个钢筋说:"师傅就用这样的钢筋下料,管直径是十五公分,你明天就去进料,按五十眼井进。你去找刘会计先支两万元,其余的最后结清。包叔和李哥先通知一下第一批出工的群众,叫他们别误了事,要按时出工。还有什么事?"

阿斯根问:"井队什么时候到?还得安排做饭的,在谁家呀?"

李强想了想说:"就在村里做吧。田书记安排好了,说是明天下午到,是乡里刘乡长帮助安排县里的井队。"

阿斯根看了看李长玺说:"我看奶豆腐做饭行,家里没孩子,又干净利索。"

李长玺笑了,说:"行是行,就怕赵玉柱不同意,爱吃醋的家伙。"

李强说:"那就让她做吧,包叔你去通知她,还不知道能不能干呢?"

李长玺:"那有啥不干的,也不是白干。"

晚上,打井队的到了,一辆拖拉机拉着拖车,上面装着打井机,后面还有一辆212小车。

李强、阿斯根等人都出来迎接。

李强上前和井队的人一一握手,说:"张队长,各位辛苦了,快进屋。"

张队长个子不高，有点胖，长的黑点，今年四十二岁，大嗓门，一见李强就喊："你小子真有功啊，让我们打井还得刘乡长给你找人，还非得今天到位，一队人马硬是分成两队，我都得上了。"

李强一边领井队的人进屋一边说："晚上请你们喝酒不就得了嘛。走，进屋吧，先喝点水。"

张队长进屋还没坐下就说："咋样，井下的料都备齐了吗？别的是小事。"

李强说："齐了，现焊都赶趟，昨天就安排了。一共是五十眼井，都是四寸管井，钢筋的。"

张队长说："那最好了，一家一眼，控个三四十亩的没问题。我说你可别耽误事呀，料齐整的，我们那老邓和小高都一个来月没回家了，晚上想媳妇都抱着枕头睡觉呢。"

阿斯根大笑，说："我看是你想媳妇了吧，咋想你也得把我们的井打完了。实在不行就把弟妹接来吧，不过怕你不放心，这几个小子还不把她吃了哇。"

张队长笑着说："我那家伙没人要，就我拿她当宝吧。"

井队的几个工作人员往下拿东西，临时搭的炉灶开始烧火，奶豆腐在给井队做饭。

阿斯根、李长玺在地里领着井队开始打井，加上出工的村民得有二十多个人在忙着。

已有近一个月没有下雨了，李强安排完打井的事就去看甜菜的长势。他来到坨子根下的甜菜地，看见小苗都已经打焉了，走了几块地都是这样。

张小刚走到李强旁边说："李村长来了，看地来了吧？"

李强说："是呀，我看这边的人多就过来了。你的地也在这？怎么样，旱的够呛吧？"

张小刚说："可不是嘛，地都裂了，再不浇水就要不行了。"

打井的速度很快，每天能打六眼井，已经打了三天，解决了近二十户的小井。有的已经开始抽水浇地了，有的正在安装水泵。

李强来到打井的地方，对井队的工作表示满意。打完井的人兴高采烈。也有人又没井，又没有抽水设备，在发愁。

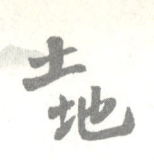

李强找到阿斯根和张队长,问了打井的情况,看见打井机旁边金钟媳妇坐在地头抹眼泪,就走上前去问:"怎么了,哭什么呀,是不是两口子闹别扭了?"

金钟的媳妇抬起头来说:"这日子没法过了,这地里苗眼看着就要旱完了,井没有,抽水的设备也没有,这可咋办哪!"说完了接着又哭,金钟低头不吱声,一个劲地吸烟。

李强看着心里很难受,金钟本来就是村里的困难户,由于分配出了问题,这次就没有得到扶贫井。他想了想就走到阿斯根跟前,说:"包叔,你把那刘国民和刘兰英的井给金钟和李玉打上,还有赵玉柱和吴凤海的井给留留和官布打上。"

阿斯根有点迟疑地说:"那你和田书记说一下吧,要不开完群众会再决定,不然对你不好。"

李强很坚决地说:"你先打,田书记那我去说,要是在以后的群众会上没选上这几家,那打井的钱算我的。"

阿斯根很服气地点点头说:"行,就这么办,你就放心吧。"

李长玺竖起大拇指,说:"李村长说得对,别管他那套,先解决实际问题。好!李村长有气魄。"

天快黑了,井队收工回到了村里,人们在洗脸,开始吃饭。

李长玺论着叫奶豆腐嫂子,所以就和她闹,打饭的时候总是叫奶豆腐给泡点菜汤。奶豆腐也乐意和李长玺扯。大家在一旁凑热闹。

李长玺嬉皮笑脸地说:"嫂子,你还得给我来点汤,你那汤我咋觉得那么香呢,一顿不吃就有点想,不知道咋回事。"

奶豆腐也笑着说:"你是属狗的吧,一般属狗的都爱喝汤,像你这样的瘦狗更爱喝汤。你喝吧,我管你够。"

张队长接过话来说:"我说长玺你们俩要是一家的话该多好了,想喝汤就给你来汤,要啥来啥。哈哈!"

李长玺叹了口气,说:"其实我们两个可是一家子,都是因为这个赵玉柱抢先把她整到手了,我到现在还后悔呢。你说是不是?嫂子你说句真心话。"

张队长一听这事就来劲,走到李长玺的跟前,开玩笑地说:"我说你小子还挺封建的，那要是都有心就那啥呗，啊哈哈！"

他的话引起大伙儿一阵大笑，奶豆腐不但没有生气，还对大伙儿说："你们问问李长玺，他有那个胆吗？有贼心没有贼胆的手。李长玺你敢不敢，走，咱们俩上仓库。"

在大家伙面前李长玺真的就怕了，他知道是说笑话，就告饶说："我可不敢，赵玉柱要是知道了还不和我拼命啊。"

张队长说李长玺："你没有胆还说这话，整出事来了你就老实了。"

大家伙一阵大笑。这时候刘国民和刘兰英，还有他们的姑娘儿子五六个人进了村委会会议室，也不管吃饭不吃饭，刘兰英张口就骂："谁他妈的把我们的井给别人打了，你们是干啥吃的？谁给你的权利？想给谁打就给谁打呀，啊！"

刘国民也接着不指名地开骂："他奶奶的，长手了吗？随便打井，我看他妈的是不想要命了。明天把我的井给打上，否则我扭断他的头。"

张队长一听就来气了，大叫一声打断他们的骂声："别吵了！你们骂谁呢？你以为我们怕你呀，谁敢上来我看看！井是我们打的，那不得听村里领导的吗？你们和我们说得上吗？骂骂吵吵的，骂谁呢，再骂一个！不给你们打井是村长的意思，我们得听他的，阿斯根和李长玺也得听他的，要找你们去找村长去，上这吵吵啥呀！动不动就骂人，再骂一个我听听。"

阿斯根也说："是李村长不给你们打井，我们得听村长的，要找你们去找村长，和我们说不上。去去！出去！我们还没吃完饭呢，走！"

刘兰英拉着刘国民说："走！那我们去找村长，跟他们说不上。"

说着话就走，走了几步刘国民又回头说："我告诉你们，明天得把我们的井给打上，要不我和你们没完。"

奶豆腐看他们走远了，就问李长玺："我们那组的是不是也不给我和吴凤海打了？"

李长玺小声说："那可不咋的，你们两家的井给留留和官布大叔打了，今天上午村长安排的。咋，你有意见哪？"

奶豆腐嘴一撇，说："我有啥意见哪，这才好呢，我叫那赵玉柱得瑟。本来就是应该给困难户打井，他们当中插一杠子，还美的不知道姓啥，活该！"

李长玺有点吃惊，平常看不出来她还这么有正义感，这让李长玺刮目相看。他看着奶豆腐，嘴上不知不觉地说："没有变，还是当姑娘那个样，好，说得好！"

奶豆腐有点愣住了，不知道李长玺在说什么，就用手扒拉他，说："你咋的了，说啥呢？"

李长玺这才回过神来，说："啊，我说你呢，还是那个样，性格没有变，没随赵玉柱。"

奶豆腐轻蔑地说："我像他？就他那个样，叫个人都比他强。这辈子我跟他后老悔了，啥也别说了，眼泪哗哗的。"

阿斯根看张队长有点发呆，就对他说："你别管那套，和你没有关系，叫他们找李村长说去吧，整一鼻子灰就老实了。咱们该给谁打就给谁打，和我们没关系。"

张队长有点气愤地说："不管谁都骂，真不是东西，要是在年轻的时候我早就上手打跑他了，敢上这来闹。"

李长玺大声喊："来呀，打扑克，两人一伙，赢啤酒的，谁敢干？"

司机说："怕你呀，你和阿斯根一伙，等着买啤酒吧。来，张队，咱们两一伙。"

李强的家里，刘国民和刘兰英等五个人在和李强吵，离很远就能听见。

刘国民骂骂咧咧地喊："你他妈的权利咋这么大呢，代表会决定的事，就你一个人给改变了。给金钟家打井，他给你啥好处了，看他媳妇长得好看了咋的，凭啥呀？"

刘兰英也不示弱，更是高嗓门，说："姓李的，我们家咋的你了，抱你们孩子下井了？为啥代表会决定的事你给推翻了，你小小的年纪主意很正啊！"

李强不急不怒，等他们说完了才开口："你们说完了吧，不给你们打井，那是我的意见，你们不用找别人。原因有两个：一是你们都不是困难户，这是给困难户的井。二是有人在背后搞了鬼，你们才被选上了。这个做法是不对的，是作假。所以这个井不能给你们打，有意见你们就冲我说。"

刘兰英接过话茬儿说："冲你说咋的！不冲你说冲谁说呀！代表选出来的贫困户，你说改就改了，设那代表干啥呀，都你老李家说了算呗！你说作假,谁作了,你别在那找借口。你明天把我们的井打上就算拉倒,你要是不给打,我们就上乡里告你去,再不行就上县里告你。"

刘国民也抢着说:"姓李的,不信你试试,你要是不给我打小井,我把你家平了,你看我敢不敢!咱们骑驴看唱本,走着瞧。"

跟弟今年二十一岁,正在和吴江谈对象,因为论着还有亲戚关系,在这种情况下,她只好去拉她妈,一边使劲地往外拉,一边说:"妈,咱们不缺井,咱们不打,快回家吧。强哥,你别往心里去,我们不打井了,给别人打吧。"

刘兰英用手指着李强的脸说:"他们都给你什么好处了,你向着他们。我们咋的,没给你好处?"

跟弟使劲地拽她妈,说:"妈,咱们回家吧,这多磕碜哪。"

李强站起身来,向大家摆摆手说:"行了,别说了,咱们晚上开群众大会,你们要是选上我就给你打,要是选不上那可别怨我。我和这些困难户都是没亲没顾的,说他们给我好处,那你们调查去,要是有我就地辞职,不配当这个村长。咱们会上见!"

刘兰英不讲理地说:"那不行,已经都选出来的还重选干啥呀?你把工作都做完了,再开会那我们能选得上吗?你别扯那个了。说吧,这井你给不给打,要是不给打我们找地方说理去。"

刘国民说:"对,给个痛快话,到底给不给打!"

李强很干脆地说:"不能给打,给谁打得在群众大会上决定,谁来也不行。"

刘国民指着李强说:"你小子有种,你等着。咱们走,找地方说理去,上乡里县里告他去!"

刘兰英等人一起走了,李大路和其其格才从西屋来到李强这屋。听到信的托娅也来了,还有其他邻居也来看李强。李强坐在办公桌前气得不吱声。

其其格心疼地说:"强子你别和他们生真气,那都是些个不说理的人,和他们生气得气死。"

李大路也满脸的怒气,安慰李强说:"强子别怕,就按你说的办,开群众大会,会上一选他们就老实了。托娅也来了,和托娅研究一下怎么个开法。"

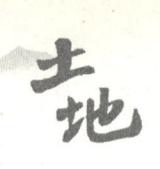

李强摇摇头说:"田书记去党校学习了,托娅你去叫你爸和李长玺来我这一下,我有点事和他们说。"

托娅应声出去了,人们还在李强家议论着。

邻居张婶说:"这些年他们都占便宜占惯了,要是有点好处捞不着还了得,那不得急死。强子你别怕他们,让群众做主!"

刘兰英家里,刘兰英冲着刘国民说:"明天上乡里告状,一早八点就出发,用我家的四轮子,多找一些人去,人多势众。刘国民把你家的四轮子也开出来,把吴江他们都叫上,还有你哥哥家的,能叫上的都叫上。"

跟弟一听很反对,说:"我不去,你们也别叫吴江去,我可不跟你们去丢人。"

刘兰英气的给了跟弟一巴掌,说:"你这个胳膊肘往外扭的玩意儿,还知道家里外头不?这还没订婚呢,就来不来地向着了。今儿个这事要是不解决,你不能和吴江订婚。他们也没拿咱们当亲戚处哇,要是把你当回事,能出这个事吗?"

跟弟气得一扭头跑了,刘兰英追到外面,喊:"你给我回来,这黑灯瞎火的你上哪去!"刘兰英急的又跑回屋拿手电,回身又追了出去。

刘国民也跟了出去,说:"她能跑哪去呀,那么大的一个人怕啥的,准是跑到吴江那去了。"

刘兰英连说带骂:"你说我咋生了这么个东西呢,让我操这个心哪。"刘兰英这个气呀,双手捂着脸哭起来了。

刘国民在一旁劝:"你别太着急了,这事咱们有理,到哪都说得出去。明天到乡政府去,他们要是不管,我们就去县里找我姑父,我看他姓李的有多大能耐。"

刘兰英一边哭一边说:"都是这个徐守忠,领着吴江帮助我种甜菜,把跟弟和吴江整到一块去了。你说她和谁对象不好,单和那吴江处对象。人家李强也没拿咱当个亲戚处哇。这可倒好,他们俩成了,徐守忠还和我闹僵了……"

阿斯根、李长玺和托娅一起来到了李强的家,三人进了李强的屋子。

李强看阿斯根和李长玺来了,让他们坐下。李强脸色很不好,说:"今天这事已经闹大了,这些人可能会到乡里去闹,田书记又没在家,找你们来主要是研究一下明天的井怎么打。我感觉这些人是不会善罢甘休的。本来我想马上开群众大会解决这个矛盾，可是又一想，就算是通过了群众会，他们照样不会善罢甘休，还得去乡里闹。"

阿斯根吸了一口烟，说："现在别的组没有什么意见，也就是这两个组的事。你提的那几户都是在册的困难户，其他人应该不会有什么意见。"

李长玺说："我看就按原计划打井，不然的话都要重新选，要是有了出入可就不好安排了。这几户也不是困难户，到哪说他们也心虚，一开群众大会就解决了。"

托娅的眼睛一直都没离开过李强，听了李长玺和阿斯根的话觉得有道理。托娅接着说："我说说我的看法。刚才李哥说得有道理，现在是你不管怎么办，就是开了群众会选出贫困户，他们照样要去告你。所以不如先不开会，就按计划打井，无论如何也不能影响了打井的进度，破坏了打井的计划。咱们心里没有鬼，就不怕他们闹，越闹人们看得越清楚。"

李强长出了一口气，说："你们几个说得有道理，和我想得差不多，那就这么办了，叫他们闹去吧，不管他。包叔打井那没有什么问题吧，人手够不够？"

阿斯根说："够了，原材料还缺点河沙，明天告诉李三再给拉一车就够了。这块你放心，没有问题。"

李长玺说："打完井的户都把井封上了，也上了锁，一点不用担心。"

托娅看着李强说："明天他们要去乡里，乡领导还不得找你呀，你得有个思想准备。你有什么事需要我帮忙的尽管吱声，我在家随叫随到。"

李强很感动地说："谢谢你们了，这事让你们费心了。"

阿斯根站起身来说："要是没有别的事我们走了，明天还得起早呢。张队说要加快速度，争取两天全部完成。"

李长玺、阿斯根、托娅一起走了。李强站在门外，看见托娅不时地回头看李强，李强的心里说不清是什么感觉，眼泪在眼圈里打转。回到屋，李大路和其其格已经在等李强了。

李大路吸了一口烟说："强子你做得对，别怕他们，到啥时候邪不压正，就叫他们闹去，看谁磕碜。"

其其格上前摸着李强的手，心疼地说："你年龄小，村里那么多的大事

都放在你的身上，要是吃不消就别干了，多费心哪，我一想就头晕。"

李强眼泪在眼圈里转。母亲的心思李强最懂，从小到大，母亲最怕的就是儿子受苦、受屈。李强拉着母亲的手看着她的眼睛，说："妈……我没做对不起群众的事……"

李大路给李强打气壮胆："这算什么难呀，你爷爷那时候才十七岁呀，就当三十口人的家了。那一天土匪横行，总是有要钱的，还有逃荒的，都打理得好好的，该打的打，该给的给。当地的穷人没有一个不说你爷爷好的，南北二屯谁不知道，你这才哪儿到哪儿呀。小子别怕，做得对就坚持下去，谁说啥也不行。"

李强抬起头看着爸妈，说："我知道怎么做，你们放心吧。"

第二天一早，刘国民开一辆四轮，刘兰英坐着一辆四轮，上面坐着有十二个人，其中还有三个小学生，直奔乡政府。

村子当中一棵大杨树下，有几个正要下地干活的人们看见车过去就议论开了。

张勇一边磨锄头一边说："你说他们不困难，也不差那一千元钱，图个啥呢？就是这些年把他们惯的。一人当官鸡犬升天，一有点好事没有他们就受不了，上乡政府去说个啥呀？"

孙贵的儿子孙小龙说："这事就得告他去，代表会上选出来的那还能改，要那代表干啥，都他老李家说了算得了呗！"

张勇放下锄头，说："你说得不对，那代表要是有私心，专门选自己的人也算数呗？"

孙小龙说："你说那玩意儿，谁没私心，这年头谁不为自己打算哪？选谁就是谁了，哪有啥公私之分。"

张勇说："你说那话可不对，代表就应该公事公办，要是有私心就不配做代表，群众不选他他还代表谁去？"

孙小龙不服地说："得了吧。"

张勇说不过孙小龙，拿起锄头一边走一边说："得了，说不过你，你那都是些啥理论，跟别人的不一样，要你那么说没好人了。"

人们相继散了，去忙自己的活计，这时赵玉柱匆匆走过，直奔李强家。

李强家，三口人正在吃饭，赵玉柱进屋了。

李强一看是赵玉柱，心里一怔，马上起身说："赵叔来了，这么早还没吃饭吧，来吃点呀。"

李大路放下饭碗，说："他二叔来了，坐下坐下。"

赵玉柱一脸的不高兴，开门见山地说："我找李村长来了。我问你为啥把我的小井给别人了，你凭啥呀！我那是选上的，也不是我自己挖弄的。你说给打就给打，说取消就取消，你村长的权利咋那么大呢？再说了，我也是村里的治保主任，好赖也是村委会成员，你是一点面子也没给我留哇！真不够意思！我觉着自打你当村长我也没少帮你呀，有时候意见不统一那是工作上的事，没有个人恩怨吧。你不应该这么对我。咋的李强，我哪儿点对不起你呀？"

李大路和其其格见状都放下了饭碗。其其格开始收拾桌子。

李强也放下饭碗，说："二叔，你说这话可有点差了。咱们凭心而论，你是不是困难户？你是怎么被选上的，你自己不知道吗？那是我姑父吴凤海给你做的工作，把他自己也给选上了。打着我的旗号，说是我让大家选你们俩，这你不知道吗？我已经问过了马天保，他都说了实话，你是不是想把这事公开了。"

赵玉柱一听李强都知道了，心想这事要是宣扬出去对他不好，马上转了口气说："李村长，就算你说的是那么回事，那已经选完了，好赖我也是个治保主任，你大面上也得让我过去是不是。群众没人说啥就那么地得了，这可倒好，一名二声地都知道了，选上还给刷下来了，叫我这面子往哪放，我以后这还咋在人们面前管事？"

李强态度平和地对赵玉柱说："正因为你是村委会的成员，那就更应该办事公正，如果就这样过去了，即成事实，那可就在群众中留下不好的印象了。真想要面子，我有个办法，你公开宣布不要小井，那多好哇。不要以为这是一件小事，他关系到你我在群众中的威信，关系到以后的工作能否顺利开展。再说你已经有了小井，配套也齐全，那为什么还要打井呢？"

赵玉柱笑着说："你这话说的，有井就不用打了，给点钱不就完了吗？群众他不管这些事，那我不就得个一千元钱嘛。"

赵玉柱一看李强的父母都不在，就走近李强小声说："完事我们俩对半分，也不能让你白干呀。"

土地

李强一听觉得太可笑了，手一挥，说："算了，你别说了，这件事就那么办了，我已经叫阿斯根给官布打井了。你就别吱声，我也不给你声张。好了，你该干啥干啥去吧。"

赵玉柱闹个大没趣，不好意思再要求了，只好认输，临走对李强说："咱们爷们儿没说的，你看那刘国民和刘兰英去告你，我可没去。就这点小事，咱们不能扯那个。以后有什么事，只要你言语一声就好使，你别拿咱爷们儿当外人就行。听你的，那我走了，你留步。"

赵玉柱说着话就往外走，李强送出大门口。

回到屋子里，李大路对李强说："你别听他的话，嘴上说得溜溜光，心里比谁都阴暗，这些事可能都是他搞的，还装好人。你看着，以后还不知道能闹出什么事来呢。"

李强说："这个人我心里有数，很多事情都是他策划的。主要是他心不死，总想着要当村长。方志南在的时候没当上，一直有点心不甘。你看话说的那么近乎，心里可不知道在想什么呢。"

李大路点着一根烟，吸了一口说："你多注意点吧，什么事多找人研究，不要头脑一热就不管不顾了，当心他们抓住什么把柄。"

李强一边收拾东西，一边说："我能有什么把柄，咱们公事公办怕什么。"

李大路有点着急地说："我不是说你有什么缺点，我是说工作上别有什么漏洞。"

李强说："爸你放心吧，我注意点就是了。那我走了，今天到工地去看看，等下午还不得去乡里呀，乡长肯定会找我的。"

李大路看着儿子远去的背影，不由自己主地叹了一口气，坐在门口不停地吸着烟。其其格也站在他身后看着李强远去。

太平川乡乡政府，人们陆续地来上班。刘国民等一行两辆四轮车停在了乡政府大院里，人们纷纷下车进了前栋房子，那是书记和乡长的办公室。刘国民等一行十二人在乡长办公室的外面站着，乡长还没有上班。勤杂员来给乡长办公室送水，人们就跟着一起进了乡长办公室。十二个人谁也不吱声，就在那坐着，等着乡长的到来。

100

第 五 章

陈乡长来了，一进屋看见这么多人，有点惊讶地说："怎么来了这么多的客人，刘国民来了，还有刘大姐，咋的了，有事啊？"

刘国民示意刘兰英说，刘兰英叫刘国民说。刘国民往前动了动说："乡长，你得给我们做主哇。我们村的村长也太霸道了，横行村里，一手遮天，我们简直就是没法过了。上级给我们村扶贫小井，通过代表会选出来了，可是在打井的时候，李村长说给谁打就给谁打，把已经选上的户给拿下来，给别的人打上。他还是群众选的呢，有啥权利改变代表会的决定啊，乡长你给评评理。"

刘兰英不等乡长回答就接着说："在全村的代表会上，我和刘国民都选上了，可是李村长硬是把我们给拿下来，给金钟和李玉家打。还有被选上的赵玉柱和吴凤海家的，也给留留和官布打了。我们就是要求乡长主持公道。李村长他凭啥这么蛮横不讲理，这还有人管没有。"

陈乡长听明白了。他认得刘国民和刘兰英，知道他们是方主席的亲戚，也知道他们都不是什么困难户，能够选上困难户，这里面肯定是有原因的。

陈保华摆一摆手说："好了，听我说几句。我没记错的话，刘国民是方主席的侄子，刘兰英大姐是方主席的小姨子吧。"

刘兰英接过来说："是。谁也得讲理，没理就是省长的亲戚也不好使。"

陈保华说："我听明白了，县里的扶贫项目是给困难户打一眼小井，你们村是通过代表会的方式落实的，你们是在代表会上选上的。在打井的过程

中，李村长主观地把你们拿下来，给别的户打上了，是不是这么个过程？"

刘国民说："对呀，就是这样，就是他一个人定的。"

陈保华继续说："从表面上说李强村长这种做法是欠考虑的。既然代表会已经通过，那想改变就得再通过代表会或群众大会，不能自己武断地做出决定。即然做出决定，他是要负责任的。再有就是你们的代表会选出的困难户是不是合理，有没有舞弊现象。如果有，那就另当别论了。好了，这个事我下午去百泉沟找一下李强，了解实际情况之后，我会给你们一个满意的答复。你们先回去，下午我去找你们行吧？"

刘国民说："你乐意找谁找谁，我们几户的小井得给打上，别的我不管。"

刘兰英说："你把我们的小井给打上就行了，别的不说，我们还要个面子呢。"

陈乡长说："行，这事我一定给你们一个满意的答复。没事你们请回吧，我这还有个会马上要开。"说着陈乡长站起身来，叫勤杂员小白："小白你把那小会议室收拾一下，打上水，一会儿在那开机关的会议。"

小白说："都通知完了，水都打上了。"

刘国民等一看也就这个样了，起身出了乡长室，上四轮子回家，一个个都低头不语。

韩秘书进了乡长屋，陈保华乡长对他说："这帮人都是方主席的亲戚，一有什么好事都落不下，少了他们就不痛快。不过这次真的抓住理了，真够李强喝一壶的。这个事还真不太好解决。小韩，你把相关的表印完了吧？"

韩秘书说："印完了，这就是，你先看看吧。这是给你的。"

打井的工地上，只见二十几个村民和打井的师傅们在下井管，这是金钟家的井，金钟也在现场。

李强来到金钟的身边说："金钟，打完井怎么抗旱，用什么浇地？"

金钟挠挠脑袋，不好意思地说："还没想好呢，我也没有机器呀，只能租别人的四轮和抽水机了。得等人家浇完了才能租到，到时候我的地可能也就旱干巴了，这有井和没井差不多。"

李强感到这还真是个问题，能用什么办法解决呢，他陷入了沉思之中。

托娅送汽水和点心来了，每天她都按时来送点心和饮料，看见李强在一边发呆，就叫他过来。"强哥，你在想什么呢，咋不吱声呀？"托娅边说边来到李强的身边坐下。

金钟说："托娅姐，你天天准点呀，一天也不落的送吃的，真行。"

托娅笑笑说："这有什么呀，不就跑一趟腿嘛，一会儿的事。强哥你来多半天了？"

李强头也不抬，说："我也是刚到。我和金钟研究怎么解决浇地的事呢。这抗旱的小井打上了，可许多人家没有抽水设备，不能及时抽水。我算了一下，全村有二十多户打了井没法浇地。有的能用别人家的设备，可到时候小苗可就旱完了，就是能浇上水也没有什么作用了。"

托娅想了想说："强哥，你看能不能让糖厂提前预付一部分甜菜款解决？"

李强眼前一亮，一拍大腿，高兴地说："对呀，我咋就没想到呢？找糖厂啊，你看托娅你咋不早来呢。"说着李强就高兴地握住了托娅的手，弄的托娅有点害羞，不好意思地抽回了手。

"强哥，手都给握疼了。"

虽然这么说，可是她心里却有一种说不出的甜蜜，脸也红了，不好意思地低下头。金钟看出了点意思，也显得很不自然，张着嘴只管哈哈地笑。

李强拉起托娅就走，回头对金钟说："这回抽水的设备有办法了，你就等着吧。"

托娅跟着李强来到了村委会。进了李强的办公室，托娅见一桌子的灰尘，就拿起抹布擦，一边擦一边问："来顺真的去给朗鑫干活去了？"

"是啊，就为多挣点钱，好给母亲看病。这孩子真不错，可就是给朗鑫干活有点不合适，走时候说要是不干正经活就回来。"

托娅坐下看着李强说："你叫我来研究什么事呀，看你那高兴的样，有点不像你了。"

李强看着托娅说："你刚才说从糖厂预支甜菜款？"

托娅说："对呀，不过还得挨家走一趟，签个还款合同，不然到时候还不上钱我们负不起责任。"

李强又担心地说："那你说没有甜菜的困难户没有机器设备该怎么办呢？"

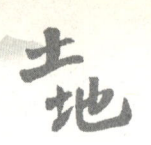

托娅又像小时候说李强一样:"我说你咋这么笨呢,实在没有就互相串换一下,到时候再想别的办法,活人还让那尿憋死。"托娅说完也觉得失言了,捂着嘴笑起来。

李强也不理会,想了想说:"糖厂一下子不会预付这么多现金。我想通过糖厂和有设备的柴油机厂赊来柴油机和水泵,不过成不成可不好说,就看厂长的。"

托娅看着李强说:"那就看你的人缘咋样,面子大不大了。"

二人说着话时,李强的手机响了。李强一看是乡长的电话,示意托娅别出声。李强和托娅做了个鬼脸,说:"喂,乡长你好,你在忙什么?有事啊?"

陈乡长在他的办公室里,态度有点冷地说:"有事没事你还不知道哇?你们村的刘国民和刘兰英来乡里告你,说你办事主观,无视代表会的决议,私自改变打井户的落实,你怎么搞的呀?"

李强想和陈乡长说明情况,说:"是这么回事……那……那……好吧。"

陈乡长不容分说:"好了,在电话上也说不明白,你来一趟乡里吧。对,就现在,我等你啊!"

李强放下电话,看着托娅无精打采地说:"完了,这回还不知道怎么训我呢。我这就得走了,去见乡长,种植甜菜的困难户你帮我理理吧!"

"你走吧,这事我来办。先把种植甜菜的困难户统计出来,然后再去找个人签还款合同。"托娅说。

李强骑着摩托车走了,托娅看着远去的李强,想了一下,又急匆匆地去找刘会计。

李强急切地来到乡长室,敲门。

陈乡长在看文件,听见敲门声就说:"进来。"抬头一看是李强,放下文件,说:"李村长,挺快呀,坐下。"

陈保华大声喊勤杂员。勤杂员小白应声来到乡长屋,陈保华示意给李强倒水。陈保华看着李强说:"我本来是想去你们村,看看井打的怎么样了,可是中午农业局来了一拨客人,这不才走,时间上来不及了,所以就给你打电话,只好让你跑一趟了。"

李强赶紧说："我来正好，还有点别的事，骑摩托车一会儿就到了。"

陈保华说："上午刘国民、刘兰英他们来了十二个人，说你独断专行，一个人说了算，无视代表会的决定，私自决定给四户人家打小井。他们说找你，你态度坚决，这才到乡里来找我。这事你说怎么办吧，先说说你的想法。"

李强喝了一口水说："陈乡长，事情是这样的。这次打井的困难户是经过代表会决定的，可是他们通过赵玉柱和吴凤海做了代表的工作，还说是我让他们去的，结果把刘国民、刘兰英、赵玉柱、吴凤海都选上了。这件事情我调查清楚之后，才这样安排。后安排的户都是在册的困难户，也争求过本组代表的同意。"

陈保华想了想，他知道是怎么回事，又问李强："那你打算这件事怎么处理？"

李强说："打完井之后，通过群众大会评选，如果在评选中出现差错，也就是已经打井的没被选上，这个责任我负，没打着井的由我来付款打井。"

陈保华听李强这么说脸色很难看，说："那代表会的决定怎么解释，怎么处理，这个责任谁来负？"

李强很坚决地说："由我来负，乡里给什么处分我都接受，实在不行把我撤职也可以。"

陈保华不高兴地看着李强，说："你是对乡里不满意吗？乡里说要撤你的职了吗？"

"我怎么能不满意乡里呢，我的意思是接受乡里的处分，咋处分我没有意见。"李强赶忙说。

陈保华起身在地中间走了一圈又一圈，过了一会儿才说："在这个项目落实之前，田美玉传达过乡里的意见吧？"

李强很直率地说："传达了，不就因为这个项目是方主席跑来的，要给予他的亲戚有所照顾，赵玉柱、刘国民、刘兰英这三户要给安排上。"

陈保华回过头来说："那你是怎么落实的？"

李强口气强硬，说："我没落实，是赵玉柱找人安排落实的，我反对这种做法。"

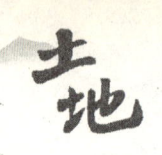

陈保华一看李强的态度,口气也缓和了一些,有些无奈地说:"李强啊,你年轻,有些事你不在其位不知其难哪。就这件事来说,你这不是给我出难题吗?方主席来了我怎么和他交待?我的村长把他的亲戚都拿下来了,我和他说个啥呀?以后还不知道他会给我出什么难题?"

"陈乡长你不用为难,这些事你都往我的身上推,其实这真是我的事,是我的主张。"李强站起来说。

陈保华苦着个脸说:"你不知道,方主席他找不上你,只能找我们,给我们出难题。我看这样吧,明天——不今天晚上,你就通知刘国民、刘兰英和赵玉柱,就说他们三家的井给打了。要是有井的话,不愿意打的可以给钱,每眼井八百元。还有吴凤海,听说那是你的姑父,我看你做点工作就算了,他也不能找谁。这笔钱呢由乡里出了,这样行了吧?"

李强很明确地说:"乡里有钱你就出呗,那我不管,这个通知我不能下,因为不是项目的钱我管不着。你叫秘书通知吧,吴凤海家的事我管,这没问题。"

陈保华有些不满意李强,心想这小子挺倔,歪着头看了李强一眼说:"也好,那我就叫韩秘书通知。真看不出来,你小子主意很正啊。没有别的事那就这样吧,我还有事,就不留你吃晚饭。"

李强拿着包站起身说:"不用了,我还有事找经管站的孙站长,看一下我们村的账目。麻烦你给说一声呗,如果人家有事,我今天就看不了了。"

陈保华说:"可以,我给他打个电话。"

陈乡长说:"喂,孙站长,百泉沟的李村长要看看他们村的账目,你把别的事放一放,让他看看,有什么不明白的帮助整一下。嗯,好。"

陈保华长出了一口气,说:"好了,他在站里等你呢,这就去吧。回去后把井尽快打完,这旱情很严重啊,早一天打完就能够减轻旱情。田书记也快回来,这一段够你忙的了,要注意发挥一班人的作用,不要单打独斗哇。"

李强感谢地说:"乡长,那我走了,有什么事给我打电话就行。"

李强走了,陈保华坐在办公桌前还在想这件事,很为难的样子。

晚上刘兰英家里,刘国民、赵玉柱都在。赵玉柱有点像个乡干部的样儿,拿出个小本子,上面记着韩秘书打电话的记录,他翻开看着。赵玉柱翻了翻说:"你看这是原话,'乡里把李村长找去,乡长狠狠地批评了他,说他是独断专行,目空一切,私自改变代表会的决议是错误的。因此乡里决定恢复你们三家打小井指标,如果有小井,可以不打,乡里每眼井给八百元钱。此通知,乡政府不再另外行文通知了。'咋样,闹到乡里就有效果了吧,乡里也怕上级批评。我前天说啥了照我的话上来了吧!"

刘兰英疑惑地说:"那韩秘书咋没提吴凤海单提咱们三家呀?"

赵玉柱忙解释:"那还有假嘛,我接的电话,现记的,韩秘书说我就记,这刚记完还不到十分钟呢。他说不另行通知你们两家了,叫我代替通知一下。"

刘国民说:"那就没有李强什么事,便宜那个小子了?"

赵玉柱一撇嘴说:"还有那好事,乡里能放过他?虽然不能马上处分他,但这是早晚的事。你们知道这得给乡里带来多大的麻烦。"

刘兰英想了想说:"不过这不是项目的钱,是乡里的钱,那李强还是没承认咱们是贫困户哇。我看是乡里谁也不得罪,花点钱堵住咱们的嘴,再说说李强就完事了,省得上级找他们,真是个老滑头。"

赵玉柱说:"不管咋的,咱们的面子也算给了,这在群众面前也说得过去。谁都知道咱们几家不好惹,要的就是这个效果。"

刘国民高兴地说:"就是嘛,谁再拿咱们不当回事,他得寻思寻思,不服行嘛。"

刘兰英看了看赵玉柱、刘国民说:"咋的,你们两个喝点呀?我去整俩菜,家里还有一瓶酒,你们把它喝了吧,就算给你们庆功了。"

赵玉柱笑容满面地说:"我看行,今儿个有心情,整他二两。"

刘国民也没说不喝,往炕里动了动。

打井工地,已是最后一眼井,不到天黑就能完工。

李强来到张队长身边拍拍他身上的土说:"怎么样,累坏了吧!打完井明天就回家了?"

张队长笑笑说:"回家也待不了几天,天气这么旱,到外都在打井,农时不等人哪。"

李强看看用剩下的材料说:"张队长,没浪费材料吧?"

张队长说:"没有。你们这两个工头真细心,连一节小竹片都不让丢

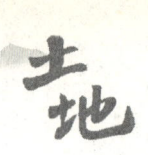

了,全捡起来,能用的还要用。这么说吧,这五十眼井得省二千多元钱,我打这些井还没见过这样的工头呢。"

李强看见官布在一旁就问李长玺:"这一眼是谁家的?"

李长玺说:"这是官布大爷的,还没有配套设备,在那犯愁呢。"

李强看在眼里,点了点头,就向官布走去。

这时田美玉来到打井的工地。她从党校学习回来,她爱人刘峰开车送来的。见到阿斯根,田美玉问:"累坏了吧阿叔,我听说要打完了,进度很快呀。"

阿斯根把铁锹插在地上说:"是呀,只用了七天的时间,还得算井队来的那天。井打得很顺利,没有一口费井,出水都很旺。李村长也在呢,他在官大爷那儿。"

顺着阿斯根指的方向,田美玉看见李强正在和官布聊着,就赶紧走过去。"李村长,你在这儿说什么呢?"田美玉问。

李强看见田美玉很惊讶,马上站起身来说:"田书记你可回来了,咋去了这么多天呢!你再不回来我可要去找你,这几天的事也太多了。"

田美玉和李强握手,说:"其实我也急得不行,可是这次管得非常严,上课和下课都要点名,没办法只好等到结束。你自己在家受累了。这回你歇歇,我顶几天。"

李强很高兴地说:"那倒不必,你回来就行,我可有主心骨了。这几天的情况,我现在就和你说一说吧。"

官布说:"那你们谈吧,我走了。"

李强说:"官大爷有困难说话,给我打电话就行。"

官布说:"嗯哪。"

李强在工地和田美玉汇报这几天的工作情况。

阿斯根和李长玺也在处理后续工作,打完这最后一口井就完工了,他们在忙着收拾东西。

村委会,田美玉和李强在研究朗鑫的账目。李强把在乡里掌握的账目情况说给田美玉听,一项一项地核对着。

田美玉看完核对的数目说:"看来他欠村里的款项数目还是不小的,以前也不是没有人知道,就是不想得罪这个人,人们都怕他。这回我们要把各项数字整准确了，别有啥漏洞，不能让他抓住一点把柄。另外还要和乡里打好招呼，和派出所说明情况，不能让他胡作非为，横行乡里。"

李强点点头说："看来得我们找他，他不可能来找咱们，因为他知道底细，知道自己是什么情况。"

田美玉拿着原来村里和朗鑫签的合同看着，说："你不知道这个朗鑫，他在村里和乡里都有很多的朋友，乡里有什么事他都一清二楚的。你到乡里去看账的事，我估计他早都知道了。他在这个乡里没有怕的人，有人说他只怕二老狠，说是有一次因为两人错车，打起来了，二老狠差点没把他叉死，吓的他再也不敢见二老狠了。"

李强说："真是横的怕不要命的。"

田美玉把朗鑫的合同拿给李强说："你看看这个合同，只有村里公章和孙贵的签字，乡里有章，但是没有经手的领导签字，更没有群众的签字。这算是什么合同？先到县经管局鉴定一下是不是有效。"

李强看了看说："正好我要去糖厂，顺便带去看看吧。"

田美玉问："你去糖厂干什么，汇报工作呀？"

李强说："不光是汇报工作，主要是想通过糖厂赊点小柴油机和水泵，解决部分困难户没有抽水设备的问题。不知道托娅签完合同没有。这些困难户都是种植甜菜的，秋天用甜菜还款就行。"

田美玉说："糖厂能借给吗，没事先打招呼啊？"

李强说："没有，我想差不多吧。有甜菜在，糖厂不怕咱们不还。不知道糖厂有没有这样的关系？"

田美玉笑着说："去不去广原市？有好多天没见杜萍了吧，打电话没有？"

李强不好意思地说："大姐心真细，这么忙哪有空去呀，就连电话都没打过几次。这次就不去了，忙过这一阵的吧。"

田美玉问："要不要再跟你去一个人，因为要看柴油机，能拉回来就更好了。"

李强想了想说："也是，那样可以帮我一把，来得及的话就把柴油机、水泵拉回来。让阿斯根跟我一起去吧，等会儿我和他说一下。"

田美玉说："你去吧，家里这边我顶着，这几天我没有别的事。"

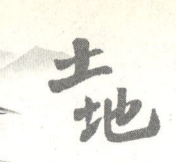

李强说:"那我准备一下明天就去,争取后天就回来。打井的事叫刘会计把账算完就行了。我大概算了一下,钱没有花过头,还有余头,拉柴油机的车费够了。"

田美玉说:"完一个事是一个事,不留尾巴最好。没有别的事,我到刘峰的妈家去一趟,我出门给我老婆婆买了件衣服,给她送去。"

李强有点羡慕地说:"行啊大姐,还是个好媳妇呢。"

田美玉笑了,说:"好什么好,人之常情吧。"

这时刘会计拿着和各家签的合同、统计表进屋来,说:"村长,你得犒劳犒劳托娅呀,我们一直跑到半夜十二点才整完,她的小卖店关了一整天。"

李强愣了一下,看着刘会计不知道说什么。

李强和阿斯根一起上了班车,汽车急驰而去。

县经管局,局长办公室。

李强看着赵局长说:"我是太平川乡百泉沟的村长,我们村和朗鑫前些年签了这样一个合同,你给看看是不是合法,这关系到我们村下一步土地落实的问题。"

赵局长看了看说:"其他的没有?比如群众签字等。"

李强说:"没有附件,就这一个合同。"

赵局长摇了摇头说:"现在来说这是一个无效的合同。这还是前几年方志南在太平川乡时的合同呢。没有领导签字,这就更不合法了。你们打算怎么办?"

李强说:"如果此合同是不合法的,我们准备起诉朗鑫,因为他已经经营了十多年,面积是六千亩。这可是一笔不小的承包费呀。"

赵局长说:"要是通过法院的话,那可能要找到原来签合同的领导,他得负责任,那方志南有麻烦了。"

李强说:"谢谢你赵局长,那我们就走了,有不明白的事还得来找你呀。"

赵局长和李强、阿斯根握手告别,说:"好,你们来吧,没问题。"

李强和阿斯根在糖厂的门前下了车,二人来到基地经理王申的办公室前。

李强和阿斯根说:"咱们得先找王经理,和他研究一下怎么去找陆总,让王经理帮助咱们说一下,这样才能有希望。"

阿斯根说:"对,问一下情况心里有底。"

王申的办公室门没关,李强和阿斯根进屋。李强看了看,桌子上文件也没有收拾,知道他没有走远,就给阿斯根倒了一杯水,让阿斯根坐下。

李强说:"你先坐着喝水,我去看看王经理在哪儿。"

李强来到陆总的门外,梁小丽正在填写报表,看见李强来了喜出往外。她站起身来和李强握手,看旁边没有人,握住手就不松开,这让李强很不好意思。

李强抽出手笑着对梁小丽说:"你好吗?陆总在不?"

梁小丽有点生气地说:"来了就找陆总,别人理都不理,不知道!你自己问去!"

李强看着梁小丽的眼睛,很真诚地说:"我在来的路上就想,见到你该说些什么,可一见你就不知道说些什么好。你是我的好朋友,我怎么会不理你呢?我都不知道为什么,你就又生气了。"

梁小丽听李强这么说又笑了,打了李强一拳说:"你就是嘴会说,心里咋想的不知道。说,回来干啥?是汇报工作吗?"

李强不想和她说,顺便回答:"对,来汇报工作。王经理和陆总都在吗?"

梁小丽说:"陆总去广原了,得晚上才回来。王申刚才还在呢,估计不会走远,他也没说出门,你等一会儿吧。"

李强说:"不用了,我给他打电话吧!我们还有一个人在他的办公室呢,我得回去一下。"

梁小丽也跟着李强来到了王申的办公室,李强给梁小丽介绍阿斯根。

李强说:"这位是我们村的支部委员阿斯根,包叔。这是糖厂陆总的办公室主任梁小丽。"

梁小丽很有礼貌地说:"包叔好,请喝茶。"

李强给王申打电话:"王哥,你在哪呢?啊……我在你办公室呢,来半天了,找你呀。好事,你快来吧,哎……好。"

李强放下电话说:"小丽,你先回去看电话,王经理马上就来了,等一

会儿我再找你好吗?"

梁小丽有点不高兴地说:"撵我呢,有啥保秘的事?咋的,背着我呀?"

李强忙说:"不是那意思,我是说你办公室没人,来电话没有人接,别误了事。我有什么事瞒过你呀,还指着你给出主意呢。真的,你要是不忙,等王申来了咱们一起商量个事,你给想想办法。"

梁小丽问:"什么事你说说,看我能不能帮上你的忙。"

李强想了想说:"是这么回事,县里给我们村贫困户打了五十眼小井,大部分用户都能自己解决配套设备,只有十五户自己暂时解决不了,我想求糖厂帮助给解决一下配套设备。这些都是种植甜菜的户,到秋天用甜菜还款,你说这样行不行。"

梁小丽想了一会儿说:"咱们糖厂和广原市的红旗柴油机厂是关系单位,他们的老总和陆总是好朋友。你要是有把握能还上,这事就行,我看陆总也信得过你的。"

李强一听马上站起来,说:"真的呀?那太好了,晚上陆总一回来你就给我们打电话,你也帮着说一下,再让王经理也帮着说说,这样把握更大一些。"

说着话王申回来了,进门就和阿斯根、李强握手。

王申说:"怎么出门带保镖了,村长上档次了。"

李强不好意思地说:"这是我包叔,帮我来办事的,你净胡说。"

王申笑了,说:"说句笑话,包叔别多心,我们在一起总爱开玩笑。"

梁小丽说:"经理别扯了,李强来是有事,说正事吧。"

李强说:"今天来主要是想求糖厂帮助解决十五眼小井的配套设备。这十五户都种植甜菜,秋天用甜菜还款,想让糖厂找有关单位解决配套设备,做个担保。我才听小丽说糖厂和红旗柴油机厂有关系,请你帮我们找一下陆总说说,你看这事行不行。"

王申很肯定地说:"啊,按理说这事应该没啥问题,陆总很信任你,我们再帮你说说。小丽,陆总晚上回来吗?"

梁小丽说:"走的时候说晚上肯定回来,还让我把他拿来的合同复印装订完,说明天要用的。"

王申说:"那就等他吧,你们先休息一会儿,别着忙,中午我们一起吃饭。"

李强又对王申说:"王哥,趁着陆总没来,你先把车给安排了吧,用咱们基地的车就行,我给买油,省点车费,要不各家得多花钱。"

王申笑着说:"你可真能整,算得够细的。好吧,就用咱们的车吧,也不用你加油了,就当是下乡去基地了。"

李强高兴地说:"那我替百泉沟的群众谢谢你了,等你下乡的时候我请你喝酒。"

王申也不客气地说:"等到收甜菜的时候,我们一帮到你那吃一顿手把羊肉就行了,行吧小丽?"

梁小丽:"那太好了,我说啥也得去。"

阿斯根说:"到时候吃我家的羊,有两个大的,现在膘就不错了。"

王申说:"那小丽安排他俩到招待所先休息一下吧,怎么也得等陆总回来。"

梁小丽起身说:"跟我走吧,到招待所休息。"

李强和阿斯根随小丽来到了招待所,二人洗脸,喝茶,休息。

梁小丽回到她的办公室,看见有陆总的一个电话,就回拨了过去。

梁小丽说:"陆总,你才来电话了,什么事?"

陆总在广原一个朋友的办公室里接电话:"刚才你不在,去哪了?"

梁小丽说:"啊,是基地的李强来了,我过去安排了一下,他们还有一个人。对,在招待所休息呢。"

陆总问:"他们干什么来了?"

梁小丽觉得机会不错,就说:"他们是找你的,我说晚上才能回来。他俩在招待所等你呢。"

陆总问:"什么事?"

梁小丽想了想说:"他们想让咱们给他们村的群众赊十五套小柴油机和水泵,秋天用甜菜钱还,因为这些户都是种甜菜户,李强担保,就等你回来和你说呢。"

陆总问梁小丽:"这个事你看怎么样,李强有把握吗?"

梁小丽说:"我看没什么问题,他们村和村民都签了书面合同,再说李

强办事很把握的。"

　　陆总对梁小丽说:"我今天回不去了,小丽,你把我要的那份合同给我传真过来。李强他们的事我一会儿给你回个电话,我得先和红旗柴油机厂的白总说说,看能不能行,可能差不多。你记一下传真号。"

　　梁小丽立刻发传真,不一会儿就发完了。等了一会儿,陆总来电话了,梁小丽马上就接。梁小丽说:"陆总,传真接到了吗?清楚吗?"

　　陆总在看合同,"很清楚。小丽,李强他们赊柴油机的事和白总说妥了……"

　　梁小丽神情紧张,说:"啊,好吧,没有别的事了。"

　　梁小丽放下电话乐得一蹦高,直奔招待所,到了门口又停下,从门缝里看李强是不是自己在呢,一看只有阿斯根,就敲门。

　　阿斯根说:"进来。"

　　梁小丽说:"大叔,李强呢?"

　　阿斯根说:"去王经理那儿了。"

　　梁小丽一边出门一边说:"妥了,这事妥了。"

　　来到王申的办公室,见李强在和王申闲聊,梁小丽喘着粗气,冲着李强说:"李强,陆总来电话了,说得两三天才能回来。"

　　李强一愣,说:"啊!那咋办哪!"

　　小丽故意停顿了一会儿说:"有关的事都交给我来处理了。就看你的表现如何了,中午有安排吗?"

　　李强一听梁小丽这话就知道陆总同意了,就高兴地说:"中午我请客,怎么样,小丽你就说吧。"

　　梁小丽故意不明白地说:"我才不是说了吗,这事由我来安排,行不行我说了算,听不懂吗?"

　　王申明白了,就问:"陆总怎么说的?"

　　梁小丽摆出大老板的样子,说:"什么陆总,是梁总。这个事嘛,李强你们有把握按时还款吗?到时候还不上我可是找你哟!"

　　李强见势幽默起来:"愿立军令状!"

　　三个人哈哈大笑,小丽又严肃起来,说:"这样吧,王申你给红旗柴油机厂在双青销售总公司写个欠条,把货按李强的要求提出来,再让李强给咱们打一个欠条就行了。好了，这个事王经理办吧。"

王申说："是，梁总！"

梁小丽说完哈哈大笑，李强和王申也大笑起来，知道这事成了。

王申假装痛苦地说："这老虎不在家，猴子成大王了，我这上头又多了一个梁总，这日子怎么过呀，陆总就这么说的呀？"

梁小丽高兴地说："可不吗？你李强的面子真不小，我一说他就给红旗柴油机厂长打电话，不一会儿就回电话了，让王经理到双青销售公司提货，他们都联系好了。这事真顺，李强你真得请客。"

李强站起身来说："好，这就走，我去叫包叔，咱们去北海饭店。"

王申阻止李强，说："那也等到下班呀，不然有点事咋办，小丽那更是离不开，等到十一点半再走。"

在金牛农机销售公司，王申、李强、阿斯根等人在装车。李强认真地看着每一个柴油机和水泵，用草绳绑得牢牢的，生怕碰坏了。

王申嘱咐："李强路上要小心，不要着忙，有事来电话。"

李强、阿斯根和王申握手道别，刚要上车走，梁小丽坐小车来了，李强下车和小丽握手道别。

李强深情地说："这次多亏了你的帮助，谢谢你！"

梁小丽有点恋恋不舍地说："来一回就待那么一会儿，什么时候有机会再来多待几天，我找个地方请你吃海鲜，就咱们俩吃，行不？"

李强觉得很为难，说："好吧，到时候我请你，为这事我得专门请你一次，替乡亲们谢谢你。好了，到家我给你打电话好吧？"

梁小丽挥手道别，车走了，开出了货场。

六月的天气又热又旱，已经有近一个月的时间没有下雨了，地里到处是已经打蔫儿了的小苗，有的人在拉水浇地。

早上天刚有点亮，红旗水库边上人影晃动，手电筒的光亮像萤火虫飞来晃去的。村民张勇和孙贵的儿子孙小龙，还有二宝子等六七个村民在一起抽水。

一小个子村民穿着个大棉袄，手里抱着个抽水管子，冲着五大三粗的孙小龙喊："你还有完没完了，你都浇两遍了，我一遍还没浇呢。"

孙小龙留着长发，穿着个T恤衫，扬起胖脸，手压着小四轮的油门，冲着

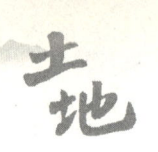

他喊:"谁叫你来得晚了,谁抢先谁就浇,咋的,不服哇?"

瘦高个子瓜子脸的二宝子,手里拿着手电筒,冲着孙小龙大声地喊:"我比你还来得早呢!你以为你是谁呀?你还以为你爹是村长啊,想干啥就干啥!"

孙小龙的小眼睛立刻露出凶光,向着二宝子靠过来,说:"我看你他妈的活够了,敢和我拉硬。"

说着孙小龙就到车上拿起摇把子。二宝子见事不妙,也跑到车上抄起用来固定车用的木棍迎着孙小龙走过来。孙小龙打过去,二宝子用木棍挡住,木棍被打掉了,孙小龙回手又一摇把打在了二宝子的胳膊上。二宝大叫一声"哎呀妈呀"就倒下了。众人上前拉住孙小龙。阿斯根和张勇紧紧地抱着孙小龙,李长玺看倒在地上的二宝子。其他人也跑到二宝子的身旁,看看伤的咋样,都愤怒地看着孙小龙。

二宝子头上流着汗,用另一只手捂着被打的胳膊,愤怒地朝着孙小龙喊:"你有能耐打死我,我他妈的跟你拼了。"

李长玺扶着二宝子,冲着孙小龙喊:"要出人命了,孙小龙你打死人不偿命啊!"

阿斯根显得稳重一些,冲着大伙儿说:"快拉医院看看吧,是不是骨头坏了。"

孙小龙歪着头斜着眼睛看着二宝子:"敢跟我拉硬,也不看看我是谁!没人拉着,我今天把你打瘫。你个小样,跟我斗也不看看你啥德性。"

阿斯根一看事态不好,怕事情闹大了,赶紧让李长玺和张勇把二宝子扶上自己的四轮车。张勇一边上车一朝孙小龙喊:"你等着,我去找村长评评理,你还没有王法了!"

阿斯根急忙开着四轮子奔村里去了。

孙小龙一副不屑一顾的样,往上提了提要掉的裤子,说:"你把县长找来我也不怕,有能耐你去,我在这等着!"

还有几个村民蹲在一起议论着。

"这也太霸道了。"

"这可咋办呢,我这甜菜可全完了,这还和人家签的合同,到秋可咋办哪!"

"找村长和村支书去，让他们给评评理。不行，我们这甜菜不种了，爱咋咋的。"

李强正在家里打扫院子。

阿斯根开着四轮，拉着二宝子和二宝子媳妇，还有李长玺、张勇等人来到村长李强家门口，人们纷纷下车，二宝子媳妇也扶着二宝子下车。二宝子媳妇人长得有点胖，个头不高，但是很精神，说话快，有点风风火火的，是个心直口快的人，在街上很有人缘。二宝子在他媳妇的搀扶下走在前面，其他人跟在后面进了李强的家门。二宝子媳妇还没到李强跟前，就人不到声先到："这可咋办哪，还让我们活不活了，地浇不上，人还被打这样，村长你管不管哪，你要是不管我就报警了。"

二宝子右手捂着左胳膊，气呼呼地看着李强说："他们不拉着，我就和他对命了，也太霸道了。"

阿斯根在一旁说："要是不拉着就出人命了，我看事不好，就忙着把他拉回村里来找你。"

李强放下扫帚来到二宝子跟前，用手挽起二宝子的袖子，只见关节处已经肿起大包，说："咋回事，谁打你了？我看看骨头坏了没有。"

二宝子媳妇愤怒地说："谁？孙贵的儿子孙小龙呗，别人谁敢哪！你看咋整吧，他现在还在地里浇水呢，打了人跟没事似的。"

李强说："关节能动不？"

二宝子说："不敢动，一动疼得要命。"

李强看看大伙儿想了一下说："我看这样吧，包叔和二婶陪着张叔先去县医院做个检查，拍个片子，看看是不是骨头伤了，浇地的事我去找孙小龙，看他什么态度。长玺哥、老张三叔跟我到地里看看，我还真不信这个邪了，走！"

李长玺说："把治保主任赵玉柱也找上吧，这该是他管的事呀。"

李强说："对，你去找他，叫他来处理。走！"

这时李大路和其其格也出来了。看到李强要去地里找孙小龙，李大路就把李强叫到一边说："李强你可得小心哪，孙小龙可手黑，别吃了亏。"

李强说："我知道他，没事，爸你放心吧。"

赵玉柱早上起来正在上厕所，从他家厕所的花墙孔里，远远看见二宝子

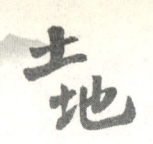

等人出入李强家。他忙跑出厕所站在后园子的小土墙上，人们吵吵的声音他都听见了。他是刚起床出来方便，上身穿着背心，下身穿着衬裤，身材显得有些瘦小，黄白色的脸上一双大眼睛睡意没消，看到这情景立刻精神起来，一边往屋子里走一边说："完了，又出事了。"

刚说完李长玺就进来了。

李长玺进屋就喊："赵主任起来没有？快点起来，出事了。"

赵玉柱一边出门一边穿衣服问："喊啥呀，出啥事了。"

李长玺说："孙小龙和二宝子打起来了，都打坏了，李村长叫你快去看看，在街上等着你呢。"

赵玉柱和李长玺忙着往李强家那儿走去。奶豆腐从屋子里出来，从后面看着他们俩。

村北水库地里，孙小龙还在若无其事地抽着水，旁边还有几个村民蹲在地头议论着。

"该死的老天爷，他咋就不下雨呢？"

"完了，我这五亩地甜菜算是完不成合同了，可惜村长费那么大的劲帮着种。这要是完不成合同，自己没了收入不说，村里的合同也违约了，违约是要罚款的，这可咋办呢？"

"我这是十八个垅，你说也不值得打井呀，遇到今年这样的旱年头就完了。"

一个村民站起身向村子方向看着，远远地看见一辆四轮子朝这边开来，大声喊："哎，来了，村长他们来了！"

四轮开到地头井边停下，李强等人纷纷下车奔向正在抽水的孙小龙。孙小龙看都没看李强等人一眼，继续吸着烟，看着哗哗流淌的井水。

李强阴着脸走到孙小龙跟前，没好气地说："孙小龙，你把二宝子的胳膊打坏了就不管了？你的地浇几遍了？"

孙小龙不由自主地站了起来，冲着李强说："打他是轻的，他们不拉着我灭了他。咋的，我先来的就得我先抽，不服的来试试。"说着把他那长头发往后一甩，一副黑老大的派头。

赵玉柱见孙小龙有点太过了，就说："孙小龙，你怎么和村长说话呢！"

张勇跟在李强的身后，一着急那有点长的脸更红了，大眼睛瞪得溜圆，喊着说："我们几个都比你先来，你来了就硬抢着抽。再说你都浇一遍了，我们还一遍没浇呢，你还讲不讲理呀！"

孙小龙抬起脸，有点故意气人地说："咋的，浇了它又干了，那井不是给群众浇水的吗！"

李强冲着孙小龙说："孙小龙，你把车关了，把抽水管子提上来！"

孙小龙瞪着眼睛直视李强，说："我不关，看你能咋的我！"

李强看孙小龙不讲理，气早就到脖子上了，二话没说，就拿起一个木棍上前把正在抽水的传送带拔掉，随手关了四轮子油门。孙小龙见状上前来打李强，一拳打在李强的胳膊上。

第六章

孙小龙上来一拳打在了李强的胳膊上,李强往后闪了一下,毫不畏惧,继续迎着孙小龙走来,孙小龙恐惧地往后退了一步,又挥拳朝李强的脸上打来,李强顺势抓住孙小龙右手,用力往旁边一扭,孙小龙挣扎着,另一只手抓住李强的衣服。李强用双手把孙小龙的右胳膊扭到后背,孙小龙"哎呀"一声蹲在了地上。李强一只手摁着胳膊,另一只手揪住孙小龙的头发,说:"反了你了,跟我来横的!从小到大我怕过你吗?"

孙小龙疼得大叫:"唉呀我的胳膊,村长打人啦!我不服你!"

李强就势逼问孙小龙:"二宝子胳膊你说咋办!你管不管?"

孙小龙疼得直叫:"哎呀!你松开我,那他还打我了呢!"

李强愤怒地说:"管不管!你要是不管,我就把你送派出所去,赵主任、李长玺拿绳子把他捆上送派出所!"

孙小龙说:"算你狠,我管还不行吗!"

李强这才把手松开,说:"把你的水管子提出来,该谁抽谁抽,轮到谁了!"

李长玺大声喊:"该张勇了!"

李强面对大伙儿说:"那就从张勇这往下排,其他人都开车回去吧,轮到谁了谁来!"

人们各自收拾车上的东西,张勇开始安装机器抽水。孙小龙嘴里嘟囔着往车上装水泵。

李强来到孙小龙的跟前。李强怒目而视,说:"孙小龙你准备好钱,二宝子的医药费你先掏,其他的以后再说,看看伤的情况。赵主任你叫他明天给二宝子赔礼道歉,当他们面解决这事,孙小龙要是不服,你就把他交给派出所处理,你先站下!"

说完李强上了李长玺的车,小四轮一股烟开走了,其他村民也纷纷上车。

孙小龙一边装车,一边嘟囔:"等着瞧,今年秋天你这个主任就干到头了,我看你拿啥兑现合同,各家赔了钱找你算账就老实了。"

赵玉柱小声说孙小龙:"你咋还往坏了打呢,打坏了人那不判刑啊!"

孙小龙大声地说:"我不打他,那他就打着我了,管不了那么多了。"

田美玉家,四间架子房,院里停一辆大发车,院落整洁。

田美玉正和刘峰、荣荣吃饭,看见李强等人进院就迎了出来。

田美玉愣住了,说:"李村长,你们这么早就来,是不是有事呀?"

李强一边往屋子里走一边说:"有事没事到屋再说吧。"

田美玉说:"对,快进屋吧,长玺哥也来了。"

"我就不进屋了,有事再找我吧。"李长玺转身要走。

李强站住说:"你忙啥啊,一会儿还有事需要你去办呢。"

田美玉拉着李长玺说:"来,进屋吧。"

李强、李长玺和田美玉进屋,刘峰放下碗筷站起身来说:"来了村长,正好咱们几个喝点。"

李强看着小酒壶,又看看田美玉说:"唉呀,我说姐夫你可太有福了,我们全村的当家人伺候着你,小酒喝着。"

田美玉一边拿来烟一边问:"咋的了,出什么事了?"

李强说:"我们俩刚从地里回来,一大早孙小龙因为抢水把二宝子给打伤了,胳膊可能伤到骨头,我叫阿斯根领二宝子上县医院检查去了,啥样还不知道呢。"

田美玉问:"那孙小龙呢,打完人就没事了?"

李强看看李长玺说:"他态度还挺好,一切费用他负担,让他给二宝子赔礼道歉,我看就不找派出所了,让赵主任解决就行了。"

李长玺吸了一口烟说:"好什么呀,那是你把他制服了,怕你把他送派出所去。要我说就把送进去,圈他半个月就老实了,总想玩横的。"

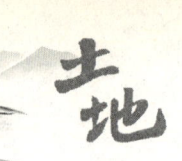

田美玉说:"又是水库里的地吧,那井也不是个人的,地也不是个人的,大伙儿一抢还有不打仗?每年因为地和井都得打几仗,这个破水库可闹死个心了。"

李强接着说:"不光是井的问题,这块地里你家几垄他家几垄的,种啥的都有,不全是签合同的户,真是乱极了。"

田美玉无奈地说:"这种现象不改变,还得打仗,早晚得出事,真是没有什么好办法。"

李强说:"这也是多年形成的。我看眼前最要紧的是抗旱。咱们打那么多的井,起不到应有的作用,这事得开个会先研究一下,不然光咱们在这急也没用。"

田美玉说:"你看这样行不行,咱们先开一个两委会,把要解决的问题在这会上都提出来,研究个解决的方法,顺便了解一下养鸡、养牛和养羊等专业户的情况。正好长玺哥在呢,你就给通知一下吧,晚上在村会议室开会,告诉托娅提前烧点开水。"

李强冲李长玺说:"长玺哥,那你就去通知吧,先叫赵玉柱到田书记家来一趟,如何处理孙小龙的事咱们再和他说一下,拿个具体意见吧。"

李长玺站起来说:"那我这就去。"

大柳树下,阿斯根、二宝子媳妇、二宝子在等车。二宝子媳妇背着个大兜子,二宝子用一条白纱带吊着胳膊。

孙小龙家,五间正房,东西六间厢房,一大间车库。

洗完脸的孙贵拿起小收音机拨台收听新闻。聪明能干的孙小龙媳妇已经收拾好桌子,热上一壶酒,又回到厨房里炒菜。这时留留急急忙忙推开门进来。

留留神色慌张地说:"老村长出事了!"

孙贵转过身说:"你这呼哧带喘的咋的了,出啥事了?"

留留说:"小龙因为抽水和二……二宝子打起来,可能把二宝子的胳膊给……给打坏了。村长李强带人去大片地找小龙了,整不好不得送……送派出所呀!"

孙贵放下收音机,惊恐地问:"啥时候的事呀?"

留留说:"就……就刚才的事。老村长你得找找人想办法,别……别把小龙送派出所呀。选村长的时候你和他们明着干，这回他不抓住机会报……报复你呀。"

孙贵追问："你咋知道的？"

留留说："二宝子和阿斯根一起从……从李强家出来的时候我看见了。接着李强和李长玺、张勇坐四轮子去……去村北水库地了。看他们过去，我就洗把脸过来，我想大概你还不知道，告……告诉你一声看看咋办哪？"

孙贵说："不就是胳膊伤了嘛，能走吗？"

留留说："我看见了能走的，用……用手捂着胳膊。"

孙贵一着急就来回地在屋子里走，一边走一边说："这个不中用的东西，打什么人哪，这是什么时候了还耍横。"

留留看着孙贵说："咱们俩到地里看看去呀，还……还是等着哇？"

孙小龙媳妇听到留留说话，端着两盘菜进屋放在桌子上，说："咋的了，小龙和谁打架了？"

留留一说话小眼睛挤两下，说："和二宝子，因……因为抽水，把二宝子的胳膊打……打坏了。"

孙小龙媳妇说："这可咋办哪！啥时候的事呀？"

说着话孙小龙开四轮子回来了，车上坐着赵玉柱。孙小龙熄了火，赵玉柱跳下车，两人就进屋了。

孙贵着急地问孙小龙："咋回事呀，你挨打了吗？"

孙小龙有点不以为然，说："他没打着我，挨了我一摇把子。活该，谁让他跟我拉硬，说不好听的，没打瘫他就捡着了。"

孙小龙媳妇说："你傻呀，打坏了有你好哇，不得给人家看哪。"

赵玉柱看着孙小龙，像个谋士似的，说："就这个事他李强还不整你呀，再说了干那个没有理的事儿咱们也不值当啊。眼看着李强他们年底的合同兑现不了啦，到时候看他怎么办，咋和群众交待。就二老狠和二迷糊这两个人就够他喝一壶的了，咱们忙什么呀，十年河东十年河西。"

孙贵说："这时候说这些没用的干啥，到底为啥打人，打啥样啊？"

孙小龙往后理了理头发，头一歪，说："我咽不下这口气。他说我，'以为你爹还是村主任呢，想干啥干啥。'我一听就打他了。我想豁出去打瘫他，也不让他在我面前拉硬。"

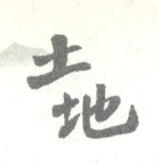

土地

孙小龙媳妇着急地说:"可拉倒吧,你解气了,我们跟你受罪。再说了,你打坏人,还不把你送公安局呀。"

孙小龙说:"这可倒好,不是自己家的地,打井不值当,和他们一起排队我才不干呢,丢不起那个人。过去的地都不用我浇,现在可倒好,他二宝子都敢拿话气我。我受不了这个,这地我不浇了,到秋收多少算多少,能剩下几个钱呀。"

孙贵低头在地上来回走着说:"这是钱的事吗?你唬啊!玉柱兄弟,这事你费心吧!"

赵玉柱很仗义地说:"这个事包在我身上了。说真的,到啥时候我忘不了老村长的提拔呀!虽然没有当上村长,但也选上了村委会成员。这治保主任,有个大事小情的也少不了我呀,你的这个事最后还得我来管呢。好了,老村长,我得走了,说不定李强正在找我呢。"

孙小龙站起身来说:"赵叔,这事你多关照了,改天我请你吃饭,今天也没啥东西,再说也不是时候。"

"咱们谁跟谁呀,我走了老村长,这事你放心。"说着赵玉柱就赶紧走了。

孙贵送走赵玉柱之后,对孙小龙说:"我说你小子是不是有点傻呀,水库里的承包地都是咱们家收钱呢,你到那儿去整事不是要把它整黄了吗?这是有方主席罩着,要不地早就归回村里了。"

孙小龙说:"谁让他拿话饿我了,我受不了。"

孙贵耐心地说:"你没看现在的形势有点不好哇!方主席要是有个什么闪失,那我们也就跟着完了,来钱的道就没了。咱们现在得收敛点,你也老大不小的了,该懂点事了。"

田美玉、刘峰送李强和赵玉柱出大门。

田美玉说:"赵主任,你就抓紧按照我们刚才研究的方案处理吧!乡长找我呢,我这就得去一趟。"

李强和赵玉柱走了。

田美玉对刘峰说:"车有油吗?我还得去一趟乡里,陈乡长说今天团委和组织部的领导要来,我得去接待一下。"

刘峰有些不情愿地说:"公家的事还要我出车,你给多少钱哪?"

田美玉收拾东西，不高兴地说："你就认钱，我出门办事，难道你还让我走着去呀，这又是正常上班，小心眼。"

刘峰说："我小心眼？村里都用过多少次车了，一分钱没给，照这样下去我连车都得赔进去。干这个村干部有啥意思。"

田美玉看看刘峰说："觉得没意思那是没干好。现在村里不是没钱嘛，再说了，就是有钱还能总用我们的车呀，群众咋看咱们哪，在群众面前还有什么威信，没有威信当干部干啥呀，谁听你的，没人听你的你是个啥呀？"

刘峰不服地说："你总是有理，这辈子我就是你的一头驴，骑完了还得拉磨。"

"不服哇，还得掐你是吧。"田美玉笑着要掐刘峰，吓得刘峰跑出屋外。

刘峰笑着说："不服，就不服。"

孙贵在家训斥孙小龙，孙小龙趴在桌子上不抬头。孙小龙母亲在一旁心疼地看着孙小龙。赵玉柱从外面进来，大模大样地坐在炕上。

孙贵余怒未消，说："玉柱来了，咋样，见着村长没有？"

赵玉柱扬着个脸，像个什么大领导似的，说："我刚从田书记那来，正好主任也在那儿，这事交给我处理了。"

孙贵忙问："田书记怎么说？"

孙小龙也抬起头来看着赵玉柱。

赵玉柱故意卖关子："田书记对这件事非常重现，要让你赔偿医药费、误工费，给二宝子道歉不说，还要在支部会上讨论这件事，要给你上纲上线。"

孙小龙一听立刻站起身，怒目而视，说："我又不是党员，支部会上讨论什么呀？爱咋咋的，要命有一条！打人我赔他药费、误工费那我认了，赔礼道歉都行，想利用这件事整我爸，我就是不服。"

孙贵叹了一口气，看着赵玉柱说："这件事玉柱你看着办吧，打人了咋的也要负责任。我去参加支部会，有啥事我顶着，不让你为难。二宝子还没有回来吧，等他回来了赶快把这件事了了，时间长了不好，闹心。"

赵玉柱说："二宝子今天能不能回来还不好说，就是回来也得晚上。小龙，你就在家等着，不要到别处，尽快把这件事解决了。如果他今天晚上

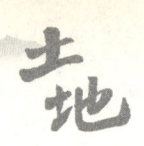

不回来的话,明天一早你就上县医院,买点水果看看人家。在大面上叫人家过得去,也显得咱们大气,街坊邻居有个好印象。之后咱们处理这事就好办了。你们两家没啥事了,村里还能咋的?"

孙贵低着头在想这件事,又对赵玉柱说:"要说这件事本身也不是多大的事,两家没啥意见就行了。"

赵玉柱说:"通过这件事,我也看出来了田美玉和李强的意思,他们是想就这个事做文章,是要重新建设林网和规划土地。让他们折腾吧,看群众这一关怎么过。"

孙贵说:"这个意见不错呀,如果能重新规划是个好事,他们能有这样的计划我看还行。"

赵玉柱急了,说:"行什么行啊,他想规划就得调整土地,调整土地就得重新分地,这一分地肯定有分到好地,有分到次地的,再说乡里也不能让他们这样干哪。"

孙贵摇摇头说:"那地他没法分,你知道吗,有那个水库就分不了。那占多大的地儿呀,去了那些地还有啥分头,我看他们是要放水库。"

赵玉柱惊讶地说:"那还了得,他们敢吗?"

刘峰的车停在了乡政府的院子里,田美玉下车。

田美玉对刘峰说:"你先回去吧,晚上回去我给你打电话。"

村委会大会议室里在开两委会。

李强宣布:"散会,包叔和长玺哥留下,我有点事。"

与会的人们都走了,李强和李长玺、阿斯根来到李强的办公室。

李强看了看他们二人说:"田书记已经被提拔为乡党委组织委员了,大家还不知道。有个事,为了不连累她,我想先问问你们,但这个事要保密。今天会上除了抗旱的事以外,多数人都提出要规划土地,其中最大的障碍就是红旗水库。我想要是把这个水库放掉,让整个大甸子成一大块地,这样我们再规划是不是更好?"

李长玺说:"那当然好了,那可是六千亩地呀,对我们村来说是个多大的事啊。"

李强说:"可能得需要上一个大工程,比如说中间挖出一个大的排干渠,彻底解决一万多亩甸子的水涝问题,你们说行不行?说实话,别人不知道。"

阿斯根很肯定地说："行，是个好事，就怕乡里不批，主要是这里面有方志南，朗鑫承包，方志南能让你开发？"

李强看着阿斯根和李长玺说："我想争取一下，比如说给乡里打报告哇，和上级请示呀等等。这事没有和田书记说，我怕她不同意，还怕连累她，所以先和你们研究一下，之后再和她说。"

阿斯根说："这个事要办，首先得通过群众会或代表会，只要你一提出，就有人反对，还不等你打报告，就得有人整你。要我看这个事算了吧，别整你一身的不是。"

李长玺点点头说："包叔说的是实话，对群众是好事，可是对你来说可是个最大的坏事，我看你拉倒吧。"

李强说："谢谢了，这个事就说到这，不要让别人知道，我们回家吧。"

由于干旱，地里的庄稼长得不是那么高，烈日下有的已经打蔫。看见有人在浇地，李强停下摩托车。李强走进地里扒开土看已经浇过的甜菜。正在浇水的张勇看见李强来了，放下水管子过来。张勇的身上已经淋得透湿，满腿是泥，瘦长的脸上一双大眼睛充满血丝，看得出来是晚上没有睡觉。他看着李强说："来了村长。"

李强问："你是不是一夜没睡呀，眼睛都红了，叫人换换你呀，志成呢？"

"他上半夜看，刚回去睡觉。"张勇一边揉眼睛一边说。

李强看看流淌的水，说："你这样浇是不是有点浪费水呀，间隔一垄灌不行吗？"

张勇擦一下汗说："还是每个垄都灌的好，这么旱少了不行。"

李强说："可是这得多少天才能浇一遍哪，先救救急。油够吗？"

"够了，昨天又买回一百公升。"张勇说。

"那好，我到别的家看看，你忙吧。"说着李强发动摩托车。

红旗水库里长了一片芦苇，水库边上的地里也有人在浇水，李强把摩托车停在围坝上，下到水库里，往深处走，想看看到底有多少水。脚下已经有水了，李强也没有脱鞋，挽上裤角，继续往前走，碧浪荡漾的水面出现在

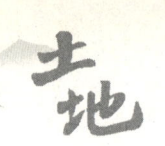

他的眼前。李强从另一端回来，整整走了一圈，回到摩托车前，坐下来看着这片水库发呆。李强从水库回来之后，直奔老支书双合尔家，摩托车从托娅的门前路过，托娅跟出门外，看见李强进了爷爷家，就回后屋。托娅边走边喊："妈，妈！你给我看一下商店，我有点事出去一下。"说着又拿了两瓶冰红茶，匆匆忙忙地去爷爷家。

托娅妈妈从后屋出来，边走边说："这又走，一天得走个半天，毛毛愣愣的哪像个姑娘家。"

李强进屋见过双合尔，就到外屋洗脸，边洗边说："爷爷，就你自己在家呀，奶奶呢？"

双合尔下地说："去西院你张婶家了，你张婶的女儿放假回来了。"

说着话呢，托娅进屋来了，说："这咋整一身土哇，鞋都湿了，干啥去了？"

李强一看是托娅，说："到地里看看，你也不说慰劳慰劳我。"

"你也没看我的地，我为什么要慰劳你呀？"托娅笑着说。

李强一边擦脸一边说："我可真看你家的地了，甜菜长得还真不错，就是有点密，菜头长得不太大。"

托娅拿出冰红茶递给李强，说："看在你看了我们家地的份上，请你喝点冰红茶吧，省得给你烧水了。"

李强笑着说："这还差不多，多少是那意思，是吧，爷爷。"

双合尔笑了，吸了一口烟说："强子，谁家的地不看哪，别说是咱们的地，只要是甜菜地都得看。"

李强说："可不是咋的，有百分之六十地我都不知道是谁家的，要是有问题的地，我可就得找到人了。"

托娅看李强喝饮料的样儿，忍不住笑了，说："渴得不行了才知道回来喝水，也顾不得斯文了。哈哈！"

李强喝了一大口，喘着气说："还斯文呢，渴急了凉水也得干一瓢，少了不解渴。"

双合尔叫李强："来，上这来，慢慢喝，喝急了肚子疼。"

李强坐下，一边擦嘴一边说："爷爷，我有点事想和你说，正好托娅也在这呢，帮着出出主意。"

托娅说:"我一个老农给大学生出主意,你高抬我了。"

双合尔说:"说呗,出不出主意的不说,我听听是不是正经事吧。"

李强说:"前天的支部会托娅也参加了,大家所提的意见中有一个核心问题,那就是要想搞规划,最大的障碍是红旗水库。没有它,我们就好规划,一方面人们的地多了,另一方面还可以从坨子上退出来,沙化的问题也解决了。"

双合尔想吸口烟,听李强一说把烟掐了,说:"你的意思我明白,你是想放掉水库的水,开地造田,之后搞规划,是不是这个意思?"

李强兴奋地说:"对,就是这个意思。"

托娅有些为难地说:"前天的会议上,大多数人的意见是针对水库的。它对我们村的生产生活的影响太大了,占了我们村百分之五十的好地,还影响了甸子地。但是人们对此毫无办法,不敢指望着它能成为人们的口粮地。"

双合尔语重心长地说:"要说这个事是真应该做呀,可做起来也是真难哪!水好放,可人怎么办哪!一是乡里不敢同意,二是朗鑫还承包着,那鱼和苇子年年出多少钱哪!这是方志南搞的项目,他从中得钱,决不会善罢甘休的。强子你可得想好,这件事可能会给你带来意想不到的麻烦,要做就得铁下心来,群众会拥护你的,群众受益了就好办。"

托娅态度很坚决地说:"这个事我支持你,大多数的群众也会支持你。没什么了不起的,这也不是哪个人的地,是百泉沟群众的地,那就得群众说了算。干!"

双合尔有些担心地说:"托娅,你和李强还不一样,他的责任大呀,你不是主要领导,谁也咋的不了你,他就不一样了。你要好好用脑子寻思寻思,想不到的事多着呢。"

李强抬起头问:"爷爷,你说这是不是正事?"

双合尔说:"当然是正事了,对百泉沟来说是个天大的事,最好的事。"

李强语气坚定地说:"那我就干!不管有多大的困难,我都不怕。这不是我个人的事,是全村一千三百多口人的事。我是村长,有这个责任。"

托娅的表情激动,目不转睛地看着李强,呼吸急促,脸色红润。

李强站起身来说:"爷爷、托娅,那我走了,谢谢你们的忠告,这件事

我做定了。再见！"

双合尔和托娅站在门口，看着李强那坚定伟岸的身影远去，直到看不见。

李强来到了田美玉家，田美玉正在洗衣服，她是刚从乡里开会回来。

田美玉让李强坐下，她一边洗着衣服一边对李强说："我也是刚从乡里回来，想把这件衣服洗完就去找你，你就来了。"

李强问："乡里有什么精神，该不是抗旱了吧？"

田美玉笑着说："这回防汛，清淤。"

李强说："乡里的会倒是很及时，咱们清什么淤，往哪清啊？"

田美玉起身把洗完的衣服用衣挂晾上，又把水倒了，之后一边擦手一边对李强说："咱们开个会吧，把上级的会议精神传达一下。你看开一个什么范围的会好呢？"

李强想了想说："那就开个代表会吧，人多一些好。"

田美玉说："行，那就通知吧，明天怎么样？"

李强说："就定明天吧，我负责通知。"

全村群众代表和全体党员参加村委会成员会议，田美玉在传达乡政府召开的防汛会议精神。

田美玉一边看着记录，一边给大家讲："别看前一段时间旱情严重，但是今年的雨量集中，天气预报说下个月要有两场大雨，所以乡里要求各村要防大汛，做好应急的准备工作。作为我们村更是要把防汛工作列为重中之重。这是王书记的讲话精神。陈乡长强调，像我们这样的村子，更要有充分的准备，比如有的排水沟要马上清淤，越早越好，还要密切注意红旗水库的蓄水量，有险情及时报告乡里，以便采取措施。乡里会议精神就是这些，李村长还有重要的工作要布置，请李村长发言。"

李强合上记录本，看了看大伙儿说："田书记传达完了乡里的会议精神，我想要说的只有一个事，需要大家表决。"

田美玉觉得有点突然，回头看着李强，不解地问："表决什么呀？"

李强面对大家说："这个表决我没有和田书记研究，只是我的一个想法，这个想法来源于上次的两委会。会上研究土地规划时，都提到了红旗水库，它位于我们村地的中间，旱年不能蓄水，涝年洪水四溢，浸泡周围的庄稼。如果我们放掉它，开一条大排干，只要涝能排，就能造出五六千亩好地来，人均可以分到四五亩地，我们村的土地规划也实现了。今天田书记也在，我们看一下群众代表是个什么意见。下面同意放掉水库，开地造田的请举手。"

这个举动让田美玉和赵玉柱等人有点不知所措，但大部分代表和党员都举手表示同意。

"早就该放！养鱼群众也得不着利，下雨排不出水，就是个祸害！"

"对！同意！早就该放！"

代表们异口声地说着，也听不出是谁说的。

赵玉柱惊恐地回不过神来，好一会儿才说："这事我不同意，那是乡里的水库，我们没有权利表决。别想啥是啥，没事找事，那是不可能的，表决了也是白费！"

田美玉也愣住了，李强和她也没说要在代表会上表决呀，怎么突然就冒出这么个意见呢。她有点不高兴地说："这个事我不同意。虽然我是村里的书记，但我也是乡里的干部，作为乡里的干部，我是不同意这个意见的。多年来它毕竟是乡里一直为之努力的一个实体项目，不管它的效益如何，是不是符合有关政策，它是历史留下来的时代产物，所以我不同意放水还田。"

李强有点不好意思地说："田书记，这个事我没有和你研究就在会上提出来，你别介意。我主要是想听听群众的意见。我觉得别人的意见不重要，百泉沟老百姓的意见最重要。因为他们要生存，就要靠土地生活，没有了土地拿什么生活。他们不像干部，不种地也按月开资。今天我听到了百泉沟群众的意见，我想为群众做点事情，向上乡级请示放水还田，希望你支持我。你是乡党委成员，你的家人都是这个村的群众，希望你正确对待这个问题。"

田美玉没有回答李强的问题，只是问："李村长还有事吗？没事就散会吧！"

李强记下了表决的人数，抬起头来说："没有别的事了，散会。"

人们纷纷起来，有几个人回头看看李强和田美玉，没有吱声就走了。屋子里只剩下田美玉和李强，二人默不作声。不一会儿阿斯根回来取他的帽子，拿了帽子刚要走，田美玉叫住了他。

田美玉说:"包叔你等一下,和你说点事。"

阿斯根站住,坐下点了一支烟,看看田美玉,又看看李强,没吱声。

田美玉问:"包叔,你对这个事是怎么看的?"

阿斯根吸了一口烟说:"要我说,对于百泉沟的群众来说,这是个天大的事,它会影响百泉沟今后的发展。对于乡政府来说,给乡政府卸去了一个大包袱,也给乡政府树立了一个新形象。强子这样做无非是不想连累你,他可是好心哪!"

田美玉点了点头,深深地出了一口气,看了看有些不好意思的李强说:"行,你小子有胆量,上次的两委会我就知道你有这个想法,没有想到你能在代表会上提出。不过你可不要高兴得太早了,因为这件事,你可能会遇到更大的困难和挑战。"

代表会散了之后,赵玉柱立刻来到刘国民家。刘国民正好在家,见赵玉柱来放下手中的活。刘国民拍拍身上的土,看见赵玉柱着急忙慌地就问:"怎么这么慌张呢,有啥事咋的?"

赵玉柱拉着刘国民进屋,进了屋才说:"才开代表会了,通过了一项决议,要放红旗水库,开地造田。这可要来真的呀!咱们得赶快给我舅舅信,要不可真的要放水了。"

刘国民一听着急地说:"那这事别打电话了,明天你去一趟县里吧,当面把这前前后后的事都说一说,叫他想个办法。"

赵玉柱想了想说:"对,我明天就去,把所有的事都说一下。对,还是当面说好,电话里说不明白,就这样。"

第二天一早,赵玉柱就叫奶豆腐给他找衣服,自己也翻柜子找鞋。

奶豆腐一边找衣服一边问:"这又要干啥去呀,出远门咋的?"

赵玉柱穿上鞋,说:"不远,就到县里去一趟,明天我就回来,你有什么要买的东西吗?"

奶豆腐回过头来问:"又到舅舅家去呀?"

赵玉柱支支吾吾,说:"办点别的事,那去了还不到那嘛。给我拿点钱。"

奶豆腐说:"拿多少,两百元行吗?"

赵玉柱说:"到舅舅家不得买点东西嘛,再说我看着啥好东西还兴买点呢，咋的也得拿五百元哪。"

奶豆腐警觉地问："你拿那么多钱干啥呀，是不是又要扯犊子去呀？那不行，顶多给你三百元。"

赵玉柱骗奶豆腐说："你尽胡扯，那五百元就能干啥坏事呀！看你也是啥也不知道的主，快点吧，一会儿赶不上汽车了。"

赵玉柱夹个包匆匆来到村头，在村头等了一会儿，看车没来就坐那吸烟。这时候吴江和跟弟也来赶车，他们二人看见赵玉柱在等车就没敢往前走，躲在树丛那边看。等了一会儿，跟弟说："别怕他，反正大伙儿都知道咱们俩的事了，就说是上县里买东西，他能咋的。走！"

说着话跟弟拉着吴江朝着赵玉柱走了过来。跟弟先和赵玉柱说："大哥这是上哪儿去呀？是在等车吧？"

赵玉柱一看是吴江和跟弟，就满脸带笑地说："上县里去一趟。这车得几点来呀？你们去哪？"

跟弟忙接过话来说："吴江要去他姑姑家串门，我们先到县里买点东西。"

说话之间汽车来了，赵玉柱忙着上车，吴江和跟弟也上了车。汽车开走了。车进了城，吴江和跟弟看见赵玉柱睡着了，就悄悄地下了车。赵玉柱到站才下车，下车之后一看吴江和跟弟不见了。赵玉柱出了车站，到水果店买了一些水果，又到商店买了两瓶酒，之后上了一辆出租车。

方志南住在绿原小区，赵玉柱进了小区之后，上了三单元三楼，到了方志南家的门前按门铃。按了几下没有动静，赵玉柱自言自语地说："都十一点半了，还没下班呢？"无奈之下，赵玉柱只好在单元门外等着，坐在台阶上，点着了一支烟，看了看手机上的时间，就给方志南打电话。赵玉柱听到手机通了，就又换了一只耳朵，说："喂，是二舅吗？"

电话里传来一个男人的声音："你是找方主席吧，请你等一下。方主席你的电话。"

方志南接电话，说"喂，哪位？啊，是玉柱哇，啥时候来的，在哪呢？"

赵玉柱说："我是玉柱，刚到的，在你家的楼道门口呢。"

方志南有点着急地说："唉呀，我这儿还有个应酬，市里政协来人了。

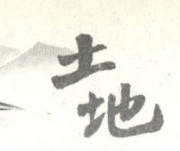

你舅母她不在家，要不你先到饭店吃点饭吧，完了找个地方休息一下。我两点才能回去，下午还得陪着他们到下面去考察，晚上才有时间见你，怎么，你有要紧的事吗？"

赵玉柱着急地说："我有点要紧的事，是专门来找你的，就是咱们乡里水库的事，李强他们说要放水，都开代表会表决了……"

方志南一听是水库的事，马上就急了，说："那你先在门口等我一会儿，我这就回去，让别人替我应酬一下。"

不一会儿的工夫，一辆小车开进了绿原小区，车停在了赵玉柱的前面。方志南从车上下来，领着赵玉柱上楼，直上三楼开门进屋。方志南把外衣脱下，把包放在茶几上。赵玉柱把拿来的水果和两瓶酒放在了桌子上。

方志南看见赵玉柱拿来的东西说："买东西干啥，我这儿啥都有。"

赵玉柱说："我这总也不来，也没买啥，给你买两瓶酒。"

方志南着急地说："怎么回事，你是说他们要放水库？"

赵玉柱一副委屈的样子，揉揉鼻子说："这事多去了，我怕你生气都没给你打电话，这回事大，不来不行了，要是再不来就出大事了。昨天下午开了一个群众代表会，在会上表决了关于要开发红旗水库的意见，在场的大多数代表都同意，都举手通过了。田美玉没有同意，可能是她事先不知道这事。这是李强自己的主意。"

方志南说："开会的时候你不是在场吗？"

"我在场，还发表意见表示不同意了呢。田美玉也表示不同意。最后李强记下了表决的人数，然后就散会了。"赵玉柱说。

方志南在分析这个会的情况，沉默了一会儿又问赵玉柱："你看田美玉是真不同意，还是在做戏？"

赵玉柱想了想说："不像是在做戏，是真的不知道。李强也说了事先没有通气，这能看出来。田美玉当时有点不高兴了，表决完了就宣布散会。"

方志南一副无所谓的样子，拿出手机拨了个号，电话通了，说："喂，是张经理吗？我方志南。"

张经理在酒店的办公室接电话，非常客气地说："方主席呀，有什么吩咐？啊，要不到我这来，我给你们开一个小包间得了，也很方便。"

方志南笑着说："算了吧，是我的外甥来了，在家里方便一些。我爱人又不在家，所以麻烦你叫服务员给我送来吧，什么菜你安排，完了我去给你结账。"

张经理说："这你说哪去了，能让你结账嘛。你把单位的结了，我就感谢你了。好了，你等着吧，一会儿就到。"

打完电话，方志南回过头来对赵玉柱说："你舅母没在家，他们单位组织旅游去了，还得十多天才能回来。咱们在外面说话又不方便，叫他们拿家里来，咱们爷儿俩好长时间没在一起喝酒了，今儿个好好喝点。"

赵玉柱说："可不是咋的，我这也没有多少空，一天破烂事总有，这么长时间也没来看看你，真是有点不好意思。"

方志南一摆手，说："我不老不小的，遇上机会来看看就行了。原来我想在你们村里选举之后去一趟，可是这一段事多，大事小事他一个劲地找你，还整得挺忙，所以就没去。刚才你说那意思是李强自己的意思，田美玉没有参与是吧？"

赵玉柱吸了一口烟，看着方志南说："是，肯定是事先不知道。"

方志南不以为然地说："要是田美玉没参与的话，这个事就没有什么问题了，乡里是更不能同意。谁敢哪，那可是乡里的项目哇！真不知道他是怎么想的，还是年轻，不知道深浅哪，当上个小村长就不知道姓什么了，看来他得接受点教训。"

赵玉柱把烟掐了，看方志南不以为然的样子有点着急了，忙说："舅舅你可不知道哇，这个小子可不是那一般的主，他是说得到就做得到哇！你别看他年龄小，那主意可正。这不前些天你给村里跑来的扶贫项目，那个打小井的项目，说给我、刘国民，还有兰英姨一眼井吗，都通过群众代表会了，可是这个李强硬是没给我们三户打井，自己决定给其他的户打。为这事我们都告到乡里了，后来乡里陈乡长说给我们几家打井，有井的给八百元钱。村里的井都打完了，就是没给我们打，钱也没给。后来我一打听，那是乡里出的钱。可能是乡里怕得罪你，才说给我们钱，想堵我们的嘴。从这个事我就看出这小子不是那省油的灯。你这事还真别不在意，等出了事就没办法收拾了。"

方志南生气地说："真是像你说的那样吗？"

赵玉柱着急地说："那还有假呀！为这事我还和李强干了一仗，那也不

好使，不信你问一下陈乡长，那我还能撒谎嘛。"

门铃响了，方志南去开门，说："是小梅呀，快进来！"

女服务员小梅，手里提着两个饭盒，说："方主席，你订的饭菜放到哪儿呀？"

"放到餐厅吧，帮忙给摆好。"方志南说。

小梅很熟悉这里，奔餐厅走去，方志南在后面说："今天不留你在这吃了，改天我好好地招待你，今天不方便，好吧？"

小梅一边摆菜一边笑着说："那你可不能失信哪，你得请我吃海鲜。"

赵玉柱看着小梅漂亮的脸，显得有点失态，他赶忙低下头用眼角看着她摆放饭菜。饭菜安排好了，小梅又熟练地从厨房里拿来两个碗和筷子放在桌子上，回过头来看了一下赵玉柱说："方主席，这位怎么称呼，是你家来的客人吧？"

方志南笑着给赵玉柱介绍："这位是和平酒店的前台服务主管，叫小梅，吃饭住店什么的找她就行。这位是我的外甥赵玉柱，是百泉沟村的治保主任。你以后再来，我不在的话，你就找小梅，吃住什么的都解决了。"

小梅笑着说："以后你来到县里就到我们这儿来，吃住都没问题，不用你花钱，找我就好使。欢迎赵哥光顾我们酒店，保证叫你满意。"

赵玉柱也很友好地回应："好吧，我以后一定去，你可别不认得我呀。"

小梅走上前和赵玉柱一边握手，一边说："忘了谁也忘不了你呀，忘了你不等于忘了方主席了吗？哈哈，再见。"

说完话小梅就走，到了门口站住。

小梅笑着对方志南说："还要什么方主席你给我打电话，我走了。"

方志南看着小梅出去，嘴角上挂着一丝不易察觉的微笑。

方志南说："玉柱咱们吃饭吧，我先洗洗手。"

赵玉柱也到卫生间洗了手，来到桌子前打开酒瓶，先给方志南倒上酒，又自己倒上一杯。方志南举起酒杯，说："来，玉柱，咱喝吧，很长时间没有到我家吃饭了，今天你舅母又不在家，简单了点。"说着话方志南喝了一大口酒，接着又给赵玉柱夹菜，显得很亲近。

赵玉柱显得有点不自然，很客气地说："我自己来，你别给我夹了，你也吃菜。"

方志南喝了两口酒之后,又问起百泉沟的事来:"你和孙贵的关系怎么样,他对这个事是个什么态度呢?"

赵玉柱很肯定地说:"我们关系比原来还要好,这回他有事还求我了,但对于这个事,他一言不发。"

方志南想了想说:"孙贵参加会没有?"

赵玉柱说:"他出门了,没有参加会。但是会后我和刘国民到他家里去,他的态度模棱两可,叫我上县里来找你,还说这个李强不能小看了,可能要坏大事,我不知道他指的是什么。"

方志南觉得有点问题,就追问:"你是说孙贵说的要坏事,还有别的事?"

赵玉柱说:"是呀,他的账目有很多问题,说白了就是他造的假早晚会出问题,最起码朗鑫的账目就有问题,我看水库里的承包地也包不成了。"

方志南放下了酒杯,有点吃惊地问:"你是说朗鑫的账目有问题?"

赵玉柱说:"不光是账目有问题,我听说他承包小坨子的合同还有问题呢。这是田美玉无意之中说的,详细情况我不是太清楚。"

方志南正要夹菜的筷子停在盘子上,一脸的凝重。赵玉柱看着他那样子,也停下了吃饭,就问:"怎么,你知道这事吗?"

第七章

方志南回过神来,无所谓地说:"哦,没有,我不太清楚。来,咱们吃菜,别管他那些个事,不过这个李强还真是个茬,得认真对待。吃菜,玉柱,不是没有别的事了吗?"

赵玉柱一听方志南没太放在心上,心里有点没底了,放下酒杯说:"咋没事呢,你说他李强小小的年纪,那办事老道的很哪。就说他的对象吧,在学校搞了一个叫杜萍的,可是现在又和那阿斯根的女儿托娅混,不管有啥事整天泡在一起,哪都去。这还不算,我听说糖厂有个叫梁小丽的办公室秘书也在追他,跟他也有一腿。你说这是个什么品质的人哪。还当什么村长呢?这事谁管?大家都是心里知道,没人说他。"

方志南对此很感兴趣,听赵玉柱说完就问:"那他和原来对象的关系怎么样?现在处着呢,还是黄了?"

赵玉柱说:"处着呢,要不咋说他是个不正经的玩意儿呢。"

方志南又问:"还有别的什么事吗?比如说和下边群众关系不正常的,给他什么好处了,他有目的地帮助有用的人了,假公济私等等。"

赵玉柱想了一下说:"这样的事多得去了,他本来是下乡搞基地建设的,利用这个工作之便结帮营私,拉关系,扩大自己的知名度,要不他怎么能选上村长?就拿五保户官布来说吧,他知道人家的侄子在城里做点事,就巴结人家,给人家修房子,还不让人家回去。前些天把该给我打的小井给他打了,硬把我拿下来。这还不算,他看官布没有配套,又到糖厂赊来柴油机和水泵。你说官布一个老五保户自己能抽水嘛,连机器都开不了,还用什么配套哇。就这样，都气死你。"

　　方志南听着，脸上露出了不易察觉的微笑，给赵玉柱夹菜，又给他倒满酒。方志南边倒酒边说："你多喝点，没有别的事了，吃完饭睡一觉，好好地休息一下，家里没什么事就在这儿多待几天。水库的事我过几天去一趟，没什么大不了的，你别着急，还有乡里呢。自己的工作该干的就干，别管他是谁，原则上的事不能放过，谁也不行。有事多和田美玉联系，那是支部书记，是我一手提拔上来的，我们有点亲戚关系，还是靠得住的人。"

　　赵玉柱看方志南不是太在意，还是有些着急地说："不管咋说，李强要是在那干就没有我们好日子过。我是跟他来不上，换个人都行，哪怕是二迷糊都行，就是他不行。"

　　方志南歪着头问："那你们村里谁还行啊，有没有比他强的人选？"

　　"谁行？我就行，这些年你在那他们老是变相地压制我，没让我起来。你调县里了，这又时兴选举。在农村谁的家族大谁就当选，别人你就别想。"赵玉柱又拿出谁也不服的劲。

　　方志南又给赵玉柱倒上酒，自己也端起酒杯。"来咱们爷儿俩干一杯，这些年舅舅对你照顾不周，你得体谅我的苦衷，有的时候能办的事你就不一定办得了，不能办的事可能还真就办了，这个你不懂。"方志南说着先干了。

　　赵玉柱看舅舅干了，也一饮而尽，又给方志南倒上酒。二人的喝酒喝得有点热，转而又各自吹嘘起来。赵玉柱有点喝高了，也不拘束了，红着个脸说："你说这自打李强当卜村长，我和他干了多少仗了。我怕他个小毛孩子？也不打听打听，南北二屯的谁不知道我呀，那'路路通'是白起的？别说是他，就是那前任孙贵都得听我的呢，不过这也是借舅舅的光，他主要是怕你。"

　　方志南也喝得晕了，说："我在那的时候，谁敢扯这些啊！说东他不敢往西。现在在县里我也是一样，想说谁就说谁，不服的试试，给他挪个窝就老实了。那些个饭店、酒店的老板，见着你点头哈腰的，一看那个样，我的心里就高兴，特别是那些女老板，你想要啥她都给你，变着法的讨好你。"

　　赵玉柱听得目瞪口呆，口水都流了下来，嘴里不住地说："那还用说，那是啊。"

土地

方志南和赵玉柱喝多了，喝完酒已经三点多钟，两个人都坐在沙发上睡着了。赵玉柱醒来一看已经五点多钟，天都快要黑了，想起来该回家，可是头有些晕。他拿起帽子要走，回头看了看方志南，见他睡得正香就没有惊动他，自己出门了。走过一条街之后，他看见一个比较小的旅馆就进去。一个长得很胖的中年妇女，坐在屋子里看电视，见有人来就起身前来问："要住宿吗？这的条件不错的，要什么样的房间？"

赵玉柱看了看问："你是老板吗？"

"我就是老板，你住吗？"中年妇女热情地问。

"有其他服务吗，比如按摩什么的？"赵玉柱回头看看没有别人说。

中年妇女笑了，冲赵玉柱说："你来吧，到楼上。"

赵玉柱小心地跟在妇女的身后上了二楼，二人进了一个房间。

方志南快到六点了才睡醒，起来一看赵玉柱不见了，就倒了一杯水，想了想又拿起电话拨了个号码，说："喂，小梅呀，你还在班上吗？我还没有吃晚饭，能给我安排一下吗？"

小梅用手捂着电话小声说："我晚上的班，你来吧，吃什么到这再说，不让别人知道吧？"

方志南说："对，你安排吧，等我。"

方志南站起身做了一个双臂伸展，到洗手间里照着镜子整了整头型，洗了一把脸，又照了照镜子，擦擦手，穿上衣服，又到镜子前看了看，这才出门。

小区门卫的老杜头坐在窗前，看见方主席过来就去给开门。门卫里还坐着小区三单元的一个退休工人，看着他们二人对话，歪着头细听。

老杜头说："出去呀，方主席？"

方志南很客气地说："是呀，晚上还有个会。你吃饭了吗？"

老杜头说："吃过了，是儿子送来的饺子。"

老杜头回到屋子里，和工人说："你看人家这官当得多好，天天晚上在外头吃饭，有时候还不回来。他的爱人没在家，说是去旅游了，这不天天走，哪儿那么多的会呀！一个政协副主席就这么牛，多会活呀。"

工人说："这事眼气不了，人家有能耐。过去那地主老财有个三妻四妾的，也没有这时候的人自在。走了，别生这个闲气，老伴还等我给她按摩呢，什么骨质增生、风湿痛，病多了，这还离不开我。"

老杜头和工人开玩笑："就你那个样啊，你老伴要你就不错了，抬不起蹄的样吧，还会按摩呢，别人谁让你摸呀。"

工人得意地笑笑，回过头来说："要不我给你那老蒯按摩按摩，就怕你信不着我。我这功夫可好，一般人受不了。"

老杜头说："我可舍不得给你祸害，快走吧，一会儿来找你了。"

工人很得意地走了。杜老头看着来往的行人出神。一对对男女走过，灰蒙蒙的夜色中路灯亮了。商店和饭店前的霓红灯不断地闪烁，五颜六色，十分好看。

第二天一早，公共汽车上，赵玉柱从车窗往外看，看那一个个闪过的店铺和行人。快要出城时，他看见吴江和跟弟从一个花店大棚旁边的小旅馆里面出来。汽车开过去了，赵玉柱站起身来看，直到看不见才坐下。赵玉柱一脸的疑问，一身的疲惫，在汽车的颠簸中慢慢地闭上眼睛。

早上起来，李强穿着一件深蓝色的线衣到牛棚看牛。牛个个长得溜光肥胖，李强有些吃惊，才知道爸爸养牛真有一套。早都喂完牛草料，有的牛在倒嚼。李大路在收拾牛粪，看见李强来了，就放下铁锹说："今儿个怎么有心情看看我的牛。我这牛养得还行吧！"

李强有些不好意思地说："我很长时间都没看这牛了，真的不错呀。我看过很多家的牛，都不如你养得好。有时候人们问我养牛的一些办法，我还给人家说呢。不过，怎么搭配饲料，怎么驱虫、饮水，都是怎么说的。"

李大路得意地说："我这都养了多少年了，从你上大学那年开始养的。其实也是没有办法的办法，要不没有钱供你上大学呀。这一来二去的还成了主要收入。我计划给你攒个十万元，好娶媳妇。也不知道你是咋想的，那个杜萍对你咋样啊？你这一当村长，整得你妈我俩心里没有底了。"

"这你就不用操心，把你的牛养好就行，我还等着花钱哪。"李强笑着说，脸上还有点红。

李大路看着李强说："你妈前天和我说前院的托娅可能看上你了，要是托娅能嫁给你该多好哇。你妈她相中托娅了，就不知道你同不同意。要是论长相，我看托娅长得就不错，人还忠厚，也知根知底。老包家老辈子对咱们家有恩，你要是娶了托娅该是个多好的事呀，你妈我们俩可就放心了。"

"爸，找对象是两个人的事，人家同意还得我同意不是。"李强说。

说话之中，其其格来招呼他们爷儿俩吃饭。还没等他们二人回到屋里，托娅就匆忙来到李强家，进院看见李强就招呼他。"强哥你来一下，我有点事和你说。"托娅说着话没有进院子，站在了大门外。

李强走出大门来到托娅的跟前。"到门口了咋不进屋呢？有事到屋里说呗。"李强说。

托娅脖子上围着一条绿色的纱巾，在头饰的衬托下白皙的脸显得更加美丽，她回头看了看街上，走近李强小声地说："强哥，我昨天晚上听奶豆腐说赵玉柱去县里了。我问奶豆腐他干什么去了，她说还瞒着她呢。她还说赵玉柱去县里不是干什么正经事，要是有好事早就和她显摆了。我觉得这个事奇怪，是不是和你昨天在会上让大家表决放水还田的事有关系呀。赵玉柱这个人要是有个什么值得张扬的事，心里放不住的，他这么悄悄地走，连自己的爱人都不告诉，这不说明有问题嘛。强哥你可得注意了，这帮人什么事都干得出来，你心里要有一些准备。"

李强也觉得赵玉柱有点反常，看着托娅说："谢谢你的提醒，可能是去找方志南了。我们要办的事都是触犯他们的利益。我心里有这个准备。好吧，我知道了。"

托娅看着李强说："我倒是没有什么，主要是担心你。最近出的事太多了，这可能会刺激他们，过去没有什么人敢和他们这样面对面地较真儿。面对你这个新上任的年轻村长，他们决不会善罢甘休。早上我和爷爷说，他也想到了这些，很担心你的。"

听说双合尔有些担心，李强心里觉得过意不去，就对托娅说："真不好意思，让爷爷担心了。见到爷爷就说我没事，请他不要担心我。"

托娅把自己要说的事都说了，往下也不知道该说什么。她想起昨天晚上自己为李强的事睡不着觉，抬头看了看李强说："我昨天晚上说什么也睡不着觉，我为你做了很多设想。"

李强问："设想什么？"

托娅有点不好意思地说："我没设想别的，就是赵玉柱干什么去，回来要干什么。别的我敢设想嘛，谁知道你是怎么想的呀。别那么看我，我心里发慌。"

李强笑了，挠挠头说："我说错了吗？"说完李强又觉得自己真是多余，根本就没有说什么。只是托娅的态度让他知道了她内心的想法，不知道该和她再说什么。

托娅以为李强不理解，马上转身走，边走边说："好了，我走了，要说的都跟你说完了，怎么办自己知道吧！"

看着托娅的背影，李强心里真是乱极了，自己说不清是个什么滋味。托娅的提醒让他心里不安，托娅的心情让他心里像被掏空了一样，使他有点不知所措。李强一直看到看不见托娅的背影为止，才回身进院。

李强一进屋，其其格就叫李强过来，笑眯眯地问："强子，托娅来找你说什么了？是不是对你有意思了，还叫出门外说，啥事呀？还背着自己的父母。"

李强笑着说："妈，你想哪去了，人家来是有事。她说赵玉柱昨天去县里，怕是去找他舅舅方志南，告诉我一声，让我好有个思想准备。"

李大路冲着其其格说："强子说的是正事，你别老惦记人家托娅，这事让他们自己处去吧，咱们想管也管不上。你不知道这些个孩子们是咋想的，摸不透，别费那个瞎劲了。"

其其格有点不满地说："这是正事，当爹当妈的不管谁管哪！再说了，你看托娅那孩子多好看，说话干啥的多带劲。那个叫杜萍的咱们也没见着，还是个城里人，能看得上咱们这农村人吗？我就看托娅这孩子好。李强你别不当回事，人家要是看中你的话，你就别挑了，听着没？"

李强一边吃饭一边说："妈，这事你就别管了，到时候我保证叫你满意。快吃饭吧，完了我还有事呢。"

李大路先吃完饭要去喂牛，出门前对李强说："李强，你吃完饭帮我把牛槽子搬一下，我自己整不动。"

李强答应："好，我快吃完了，你先去吧。"

其其格看李大路出去了，就对李强说："强子，你别听你爸的，托娅这事你可得拿定主意，信妈的话没错。"

"嗯，我信你的话，我不和你说了嘛。"李强吃着饭说。

赵玉柱家，奶豆腐在家收拾东西，把小屋收拾得干干净净，之后坐在沙发上看电视。赵玉柱突然从外面进屋，一点声都没有，吓了奶豆腐一跳。

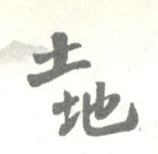

"你个死鬼吓我一跳,进屋连个动静都没有。"奶豆腐有些生气地说。

赵玉柱嬉皮带笑地说:"看你在干啥呢,有没有和情人约会。"

"没好心眼子的东西,拿我当你呢,一有机会你扯犊子。咋样,昨天晚上玩够了没有?钱也花光了吧!"奶豆腐没好气地说赵玉柱。

赵玉柱装作委屈地说:"我昨天在舅舅家住的,不信你问问。你咋尽冤枉人,把我看成什么人了。昨天酒喝多了,这一早上头还晕呢,都没吃多少饭,还真饿了,有啥吃的没有?"

奶豆腐看看赵玉柱说:"饭在锅里呢,我去给你热热,再整个菜是咋的,说话!把剩下的钱给我,算账!赵撒谎!"

"热点稀饭就行了,再给我整点咸菜。吃完饭和你算。"赵玉柱说着话拿个枕头就躺下。

奶豆腐热好饭端上来一看,赵玉柱已经睡着了,气得她把饭又端回外房。

晚上,刘国民家里,赵玉柱、刘兰英在和刘国民交谈,不时地耳语几句,也听不见说的是什么内容。赵玉柱在比比画划说着什么,其他人都在听他说话。

孙小龙在院子里收拾东西,扫院子。孙贵在屋里找他以前别人送他的好烟,放在桌子上。孙小龙的媳妇在洗水果,洗完了之后放在茶盘里,又放在桌子上,一边放水果一边对孙贵说:"爸,方主席能不能来呀?别整了东西他再不来,可就白费劲了。他来咱们家有事呀?"

孙贵拿着抹布擦桌子,看着窗外说:"电话是从乡里打来的,这还不到一个小时呢,咋的也得和领导们谈一会儿吧,还可能吃了饭再来。咱们还是预备着吧,来了再说。电话上也没说是什么事,就说是要来看我,好像是顺路。"

过了两个小时还没有来,孙贵等得有点急了,就到门口去看,不时地还往前走几步。

孙小龙见方志南不来就要走,孙贵拦住他说:"你忙什么,等一会儿就来了。电话上说的真真的,叫我等着呢。你走了,人家要是来了多不好哇,家里有个人接待也是那么回事。"

说着话的时候,一辆三菱车停在了孙贵家的门前,方志南从车上下来,看见孙贵在家门口等着，很高兴地走上前来，握住孙贵的手说："怎么样，身体还好吧？咱们有半年没见了吧？"

孙贵笑着说："可不是嘛，有半年多了，还是春节前见的你呢。怎么样，很忙吧？"

方志南拉着孙贵的手往院里走，说："要说忙吧，是挺忙的，一天也不知道在忙什么，大多数都是会议，下来的时候不是太多。今天到乡里主要是看看前一段时间给咱们村扶贫项目的事，看看落实的如何，主要是效果怎么样，顺便到这儿看看你，老朋友了，时间长了有点想呢。"

说着话二人进屋，孙小龙和媳妇刘春英迎了出来。

孙小龙很客气地说："方叔来了，快进屋。春英，这是方叔。"

刘春英笑着说："你好方叔，从乡里来的吗？"

方志南指着刘春英说："这是侄儿媳妇吧，你们结婚我没来，这还不认的呢。"

孙贵说："可不咋的，结婚时怕你忙没有告诉你，这都一年多了。"孙贵让坐，说："方主席坐下，小龙倒茶，先吃个水果吧。"说着孙贵拿起一个苹果给方主席，方主席接过来很实在地吃起来。孙贵示意刘春英去烧火做饭。

"可别做饭，我刚才在乡里吃过，酒喝了不少，你们就别忙活。咱们就坐在一块唠唠嗑，说说话。"方志南边吃边说。

孙贵往外看了看说："叫那司机也进来，坐在车里干啥呀。小龙把司机叫进来。"

方志南叫住了小龙："小龙你别去，他一般到外边不进别人家，在车里待着更方便的，还能听歌什么的。"方志南看了看孙贵，"我来是打听个事，听说你们村开群众代表会，会上通过放红旗水库的水，开地造田的决意，是吗？"

孙贵瞧着方志南说："是开了，我没参加，出门了。我听说田书记没同意这个事，大多数的代表都同意了。"

方志南语气有些冷地说："那么说这个事是李强自己说的，没和任何人研究了？"

"对，就是他自己的主张，连田书记都不知道，在会上当大伙儿的面说

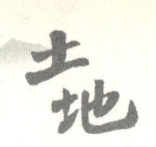

的,田书记当时就有点不乐意了。李强记完人数就散会了。"孙贵马上说。

方志南不动声色地说:"我听说朗鑫的账目还有些问题,那不都是你经手的吗?"

孙贵愣了一下,但很快就明白是怎么回事,毫不犹豫地说:"多数是我经的手,有几个转账的不是我经的手。还有小坨子地的承包合同是我经的手,乡里不是你经办的吗?"

方志南有些不高兴地说:"那都是过去的事了。合同上没有人签字,当时我又不是乡长,现在找谁去呀?村里要有个合理的解释,要有个连续性,不能换一个村长就换一个打法。你心里应该明白这些事,还用我教你吗?"

"这个事,李强可找过经管局呀,还要走法院的渠道,不好办哪,我是没有办法。"孙贵用眼角看着方志南说。

方志南口气有些强硬地说:"合同是你在任的时候签的,好办不好办都得负责任,要顶住,谁说啥也不行,找后账的事不好使。现在就看你的水平了,连个小毛孩子都对付不了吗?"

孙贵有点死猪不怕开水烫的样子,说:"我是没有法了,爱咋咋的吧,随他李强的便,还能把我开除村籍呀!"

方志南平复了一下情绪,逼急了孙贵他会放任不管,因为这事整不了孙贵,可是对他和朗鑫有威胁。想到这,他问孙贵:"你没想过别的方法吗?"

孙贵不解地问:"什么方法?"

方志南有点卖关子地说:"你想一想,还有一个最根本的方法是什么?"

孙贵恍然大悟,说:"你是说罢免李强,拿掉他?"

方志南点点头,说:"你这不是很明白嘛。他的事还少吗?别的咱们不说,就他要放红旗水库这一条就够了。那是啥呀,那是国家和人民的财产,他说毁就毁啦,也不和谁研究。扶贫小井说给谁就给谁?还想咋的呀!老百姓也太老实了。你干了十几年的大村长还能听他这个?多数人不管事,也不知道啥情况,这情有可原,你不行吧?你是谁呀,是过去的村长啊!新村长干不好你有责任监督,对不对,你得主持公道哇!"方志南说着话,示意孙贵让刘春英和孙小龙出去。

孙贵冲着孙小龙说:"小龙和春英你们俩先出去一会儿,我和你方叔有话说。"

孙小龙和刘春英出去。

方志南看孙小龙两口子出去,回过头来小声对孙贵说:"那红旗水库要是一放,你那承包地还能有吗?那不把你的来钱道给你堵住了吗?当然对我也没有好处,这还用我和你说?孩子们在屋里我没法说,你得下决心了!"

孙贵听了方志南的话,点着头小声说:"倒是这么个事,可是李强那村长可是选上的,就是不行也得等到下届,说拿就拿下来,哪有那么容易。"

方志南微笑着说:"这里的事你们不懂,正常地说选上的村长得等下届才能重选,但是在任职期间犯了错误,或者说群众有意见,可以提出罢免村长。如果这个提案的人数超过总选民的半数,上级人大就会同意罢免议案,进行罢免选举,重新选出村长。政协和人大是平等的机关,我们的提案都是要交给人大来执行的。另外人大的几个主任都是我的老朋友,说句话好使,只要你的提案成立就行。就看你能不能发动起多数人来,就是不够多数,半数也行,再不行少数也可以执行,想办法呗。怎么样,有没有胆量?这个事会有人帮助你的。"

孙贵听方志南这么一说,知道他这次来的意思,就是怕李强放红旗水库的水,堵他的来钱道。可是要想罢免李强,这事方主席不可能公开地去找赵玉柱或刘国民,只有找他孙贵才能起到作用,想到这,孙贵又装着有点不愿意出头的样子。孙贵装作很生气的样子说:"要说这个小子真挺恨人的,啥事动不动就想较个真儿,好像啥事都懂似的,天不怕地不怕的样子。可是你说像我这都过了五十岁的人,再扯这个事是不是有点不好?这不得叫别人看笑话呀。我看还是找个年轻的和李强竞争比较好,方主席你说呢?"

方志南一听孙贵说这样的话就有点不明白了,要说孙贵不想当官这谁也不信,可是说的又是那么的实在。他明白了,孙贵这是在要他的态度,要赵玉柱等人的支持。想到这,方志南表现得很正义,说:"话我可是都给你说了,这个事能不能启动关键是看群众的意见咋样,群众起来了,到时候你不出头都不行。作为一个当了多年村干部的老党员,大事大非面前你能缩手缩脚吗?这可关系到全村群众和你个人的切身利益。你放心,有人帮助你。"

孙贵一听方志南的话,知道自己不表态不行了,说:"那好吧,这件事

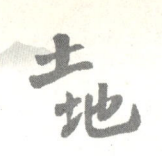

我还要找一找赵玉柱他们，还有一些站在我们这边的党员，看看大家都是什么意见，之后再做出决定，情况如何我会及时地和你联系的。"

方志南也觉得差不多了，就对孙贵说："好了，今天我没有白来，总算见了老朋友一面。我也该走了，有事多联系。"

方志南和孙贵走到了院子里。

方志南对孙小龙说："大侄子以后去县里到家串门，认认家门，我和你爸是多少年的交情，这是永远也断不了的关系。你小子有什么事就找我，趁着我还在位，等我退下来就不好使了。好了，我走了，再见。"

方志南回过身握住孙贵的手，拍着他的肩膀说："这样吧，我听你的电话，有什么事我们及时沟通。你也是老干部，乡里的水库项目可是个大事呀。这年头什么是原则问题，这就是原则问题，是咱们的原则问题。你已经下来了，这可是个机会呀，你要把握住。"

说完方志南就出了大门，孙贵和孙小龙跟在后面。方志南上车，向孙贵挥手告别。汽车开走了。

孙贵和孙小龙回到屋里，孙小龙不太明白地问孙贵："爸，你说方主席是个什么意思啊？他让你带头罢免李强，是让你上来当村长，那能办得到吗？人家李强那是选出来的。"

孙贵用手挠着头想了想说："你还没听明白嘛，这是赵玉柱到他那儿去把咱们村的情况都说明白了。以这水库为重点，还有其他的问题，加在一起就可以向上级提出罢免议案，人数要是超出选举人数的一半，就启动罢免议案，重选村长，这样咱们的机会就来了。只要是做好工作，问题不大。"

孙小龙有些生气地说："那方主席还装得那么正义干啥呀，有话不直说，真能整景，老泥鳅。"

"现在有的领导干部就是这样，成也是他，败也是他，你还抓不着他的把柄，出了事和他没有关系。不行，我得找赵玉柱去，这事主要都在他那儿呢。我得找他，他才不上杆子呢。方主席干啥来了，这还不明白嘛。"孙贵说着就摸帽子，打算去找赵玉柱。

孙小龙头一歪，说："爸，要我说你偏不去找他，让他主动来找你，我就不信他能坐得住。"

孙贵听孙小龙这么一说，真觉得有些道理，又把帽子摘下来，坐到炕边上，想了想说："你小子说得有道理，现在方主席比谁都急，那水库是他的钱串子，要是一放他啥都没有了。还有那小坨子地，哪年不得收入六七十万元哪。李强下不去，对他的威胁多大呀。你看他和我是这么说，那和赵玉柱不定怎么说呢，恐怕是想让赵玉柱当村长。可赵玉柱是村委会的成员，他不好出这个头，还得找我，别人不听他的。对，等着他，叫他得听咱的指挥！"

"如果不整个招让赵玉柱那小子得了便宜，那不是狼叼来喂豹子吗？"

孙小龙说着就要出去，刘春英拉住他。

刘春英说："你要干什么去呀？没事和我回一趟家呗。"

孙小龙问："回家干啥，前天你不是回去过吗？"

"我回家拿点衣服，我的衣服还是去年秋天串门时落那的呢，现在想穿。你骑摩托送我去呗。"刘春英说。

孙小龙有点不耐烦地说："你自己去呗，我还有事呢，你又会骑摩托。"

刘春英只好自己骑上摩托走。

孙贵看着刘春英骑着摩托走了，觉得有点不对劲，就对孙小龙说："你媳妇是去年秋天落下的衣服，怎么才去取呢？这里是不是有问题呀？那阿斯根可是她的姑舅叔叔，是不是给通信去了？刚才方志南的话她可是都听着了。我看这事有点蹊跷，小龙你给我注意点，我们不得不防啊。"

孙小龙不以为然地说："你别那么神经，春英没事，她不能说。这也不是背人的事，大张旗鼓的，怕啥呀。"

"还是注意点没有坏处。"孙贵长叹了一口气说。

托娅在商店里收拾货物，刘春英骑着摩托车来了，下车进屋，回头看看屋里没人，就走近托娅，小声交谈起来。刘春英聊了一会儿就急忙骑摩托车走了。

托娅赶紧把东西收拾起来，给李强打电话，可是电话里传来的是正在通话，她又打了几次通了，说："喂，喂，是强哥吗？怎么你的电话老是占线呀，啊，你在哪儿呢？我有点急事要和你说。"

李强说："我在张小刚的养鸡厂，他的鸡有点问题，我才和我同学通电话，问她怎么解决这个问题，电话打的时间长了一些，有什么事吗？"

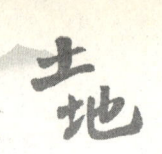

托娅看见有人来说:"你回来我再和你说,晚上在爷爷家见吧,好,别太晚回来,路上不好走。"

双合尔家,李强、阿斯根、托娅和包奶奶几个人坐在桌子周围。

托娅担心地说:"看刘春英的样子是偷着跑出来的,急忙告诉一声就回去了,她来的时候方志南刚走。唉,看来他们真要下手整你了。那水库是方主席的命根子,是他的摇钱树,你想他不和你玩命啊。"

阿斯根接着说:"我也听说赵玉柱、刘兰英总是聚在一起。看来这事可是要整大了,是照你李村长下的茬子。"

李强看看双合尔,又看了一眼托娅,抬起头来说:"我也没做什么错事,不怕他们,咋整我接着。再说我们也阻止不了人家,由他去吧。"

双合尔吸了一口烟,低着头说:"这个事是冲着你要放红旗水库来的,你断人家的财路,人家也要断你的官路。你说得对,咱们也没做什么错事,倒是不怕他啥。可话又说回来,咱们也不能看着把事闹大了。阿斯根你找一找咱们的亲戚朋友,给那些糊涂点的提个醒,别跟着随帮唱影。这帮子人,按我们蒙古人的话说,就是除了尾巴没鞭子,不得人心。野马搅不了群,没有那么多人就达不到目的。你找一下田书记,还有村委会的人,看看大家都是啥意见,我看没大事。"

托娅说:"爷爷说得对,明天我们和田书记一起碰个头研究一下,听听他们都是什么意见。"

村委会办公室里,田美玉、李长玺、阿斯根、李强、托娅、刘福田都在。

田美玉看着托娅说:"托娅听到的信不会有什么错吧?"

托娅肯定地说:"绝对没错,这个消息是准确的,目前看赵玉柱等人的行动也证明了这一点。"

李长玺不以为然地说:"要我说别怕,他们就那帮人,也就二十多个,别人不和他们掺和,起不了什么大浪。"

田美玉摇摇头说:"问题不是那么简单,啥事一有上边的根子就是个事,整不好,这次真的要重新选举呀!你放心,我们这些人都会帮助你的,还有大部分的群众,你的基地专业户。咱们这些人也要做一下自己亲戚圈里的工作,别让大家上当,让人家当枪使。李强你该干什么就干什么,按照你的想法去工作，有问题大家担着。"

李强带有歉意地说："大家为我能不能继续当村长担心，我很高兴，谢谢。现在看，是山雨欲来风满楼哇。这是因为我想放水造田引起的，我在这重申，放水造田是正确的，它将给百泉沟老百姓带来巨大的经济效益。为了百泉沟的乡亲们尽快地过上小康生活，过上富裕的生活，我决心继续当好村长。各位能做什么就做什么吧，我拭目以待！"

田美玉说："我当时不同意这事，主要是想到这个事的后果，怕给你带来意想不到的困难，其实我也是同意把这个水库放掉，只是我更知道办这件事难度大，没有什么希望。"

阿斯根很钦佩地看着李强，说："田书记说的是实话，谁都知道这个事的后果是什么，其实李强也知道，但是你就敢做，这一点我佩服你。我看事已至此，怕也不行，干正事就得有困难，有大家的支持怕啥！"

托娅很坚定地说："说真的，这个事没有后路，我们大家会和你一起面对这个事情。你不用怕，该怎么做就怎么做，因为你是为百泉沟群众的，不是为了你自己。"

阿斯根和托娅的一席话说得李强很感动，想要说什么，可是说不出来。

田美玉一看这个情景说："我看这个事就这样，大家回去做点工作吧。我和李强还有点事要说，你们先回去吧。"

大伙儿都走了，托娅走出屋，不时地回头看李强。

两天过去了，赵玉柱终于等不及，来找孙贵。

赵玉柱一进门看见孙贵在喝茶水，一副悠闲的样子，气不打一处来，可是又没办法发作，脸上带笑说："我说孙大村长挺自在呀，喝着茶水看着电视，神仙过的日子。"

孙贵看见赵玉柱终于来了，心里很是得意，可是表面上还是很热情地给赵玉柱倒茶。孙贵一边倒茶一边问："咋这么闲呢，好几天都看不见你，出门了吧？"

赵玉柱不满意地说："我上哪你还不知道哇，那是哪天的事了，回来都三天了，走的时候你不是知道嘛，你可真能装。前两天我舅舅来你这儿了吧，你们说啥了以为我不知道哇。我可真服你了，真坐的住。"

孙贵给赵玉柱拿过水碗，说："前几天我就想去找你，可是正赶上家里

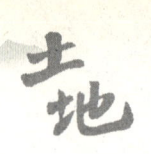

头事多,没有脱开身,这不正要去你那,你就来了。"

赵玉柱指着孙贵哭笑不得地说:"我说你还装啥呀,撒谎都不会了。得了,说正事吧。"

说着话刘国民和刘兰英进来,他们俩很不客气地坐下,孙贵下地给他们二人拿碗倒水。

"你们俩来得正好,我正和赵玉柱研究这事怎么办呢。"孙贵说。

刘兰英看了看屋里问:"小龙和春英呢,咋都不在家呢?"

孙贵不满意地说:"这两人帮他老丈人干活去了,说是打药吧,谁知道,有活就找他们俩。"

赵玉柱没心思问别的,看刘国民和刘兰英来了问:"这回都来了,咋整吧,拿个主意,拿什么意见说事。"

孙贵看主要的几个人都来了,就像主持人似的说:"我看咱们先说都有哪些事吧,这是主要的,然后进行下一步的安排。"

赵玉柱说:"还要研究方法和时机。方法就是集体上告,整他二十多个四轮子,再找百十来个人就行了。时机就是赶上县里领导来检查的时候去。"

刘国民说:"谁知道上级什么时候来人哪。"

赵玉柱说:"这事有人通知,你别担心,有了消息咱们就行动。"

孙贵看着赵玉柱问:"有人给咱们通信儿。"

赵玉柱说:"这事咱们不能乱说,心里知道就行,到时候听我的就得了。"

孙贵说:"这事得找朗鑫,还得让他说明问题,让他多找一些人和车,要不人和车都不够。还得有群众的签字,按手印,人数要超过全体群众的半数才能有效,上级才能批准罢免程序。"

刘国民说:"准备工作得分一下工,都干什么,什么时间完成。"

赵玉柱说:"要上告的材料由刘国民写吧,还是以打小井为起点,重点说明要放红旗水库。再有就是用公家的钱收买人心,给个人上合作医疗。对了还有作风问题,脚踏两只船,三只船都有了。给个体户服务,要好处。事多了,你就写吧。孙大哥、朗鑫张罗车和人,老孙到乡里说,我们都说不清楚。我就发动人,负责上传下达什么的。兰英姨也跟着,做个补充。其他人壮大队伍就行了，人再多也只能几个人上前去说。"

孙贵听赵玉柱这么一说，觉得可行，说："我看老赵的这个分工基本上还行，由谁出面向领导汇报再商量吧。"

刘兰英说："那就安排人，还有车。安排完就等消息，时机一到就行动。"

赵玉柱说："对！就这样，都回去准备吧。"

说完了，几个人都走了，孙贵在屋子里来回地走，心想自己能不能当上这个村长，要是当上了该怎么办，赵玉柱当上村会咋样……

方志南在办公室里打电话，拨了几个号没有人接，又拨了县政府办的电话。

方志南面带微笑地问："喂，尚主任吧，忙什么呢？啊，就你自己呀，都干啥去了，李县长呢？"

尚主任一边写一边说："两个主任都出门了，一个跟着书记走了，一个去市里开会，就我在这顶着。李县长在家，没出去。"

方志南一脸的笑容，说："有你一个就顶十个用，县长抓住你就行了。李县长这两天不下去吧？这两天市里政协可能要下来做社会调查，他在家就好。要不有你就行，啥事都整明白了。"

尚主任笑着说："方主席你别忽悠我了，我哪儿行啊，有县长在家就得了呗。李县长今天是不能出去了，听他说后天可能要下乡镇，了解一下并乡和并村之后的工作情况。"

方志南赶紧说："那尚主任你得事先告诉我一声，我们也想下去一趟呢，最好是一起去。"

尚主任说："那没问题，有了准确的消息我就告诉你，还有别的事吗？"

方志南很得意地说："没别的事了，晚上有空咱们整一局？"

"怕是没有时间，其他的主任不在家我有点不敢动，一旦县长有事找我就麻烦了。好，晚上再说吧。"尚主任说完放下电话。

方志南放下电话又给人大的张主任打电话，说："喂，张主任，你在家呢？我打个电话看你在不在家。我过去吧，没别的事，就想和你闲扯一会儿，不打扰你吧？"

人大张主任说:"今天没有别的事,你来吧。"

张主任的办公室,桌子对面是一组沙发,后面是两个大书柜,门口还有一个报刊架子,上面挂满了报纸,张主任在看文件。

方志南进来,也不吱声,坐在沙发上。张主任抬起头来说:"还泡点茶不,我这有点毛尖绿茶,尝尝吧。"

说着张主任就给方志南泡茶,方志南也不推辞,站起身来接过茶杯倒水,说:"好,我自己来吧。"

方志南喝了一口说:"还真是不错的茶,看这颜色就知道是好茶,最少也得三百元钱一斤。"

张主任说:"嗯,你还真是好眼力,三百六十元一斤。多泡一会儿才好喝呢,味才浓一些。"

方志南说:"真不错,正宗的龙井。"

张主任看看没有别人问:"你这十几天玩的咋样?爱人不在家你成精了。那个和平酒店你去的时候不少吧,可有人和我说了,你得注意点,别到了你爱人的耳朵里,她要是知道了不得大闹天宫啊。"

"别听他们瞎说,没有人给我做饭,我不上饭店吃上哪吃去呀!这算个啥事呀,真是的。你也这么认为?就算是有点那个还能怎的,啥年月了还拿这个说事,你还逗我。"方主席不高兴地说。

张主任笑了,说:"这不是没有别人嘛,要不谁说你这事呀,吃饱撑的。"

方志南喝了口茶说:"你还别说这茶真不错,有一股清香味。"

张主任放下文件,转过身来说:"这次并乡并村进行的很顺利,咱们两家是不是做个调查呀,上边可是有这个要求,也不知道县委政府是怎么安排的。"

方志南说:"政府这边就李县长在家,说是要下去还怕家里没有人,也就是这一两天的事。要不咱们就和他一起去,这样显得重视一些。我们这边是没有问题,就看你的了。你要是有时间的话,咱们就一起去吧。这个话还是你和县长说好使,我听吆喝。"

张主任说:"谁说不一样呢,我说那你可得去呀。"

方志南说:"那我一定去,就看你的了。"

方志南好像是想起什么事，起身说："我得走了，还有个事我忘了，不和你闲扯，下去的事说定了，有我一份。"

说着话方志南就匆忙走了，张主任看了他一眼说："茶还没喝完呢。"

赵玉柱匆匆忙忙地来找孙贵，进院子前又回头看看有没有人，然后推门进屋，看见孙贵在摆扑克牌。

赵玉柱一看孙贵那个悠闲的样儿气就不打一处来，没好气地说："老孙，我可真的服你了，这啥时候了你还有这个闲情啊，真是的。我说你啥好呢。"

孙贵看赵玉柱来了就收起扑克牌，连忙让坐，说："来了，坐下坐下，啥事坐下说。"

赵玉柱坐在孙贵的跟前，说："时机来了。后天县里要到咱们乡检查工作，人大和政协的领导一起来。机不可失，我看马上行动，别管它那个了。"

孙贵一听是这个事，精神头就来了，就问赵玉柱："消息准确吗？可别扑个空啊。"

赵玉柱："绝对可靠，就按着这个时间安排吧，我看具体的这么整……"

刘兰英家，刘兰英正在和跟弟吵架。

刘兰英气急败坏地说："你说，你和那吴江在外面待了好几天都干啥了！知道的说你们出去办事了，不知道的还以为你们两个私奔了呢！我没办法，就说上你姨家串门去了。到底咋回事，你说呀？"

跟弟红着脸说："我们到县里的一家花店学习栽培技术，和他们签了合同，按照他们提供的品种给他们生产花。"

"那你们住在哪了！咋住的呀？"刘兰英追问。

跟弟红着脸说："住旅馆了呗。"

"咋住的呀！"刘兰英有点急了。

"我们一块住的，那不省钱嘛。"跟弟小声说。

刘兰英一拍大腿，说："唉呀妈呀！那怎么算哪！这叫人知道了可咋整啊！"

第 八 章

跟弟低下头说:"我们也没那啥,怕什么呀。"

刘兰英气得拿起鸡毛掸子打跟弟,跟弟吓得往外跑,被刘兰英给抓住狠狠地打了几下。刘兰英气得哭了起来。她一边哭一边说:"和谁处对象不好,非得和李强的亲戚处对象,他拿咱们也没当个啥呀,忘恩负义的东西。去年种甜菜,徐守忠来找咱们种了二十亩,还叫吴江帮助。这可倒好,把你帮助给人家了。因为选村长,他还和我分手。他成了李强的帮凶,打小井时说咱们,还支持李强。我们闹掰了,可你们却住到一起了。你个不争气的玩意儿,我咋生了你这么个孽种呀。"

"我徐大叔哪儿不好哇,我看没处找去!"跟弟想叉开话题。

刘兰英又哭起来,跟弟沉默了一会儿,过来拉妈妈,说:"妈,你别哭了,都是我不好,我不该和吴江好。可是事都这样了,你让我咋办?我们俩都到一块儿了,现在黄了我将来还怎么找对象啊?谁还要我呀?再说他们家里也没有意见。你要是和他家里处不来,就别跟他们处呗,那有什么呀?"

刘兰英一听跟弟说都住到一起,就更来劲了,又拿起鸡毛掸子打了跟弟几下,骂她:"唉呀妈呀!你这个小犊子胆子怎么这么大呀,你可叫我的脸往哪搁呀!完了,啥都完了!人家县里解局长的儿子还等着看你呢,这回怎么和人家说呀!"刘兰英坐在炕上又哭起来。

跟弟上前拉刘兰英,刘兰英没好气地顶她,忽然回过头来问:"谁给你们联系的花店?"

跟弟有点不敢说,可她又不会撒谎,说:"这……是……我不敢说,说了怕你生气。"

跟弟越是不说,刘兰英越是问:"说呀,谁给联系的?"

跟弟胆怯地看看刘兰英,说:"那我说了,你可不许生气呀,是李强给我们联系的。这是他的一个同学周同开的花店,我们按规定的价格给他种花,收入比种苞米高五六倍呢。"

刘兰英一听是李强又哭上了,一边哭一边说:"你说我咋就这么背呢,这啥事咋都和李强整到一块儿了。我这辈子也没做啥损事呀,老天爷咋就和我过不去呢。你说这可怎么办哪!"

跟弟一听她妈这样说也来气了,说:"人家是为了咱们家好,别人想做人家还不要呢。妈,你别因为打小井那点小事记恨人家,人家没啥错。"

刘兰英听跟弟这么说气又上来了,说:"你个孩子家家的知道个啥?那不是事大事小,那是说咱们,不把咱们放在眼里。这口气我咽不下去,我非和他整到底不可。明天你和吴江一起开四轮子到咱们家来,上乡里告他去。说!去不去?要是不去,吴江你们俩的事就算拉倒,去的话你们的事我不管,爱咋咋的!"

跟弟一听只好答应她:"那我去还不行嘛,去是去,我可不说话什么的,没我们的事。"

刘兰英没好气地说:"谁用你们说话,你们说话还不得向着李强啊,我还信不着你们呢。"

跟弟借机和刘兰英说:"那我去找吴江,好告诉他准备车呀。"

刘兰英擦了擦眼泪说:"去吧,早点回来,别在那吃饭。"

"嗯哪!"跟弟答应一声赶忙走了,一边走一边回头看,怕他妈反悔似的,出了大门看不见她妈,撒腿就跑。

朗鑫正在家里给一帮人安排活,其中有来顺、留留、白板等六个人。朗鑫对着大伙儿比画着。朗鑫站起身来拿着一个小手提包,对他们说:"大家听着,明天咱们不去收小杂粮,也不去抓鱼,咱们都去乡里告李强。你们回去再找一些人,来的一天给他三十元钱。白板找五个四轮子,来一个给他一百元钱,当时就给,到乡里走一趟完事。你找我媳妇芳芳要钱。别人跟着去就行。这个事要保密,别往外说啊。"

留留说:"我不是干……干活的,是刚才来的,我要是明天去的话,

也……也给钱吧?"

朗鑫说:"给,你也给,只要是去的就给。"

留留说:"那我家里的要是去了也给吧?"

"能去的就给,那就让她去吧。"朗鑫说。

朗鑫的手机响了,陌生的号码,说:"喂,谁呀?啊,听出来了,平哥。来呗,我这没有事,消停。谁也不认的你怕啥呀。好吧,那我不出去了,等你。"

来顺赶紧回家。他听朗鑫说是要去告李强,心里觉得有些不对劲,到家看只有母亲在,就过来和母亲说话。来顺来到母亲跟前,接过母亲手中的苞米帮着搓起来。母亲看了看懂事的孩子,非常关心地问:"今天咋回来的这么早呢,是不是放假了?"

来顺说:"今天放半天假,明天让我们上乡里去,说是告李村长。朗鑫让我们参加是为了壮大队伍,扩大影响。"

来顺母亲一听是要告李强,马上就来气了,严厉地说:"那你说什么也别去,咱们不能干那不是人的事。李强是为了照顾你才让你上村里当勤杂员的,咱们不能丧良心,那一个月的工钱咱们不要了。"

来顺说:"其实我也不想去,可是我又一想还是去吧,不等到地方我就溜了,等车回来我再上车回来,让他们发现不了,人多他看谁去。"

来顺母亲说:"反正你是不能到乡里去,别让人看见你也在里边,想啥法子我不管。"

来顺笑了,对母亲说:"我有主意了,明天我先跟车去……"

来顺继续帮母亲搓玉米,忽然想起来一个事来,就说:"妈,你说那个朗鑫怎么总给一个叫方主席的人打电话呢,是不是原来在咱们乡里的那个方书记呀。"

"可不是那个方书记咋的,就是他,他们好得像一个人似的。过去啥事不是方书记给朗鑫帮忙呀,要不朗鑫怎么能承包水库和小坨子地,这么快就发财了呢。"

来顺好像明白了似的,说:"我说呢,一说起咱们百泉沟的事,他怎么那么熟悉呢,啥都知道似的。方主席还尽给朗鑫出主意。有一次朗鑫说过几天给他送钱去,还说要让我给他送。"

"你是怎么知道他们的事儿的？"

"有时候在朗鑫的车上，他接打电话也不背着我，再说也背不了我呀，所以啥事我就都知道了。有时候朗鑫也告诉我们不要往外说，还吓唬我们，要是往外说就打断我们的腿。"

来顺母亲有些不放心地说："当初给朗鑫干的时候我就是担心这个，怕朗鑫的事多，关键是没有好事，害你受连累。要不咱们轻轻地放下吧？"

来顺忽然停下手问母亲："妈，你说要是我为了咱们村里或者说是为了李强村长，你说咱们干还是不干？"

来顺母亲有些不明白地说："怎么了，你干什么？"

来顺说："不是，我是说假设的话，不是说直接干什么。"

来顺母亲听了来顺这没头没脑的话，也不知道他要干什么，就说："也不知道你说的什么意思，快搓吧，把这点搓完了就行，够喂几天鸡。"

来顺搓玉米的手慢了下来，心里还在想着事。

跟弟找到吴江，两个人来到大柳树下。跟弟拉着吴江的手，看着吴江的脸，满脸的幸福溢于言表。吴江也是非常高兴，依偎着跟弟。

跟弟盯着吴江的眼睛，说："咱们有一个难办的事，这个事非得办不可，要是不办，我妈就不让咱们俩结婚。"

吴江很高兴地说："啥事呀，你说呗，还有咱们办不了的事，是不是要钱哪？"

跟弟说："不是。"

吴江瞪大眼睛，说："那是啥呀，还有比钱大的事吗？"

跟弟四下看看说："明天我妈、赵玉柱、孙贵、朗鑫等人到乡里去告李强，说是要罢免他的村长。我妈非得让咱也去，还叫你开着四轮子，不然的话，不让我们结婚。你看这事咋办？你得想个办法，挡过去这个事。其实我也不想去，这你应该知道，我从来都是反对我妈他们那一套的。"

吴江心里一惊，推开跟弟。跟弟瞪着眼睛看着他。"你妈这是干的什么事呀！我也不赞成他们办的事。"吴江说。

跟弟说："我把咱们俩学养花住在一起的事告诉她了。我妈不同意咱们俩再处下去。我就说咱们两个已经那样了，她气得没办法就同意了，也同意合作养花，但条件是必需跟他们一起去乡里告李强。"

吴江一听就把跟弟抱在怀里,高兴地把她抱起来转了好几圈,吓得跟弟哇哇大叫。

吴江高兴地说:"好,跟他们去!"

跟弟挣脱了吴江,对吴江说:"我可是真心对你,你可不能乱来。我说咱们两个那样了,你可不能真的那样啊,这可是对你的考验。我要是不那么说,咱们俩的事就成不了,知道吗?"

吴江:"行,只要你是真心跟我好,我啥条件都答应,不过我亲亲你行吧?"

"那得看你的表现怎么样,要是不好也不行。"跟弟撒娇地说。

吴江深情地看着跟弟,说:"我今天的表现怎么样?"

跟弟看看吴江,说:"还可以吧。"

"那我可就下手了。"说着就把跟弟搂过来亲起来。

跟弟一边叫一边说:"你咋这么坏呀,我上当了。"

跟弟挣脱了吴江,用手擦自己的脸,十分高兴地看着吴江说:"你那脸皮咋那么厚呢,我说让你亲了嘛,你亲起来没头了。"

吴江嬉皮笑脸地说:"你不说表现好就可以亲嘛,还赖我呀。"

跟弟严肃起来,说:"你说为了咱们的事,你表叔徐书记还和我妈闹意见了,我看他们要分手,这事可咋办哪。你可得和徐书记说说,别让他和我妈一般见识,让着点就得了呗,我妈对这件事老上火了。"

吴江有点为难地说:"我都说了,可是我表叔不像一般人,太一本正经,对强哥那是太信任了。这事要是让我强哥说还差不多,我怕是说不动他。"

跟弟有点着急地说:"那你就和强哥说说呗!你说我妈她也不容易,可下有个她相中的人,要是再整黄了,以后可怎么办哪。我就是和你结婚了,也放心不下她呀。"

吴江搂跟弟,安慰她说:"没事,我们养她呗!这个事你先别急,等我有机会找一下强哥,让他去说说。"

跟弟说:"那不是主要的,重要的是她需要可心的伴呀!我妈的事要是黄了,我到什么时候都会不安的,这事就靠你了。"

吴江亲着跟弟的脸,小声和她说着什么,跟弟又大笑起来,又狠狠地掐了一把吴江。

天已经黑了，一辆小车停在朗鑫的家门口，下来两个人后，小车开走了。朗鑫在客厅里和那两个人小声聊着，听不着他们说什么。芳芳进屋来送水，朗鑫示意她把水放那。

个大的年轻人留着平头，个小的留着长发，两个人也不说话，坐在沙发上，点着烟吸起来。

朗鑫给他们俩倒上水，问："想避两天风啊，还是想找人玩？"

大个平头说："找俩靠得住的玩玩。这两天我们就在你这儿待着，避两天风，不连累你。找自己人玩，外人不要接触。"

朗鑫说："这就找人？"

平头说："找吧，最好是你身边的人。"

朗鑫打电话，说："喂，白板你在哪呢？来我这呗。啊，来两个朋友，想玩一会儿呢。没事，我这有钱，你这就过来吧。"

平头说："怎么，没钱的主啊，还得用你的钱？"

朗鑫说："这个人保险，你玩就得了呗，赢了给你钱呗，你管他谁的钱。"

平头说："那我可就不客气了，赢了你别说我们黑啊。"

李强家，李大路和其其格在看电视，李强在接电话，不时地接电话，显得很忙。

李强接了田美玉的电话，说："喂，田书记，是，我在家呢。啊，知道了，有人统计了一下，可能得有个二十台四轮子吧。"

田美玉说："我这儿知道的消息是赵玉柱和孙贵带队，朗鑫也参与，还给出四五个四轮子，有十几个人吧。我看这件事已经无法制止了，你要有心理准备。这没什么大不了的，我们没犯错误，不怕他们。我听说他们提出的问题，主要是针对你放红旗水库，咱们不是还没有放嘛，就是放了也不怕他，咱们是为了百泉沟村的群众。再有你也要做好你父母的工作，说明白事情的原委，省得老人为了这事着急。明天我会及时赶到乡里，你就在家该干啥干啥，明天下午我们在村里见。"

李大路问李强："是不是田书记的电话呀，她怎么说的？"

李强说："她叫我劝你们不要着急，咱们没有什么错不怕他们，怕你们

不理解这件事,给我施加压力。"

李大路说:"这事还不都在我心里装着呢。这个村谁是啥心我最清楚。强子,爸知道你干的事是为咱们全村的老百姓,爸爸支持你!"

李强深情地看着爸爸,眼里闪着泪花。

李大路看着自己的儿子,说:"你也是个大老爷们儿了,天塌下来也得扛起来,得拿得起放得下。"说完就出去了。

电话又一次地响了,李强接听:"喂,我是李强。"

"村长,我是李三,我告诉你一个事呀,赵玉柱到我这雇车来了,说是明天去乡里,还说要罢免你的村长。李村长,他们没有几个人,大伙儿都不和他们一心,我们都支持你,没事了。"

李三说完话就撂了,也不等李强回电话。李强接了一晚上这样的电话,得有五六十个,内容基本上是一样的,这让李强感到很大的安慰。到了十一点钟,李强才回屋睡觉。

朗鑫家的一个小屋子里,朗鑫、平头、黑子和白板几个人在打麻将。这个小屋就是为了玩设置的,屋子里有一个高低柜,里面放着茶碗等喝水用品,摆着一套沙发,地中间有一个麻将桌子。几个人已经玩了很长时间,屋子里烟雾弥漫。

白板说:"四饼。"

平头说:"三万。"

黑子说:"一条。"

白板说:"和了,点炮八十元,清一色,一明一暗两杠。"

黑子说:"我今儿个牌太臭了,到现在还没开和呢,今儿晚上白板请客,都叫你搂去了。"

朗鑫把牌一推,说:"得了,去吃饭吧,回来再玩。"

白板很大方地说:"要去就去县里,满天星酒店。今天我请客,二位头一回和我喝酒,不能在小饭店请。走!"

刘兰英家是四间架子房,刘兰英和跟弟在两间大屋里住,东屋闲着没人住。屋里很干净,地下的大衣柜和沙发都很高档。

跟弟回到家,刘兰英不在,看见炕上放着喝茶的桌子和水壶,跟弟开始收拾,接着又打扫炕和地。

徐守忠进屋，跟弟愣了一下，赶忙打招呼："徐叔来了，快坐下，我给你拿烟。"

徐守忠看了看说："你妈不在家呀，我找你妈有点事。"

跟弟连忙说："才出去，马上就回来，你先点着烟。"说着把烟递给徐守忠，又给他点着。跟弟点完烟说："你先坐着，我给你倒茶，我妈一会儿就回来，稍等一会儿。"说着就把才拿下去的水壶又端上来，说："大叔，你喝水吧？"

徐守忠也不客气地说："喝。"

跟弟把茶倒上之后，赶忙拿起手机打电话。

跟弟正要拨号，刘兰英从外面回来了。看见跟弟在外面打电话，刘兰英问："你给谁打电话呢？"

跟弟一看她妈回来了，赶忙上前，小声说："你上哪儿去了？徐叔来了，在屋里呢。"

刘兰英很意外，问："他来干啥呀！"说着话就进屋，看见徐守忠，她有点不高兴地说："你来啦，不嫌我瞎折腾了？"

徐守忠看看刘兰英说："我啥时候说过你瞎折腾了，我是说你不应该对李强有偏见，那是个好村长。这些年了，这个村长比哪个都好。我就不明白了，就因为那一眼小井你就这么记恨人家。别的我说你啥了，哪点对你不好了？"

说这话，徐守忠看了看跟弟，跟弟马上就出去，一边往外走一边对徐守忠说："大叔你们聊，我到丽丽家有点事。"

跟弟出去了，刘兰英听徐守忠这么说，抬头看看徐守忠，眼泪就流了下来，擦着眼泪说："要说咱们俩都好三四年了，我寻思等跟弟结了婚，就和你过。这几年我也觉着日子过的还有点奔头，那还不是因为有你呀。"

跟弟并没有走，而是蹑手蹑脚地回到屋门外偷听他们说话。

徐守忠低下头小声说："你对我的心思我知道，我也不是那不懂情理的人，我这人的脾气你还不知道嘛。"

满天星饭店，一个小包间里，朗鑫、白板等四个人在喝酒，喝的有点多了，白板在给朗鑫、平头和黑子倒酒。平头敞开衣服，露出胸前的纹身和腰间的匕首。

刘兰英家的门外，跟弟还在偷听。

"选举以后，你也没上我家一趟，因为李强，你和我较劲。我和李强比，谁亲？"刘兰英擦着眼泪说。

徐守忠吸了一口烟，说："那是两回事，我是个老党员，也当了多年的村支书，可惜呀，一直没干好。现在遇到了一个好村长，我能不支持他吗？咱们俩感情的事能和这个事比吗？我劝你不能只看个人的小利益，不该得的东西咱们就不要，没见过那一千元钱哪？"

刘兰英听徐守忠这么说，火又来了，说："说了半天你不还是向着李强吗？我在你的心里还不如一个二十几岁的孩子。我要小井钱，那不单纯是一千元钱的事，主要是他不给我面子，我受不了这个。再说了，他鼓动群众放红旗水库的水，你还向着他呀。那是方书记在的时候修的水库，再咋说他是我姐夫吧，哪个远哪个近你不知道哇？"

跟弟听他们俩要说僵了，想往前走一步，不小心碰倒了靠墙放的铁锹，只听咣当一声，吓了跟弟一跳，赶忙躲到房后。

刘兰英听到响声出来看了看，然后又回屋。

徐守忠抬起头来，看着刘兰英说："我听说你们要去告李强，说什么罢免村主任，那能办得到嘛。你没看见李强多得人心。表面看着你们有几个面上的人，可群众都在背后说李强办事公平。那个红旗水库占了咱们村多少地呀，要不咱们村能这么穷，你没看见哪？"

刘兰英一听徐守忠是为了李强的事来，气又上来了，说："原来你是为了这个事呀。这个道理不用你告诉我，我也不是三岁的小孩子。得了，咋说你是不和我一条心，咱们俩不是一个群里的马，整不到一块。"

徐守忠有点来气了，说："你和方主席是亲戚那不假，可那是两回事，他已经不在这工作了，做错了的事还不许别人改正了？百泉沟是他家的呀，那水库是他个人的呀，你这么护着他。"

"徐守忠，你别给我上政治课，你嘴上说他为群众，谁不知道村里欠你点钱，李强给你解决了，你就帮他说话！"刘兰英气呼呼地说。

跟弟一听这两人要干起来，赶忙进屋，说："这咋还吵吵起来了呢，有话好好说呗。妈，你也是，我徐叔是好心劝你，别不领情啊。咱们别和他们掺和不行啊，他们咋整和我们有什么关系呀？"

刘兰英一听跟弟也这么说气就更大了,说:"你个没良心的东西,和吴江好了,连自己的妈也不顾,还向着外人说话。"

跟弟对徐守忠说:"徐叔,你别往心里去,我妈她一时转不过弯来,等她想通就好了。"

刘兰英气呼呼地说:"我是三岁的小孩子啊,啥事想不通。你别在那装好人,明天你和吴江准备好车,咱们一起去。老徐,你要是真心对我,你就跟我们一起去,要不咱们就拉倒。"

徐守忠说:"不信我的话你就去,我看你能整出啥来了,不撞南墙你们是不回头。我对你是真心的,但这事我不能去。"

刘兰英说:"撞墙也是我自己的头!"

徐守忠走到门口说:"那好,有你后悔那天。跟弟,我走了,你也别劝,她不会听的。"

刘兰英看徐守忠走了,气得坐在炕上哭了起来,跟弟在一旁看着,也不吱声,往下收拾茶壶茶碗,不时地偷看刘兰英。

早上八点,县政府门前停着两辆小车,李县长和张主任在等方主席。

李县长看了看表说:"张主任,你昨天是怎么和方主席说的,他怎么还不来,是不是又有什么事?"

张主任摇摇头说:"要说也该来了,昨天说得好好的,早上八点准时出发,再等一会儿,可能快到了吧。"

李县长来回地走着,不时地接电话。

李县长来到张主任前面说:"要不咱们先走吧,路上电话联系,他能按时赶到就行。"

张主任说:"真是的,去不去倒是来个电话呀。我给他打个电话!"

张主任拨电话,说:"喂,老方,咋这么磨蹭呢。啥事呀?那我们先走了,你在后面追吧。"

张主任冲着李县长说:"咱们先走吧,他还有点事,一会儿他直接去。"

李县长和张主任上车走了。

方主席在自己的办公室。方志南在打电话:"喂,尚主任吧,李县长他们走了吗?"

尚主任接电话:"刚走,等你半天,你干啥去了?"

方志南笑着说:"我这也是临时有点事,等一会儿才能走呢,要是处理的不好可能就去了了。"

尚主任无所谓地说:"都已经走了,你就不用忙,啥时候去都行,实在有事就不去了呗,有他们两个去还不行啊。"

方主席说:"那好,看看吧,来得及我就过去,都约好了,不去不好。"

方志南放下电话看着窗外,又打电话。方志南说:"喂,金主任吧,你在干什么呢?"

金主任说:"方主席呀,我没干什么,看一个文件,找我有什么事吗?"

方志南:"要是政府或是人大方面的人打听我在干什么,你就说上边来人了,在接待他们。"

金晓明有点不解地说:"那……那好吧,我就说市里的汪主席来了。"

方志南放下电话靠在椅子上闭目养神。

勤杂员给他送水,放在了茶几上,又把当日的报纸放在他的桌上。勤杂员说:"方主席还有事吗?"

方志南说:"没事了,要是有人来找我,就说我出门下乡了,别说我在办公室。"

勤杂员说:"好,知道了。"勤杂员出去了。

方志南坐起身来,又拿起电话拨了一个号码。电话通了,可是没有人接。方志南放下电话,脸上露出了一丝不易察觉的微笑。

朗鑫的家,小屋里,平头和黑子在睡觉,拉着窗帘。院子里停了四辆四轮子,还有十几个人在车下站着,有几个人在和朗鑫讨价还价。

工头对朗鑫说:"我们在别人家干活每天还五十元钱呢,你这又是个特别的事,咋的也得给四十元,少了我们不去。要不我们就给前街的老陈家铲地去。这几个人都是我带来的,都是外村的。钱少了我真的说不过去,以后我还怎么带工。"

朗鑫有点不耐烦地说:"得得,一个人给三十元,就一天的事,也不干活,等于你们休息一天。一共是五个人,给你一百五十元得了。给你,拿着。"说着朗鑫就从上衣兜里拿出一百五十元钱。

工头说什么也不接，对朗鑫说："算了吧，我们去铲地，你找别人吧。本来这个事就不是那顾人的活，我们这算什么呀，也就是看你的面子，不然你给多少钱我们也不能来。"

朗鑫一看没办法，只好给了每个人四十元钱，又从兜里拿出五十元钱交给工头。朗鑫不满意地说："你还看我的面子，少十元钱都不行，谁用不着谁呀，你以后有事找我好使。你可得把这几个人管好，别半当腰走了，钱都给了，我到时候找谁去，就冲你说了！"

工头笑了笑说："这说哪的话呢，我是那样的人嘛。再说钱都给了，走了也不是那么回事，多对不起老弟呀。我说你们那事能不能成功啊？要是不成功，不是白花钱了吗？"

朗鑫不耐烦地说："这你就不用操心了，该去就去，该回来就回来，也不用你说什么，不出力还挣钱，问这么多干什么。"

这时候留留也来了，说："朗哥也得给我点钱吧，我也不……不能白跟你们去呀。我怎么也得和他们一样啊，不……不要钱的时候多了，跑个腿啥的你也少不了我呀。"

朗鑫看看留留说："咱们这关系你还要钱哪，谁跟谁呀。算了吧，反正你也没事就跟着走呗，还要什么钱，真是的。"

留留一着急更结巴，他眨了两下眼睛说："那……那我就回去了，不……影响你们。"说着转身就走。

朗鑫一看没钱谁也不好使，气得直瞪眼睛。

朗鑫大声地喊："回来留留！你小子咋也这个熊样呢，给你钱不就得了嘛。还走了，再走赶明儿个别再上我这来了！"

留留回来了，笑嘻嘻地说："不见外才和你要……要钱呢，要是别人给钱我还不去呢，你以为那是什么好事，整……整不好得罪人哪。"

朗鑫一听这小子还挺会说的，拿出一张五十元的大票递给留留，看着他说："多那十元算是给你跑腿的钱，以后再有什么事叫你可得来呀！"

"那还用说嘛，朗哥有什么事说一声就好使。"留留接过钱赶忙揣进兜里。

朗鑫拿出一百元钱递给来顺，说："白板呢，你去找一下，看看在哪，

得赶紧走了。"

来顺挨个屋找也没有找到,然后打开平头和黑子睡觉的屋。黑子和平头一看有人来就坐起来。

"找谁!"平头说。

来顺说:"找白板,他没在这呀?"

黑子说:"滚!哪来的白板!"

来顺回到院子里,看见白板从后院过来,来顺说:"朗哥找你呢!"

白板急忙来到朗鑫跟前。

朗鑫和白板耳语了几句之后就冲大伙儿说:"你们都上车,四轮子跟着白板的车走,别落下啊。"

说完朗鑫上了三菱汽车。白板起动车招呼大伙儿上车。

刘国民的家,有几个四轮子在院里停着,几个小伙子围着赵玉柱在写纸牌子。

赵玉柱拿起用纸板做的大牌子,要往上面写字,可是又放下了,怕写不好,又问旁边的小伙子:"你咋样,能写不?"

赵玉柱回头看看刘国民说:"写啥呀,这毛笔字我也写不好,念书的时候老师也没教哇?"

刘国民想了想说:"就写罢免李强呗,那还咋写呀?"

小青年说:"不对吧,人家李强用你罢免啥呀,那前面得写上村长,你不是罢免村长吗?"

赵玉柱说:"对,得写上村长,就写罢免村长李强。"

小青年有点不解地问:"为啥要罢免他,这才当上村长几天啊。"

乡政府院子里,田美玉匆匆来到书记室,看见勤杂员在收拾屋子,王书记还没有上班。田美玉着急地问:"小吴,书记在家吧,怎么还没有上班?"

小吴说:"快来了吧,平时早来了,这都八点了。你坐下等一会儿,喝水吗?"

田美玉说:"我自己倒,忙你的吧。"

王书记来了,田美玉站起来说:"王书记,有件要紧的事。我们村的孙贵和赵玉柱等一帮人,今天要开着二十多辆四轮子到乡里来告状,说是要罢免村长李强。我早上去了，怎么说也拦不住。你们快想个办法，派人过去解决一下吧，我是没有办法了。"

王书记一愣，问田美玉："他们现在在什么地方，来没来呢？"

田美玉说："都在村子里呢，可能人没到齐，说是在村头的大柳树集合。"

赵玉柱一边写一边说："要说那事可多了，你小孩不知道怎么回事，你们跟着去就得了，到那一听啥都知道。"

刘国民看了看赵玉柱写的字说："那个罢字写错了吧，那上边是个四字，不是口字。"

赵玉柱看了看说："可不是咋的，那也好改，在那口里加两个竖就得了。"说着话他就又改了一下，这一改可就不好看了。

刘国民说："这字不行，再找一块重写吧，我找去。"

刘国民又找来一块大纸版，重新放在桌子上，这回赵玉柱摇头说："我可不写了，我的字也太难看了，还是找个会写的人写吧。我看小伙子你写吧，肯定能行。"

刘国民也说："对，你试试，先在别的纸上试，再在纸板上写。"

小青年说："我也写不好这大字，也没学过毛笔字呀，这不扯嘛。我就比画比画，要是不行的话就重写。"

刘国民忙说："可别重写，纸板还没有了，好坏就这样吧。快点，要到点了赵哥，是不是九点在村头大柳树那集合呀？"

赵玉柱说："对，是九点钟，谁先到那就等一会儿，其他人一会儿就到了。哎，我说你快点写呀，这都八点五十分了，得赶紧走。刘国民你快清点人数，让他们先走，到大柳树那等着去。"

两辆小车在路上急驰，张主任的车跟在李县长车的后面。

张主任看着路旁边一闪而过的树木和村庄，拿起手机想拨号又放下。

李县长目视前方，说："小付，并村情况是谁统计的？"

小付说："是常主任汇总的，还没有印，你想要吗？"

李县长说："回来再印吧，综合了解的情况，然后给市里报一个文。明海书记说了，让我整这个材料。你今天去注意收集一下材料，回去归纳完之后给我。"

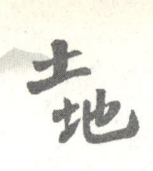

说话之间小青年已经把字写完,写得比赵玉柱的强一点。因为时间要到了,刘国民把它扔上车,安排人举着它。

刘国民说:"你就举着它吧。"

小青年说:"我写的,我不举。"

刘国民说:"那二胖子举着,回来老姑父给你一盒好烟。"

刘兰英坐着吴江的四轮子到刘国民的门口,下车来到刘国民和赵玉柱跟前。

刘兰英着急地问:"咋还不走呢,这都啥时候了,还差啥呀?"

刘国民说:"还有几个人没来,我等一下,你先走吧。"

刘兰英说:"那我先走了,到大柳树那见。"

说着她上车,吴江开车走,车上坐了五六个人。

王书记对田美玉说:"你去看一下陈乡长来没来,叫他过来。"

田美玉应着出去了,没一会儿和陈乡长进来。

王书记对陈乡长说:"你和人大的满主席,还有田组委赶快坐车拦一下百泉沟的群众,问明白什么事,最好能够就地解决。要不今天县政府和人大的领导来,看见了影响不好。我在家等着县人大和政府的领导,你们赶快走,田书记也跟着回去吧。"

陈乡长、满主席、田美玉上车,汽车急驰而去。

百泉沟村头的大柳树下,朗鑫已到。

朗鑫打电话说:"喂,喂,是我,朗鑫!我们已经到大柳树了,你们咋还不来呢,快点呀,这都快九点了。"

赵玉柱说:"这就要走,不还等几个人嘛,才写个牌子。"

朗鑫不耐烦地说:"写什么牌子呀,那快点吧,我都等你们半天了。"

朗鑫车上的人们等了一会儿,有几个下车撒尿,这时候刘兰英的两个车来了,在大柳树下停车。刘兰英从车上下来,来到朗鑫的跟前。

刘兰英说:"你来一会儿了吧?"

朗鑫不满意地说:"可不是嘛,半天了。"

刘兰英说:"他们也快了,马上就来,等一会儿。"

两辆小车一前一后进了乡政府的院子,停在后栋房前。车上下来李县长、人大张主任、秘书司机等五个人。几个人进了王书记的办公室,王书记起来和各位握手。

张主任说:"咋这么消停呢,就你自己在家呀?"

王书记有点不好意思地说:"哪儿呀,老陈和老满都下去了,才走不一会儿。小吴给各位沏茶。"

李县长说:"有两个月没来你这,怎么样,还好吧?"

王书记说:"就那样,没有什么变化。"

从村头出来几辆四轮子,留留看见了,站在车上喊:"来了,都来了,一共是十个四轮子,咱们走吧。"

朗鑫从小车里出来,说:"别忙,等到了我们再碰碰头,看还有什么事。"

一会儿的工夫四轮子都到齐,赵玉柱、孙贵下车来到朗鑫和刘兰英的面前,赵玉柱拿出烟给大伙儿点着。

朗鑫看看大伙儿,说:"怎么的,还有什么事,不都准好了吗?"

孙贵说:"刘国民带着材料,就按咱们原来说好的。我看就走吧,别误了时间。"

刘兰英没有下车,在车上摆手示意开车。

朗鑫看了看所有的车,一挥胳膊说:"出发!上乡里告状去!"他大有指挥千军万马的架势。

所有四轮子一起发动。

第九章

　　一辆小车快速停在告状车的前面，拦住了他们的去路，从车上下来陈乡长、满主席，还有田美玉。告状队伍的车相继停下来，孙贵、赵玉柱、朗鑫、刘兰英等涌过来。陈乡长看了看这二十来辆四轮子，又看看这一群人，说："这是干什么去呀，阵势不小哇。"

　　赵玉柱站在陈乡长前面，一脸的严肃，说："上乡里告状去！告我们村长李强。他目无党纪国法，想啥干啥，那是啥村长！乡里还护着。上次都告一回了，也没啥效果呀。人家小井都打完了，我们还在那傻等呢。到乡里说去，他的事多得去了。"

　　人大主席满都呼接过话说："不就这么几个事嘛，还值得你们兴师动众地到乡里去告状？我和陈乡长来了，还解决不了嘛。"

　　孙贵一听接过话茬儿说："你们俩能解决吗？我们要求罢免李强的村长职务，你们能就地免职吗？能执行的话，我们都回去。"

　　陈乡长说："你是共产党员，又是老支书，有事咱们说事。那村长是群众选出来的，不是随便可以免职的。如果他犯错误，你们可以向上级反映，上级再派有关人员进行调查，问题属实的话可以做出处理，要是问题严重的话可以提出罢免村长。你们说的问题是不是严重，那也要调查证实才能定性。走，我们回村里，一件一件地说，之后乡里再派出调查组专门来解决这个问题。你不知道走组织程序吗？"

　　赵玉柱一听陈乡长这么说，赶紧插话："那不行，陈乡长，你都给解决一回了，到现在也没有个动静，打小井的事就那么无声无息的完事了，我们有点信不着你，我们去找王书记，看还有没有说理的地方。"

田美玉接过话说："乡亲们，有问题回村里说去，不管有什么事，咱们摆到桌面上，不对的我们就改正，代表会解决不了的，我们就开群众大会解决。我们不能拿笑话让别人看，不能叫别人说我们的村不团结。我们不能用这种方法来解决问题。大家都回去吧，有什么问题我来给大家解决。"

孙贵有点拿田美玉不当回事，说："回去跟你说，那不跟李强说是一个样吗？我们信不着你们才找乡里，跟你回去我们扯这个干啥呀，走，咱们上乡里去，找说理的地方！"

孙贵这么一说，赵玉柱、朗鑫和刘兰英都高声喊："对，我们走，上乡里去，找说理的地方。"

他们几个的四轮子带头开走，其他的四轮子紧跟着，陈乡长等人只好无奈地坐着小车回乡里。

小车提前到了乡里，院子里已经有两辆小车，是县政府和人大的车。陈乡长和人大主席满都呼急急忙忙地进了书记办公室。田美玉留在外面，没有进屋。

王书记正在向李县长、张主任汇报工作，看见陈乡长和满主席回来，就停下来问："怎么样，回去了吗？"

陈乡长、满主席和李县长、张主任握手，打招呼，说："没有回去，来乡里了。实在是没有办法，他们非要见你不可，一会儿就到了。我看叫他们到我的办公室吧，你们开会。我和老满去安排一下。"

说着陈乡长和满主席就出去了，王书记的汇报也停了下来。

王书记说："是百泉沟的村民来乡里告村长李强，说是非要到乡里来见我，看来我还汇报不成了。"

李县长说："那就算了吧，还是解决问题为主，群众的事不能不重视，一会儿叫他们到你这儿来，不是要见你嘛，正好我们也听听，看看你们并村之后还存在什么问题。张主任，你说行吗？"

张主任说："行，我看这比你们汇报的情况更具体。王书记不介意吧，你别不好意思。这事哪儿都有，不光你一个乡是这样。"

王书记笑笑说："你别安慰我了，近两年哪有这样的事，上访告状的早就没有了，这可是稀奇事，不笑话我们就不错了。"

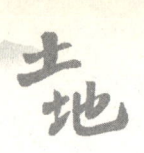

听见四轮车声，王书记向外看了看说："说来就来了，你们要听，那就叫他们到我的办公室来吧。"

说着王书记就给陈乡长打电话："老陈哪，你就叫群众到我的办公室吧，我来接待他们，正好县长和主任也要听听。"

刚打完电话一大帮群众就进来了，二十多人坐满了一屋，把个县长和主任挤到了一边的沙发上。王书记给张主任和李县长找来两把单椅子，让他们俩坐下，回过头来发现孙贵也在其中，上前握手。王书记面部严肃，说："孙贵你也来了？"孙贵不自然地笑了笑。

王书记面对大家说："大家静一静，你们到乡里找我，说明大家对我信任，我表示欢迎。正好县里的李县长和人大的张主任来我们乡指导工作，他们也要听听大家的意见。你们有一两个代表说就行，别人做补充。来，谁先说！"

赵玉柱示意刘国民说，刘国民怕说不好又示意孙贵说，孙贵站起身来说："我说。我们来要求罢免村长李强。你别看他的年龄小，胆子也太大了。我看他是啥都敢干哪，这百泉沟村就他姓李的说了算，一手遮天，他说啥就是啥呀。你说那群众代表会决定的事，他自己说改就改，那扶贫小井说给谁就给谁。就这个事，刘国民上次已经来一回了，到现在咋的了，不还是那样吗？这还不说，就说那合作医疗吧，他自己决定用公家的钱给一些人交合作医疗款，个人得人情，用这种方法收买人心。"

朗鑫打断孙贵的话："你们用的那叫什么村长啊！"

孙贵已经看出王书记对他的不满，便借高下驴，坐了下来。

朗鑫"自己说啥是啥，别人的意见啥都不是。过去村长经手的事，到他这那是啥也不好使，就他说得对。你说他不承认上任村长办的事，那还当村长干啥呀，想当村长你就得负责任，不负责任那就别当村长。这可倒好，原来的事一件不承认，村长还得干，你说气死你不。就这样的村长你们还用？那事多了，我都不稀得说，烦人，别人说吧！"

刘国民接着说："整天借着给群众看甜菜的名义交人情，挣着村里的钱，干着个人的事，好处自己捞。村里事谁说也不好使，就他一个人说了算，照这样下去，我们群众还有啥奔头哇！"

刘兰英抢着说："那还不算，借着搞对象为名，乱搞男女关系，脚踏三只船，在哪都有女朋友。他是村干部得有个带头人的样子吧，就这样的人当村长我们不放心。他拉拢人心的方法可多了，什么给五保户修房子，给困难户解决柴油机配套等等，多了，刚才他们都说了，我就不重复。反正这样的村长不罢免我们不放心。你们领导要是不给解决，那我们就上县里找人大去。正好主任也来了，你说怎么办吧！给个话，让我们心里踏实。"

赵玉柱说："这些都不是最重要的，前几天李强召开群众代表会，会上通过了一项非常重要的决定，那就是要放红旗水库的水，破坏国家水利设施。那可是县里投资兴建的水库，就凭他一个小村长就敢这么干，可想而知他的胆子得有多大。人大主任也在这呢，这个村长我们再不罢免，将来不得出更大的事呀！"

王书记说："放水库的决定他没有报到乡里来。那是乡里的水库，得由乡里同意才能放，不是还没有放掉吗？"

赵玉柱说："他还管你乡里不乡里的呀，说不定哪一天就给你放了，你能咋的呀。到时候你就是把他免了都来不及，出大事呀！"

李县长说："这个水库方主席领我们去过，好像是没有多少水。这个事归乡里管，他就是想放水也得乡里同意吧？"

刘国民接着说："你说他当个村长有自己的工作，多往专业户家跑，专业户钱多，捞了多少好处谁知道。"

吴江和跟弟二人没有进书记室，趁人不注意来到一个小卖店，买了两瓶汽水喝起来，有一下没一下地问商品价格。吴江看到一个营养钵，大小和他们养花用的差不多。

吴江问："这个营养钵多少钱一个？这么多是不是没有人买呀？"

店主说："这个育苗有点大，买的人很少，你们要是买的话，我给你们便宜点，二分钱一个，还有一千个，都要的话还能便宜。"

跟弟说："十五元一千，我都要了，行吗？"

店主想了想说："行，卖给你吧。"

吴江和跟弟小声说了一下，跟弟上前说："都要，你给装起来吧，用大袋子。"

店主说："好吧。"

二人不时地向乡政府那边望，看是不是车都出来了。

吴江说："大姐，你快点装行嘛人家的车要是出来，我们就不赶趟

了。"

店主说:"你们是来告状的吧?"

跟弟说:"我们是来办事的,买点东西,不是他们一伙儿的。"

店主说:"我听说这一伙儿人都是原来方书记的亲戚朋友,你们知道吗?"

跟弟说:"不知道,他哪有那么多的亲戚。"

店主一边装营养钵一边说:"你说人这玩意儿可真是有意思,方主席在这当令的时候,咋就没这个事,人一走,亲戚朋友就整事,别人想干他也不好干。咋整也是净折腾老百姓,没个让你消停的。"

吴江也帮着装,付完钱和跟弟把营养钵扛到车上,看看人们还没有出来,两人来回地在商店门前走,不时地看着乡政府大门。

来顺来到一个饭店前,转了一圈就进去,屋子里包间有人在吃饭,是包家村的村长会计和刘助理。他们一边喝酒一边在聊乡政府的事,店主二丫头看见有人进来就迎上前来,问:"想吃点饭吗?几位呀?"

来顺说:"来一碗面条吧,要鸡蛋卤子,快点行吗?"

二丫头笑着说:"就一碗面,那快,马上就好,你稍等一会儿。"

来顺坐在桌子前等着,包间里不时传来喝酒和说话的声音。

"你那杯子里还有呢,不行,干了,都干了。今天咱们平喝,谁要是不喝完,这顿饭店就谁请。"一个男人的声音。

"唉,这就对了嘛,都倒上。今天咱们就喝吧,上午是办不成事了,那书记和乡长接待百泉沟那帮告状的,中午能走就不错,咱们下午办事。"

"刘助理,我可喝不下去了,这都有半斤,下午还得算账呢,整得糊里糊涂的,领导不得收拾我呀!解会计酒量大,你喝吧。"包家村的村长说。

二丫头给来顺端来一碗面条,放在桌子上说:"你还来点别的不,来个炒菜?"

来顺说:"不要了,这就够,再给我拿点酱油来。"

二丫头拿来酱油放在桌子上,回头到包间问:"你们还要点沾酱菜不,有现成的鸡蛋酱。"

刘助理说:"来点吧,你也来喝点,你不在这咋就喝不下酒呢。"

二丫头笑着说:"人家都找小姐陪着喝酒,我这个老姐谁愿意和我喝呀。刘助理，你说百泉沟来告状的，怎么没有多少年轻的姑娘小伙子呢？"

刘助理说："怎么，看不上我呀，想找个年轻的。你也大不了多少哇，我还比你大呢。这有个酒杯，要不咱们俩使一个杯子，我不嫌。"

二丫头一撇嘴，说："什么呀，我的侄女最近在百泉沟找对象，想看看他来没来。你不嫌我，我还嫌你呢。得了，就这些了，多了不行，一会儿还有客人呢。今天服务员回家，只剩下我和师傅，要是我喝个云山雾罩的，那来客人怎么行啊。"

"哎，你说他早不来晚不来，正赶上上级来人，连车带马地来了一大帮，这让乡领导脸上无光啊。"刘助理说。

二丫头看看刘助理说："你一个小领导怕啥呀，咋整也没有你的事。话又说回来，你也觉得脸上无光，真看不出你还挺有责任感的呀。"

刘助理酒劲上来，问二丫头："你消息灵通，你说他们能罢免了李强吗？这才干上几个月呀。"

二丫头说："你一个乡干部都不知道，还问我。那还管他干了几个月，有事就拿下呗。我听说这回可是捅到上头去了，人大和政协的都知道，那还有好哇，就是乡里想保，我看都保不住。再说他李强在乡里也没有根呀，和谁也挂不上，那不等着挨整啊。"

解会计说："你说那小伙子是不是有点小哇，才二十七呀，大学毕业生，也没有什么经验，村长是那么好当的，出点事也是有可能的。"

刘助理说："二十七还小哇，现在的乡干部超过三十五岁的都不提副科级了，像我们这样的过了三十五岁就再也提不起来了。上边要是有人想整你，没事也整出事来，看咋说呗。有人说我和二丫头有点不利索，那他就有人信，有人传。说我办事拿回扣，就有人信。"

"瞧你那小样吧，还跟我不利索，闹个不利索的名也不和你呀。"二丫头笑着对刘助理说。其他的几个人都笑了。

刘助理说："看看来点啥主食呀，一人来一碗米饭行不？"

解会计说："行，就一人来一碗米饭吧。"

二丫头起身盛饭，看见来顺吃完了，顺便把碗收拾下去，问来顺："喝点水吗？"

来顺站起身说："不用了，我这就走，给你钱。"

王书记办公室，张主任在回答大家提出的问题。

张主任说："刚才那位提出的问题，我给你们解释一下。其他的问题得经过调查，之后才能做出结论。关于罢免村长的事，只要是有十五名村民联名提出，超出半数的有选举权的村民同意，就可以举行罢免村长投票。当然了，这些都要在乡党委和人大的监督下进行，上级人大得同意或建议执行。也就是说县人大要看是什么情况，才能批准，当然也有权建议当地人大进行信任投票。所以，有问题得看是什么性质，一般工作上的错误，提议村民又不超过半数，原则上是不允许投票罢免的，但是特别情况除外。"

孙贵本来有点蔫，一听这话又精神起来，说："你说的特别情况都是什么情况？"

张主席说："比如说个人刑事犯罪，或因身体情况不能工作等等。"

孙贵有点失望地坐了下来。

王书记看了一下大伙儿说："谁还提新的问题，已经提过的就不要提了。"

李县长看看王书记，示意要说话，王书记点头。

王书记说："大家没有话说，就请李县长讲话。"

李县长说："我说几句。刚才大家发言我都听了，你们提出了不少问题，有生活当中的问题，也有工作上的。情况是不是属实，得调查核实之后才能定性。我想要说的是，群众上访不是什么坏事，这说明人们的民主意识增强，人们越来越懂得维护个人权益。但是，我认为你们这种劳民伤财、兴师动众的方式不可取。采取多人群体上访的方式，好像人多势众、占理，那是错误的理解。对此我也希望乡党委政府立即组成调查组，尽快解决这个事件，给群众一个解释，还当事人一个公平。我们既然看到和听到了这件事，就会继续关注。乡里要及时地把处理意见和结果报给我和人大张主任，我们也会及时地回答你们所关心的问题。我说完了。"

张主任说："我非常同意李县长的说法。对于这件事，我们人大会高度地重视，希望乡里尽快拿出意见来。"

王书记说："好，我看今天就到这，你们的问题也说清了，两位县里来的领导也表了态，我们会尽快调查。大家请回吧。我们和领导还有工作要研究，请你们给予方便。"

朗鑫站起身说:"那我们听信儿,要是两天听不到信儿,我们就上县里找县长!"

赵玉柱说:"好,那我们等着,看你们守不守信用!"

刘国民把他写的材料交给了王书记,然后离开王书记的办公室,办公室只剩下王书记、李县长和张主任。

乡政府的院子里四轮车声响成一片,人们都忙着上车,还有的在等人。来顺趁机从院外进来上了车,白板看见来顺说:"我咋没看见你在屋里头呢?"

来顺说:"人太多,我在走廊里,你没看见。"

白板说:"刚才朗鑫还找你呢,我说没看见。"

吴江和跟弟也从旁边的商店里出来,发动车。刘兰英匆匆上车,叫吴江开车。

田美玉来到王书记办公室门口,招呼王书记出来。王书记在门口和田美玉说着什么。田美玉明白了王书记的意思,点头说:"我知道,那我就回去了。"说完田美玉就匆匆忙忙地走了。

王书记回到办公桌前,抬头看看李县长和张主任。

王书记说:"你们不认得那几个提问题的人吧。"

李县长说:"我们上哪认得他们呀。"

王书记说:"那个小个子叫赵玉柱,是方志南的外甥。那个女的是方志南的小姨子。先说话的那个高个子是原来百泉沟的村长兼书记。那个长得胖的叫朗鑫,方主席在的时候他是村长。"

张主任恍然大悟地说:"我说方志南今天没来呢,原来是这么个事呀,我们俩都被蒙在鼓里了。这是唱的哪一出哇,怎么整这事呢?"

李县长笑了,说:"王书记你可得认真对待了,不能出现差错,整差了你可吃不了兜着走。"

张主任看看王书记,又看看陈乡长说:"我看你们这个小村长不一定有问题。这个事不一定好处理,那个方老爷可不是省油的灯。"

李县长说:"方志南和大书记走得很近,两人又是亲戚,方志南还是个大辈呢。"

陈乡长觉得没话说,就对二位领导说:"走,咱们喝酒去。二位领导很长时间没来我们乡,来了还遇上了这么个事,真是不好意思,先喝点酒给你

们压压惊吧。"

王书记说:"对,走吧,饭都好了。"

第二天,双合尔家,托娅、李强和包奶奶都在。田美玉和刘峰也坐在地下的圆桌旁。托娅给倒茶。

双合尔问田美玉:"书记乡长什么态度,和你说什么没有?"

田美玉说:"我昨天过来的时候和王书记打过招呼,他让我告诉李强该干什么就干什么,乡里要派调查组搞清楚他们所提的问题。"

李强低着头,在想什么。

双合尔看看李强说:"坏人的舌头污蔑不了好人,饿狗的舌头玷污不了湖水。要我说这也是个好事,放水造田要绝人家的钱串子,才惹怒了他们。别的都是小事,也都是没有的事。这么一折腾,人们反而对赵玉柱一伙看得更清楚了,你只是在脸面上有点不好看。我看这没啥,群众的心才是真正的面子。"

托娅接过来说:"就是,我看调查组来挺好,真金不怕火炼,说不定还有利于你展开工作。"

田美玉说:"昨天早上我、陈乡长、满主席在村外碰到赵玉柱、孙贵等人,按理说他们不应该去乡里了,可是他们根本不听是谁要给解决问题,直奔乡里,好像知道县里要有领导来咱们乡里。从这一点可以看出,他们不达目的是绝不会罢休的,我们要有思想准备。"

李强站起身来说:"我当村长的初衷是维护群众的利益,为绝大多数人服务。你们大家支持我,我不会灰心的。我过去想得有些简单,心想只要是为群众谋利益就没有问题,现在看来不是这样。"

田美玉说:"李强,你能这么看问题,说明你成熟了,也很虚心,这是我们大家所希望看到的。明天乡里的调查组来咱们村,到时候你要正确地对待。"

双合尔说:"这是对你的考验,应该说是锻炼,对你只有好处,没有什么坏处。小子勇敢地面对吧!你爷爷当年——"

"爷爷!"托娅打断了爷爷的话。

"我听说提的问题里还有搞对象的事。要是在咱们村那就是指你和我,你能认可吗?你要是认可的话,我们就明确关系。正好美玉姐在这呢,咱们有话说到当面，我可不怕这个事。"

　　双合尔愣了一下才明白过来，说："你这丫头说啥话呢，是开玩笑还是真事呀！啥时候了还闹着玩，一说话嘴就没有把门的，改不了你那个愣样。"

　　李强和田美玉都愣住了，这下刘峰可有机会了。刘峰笑着说："李强，托娅要和你处对象呢，你同不同意？还装啥呀，不明白啊。哈哈，还是个老爷们儿呢，不如托娅胆子大。"

　　李强回过神来，说："托娅，你闹也得分个时候哇，我怕你还不行嘛。"

　　田美玉才明白是怎么回事，就说："看看人家还说对了，是不是？真要处对象啊？托娅，你就别再火上浇油，李强都有点受不了啦。"

　　这么一说，托娅脸倒红起来。"都欺负我，不跟你们说了，说不清楚。"她害羞地跑了。

　　几个人都哈哈大笑，只有李强笑不是笑哭不是哭。

　　天快黑了，李强才回家来。李大路和其其格没有吃饭，还在等着李强。看见李强回来，其其格才下地去热已经做好的饭菜。李大路也没有和李强说什么，下地放桌子，李强接过桌子放在炕上，又到外屋拿来碗筷。放完桌子，李强又到外屋帮其其格把饭菜端上来。

　　李大路上炕，说："把我那酒壶拿来，我喝点酒。"

　　李强把酒放在桌子上，到外屋里去问其其格。李强在外屋和其其格小声地说："妈，你说我爸他怎么要喝酒呢？是不是要说我呀，今天也没有什么高兴的事呀。"

　　其其格笑了，小声说："没事，刚才说了晚上要喝点酒，还要等你回来喝，不能说你。"

　　听母亲这么一说，李强心里踏实一些，可还是有些不安，吃饭时还偷看他的脸色。李强给李大路倒了一杯酒，把酒杯放到李大路的面前说："爸，今天是什么日子，你怎么想起来喝酒呢？"

　　李大路看李强给他倒上酒，又放到面前就乐了，端起酒杯说："强子，要是放在一般人的身上今天是不应该喝酒的，人家上乡里去告你儿子，你还高兴得喝酒，这有点不合常理，可是从内心来说我是真高兴。强子，你知道

为什么吗?"

李强有点不理解地说:"我有点不懂,不知道你是怎么想的。说实话,我回来还真怕你说我,是我没听你的话才惹了这个祸。"

李大路一口干了一杯酒,李强又给他倒上。李大路很自在地吃了一口菜说:"这个事起初我是不同意的,因为我早就料到这帮人会找你麻烦。现在,和我想的一样。可是有一条,通过这个事,我看到和他一起跑的没有几个人,这代表不了群众的心。当然了,这股势力不可低估,这帮人歪点子多啦。你知道这叫什么吗?"

李强问:"什么?"

李大路又喝了一杯酒,说:"小马拉重载,还得遇上坡,有劲没劲上去了是好马。这是对你的锻炼,别的方式锻炼不了你,就得有这样的机会。不过这可不好玩,你得对老百姓的事和公家的事负责任,可不能拿着群众的利益当儿戏,这是根本。"

说着李大路又一口喝了一杯酒,李强给倒上。

李强说:"爸,你别着忙,慢点喝,也没有啥事,酒喝急了对身体不好。"

其其格也说:"就是呀,也没人和你抢,自己喝那么急干啥呀!"

李大路笑着说:"酒这玩意儿就得干杯才解劲,越是高兴越是想干杯。"

说着李大路又喝了一杯,酒劲上来,话也显得多了。李强不想扫他的兴,可是又怕他喝多,看了其其格一眼。

其其格明白李强的意思,可是李大路喝酒从来是劝不住的,自己喝够了为止。其其格拿起酒壶说:"他爸,你就喝这壶得了,今天也够累的,喝完了早点休息吧。"说着又给他倒上酒。

李大路拿起酒壶摇了摇说:"是不是太少了点,你去再给我少倒点。"

其其格去倒酒,回来的时候给李强递了一个眼色,意思是没有倒多少,叫李强放心。

李大路一边吃菜一边说:"强子,话是那么说呀,其实我也心疼你,摊上这样的事比那干点力气活都难,心累呀。别说是你,就是放在我的身上,那些无中生有的事气也把我气憷了。更何况你这么小的年龄,刚出学校大门才几天哪。别怕他们，看准的事一干到底，大不了回家种地，有你爸妈在，就是天塌下来你也不用怕。"说着一口喝了一杯酒。李大路拿起酒壶晃了晃，已经没有酒了。李大路冲李强说："再给我来点，还没喝好呢。"

李强拿过酒壶说："爸，你今天喝得不少了，不能再喝了。"

李大路也没有坚持要酒，可是说起话来没个完。他一边说一边流眼泪，用手擦着。其其格递给李大路一条毛巾，禁不住流下了眼泪。

李大路声音有些沙哑地说："强子，从小到大我和你妈没打过你一次，就连说你的时候都少哇。长大了你没让我们操过心，可是你当这个村长受这样的气，你妈我们俩心里难受哇！没办法，已经干上了，又是为了全村的老百姓，咱爷们儿就是这个命。"

李强看见爸妈两人为了他的事担心，再也忍不住内心的委屈，在二老面前抽泣起来。

其其格拉住李强的手说："你爸那是心疼你才哭的，也是喝了点酒的原因。你不要灰心，大老爷们儿，拿得起放得下。"

李大路一边擦眼泪一边说："小子你别看我，我是为你能够干点正事高兴呢。"

孙贵家中，刘国民、赵玉柱和孙小龙几个人在研究罢免李强的事，准备调查组来时所需要的材料。

孙贵点着一支烟自言自语地说："人大张主任说的意思是特殊情况下可以启动罢免议案，是什么意思呢？咱们得研究一下，罢免人的签名咱们还没整，得赶紧找两个人挨家去签，这事找谁好呢？"

刘国民说："我看叫小龙和留留去就行，别人靠不住。明天一早就签。"

赵玉柱说："我看行。刘国民，你写的材料已经交给乡里的王书记了吧？"

刘国民说："对，我当大家的面交给他的。"

孙贵在地下来回走着说："同意罢免的人不够半数，得想个招哇。明天调查组就要到村里，我们得有点准备才行。有些事不得问嘛，我们统一下口径，别整差了。"

赵玉柱无所谓地说："想啥招，我看就写上人名，按上手印就行，谁能

挨家去调查。"

刘国民担心地说："那这事可得保密，外人谁也不能知道，要是露了馅儿就完了。我看不能让留留知道。"

孙贵说："签名的户可以让他知道，咱们签的不能让他知道。"

赵玉柱说："这事今天晚上就得整，叫小龙去找留留，连夜找人签字，不然明天就不赶趟了。"

孙贵叫来小龙，和他交待如何走访，先走哪些户。孙小龙走了，他们几个又接着商量起来。

刘兰英家，吴江和跟弟开着四轮子进了院。刘兰英正要出去。刘兰英没好气地问："你们俩这是干啥去了，咋才回来呢？没看这都黑天了，没紧没慢的。"

跟弟拍拍身上的土说："我俩在吴江家吃饭，把那营养钵送过去，等着用呢。"

吴江说："到家车还坏了，修了半天的车，要不早就回来了，等着急了吧。"

刘兰英一脸的不高兴，嘴里还嘟囔着："净事，你就瞎说吧。昨天上乡里去，我咋没看见你们呢，是不是专门去买东西，连乡院都没进？"

跟弟说："咋没进呢，我在走廊里，东西是我们出来的时候买的，商店就在乡政府的旁边，到那就买完了，事先打电话都说好的。"

刘兰英没说话，想了想又说："那你们这两天不要出门，就在家里待着，有什么活就干什么活，省得有事找不着你们，你们的手机要开着，别一出门就关机。"

跟弟说："那不行，我明后天还要到县里去取花栽子呢，都定好了。你有什么事呀？有活儿我们马上干，省得耽误了我们的活儿。"

刘兰英生气地说："别装糊涂了，明后天不是乡里的调查组要来嘛，你们得在家里等着，你们不在家，那和谁调查去。"

跟弟说："那家里不还有你嘛，非得我呀，我知道啥，问我不等于白问嘛。"

刘兰英说："这心里就没有你这个妈，我还不如你那一盆花呢。咋生你这么个犊子，啥光也借不上你的，就知道气我。"

吴江看见刘兰英生气，就给跟弟一个眼色，意思是想走，跟弟点点头。

吴江起身对刘兰英说："婶儿，那我回去了，天黑了不好走。"

刘兰英说："走吧，路上小心点。"

吴江走了，跟弟也回到自己的屋子里。刘兰英看看也跟着进了跟弟的屋。刘兰英说："跟弟，他们家对你怎么样，同不同意你们的事？"

跟弟头一歪，有点不太高兴地说："吴江他爸还行，他妈有点看不透，不冷不热的。还问呢，我看都是你们搞的，两家大人之间有矛盾，那还不影响我们俩的事呀！"

刘兰英说："要是吴江他妈最后不同意，你们怎么办？今后日子怎么过呀！"

跟弟说："吴江说他妈对我的看法还行，主要是对咱们家有点不那啥……"

刘兰英一听没好气地说："那就是对我有看法呗，你直说得了。她对我有意见，我对她还有意见呢！瞧她那个样吧，一天阴着个脸，好像谁欠她多少钱似的。有啥了不起的，年轻的时候我们俩就来不上，到今天还是那个样儿，我不服她！"

跟弟说："各人过各人的日子，有什么服不服的，和你有什么关系。"

刘兰英说："这回好了，扯上关系了。这不扯上关系还好点，扯上关系更别扭，成了八辈子冤家。都是那个李强给闹的，要不是他，就是有点不和也不至于像现在这样。这要是不把他给我拿掉算没个好。"

跟弟有些不服地说："这咋和李强哥扯上了，这和他有什么关系呀，都是你自己死要面子。人家干得好好的，就因为那几眼小井的事恨人家。要是你当村长就那么办哪？还赖人家。"

刘兰英一听来气了，说："你还是不是我的姑娘？哪有你这样的姑娘，不向着自己的妈向着别人。就算是我做得不对，你也不能是这个态度哇。连个家里外头都不分，就知道对象好是吧？你个混蛋玩意儿，我不和你说了，气死我了！"

刘兰英把门一摔走了，跟弟气得趴在床上哭。

一辆三菱车在村委会门口停下，刘副乡长和刘助理下车，车开走了。刘副乡长和刘助理没等进屋，田美玉和李强迎了出来，四个人进了村委会。田

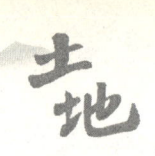

美玉和李强打扫屋子,让刘副乡长和刘助理坐下。李强要去烧水,刘副乡长挡住了。"李村长你就别忙活了,一会儿到村民家喝吧。我们先把来意和你们俩说说吧。"刘副乡长说。

刘助理说:"李村长你先坐下,听刘乡长说说情况。"

李强坐下,眼睛看着刘副乡长,有点不自然。田美玉笑着说:"李村长你不用紧张,他们来之前已经和我打招呼了。我还没来得及告诉你,他们就到了。刘副乡长,你就直说吧,没事。"

刘副乡长看看李强,笑着说:"我们这次来的主要目的是核实上访群众所提出的问题。田书记、李村长,你们不要有什么顾虑,有没有事都要调查,乡里得对上访的群众负责任。我们就是先和你们打个招呼,调查完之后我们要把情况汇报给乡里,乡里领导会找你们谈的。看你们还有什么要说的问题,要是没有的话,我们就直接下去。"

田美玉说:"我是没有什么。我们会尽力配合你们,有什么需要的吱一声。李村长还有什么事?"

李强说:"我没有什么事,需要的话尽管找我,我这几天不出远门,等着你们。"

刘副乡长说:"有事我通知你们。好吧,我们走。"

李强回到屋子里,对田美玉说:"田书记,没事的话我就上专业户家去,我还是尽可能回避点好。"

田美玉说:"我没事,那你走吧。"

田美玉在办公室里找资料、整理文件、收拾屋子,忙了起来。

刘副乡长和刘助理走访到赵玉柱家,赵玉柱站在他家地中间,比比画画地说着什么。刘国民和刘兰英也在,几个人又说又喊的,刘副乡长和刘助理记着。刘副乡长和刘助理在刘会计家,边听刘会计说边记着什么。刘副乡和刘助理走访打小井的户,和二迷糊、天保等人在谈话。

三天以后。

田美玉在家里收拾屋子,电话响了。"喂,陈乡长,我是田美玉。现在吗?有什么要紧的事吗?"田美玉说。

陈乡长说:"是这样啊,上午乡里接到了县人大办公室的电话,关于李强村长的事有了新的批示。"

第 十 章

田美玉有点吃惊，说："什么批示？"

陈乡长说："电话是人大办金主任打的，他说由于百泉沟部分群众上访，县人大办室建议乡人大对李强村长进行考核，也就是说让群众对他投信任票。"

田美玉有点吃惊地说："意思是要进行群众投票，这样对李强不公平。乡长你看这个事是不是——"

陈乡长很果断地说："这个事基本就这么定了，这样吧，找个时间你到乡里来一趟，这个事党委会还没有研究呢。"

田美玉慢慢地放下电话，这件事让她很意外，不知道怎么去和李强说，一脸的茫然。

赵玉柱笑容满面地从家里出来，头抬得高高的，一副目无一切的样子，在街头上看见到商店来买东西的膘子，又来闲心了。他皮笑肉不笑地问："你说这老娘们儿一胖咋就变样了呢。二哥在家吗？要是不在我去呀。"

膘子看见赵玉柱那个样子，感到很恶心，在街面上论着叫个嫂子，所以没有发作。膘子故意逗赵玉柱："看你那个瘦猴样吧，还到外面撩骚，看住自己的老婆就不错了。"

赵玉柱跟膘子来个飞吻，说："拜拜了，我今天还忙着呢，等我有空的时候再和你好好扯，等二哥不在家的时候去，他在家扯不起来。哈哈！"说完头也不回地向孙贵家走去，还唱着小曲。

膘子狠狠地瞪了他一眼，嘴里说："德性！"

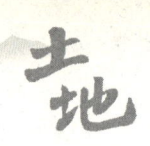

土地

　　孙贵在家里看《农村基层党组织建设辅导材料》，还很认真地在上面划着什么，赵玉柱进屋吓了孙贵一跳。孙贵放下书说："哎呀！你咋进来了，吓我一跳。"

　　赵玉柱拿起书来一看是《农村基层党组织建设辅导材料》，说："你这行动挺快呀，为就职演说学习上了。这事你还用得着学呀，干这么多年了，一年学一句就够用。"

　　孙贵笑着说："我待着没事随便看看，消磨点时间。还就职演说，八字没一撇呢！真要是就职演说，那还用学呀，这些年干啥了，就练这个嘴了。"

　　赵玉柱也笑了，说："这还说点实话。你是尿壶镶金边，嘴好。这回你这嘴该用上，咱们的目地就要达到了。知道嘛，县人大已经通知乡里，采取投票的方法考核李强。这大有文章可做，咱们要的不就是这个效果嘛。"

　　孙贵一听眼睛马上就来电，说："真的假的，你在逗我吧？"

　　赵玉柱很严肃地说："这都啥时候了还说笑话，是真的。"

　　孙贵下地穿上鞋，忙给赵玉柱倒水，还点了一支烟，说："看来方主席真使劲了，那人大的领导都是他的好朋友，不一句话的事嘛。是你舅舅来的电话吧？"

　　赵玉柱很牛气地说："那你就别问了，消息绝对的准确。这回就看咱们怎么行动，咋定方向。"

　　孙贵看着赵玉柱的脸，十分诚恳地说："我看这个方向就是你，我已经干了十多年的村长，还当过书记，人们对我那是太了解。人们还是愿意用新人，所以你上的几就大一些。你是怎么想的？"

　　赵玉柱一听，心里想，这个老狐狸说的很有诚意，是不是真的还不好说。赵玉柱试探地说："要我说姜还是老的辣，寡妇生孩子有老底。大伙儿推荐你得了，像我这样的，过去也没当过村长，人们不一定信得过。再说了，我也没交那么多的人，就是真让我上，没有你的帮助也上不去。这事我是看好了，我干你干都得靠你，咱们俩还真得整准了，不然闹个两边耽误，谁也别想成功。"

　　孙贵实心实意地说："这事怎么定你说吧，我是没有意见。再说我也不是没当过村长，干不干无所谓。关键是你，有没有让众人服的能力，光靠我那是远远不够的。大兄弟，你说明白得了，咱们俩谁跟谁呀，谁干都一样，要说这村长有咱们干没别人干的。"

赵玉柱说："大哥，这话我不能说，老弟这点底子你是一清二楚的。要论能力我敢和任何人相比，可是要说人缘嘛，我可就没有你的人缘好了。再咋说你也是干了十多年的村主任，交下的人多，要从这一点上说呢，还是有把握让你上。让我上，你就得全力以赴，帮助我一把，才有可能成功。"

孙贵看着赵玉柱说："我看这个事咱们谁也别谦让了，就你干，我们大家都推荐你，行不行？"

赵玉柱有些激动了，说："大哥，你心里咋想的我知道，你是真心想让我当村长。这些年了，我是一直没上来，当然这不赖别人，是我个人的能力有问题。就冲大哥你这片心，我努一把力，你帮助我一把，我就不信这个村长我当不上。让大家看看，这个姓赵的村长是什么样儿。"

孙贵一看赵玉柱还真来劲了，站起身握住赵玉柱的双手，那个激动劲别提了，简直就是战友出征的场面。

赵玉柱的眼泪在眼圈里转，看着孙贵说："大哥，我和你说，电话是我舅舅打的，他和我说这事有机会，就看你的了。你不是说你的朋友很多嘛。别的事我帮不了你，选举的事他叫我找你共同商量，说我靠你才能获胜。这事还没等我和你说呢，你就答应了。这样大哥，我要是当上村长，那就是你说了算，不管是什么事，没有你的同意我就不能办，我说这话你信不信？"

孙贵也很激动地："你说这话我信，百分之百的信。咱们俩谁跟谁呀，多少年的交情了，是多一个脑袋多一个姓。方主席说得对，就这一次机会，再想干年龄也大了。这次是天赐良机，李强年龄小，他根本就不是那块料，学生出身，能干得了这个工作？"

赵玉柱有点村长的样子说："那我们得安排人开始做工作，你打电话把刘国民、刘姨找来研究一下，行吗？"

孙贵点着头说："行，行！我这就打电话，你先喝水。"说着孙贵就去打电话，他用眼角看了看赵玉柱，流露出一丝不易察觉的表情，令人难以捉摸。

田美玉匆忙地收拾屋子，背起上班时用的包，又拿起了手机。田美玉打电话，说："喂，刘峰，你在哪呢？你赶快回来一下，我有点紧事要到乡里

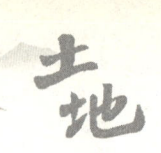

去一趟。啊！快点！快点！别的事都放下！一会儿见面我再和你说。"

田美玉放下电话就站在大门外等车，想给李强打电话，想了想又放下。刘峰的车来了，田美急忙上车。田美玉说："快！去乡里！"

刘峰一边开车一边问："什么事呀，这么急着去乡里。天都要黑了，你不是在下乡吗？"

田美玉说："陈乡长才给我来电话，县里人大建议乡人大对李强进行信任投票，就是对他进行考核。"

刘峰不解地问："考核就考核呗，你们不是一年考核一次嘛，那怕啥呀。"

田美玉瞪了刘峰一眼，说："你没脑子呀，那和我们一样吗？那得群众投票，等于是选举。要是得票不够半数，不就成问题了嘛。再说又是有人告状，要是有人再做点假，出什么事谁知道哇。"

刘峰明白了，"你是说这么一选举，赵玉柱、朗鑫他们那一伙人会从中整事，整不好李强的村长有危险是吧。"

田美玉说："说的就是这个事呀，所以到乡里问一问到底是怎么回事，刘乡长调查的结果怎么样，不能就这么不明不白地让他们选。"

刘峰说："好，我快点开吧。"

乡政府院里，刘峰停下车，田美玉下车进了前栋房。田美玉敲乡长室的门，里面传来一声"进来"。陈乡长在办公，田美玉进屋坐在沙发上。

陈乡长看看田美玉说："这么快呀，你接完电话就来了吧。"

田美玉说："是，我让刘峰送我来的，晚了怕你不在。"

陈乡长说："刚才我在电话上已经和你说了，这是县人大的意见。上午和人大张主任汇报了调查的情况之后，人大办公室决定对李强进行考核，方法就是群众投票。对此王书记也提出了异议，人大张主任说这也是法律上允许的。"

田美玉问："那调查的情况怎么样，有没有问题？"

陈乡长说："调查的情况表明，李强没有搞个人拉拢，也没收好处。他所扶持的专业户一致反映，谁找李强都行，而且是连一顿饭都没在个人家吃过，更别说是得好处了。在打小井的问题上，李强坚持的打井户都是贫困户，只是在方法上有问题，这个事上次我亲自解决了。至于说男女关系那是不能调查，年轻人搞对象是正常的，再说了群众反映李强的作风很好，也不算个事。至于放红旗水库的事，因为还没有放，只是开了个代表会，也构不成什么问题。我如实向人大汇报，给了乡里这样一个建议。"

田美玉有点激动地说："陈乡长这样处理对李强不公平，在有人告状的情况下进行考核，对一个年轻的村长来说是个多大的打击。我不同意这个意见，要求乡党委和人大取消这个考核。"

陈乡长说："我个人说了不算，得党委会研究才能做出决定。你是村党支部书记，心情是我可以理解。不过，进行考核对李强本人是有好处的，最起码是个锻炼。如果得到大多数群众的拥护，那他在以后的工作中会更有信心。"

田美玉对陈乡长的意见很不理解，甚至想到他和方主席的关系。田美玉站起身来说："陈乡长，那我找一下王书记，你们共同研究一下，最好取消这个考核。"

陈乡长说："那你找吧，我没啥意见，这事也不是我定的。他正好在家，他的一个老战友来了。"

田美玉转身就出来，来到车前。田美玉对刘峰说："走，咱们去王书记家。"

刘峰问："陈乡长说啥了？"

田美玉不高兴地说："说啥呀！上边人大要考核。什么考核，就是变相选举，一个二十多岁的青年受得了这个嘛。"

车在王书记家的门前停下来，田美玉下车。门外有一辆小车，一进门是个客厅，餐厅里有几个她不认识的人正和王书记喝酒。王书记的爱人看见田美玉来了，迎了过来。"美玉来了，快上桌吧，他们几个刚喝上。刚才想让陈乡长来，陈乡长说有事没有来。正好你来陪他们吧，没有别人，就是几个从大连来的战友。"

田美玉说："我不能喝酒，我有点事想和王书记说说，你能给我找一下吗？"

王书记爱人说："好吧，我给你找一下。"

王书记从餐厅出来，看见田美玉说："有事呀，和我们喝酒得了，有事在桌上说呗，没有别人，都是我的战友。"

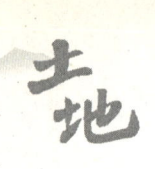

田美玉说:"不了,我也不能喝酒,陪不了你的客人。我就几句话,说完了我就走。"

王书记说:"什么事,你说吧!"

田美玉问:"我听陈乡长说县人大建议对李强进行考核。"

王书记一听是李强的事,就坐在沙发上,对田美玉说:"是有这事。调查结束了,我们也把这个情况向县人大张主任做了汇报。人大给的答复是李强年轻,又是个大学生,因为这事对他进行考核也是有必要的,对本人和群众都是个交待。我当时也提出了一些异议,人大方面没有同意。后来我和陈乡长研究了一下,就同意了人大的意见。怎么,你不同意吗?"

田美玉很严肃地说:"我有意见。调查证明李强没有过错,为什么还要进行考核,在被人告的情况下,会让人以为这是罢免选举。这对李强来说是不公平的。我作为党支部书记不同意这个意见,希望乡里不要做出这样的决定,收回对李强考核的决定。"

王书记为难地说:"这恐怕不好收回,我和陈乡长已经答应县人大了,具体安排在什么时间考核没有定,只能在时间上做调整。"

田美玉着急地说:"王书记,你看能不能再和人大张主任商量一下,取消考核李强这个决定。"

王书记说:"这个……那我再和人大张主任说一下吧!明天你听信儿。你的意见有些道理。"

田美玉站起来说:"那好,王书记,我等你的回话了。耽误你们喝酒,不好意思。"

王书记说:"没什么,这是为了工作,有什么不好意思的。那你不喝点了?"

田美玉说:"不了,我走了。"

坐在车里,田美玉表情严肃,一言不发。刘峰看着也不敢问什么,不时地回头看田美玉。

天色已晚,托娅的小商店里已经亮了灯。托娅在忙着招呼来买东西的人,奶豆腐也来买东西,手里拿着一个塑料袋子。她看上去有些不高兴,撅着嘴,脸色很难看,见了托娅也不打招呼,站在那儿看都有什么酒。

托娅觉得奇怪,就问:"二婶,你买酒哇,咋不吱声呢?"

奶豆腐听托娅说话才回过神来，说："哦，我想看看酒都是多少钱一斤，最便宜的是多少钱？"

托娅说："塑料包的一块五一斤，这是最便宜的，喝着还有劲。咋的，家里来客人了？"

奶豆腐不满地说："哪是什么客人啊，是孙贵、朗鑫那一帮，我看着他们就来气，没一个好东西。"

托娅一听心里一惊，心想得问问。托娅若无其事地说："我赵叔他朋友多，请人喝酒那不是常事呀。再说了，那几个人不都是他的好朋友嘛，时常请吃顿饭也是正常的。"

奶豆腐说："正常什么呀，过去我家从来都没请过他们，这回请喝酒是要他们帮忙。"

托娅追问："帮什么忙啊？"

奶豆腐有些神秘地说："说村长要重选了，让他们帮着选赵玉柱当村长，这事也不知道是真是假。早上你二叔在前街的老段家买了十斤肉，他叫我来买酒，晚上要喝呢。"

托娅说："要是选村长，我二叔还真差不多，可得好好做做工作。"

奶豆腐撇着嘴说："做什么工作呀，八字没一撇呢就花上钱了，就他那个样还能选上村长？下八天八宿雨，也淋不到他身上一个雨点。行了，先给我拿五袋吧，再用再拿，给你钱。"

托娅给她装到塑料袋子里，又问："还要点别的不了？"

奶豆腐说："不要了，要是用什么再来吧。"

托娅看奶豆腐走了，拿起手机要打电话。

托娅的妈妈招呼她吃饭："托娅，吃饭了，就等你一个人了，快点！"

托娅大声说："你们吃吧，我吃完了！"

说着，她拿起面包咬了一口，眼睛向窗外望去，一片乌云压在天际，从太阳落下的位置露出几缕泛着红色的霞光，托娅用左手向后理了一下乌黑发亮的头发，右手拿起了电话……

暮色中李强骑着摩托车回家，路上停下来几次。他收起电话，被天边的这片乌云所吸引，那云变换着形状，就像他现在的心情。更加让他着迷的是从云隙间透出的暖调微光，让人看了心醉。李强到家，进屋后外衣都没脱就

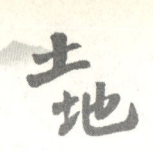

睡了,过一会儿,其其格从外面进来给李强脱掉袜子,盖上被子,轻轻地出去。

其其格回到自己住的屋,看见李大路还在抽烟,回过头来问:"我说你咋还不睡觉,有什么事?"李大路还是不吱声。其其格顺手开灯,见烟灰缸里已经有了十来只烟蒂。其其格拽了一把李大路说:"你咋不吱声呢,有啥事呀?"

李大路叹了一口气说:"啥事,强子的事呗。白天我到二旦子那去磨饲料,二旦子说赵玉柱请客呢,什么孙贵、刘兰英、刘国民、朗鑫等等,人多了,说要重选村长,要推举赵玉柱为候选人。"

其其格忙问:"那二旦子是看见了还是听到了,准不准啊?"

李大路说:"是二旦子亲眼看见的,他晚上从老院回来的时候,看见这一伙人喝得醉醺醺,大喊大叫。赵玉柱还说,'你们大伙儿替我请人,花的钱算我头上,你们都给我记着。'孙贵还说,这次无论如何也要把强子拿下。"

其其格说:"那你咋没和强子说呢?"

李大路说:"我是想说,可我怕强子受不了。反正他早晚会知道,让他自己慢慢地了解吧,告不告诉他都一样。咱们也没有什么好办法。"

其其格叹了一口气说:"你说才二十几岁的孩子,这一次又一次的,受得了吗?咱们俩可别再给他压力了,得支持他,给他壮胆,别让他看出来咱俩的情绪不好。"

李大路掐灭了烟说:"对,别让他知道咱们的情绪不好。你睡觉吧,我再去看看牛,少添点料。"

其其格自己睡下了,眼睛看着房顶,就是睡不着。

一阵敲门声把托娅惊醒,起来一看已经是早上八点钟了,托娅去开门,原来是东街的囡囡来买牛奶。

托娅揉着眼睛说:"囡囡,你买什么?"

囡囡说:"买牛奶。"

托娅一边把一箱牛奶拿给囡囡,一边看手机上的电话号。

囡囡说:"多少钱一箱?"

托娅看着手机说:"一块三一箱。"

囡囡不解地想了想，又看了看手里拿的钱是三十一元，笑了，对托娅说："姑姑错了，不是一块三，是三十一元一箱。"

托娅还在看电话，说："什么错了，没错呀，是这个号哇。"

囡囡说："价格错了，是三十一元一箱牛奶。"

托娅这才恍然大悟，连忙收了囡囡的钱，还给了囡囡一块糖。

托娅看着囡囡说："好囡囡，你很诚实，这是奖励你的。"

囡囡说："谢谢姑姑。我走了，再见！"

托娅说："再见！"

托娅正要打电话，外面传来一个声音："别打电话了，来了。"

托娅一看是田美玉，急忙迎了上来："你咋这么早来了？"

田美玉进屋坐下，看着托娅说："昨天晚上我想给李强打电话，可是我一想还是当面和他说好，怕他承受不了。"

托娅忙问："到底怎么回事呀？昨天晚上我让李强给你打电话，他没给你打呀？"

田美玉说："没有哇，问啥呀？"

托娅说："奶豆腐来我商店买酒时说要重选村长，赵玉柱要竞选村长呢。我让李强给你打电话问问到底是怎么回事，闹了半天他没给你打呀。"

说着话，李强进屋来了。

田美玉看看李强说："你还没吃饭吧？"

李强说："吃过了，我们家吃饭早，你们俩吃了没有？"

田美玉说："我是吃了，托娅才起来，没吃呢。"

托娅说："我早上不吃饭，田书记有啥事快说吧。"

田美玉站起身来说："走，我们到里屋说去。托娅你叫婶看一会儿商店，这里人多，说话不方便。"

托娅说："那我们到后屋吧。"

太平川乡政府乡长室里。王书记从外面进来，看见陈乡长在，进屋就坐在沙发上，拿出个电话本。王书记边找电话边说："老陈，你有人大张主任的电话号码吧，我这个怎么不对呢，打了没有人接。"

陈乡长说："那可能是他没在屋，等一会儿重拨一下。"

王书记说："我看这个电话还是你打吧，上次是我答应张主任的，我再

打这个电话有点不好意思。你和张主任说一下,我们也同意取消这次考核,等以后找机会再进行群众评议吧。"

陈乡长说:"行,这有张主任的电话号,我这就打。"

说着陈乡长拨通了张主任的电话。

陈乡长说:"喂,张主任吗?我是陈保华。忙啥呢?给你打电话没有人接呀。"

方志南在沙发上坐着,张主任接电话:"啊,我是。陈乡长啊,啊,昨天开会去了,办公室没人。咋有闲空打电话呢,有事呀?"

陈乡长说:"没事就不能给你打个电话了,经常和领导保持联系嘛。"

张主任笑着说:"你总也不和我联系,今天是咋的了,啥日子啊。你没拨错号吧,哈哈!"

陈乡长说:"我还真有点事找你,前几天你和王书记说要对百泉沟村长李强进行考核,他们村的党支部书记田美玉不同意,说李强年轻,这样考核对他可能会有影响。你看这事是不是暂时别考核了,以后找个什么时机再说呗,不行吗?"

张主任看了一眼方志南,说:"啊,李强考核的事啊,支部书记不同意考核?"

方志南摇头示意张主任不能改变。张主任说:"人大已经在办公会上通过这个事了,不好再更改。本来事就不大,也就是考核一个村长,这很正常,只是个人理解的问题。你说不在村民中考核在哪考核呀?就这样吧,谁让我赶上了,总得有个说法吧,要不这告状的事也不太好平息。时间上可以让他们自己决定,早点还是晚点都可以。好了,没有别的事我撂电话了,再见!"

陈乡长放下电话说:"张主任的嘴挺紧的,说还按之前的决定办,这个事让他赶上了,要是没有个说法也不好,时间上早点晚点倒还可以的。打电话的过程中我觉得张主任的旁边有人,可能是方志南,不然他的态度不能这么坚决。我看这事也就这样了。谁通知田美玉?"

王书记:"还是我通知吧,要不她还得找我。"

田美玉回过头来对李强、托娅说:"李强真是一个当干部的好苗子,几个月的时间你就成熟了许多,你能这么想我很意外。跟你们说实话,在这之前我的心理压力太大，一是怕你承受不了这个压力，二是我作为党支部书记对这件事负有责任，怕别人说我不负责任，顶不住上头的意见。说白了，我是有私心，和你比起来，真是差太多了。好了，我们说点别的吧，有些人要竞选就让他们忙去。走，我们去看看双合尔爷爷。托娅你这有苹果吗？给我买点。"

说着田美玉从衣袋里拿出二十元钱交给托娅。

托娅一看就急了，说："你干什么呀，谁要你的钱哪。这要是让我爷爷知道了还不给你扔到外面，你挨说呢。"

说着托娅就把钱塞回田美玉兜里，又用塑料袋装了一些苹果，几个人一起去双合尔家。

张主任打完电话，回过头来看看方志南，方志南一脸的感激之情。张主任收拾桌子上的东西。方志南起身要走，对张主任说："你中午没事吧，咱们和平饭店见，我在那等你，别的事推了吧。我先走。"

没容张主任说什么，方志南已经出了办公室的门。张主任摇摇头，拿过一本杂志看起来。

双合尔的家里，田美玉、李强、托娅和包奶奶正在说选举的事。

双合尔气得直喘，大声说："不行，我去找王书记。这还有没有王法了，当领导的说啥就是啥呀？选举工作是依据法律规定进行的，这也太欺负人了！"

田美玉说："爷爷你别生气了，县里的意思是考核，不是选举，也不是罢免。"

双合尔说："乡里的事，县里管什么呀！"

田美玉说："告状那天张主任赶上了，所以就给了这么个意见。"

"官官相护，都是那个方志南搞的鬼。"双合尔气得狠狠地吸了一口烟。

说着话，田美玉的电话响了，田美玉一看是王书记的电话，就示意大家别出声。

田美玉说："喂，王书记，是我，我在家呢，你说吧。"

王书记说："陈乡长和县人大张主任刚才通话，把你的意见向张主任反映了。张主任说人大办公室会议已经定下来，因为是考核，没有什么理由

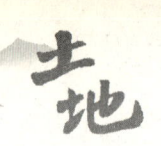

不同意。我看你还是做一下李强的工作吧，无非就是个考核，如果连考核都经受不了的话，这个村长也干不长。你是支部书记，你的想法和做法我都同意，放在我的身上我也会这么做的，可以理解。那就这样，考核时间你们定。"

田美玉说："那好吧。"

田美玉放下电话说："准备考核吧。"

李强对双合尔说："爷爷你别生气，我看也不是什么坏事。如果我连考核都通不过还能干好吗？我还真想看看乡亲们对我是什么态度。"

双合尔说："行，好小子，是李老忠的后代，我没看错你。"

田美玉说："我看考核要尽快进行，免得有些人搞破坏，造谣生事。我们开个支委会和村委会，在会上定一下考核时间。托娅，你也多了解一下群众的想法，及时和我们通气。"

托娅说："好，我知道。我的小卖店是咱们村的交换台，什么事都能知道。"

田美玉说："李村长，我们晚上开两委会吧。"

李强说："行，晚上。"

田美玉站起来说："我们走吧，托娅打电话通知大家。"

李强说："爷爷，我们走了，改天再来看你。"

张小刚正在家里修鸡舍，李强在他家帮忙，还有几个瓦工帮着盖鸡舍。满院子的材料和木头。

李强问张小刚："你又买了不少的木材，这回够了吧？"

张小刚笑了，说："其实木料已经够了，都是事先计划好才买的。可是上午孙小龙又送来一车木头，说是他们家盖房子时剩下的，不用了，白送给我。我说不要，他卸到地下就走了。"

李强也笑了，说："你们两家还打出交情来了，上赶着给木头，孙小龙可是头一回。"

张小刚说："我看没那么简单，说不定又有什么事求我呢。你看这还不好意思送回去了。"

李强说："人家好心好意的送来，你哪能送回去呢，该用就用呗。"

张小刚拿图纸说："我想把饲料放到这边，这样的话方便一些。"

李强看了看说："那不行，这样不卫生，容易传染，得放到那边去。"

张小刚说："也对，那就改一下。多亏你来了，要不就放在这了，这正好要砌墙。喂！长山，你过来一下，这面墙这样砌，知道不？"

长山说："知道了。"

张小刚小声地问李强："李村长，我咋听说说告状把你告掉了，要重新选村长，有这事吗？"

李强问："你听谁说的？"

张小刚回头看看长山说："长山，他是听刘国民说的，还说过几天就要选举。这些事你不知道？"

李强说："我都知道，不是选村长，是投票考核我，不是罢免。"

张小刚说："长山说重选村长。这事已经在村里传开了，都这么说呢。你可别不在意呀，造谣也能杀人。"

李强听完没有说什么，帮着张小刚选鸡舍的位置，和张小刚抬木头，想着张小刚说的话，一不小心手划破出了血，张小刚给包扎。

村委会会议室里，支部委员和村委会的成员都到齐了，只有赵玉柱还没有来。大家都在闲聊天。田美玉、李强已经坐在前面，等着赵玉柱。

赵玉柱进屋，很客气地对田美玉说："有点事，来晚了，各位原谅。"

说着话，赵玉柱有点晃荡地坐在一边，看得出来喝了不少酒。

田美玉抬起头说："人来全了，现在开始开会。今天的会只有一个内容，就是确定对李村长的考核时间。我和大家解释一下，这是考核，不是重新选举，方法是群众直接投票。有人传是重新选举，这是不对的。另外，这次考核是县人大的意见，因为上次告状的事让县人大张主任赶上了。虽然我不同意，可是我得听上级的。还有，告状所提问题都已经调查清楚，李强是清白的。我们村委会成员要认清问题所在，不要人云亦云。我计划在下星期二进行考核，还有五天的时间，看看大家有没有意见。"

李长玺说："我没有意见，快点好，时间长了事多，有人搞鬼，没事也给你整出事来。"

赵玉柱一听觉得不顺耳，接过话茬儿说："啥叫搞鬼呀，那考核要是达不到半数怎么办哪，要是有人超过了半数咋整。考核就是考考你，看看你是不是这块料，是骡子是马牵出来遛遛。这是个正大光明的事，啥叫搞鬼呀，

有能耐你也搞哇，真是的。"

李长玺一听也来劲了，冲着赵玉柱说："是个正大光明的事，可有的人就不正大光明地搞哇，想当村长还得请人喝酒，拉选票，这事不偷着整还明着整啊？"

赵玉柱借着酒劲对李长玺说："喝酒咋的，有人缘，你想喝还得有人请你呀。还有鬼，我有啥鬼！选村长人人有责，当村长人人有份，有人选就行。我就光明正大地整，看你能咋的！"

田美玉说："你们俩别争了。大家看看这个时间行不行。我再强调一下，是投票考核，不是重新选举。"

大伙儿异口同声地说："行。"

田美玉说："好，那就定下周二，没事散会。"

其他人走了，剩下李强、阿斯根、田美玉、李长玺和托娅。几个人你看他他看我的，谁也不说话。

田美玉叹了一口气说："看来他们已经有准备。这件事不简单，考验我们村长的时候到了。"

托娅气愤地说："赵玉柱就是那样的人，总是高估自己，有几个人能选他呀？"

李强看看大伙儿说："我们也都回家吧，干了一天的活，回去休息吧，别为这件事伤脑筋了，没什么大不了的。田书记，我送你回去。"

赵玉柱没有回家，直接来找孙贵。孙贵在家看电视，看见赵玉柱来了，赶紧起身倒水让坐。

孙贵问："怎么样，开会说什么了，是不是选举的事呀？"

赵玉柱往椅子上一靠，喝了一口水说："这回妥了，选举的时间都定下来了，下周二。这回咱们就大大方方地搞，该找的找，该买的买，该吓的吓唬，有什么能耐你就使吧。"

孙贵兴奋地说："我看咱们还是分散活动，这样速度快。你别看还有五天时间，一晃就到。亲戚朋友好办，说一声就行了，有些人那是不见好处不动心，就得使点手段。你就得豁出来花点钱，成败在此一举。"

赵玉柱说："这事你比我有经验，你说咋整就咋整，都听你的。"

孙贵的精神头可来了，靠近赵玉柱说："咱们这么办……"

第二天中午，朗鑫用小车给孙贵拉来四个人，其中有二迷糊、留留、长山、白板。他们几个人下车进屋，孙贵笑脸相迎，少有的客气。不一会儿酒菜就上桌了，大家坐下开始喝酒。

孙贵让孙小龙给大家倒上酒，自己站起身来，端起酒杯。孙贵满面春风地说："各位光临，我非常感谢。过去我当村长的时候，你们就给予我很大的支持，多少年如一日呀。今天备点薄酒素菜，宴请各位以示感谢。为了感谢各位，我提议干了这第一杯酒。"

说完孙贵和大伙儿一饮而尽，孙小龙又给大家倒上了第二杯酒。留留不能喝酒，这一口一杯把他呛得直眨眼睛。

孙贵又举起第二杯酒，说："各位也知道，由于有人告新上任的村长李强，县里下令进行重新选举。这日期都定了，是下星期二，也就是还有四天的时间。不是和你们说大话，我当村长十几年了，哪出过这样的事，谁告过我？啥事不弄个明白。今天不客气地说，还请各位支持我一把，我孙贵忘不了你们，谁要是有个什么事，到时候我会照顾你们的。今天我是受人之托，给现在的村治保主任赵玉柱拉选票，希望大家都选他，我在此感谢各位。"

说着他一饮而尽。大多数人没有喝。

留留眨了眨眼睛说："你请客，那……那就选你得了，选赵玉柱干啥呀！他……他能选上嘛，那不是白费。我们就……就选你了，别人不行！"

其他几个人也都随声附和。白板说："这事我们心里明白了，孙村长的情我们领了，到时候你别忘了我们就行。来，干了，给我们的老村长捧场。"

白板这么一说，大家都干了。孙贵脸上露出了狡猾的笑。孙小龙赶忙给大家倒酒。

二迷糊一喝上酒嘴就没有把门，干了一杯酒之后，叫来小龙，说："来，小子给我倒上，整满喽。我说老孙你这是唱的哪一出哇，你给那个赵玉柱拉什么选票，你说他是那块料嘛。这不耽误事嘛。我们大伙儿就选你，别人谁也不选，行不行？"

二迷糊这么一说，大伙儿都赞同，一齐说："对，就选你了！"

孙贵笑得眼睛眯一条缝，说："这别人托的事我是说了，要投谁的票自己知道，随你们的便了。"

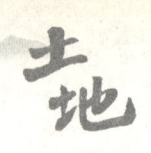

留留说:"这不就……明白了嘛,咱们喝酒。"

二迷糊在孙贵家喝完酒睡了一下午。膘子从外面回来看他还在睡觉,就用手打他。膘子生气地说:"迷糊,起来,睡一下午了,还不起来呀!"

二迷糊说:"哼……我再睡一会儿……"

膘子叫不起来他,就到外面去喂猪,给猪倒食,嘴里叨咕着:"喝!早晚喝死就老实了!"

赵玉柱灰头灰脑地从外面进来,看见膘子在喂猪。

赵玉柱笑嘻嘻地问:"迷糊在家吗?"

膘子没好气地说:"死了一下午,咋叫也不起来,见酒没命的东西!"

赵玉柱进屋看二迷糊还在睡,用手打了他一下,说:"嗨,起来,喝酒去了!"

二迷糊一骨碌坐起来了,用手揉着眼睛,说:"上哪喝去?中午喝的还没过劲呢。"

赵玉柱看二迷糊那样笑了,用手拉着他,说:"上我家喝去,今儿个我只请你,有新买来的猪头肉,还有两瓶古井贡酒,咱们俩把它喝了。"

二迷糊一听,马上穿鞋下地,说:"我中午喝得太多了,要不咱们明天喝吧,你给我留着呗。"

赵玉柱说:"明天就没了,找我喝酒的人多,看着好酒还能让它剩下呀!走吧!我跟你说,这头一顿酒要是喝多了,下顿得透透,要不落毛病,你啥也不懂。"

二迷糊说不去那是假的,跟着赵玉柱就出了屋门。膘子一看这是又要喝酒去,在一边狠狠地瞪了二迷糊和赵玉柱一眼。膘子冲赵玉柱说:"我说赵玉柱你还让他喝酒哇,你可饶了他吧,那是个见酒没命的家伙。你当不当村长是小事,要是把我们迷糊喝坏了你负责呀!"

"上午他喝多了,我给他透透酒。没事,不让他多喝。"赵玉柱说着还用手拉二迷糊,生怕膘子不让去。

二迷糊本来就没醒酒,又和赵玉柱喝了好几杯,舌头都有点大了。

赵玉柱又举起酒杯,说:"再整一个,这是好酒,不上头,多喝点没事。在孙贵那喝那么多,到我这就不喝了?这些年咱哥们对你咋样?"

二迷糊眼睛发直,说:"咱们哥儿俩那有啥……啥说的,不是我跟你不实惠……中午真的多了，那孙贵不让下桌呀，一个劲地倒酒……"

赵玉柱又给二迷糊倒上酒，斜着眼睛看二迷糊，说："他和你们咋说的，选谁当村长。"

二迷糊有点睁不开眼睛，说："咋说的？先说选你当村长，可是后来大伙儿说都选孙贵。你猜孙贵咋说？"

赵玉柱眼睛紧盯二迷糊，说："咋说的？"

二迷糊说："他说让我们看着选，意思是选他。临出来的时候，他把我拉……拉到一边，说他要是选上了，到时候给我几亩承包地。"

赵玉柱一听愣住了，端起来的酒杯又放在了桌上。

二迷糊看着赵玉柱有点不明白地说："咋的了，喝呀！走……走一个……"

第十一章

赵玉柱知道孙贵没有为他拉选票十分懊恼,想找人来家里喝酒,可是谁也不来。快中午了,他来到吴凤海家,进屋之后看李玉梅在西屋做针线活,就进了东屋,吴凤海在炕上躺着。

吴凤海起来下地,说:"来了,你咋这么闲着呢?"

赵玉柱说:"我这总有空,不像你忙。"

吴凤海找来烟和打火机,给赵玉柱点着烟,说:"你是无事不登三宝殿,有事吧?"

赵玉柱看了看西屋,说:"我们出去说吧,要不嫂子听了又该说你,有些事不能让她知道。你去和嫂子说一声,就说给我看甜菜去,要不待会儿她该问了。"

吴凤海到西屋对李玉梅说:"我出去给玉柱看看甜菜,一会儿就回来。"

李玉梅有些不解,说:"去就去呗,还告诉我干啥呀,真是太阳从西边出来。"

吴凤海不满地说:"告诉你了还不乐意,不告诉你又说我乱走,真是的,还不如不告诉你。"

两人一前一后出了大门,往赵玉柱家的甜菜地走去。赵玉柱看看前后没有人才走近吴凤海。赵玉柱说:"在家里说点什么,老娘们总接话,我咋那么烦呢,她们啥也不知道还瞎掺和。"

吴凤海说:"可不是咋的,特别是我家那位,没有她不管的事,好像我没有她明白似的。"

到了赵玉柱的甜菜地头，赵玉柱拿出一支烟给吴凤海点上，自己也点上一支，二人边抽边聊起来。

赵玉柱说："你有啥事和李强他们通气不？还经常走动吗？"

吴凤海说："自从他把承包地要回去以后，我还没去过。现在我大舅哥见了我都不吱声，可能对我有看法。"

赵玉柱说："最近要重新选村长，你知道不？"

吴凤海说："听说了，不就是搞一下考核嘛，听说提出罢免的人不够半数考核。咋的，这事还有别的说道？"

赵玉柱说："这事一般人不知道根底呀！我跟你说，谁也没有我知道的多。上级怕李强打红旗水库的主意，好歹那也是一个项目哇。虽然打小井是小事，可是说明一个问题，他目无一切。还有你说他和好几个人处对象，这是品质问题。"

吴凤海摇头说："要说搞对象的事，李强可不是那乱来的人，这是人们瞎说。再说他也没结婚，和谁订婚是人家的自由，你别整那没有用的，这事我不信，也不是我当姑父说的事呀。"

赵玉柱说："这事倒行了，那打小井的事你忘了，不是也没拿你没当回事嘛。我看这回就是个机会，把咱哥们儿整上去。要是咱们哥们儿干，小井的事还能出啊！"

吴凤海："那倒是，要是你干这点事，说啥也得给我整明白儿的，要是我干，你的事我说啥也得办。"

赵玉柱说："这不得了嘛。我今天找你来就是要和你说这事，过两天就要选举了，你是怎么打算的。咱俩合计合计，你看这村长选谁好？"

吴凤海说："那就选你呗。我肯定选你，你去争取别人吧。"

赵玉柱说："那你到我那喝点酒，咱俩好好唠唠，你帮我出出主意。"

吴凤海说："那倒不必，咱们哥们儿你还信不着嘛，谁跟谁呀。"

赵玉柱说："家在这村里是个大家族，但是和我那就远了，我要做这个工作的话有点难，你不同，这些年在村里多有面子呀，你说句话好使，我看还是选你吧。"

吴凤海摇着头说："那不行，还得选你，你是村委会的。我做亲戚朋友

的工作不就得了嘛。"

赵玉柱满脸笑容地说:"我就谢谢你了,走,到我家里喝点酒。"说着就拉吴凤海往家里走,吴凤海有些不太情愿地跟着。

早晨,李强来到自家的牛棚,李大路正在给牛添饲料,李强走过来抓起一把仔细看着,李大路见状有点不解。

李大路说:"你看啥呀,咋的了?"

李强看着饲料说:"东街金钟家的饲料里苞米面比咱们家的还多,牛咋长得不快呢?"

李大路说:"那可能是添加剂的量少,或者是食盐少了。明天你给我拿来,我看看是怎么回事。"

说着李强的电话响了,李强接电话:"喂,我是李强。王经理,你好,好几天没有你的电话,怎么样,忙不忙?"

王申在办公桌前说:"还是那样。这段时间人员调动的事多一些。这些天也没有你的电话,你在忙什么?"

李强一边往外走一边说:"主要是村里的一些事,基地的种植户没啥事,所以也没给你打电话。有什么指示?"

王申一边翻报表一边说:"有这么个事,公司分片组织一次基地检查,我负责你那片,准备后天去,主要是看甜菜的长势。你在家里等我们就行。我和王大勇、梁小丽一起去,在你那吃一顿饭。"

李强说:"那好,我在家里等你们,后天见。"

李强对李大路说:"爸吃饭吧,我有点事。"

李大路说:"那你先吃吧,我这还没完呢,完事了再吃。"

李强回到屋里看见其其格在做饭,就帮着烧火。

李强说:"妈,我得先吃饭,今天到下边的基地户看看,公司的领导要来检查。"

其其格说:"不就是看看甜菜的长势嘛,忙啥呀。你都看过多少遍了,长得好赖也就那样了。"

李强认真地说:"不是,头些天看见几户的地有些荒,我已经和他们说了,不知道他们薅没薅了大草。我得再去地里看看,要不心里放不下。"

其其格说:"你小子真有那认真劲,比自己家的地还用心。饭已经好了，菜还没开锅，你要是着急，就先吃咸鸡蛋。"

李强笑了，说："那我先吃。真得下去看看地，要不我心里没底。"说着李强就拿碗吃饭。

李强骑着摩托车行进在田间的小路上，一边走一边看两边的庄稼，全然不顾车子的颠簸。来到二迷糊的甜菜地边上，看见他在地里薅大草，李强停下车。二迷糊看见李强来了，走过来说："李村长来了。"

李强问："你这是在薅大草吧。对了，有闲空就把地里的大草薅掉，不然的话会减产，秋天也不好起甜菜。"

李强说着也薅起大草来。

二迷糊忙说："李村长你别薅了，整一手的绿。这点地我有半天就薅完了。"

李强薅起一棵抓根草，指着根系说："这种草的根系最发达，要是在夏天不把它清除，到了秋天它能长到数十倍把你追的大部分化肥消耗掉，使甜菜减产百分之二十以上。"

二迷糊拍拍手，拿出一支烟点着，狠吸了两口，又坐在田埂上，头也不抬，说："李村长，我真的有点对不起你，我种这点甜菜你没少帮我，打小井的事还给你带来不少麻烦。刘乡长来调查的时候，我都实话实说了。不瞒你说，昨天孙贵请我，赵玉柱还请我，要我选他们当村长，我当面都答应了，其实我心里是怎么想的他们全不知道。孙贵说他当选后，给我几亩承包地。赵玉柱说他要是选上，让我当村长助理。他还说你姑父也在到处拉人，还说你当村长不压茬。"

李强听了二迷糊的话，沉思了一会儿，说："二叔，谢谢你的坦诚，我知道了，谁爱干谁干吧，谁都有这个权力争取，我帮着大伙儿把甜菜种好就行，别的都是小事。这可是各家的摇钱树啊。"

二迷糊看李强不太在意有点着急，站起身来说："我说李村长你可别不在意呀，这可是要来真的，人家都在请人喝酒，拉关系，你还在帮人家看地，这要是把你选掉了可怎么办哪？你也得想点办法呀，听着没？"

李强很感动，说："二叔你别担心，没有什么大不了的，要是大伙儿不选我，那我就不干了呗，也不耽误我给大家看地。没事，我要是不当村长了，照样帮你们种甜菜。"

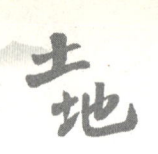

二迷糊说:"那可不一样,你小子别不在意。我这没有事,你放一百个心吧,孙贵请我喝多少酒我也不选他们。"

李强又来到马天保的地里,看见甜菜长得很好,叶子有些黄。李强进了马天保院子。马天保的小女儿玉玉在玩,看见李强进院,就喊:"妈妈,村长叔叔来了!"

小玉玉拉着李强往屋里走,李强摸着她的头说:"真懂事,小玉玉长大了,爸爸在家吧。"

小玉玉边走边说:"爸爸去孙爷爷家喝酒了,刚才去的。爸爸不愿意去,可是他们非让去。叔叔,你也是来找爸爸喝酒的吗?"

李强对小玉玉说:"叔叔不是请你爸爸喝酒的,是来告诉你爸爸该给甜菜追肥了。"

说着话,李强和玉玉进了屋,屋里只有马天保的媳妇。马天保媳妇听到玉玉的喊声,连忙收拾屋里的东西,刚要出门,李强就进来了。马天保媳妇看见李强有些不自然,忙着给李强找凳子,对李强说:"李村长怎么有空来串门了,快坐下。小玉别闹,到外面玩去。"

李强说:"大哥呢,怎么没在家,去哪了?"

马天保媳妇说:"出去了,不……不知道去哪了,刚走的。"

李强明白了,可是他没在意,说:"嫂子,我来是告诉你地里的甜菜得追点肥了,现在追还来得及,过几天可就晚了,那样会减产。等我大哥回来,你就说是我说的,再追一次肥,量要比上次的少一些,有上次的百分之五十就行。那我走了,别忘了告诉他。"

说着话李强走了。马天保媳妇和玉玉送他到门外,看着李强的身影久久没有走开,自言自语地说:"唉,这么好村长还有人……"

李强不时地下车看各家的甜菜。

李强看见李三家的甜菜有了褐斑,骑着摩托车来到李三家,可门上着锁,拖拉机车还在院子里,看来人没有走远。李强刚要走开,看见官布过来。

官布和李强打招呼:"李村长要去哪儿呀,怎么不进屋呢?"

李强推着摩托车走到官布跟前说:"我到老李三哥家有点事,你知道他去哪了吗?"

官布回头看看四周，对李强说："孙贵用车把他接走了，说是喝酒去，还说要重选村长，这是真的吗？"

李强有些不好意思地说："真的，上级要考核我，让村民投票。"

官布不解地说："你干得好好的投什么票哇，尽给大家办好事了还考核？是不是那些当不上村长的人整你呀！"

李强笑着说："怎么说呢，大概是都想当这个村长吧。大爷，你的庄稼怎么样，好不好？"

官布高兴地说："我的甜菜可好了，多亏你帮我把地要回来。前些天我的侄子来了，想要见你，可是听人家说你出门了，他又忙着回去上班，就没等你。他说年底要是回来肯定见你。"

李强问："侄子找到工作了吗？"

官布说："找到工作了，是个什么建筑材料厂，工人，一个月两千元呢，侄子媳妇也找着工作了。他们还让我回去，我说以后再说吧，等到干不动活的时候再去。"

李强说："你的侄子真不错，赶上自己的儿子了，有机会我见见他。好了，大爷我走了，你没有什么事吧？"

官布走到李强的跟前，小声说："小子，你也得想点办法呀，就让他们请人喝酒什么的？到时候选不上咋办哪？"

李强笑了，说："大爷，我没有什么办法，就会帮别人种甜菜。谢谢大爷，我走了，有什么事你就吱声，另外告诉李三该给甜菜打药了。"

李强骑上摩托车走了，官布看着李强的背影久久不肯离去。

李强骑摩托车回家，满脑子都是孙贵请人喝酒的场面。刚一进村口，有一头小猪仔跑过来，一下子被李强给撞了，李强差点摔倒，小猪躺在地上不停地叫。李强下车把小猪抓起来又放到地上，还是走不了路。正在这时，拿着水舀子的美丽出来找猪，看见李强手里抱着小猪赶紧跑过来。

李强知道就是她家的小猪，对美丽说："美丽，这是你家的猪吧，才让我给撞了，可能撞坏了。你是花多少钱买的呀？"

美丽唉呀一声，说："这是我家的猪，走不了路了，你放下看看。"

李强把猪放到地上，小猪居然一瘸一瘸地跑回院里，美丽要回去，李强叫住了她，说："美丽，你等一会儿再走。我也不知道你是花多少钱买的

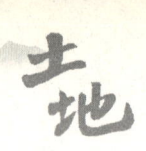

猪,先给你一百元,要是这头猪死了就算我赔你,要是不死就给它买饲料吧。"

美丽一看有点不好意思,就说:"算了,它都能跑,可能没啥事,再说花七十元钱买的,也值不了一百元。"

李强说:"你们都喂了二十多天,就拿着吧,别嫌少。你的爸妈在不,要不要我和他们解释一下。"

美丽说:"他们都不在家,都去孙贵家喝酒了,回来我和他们说。"

李强说:"要是和你爸妈说不清,你去找我。好,那我先走了。"

李强摆摆手骑摩托车走了。美丽看了看一百元钱,又看看远去的李强,自言自语地说:"多好的村长啊。"

李强回到家觉得非常的疲惫,进了自己的屋,躺在沙发上,眼睛望着屋顶出神,头脑里不断地闪现出人们在孙贵家喝酒的画面。李强的情绪很低落,感觉自己很无助。他从衣兜里拿出手机给杜萍打电话,已经拨出去,他又取消他合上手机在想和她说什么呢,终于又拨通了杜萍的电话。

李强声音很小地说:"喂,是我,你在上班吗?"

杜萍拿过手机一看是李强,急忙接电话:"喂,李强,我在上班呢,怎么想着给我打电话了,有事吧?"

李强没有精神地说:"没有啥事,就是有点想你了,给你打个电话,看看你在干什么。"

杜萍听李强的声音觉得有点不对劲,就追问:"怎么了,咋这么不精神,是不是有事呀?有事你就说,咋觉得你有点不对劲呢?"

李强提了提声音说:"没有,挺好的,就是有点累,想你,看不见你心里空落落的。"

杜萍拿着手机赶紧到办公室外面,说:"李强,我知道你会有困难的,可是你得和我说呀,别自己硬扛啊。想我你就来呗,谁还管你呀,时间不都是你的嘛。"

李强停了一会儿,没有说话,只是在听杜萍的声音。

杜萍着急地说:"你说话呀,到底怎么了?啥事都难不倒的人,今天是怎么了?咋不说话了呢,喂!我说你听见没有哇?"

李强说:"我在听你说话,你说吧,我听着呢。"

杜萍提高了嗓音:"你咋有事还不和我说了呢,急死我了,到底有没有事呀?"

李强叹了一口气说:"没事,就是想听听你的声音,没别的事我挂了,再见。"李强合上手机,把大棉被盖在身上,枕头也不拿就睡了。

杜萍放下电话就去找公司的经理刘亮。杜萍来到刘经理的办公室,敲门。

刘亮在看文件,听见敲门声说:"进来。"

杜萍进了经理室。

刘经理问:"有什么事,小杜,坐下说。"

杜萍坐下,"刘经理,我想休年假。这段时间事不是太多,要是等到年底休假就对工作有影响了。"

刘经理想了想说:"办完这个项目的手续就没事了,资料已经全了,就等着装订完送到广原市政府。我看你这两天办完就休息吧,完事通知我一声,我好安排人接替你的工作。"

杜萍一听很高兴,就说:"那我这就去办。"

刘经理:"好,那你去办吧。你只能休一周的假期。"

杜萍出了经理室,回到自己的桌前忙起来,一会儿就完成了工作,准备回家。

刘经理喊:"杜萍,杜萍,你这是要去哪儿呀?你不是说过两天休假嘛,咱们明天的集会还搞不搞了?"

杜萍想了想说:"真对不起,我有点要紧的事,明天我不能去了,你们几个去就得了,回来我请你吃饭。"

刘亮问:"那你去哪儿呀,是不是去百泉沟?"

杜萍说:"是去百泉沟,找李强有点事。我的事都办完了,明天就走。你还有什么事吗?"

刘亮一听是她去找李强,心凉了半截,情绪不高地对杜萍说:"好吧,祝你一路顺风。"

刘亮挥手和杜萍告别,看着杜萍走远才回办公室。

早上,李强在村委会准备了很多的水果和茶杯,托娅也在帮忙,准备迎接基地王经理等人前来检查,找来奶豆腐做饭。

李强问:"二婶,让托娅帮你做饭吧。"

奶豆腐说:"一个人就行,不就咱们几个,加上来的一共六个人嘛。"

李强想了一下说:"对,就六个人,要买什么叫托娅去买。"

奶豆腐看看托娅说:"要是有了托娅那可就更好了,她做啥比我强多了,累活我干,到时候你炒菜。"

托娅说:"我可不行,还是你来吧,我在家里还差不多,这给外人做菜可做不好,整不好强哥该说我了。"

奶豆腐看看托娅又看看李强说:"你还有个怕的人呀,那以后就让他管你得了,行不行强子,我给你们做个中间人。"

奶豆腐这么一说托娅的脸红了,李强也有点不自然地说:"二婶咋啥都说呢,看托娅一会儿咋收拾你。"

托娅说:"人家强哥有对象,叫杜萍,就是没有见过。强哥,你叫她来一趟,让我们都看看,看看她长得好看不。"

李强说:"你们肯定能看见。不过长得嘛,有点像你。"

托娅有些吃惊地说:"真的呀,那来了可得告诉我,二婶也得看看。"

奶豆腐一边洗碗一边说:"我看不看有什么用,要看还得托娅看,长得不好看托娅你就上,把你强哥抢回来。哈哈!"

奶豆腐这话说得托娅从心里高兴,她有点忍不住地说:"那咋的,不行我就抢你,强哥可得有点思想准备。你以为我不敢哪!"

奶豆腐一听托娅的话就高兴,觉得和她对脾气,说:"强子听着没有,你得有点思想准备。好男人就得抢,要不捞不着。哈哈!"

外面有小汽车声音,是王申他们,车停在了门口,李强他们赶紧出来迎接,从车上下来四个人。李强和王申等人握手,又给托娅和奶豆腐介绍。

"这就是我们的基地经理王申,这位是我们陆总办公室的秘书梁小丽,这位是司机,这位是王大勇。这位是——"

李强刚要介绍托娅,梁小丽瞪大了眼睛,说:"这位我知道,一定是杜萍,什么时候来的?"

托娅愣住了,看着李强。

李强说:"这位是我们村的妇女主任包托娅。"

"这么像,不好意思,对不起托娅主任!"梁小丽上前握住托娅的手,惹得大家哄堂大笑。

托娅红着脸看了李强一眼，说："快进屋吧！"

梁小丽进屋就说："李强，这就是村委会的办公室呀，条件一般，还没有咱们公司好呢。"

李强说："怎么能和咱们公司比，就是乡政府也比不了咱们公司。"

王申说："我看咱们抓紧时间去基地看看，回来吃完饭再研究别的问题，这样行吧？"

李强说："行，听你的安排。走，我给你们领路。"

说着李强和王申等人上车。

托娅对奶豆腐说："二婶，你说那个梁小丽像不像有对象的人？"

奶豆腐一边干活一边说："这时候的人上哪儿看去，这么漂亮的姑娘，工作也好，追他的人不得排队。"

托娅说："我看她和李强说话很随便呀！"

奶豆腐笑着说："在一个单位工作有啥呀，你有心事吧！"

"我有啥心事呀，我就是说说。"两个人开始准备饭菜。

李强领着王申等人在田间查看。

王申看着梁小丽说："小丽是第一次下乡，怎么样，累不累？"

梁小丽也不回避，说："累倒是不累，就是有点脏，到处是土，新穿的衣服半天就脏了，要不农民总是穿粗布衣服。"

王大勇说："农民还是苦哇，怎么也赶不上城里人。"

王中看着梁小丽说："小丽，你要是找一个农村的对象，就这样的环境待得住吗？"

梁小丽很直率地说："看是谁呗，要是李强的话我就来。有什么呀，别人待了我就待不了？"

王大勇说："真的呀！那好，李强说句话，就找她当媳妇，看她来不来。"

李强急了，说："王哥你可别逗我们，这儿的老百姓听了会当真，你可别再说了。"

王申看着甜菜说："说正事。我们走了三个乡的地，就李强这个乡的甜菜最好，产量肯定要超过去年。你看这都多大呀，整个地里都没有杂草，这

得增产多少。"

梁小丽看着王申说:"就是,我看其他乡的都没有李强这个乡的好,怪不得王经理总是向着李强说话。"

王申说:"好了,我们也看得差不多,该回去了。"

王大勇说:"你说了算呗,都听你的。"

梁小丽说:"我看是行,还有没看的村吗?"

李强说:"还有三个村呢,那几个村的地好,甜菜长得也好,每亩产量都比这几个村高出百分之二十。"

王申说:"那就回吧。"

回到村委会,人们一进屋就闻着炖肉的香味,菜都做好了,摆了一桌子。大伙儿洗脸洗手。

梁小丽到有镜子的地方梳头发,一边梳一边说:"哎,王经理,我咋闻着这肉味和饭店里的不一样呢?"

王申擦着脸说:"那有啥不一样的,都是肉,主要是环境不同罢了。"

梁小丽说:"这香味咋这么纯呢,一闻就有食欲。"

王申故意逗梁小丽:"农村啥都好,人也纯朴,找对象就找农村人,能干、朴实,是不是李强?"

梁小丽明白是在说她和李强,故意说:"人可不一定都好,那看是谁,没有文化的多着呢。"

王申看李强,一本正经地说:"你说这话李强该不乐意了,他就没有文化,那不多心嘛。"

托娅听着心里有点不高兴,忙说:"开饭了,大伙儿上桌。王经理这边坐,挨着李村长。"

梁小丽看托娅长得很漂亮,还很灵气,说话也利落,修长的身材很像城里人,就赶忙说:"我和包妇联挨着,不过你可别让我喝酒哇,得保护我点,要不王经理又该灌我酒了。"

王经理说:"我才不是说了嘛,农村人实惠,特别是蒙古族姑娘喝酒也豪爽,这回你找到对手喽。包主任把她陪好就行。"

托娅微笑着说:"没问题,不过我可是不能喝酒,要是陪不好梁秘书还有我张婶呢,她能喝,你们男同志也不一定是她的对手。"

梁小丽看着奶豆腐说:"好了,把菜都端上来。咱们一起喝吧,你和我们王经理喝,我可不行。这个是啥菜呀,用糖做的吧?"

托娅说:"这个是糖熘奶豆腐,来客人必备这道菜,可好吃呢。"

王申说:"都上桌一起喝吧,李村长你起个头,到你的一亩三分地,你说了算。"

李强端起酒杯说:"那我就提一杯酒,非常欢迎王经理等一行到我的基地来检查工作。我在糖厂工作两年,得到你们的大力帮助和支持,今天借这个机会对大家表示感谢,我干了,你们随意。"

说着李强一口干了一杯酒,其他人也都干了,只有梁小丽和托娅没有干,王经理看看她俩。

王经理说:"怎么的,你们俩合计了,都没干。"

梁小丽说:"我在等主任呢,怎么也不能落下我的同盟啊。"

托娅举杯一饮而尽。梁小丽看她喝,也一口喝了杯中的酒。

王经理看着她俩说:"痛快,这才像个喝酒的,再倒上。"

托娅站起身给大家倒酒,说:"各位来我们村检查工作,我们非常欢迎,我敬大家一杯,以示感谢。这杯酒我干了,大家随意。"

奶豆腐接过来说:"等一下,让托娅给大家唱首歌,托娅唱得好。"

托娅说:"不行,我唱得不好!"

奶豆腐说:"别谦虚了,头几年乡里民歌比赛还拿了一等奖呢!"

"好,唱一个。"大家鼓起掌来。

托娅放下酒杯,对大家说:"恭敬不如从命,那我就唱《我的根在草原》给大家祝兴。我把这支歌献给为我们村做出贡献的糖厂朋友。走遍了山山水水……我是父亲心爱的骏马,永远爱恋着草原。无论在哪里,我的根在草原……我是母亲放飞的雄膺,永远俯瞰着草原。无论在哪里,我的根在草原……"

李强听着托娅唱歌,眼前似乎浮现草原风光,感觉自己就像一匹骏马奔驰在辽阔的草原。他的眼睛湿润了,流下眼泪。

"好!好!"

"太美了!太美了!"

大家不停地鼓掌,有的干了杯中酒。托娅看着李强慢慢地坐下。李强边

擦眼泪边鼓掌。

长途汽车站，杜萍上车，找了一个靠窗子的坐位坐下。看着上车的人们，杜萍低头沉思，想象着李强的家是个什么样子。

梁小丽看李强很激动，站起身来说："包主任，你的歌声打动了在坐每个人的心，也让李强这匹草原的骏马激情满怀。来！为你甜美的歌喉，为李强的雄心壮志，咱们干一杯！"

托娅说："梁秘书，你先把我提的这杯喝了，你提的这杯我们再单喝好不好？"

梁小丽看托娅态度很坚决，举起杯把酒喝了。托娅又为她斟满酒，坐下来等着梁小丽提杯。

梁小丽举起酒杯说："这杯酒敬你这位美丽大方的妇女主任，感谢你对李强工作的支持和帮助，使李强在基地工作中取得了这么好的成绩，功劳也有你的一半，我先喝为敬。"

说完梁小丽一饮而尽，托娅也一口喝了，大家一起鼓掌。

王申鼓掌，说："好，这才像个喝酒的，接着来。"

听王申说这话，托娅边倒酒边说："我也敬梁秘书一杯酒，来我给倒上。李村长在基地工作已经近两年了，这两年来在李村长的努力下，种植户的收入都有大幅度的增长。这主要取决于糖厂的各位领导和同事们的支持，特别是和办公室的支持分不开，为此我敬你这杯酒，也让我们的张婵赞助一杯。"

托娅说着和梁小丽、奶豆腐碰杯，之后一口干了，梁小丽和奶豆腐一起干了这杯酒。大伙儿又是鼓掌。

王申说："我提一杯。今天上午看了各户的甜菜，总的来说都不错。李强说有三个村比这还要好，我们也不去看了。这次检查主要就是看甜菜的长势，长得好秋天才能有产量，有了原料，我们的生产就没问题。今天的检查，我给李强打满分，你们看呢？"

梁小丽、王大勇和司机都说："满分，同意。"

王申转向李强说："所以这杯酒是祝贺你，大家一起干了。"

说完王申带头干了，其他人也都干了，只有李强没有干。

李强摸着头说："王经理，我可喝不了啦，请原谅。"

王申转向李强说:"李村长咋这么蔫呢,这男的还不如女的。你也唱首歌,都倒满了。"

李强把酒都倒上。

王申接着说:"这第二杯酒我敬你这个村长,在你的村委会招待我们,又整了这么多的菜,我们表示感谢,感谢村委会的热情款待。"

大伙儿又一起干了,只有李强没有干杯,王申和王大勇都看着李强,不知道怎么回事。

李强情绪很低落地说:"对不起,大家来检查我的工作,是我个人招待你们,能不能代表村委会,还要等到下周二上级对我考核的后再决定。"

"考核?"梁小丽急着问。

李强说:"让群众投信任票。对不起,这杯酒我不想喝,等我的考核完了,我到双青请你们喝酒。"

王申接过话题说:"这个我不用问就知道是怎么回事,可能是上边有人和你过不去。这儿的群众是信任你的,要是群众考核你就别怕,这事领导说了不算,群众说了算,选票说了算。"

梁小丽回过神来,刚才的酒劲上来,说话有些冲:"不让干就别干了呗,能挣多少钱哪,还操心,今天让干,明天又不让干的。走,跟我们回双青去,还不干了,有什么了不起的!"

托娅喝得已经抬不起头来了,眼皮开始打架,也不知道他们说什么。可是奶豆腐头脑清晰,喝点酒还很兴奋。

奶豆腐接过话题说:"群众是拥护李村长的,就是有那么一伙人整事,他们没当上村长,心里不自在。我们家的赵玉柱就想当村长,就他那个样能和李村长比?大家放心,要是李村长落选,我头朝下出百泉沟。"

一席话说得大家兴奋异常,个个表示敬佩,纷纷举起酒杯和奶豆腐碰杯。

王申说:"好,冲你这句话,我们共同和你干一杯。"

一辆大客车在村口停下,下来几个人,其中有一个是杜萍。杜萍正要问路,李长玺从远处走来,说:"托娅,你去哪啦?"

杜萍问:"这位大哥是百泉沟村的吗?"

李长玺:"你是——啊,我是百泉沟村的。"

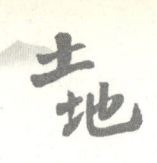

杜萍问:"那你知道李强的家在哪吧?"

李长玺打量着杜萍,说:"我认错人了啦,对不起,你找李强啊?"

杜萍微笑着说:"我是李强的朋友,是到他家来串门的。"

李长玺说:"那是我们的村长,走,我领你去。"

杜萍说:"谢谢你,耽误你干活了吧?"

李长玺说:"别客气!"

李长玺领着杜萍向李强家的方向走,时不时地打量着杜萍。

李强有点过意不去,说:"我今天不应该提村里的事,影响你们喝酒,对不起,等考核完之后我一定请你们,咱们把这杯酒干了吃饭。"

王申一行就要上车走了,梁小丽和托娅告别,看她已经趴在桌上,用手拍了拍她的肩膀,说:"包主任再见!"

别人陆续往外走,小丽握住李强的手久久不愿松开,嘴里不住地说:"走,咱们回双青,走!不在这干了,到双青住我的宿舍,我住办公室。走……"

李强和王申、王大勇握手。

李强不好意思地对王申说:"小丽有点喝多了,你们路上多照顾点,有事来电话,再见。"

王申笑笑说:"没有你,小丽能喝这么多吗?"

王申等人都走了,托娅没起来,奶豆腐给她拿来一碗水,让她喝点。李强给她拿来湿毛巾,让奶豆腐帮她擦擦脸,果然有效。托娅起来喝了一碗水。李强又给她倒了一碗,端到她面前,放在桌子上。

托娅看了一下四周说:"他们呢,是不是都走了?"

奶豆腐说:"都走了,刚走的,叫你也不醒啊。"

第十二章

杜萍看着路两边的风景说："百泉沟可真美，是个好地方。大哥是不是要下地干活？"

李长玺说："可不是咋的，其实也没有什么要紧的活，就是给甜菜地拔拔大草，这是李村长帮助我们搞的项目。"

杜萍说："这不耽误你干活了嘛。"

李长玺说："这算啥呀，就帮这么点忙，再说了，我们哥儿俩可不是一般的关系，谁跟谁都不惜外。"

杜萍问："李强是不是很忙啊，怎么打电话他都不接呢？"

李长玺说："你说他呀，一天事太多，甜菜就够他忙的了，挨家跑。这还不算，一些个体户也找他，什么养鸡的、养羊的、养牛的、养猪的，忙一天不着家，就这样上级还要对他进行考核。说是考核，我看就是重新选举，对他的压力可不小。"

杜萍心里一惊，说："他犯错误了？为什么要进行选举？"

李长玺愣了一下，知道自己说走嘴，只好把实情告诉杜萍："犯啥错误啊，就是为了群众有点好地种，想放红旗水库开地造田。这事让政协的方主席知道了，他就想办法整李强。"

杜萍问："政协主席怎么还管村里的事呢？"

李长玺回头看看没有人才说："你是不知道哇……"

二人来到了村委会，看见门锁着，李长玺又领杜萍往李强家走，杜萍拿出手机给李强打电话。

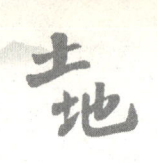

杜萍说:"喂,你在哪呢?我呀,你猜?要到你家了。"

李长玺说:"他在哪呢?"

"说在家。"杜萍说。

李强接完电话就从屋里出来,看见母亲在喂猪,忙说:"妈,杜萍来了,就要到了。"

说着话,李长玺和杜萍已经进院,李长玺冲着其其格喊:"大婶来客人了,你看是谁?"

其其格细看杜萍,又回头看着李强,李强赶紧介绍:"妈,这就是杜萍,长得和托娅很像。杜萍,这是我母亲。"

其其格说:"可不咋的,我以为是托娅呢,这也太像了。来之前咋没个信儿呢,李强也不知道哇。"

李长玺说:"乍一看我以为是托娅呢,细看又不是,她们俩长得太像了,不是咱们村里人看不出来。"

杜萍一见其其格,觉得她很慈祥,说:"我是杜萍,大娘你好。"说着恭恭敬敬地给其其格鞠躬,其其格赶忙往屋里拉杜萍。

其其格说:"唉呀,还行什么礼呀,快进屋吧,长玺前头走。"

杜萍一边往屋子里走一边说:"大娘,你先走。"

其其格拉着杜萍进屋,李强、李长玺跟在后头,几个人进屋坐下。其其格拿来铜制的小水壶和碗,李强把茶叶放在水壶里,倒了三杯茶,先给李长玺端一杯,又给其其格一杯,然后给杜萍一杯。

杜萍坐下来说:"李强,是李大哥送我过来的,把人家的活都耽误了,明天你帮李大哥多干点。大哥喝水。"

李长玺喝了一口水说:"没事,我那儿点活干不干都行,待着没事去看看地。"

其其格看杜萍这么有礼貌,长得又挑不出毛病来,就对杜萍说:"你来李强知道吗?"

杜萍说:"事先我没告诉他,怕影响他的工作。"

李强笑着说:"她搞突然袭击呢。"

杜萍责怪李强:"不是,你那么忙,事先告诉你,你又该耽误工作了,向着你还不领情。"

李长玺说:"我们李村长那可是忙啊,一天长到专业户家里,到头来还落个什么群众考核。"

其其格听李长玺这样说,怕杜萍知道李强要考核的事,就赶忙去洗苹果。其其格把苹果端到李长玺的面前说:"来,快吃一个苹果,杜萍也拿一个,别客气。"

李长玺没有拿,杜萍拿了一个递给他说:"大哥吃一个吧,别客气。"

李长玺接过苹果吃起来,其其格拿一个苹果给杜萍。

杜萍说:"大娘我不吃,我喝水。"

李强说:"长玺哥,你先喝水,我出去买点东西。"

李强骑着摩托车来到托娅的小卖店,下车进屋。

托娅看见李强来了,从床上起来,说:"你怎么来了,看我喝醉酒之后的狼狈相来了吧。"

李强说:"不是,我怎么能看你的笑话呢,我是想看看你吃没吃饭,还想买点东西。"

托娅问:"买什么呀?"

李强想了想说:"买点水果和饮料,再买点点心。"

托娅一听是买饮料就问:"你买饮料给谁喝呀,谁来了啦?"

李强有些不自然地笑了,然后看着托娅说:"你猜谁来了看能不能猜到。"

托娅想了想说:"我猜不到,你说吧,是谁来了。"

李强说:"真的猜不着?那我告诉你,是杜萍来了,事先我也不知道,我回家她就到了。"

托娅一听又精神了,对李强说:"那我看看行吧?看看她到底长的什么样,能让你着迷。你别担心,我不会给你惹事的,别害怕。"

"和你长得差不多,看着你就看着她了,一会儿你去看看。"李强说着从货架上拿下好多东西,托娅也没算账。

李强说:"该多钱是多少钱,你不能不要钱哪。照你这么办商店,那还不得赔了哇。"

说着把一张五十元放在桌上,托娅又给他塞回衣兜。

"得了吧,谁跟谁呀?"托娅不由分说地拿起东西就往外走。

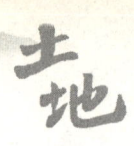

李强说:"那你也得找个人帮你看一下店吧。"

托娅说:"不看了,关门。"

说着她把门锁上,又拿起东西,坐上李强的摩托车走了。

杜萍看见李强和托娅进屋,站起来,看看李强又看看托娅说:"李强,这位是……"

李强忙给杜萍介绍:"这是前院的托娅,是我的高中同学。这是我的朋友杜萍。"

两个人互相打量起来。李长玺也好奇地看着。

杜萍给托娅让坐,对李强说:"和我像,说我们是双胞胎有人信。"

李强高兴得合不拢嘴,笑着对李长玺说:"长玺哥,你能分得出来是谁吗?"

李长玺看看两人,说:"白的是杜萍,黑点的是托娅。"

托娅很大方地说:"杜姐是城里人,我是乡下人,整天晒能不黑嘛"

李长玺说:"可能是吧。"

杜萍说:"黑的结实,我想黑还黑不了呢,多健康啊。"

李强说:"李哥,耽误你的农活明天我帮你,不就是给甜菜地里薅大草嘛,今天中午在这喝酒。"

李长玺说:"我可不喝了,耽误事,下午干不动活,让托娅和杜萍喝吧。"

"托娅也得喝酒,中午都喝了,一会儿少喝点。"李强说。

托娅为难地说:"不是我不喝酒,是中午喝得太多了,到现在还没吃饭呢。杜姐你不知道哇,那个糖厂的秘书梁小丽也太能喝,人家喝完走了,跟没事似的,我啥都不明白了,被张婶扶回家。别说了,丢死人了。"

说着话,其其格已经到厨房准备饭。杜萍对李强说:"你们聊,我出去一趟。"

李长玺看见杜萍出去,就对李强说:"杜萍已经知道你要考核的事,是我说走嘴了,不过也没啥,早晚也得知道。"

托娅说:"知道就知道吧,这也不是什么大不了的事,咱们心里没病不怕喝凉水。我看这是好事,让她也知道这村长不是什么好干的差事。"

李强问托娅:"最近还听着什么新的情况?"

托娅有些着急地说:"都是孙贵请喝酒的事,到处拉人,哪一天都不落桌。我可听说赵玉柱有点坐不住炕了,他那边只有刘国民、刘兰英帮忙,没有孙贵的人多。赵玉柱还不放心孙贵,知道孙贵明着给他拉票,实际上在给自己做准备。"

李强沉默一会儿说:"随他去吧,当一天村长,我就像样地干一天工作。"

李长玺说:"那也不能干瞧着人家活动啊,怎么也得想点办法。"

李强说:"想什么办法,干正事就是办法,我就不信酒能换来威信。"

杜萍没有出去,而是到厨房帮其其格做饭,别看杜萍在企业上班,做饭可是她的拿手活,一进厨房就能帮上忙。

其其格看杜萍来帮忙心里喜欢,可是嘴里说:"行了,你坐了半天的车,歇一会儿吧,这点活我一会儿就干完了。"

杜萍笑着说:"没事,我在单位也常干,都是自己做饭。坐车比上班还轻松呢,我来洗菜吧。"

看着杜萍干活的灵巧样,其其格的心里真高兴,心想这李强的眼力还真不错,将来有这样的媳妇过日子,李强不会受苦。

托娅听见杜萍在厨房里说话,知道她在帮助李强的妈妈做饭,觉得不能再待了,得赶快走,人家杜萍帮着干活,自己要是在这吃现成的,那多没面子。托娅这才感觉杜萍不是一般人,是个很有心的人,想到这,心里说不清是个什么滋味。

托娅对李强说:"唉呀,我的电饭锅还插着电呢,我得去看看。"说着起身就走。

李强追出来说:"一会儿回来喝酒,听着没有?"

托娅边走边说:"我不回来了,你好好陪杜姐吧。"

托娅说话的时候也没有回头,一路小跑回到小卖店。

托娅一进屋就把门插上,躺在床上,望着屋顶带有花纹的棚板,小时候和李强在家做饭的情景回闪在眼前……

双合尔爷爷家,十二岁的托娅和李强趁爷爷、奶奶不在家,在厨房烙饼。托娅翻饼,李强烧火。李强火烧大了,饼糊了。

托娅着急地说:"火烧大了,少放柴火呀,你也不看着,不中用!上一

边去,等着吃吧!"

李强说:"我也没多放柴火呀,你也翻个个儿呀,都赖我呀!"

烟呛得两个人直流鼻涕。

托娅的心里特别难过,眼泪顺着眼角流下来,看着屋顶,目不转睛。

李大路回来,一进屋看见满桌子的菜,李长玺也在,以为是要请李长玺。李大路脱下外套,看着李长玺说:"大侄子,我早就想和你喝点酒。李强和我说了,村上的事你没少出力。还等谁呢,这菜不是都好了吗?"

李长玺一听李大路还不知道杜萍来,笑着说:"就等你了,你去哪了?今天你得多喝点酒,你知道谁来了吗?"

李大路不明白地问:"我去磨点饲料。谁来了,在哪呢?"

说着话,杜萍已经从厨房里出来,进屋看见李大路,示意李强给介绍一下。

李强说:"爸,这是杜萍。杜萍,这是我爸。"

杜萍大大方方地说:"大伯你好。"

说着给李大路鞠了一躬。

李大路看着杜萍说:"咦,这不是托娅嘛,怎么回事呀?"

李强笑了,说:"你仔细看,这就是杜萍,长得很像托娅。"

李大路有点懵了,端详了一会儿说:"这要是在街上看见,我是分不清,这孩子啥时候来的,事先怎么没个信呢?"

杜萍说:"我是坐早车来的,怕影响李强的工作,所以也没给你们打电话。有直通车路过这,很方便的。"

说着话,其其格把一盘菜放在桌上,然后叫大家上桌。其其格用手拉着杜萍,又冲着李长玺说:"上桌吧,菜都好了。这菜都是杜萍炒的。大家都坐下,李强拿酒去。"

杜萍叫住李强说:"喝我拿来的酒吧。"

杜萍让李强把酒打开,之后给李大路、其其格、李长玺、李强倒上酒。

晚饭后,杜萍来到李强住的屋里。李强的脸有些红。杜萍因为没喝酒,所以很清醒。她面对面地和李强坐着,看着李强心里不免有一点伤感,说:"你比以前瘦多了,也黑了。"

李强看着杜萍很关心地说:"你要是累了就休息一会儿吧,晚上和我妈住在这屋。"

说着就要把被子打开，杜萍没有让。

"等一会儿吧，我每天睡得很晚。"杜萍很亲切地说。

杜萍看看李强说："你累吗？要是不累的话，咱们去你爸那屋待会儿，和他们唠唠嗑，他们很想见我吧？"

李强一听当然高兴了，说："那行，我不累，喝么那点酒没事。我妈整天把咱俩的事挂在嘴边上，希望咱们早点结婚。"

杜萍瞪了李强一眼说："都怨你，还说呢。"

李强笑了，偷偷地说："你以为我不乐意结婚哪，做梦都想。"

杜萍说："你在梦里不知和谁结婚呢，在这骗我。"

说着杜萍掐了一把李强，李强顺势抓住杜萍的手。

李大路在大屋里喝水，其其格想去看看杜萍，走到门口又回来。

李大路说："你看你，要进屋就进去，来回地走什么呀，叫孩子们看着多不好哇，好像咋的似的，没个大方劲。你看人家杜萍就像自家人一样，一点都不眼生。你要和她聊天就去呗，怕什么呀，真是的。"

其其格小声地说："你吵吵啥呀，叫孩子们听见。我不是想让她和强子多唠一会儿嗑嘛。我要是去了，他们俩就唠不成了。"

说着话，李强和杜萍进屋，杜萍大大方方地坐在炕上，给李大路、其其格倒水。

其其格说："杜萍喝奶茶吗？"

杜萍说："我喝牛奶，可是没喝过奶茶，不知道好不好喝。"

其其格："来喝一碗，我们蒙古人都喝奶茶，养人的。"

说话之间，三家子屯的老支书徐守忠来了，李强忙着打招呼，叫杜萍去倒茶。

李强说："徐大叔来了，这是我的朋友杜萍，这是老徐大叔。"

李大路给徐守忠拿烟，说："他大叔来了，坐这来。"

徐守忠坐下，接过李大路递的烟点着，看看杜萍，说："有点像托娅。今天来的？"

杜萍给徐守忠倒水，说："早上来的，大叔喝茶。"

李大路看看徐守忠说："怎么样，活都忙完没有？"

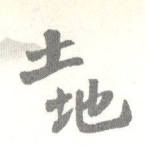

徐守忠说:"也没啥忙的,地一打药就完事。我没啥事也不串门子,这两天我知道些事,总觉得不和你们说有点不对劲。吃完饭就出来溜达溜达,顺便来看看。要说李强上任时我找他办的那点事,早都给我办完了,我挺感谢他的。事安排得很周到,又不失原则。"

李大路说:"咱们哥们儿是多少年的交情了,那还说啥呀。李强把你那个事给解决了,没听他说呢,你满意吗?"

徐守忠说:"太满意了,他把村上欠我的账,过给我的堂叔伯哥哥,他也挺同意的,他欠村上的钱挺多年,村上也没和他要利息,还给他优惠了一些,把他从村里借钱给媳妇看病的账结了,他觉得很满意。要不说这人得有水平呢,我在村上的时候就没想到这个办法。"

李大路说:"那也是你兄弟给面子,要是不同意过,你说能把他咋的。"

徐守忠说:"事在人为呀。"

李强说:"那点小事也是应该给你办的,别老挂在嘴上。说真的,都要像你那样当书记,群众的意见可就小多了。"

杜萍看看李强,心里觉得很高兴,从老徐身上看得出来李强的能力和人缘。她挨李强坐着,悄悄拽了拽李强的衣角。李强笑了。

李大路问:"你和刘兰英的婚事什么时候办?还等啥呢?"

徐守忠叹了一口气说:"黄了,我不想和她结婚,五十多岁的人了,连点原则都没有,和别人告李强。我说她,她还一身的理。"

李大路说:"别为了公家的事影响你们个人问题呀,都一把年纪,再拖都老了。"

徐守忠说:"那也没办法,我丢不起那个人。李强做的事都对呀,可是她还要告人家。我是什么人哪,这你还不知道。这些年都过来了,不找也罢。"

李强说:"大叔,你不要因为我误了你们的婚事,兰英姨以后会明白的,暂时不理解,面子上过不去而已。"

徐守忠看了一眼杜萍,又看看李大路,有点不好意思,又看了一下李强。

李强笑了,知道徐守忠说他的事有点不好意思,就对徐守忠说:"大叔是不是为我考核的事来的？没关系，你说吧，杜萍已经知道了，她很理解。"

杜萍笑笑说："这个事我早就知道了，你也是为李强好。"

徐守忠吸了一口烟，说："今天孙贵又去找我，这不去好像咋回事似的，我头几年还当过三家子村的书记，找三回了，没办法推拖就去了。我一看，他们家喝酒的人也太多了，那请到请不到的都请来了，有的都喝三次酒了。酒桌上孙贵提议大家选赵玉柱，但人们都说要选孙贵。回来之后，怎么想心里也不落体，想来想去还是觉得和你说一下好。咱们不用请人喝酒，找人说一下总可以吧。大叔你放心，能做工作的我都做了，还得找一些有正义感的人说说。这些年了，就你这个村长合格，要是选下去，上哪去找你这样年轻有为的村长啊。"

李强很感谢地说："大叔，谢谢你的提醒，这些事我已经知道了。要是群众信任我，就不怕他请人喝酒。"

徐守忠叹了口气说："话是那么说，人面不如猪头哇。有的人就知道小恩小惠，还管什么原则呀。"

说话之间托娅和张丽丽来了。托娅进屋看见徐守忠说："徐书记也在这儿，啥时候来的？"

徐守忠说："我来有一会儿了。你爷爷在家吗？"

托娅说："在呢，刚才还叫我给强哥带话，叫他稳住，别怕，没什么大不了的。"

杜萍给托娅、张丽丽拿来凳子，让她们俩坐卜，自己也坐在旁边，看着托娅，说："你中午怎么回家了，还外道起来。"

其其格把水壶拿过来要给托娅、张丽丽倒水，杜萍接过水壶给她们俩倒水，又给徐守忠倒水。

托娅不好意思地说："不是外道，上午真的喝多了，到现在我才吃了一顿饭，而且喝的是粥，不信你问丽丽，她才看着我吃的。不然说什么我也得和你喝点酒，多好的机会呀，头一次见着你。"

正在这时，从外面传来双合尔洪亮的声音，说："这人还不少呢，门都没关，不知道狼走了还要防野狗嘛。"

李强一听是双合尔的声音，急忙出去迎接，人们都站起来，李大路和徐

守忠下地,把双合尔让到炕头上。

双合尔一看徐守忠也在,高兴地说:"我说守忠啊,我可有好几年都没看见你了。人以群分,物以类聚,今天我才知道是啥意思。哈哈!"

徐守忠说:"可不是嘛,有几年没见着你了,身体还很硬实吧?"

双合尔说:"还将就,没有太大的毛病,小病也是不断。"

说话间其其格把桌子放在炕上,又把桌子慢慢推到双合尔的面前,接着把点心盘、白糖碟、奶油碟和一盘切好的新鲜奶豆腐摆在桌上,又沏了一碗酽酽的红茶放在双合尔的前面。

李强递给杜萍一盒烟,介绍:"爷爷,这是我的女朋友杜萍,今天上午来的。这是我常和你说的双合尔爷爷,托娅的爷爷。"

杜萍非常有礼貌地递过一支烟,又给点着说:"我常听李强提起你,李强从小到大没少接受你的教育。"

双合尔接过烟,看着杜萍,又看看托娅,看着李强说:"怎么长得这么像托娅呀,我都有点分不清了。"

张丽丽也说:"我也有点分不清呢。"

双合尔抽了一口烟,看着杜萍,又转向李强,说:"好俊的一个孩子呀,比牡丹花还美!"

杜萍笑了,非常得体。

双合尔示意李强到跟前来。双合尔看看李强说:"想来想去还是有点不放心,你说离得这么近,还捎话干啥呀,穿上鞋我就过来了。"

李大路说:"这事让大叔你操心了,要是没有你的支持,李强都当不上这个村长。"

双合尔说:"不是当不上,而是不想当,是这个村子的老百姓留住了他。大家伙都看着了吧,为了群众着想才得罪那些人,所以他们才变着法地鼓捣李强。要是不把李强整下来,他们的钱串子就没了。话又说回来,李强要不是为了大伙儿,你就是把全村人都请来喝酒、送礼,那也没人选你。"

徐守忠接着说:"就是,想当村长的不下二十人吧,干过的没干过的都想当,可是李强就被大伙儿选上了,群众的眼光就是好。你说这自从当上村长办多少事了,哪件事不是群众所关心的,也就那几个没得到好处的人告你吧,别人谁反对你呀,打听打听去。要是过去,打小井这事也就这样了,说给谁就给谁，群众那不是瞎反映啊。"

"哈哈，强子，草原上哪个马群里没有几个搅群的马呀，那就要看牧马人的本事喽！"双合尔摸着胡子说。

李强点点头。

托娅说："就是。"

双合尔看着杜萍说："我也听说了，本来你和李强都要结婚，因为当村长把婚期都推迟了。要说这个事也怪我，是我让李强竞选这个村长。赛马途上知骏马，摔跤场内看好汉。换了别人他也选不上啊。"

杜萍有点不好意思地说："爷爷，你别这么说，我当时也是为了自己考虑，没有想那么多。今天听李大哥一说，我的感触很大。没想到一个甜菜项目会给家家户户带来那么大的利益，个人的利益和这比起来，真是太微不足道了。"

双合尔听了杜萍的话说："我看你也是个通情达理的孩子，话说得透亮。基地的事咱不说，就说这村长吧，要是往好了干，一个人可以决定全村人的命运。这可是一千多口人哪！"

徐守忠接过话来说："大叔也是当了一辈子村干部，啥人看不出来呀。李强从小到大总到大叔家，我看着他长大，那还能看错呀。"

李大路说："那不假，小的时候还在大叔家吃住，叫都叫不回来。"

杜萍看了一眼托娅，心里明白李强常在包家，还有一个原因就是托娅，可以和她一起玩，也是青梅竹马，想到这不免有点醋意，故意对托娅说："你们一起玩，李强是不是尽欺负你了？"

双合尔高兴地说："错喽，都是托娅欺负李强。有一次两人去坨子里采山杏，走远了，托娅耍赖不走，硬是要李强把她背回来，累得李强一进院就坐在地上，把山杏撒了一地。"

大伙儿听了都哈哈大笑起来，托娅也有点不自然，脸红得像个大苹果，李强也红了脸，杜萍的脸上露出一丝的不快。

双合尔觉得人们误解了他的意思，就说："这不是主要的原因，还有一个更主要的原因，是你们年轻人都不知道的，那就是我们两家上一辈子的交情。我要是说了，就怕你们年轻人不愿意听。"

杜萍说："包爷爷，你说吧，我喜欢听老一辈人的故事，李强常和我讲

起你,可是不知道你要讲的是什么故事?"

丽丽也说:"爷爷你说吧,我们都愿意听你讲过去的事。"

双合尔沉默了好一阵子,从他那抽动的嘴角可以看出,在他记忆深处掀起了波澜。他点着了一支烟,深深地吸了一口,吐出一团白色的烟雾。双合尔用手摸摸胡子说:"唉,都多少年的事了,可是一回想起来,还像在眼前一样。说句良心话,过去老李家对我们包家有恩哪,不光是我们家,对住在这百泉沟的老户都有恩哪。"

徐守忠说:"大叔说的事,上了岁数的老人都知道。"

双合尔接着说:"我的老家是那荣旗,我们一家三口都是莫日根王爷家的奴才。那是小鬼子倒台子头一年的春天,我和父亲给王爷家放牛,一场大风,我们放丢了五头大牛。回到家,我父亲遭到王爷一顿毒打,他让我们爷儿俩连夜去找,说要是找不回来,就剁掉我父亲的手,吓得我们一家三口连夜逃了出来,走了一个月,我们逃到了百泉沟。李强的太爷李明山看我们一家人可怜,收留了我们,告诉我们北边正在打仗,安排我们住在他们家的下屋里。当时我比李强的爷爷小两岁,我十五,他十七,一见面就成了好朋友,形影不离。当时你们老李家在三家子开出来的地就有五百亩,我们去了之后,加上原来的老孙家,就是孙贵他爷爷家,就三家人,从那时开始就叫三家子。"

张丽丽问:"就是现在的三家子屯吗?"

双合尔说:"对呀。大路的爷爷李明山和我父亲那更是对脾气,两人领着我们哥儿俩又开出五百来亩地,这就有了上千亩地的家业。第二年种子刚下地,小日本在当地筹集马料。当时有个保长叫六爷,这个人很坏,为了讨好日本人,说出了当时这一带有粮的人家。这小日本就把李强的太爷找去,还有别的村的大户。其他人都怕日本人,都出了粮和钱,被放出来。可是李强的太爷就说没有,说啥也不给,让日本人打得死去活来。我爹受不了了,在一个黑夜,和李大路的爷爷,还有孙贵的爷爷一起去救你太爷。三个人胆子可真大,把两个站岗的日本兵打死,被发现后,就逃了出来,刚跑出宪兵队,就让追上来的鬼子打死了。"

杜萍着急地问:"李强的太爷没被救出来呀?"

双合尔接着说:"哪有哇。第二天,我们哥仨那是抱头痛哭,李强太奶、孙贵的奶奶和我妈哭得死去活来,当时还不敢惊动别人,晚上把三位老人埋了。当时面对这一大家子人怎么办哪,李强他爷爷李老忠那真是个汉子,别看年纪只有十七岁,和我们一商量,把所有的地分给百泉沟种地户,把存的粮食都藏起来,等到八路军过来的时候,都交给了八路军。李老忠、我、孙贵的爹孙长有参加了八路军。我们仨一起打过三次仗,在一次狙击战中,孙长有用机枪打敌人,被敌人打中,等我和李明山把上来的敌人打,回过头来看孙长有已经死了。还没等我和李明山起来,敌人把手榴弹扔到了堑壕里,我想把它捡起来扔回去,还没有握到手里,李老忠一下子就扑过来,把我压在身下。手榴弹响了,把我要抓手榴弹的手给炸掉了四根手指,只剩下一个拇指,李老忠的后腰和大腿被炸得血肉摸糊,我们两个人被人抬了下去。"

大家都沉默了,屋子里静得没有一点声音。

双合尔喝了一口水说:"等我们回来的时候已经解放了全国,土地改革也搞完了。后来李老忠当上村里的村长,他叫我当武装委员。孙长有的媳妇领着刚一岁的孙贵,没有再找人家。我们村上对他们家那是照顾得非常周到,别人家没有粮食,他们家得有,没有了啥也得想法整着,要不到现在孙贵他还是尊敬我呢,在我的面前不敢说个不字。"

徐守忠说:"那是呀,咱们村里他就怕双合尔大叔,别人他都不放在眼里。"

"干了十几年之后,老忠得了一场病,就推荐我当村长,就这样一直干了二十八年。可是我当村长这二十多年当中,有个什么大事啥的,都得和老忠合计,研究明白了再干。你们老李家的人就有为了大伙儿献身的精神,所以我的话李强就听。这次李强下来搞甜菜基地,知道群众的期望,感到了自己的责任,所以竞选村长,没有让我失望,没有让乡亲们失望。还得说李强行,到啥时候也好。人还是要有点集体主义精神。俗话说:好狗护三邻,好人护三屯。这村长就是大管家,管大家的事。今天当着杜萍的面我唠叨这些话,就是想让你知道李强当这个村长不光是为了他自己,主要是为了全村的百姓。我们推荐李强当村长,那是因为他能为群众办实事,办真事,一碗水能端平。"双合尔说完吸了一口烟。

杜萍起身给双合尔点上一支烟,说:"爷爷,真不知道你们两家还有这

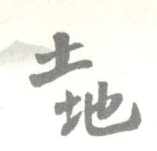

样的渊源，要不李强那么听你的话呢，真让我感动。爷爷放心，我一定会支持李强，不能辜负了乡亲们的期望。"

双合尔吸了一口烟，说："你能这样想我就心安了。李强当村长，是对你们的生活有一些影响，可它是暂时的。你们的美好生活才刚刚开始，好日子长着呢，你们说是不是？"

徐守忠说："就是，老支书说得对，等我们村建设好了，杜萍可以来咱们村里落户，自己盖他一座楼，那有多好哇。"

双合尔说："那是早晚的事。你没看这农村发展多快呀。我们草原上的蒙古人都不住蒙古包了，只有在旅游区才能看到。我得好好活着，还想看看平房变楼房的那一天。"

李强说："别的不敢说，农村盖楼那可是肯定的，现在发达地区盖楼的多了，只是我们这没有。爷爷长命百岁，肯定能住上楼房。"

托娅开玩笑："你们都在这好好过吧，我可要上城里，到那里办一个商场，等你们办超市从我那进货。"

丽丽说："想挣我们农村人的钱哪，没门，偏不上你那进货，急死你。"

托娅说："你敢，我把拉货车给你劫喽！"

托娅的话逗得大伙儿一阵大笑，人们聊得非常高兴。

托娅把激动的爷爷扶回家，还没等爷爷坐稳就一脸不高兴地说："爷爷，牡丹花就那么美吗？"

"哈哈哈，是呀，牡丹花是花中之王嘛。可我孙女是草原上的萨日朗不但美丽，还能经得起风吹雨打，是我们蒙古人眼中圣洁的花，对不？"双合尔的话说得托娅心里甜甜的。

第二天早饭后。

李强对杜萍说："我们到基地户看看甜菜怎么样，想不想去？"

杜萍很高兴地说："想去，真想看看你的基地。"

李强说："那好，我们这就走。我每天也是在各家的地里，或者是在专业户家里。"

杜萍明白了，说："怪不得你总也不给我打电话，上网也找不到你，你的心里都是那些专业户，哪里还有我呀。"

李强充满歉意地说："也不是不想你，忙了一天，到了晚上想起你来，想打个电话吧，还怕太晚打扰你休息，就想着抓紧干活，挤出时间去你那待两天。"

杜萍心里很高兴，说："真的假的呀，我咋没看出来。和我不冷不热的，是不是因为有托娅在你的跟前，就不想我了。我可看着这个托娅很有心，要不我来了她怎么就来了。"

李强笑了，摇摇头说："你想哪去了，她是我的同学，又是妇联主任，我们两家有交情。她这人性格外向，有话就说，很直爽的。我们就像亲兄妹一样，未来的嫂子来了，能不来看看嘛。"

杜萍拿起随身的小包、围巾拉上李强就要出去，又想了想说："告诉你父母一声，要不他们该不知道我们去哪儿了。"

李强回去告诉了一声，两人骑上摩托车走了。

乡间路上摩托车颠簸的很厉害，杜萍有些害怕，紧紧地抱住李强，脸贴在李强的后背上，很幸福。李强的车骑得很快，一会儿穿过小河，一会儿走进沙滩。他们在村外的敖包边上停下车。

李强对杜萍说："在蒙古族地区，来往路过敖包的时候，都要往敖包上放一些石头，还要以礼示意，祈求上天赐福。"

李强拉着杜萍在敖包前施礼，杜萍学着李强的样子。李强问杜萍："你祈求什么？"

杜萍说："我祈求和你永远在一起，当然也祝你事业有成，实现你的梦想，给百泉沟的乡亲们带来幸福。你呢？"

李强沉默了一会儿，抬起头来说："你替我说了。"

李强骑摩托车行进在田野上，来到金钟家停下。

李强下车招呼："金钟大哥在家吗？"

金钟的媳妇在外面挤牛奶，应声道："在家呢。金钟，李村长来了，快出来！"

金钟一边穿上衣一边往外走，说："到屋里喝点水再走吧，我才烧开水，天早呢，不忙。"

李强说："不用了，上午有空，下午就没有时间。金钟大哥，这是我的朋友杜萍，今天上午来的，要看看咱们基地的甜菜。你家地离屯子近，车子

就放你的院里吧。"

金钟看看杜萍问:"这就是你的女朋友,什么时候来的,在哪儿见过呢?"

杜萍说:"我是上午来的。李强说要看看地,我就跟着过来了。你种了多少亩甜菜呀?"

金钟很高兴地说:"有十亩呢,今年甜菜长得比去年好,得多产四五千斤吧!"

杜萍问:"和种苞米,哪个收入高啊?"

金钟笑了,看看杜萍说:"这么跟你说吧,种玉米一亩地一年纯挣三百元钱,要是种甜菜就得纯挣八百元钱,我这十亩地得纯挣八千元钱呢,相当于我一年的收入,要不我能这么上心嘛,我跟你说,这可都是李强的功劳,要不是他给我们做工作,在技术上帮助我们,谁会整这个呀。再说了,种了上哪卖去呀。"

李强看着金钟说:"这甜菜看起来底肥还可以,就是缺点微量元素,给它喷点叶面肥。这地里还是很干净的。"

金钟听李强说地干净,自我陶醉地说:"那能不干净嘛,咱娶的媳妇好哇。"

李强不解地看了金钟一眼。

"我的小姨子多呀,大前天我的两个小姨子来了,被她姐姐抓了劳工,一天就给我薅了一多半,剩下的我和老婆又薅了两天。你不是说了嘛,要是有大草秋天要减产百分之二十。那是多少钱哪,我说什么也不让它荒喽。"金钟得意地说。

李强看着杜萍说:"那我可不合算了,杜萍就姐两个呀。"

杜萍听李强这说,才发现李强很有幽默感,情不自禁地推了他一把。

李强笑着看杜萍,回头对金钟说:"你这甜菜长得还真好,和去年比得增产百分之三十。你就按我说办吧。我再到前面老李家的地看看。那是李三吧?"

金钟看了看说:"有点像,是,就是他,还往这边看呢。"

李强说:"我们到那边去看看,你有事就给我打电话吧。"

说着李强又和金钟一起回到他家,骑上摩托车,奔李三的甜菜地,到了地头，见李三正在地里拔大草。李三一见李强就过来，到了地头，看见杜萍以为是托娅，就说："托娅来了？"

李强说："这是我的女朋友杜萍，我们一起来看看你的甜菜地。这是老李三哥，还是昨天约的呢。怎么了，有什么问题吗？"

李三看看手里的甜菜叶子说："你看它叶子上怎么出了这么多的斑点呢？这要是不打药就得减产吧。"

李强看了看说："这是缺钾肥，给它撒点硫酸二氢钾，量不要太大，赶上下点小雨的时候散，一亩地十斤，多了效果不好。"

李三说："哦，那我知道了。我家里有肥，不够我再买点。别的肥还上点不？"

李强看甜菜叶子，自言自语："如果再打点叶面肥就更好了。"

李三问："你的意思是说再打点叶面肥？"

李强说："对，最好是再喷点，我都和你说过方法，量不要太大，十天打一次，打两次吧，那你的甜菜可就有丰收的把握了。"

杜萍问："三哥，你这一片地有多少亩哇，不得有十几亩吗？"

李三说："可不，十七亩呢。要是卖个好价，我今年就得比往年多收入一万二千元。去年我没种，亏大了，今年要不是李村长说，我还不想种呢，这回干正了。"

李强问李三："挨着你的是张勇的地吧？"

李三说："是，他的十亩地长得也不错，不照我的差。他今天没来，往天早就在这薅大草了。"

李强说："那好，我们再看看张勇的地，你就忙吧。"

李三说："我就回家了，见着你就行。我得准备化肥去，按你说的打点叶面肥。"

李强、杜萍去张勇的甜菜地。杜萍已经有点走不动了，裤子上都是土，又不好意思说回去，只好跟着李强往前走。杜萍一会儿看看自己的裤子，一会儿又看看鞋，新买的高档皮鞋真让她心疼，可她还是坚持和李强看地。回到家已经是十二点了，杜萍忙着洗涮鞋子，拍打衣服上的土。其其格给他们二人打水。

其其格说李强："你把杜萍当成劳动力了，走得那么远，这都多长时间

了，杜萍累坏了吧？"

杜萍是有些累，还若无其事地说："没事，也没干什么，就是走了几家的菜地，看得很有意思。李强，你说这全村以及全乡得收多少甜菜呀，要是都增产的话，那可不是个小数目。"

李强洗了一把脸说："可不嘛，按一户多收三千元算，全乡是五百多户，那可是一百五十万元哪。这在大企业里不算个啥，可是在一个乡来说那就不是一件小事了。这五百多户每户多收三千元钱，那得办多少事呀。对于有的人家来说，那就是一年的收入啊。"

杜萍洗完脸往脸上擦防晒油说："农民一年的收入才三千多元钱，那也太少了吧。"

李强说："一家三口人，每人五亩地，种常规的作物，每年每亩的纯收入也就是二到三百元钱，十五亩地的收入那不就是三到五千元钱嘛。当然了，有的人家还有其他的收入，比如养猪、养鸡等等。但是总的收入就是这个样子，而且这样的户也不在少数。"

杜萍想了想说："所以你才这么上心。种甜菜不耽误你村长的工作吗？"

李强说："耽误不了，村长的工作多数是一些事务性的，什么时间都能办，有的时候晚上也开会，白天照样干活。"

杜萍说："那你兼职就不是什么问题了。"

其其格来到李强的屋，看见两个人都洗完了脸，就对李强说："李强，快叫杜萍来吃饭吧，一会儿该凉了。你去牛棚叫你爸一声。"

李强应声答到："哎，我这就去叫，杜萍你先过去。"

第二天一早，杜萍来到西屋对李大路、其其格说："大伯、大娘，我这就要回去了，单位只给了三天假，明天回去就有些晚了。如果有什么事，要买什么东西就和李强说一声，让他给我打电话就行。"

其其格说："那你不多待几天？"

杜萍说："不待了，等我下次假期再来看你们二老。"

说着话，李强进屋，一边接听电话一边往里走："啊，那到村委会吧，得等一会儿，杜萍要走，我送送她。"

田美玉听说是杜萍，有点惊讶地说："杜萍来了？这样吧，你先别让她走,我也想见见她,叫她等我一会儿,我这就到你家。"

李强放下电话说:"田书记要来看看你,让你等一会儿。"

杜萍说:"是嘛,我也想见见这位女书记呢,那就等一会儿吧。"

不大一会儿田美玉来了,是刘峰开车送来的,车停门外。李强和杜萍出来迎接。李强给她们二人介绍。

李强说:"这就是田书记,这是我的女朋友杜萍。"

杜萍和田美玉握手。杜萍说:"哎呀,这么年轻漂亮的支部书记呀,李强可是没少当我的面说你,真是百闻不如一见。"

田美玉看着杜萍说:"哎,你怎么和我们妇联主任长得这么像呢,啥时间来的,咋没听着信呢?"

杜萍说:"我是前天来的,到这之后也没去别处,单位给的假只有三天,今天要是不回去,明天上班就来不及了。"

李强看着她们俩站在院里,就说:"你们俩到屋里聊,我到外面看看刘峰,他咋没进来。"

田美玉和杜萍说着话就进屋。其其格给田美玉倒了一杯茶。二人聊起来了,有点相见恨晚的样子。

杜萍拉着田美玉说:"一见着你咋就觉得特别亲呢,你比我大六岁,给我当姐姐行不行?我就叫你大姐吧。"

田美玉也觉得这个杜萍不一般,就说:"行啊,那李强可就成了我的妹夫了。"

杜萍笑着说:"你可得好好地管管他,他那个犟脾气一上来,可是谁都不怕的手,我看就你还能说得住他。"

田美玉说:"以后李强要是欺负你,你就给我打电话,我替你出气。你把电话号给我,这是我的电话号码。"

说着给了杜萍一个名片,杜萍也回赠一个名片。二人又小声嘀咕一阵,接着大笑,两个人成了一对好朋友。

杜萍看了看表说:"姐,实在对不起,今天只好到此为止了,再晚我就赶不上这一班车了,我们电话联系吧。"

说着就和田美玉握手道别。二人出了门外。其其格和李大路送出来。李强正在和刘峰聊着,看见她们就过来。

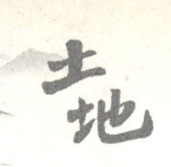

刘峰朝着杜萍走过来说:"我用车送送你吧。"

杜萍和刘峰握手说:"这就是姐夫吧,你怎么不进屋?"

刘峰笑着说:"你田姐她一般不让进屋,怕影响她的工作,我这都习惯了,有时候叫我在外面立正站着。哎,李强,你是不是照着托娅的标准选的,咋这么像托娅呢。"

杜萍听了脸上有了一丝的变化,不过马上恢复了笑容。

田美玉说:"你别没样,快开车吧,一会儿来不及了。"

杜萍和李强上车,刘峰开车走了,李大路和其其格目送杜萍,田美玉摆手,杜萍也把手伸出车外向他们挥动。

田美玉回屋里坐下,其其格给田美玉倒水。

田美玉和李大路说:"昨天乡长问我什么时候考核,说上面在问这个事呢。我今天就是为这事来的,看来考核还得提前一些。再一个就是孙贵、赵玉柱太不像话了,整天请人喝酒。"

说着话,李强和刘峰进屋。

田美玉说:"这么快就上车了?"

刘峰说:"我们刚到车就来了,还行,车上有坐。"

田美玉对李强说:"刚才杜萍在这我没说,上面要求尽快进行考核的事。我想明天就进行考核,你看行不行?"

李强说:"早比晚好,完事也就放心工作了。"

田美玉说:"我到村委会去看看,安排一下会场,你就别去了。"

第十三章

  村委会的大院里，窗前摆了三张桌子，中间的桌子上放着一个投票箱。人越来越多，乡人大满主席、刘副乡长、田美玉、李强到桌前就坐，桌子上放着一个麦克风。村委会大门口的电线杆上绑着一个大喇叭。
  看人来得差不多了，田美玉对满主席说："我看人来得差不多了，那就开始吧。"
  满主席点点头，刘副乡长也表示同意。田美玉把麦克风往近拿了一下，说："广大村民同志们注意了，在乡党委、乡人大的监督下，对现任村长李强同志投票考核，马上要开始了。今天乡人大满主席和政府刘副乡长到会指导，我们大家鼓掌欢迎。今天设了一个主会场和两个流动投票箱，同时进行。在开始投票之前，我首先要和大家说明一下，这次投票，是对我们村现任村长进行工作考核，不是罢免投票。就是说，同意李强继续当村长的投信任票，不同意的投不信任票。至于有些人说这是换村长，那是谣传，法律上也是不允许的。选票已经发给大家，下面开始投票。"
  台下，膘子在看二迷糊的选票，当她看见上面写的是李强，就放心了。
  留留写了孙贵，又看来顺的选票。来顺把选票折起来，反过来看留留，并说："你可不要选李强啊，朗哥一再让我告诉你，怕你出问题。"
  留留一听来气了，说："什么人呢，谁也信不着，我还用人看着。"
  有些人互相研究，也有几个人在一起填写，有的已经开始投票了。朗鑫一伙儿到处看着人们写票。多数人的票已经写好了，就等着投。孙贵和赵玉柱在人群中走来走去。

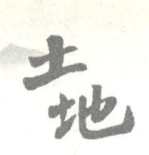

孙贵说:"想好啊,别昧着良心写,责任重大呀,你们可要对得起这选票,可得惦量惦量它的分量,不能当面一套背后一套啊。"

赵玉柱走来走去,不停地说:"想好了,别写错呀,平时都咋样,大家心里有数。"说着又不时地看别人的选票。

黑板前面,刘福田在唱票,赵玉柱监票。

刘福田:"孙贵,孙贵,李强,李强,孙贵,李强……赵玉柱……李强……李强……李强……"

阿斯根写着,眼看着李强的票数已经超过半数,还在增加。最终孙贵只有70票,赵玉柱15票,吴凤海10票,刘国民5票,李强712票。当田美玉宣布票数的时候,人们给李强以长时间的掌声,欢呼着,祝贺李强。

双合尔笑了,用手摸着胡子。他没有走,在等李强,看见李强过来就紧紧握住他的手说:"山高全凭石头起,绿树得靠根子深。小子,乡亲们信任你呀!"

李强也激动地说:"谢谢爷爷,谢谢爷爷。"又转身向着大伙儿喊:"谢谢乡亲们的信任,我会好好干的!"

托娅看着这种场面,脸上很激动,却悄悄地离开了会场。

李强马上冷静了下来,走向田美玉、人大满主席、刘乡长,与刘乡长、满主席握手。

满主席握着李强的手说:"依我看,你是咱们乡得票最多的村长。小伙子好好干,群众信任你呀。"

刘乡长说:"希望能看到你有更大的作为,小伙子!"

说完他和满主席上车走了,田美玉和李强等人目送他们。

田美玉伸出手来和李强握在一起,很高兴地说:"我的这颗心放下来了,真的想不到,你是这样的得人心。"

李强眼里含着泪感激地说:"谢谢你田书记,没有你的帮助和支持,我真不知道会怎么样。"

田美玉说:"我只是做了我应该做的,这都是因为你平常工作负责认真才赢得了人心。今后你就放开胆子干吧,只要是对群众有利的事,就没错,群众就会拥护你。好了,你回去休息一下,这有我呢,我找几个人收拾一下。"

李强忙说:"我来收拾,你回去休息一下,这几天把你忙坏了,一直在为这件事操劳。"

说着李强就招呼几个年轻人开始收拾桌子、大喇叭等。几个小伙子一边收拾东西一边说笑着。不知谁唱起来《我的根在草原》:"……我是父亲心爱的骏马,永远爱恋着草原……我是母亲放飞的雄鹰,永远俯瞰着草原……"

吴江和张小刚抬桌子。吴江对张小刚说:"哎,你说孙贵这次不得花个两万元哪!这都几天了,没落桌呀。伙食还真不错,杀了两口猪,光啤酒就喝了五十件,还有白酒呢。你说这是何苦,都干了十多年还没干够,真是个官迷。"

张小刚说:"我听说这还是给赵玉柱拉的选票呢,整不好不得赵玉柱花钱哪!你瞧着吧,他们俩还不得吵架。"

李长玺提着大喇叭说:"赵玉柱没选上,能花那大头钱嘛。孙贵说给赵玉柱拉票,可是私下却为自己拉选票,这能传不到赵玉柱的耳朵里嘛。你以为赵玉柱信得过孙贵那个老滑头哇?"

吴江说:"那你们听信吧,又有戏看了,哼,他们俩没一个省油的灯。"

李强坐在大会议室里发呆,看着黑板上的选票数,头脑里回闪着一些使他难忘的画面,双合尔爷爷和徐书记在他家的画面,一些群众给他打电话的情景……李强不由自主地拿起手机给杜萍打电话。

手机里传来杜萍的声音:"喂,喂,是李强吗?你说话呀,怎么不说话呢?听到没有?"

李强小声地说:"我是李强,我想上你那去,这就去。"

杜萍有点急了,"你咋说话这么费劲,来呗。"

李强家,小院收拾得干干净净。李大路在给牛填草,不时地回头看着门口,看李强一进院,他就把筐里的草都倒进牛槽里,随后跟李强进屋。厨房里其其格在做饭,脸上洋溢着喜悦。

李大路看见一条大鲤鱼,很奇怪地问其其格:"这鱼是哪来的,我咋不知道呢?"

其其格笑着说:"买来的呗!前院的二胖上乡里,我让他给捎来的,这

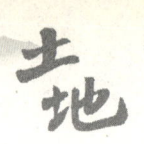

不刚拿来，还活着呢。咱们李强最爱吃鱼了，今天得庆贺一下，你也借光喝两杯吧。"

李大路很高兴，跟在其其格的后面说："儿子得票超过了百分之八十，这说明大多数人是拥护李强的，还没听说过哪个当村长的能得这么高的票。"

其其格嫌他碍事，笑着说："你该干啥干啥去，在这我没法干活，等饭好了招呼你。"

李大路回到屋，把桌子放上，早早地热上一壶白酒，又把其其格爱吃的奶豆腐和炒米也放在桌子上，等着吃饭。可是等了一会儿，李强也没有动静，李大路下地到东屋看，原来李强在电脑前。

李强说："爸，最近十天雨偏多，得告诉泡子边上的甜菜户及其他户挖好防涝沟。爸，你看这个云图，这是大后天的，咱们乡就在这一带，是中心区。"

李大路说："我不明白这玩意儿，你认为有可能就通知大伙儿呗，那还说啥呀。走，咱们该吃饭了，你妈给你炖了一条大鲤鱼。"

李强一听高兴得跑到厨房，锅里炖的果然是一条大鲤鱼，就像个小孩子一样说："妈，你是事先买来的鱼呀！如果我没通过考核，这鱼还吃不吃？"

其其格有些骄傲地说："我就知道咱们强子差不了，所以先把鱼买来了，咋样，行吧？"

李大路接过来说："你知道？那我还知道呢。"

菜上桌，李强给父母各倒上一杯酒，给自己也倒上一杯，说："这一杯酒我敬你们二老，为了我的事你们担惊受怕的，操尽了心。"

李强和父母碰了一下干了，李大路、其其格也干了，李强又给二老倒上酒说："爸、妈，我不想吃饭，我想这就去广原，明天就回来，防涝的事我交给田书记了，你们就不用惦记了。我再喝一杯就走，晚了赶不上车。"

说着他一口干了杯中酒。李大路和其其格还没有反应过来，李强已背起包走出大门。二人对视，转而大笑起来。老两口你一杯我一杯地喝起来，这是结婚三十年来的第一次，二人喝得是面红耳赤，幸福溢于言表。

其其格红着脸，端起酒杯，说："来，再干一个，咱们结婚三十年了，头一回和你这么干杯。看着咱们儿子这么得人心,我心里高兴,非得和你比画比画不可。"

李大路也非常的兴奋,说:"看你那样吧,连我的一半都不是。来,咱们再来一个。这一杯算我敬你的,你和我结婚没要一分钱,夹个包就到我们家了,看出来你是真心。"

其其格一听李大路说起过去的事,话可就更多了,说:"要说我那可是真心嫁你,不过你们家也没少给我嫁妆,和别的人比不差,我挺满足。"

李大路问其其格:"你说那时候你咋一分彩礼钱也不要呢。其实我和敖包屯的张淑华都要成了,前街的二老蒯来提亲,把你说的那个好哇。都是当街上的人,谁不知道谁呀,我妈就同意了,说蒙古族姑娘能干,还说人长得也好看。我没有主意就同意了。到现在我也不明白,是你们家谁同意让你嫁给我的。"

其其格哈哈地笑了,对李大路说:"这你可就不知道了。说起来那还是我爷爷的主意呢。我爷爷对我父母说,'将来咱们家的其其格要是嫁给老李家的大路,我就心满意足了。我们过去得过人家一百多亩地呀。那个时候,白给的,有了地日子就好过了,那人家好哇。'说真的,我心里有你,别人我不想嫁,和你不要彩礼也行,所以我什么也没要。那时候不要彩礼的没有哇,人们都说我是上杆子嫁你。谁愿意说啥就说啥吧,上杆子就上杆子,嫁给你就行,我的目的达到了。当时你不知道我爷爷有多高兴。"

李大路放下酒杯说:"后来张淑华见着我还说看上你哪儿了,那样子好像是有点后悔。"

其其格又大笑起来,指着李大路说:"我和你结婚那天人多忙的,你也不搭理我,我还以为你不太喜欢我呢。晚上入了洞房,你也不睡觉,我困得不行了就躺下,可就是睡不着,在被窝里不敢吱声。我看你在那儿也睡不着,翻过来转过去的。后来你就像个猪似的拱进我的被窝里,吓得我大气不敢出。你可倒好,你是说句话呀,就像那猫抓住了鱼一样,把我抱住。你那个狼狈相啊,我现在想起来还觉得像是昨天一样。"

李大路嘿嘿地笑了,说"完事你放心了吧?"

其其格干脆地说:"放心了,把你拿下。哈哈!不过我也知足,你对我也好。咱们家不种糜子,你就用苞米给我换炒米;咱们家没有奶牛,你就把

猪卖了买母牛,怕我喝不上奶子……"

李大路说:"我不是怕你不习惯嘛。"

两个人高兴,又接着喝。

孙贵家,院子里做饭的棚子还没来得及拆除,屋里还有很多喝剩下的啤酒,孙小龙媳妇在收拾碗筷,正在洗从别人家借来的盆子,一脸的不高兴,孙贵的老伴也在帮着忙。孙贵、朗鑫和孙小龙等人陆续进屋。孙贵坐在炕边上,朗鑫坐在椅子上,白板、留留、孙小龙等人坐在炕边上不吱声,留留眨眨眼想说什么又没说。

朗鑫气呼呼地说:"你说咱们请喝酒的人得有三百多个吧,加上你们的亲戚少说也得有三百人,他咋就七十票呢。你说这些人真是可恨,喝着咱们的酒,当面是人背后是鬼。我得好好查查,看都是谁白喝了咱们的酒,看我不整死他,打瘫他。"

孙贵有点灰心地说:"这个事咱们失算了,要是不给赵玉柱拉票的话,可能还好一些。放水造田的事看来得人心了,谁不想种点好地。这些年了,人们心里头都有些恨过去的领导,谁好也不如自己得点实惠好哇。赵玉柱得不到选票的根源在这呢。这个事你出的力最多,不管咋的,咱们的关系到啥时候也是铁的,我不能让你白出力,我想办法给你补上。至于赵玉柱嘛,明天我得和他要钱,他怎么的也得出一半的钱。小龙一会儿算算,一共花了多少钱,写清楚了,到时候给赵玉柱看看,要不这个小子不认账。"

孙小龙说:"我早都算清了,一共是二万三千六百三十元,包括啤酒。"

朗鑫说:"对,就得让这小子掏钱,别仗着他舅舅就不掏钱,这回我看是他舅舅误了咱们的事。他好赖也是个治保主任,才得了个十五票,真是丢人。上回李强找我要小坨子地的承包费,当时他也在场,可是他连个屁都没放。孙叔,这个事你可得心里有数,反正也不是我的地,谁的地谁给钱,别整的我啥也得不着,还得欠村里钱。"

孙贵说:"村里不是承认那块地是你的嘛,还咋的呀?"

朗鑫说:"承认啥呀,我也问过公证处,人家说那个合同是无效的,没有群众签字,乡里也没有领导签字。你看你们当时整的那叫什么合同。反正地是方主席的,他怕把自己装进去,没弄明白,完了还想得好处,到时候他自己折腾去。"

孙贵说:"当时我觉得合同没问题,要是知道不行早想其他办法了,那还不是咱们说了算嘛。"

朗鑫说:"得了吧,这回肯定得找我。反正我是不掏钱,爱咋咋的,看他能把我咋的。当时有经办人,找他们去,我是不管。"

孙小龙听了朗鑫的话说:"这个事你再找别人可能也没什么用,自己想办法吧。找方志南那个老滑头,他兴许不承认。这都啥时候了,这种事他还能沾边,笑话。"

朗鑫有点不服地说:"那你看着,他沾不沾边,我都得找他,他两手一背没事了,想得美!"

朗鑫、留留走了,孙贵的老伴在做饭,孙贵和孙小龙在屋子里。

孙小龙有点不明白地说:"爸,你说赵玉柱怎么就得十五票,还没有选村委会时的票多呢。"

孙贵神秘地说:"你小子不知道,我是故意让他选不上。他要是选上了,咱们村可就彻底没希望了,我当村长也比他强。你还没看出来嘛,李强可是块好材料,群众服他呀。咱们搭点钱是小事。我干那几年,为了泡子承包地的钱,上了方志南的圈套。我把小坨子地承包给他们,他们一年得收多少钱哪,少说也得六七十万元。我后悔死了,现在说这些都晚了,唉!"

孙小龙像不认识自己的父亲,呆呆地说不出话。

佳佳饭店,一个小包间里,墙上挂着一对情人在海边的风景画。屋里贴满壁纸,环境很优雅。桌上有两个菜,李强和杜萍的杯子里都倒满啤酒。老板在桌前亲自打点。

老板笑着说:"二位慢用,要什么叫我一声。"

杜萍举着酒杯说:"你为了见我,家里做的鱼都没吃,这让我很感动,说明你心里真有我。你通过考核也没有得意忘形,我被你的真诚所打动。来,为你通过考核和我们的爱情干杯!"

说完二人一口干了杯中酒。杜萍又给李强倒上,自己也倒满。

杜萍说:"这一杯是敬你父母。你有好父母,好家庭,好传统。去你家让我深受感动,双合尔爷爷的话让我这几天都处在激动当中。看来你的选择是对的,我得向你学习。来,我们干了这一杯。"

李强微笑着说:"来,为美丽的牡丹花干一杯。"

两人都想起了双合尔爷爷的赞誉。

说着两人又干了一杯。这回李强给杜萍倒酒。

李强说:"我看咱们吃点菜,慢慢地喝,今天没别的事,时间充裕。"

李强转过身问老板:"老板,你们啥时候下班?"

老板说:"你们喝吧,多长时间都行,要不就在我们这儿住也行,房间也不错,一宿一个人十元钱,两个人二十元。单人双人的都有。"

李强说:"那就在这住,老板给我留个房间。"

杜萍说:"那你不到和平旅店了?"

李强喝得有点多,气很足地说:"不去了,这也不错,这样可以多喝点酒。"

杜萍说:"那你也别喝多,到量就行。"

服务员已经拿了三次酒,空瓶子放了一桌。李强和杜萍喝得有些多,杜萍眼睛已经红了,说话有些慢:"我说你们村的那些人,你那么对他们,咋还有人背后挖你的墙角呢?那上级是干啥的,咋就不管呢?"

一提起村里有些人告他,要罢免他,李强的委屈不由得从内心涌出,再也控制不了自己的情绪,抓住杜萍的手不松开。

李强眼睛里的泪水顺着脸流下来。李强说:"杜萍,我不干了,我跟你走,去当那个药品推销员。真的,我真的不想再干了。村里的事太多,也太复杂,太难。你说他们都是亲戚,又都不团结。这还不说,还用上级的关系整人,什么样的办法都想。过去我真的不知道还有这样的人,这样的事。我是一心想把村里的事办好,可是总有那么一些人对你不满意,他们自私,还说别人自私。我不想干了,我们结婚吧,不回去了。"

李强不停地流眼泪。杜萍看着他说:"李强,我真的很心疼你,下边的工作是那么的累,一年四季都有事,还费力不讨好。但是我知道你说不干不是真心的,你已经离不开你的乡亲们和所干的事业。过去我很反对你当那个村长,这次考核我才知道什么是群众的信任。如果你不干了,那多伤乡亲们的心,多伤双合尔爷爷的心。喝点酒,有委屈和我说说,心里就痛快了。明天你还要面对乡亲们,要让他们看看你是个什么样的男子汉,什么样的村长。"

李强紧紧地握住杜萍的手，失声痛哭："杜萍……"

杜萍也泪流满面，用手摸着李强的头说："好了，你今天喝多了，早点休息吧。"

杜萍喊老板："老板，开房间，结账。"

杜萍扶李强回房间。由于李强太累，又喝多了酒，躺在床上就睡着了。杜萍看李强睡了，给他脱掉衣服，盖上被子，这才打车回家。

晚上，赵玉柱在家里和奶豆腐生气，把啤酒瓶摔了一地。奶豆腐坐在炕上哭。赵玉柱气得大骂孙贵，也骂奶豆腐。

赵玉柱满脸的怒气，借酒发疯，说："你说我找你有什么用！让你做点饭菜啥的，说啥不愿意做。你一个老娘儿们，不干这个活干啥！你说说你还能干啥！我养着你有什么用，你说！这可倒好，我让孙贵给我拉选票，给他出钱买酒菜。这回选完了，可是选票都是孙贵的，我才十五票，选他自己还得和我要钱，你说我这是搭钱又丢人哪！"

奶豆腐哭着说："没人选你是我的错呀！你也不看看你那德行，谁选你。你能当好治保主任就算不错了，还想当村长？你嫌我不中用，那咱们俩就离婚。我还嫌你呢！这回你就放开地跑，省得你偷着往城里跑，我看你能有多少钱，能跑几天。我和儿子过去。"

说着奶豆腐就开始收拾东西，往提包里放自己的衣服。赵玉柱一看这是要来真的。他明白，要是奶豆腐真回娘家，可就麻烦了，自己的日子怎么过呀。想到这他马上下地。

赵玉柱把奶豆腐的包抢过来说："你想走就走，没那么容易，你得跟我说明白是为了啥走。我咋的你了，你说？"

奶豆腐说："你看看这一地的东西！你选不上拿我撒气，摔这个摔那个的。我和你过个啥劲呀！你拿我当人了吗？你不是说我啥用没有嘛，好，猪八戒摔耙子，我还不伺候你这个猴了，我走还不行吗？"

奶豆腐说着又来抢提包，赵玉柱一看不好，说啥也不给，声音小了八度，说："你看我就说了几句，你就离婚，那也没有因为这么点事说离就离的，别的不为，那你也得为咱们儿子考虑考虑吧！和你发火是我不对，你也不能火上烧油哇。再说了，你也别瞧不起我，你等着，看我能不能当上这个村长。"

土地

奶豆腐听赵玉柱这么一说,哭得就更来劲了,趴到炕上不起来。赵玉柱也不吱声,下地收拾东西,扫地。赵玉柱的衣服被撕得扣子都掉了好几个,脸上还有一片红,一副狼狈相。

刘兰英的家是东西屋,刘国民和刘兰英在西屋说选举的事,跟弟和吴江在东屋偷听他们说话,两个屋的门都开着。

吴江和跟弟小声地闲聊,有时还发出一阵笑声,不过声音很小,生怕刘兰英他们听见。

刘国民坐在炕边上低头吸烟,两个胳膊支着大腿,有点白的脸上更没了血色,头也不抬,无可奈何地说:"你说他赵玉柱,挺大个治保主任才得了十五张票,那也太说不过去了。看来人们真是让李强给弄住了,你说谁家有事找他,他都去帮忙,时间长了那还有不向着的。"

刘兰英说:"啥呀,人这玩意儿就是那么回事,人在世,花在时。要是我大姐夫还在这当书记,哪来这些个事呀。啥也别说了,人这玩意儿就是个命,命里没有你就别争。你就说那徐守忠吧,原来我姐夫在的时候上杆子找我,说等跟弟结婚了就和我过,这不也是因为选村长的事和我闹翻了。"

刘国民说:"多少年的事了,就为这事能黄了嘛。别的都是小事。你说咱们帮赵玉柱请客的钱咋算哪?当时他可是说事后给报销。这也没选上,他还能给报销哇。说话不算数的玩意儿,我可信不着他。不信你和他要去,肯定是不给,能说点好的就不错了。"

刘兰英说:"那不能,那得看是跟谁,跟咱们他不能那样,咋的也是亲戚,再说了都没选上,咱们也不好意思要。我看这事咱们就别提了,看他提不提,要是提,态度好的话,咱们就拉倒吧,反正也没请几个人,也就是一桌两桌。你那是多少人?"

刘国民想了想,拿手指算了一下说:"我那一共请了四桌人,人数我记了,一共是二十三人,花了不到一千元钱。我也没指望他给,也不好意思要,要是选上了那可得要,还得多要呢。"

刘兰英说:"你说那孙贵当了十多年的村长和书记还没当够,明面上说给赵玉柱拉票,可实际上都给自己拉票了,你说这叫啥玩意儿。他请客花的钱都得超过一万,怎么和人家赵玉柱算!"

吴江和跟弟在东屋听他俩说,偷着笑。

248

跟弟小声说:"叫他们跟着孙贵跑,咋样,都让那个老狐狸涮了吧,他们不是好得瑟嘛!"

吴江往近里坐了坐说:"上乡里告状,幸亏咱俩到外面去了,要不是买来的那些营养钵,咱们的花还真的没办法栽。这回看出来了吧,他们是白张罗,大伙儿不买他们的账。"

跟弟说:"我跟你说,我妈和老徐大叔的事可不好办,你得和大叔说说,别让他和我妈分手,我妈慢慢就明白了。"

吴江说:"老徐大叔的脾气可有点倔,我试试吧,行不行不好说,还不得骂我呀。咱俩买点礼物去看看他,关系会慢慢缓和。"

跟弟说:"行,大叔对我可好了,我送东西他不能不给我面子。咱们的花该送到乡里了,咱俩一起去吧。"

吴江笑着说:"咱俩还住那个旅馆,这回得那啥了吧?"

跟弟用手掐了一把吴江说:"你真坏,美的你,住一起也不行,哪有那么随便的,把我看成啥了!"

吴江和跟弟紧紧地依偎在一起。跟弟叫吴江别出声,听刘国民和刘兰英说话。

刘国民又想起了方志南,对刘兰英说:"这事我姑父知道不?"

刘兰英说:"早知道了,赵玉柱电话了。"

方志南坐在张主任的沙发上说:"今天怎么没下去?"

张主任看看方志南说:"这才回来两三天,不下去了,把下去的情况汇总一下,县委等着要呢。上次下乡你是不是有意不去的?后来我打听了,其实你根本就没有事,在家里待了一天,连门都没出。"

方志南说:"哪有的事呀,汪主席来了,不信你去问我们办公室主任。"

张主任说:"你在我这就别撒谎了,我还不知道你呀。我一到百泉沟就知道你是有意不来的,上乡里告状的人都是你的亲戚。昨天已经考核完了,你知道结果吗?"

方志南忙问:"什么结果?"

张主任说:"这是昨天乡里韩秘书给我的数字,电话告诉我的,你看看吧!"

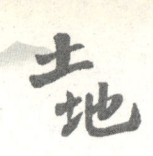

土地

　　说着张主任把一张纸递给方志南，方志南接过来看，脸上的表情立刻严肃起来。

　　张主任看看方志南说："看来这个大学生很得人心哪！你的那几个亲戚是不是有点过分了，得说说他们，要不对你的影响可不太好。这是咱们俩在这，我跟你不外，否则我才不说呢，这次的事我也是越级干预，下面也有议论。"

　　方志南不以为然地把纸放在桌子上，过了一会儿才说："爱谁谁呗，这和我有什么关系？"

　　张主任笑了，往外看了一下，说："你在我面前还装啥，我还不知道你呀，实话实说就算了，假正经！看来你也不领我的情。"

　　方志南一听张主任有点不高兴，忙说："领情领情，你办的事都是为了我的亲戚，这点我清楚，你的情我领。要不是你安排，他们连一点机会都没有，给了机会上不来那就别怪咱们，是不是？"

　　张主任看了一眼方志南说："我跟你说，要是别人哪来的什么考核呀，那合法吗？不够半数你就不能罢免村长，别的啥也没有用，你知道就行了。这也考核完也没出什么说道，你见好就收吧。"

　　方志南笑脸相迎，说："中午和平饭店，就咱们俩，你想吃啥就点啥。我家里还有一瓶茅台，咱们俩把它喝了。"

　　张主任说："不行，政府那头中午有客人，已经和我说了，不去不合适，改天吧，我请你。"

　　方志南带有歉意地说："怎么能让你请呢，这个面子你得给我，今天不行那就明天，怎么样？"

　　张主任一边喝水一边看文件说："算了吧，有时间再说，咱们俩谁跟谁，心里头有就行。"

　　长途公共汽车在百泉沟的村口停下，在夕阳的映照下李强背着兜子下了车。公路两旁的庄稼被夕阳染上金色，绿里透着黄，一块块甜菜地像地毯一样，好看极了。李强走进路旁的甜菜地里，拿起一片叶子看，不时地扒开土地看甜菜长的如何。金色的晚霞照在他的脸上。

　　双合尔家的大门敞开着，李强进双合尔的屋里。

　　双合尔看着李强说："真是马儿离不开群呀，快来，快坐下！"

李强说:"我才下车,还没回家呢。"

李强从兜里拿出来文件递给双合尔,说:"这是我在广原打印的开发红旗水库的报告,我上午搞完,下午就回来了。"

双合尔说:"在百泉沟这是个天大的事。这件事像大山一样压在我的心里。几十年来,乡亲们的损失太大了。我用辞去书记职务的方式来抗争也不管用。看着别的村一天天富起来,咱们村还是原地踏步,没有什么发展,我不甘心哪。不过,你们年轻人敢想敢干,按程序打报告,这点我很赞成。俗话说:别怕山高,不停地走就能到达山顶。"

李强听了双合尔爷爷的话,心里有底,站起身说:"那我回去了,再见爷爷。"

双合尔还没来得及下地,李强已经走出大门。

李强到家之后,来到了父母的屋里,只有其其格在。其其格正要做饭,看见李强回来高兴地放下手中的活计。

其其格说:"怎么这么快就回来了,咋没多待几天呢?"

李强说:"人家杜萍也很忙,早上很早就上班了,在那待着干啥呀。我主要是去打印点材料,上午打完下午就回来了。我爸呢?"

其其格说:"刚才还在,是不是在牛棚呢?"

李强说:"哦,可能是在牛棚,我去看看。"

李强来到牛棚,十几头牛都已经喂完。李强看了一圈,也没看见李大路,就从旁边拿起铁锹往外扔牛粪,不一会儿就出了一身汗。过了一会儿,李大路回来,看见儿子在干活,也拿起铁锹。

李大路一边干活一边问:"杜萍还好吗?你没去看看她父母?"

李强说:"我写了一份报告,没抽出时间去看她的父母。"

李大路说:"杜萍知道你的事了吧?"

李强说:"她早就知道了,她给田书记打电话了,比我说得还清楚呢。"

李大路说:"杜萍这孩子心很细,不像一般的小姑娘。我看你妈的态度也有了很大的变化,这回她从心里相中杜萍了。你的事你自己做主,我不干预,不过你可要想好了,不能脚踏两只船。咱们是什么人家,不干那对不起人的事。"

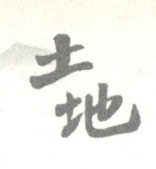

李强说:"爸,我明白。"

乡政府,王书记办公室里,田美玉在和两位领导谈话。

王书记说:"你在那兼职已经半年多了,现在乡里的工作忙不开,最近要开展先进性教育,党委决定把你调回来,再选一名支部书记,你看百泉沟的支部书记用谁好。"

田美玉向领导介绍了情况。

回家的路上,田美玉的电话响了。

田美玉说:"喂,李村长,你在哪?啊,回来了。什么事?啊,行,我刚要回家,那我直接回村吧。"

刘峰开着车问:"他不是去广原了嘛,这么快就回来了?"

田美玉说:"李强干事利索,说干就干,急性子,看来他是有大事找我,我能猜个差不多。"

刘峰问:"啥事?"

田美玉说:"肯定是水库的事,要不他不能打电话。"

车停在村委会门前,田美玉和刘峰下车,二人进了办公室。

李强正在看他写的开发红旗水库的报告,看见田美玉来,把报告拿给她看。

李强说:"这么快就到了。田书记给你看看这个。姐夫坐这来,好多天没看见你了,你都跑哪去了,干没干正事呀?"

刘峰笑着说:"去一趟广原不住几天,这么快就回来了,是不是没给你好脸哪?你小子差不多拿下得了,省得这的小姑娘们整天围着你转,让人家杜萍放心不下。"

李强说:"我说姐夫你咋啥都说呢,我是那样的人嘛。田书记,这刘峰油嘴滑舌的,你可得看着他点,这家伙啥都干得出来呀。"

田美玉一边看报告一边笑着说:"他一天不着个家,我上哪管他去呀,你们给我看着点,要是有那不良的行为告诉我,看我怎么收拾他。"

李强笑着说:"怎么样,你以后在我面前老实点,要不我给你上报两条就够你受的,知道不!"

刘峰说:"这回完了,要遭迫害呀。"

田美玉看着报告说:"这个计划要是实现了,百泉沟可要变模样了。关键是乡里能不能批。现在的书记、乡长是方主席提拔上来的，他就是同意也不能明着支持你，再说那水库对方志南有利。这次对你的考核，说白了就是他一手策划的，你大张旗鼓地打报告放水还田，这事可要想好了，要吸取点教训。"

李强一听变得严肃起来，说："我反复想过了，出事我担着，反正也考核完了，看他们还有什么招。明天我就把报告送乡里。"

田美玉看看李强，想要说什么，话到嘴边又止住了。她对刘峰说："咱们回家吧，这事你看着办，要和你说的都说了，主意自己拿。"

说完田美玉和刘峰走了。李强在办公室里来回踱步，在想田美玉的话是什么意思。

在乡长办公室，李强把开发红旗水库的报告交给了陈乡长。

李强说："乡长，这是我们村开发红旗水库的报告，你看看能不能批准。"

陈乡长拿起报告大概看了看，说："早就知道你有这个计划。你这个想法很大胆，可是这个水库已经归乡里多年，政府又投了很多钱，这个事可能乡里说了不算。这样吧，我向上级请示一下能不能批。"

陈乡长给李强倒了一杯水，自己点着一支烟，一边抽一边说："我听说你在大学的时候有个对象，前些天来了，你们什么时候结婚呀？"

李强有点不好意思地说："是有对象，叫杜萍，前几天来过，我们现在不打算结婚，因为当了村长，只好推迟婚期。"

陈乡长说："好哇，你还是很有决心的嘛。"

李强说："既然群众已经选我当村长，那就是信任我，我也不能什么作用也不起呀。我们村的发展前途，我认为就在这一万亩的大甸子，而这个没有水的红旗水库影响了整个大甸子的开发利用，所以我才开代表会听取群众意见，虽然得到大多数群众的支持，也因此得罪了上级领导。"

陈乡长说："这些事不像你想象的那么简单，水库是在前任领导和群众的努力下建设的，县里又投了钱，立了项，不是那么容易就改变。你呢，是新上任的村长，责任心很强，想法也不是没有道理。可是乡里就不像你了，要考虑的多一些，工作上有个上下衔接的问题，还有老同志的关系等等。上一任的工作，下一任不是说否就否的，这里有个原则问题。好了，我们研究

研究,你听信。"

　　李强听乡长这么一说,觉得他话里有话,也不想再说什么,就站起身说:"陈乡长,我回去了,乡亲们可是盼着早一天动工呢。"

　　出了门,李强放慢了脚步,心里想着陈乡长的话,觉得有点不对劲。

　　陈乡长看李强回去了,又往窗外看了看,拿起电话拨号。

　　陈乡长说:"喂,方主席吗?啊,我是陈保华。你忙吗?"

第十四章

方志南接电话，说："哦，是陈乡长，不忙，我在办公室呢，没有人说吧。啊！什么，还打报告了！在谁那呢？真是无法无天了。我告诉你啊，这个报告别往上面送，你们也不能批，等我想办法。"

陈乡长看着窗外说："我这里没问题，就怕王书记答应。这个材料是给乡里的，怕压不住哇！"

方志南说："我说陈乡长，你就当啥也不知道，王书记那我去和他说。你暂时不要往县里报这个材料，也不要向有关部门请示，等我想想办法，就这么说定了。"

方志南在办公室打了几个电话都没有人接，有点急，在地上来回走，回过头来又打电话。

方志南说："喂，玉柱在不，你叫他接电话。喂，玉柱吗？是我。我听说李强把放水库的报告送到乡里了，看来他是真要放这个水库哇。我想办法阻止他，你和孙贵、朗鑫也要想办法。我和你说，这个水库要是一放，那我在太平川乡的工作可就白干了，你知道这是我的心血呀！所以你们要想尽一切办法，什么招都行，只要能阻止他们放水就行。你听着没有？"

方志南又给县委办公室打电话："喂，郑主任吧，大书记在吗？去哪了？啥时候回来？那好，等他回来再说吧。"

方志南像热锅上的蚂蚁来回地走，不时拿起电话。

村委会大会议室，田美玉在主持支部会，村委会的成员也参加了会议。

田美玉说："大家都知道，昨天的党员会上，经过不记名投票，阿斯根

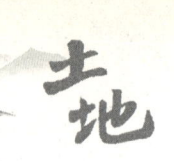

得票最多,超过百分之七十五。经乡党委会研究决定,任命阿斯根同志为百泉沟村党支部书记,从今天起正式上任,我不再担任党支部书记的职务。但是我在乡里还管这个村,各项工作还是要协助你们。我就不读党委的任命文件,文件在这。我今天的主要任务是到包家村检查合作医疗的情况,会议就由阿斯根来主持。"

说完话田美玉走了,阿斯根、李强送她出门。

李强对阿斯根说:"包叔,你先回去开会,我送送田书记。"

这事对李强来说很突然,他心情很沉重,对田美玉说:"怎么换得这么快呢,昨天考核今天就换,刚合手你又走,我突然觉得心里没底了。"

田美玉笑了,对李强说:"我前天才知道这个事,乡里不让我告诉别人,所以我就没有告诉你。不过这也没有什么,说不定对你还有好处,因为我还包这个村,有什么事还能帮助你们,有什么没底的!过去阿斯根不也是一直都在帮助咱们干工作嘛,你们很快就会合手的,可能比我还默契。"

李强说:"你在百泉沟群众眼中是个女强人,在乡里有地位,和你一起干工作我腰杆硬,可是你走了,我以后的工作咋办。"李强眼里闪着泪花,沉默了一会儿,抬起头来说:"反正以后有什么事我还得找你,除非你调到外乡去。"

田美玉说:"怎么像个小孩子似的,我又没有走远。好了,回去吧,正在开会,别送了。把你的想法和党员们说说,让大家一起努力。"

李强依依不舍地说:"我回去开会了,有事我会给你打电话的。"

回到会议室,阿斯根正在讲话,李强坐在阿斯根的旁边。

阿斯根说:"我在支部当了十年的支委,没有当过主要领导,说真的还有点不适应,不过有广大党员的支持和帮助,我一定会把工作做好。在半年多的工作中,我和李强配合得很默契。在今后的工作中,我们更要把群众的利益放在第一位,一切从群众的利益出发,让我们百泉沟村发展再上一个新台阶。今天要研究的问题:一是先选出一名支部委员,因为田书记回乡里,所以缺一名委员。第二个是听取李强村长关于村里当前工作意见。咱们先选支部委员,我提名李长玺,他现在是村委会的委员,也可以兼职,大家没有意见请举手。"

阿斯根看了一圈只有赵玉柱没举手,其他的人都举手了,托娅不是党员没有举手。

阿斯根说:"刘会计计一下票数,绝大多数同意,通过。从今日起李长玺就是支部委员,等开支委会的时候咱们再分工。下面我们听一下李村长关于当前工作的安排。"

李强看看大伙儿说:"好,那我就说说。党支部是党的基层组织,村委会要在党支部的领导下开展工作,所以包书记让我在会上说一下工作的情况,我认为这也是顺理成章的。下面我就把当前的工作给大家汇报一下,争求全体党员的意见。我汇报的内容有两个:一个是以前的工作情况,一个是以后的工作重点。我先说一下第一个内容……"

李强来到官布家,在大门口停下摩托车。进了官布大爷的屋子,官布和老伴一边看电视一边喝水。看见李强来了,官布老伴下地给李强拿了一个碗,用小铜壶给李强倒了一碗奶茶。李强连忙接过来喝了一口,说:"大娘熬的奶茶可真香啊,超过我妈熬的。"

老太太乐得眉开眼笑,说:"你妈的炒米可是比别人的都脆呀。"

李强说:"官大爷,地都铲完了吧?"

官布说:"没用铲,打药了。"

李强说:"那是谁帮你们打的呀。"

官布说:"都是李三那小子一手操办的,春天种地、追肥、打药都是他帮着干的。"

李强说:"工钱怎么算?"

官布:"种子和化肥是我们自己买的,他给我们种地,没要多少钱,只要了柴油和农药的钱,我给他工钱,他说什么也不要。这小子还真行,真听你的话。"

李强笑了,说:"官大爷,还是李三这小伙子人好。上次下雨房子漏了吗?"

官布说:"没有,啥事没有,挺好的。这回我们俩可就安心了。"

李强把奶茶喝完,站起身来说:"我到李三家去看看。"

官布老伴说:"来了也不多待一会儿。"

李强说:"过些日子再来。"

说着李强出屋来到李三的大门外,看见李三正在安装什么工具,就大声

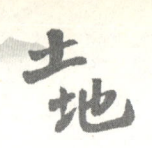

地喊:"三哥整啥呢,叫小工不?我给你当个帮手要不要?"

李三一听是李村长的声音,放下工具站起来,两只手又脏又黑,笑着说:"要不咱们俩握握手吧,不少天没见了,嘿嘿!村长这是从哪儿来呀?你咋不事先告诉一声呢,我好让孩子、老婆列队欢迎。"

李强笑着说:"你不欢迎我也高兴啊!我才从官大爷那来,听说你给官大爷种地,还给打药,连工钱都没要。这还像个邻居的样子,就冲这一点我得向你学习。以后我在嫂子面前多说你点好话啥都有了,是吧?"

李三也笑了,一边擦手一边说:"你不说好话她也跟我亲,这不天天给我做好吃的。她得维护我,要不我就让她下岗。"

李强笑了,说道:"哎!我说你好,你又下道了,要违法乱纪呀,那我可收拾你了。"

李三眨了眨眼睛放低了声音说:"休了她,我还真的找不着这样的好媳妇,当人面装呗。"

李强说:"别扯了,你整啥,我咋没看明白呢?"

李三说:"打药箱的喷嘴雾化不太好,我改进了一下,这样打的面积大,还省药、省水。"

李强说:"我有一个想法早就想和你说了。我看你对这个机械设备什么的有一些研究,能不能搞个种地一条龙服务呢?"

李三眨了眨眼睛问:"怎么个一条龙啊?"

李强耐心地说:"你看啊,现在你已经把种地和除草的劳动工序解决了,下一步就是精量播种和收割脱粒,那不就一条龙吗?这样的话,如果家里没有劳动力,也能把地种了,外出打工的人家,地不就有人种了嘛,你也有了收入,成了种地专业户。"

李三想了想说:"别说,你说的还真有道理,可是那不得花钱买设备嘛,钱从哪来呀?"

李强说:"这个好办,现在县里对购买农机具的农民有政策补贴,自己筹点,再从银行贷点,就差不多了。只要一两年,你就能把本钱挣回来,以后可就挣大钱了。你好好和我嫂子算算。"

李三说:"再有一个收玉米机和收豆子、稻子的机器就行了,这两个机器得多少钱哪?"

李强说:"我在广原的时候看过,玉米收割机是五万多,大豆和水稻收割机是六万多元,加在一起也就是十二万元。一般家庭差不多能买得起,你就更不成问题。"

李三说:"要是这个价格,我自己有一半的钱,其他的借点、贷点,上级要是再给补点就可以买了。行,我看行,那我就张罗一下,你帮我联系一下。"

李强说:"我找个机会和乡政府主管农业的领导说一下,看看有些什么样的政策,抓紧时间给你联系。"

李三高兴地说:"别走,咱们俩得喝点酒。上回给官大爷干活都没和你喝上酒,这回补上,走,进屋,你再给我细说说。"

李强站起身来说:"不行,我还有事呢。我顺便过来看一下官大爷的地怎么样了,没想到你都给种好好的,我很感谢,有时间我请你喝酒吧。要不等你开业的时候我来喝酒,行不行?"

李三说:"那一言为定,我就干了。你等着喝酒吧,可不能不守信用。我就求你帮我整明白,我自己张罗钱。那今天就不让你喝酒了。"

李强心里很高兴,觉得今天没有白来。和李三告别之后,他来到官布的大门外骑他的摩托车,看见官布在给自己看车子,心里一热,心想这是多么好的老人啊。

李强对官布说:"大爷,你给我看车呢?"

官布说:"小孩子们好动,整坏了咋办呀。反正也没有事,我就看一会儿。"

李强感动地看看官布说:"我走了官大爷,有事给我打电话,这是我的电话号码。"

说着李强给了官布一个名片。摩托车渐渐远去。官布看着名片,又看看远去的李强。

乡政府大院里停着一辆车。

书记室里坐着政协来的一行三人,方志南、尚主任和司机付民。陈乡长坐在沙发上和方志南聊着。

方志南说:"我今天来是看一下并村的情况,上次我不是没来上嘛。这个事呢,市政协要个调查简报,要基层村一级的有关情况。咱们也别口头汇

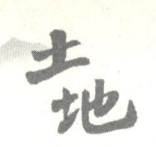

报了,把相关材料交给尚主任。等一会儿咱们几个到水库去看看,我在县里就想那水库的景色,那里空气多好哇。"

陈乡长看着王书记说:"那咱们还是先到水库去看看,回来再吃饭。"

王书记说:"行啊,食堂安排了吧?"

陈乡长说:"早都安排完了。"

王书记说:"那咱们就走呗,快去快回。"

两辆车在土路上奔驰。到百泉沟村里时,方志南的车停在赵玉柱的门口。方志南下车进屋,又和赵玉柱出来上了车。车到了水库停下来,人们纷纷下车,上了水库的围沿。方志南故作兴奋,双手比比画画地说个不停。其他人都听着,王书记、陈乡长不时地打着圆场。

方志南说:"这时候都时兴搞旅游,咱们要不搞他一个春游,带上吃的和钓鱼杆玩呗,多好哇。这空气也好,有水有草地。现在这样的地方不多了,你们可得好好地管护。"

赵玉柱在旁边说:"管护啥呀,现在百泉沟村要放水开地,昨天支部会上还研究呢。"

方志南一脸的怒气,说:"老王有这事吗?"

王书记说:"村上开没开会我不知道,要是开会研究,那也就是村上部分人的想法而已。这是乡里的水库,村上研究不研究的没什么意义。"

赵玉柱说:"今天你们咋没领村长和书记来呢,他们现在就打这水库的主意。"

王书记有点来气了,对陈乡长说:"要是有这个事,你就告诉村里别打乡里水库的主意。这个水库是乡里的,乡里不批准,他们没有权利放水和开地。"

方志南说:"有你们在这,我就放心了,这可是我二十多年的心血呀!过去没有机动车辆,就是人工干哪。后来又争取到县里的水利资金四十多万,这才成了今天这个模样。他们想放水就放水,那还了得呀!谁要是答应了,谁负法律责任,整不好得进去。"

王书记说:"方主席,你放心得了,这是乡里的事,不通过乡里能行嘛。谁不知道太平川乡有个红旗水库。县里的领导基本上没有没来过的,看了之后都说好,这个功劳得归功于方主席。"

260

方志南说:"我是没求什么功劳,主要是搞一项工程,造福一方百姓,至于有多大的作用,那就不好说了,不说我坏话就不错。"

陈乡长有些不想走,对方志南说:"咱们还往前走吗?要是走的话就上车吧,要不回去太晚点了。"

王书记回头问:"方主席看的咋样了,看够没有啊?"

方志南有点意犹未尽地说:"那好吧,这得听东道主的,要不中午不给吃饭呀。"

太平川乡政府食堂,一个大一点的房间,当中有一张大圆桌。方志南坐在中间,王书记和陈乡长一边一个,尚主任坐在王书记的另一边,赵玉柱、秘书、司机等坐在陈乡长的一边。

王书记举起杯说:"非常欢迎我们的老领导——政协方主席和县政府的尚主任来乡里指导工作,我提议大家先敬老领导一杯。这第一杯酒我先干了,表示我们的诚意。"

说完王书记一口干了杯中酒,其他人也一齐干杯,只有司机没干。方志南也是一口干掉,韩秘书又给大家倒上酒。

陈乡长提议:"我和大家再喝一杯,主要是欢迎方主席回家,这样说行吧?"

方志南高兴地说:"可以这么说,就是回家的感觉。"

陈乡长说:"那就干了这一杯,谁也不许剩下。"

大家又一饮而尽。

王书记说:"别忙,先吃点菜,光喝酒不吃菜一会儿就醉了。来,方主席吃这个,陈乡长说这是你最爱吃的菜,拔丝奶豆腐,马师傅特意给你做的。"

方志南很高兴地举起杯子,说:"我来提一杯酒,首先谢谢给我做饭的马师傅,谢谢乡里几位领导陪我走了一圈,让我又回到从前的时光,好像看到人们奋战在水库工地上的情景。来,为了我们过去的努力奋斗、为了今天的幸福生活干杯。"

方志南一口干了一杯酒,其他的人也都干了,不过都有点喝不动,只有陈乡长和王书记还挺精神,又让秘书倒上酒。

方志南喝得也有点急了,几杯入肚,话就多了,本来就爱说,这一喝酒，那基本上像开会一样，都得听他的。今天他可是没喝多，此时他比任何时候都清醒，要说的话和想说的话早在他的心中，所以他故作醉态，说："你说这事怪不怪，我过去也就二两酒的量，现在可倒好，半斤是它，一斤也是它，两瓶也是它。我跟你们说，有一回县委来客人，还是咱们毗邻平阳县的书记和政协主席。这两个人可真能喝呀，咱们那县委书记明海你们都知道，那是我儿子媳妇的哥哥，我论着大辈，可是在那种场面不能露哇。他也不能喝酒，可就把我舍出去，让我顶住。我一看这也没有别的招了，什么喝不了、什么有事呀，这都不行，那就得喝。就像这样似的，就是干哪。可能到第六杯的时候，平阳县政协主席老于说不行了。可是那个书记说最后三杯，完了就吃饭，不喝完的不能吃饭。明海书记早就不行了，他们也都知道他不能喝酒，不攀他。大伙儿把我盯住了，那就喝吧。"

说完，方主席一边吃菜一边看赵玉柱，示意他提一杯酒。

赵玉柱站起身来给各位倒酒，完了之后端起酒杯。赵玉柱也装得很大气，说："各位领导，今天我借着乡里的酒给各位敬一杯，要是平常的话，我也没有这个机会，今天我舅舅来了才有幸和各位喝酒。这杯酒我敬乡里的两位领导和县里来的领导，咱们也共同干一杯。"

说着赵玉柱把酒干了，王书记、陈乡长和尚主任也干了，只有方志南没有干，只喝了一口。

方志南看着赵玉柱说："你说我这个外甥就这点像我。在县里我一般不去找明海书记，就是有事我也不求他。可他呢还离不开我，一有事就找我，前些天见着我就问，'怎么样，你原来想搞的郊游整咋样了，到时候让我们看看哪？'我说啥呀，就说不行，还不成熟。他还问王书记、陈乡长对这个事上心不上心，要是不感兴趣就别扯了。我说啥呀，能说你们不感兴趣吗？"

王书记忙说："那我可整不了，真没有你那种精神，号召不起来。"

方志南话题一转："我可不是说你呀，再说我也管不着你。原来我们的办公室主任李保山，政协有一个实体想让他管，可他说什么也不干，后来我就把他调到工商联。为啥县里有些部门的人都有点怕我呢，说话好使呗，不然一个政协副主席谁理你呀，不给你脸子看就不错了。咱们原来的副主席恩和咋的了，不就是个牌位嘛，连吃一顿饭钱都报销不了，那还干个啥劲呀！"

　　尚主任说："这是真的，方主席说一不二。"

　　陈乡长又给方志南倒上酒，说："来，我单独和主席喝一个。我是你一手提起来的，别的啥也不说了，再说那就多余。我干了，你随意。"

　　方志南一扬手说："别忙，你得先唱一首歌，就来你那拿手的《达那巴拉》吧，大家看行不行？"

　　"对，陈乡长来一个！"大伙儿都响应。

　　这时陈乡长显得非常的高兴，开始唱歌："梧桐树……"

　　孙贵在家里看电视，老远就看见赵玉柱朝他家走来，可是半天不见人影，他就出门到外面看，一看赵玉柱和别人扯上了，拉着人家不撒手。

　　赵玉柱红着脸说："二迷糊，你说我在哪喝的酒？你都猜不着，那和谁喝的你就更猜不着了，你猜。"

　　二迷糊也喝了酒，不客气地说："在哪喝的咋的，在哪喝的也都喝人肚子里去了，没喝狗肚子里。那你猜猜我是跟谁喝的？"

　　赵玉柱看着二迷糊说："跟谁喝的，我猜不着你和谁喝的？咋的，和你小姨子喝的呀，看你美的那个样。"

　　二迷糊笑了，看看赵玉柱说："哎，你还真的猜对了，真跟我的小姨子喝的，可是我没喝过她，把自己给喝懵了。"

　　赵玉柱笑话他："看你那个出息样吧，叫小姨子整懵了，白喝这些年的酒了，见着女的就完。"

　　赵玉柱回头一看，孙贵在人门外站着呢，才想起来要上孙贵家，转身就要走，二迷糊不让，拉住赵玉柱说："你还没告诉我你是在哪喝的酒呢，这就想走。"

　　赵玉柱说："今天就不告诉你了，你想去吧，想起来告诉我。"

　　说着就朝着孙贵走过去，回过头来对二迷糊说："你小姨子要是再来的话你找我，看我能不能喝倒她。看你那熊样，让女的收拾了，多叫人笑话。"

　　孙贵问："玉柱，你这是从哪儿来，怎么和二迷糊扯上了呢？我看你上午坐小汽车走的。"

　　赵玉柱说："走，咱们屋里说去，别让外人听着。"

说着二人就进屋了。

李强和阿斯根二人在水库外的甜菜地头走着，绿油油的甜菜已经没膝，黄豆也长得齐腰深。他们来到一个涵洞前站住。

李强指着涵洞口说："我看这个口有点挡水，得挖开它，用不了多少工，找几个小青年干就行，得有个明白人领着干。"

阿斯根说："我领着干吧，你不是要去双青嘛。收甜菜场地的事得双青糖厂定，你去争取一下，最好在咱们村设点。"

李强说："明天上午我找几个人挖，下午去双青也来得及，不用你干，这个活我也懂门。"

阿斯根点着了一支烟，吸了一口说："你知道嘛，今天上午方志南和乡里的领导到水库来，据说赵玉柱还跟着，到乡里还一起喝了酒。本来上级到水库来也是常事，这回我估计事情不是那么简单，这里肯定有问题。最起码在表面上给人们一个印象，上级还是很重视这个水库的，意思是村里别打它的主意。方主席肯定要和乡里说这个事，我看乡里暂时是不会批准我们放水。"

李强低下头说："我没想到乡里的事这么难办。人家说乡里怕县里，它是不怕咱们村里。那我们怎么办，就这么等着？"

阿斯根说："不然咋办？"

李强说："那就先把当前的工作做好。你才说的收菜场地，早点做准备还是对的，我明天就去糖厂。"

阿斯根说："不用，你上午就去，我明白这活怎么干。我找人吧，你忙糖厂的事。"

二人又来到水库的边上，看着那一望无边长满芦苇的水库，说着，比画着。

双青县城，汽车在糖厂门口停下，李强下车，进院直奔王申的办公室。

王申看李强来了，起身和他握手，说："哎，你咋突然来了，事先也不来个电话。"

李强说："我来得急，所以也没给你打电话。我看这个季度的总结该到了，就先过来。过一段村里要忙，要先做的事我得赶紧安排，怕挤到一起，也不知道来的是不是时候。"

王申说:"你来的正是时候,陆总安排后天汇报工作,你提前了两天,啥事早点比晚点好。正好要中午了,告诉小丽一声中午别走。对了,你许的愿今天该兑现了吧,是你请还是我请?"

李强忙说:"应该我请,那天你们没喝好,都是我的事影响了你们的情绪,今天给你们补上。"

王申打电话:"小丽呀,中午别走了。谁来了?她不总来嘛。谁呀,李强呗,要不找你干啥。在哪呀?还是清泉酒店。行,一块走,对。好了,小丽一来就有戏,饭店好安排,等着吧。"

李强问:"还有谁呀?"

王申说:"是她的一个同学,女的。咱们办公室的今儿个都去吧,你考核通过得祝贺一下,小范围内整一把没事,陆总同意。"

刚说完,梁小丽就来了,见到李强握手,非常的热情,也不掩饰自己对李强的感情,弄得李强有些不好意思。

梁小丽说:"听说你考核很顺利,这个消息还是陆总打听到的呢。你也不来个电话,去广原倒挺快。"

王申惊讶地看着梁小丽,说:"你是怎么知道他去广原的消息?"

梁小丽笑了,说:"我有我的渠道,不信你问问李强。"

王申问李强:"还有这事?咱们小丽可是真心对你呀,李强可别不领情啊!"

李强问梁小丽:"你是怎么知道的?"

梁小丽说:"这个我可不告诉你,这是我的秘密。你的一切情况我都了如指掌,信不信?"

李强挠着头不知所措,百思不得其解地说:"这可就怪了,谁告诉的?"

王申收拾东西,说:"到时间了,咱们走,在饭桌上聊吧。小丽招呼他们。"

下午上班之后,王申和梁小丽领着李强来到陆总办公室。

陆总一看是李强来了,马上说:"是李强来了,小丽刚才咋没说呢,我差点走了。来,快坐下,有什么事吗?"

李强过来和陆总握手,之后说:"主要是来汇报基地的工作和这段时间

在下面的情况。王经理让我直接和你说，所以就来了，打扰你了吧？"

陆总和气地说："没有，这不是咱们的工作嘛，什么事你说吧。"

王申说："李强的工作已经汇报完了，有两个情况我得和你说一下，我认为很重要。"

李强说："现在有很多群众用甜菜叶子喂猪，猪吃了甜菜叶子拉稀，另外还使甜菜产量受影响，对我们公司和个人都不利。我认为公司应印发一些相关资料给专业户，及时纠正这种现象。另外一个是收购点不能设得太远，要方便群众。目前外地糖厂雇人高价收购甜菜。我听李长玺说朗鑫等人要收甜菜。我的意见是就近设收购点，及时收购，还要做好工商部门、当地派出所工作，一旦出现抢购，立即制止，绝不能让菜贩子得手，抢了基地的甜菜。"

陆总对王申说："看来这个事是很急，我们就不等大伙儿汇报了，就按李强说的办，该印的材料由你来负责，我负责和派出所、工商部门，还有当地的政府联系。李强，你是真的深入进去了，这可是基地建设的大问题，要是出了事就是大事。它不光是产量问题，还是企业的发展。我代表糖厂的职工谢谢你，就冲你的工作态度和人品，大家就得向你学习。小丽，你安排一下，晚上咱们和李强进一步谈谈，看看基地的建设还存在哪些问题。好了，你休息一下，我还得到银行办点事，晚上见。"

梁小丽一出门就说："你说点啥陆总咋就那么当回事呢，我服了你了，怪不得能当上村长。好了，晚上我们都借光。这回得来点像样的，到大酒店去吃一顿。"

王申说："陆总请吃饭哪还能在那小饭店，看你说的，小丽安排休息的地方。"

李强说："休息啥呀，和王经理扯一会儿得了，多长时间没在一起闹了，这一当上村长还没有时间，今天看来是无论如何也不能走。"

梁小丽看着李强说："李强，我这有一张表你填下，是有关养老保险的，咱们企业开始实施。王经理他们都填了，基地上的人员还没有呢，你是第一个，这得陆总批准。你先填吧，有时间我交给陆总。"

李强留了下来，和梁小丽来到秘书室。梁小丽进门之后随手就把门插上，转过身，含泪看着李强，也不说话，双手抓住李强的手，就那么看着。

李强有些不知所措，不知道梁小丽这是怎么了，回头看看门又看看梁小丽才明白过来，原来梁小丽已经插上了门，别人是进不来的。李强被小丽这火热的情绪所感染，呼吸急促起来。小丽松开手，双手搂住李强的脖子。李强情不自禁地抱住了梁小丽，只是瞬间，他又松开双手，任梁小丽怎么亲吻都没动。梁小丽见状慢慢地放开手，眼泪从脸上流下来。她低着头对李强说："难道我长的没有杜萍好看吗？还是我没有她的工作能力强？你对我一点感觉都没有吗？我这么喜欢你，难道你不知道？追我的人有好几个，我理过谁呀！"

李强坐到对面的沙发上，有些不好意思地说："小丽，我非常感谢你对我的这份感情，可是我和杜萍已经处了三四年，如果不是这次当村长，我们可能都结婚了。非常对不起，我不能欺骗你。你是个好姑娘，在我心里你是一个可爱的小妹妹。你让我帮你干什么都行，这个事我真的做不到，请你原谅。"

梁小丽觉得很没有面子，哭得很伤心，过了一会儿说："那好，我宁愿等，也不想做你的妹妹。假如你们分手了，我再找你。表在桌子上，你自己填吧，给你笔。"

说着给李强拿过一支笔来，这时王申来电话。梁小丽接电话："喂，啊，还在填呢，一会儿就完了，这就过去。"

梁小丽放下电话说："王经理说你填完了就过去，他和你还有点事。"

李强写了一会儿，把表交给梁小丽，说："好了，你看看行不行。"

梁小丽看了一下说："可以，那你走吧，在这你也不埋找。"

李强觉得很对不起小丽，小丽的真情让他感动。他看着梁小丽说："小丽，哪天我请你吃饭吧，给你赔礼。"

梁小丽笑了，用手擦着眼泪，故意说："请也没有真心，就能敷衍我。"

第二天一早，班车停在百泉沟村口大柳树旁，李强从车上下来，抬头看看满天的黑云，伸出手，已经有雨点飘落下来。他拿起手机拨号，电话里面传来没有人接听的语音。李强想了想就往家的方向走去，走过双合尔的家门口，一摸背兜他又折回来，进了双合尔家。

双合尔坐在炕上，手里拿着马头琴，正在调音。

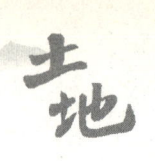

双合尔高兴地问:"强子,你在哪淘弄来这么好的琴弦?"

"我跑了好几个乐器商店,捡贵的买的,我也不知道好坏。"李强一边看一边说。

说着话,托娅进来了,说:"强哥,甜菜收购点定在咱们村了吗?"

她把给爷爷拿来的鸡蛋、白糖、茶叶放在桌子上,最后掏出一瓶冰红茶。

李强看着托娅说:"你这是给爷爷送东西呀。冰红茶是不是给我的?"

托娅笑了,不好意思地说:"我看见你进来了,冰红茶是给你的。昨天我看见爷爷家的鸡蛋没有了,给他送点来,你算借爷爷光吧。"

外面的雨越下越大。李强给双合尔倒奶茶,又看看窗外说:"爷爷,你说这雨要是下大了,水库会不会出现洪灾呀?"

双合尔喝了一口茶,用手捻着胡子说:"咱们这个水库主要是内涝,周围的水排不出去。大雨过后看看水排的咋样吧,要是雨小的话还好说,雨要是大了,那可就等着涝吧。"

李强自言自语地说:"这报告送乡里已经一星期了,一点动静也没有,也不知道怎么回事,包叔的电话也打不通。"

托娅听李强这么一说想起来了,说:"爸爸早上一起来就和徐守忠走了,说是找几个人给官布大爷挖沟子。对了,昨天晚上我在小卖店听赵玉柱说咱们乡里的王书记调走了,可能是调到档案局当局长,东柳乡的包书记调到咱们乡当书记。"

李强忙问:"那乡长呢?"

托娅说:"赵玉柱说乡长好像不动。唉呀,你咋这么笨呢,给田组委打个电话不就知道了嘛。"

李强给田美玉打电话,电话通了,说:"喂,田组委吗?你在哪呢?"

田美玉正在会议室里开会,出来接听:"李强啊,我在开会呢,迎接新党委书记和欢送王书记调任档案局局长。明天我去村里和你们说具体的事,好了。"

李强关上电话说:"你可真是耳听八方啊,王书记调到档案局,新书记已经上任,在开欢迎会。"

托娅不解地问:"怎么调到那儿去了?不知道新来的书记咋样?"

双合尔感慨地说:"天上的云很多,不知哪块云彩能下雨,到时候就知道了。今天的云就有雨,就怕太大了。"

李强说:"雨下大了,我得回家。"

托娅拿起爷爷家的雨伞,深情地看着李强。李强接过雨伞,一股暖流涌上心头,眼前的雨伞让他想起童年时和托娅一起抓青蛙被雨淋的情景……

托娅戴着草帽,把上衣给李强。到了家两人都淋透了,可是他们全然不顾,把抓来的青蛙放在盛满水的大盆子里。青蛙蹦得满地都是,两个人在屋子里抓,气得奶奶无可奈何。

回过神来后,李强说:"爷爷,我走了。"

托娅看李强愣在那儿,说:"要不这样吧,你到我家等我爸,正好我新买了一台电脑,你帮我把电脑装上。"

双合尔没有下地,说:"要不就在我这等一会儿吧,也该回来了。"

李强想了想说:"那好吧,我帮你安上,很简单的,走吧。"

说着两个人打着一把雨伞出了门。

到了托娅的家,李强打开电脑说:"你这不安完了嘛,还找我。"

托娅说:"安完了,但是我不会用,想让你当我的老师。"

由于李强早上没有吃饭,所以有点饿,就对托娅说:"给我拿点吃的,我早上没吃饭,有点饿了。"

托娅一听就从货架上拿下一袋点心,又倒了一杯水递给李强,说:"梁小丽真不够意思,让你空着肚子回来。你要点黄油和酸奶子吗?"

李强说:"那我还是吃炒米、酸奶子吧。早上我看天气要下雨的样子,怕走晚了回不来,担心水库边上的那些甜菜。一旦下大雨,水排不出去,甜菜可就完了。"

李强指点着托娅说:"你看见这个了吧,点它打开文件,然后……"

不一会儿阿斯根穿着雨衣进来,整个裤子湿了大半截。

李强站起身来说:"包叔,排水沟挖通啦,我给你打电话怎么没接呢?"

阿斯根一边往下脱雨衣一边说:"我手机放到兜里没听见。昨天沟外出口处有一个地方没有通,今天我和徐守忠找几个人挖通了。因为这个沟要通过官布家的地,早上我和他商量,老人开通,二话没说同意了。"

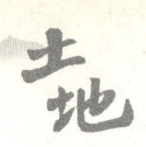

托娅把雨衣挂在衣服挂上,又给阿斯根拿换的衣服,把湿衣服扔在洗衣盆里。

阿斯根穿着衣服说:"看来今天这雨小不了,我担心水库外面的地要受淹,等雨停了,我们得去看看。"

李强说:"我也担心这个。包叔,你听说没有,王书记调走了,又来了东柳乡的包书记。我给田组委打电话,她说正在开欢迎会呢。"

阿斯根一听说:"我知道那个包书记,性格直爽,坚持原则,因此得罪了一些领导,影响了他的提升。"

二人说话中,托娅出去。一会儿托娅回来了,说:"爸,你不常说下雨天喝酒日嘛。"托娅把手里拎着的猪肉举起来,"我去把爷爷叫来。"

阿斯根说:"行,还是我姑娘知道疼人,叫你妈帮你。"

不一会儿的工夫,双合尔也来了,三个人在一起就聊起来,托娅帮着做饭。

双合尔坐在炕里头,点上了一支烟,对阿斯根和李强说:"强子,和你阿斯根叔搭班子,咱们村子还真有点希望。你有什么想法就和你叔说,他要是打横,你就找我,为村里的群众办事就没错。我是岁数大了,想当年我和你爷爷一起干的时候,那可是敢想敢干,可是我们不干那对不起群众的事。那年张老六的地被东村的组长包玺占去五亩,我们俩到乡政府把它要回来。包玺想要赖,先把地给种上了,我和你爷爷赶着大马车到那就给他翻了,吓的那小子没敢露面,那时候真是天不怕地不怕。"

阿斯根说:"那也是有理,要是没理翻人家的地行吗?"

双合尔说:"当然有理了,没理的事可不干。"

李强看着窗外的大雨说:"这场雨可别下得太大,这正是关键时候,甜菜就怕涝,要是泡个十天八天的就烂了。"

托娅开始放桌子,先把奶豆腐、乌日莫、炒米放在桌子上,来回地走着,不时看李强。李强心里明白托娅的心思,可面上一点也看不出来,认真地和双合尔聊着,还给阿斯根点着一支烟。

外面的雨越下越大,孙贵家的屋檐下摞着很多啤酒箱子,屋顶上流下来的雨水打在上面啪啦啪啦地响。在屋里喝酒的赵玉柱、孙贵、孙小龙看着窗外的大雨,三人频频举杯。孙贵让孙小龙把赵玉柱找来。选举之后他们还没有在一起喝过酒,他也不想和赵玉柱要请客花的钱,也没法要,更不好意思说这个事,找个借口叫来喝点酒就得了,以后有很多事还得用赵玉柱。当然赵玉柱更不好意思提了,借这个机会下个台阶,不然他就更孤立了。

孙贵喝了一口酒说:"我看这是人不帮忙天帮忙,这雨小不了,连雨天。这要是连个三四天,十天八天放不出去水,水库周围的地可就麻烦了。别的不说,就说那甜菜都得烂了。水库里的水一涨,面积可就大了,库里库外都是水。李强他不是放水库嘛,这回我看他还放个啥。"

赵玉柱接着说:"你知道这叫啥吗?这叫人走时气马走膘,兔子走时气枪都打不着。管他呢,下个七七四十九天才好"

说着二人一饮而尽,酒兴大发,孙贵又倒满酒,举起酒杯说:"只要是保住水库,我们就有酒喝。你知道这叫明修栈道,暗渡陈仓。从这一点上说,我还得谢谢方主席,当然还有你。来,再整一个,这个算是大哥敬你,干了。"

二人又是一饮而尽,酒喝得痛快,二人的小脸红扑扑的,两人都忘了选举的不愉快。

孙小龙一边给他们倒酒一边说:"春天因为浇地打了一架,这回还不得因为放水打架呀!留留那块地就是个硬钉子,要想把水放干了,就得从留留的地里过水,往年下大雨的时候,赵叔也处理过这事,你没忘吧?"

孙贵说:"什么你赵叔,那不还有我嘛。那小子死活不干,气的我要打他,后来你赵叔说赔他一千元才放的。这回得和留留说一下,给少了就不让放水,要他五千元。"

赵玉柱头一歪说:"嗯,这可是个机会,不能让这小子便宜了李强。小龙等会就去和他说,少了不让放水。"

几个人喝得很高兴。赵玉柱忽然想起一个事,说:"我听说李强已经给乡里打报告了,但是乡里没有批。"

孙贵有点怀疑地说:"王书记调到档案局是不是和这事有关系呀?"

赵玉柱不以为然地说:"官大一级压死人。"

孙贵想了想,也没有说什么,又倒上酒,举起酒杯说:"来,喝酒,管他呢,生死有命,富贵在天,能把我们咋的。"

半夜两点多钟,雨下得更大了,风也刮起来了,雨打窗子的声音把已经

土地

熟睡的李强惊醒。他起来穿上衣服往外看，借着雷电的闪光，看见地面上都是积水，回到桌前拿起水杯喝了一口水，又躺在床上，可是翻过来掉过去的睡不着。水库边上的甜菜地和几个能挡水的地方老是在他的眼前闪过，他似乎看到了成片的甜菜地变成了一片汪洋，忽而托娅那美丽的身影又闯进他的脑中。小时候背托娅过河的画面，在一起玩的画面，递给他统计表的画面，双合尔爷爷慈祥的面孔……李强辗转反侧，安排明天排涝的工作，终于挨到了天亮。手机响了。李强睁开眼睛赶紧起来，拿起电话接听："喂，是我，包叔早就起来了吧！行，我这就过去，你等我吧。不吃了，就走，好。"

李强放下电话，拿起雨衣。其其格看见李强拿雨衣要走，问："李强，你要干啥去呀，怎么也得吃了饭再走吧？饭都好了，在桌上放着呢。我看你睡得香没有招呼你，快过来吃吧。"

李强一看有馒头，对母亲说："包叔在等我呢，我拿一个。"

李强带上铁锹，咬一口馒头就出了门，直奔村口。阿斯根已在村头的大柳树下等着李强，看到他便站起身来。

李强来到阿斯根的身边，看见阿斯根的衣服都有些湿了，说："包叔，你来半天了，怎么不早点招呼我呢。我今天还睡过点了。"

阿斯根说："我起来就到村南去了，那没事，看来还是水库。走，咱们去水库边上的大片地看看。"

李强说："好，咱们走吧，还找人吗？"

阿斯根想了一下说："找两个也行，有堵水的地方就地放。"

李强说："那就把李长玺找上吧，还有张勇行。咱们俩一人找一个，我去找李长玺，咱们涵洞那见。"

在涵洞前的大片地里，那是白茫茫一片，已经看不见甜菜的影子了。站在坝顶上看，水库外面的水比水库里的水还多。由于涵洞的出水口小，雨水在涵洞口打着注疏涡。

李强、阿斯根等人都在坝上四处看。李强看这么大的水，涵洞又排不出去，嘴里不住地说："这不完了嘛，这不完了嘛。这得啥年月才能排出去呀？"

阿斯根看了看四周说："别处还好说一些，就是这一片面积最大，水最多，没有五天这水是放不出去。"

李强着急地说:"那甜菜就完了。我看这样,把这个涵洞挖开,口子再扩大一些,还有把挡水的地方挖开。长玺哥,你知道那是谁家的地吗?"

李长玺说:"那是留留家的,怕是不能让挖,那小子不好办事,这些年跟着朗鑫学坏了。"

阿斯根说:"这还真是个事,那个小子不好整,是个滚刀肉,蒸不熟煮不烂的东西。"

李强说:"你们先挖涵洞,我去找他。"

阿斯根说:"要不我去把他找来吧,咱们当面和他说,再让他看看这水的情况,我想他能顾全大局。"

李强说:"好吧,那我们先挖,你去找他,当着面好说一些。"

阿斯根走了,李强、李长玺、张勇几个人开始干起来。要放水就得从这些地里走,会冲了庄稼,可是没有办法。

李长玺一边挖沟一边说:"一会儿赵玉柱和刘兰英来了不能让啊,你看着吧,这回找茬儿呀。"

张勇说:"谁叫他们的地在下游,这没办法,有能耐他把水整回去。他们才多少地呀,得顾全大局呀。"

一会儿的工夫,留留来了,赵玉柱、刘兰英等人也都来了,看见这么大的水都有点不知所措。自己家的地根本就进不去了,只能远远地看着。大家议论着。

二迷糊也来了,他挽起裤子往前走了几步又回来,水已经到了大腿,再走就湿了,说:"唉呀妈呀,这水咋这么深呢,完了,这甜菜不完了吗?这得多长时间才能放出去呀!"

张勇说:"我那豆子地连个影子都看不见,我也不进去了,爱咋咋的。"

李强看见留留来了。阿斯根一脸的不高兴,李强也没有吱声。阿斯根过来说:"留留,你和李村长说说吧,在你家的地里开一个水沟,把大片地里的水放出去行不行?"

留留小眼睛眨巴几下说:"行啊,可是我得要……要……要损失费,应……应该吧?"

李强说:"你要多少钱?"

留留非常得意地说:"五千元,没……没有五千元免谈。"

李强一听气得脸都红了,又问了一句说:"你说多少?"

留留说:"五千,咋样,不多吧,这我还看书记、村长的面……面……面子呢,要不给多少钱我都不让挖。"

李强想了一下,冷静下来,用商量的口气对留留说:"这样吧,你一年种地也不容易,把你的甜菜查查,一颗两斤计算,按收购价给你钱,你看这样行不行?你也是为了大家的地做出贡献,村里也不能让你白种地。"

留留一听就要往回走,回头看着李强说:"你和我开……开玩笑呢?你不给五千是……是吧,那你就给一万,否则别想挖,少一分钱你也别……别……别想挖,知道不!跟我扯这个不利索,我是谁呀,真……真是的。"

阿斯根气得蹲下,看都不看留留一眼。几个拿铁锹挖沟的人看着白茫茫的积水干着急。留留回身要走,李强直起腰来,把铁锹往地上狠狠一插说:"留留,听我说几句你再走,要不你可别后悔。"

第十五章

留留一听站住了，看着李强说："我不走咋的，你还能咋的我呀！我说你……你没听着哇，少一分钱免……免谈！"

李强仔细地打量着留留说："你不傻吧，过去的事忘了吗？"

留留说："忘不了咋的，忘了咋……咋的，和你有……有关系呀，你管着了哇！跟我也整朗鑫那套，不……不好使，谁来也不好使。我就不……不信这个劲了，动动我看看，碰倒一个汗毛，你跪着给我扶起来。"

阿斯根和在场的群众有点发毛，怕他们打起来。赵玉柱也在人群中看着，不吱声，也不露面，想看李强的笑话。

李强笑着问："我问你，你这地是口粮地，还是承包地呀？要啥都不是的话，是不是黑地呀？这地是谁给你的？你以为别人不知道。今儿个这水我不放了，咱们就算算这笔账，算完了咱们当面交账，就地还钱。你种的地能打多少甜菜咱们评估，该多少是多少，村里给你。可是你的承包费，影响其他地块的损失费，你得交出来。还有谁给你的地，怎么给的，什么理由，我们可要追查。走！我这就和你去看账，土地账里要是没有的话，咱们就按你非法占地处理。我告诉你，你现在办手续不好使，知道吗？咱们走！"

留留一听就懵了，他知道这地是啥手续也没有，那是孙贵给他的。留留转眼就笑脸相迎，说："我那地是村上奖给我的，说我帮助别人有功，账上能……能没有嘛，要是没有的话就是忘记了。我看这事李村长你也别那么较真，还是放……放水要紧。我看咱们先放水，以后再论，以后再说呗。现在多着急呀，哪能放下排涝去看账呢，完……完了不还是得放水嘛。来，

我……我也帮助放。"

说着留留就拿起李强的铁锹挖起来。人们看他这个样儿都笑了,立刻动手挖排水沟。李强也被他逗笑了,马上严肃地说:"那好吧,你先放水,以后再找你,好好算算你的账。"

来的人都加入放水的队伍,特别是一些年轻人纷纷来放水。阿斯根领着大伙儿到留留的地里挖沟,不到半天的工夫就把大沟挖出来,水很快地流向下游。这时候,刘兰英和赵玉柱来找李强,还有下游有地的几个群众。

赵玉柱来到挖沟的李强面前说:"李村长,你看我的地都叫大水冲了,这怎么办?跟你说我那可是口粮地,他们几家的也是口粮地,一家人全都指望着这点地呢。"

刘兰英和其他四家群众七嘴八舌地说着理由。李强知道这水从哪儿过,但是冲了多少地他不知道,要解决这个事还真有些难度。

李强看着阿斯根说:"阿书记,你看这事怎么办?你先和他们合计一下,我到前面去看看。"

说着李强向前走。水流过的地方,甜菜和豆子只露个尖。李强把裤子挽到大腿,深一脚浅一脚地跟着水流走。走着走着,他看见水到了前面形成了一条小河,汇聚在一个水道上。李强蹲下来一看,这里明显是一条河沟,而且又十分的直,还通过了那几家的地,李强有点明白,又往前走,水进了河道。李强想了想又回到放水的涵洞口。人们还在和阿斯根讨价还价。

赵玉柱用嗓门喊:"再咋说那集体也不能占个人的便宜吧?一家种点地容易吗?我倒好说,你看还有其他的群众呢,这几家都挺困难的。再说那也不能按颗计算,水一冲下年的地就没有劲了,几年都缓不上来。这事就得我说话,别人都看我呢,你就给我们个面子还不行吗?"

阿斯根一边吸着烟一边说:"村里哪有这个钱给你们哪,就算你们给大家做贡献了,大家都念你们好,那还咋的?"

刘兰英说:"那不行,要是白挨冲我们就不让放水,淹就淹呗,谁叫他们要那好地,摊上了没办法,我摊上也得认。"

李长玺生气地说:"到什么时候也是水往低处流,谁叫你们的地在下游,我的地要是在下游,我就让放水,别扯那个。"

刘兰英一听也来气了,冲着那几个群众说:"动手挖土堵哇,还愣着干什么，快下手！往我们的地里放水就不行。"

徐守忠在一旁有点看不下去，对刘兰英说："庄稼都要绝收了，你还挡别人放水干什么，有点大方劲不行吗？"

刘兰英瞪了徐守忠一眼说："我的事不用你管，别拿我们的地买好。"

徐守忠说："你……好，那你就堵口子，看谁到时候难看。"

赵玉柱在一旁装好人，假心假意地说："先别堵，咱们有话好商量。阿书记你给个痛快话就得了，还费这劲。"

刘兰英冲着徐守忠说："老徐你别在那装好人了，赔的钱你给呀？赵玉柱，你还不快动手，要不这水就往你的地里放。动手哇！"

徐守忠气得头一扭，上一边蹲着，点着一支烟吸起来。

刘兰英说完，一起来的几个群众没有动，都在看阿斯根。赵玉柱听刘兰英这么一说也拿起铁锹，可是没有动。刘兰英一看这些人也不动手，自己拿起铁锹挖土往口子上扔。其他人看刘兰英干，也要下手挖土，这时李强过来了。他也听到刚才的对话，眼看着人们要堵口子，他终于发话了。李强大喊一声："等一下，我有话说。"

大家一听李强的喊声就停下了，刘兰英也有点胆怯地放下铁锹，看着李强。

赵玉柱笑了，心想你还有什么高招哇，不给钱你就别想挖沟，得意地说："怎么的，李村长答应给钱了？大伙儿别挖，李村长有话说。"

李强很客气地说："大家先别动手，等我把话说完再动手不迟。我问你们想要多少钱？我听听，我都能让你们满意。一个一个来，你们谁先说？刘姨先说吧。"

刘兰英心想这小子又有什么花花道了，咋这么好说话，不能和他多要，合理就行，想了一下说："我被冲的地有一亩，得赔我两亩地的产量，因为下年不能种了。"

李强又问赵玉柱："赵叔呢，你的多少？"

赵玉柱一听刘兰英说了两亩地，觉得自己也和她差不多，就说："我的也得有两亩地，冲完下年就不能种了，多少年都不爱长庄稼。"

李强听他们说完，就给他们几个算账："两亩地的玉米是多少钱哪，两千斤才一千元钱，也就是一家一千元钱，对吧？还算合理，我同意。"

土地

这几人互相看看露出了满意的表情。李强看了看赵玉柱，赵玉柱点头表示满意。

李强亮了亮嗓子，说："可是还有一笔账让我来帮你们各位算算，你们现在种的地原本就是河道，不在土地账上，每户种了大约两亩，把土地账拿来，仗量一下就清楚了。"

这几户人家开始面面相觑。

"按现在的承包价两百元一亩算，你们一共种了多少年？自己算一下。因为你们种在河道上，阻止了雨水排泄，每年要给其他农户造成损失，按你们今天要的价，你们再算一下。如果还欠你们的，这钱由村上赔偿。我说话算数，村里没钱我个人掏。如果你们欠村里和受损的户，请你们如数偿还。我们在这里算，还是拿到村民大会上算呢？"

大伙儿你看看我，我看看你，没有人回答。

李强这么一说，赵玉柱等人都傻眼了，谁也不吱声。刘兰英头一回这么没面子，一句话也说不出来。其他几个人看看赵玉柱，再看看刘兰英，也没话说，因为他们心里都明白，正像李强所说的那样，占的地不止一亩，比这还要多，要是一算的话可就惨了。他们刚要走，李强叫住了他们。李强说："你们先别走，说明白了再走，怎么办得有个说法吧，来时候劲儿挺大，要跟你们算账就不吱声了？怎么，我说得不对呀？"

刘兰英头也不抬地说："不管咋说那也是我们种的庄稼，和村里要点成本钱还不行啊！不然那河沟也是闲着，我们种也没防碍谁。"

李强说："刘姨，你这样说不对吧！没防碍谁，这不让放水是啥呀？那你和村里要的是啥钱哪？村里要种地的钱也是应该的吧！"

刘兰英没话说，低下头不吱声。赵玉柱站起来对李强说："我们几个也都是想减少损失，你就高抬贵手，实在不行放水，也别算什么承包地钱了。不看僧面看佛面，好赖我在这呢。"

阿斯根等人还在挖沟放水，李强把他们几个叫到一块来，当着他们大伙儿的面说："阿书记也在这呢，你们刚才和阿书记怎么说的，我就不追究了。我看这个事是这样，一是你们必需服从村里的安排，水从你们的地里过，或者说是从河道里过；二是不要以前的土地承包费，但是从下年开始，这个河道必需得让出来，村里负责挖好排水沟；三是今天你们要挖排水沟，直到把沟挖完为止。刘姨就别挖了，身体不好，行不行，阿书记？"

阿斯根很佩服李强，既平息了事态，又解决了以后水道疏通的问题，还安排人力挖沟，真是让他心服口服。阿斯根很满意地说："行，就按李村长说的办，你们要是没有意见就马上干活，没拿铁锹的回家取铁锹。好了，其他人散了吧。咱们干活。"

围观的人散了，赵玉柱几个人开始挖沟，刘兰英不好意思地走了，还回头看了看李强，后悔不该找这没有理的事给李强出难题。赵玉柱只干活不抬头。李长玺一边干活一边偷着笑。李强和阿斯根又去前边看地块。

一个群众看了看赵玉柱，又看看走远的李强说："赵叔，你看这事整的，你直接和村长说一下不就得了，这整的多砢碜，叫人家笑话咱们，赶上劳改犯了。"

赵玉柱白了他一眼说："你干活得了，那不是你们撺掇的我吗？不然我能来呀，再不济我也是村委会的吧！"

李长玺笑着说："就当出工了，那有啥呀。细算还是你们合算，地都让你们种了好几年，出这点工算个啥，是不是赵主任？"

赵玉柱一听李长玺看他的笑话，想说他还没有啥说的，真是无地自容，就把铁锹一放说："我说你就别再给我加咸盐了，咱们说点别的行不行。"

阿斯根回来了，看了看这边已经挖得差不多，又把他们拉到西边，说那里还有一个地方挡水。人们又开始挖。赵玉柱累得都走不动道了，整了一身的泥水，其他人也一样浑身是泥。

第二天早上，李强和李长玺两人来到涵洞，看见那儿的水已经很小了，地里大部分的水已经放干了。二人到了留留的地里，看见水沟子还有点堵，又挖起来，不一会儿就挖开了。

二人坐在沟子边的土堆上，李长玺点着一支烟，又递给李强一支烟说："你来一支不？"

李强没接，说："我从来都不吸烟，你吸吧。等哪天出门我给你买点好烟，你跟着我有点吃累，我一有事就拉上你，有点过意不去。"

李长玺忙说："你这是哪的话，我咋觉得跟着你干有意思呢。就说昨天的事吧，我真服了你，你咋就知道那里过去是河道，而且又没算地数呢，要是不知道底细，这还真就整不了。"

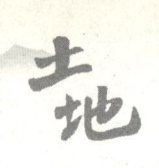

　　李强摇摇头说:"这也是逼的,朗鑫要钱时我看过土地账。"

　　李长玺说:"你的脑袋真好使,想得全,来得快。这也就是你吧,要是别人这得花村里多少钱呢,这不明不白的账你就还去吧,没个头绪。这些年的欠款咋来的,不都是这样来的吗?"

　　李强看着已经露出地面的庄稼地,对李长玺说:"你别说这水下去的还挺快,再有一天就排完了,最起码水库外面的地是保住了,里面的就是把水放了也不行,内涝。我看下了这么大的雨水库里也没多少水,这是什么水库哇!"

　　李长玺说:"再大的雨它也是那么深,咋整也就这样。"

　　李强问:"别人张罗过要放水库吗?"

　　李长玺说:"没有,没听说过,好像都没有人提这个事。谁敢哪,方志南一直在这当书记,他要是还在的话,那还得往里投工投劳的,各村都得响应,哪个敢反对呀!"

　　李强说:"可也是。走,咱们到水库里看看,到底有多深的水。"

　　村委会会计室里,刘福田、托娅和田美玉在看扶贫项目和合作医疗的相关档案。

　　田美玉一边翻看一边对刘福田说:"你看得这么整,把这几个装订在一起,再加上扶贫户的基本情况。基本上就是这样,缺的都得补上,之后一户一档。托娅帮助刘会计搞一下,这些都是好办的,没有档案,以后就没有依据了。"

　　托娅说:"行,不过得按家落实,得找到本人才能做完吧?"

　　田美玉说:"对,这个不难,只是费点时间。"

　　刘福田在翻原来的表册,把原始材料都挑出来,一一放在田美玉的前面。这时候李强进屋,看见他们在忙也没说什么,就在旁边看。田美玉抬头看见李强来了说:"怎么,地里的水放净了?想帮我们忙是咋的?"

　　李强叹了一口气说:"唉,这水是下来了,可是地也不干哪,内涝是肯定的,很大程度上得减产。多好的甜菜呀,想想都叫人心疼。"

　　田美玉:"看来是不当家不知柴米贵,知道心疼大伙儿的地,你这个村长进入角色了,行,真行,大伙儿选你就是看好你。"

　　托娅说:"是不是我爷爷常说的过去的东家呀,就是那种感觉吧!哈哈！"

田美玉也笑了。刘福田看了看李强说："那我就是管事的，以后管你叫老爷，还是东家呀？嘿嘿！"

托娅、田美玉几个人一起大笑起来，李强还有点不好意思，脸都红了，在地上走来走去，回过头来说："别说，还真有那种感觉呢。"

乡政府包书记办公室，包书记在喝水，看文件，看完后又拿起电话拨号，电话通了。包书记说："喂，陈乡长干啥呢？没别的事吧？那你来一趟。啊，我办公室。"

放下电话不一会儿，陈乡长来了，问："有事吗？"

包书记看着陈乡长说："乡里开完干部会了，机关的会也开完了，干部也都下去了，我看咱们也下去转转，转完之后再召开各村的村干部会？"

陈乡长说："行，完了再开村干部会。你刚来，还不知道各村的具体情况，走一走有好处。"

包书记说："我也是这么想的，你安排吧，你说看啥就看啥。"

陈乡长说："那咱们先看乡里的，还是看村里的个体户？"

包书记说："乡里有啥呀，我都参观过，有富贵街、小康树，怎么样，都黄了。对了，还有个水库吧？现在还在吗？"

陈乡长说："别的没了，水库还在，朗鑫承包，前些天我、王书记陪方主席去了一趟。"

包书记说："他每年向乡里交多少承包费？"

陈乡长说："承包费定的是每年五千元，可每年人工、所配小车的费用，乡里还得给人家报销三万多元，干搭钱呀。"

包书记说："这也叫承包？"

陈乡长干笑一下，没有说话。

包书记笑着说："这可是方主席的老窝呀，他在这工作二十多年，成绩斐然。我听说他有的时候还回来给你们开个会什么的。"

陈乡长笑着说："是有过，都是些老人。"

包书记说："那好，我们就去水库看看。你给百泉沟的干部打电话，告诉他们在家里等着，我们一会儿就到，顺便也看看他们的工作。"

陈乡长说："好的，我先给阿斯根打电话。"

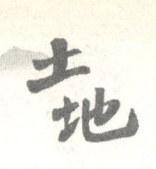

阿斯根站在商店前打电话，占线，急得他团团转，托娅看见就出来问："爸，你给谁打电话呢？"

阿斯根说："乡里新上任的书记和乡长要来，刚才给我来电话了，叫我们俩在家里等他们，这李强还联系不上了，人哪去了？"

托娅说："唉呀，你问我不就得了，他上张小刚家了，早上张小刚说他们家的鸡生病了，也不知道是什么病。我看见他们俩骑着一辆摩托车走的。"

阿斯根又给李强打电话，还是占线。

张小刚的家，鸡舍是一栋五间架子房，建在正房东，李强和张小刚站在装鸡的笼子前看打蔫的鸡，不断地翻书，不敢确定是什么毛病。他拿起手机给他大学同学冯敏打电话。电话通了，说："喂，老同学，你好吗？啊，我的声音你一下就听出来了，看来你对我的印象还是很深的。啊，我在养鸡专业户家呢。对，不是我的，个人家的。有，我们一个村就有三户。"

冯敏在养鸡厂的办公室里看鸡疫苗，工作人员在忙碌着。

冯敏说："我现在在洮东县一个大养鸡厂里当技术总管。哎，李强，你怎么想起我来了。怎么样，你现在和杜萍结婚了吧？为什么？你当了村官？真有意思，那是什么活呀，咱们学的和这也不对路子呀。你找我有事吧？"

李强说："我找你有点事，不过这事对你来说是小菜一碟。是这样，我们村张小刚家里也办了一个养鸡厂，养了两千五百只鸡，现在长到一市斤左右，可是最近出现了问题，三分之一的鸡冠子都黄了，我看了资料也搞不明白，所以就想起你。"

冯敏一边指导两个学员如何放菌苗一边说："这个简单，是黄胆病，没事，给鸡喂三百倍液的青霉素水，再往鸡饲料里放百分之零点五的磺胺粉，还要用百分之三的高锰酸钾水给鸡舍消毒五天。怎么样，记住了没有？"

李强拿过笔和纸说："好，你再说一下，我记上它。嗯，嗯，还有呢？啊，好了，记上了。"

冯敏拿着手机走到外面和李强说话："哎，我说李强，有空来串个门呗，我这还有几个同学呢。行啊，把他们领来吧。我管住的地方，还有学习的内容。其他两个技术员也是很有经验的，都能当他们的老师。你要是真的能办到那可是一件好事，我不收费，不过这个情你得怎么领啊？"

李强听了很高兴，就对冯敏说："怎么领呢？请你吃饭也太俗了，再说那也太小气，你说吧，要是把我们村几个要养鸡的姑娘小伙子们给培训好了，你说我都答应。"

冯敏一听笑了，不客气地说："那我可就狮子大开口了，跟我旅游一次怎么样，别怕，你把杜萍也带上，要不她该吃我的醋了。哈哈！是啊。"

李强为这件事而高兴，说："行，太好了。这个事就说妥了，等我把学员定下来了就给你信，要不写个合同也行。"

李强打完电话就对张小刚说："你看看，怎么做我都记在上面了，看清了吧？"

张小刚看了看说："这个是什么意思？"

李强说："就是说一千斤的水里加上三斤的高锰酸钾，然后给你的鸡舍消毒，懂了吗？"

张小刚说："这样说我就明白了。还有这个呢，这个粉是加到饲料里吗？"

李强说："对，以后你也得去学学。"

阿斯根在门口等，一辆小汽车来了，车上下来包书记和陈乡长，阿斯根上前打招呼。

陈乡长给阿斯根介绍："这位就是新来的包书记，这位是百泉沟村的党支部书记阿斯根，也是刚上任，你们没有见过吧？"

阿斯根上前和包书记握手说："没见过，可是听说过你。你来当书记我们很高兴，真的。走，进屋吧，李村长一会儿就回来，他在张小刚家的养鸡厂，一会儿叫司机找一下。"

包书记说："不用了，工作的事咱们车上说吧，你领我们上水库去一趟，顺路把李村长拉上不就得了嘛。"

阿斯根说："那好，顺路接李村长。"

几个人上车。赵玉柱在家门口看见小车还以为是方志南来了，刚跑出门向前追了几步，车径直向村西开过去，他停下脚步坐在门口的破木头上。

小车来到张小刚家的门口，李强还在给张小刚说怎么做呢。阿斯根等人从车上下来。

李强说："你就按我写的做就行了，整不明白再给我打电话。"

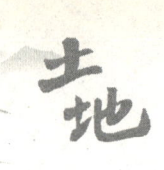

他回过身来一看,连忙迎上前和陈乡长、包书记握手。

陈乡长介绍说:"李村长,这是咱们乡新来的包书记,这是百泉沟村的村长李强,是个大学生。"

李强和包书记握手。包书记看着李强说:"这个地球太小了,我们在陆总的办公室见过面,你怎么还当上村长了,行啊。"

李强很高兴地说:"你调到我们乡里真是太好了。我事先也不知道你们来,这还让书记乡长找到家,真是不好意思。"

包书记点点头问:"都安排完了吗?为群众排忧解难是我们当干部的职责,我们也不忙,在这儿等着你。"

李强说:"已经交待清楚了。"

包书记说:"那好,咱们到红旗水库去看看。小伙子,你很聪明啊,有事找李村长就对了。你是学农的?"

李强有点不好意思地说:"我是学农的,可专业是种植业,养殖业我不太通,刚才我是打电话找我同学帮忙,也是现学现卖。"

陈乡长说:"那也行啊,解决问题就行。"

说完大伙儿都上车。车在水库边上的房子前停了下来。房屋的门锁着。

陈乡长对包书记说:"这是看水库的房子,是乡里盖的。朗鑫雇的三个人住在这。夏天抓鱼,秋天割苇子蒲草,一年收入不知道多少,有人估计一年收入个十来万吧。"

包书记有些不解地问:"那一年的承包费才五千元,乡里还得赔三万多?"

陈乡长说:"可不是,那是1990年的合同,二十年,其中包括管理水库。"

包书记沉默了一会儿说:"我们往前走走,车就在儿这等着吧。我看看这水库到底有多少水,有多深。"

说着就走在前头,后面跟着陈乡长、阿斯根、李强。走进库区,他不时地看见田垄的形状,还有已经坏了的水泥管井。

包书记问陈乡长:"这是什么?怎么还有机井呢?"

陈乡长说:"过去这里是万亩水稻项目区,有高压线、低压线、机井等配套设备。"

包书记说:"那怎么变成水库了?"

陈乡长说:"前些年雨大,乡里又把它改成了水库,以中间几十亩的小泡子为中心,在四周围划了一个方圆六千亩的水库,地上的那些设备都给卖了。"

包书记一边往前走一边说:"这是啥水库哇,纯粹是个胡勒斯淖尔。"

包书记是在自言自语,阿斯根听了一愣说:"包书记,你咋知道这叫胡勒斯淖尔呀?"

包书记说:"本来就是嘛,水库这名字是人为强加的。这是平甸子上放水碗,能装住水嘛,真是异想天开,想干啥干啥。"

陈乡长说:"就中间能养鱼,其他的地方就是下雨了也没有多少水。这刚下完雨才几天哪,那么大的雨不也就这么多的水嘛,年头多了成芦苇荡了。"

阿斯根说:"水库周围地里的水可多了,放都放不完,有的地已经不行了,内涝。"

包书记说:"这周围的水坝是怎么修的,人工还是机械?"

阿斯根说:"这都是各村出工修的,年年修,就这几年不修。"

包书记说:"那这个大甸子都是你们村的?"

阿斯根说:"都是我们村的,原来是三个村,现在并成一个村了,都在这个甸子的周围,一共是四个自然屯,一千三百多口人。"

包书记看见水库里面还有当年种的豆子,让水泡的有点黄了,回头问阿斯根:"这库区里怎么还有豆子?"

阿斯根说:"这都是天旱时人们大着胆子种的,下大雨就扔了。不过这几年旱,都收了。"

包书记说:"这水库也装不住水呀,再说上游有水库,哪来的水,就是有水,不也是四处渗水吗?这要是装满了水,那库外的地还能种吗?"

阿斯根说:"种啥呀,都得涝,所以这个村是乡里最困难的村。原因就是没有好地种,多数是坨子地,现在坨子都沙化了,白亮的一片。"

包书记又问陈乡长:"乡里谁管水库?"

陈乡长说:"现在是刘副乡长管,原来是我管。"

李强一直没有吱声,他在听包书记的意思,又不时地偷看陈乡长,捉摸

着他的心思。

包书记又问陈乡长："现在水库一点收入没有吧？"

陈乡长说："哪有，乡里每年得给看库人工钱，朗鑫的小车钱，修房子钱，还得给村上补助费，每年让百泉沟村维修水库。其实也就是个名，村里也没修啥，白搭钱。"

包书记回过头来看着李强和阿斯根说："这个水库就交给你们看着吧，乡里不要了，要是有收入也都归你们。你们二人都是新上任的书记村长，好好管管，充分发挥一下水库的作用。"

陈乡长问："那朗鑫的合同怎么办，到期还有好几年呢？"

包书记很果断地说："解除合同，那是个什么合同啊，不挣钱还搭钱，交给村里管吧，我们不搭钱就行，行不行包书记？"

阿斯根说："那咋不行呢！"

包书记问李强："李村长，你是大学生，学农的也懂水利，说说你的意见，没关系，怎么想的就怎么说。"

李强就等着他这句话，抬起头来对书记说："那我说说，要是有不对的地方请领导指正。"

包书记说："你说，我们听听你是什么意见。"

李强很干脆地说："我认为水库修在这个地方没有一点道理。修水库是为了养鱼，可是这水不到半米深，有水的地方就原来的那几十亩，其他地方有鱼也过不了冬，只是招来一些水鸟，看着好看没有实际用处。水库没有效益可是影响却很大，库区占地六千亩，周围受到水位影响的地有五千亩，一有大雨就造成内涝，周围的地全部歉收。这些都是村里的好地，其余的全都是坨子地。人们大量开垦坨子，造成土地沙化。不论是生态建设，还是产业发展都走了弯路。这里以前是水稻项目区，高低压线和机井一应齐全，可是说下马就下马，电杆和线都给卖了，机井也扔了，土地荒废了。我不是向谁问罪，我是说这里应该还田，还百姓赖以生存的土地。乡里是政府，不是生产单位，不能和群众争嘴。乡里花着纳税人的钱，还占着农民的土地！"

李强越说越激动，阿斯根偷着用手捅李强，可是李强不管。包书记和陈乡长都有些愕然，都对这个小村长有点刮目相看了。陈乡长的脸上红一阵，白一阵的。包书记看着李强认真地说："说得好，继续说下去。"

李强坚定地说:"要我说就一句话:放掉水库,归田于民,退出荒山,治理沙化。"

包书记说:"那你们为什么没有给乡里打报告?"

陈乡长一听忙接过来说:"他们打了报告,可是王书记不同意,党委会上没有通过,说这是县里投资的项目。"

包书记说:"县里投资的工程在哪呢?"

阿斯根顺手一指说:"就是这个小水坝,只不过是十车石头、两车沙子和十吨水泥而已,从来都没上过水。钱都花到哪去了,都干什么了,没人不知道。"

包书记看了看说:"这还叫工程啊!"

阿斯根说:"主要是各村出工挖了壕而已。"

包书记说:"李强,你这个大学生村长、甜菜基地的技术员不错,头脑里有货。放水还田,这是件大事,我们得回去研究研究。"

小车到了村委会的门口,李强和阿斯根下车,包书记和乡长没有下车,在车上和李强、阿斯根挥手告别。小车开走了,阿斯根和李强对视了一下,二人心情很沉重。虽然包书记说水库没什么作用,可是最后的态度还是不明朗。"研究研究"是他们的托词,这让李强十分失望。

两人步伐沉重地回到村里,托娅在村门口迎上前来,说:"爸,强哥,情况怎么样?爷爷在家里等着你们呢。"

两人谁也没说话,托娅跟在后面,向双合尔的家走去,远远地听见马头琴的声音,由低沉到激昂,"南方飞来的小鸿雁呀,不落长江不呀不起飞,要说造反的嘎达梅林是为了蒙古人民的土地……"

人们都知道这当过兵打过仗的老人,每当遇到大事,就会拉起马头琴,边拉边唱。李强、阿斯根、托娅最了解双合尔老人。当年要修这个水库时,双合尔的马头琴拉到半夜。第二天在全乡的书记村长会议上,他力陈利弊,坚决反对修水库。当时方书记上纲上线,扣帽子,老人毫不惧怕,最后以辞去书记、村长的职务做了最后的抗争。

"爷爷,他们来了。"托娅说。

马头琴声戛然而止,然而在李强的心中还回响着。

"哈哈哈,快进屋。"

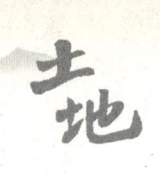

老人喝着奶茶,李强,阿斯根在向老人讲述着。托娅给爸爸、李强倒上奶茶。

"爷爷,你这不是古老的办法吗?"托娅笑着说。

"是啊,狗叫不影响骆驼走路。你们不要丧失信心,我们办的是利国利民的大事。党不是提倡以人为本嘛,我们就用民心来说话!"双合尔坚定地说。

李强非常激动地说:"谢谢爷爷,谢谢你这位老共产党员,就按你说的办!包叔,你看呢?"

"行,就这么办!"阿斯根从小就敬佩爸爸的魄力,更了解爸爸辞去书记、村长职务的心意。

村民大会上。李强在发言:"希望大家不要违背自己的意愿,同意的就在这个开发报告上签字,按手印;不同意的千万不要勉强。我们讲民主这么多年。今天就来个真正的民主。我和阿斯根书记已经签了字,现在就离开会场。"两人一起离开会场。

人们纷纷到前面来签字,有几个人离开了会场,赵玉柱等人头也不回匆匆回家。孙贵来到赵玉柱的家里,你看我我看你的,都点着了一支烟,坐那吸了起来。

赵玉柱吸了一口烟说:"不行,得给我舅舅打电话,这回可能要出事。"

孙贵有些急切地说:"你别说了,快打电话吧,看看他什么意见。"

赵玉柱把烟掐了,就拨电话,电话里传来嘟嘟的声响。

方志南接电话说:"是玉柱吗?什么事?什么!这是什么时候的事呀?你们刚开完会。"

赵玉柱急切地说:"是呀,刚才开的会,内容基本上有三个。对,一是决定从明年起水库周围没有在册的地一律收回;二是水库放水和开发同步进行,开发地,用地来给工钱;三是新开的土地分给群众,条件是必需从坨子地退下来,对坨子地进行统一开发,种树种草。绝大多数人都同意了,签字的人可真不少哇。通过之后他们就要报到乡里去。对,现在书面材料还没有送到乡里。会上是这么说的。"

方志南这边已经有些着急了,对着电话说:"玉柱这事孙贵知道吧?我看你们立刻想出办法,你们阻止他们放水开发。朗鑫有承包的合同,还没有到期,先让他顶住,不能解除合同。我做一下县里领导的工作,直接和他们说一下,看看有没有效果,之后我们再联系。"

赵玉柱回头和孙贵说:"你还有事和我舅说吗?"

孙贵说:"没有,你说就行了。"

赵玉柱说:"那好吧,没有别的事了,有事打电话吧。"

方志南给太平川乡政府打电话,电话通了,说:"喂,太平川乡政府吗?你是哪一位?"

韩秘书接电话:"是太平川乡政府,我是韩风,是秘书。啊,你是方主席吧。书记、乡长都不在,他们下乡还没有回来,也没说什么时候回来。"

方志南说:"那好吧,我打他们手机。我知道陈乡长的号,你告诉我一下包书记的号。好,我记一下。"

包书记和陈乡长在四家子村听村书记、村长汇报工作。

这时候陈乡长的手机响了,陈乡长一看是方志南的电话,起身到外面接。到了门外陈乡长打开手机,说:"喂,方主席,是我。我们在四家子村下乡呢,在听村书记和村长的汇报。"

方志南表情严肃地说:"我听说你和包书记下到百泉沟村,同意研究开发红旗水库?"

陈乡长回头看了一下,见没有人说:"是这样,包书记说要开党委会研究一下。我们还没回去呢。"

方志南用指示的口气说:"那你回去之后找一下其他副职的党委委员,在开党委会之前做好工作。委员中有几个能靠得住的?"

陈乡长脸上有点笑意,很得意地说:"我看都靠不住。我尽量想办法吧,要不你来一趟,直接和包书记说还有点效。"

方志南有点着急地说:"要不你们今明两天别开党委会,我最晚明天下午赶到你们乡里,直接和你们包书记说。包书记要是开会,你想办法拖延一下,等我去了之后再开,行不行?"

陈乡长很痛快地答应:"那行,没有问题,不过你可得尽快来呀!那好,就这样吧,我还得开会,这是在外面给你打电话呢。"

方志南感谢地说:"你的心意我知道,领情了。好吧,就这样,你开会

去吧。"

第二天一早,李强骑着摩托车来找阿斯根,阿斯根还没有吃饭,正在洗脸。李强坐在炕上,托娅倒了一碗水。

托娅关心地问:"强哥一夜没睡觉吧,尽想着水库的事了,是不是?你看爷爷这招怎么样?"

李强说:"古法新用,过去可是有过万民折呀!"

托娅说:"现在有个小岗村,我们是小岗村第二。"

李强看着阿斯根说:"包叔,我看咱们就到乡里吃,去晚了包书记又下乡了,找不着他可就又晚一天。"

阿斯根一边擦脸一边说:"咱们这就走,到乡里之后再吃饭不晚。"

说着二人就出了屋,托娅追到门外。

托娅喊:"爸,你的手机,这把你们忙的。"

阿斯根揣起手机上了李强的摩托车,二人一阵风似的走了。

乡政府的院子里静悄悄,只有包书记的小车停在那儿。食堂已经有炊烟升起,勤杂员在烧水,水开了的声音响着。离上班还有一个多小时,整个院子里空荡荡的。

李强、阿斯根两人下车后直奔书记室,勤杂员小白跟过来,走近他们俩问:"你们找谁?是哪个村的?"

阿斯根说:"我们是百泉沟村的,找包书记有点事。"

小白说:"你们是百泉沟的村长、书记吧!这才七点钟,你们还得等一会儿,进屋里等吧。我听说了,可是没有见过你们。你们在包书记的办公室里等吧,他上班比较早。这有水,你们喝吗?"

阿斯根说:"不喝,谢谢你,你忙去吧,我们就在这等他。"

小白走了几步回过头来:"你是李强吧,大学生,厉害!"

李强不好意思地笑了笑说。阿斯根和李强在屋子里转着,看着墙上的规划图和表格。李强的目光停留在百泉沟村的平面图上,看着看着,好像眼前成方成条的防护林长出来了,地里的小苗瞬间长大了。

"包书记是怎么想的?"阿斯根说。

李强还是没有反应。

门开着,包书记进来了,一看阿斯根、李强就说:"你们俩咋来的这么早，吃饭了吗？什么事呀这么急？"

阿斯根说："这不来晚了怕你下乡嘛。这是我们的报告，还有规划，在群众大会上也讨论了，我们充分发扬民主精神，我和李强回避，同意的人签字。我们有选举权的一共是七百九十三人，签字的是六百三十一人。"

包书记听着有点惊讶，惊讶之余也被感动了。他把目光转向站在平面图前的李强，说："李强，这是你想出的办法吗？"

李强回过神来，说："哎呀，包书记！"

包书记把群众签字的报告给李强。李强说："这是老支书双合尔爷爷想出的办法。"

"哎呀，坏了，双合尔叔叔误解我了，这次去怎么忘了拜访一下他老人家。你们知道嘛，双合尔叔叔和我爸爸可是老战友哇。"包书记有点惋惜地说。

阿斯根和李强去吃饭，包书记在看报告。陈乡长进来，看见包书记在看报告，故意问："我看见百泉沟的村长、书记来了。"

包书记说："他们刚才送来一份有群众签字的报告，包括规划，不错，很有远见。看来这个小村长有点能力，我们得支持他一下。"

陈乡长看着包书记说："这百泉沟一动，方主席就知道了，刚才韩秘书对我说昨天下午方主席来电话找咱们俩，我们在村里他没找到，估计他今天就会上来。这个事最难办的就是他。包书记，这事可得慎重。"

包书记抬起头看着陈乡长说："你啥意思，批还是不批？不批的的话，理由也很充足。不是我们搞的，完全可以往上推。说句实话，咱们该不该批？"

陈乡长说："其实早就应该批，这样对百泉沟有利，对乡里也有利，只是坏了方主席的政绩。"

包书记把报告一合，放在桌子上说："什么政绩！老百姓老实，用老百姓的工，占老百姓的地，承包给个人，个人得好处，还得算政绩？行了，这个事我出头。我这个人就这样，干正事我没怕过谁，臭脾气改不了！"

二人说着话，进来一辆车，陈乡长一看说："说来就来，你看，正是方主席的车。"

不一会儿，方主席进来，包书记、陈乡长和方主席握手，又叫勤杂员倒

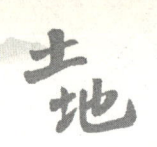

水,大家寒暄一阵,坐下喝茶。两人都知道他是为什么事来的,没人开口提音,只是说些题外的话。

方主席喝了一口茶,看着包书记说:"怎么样,忙不忙啊?我听说你们在下乡呢,到任了就开始下乡,还是你那老作风,雷厉风行。"

包书记有些不以为然地说:"我都习惯了,在哪都这个样,没出息,也不会享福。"

方主席脸上露出少有的笑容,对包书记说:"你也是个老书记,比我早四五年呢,这些年净在基层干了,也该往上边哪个局动动,找个相当的地方,有点实权的单位,到那享几年清福。你要是有意的话,我去给你说说。你相中哪个单位了,我给你跑。财政怎么样,要不就去土地局?"

包书记拿起报告往文件里一放说:"我这样的人臭名远扬,谁乐意要我呀。再说了,县里的领导还用我们这样的人解决问题呢。往上调,没有可能,上面的人谁愿意下来呀,遭罪,就可着我们吧。"

方志南听包书记这样一说,就有意试探他:"你也走了好几个乡,干的工作都是擦人家屁股的活,这整好了还行,要是整得狠了人家不恨你呀。"

包书记说:"说句实在话,还真就是这个差事,哪个走了都有一摊子事,多数都是欠账,还有遗留问题。我这人就这样,不管是谁干的事,就按我这方法办。俗话说得好,武大郎玩夜猫子,什么人玩什么鸟。我也是实事求是吧,这样说通顺一些,该啥是啥吧。给群众当家管事就得来点实的,你说是不是方主席?"

方志南有些不太自然地说:"说实话,谁也不是十全十美的。什么事都是有一利就有一弊,从哪个角度看,站在什么立场上说。就拿红旗水库来说吧,听说百泉沟村的书记、村长打报告想放水开地,这是站在他们的立场上看这个事,要是站在乡里的角度,这就是一个有利于全乡的工程。无论是在社会效益还是环境效应上,都是有利于大的经济环境。咱们都是搞行政工作的,怎么处理这样的问题,可以说是考验我们的能力。"

包书记一听方主席说这话有些不高兴,说:"按你说,要是同意百泉沟村里的请求,就是没水平,不同意就是有水平?"

方志南被问的有些尴尬,他觉得包书记在向他挑战。方志南知道村里的报告已经在包书记的手上,并且口头答应要研究水库的事,看来这事不直说是不行，只有和包书记摊牌，才能有效地制止他的行动。

想到这，他很有针对性地说："可以这么说，这就看你是不是有水平。你也知道这个水库是我一手弄起来的，用了多少人力物力。一个村长想放水就放水，置国家和集体的财产于不顾，我们当乡干部的不但视而不见，而且还支持他们，这不说明有问题吗？有人说是你答应研究他们的报告，有这事吧？"

包书记一听方志南这么说，觉得这个事可要撕破脸皮了，方志南的话有些激怒他。说真的，他还没有怕过谁，连县长都顶过的人，还怕他一个政协副主席。包书记也知道方志南和旗委书记明海的关系，可是他也知道明海书记的为人，不管是谁，只要事干对了，他就决不会给人穿小鞋。

包书记用手挠了挠头，有些不在意地说："方主席的消息挺快呀，我这报告还没看完，你就知道了，而且都来了乡里，看来你是专门为这事来的，我猜的对吧？不过你说的话我觉得有些不中听，你说的水平就拿这个来衡量，怕是太片面了吧？要是以这个工程的对错来衡量水平的话，那谁来做评判员呢？是上一级呀，还是最基层的群众呢？不知你怎样理解'立党为公'这几个字？"

方志南说："我们的工作当然是县里来评价，管我们你不知道啊！"

包书记接着说："我们搞工程是为谁搞的，不是为了群众的生产生活吗？百泉沟有百分之九十五点五的群众要求放水还田，这说明什么呀？要是让群众做评判员的话，那你说是谁的水平低呢？我是口头答应开会研究。现在还没开党委会，那你说我是对还是不对呢？"

"百分之九十五点五？这个数字怎么来的，言过其实了吧！请不要拿群众来打幌子，还是实事求是吧！"方志南不以为然地说。

包书记一听方志南这样说，把百泉沟的那份报告往前一推，说："你来看看！"

方志南用眼睛扫了一下报告，没动，平静了一会儿，走到桌前看到鲜红的手印，然后回到坐位上，缓和了一下口气对包书记说："谁知道这些手印是怎么来的？话又说回来，群众只顾眼前利益，不看长远规划的事还少吗？工程是我在的时候搞的，我代表了乡一级政府，你也是站在这个角度工作的，否认前任所干的工作，会使群众不信任党和政府。这可是大事，不能一个和尚一本经,一个班子一个令,影响政策的连续性。所以你要考虑得长远一些,这样你的同行和上一级的领导才会理解你。"

包书记一听方志南这话,知道他要缓和矛盾。他说的话对一个乡干部来说是有一些道理,这对于保持自己和上级领导的关系都是有一定好处的,可是对于百泉沟的群众来说,这就是压在他们头上的一团乌云,让他们总也见不到天日。作为一个乡干部,是群众的利益重要,还是个人仕途重要,站在哪一边,也就是这个水库放还是不放,这让包书记沉思起来。包书记歪着头看着窗外,几个领种地补贴的群众从经管站出来,一边走一边数着才领到的钱,很高兴。这个情景让包书记心里一震,他想了想,回过头来说:"你说的是有一些道理,可是我们怎么面对这一千三百多口人的切身利益?说白了,我们是给谁当书记呢?按理说我不同意放水库没有我什么责任,可是我良心上过不去,谁叫我接这么个摊子呢!要说我们是多年的老朋友了,要是个人的事,那我说什么也得给你面子,可是这千家万户。你那时候搞这个工程是形势需要,可是现在不同了,现在不向农民收农业税,地就是钱,好地更是人们的命根子。人们的意识提高了,而且想法更实际了。所以你的这个观点我不同意,我答应百泉沟的书记、村长研究一下这个问题,不是随心所欲。我有我的原则,我有解决问题的方法。"

方志南听了包书记的话,心里很不是滋味,简直是在挨训,而且看到包书记的态度很坚决。此时此刻一个乡党委书,竟然这样无视上下级关系,对他直接表明想法,让他有些束手无策,又忍无可忍。

方志南说:"行,包书记的话说得很透亮,现在是以人为本,为了人民群众当公仆。看来你这形势跟得还是很紧哪,可是你也别拿国家和人民的财产做挡箭牌。县里投入那么多钱,太平川乡群众投入那么多人工,能说放水就放水吗?你也是党培养多年的国家干部,难道一点政治原则都没有?你不听我的可以,可是你怎么也得听县委书记的吧?这是县里的工程,这事要是不慎重处理,吃不了你得兜着走,不信你就试试看!"

包书记听方志南的话好像在威胁自己,火爆脾气的他啥时候吃过这一套,随即说:"首先我只是答应村里研究研究这件事,是先请示后研究,还是先研究后请示呀?再说你别拿县委书记吓唬我,我不吃那一套。县里让我在这工作,就是让我对这个乡的工作负责,我有权利做,或者说上级给了我这个权利。我之所以在下乡的过程中答应研究百泉沟的水库，就是在执行这个权利。我想这是我们乡里的事，政协不管这个事吧？"

方志南终于忍不住，气得脸都红了，指着包书记说："姓包的，你还别跟我叫号，不信你就试试，看看咱们谁说了算，是谁有原则性！在这个县里是你大还是县委大？"

包世达说："方主席，你干啥来了，县委派你来的？你是代表县委？我知道你和县委书记有亲戚关系，是亲戚咋的，是亲戚就不问青红皂白向着你呀！我不怕，对群众有利的事整到哪我也不怕，大不了我这个书记不当了。"

方志南说："干啥来咋的？我们到哪都可以制止不正之风，都有上报县里的权利，你有啥不服的！你这样的我见得多了，还没有一个我剃不了的头呢！"

第十六章

陈乡长一看两个人吵起来,就从中打圆场。他站起来说:"算了,这个事你们俩就别吵了,我们研究一下再说吧。方主席,你消消火。咱们都冷静一下,也不是什么忙事,放一段时间也可以嘛。"

说着话,阿斯根和李强进了办公室,一看这气氛两人都愣在门口。阿斯根想要出去,李强拉住了他的衣角。二人在靠门口的沙发上坐下。

方志南看见阿斯根和李强,就猜到这是百泉沟的村干部,所以语气更加严厉,说:"放一段,放一段就没事了?这个事就解决了吗?包书记,你得有个说法,给我个准信,我马上回县里。我的意见很明确,那就是没有县里的批准,不允许放掉水库。我没有决定权,但是我有建议权、监督权,你看着办吧。"

包书记一看阿斯根和李强也来了,就对他们俩和方志南说:"你们俩来得正好,方主席也是为红旗水库的事来的,一会儿我们就开党委会研究。在这之前,我看有必要听听村里和政协方主席的意见,但是我不知道方主席是不是能代表政协?"

方志南说:"我不是代表政协,代表我自己。"

包世达说:"这个项目是你亲手做起来的,不容易,倾注了你大量的心血,上级还投了资。方主席说说,让村里也知道一些上面的事和关系。"

方志南往前动了动身子,直起腰说:"那我就说说。这个项目是1988年开始兴建的,动用全乡一万多人,历时三年之久,争取国家投资四十万元,完成了这个工程。它的作用是养殖、生态、环保、防洪等多方面的。多少年了，群众受益，集体增收，环境美化，防旱排涝。这些年来没有人想要或者说敢要放掉它，你李强是个农业大学毕业生，知道什么是水土保持吧。没有水，你保持啥呀，所以我们才修水库。年轻人敢闯敢干这是正常的，他不明白过去的一些情况和上下级的关系，这是可以理解的，不知者不怪嘛。可是话又说回来，不知道你问哪，不懂你得学习呀，不懂就可以干一些出格的事吗？就这个水库，你也不看看这是个什么工程，你一个新上任的小村长竟敢胡来。你还真敢想，把自己看得太重要了吧！你毕业几年了，有点实践的经验没有哇？"

阿斯根有点受不了，接过话题说："这是党支部研究后的意见，不是他个人的意见，这个责任我来负。"

方志南接着说："前些天我听说群众提出罢免你的议案，虽然没有罢免你，可是你也得吸取教训，想想为什么。干什么事都要想到后果。年轻人还是得多学着点，想进步那得有知识、有水平、有成绩才行，别打邪门歪道的主意，别干那损公不利己的事。放了水，开了地，你就有成绩了？想得也太天真了。"

包世达一边听着方志南的高论，一边观察李强，看他有什么反应。方志南的话让包世达气得直咬牙。

从上学到大学毕业，参加工作两年，李强从来没挨过老师的批评，也没有人这样教训过自己。刚开始他脸上火辣辣的，后来方志南的每一句话都让他得到一个相反的结论，所以他的心渐渐地平静下来。

方志南说得差不多了，停下来喝了一口水。

李强抬起头对方志南说："刚才听了方主席要保留水库的理由，现在我代表百泉沟的百姓们陈述放水归田的道理。首先我们村是向乡党委政府申请放水归田，本来不应和你说，是包书记要听两方的意见，那我就说一说。你说全乡出了一万多人工，我认为出的工越多，越劳民伤财。至于国家的投资，就是那些没有用过一次的几车石头和水泥块。说到水库的效益，我只知道朗鑫得效益，每年占用好地六千亩，影响周围五千亩地排涝，已经十五年了，这得损失多少钱。说到生态，村民没有地种就去开坨子，使二万亩的坨子严重沙化。而你所说的养殖业，村乡两级都投了很多钱买鱼苗，不见一分钱效益，贷款还都在各村的账上。别外，乡里每年还得给承包水库的承包者

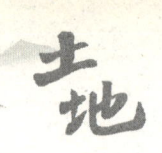
土地

三万七千多元钱。说来,这水库的效益就是公家赔钱,个人得利。你说防洪,但是这个水库聚洪成灾,库里水多,库外内涝。你说水土保持,坨子都沙化了还保持啥呀。水土保持是要通过植被来实现的,不是把水围起来搞内涝。你那水库除了个人得利,就是供有些人打鸟、打鸭子,给上级看的,老百姓没有地种你不管吧?"

方志南说:"怎么没地种了?那这些年都种啥了?哪家不种地呀,说话要有根据。"

"说我干损人不利己的事,你有什么依据?我是这个村的老百姓,我只知道为了群众的利益,不怕损坏某些人的利益。我是这个村的村长,我应该做有利于群众切身利益的事。你是政协的领导,过去还是这个乡的党委书记,难道你就不知道群众没有地种吗?你不在这工作还要管这里的事。"

方志南坐不住了,站起身来冲着李强喊:"李强,你说话不要信口开河,要对你说的话负责任。我在这干的时候还没有你呢,你个毛孩子还反了。包书记,你看你的村长,就这个水平还用呢?"

"不是用的,是选的,还选两次呢,越选票越多。虽然有人想罢免我,但是群众不让。"李强毫无惧色地说。

方志南气得不行了,脸色铁青,声音颤抖,指着李强说:"你……走着瞧!"拿起帽子转身就走,又对所有的人说,"走着瞧!"

包世达也气得不行,脸色铁青,对陈乡长说:"党委会不开了,今天就到这,你们都回去!李强还真敢说,还没有人敢和方志南这么说话呢。这回砸锅了,把你们咋的不了,又得折腾我们,走吧!"

阿斯根看看李强,李强也看看阿斯根,二人出了办公室。李强和阿斯根骑着摩托车回到了村里。他俩远远地见村委会办公室门前的台阶上坐着许多人,也有人在院子里走动。见他们回来,大家都围了上来,七嘴八舌地询问情况。

"大家都进屋吧。"阿斯根一边说一边开门,群众进屋。

李强感到很累,看大家进了办公室也不好意思坐下来,看着这么好的乡亲们,他感动得热泪盈眶,一时语塞,无以言表。

阿斯根见此情景,清了一下嗓子,说:"乡亲们,我们已经把放水归田申请报告和规划送到乡党委包书记手里,党委会还没有正式研究。今天在包书记的安排下，我们村长李强和县政协的方志南进行了一场精彩的辩论。"

"不，是一场艰难的抗争！"李强插了一句。

大家回过头来注视着李强。岁数大的拍拍他的肩膀表示赞扬，年轻人过来撞他一下，说："强哥，真棒！"表示钦佩。

托娅站在一帮姑娘中间，看着这场景，又是心疼又是高兴，一股忧伤的暗流涌上心头，任眼泪扑簌簌地往下流，不敢擦抹。

方志南的家，室内陈设很华丽，真皮沙发，五十二寸的液晶彩电，客厅的角上有中央空调，餐厅里的桌子和卧室里的床都是高档产品。

方志南坐在沙发上，脸色铁青。方志南的爱人刘凤英看他不高兴就过来问："怎么了，气成这样，啥事呀？"

方志南坐那不吱声，点着一支烟吸了起来，李强的话堵在他的心头。干工作这些年，从来没有这样训过他，而且是一个二十多岁的大学生，还当着那么多人。虽然李强的话说得不多，可是句句都说到他的痛处，特别是说朗鑫个人得利的话让他心惊肉跳，开始怀疑自己是不是露馅了，还有说一万亩土地的内涝问题。想到这，他瘫坐在沙发上，往后一仰，双目紧闭，刘凤英怎么叫他也不吱声。

当然刘凤英也知道方志南去太平川乡是为了百泉沟的事，坐下来说："你是因为百泉沟的那个红旗水库吧！那有什么大不了的事呀，过去是上级号召，你领头干，上级也没说你不对，这些年过去了，别人怎么安排那就是别人的事了。要我说咱们轻轻地放下就得了。它也不是个人的东西，你这是何苦呢？你吃点饭吧，都热了好几遍。"

方志南气呼呼地说："那个小村长李强，我要是不把他整下来，我就不是方志南。他还来教训我，这些年还没有人敢教训我呢！"

刘凤英拉着方志南去吃饭，说："一个小村长还值得你生这么大的气！"

方志南坐在桌前说："我们俩在包世达办公室吵起来。这小子也太牛了，叫他等着，你看我怎么收拾他。"

方志南端起饭碗又放下，来到电话机旁拿起电话，说："喂，是赵玉柱家吧，找一下赵玉柱。玉柱吗？我是你舅。啊，我是从你们乡里回来的。是这样，我今天和包世达闹翻了，还和李强顶了起来。你找一下朗鑫，还有

孙贵他们一起想想办法,看看用什么办法能够阻止村里放水,比如原来的合同,还没到期,还有地界什么的,总之不让他们放水就行,你就说我说的。对,行,可以,别整出事来就行。好,就这样,有啥情况给我打电话。"

方志南只喝了一碗粥就放下碗,起身穿外衣服。刘凤英看他要出去就说:"这都中午了你上谁家去呀,等下午上班时再说吧,咋忙也不差这一会儿。"

方志南听刘凤英这么一说,又脱下衣服。

第二天早上,太平川乡包书记办公室,已经有两位党委委员来了,拿着笔记本坐着,田美玉和刘副乡长也进屋,坐在沙发上。一会儿,宣委也进来。包书记在整理材料,准备开会。陈乡长进来。

陈乡长来到包书记面前说:"我有点事必需得去一下,水库的事可以按同意安排。"

包书记知道陈乡长的意思,很明白地说:"你去吧,水库的事我负责,省得到时候没有一个好人。"

陈乡长有点不好意思,几个委员说:"我是有要紧的事,要不你们等我一会儿,我一会儿就回来。"说着就匆匆地走了。几个委员你看看我,我看看你的,心里都明白,可谁也没说什么。

包书记看人到齐了说:"那我们就开会了,韩秘书做好记录。今天的党委会只研究一个事,那就是红旗水库的去留问题……"

早上方志南一上班就来到人大办公室,挨个屋子看谁在,走到洪主任办公室门口,看见洪主任在就进去。

洪主任看见方志南笑着说:"怎么今儿个有空到我这来了,没下去啊?"

方志南生气地说:"还下去干啥呀,到哪去呀?就连我们常去的红旗水库也要放水了,下去看啥。"

洪主任吃惊地说:"是谁这么大的胆子呀,连方主席的水库都敢放。怎么好好的一个水库要放水呢?你说谁要放红旗水库?"

方志南说:"谁?太平川乡的包世达包大书记呗,别人谁敢整这个花花事。百泉沟有几个群众要求他放水,他就心血来潮口头答应研究。你说这么大的事,还有点原则没有,再说那可是县里投了好几十万的工程啊!他头脑一热说放就放，真不知道这些年他是怎么当书记的。"

洪主任听方志南说完，头摇了一下说："我对他的印象是，一般事情他可不轻易表态，要是表了态，那可就谁说也挡不住哇。他可是较真的人，有了理谁都不怕。你怎么知道的呀？"

方志南说："我去了，当面和他说的。他承认已经答应百泉沟村长书记的要求开党委会研究。我怎么说都没有说通他。人家不怕我呀，我是政协的，要是你们，他就不是这个态度。这事你们可得管一管，那可是上百万的财产，你们再不说可就没有人能够说了，也太无法无天了。"

洪主任让方志南说的有点生气，说："你别着急，我找一下张主任，研究一下看看怎么制止他的这种行为。实在不行就去找大书记，看他还有多大的能耐。"说着洪主任给张主任打电话："喂，张主任吗？你不出去吧，没事到我这来一趟呗，我有点要紧的事想和你研究一下。对，就现在。"

包书记看了一下大伙儿说："看来只有一个人反对，其实也不是什么反对，只是要求我们要和上一级打好招呼。这也是对的，我们得和上级沟通之后再实施。这个事就这么定了，我们马上请示上级，之后再让百泉沟实施。谁还有什么事？好，没有事会议就到这。"

洪主任放下电话没一会儿张主任就来了，因为他们只隔了四个门口。张主任看见方主席在，就知道是方主席的事，想回去又不好意思，进屋和他们俩打招呼。张主任坐在沙发上，看看方志南说："方主席也在呢，什么事呀，打电话招呼我，叫我一声不就得了。"

洪主任看着方主席一本正经地说："是这样，最近太平川乡的包书记上任以后，口头上答应研究百泉沟书记村长提出放红旗水库的水的事情。昨天方主席去了，当包书记的面都没制止住，这不他早上到我这反映情况来了。这事你看怎么办吧？方主席也在这，共同研究一下拿个主意，到底这事我们能不能管，管着管不着？"

张主任听了之后想了想，又看着方主席说："上次我们到太平川乡时，碰上百泉沟村里有一些人到乡里告状。我们听了一下，其中就有关于水库的事，说李强提出要放红旗水库。当时村里的群众代表同意，这回是乡里同意，我看这事有点不好管。乡里归县里管，县里那就得政府管，或者说是县委管，我们怎么管呀！这可是具体工作上的事，它不是人事和政策上的事，我们不太好插手,要我们管,也只能是到县委政府领导面前说说情况、提提建议。"

洪主任听张主任这么一说,低下头不吱声,方志南听了有点不乐意,抬起头冲着张主任说:"听张主任的意思那就不想管了呗?你们人大就管选举,乡政府的工作有问题了就不管,监督的职能就不行使了呗?"

张主任一听方志南这是不乐意了,一想因为这事得罪他没有必要,真要是在大书记面前说他几句也没有什么好处,就很委婉地说:"我是说我们尽可能不要在工作上给县委和政府出难题,该是他们管的事,我们尽量不要管,提提建议就行了。"

方志南带点威胁地说:"这么大的事提提建议就行了?那可是县里的项目啊!现在这样的工程,在全县还有几个呀!你们这个方法可是很讲究,提提建议。那你就提建议吧,我看能有什么效果。到时候别说我们政协事多,让你们下不来台。"

洪主任听出方志南话里有话,就从老同志的角度说:"我看这事你也不用着急,我们只能向县里建议,不能直接去管,乡政府只听县委政府的。这样吧,我们把这个事当成一个大事来研究,拿出意见,再向县委提出建议,让他们出面制止。你看这样行不行?"

方志南缓和一下口气说:"说哪的话呢,你们怎么安排我有什么权利干涉?说真的,这是我一手搞的项目,否则我才不管这事呢。我看着咱们都是老同事,你们也很给我面子,我有啥说的。"

张主任听方志南这么说,脸上的严肃劲也就没有了,看着方志南说:"你要是这么说,我们就没有什么说的。等一会儿我们开会研究一下,之后再和县里的大书记汇报,要管也得让县委和政府去管。你看这样行吗?"

方志南听张主任这么说,觉得是这么个理,要是太强求人家也很难开展工作,可能还达不到效果,所以就顺水推舟,很和气地对张主任说:"这是你们的事,听你们安排。"

张主任向窗子外看了看,回过头来对方志南说:"我可知道那包世达是有名的包黑子,他要是认准的事,谁也别想挡住他。这是我和你当面说,你心里得有个准备,到时候别说我没提醒你。"

方志南不高兴地说:"那我得谢谢你。不过这是公家的事,也不是我个人的事，制止不了也没办法。他一意孤行，知法犯法，后果只能是他自己承担。我这是从工作的角度出发反映情况，怎么办你们知道吧？"说完起身走了。

洪主任送走方志南，回到屋里关上门对张主任说："你说他这事那事的没有个完。就这么个事，人家还不知道和县里的领导打招呼哇。再说了，包世达是那好说话的人？谁不知道那是个坚持原则的人，错事人家不干。我看咱们找时间开个会研究一下，把研究的意见往上报一下，省得他老是找咱们的麻烦。"

张主任看着洪主任说："那你说是建议制止还是建议政府过问呢？这可是两个概念，制止是我们的态度，建议过问可是没有态度，是由政府决定的。"

洪主任想了想说："还真是这么个事。那也只好会上定了，咱们别在这说了，咱们不能以个人的名义来说这个事，那样不符合原则。"

张主任点点头说："对，研究出意见之后由咱们俩送上去，再和大书记说一下，我们还是认真调查情况之后再做出决定，不然我们盲目反对，要是大书记同意包书记的意见，那我们可就尴尬了。"

洪主任点头称是，张主任回过头来说："明天咱们开会，你告诉一下办公室。"

杜萍在公司里忙着，打点完公司交给的任务，看看中午下班的时间到了，起身要走，可是又想起李强，就抬起头看着高云云说："云云，你下班回家还是去吃饭？"

高云云头也不抬地说："我今天有点事，得早点回去，不等你了。"

杜萍一听随口就说："那你就先走吧，我这还有点活没有干完，还得等一会儿。"

高云云走了，其他的员工也都走了，只有杜萍留下。她拿起电话拨田美玉的电话号，传来田美玉的声音："喂，杜萍吧，想我了，还是想李强了？"

杜萍笑着说："想你了呗，要不怎么给你打电话呀，想李强不就给李强打电话了嘛。忙不忙啊，我没打扰你吧！"

田美玉正在办公室里写东西，说："不忙，就是那些事，党员的表册什

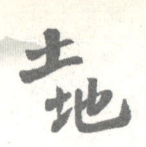

么的,一年整那么几次就行了,我们接听电话也是工作,不像你们上班时间不能接个人的电话。"

杜萍说:"没你说的那么严重,可以接,但是用公司的电话往外打是不行的。你还下乡吗?哦,对了,你每天都回家吧?"

田美玉知道她要问什么,就说:"我基本上每天都回家,而且知道村里的一切事情。你听我给你说啊,最近村里放水库的报告已经通过党委会了。之前李强和县里的方主席围绕水库开发的事进行了一场精彩的辩论,你的李强真厉害。你在听吗?"

杜萍笑着说:"我在听呢,你说吧。那托娅在干什么呀?也在跑水库的事吗?"

田美玉笑了,明白杜萍所关心的是什么,说:"这可是个秘密,你要听的话得付费。"

杜萍和田美玉已经熟了,所以也不加掩饰地说:"我请你吃饭不就得了嘛。下次到我这来,我请你吃海鲜。"

田美玉小声说:"托娅在看自己的商店呢。"

杜萍假装生气地说:"田姐你坏,你咋还逗我呢!"

田美玉笑着说:"她最近真的没干什么,一直在打点自己商店的事,因为跑乡里的事用不着她,所以就在忙商店的事。你放心,李强可是个正经人,和一般的小青年不一样,过格的事他不会去做的。李强是个好男人,看来你是真的聪明。李强也是独具慧眼,就看上你,比你长得漂亮的他也不动心。"

杜萍听田美玉这么一说,心里真的很高兴,可是嘴上却说:"他哪有那么好哇,牛板筋一个,认准的事十头牛都拉不回来,还说他好呢,我看不惯。"

田美玉说:"那叫有韧劲,这样的人才叫爷们儿呢,你都没处找去,偷着乐吧!"

杜萍面带微笑地说:"这儿的围巾可好看了,等我再去你们那儿给你买一个。你还需要点什么,说。"

田美玉忙说:"我的围巾还有好几条呢,你再来我送你一条。得了,你就抓紧时间工作吧,有空多来百泉沟看看不就得了,看真人比那打听强多了，又过眼瘾又过心瘾。哈哈！"

杜萍不好意思地说："田姐你说啥呢，不和你说了，我生气了。"

田美玉说："得了吧，也就我这样说你，别人想听这样的话都没人和他说，偷着高兴去吧。哈哈！"

杜萍高兴地说："田姐，没事我吃饭去了，有事我再给你打电话，再见！"

杜萍放下电话哼着小曲高兴地走了，到门口又轻轻地把门关上，在走廊里见到熟人高兴地打着招呼。

县委大楼，门前有很多车，来来往往的人不断，一辆轿车开进来停在大门前面，张主任和方志南从车上下来，二人一前一后进了大楼。二人上了三楼，先到县委办公室主任郑涛的办公室，看见郑涛正在和一个乡干部交谈。

方志南问："郑主任，明海书记在不？现在有没有时间？"

郑涛看是方志南和张主任，起身让坐，说："来，先坐下，明海书记正在和乡镇的领导们谈话，我给你通告一声。"

说着话，明海书记就过来了，进屋里一看是张主任和方志南，说："有什么事打个电话不就得了，怎么还两个人都上来了，劳你们大驾。郑主任给沏水没有？"

郑涛说："早沏上了。"

说着明海书记坐下，说："咱们就在郑主任这里说吧，方便吗？"

方志南说："我们也没有什么秘密，没有什么不方便的。也好，省得郑主任的茶白沏了，我才喝出点味道来。"

张主任问明海书记："你又接见哪几位书记了？这会一散就单挑，看来事不少哇。"

明海书记笑了，看着方志南说："其实和你们要找我的事可能是一个内容。我刚才和包世达谈了，重点关于开发红旗水库的事，看起来过去你们干的事是有一些失误，人家村里打了报告，乡里又通过党委会。包书记说方主席阻止放掉水库，还说和你闹了个半红脸，有这回事吗？"

方主席听明海说这样的话，气就不打一处来，头一扭来气了，冲着明海书记说："看你那好书记，那是一头牛，啥也不懂，你还把他当好东西呢！还有那个村长，更是四六不懂，还给我上政治课，看他用的那人吧，刚到那

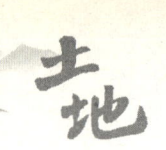

几天哪，就这么纵容一个新上来的大学生，黄嘴伢子还没净就教训起我来，这要是我在那当书记早就把他撸了。对了，我和张主任就是为这事来的，别的咱们不说，再不济那也是国家投资的水库吧，他们说放水就放水，这还有没有法律了？那损失的财产算谁的？那是投了多少工，花了多少钱的项目啊！我说明海书记，你只听包书记的一面之词，就答应让他们放水了？"

"张主任呢，你什么意见？你去过那个水库吗？"明海看着张主任慢声慢语地问。

张主任一听这话，知道明海书记已经答应包书记了，就说："我去过水库，那个大甸子我没有去过。过去我也没有考虑这些问题，让我说我还真就说不清楚。"

因为有亲戚关系，方主席说话就有些不注意身分。明海为了照顾方志南的面子，只是笑也不多说话。方志南见状有些不高兴了，因为他也看出明海书记好像已经答应包书记，这是他万万没有想到的事，心想这事说什么也要搅一搅。

方志南说："这事我已经和人大的领导谈了，他们也拿出了意见，好像是前两天就报上来了，你看着了吗？"

明海说："我看过了，人大建议我们旗委政府要过问一下这个事，所以我才把包书记找来，当面和他问清楚这个事情的来龙去脉。过去你是费了不少的工夫，也花了不少的钱吧？可是它现在没有效益，有效益也是别人的。雨一大，水库周围地里的水都放不出去。如果放了水库的水，就解除雨水的威胁。过去上级号召，我们干了，是对是错已经没有意义了，都是听上级的。可是为了群众的利益，我们能做到的就应该做，没有理由还抱着过去的思想，护着某些没有用的工程。我明天下去一次，亲眼看看到底是什么情况。张主任，你看这事这样办行不行，如果确实对百泉沟的老百姓有利，而且这个工程又没有什么实质性的效益，那这个事就答应包书记，你们到时候别说我没有通过你们，给我提意见，行吧？要是没事我得和郑主任到市里去一趟，和农业处有约在先，不去就不对，人家还在那等我们呢。你们今天来的太是时候了，要是晚了我们就走了。"

方志南一脸的不高兴，什么话也没说。

张主任说："行，书记亲自去一趟还不行，那谁行啊！老方，咱们也回去吧，别在这了。"

　　说着话几人都出来了。明海书记对方志南面带微笑着说："别生气，有些话我们再聊。"

　　说着几个人上车走了。明海书记在车里说："这个方老爷呀，那个太平川乡好像是他的自留地一样，动什么他都心疼。我听说他还到那给人家开会什么的，这可就有点过了，太不自重。全县都把这当成笑话讲，真不知道他是怎么想的。"

　　郑涛笑了，看看明海书记说："那可是你的长辈呢，整不好不骂你呀，哈哈！"

　　明海说："我看他就是有点怕我，别人谁也不怕，想说啥就说啥，真拿他没有办法。"

　　张主任的车里，方志南一脸的怒气，张主任偷着笑。走过正街，张主任回过头来说："我说老伙计，我们去吃点东西吧，要不还去找你那个小梅，让她给你解解闷。"

　　方志南没好气地说："不去，回家！"

　　太平川乡政府，包书记办公室，明海书记坐在包书记的坐位上喝了一口水说："包书记，要说的话我都说了，你现在就可以通知百泉沟村开始实施他们的规划。这是一个很大的工程，它会给百泉沟带来不可小瞧的经济收入。这里可以建一个水稻产区，加入东北大米产区的行列。乡里要派技术员支持他们，帮助他们按规划搞好这个工程。别的不说了。不看不知道，行，包黑子真有你的，走了。"

　　说着话他和包书记等人握手告别，出了办公室。众人送出门外，明海书记上车走了。

　　回到办公室，包书记拿起电话拨通李强的手机，说："喂，李强吗？你在干什么呢？又在养鸡厂呢。啊，是嘛，那还真行啊，一批能收入三千元，一千只呀！李强，我告诉你一个好消息，明海书记刚才到红旗水库看了一圈，对你的那个报告很感兴趣，叫我们大力支持，并决定让你们马上放水，准备实施工程。这就算乡里正式通知你们，以后给你们补一个乡里的批复。对，可以了。好吧，祝你们成功。"

　　包书记放下电话一身的轻松，多少天了，水库的事一直困挠着他，主要

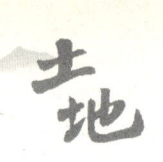

是那个方志南,总是让他有点不安。明海书记亲自过来,亲口答应,使他没有后顾之忧。他转身告诉勤杂员打一壶水来,走一上午还真有点渴,想好好地喝他一壶水。

李强得到上级批准放水的消息之后,赶忙给阿斯根打电话,拨了个号还打错了,一看是李三的电话号,又重拨,通了,说:"喂,包叔,你在哪呢?啊,那你快回来吧。我刚才接到乡里的电话,说是县委书记来看咱们水库,当场就批准了。啊,对,好!我在村部等你,行,那我来通知。"

李强高兴得一蹦高,回头看看有没有人,还真让张小刚给看见了,以为他怎么了,赶忙过来看是怎么回事。

张小刚有点着急地问:"咋的了李村长,是不是让电把你打了?"

李强高兴地说:"什么电打了,是上级批准了重新规划水库的报告。我得去村委会了,剩下的事你自己弄吧,我得找人放水去。"

张小刚一听是放水,说:"那我也去,你等一会儿,我这就跟你走。"

李强哪里还等他呀,撒开两脚就跑了,一会儿就到了村部。他喘着气坐在门口开始打电话,拨号通了,说:"喂,长玺……"他又给托娅打电话,又给刘福田……

不一会儿的工夫,人们都来了,都坐在门口。托娅来了一看人们都坐在门口,就说:"你们都咋的了,怎么不进屋呢,有事到屋里说去呀。"

李强一拍脑袋,看着大伙儿说:"我都乐懵了,怎么不进屋呢?你们也是,都懵了?"

大伙儿一阵大笑,看出来人们都很高兴。

李强对大伙儿说:"现在放水怎么也得两个月,正好我们的秋收完了,这水也就放干了,一上冻我们就开始挖排干,你们看行不行?"

李长玺看看大伙儿,抬起头来一本正经地说:"这么大的事怎么没通知赵玉柱呢,他要是听到这个消息一定很高兴。他啥都明白,让他来参谋参谋多好哇。"

"好不好咋的,你们说找几个人放水,是不是有点高兴得太早了,乡里同意了,村里的事都整明白了吗?"

赵玉柱、朗鑫等人从人们的后面走出来,大伙儿都愣住了。

第十七章

　　李长玺接过话说:"咋的,还得你路董事长批准哪?被窝里伸痒痒挠儿,你算几把手哇!看住你家奶豆腐得了,别上这来扯。"

　　"几把手咋的,我不是村委会的呀,开会为什么不通知我,怕我搅局?有啥见不得人事咋的。"赵玉柱说。

　　李强对赵玉柱说:"我们刚得到乡里批准放水的通知,所以没有开会。村里打算找几个人放水,你来得正好,等一会儿我们去放水吧。"

　　阿斯根说:"对,我们几个再商量一下。水是好放,关键是放完水以后下一步的规划。"

　　赵玉柱有点不屑一顾,用眼睛斜了一下李强说:"规划啥呀,人家那水库是个人承包的,到期了吗?你要放水,经济损失你们谁负责呀?打官司你们得输,等着当被告吧。"

　　赵玉柱看着朗鑫说:"承包人也来了,拿出来合同给他们看看。"

　　朗鑫挤上前来大声说:"乡里把这个水库承包给我,你们要是想放水库,那得问问我同不同意。水库还有五年到期,我每年收入十五万元,村上给我拿出七十五万来,否则别想放水!"

　　李强很明确地说:"这是乡里批准的。你的合同是和乡里签的,你找乡里去,和村里没有关系。"

　　朗鑫也知道是这么个事,硬着头皮不讲理,说:"我承包的鱼塘,现在村里要放水,那不找你找谁呀?乡里让放水怎么不通知我呢!"

　　赵玉柱随声附和地说:"那这事得整明白再放水,不明不白地放了,到

时候谁负责？"

李强很严肃地对朗鑫说："你们去找乡里，是包书记亲自通知村里放水的，你们无权干涉村里的行动。朗鑫，你的事还没完呢，小坨子六千亩地的合同经上级有关部门鉴定是无效合同。这段时间太忙，村里也没和你沟通，你要有个思想准备。"

朗鑫就怕李强提小坨子的事，可是当着众人的面也只能装硬，说："你爱咋整咋整，我等着你，怕你我就不是朗鑫了。看着，有你哭那天。水库的事我找乡里，不用你告诉！你先别放水，我找完乡里领导再说。"

白板接着说："修水库前我还有一百亩地，我得要，要不你们就别放水，放了水就得有我的地。"

"我还有八十亩地呢，我也得要，少一分地也不好使，不信咱们走着瞧。"赵玉柱趁火打劫地说。

李长玺一听气得忍不住了，红着脸说："那地是你们家的呀，想要多少就要多少？一说放水，你们就一百个不同意，什么国家投资了，什么全乡出工了，找这个找那个的。这会儿要地来了，你还是村委会的干部吗？你看看这村委会的人哪个不高兴啊！你可倒好，不是要地就是找合同，一脸的穷酸样，那奶豆腐咋跟你过的。"

赵玉柱一听他这么说，气得脸脖子通红，冲着李长玺喊："你说话干净点，奶豆腐跟我过得好着呢，你看着心里不好受吧！告诉你，这辈子你就别想那奶豆腐了，咋整也是我的，孩子都上大学了。你小子咋整也不是我的对手，知道我为什么叫路路通吗？就是哪都通，你到啥时候也赶不上，跟我整你还嫩点。"

朗鑫接过李长玺的话茬儿说："李长玺，你是干啥的？不就是个支部委员嘛，说话客气点，有啥了不起的。你是不是欠削哇，你跟我说一个试试，我让你出不去这个屋。"

李长玺毫不示弱地说："都当街住着，谁不认得谁呀！就你那样的，从你穿开裆裤的时候我就看到你的骨头里了。我在这，你削我一个试试。"

阿斯根看着他们要打起来的架式，赶紧接过话说："得了，要打架你们到别处打去，别在村里打，我们不看你那套。张勇，你再去找几个小青年来，咱们一起去放水，听那个癞蛤蟆叫还不种二洼地了。其他人跟我走，李强留在村里。"

人们要跟着阿斯根走，朗鑫、留留和白板一起来挡住。

朗鑫拿出要打架的样子，说："站住，那是我承包的水库，没到期谁也不好使，谁动我看看！"

阿斯根、张小刚等站住，李强见状走过去，来到朗鑫的前面说："你干啥，想动手吗？这不是你家，是村委会。"

李长玺也过来大喊一声："留留！白板！你们俩算干啥的，给我滚一边去，找削哇！滚！"

从小留留和白板就怕李长玺，听他一喊吓得往后退，只剩下朗鑫一个人站在地当中，被阿斯根、李强和李长玺围住。

阿斯根撇着嘴看着朗鑫说："你那横劲在别处耍行，在咱们村里好使吗？谁不认得你呀，也就是没人和你一般见识。你要是个爷们儿今天动手，我让你出不了这个屋。"

李强围着朗鑫走了一圈，看着朗鑫慢慢地说："按说你也是个聪明人，乡里和村里决定的事你能挡得住吗？你没看这些人都是谁吗？想打私架谁怕过你，打完你还得把你送到派出所去。这些年你占着水库，钱也捞足了。乡亲们没有好地种你看得下去吗？你一年多得个十万八万的，可乡亲们要是种了这六千亩地，一年得多收多少钱？过去的美梦别再做了，我和阿书记不吃你那套。要找你去找乡里，我们听乡里的，不听你的。"

朗鑫明白动手要吃亏的，气得他攥得拳头嘎嘎地响。

托娅偷偷地把暖水瓶放在窗台上，靠着窗台站，她怕李强他们几个打起来。

赵玉柱看着这阵势有点懵了，从来没有见过村里这几个人这么凶，吓得目瞪口呆，下意识地往后退。

李强像一个领军的将士，冲着所有的人大声喊："走，放水去！"

朗鑫气急败坏地冲着白板、留留说："走，找乡里去！我让你们放水，怎么放的怎么堵上，不信你们就放去！"

朗鑫、白板、留留连忙上车走了。赵玉柱看着李强出去，只好低着头出了屋。

李强和托娅到商店拿了一把铁锹。托娅和李强一起向水库走去，二人边

走边说笑着。

"强哥,你说就这么简单地把水库放了,费了这么大的劲原来就这点儿事呀。"托娅说。

李强笑了,说:"看你说的,哪有那么容易的事呀!放水容易,开发难,地里的事多着呢,还要花很多的钱。"

托娅假装认真地说:"是吗?哈哈!"

李强这才明白托娅是在逗他,就用铁锹挖了一锹土,托娅吓得大叫着:"不好了,村长打人了,快来人啊!哈哈!"

乡政府,朗鑫的车开进院子里。看见朗鑫的车进来,前后院各办公室的干部们向外看着,小声在说朗鑫的事。

朗鑫坐在包书记对面的沙发上。包书记在看文件,头都没抬。落地电风扇的微风吹得桌子上的国旗轻轻地飘着。屋里静得只有坐钟的嘀嗒声和电扇的风声。

朗鑫看看包书记没有反应,就站起身来,从兜里拿出合同,递到包书记的面前说:"这是我和乡里签的合同,还没到期呢,你咋就让百泉沟村放水?你这书记的权利也太大了!"

包书记看看朗鑫的合同说:"这事本来想先找你谈,因为你承包着,可是百泉沟村群众要求归还土地,和你承包养鱼不矛盾。养鱼有那个小泡子就行,你要是还想养,咱们可以再续合同嘛。"

朗鑫很横地说:"那不行,乡政府违约,得赔偿我的损失。"

包书记抬起头问:"赔你多少?"

朗鑫说:"还有五年到期,每年十万,五十万。"

包书记问:"你一年的承包费是多少?"

朗鑫说:"那你别管,那是乡里定的,多少有啥关系?"

包书记瞪着眼睛看着朗鑫说:"这么大个水库一年承包费五千元,乡里还得给你支付四个水警的工资、小车的费用,有这么承包的吗?你心里不明白这是怎么回事吗?你告乡里,乡里还想告你呢!你好好想想自己是怎么承包的。六千亩地,一年承包费才五千元。水库里的地谁收承包费了?收的苇子谁卖钱了?我看把这事交给纪检部门好好查查,看看到底是怎么回事。别以为乡里没人管,你们就无法无天。"

朗鑫一听包书记这么说，看看屋里没有人，小声说："包书记，你也别那么认真，那是上届领导干的事，和你也没有关系，你高抬贵手就得了呗，我能忘了你嘛。我这人到啥时候也忘不了朋友。那地开了，泡子不还是我包嘛。"

　　包书记说："你想包可以，这个价格不行，你每年要向乡里交五万元，其他的一分钱没有。咱们重写合同，这还得有关部门审查完之后才能重签合同，要是有问题，那就另说。"

　　朗鑫一听这话，抬头看着包书记说："这事怎么办呢？要不我和乡里再写个合同？"

　　包书记头也没抬地说："你听信吧，先别抓鱼了，水库已经交给村里了。"

　　朗鑫看没戏了，低头出了书记室。包书仍然看他的文件，理都没理他。

　　朗鑫一边开车一边打电话："喂，方主席，百泉沟放水库了，对，就刚才的事。我找包书记了，我说合同没到期要告他，他说要把这事交给纪检委。"

　　方志南在他办公室里，拿着电话把门关上，很严肃地说："那你就听乡里的安排重写合同，省得他上交到纪检委，再找个机会给包书记走走人情。对，压下这个事，不然对我们不利。现在挣不挣钱是小事，保住小坨子就行。这个水库才多少钱，是小坨子的十分之一呀，开发就开发吧，群众都盯上了，用它堵堵嘴。"

　　朗鑫说："以前我和他打过交道，给钱他不要，这个方法在他那儿不好使，想别的招吧。"

　　方志南站起来在屋里来回走着说："别的有什么招？要不就在甜菜上做文章，争取把李强挤走。"

　　朗鑫在路上停下车，开门下来，四下看看，说："这个小子太恨人了，不把他整倒没有我们好。你等着，看我怎么收拾他！"

　　方志南坐下，很累的样子说："好吧，有什么新的情况就给我打电话，我的手机二十四小时不关机。"

　　朗鑫收起电话，点着一支烟狠狠地吸了一口，看着开过去的汽车出神。

　　一眼看不到边的大甸子中，有一伙儿放水的人非常显眼，远远地看去，

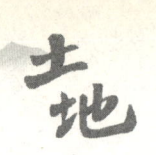

土地

人就像走在芦苇的尖上,说笑声在旷野中回荡。人们水坝上挖开了一条宽宽的口子。李强和托娅也加入放水队伍。水流冲开豁口,缓缓地奔向老河道。

阿斯根拍拍沾满了土的手说:"就这么点工夫就挖开了,可是申请放水费了多大的劲呀!为这事,李村长还来了个二次大选,要是选下来,这水还能放成啊?"

李长玺接着说:"李村长就和那唐僧似的,有九九八十一难,少一难都不行。古话说得好,大豆腐千磨万过,大丈夫千差万错嘛。"

托娅笑着说:"谁和你那么说的,是你瞎编的吧?"

张勇一边挖土一边说:"他是吃柳条,拉笤篱,现编。"

托娅看见一条鱼,大声地叫着:"鱼!大鱼!在那呢!"托娅用手指着水里的鲫鱼。

李长玺也看见了,把裤子往上挽了挽,一脱鞋就下了水,顺着鱼跑的方向摸去,不料陷进了泥里,水到了腰部,他赶忙爬出来,全身都湿了,人们大笑。

张勇一边笑一边说:"叫你嘴馋,看你回家怎么说,非挨你老婆打屁股不可。该!该!朗鑫的鱼那么好吃吗?"

人们笑着回家了。李强在等李长玺,李长玺拧着衣服上的水,笑着说:"这要叫赵玉柱看见又该解恨了,不知道说我啥呢。"

李强说:"你们俩怎么那么犯冲呢,见面就顶嘴,是不是因为奶豆腐哇。我说真的,不是和你开玩笑。"

"怎么说呢,要说不是因为她吧,过去还有那么一回事,要说因为她吧,也不全是。我一看他气就不打一外来,受不了,那奶豆腐是怎么跟他过的?"李长玺边穿衣服边说。

说着李强和李长玺往回走。李长玺还回头看那抓鱼的地方。

两个月过去了,百泉沟地里的庄稼已经成熟,甜菜的叶子基本上都发深绿色,一个个大甜菜露出田垅,玉米地片片黄绿,豆子地块块发黄,有的已经掉叶子了。红旗水库的围坝像一条土龙,在大甸子上画了个圆圆的句号,只有中间那个没有放水的小泡子像一面小镜子闪着蓝光。

水库里的水渐渐干了,李强、阿斯根、李长玺、托娅、张勇几个人从堤坝上走下来,查看还有多少水。

李长玺看着水库里抓鱼的人们说："昨天赵玉柱还来抓鱼，抓住一条大鱼，当着我显摆呢。"

李强说："这排干一开，原来的小泡子可就彻底成了好地，再想抓鱼就难了，想想也挺可惜的。"

阿斯根说："我们找个旧河道再建养鱼池呗，那还不容易呀。"

托娅笑了："你是摸哪儿都疼，有得就有失，咋的，后悔了？让朗鑫继续干哪？"

李强坚定地说："我永远也不后悔这个事，鱼塘我们以后再建，建个现代化的。"

糖厂梁小丽的办公室，靠墙有两个书柜，一个大办公桌上放着电脑，书柜的对面是一组沙发，梁小丽在整理材料。李强进屋没有吱声。梁小丽抬头看见李强站在眼前，让她感到意外，非常惊喜。梁小丽上前握住李强的手说："你怎么来了？咋没打电话，你让我一点准备都没有。来，快坐下，喝水吧，我给你沏一杯今年春天新下来的绿茶，陆总从南方买来的，给了我一包，你先尝尝。"

说着小丽动手沏茶，李强很客气地说："我今天是专程来找你的，我想电话上也说不明白，干脆就直接来找你，省事。"

"啥事呀，非得亲自来，打个电话不就得了，跟我还客气。看你那样吧，总也没有个实惠劲。不是我说你，你就和我见外，跟别人就不这样。"梁小丽亲切地说。

李强觉得小丽的心眼太好了，让他有些感动。小丽看他愣在那不吱声还以为说错了什么，有点不解地看看李强。

李强回过神来，不好意思地说："不是我客气，我是怕这个事在电话上说不明白，所以就来了。我们村把红旗水库的水放了，要在那里开出一片地，大概六千亩吧。可是，必须得修一条大排水渠，需要用抓沟机。我知道咱们糖厂有一个，想让你帮着联系一下。但是我们没有钱，只能给地。你能不能帮这个忙？"

梁小丽听李强这么一说，沉思了一会儿说："你给地是多少钱一亩，我听听能不能行。"

李强说："我想一亩地按每年一百元承包，拿出一千亩地，根据所用的

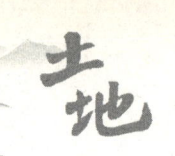

费用折成钱，需要多少钱就是多少年，你看行不行？"

梁小丽说："一百元一亩地不贵吗？"

李强说："我们村的承包地都是一年一亩地两百元。这个地肯定是赔不了，要是自己种的话就更合算了。"

"这个工程需要多少钱，得有多少土方？"小丽问。

李强说："可能得需要四十万元左右，土方也得五万方土以上，还有一些过水桥工程。"

梁小丽有点为难地说："可是人们不愿意要地，因为好几年才能回本，都想要现金。说实话，李明远承包了机械，我要是求他，他还真能干，可是我不愿意求他，你知道为什么吗？"

李强问："为什么？"

梁小丽看着李强说："因为他现在正向我求婚，我要是求他，他肯定干，可是我心里只有你。"

李强一听这话，很果断地说："是这样啊，我另想办法，不能拿你的幸福做交易。我和杜萍相爱已经四年，你也不能因为我而误了自己的婚事。小丽，你的心意我已经领了，我不能做丧良心的事。"

梁小丽固执地说："我不是想把你硬拉过来，我可以等你，等到你们分手的那一天，我就和你结婚。"

李强笑了，像哄小孩子似的说："小丽，你可真是个傻子，我们要是不分手，你也傻等啊，等老了谁还要你？"

梁小丽笑了，看着李强说："其实李明远也是个不错的人，可是我一想到你就不想和他处，我都不知道怎么办好了。"

李强说："要是你觉得人行就和他处吧，但是可别和工程上的事扯一起，不要因为工程而左右你的婚姻。要是那样，我宁可不要你帮这个忙，我找别的人。"

梁小丽忙说："不是，我要是找他给你们干活，我有我的办法，和这件事没有关系，这行了吧！"

李强说："这话还可以，否则我可不用你帮忙。"

梁小丽又打量着李强，李强被她看的有点发毛，不知所措。梁小丽咯咯地笑了起来，说："得了，你回去听信吧，我有时间找李明远说一下，行了就定下日期。你看什么时间开工好，是不是得上冻啊？"

李强说："对，就是上冻的时候开工，要不地太陷，再说现在也没时间。"

梁小丽问："你是来开会的吧，他们都在王申那儿呢。公司已经定下收甜菜的地点，你们乡两处，一个是百泉沟，另一个是包家村。我被分到百泉沟村，和王申一个点；你是包家村，和大勇一个点。公司马上就要下去安秤，安排住房什么的。具体情况你一会儿到王申那儿打听一下吧！中午咱们一起吃饭，就咱们俩。"

李强笑了，说："要是王申找我怎么办哪，我也不能把王申扔了和你单出去，那他不得说你呀！"

梁小丽笑了，打了李强一拳说："你的心眼咋那么多呢，就能哄我，怎么也说不过你。行了，听我的消息。你去王申那边吧，我还有几个表格要做。对不起，赶你走了。"

王申的办公室，满桌子的表册，要下乡的工作人员都在屋里，人们看见李强来了都起来，李强和大家一一握手。

李强要和王申握手，王申说："等一会儿，没看我这儿正忙着嘛。你先坐下，听听他们是怎么安排的。"

王大勇说："李强，咱们俩是一个地方，在包家村，有你在我就省心多了。来，你看看这是要准备的物资，到时候我们去领就行。这个字你来签吧。"

李强拿过来一看，对王大勇说："还是你签吧，有时候村上还有事，我怕到时候误了事，有你在就行，以后领取物资就你经手。"

人们签完字以后，王申站起来。

王申说："大家听一下，陆总有事赶不回来，全权委托我给大家开一个小会。陆总在电话上一再强调，要注意外地的菜贩子来咱们基地收菜，一经发现狠狠打击。各乡的派出所都打好招呼了，这个大家不用担心，都会支持咱们的。好了，散会，今天不供饭，自己找地方吃吧，我还有点事得出去一趟。"

说完王申就走了，大伙儿一看王申走了，就围着李强。

王大勇说："我说李强，咱们这些人就数你腰粗，还是村长，上任之后

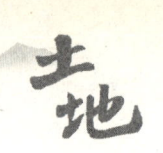

还没请大伙儿吃一顿,这回人可真齐,给你个机会怎么样?大伙儿说行不行啊!"

一个工人说:"我们得祝贺李强呀,大学生当村官的可不多呀,而且还是选上的,不是上级派的。李强,你真给我们长志气,行!你要是没有钱我给你。"

李强开着玩笑说:"怎么能让你花钱呢,怎么也是个村长,大不了白菜炖豆腐呗。"

工人说:"那可不行,一名二声地请一回,那多掉链子。咱们去黄河大酒店,来一个大包,把梁小丽也叫去,没有女的没意思。"

李强站起身来说:"行了,行了,你们的事完了没有,要是完了这就走,早点去,咱们多吃一会儿。"

朗鑫的车停在水库的围坝上。朗鑫靠在车上点着了一支烟,又递给白板一根,向水库里看去。水库里有很多人在抓鱼,朗鑫气得咬牙切齿。

白板看着朗鑫说:"要不是李强当村长,这个水库能开发吗?这十来万就这么白扔了?要是我就找两个人收拾他!"

朗鑫狠狠地吸了一口烟,把半截烟摔在地上,开车门要上车,回头看见坝外的甜菜地,地里的甜菜长得非常大。他关上车门走过去,白板跟在后面,不解地看着朗鑫。

到地头上,朗鑫用脚踩掉一个大甜菜,捡起来用手掂了掂,说:"这得有四五斤重吧!我们有活干了。"

白板不解地问:"朗哥,你想收甜菜呀,人家能让吗?"

朗鑫说:"个人家的甜菜,他管得着吗?我让他今年白跑一年。他不让我养鱼,我也不让他种好甜菜,走着瞧!"

正要上车,抓鱼的几个半大小子提着装有小鱼的筐走过来,朗鑫走过去截住了他们,其中一个小一点的孩子有点害怕地往后退,大一点的站在那没动。

朗鑫忍着气说:"我看看抓了多少。你们知道这是谁的水库吗?"

一个大一点的孩子说:"原来是你的,现在是村上的。"

朗鑫看看他,又在他的筐里翻了翻,说:"什么村上的,还是我的。谁让你们抓的?"

说着就把小孩子的筐扔到坝下去，小孩急了，说："你凭什么把我的筐扔了，你给我捡回来。"

小孩挡在朗鑫前面不让他走，朗鑫正好没处出气呢，用力把小孩子推到一边去，回身上车。小孩子倒在地上，然后爬起来跑到车前，扒在车上不让朗鑫走。朗鑫下车拽他。小孩抱住了车前的保险杠。朗鑫用脚踢他，他也不放手，没办法，朗鑫回头叫白板："你去把他的筐捡回来，小子还挺倔的。"

白板把筐捡回来给小孩子，小孩子说："把鱼给我捡回来！"

白板看看朗鑫，朗鑫无可奈何地说："去给他捡回来！"

白板回头看着小孩，说："谁家的小兔崽子，短收拾！"

说着过去捡鱼。

包家村的收菜点设在学校的操场上，操场边上有几个工人在安装地秤，还有人在收拾屋子、搭床板等，几个小学生在旁边看着。上课的铃声响了，学生们都上课去了。

百泉沟的收菜点设在村委会的院子里，几个工人在安地秤，屋子里有人在打扫，有的人在搭锅炉，一片忙碌的场面。

一辆黑色小车停在村委会的屋门口，梁小丽、李明远下车。

梁小丽拿起手机拨号，电话通了，说："喂，李强，我到了，你在哪呢？快来吧，我们在村委会等你。来了，我是坐他的车来的。是，专门为这事来的，你就快点吧。"

她放下电话对李明远说："走吧，他在个体户家，指导人家怎么收拾甜菜呢。你说他就这样，一到家就有人来找他，大忙人，要不他得票那么高呢。"

李明远进了屋，"你们就住在这儿呀，这不是土炕吗？怎么住哇？"

梁小丽说："你可真是城里长大的，连这都不知道，这火炕比那电褥子好多了，睡一辈子不腰疼，睡睡就知道它的好处了。你的基地搞好了以后，在这里安家吧，那你就可以睡上热炕。"

李明远看着梁小丽，一本正经地说："要是你嫁给我，咱俩一起来还差不多，否则我是不来，多脏啊。"

梁小丽说："又来了，要是我到这来你就不嫌脏了？"

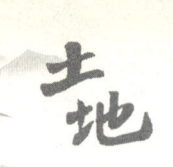

李明远很认真地说:"对呀,你就是住猪圈我也不嫌脏,心甘情愿,海枯石烂。"

"你才住猪圈呢!哎呀,你就别贫了行不行,这里还有不少人呢,听见了咋办哪!"梁小丽很怕别人听见。

他们又来到村委会的大会议室,让基地的工人拿来水碗和暖壶,叫他们坐下喝水。

说着话,李强骑着摩托车来了,停好了车进屋,与李明远握手,回头对梁小丽说:"你行啊,把李老板都给请来了,我可得感谢你,中午杀两只小鸡炖了,这乡下的小鸡可是好吃。"

李明远对李强说:"我们在糖厂见过几次,对你我是很了解,要不不能来。我们这就去现场看看,回去好计划一下,多少钱能做下来。你给的地也在那儿啊?"

李强说:"不是,我们计划给你小坨子的地,都是好熟地,就你那大拖拉机,种一千亩地不算什么。你就怕地少吧?要不你把群众的地也种了。人都去打工了,这地不就有人种了嘛。"

梁小丽说:"可不是,真要是你给种了,这得解放出多少劳动力呀!对,你就干吧,肯定行。"

李明远说:"那是后话。走,这就去看场地。"

李强说:"对,回来再说。"

因为要用妇联的屋子,托娅来收拾她的办公桌。

托娅说:"师傅,你看把桌子放在这可以了吧,不影响你们搭床。"

工人说:"这样就行了,地方够用。麻烦你们了,要不是李村长帮忙,我们都得在外面搭帐篷,那可就遭罪了。"

托娅说:"有房子住怎么能让你们在外面住呢,这也是方便我们村的群众,我们还得感谢你们。"

工人说:"都像你这么想可就好了,人不一样啊。"

托娅听他说这些话心里美滋滋的,收拾完自己的东西后又帮工人搭床。

李强和李明远等人回到村委会之后,到李强的办公室喝水。工人过来给他们倒水。

梁小丽问工人:"怎么样,都安排完了吗?"

工人说："已经安置完了，现在准备装地秤，刚开始挖地槽，还得几天才能完工。住的地方，李村长都给准备好了，我们整理一下就行。这儿的妇联主任还帮着张罗，你就跟车回去吧。"

基地的小车来接李强，李强和李明远、梁小丽道别。

李强对李明远、梁小丽说："等甜菜的事完了之后，我去你们那儿一趟，我们再研究一下，要准备的东西你就先准备，就按咱们在水库那儿说的办。陆总还在等我。小丽，这边的工作我让托娅帮你，有事你找她就行。咱们下次再见。"

李强和李明远、梁小丽一一握手，急忙上车，梁小丽出门送行，李明远也出来，挥手道别。回屋后，托娅来了，手里提着暖壶，给李明远、梁小丽等人倒水，一边倒水一边说："李老板是不是经常在乡下干活呀？这一类的活多吗？"

李明远说："我承包这个车时间不长，还没有到乡下干过活呢，是梁小丽非要让我来接这活，我还是头一次接这种活。"

托娅看着梁小丽说："小丽姐的面子可不小哇，把李老板都请来了，可为我们村解决了大问题。小丽姐，我们村长让人杀了两只小笨鸡，还让人采了蘑菇，你看行不行？"

虽然梁小丽有点吃托娅的醋，可是又喜欢托娅的性格。梁小丽很高兴地说："明远，我看咱们就吃小鸡炖蘑菇吧，味道不一样。吃完饭之后我就跟你的车回去，过两天我再来。"

李明远巴不得和小丽一起回去，连声说："好，好，就吃小鸡炖蘑菇，我叫司机下车，吃了饭再走。"

托娅说："小丽姐，你们喝水，我去给你们做饭去。哦，对了，你们还得找个做饭的吧？"

梁小丽说："对，你给我们找个手脚利索的，没有说道就行，你看着定吧。哎，上回给我们做饭的那个就行，叫奶豆腐吧。"

托娅说："行，我这就去找她，中午给你们做饭。"

一会儿的工夫，奶豆腐和托娅就来了。奶豆腐一看见梁小丽就高兴地说："小丽来了，我就愿给你做饭，一会吃我给你做小鸡炖蘑菇，这可是我的拿手好菜。"

土地

小丽和奶豆腐握手，看着这细皮嫩肉又热情的女人，心里有一种莫明的喜欢，说："我一来就让托娅找你，和你在一起真的很开心。这回又有人给我们讲笑话了，上次你是怎么说的，啊，是给孩子吃奶不穿衣服怎么的，逗死我了。给我们同事讲，她们也乐得不行。"

奶豆腐哈哈地笑了，不好意思地说："我会讲啥呀，瞎讲呗。行了，我得和托娅去做饭，你们聊吧。"

托娅和奶豆腐在旁边的屋里做饭。托娅坐在小凳子上削土豆，一边用眼睛偷偷地看着梁小丽。梁小丽在和李明远说话的同时，也不时地看着托娅。

奶豆腐看托娅削的土豆皮太厚，没剩多少了，就说："你这是怎么削的呀，都要没有了，这还能够吃嘛。"

托娅这才回过神来，一伸舌头，做个鬼脸笑了。

一辆大箱车停在白云饭店外面。饭店窗前摆放着已经喝完的啤酒箱子和一些白酒、饮料的包装盒。一辆拉货的三轮摩托车停在一边，车上装的啤酒。屋内小包间里，朗鑫、白板，还有一个自称是广原糖厂的采购员在一起喝酒。朗鑫干了一杯，采购员也干了一杯，白板给他们二人倒上酒。

朗鑫喝了一口酒说："明天咱们就收，价格要比双青糖厂的贵三分钱。这是在家门口收，你看老百姓卖不卖，我叫李强的基地倒台，明年让糖厂把他开了。挣不挣钱是小事，把那个李强给我整倒了是大事，他太碍我的事了。"

采购员说："你的事我知道，就找几个哥们做了他，五个数就行。"

朗鑫摇摇头说："还没有到那个份上，把我逼急了……"

朗鑫没有往下说，和举起酒杯的采购员碰了一下，一口干了杯中酒，"先收甜菜，这样我还能挣钱，神不知鬼不觉地也出不了啥事，就是让他知道这也不犯法，能把我咋的！"

采购员点上一支烟，说："这油水很大呀，群众那儿收是五角三分钱，卖到糖厂是五角八分钱，这一车是三十吨，那可是干挣三千多元哪。一天一车就行，干完这一秋，你就能挣五万多，纯收入哇。"

白板有点担心地问："要是收的时候有人挡怎么办？"

朗鑫一口干了杯中的酒，说："谁敢挡就收拾他，出了事算我的，白板你就大胆地收。"

322

采购员说:"对,有咱们哥们儿在你怕啥呀。"

朗鑫喝点酒很得意,说:"不知道秤上的事儿,也就你知道点吧,连跟车的都不知道是怎么搞的。"

采购员笑了,说:"我知道你那道道,还是我教你的呢。"

朗鑫得意地说:"来,一块整一个。"

百泉沟的收购点已经开始收甜菜,有很多人来点上送菜,排起了长队。工作人员在过秤、验质、卸车。

过秤工人说:"张景全五千一百九十斤,拿票到办公室领钱。"

张景全问:"这是几等啊。"

工人说:"二等,本来应该是一等的菜,可是收拾的不干净,菜很大,头上削得不干净,所以只能给你二等。下一车好好收拾,省得还是二等。"

张景全开车走了,下一个车进来过秤。

在包家村的收购点上,拉甜菜的车也排着长队,有很多四轮车,也有一些大汽车,车队已经排到了学校的大门外。

李强在检查质量,给质量不好的车主讲如何收拾菜。

李强指着一个大点的甜菜说:"你看这里的老皮还没有削到,得削到绿皮才行,就是把生长点削掉。这样的出芽子会掉秤,降低含糖量,所以等级就上不去,收入就少了。"

车主说:"那我得重新收拾一下,这差一个等级可是不少钱哪,再说对糖厂也不好是不是?"

另一个车主说:"知道对糖厂不好,你咋不一次收拾好了?"

"就你多嘴,在一边眯着得了,谁还把你当哑巴卖了。"

"这你得和他老婆说,他听他老婆的,谁说也不好使,要不你就给他老婆讲。"

李强听了他们的对话笑了,回到办公室对现金管理员说:"这你盯着,我下去一趟,有可能的话办个临时性的小班,解决一下甜菜的质量问题。用不了多少时间,有个一两天就行。"

包家村委会的大会议室里,长条桌子前坐着二十几个群众在听李强讲课,李强拿着甜菜做示范。

李强说:"大家看这个,根须可以用刀根来刮,头上的老皮要轻削,用

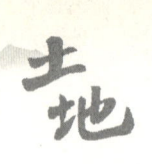

力大了带的肉多,这样会掉秤。你们看就这样。"

人们听得明白,看得仔细,大家议论着,都说很容易。

一位老妇人说:"我看这和咱们过年切的冻肉差不多,切得薄,损失就少。"

一个中年人说:"和我刮胡子一样,别伤着肉,还得刮干净。"

有人说:"那得用多大的刮脸刀哇,甜菜咋也比你那猪肉脸长呀!"

人们都笑了,气氛很热烈。

天气已经很冷了,地都冻出了裂缝,送甜菜的人们在外面站着。李强就对几个卖甜菜的人说:"你们都到屋里暖和一下吧,来得及,回去也不会太晚。"

几个人听李强这么一说,都跟着李强进了办公室,到炉子前面烤火,其中有个卖菜人一边烤着火一边说:"今儿个朗鑫开着一辆小车在我们街头收菜,可是没有人敢卖给他。他们有一辆大货车,说能拉个三四十吨。由于没有人卖,他们说晚上要到百泉沟村拉一个叫留留的甜菜,说送到广原糖厂去,当晚就走,也不知道是真是假。"

李强听了心里一紧张,忙问:"你是怎么听到的?"

卖菜人说:"他们在我们家墙外说话,我上厕所听到的,当时外面没有别人,只有他们几个车上的人,我想可能是真的。"

另一个人说:"别看他们给的价格高,在秤上做文章,卖给他们就吃亏了。百泉沟那个朗鑫,谁不知道他呀,地痞无赖。"

"李技术员,我们都信你的,人家糖厂出了多少钱哪,还有化肥农药什么的,你一次次地帮助我们,人不能没良心。"有一个司机说。

李强听了他们的谈话,心里感到很不安,说:"谢谢乡亲们!"

李强骑着摩托车在乡间的路上行进着,雪白的车灯划过夜空,路边成堆的玉米杆不断地闪过。李强径直来到了留留家,一辆高箱大货车的车箱挡住了留留家的大门,院子里有人影晃动,是白板等人在装车。李强停好摩托,绕过大货车走进院。留留先看到了李强,不好意思地把李强拉到一边,有点结巴地说:"朗哥非得要……要我的甜菜,说一斤多给我五分,我也没来得及告诉你,不……不好意思。我还欠着小井配套设备的钱,想多卖点钱还债。这么多人家种甜菜,也不差我一家。"

李强很严肃地说:"这是要往哪送啊?是不是广原糖厂?"

留留笑得很不自然,回头看看装车的人说:"那我可不知道,也可能送给双青糖厂,谁知道呢。"

李强对此非常生气,很严肃地对留留说:"去!叫他们停下来,这不是你的甜菜吗?不是你说了算吗?"

留留哀求李强:"他们都……都给定金了,你看这一车就……就行了,这都装了一半,你就让我把这车装完得了。"

李强看留留是铁了心,就直奔院里,有好几个人正在装车,白板在指挥。

李强大声说:"你们把叉子放下,别装了。你们是哪的?谁叫你们来的?这是双青糖厂基地的甜菜,谁也不许收,听着没有,说你呢!"

前边的工人把叉子放下,说:"那这事你得跟他说,我们是他雇来干活的,给工钱我们就干,要卖给谁我们不管。"

白板听了工人和李强的对话,就朝李强走过来,说:"李村长,你不用和他们说,他们是我雇来的。怎么,你这个村长还管到我的头上来了?这可不是村委会,没人听你的,该干啥干啥去。这没有你的事,种的时候你来看可以,卖的时候就没你什么事了。人家愿意卖给谁那是个人说了算,你是这家的户主啊?"

李强非常气愤地说:"白板,你叫他们把车卸下来,双青糖厂基地的甜菜糖厂统一收,你不知道吗?"

白板一副无赖的样儿,说:"咋的,你想挡我们?你别忘了这甜菜是个人的,不是糖厂的,更不是你李村长的。你不让卖,凭啥呀?今儿个我就买了,还得拉走,我看你能把我怎么的,不信你就挡一个!"

李强说:"这甜菜是个人的,可是你知道这是糖厂投入了人力、物力搞的基地,是经乡村两级政府同意的,个人和糖厂之间都签了合同,你有合同吗?"

白板无所谓地说:"什么合同?我们收粮收菜从来不和个人写合同,那有啥用啊!人家乐意卖,我乐意买,点钱交货完事。这时候合同是个啥呀,骗小孩子的。谁还守那个信用啊,信用值几个钱?别听他的,都给我快点装,到时间装不完扣你们工钱,别说我不客气!"

　　工人们又要开始装车，李强见状上前就抓住一个工人的叉子，对他们说："你们先不要装，等一会儿我们有了结论再装也不迟。"

　　白板一看急了，过来和李强抢叉子，二人就撕扯在一起，谁也不撒手。留留媳妇三胖见大事不好，趁机跑出了大门。三胖一进李长玺家的大门就大声地喊："长玺哥。快点吧，他们打起来了，快点！"

　　她边跑边喊，进了李长玺家的屋子。李长玺在看电视，听见有人叫就迎了出来，见是三胖忙问："怎么回事，慢慢说。"

　　三胖说话有点费劲："我们家拉甜菜了，白板和李村长打起来，拉不开，你快去看看吧。"

　　李长玺急忙跟着三胖出去，走到屋门口又折回屋里，拿起电话说："喂，阿书记吧，我是李长玺……"

　　李强抓住叉子不放手，白板抢不下来就松手，朝着工人们喊："都上来抢，快点干，别管他。"

　　几个工人都上来，李强对他们喊："你们抢一个我看看，你们跟着起什么哄啊，别说我对你们不客气！"

　　工人们一听李强这么说都把手放下，白板一看工人们不抢就大声喊："你们不抢，我扣你们十天的工钱，不信你们试试！"

　　听白板这么一喊，工人们又来抢叉子，和李强撕扯在一起。白板一看李强不撒手，就拿起一个大木棍子偷偷来到李强的后边，朝李强的肩上狠狠地打去，只听"啊"地一声，李强倒下，工人们都愣住了。

第十八章

白板以为李强没什么,就大声喊工人:"回来,没事,继续装车!"

一个工人走到李强跟前用手拉了拉,说:"喂,喂!"

可是李强一声不吭,工人说:"完了,你把人打坏了吧?"

说着话,李长玺赶到了,怎么叫李强也没反应,就起身大声喊:"谁打的?把人打坏了你们还不管!谁打的?"

工人指着白板说:"是他打的,和我们几个没有关系,我们只和他抢叉子,没打架。"

李长玺冲着白板问:"是你打的吗?"

白板还以为没有什么事,说:"是我打的,咋的,谁让他不让我们装甜菜,再挡我还打他。"

这时候阿斯根、张勇、吴江等人赶到,托娅抱住李强说:"强哥!强哥……"

阿斯根一看李强人事不省,对李长玺说:"长玺,你快去前街把小宝子的面包车找来,咱们去医院。托娅,你看着李强,其他的事由我来处理。"

白板一看不好,就要溜走。

阿斯根厉声喝道:"你站住!今天你哪儿也不许去,打完人没事了?张勇和吴江看住他,上厕所也跟着,跑了和你们俩要人!"说完阿斯根掏出手机,说:"喂,是派出所吧……"

面包车来了,托娅、李长玺等人把李强抬上车。

托娅回过头看着白板大声说:"白板,你等着,要是李强有个三长两

短,我跟你没完!"

面包车开走了,车上的人们在喊李强,可是李强还是没有反应,托娅的眼泪一下子就流了出来,说:"强哥,你可别吓唬我呀,强哥!强哥!"她不停地呼唤着。

李大路看着儿子昏迷不醒,咬着牙说:"你这个傻小子,非得拦截车,打电话报警还不行吗?这要有个三长两短,我们可怎么办哪!"

其其格抓住儿子的手不松开,看着儿子就是哭。一会儿托娅劝其其格和李大路:"大爷大娘,你们别着急,一会儿到医院就好了,没事,别着急啊!司机快点开!"

一辆警车开进村里,在留留家的大门口把白板等人押上车,警车鸣着警笛离开了百泉沟,人们纷纷出门观看。

双青县医院急救室门外,李大路、其其格、李长玺、托娅和糖厂的职工们都在门外焦急等待着。陆总和梁小丽也来了,站在众人前面。

不一会儿,大夫出来了,说:"大家不要担心,病人醒了,没有颅内出血,肩上有外伤,需要住院观察治疗。谁是家属,请去办住院手续。"

陆总听了,紧紧握住医生的手说:"谢谢大夫,谢谢大夫。"

托娅握住大夫的手说:"谢谢大夫!"眼泪流了下来。

梁小丽流着眼泪跟在陆总的身旁。陆总说:"小丽,你去交住院的押金,李强的医药费都由我们来出。"

梁小丽擦了擦眼泪说:"好,我这就去办。"

李强被推进了病房。李强看着坐在身旁的陆总,声音很小地说:"陆总,甜菜没有拉走吧?"

陆总安慰他说:"李强,你是好样的,甜菜没有被拉走,你好好养伤,别担心收甜菜,有我们大家呢。"

李强点点头。李大路、其其格、李长玺和托娅等人围在床边,护士嘱咐:"这里只能有一个人护理,其他人不能在这儿,否则会影响其他病人。你们看谁护理?"

托娅说:"我留下吧!"

李大路说:"还是让他妈在这护理吧!托娅,你去领要用的东西。其他人请回吧!"

包家村甜菜收购点，托娅进了收购甜菜的办公室，来到现金员跟前自我介绍："我是托娅，是百泉沟的妇联主任，李强是我们的村长，我受他的委托在他养伤这段时间负责他的工作。请放心，我一定会做好这项工作的。"

现金员是个小伙子，对这个漂亮、说话利落的姑娘很有好感。现金员高兴地说："那太好了！我这正愁没有人手呢，再说与甜菜种植户也不熟，有你我就放心了。说，都有什么要求，交通工具还是通信工具，还是——"

托娅笑了，直爽地说："别的什么也不要，我直接下去。咱们互相通气，及时解决问题就行呗，什么交通工具和手机我都有。这个乡的情况我都清楚，去哪个村都行，有啥事你就说吧。"

现金员说："那你去看看地窝卜村吧，他们的甜菜质量都有一点问题，最好给他们办个小班。李强头几天办了两个小班，效果很好，甜菜质量提高了很多。"

托娅说："那好吧，我去一趟，先看看送来的质量怎么样。"

托娅到排队的车上看甜菜，有一个甜菜削得不干净，托娅很内行地指给车上的人说："这种品相的甜菜一多，等级就下来了，分量不大可是影响大，少一个等级是每斤五分钱。要我说你就拉回去重削，按质量定级嘛，你们看着办吧。"

车上的妇女是个很能干的人，听托娅这么一说，就对赶车的男人说："那咱们拉回去重新削干净得了，反正咱们家现在也没有别的活，待着也是待着，还能多收入点。"

男的有点不情愿，拉了十多里路，觉得往返不合算，不高兴地说："还不够路费钱呢，下车再好好地削就得了呗。"

女人一听来气了，脸拉长，说："叫你拉回去就拉回去，你没听人家姑娘说嘛，那一斤差五分钱呢，三千斤那得多少钱啊？你不识数哇？一百五十元钱够你喝半年酒。就知道喝酒，不知道省钱！"

男人一听说："那就回去呗，你好好说不行嘛。叫人听着好像咋的了。"

说着男人打马回去。托娅看着心里很高兴，还真有人听她的，脸上露出了微笑。

现金员也从窗口往外看，对屋里人们说："你看这个姑娘还真有两下

子,就有人听她的,厉害,服了!"

等着开票的群众说:"人家说得有道理,要不谁听啊!"

李强对主治大夫说:"大夫,我想出院,把药带回去就行。我现在就是有点头晕,没什么大事,胳膊的伤慢慢养。家里的事太多了,我在医院里待不下去。"

大夫说:"你现在脑振荡,肩关节脱臼,又有挫伤,只住了两天就走,怕是不行,要是落下后遗症,可就麻烦了。"

李强说:"没事,我年轻,过几天就好了。"

大夫只好同意。

在公安局刑警队,白板坐在被审理人的凳子上,双手被铐着,对面坐着办案刑警和李所长,还有一名记录的刑警。白板脸色发黄,低着头。

李所长说:"叫什么名字?"

白板说:"白德方。"

李所长说:"那为什么叫白板?"

"因为我好打麻将,大伙儿给我起的外号。"白板抬起头说。

李所长说:"家住在哪?"

白板说:"百泉沟村敖包三组。"

李所长说:"家里还有什么人?"

白板说:"还有一个父亲,今年五十六岁,有糖尿病。"

刑警问:"你把打李强的原因和经过如实地说一遍。"

白板咽了口吐沫,往凳子里坐坐说:"朗鑫为了挤垮李强的甜菜基地,就给广原糖厂收购甜菜……"

地窝卜村委会的大会议室,有十几个家庭妇女在听托娅讲课。

"大家看好了,关键是头上的干皮,切它的时候不要用太大力,轻切,根部要用刀根刮,不能切。"托娅很认真地给大家做着示范。

群众们说:"啊,这也不难呀,认真点就行。"

人们互相交谈着,点头表示满意。

一个妇女问:"姑娘,我们这片是基地技术员李强负责,怎么你来了,他呢?"

托娅说:"他被菜贩子打伤了,现在人在医院。为了不影响大家的收入，保证按时收购甜菜，他委托我来。乡亲们种菜不容易，这里面也有李强的心血。保质保量地收好甜菜，对乡亲们和糖厂都有好处。"

妇女说："你是他的对象吧？"

托娅语塞，说："人家有对象，是他的大学同学，叫杜萍，我是他的妹妹。"

另一个妇女说："这孩子心眼真好！"

托娅接着讲："好了，我们再讲一下贮存。"

李强左胳膊用白纱布吊着，站在门外听托娅讲课，脑海里回闪托娅帮着他找人种甜菜的情形……

托娅在讲课："菜收拾完之后，要用塑料盖上，上面再压点秸秆什么的，主要是别风干了……"

李强流着眼泪，望着远处的田野，想起童年的往事的情景……

托娅的姨说："托娅，这是给你买的，给你，快拿着。"十岁的托娅拿着小姨给的月饼走到里屋，偷偷放在了柜中自己的盒子里，之后坐在门外，着急地等着。小姨都走了，她还在那等，天都快黑了，李强来了。托娅高兴地从柜子里拿出月饼分给李强一半，俩人高兴地吃起来，托娅不时地给李强擦粘了月饼的脸……

李强再也听不下去，偷偷地看了托娅一眼，擦着眼泪走了，走了很远还回头看村委会。

早上梁小丽上班，忙着打扫陆总的办公室，擦沙发，擦桌子。

陆总看见梁小丽说："对了，你去看看李强的医疗费够不够，再给他带点水果。"

梁小丽一听忙说："哎呀！我忘告诉你了，李强昨天就出院了，自己偷着走的，谁都不知道。"

陆总说："不知道钱够不够？"

梁小丽说："就这么两天，够了。李强到家给我来过电话，说剩下的钱过两天给送过来。"

陆总说："这个李强，真是个急性子。"

陆总走了，梁小丽回到自己的办公室，坐在椅子上喝了一口水，幸福溢于言表。

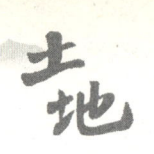

土地

天下起了雪,气温下降,先下的雪化了之后又被冻成了冰,路上很滑。官布的甜菜还没卖,用一些玉米秸秆盖着。

李强在官布屋子里和两位老人聊着。官布在看李强肩上的伤。

托娅顶着雪骑着自行车来到官布家,没有进屋,直接到园子里看甜菜,看过后去李三家。

托娅说:"嫂子,你家的车给谁送菜呢?"

李三爱人说:"今天给自己家送,才走的,头一车。"

托娅又来到村委会,李三在给甜菜过秤。

托娅走到李三跟前问:"三哥,你的先等一天呗,先把官大爷的送来,我帮着多找几个人,有两大车就送完了,完了再送你的,行吗?"

李三说:"那咋不行。你去找人吧,卸完车我就过去装。"

托娅说:"好吧,我找几个人在官大爷家等你。"

托娅骑着自行车去准备。

李三的车开进官布院里,刘福田、张勇、吴江几个人在那里等着,李三把车直接倒到甜菜边上,下车和大伙儿一起装车。

托娅说:"三哥的车回来的够快呀,我刚把人找齐你就到了。"

李三说:"这么近还不快呀,也就是装车卸车的时间。他这有两车就拉完了,剩下我自己的甜菜,明天也都能拉完。在咱们村设点省多少油钱哪,多亏了李村长,要不能在这设点呀!"

托娅高兴地说:"可不是嘛。再说了,咱们村的菜也是多,糖厂考虑到这点,不然也不会设点。这两车不就一会儿的工夫,也就是装车的时间。"

刘福田说:"我说官叔这甜菜长得还不错,拉两大车呢,李三这车可是够受的。"

李三说:"你就装吧,能装多少我就拉多少。"

装了一部分甜菜,车往前动了动,原来甜菜的底子没有冻。还没有装完甜菜,车轮陷了十公分,李三上车开动,人们也纷纷上车。李三开车,加大油门,可是车轮只是自转,拉不动后车箱。人们只好下车帮着推。由于有雪,托娅脚下一滑,摔倒在地。这时李强赶到,用没受伤的右手把托娅拉了起来。托娅和李强二目对视,两个人都愣住了。

托娅一看是李强,有点不相信地说:"怎么是你呀,啥时间回来的?好了吗？怎么这样看我，不认得我了？"

车开出来，人们围过来看李强的伤势。

李三下车来到李强前面，说："村长，你好了吗？我看看。这么忙回来干啥呀，这边的事托娅都给你安排好了，啥都不用你管，你再回去休息几天吧！"

吴江说："可不是嘛，托娅都安排好送官大爷的甜菜，两大车就拉完。"

托娅说："包家村没事了，开头几天有些二等甜菜，剩下的都是一等。我今天有空，回来顺便把官大爷的菜卖了。我想送完官大爷的甜菜去医院看看你呢，没想到你回来了。"

李强眼角闪着泪花，看着托娅说："谢谢你，谢谢大家了。"

百泉沟的收购点一派忙碌的景象。阿斯根在算春天赊配套设备户的账。他在算留留的账，留留在旁边看着。阿斯根对留留说："还完小井配套钱，你还剩下两千多元，比你去年的收入还高吧！"

留留点头说："可不是咋的，还……还是今年收入多，这套抽水设备还……还能用几年，以后就不用再买了。嘻嘻！"

阿斯根说："你还笑呢，要是不和那朗鑫打连连，整天在朗鑫那儿混，多侍弄点地，你还得多收点。那是个一毛不拔的手，不信你看着。"

留留眨眨眼睛说："有……有时候也给点零花钱，没白混。"

阿斯根又说："还有官布家的，还完配套钱，还剩下三千多元。李三，你回去的时候迪知一下官布。"

李三边卸车边说："我回去就告诉他来取钱，你先算别人的吧。"

糖厂的大货车也在装车，收购秩序井然。

官布在村委会办公室领钱，高兴地回家，留留也领完了钱，还有很多人都在领钱，人们喜形于色。

赵玉柱也来领钱，一共领了五千多元，拿到钱说："我今年种少了，当时多了个心眼，怕这玩意儿不收，还可能掉价啥的，要是多种个十亩地那可就发了。这扯不扯，下年我的好地都种甜菜。"

李长玺也来领钱，看见赵玉柱领了那么多的钱，就逗他："我说二姐夫这回可有钱了，种少了吧，后悔没有？要是听我的话再多种十亩地，你可就

了不得了,一天消费两百元,也够你花一百天。怎么的,明天是不是要出门找你城里的小妹儿呀?这正是好时候,秋收也完了,家里没有啥事,叫嫂子回娘家,你就无法无天个几天,没事。"

赵玉柱听李长玺这么一说,不但没有来气,还挺高兴,说:"我说你知道多少哇,还一天消费两百元,那够干啥的?要是吃好的,一顿就得三百元以上。"

官布高兴地回到家里,进院子连大门都没关,进了里屋,来到老伴身边,从怀里把卖甜菜的钱掏出来递给老伴,说:"数数吧,把咱们抽水机钱扣了还剩下三千多元哪。要不是李强和托娅帮着咱们,上哪挣来这么多的钱。"

官布的老伴用手摸着钱,一张一张地数,数了半天也没数完,她把钱拿在手里说:"这回不愁过冬了!"

杜萍在上班,大办公室里有十几个人在办公,谁在干什么基本上都看得见。

杜萍在电脑前看一份材料,回头看没人注意,拿起手机拨号,小声地说:"喂,李强,你在哪?干什么呢?我没事,想你了,给你打个电话。"

李强在包家村,胳膊上还绑着纱布。人们看李强来,都围了上来。李强一边和基地的人握手一边接杜萍的电话:"是嘛,那你就来一趟呗,我这是没有空,太忙了,一会儿都离不开。有人找我来了,等你下班后再给你打吧。"

"你还别说这几天李强白了呢,原来是一个小帅哥呀,要不那么多的女孩子追你呢。我要是姑娘就抢你,追你太小儿科了,没等追到手就让别人抢先拿下了。哈哈!"王大勇逗李强。

李强不好意思地说:"你总是没有正经的,说啥呢,这里还有女士,注意点场合行不行。"

大勇说:"有什么呀,这时候的女孩子才不管呢。我要是小丽,早就把你拿下了,这么磨磨叽叽的能整到手吗?"

大家又是一阵大笑。李强有点害羞,不好意思地看卖甜菜的女孩子们,女孩子们也笑了。

王大勇说:"你还没好利索就出院。托娅都帮你做完了,你不用来都行。我看你还是休息两天再来吧。"

李强说:"我这身体没事,这么忙,在医院待不住。这些天你可受累了,让你一个人管这一摊子事,真有点过意不去。"

王大勇说:"这点工作算啥呀,和你比起来天上地下。我真的很佩服你,不光勤奋,还勇敢,是个真爷们儿,有种。"

李强不好意思地说:"别把我说得那么好,我也有哭鼻子的时候,你是没看见罢了。这点事放在你身上,你也一样勇敢。"

王大勇说:"我可不行,你看我表面挺彪的,来真的可没有你那么勇敢,那么男人。"

县里召开农建总结大会,散会时,与会的人们都起身,主席台上的领导们纷纷走下台来。包书记从旁边的过道退场,从主席台上下来的明海书记看见包世达,就朝他招招手。包世达看见明海书记招呼他,就站住等着。

明海书记到了包书记的跟前对他说:"别忙着走,你先到我办公室待一会儿,我有点事和你说。"

明海书记的办公室,包世达坐在沙发上,明海书记不慌不忙地倒了两杯水,递给包世达一杯。

明海说:"咱们的农建工作就算结束了,只有你们乡里的红旗水库开发工程需要进一步落实。上次我去了之后,又找了一些老同志聊这个工程,多数人认为你们做得对。这个规划有利于群众的生产生活,我看下一步乡里出面支持一下为好。当然了,也有一些老同志持反对意见。还有人说你因为这件事在那十不长了。这你放心,调谁也不调你。回去之后,你告诉百泉沟村的人们干起来,这么长时间没有动静了,是不是有点灰心了?"

包书记说:"不是,这段时间在空水,再加上秋收。现在已经上冻,他们计划在初冬的时候开工。这段时间忙,我没有到百泉沟去,听田组委说前段时间他们在全力以赴地收甜菜。这次回去我就去看看,指导一下他们。"

明海书记点点头说:"你们那个大学生村长还挺厉害,敢和方主席理论。"

包书记看看明海书记笑了,说:"当时他们去送报告,正好方主席去阻止放红旗水库,都赶在一起了。我让他们各自说一下理由,其实也是给方主席和他们对话的一个机会,谁知道他们两个争论起来了,气得方主席连饭都

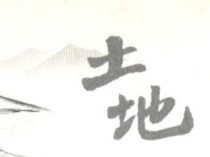

没吃就走了。这事我当时也有点后悔,也不知道这个小村长没深没浅的。不过人家可说的都是理呀,你真说不出人家啥来。"

明海书记听了包世达的话,想了一会儿说:"算了吧,事都已经过去了,都是为了群众的利益,个人受点委屈也没有什么,个人的面子和群众的利益比,哪个轻哪个重你还不知道吗?要我说方主席也是自找的,那也不是他们家的自留地,还去阻碍人家工作,别人就不知道那是国家投过资的水库吗?"

包世达听明海书记这么一说,觉得也对,就对明海书记说:"不管怎么说,一个老同志了,出发点还是对的,遇到这样的事一时会接受不了。反正事已经出了,再也无法挽回。过几天我找一下方主席说说这个事,交换一下意见,认个错算了。你们在上面做做工作,这样不行吗?"

明海说:"那你自己看着办吧,你们的关系如何那是你们的事,我就不管了。晚上在这吃完饭再走?"

包世达说:"不行,回去还有事呢,改天吧。没有事我就走了,司机在外面等我呢。"

明海说:"有事就不留你了,等哪天把那个方主席也找来,不过你们可别干起来呀,我可不给你们拉架。"

两个人都笑了。包书记说:"哪能呢,我就那么没有素质?怎么也是老朋友,也没有原则问题。"

明海书记一摆手说:"那你就回去吧,我还找两个人谈点事。"

包世达走了,明海书记拨电话。

李强的家里,几个养牛、养鸡、养羊专业户都来看李强,坐了满满一屋子人,有的人还拿着一筐鸡蛋。

金钟拿着刚收拾干净的小鸡对其其格说:"这小鸡可好了,刚过一年,正下着蛋呢,吃了可是大补哇。别嫌少,我家里也没有别的东西,我还盼着他恢复好身体帮我育肥牛呢。"

其其格说:"这可不行,李强不让收。你给你的爸妈吃吧,我们家里有,十多个呢。"

金钟不由分说地把鸡放在锅台上的盆里,说:"你有不是你的嘛,这是我和我老婆的一点心意,不留下没法和我老婆交待呀!"

金钟放下就进里屋了，和大伙儿一起聊天。

张小刚看金钟进屋，对李长玺说："你说咱们这金钟大哥过去是个有名的懒汉，现在可勤快了，三十多岁还出息了。人这玩意儿真没处看去。这回你媳妇稀罕你了，不把你赶到外屋住了吧？"

李长玺笑了，对大伙儿说："你们还不知道吧，现在人家两口子好得都没法再好了，我亲眼看见的，两个人啃一块西瓜，脸上弄上西瓜，你舔我的脸，我舔你的脸，完事之后还亲一个，那真叫水平，不服不行。金钟过去想那啥，不给人家洗脚擦背的门都没有。"

金钟也反击他："你好，上地里干活，看没有人还亲你媳妇一下，没黑天没白天的玩意儿，还说我呢。"

人们哈哈大笑，李强听着也笑了。

张小刚等大伙儿都不笑了，从兜里拿出五百元钱，对李强说："强哥，你别见外，这是我的一点心意，你拿它买点吃的东西，好好地补补身子。说真的，你这一年为我们跑了多少路哇，我那个养鸡场要是没有你的帮忙，还不知道弄成什么样呢。"

其他的人也都拿出钱要给李强，李强见状忙对大家说："大家听我说，你们的心意我领了，都是实心实意的。说真的，你们来我就已经很高兴了，帮你们点忙是我应该的，一个村住着，我要是有了困难，不也一样找你们帮忙吗？钱我是不能要，回去把活干好比啥都强，我谢谢你们。"

大家一看李强不要，都把钱装回兜里。这时街上传来小车的喇叭声，人们往外一看，小车已经进院，包书记和陈乡长从车上下来，人们都迎了出去。包书记和群众们握手，李强把领导迎进屋里，人们纷纷让坐。

包书记看着大家说："你们都是来看李强的吧？今天我和陈乡长也是来看李强，顺便告诉你们，昨天会后县委的明海书记把我找去，明确指示乡里对水库开发工程给予支持，要把它建成万亩稻区，当成乡里的一个大项目来抓，要求你们尽早开工。李强，明海书记还说你了呢，他说你还挺厉害的，敢和方主席辩论。"

大伙儿都笑了，可是李强却站起来说："我实事求是地说，只是没掌握好分寸，太愣了。是我影响了你的工作，县委还不找你的茬儿呀？"

包书记笑了，指着李强说："你这小子还挺仗义的，其实也就是说说，

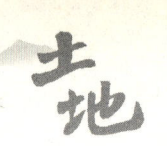

土地

你也别往心里去。其实那天也不怨你,你说的那些话有道理,当着明海书记的面我也说了。所以你不要有顾虑,大胆地干吧,我和老陈都支持你。"

陈乡长说:"对呀,我们乡里要尽全力支持,你们就大胆地干吧!"

李长玺说:"包书记,你知道吗,这个项目要是拿下来,那我们百泉沟村可就发了,每户多得十多亩好地呀,其他的地也不怕涝了,一年得多打多少粮食啊!包书记,你可真是包青天,要不是有你,开发水库还不得等到牛年马月。"

张勇说:"这么说吧,一亩地的产量得翻一翻。"

包书记说:"好事总得有好人牵头,要不是李村长那么积极争取,等乡里主动解决,那可就不知道等到什么时候,或者说不解决都是可能的。"

李强说:"好事也要有领导支持,多亏我们遇到了包书记、陈乡长。我们百泉沟要是写村史,肯定为你们留名!"

包书记摆摆手说:"可别这么说,这也是你们共同努力的结果,我们只不过是按照你们的要求支持了一下。为群众谋利益是我们共产党的宗旨,谁在这当书记都会这么做。"

包书记说这话时,陈乡长有些不好意思地低下了头。李长玺、张勇、吴江等人都偷偷地看陈乡长。

包书记看了看大伙儿,起身下地,说:"行了,见到这么多的乡亲们,多谢你们对李强的支持,我们该走了。"

包书记、陈乡长和屋里的人一一握手。

包书记对李强说:"看来你们以后的工作担子更重了,这开发土地可不是一般的活。现在看是没有什么问题,以后说不定还有什么事呢。开弓没有回头箭,干就一定要干好,要和村里的同志们团结一心,人多力量大。有什么困难找我们。"

李强握着包世达的手说:"包书记,你放心,我们尽快开工,有时间我和你再研究一下规划。"

包书记一边开车门一边说:"好吧,给我打电话。"

百泉沟的早晨晴朗而又温暖。李大路起得早,把十几头牛赶出来饮水,大牛膘肥体壮,小牛溜光水滑的,个个招人喜欢。李大路用扫帚扫牛身上粘的草和粪便。这时候李强也起来了,一边出门一边穿衣服,用手揉着眼睛。

李强问李大路："爸，你这么早就把牛喂了，起来半天了吧，怎么不叫我呢？"

李大路也没看李强，说："我都起来两个小时了，每天都这样，都习惯了，到时间就醒，一醒就睡不着。就这么点活，叫你干啥呀，你一天事那么多，多睡一会儿，年轻人觉多。"

李强说："今天开村委会和支委会，有会我就睡不着。"

李大路说："心里有事就睡不着。你那胳膊没事了？"

李强说："不干重活不疼，再过几天就没事了。"

阿斯根和李强已在村委会会议室门前等候，赵玉柱提前来了，看见阿斯根和李强就走上前来。

赵玉柱说："阿书记，咱们开什么会呀？"

阿斯根说："排干工程的事，大伙儿一起研究一下。"

赵玉柱说："还差啥咋的，开工就得了呗。"

阿斯根说："不差啥了，就是和李老板研究一下。"

李长玺看见赵玉柱先到，故意很惊讶地说："太阳从西边出来了，老赵咋来的这么早呢？"

赵玉柱一听李长玺说这话，有点不高兴，带搭不理的，说："看你说的，我就不能来得早点吗？哪家没点事儿呢，就是来晚了也正常。你是来得早一点，可是也别那么显摆，稳当点不行吗？"

李长玺说："你还教训起我来了，说你胖还喘上了。你就属那破车的，三天不敲打就响。是不是我这些天没空收拾你，你又得恶了？"

赵玉柱说："看你那大萝卜脑袋样吧，还想训我，我不说你，你就在那儿眯一会儿得了。"

阿斯根和李强在一旁听着都笑了，阿斯根说："你们两个犯冲，见面就掐，这要是两口子可就好了，不得黑天白天的干哪。"

赵玉柱嘴一撇，说："跟他两口子，一天等不到黑我就得离婚，要不我就离家出走，跟他在一起，那得倒多大的霉呀！"

李长玺听他这么说还笑了，笑得蹲下了，喘过气来说："我要是跟你是两口子，看我不整死你，我叫你整天不得消停，哭都找不着调。跟我是两口子，美的你，实在说不上媳妇，我出家当和尚也不要你。还跟我离婚呢，叫

你连离婚的机会都没有。"

听他们两人说这话,阿斯根和李强笑得更厉害了。张勇和刘福田来了,看见书记、村长大笑不知道怎么回事,两人愣住了。正在这个时候,门口来了一辆小汽车,车子一直开进了村委会的大院里,在李强等人的前面停下来,李明远和司机从车上下来,和李强、阿斯根等一一握手。

李强给阿斯根等人介绍:"这是李明远,这位是?"

李明远说:"这位是司机小黄,和我是一伙儿的,在一起干实体呢。"

李强介绍阿斯根:"这位是我们村里的支部书记,我们领导班子成员都齐了,走吧,进屋里谈。"

李明远跟着李强、阿斯根进了办公室,其他人在外面你看看我,我看看你的,不知道是怎么回,都坐在会议室里等着。

李长玺说:"这回咱们的工程可能有希望了,刚才来的就是开抓沟机的李老板,是糖厂的,冲着咱们村里工程来的吧?"

李明远坐下来对李强、阿斯根说:"今天我实地看一下,详细计划后再签合同,后天我们的车就进来干活。为了你们的工程,我已经把其他的活都推掉了。"

李强高兴地说:"是吗?太好了。"

村委会大会议室里,人们安静地坐在那里,李明远、李强、阿斯根坐在前面。李明远从皮包里拿出一份合同递给李强,让他先看看。

李强接过合同,看完了又交给阿斯根,阿斯根看完后看着李强说:"我看行,就是这些吧。"

李强点点头说:"看来李老板是早有准备呀,合同写得很到位,基本上体现了我们双方的想法。正好支委会和村委会的成员都在,就和大家说一下,征求一下大家的意见。"

李明远说:"对,村里不像企业,通过一下有好处。"

李强看看阿斯根说:"阿书记,你说吧,咱们原来也研究过,群众代表会已经通过,再让支委和村委会成员了解一下具体的合同。"

阿斯根拿过合同看了看说:"好,那我就大体上说一下。整个施工工程中,我们要求乙方挖出三千米长、十二米宽、一点五米深的主干渠,还有近一万米长、两米宽、一点五米深的支渠,在主干渠上修两座过水大涵洞,在支渠上修二十个小涵洞，总造价为四十万元，我们村给乙方一千亩小坨子地，承包期四年，作为付给乙方的工钱，每亩地承包费折合一百元。开发出来的地我们分给群众，情况基本就是这样，看看大家有什么意见。"

赵玉柱忙说："那地朗鑫承包着呢，合同没有到期，能给村里吗？咱就别打那个主意了。"

李明远一听愣住了，看着李强。

李强说："小坨子面积很大，大部分都是好地。我们已经和有关部门咨询了，朗鑫的承包合同是无效的，我们马上就要收回这地，明天就去找朗鑫要地。"

李长玺说："行，便宜朗鑫多少年了，要不我们哪来的钱搞这个工程啊。"

"行，就这样吧，人家给干就不错了。"委员们说。

赵玉柱不吱声，斜着眼睛看着李强。

李强说："那咱们就和李老板签合同。"

赵玉柱说："地的事整明白了吗？朗鑫能不能给你这地，要是不给咋办哪？"

李明远说："这地村里说了不算啊？"

赵玉柱说："承包给朗鑫了，还没到期呢。"

李强对李明远说："这你不用担心，这个地肯定拿回来，因为它不合法，将来还要统一分给全村群众。开发所用的费用要用地来解决，这是经群众代表大会决定的。赵主任，你的说法没有根据，不要乱讲。"

阿斯根、李长玺等人没用好眼看赵玉柱，赵玉柱自觉没趣，低下了头。

李强和李明远开始签合同，又相互交换签字。

李强高兴地说："咱们的合作开始，明天你就可以工作，工作人员就住在我们村部，生活上的事你就不用管了。"

李明远说："好。明天我的机械就能到位，最晚后天下午就能干活，你们先把标志钉好，到时候别耽误事。你们这些活也就用一个星期，同时还能把涵洞和公路修上，这样我省工，你们也省事。"

阿斯根说："连涵洞也能修上，那可太好了，冬天把地一分，一开春人们就开地，这可是当年得利呀！"

支委们听阿斯根这么说都很兴奋,大家高兴地议论着。

"太好了,我们这回也能种上不怕涝的地了,还能多分个十亩八亩的。"张勇说。

刘福田说:"这么说吧,每人起码得多分四亩地,这回要想成片种地可就不难了。"

李强对李明远说:"你看到了吧,土地就是农民的命根子。你可是给我们村办了一件大事,我们得怎么谢你呢?"

李明远说:"我没有你说得那么伟大,我也是为了自己的企业。我们合作也算是双赢吧!"

李强心里明白这是怎么一回事。

李强说:"好了,今天的中午饭我请,到我家去吃,昨天我爸赶集买了不少东西。"

李明远站起身来说:"我看今天就算了吧,等我们的车到位之后咱们再吃,我回去还得安排一下车。"

"那我今天就不留你了,听你的,开工再说!"李强说。

李明远说:"那好,我这就走,你们还得开会,就不打扰你们了。"

大伙儿回到屋里都很兴奋,赵玉柱低着头不说话。

李强对大家说:"咱们分两个组,我和村委会的人员给大干渠拉线钉桩,阿书记和支委的人员给小支渠拉线钉桩。刘会计把村里的百米绳拿来,再买一根。还让赵婶给工人们做饭吧,赵叔你通知一下。那就这样,咱们下午行动,阿书记行吗?"

阿斯根说:"行,就这样!"

赵玉柱低着头要走,又回过身来问:"叫她明天上午来吧?"

李强说:"对,明天上午。对了,赵叔,你还得杀一只羊,明天上午杀赶趟儿,抓阿书记家的吧。"

人们都走了。李强对阿斯根说:"咱们俩上小坨子看看,做到心里有数。"

阿斯根说:"走吧,这就去,回来吃饭。"

赵玉柱回家之后,看看奶豆腐在外面喂猪,匆匆忙忙地进屋,拿起电话拨号,说:"喂,朗鑫,你在哪呢?啊,有一个事呀……"

第十九章

奶豆腐看赵玉柱有点不对劲儿，就回屋问："啥事呀？"

赵玉柱用手捂着电话说："没啥事，叫你明天到村里做饭。"

奶豆腐一听很高兴地走了，赵玉柱接着和朗鑫小声说着。

小坨子地在村南的坨子边上，这里的坨子要比其他的坨子小得多，因此叫小坨子，一眼望去，大部分是漫沼甸子，庄稼都收割完了，还有很多的玉米秆没有拉走，成堆地垛在地里。

李强和阿斯根来到靠坨子边的土路，阿斯根看着地里的玉米茬子说："这地不错呀！从这条路往南一直到韩家村都是朗鑫的承包地，基本上都包给了韩家村人，他一般不包给咱们村的。"

他们俩顺着土路往前走，边走边用步测量着，比画着。远处有个人在挖着什么，李强和阿斯根朝他走过去，原来是官布。

李强走到跟前问："官大爷，你挖这白泥干什么呀？"

官布抬起头看着李强和阿斯根说："用它做个火盆，冬天扒点火，屋子里头暖和上面冻了，有点刨不动。"

李强拿过铁锹帮官布在沙子底下挖开一个小洞，这才挖出白泥。装满筐之后，李强把锹给了官布。

阿斯根说："你要是拿不动，等我们俩回来，我们一会儿就回来，到前面看看。"

官布很客气地说："多谢了，要不我还整不出。我自己就能拿回家。"

李强和阿斯根往前走，官布挎着筐回去了。来到敖包前面，阿斯根把从

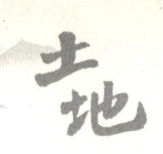

路边捡来的石块扔在上面,双手合十放在胸前进行祈祷。

李强说:"蒙古人对着敖包祈福灵吗?"

阿斯根说:"灵不灵的,在心理上有一个安慰吧。"

村委会的院子里,有几个人忙着打扫屋子,奶豆腐在洗锅,李强在院子里收拾东西,赵玉柱和张勇在杀羊。

李强的手机响了,说:"是李老板,都来了,这么快呀!都安排好了,明天就能上?对,有标记。好,好吧。"

李强回到办公室,阿斯根在擦桌子。李强说:"李明远他们快要到了,都过二道河了。中午除了手把肉,再整点别的。"

阿斯根说:"没问题。"

不一会儿,三辆大车开进村里,大板车上拉着抓沟机,还有一辆小货车拉着油,李明远坐着一辆小轿车。车子开进村委会的大院,李强、阿斯根迎上前和师傅们握手。师傅们纷纷洗脸。大圆桌子上放着新炖的羊肉,还有几个炒菜,有白酒和啤酒。李强和阿斯根让李明远坐在中间,其他的师傅也都坐下。

阿斯根举起酒杯说:"李老板,各位师傅,我们蒙古人招待尊贵的客人有祝福酒、洗尘酒、上马酒、下马酒。你们来为我们修排干渠,就是尊贵的客人,所以这顿酒是洗尘酒,又是下马酒。"他用右手无名指蘸了酒向上弹,又蘸了下向地弹,最后蘸了一下抹在自己额头,说:"来,为我们合作成功干杯!"说着他一饮而尽,非常豪爽。

人们未饮先醉,纷纷举杯,个个见底。李强也被这氛围感染,一饮而尽,很兴奋。李明远也学着阿斯根的样子做,然后干杯。

厨房里,托娅身穿着粉色镶银边的蒙古袍,左手端着银碗,臂弯搭着洁白的哈达,正在往银碗里倒酒。

奶豆腐惊讶地说:"仙女下凡,仙女下凡!"

托娅一笑,说:"我今天高兴!"

奶豆腐说:"百灵鸟要唱歌?"

托娅说:"对,就唱《百灵鸟》。"

奶豆腐说:"那不是叫《为了爱情来歌唱》吗?"

托娅说:"有两个名字,也叫《百灵鸟》。"

奶豆腐忙说："等等，我去拿录音机！"

托娅说："我已经很长时间没唱歌了，算了吧，有空我专门为你唱。"说着托娅掀开门帘，见一帮人涌进来，放下门帘，愣愣地站在那里。

李强、阿斯根正在和李明远等人喝酒，三组的刘国民等人，二组的孙小龙、留留等人照直进了餐厅。

刘国民满脸怒气，说："正好书记、村长都在这呢，这机车也来了，我们听说挖排干占我们三组的地，那我们还分啥呀！地都没有了，你们开不开发对我们来说有什么用啊！正好这还没动工，要地没有了，我们找谁，人家二组的地能给我们吗？"

孙小龙说："我们二组的地就得分给我们，这是天经地义的。地就是钱，谁的地谁不要啊！我们组的地凭啥分给别人哪？这个道理不说明白，这个沟子谁也别想挖！"

留留也结结巴巴地说："就是嘛，我们的地给别人，那……那……那我们分啥呀！要不你们就别开沟子，谁的地分给谁。"

李明远看来了这么一帮人不让开沟子，有点不知所措，放下酒杯，看着李强和阿斯根。

阿斯根没好气地说："这还没开沟子呢，你们就到村里闹来了，等开完了沟，村里统一研究怎么分。这也不是你们几家的事，是全村一千多口人的事。你们先到会议室里等着，一会儿我再和你们说。"

李强站起来说："阿书记，你陪着李老板，我去和他们说一下。李老板，你别担心，这事很正常的，我去和他们说明情况。"

李强对人们说："走，我们到会议室。"

李强在前面走，这一伙儿人在后面跟着。大家纷纷坐下，李强坐在前面，大伙儿你看看我，我看看你的，都不吱声。

刘国民说："李村长，你看咋办吧！我听说昨天就定下挖沟的位置了，都在我们三组的地上。开完沟子我们的地没了，你说咋办吧？"

孙小龙说："我们二组的地，别人想分那是门儿也没有。"

李强耐心地说："这个事你们不要担心，这是全村的工程，它不光是解决村民几千亩地的事，而是解决全村一万亩地排涝的大事，我们要有全局观念。怎么个分法，占了各组的地怎么解决，村里会统筹安排。你们不要听信

有些人的话,要相信村里。大家回去吧。"

孙小龙听了李强的话也知道是这么个理,口气有些软了,说:"那我们组的地分给别的组,群众能同意吗?"

刘国民说:"咋就不同意呀!下大雨的时候,你们地里的水不往沟里放啊?要是不放那就别分你们组的地,水进排干里一滴,你们也得淘出去,不信试试。"

留留说:"那水不进沟子进……进哪里呀!它乐意往里流有啥法呢,我……我……我们也不是故意放的。"

刘国民瞪着眼睛说:"你们还讲不讲理呀,排水沟把你们的地空出来,你们种上好地了,分你们点地还不行?对,你们地里的水不兴往沟子里放,进来一点也不行。"

李强一挥手说:"行了,村里会拿出办法,我们不能只听一个或者几个人的意见,这个要听群众的意见。好了,你们都回去吧。"

有几个人已经走了,是随着他们来的,刘国民听李强这么说,也没有话说了,看看人们都走了,也跟着出了大会议室。

孙小龙一看也站起身来,说:"到时候可得给我们分合理了,否则我们组不答应!"

人们都走了,李强没有胃口,回到自己的办公室,打开抽屉拿出规划图看起来。

奶豆腐进屋对李强说:"你别听他们扯犊子,他们早就商量好了,等李老板一到就来闹,想给搅黄喽!别管他,吃饭去,都等着你呢。"

李强笑了,对奶豆腐说:"这些人怎么就和这正经事作对呢,我真有点不明白,看着都是很好的一些人,为了个人利益就没有原则。我都不想吃饭了,没有胃口。"

奶豆腐说:"人家李老板等着你呢,不光是为喝酒吧。"

李强一拍脑袋,说:"哎呀!快走!"

几位师傅在保养机车,周围有很多儿童和群众在看。人们还没有看过这么大的抓沟机,所以感到很新奇,议论着,说笑着,显得都很高兴。

老支书双合尔也来了,李福老人也来观看。

双合尔问修车师傅:"师傅,这个机械一天能挖多少方土啊?"

师傅说:"老爷爷,你没见过吗?"

双合尔摸着抓沟机说:"见过,可是没看过它干活,是不是快啊?"

师傅耐心地说:"这个机械每小时能挖三百方土,就你们这个工程也就是七天的时间,一星期就能完成。"

双合尔和李福老人都很吃惊。双合尔问:"能不能用它修路?我是说一边挖出沟一边修路?"

师傅一听明白了,说:"你是说我们在挖沟子的同时把田间公路修出来?"

双合尔说:"对呀,把土放到一边,路不就出来了吗?"

师傅说:"能啊,这不影响进度,把土放到一边就行,再用车把它压一下。你们李村长已经这样布置了。"

双合尔听师傅这么说,高兴地对李福说:"听着没有,这小子有脑子,想得周全。"

李福有点怀疑地说:"你说这家伙真的有那么大的威力?一会儿我得去看看,你去不去?"

"当然去了,我还没有看过这家伙干活呢。"双合尔笑着说。

师傅对双合尔、李福说:"你们要是去看,一会儿就坐我们的车吧,可以坐在车里看个明白。"

双合尔说:"影响你干活吗?"

师傅说:"不会的,驾驶室里很宽敞,冬天暖和,夏天凉快。"

双合尔问师傅:"你们啥时间走,我去取衣服来得及吗?"

师傅一边打黄油一边说:"来得及,快去吧,我等你。"

李强、阿斯根和李长玺等人来到挖沟子的地方,李强指挥着,李长玺拿着小旗立杆,阿斯根抱着小旗杆往前送,还有几个群众也在拿铁锹挖土堆。不多时,抓沟机开来了,上面坐着两位老人。车开到要挖沟的地方停下来,两位老人下了车。李强过来安排师傅怎么干,之后又来到两位老人的前面。

"爷爷,李爷爷,没有见过怎么挖沟子吧?"李强问。

双合尔说:"可不是嘛。我只是听说过,可是没有见过它怎么干活。我说强子,你小子动静搞得挺大呀!"

李强对双合尔说:"爷爷,排干挖完就是一条大河,排水快,空水

快。"

双合尔笑了，说："还能在边上修路，一举两得，你是怎么想出来的？哈哈，行！"

"爷爷，你不知道吧，连过水的涵洞也都修出来。这样人家省工，我们也省钱，工期还短。"李强很认真地对双合尔说。

"是吗？这么说有十天半月工程就完了？"双合尔问。

"可不是嘛，也就是个十天八天的，之后我们就可以规划土地。"

双合尔说："赛马途上知俊马，摔跤场内识好汉。你小子真有恒劲哪。人们种上新分的土地，多打了粮食，他们就会知道谁好谁坏了。"

一阵轰鸣，机器开始挖沟，一会儿就挖出一个大坑，李强长长地舒了一口气。人们远远地站在一边看着、说着，还有人抓起草炭土看。

双合尔抓起草炭土递给李福，对他说："我说老哥，这比那不好的土粪都强，那沙土地里要是上了这种土，肯定有劲。"

李福说："以前我们就用它铺过地，压过沙子，比上粪还有劲。自从修了水库，这上就不让人们挖，这回就好了。"

前来看热闹的大人小孩都有，跟弟也来看挖沟子。当她看到挖出来的是草炭土，又用一个小塑料袋装了一点，人们不解地看着她。

不一会儿抓沟机挖了十几米，深深的大沟出现在人们的眼前。

官布对双合尔说："你说这个家伙怎么这么有劲哪，一会儿工夫就开挖这么长的大沟。这回下再大的雨也不怕了。"

李强不时地指挥着司机，叫他挖土和放土。还有几个人在前面立标杆，指示方向，一片热闹的场面。李明远也在现场指挥着机车干活，看到抓沟机开出十几米远，就放心了，走到一边拿出手机说："喂，小丽呀，是我。你知道我现在在哪吗？啊，你猜呀。"

梁小丽一边整理文件一边接电话，面带微笑地说："我知道你现在在什么地方。对，一定是动工了，要不你是不能给我打电话的。我是谁呀，怎么样，我猜得对不对？"

李明远说："是不是有人告诉你了？"

梁小丽有些不快地说："你当我是谁呢，还要用人告诉，那就不是我了。我还知道你就在现场，机器已经干上活了，要不你哪有闲心给我打电话呀。"

　　李明远这才知道梁小丽是多么的聪明,想到这心里是一阵高兴,觉得追这样的女人真是幸福。

　　李明远笑了,说:"算你猜对了,可是你知道这有多少人在看吗?"

　　梁小丽笑着说:"那个地方是农村,一般没有大的机械去作业,这么大的一个工程,而且又是一个他们都关心的工程,我想人肯定是不少,都在那儿看热闹。我说得对不对呀,我的李老板。"

　　李明远真的服了,他用十分亲热的口气说:"我说你就是个人精,怎么什么事都知道呢。不管谁和你过日子,得叫你卖了,还得帮你数钱。我都有点怕你了,真的。"

　　梁小丽听李明远这么说心里很高兴,也为自己的聪明而沾沾自喜,就对李明远说:"好好干吧!等你回到双青,你得请我吃饭,请注意是你请我吃饭,不是我请你,这是对你的恩赐,懂吗?"

　　李明远一听梁小丽这么说,心里很高兴嘴上却说:"你看我这命啊,遇上你就遇到骗子了,里外你都不让我省钱哪。好吧,我只好等着挨宰了,还得自己把自己绑在案板上让你用刀刮,嘴里还得说真舒服。"

　　李明远的一番话说得梁小丽大笑起来,说:"好吧,你就等着我收拾你吧,到时候你别哭就行。好了,有人来了,先挂了,拜拜!"

　　李明远高兴地说:"好吧,等着你收拾,看你能有什么样的高招收拾我,再见。"

　　李明远打完电话脸上还挂着笑意。这时李强过来,就问:"和谁说话呢?这么高兴啊。是不是你的对象啊?"

　　李明远也不隐瞒,说:"还真叫你猜着了,就是我的对象。"

　　李强明知道,还是问了一句:"谁呀,一定是个大美人吧。"

　　李明远想了一下说:"这个人你知道,是梁小丽,她可是一直都在追你,要不是你有杜萍,我可就得不到她喽!"

　　李强说:"怎么可能呢,我一直把她当妹妹看。你们好好地处吧,小丽是个好姑娘。你别错了主意,我说的是真心话。"

　　李明远听李强这么一说,也觉得他说得对,而且很真诚,就直言不讳地说:"其实你也知道,给你们干这个活,主要还是梁小丽的意思。要不是

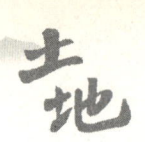

她,我不一定能干。不过我看你也是个很有修养的人,给你这样的人干活我心里痛快。一般人小丽看不上,她那么敬重你,可见你的为人。你这个朋友我交定了。"

李强诚恳地说:"我真的希望你能当上我的妹夫,对你们交朋友我是非常支持的。"

两个人都很坦诚。

李明远为难地说:"可是小丽她不吐口,就这么不远不近的,你得帮点忙,她就听你的。"

李强拍拍李明远的肩膀说:"别急,慢慢来。"

说着两个人向机车的方向走去,看热闹的人们也渐渐散去。

几天的时间,主排干已像一条大河出现在大甸子上,远远看去,平坦的公路、笔直的排干很是壮观,令人振奋。

一辆小车停在新挖的排干边上,包书记和陈乡长从新修的田间公路走过来,李强和阿斯根在一旁跟着。

李强说:"再有几天工程就完了,之后我们就把各家的地分成大块。按照明海书记的指示,要求群众都种稻田,我看不成什么问题。"

包世达看着排干干渠说:"真气派,连我都没想到能把工程做到这么好,这么快。明海书记说帮助你们解决电的问题。你要是真的弄成水稻产区,那可是对全县的一大贡献。好,就按你的想法干下去,还有什么要求提出来,乡里会想办法帮你解决的。"

机车在继续作业,村委会的干部在现场,一帮工人在往地里卸水泥管子,是支渠过道用的。大排干上的第一道涵洞已经修了一座,人们站在上面看着。沟岸上的公路已经成形,一个推土机在修路。包世达、陈乡长等人站在公路上向远处看,不断地用手比画着。天色已晚,工人们都坐着李明远的拉油车、小车回来。李强、阿斯根和李明远在阿斯根的办公室里洗脸,每个人的身上都是泥,又到走廊里扫身上的土。

李明远笑着说李强:"李村长,这几天看着你就像三十几岁的人,晒黑了不少,杜萍要是见了,还不得和你拜拜呀!"

李强和李明远熟了,说话也随便,说:"这你就不知道了吧,杜萍要是看着我这黑样,说不定更喜欢呢,黑点显得结实。"

阿斯根点上一支烟说:"现在的年轻人真不知道是怎么想的,有的头发留得很长,像个女人,可是有的小姑娘就喜欢,你说怪不怪,真是萝卜白菜各有所爱。"

李强和李明远两人一听都笑了,李明远说:"那叫做个性,有个性才有人爱。岁数大的人不懂这个,更不喜欢这个。"

李强洗完脸说:"今天我有点累了,吃完饭可要好好睡一觉。晚班的作业,有个两趟就行,别让他们挖错了位置,不用下管子,等明天再下也来得及。"

阿斯根说:"要不我晚上在那看着,李老板也休息吧。"

李明远说:"就是你看着我也得在现场,万一有个什么事还得找我。我们施工都是这样,一般离不开车。"

阿斯根伸了一下双臂,显得很疲劳,说:"那行,我晚上也不去了,在家休息。"

李强说:"走吧,吃饭去。包叔累了,晚上多喝点酒,回去好好睡一觉。你整天这样干,别说是这个岁数,我们几个年轻的都要顶不住了。"

李明远说:"你也是太认真,有他们干就得了呗。"

阿斯根说:"就这个干活的命,在家待着身上还难受。"

晚上八点多钟,孙贵的家,赵玉柱、朗鑫和刘国民都在。赵玉柱和孙贵在炕上坐着,朗鑫和刘国民在地下的桌子边喝水,都有点不高兴。

孙贵下地来回地走着,说:"看来怎么整也挡不住他们挖沟子开地了。我说刘国民,你就那么轻易让李强说回来了,不整出个一二三来?咱们原来白种的那些地可就完了,再也没有那便宜事了。"

刘国民无可奈何地说:"不回来还咋的,我还有啥说的呀,大伙儿哪有不同意分地的呀!再说了,大排干的作用谁不知道,能有人反对吗?"

赵玉柱低着头说:"我们原来的那些计划都算是白费了,这个水库十多年了,一下被大排干整没了。我是没法了,你们有高招就想吧。还有,开沟子的工钱说是要用小坨子地给,找你了吗?"

朗鑫一直听着他们说话,也没吱声,低头抽烟。听赵玉柱问,朗鑫吸了一口烟说:"再整那小儿科的招没有用了,就得来点真的、实的,否则是不行。打小坨子的主意?那地是有承包合同的,他们说给谁就给谁,门儿都没

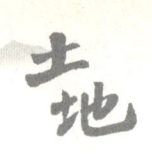

有。他们敢动,我和他们拼了!"

赵玉柱说:"说了半天,什么是真的、实的呀,你也没说出个一二三来呀!"

孙贵也说:"依你说该怎么办呢?"

朗鑫笑了,冲着赵玉柱、孙贵说:"你们这当过干部的还不明白嘛,这地要是开发出来,是不是有两个分配方法,哪一个方法对我们有利,这就是问题的根本。"

孙贵听朗鑫这么一说,想了想说:"你这么一说,我就明白了,那分地的方法只有两个,一个是承包给个人,另一个就是平分给群众。如果是承包给个人,我们就有机会了。一般人想要承包拿不出钱来,拿出钱来的承包就得便宜,地到手了再承包给群众,那就是我们的天下了,就有钱赚了。"

朗鑫得意地笑了,看着赵玉柱说:"要不说还是当过领导的人头脑精明呢,这不就是真的、实的吗?老是跟在人家的屁股后头,到啥时候都是屁也捞不着。老赵,你说是不是这么回事呀?"

赵玉柱有些不服气地说:"那是你想的,要我说你就是有再多钱可能也承包不着地,不信我们就打赌。这种事你得分人,摊上李强这么个主,你就是想整都是白扯,你怎么算都不如他的不算。这都多少事了,我算是领教过,拿他没有什么办法。"

朗鑫又说:"这个村也不光是他一个人说了算,那不还有书记嘛。我们为什么不和书记靠近呢?活人还能让尿憋死啊!"

赵玉柱说:"那你就试试吧,看看能不能有效,光说不行,那得来点实的给我们看看,整成了我服你。"

刘国民说:"朗鑫说得对,我们就是不让他们平分土地,有多少钱都用上,不行贷款,手里有了地就主动了。"

几个人你一言我一语地嘀咕着,没有散去的意思。

朗鑫回到家里,芳芳已经睡下了。朗鑫进里屋看看,又出来坐到沙发上,喝了一口水,拿起手机给方志南打电话。

朗鑫说:"喂,方主席吗?我是朗鑫。睡觉了吧?"

本来方志南已经睡下了,拿过手机一看是朗鑫的电话,就起来到外屋客厅接,说:"是我,可不睡下了。这么晚打电话有事吧?"

朗鑫说:"有这么个事,百泉沟村里已经把排干渠都挖出来了,下一步就是分地,你看我们怎么办哪?他们的意思是把地分给群众。对,水库的合同我没有再续,那水一放鱼就没了,没有原来那么深,养鱼也没有太大的收入。现在排干渠要挖完了,我看排干比原来泡子的底还深一米多,都成了地。"

方志南用一只手拿起烟盒,抽出一支烟来叼在嘴上,又用打火机点着,吸了一口说:"要是那样的话,那还包啥。"

朗鑫说:"今年的苇子钱和小坨子地的钱,过几天给你送去。对了,村里要收回小坨子的地,还要冲我们要钱。我看李强的意思是找法院。"

方志南脸色很难看,对朗鑫说:"我们不能上法院,大不了就花点钱,解决他得了。村上不承认合同也不行,那是过去承包的,这个你要顶住。他们找你了吗?"

朗鑫说:"还没找我,沟子要开完了,估计快。"

方志南吸了一口烟说:"水库放就放了,每年也就收个七八万,小坨子的地可就不一样,一年七十多万元哪,说什么也不能让他们要回去。你想办法,别怕花钱,没有整不明白的事。"

朗鑫说:"小坨子地的事等他找我再说吧,我想先通过书记把新开发的地承包过来,给他准备了五万。"

方志南说:"办正事那就得豁出来,怎么也得二十万,要不他能给你使劲呀!"

朗鑫迟疑了一下,说:"那就给他二十万。我想从阿斯根下手,李强是不行,整不了他。"

方志南说:"小坨子地的钱先不用给我拿来,什么时候都行,不要让别人送,这种事别人不能知道。我看下一步主要就是土地,开发出来的地我们要拿到手上。你说得对,李强不好办,那就打书记的主意,多花点钱。你就给他二十万,我就不信承包不着地。有了地,我们就有钱了,也有了权,到时候小坨子的地也好办。你先这么办着,其他的事我再想办法。"

朗鑫说:"我明白了,还有别的事吗?"

方志南看看卧室的门,说:"没有了,事要做的严密点。好,我挂了,有事打电话,我的手机从不关机。"

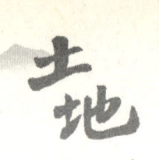

方志南打完电话,又倒了一杯水,打开电视,没有了睡意。

来顺家,一家三口人都在吃饭。

来顺父亲一边吃饭一边问:"你在朗鑫那干了这么长时间,他给你工钱了吗?"

来顺扒了一口饭说:"工钱给了,交给我妈了。我们干的活倒是不累,就是没有什么正经活,各村跑跑。前几天,前街的李小兰让我给她打听秋菜的货源。她说想让我和她合伙做秋菜的生意。我说这事得问问你们,她还在等我的信呢。"

来顺的父亲放下碗筷,说:"我看小兰那孩子不错,你和她合伙做生意行。"

来顺说:"爸,她的姑姑就在县里的菜市场批发菜呢,她有这个有利的条件,看我总是往乡下跑,所以就想和我联手。你们看这事要是能行,那我就给她回话。"

"干,就和她干,别给朗鑫干了。你知道人们都说你是啥吗?说你是朗鑫的狗腿子。"来顺的父亲说。

来顺的母亲说:"我看小兰子可是个好姑娘,她要和你合伙,最起码就是对你有好感。咱们干,你给她回话吧。"

来顺说:"那我明天就给她打电话,怎么合作让她定,这样行吗?"

"行,听她的,那孩子有经验。"

这时窗户外面有人叫来顺:"来顺在家吗?"

来顺一听是朗鑫的声音,就对爸妈小声说:"是朗鑫,我出去一下,你们别动。"

来顺出来一看果然是朗鑫,就问:"大哥,你找我有事吗?"

朗鑫一挥手,说:"走,到车上说,我求你点事。"

来顺和朗鑫上了车。朗鑫开着车说:"我有个小事求你一下,你跟我到阿斯根家去一趟,到那以后你把他叫出来就行,等他出来以后,你就走着回家,我要和他说点事。这个事你能办到吧?"

来顺说:"那我怎么说呀,就说是你要找他,叫他出来一下?"

朗鑫白了来顺一眼,说:"你那么说他能出来嘛,就说是你的表哥找他,在外面等着呢。他一出来我就把他拉住,你就可以回家,这还不行吗？"

　　来顺只好答应："好吧，那我试试，可别让阿书记生气，那样可就不好了，过后还不得说我呀！"

　　朗鑫笑了，说："你放心，我找他是让他高兴的事，说不定他以后还会感谢你呢。"

　　说着话已经到了阿斯根家的大门口，朗鑫把小车停在一边，自己下了车。来顺说："那我进去了，就按你说的做。他要是不出来，你可别怨我。"

　　朗鑫不高兴了，说："你小子这么磨叽，去就得了！"

　　来顺有些不情愿地进了阿斯根家，敲门就进屋，阿斯根已经吃完饭，正躺在炕上看电视，看见来顺进来忙坐起来。

　　阿斯根说："你小子怎么有空串门儿？来，快坐下，坐这来。"

　　来顺也不坐下，说："我不坐了。我表哥找你有点事，在大门外面，他不好意思进来，让你出去一下。"

　　阿斯根问："谁呀？谁是你表哥？让他进来呗！"

　　来顺说："他说不进来，让你出去一下，有点事。"

　　阿斯根觉得奇怪，心想这是谁呢，还不敢进屋，就下地穿鞋，跟着来顺出来。

　　朗鑫已经等在一边，看见阿斯根出来了就迎上前，说："是我，包书记。我有点事找你，在你家里说不太方便，所以就让来顺请你出来谈。我们上车说吧。"

　　阿斯根看着朗鑫，说："什么大事呀，还搞得这么秘密，就在这说呗。要不到我家里说，家里也没有别人，就你婶在家呢。"

　　朗鑫拉着阿斯根上车，说："走，到车里面说吧，这里头暖和，别人又听不见。"

　　阿斯根上了朗鑫的车。朗鑫把车往前开到村西大柳树下。

　　阿斯根不解地看看朗鑫，说："啥事呀，这么保密？你就说呗。"

　　朗鑫拿出烟给阿斯根点着，之后又给自己点着。朗鑫吸了一口烟，说："其实也不是什么大事，对你来说更是小事一桩。是这样，咱们村里不是要开发红旗水库吗？我想承包一千亩地，当然了，多点更好。这不想求你嘛，

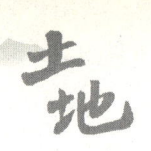

在你家里说，我怕托娅她们娘俩不高兴，所以就把你找出来了。你看这事行不行？"

阿斯根摇摇头说："这事可不行，开发之前村里就已经和群众说了，这地要分给他们，不然我们费这么大的劲开发它干啥呀？到时候地不分给群众，那大伙儿也不能答应啊！不行，这事可是不好办。"

朗鑫偷着看阿斯根的脸色，说："阿叔，你先别说不行，事在人为，村里还不是你说了算吗？你要是不同意分，那其他人还有什么说的，李强还不得听你的嘛。群众的地分完了，剩下的地就不用再分，到时候承包给谁，不就是你的一句话嘛。"

朗鑫从旁边的包里拿出来一纸袋钱递给阿斯根，说："阿书记，这是一点小意思，你先拿着，少了点，先给你拿二十万，事成之后我再给你，你在承包费上照顾我点就行了。"

阿斯根用手掂了掂，语气很冷地说："钱是好东西，可是我不能要哇！别说是不能对外承包地，就是对外承包，我也不要你的钱！你小瞧我了！做人得有良心，为了点钱就出卖群众的利益，我们老包家可没干过那损事。送我回去！"

朗鑫愣住了，说："包叔，你看你……"

阿斯根严厉地说："送我回去！"

第二十章

排干渠工地上,抓沟机轰鸣。在朝阳的映照下,挖出来的排干渠和新修的公路很显眼。挖沟机在纵横交错的排干渠对比下,远远看去显得很小。李强、李长玺、阿斯根等人,太阳一出就来到工地,站在新修的公路上,长长的背影把整个排干工程罩住。

李强对李长玺说:"今天你还是看住坡度,我张三哥立标杆。阿书记太累了,让他多休息一会儿,年龄大了,有点顶不住,我们几个年轻的多干点。"

张勇说:"运水泥管子的几个人谁来管?"

李强说:"李明远负责,他们不按出工算,算是雇工,一天给五十元。"

"你们几个也计一下工,长玺哥你来记吧。我白干活行,你们不能白干,将来从上级给的补贴里支付。"李强说。

吴江家院子很大,由于养花,前后两个大棚占去一大半地方。吴江正在棚子里和跟弟给新栽培的花换草炭土。两人忙得满头大汗。跟弟拿着毛巾擦汗,擦完了又给吴江擦。因为吴江的手上都是土,没有办法擦,跟弟趁这个机会和他亲近。吴江回头看没有别人,就用胳膊把跟弟搂起来,跟弟也不躲,笑眯眯地等着吴江来亲她。吴江正要亲跟弟,手机响了,吴江也不顾手机响亲跟弟,可是手机响个不停。跟弟挣脱吴江,笑着说:"你咋不接电话呢,都响了半天,办正事。哈哈!"

吴江不高兴地说:"谁呀,来电话也不找个时候,打起来没头了,不知

道人家有事。"

跟弟笑着说:"啥忙事呀,一会儿你和打电话的说,敢不敢?"

吴江一看电话说:"你别吵吵,是孙小龙的电话,可能有事。"

"喂,小龙呀,找我有事吗?啊,我正干活呢。啥时间哪?这会儿,中午不行吗?那好吧,我这就去。"

吴江对跟弟说:"你等一会儿,我一会儿就回来,估计也没有什么大事。你等着,我刚才还没亲完呢。嘻嘻!"

跟弟假装不高兴地说:"去了你就别回来,我自己干,省得你老是亲我。"

吴江笑着说:"咋的,你不愿意呀!前天我没亲你你就不高兴,你当我不知道哇。"

跟弟脸红了,说:"唉呀,你怎么尽乱说,快走吧,不用你了。"

吴江洗洗手骑上摩托车走了,跟弟看着吴江远去开心地笑了。

红旗水库的工地上,一条大排干和二十个支渠已经成形,机械在很远的地方作业,有几个拉水泥管子的人忙碌着……

包书记和李强、阿斯根等人在排干边的新公路。包书记看着已经成形的排干说:"好,太好了,一天一个样,是个大手笔。你们完工后先做什么?"

李强说:"先把地分给群众,同时规划土地,使各家的土地连成一片,我们的计划就实现了。"

包书记指点李强:"要想土地连成片,得有人在中间做工作,因为过去大家的地很零散。个别群众不想费事,不看长远,找几个有威望的人说一下可能会好些。"

李强点头说:"嗯,那我就按你说的找几个人。"

包书记说:"走,我们到前面看看。"

吴江回到家看见跟弟还在给花换土,满脸的汗水,看起来很可爱。

跟弟问:"孙小龙找你什么事呀,怎么去了半天?"

吴江支吾地说:"也没有什么正经事,你别问了,他不让往外说。"

跟弟放下花盆站起身,撅着嘴说:"啥秘密的事不能和我说,看来你也没拿我当自己的媳妇看待。这还没过门呢,要是过了门,那还不把我当成奴才呀!"

吴江犹豫了一下，说："那你可别回家说。孙小龙要我和强哥说承包地嘛，想通过我给强哥送五万元钱，我没有拿，只是答应给他问问。我们俩不是铁哥们儿嘛，你说这事要是不答应他也不够意思，再说就是问问，也没有什么大的责任。"

跟弟说："我想起来了，听我妈说要往外承包地，是不是真事还说不准。我看你还是先问问强哥有没有这回事，这可能对强哥有好处。至于孙小龙承包地的事，你也别管。他的钱更不能拿，你可不能上他的当啊。"

吴江着急地说："那我这就去找强哥，剩下的几盆你整吧。"

跟弟挡住他说："你听风就是雨，说去就去呀。人家都上工地了，能找到人嘛，还是晚上再去。等我回家了你再去，剩下我一个人在家不得劲。"

吴江说："行，那我听你的，在家陪你，好让你心里头得劲。要不你晚上走了，我的心里也不得劲。"

跟弟笑了，说："这还差不多，好不容易到你家来，你还不在家，来得多没有意思。"

吴江问："你上这儿来你妈还挡吗？"

跟弟说："自从咱们挣了钱之后，她不说了，她也看出来这是一个来钱的道。前几天我一直没来，她还问我花怎么不整了。我不急她还急了。"

吴江很有信心地说："等我们挣了大钱，她就该说我们好了，我们想结婚她就不挡。"

"你说老徐大叔还不上我们家去，真要和我妈黄了。这两人谁也不理谁，我干着急没有办法。"跟弟有点不高兴地说。

吴江想了一下说："我有个办法你看行不行。我知道老徐大叔是十一月三日的生日，那天咱们俩去给他过生日，到那时找机会说说，看看他有啥表现。"

跟弟一听高兴了，说："行，我看行，咋的也不能把我赶出来吧，我一去他就知道咋回事了，东西我买。"

晚上，李强家，李大路和其其格吃过饭坐在炕上看电视，电视正在播出县内新闻。

李大路很激动地说："哎！你过来，你看这不是播咱们村吗？你看看，那不是抓沟机在挖排干渠吗？那个是李强吧？"

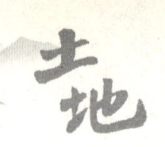

其其格细看,说:"可不是强子咋的,就是他,还有阿斯根、李长玺。哎,还上电视了,看来县里对咱们村里的事还很重视。"

二人正看得高兴,吴江从外面进来,看见二老正高兴地看电视,也坐在炕上看起来。其其格看见吴江来了,就指着电视说:"吴江,你快看,这不是咱们村里挖沟子的新闻吗?你强子哥他们都在里面呢。这是谁照的呀?"

吴江说:"前天电视台来人拍的。"

李大路说:"你亲眼看见了?"

吴江说:"我们一帮人都去看了,这时候哪儿要是有个新鲜事,都能上电视,这有什么稀奇的。哎,我强哥还没有回来?他知道不?"

其其格看看墙上的钟,说:"他也该回来了,要是以前早就回来了,是不是也在看电视呀?"

电视里播音员的声音:"太平川乡百泉沟村,今年的农田基本建设规模大,时间长。以开发万亩稻田为中心,实施排涝系统工程。这一工程的实施将彻底改变过去雨大就涝的现状,也会使百泉沟村的地从沙坨子上退下来,使沙化的坨子得到治理。这项工程,将会对这个村子的生产生活产生很大的影响……"

李大路这才问吴江:"你小子咋这么闲呢,找你强哥有事?"

吴江没事似的,说:"没有,我就是闲串门子,时间长了不和强哥扯一会儿就觉得缺点什么似的。"

其其格笑着说:"人家那哥儿俩好着呢,几天不见就不行。你就等一会儿吧,他也该回来了,先坐这儿看电视,喝点水不?"

吴江说:"我不喝茶,喝凉水,我看电视等强哥。"

说着话的工夫,李强从外面进来,看见吴江在就进父母这屋,问:"吴江什么时候来的?"

吴江说:"我刚到不一会儿,刚才我们看新闻了,你在村里看了没有?"

李强很高兴地说:"看了,我看完才回来的。看来县里还是很重视的。"

李大路问:"今天工程完工了吗?"

李强说:"明天工程队的人员和机械就撤回去,活已经完了,就剩下测量土方数和计算涵洞的工程量。"

吴江说："一共用了多少天？"

李强说："从机械进来到明天一共是七天，整个施工时间就是六天。我们省工，他们也省钱，工程搞得很顺利。"

吴江看看李大路、其其格说："强哥，到你屋子里待一会儿？"

李大路说："去吧，你们年轻人能唠到一块儿。我们看电视剧。"

李强不知道吴江有事，还以为他闲串门子，进屋打开电脑，边开机边问吴江："你们不说要换花的土嘛，换了吗？"

吴江说："全换完了，这回我这花肯定能长得好，病害会少很多，土干净，还有劲。"

"这回跟弟她妈不挡了吧！好好干，刘兰英上哪找这样的好姑爷去，以后还得说你好呢。"李强说。

吴江说："强哥，你说这大小排干渠也挖完了，是不是得分地？"

李强回头看看吴江，心想他问这个干什么，是不是他爸爸让他来问这事，李强心里画个问号。

李强有意地说："看来你很关心开发出来的地呀。你问得好，这地怎么处理呢？这可是全村人都关心的事。那我问你，如果你是村长，这个地你会怎么处理？"

吴江想了一下说："要我说那就分给群众。原来我们争取开发水库的时候，就是这么计划的，要是不兑现，群众可能不会同意。当然了，村里是什么意见，这我可不知道。"

李强很肯定地说："村里的报告上写的就是分给群众，那就是村里的意见，还能有别的意见吗？"

吴江听李强这么说，低头想孙小龙说的话。

李强半天没听吴江说话，抬起头问："吴江，你是不是有事来找我呀？有事你就直说，和我还绕圈子，有什么不好说的事？"

吴江说："是有点事……"

吴江走了，李强久久地站在院子里想吴江说的话。回到屋里，李强关了电脑，没有关灯就躺在床上，看着天花板出神。李强翻过身还是睡不着，吴江的话在他的耳边响起。

土地

村委会，量土方的人们都回来，大伙儿在大会议室休息，李明远在李强、阿斯根的办公室喝水。

李强对李明远说："这回挖沟子的土方数出来，总的投资就算出来了，合计是四十万。现在就差给你那一千亩地了，你等几天吧，我们还要和朗鑫交涉一下。你别担心，没有问题。反正也到冬天了，你暂时也种不了。过几天我给你打电话，咱们当面丈量土地，再把土地承包合同签了。"

李明远说："行，就听你的安排吧！今后我可就是你们村的人，每年还要到这来种地，也许会委托你们把地承包给群众，希望二位以后多多帮忙。"

阿斯根说："我们得感谢你，要不是你的帮忙，我们的工程还不知道什么时候能完成。你就别客气，以后种地什么的，需要村里你就吱声，跟我和李村长说都行，我们会全力以赴地帮助你。"

李强一脸的感谢，说："我真的没有想到会这么快完成这个工程。今天就住下，晚上好好地招待你们一顿，明天早上再走。"

李明远握着李强的手说："不了，我们这就走。刚才梁小丽打来电话说，她在双青已经定下饭店，晚上就不在你们这吃了。过两天我不是还得来丈量那一千亩地嘛，那时候再喝吧。"

李强看着李明远笑了，说："那我不和小丽争了，我可争不过她。下星期地的事差不多能解决，你等我的电话吧。"

李明远也会意地笑笑，说："好吧，再见！"

司机们都上车了，大伙儿挥手告别。回到屋里，李强对阿斯根说："看来我们得找朗鑫马上解决小坨子地的问题。这也是大伙儿所期盼的事。那可是六千亩地，和开发的地面积一样大。咱们还是先开两委会，研究一下方案，大体上拿出意见来。"

阿斯根点头说："行，抓紧定下来，好给人家兑现工钱。大伙儿都在看着这个地呢，我看晚上就开会，人齐一些，长玺通知一下吧。"

李强冲外屋喊："长玺哥，你过来一下。"

朗鑫家，大院套，分前后两个院，前院是他们自己住，后院是给抓鱼和工人住，还有几间仓库，一辆八零二拖拉机和一辆面包车停在后院，两只狼狗拴在靠仓库的墙跟下，看见有人进来，汪汪地叫。阿斯根、李强和李长玺几个人一起来到朗鑫住的前院，朗鑫不在，只有他媳妇芳芳在家。屋里布置得很华丽，芳芳也穿得很洋气。她看见书记、村长来，不愿意理睬的样儿。

芳芳也不看谁，说："都坐吧，你们来找朗鑫？"

阿斯根说："对，我们是来找朗鑫的，他去哪了？"

芳芳往外看看说："去收小杂粮，跟大车走的。"

李强说："他没说什么时候回来吗？"

芳芳说："他哪儿有个准，兴许回来，也兴许不回来。给他打电话吧，我这有他的手机号。"

说着芳芳把名片递给李强。

李强用手机拨号，通了，电话传来声音："喂，你谁呀？"

"我是李强，你是朗鑫吧。"

"我是朗鑫，咋的，你打电话有事呀？"

"有个事想和你说一下，我想明天和你了解一下小坨承包地的事，你明天下午到村里，我们一起协商。"

"小坨子地的承包期还没到，有啥协商的。我现在也没有空！"

"你要是不来，那我们可就要起诉你，别说我没告诉你。"

"那么就后天吧，我后天有空。"

"那好，就后天，你要是不来，我们就不和你协商。"

李强关上手机又对芳芳说："如果他回来，你再和他说一下，后天下午他要是不到村里研究小坨子地的事，我们就起诉他。"

芳芳说："我说不了他，一会儿我再给他打个电话。"

阿斯根说："那我们走吧。"

留留家里，留留媳妇三胖在炕上打滚，肚子痛得唉呀唉呀地叫着。

留留领着苗青青和张志明匆匆进屋。苗青青上前检查了对张志明说："肚子痛得这么厉害，又不是阑尾的位置，可能是宫外孕，得赶紧送县城医院，乡医院也做不了这样的手术，赶紧找车吧。我先给她打一针，大哥你快去找车。"

留留跑着来到朗鑫的家里，急急忙忙地进屋。朗鑫正躺在床上看电视。留留喘着气说："朗……朗哥快点，三胖病得不行了，大夫说得送县医院，我想让你的小车送一趟，要不来……来不及了，我求求你了。"

朗鑫坐起来，一本正经地说："哎呀，我的车正要去修呢，已经开不走

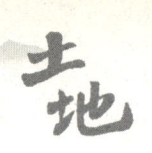

了,明天还得找个车拉着去。你赶紧找别的车吧,可别误了事。"

留留先是一怔,回过神来看朗鑫不理不睬的,跑出朗鑫家。

芳芳见状有点可怜留留,对朗鑫说:"看你,就给他用一次呗,要是有危险可怎么办?"

朗鑫不以为然地说:"那不白给他跑嘛,他哪有钱买油哇!他用别人的车不行嘛,非得我的车,我该他的!"

留留到了王老六家,哀求说:"六哥快……快点吧,我们三胖肚子痛得不行了,我想用你的四轮子把三胖送到县医院,用……用多少油我给你加。"

五老六一听要去县里,忙说:"我的车坏了,挂不上挡。你找朗鑫,他那有小汽车,平时你们哥们儿长哥们儿短的,这事还不行吗?"

留留说:"我去了,他说车坏了,明天还要去修。"

王老六说:"那你还不快点找别的车。我的车真坏了,这可是大事,要不你找前街小宝子车,他那是出租车。"

留留跑到小宝子家,问小宝子的媳妇:"小……小宝子呢,我想用一下车,我们三胖肚子痛得厉害,想……想去县城看病。"

小宝子的媳妇说:"真不巧,他去双青了,刚走不一会儿。你快去找别人家的车吧,要不你就去找李村长?"

留留一听觉得有点不好意思,就对小宝子媳妇说:"过去尽找李强的毛病,还因为卖甜菜把人家打伤了,他……他还能帮我吗?"

小宝子媳妇说:"看你说的,谁像你,人家是一村之长,你的那点小事人家还记仇哇!快去呀,还愣着干什么!"

留留想了一下说:"好,那……那我去试试。"

李强在家里上网,查资料。

留留咣当一声开门进屋,吓了李强一跳。

留留喘着气说:"李村长,可了不得了,我家三胖肚子痛得快……快不行了。苗青青他们说可能是宫外孕,要送县医院。我找了好几家的车,有……有的不在家,有的车坏了,实在没有办法,请你快给我想……想个办法,救救三胖的命吧!"

李强一听,马上站起来说:"好!你等着,我打个电话。"

李强说:"刘峰吗?我李强。你在哪呢?有这么一个要紧的事,留留的媳妇得了病，可能很危险。你赶快来留留的家，我在他家等着你。对，别的事放下，直接到他家。"

李强回过头来说："走吧！我们快到你家去，还愣着干什么呀，快点走！"

留留家里，三胖痛得满头大汗，爹一声妈一声地叫喊着，苗青青和张志明在旁边看着点滴。李强和留留一起进屋看情况。

李强又给李长玺打电话："长玺哥，有这么一个事，留留的媳妇病得很厉害，大夫怀疑是宫外孕，这病有危险。你马上找几个人跟着一起去县里，万一失血过多，到时候没有人就麻烦了。对，越快越好。到留留家，好。"

李强打完电话对留留说："你得多带点钱，可能做手术，省得来回跑。"

留留说："我知道，家……家里的钱我都带上了。"

李强说："那你快找一些换洗的衣服，可能得住院。"

李长玺领着几个人来了。李强看人有些少，又找了两个。这时候刘峰的车来了，车一停下，李强让人们上车，苗青青、张志明和留留一起把三胖扶上车，自己最后上车。

李强说："快开车，等不及，快点，要不可就危险了。"

小面包车冲出村子，上了公路更是跑得飞快。

双青县医院，手术室门外，李强、留留、李长玺等人都在外面等着。

大夫说："谁是病人的家属？"

留留说："我是，怎么样？"

大夫说："病人需要做手术，是宫外孕。这是手术合同书，你需要在这上面签字，另外还要交五千元的住院押金。"

留留一愣，说："什么，五千元？我只有五百。那……那你们等我一会儿行不行，我得去借钱哪。"

大夫说："你先签字吧，然后再去张罗钱。怎么不早来呢，可能是破裂了，有危险。你们准备输血吧。还要把押金钱交上，否则住不了院。"

大夫说完就进去了，留留在那傻了，也不知道该怎么办。

李强看着留留说："你还在这干什么呀？要输血有我们这一帮人，你得去借钱，别的事你就别管了。"

大夫出来了，很着急地说："你们是不是来准备输血的？"

李长玺说："是，怎么了？"

大夫说："你们排队进来，病人需要输血，快点。"

李强排在前头，李长玺第二，其他的几个人也都跟在后面。

采血室里，李强和张小刚的血型对上了。

大夫说："李强和张小刚过来抽血。"

两人进了抽血室开始抽血。李强的脸色一会儿就白了，张小刚还好一些。人们都在手术室门外等着，李强和张小刚也坐在凳子上。门开了，一个大夫先出来，随后几个护士推着三胖出来。

大夫说："病人脱离了危险，现在送病房。你们谁是家属，交一下住院押金。"

李长玺说："家属还没回来，借钱去了，等他回来交吧。"

大夫说："那可得快点呀，要不到病房里领不出药来。"

大伙儿都看着李强，等他拿主意。

李长玺着急地说："留留咋还不回来了，这要是太晚了，我们都回不去。这住院的钱还没交，我们怎么走哇？"

李强低头想了一下，看着李长玺说："我这有一百元钱，长玺哥，你先领着大伙儿去吃饭，我在这等着，回来的时候给我买一个盒饭就行。一会儿回去有刘峰的车。你们去吃饭吧，都一天了，早就饿了。"

李长玺领着其他人去吃饭，李强在医院里来回走着，不时地向外看，可是不见留留的影子。

那个大夫又来了，说："你们怎么还不交押金？耽误领药，住不了院。"

李强很客气地说："马上就来，你们该怎么用药就用吧！我是村长，她爱人去取钱了，一会儿就到，离这远了点，请原谅。"

大夫走了，回头说："快点啊，再等你一个小时，过了时间就不好办。"

李强可真的有点急了，来回地在走廊里走。

留留坐着刘峰车回家，到了朗鑫的家门口，车站下。留留赶紧下车，开门进屋，朗鑫在和几个外地的朋友打麻将。看见留留来，他把牌让给了芳芳。

朗鑫说:"来,你先打一会儿,我有点事,一会儿再来。她比我打得好,小心别让她把你们赢了。走,咱们到那屋。"到了另一间屋里,朗鑫问:"咋样,好了吗?找我有事吧?"

留留有点喘地说:"朗哥,看在我们过去的面……面子上,这回你可得帮……帮助一把了,三胖宫外孕大出血,人是保住了,可……可是那住院费得五千呢,我上哪整去呀?这……这回你可真得帮帮我,要不我就完了。"

朗鑫问:"你是怎么去的双青医院?人不是抢救过来了吗?"

留留不自然地说:"是李村长给我找的车,还给我媳妇献血,要不就救不过来了。"

朗鑫一听就不高兴地说:"那就没有事了呗,就怕去晚了来不及抢救,救过来你还怕啥呀,那不还有李村长吗?"

朗鑫从他的上衣兜里掏出来两百元钱,也不看留留把钱递过来,说:"给你,我就这些钱了,打麻将还是和别人借的呢。这是我才赢的两百元钱,给你,别的我可就没有办法了。"

留留看看朗鑫,说不出多难受,还是接过了那两百元钱。

朗鑫又回去打麻将。芳芳问:"是不是又找你借钱来?借给他多少?"

朗鑫说:"两百,给他了,他还能还我?穷得穿不上裤子的手,借多了怎么和他要,家里啥也没有。"

打麻将的小伙子说:"两百就一把炮呗,来,还得你上来,让嫂子做饭吧,要不就去乡里吃,反正是你做东。"

芳芳嘴一撇,说:"你们打麻将让我做饭,想得美,上饭店吃去,有三百元钱够你们吃了,朗鑫你多赢点。"

留留回到车上,刘峰问:"借给你多少钱?够不够住院?"

留留低头说:"就给我两百元钱,连吃饭钱都不够。"

刘峰着急了,说:"那还上哪去借呀?我们得抓紧哪,李村长他们还在那儿等着呢,天都快黑了。"

留留低下头说:"还上哪儿?我也没有地方。我爸妈家他们两口人的日子比我还难,我从来都没给过他们钱,也没有脸去和他们借,再说他们也没有钱。我只有今年卖甜菜挣点钱,都还债了,剩下五百元钱我都拿来了。得了,我们回医院吧,还得找李村长,别人都不行。"

刘峰开着车飞奔而去。

李强、张小刚、李长玺等人都在医院里，急得团团转，看见刘峰的车回来，人们都围上来。

李强问留留："怎么样，钱借到了吗？人家医院可是问我好几遍了，要是再不交钱，可就不让三胖住院，到现在药还抓不出来呢。"

留留低着头说："我就借着两百元钱，是朗鑫给我的。别的地方去了，也没有人借给我。我的父母家比我还穷呢！我实在是没有办法，不让住院我们就回家吧。"

李强急眼了，说："你说什么？刚做完手术你就让她回家，还要不要命了？你平时的能耐都哪去了？不行，得想办法，大伙儿看看身上都有多少钱，都掏出来。"

大伙儿往外掏钱，总共凑起来一千两百元，李强一看，想了想就拿起手机拨号："喂，王经理吗？"

"我是，李强吧，怎么这个时候给我打电话呢？"

"你在哪呢？"李强问。

王申在和陆总等人吃饭，说："我在省城和老朋友吃饭。有事吗？"

李强笑着说："没有什么事，想给你打个电话。好了，不打扰你，陪客人吃饭吧。"

李强又给梁小丽打电话："喂，小丽吗？我是李强，在双青，中午来的。"

梁小丽笑着说："找我有事？今天有机会请我了吧！"

李强很着急地说："小丽，你一定要帮我个忙，而且就是现在。"

梁小丽听了一惊，问："怎么了，你有什么事？"

李强说："是这样，我们村里的一个妇女宫外孕，在双青医院做了手术，住院需要付押金五千元，他们家暂时拿不出来钱。交不上押金，人家不让住院，要是住不上院可就危险了。我想从你那借四千元钱，过后我还你，救救急。"

梁小丽长出了一口气，说："这么回事呀，没问题，我这就给你送过去，正好手头上还有五千元钱。"

李强放下电话，说："行了，钱借着了，一会儿就送到。"

留留一听，扑通一声给李强跪下，说："李村长，我不是人！"

李强和李长玺把留留扶起来。李强说："你这是干什么？救人是每一个人都应该做的事。今天要是来晚了，那三胖是不是就没命了？放在谁身上都会这么做，更何况我是村长。"

不一会儿，梁小丽来了，见到李强把钱交给了他。梁小丽说："这是四千，你数数，要是不够我再给你拿，打电话就行。病人怎么样？"

李强很感谢地说："手术做完了，她在病房，没危险。多谢你了！留留得谢谢梁小丽，是她借给你的钱。"

留留点头说："谢谢梁大姐，谢谢梁大姐。"

李强很深情地看着梁小丽，说："小丽，感谢的话我就不说了。我们一会儿就回去，等哪天我再来找你，还有事要求你呢。"

梁小丽说："哎呀，跟我你还这么客气，那我走了。"

李强对留留说："你留下好好地照顾三胖，千万不要大意啊。还有你要把药费和住院费、手术费的单据都保存好，到时候有用处。"

留留哭了，点着头，用手抹着眼泪，说："嗯，知道了，我能行，你……你放心吧。"

李强看看大伙儿，说："长玺哥，那我们走吧，都上车。"

留留送大伙儿上车，等车走得看不见了才回去，一边走一边用手抹眼泪，不时地回头看看。

早上李强起来之后到牛棚，看见李大路在往外扔牛粪，他顺手拿起铁锹帮着干起来。

李大路问李强："昨天你们回来也太晚了，咋样，没有什么危险吧？"

李强说："没有危险，留留家里也没有钱，昨天是我和人家借的五千元钱才住的院，今天我想还人家。爸，你先借我五千元钱，等和留留算完账再还你。"

李大路说："哼！你还指着他能还你呀，得猴年马月。你经手借的得还人家，从你妈那儿拿吧，留留啥时候有钱再说。人家找你了，你就得负责任，这种事咱们吃亏也得办。"

李强抬头看看李大路，心里很感动，觉得父亲很伟大，答应了一声回屋。

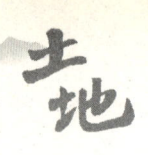

其其格从箱子里拿出一个小盒子,说:"多少?"

李强说:"五千。"

其其格给李强数钱,数够了交给李强,说:"你自己数数,看够不够,别少了。"

李强自己数了一遍,说:"对,正好五千。"

其其格收起盒子,说:"唉,这钱就算了吧,留留那小子不用还咱们呀,不管怎么说人救过来就行,算我们积德了。"

李强说:"能还多少就还多少吧!他家里那么穷,等以后日子好过了,人家能不还咱们吗?"

其其格笑了,说:"你小子跟你爸一个味,不管人家对你们怎么样,你们对人家都是一个实心眼,吃一百个豆不知道豆腥味。"

李强也笑了,有意逗其其格:"随根了。"

其其格笑着说:"那你是说对了,真随根了。"

李强给同学冯敏打电话:"那你就给来一趟吧,好多事呢。费用由他们几家出,治好了人家还得给你报酬。挤点时间来一趟吧,就算是我求你了,行不行?好,等你电话。"

李强拿着手机来到窗前,看牛棚那边的动静,看父亲是不是在那干活。刚走到棚子门口,电话来了,李强接电话:"喂,是我。怎么样,能不能来呀?啊,那太好了,谢谢你,到我这可得请你吃饭。"

李强又给张小刚打电话:"喂,张小刚,我的同学同意来这给你们的鸡看病,不过这么远的路,你们可得给人家路费和误工费。人家也是干这个的,总不能花自己的钱来给你们的鸡看病吧?可能晚上五点左右到。晚饭我准备了,你到我们家里来吧。"

天快黑了,李强和张小刚两个人出门往村头走去,还没有走到村头车站,半路上碰到了冯敏。

李强给张小刚介绍:"这就是冯敏,这是张小刚。我们来晚了点,还以为你等一会儿才能到呢,对不起啊!"

冯敏和李强、张小刚握手,说:"这有什么呀,我也是刚下车,还没走一百家米呢,到了村里打听呗,还怕找不着你们呀?"

李强说:"就是嘛,走吧,先到我们家,我妈把饭菜都准备好了,就等着你呢。我怎么看着你长高了，不像以前，变漂亮了，女大十八变哪。"

张小刚在一旁不时地观察着冯敏，觉得她很可爱。冯敏在和李强说话的同时，也不时地看着张小刚。

冯敏说："得了吧，像我这样的还叫好看哪，都要嫁不出去了，到现在还没有个对象呢。"

李强看看张小刚说："那是你的要求太高，找个农民不行吗？"

冯敏说："你咋还是这个观点呢，农民到外面打工不就叫工人了吗？我给村里的专业户服务，你说我是工人还是农民？不都一样嘛。管他什么民，有能力的好人就行。"

李强说："你说得也是啊，这时候还真就不好区分。"

饭后，李强对冯敏说："你今天晚上就别去养鸡户家，明天早上去也来得及，晚上住在托娅的商店，和她做个伴，保证你晚上不憋屈。走，咱俩领她去。"

进了托娅的商店，托娅迎上前来说："强哥，这是谁呀？"

李强说："我的同学冯敏，这是我的高中同学托娅。"

冯敏看着托娅说："哎！怎么这么像啊！比杜萍还漂亮。你要是不戴这蒙古族的头饰就更像她了。"

托娅说："我见过杜萍，长得是很像我，都说我们俩是双胞胎呢，哈哈！"

李强对托娅说："冯敏是给小刚的鸡看病，晚上就住你这吧，有地方吧？"

托娅高兴地说："有地方。这回我可不寂寞了。我是个夜猫子，晚上不爱睡，早上不愿意起。"

冯敏不客气地说："咱们俩一个味，都是夜游神。"

李强说："好了，那托娅安排一下，我们走了，明天早上见。"

托娅笑着说："你们不走影响我们唠嗑，快走吧。"

冯敏在屋子里来回地看着，整洁干净的货物很齐全，等她回过头来，托娅已经把一些小食品，如花生米、火腿肠什么的摆了一桌，又拿来几个易拉罐啤酒。

冯敏看着桌上的东西说："你这是干什么呀，我才吃完饭。再说了我也

不能喝酒。"

托娅拿着杯子说:"咱们头一回见面,又是大长的夜,待着干啥呀,喝点酒多有意思。啤酒,醉不了人,不让你多喝。来,坐下,边喝边聊。"托娅给冯敏倒上酒,举起酒杯说:"我们头一次认识,先喝一杯,不用干,随意。你是强哥的同学,为了村里的专业户,这么远来给看病,就冲这一点,我很佩服你。"

冯敏喝了一口,放下酒杯看着托娅,说:"李强是你的哥,什么哥,亲戚呀?"

托娅说:"我们没有亲戚关系,老一辈有生死之交。我俩从小一起长大,一起念书,前后院住着,还是同年同月同日生呢,我就把他当成了我的亲哥。"

冯敏有点惊讶地说:"什么?你们是一天的生日,那谁大呀?"

托娅说:"他比我大两个小时,所以我就管他叫哥。小时候,我不服气,有的时候还让他管我叫姐姐,都是过去的事了。他上大学之后我们就见得少了,他一年回不来几次。"

冯敏吃着花生米,看着托娅不吱声。

托娅看冯敏不吱声,有点不解地问:"怎么了,你在想什么呢?"

冯敏歪着头说:"我在想李强一年级的时候好像就和杜萍在一起,那时候演节目,他们俩还唱了个《兄妹开荒》,对了,还有《让我们荡起双桨》,他们看上去就像哥儿俩。"

听了冯敏的话,托娅的脸色一下就变了,为了掩饰她的情绪,托娅举起酒杯说:"来,再喝一口。"

冯敏并没有在意,喝了一口酒问:"托娅,你怎么没上大学呢?高中毕业就在家,多可惜呀!"

托娅叹了一口气说:"我的英语和数学不好,本科没有考上,考上市里的中专,可我嫌没有前途,现在后悔死了。强哥大学毕业后回村里当村长,我觉得和他的距离越来越大。没有知识真的不行啊!我就这个命。来,不说了,喝酒!"

冯敏和托娅说话很投机,两人都喝了一杯酒。托娅又给冯敏倒上,冯敏有点晕,眨了眨眼睛,不停地翻虾仁。

托娅给冯敏拿来几个苹果，说："这都洗了，你吃一个，能解酒。"

冯敏吃了一口苹果说："大二的时候，我们班苏玉是学校有名的校花，她追李强，可是李强却和杜萍明确了恋爱关系。没有追到李强，苏玉大哭一场，她的自尊心很强。我们大伙儿当时有些不理解，现在我有点明白了，是不是因为你呀？你和杜萍也太像了。"

托娅愣了一下，低下头说："怎么会呢，因为我？"

冯敏带点醉意地摇摇头，说："我才明白是怎么回事，这就对了，怪不得。"

托娅惊讶地看着冯敏，半天说不出话来。

冯敏看托娅没吱声了，抬起头说："他回村里当村长是不是因为你呀，我看也有可能。我可知道李强，他的心可是个大海。"

喝了酒，冯敏有些困，睁不开眼睛，托娅让她睡下，自己也躺下了。她看着屋顶就是睡不着，冯敏的话不停地回响在她耳边，回想起十岁时的情景……

李强手里拿着一个用钢笔帽做的戒指，说："托娅，咱们学大人戴上戒指就是对象了，你当我的对象行吗？"

托娅问："你有对象了，那我的对象是谁呀？"

冯敏打着酣。托娅的眼泪从眼角流下来。

张小刚家的养鸡厂，一排标准的架子房，看上去规模不小。

冯敏一进院子就对李强说："哎呀，这规模不小哇，一次能养三千只吧？都是肉鸡吗？"

张小刚说："都是肉鸡。没有什么经验，只养了两千五百只。我这是按照别的养鸡厂搞的，李村长帮我设计。"

李强说："头一次养也算是可以。"

冯敏在鸡舍外戴上口罩，穿上自己拿来的白外套，和张小刚进了鸡舍。冯敏认真地看着，小心地把粪便装在小盒里，又抓住一只病鸡看，回头对张小刚说："走，我们再到另外两家看看。"

在另外两家养鸡户家，冯敏给他们开了一个药方。冯敏说："你们三家的鸡得的是同一种病，可能是线虫病。我拿回粪便进一步化验，有情况再打电话给你们。总的看问题不大，用我给你们开的药三天就会好转。还不错，

你们初次养鸡就能达到这种水平。"

张小刚问："冯老师，那你再给看看饲料搭配的怎么样？"

冯敏看看饲料搭配表说："你这配料多了百分之二，可以减小一些，把这百分之二变成玉米面就行了，豆饼再多个百分之一。"

张小刚看冯敏要走，说："冯老师，你在我们家吃吧，我们一边吃饭，一边听你给我们讲讲有关养鸡的知识。昨天晚上我们在乡里买来羊腿，早都炖好了，就等着你呢。这是我们几个人的心意，你大老远来，我们真的很感谢你，要不我们的损失可就大了。"

李强也说："就在小刚家吃吧，人家要感谢你呢。"

冯敏一看几个人都很实在，想了想说："那好吧，我们再聊聊有关养鸡的问题，也算不白来一趟。那你也得在这吃。"

张小刚说："当然在这吃了，我单独找他他不来，这回可有机会了，还得借你的光。"

这时张小刚的爸爸二宝子急忙进屋，大声地说："公安局的人上咱们家，怎么回事呀？"

两个警察进屋，问："你们谁是李强？"

李强说："我就是，找我有事吗？"

其中一个干警说："是这样，白板打人的事要处理，到这听听你的意见。"

李强回头看，问："白板在哪呢？"

干警说："在看守所，我们没有带他来。"

另一个干警说："他的事实清楚，在起诉之前我们征求一下受害人的意见，你的意见对他的处理很重要。"

李强想了想，抬起头很诚恳地对干警说："干警同志，他家里还有个多病的父亲，孩子还小，我就原谅他一次，给他个改过的几会，最好不要起诉他，请你们考虑我的意见。"

干警和李强握手，说："李村长，你真的很大度，这对白板的改造是有好处的，我们会考虑你的意见，再见。"

干警上车走了，看热闹的人们也都散去，只剩下李强、冯敏、张小刚和二宝子等人。

第二十一章

吃过饭，冯敏就要回去了，她和张小刚等人又都来到李强家。托娅也来为冯敏送行。

李强笑着对冯敏说："托娅给你做了卧鸡蛋，还没吃饭呢。你在张小刚家吃了，怎么和托娅交待吧？"

冯敏不好意思地说："对不起托娅，他们非要和我谈谈养鸡的事，我怎么好谢绝呢！这个账我记着，以后我请你，咱们有的是机会。"

托娅笑着说："那我可要狠狠地宰你一顿。"

李强想了想，问冯敏："你原来不是学养牛的嘛，怎么又成养鸡的？"

冯敏说："这你就不知道了吧，这是我加辅的课，不在主课之内。我多学了一手，到就业的时候就有优势。你看这不是用上了嘛。"

李强说："那你来我们乡干得了，我给你联系一下全乡的养殖户，在这儿成立一个技术服务站，专门为这些专业户服务，他们给你相应的劳务费。一个乡的养殖户不下一百户，够你忙的。你要是想干，我和乡里说一下，比你那的工资高。"

冯敏说："要是一百户以上可就有干头了，可能比我那儿强，我考虑一下，你给我联系吧！要不让张小刚干，我给他当顾问。"

李强说："我和乡长说说，这事差不多。"

冯敏说："那我走了，今天下午我还要去个鸡场呢。"

李强说："那就不留你了，我们送送你。"

李强骑着摩托车走在街上，看见苗青青背着药箱过来，停在苗青青跟

前。

李强说:"你去谁家了?"

苗青青说:"我去白板家了,他父亲病得很厉害,是糖尿病。他家只有白板的媳妇和孩子,没钱买药。按规定,平时买药是要付钱的,不能报销,到县级以上的医院看病才能给报销。"

李强下来把摩托车支好,对苗青青说:"这样吧,你领他到县医院检查一下,按大夫给的方开半年的药。这个病就是吃药维持。我这有五百元钱,不够你先垫上,回来我给你。等过几天我去看他。"

苗青青说:"行,那我明天就去。我回去告诉他明天早上别吃饭。"

糖厂的大会议室正开基地年终总结会,以陆总为首的领导们坐在前面,台下各科室的人员、基地经理等有两百多人。陆总在进话,台下的人们都在记着什么。

陆总说:"总而言之,今年我们干得不错,是我们建厂以来占有糖原料最多的一年。就现在的形势看,有了原材料就等于有了产量,有了产量就有利润。在今年保有产量的工作中,太平川乡的产量最高,而且没有一斤外流,大家都知道,是李强的功劳。其他乡,有好的,也有不太好的,流失的甜菜有多有少,这也给我们的生产带来不小的损失。从这一点上说,基地工作的好坏决定了我们糖厂能否营利。所以经糖厂领导班子研究决定,奖励在基地建设中有突出贡献的员工。下面请王副总经理宣布获奖名单。"

王副总说:"下面我宣布外派基地人员获奖名单:李强现金五千元,牛小光三千元,郑守义三千元……以资鼓励他们在基地工作中做出的成绩……"

散会了,基地组的人员就算放假。李强来到王申的办公室,和他一组的大部分人都在,他一进屋大伙儿就起哄。

王大勇说:"强哥,咱们放假了,大伙儿也都要回家了,你得奖不请客呀,哥们儿都看着你呢。"

李强冲大伙儿说:"好,今天中午我请客,基地组的、王经理办公室的人都去。你们说去哪儿吧?"

王大勇说:"还有梁小丽呢,你不请她呀,那你得脑袋痛。"

王申说:"这事还用你提醒啊。"

李强一听觉得不能落下梁小丽，说："我给她打个电话。"

王大勇逗李强："你就别装了，还打电话，当面告诉多好哇。"

王申说："大勇你别扯淡，真没告诉呢，打电话。"

李强接通电话："喂，小丽，是这样，我想中午请基地组、王经理办公室的人吃顿饭，你也去吧。你要是不去他们不饶我，说我无情无义。大约十二点，你提前点，下班就去，好了。"

王申说："怎么样，你看人家那话说的，要是不去别人说他无情无义，多有办法呀，你们学去吧。"

村委会大会议室里，村委会成员和支委会成员都在，朗鑫和给他干活的两个工人坐在对面。

朗鑫瞪着眼睛看着李强说："我说李村长咋就看上我了呢？我承包的水库，你跟乡里说放就放，这又打小坨子的主意，你也太欺负人了！就可着一个人整啊，看我软是咋的？兔子急了还咬人呢，逼急了我是啥事都能干出来，大不了鱼死网破。想要这块地没门儿！到期我给你，没到期谁说也不好使，不信你试试！再说了，那地里有三分之一都栽上树了，你想收回，给多少钱哪？"

李长玺说："你怎么包的谁不知道哇！和乡里领导整明白了，想要哪的地就包哪的地。那是咱们村最平的，面积最大的地。这些年你的承包费给了吗？"

朗鑫冲着李长玺说："我给啥承包费呀，村里还欠我的钱呢！染房还有捣白布的吗？"

阿斯根说："朗鑫，你啥意思！到底想不想在村里解决这个事，耍无赖就能过关哪！村里收回这个地，你给个意见。别的你少说，没人听你那套。这不是方志南当书记的时候，你说啥是啥，别不把群众当回事儿。村里的地就是群众的地，就应该分给群众。"

朗鑫又冲着阿斯根说："我那是白纸黑字的合同，是受法律保护的，你当书记了，想干啥就干啥，还想拿群众说事？我告诉你，不好使，就你那套我早就玩儿过了。你不就是一把手的儿子吗？都啥年代了，他还好使吗？"

李强看着朗鑫说："朗鑫，你不觉得太过分了吗？六千亩地，承包二十年，承包费才五万元，而且一分没交。你村里的账我们早给你算清了，村里

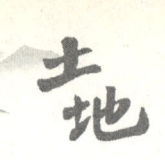

不但没有欠你的,你倒欠村上三万一千元。你每年翻地虚报亩数所得的钱,你统计了吗?你说已经栽树了,我们给你合成钱。六千亩地的承包费,我们按一百元一亩计算,你承包了十五年,那是多少钱?你才说一把手在这个年代不好使,我告诉你,一把手是我们村群众的主心骨,他是立在我们村群众心中党的光辉形象,只要是共产党执政,他就好使。我可以告诉你,收回土地就是他的意见。"

朗鑫听了李强的话马上就蔫,慢慢地低下头,他知道要是一把手发话的事可就麻烦了。

朗鑫声音变小了,说:"村里实在想要收回,我交承包费,合同到期我就还给村里,树得另算。"

托娅说:"等合同到期再找你?承包期间你都不交费用,到期还能给钱?再说这不是交不交费用的事,是让你归还土地,终止不合法的合同。你不但要还地,还要交费用,别的没有啥说的。"

朗鑫知道这事说不妥了,听村里的就得交钱,不听村里的可能就要被起诉,索性就硬到底。朗鑫说:"要是按合同执行,那我就交承包费。按你们说的马上还地,还得交钱,那我办不到。爱咋咋的,打官司告状我接着。李村长,有能耐你就使,看咱们谁笑到最后,你等着,看看这地是谁的!"

说完朗鑫就和两个小伙子走了。

屋里一时静静无声,李强和阿斯根互相看了看。

李强对大伙儿说:"大家也看到了,和这样的人没法商量,我马上就起草诉状,起诉朗鑫,用法律的武器来保护群众的利益。没事散会吧。"

阿斯根说:"散会!"

李强骑着摩托车回到家里,看见院里停着一辆小车。他把摩托车停好后刚要进屋,周同从屋里出来,李强一愣,忙和他握手。

李强说:"你是什么时候来的,怎么事先没打个电话,突击我?"

周同笑了,说:"到了有一会儿,有点要紧的事和你商量。"

李强说:"多大的事呀,打个电话不就得了,还值当这么远的来一趟啊。走,进屋,咱们屋里谈。"

二人进屋,其其格过来。其其格说:"人家来了有一个多小时,就等着你开会回来。我都做好饭了,你们快洗洗手吃吧。没有酒,你去买点酒。"

周同说:"大娘麻烦你了,我一到屋大娘就开始做饭,到现在还没歇一会儿呢。"

"我妈一看我的同学来那可高兴了,今儿个又做什么好吃的?"

李强说着就到外屋掀开锅盖看,只见好几个菜,李强高兴地吃了一口,又回到屋里。

李强说:"我这就买酒去,白酒还是啤酒,我听你的。"

周同说:"那就来啤酒吧,少整点啊,我喝不了多少。"

周同到外屋洗脸,李强去买啤酒。

李强和周同去吴江家的路上。

周同对李强说:"你给我们找的人还真不错,不但花养得好,最近还给我们养的花找到了一种草炭土。用上这种土,花长得非常好,那个水灵劲,一样的花得多卖两成的钱。我这次来就是和你商量,想用你们的草炭土种草坪,在你们这建一个基地,需要二三十家,按我们共同订的价格收购。你看这事行不行?"

李强拍拍周同的肩膀说:"咋不行呢!有这样的好事,那我可得感谢你。这事能成。账都算好了吗?"

周同说:"这个账我早就算好了,交货时一平米十元钱,要是有一亩地,就能挣到六千七百元。我看这地方的园子都很大,每户都有个两亩地左右,要是都种上那可就发财了。"

李强说:"这样吧,你在这多待几天,把这个事落实完再回去,行不行?我还得把草炭土的来源搞明白,现在地都要分到个人家,没分的也都承包出去了,这个事得先协调。"

周同说:"我们走两户看看吧。"

吴江的家,并排有两个养花大棚,非常显眼。李强和周同到了吴江的家,直接进了养花大棚。吴江和跟弟在给花浇水,看见李强和周同来了,放下手中的活。

吴江说:"哎,周经理,啥时候来的?怎么事先没给我们打电话呢,我们好准备准备。"

周同笑了,说:"有什么准备的,你们这不干的很好嘛。"

吴江说:"我说的不是这个准备,是买点好吃的东西招待你呀。"

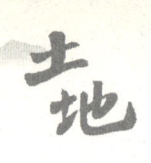

周同说:"用不着,你们帮我养好花就行了。"

李强问吴江:"你们园子里还有多少地?"

吴江说:"我家的园子一共是两亩半地,我们现在就占了一亩半,还有一亩地。"

周同说:"我们到屋里说吧。"

李强说:"对,吴江弄开水来,我们喝点水,都渴了。"

吴江答应一声就到厨房烧水,回头对跟弟说:"跟弟,你和周老板说一下情况,你说比我说的还明白。"

李强和周同坐在炕边上。李强对跟弟说:"那你就说说现在种花的情况。"

跟弟找一个凳子坐下说:"其实也没有啥说的,基本情况周老板都了解。"

周同看着跟弟说:"对,情况我是知道的。现在有一个新的任务想交给你们做,不知道你们能不能完成?"

跟弟说:"什么任务?"

周同说:"就是让你们用这种草炭土种草坪,大概要种一万五千平米,也就是二十亩左右。种植的方法比较专业,还要对土进行消毒等,我会派人教你们。你们的任务就是技术指导,所有的种植户都由你们管理。销售的过程中,每平米我会给你一定数量的费用。你看怎么样,能不能做下来?"

跟弟想了一下说:"你的意思是让我们在这个村里做代理人,种植经销草坪呗。那有啥做不了的,我和吴江一起做没有问题。"

李强笑了,说:"周老板相信你们,所以才想让你们做的。"

跟弟说:"周老板你放心,我们一定能够做好,保质保量完成任务。"

周同下地说:"我们走走看,让跟弟跟着,定下来就交给她。"

李强对吴江说:"吴江,你别烧水了,和我们一起到各家去看看。"

几个人先来到张勇家,他家的园子很大,地又很平整。

吴江喊:"三叔在家吗?看狗哇。"

他家的狗正在汪汪地叫着,很吓人。张勇从屋里出来看狗,把他们几个让到屋里。人们都坐下,张勇让他媳妇拿烟。

李强问:"你家的园子去年种的什么?有没有水浇条件?"

张勇说:"我家的园子去年种的苞米,打了两千多斤,长得很好,有劲,猪圈里的粪我都上到园子里了。"

李强说:"你的园子有多少亩?"

张勇说:"有两亩半吧,去了种菜的还剩下两亩地,如果没啥种的,明年我还种苞米。"

周同对张勇说:"那我让你种草坪,每平方米给你十元钱种不种?"

张勇问:"那一亩地多少平米呀?"

吴江说:"一亩地是六百六十七平方米,两亩一千三百三十四平方米。每亩十元就是一万三千三百四十元,你种玉米打三千斤,五角钱一斤,是一千五百元。"

张勇惊讶地说:"什么!一万三千多元钱,哪有那么好的事呀?我种,什么条件?"

周同说:"要用草炭土种,就是你们挖沟挖出来的草炭土,我们提供原材料和种子,只有一个条件,用别的土可不行。当然了,有技术员指导你们。跟弟和吴江是我的代理人和技术指导,不合格的我们不收,合格的我们拉货给钱。怎么样,你做不做?"

张勇说:"那咋不做呢,做,算我一份。"

周同说:"吴江和跟弟两人管这个事,你到时候找他们俩就行。"

李强说:"行,那我们到别的人家去,还去谁家呀?"

跟弟说:"我们家也种,就不用去了,强哥一去,我妈该不好意思。现在她不恨你,有时候还说你办事公平呢。"

李强笑着说:"那就不用去了,以后我去你们家和她好好沟通一下,没什么大不了的,都是为了群众的事,有什么过不去的。"、

吴江对周同说:"其他的户交给我们吧,保证没差,这个事谁都愿意干。"

李强的电话响了,说:"喂,我是李强。啊,什么时间?明天,好吧。早上九点报到。带什么材料?好吧,再见。"

李强对周同说:"乡里要开会,让我明天报到。这件事你就托吴江和跟弟办吧,和他们俩交待完你就回去。"

周同说:"行,我看这两个人行,这我就放心了。你明天开完会到我那

去待两天呗,我领你去一个好地方玩。"

李强摇摇头说:"我哪还有时间玩呀,这忙得做事都没有计划了,让事挤着走,身不由己了。"

周同对吴江、跟弟说:"这个事就靠你们俩了,过几天你们到我那儿去一趟,我找个技术员教你们,学会了再来教群众。我就回去了,你们还有什么事?"

吴江说:"没别的事,就是得和各户签个合同,要不也没有约束,到时候没有收购标准,可能不太好办。"

周同点点头说:"你说得对,我们一定得签个合同,等你们学习完了再签。有些费用需要明确,好坏再签合同就,更合理,那我走了。"

班车停在大柳树下,留留和三胖从车上下来。回家路过托娅的小卖店,留留和三胖进屋。

托娅一愣,说:"哎!你们回来了,是不是才到?怎么样,好了吗?"

留留说:"刚下车,好了,没事,捡……捡一条小命。给我买点方便面和火腿肠,就……就五元的吧。"

托娅白了留留一眼说:"回家了,做点饭吃呗,吃那方便面对病人不好,没有营养。这段时间你得好好照顾一下嫂子,别一天不着家往那朗鑫家去,长点记性。把这袋蛋糕和鸡蛋带上,给三胖补补,别拿方便面了!"

留留很内疚地说:"真不好意思,谢谢了。这回朗鑫用八抬大轿请我,我也不去了,不……不是人,关键时候就看出来了。我算认……认识他了,要是没有李村长,我们三胖的命就没了。还……还有乡亲们帮助,我要是再忘了,那……那可就不是人了。"

托娅说:"这回认识真假人了吧,你就好好想想吧。"

留留拿起鸡蛋和蛋糕说:"这事我要是还不领情,那……那我还是个人吗?行……行了,我走了,一星期没有回家,谢谢了。"

留留走了,托娅想了一下就给李强打电话:"喂,强哥,在哪呢?啊,留留回来了,刚下车,到我的店,现在回家了。"

李强在家接电话:"好了?那我得看看他把药费的条子拿回来没有。你不去看看了?"

托娅说:"我就不去了,刚才我都看着了。"

李强说:"好,那我这就去看看,挂了。"

留留的家,留留的父母来了,三胖坐在炕里,留留在地下烧水,父母坐在炕边上。

留留的母亲说:"留留,你以后可得好好地干活,不能整天到外边瞎逛,看你们过的是什么日子,以后要听李村长的话,人家才是正经人哪,可不像那朗鑫。"

留留父亲说:"这回要是没有人家李村长,那三胖不就完了?这个恩我们到什么时候都不能忘啊!看你过去怎么对待人家的,我们都没有脸见人家。"

正说着话,听见一阵摩托车声,是李强来了,留留一看赶忙出来迎接。

留留满脸带笑地说:"李村长来了,快进屋来。"

李强说:"回来之前怎么不打个电话呢,我好找个车去接你们,那不还有病人吗?怎么,好了你就不管了?是不是怕花钱哪?给你,把这鸡蛋放个地方,三胖病刚好,补补身子。"

留留接过鸡蛋说:"李村长,这让我太过意不去了。"

进了屋,留留的父母都非常客气地给李强让坐。

留留的父亲说:"李村长啊,我们三胖的命是你给的。我们留留不是人,过去的事你别往心里去,看在我的面子上,别跟他计较。"

李强坐下说:"大叔你说啥呢,我能那样吗?要是那样我就不管这个事了。他不是遇到困难了嘛,我应该帮助的。嫂子还痛不了?这段时间不能下地干活儿,有活儿让我大哥干。"

三胖说:"没事了,过一段就好了,多谢你。"

留留说:"我干,都我干,不用她,病不好能干活嘛。"

李强说:"我回来的时候告诉你的,那住院的手续、药费条子你都保存了没有?"

留留说:"保存了,可是那有什么用啊?"

李强:"合作医疗还给你报销医药费呢。在哪儿呢?都给我,还有身份证、户口本都交给我,我去找人报销。"

留留说:"都在这呢。我也没参加合作医疗哇,那时候没有钱就没交,到这时候有事了,人家还能算数哇?"

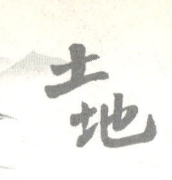

李强看着医院的手续说:"春天的时候我都给你报上了,我垫上的。"

留留愣住了,说:"什么?你花钱给我报上了?唉呀!"

说着狠狠地打了自己一个嘴巴。

留留的母亲说:"你看看,你看看,人家李村长拿你当个人,你可倒好,为了卖甜菜还把人家打坏了,你小子这回长记性吧。"

留留还打自己的嘴巴,说:"长记性!长记性!这回我长记性,要不我还是个人吗?"

李强抓住留留的手说:"好了,把户口本、身份证给我,明天我叫苗青青去办,你就等信吧。好,我走了。"

李强拿着三胖的药条子和身份证出来了,骑上摩托车走了,留留一家人都站在大门口,三胖哭着说:"人家连一口水都没喝过咱们的,人家图咱们啥呀!"

留留和他的父母含着眼泪站在外面。看着李强远去,留留低着头回到屋里,一头趴在炕上。

新能源公司财会室里,杜萍刚从基地回来上班,同事们都围着杜萍问这问那,杜萍一边整理东西,一边回答同事们提的问题。

小吴说:"杜姐,好玩吗?是不是有点累呀?我看你的脸都有点黑了呢?"

杜萍说:"要说好玩可是不好玩,那基地荒无人烟怪可怕的。在县里还可以,有的时候还能跳跳舞什么的,别的就是谈合同,喝酒。有时候还下乡,到了那就更要喝酒,别的事还可以,就是这个酒我可受不了。"

小吴说:"杜姐,到时候你可得带我们去。"

杜萍抬起头说:"这有什么呀,下次你们去不就得了嘛,还用我带你们?不过我不想再去了,太累,还脏,到外都是土。"

小吴说:"那我可不去,洗衣服就够累人的。一个县里能有什么呀,真是的,叫我去我也不去。"

杜萍站起身来说:"我得到大办公室和高云云说点事,要不等会儿该忘了。"

杜萍来到高云云办公室,同事们一看是杜萍来了,都停下手里的活儿围上来。

高云云说:"你回来了,怎么样,有进展吗?"

杜萍说:"还可以吧,算是有效果,签了三个乡的合同,还有一个在运作,安排好了给我们信,我们再去签合同。我让你收的邮件收到了吗?"

高云云说:"有两个,在这呢。"

说着话,杜萍的电话响了,一看是李强的号码,到外面接电话。

杜萍高兴地说:"喂,是我,回来了,在单位呢。你在家呢?怎么,想我了?那你就来呗!我现在很忙去不了你那。对,都是一些承包荒坨子的事,你们双青县已经例入计划内,可能下一站就是你们县。行啊,我给你做点工作,差不多。咱们俩还客气啥呀。行,有信我给你打电话。好,还是你来吧,我真没有空。就这样,拜拜。"

回到高云云的面前,杜萍做了个鬼脸,说:"是李强来的电话,问我在干什么,承包荒山的事有没有双青县,说他们村里有两万多亩荒坨子地要治理。"

高云云说:"叫他来,这么长时间没见了想这个了吗?"

高云云用嘴唇吻着手笑。

杜萍说:"你说啥呢?"

同事小于在一旁说:"你还这么封建,别说是对象,就是一般的同事吻一下有什么呀!你看人家外国人,不认识的还接吻呢,谈对象就得住到一块,那点事算不了什么。"

杜萍一愣,说:"嗨!你这个丫头,怎么这样了,那是随便的事吗?一个女孩子,这点事要是不算个事,那还是啥了。我看你是欠收拾了吧?"

说着杜萍就来掐小于,小于吓得转身就跑,还回头顽皮地笑着,故意气杜萍,杜萍追了几步,又回来。

高云云说:"她是故意气你,逗你玩。"

村委会的大会议室,村委会的成员都已经来了,还有几个帮着分地的各小组组长。有的人抽烟,有的人喝水。

李强、阿斯根和刘福田在办公室里看各小组的土地账,这时托娅也过来看。

李强对托娅说:"托娅,你去做一下各家的工作,人们都听你的。有的人家想换地,可是不主动。乡里包书记还特意和我说过这个事,我看很重

要,过了这个分地阶段,那就不好再调整了。"

托娅答应:"行,我再找几个人从中做点工作,没问题。"

刘福田也说:"是呀,上杆子不是买卖吗?得有人做工作。"

李强点点头说:"托娅比别人合适,那就这这样吧。托娅,你要什么材料,让刘会计给你找出来。你们俩就在家里做这个工作吧。"

托娅笑着说:"刘叔,咱们俩在家里指挥,让他们在山上干活!"

李强对阿斯根说:"我看人来得差不多了,咱们开个会说一下,安排明天怎么干。走,咱们到大会议室。"

李强打开笔记本对大伙儿说:"大家静一静了,咱们开会,我先说一下咱们明天的任务和这次分地的方法。昨天刘会计已经把地的数量算出来,咱们全村每人分四点二亩地。明天开始分地,我想出了一个方案,大家听一下……"

二迷糊家,靠山墙有一个旧大衣柜,地下有两个木制沙发,炕上面铺着地板革,炕梢有一个装被的玻璃炕柜,看上去家里不太富裕,但是很干净。听说要在他们家里开小组会,两口子忙着烧水。

二迷糊一边烧着水一边说:"这咋还上咱们家来开会了,谁安排的?真是的,我还得给这帮家伙烧水,满屋子的烟。"

膘子白了二迷糊一眼说:"看你那个小气样,不就喝你点水嘛。人家要是没啥事上咱们家来干啥?这要是喝你的酒,那还不抽你的筋啊!"

二迷糊说:"你说这还得洗碗吧,咱们家的水碗都多长时间没用了,还不一样,大的小的都有,叫人家看了寒碜。"

膘子说:"这你知道寒碜了,那你不省点钱,少喝点酒啥都有了。那碗一个才多少钱,你一斤酒买一个碗还用不了呢。"

二迷糊说:"咱们买点烟吧?"

膘子说:"再穷咱们也得买点烟哪。人家又不喝咱们的酒,不吃咱们家的饭,抽点烟还不行嘛,要不让人家多笑话。你先去买烟吧,我来烧水洗碗。"

二迷糊拿钱去买烟,膘子一边烧水一边洗碗,又把洗完的碗大茶盘上,把水壶拿出来洗了一遍,放在茶盘旁边,回过头来往炉子里放木头。

赵玉柱从外面进来也没吱声,膘子以为是二迷糊回来了,头也没抬说:

"买了几盒，钱够了吧？"

赵玉柱一听这是说二迷糊呢，就说："买了一条，钱没够，你再拿点吧。"

膘子一听急了，回过头一看原来是赵玉柱，吓了一跳，说："我的妈呀，你啥时候进来的，吓死我了。你咋这么没正形呢，我以为迷糊回来了，这把我吓的！"

赵玉柱皮笑肉不笑地说："真的呀！吓着你了，那我给你摸摸，摸头心儿吓一阵，摸脑门儿不走神。"

他说着就来摸膘子的头，膘子吓得往后躲，说："路路通你干啥呀，我告诉你老实点，别说我对你不客气！"

赵玉柱看膘子要急眼，就笑着说："你不说你吓着了嘛，我给你摸摸怕啥的，二迷糊也不在家。看你这个样还挺封建的，那电视里的外国人见面就亲就抱，那是礼节，啥也不懂。"

说着话二迷糊回来了，进屋看见赵玉柱在，说："你咋来的这么早哇，我还没吃饭你就来了，是不是要在我这喝酒哇？"

赵玉柱说："谁像你们家吃饭这么晚哪，我都吃完半天了，在家也没啥事就过来了，到你们家串个门子，我挺想和二嫂唠嗑的。"

二迷糊说："得了，你可别惹那老娘儿们了，占不着便宜。要不咱们俩喝点酒？"

膘子说："还喝酒呢，喝尿吧，那还得现给你尿去。"

二迷糊说："看看下道了吧，别跟她扯了，咱们先喝点水，一会儿人多就喝不着了。我得赶紧吃饭。"

赵玉柱说："可也是，行，那我喝水，你们吃饭吧，我自己倒。"

二迷糊和膘子吃饭，赵玉柱喝水。张勇和几个群众来了，二迷糊放下饭碗收拾。接着又有好几个群众来了，看见炕上有烟就拿过来抽。二迷糊准备的碗已经不够用了，把吃饭的碗也用上了。二迷糊直挠头，膘子也只是笑，没办法。不一会儿，李强、刘福田、托娅和李长玺等人一起来了。

李强看着膘子和二迷糊说："二叔给你添麻烦了。在你这开会，主要是你家是一组的中心，在这方便大伙儿。等明天我给你买点茶叶和烟来，别让你们破费。"

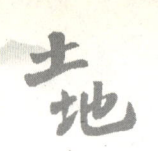

膘子笑着说:"你这说哪去了。这么多的人难得到家来串门,我们帮不上别的忙,帮这个忙还不行吗?"

托娅说:"二婶,这回你们家可是有点小了,从来没有来过这么多人吧?"

膘子说:"可不是咋的,这赶上儿子结婚了,哈哈!"

刘福田对李强说:"我看人齐了,咱们开会吧。李村长,你先说一下。"

李强说:"我看咱们就开始抓阄,分出名次,从一号开始分,谁也别例外。刘会计就做阄,咱们这个组有多少户就做多少阄。"

刘福田和托娅做阄,不一会儿阄做完了,刘福田用一个小茶盘装上,用手晃来晃去让大伙儿抓。

刘福田说:"抓阄,谁先来?"

张勇先上手抓了一个,打开一看是十号。大伙儿都上来抓阄,阄很快被抓完了,正好一个不剩。大家纷纷拿着阄到托娅那儿登记。

最后一个是赵玉柱,他有点不是滋味,就是不拿出阄。

托娅说:"赵叔是多少号?"

赵玉柱有点不自然地说:"我是最后一号,二十六号。"

托娅记上后,回过头来问李强:"记完了,你看怎么分吧?"

李强大声说:"大家注意了,那就按我们前面说的,从一号开始分,先看看一号的旁边都有谁的地,能串换的就串换一下。一号是谁?谁挨着他?"

张勇说:"我是一号,我旁边有马小五,还有齐贵。"

刘福田说:"你们看能不能串换一下,如果是地的质量有问题,那就在数量上做个调整,其他挨着的也可以互相串一下。你们现在找一下挨着的户,先聊聊,之后我们再安排。"

大伙儿听他这么一说,都找自己挨着的户,一会儿的工夫,已经有十户达成了协议。

马小五、张勇和齐贵三个人在聊着。

马小五说:"我能分到十二亩地,勇哥那有五亩,齐贵在我边上也有三亩地,加在一起就缺个四亩地,把你们的地给我,再分给我四亩地就得了,这样我的就成片。等到你们那的时候,就把我的那份分给你们,都用新开发的好地,行不行?"

张勇说:"那咋不行呢,都是好地,你不怕吃亏就行。我是没有意见,这样我的地也就成片。看看齐贵什么意见吧?"

齐贵说:"我是没有意见,我把挨着你的地给你,分我地的时候把你的地数分给我。不过那可是好地呀,你要是没有意见,我就更没有意见了。明天我们一打地就完事了,地数按现打的数算,原来分的地有点不准。"

还有几户也都达成了协议,都在和刘福田说,刘福田记着,托娅也在记。李强在一旁很高兴,因为大家的积极性很高,基本上把地块连成了一片。

赵玉柱的地和二迷糊挨着,赵玉柱还有点不乐意换。

膘子没好气地说:"怎么的,你换不换?要不我的地都给你,我分你的那块地。这回我可不挨着你了,铲地的时候我见着你害怕,啥事都干的家伙。"

赵玉柱想了一下说:"我要你的地,那你的地也不好哇。你要我的地行不,我要你们分的那块地?"

膘子说:"地不好我多给你点不就得了嘛,我们家的是十一亩地,换你家的十亩还不行啊,要么你家的十亩换我家要分的九亩?怎么的,老爷们儿说了不算哪?做不了你老婆的主吧?"

赵玉柱说:"你家的二迷糊同意吗?要是不同意,那咱们俩不就白说了吗?"

膘子说:"迷糊,你过来,来!看啥呀,叫你过来呢。"

二迷糊过来了,问:"干啥呀,咋的了?"

膘子说:"我说咱们和赵主任把地换了呗,把他的地给咱们,或者咱们的地给他。刚才我们俩说明白了,他说得你同意才行,你同意不?"

二迷糊说:"那咋不行呢,把咱们的地给他呗,行吗?"

赵玉柱说:"那我得要你们家的十亩地,顶我的九亩,不然我就亏了,你那地不好,再说咱们也不是一个小组的。"

二迷糊说:"那你家的地给我们也行,你要我们分的地。不是一个小组的也没事,主要是咱们挨着呢,分的时候一个样。"

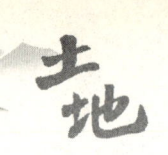

赵玉柱迟疑了一下说:"这……明天到地里看看再说吧,我得回家和大苹果说一声,她要是不同意,我可整不了她。"

膘子用眼睛瞪着赵玉柱说:"看你那样吧,要是便宜的事你就不问大苹果。你嘴上没长毛吧,就扯犊子有能耐,连我都看不起你。"

赵玉柱还来气了,说:"算了,明天再说吧,还不知道怎么分呢,我也不是这个组的。"

二迷糊说:"你这说啥话呢,什么叫不知道怎么分哪,明天就分了,你今天不调整明天就不赶趟了,那挨着的就行呗。"

赵玉柱脸一扭,说:"爱赶趟不赶趟,到时候再说。"

其他的人都在刘会计那登记,只有赵玉柱一个人在一边抽烟,李强看在眼里,嘴上没有说什么。人们登记完之后都走了,只剩下五六个人。赵玉柱听他们说着,也不抬头,只是在吸烟。膘子狠狠地瞪了他一眼,坐在旁边把头一歪不吱声。

刘福田笑了,看了一眼托娅说:"托娅,你记完了吗?"

托娅说:"没有错,完事了。"

托娅下地要走,李强说:"托娅,明天你不用上地里,跟刘会计在家,去个别家再沟通一下。"

托娅说:"好的。"

李强说:"那好,我们也都回去吧。今天的会开得很顺利,看来我们的想法群众是满意的。"

二迷糊说:"这一整多好哇,地都一家一块,多好种啊,省得这几垄那几垄,像个啥呀。"

第二天分地的现场,村委会的人除了托娅以外都在,要分地的户也都来了。一辆黑色的小轿车停在地边上,包书记、陈乡长和田美玉下车,李强看见迎上前来。

李强说:"书记、乡长怎么都到地里来了,我不是在电话里说了嘛,明天向你们汇报分地的情况。"

包书记说:"老陈我们俩对你们的土地连片很感兴趣,让田组委领着就来了,实地看看群众的积极性怎么样。现在南方很多农民把地都租出去,成立了合作社,虽然我们暂时办不到,先把土地连片,经营起来也方便,为将来打基础嘛。怎么样,分得顺利吗?"

李强说:"很顺利,人们的热情很高,一天能分一个组。"

群众看见包书记来了,都围过来,亲切地看着包书记。

"包书记,要不是你批准我们村开发红旗水库,我们上哪分着这么好的地呀!你就是那包青天哪!"一个群众说。

"这才是共产党办的事。"一位年长的老人说。

"我觉着早晚有这天。共产党就是共产党,乌云遮不住太阳。有了地我们就不怕了。"另一个群众说。

包书记有些感动,说:"你们过奖了,是你们和村长、书记共同努力的结果。"包书记拿过刘福田的土地账本看着,回想着毛泽东说过的话,自言自语地说:"地得人,人得地,才能长治久安哪。"包书记回过神来问张勇:"你的地几块,打算怎么种啊?"

张勇说:"就一块,这回种啥都方便了,打井、上粪都好整,还没打算种什么。"

包书记对李强说:"我们分了地,最基本的问题解决了。我看你要有意识地引导群众种水稻,按照明海书记的建议,要把这一万亩的大甸子变成水稻产区。外地人就喜欢东北大米,销路不是问题。县里答应给解决电的问题,还有什么困难提出来,乡里支持你们。种稻田最好给点政策,解决点实际问题。今天看到群众这么高兴,我们深受教育呀,土地和农民是我们党在农村工作的根本哪!李强,你抓住了。"

包书记和陈乡长上车,田美玉小声对李强说:"你这事可丁大了,县里都当成大事来抓,明海书记已经给乡里下了指示,你可要心里有数。好了,有事给我打电话。"

李强和群众站在那儿看着小车远去。人们又开始打地,张勇在钉木桩子,李长玺和吴江在拉百米绳,一绳一绳地量,赵玉柱拿个小旗站在远处不时地喊着。

赵玉柱说:"往南,再往南点,好了,站着别动。"

李强走过来对张勇说:"尽可能往长方形上靠,那样的话,各家的地好种,垄头长一些,整齐。"

张勇说:"好,我知道,头几家整齐,往下就好了,你就放心吧。"

李强对李长玺说："分完一组的地，就让张勇和吴江他们俩跟着分地吧。反正我们也得找人，我看他俩干得很内行。"

李长玺说："我看行，这两个人干活那是没说的，不偷懒，还快，比那赵主任还会干。"

一帮人围着刘福田在看账本，看完了又到地里做标记，跑完这边，又跑到那一边。

双青县法院，办公大楼在国徽的映衬下显得格外的庄严。楼下停着很多大小汽车，出入大楼的人很多。李强和阿斯根两人手里拿着起诉书，大步踏上立案厅楼前的台阶，进入立案厅。

第二十二章

李强和阿斯根进了立案大厅，厅内有几个工作人员在忙碌着。他们两个来到大办公桌子前，一个工作人员在看案卷。

李强问："请问哪位是庭长？"

高瑞说："我就是，你们有事吗？"

李强拿出材料，说："我们是太平川乡百泉沟村的，我们想立案起诉朗鑫。这是我们的诉状。"

高瑞接过诉状看着，说："起诉什么事？"

阿斯根说："他欠村里的钱不还，承包地的合同不合法，不交承包费。现在村里想收回土地，追回欠款。"

高瑞问："欠款的证据、原有承包合同都有吗？"

李强说："都在这儿，你看一下还缺什么材料？"

高瑞看了合同之后说："你们追收原来合同的承包费，还是要朗鑫现在对外承包的费用？如果是要现在对外承包的费用，你们还要有承包地户的证明，这个没有吧？"

李强说："因为合同不合法，要现在对外承包的费用，就是按承包地数要钱。他承包了多少就要多少，这样合理吧？"

高瑞说："当然合理，可是还要看看材料再定，这里缺种地的面积，承包给个人的证据，村里经手人的证明。材料全了我们就研究立案，通知当事人。这个材料先放这吧，你们办下手续，交下费用，其他缺的材料给我们送来。"

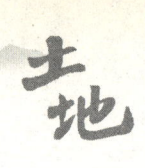

李强说:"好吧,那我们马上回去取证。"

张勇在和吴江等人打小坨子地,拉着百米绳一绳一绳地量着。

朗鑫的小车开过来,朗鑫和两个小伙子下车,到张勇跟前。

朗鑫厉声问道:"你们干啥呀?谁让你们打的?找死啊,给我放下!你们也不看看这是谁的地!"

张勇回头说:"是李村长让我们打的,你找他去吧,和我们说不管用。"

朗鑫说:"什么说不上,你先停下来,我这就去找他,听着没有!"

张勇拉着百米绳,说:"你去找吧,李村长说不打,我们就不打。"

"那好,你等着。"朗鑫气呼呼地上车走了。

张勇说:"总想来横的,这回有他好看的,李村长怕他那套?"

阿斯根和刘福田在韩家村一户人家调查承包地的事。屋子里很干净,地下有一个大衣柜,炕梢有一个装被子的炕柜,地下有几个方板凳和一个圆桌。两口子都在家,男人四十多岁,身材很壮实,女人在给阿斯根和刘福田倒水。

阿斯根问:"今年你们家承包朗鑫的地有多少亩哇?"

男人说:"五十亩。"

阿斯根说:"每亩地多少钱?"

"一亩地一百五十元。"

"你们村承包朗鑫的地的有多少户?"

"差不多都承包了,没有几户不包的,这都十多年了。"

"你能写个证明吗?"

"那咋不能呢,一个种地证明有啥呀。"

"那你就在这个纸上写一共承包了多少亩,每亩多少钱,一共是几年。"

刘福田说:"你的原始单据先借给我们用一下,复印之后还给你。"

男人说:"行,我给你找。"

苗青青办好了留留的合作医疗手续,交给李强。托娅、李长玺都在那,还有乡合作医疗办公室主任也在。

合作医疗办主任看着托娅逗她:"托娅这么好的一个姑娘,咋不找对象啊，挑个差不多的就行了。"

　　托娅说："我不找对象了，谁还不让呀。"

　　大伙儿都笑了，李强听托娅这么说脸色有些不自然，但是没有说什么。不一会儿，李长玺带着留留来了。

　　李强对留留说："留留大哥，你看病的费用，合作医疗办给你报回来了，你一共花了五千二百一十三元，按百分之八十报，上金主任那去领吧。这是金主任。"

　　留留有点不相信自己的耳朵，好像没有反应似的，往前走了两步，从金主任的手上接过钱，看着这么多的钱，想起李强给他交住院费的情景。

　　留留看着李强说："李村长，我给你磕……磕一个，我小子不是人，我对不起你。"

　　李强赶忙扶住留留，说："大哥这是干啥呢，别这样。"

　　李强吃过早饭来到村委会，由于好几天没在这里办公，屋子里到处都是灰尘，很冷清。李强先把炉子点着，接着就打扫起来，扫完自己的办公室又扫大会议室，完了之后又用拖布拖，忙的一头汗。

　　他收拾完，坐在那儿又收拾桌上的材料，这时李长玺来了，进屋就说："李村长，这是你收拾的，你怎么不叫我一声呢？"

　　李强头也没抬，说："那你就先烧点水吧，一会儿要来客人。"

　　李长玺说："谁呀，我听说是杜萍要来？"

　　李强抬头看着李长玺说："你听谁说的，是不是托娅说的？"

　　李长玺说："是她说的，叫我来帮你一把，把屋子里收拾一下。这还来晚了，让你自己收拾。"

　　李强心里想这个托娅呀，怎么什么事都能想到呢。

　　李强说："阿书记去取证了。你通知一下村委会的人员，我们就在村里等吧。"

　　李强的电话响了，李强一看说："是杜萍的电话，可能是来了，还真准时。"

　　"喂，是我。你在哪呢？什么，已经到乡里了？那你什么时候能到村里？行，我们在村委会等着，好吧。"

　　李长玺说："怎么回事？到乡里了？"

李强说:"他们已经到乡里了,正在和乡长、书记说承包荒山这事,因为这个事都是县里统一安排的,所以大体上说完就可以到村里来。她说可能得一个小时,等咱们人到齐就差不多了。"

一辆小车行进在公路上,朗鑫一边开车一边打电话:"喂,方主席吧,我是朗鑫。对,在去双青的路上,快要到了。是,我想找你说点事,小坨子的事。对,他们可能要起诉,在打那块地。我们见面再说吧。在哪见你?好,知道了。"

车急驰而去,消失在远方。

一辆小车停在村委会院子里,杜萍、刘亮从车上下来。

李强和刘亮握手,说:"刘经理你好,从乡里来的?"

刘亮说:"是呀,我们一早就到乡里了,大部分乡干部还没有上班,只有陈乡长在,和他说完就过来了。"

李强又来到杜萍的面前,看着杜萍说:"看来你工作效率很高哇,这才几天就研究成了。"

杜萍站在李强的前面,看着李强的眼睛说:"这都是刘经理的功劳,我一说他马上就和公司老总提出建议,并和双青县定了长期合作计划,县里很快就做了安排。我在电话上没有告诉你是想给你一个惊喜,这可是解决坨子沙化的一个有效项目,我想你一定会感兴趣。"

李强说:"那我代表村里的乡亲们谢谢你和刘经理了。"

杜萍笑着说:"咱们还说谢呀,要谢就谢刘经理吧。"

刘亮看看杜萍又看着李强说:"用不着谢,这是我们的工作,只是个先后的问题。"

托娅过来和杜萍握手,杜萍显得非常高兴,拥抱托娅。赵玉柱没有见过杜萍,看见两个人长得非常的相像,惊讶地看着。

李强把刘亮和杜萍让进屋子里,大家都随后进屋。杜萍挨着刘亮坐下,托娅挨着李强坐下。李强接着给大家介绍刘亮和杜萍。

李强对大伙儿说:"我给大家介绍一下,这位是新能源公司基地经理刘亮。这位是新能源公司的会计杜萍,也是我的女朋友。"

赵玉柱说:"托娅,你和杜萍是双胞胎吧,咋这么像呢,不细看分不清,都这么漂亮。"

李长玺说："可不咋的，要是托娅不戴头饰，我是分不清谁是谁。"

李强说："杜萍在电话里简单地说了，你们的意思是承包我们的荒山，用它来造林？"

刘亮说："对。"

李强说："这个项目对我们村非常有利，我们可以有效地治理沙化，群众一定愿意干。刘经理给大家介绍一下吧！阿书记去搞调查了，其他的班子成员都在。"

刘亮说："我们新能源公司来你村主要是建生物能源基地，也就是承包沙坨子，种黄柳条，再用黄柳条来发电、造纸，做建筑材料。究竟怎么个承包法，下面请杜萍给大家讲讲。"

杜萍说："我们公司所承包的地都是种不了庄稼的沙坨子，用这样的地我们栽黄柳条，承包期要在五十年以上，每年每亩承包费十元，首付五年的承包费，到了第五年，当年付给承包费。"

李长玺说："我们每人三十多亩沙坨子地，过去是按照草牧场分的，面积很大，别看每亩地十元钱，那可是一笔不少的钱哪。"

杜萍接着说："我们不勉强群众，采取自愿的原则，有多少就承包多少，没有限制。"

刘亮说："究竟怎么落实，李村长说说吧。"

李强很高兴地说："这个项目太好了，村委会就不再另开会，明天我们就开各组的群众大会，在群众会上落实，把要参加新能源公司的户定下来，然后把亩数统计出来交给你们，之后怎么运作那就看你们公司的。"

杜萍说："对，就是这样。你们把数字统计出来之后，带着材料到我们公司签订合同就行。我们基地的人再拿着合同把地的面积圈出来，就可以栽树。栽树之前，公司首付给群众五年的承包费。"

李强又问："承包费是不是全县统一的？有没有优惠？"

刘亮说："这个没有别的标准，全县都是统一的，没有商量的余地。要是有更高的标准，杜萍早就给你透风了。杜萍是你们的间谍，我还不明白这事？是不是杜萍？"

杜萍笑着说："就是，要是有好事还能落下李强啊？"

刘亮接着说："你们研究完之后，带着个人的签字手续去我们总公司签

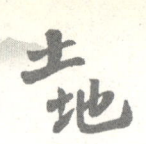

合同,还要把你们的土地面积底账复印一份附在后面作为依据,你们一看就明白了。"

李强收起签字纸,说:"大家还有没有别的意见?没有我们就散会了。"

杜萍说:"刘经理,我到李强家去一趟,你在村里稍等一下。"

刘亮很爽快地答应:"你去吧,我在村里等你。"

李强和杜萍上了刘亮的车,去了李强的家。

赵玉柱问刘亮:"我们以后放牛什么的可怎么办哪,就在那黄柳条子里放牛不行吗?"

刘亮有点不太明白地说:"这个时候哪还有人散养牛,不都在家里喂嘛,牛也不吃黄柳条子,这个应该不是什么问题吧。"

李长玺白了一眼赵玉柱说:"老赵,你尽整那用的事,把地包给人家了,人家给了你钱,你还想在人家的地里放牛,尽可着你了。又想当和尚,又想娶媳妇,美死你了。"

赵玉柱不服地说:"看你说那玩意儿,这不是问一下吗?要是行,我们不就可以放牛了吗?就是圈养牛,有的时候也得让它出去溜达溜达,能在家里死圈着吗?你们家的牛总也不出院子啊?"

李长玺不耐烦地说:"得了,没人跟你说,总忘不了占便宜。"

赵玉柱说:"我占谁便宜了?你怎么说话呢,一有个外人就显你那道道去。我都懒得说你,这有外人。"

李强和杜萍回来了。

李强说:"要不刘经理就在我家吃饭吧,我妈做饭呢,让我来叫你。"

刘亮说:"乡里的陈乡长还等着我们,非要我们在乡里吃饭,早都安排好了,不去不好。我们总公司见吧。"

杜萍过来,深情地看着李强,说:"我们过几天在总公司见吧,乡里不去不好,我们都说定了,这次来不及在你家吃饭了。"

托娅拉着杜萍的手说:"你总是这么忙,上次来只待了两天,还没和你亲近够呢。这回更忙,不到两个小时。啥时候能有空呢,当了嫂子就好了,是吧。"

杜萍笑了,说:"我都不敢在你们这待了,怕你们这儿的人管我叫托娅，分不清咱们俩谁是谁。你又比我长得好看，眼睛那么有神，我的自信心都没有了。"

托娅很亲切地看着杜萍说："别说了，看着你那么文静，那么有学问，懂礼貌，我才不自信了呢，和你在一起真长见识。"

杜萍说："等以后基地的事安排完了，你到我们广原市，我领你到红云山去玩，那里的风景可好呢，还有一个很古怪的坡，下坡时汽车得加油门，上坡时自己就上去，去那里玩的人可多了。"

托娅说："是吗？那我可得去一趟，叫强哥领我去。"

杜萍说："托娅，我走了，再见！"

托娅说："再见！"

刘亮说："快上车吧！下次来了再聊。"

李强看看杜萍，又看看托娅。

月亮湾旅店门前，一辆小车停下，朗鑫从车上走下来，他左右看了一下，直接上了三楼，在最里面的三一七房间前停下来，回头看看没有人，就敲门。门开了，方志南看是朗鑫，回头往里走去。朗鑫回过头来看看走廊，把门关上。

方志南问："你刚才在电话上说他们在丈量地？"

朗鑫叹了一口气说："前两天我们在村委会已经交涉了一次，没有结果。他们已经把起诉书交给法院了。昨天他们在丈量小坨子的地，可能是法院要证据，要亩数。我一想这事在电话上说不明白，还是和你当面说吧。"

方志南说："明天我找一下法院方面的人，民庭的庭长是高瑞，我们还是很熟的，打听一下情况，再做点工作，不行花点钱吧。"

朗鑫说："就怕花不出去呀，要是能给，事就好办了。"

方志南说："先试试吧，要是不行，我还有一个办法，我都想了很长时间，不过这个事可得多花钱，但是我们还是合算的。"

朗鑫问："什么办法？"

方志南停了一会儿说："现在还不成熟，我再看看吧。咱们还是先做法院的工作，看看事情能到哪一步。"

朗鑫咬着牙说："气死我了，没有一个事不是冲我来的。自打他当上村长，就和我叫劲。小坨子的地要是整回去，那我们在百泉沟啥也没有了。我

咽不下这口气呀。"

"你等着，早晚有一天，我非收拾他不可，你看着！"

方志南看着朗鑫，什么也没说，拿出烟来点着。

看守所里，白板就要被释放了。由于李强，检察院免于起诉白板，拘留白板三个月。他在狱中救火立功，今天提前释放。

看守干警把白板带到办公室，对他说："由于你在救火中立功，所以给你减拘一个月，今天释放。你回去后要好好反省，不要做任何危害社会的事。这次要不是李村长对你宽容，最少也要判你一年以上的实刑，不能再做对不起李强的事。还有，你不要再和那些不三不四的人来往，应该吸取这次教训。"

白板点头说："我知道，回去以后我要好好做人，请政府放心。"

看守干警说："那好，拿上你的东西走吧。"

白板拿上自己的行里和包出来，刚走到大门口，从大门缝里看见远处停着一辆他最熟悉的车，那是朗鑫的小汽车，他赶忙折回来。

白板对干警说："我先不走了，那伙人来接我，我不想坐他们的车走。我请你们出去和他们说一声，就说我已经走了，行不？"

看守干警走到朗鑫的车旁，问："你们是接白板的吧？"

朗鑫说："是啊，不说他今天释放吗？什么时候出来呀？"

看守干警说："他早上就走了，你们来晚了，回去吧。"

朗鑫有点惊讶，说："什么？回去了，这小子怎么还提前走了呢？"

朗鑫一伙儿人上车走了，等了一会儿，白板才出来，出了大门，他回过头来对干警说："谢谢你，我想远离他们，你给我帮大忙了，谢谢。"

干警说："不用谢，只要回去好好做人。这是我们应该做的。"

白板回头招手致谢，然后大步流星地走了。

白板回到家，院子里一片零乱，有两只小鸡在门口找食，一点动静也没有，白板急忙跑进屋子里，见自己的父亲趴在炕上，病得很重，不由自主地跪下，流着眼泪说："爸，我对不起你，让你在家里受苦了。我不是人，你打我吧！"

白板的父亲看见儿子回来了，喜怒交加，用手支着坐了起来，喘着气说："你小子还有脸回来呀！你再晚点回来就看不见你爹我了。你知道吗，你进去之后，李村长自己拿钱让苗大夫领我去双青医院看病，回来又给我买了半年的药。"

白板说："爸，我会给李村长道歉的。你的病要紧，我去给你找大夫看病。"

老人有些哆嗦地说："你媳妇已经回娘家借钱了，找过大夫看了，说还是糖尿病，要赶紧吃药，还得打什么胰岛素。"

白板惊讶地说："胰岛素？可是我的老丈人家也没有钱哪，那不是白去嘛，我去想办法吧。"

白板的父亲慢慢地坐起来说："你想办法？我告诉你，我就是病死了也不借那朗鑫的钱。你不许去找他，你要是找他，就是买来药我也不吃，穷死也不和那样的人掺和了。"

白板说："我不去找朗鑫，我去找李村长，一是给他道歉，二是和他借钱给你看病。"

老人点头说："好！找他我们不掉价，你去吧。"

白板说："那我就去找李村长，爸你先等一下，我一会儿就回来。"

说着白板出了屋子，刚走到大门口，来了一辆小车停在白板的前面。

朗鑫和孙小龙从车上下来，看见白板要出去就挡住了他的去路。

朗鑫漫不经心地说："白老弟这是要去哪儿呀？怎么回来都不让我们接你，要和我们划清界线哪？"

白板语气淡淡地对朗鑫说："不是，我早点回来主要是想给我爸看看病。我这就去给他找大夫，你们忙，我走了。"

朗鑫问："你找大夫，有钱吗？没有钱找大夫，白给你看哪？用钱和我说一声，多少都行，哥们儿这有钱。"

白板平静地说："我不缺钱，你们走吧，我爸还等大夫看病呢。"

朗鑫对孙小龙说："你让他走，我看他有多少钱，去找谁借钱。"

白板直接向李强家走去，朗鑫一伙儿在后面看着他。

朗鑫把烟头狠狠地扔在地上，说："这个杂种，有他好看的那一天。走，回去，等着瞧，看我怎么收拾他。和留留一个味，都被李强那小子收买了。我叫他给村长溜须，我叫他们知道谁是爹。"

朗鑫上车走了，白板连看都没看一眼，就来到李强家。

李强家里只有李强和其其格，其其格边摘菜边和李强聊。

其其格说："杜萍咋那么忙呢，到家连饭也没吃。你说自打她上回来，我还有点想她了。"

说着话，白板来了，进屋就给李强跪下，吓了其其格一跳，说："李村长我出来了，感谢你的大恩大德，不和我一般见识。"

李强赶忙上前扶起白板，说："你这是干啥呀？事都过去了，你也知道错了。我不记你的仇，别放在心上。你爸的病好点没有？这几天太忙了，我原来想去看看你爸，事儿多没去。"

白板眼里含着泪说："我回家我爸就和我说了，要不是你让苗青青领我爸到双青看病买药，我们爷儿俩就见不着了。李村长，你说我咋这么浑哪。你打我几下子吧，我这心也太难受了！"

李强很亲切地说："你爸病得那么重，你又不在家，我能看着不管吗？我是村长，你的父亲也是我的大爷呀。全村的人都是我的家人，谁有困难我都应该管。"

白板擦着眼泪说："我真没想到你这么大量。我想再带我爸到双青医院看看病，可是我们家一点钱都没有了，我媳妇上娘家借钱到现在还没有回来，我估计也没有什么希望。我想和你借钱，可是真有点张不开嘴。你说我还……朗鑫刚才上杆子借给我钱，我没借。今后我要和他一刀两断，他不是人。"

李强一听对其其格说："妈，借给我白哥一千元钱吧，他爸病得很厉害，正好白哥回来了，抓紧看看吧。"

其其格从箱子里拿出一千元钱，说："要是不够就再来拿，把你爸的病看好为准，看你还是个孝顺的孩子。"

白板说："那我给你打个条子吧。"

李强说："不用了，什么时候有钱再还我，你别着急。"

白板很难过，一种难以言表的内疚让他的眼泪在眼圈里打转，从李强手里接过钱，打李强那一幕又在他眼前浮现，白板再也忍不住了，抱住李强就哭起来。

白板哭着说："我三十多岁白活呀，我不是个人哪，李村长你打我吧！"

李强安慰白板说:"好了,事都过去了,谁还没有走错路的时候呢,以后改正就行了呗,快去给你爸找大夫吧。"

送走白板,李强很欣慰,坐下帮着妈妈择菜。

李强对其其格说:"看他那个样子还是很孝顺的,怎么就和朗鑫混上了?人就怕跟错了人。"

其其格说:"都是在一起打麻将打的,输了钱问人家借,还不上就给人家干活,时间长就依靠上了。"

阿斯根和李强在村委会办公室。

阿斯根翻着笔记本说:"承包小坨子地的户基本上都查清了,我和刘会计统计了一下,在这十年当中,朗鑫平均每年要向外承包五千亩地,每亩地的承包费平均是一百二十元,每年的纯收入就是六十万元,十年就是六百万。你说这个账怎么往回要?"

李强问:"各户的证明都写了吗?"

阿斯根说:"全都写了,盖章按手印,都是铁证。"

李强说:"那就好,明天我就送到法院,顺便还梁小丽的钱。"

阿斯根问:"群众出租荒坨的情况怎么样?"

李强说:"群众大会开完了,都是以小组开的,有一多半的群众都签了字,相当一部分人还想种地,都是一些比较平点的地,真正的沙坨子都签了合同,还是比较理想的。去新能源公司签合同时,咱们俩一起去吧。"

双青法院立案厅里,李强和阿斯根坐在高瑞的对面。

高瑞看着材料说:"你们收集的证据很好,这样我们可以给朗鑫卜传票,确定开庭时间。你们回去听信吧,我们尽快办理。另外,我们也向主管院长汇报了这个案子,赵院长非常重视,指示我们要增加人员办理这个案子,因为这个案子很典型,是当前我们这个地区比较突出的问题。它有代表性,这对以后类似案子的审理有重要意义。"

李强说:"拜托了高庭长,那我们等信。"

辽南新能源公司,一排大字立在七层大楼的顶上非常醒目,楼面的绿玻璃更使大楼显得宏伟,不断有小车出入,一辆的士开进院子里,阿斯根和李强下车。两人朝总公司的办公室走去。

两人还没有进门,杜萍已经出来迎接,老远就打招呼:"李强!往这

来,办公室在这呢。"

两人来到杜萍的面前。李强问:"刘经理在家吗?"

杜萍说:"在呢,你打完电话我就和他联系了,他一直在办公室等你们。走吧,到他的办公室。"

晚饭后,阿斯根和李强回到招待所,阿斯根看电视,李强躺在床上望着屋顶想心事。杜萍进来,给阿斯根和李强拿来一盘水果,一边放水果一边说:"吃点水果吧,能解酒。你们都喝了不少的酒,一会儿就休息吧,明天还要和公司签约呢。"

阿斯根看看杜萍说:"杜萍,你也坐下吃一个吧,今天你也喝了不少的酒,为了我们的事忙活了半天,我们应该谢谢你。"

杜萍说:"这说哪儿的话呢,是我应该做的。包叔,我和李强出去有点事,就不打扰你了,你累了就休息。"

说完话她就和李强出门。李强和杜萍出了门外,杜萍手挽着李强的胳膊,沿着大街慢慢地向前走着。路旁商店门牌上的霓虹灯不断闪动着,五光十色,很美丽。杜萍很深情地说:"李强,你想我了吗?从你们那儿回来之后,我天天都在想你什么时候来公司签合同。"

李强低头看看杜萍,说:"唉,怎么不想呢,只是这一忙起来,都顾不上也不知道咋这么多事,连一天的空都没有,就承包荒坨这个事,光开群众会就用了十天。然后我们就来了,回去还得打官司,分地。有时候坐下来想起你要打电话,可是来个人,有什么事就忘了,都有好几回了。"

杜萍把李强的胳膊抱得更紧一点,说:"有时候我也想给你打电话,可是一想你那么忙,又不想打扰你。我想好了,等我们在双青建基地的时候,我要求去,就能和你在一起,到那时我们就结婚。"

李强沉默了,杜萍看着李强的脸。

李强叹了一口气,看看杜萍说:"要是那样的话,我们结婚就不成问题了。可是乡下苦哇,怕你待不惯。"

杜萍有点疑惑地说:"你不想让我去吗?我咋看着你有点不高兴呢?"

李强笑了,说:"你要去了可是我的帮手,怎么会不高兴呢,信不着我呀?"

杜萍站住,抬头看着李强说:"不是,我咋有点心里没底呢。"

饭店的一个小包间里，方志南和高瑞在喝酒。

方志南很客气地说："来，咱们再干一杯，我先干了。"

高瑞看方志南干了，随后也干了。

高瑞给方志南倒上酒，说："方主席，你问的这个事，我和你不见外才说实话，村里的胜算要大一些，主要是因为那个合同不合法，乡里没有法人签字，没有群众签字，这些都是硬条件。我们办案，首先就是看这些主要的东西，其他的一些因素都不主要。"

方志南说："那你看能不能走走关系，花点钱打点一下？"

高瑞笑了，看着方志南说："这件事，你就是花多少钱可能也不好办。咱们都是多年的老朋友了，我就给你透个底吧，这个地不但要判给村里，朗鑫还要相应地承担一些承包费用，因为他对外承包地，村里都找到了证据。我算了一下，每年朗鑫要收六十万元，承包十年多了吧，那可是一笔大钱哪。村里要求这些钱要由他赔偿，否则就要让他承担刑事责任。"

方志南的脸色很难看，他举起酒杯和高瑞碰了一下。

"来，喝酒！"方志南喝完这杯酒低头夹菜，在想刚才高瑞说的话。

高瑞有些疑惑地问："这事和你有关系吗？"

方志南无所谓地说："和我有啥关系？乡里那个合同也不是我签的。主要是我原来的一个朋友托我。你看这事能不能从中调解一下，事成了花个十万八万的没关系。"

高瑞笑了，说："方主席你咋还整这事呢，我们都是熟人，我都和你说清楚了，能调解的事不用你说，不能调解的事咋整也不行。"

方志南沉默了。

第二天上午，刘亮办公室。

刘亮拿出一个合同给李强，说："这是正本合同，加上附件就可以。我们签字吧，能源公司这方就是我代表，你们那方是李村长签字，看看还有什么问题？"

李强看着刘亮说："我们都看完合同了，签字吧。这是群众的签字，刘经理你看看。"

刘亮拿过群众签字看着，看完和合同放在一起，说："那我们就签字吧，来，你先在这签，这个是我的。"

土地

两个人互相换着签完合同,刘亮交给李强一份,又和李强、阿斯根握手。这时白总和杜萍来了,白总笑呵呵地说:"阿书记、李村长,你们这个村特殊,乡里还没有进一步考察,先行给你们批准了,这可是杜萍的功劳哇。中午我正好没有事,今天我请你们。杜萍你去安排一下,找一个好一点的饭店。"

杜萍说:"好,我这就去安排。"

饭后白总的办公室,李强、阿斯根和杜萍都在。

杜萍说:"白总,我当着李强的面和你正式申请到双青基地去工作,那样我就和李强离得更近了。要是在百泉沟建立基地,我们就能够经常在一起工作。我这个请求不过分吧?"

白总笑着说:"我同意你的申请,你们是为了公司的发展,也为了治理农村的荒山。这回咱们是亲戚加伙伴了。"

李强高兴地说:"那我可谢谢白总了,杜萍去了还能帮助我。"

阿斯根说:"好,我们欢迎!"

方志南在家里给朗鑫打电话。

方志南说:"喂,朗鑫吗?你在哪呢?"

朗鑫开着车接电话,听是方志南电话,把车停下,说:"是我,在外面呢,没别人,你说吧。"

第二十三章

方志南坐在沙发上说:"村里起诉的事,我已经问高瑞庭长了,就是花钱也没有用。高瑞口挺死,人家不好给咱们说话。"

朗鑫走出车外,靠在车上说:"那咋办哪,地收回还得给村里钱?多少?那么多呀!那咋整?啊……啊……行,我听信。"

徐守忠的家,四间架子房,房子的西面有三小间仓库,院子里停着一辆小四轮车。徐守忠在打扫院子,儿子徐明从外面回来,手里提着几瓶酒和一条猪肉,走近徐守忠,说:"爸,你别扫了,一会儿我干吧。"

徐守忠也没抬头,说:"我要扫完了,你一会儿去把你凤海叔叔找来,我们俩今儿喝点酒。"

徐明问:"那还找我婶和吴江吗?"

徐守忠说:"都找来吧,也没有别人。你姑姑昨儿说来了,她来还得等一会儿,坐班车十一点到。"

徐明说:"我这就去,我先把肉送屋里。"

徐明的媳妇小玉在厨房做饭。徐明进屋问:"小玉,咱家鸡蛋还有吗?没有我去买。"

小玉说:"都有了,你要是出去再买一瓶醋就行。"

徐明转身出去。

徐守忠打扫完院子,回到自己住的东屋里,坐下点着了一袋烟,看着刘兰英给他的烟盒包,回想着他和刘兰英的约定……

刘兰英和徐守忠在从太平川乡赶集回来的路上。刘兰英看着徐守忠给她

买的皮坎肩,很高兴地说:"你别说,这东西穿在身上一定很暖和。看不出来,你心还挺细的。你心里真有我?等你过生日的时候,我也给你买一个礼物,先不告诉你,叫你心里放不下。哈哈!这个烟盒包是我自己绣的,给你的。咋样,等急了没有?你再心急也得等跟弟结婚,剩下我自己,你往我家一搬就完事了。都这么大岁数了,还要那形式干啥。我们跟弟不反对。"

想到这徐守忠叹了一口气,说真的,徐守忠真的很喜欢刘兰英,自从和刘兰英好了之后,觉得自己年轻了许多,整天帮着儿子干活也不觉得累,就盼着和刘兰英结婚的那一天早日到来。可是刘兰英对李强的态度让徐守忠不能接受,让他心里没了底。他狠狠地吸了一口烟,低着头,脸色很不好看。

吴凤海来了,进了东屋。

"你今天的生日,徐明去找我才想起来,妹子来不?"吴凤海一边上炕一边问。

徐守忠抬起头说:"昨天说坐班车来,快了吧。你家弟妹咋没来呢?"

吴凤海说:"她不来了,前院二丫妈找她有点事,早走了。"

两个人说着话,吴江和跟弟进屋了。

吴凤海很热情地说:"跟弟来了。"

跟弟把手里提着的酒和点心放在桌子上,说:"大爷,我妈叫我来给你过生日,她有点事来不了,也没买别的东西,给你买点酒。"

徐守忠看着跟弟说:"你妈才不给我过生日呢,要是她让你买的,你就给她拿回去;要是你和吴江安排的,我就收下。"

吴江忙说:"是我们俩买的,他妈不知道。"

徐守忠点点头说:"跟弟是个懂事的孩子,吴江找了个好媳妇。快坐下,吴江拿个凳子来。"

吴凤海说:"孩子们的事我是同意,跟弟她妈有点不同意,主要是和李强有关系,从打小井开始,开发红旗水库,这都是和方志南对立的事,她是方志南的小姨子,能不向着方志南吗?"

跟弟一听站起身来,说:"我去帮小玉嫂子烧火去,你们聊。"

跟弟到了厨房,小玉正在做饭,看见跟弟进来,说:"不用你,你歇一会儿吧。"

跟弟往灶膛里添柴火,说:"我给你烧火。"

跟弟的电话响了，跟弟到外面接，说："妈，找我有事呀？在吴江家呢。"

吴江站在旁边听是谁来的电话。

刘兰英手里拿着碗，吃着饭打电话，说："跟弟，你买点东西去你徐大爷家一趟，他今天过生日。你就说是你买的，别说是我让你去的，要不他该不要了。听着没有，别和吴江说我告诉的啊！完了就回来，别在那吃饭。"

跟弟笑了，回头看看吴江，说："知道了，我这就去，没事我挂了。"

吴江也听着了，笑着说："咱们俩来对了吧，我的主意怎么样？"

跟弟回屋对徐守忠说："大爷，我家里有点事，我妈叫我回去，我就不在这吃饭了，你们聊吧。"

吴江说："你真走哇？"

徐守忠说："啥事那么忙，吃完饭不行啊？"

跟弟拿起手包，说："不吃了，我走了。"

跟弟走了，吴凤海说："刘兰英对你还是有意思，你也别因为这么点事记恨她，事过去就算了。她是方志南的小姨子，这些年了，能不向着他嘛，这也是人之长情。"

徐守忠说："就要那么点面子，借着方志南沾点光，好像咋回事似的，我就看不上她这个劲，要说别的还都行。我们俩没有那个命，一到关键时候就出差错。李强是个什么样的人，难道她还看不出来吗？她也不是小孩子。这回就是她求我，我也不和她搭伙了。"

广原市委大楼前，一条巨幅标语"热烈祝贺广原市委扩大会胜利召开"从楼顶垂到楼底，街上也有很多过街横幅。

中午大会散会，与会的领导们纷纷走下大楼台阶，站在小车旁的沈老板等包世达、陈保华，看见他们过来，摆手招呼。包世达、陈保华和沈老板握手。

陈保华问："我们去哪儿呀？"

沈老板开着车说："去银座宾馆，那的菜不错，有贵客都去那儿。"

包世达说："我们俩还是贵客呀，让你破费了。"

小圆桌旁坐着包世达、陈保华和沈老板。沈老板在点菜。沈老板的女秘书拿来酒，又拿来湿巾。

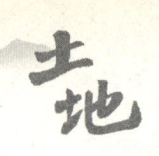

包世达看看沈老板说:"咱们是多年的老朋友了,在双青的时候我们就没少打过交道,一听你要请我们吃饭都高兴坏了。"

沈老板笑了,说:"看出来你们和我的感情了,我们很长时间没有在一起喝酒了。我除了会一会儿老朋友,还有一个事想求你们帮忙。这个事对于你们来说应该问题不大。"

包世达问:"你说。"

沈老板说:"是这样,我这个制板厂想扩大规模,想在下边的乡镇或者是村里办个分厂,不知道你们那有没有村子承办这个厂子?"

包世达不解地问:"跑乡下去办厂?"

沈老板说:"是呀!原材料都在乡下,光运输费就能节省不少,对我们有利。"

陈保华说:"这事你咋不早说呢,我们乡有条件的村多了,你说说有什么要求吧。"

包世达感谢地看着沈老板,说:"对我们来说是好事呀!这好事你想着我们就对了,够朋友。"

服务员开始上菜,沈老板的秘书进来给各位倒上酒。

沈老板笑了笑说:"和个人合作我不干,要是和村上联手还可以,乡里也行。我合作是有条件的。"

包世达说:"给你找地方就行了呗!怎么合作,还得出钱哪?"

沈老板点点头,说:"你说对了,我自己可干不起,没有那么多钱,合作还差不多。因为需要场地什么的,要是我独资可就不好办了,什么都要花钱。合作就不同了,双方负担费用,当然也共享效益。"

包世达说:"找什么样的村子呢?有标准吗?"

陈保华说:"对,你说吧,啥类型的,以什么方式合作,要不你让我们怎么给你找合作伙伴呀。"

沈老板说:"既然是合作,最起码要有一定的实力,也就是有钱。我们出设备和技术,对方出资金。"

包世达说:"有钱的村可不好找,乡里就更不用说了,没有钱有地不行吗?要是找有地的村还能行。"

沈老板说:"怕是不行,如果你们两个担保还差不多,别人我是不干。

这样吧，等你们散会了，我去你们那儿。"

朗鑫家，朗鑫在对几个收粮的工人交待任务。大门外开来一辆法院的小车，从车上下来两个法警。

法警走近朗鑫问："哪位是朗鑫？"

朗鑫一愣，说："我是，找我有事呀？"

法警说："百泉沟村对你承包小坨子地一事提出诉讼。法院决定12月27日开庭，要求你准时到庭。这是传票，请签字。"

法警把传票递给朗鑫。

朗鑫签完字，法警走了。他呆呆地看着传票。

工人说："老板，我们几个走了，还有别的事吗？"

朗鑫说："走吧，有事打电话。你们先去韩家村，别在百泉沟村收了。"

工人们上了一辆货车。

朗鑫打电话："喂，方主席，是我。我刚才接到法院的传票，村里起诉我，在这月的27日开庭。对，才送来的……"

李强、阿斯根、托娅、李长玺和张勇等人在村委会。

李强对大伙儿说："昨天法院送来传票，这个月开庭。距离开庭只一个星期，明天我想去糖厂一趟，把借人家的钱还了，再找一个律师。"

阿斯根说："去吧，去之前我们研究一下要用的材料。"

李强说："主要是看律师还需要什么材料，我们抓紧补上。"

李长玺担心地说："朗鑫那小子要是不去怎么办呀？"

李强摇摇头说："他才不缺席呢，也会找律师的。我们得做些准备。"

阿斯根说："对，他一定不会善罢甘休，咱们多去几个人。"

托娅看着李强，说："我们都去，找一个有能力的律师，别怕花钱！"

一辆出租车在糖厂门口停下，李强下车直奔梁小丽的办公室。李强站在梁小丽办公室门外，有点犹豫地敲门。里面传来梁小丽的声音："进来。"

李强进屋。梁小丽一看是李强，笑眯眯地站起身来，说："是你呀，还敲什么门，进来不就得了嘛。来，快坐下，你才下车吧？"

梁小丽拉着李强的手一起坐在沙发上。

李强看着梁小丽说："我渴了，倒碗水喝吧！"

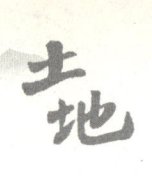

梁小丽只好放开李强的手去倒水。

李强看看外面,问:"咋这么消停呢,人都不在呀?"

梁小丽说:"看你那样,怕我吃了你呀。别怕,没有人,人们都在白云宾馆开会呢,这不准备要放假了嘛。"

李强问:"快过年了,生产线都停了?"

梁小丽说:"都生产完了,新设备就是快。你干啥来了?"

李强拿出钱,说:"我还你钱来了。治病救命,你可真是活菩萨呀!我替三胖谢谢你了。"

梁小丽把钱放在一边说:"你这么理解呀,不懂好人心!"

李强说:"合作医疗给他报销了四千多元,有钱了,你拿着吧。"

梁小丽拿起钱说:"那我就拿着。"

李强说:"还得求你一个事。"

梁不丽说:"啥事,就说呗,跟我还求。"

李强说:"我想请你帮我们村找一个律师。村里起诉朗鑫,这个月27日开庭,我想事先找一个律师,让他了解一下情况。"

梁小丽说:"这个好办了,就找咱们糖厂的田律师就行,他给糖厂当了多年的律师,在双青是很有名的。你先喝水,我给他打电话。"

梁小丽给李强倒了一杯水,坐下打电话,电话通了,她问:"喂,田律师……"

包世达在办公室里,陈乡长进来问:"包书记找我有事?"

包世达抬起头来说:"我想和你研究一下沈老板和我们说的事,哪个村好,这事可不能放过。"

陈乡长坐在沙发上说:"按沈老板说的,有钱的村也没有哇,有地的村就更没有了。要说百泉沟有点地,可是正在打官司,我听说这个月开庭。开会前听法院副院长陈良说村上胜诉的机率大,因为对方的合同是无效的。"

包世达说:"我看就百泉沟村吧,虽然官司没有打完,可是事儿已经是板上钉钉了。这事你先找一下村里的书记、村长,先和他们打一下招呼。我今天去县里民委办事。"

陈乡长说:"那我一会儿就找百泉沟村的领导,事先和他们定下来。官司一打完,我们就找沈老板,要不这个项目让别人抢走了。"

包世达站起身来说:"那我走了,你就落实吧,让他们来乡里。"

陈乡长的办公室里,陈乡长和阿斯根坐在沙发上喝水。

阿斯根看着陈保华说:"李强去双青找律师,还剩下三天就开庭了,还不知道能不能要回地,办企业的事不好定吧?"

陈乡长说:"我听法院的人说对方合同不合法,肯定能要回地,主要是能不能给你们承包费。你们就按照五千亩地计划吧,对了,也就四千亩吧?"

阿斯根点点头说:"也就那样,其他的地都让朗鑫栽上树了,这还是个麻烦事,就看法院怎么判了。"

"包书记走的时候也说了,不管怎么样,一定要争取这个企业的项目。"陈乡长说。

阿斯根说:"只要村里的地能要回来,这个事就成。李强回来之后,我和他研究怎么合作。你说的这个制板厂能用多少人?"

陈乡长说:"那就看规模了,一个中型的厂子怎么也得个百八十人吧,到时候你们村可就发了,别的村别想和你们比。"

阿斯根很高兴地说:"事倒是个好事,可是不知道能不能挣钱。要说村里的地分完了,拿小坨子地办个企业还真不错。"

陈乡长说:"挣不挣钱也得办了才知道哇,没办怎么知道。你们要是办成了,不光是村里有收入,乡里有这么一个企业,税收上也能提高很多。"

陈乡长和阿斯根都点着了一支烟,两个人都沉浸在办企业的喜悦之中。

法院的审判厅里,李强、阿斯根和村委会的成员,还有朗鑫和他的哥们儿等着宣判。

高瑞等人从小会议室出来了,很严肃地坐在各自座位上。大家静了下来。高瑞宣布:"经合议庭裁决,百泉沟村小坨子承包地一案,现判决如下:一,本合同没有群众签字,没有乡政府法人签字,是无效合同,没有法律效应,不受法律保护。因此小坨子地应退出承包,还给百泉沟村。二,从原合同承包期至今日,所有对外承包费用三百二十五万元交回村里。但是在此期间,开地费用、所植树木要折合成一百六十万元,从对外承包费中扣除。原村委会村长签署和执行此无效合同,应负责一百万元的损失,也从对外承包费中扣出。鉴于孙贵是党员,其所造成的损失和责任应由村乡两级和

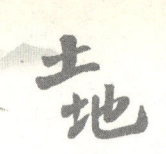

土地

上级纪检部门做出处理,本庭无权干预。如需要赔偿或涉嫌犯罪,可由纪检部门或乡村两级提出诉讼,本庭再行受理。所剩六十万元,及原合同承包费用五万元,共计为六十五万元,承包人朗鑫限期于2008年5月30日前交给村里,超期按违法执行。被告如有不服,可于十五日内提起上诉。"

朗鑫站起来说:"我不同意判决,不合法村里还承包给我,那都赖我吗?村上应负全部责任。上面还有乡里的公章,那是没有用的木头疙瘩吗?我不服,我要上诉!"

高瑞说:"闭庭!"

村委会大会议室,支部委员和村委会成员在开会。

阿斯根说:"今天的会议有两项内容:一是用小坨子地办企业的事;二是关于孙贵把小坨子地对外承包,给村里带来损失,如何处理的事我们拿出意见,之后再通过支部大会。咱们一项一项地研究,先研究小坨子地办企业的事吧,大伙儿都说说。"

李长玺马上发言:"那就办呗!这地原来承包给朗鑫,都多少年了,再说红旗水库开发的地已经分给群众,拿出小坨子地办厂,群众不会有意见。"

张勇说:"我同意李长玺的意见,咱们村应该办一个厂子,这样还能让青年人就业,村里也有收入,一举两得呀。"

赵玉柱说:"群众能有啥意见,已经分了四亩多的好地,还想咋的?要是依着群众,那没头,啥事也整不成。当断就断,免遭其乱。"

刘福田说:"我也同意办厂。那样咱们村可就有了收入,要不连个勤杂员都雇不起,还得书记、村长打扫屋子。"

托娅说:"你们的意见有一定的道理,可是我们不能忽视一个问题,那就是群众的意见,我的意见是通群众会来决定。"

李强说:"承包给李明远一千亩的地已定,会后我就给他打电话,让他来签承包合同。包书记和陈乡长要在我们村里办企业的事,刚才大多数委员都同意了,只有我和托娅不同意这个意见,其实也不是不同意,只不过是我们要争求群众的意见,群众这一关必须要过。今天的会上大多数委员同意,我少数服从多数,保留我的意见。"

阿斯根说:"乡里包书记已经知道小坨子地判给了村里,问村里为什么还没有动静,说沈老板还在等信。我看就让沈老板来吧。李村长给李明远打电话，乡里电话我打。我们进行第二个议题，孙贵的责任问题。大家都说说，共同拿出个意见。这是个原则问题。他是个老党员，又是多年的村干部，担多大责任，怎么处理，大家说吧。"

双合尔穿上青色袍子，戴上一顶绣着祥云的蒙古式毡帽，把一条绛色的宽布腰带扎上，之后出了门。

双合尔老伴追出门外，说："你这是干啥去呀，要吃饭了还走？"

双合尔说："村里开支委会，研究处分孙贵，这事我得参加。"

双合尔老伴说："人家村里的事你总掺和啥呀，儿子还在那儿，给人家留点面子不行吗？"

双合尔说："我是党员，我得说句公道话呀，听不听是他们的事。"

双合尔老伴拽了拽双合尔衣服，说："老了还是那个脾气，说不动你，去吧，别和人家生气。"

孙贵从家里看见双合尔从他家的门前走过，连帽子也没戴急忙出来，到了大门外，看双合尔去了村委会。孙贵迟疑了一下，赶忙跟在双边合尔后面，也朝村委会走去。

朗鑫和方志南在旅店里。

方志南吸了一口烟，说："我早就知道这个结果了，法院这边我没有办法解决，给钱人家都不要，他们知道要了钱也办不了事，因为这个合同不合法。再找群众签字，那群众能给签嘛。所以你别抱什么希望了。这欠款怎么解决，是个大问题。"

朗鑫头也不抬地说："我是没有那么多钱给村里，爱咋咋的吧。"

方志南说："这个钱不用你给，你只要把今年所得的二十五万拿出来就行，其他的我来解决。"

朗鑫一听愣了一下，又低下头说："那我这一年就白干了，这个李强，我杀他的心都有，等着！"

方志南用眼角看着朗鑫，说："一个二十多岁的小孩子还真成气候了，连你都败在他的手下，不可思议。"

朗鑫气得直喘，说："你等着，看我怎么收拾他！那其他的钱怎么办？"

方志南说："这个你别管，我来解决。"

村委会大会议室，会议在继续。

李长玺说："要我说那钱就让他赔村里，啥是少哇，一百万哪！集体受多大的损失？不给就起诉他，开除他的党籍，把材料送到纪检委去，让上级处分他。"

双合尔推门进来，站在众人面前。

双合尔看着阿斯根、李强说："我想列席，和你们研究孙贵的问题，先说说我个人意见。"

李强、李长玺和托娅等人站起来给双合尔让坐。

托娅问："爷爷，你怎么来了？"

李强拿过一个凳子，说："爷爷，你坐这来。我们想研究完再去征求你的意见，正好你来了。阿书记，就让爷爷一起研究吧？"

阿斯根说："这是支委会，不是支部会，拿出意见之后再通过支部会，到那时你再提意见不行吗？"

孙贵在村委会的门外听。

李强看着阿斯根说："还是让爷爷列席吧，已经来了还让老人家回去吗？"

阿斯根说："那你就参加吧，接着发言。"

刘福田说："我说，要说这数额可是不小，这得多大的损失哪？我说直接把他送司法机关得了，我们咋处理他？要不就起诉他，和他要钱？"

阿斯根说："我的意见是把他的情况整一份材料送到纪检委去。钱的事再起诉他，给不了钱依法惩处。"

张勇说："起诉他，那么多钱，他能给吗？"

李长玺说："对，不能就这么算了。"

双合尔看大伙儿都说完了，抬起头来看着大伙儿，说："我说说。孙贵的爹孙长友那是我的生死战友。乡亲们都知道，孙贵是我从小看着长大的，他走到今天这一步我有错呀。话又说回来，他原本也不是这样的人。朗鑫当村长时胡作非为，当时是他带着群众上告到县里。我看他行，才推举他当了村长。方志南为了保护朗鑫他们的利益，后来把朗鑫拿下来，又让他当书记。"

孙贵站在门外听着，非常紧张。

双合尔说:"这还不算,怕孙贵闹事,他又把红旗水库里的地交给孙贵对外承包。吃人家的嘴短,拿人家的手软,就为了这么一点小利,孙贵答应朗鑫承包小坨子地。那时候的法律法规也不像现在这么严,他就得了水库里那点承包地钱,小坨子地的承包费都让朗鑫和方志南得了。一年六七十万哪!他不是朗鑫一伙儿的人。我希望大家看在我的老面子上拉孙贵一把,别把他推到朗鑫那一伙儿。不然我死了,怎么去见为了保护我而牺牲的长友哥呀。怎么说他的儿子都是在我的手底下成为罪人的。我没求过人,这件事我求求你们了,给他个改过的机会。"

孙贵满脸泪水冲进屋里,说:"大叔,我罪有应得,应该受到处分,不能连累你呀。阿书记、李村长,你们处分我吧,我错了,我对不起我死去的爹娘和乡亲们,对不起双合尔大叔!"

双合尔说:"你小子的胆子也太大了,那是六千亩地呀!地是咱们老百姓的命啊!难道你忘了你妈是怎么死的吗?那是没粮吃硬饿死的呀,那年你才七岁……

孙贵的母亲躺在炕上奄奄一息,双合尔和七岁的孙贵守在跟前,孙贵抱住娘的身子,双合尔拉着老嫂子的手。

孙贵哭着叫:"娘!娘!你怎么啦?娘,你睁开眼睛看看,你不能死呀,你死了我可怎么办哪!"

双合尔眼含着泪说:"老嫂子,你还有啥嘱咐的跟我说,我一定给你办到。"

孙贵娘有气无力地说:"我……我……想吃高粱米……水饭……"

说着又晕过去。

双合尔领着孙贵挨家挨户地借高粱米。

双合尔说:"张大爷,孙贵娘要不行了,就想吃一碗高粱米水饭,你借给我半斤,我赶明儿个还你一斤。"

张大爷说:"对不起了,我们家连一粒米都没有,吃玉米皮子呢。"

双合尔领着孙贵敲了一家又一家……

刘大娘拿出一碗高粱米说:"就这些米了,这还是留着文他娘坐月子用的呢,你先拿去吧,只是少了点。"

双合尔给刘大娘行礼,说:"我替孙贵娘谢谢你了。孙贵快给你刘奶奶

磕头。"

孙贵跪在地上磕头，说："谢谢奶奶，谢谢奶奶！"

回到家里，双合尔和孙贵忙着做饭，孙贵烧火，一会儿把饭做好了。双合尔双手端着一碗水饭送到孙贵娘面前。

双合尔说："老嫂子，你不是要吃高粱米水饭嘛，做好了，吃点吧。"

孙贵娘看了看双合尔端的高粱米水饭，嘴唇动了动，脸上露出了笑容，说："我知足了……他叔……孙贵以后就交给你了……"

孙贵娘含笑闭上了眼睛。

双合尔呼喊："嫂子，你不能死呀，孙贵还这么小，可怎么办哪！"

孙贵哭叫："娘！娘！你不能扔下我呀！"

双合尔满眼的泪水，说："我对不起死去的老嫂子啊！我眼睁睁看着孙贵他娘活生生地饿死了呀！"

孙贵再也忍不住，扑到双合尔脚下，抱住双合尔的腿号啕大哭。

孙贵说："大叔哇……我不是人，对不起我死去的娘，我对不起你！"

在场的人都哭了，都在擦眼泪，托娅已经泣不成声。

双合尔语重心长地说："孩子，你不是对不起我，你是对不起全村的老少爷们儿，对不起共产党啊！你想想，中国十几亿人，一人一天一斤粮那是多少？十年呢？堆起来还不得有喜马拉雅山高哇？要是没了地，没了粮，咱们靠啥奔小康？靠啥建设和谐社会！"

孙贵站起身来，看着双合尔说："大叔，我知错！不管给我啥处分我都毫无怨言！"

双合尔拉着孙贵的手说："知错能改就中！我看就给个记大过处分？"

双合尔看着阿斯根，阿斯根又看看李强，李强看着阿斯根。

李强说："那就给个记大过处分吧。"

孙贵突然走到办公桌前，把党旗摆在办公桌当中，跪在党旗前举起了右手，说："党啊，今天我孙贵是第二次对您宣誓，今后我要是再对党、对老百姓有二心，"孙贵抓起桌上的茶杯摔在地上，"有如此杯！"又从怀里掏出一个旧账本，"大叔，李村长，这是我这些年记的黑心账，我孙贵就是砸锅卖铁也把钱还给乡亲们！"

李强、双合尔同时扶起孙贵，三双手同时握在一起，阿斯根、李长玺也把手伸出来和他们握在一起……

两辆小车在村委会门口停下，包书记和沈老板分别从车上下来，阿斯根和李强出来迎接，互相握手。

包世达介绍："这是沈老板，这是百泉沟村的党支部书记阿斯根，这是村长李强。走，咱们进屋里谈吧。"

大会议室里大家都坐下，托娅给包世达和沈老板倒水，李强和阿斯根坐在沈老板和包书记的对面。

包世达看着李强等人，说："昨天阿斯根在电话里都和我说了，你们已经研究完，我看那就往前进行吧。沈老板，你先说说你们厂子的情况和你们要在下面办企业的意图，让村里领导听听，说一下双方都要准备什么，达成协议签合同。"

沈老板说："那我先说说我们企业现在的情况和要建分厂的计划。我们是市里最大的木板制造厂，能制造各种工农业以及建筑业所需要的木板材料，年产值八千万元。近一年来，我们想扩大厂子规模，想在离原材料近的村或乡办一个一百人的中型分厂。我出设备，价值是两百万元。要求村里最好是相应地匹配同等数量的钱，或者是物资，比如场地或者是能够耕种的土地等。"

阿斯根说："要说钱嘛，我们也没有现钱，打完官司人家欠我们六十五万，他个人要是同意，过账行不行？"

沈老板想了想说："他要是有实力还你们钱，我看可以。"

阿斯根说："他是我们村的朗鑫，拿出个一二百万没有问题。再一个是新收回来的五千亩小坨子地。有四千亩是耕地，一千亩是荒坨子。要是行，可以给你办企业顶钱。"

沈老板想了想问："地怎么样？"

阿斯根说："都是熟地，有的已经栽上树，也可以给你。"

李强问："那我们之间怎么分成和管理？"

沈老板笑了，说："这个你们不用担心，我们就按投资数量计算分成，投资百分之五十，就按百分之五十分成，要是百分之四十就按百分之四十分成。管理人员对方对半，统一管理。除了技术人员之外都用你们村的人。"

包书记说："看看双方还有什么问题？"

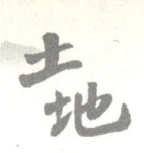

李强看着包书记说:"我有问题,办企业用地得群众代表会或者是群众大会通过之后才能实施。"

阿斯根说:"这个没啥问题,到时候通过就行。我们先把合作合同签了吧。"

李强想了想说:"那就签个合作意向,双方再做一下准备工作。这又到年关了,具体实施得过完年。"

包书记点点头,说:"也是,要过年了。那就按李强说的,先签一个合作意向,在这个期间你们做一些准备工作,行吗?"

沈老板迟疑了一下,说:"行,可以签个合作意向,有书记在我怕啥呀。"

包世达强调说:"这可是合作意向,双方谁都不用怕,不成了也没有多大的责任。不过我可给你们牵线搭桥了,怎么走可就看你们的。需要我们解决的事,你们都吱声,乡里会支持你们的。"

沈老板把合同交给李强,交给包书记一份。

李强看完又交给阿斯根。

李强说:"没有什么问题,可以签字,但是要改成合作意向。"

包世达说:"你们双方要看好合同,别整出事来。"

市木板厂,沈老板在车间和一个师傅谈话。

沈老板神秘地说:"你把我们过去使用的制板机、压缩机等全套机器擦干净,包上新包装,然后找几个人把它放在大仓库里。要快,后天必须完成,再找几个人帮忙。"

工人说:"知道了,保证让它像新的一样,外行人看不出来是新还是旧的。"

沈老板点点头说:"不要说这是旧的,有人问就说是花六十五万元买的,也别说是从哪买的。"

工人说:"知道了。"

木板厂的大仓库,方志南在沈老板的陪同下看制板设备。

方志南摸摸机器问:"这套设备多少钱?"

沈老板说:"全套六十五万元,我已经付给人家钱了,就等着运到百泉沟村。要过年了,等到过年之后再运也不迟。"

方志南有点疑惑地看着设备，问："是新的吗？"

沈老板马上说："是，这是昨天到的货。"

方志南说："把你的账号给我吧。"

沈老板把一个纸条递给方志南，高兴地说："好了，我们走吧。中午我带你去一个好地方，是一家新开的酒店，保证让你满意。"

临近春节，金钟家在杀猪，院子里放了一张桌子，上面放着已经刮干净的猪肉，有几个人在帮着收拾，有人在买猪肉，在院子里等着。

李强停下车进了金钟院，来到买肉人中间，从兜里拿出一百元钱，递给金钟说："给我买十斤肉，挑好的。"

金钟问："你自己买还是给别人买呀？就这块吧，这块好，瘦肉多。"

李强说："我自己买，多少钱一斤？"

金钟说："七元一斤，再找你三十元。我给你找个袋子吧，装上好拿。"

说着他回屋里取来一个小袋子，把猪肉包上递给李强，又对李强说："你晚上来我家喝酒吧，吃点血肠什么的，杀猪了。"

李强说："我晚上还有事，来不了，谢谢了。"

金钟说："那你等一下，我给你拿点血肠，还有煮的猪肉，回去给你爸下酒。"说着金钟回屋去拿血肠和肉。

"别拿了，家里买了。"说着李强要走，想了想又站住。

金钟拿着血肠和煮的肉出来，说："想谢谢你都不给机会，总帮着我，你拿着，是我的一点心意。"

李强接过血肠和熟肉，把剩下的三十元钱顺手塞进金钟的兜里，骑上摩托车就走了。金钟愣在那里，几个在场的人看见李强把钱给了金钟，都用敬佩的目光看着李强，人们议论着。

"你看人家李强，一分钱便宜也不占。"

"一年长到个人家的甜菜地里，别说是给点血肠，就是给钱都应该。这样的人给咱们当村长，是老百姓的福气。"

金钟从兜里拿出那三十元钱，对大伙儿说："那儿点血肠也没有三十元钱哪，这还让人家赔。"

"你有那份心就行，人家李村长能要你的钱嘛。"一个村民说。

土地

  李强来到官布家，拿着肉和血肠进了屋，官布和老伴正坐在炕上烤火盆，喝着茶水。看见李强来了，官布下地。
  李强把肉和血肠放在桌子上说："大伯，要过年了，我给你们买点肉，省得你们买。过年还缺什么？"
  官布不好意思地说："唉呀，你怎么还给我们买肉哇，我们啥都有了，东西都买得差不多了。这孩子叫我们说什么好哇。来，快坐下，到这烤烤手，骑摩托车冻手。"
  "我不坐了，回去还有点事，等过年的时候我再来。你们喝水吧，我走了。"
  李强没等官布出来就走了，骑上摩托车一溜烟不见了。官布老两口子站在门口看着远去的李强，半天才进屋。一看李强给买肉不说，还拿来那么多的血肠和熟肉，老两口你看看我，我看看你，眼里都闪着泪花。
  官布老伴擦着眼泪说："我好像有儿子了，你说咱们俩咋这么好命啊！"
  官布说："亲儿子也没有李强这样的，我们上辈子念人家老李家恩，这辈子还得老李家的力。这都托共产党的福哇！"
  李强骑摩托车路过托娅的商店，看见有很多小青年在那儿，觉得有些奇怪，就停下车。
  吴江也在其中，看见李强过来了，高兴地说："我们正想找你去呢，你就来了。托娅姐，你说吧，我们都听你的。"
  李强看看大伙儿，说："什么事呀，这么神秘？"
  托娅笑着说："我们想过几天开个晚会娱乐一下，用一下会议室，行吗？"
  李强高兴地说："行啊，有节目吗？让我参加不？"
  托娅说："太欢迎了，要是有你参加那就更来劲了。"
  李强想了一下说："要是那样的话，把出去打工回来的青年都找来，他们在外面学的东西一定不少，我听说那个常小宝还能跳街舞。你们事先得排练一下，有没有乐器呀？"
  吴江说："托娅姐早就安排好了，马头琴、四胡，常小宝有电子琴和吉他。我们就在自己家里练习，联欢的时候布置好会议室就行。"

李强说:"那谁当主持人?"

吴江自毫地说:"托娅姐呗,谁有她那两下子。我们的领袖一出头啥事都成。"

李强说:"这还差不多,我出个啥节目呢,真得准备一个。"

托娅说:"你要是实在没有节目,就学个青蛙跳,再学几声叫就算过关。"

几个小青年都笑了,李强也笑了,挠挠头说:"我唱个歌吧,别的不会。"

托娅说:"那你就唱歌吧,唱什么歌?"

李强说:"老歌。来个什么《年轻的朋友来相会》。"

吴江说:"一首不行,还得准备几首,要不到时候大伙儿冲你要歌可就糟了,下不来台呀。"

李强家,早上其其格起来就做豆包,李强的妹妹李小玉放假回来,在一边给团馅,李强也过来帮忙。其其格做了几个之后,又拿来一个盖帘。

李小玉说:"哥哥,你会做呀?不会做你就去烧火吧。"

李强听小玉这么说,就拿起一个皮包了一个,说:"你别小瞧人啊,我在初中的时候就会了,不信你问咱妈。"

其其格听李强这么说,就对李小玉说:"可不嘛,他可比你帮我干的活计多,那时候你小,不能干,都是你哥帮着我干,做豆包、包饺子什么的。你这才放假几天哪,那时候你哥天天在家,啥活都帮着干。"

李小玉惊讶地说:"什么?还比我强呢,没看出来。我看你整天不着个家,还以为你有多懒呢。"

李强耐心地说:"哥那不是有事嘛,都是村里的事,一天到晚着不了家,还真有点帮不上忙了。"

其其格说:"可不嘛,帮不上忙没啥,没有闹心的事就行。"

有人帮着其其格包快多了,一会儿就包完了。

其其格问李强:"快过年了,你什么时候去杜萍家呀,早点比晚好,过了年,杜萍不得来咱们家嘛。"

李强听母亲这么说,放下手中的豆包说:"可也是,我给她打电话,问她放假没有,要是她在家我就去。"

说着话，李强给杜萍打电话。

李强说："喂，杜萍吗？"

是一个男的接电话："找杜萍啊，她出去了，等一会儿你再打给她吧，五分钟以后。"

李强听着这个人的声音很耳熟，想起来了，原来是刘亮。李强放下电话等着。

其其格问："人不在呀，还是没接你电话？"

李强说："不是，是别人接的，说是出去了，等会儿我再打给她。"

李强等了一会儿，又给杜萍打电话："喂，杜萍吗？刚才你去哪了？是别人接的，谁呀？"

杜萍在刘亮的办公室，刘亮就在她旁边。

杜萍说："啊，我刚才出去拿报表，是刘经理接的电话。你不忙了，想起给我打电话了？"

李强说："这不要过年了嘛，我想去你们家看一下二老，也不知道你放没放假。我打个电话问问你，什么时间回家，要不我自己去也太没意思了。"

杜萍说："哎呀，我放假太晚了，得二十六，到家也得二十七。今年我父母要去我姐姐家过年，我也得去，家里没有人。等过了年，我先到你们家去吧。我们都不在家，你去了不是白去嘛。"

李强说："只好那样了。你和你的父母解释一下，等有了机会，他们都回来我再去，你什么时候能来？"

杜萍说："大概正月初十，另外公司可能在你们乡设基地，最好在你们村设，那我去你们家可就太方便了。"

李强问："你做点努力吧，我先谢谢你了。"

杜萍坐下说："我这还有点业务，等去了再和你说。"

李强说："那我就在家里等你。好吧，再见。"

其其格说："怎么回事呀，不让你去了？"

李强对母亲说："杜萍说他们家人都到她姐姐家去过年，不让我去她家了，她正月初十前后来咱们家串门。"

其其格说："那就不用去了呗，省事，在家里等着她来。行了，我和小玉收拾，你该干啥干啥去。"

李强听其其格这么说就出去，来到牛棚看父亲在做什么，想去帮一把。

晚上，托娅、吴江、来顺等早已把村委会布置好，在正面的墙上贴着大字块，上面写着"2006年百泉沟村青年及外出打工人员春节联欢晚会"。桌子都摆到周围，中间留出一个大空场，常小宝和几个小伙子在摆弄扩音器，好安放电子琴。外出打工的人员多数是年轻人，穿着都非常时髦，小姑娘一个个亭亭玉立。年轻人聚在一起真有说不出的高兴劲儿。

托娅给李强打电话："强哥，你咋还不来呀？我这儿都准备好了，就等着你，你一到就开始。快点！别磨蹭了！"

李强正在家里练歌，接完电话放下抄在纸上的歌词，穿上他上班时的西服，照着镜子，又用木梳梳头发。

李小玉看着李强说："我哥就是帅，像个明星。你快去吧，我一会儿就去。"

李强说："人太多，你就别去了，我有点怕你看我表演。"

李小玉调皮地说："我就是想看看你唱得怎么样，一会儿就去。"

李强一进村委会的大会议室，在雪亮的灯光下显得英俊挺拔，大家一齐鼓起掌来。

李小兰逗李强："李村长，我有半年多没有回家，这半年多你这么出息呀，简直就是个电影明星啊！"

李强说："这丫头怎么说话呢，我是小孩子呀，什么叫出息。"

大伙儿一阵大笑，可以看出，他们对今天的聚会有多么的期待。

李强看到来顺，走过去问："来顺，我有很长时间没有见到你了，是不是还在朗鑫那干呢？"

来顺说："我还在那干呢，同时帮着李小兰在乡下收菜、收杂粮什么的。年后我想自己干，和小兰收秋菜。"

李强点点头说："对了，还得自己干，给别人干只能是暂时的。"

李强又到常小宝跟前，问他："小宝，我听说你在沈阳呢，给人家开车拉货，一个月挣多少钱哪？"

常小宝说："一个月两千元，干到来年六月份我就不干了，我爸说要买一个出租车跑出租，顺便把家里的活也干了。我父母年纪大了，地里的活也

有点干不动了。"

李强说:"也对,这样连家都照顾了,可能挣的钱比在外面挣的还多。好,这个想法好。"

李强问打工的徐小荣:"小荣,听说你在饭店工作,还习惯吗?想家不?"

徐小荣说:"刚去的时候想家,现在不想,时间长就习惯了。不过要是家这边有工作,我还得回来。这是暂时的,先干着吧。"

李强问:"那你今天要给大家出个什么节目啊?我听说你歌唱得好,有的时候还给顾客唱一个,所以老板对你也很重用是吗?"

小荣不好意思地说:"我就是敢唱,比起托娅姐来可差远了。"

李小兰说:"小荣在那个小县城可是个名人,一般人提起来都知道,可有知名度了。"

李强说:"那你今天晚上可得给大家多唱几首歌。咱们家里的人和外面的人听可是不一样,外人听了是享受,我们听了可是自豪啊。"

托娅对李强说:"今天人来得可真不少,孩子们来得多,我看要是能坐下就别撵他们走了,都想热闹热闹,你说行不行?"

李强说:"对,来了还能让人家走嘛,挤着看呗。是不是该开始了?"

托娅看看准备好的青年们说:"可以开始,顺序我都排好了,你排在中间,别的就听我指挥。可能排练时间太短,表演的不一定成功,就是个联欢嘛,大伙儿高兴就行了。好了,那我们就开始吧。"

所有的桌凳上都坐满了人,没有凳子坐的人们都在周围站着。

托娅大声地说:"大家静一静,听我说几句。一年一度的新春佳节就要来临了,在这辞旧迎新、万家欢乐的时刻,我们百泉沟村部分青年和外出打工人员共同组织的春节联欢晚会就要开始了。开始之前,我们先请李村长给我们大家讲话,大家鼓掌欢迎。"

大伙儿热烈鼓掌。

李强站起身来说:"各位年轻的朋友们,春节到了,我们在这万家团圆、欢庆新春佳节的时刻,相聚在一起联欢,这是我们每一个人的心愿。在过去的一年里,我们在不同的工作岗位上都取得很大的成绩。让我们在这个晚会上相互祝福,放松身心,度过一个愉快的晚上。我们还要在这个联欢会上交流我们在各自工作中的经验和成绩,提高我们今后工作的信心。年轻的朋友们,让我们跳起来,唱起来吧,以热烈的激情,迎接新的春天的到来吧!"

台下响起热烈的掌声。

托娅宣布:"2006年百泉沟村青年及外出打工人员春节联欢晚会现在开始。第一个节目,街舞,表演者常小宝等,大家鼓掌欢迎!"

常小宝把电子琴打开,音乐响起,他和另外两个青年跳起街舞,他们的舞姿帅气,看热闹的人们不时地传来笑声。没看过街舞的小青年都看呆了,常小宝的慢动作博得了人们的阵阵掌声……

街舞跳完,托娅报幕:"下面就请咱们村里的歌星徐小荣给大家演唱一首《常回家看看》,大家鼓掌欢迎。"

大家报以热烈的掌声。音乐声起,常小宝的电子琴弹得像模像样,徐小荣走上前来说:"有咱们歌后托娅姐在这,我都有点不敢唱了,那我就给大家唱一首《常回家看看》,献给在外打工的朋友。"说完她随着音乐的节奏唱了起来……一曲唱完大家又鼓掌,没办法,徐小荣又唱了一首《草原夜色美》……这时吴江来到李强的面前,低头和李强说话,李强站起身来回头看,一个陌生的中年人站在门口。李强走到托娅跟前,小声对托娅说:"托娅,我得出去一下,有人找我,可能有事,你们继续玩,让大家玩个够。"

托娅着急地说:"你别走哇,大家都想听你唱歌呢,要不你演完了再走,我给你报幕。"

李强拉住托娅,忙说:"那可不行,是官布的侄子来找找,就在门口等着呢,你和大家解释一下吧。"

李强和吴江来到门口。见到李强,官布侄子富贵和李强握手,自我介绍:"我是官布的侄子,叫富贵。真对不起,打扰你了,不过我可是有事找你的,是一个业务上的事。这样吧,我们到我叔叔家去说吧。"

李强一听有事找他,就对富贵说:"行,走吧。"

官布家飘出阵阵的肉香,热炕头上放着桌子,酒菜已经摆好了,官布老两口子在地下忙碌着。

李强和富贵两个人一前一后进了屋子,李强看见桌子上摆满了酒菜,就对官布说:"大爷,你这是干什么呀,这么晚了你招待谁呀?"

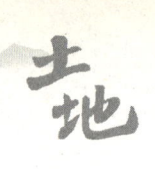
土地

官布笑了，说："没有谁，就招待你。"

李强看着满桌子的酒菜，用手挠着头说："原来找我就是这个事呀，哎呀大哥，你这不是见外了嘛。我和大爷经常见，我是村长，做什么都是应该的，你们不用这样。"

富贵笑着说："这是我叔叔的心愿，早就想等我来的时候请你到家里坐坐。我叔叔都和我说了，这一年来你帮了很多忙，你比我这个当侄子的还强啊。今天我正好来了，我要当面谢谢你。"

李强站在那没动，对富贵说："谢什么呀，都是应该做的。"

富贵见李强没动，忙说："你就别客气，上炕里坐。我还有个事要和你说，这个事可能你是最感兴趣的。来，我们喝上酒再说。"

李强一听还有事，就对官布说："大爷、大娘，你们先上炕里，我和大哥坐在边上，用什么东西我来拿。"

官布和老伴坐在炕里，李强和富贵坐在炕边上。官布坐下后拿起酒壶，先把李强的酒杯拿过来，给李强倒酒。

官布倒着酒说："李村长，这杯酒是我和我老伴敬你的。今天我的侄子来了，我有些话想和你说说。小子，说真的，今年春天我来就是想看看还能不能住。当时我的侄子已经下岗了，为了减轻他的负担，我们就回来了。富贵不让我们走哇，我们就说是回家看看。到家一看房子住不了啦，地也没有了，我们真的有点绝望。听别人说你是新选上的村长，还是个大学生，我们真不知道你能不能帮上我们的忙啊！可是做梦也没想到，头天找你，第二天就把我们的房子给修好了。住进房子的那天晚上，我们老两口子半宿都没睡着觉哇，你大娘都哭了。她说：'我们又有家了，我们的命咋这么好哇！摊上你这样的村长，是我们烧八辈子高香了。'"

李强说："这点事别总是挂在嘴上。"

官布继续说："要种地了，你又从你亲姑父那儿把地给我要回来，还让李三给我们种地，种甜菜，当年就收入三千多元钱。这还不算，你被打住院，托娅又来帮着我们卖甜菜。这让我说啥好哇，就和你说句谢谢，那我和你大娘的心里能好受吗？我们没亲没故，为了我们把你的亲姑父都得罪了。我们两个孤寡老人有啥能耐呀？你图我们啥呀？乡亲们说你是共产党员，共产党救了天下的老百姓，共产党的福我们通过你享受到了。这杯酒我先敬共产党和我们心中的毛主席。"说着官布把自己杯中酒泼洒在地上。

说到这儿，官布和老伴两个人的眼泪在眼圈里转，他已经说不下去了。富贵感动了，眼泪流了下来。

李强很激动，眼角闪着泪光，有些不自然地说："大爷，你别这么说，就是我不当这个村长也应该帮你的忙，都是一个村的。"

官布又倒上酒，说："来，富贵，我们一起和李村长喝一杯吧！我这个侄子就像我的亲生儿子，我们老两口没有儿女，这些年都是他管我们，这我就不用说了，那是自己的孩子。"

富贵端起酒杯和李强碰了一下，说："来，我们干了这杯酒吧，这是我叔的一份心意。现在有的村干部，跟土皇上一样，你是真正的共产党员。"

李强脸上一热，什么也没说，酒下肚觉得火辣辣的。

富贵又给李强倒上，也给官布和他老伴倒上酒，给自己倒上。富贵端着酒杯说："李村长，别看你的年龄小，可是我听了我叔对你的评价，觉得你是这个村合格的当家人，办事公平，尊老爱幼。来，我们大家一起干一杯，感谢你对我叔叔的关心和照顾。"

大家都干了，连官布的老伴也干了。富贵一口喝了这杯酒，又拿起酒壶倒酒，李强也要拿壶倒酒。

富贵不让，对李强说："等等，我还要提一杯酒，这一杯是为你和我都想不到的好事，喝一杯。"

第二十四章

倒完酒，富贵用手一指说："你看着那个小火盆了吧，那是不是用你们坨子边上的白泥做的？"

李强不解地说："是啊，怎么了，有什么问题吗？"

富贵笑了，说："可有大问题了。你知道那是什么吗？它不是一般的泥土，它是用来做瓷砖的原材料。我们厂是建筑材料生产厂，瓷砖占百分之五十的产量，以我的经验来看，这个土是不错的瓷砖基础土，很有可能成为做瓷砖的原材料。"

李强惊讶地说："你说什么？那挖出来的白粘土是做瓷砖的材料？真的吗？这可是没有想到啊！"

富贵很有把握地说："以我的经验看，还是个不错的材料，不过需要鉴定一下才知道能不能用，来，为了这个事我们得干一杯吧？"

李强马上端起杯，说："对！我们干一杯，真要是瓷砖原材料，那我们村可就发财了，我可得好好谢谢你。"

李强高兴地一口喝了这杯酒。这回李强把酒壶拿过来，给官布和官布的老伴倒上酒，又给富贵和自己倒上酒。

李强很兴奋地说："来，我敬大爷、大娘和大哥一杯，你们把我这个村长当成了家里人，这我很感动。其实我也只不过是做了我应该做的事而已，可是你们却这样对我，这让我增加了信心。我应该谢谢你们，借你们的酒，我敬你们了，来，干了这一杯酒。"

李强倒上酒，端起酒杯对富贵说："来，大哥，咱们头一次见面，你给我的印象很深刻，第一，你孝敬老人，对自己的叔叔和自己的父母一样，是我学习的榜样；第二，对我们村里的事那么上心，看来我们村遇上贵人了。我代表我们全村的乡亲们谢谢你，来，我们干了。"

两人一口干了这杯酒，富贵拿过酒壶又倒上酒。

富贵指着菜说："你吃点吧，这是你大爷亲自做的红烧肉，还有当地的小鸡炖蘑菇。这些是我带来的熟食，变变口味。来，吃菜。"

富贵给李强夹菜，李强也不谦让，吃了起来。

李强想了想又问富贵："要是我们这儿土真的能做瓷砖的话，离你们厂是不是太远了？"

富贵说："这的确是个问题，也不是个问题。为什么这么说呢，要是这个土真的能成瓷砖材料，也就是说肯定能做瓷砖，这么远是不能运送的。可要是在这个地方建一个分厂，那还是可以的。虽然这的位置远离大城市，可是离一些中小城市近，交通还可以，附近都有公路，真接销往就近的城镇是完全可以的。这个需要做工作，要有一个可行性报告，还要实地考察。"

李强说："那就是说先看看这种土能不能做瓷砖，要是能做的话再进一步做厂里的工作，还要搞可行性论证？"

富贵说："对呀，得看行不行，只要行的就好办，因为这么好的建筑原材料，哪个厂子不需要哇！"

李强又问："那还得到厂子里做试验吧？谁能办这个事呀，你？"

富贵笑了，说："这个事你就不用担心了，我回去的时候带一些白土，初八上班我就做试验。你也不用急，要烧出成品才能做最后的鉴定。鉴定一出来我就给你信儿，有必要的话，我给你活动活动，找一下总工程师、主管技术员什么的。如果拿到厂董事会上，这个事就有门儿了，要是能派人前来考察就差不多。"

李强很激动，非常迫切地说："这个事可就全靠你了，我们暂时是出不上什么力呀。该怎么办就办，要是花钱什么的，全都由我们负责。"

富贵很实在地说："这个事就交给我，需要你的时候再去，你看这样行不行？"

李强说："那咋不行呢，这太谢谢你了。来，我再敬你一杯，干了。"

两个人又干了一杯，官布给李强夹菜，说："孩子，别光喝酒，得吃点

菜，慢慢喝，大长的夜。"

富贵笑着说："就是，今天我们要好好地喝点，这回你不想再去参加晚会了吧？来，咱们再喝一个……"

年三十下午，家家都要吃年饭，百泉沟的人们都有饭前放鞭炮的习惯。孩子们奔跑在各家的大门口之间，叫喊着，放着鞭炮。家家的大门、房门、仓房门上都贴了春联，有的挂起了红灯笼，显得十分的喜庆。

李强和李小玉在院子里放鞭炮，小玉吓得捂着耳朵躲在一边，李强放完了成盒的双响炮，又点着了一挂小鞭，然后和小玉回屋。酒菜都上了桌，李大路在用小酒壶温酒，李强和小玉进屋。

李大路对李强说："李强把那个饮料拿来，菜都好了，吃饭。"

李强把饮料放在桌子上，又把啤酒打开，其其格端上一盘菜，然后坐在炕上。李强拿过一个杯子放在母亲的前面，给她倒上啤酒，又给小玉倒上饮料。李大路倒上白酒，李强又给他倒满。李强说："爸，说几句吧，我们好开始喝酒。"

李大路微笑着说："说啥呀，说就得说你，咱们家和往年一样，小玉念书，我养的牛呢，收入比去年多个五千多，这都没有啥可说的，要说的也就是你的事，那是大家的事。怎么说呢，这一年总算是过来了，还好没出什么大的漏洞，村里的人们对你还是认可的。要说你当这个村长呢，开始我是不同意，怕你整不好哇！别看差事不大，可关系千家万户，人心哪那么一样啊，众口难调。就说那个水库的事吧。"

其其格接过话说："大过年的，别说那闹心的事，喝酒吧。"

李大路不满地说："你看我话还没说完呢，那啥闹心事呀，都过去了。就说水库的事吧，你费了多大的劲哪。我当时想那是不可能的事，可是你到底办成了。就冲这一点，我还真有点佩服你。来，我们全家喝一杯，算是祝贺你吧。"

李大路回过头说："为了强子的事你也没少担心，为你那小子喝一杯吧！你妈一般不喝酒，今天看能不能喝？"

其其格说："我喝这一杯酒，我高兴，我们强子是个干大事的人，是这个村子的当家人。来，我们都喝。"

说着其其格一口喝了一杯啤酒，李大路也喝了，李强和小玉看父母喝了，也都喝了这杯酒。

懂事的小玉看大家都喝了杯中酒，又给倒上，自己也倒上饮料，端起来和李强碰了一下。

小玉说："哥，我敬你一杯。当一个村长不容易，别的我不知道，我就知道你为了大家的甜菜，所付出的辛苦是一般人所想不到的，就凭这一点，我很佩服你。有你这个哥哥是我的光荣，我先喝了，你随便。"

说着小玉一口喝了一杯饮料，李强也喝了杯中酒。李大路看着很高兴，自己也喝了一小杯白酒，其其格忙给小玉和李强夹菜。

李强给大家倒上酒，说："爸妈，还有小玉，我敬你们一杯酒。自从我当上村长之后，我就基本没干家里活，就是干点也是很少。我要是没有你们的帮助，可能也干不到今天。当我有困难的时候，你们总是想尽一切办法给我鼓励和支持，特别是我妈整天为我提心吊胆的，我一回家，我妈就看我的脸色，有不高兴的事了，脸色不好看了，小心翼翼的。我有时候累了倒头就睡，我妈都过来给我脱衣服，盖被子……"

其其格流泪了，放下杯子擦眼泪。

"还有我爸，每当我有困难的时候，就想办法鼓励我，我被人家告的时候，还喝酒祝贺。家里十头育肥牛，都自己喂养，一点也不让我分心。你还像供我上学时一样，为了给我娶媳妇攒钱。我都二十七岁了，还让你们操心，我……这杯酒我敬你们二老。"

李强干了这杯酒，李大路和其其格眼泪汪汪的，一口干了杯中酒。李大路和其其格喝完酒都擦着眼泪。小玉一看这种情景也流泪了，看看父母，又看看李强，一口干了杯中的饮料。

李大路擦擦眼泪说："得了，别光喝酒，得吃点菜呀，今天你妈做的菜比哪一年过年做都多。我看这都和李强当村长有关系，咱们就别客气，吃菜，吃菜，完了再喝。"

一家人很高兴地吃喝起来，其其格不断地给李强夹菜，小玉有点不满，假装和妈妈生气。

小玉说："妈妈，你向着我哥，咋不给我夹菜呢？"

其其格说："你这个丫头，嘴馋的像个猫似的，还用我给你夹菜呀。好，我给你夹，这回行了吧。"

李大路在一旁笑着,说:"看看,叫你夹菜,这回整跑偏了吧,我就不像你。"

李强看着小玉说:"行了,哥哥也给你夹菜,还不行吗?"

小玉这才高兴地说:"这还差不多,像个哥哥样。"

初一的早上,李强吃过早饭,李大路和其其格在喝水。

李强说:"爸妈,我想拿点东西到双合尔爷爷家给他拜年。"

李大路说:"好哇,那你就把我没舍得喝的两瓶酒给你双合尔爷爷拿去。你先去,等到你们都去了,我再去看看他。"

双合尔的家里有很多人,阿斯根也在,还有托娅、阿斯根的弟弟和他的媳妇、儿子等人。大家都在说笑着。

李强进门,说:"哦,你们家人都来全了,那我先给爷爷和奶奶拜个年,祝爷爷、奶奶健康长寿,也祝大家新年愉快,合家欢乐。我也给包叔、包婶拜个年。"

阿斯根坐在炕里,看李强来了就要下地。李强忙坐到他的身边说:"你别下地了,我坐这,跟书记近乎点。"

双合尔很高兴地看着李强说:"没有不需要翅膀的鸟,没有不需要朋友的人。强子跟你包叔一条心,咱们村有希望。"

李强看看阿斯根说:"包叔是我们的主心骨,我们都围着他转呢。"

阿斯根说:"说句实在话,村里的事都是按照李强规划的方向走,我年龄大了,跟不上形势。现在提倡科学发展,咱们和新能源公司合作,就是长远之计,这都是李强的主意。"

托娅不满地说:"还说按强哥的方向走呢,乡里让办木板厂的事,就我们俩不同意办。咱们一办厂,小坨子地又承包给别人了。"

阿斯根瞪了托娅一眼,说:"看你说的,人家书记、乡长上杆子让咱们办企业,那咱们还有啥拿捏的呀!"

托娅说:"谁也没说不办哪,合作意向都签了。我们俩的意见是得通过群众会,群众要是同意了,咱们就办呗。"

阿斯根说:"要是不同意呢,还办不办了?"

双合尔说:"群众不同意还办啥呀,那还能是好事吗?"

阿斯根说:"把坨子地承包给新能源公司还是好事,可是还有很多人不同意承包。不想承包给新能源公司坨子地，那不还有人想种吗？你没听人们都是怎么议论的嘛，原来答应退出坨子地是为了分地，现在没承包给新能源公司，那是以后还想种原来的地，别说别人，李强姑父不就是吗？"

李强不吱声了，他心里明白自己的姑父因为承包地的事对自己有意见，要求从坨子地退出来，没有承包给新能源公司。李强知道阿斯根说这事是为了给自己施加压力，自己的姑父都不响应村里的号召，这让李强有些尴尬。

托娅看爸爸这么和李强说话，觉得有点不好意思，脸红一阵白一阵的。托娅头一歪说："爸，咱们大过年的说点别的不行吗？就咱们村里那儿点事呀？强哥给你拜年来了，真扫兴。"

双合尔说："我看你们的事也没啥差头，都是为了把退出来的地安排妥当了。你们找个闲空好好地合计合计，谁也别有闪失，不能让别人看笑话。"

托娅想岔开话题："要不咱们打扑克吧，我和强哥一伙，我叔和我爸一伙。"

李强站起身来说："我不玩了，还没到我姑姑家去。你们玩吧，我得去我姑姑家了。"

双合尔说："去吧，等回来到这玩，我还想和你喝点酒。"

说着李强就走，托娅送他到院子里。托娅看着李强说："我爸说的话你别往心里去，他要办厂的事乡里插手了，就叫他办吧，反正最后得通过群众大会。"

李强笑着说："我不往心里去，你回去玩吧，没事晚上来和你们玩。"

托娅小声地说："那我晚上等你。我买了你最爱吃的榛子，谁也不知道放在哪儿。"

李强深情地看着托娅，叹口气走了。

吴凤海家只有李强的姑姑和姑父在家，吴江去跟弟家，两个人正在准备去李大路家，李玉梅拿出来几瓶好酒放在桌子上，吴凤海在穿衣服。

李强从外面进屋，把拿的酒放在桌子上。

李强行礼说："我给姑姑和姑父拜个年，祝你们新年愉快。"

李玉梅说："强子来了，我们正要去你们家。来，快坐下，这有瓜果，你吃吧，你也不吸烟。"

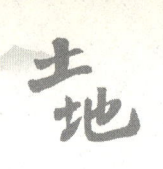

吴凤海和李强还是有点别扭，不好意思地笑笑。

吴凤海说："李强来了，你可有很长时间没来我们家了。"

李玉梅白了吴凤海一眼，说："不来咱们家还不是因为你呀，村里啥事都有你掺和着，你还好意思问呢。"

李强看着吴凤海说："那些事也不都怨我姑父，我也是年轻，有的时候说话办事没深没浅的，姑父别往心里去就行。"

虽然吴凤海嘴上没有说什么，可心里头还是有些怨气，他点着一支烟吸了一口，说："过去的事了，还提它干啥，都是为了公家，我能有什么想法，你也别往心里去。"

李强笑着说："哎呀，谁跟谁呀，我早都忘了。哦，对了，杜萍说她初十左右来咱们村安排基地建设的事，我去签合同的时候，看见你们家落下了，等她来了，我让她给你们补上合同吧。"

吴凤海一听脸色变了，冷冷地说："不是落下的，是我不想签合同，我还想种呢。那不是我个人的地嘛，也不是承包别人的口粮地，这事你村长还管吗？"

李强笑了，说："我知道是你的地，村里不是统一要求了嘛。其他户都签了合同，我以为你家落下了。姑父还是对我有意见啊。那是对集体和个人都有好处的事，咱们不能义气用事。"

李玉梅一听来气了，冲着吴凤海说："哎！你不说咱们的坨子地都承包给新能源公司嘛，那怎么还落下了！你是不是又在扯犊子呀！我说让吴江去签合同，你说你去，原是这么回事呀！这么大的事你就自己做主了，你不整点事心里难受是吧！按强子说的，等杜萍来了把合同补上！"

吴凤海低着头说："咱们家的地平整，我还想种呢，承包给新能源公司一年才十元钱，自己种怎么也能收个一百元钱。我当时不是怕你不同意嘛，所以就没有签合同。"

李强说："我知道你家的地，暂时种能收个一两年，过几年它沙化了，到那时就晚了。要是真能种地，我能让你们退出来吗？地是你个人的，退出来承包给新能源公司也是你个人得收入，村里这样要求主要是怕以后土地沙化。别人都包给新能源公司了，你不包是不是给我看呢？"

李强说话时脸上带笑，眼睛看着姑姑，其实也是说给姑姑听的，看看她有什么反应。

　　李玉梅听了李强的话，对吴凤海说："得了，别扯别的。你没听着强子说的话吗？那是为了咱们着想。再说将来土地真的沙化了，那不影响别人吗？沙子刮到别人地里你往回收哇？你赔人钱哪？行，等杜萍来了，你去把合同签了，你要是不去我去。"

　　吴凤海没电了，低着头嘴里嘟囔着："我去还不行嘛，我还想种两年呢。"

　　李玉梅看看李强说："就这样吧，你别担心这事，有我呢。"

　　李强看看吴凤海，又看看姑姑说："那我们走吧，你们不是要去我家吗？姑父，你别生气，一会儿到我家喝点酒。我这一年酒量也上来了，和你比试比试。"

　　吴凤海头也不抬地说："你骑摩托车先走吧，我和你姑一会儿去，等一下吴江他们。"

　　"那我就先走了，在家等你们。"李强出门走了。

　　李玉梅对吴凤海说："我说你尽整这个没用的事，生强子气就那么办事呀？你那明白劲哪儿去了？别说是对咱们有好处，就是没有好处，对全村有好处，那咱们也得办哪。那不是强子当村长嘛，我们不得支持他，就是不支持也不能拆他的台呀。"

　　吴凤海挠挠头什么也说不出来，低着头抽烟。

　　李玉梅看吴凤海不吱声，也消了气，对吴凤海说："咱们还等吴江他们吗？要不咱们先去吧？"

　　吴凤海低着头说："再等一会儿吧，这会可能就在大哥家呢，我们去就碰到一块多闹腾。"

　　李强回到家，把摩托车停在院里进屋。

　　吴江和跟弟都在，跟弟很有礼貌地给李强行了个礼，说："大哥过年好！"

　　李强说："行了，平辈还给行礼。你们刚到吧？"

　　吴江说："我们刚进屋还没有两分钟呢，大哥坐这来，和我挨着。"

　　李强笑着说："和你挨着有什么好处哇，花场的大老板。"

　　吴江很高兴地说："我可不是大老板，人家跟弟才是呢，我现在是打工

的，都得听她的指挥。"

李强说："嗯，这回连草坪的户加在一起，可是有规模了。要说是个大老板还有点小，那小老板还是可以的嘛。怎么样，这一年下来你们家多收入了多少钱？"

跟弟兴奋地说："这才头一年就收入了八千多元，要是加上草坪的利润，过年就能挣到两万，就是吴江家的地少了点。"

李强问其其格："妈，我爸呢，咋没看见他？"

其其格说："他去你双合尔爷爷家，去半天了，一会儿就回来。你和吴江、跟弟聊着，我去烧火，晚上让他们在咱们家吃饭。"

李强说："行，我也是这么想的。今年跟弟和吴江可做了大事，我得感谢感谢他们两个。我同学在我面前说你们两个能干，又想办法，把草坪这个项目给担起来了。我听了都觉得高兴，今天和吴江喝两杯。"

吴江说："可得了吧，我们还得感谢你呢，要不是你给我们找了这么个差事，我们上哪挣八千元钱去。我还能常和跟弟在一块儿，两全其美。是不是跟弟？"

跟弟一听脸红了，说："瞎说啥呢？"

李强说："这还成了你们见面的好机会，是不是？"

几个人聊了一会儿，吴江一拍大腿说："哎呀！还没去徐大爷家呢，走吧，这就去，到托娅姐那拿点东西。强哥，我们走了。"

跟弟和吴江走了，李强送出门外。徐守忠在家里，炕上放着桌子，在喝水。跟弟和吴江从外面进来，跟弟把拿来的酒和点心等放在柜上，回过头来给徐守忠行了个礼。

跟弟说："大爷过年好。"

吴江说："我也给大爷拜年。"

徐守忠看着跟弟和吴江叹了一口气，说："真是两个好孩子，来，快坐下，这有水果，吃一个。"

跟弟看看屋子里没有别人说："大爷，就自己在家呀？"

"孩子们都去他老丈人家了，我也没处去，等会儿我想去吴江家看看，没事和你爸喝酒去。"徐守忠头也不抬地说。

吴江说："我爸说等会儿要到你这来呢，让我们先来。"

跟弟看着徐守忠说:"我妈也想来,怕你不高兴,有点不敢来。"

徐守忠说:"你们俩的心我理解,想让我们和好,那是不可能的。我们俩不是一路人,通过几个事我才知道。"

跟弟一听呆了,回头又看看吴江,吴江给徐守忠倒上水。

吴江说:"大爷,你也别那么说,谁还没有犯错的时候,知道错了,改了还不行啊。我看你也别用老眼光看人,啥事不得有个过程啊。"

跟弟接着说:"就是,我妈最近也说强哥办事公平,不反对我们在一起。"

徐守忠听跟弟和吴江这么说,叹了一口气,没有说啥,只是抽烟。

托娅的商店,托娅从货架子上拿下两瓶好酒,又拿上两个盒装的点心,之后又到镜子前照了又照,把她最喜欢的珍珠头饰拿出来戴上,然后才出门。

李强家,李强在上网,李大路在牛棚喂牛,其其格在屋里看电视。

托娅从外面进来,见了其其格就给她行礼,说:"大娘过年好,前几天我家里有客人,我就没来,今天过来看看你们二老。"

其其格一边下地一边说:"孩子快过来坐下,这有糖和瓜子,我去叫李强,他在那屋看电脑呢。"

其其格来到李强屋,说:"李强,你快过来,托娅来了,你来陪陪她。"

李强一听赶忙过来,看见托娅很高兴。

李强问:"今天有空了,我看你们家这些天门庭若市,真是够你忙的,过年还忙起来了。"

托娅说:"其实过年就是这么回事,亲朋好友互相走走,平时也没有多少时间。"

其其格要给托娅倒水,托娅自己下地倒。

"大娘,你坐吧,我自己来,也不是别人。"

李强给托娅端来一盘苹果。李强的电话响了,一看是杜萍的号码。李强接电话:"喂,是我。在哪呢?"

杜萍手里拿着一本杂志在自己小屋打电话:"在我姐家呢。过年我也没有给你打电话。这几天我姐家里人多,弄得我都没有时间给你打电话。怎么

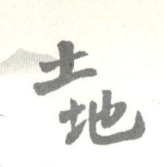

样,过年还好吧?大伯、大娘也都很好吧?"

李强说:"他们都很好。你的父母也好吧?代我问他们好。"

杜萍说:"我打算十五前去你们家,顺便到你们村里落实基地的事,到时候还要请你帮忙。"

李强惊讶地说:"什么?基地设在我们村了?那好哇!这又是你争取的吧?"

杜萍笑着说:"是啊,这个基地对你们村可是有好处,会给你们带来一定的收入,但这事得你们村长、书记都同意才能办哪。"

李强忙说:"那不是什么问题,我做工作。"

杜萍说:"行了,你先做一下工作吧,我到那咱们再说其他的事,没事我挂了。"

李强收起手机对托娅说:"是杜萍的电话,说是十五前要来呢,还说要在咱们村建基地,这可是个好事。"

托娅说:"这是杜萍姐争取的吧?"

李强说:"可不是嘛,她还真把咱们村放在心上了。"

托娅说:"那你就等着她来,好好准备一下,多买点好东西,到时候不请我来呀?"

李强说:"哪能落下你呀,没有你可就不热闹了。上一次她来的时候你跑家去了,她还找你,这回得一起喝酒了。"

托娅的脸上有了一些变化,拿起兜子,看着其其格说:"大娘,我回去了,家里还有事,改日再来看你。"

其其格送托娅出屋子,李强也在后边跟着,送她到大门口。

托娅回过头来说:"你们都回去吧,我也不是客人。大娘,有时间到我们家串门呗。"

其其格说:"哪天有空我去看看你妈,很长时间没有看着你妈了,你有空来啊。"

李强呆呆地站着,一脸的困惑,也不回屋。他知道托娅的心里在想什么,也知道她此时的心情和自己一样。对此李强觉得很无奈,没有什么事情能让他如此无可奈何,手足无措。

兰江市裕仁小区,进进出出的人很多。富贵手里提着一大包子东西走

春绿百泉沟

进小区。于工程师在看书，爱人在厨房做饭，他的老父亲在看电视。门铃响了，于工去开门，一看是富贵，赶忙让进屋子。

于工说："是你呀，咋还带了这么多的东西？你这是干什么，来了就得了，还带什么东西呀？"

富贵说："大正月的，拿点东西看看老人。咱们都是一个单位的，你就别客气了。"

于工拿过茶杯说："来，喝点水，这是我上次去上海买的绿茶。"

富贵坐在沙发上，把他烧制完的瓷砖坯子放在自己的脚边。于工看见问："这是什么呀，看着很沉。"

富贵说："这是我新烧制的瓷砖坯子，质量很不错，就是我上次和你说的用百泉沟的白泥烧的，前两天烧出来的。我看你一直没有上班，就找到你家来。我想让你看看这质量怎么样，能不能生产？"

于工打开包看起来，一边看一边用手敲，又用手掰了一小块。

于工说："看这个硬度和土的细密程度还不错，不知道耐水性和抗冻性怎么样。这得通过设备检验，你明天交给验收组的冯工，就说是我让他检验，要正式报告。明天我也上班了，我会去看看，要是可以，我们再研究别的事。"

富贵看看于工说："那我就回去了。明天我就照你说的办，完事我们再研究。我看这样的资源不好找，我们得主动一些。"

于工说："你的想法对，我们现有的资源已经枯竭，应该早点想对策。"

富贵起身说："那我回去了。"

建材公司董事会，于工是董事会成员之一，加上富贵就是八个人在开会。

金董事长说："我看这个事就这样吧，各科室重新做一遍检验检测鉴定，进行一次细致的审查，根据结果我们派出人员去考察。由于工带队，常总工程师和富贵一起去。如果贮量够，可以根据我们在会上的意见定下来。"

常总说："别的没有什么事。为了方便，我们还是派一辆车吧，反正离我们厂也不是特别远，也就是五百公里。"

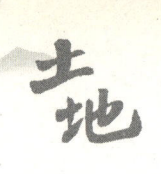

金董事长说:"可以,牛主任给安排一下。"

村委会大会议室,阿斯根和李强等人都在,李强的电话响了:"喂,刘经理呀,我在村上呢。什么?放我们这了。啥时候来呀?明天?这么快呀!杜萍来吗?啊,那好办,先住村里,盖完了房子再过去呗。好,我准备一下。"

阿斯根问:"啥放我们这了?"

李强合上手机说:"新能源公司在太平川乡的基地办公室设在咱们村了,是杜萍争取的。他们明天就到,我们得给他们安排一下住处。正好大伙儿都在,赶紧收拾一下吧。"

有的人在扫院子,有的人在收拾屋子。

赵玉柱看见李强在收拾屋子,也跟着干起来,对李强说:"来,我拖地,你擦桌子吧。"

李强看看赵玉柱,把拖布给他,擦桌子。

百泉沟村委会,新能源公司的人和来看热闹的人们都在院子里,院子边上停着几辆新能源公司的大小汽车。刘亮经理带队,他和乡里的包书记、陈乡长在大会议室里喝水,谈论着。李强低头和阿斯根说了几句出来。李强和杜萍拿了很多东西去李强家。

杜萍边走边问李强:"大爷和大娘都好吗?"

李强看着杜萍说:"都好。我妈都问你好几回了我说快来了,见你一回心里还放不下了。"

杜萍高兴地说:"一看你妈慈善的样子,我也喜欢她。"

李强问:"你的爸妈都好吧?我过一段去看看他们,和你一起去。"

杜萍说:"好哇,我想和你在我家待几天呢,我爸可喜欢你了。"

托娅在门外看着他们去了李强家;神色木然,掰着手里的一个小树枝。此时她的心里难受极了,说不上是什么感觉,看着李强和杜萍两个人那样的恩爱,真不知道自己这样是为了啥,还有什么希望。

会议开始了,李强和杜萍也回来了,两人坐在了一边。

包书记在讲话:"今天这个会可以说是新能源公司在我们乡建设基地的奠基仪式,重点是解决基地建设和以后造林的具体事项。因为这个基地建在百泉沟村,所以你们是东道主,你们的任务重,乡里只能是解决大方面的问题。我们乡村两级要密切配合,积极做好各方面工作。一会儿你们两家都讲讲要求和做法，工作的好坏主要看你们……"

第二天，阿斯根、李强、李长玺、赵玉柱、刘福田、张勇两委会的一帮人领着刘亮和新能源公司的工人看房基地。

阿斯根指着十间房舍旧址说："昨天我和李村长接到你们的电话之后，就看准这个地方。这最早的时候是知青点，知青走了以后又成了林业队。房子不能用了，但是这个地方可是有利于你们建设基地，它正好在街头，离屯子还不远，能用上电，另外这块地方还是你们承包荒山的一部分，往上报一下备个案就行。"

刘亮左看看右看看，说："行，这地方还真是个好位置。过些天地化了，我们就拉线动工，用不了一个月就能住进人，等锹插进地，我们就能栽树，这和盖房子不冲突。我们计划今年春天栽上一万亩地的黄柳条。在这领头干活的就是这个小伙子。小姜，你有什么事就找阿书记或者李主任。"

李强说："那没说的，有事就找我们。你们暂时住在村里，什么时候盖完房子，什么时候搬。"

刘亮看着李强说："你们这个地方让我最放心了，有你们在，什么事都不用愁。这个点是杜萍争取的，看来选对了。昨天杜萍回去的时候还说有你在这啥事都好办。好了，就这样吧，我去其他两个村签合同，他们都是一些零散的户，没有你们这么统一。好了，我回乡里了，再见。"

一个月以后，小姜领着工人在林业队扒旧房子，拉线挖地基，李强和李长玺也帮着，两个人在看图纸。李强的电话响了。李强接电话："喂，富贵大哥。"李强打手势，叫李长玺别吱声。

李强说："啊，什么时间？今天就能到哇？好吧，那我知道了。"

李强放下电话，高兴地跳了起来，对李长玺说："太好了，富贵和他们厂里的常总工程师、于总工程师一起来，晚上就到。他们要对我们村坨子边上的白泥进行考察，富贵说如果贮量够，有百分之八十的希望能在我们这办厂了。"

李长玺有点没听明白，说："你说什么？在我们这办厂？什么厂？"

李强说："你还不知道吧，我们小坨子边上的白泥是瓷砖原材料，他们来考察，如果土质合格，要在我们村办个瓷砖厂。"

李长玺睁大眼睛说："我的天哪，那我们村可就发了，得几百人吧？"

李强说："那就看规模了，要是规模大的话，得几百人，产供销的人员

都得有，是面向我们这个地区的分厂。"

李长玺一拍脑袋，说："唉呀我的妈呀，李村长你可干了个大事呀，把水库放了，地开了，还办了厂子，坨子上还栽树，我过去咋不知道你有这么大的能耐呢。"

李强说："你可别夸我了，你也有功劳哇，没有你们的帮助，我能干什么呀。"

李长玺说："我就说嘛，跟着李村长干就没错，都是为了群众的大事。你说我现在干啥吧？"

李强想了一下说："你就找一下赵婶和托娅，叫她们俩来做饭。"

方志南、沈老板和齐洪全在沈老板的办公室。

方志南对沈老说："沈老板，六十五万的设备钱我都给你了，你把下一步的事都交给齐洪全。你的任务完成的很好，我谢谢你，这两万元是我给你的报酬，别嫌少，表示对你的感谢。"

沈老板很客气地说："谢什么，我过去也没少借你的光，算我回报你。齐厂长，以后可就全看你的，表面上你还是我的副厂长，兼管着这个厂子，要保密。"

齐洪全说："我尽搞供销了，没干过这个事，你得派人帮着我熟悉业务。"

方志南说："沈老板能不管嘛，你就放心地经营吧。沈老板，你和村里说的是百万设备吧？"

沈老板说："对呀，作为合作条件，村里把朗鑫欠的六十五万和五千亩小坨子地都给我，年限大约是七到十年，还没有卡准，采取五比五分成的方式。那地要是到手可是个挣钱的活。木板厂挣不了多少钱，不过也能有收入。"

齐洪全说："这可是成倍地挣啊，我是没有大钱，要不我都要了。"

沈老板看着齐洪全说："我是完成了方主席交待的事，就看你的了。"

方主席很得意地笑了。

村委会，阿斯根、李强、托娅，奶豆腐都在大会议室里商量怎么接待客人。李长玺也来了，坐在一旁研究。

阿斯根对李强说："昨天沈老板给我来了个电话，他说地包给许老板了，这两天就来看地得有个人接待一下吧。"

李强说:"包叔接待吧,要不让赵叔帮你一下。"

阿斯根说:"好吧,来了再说。我们先研究怎么接待瓷砖厂的人吧。"

李强问大伙儿:"什么标准呢?"

李长玺说:"村一级别的待遇呗,乌日莫拌炒米,手把羊肉大锅鱼,连二大炕榻榻米,最好的被褥炕头挤。"

大伙儿一听笑了起来,托娅说:"你这是从哪学来的,自己编的吧?什么叫连二大炕榻榻米呀?"

李强笑着说:"都是他编的,不过这民族饭还是应该有的。我们杀一只羊吧!长玺哥去安排,找赵叔就行,他会杀,收拾得可干净了,从老段家抓一只大点的羊。"

李长玺刚要走,又回过头说:"要不别找赵玉柱了,我有点烦他。"

李强笑着说:"你咋那么小心眼呢,去找吧,他一定能来。"

奶豆腐看李长玺走了说:"自从我嫁给赵玉柱,他俩到一块就顶牛,谁的嘴也不让人。"

托娅说:"长玺哥可比赵叔有肚量,是赵主任心眼小,跟长玺哥过不去。赵婶,你别不高兴,我说的是真话。"

奶豆腐:"他就那德性,我才不管谁说啥呢。"

李强打电话:"喂,包书记,我和你说个事,富贵和两个工程师来考察了,今天晚上就到。我也是才接到的电话。你晚上能到村里吗?"

包书记在开坐谈会上,明海书记也在。

包书记出去接电话:"我晚上回不去了,明天一早我就到村里。你们要接待好。"

回到坐位上,明海书记看了看他没有说什么,继续主持开会。

明海书记办公室,包世达坐在沙发上。

明海说:"什么事呀,你跑到外面接电话?"

包书记看看明海书记说:"这可是个大事,百泉沟村发现了瓷砖原材料,兰江市建材公司已经做了鉴定,今天实地考察。李强打电话让我回去接待他们,说有可能要在他们村里建厂。你说这个事大不大呀?"

明海听了很惊讶,说:"百泉沟村的村长还真不简单哪,才一年的时间,村里就有好几个小企业出现。这说明李强的头脑很不简单哪。要是建了

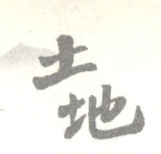

瓷砖厂,那可不光是对你们村里和乡里有影响,就是对县里的工业格局都会产生影响,更不用说提高财政税收有了。我们一定要支持他们。乡里要把这个事当做工作的重点,县里也会在政策上给予优惠,办理各种手续时给予方便。好,你就别参加明天的会,晚上就回去吧,明天让你们乡长来吧。"

李强放下电话说:"包书记明天早上到,他来就好了。"

阿斯根知道瓷砖厂的事要成,心里却有些失落,想要说什么,话到嘴边又不说了。

李强说:"包叔,咱们俩先到小坨子看看,省得到时候看不完全,让他们干吧,反正也插不上手。"

阿斯根低着头说:"好,那我们走。"

两个人走了。托娅和奶豆腐忙活起来。不一会儿赵玉柱也来了,还拿着刀子等工具。李长玺把羊牵来了,两人把羊绑上开始杀羊。天都快黑了,托娅、奶豆腐、赵玉柱忙着往锅里放肉,李长玺在一旁烧火。李长玺往灶膛里填柴火。

李长玺看着赵玉柱说:"我说赵主任你啥时候学的,看你杀羊挺麻利的。别的事没看出来你这么麻利,看来你是个好吃的家伙呀。"

奶豆腐说:"就是好吃,别的活他啥也不上心!"

赵玉柱把一块羊肉放进锅里,说:"这么跟你说吧,别的事我不敢说,杀羊、杀猪我拿手,就愿意干这个活。其实就是好吃,也不怪你们说我。"

李长玺说:"看你今儿个还有点实诚劲,能说个心里话,你说咱们挖出来的白泥咋就成了瓷砖的原材料。这个事你也不知道吧。"

赵玉柱说:"我哪知道哇,我是知道有白泥,可是能不能成为建筑材料我哪知道哇,这不才听你说的嘛。"

李长玺说:"我也是才知道的。你怎么看这个事,能不能成?"

赵玉柱说:"那可不好说,看那工程师的态度怎么样,再有我们给不给人家点什么好处啥的,这都有关系,不然杀羊干,李村长那明白着哪。你看着吧,不得给人家甩点呀?"

李长玺一听来气了,说:"哎,我说你咋尽整那邪门歪道的呢,要是能成还差那个吗?材料不合格,你给他多少钱也不行。"

赵玉柱不服气地说:"要是材料合格人家也不同意呢?"

李长玺瞪着眼睛说:"他们大老远来这干啥呀?玩呢,看你说这玩意儿,跟人家就不一样。我就看不惯你这个劲,啥事总是想得那么埋汰,你以为别人都像你似的?"

赵玉柱嘴一撇,说:"就你那智商还能像我?二百五的样吧!我一看你心里就堵得慌。"

李长玺说:"我的天哪,就你那样,说真的我一见就过敏,奶豆腐咋和你过呢?"

奶豆腐切着菜说:"我可和他过够了,这是为了儿子,要不我早就和他拜拜了。"

李长玺气得不给他烧火,到别的屋去,赵玉柱自己烧火。

赵玉柱回头看着李长玺说:"我自己烧,没有你那鸡蛋还做不了蛋糕?真是的。"

赵玉柱想了想,又回头对奶豆腐说:"哪都有你,在那眯一会儿得了。"

托娅和奶豆腐笑起来。

阿斯根和李强进屋,看见肉已经煮得差不多了,李强拿起手机给富贵打电话:"喂,富贵大哥,到哪了?过了甘南了,那就快到了,还有十几分钟的时间,好吧。"

李强很兴奋地对托娅说:"快到了,你们准备吧,把桌子都放上,他们一进来洗完脸就吃饭。酒都准备了吧?"

托娅说:"我拿来酒了,是我店里最好的了。"

李强说:"行了,我们也就这个标准,这也不是城里。别说,咱们整的那个小笨鸡可能他们更爱吃,还有奶豆腐、奶皮子、黄油、乌日莫。"

阿斯根和李强都到外面去迎接,站在村委会的门前向村口望着,阿斯根点着一支烟吸了起来。村口处出现一辆汽车,雪亮的车灯照着房子,看上去像个黑底的剪纸画,房屋和树的轮廓清清楚楚,非常的漂亮。

阿斯根说:"可能来了,咱们就在门口等吧。"

车到阿斯根、李强的面前慢了下来,直接开进了院子,于工、常工和富贵从车上下来,李强、阿斯根上前和他们一一握手。富贵说:"咱们到屋里再介绍吧,外面太黑。"

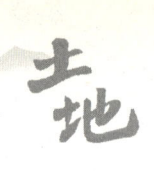

人们纷纷进屋。进屋后,富贵开始给大伙儿介绍。

富贵说:"我先介绍一下我们来的几个人,这位是常总工程师,这位是于总工程师,这位是司机小肖。这位是村长李强,李村长给介绍一下其他人,我都不认识。"

李强说:"这位是我们村支部书记阿斯根,这位是我们村治保主任赵玉柱,这位是支部委员李长玺,这位是妇女主任托娅,那位是赵主任的爱人。好了,我看你们先洗洗,之后我们就吃饭吧。天已经太晚了,我们在饭桌上唠吧。"

于工等人开始洗脸,常工一边擦脸一边说:"我看你们这村子还可以呀,有不少砖房。"

阿斯根说:"也就是那样吧,还不太富裕。"

富贵问常工:"常工是头一次来东部地区,什么感觉?是不是觉得有点荒凉?"

常工说:"早春都是这样,夏天好,什么风吹草低见牛羊那都得在夏天。"

于工说:"我的老家在营口,那是平原,比咱这沙坨子强多了。"

常工说:"要不你回老家去一趟,我跟你去。还有什么人在老家呀?"

于工说:"没有什么人了,不去。来,我们吃饭吧,我还真有点饿了。哎呀,这菜做得不错呀,很标准哪,谁做的?"

李强看着奶豆腐说:"这位做的,怎么样,你们看地道不?来我们都坐吧,托娅倒酒。"

大家都坐下,托娅把酒倒上。

李强看着阿斯根说:"包叔,你提一杯吧。"

阿斯根说:"李强提吧。"

李强说:"包叔,你就别谦虚了,你是我们村的当家人,你不提谁提呀,我一会儿再提。"

阿斯根说:"好,那我就提一杯酒。"阿斯根端起酒杯用无名指蘸了酒弹向天,又蘸了酒弹向地,最后蘸酒抹在额头,说:"为了我们村和你们材料公司的共同目标,你们走了近一千里路,辛苦了,我代表百泉沟的父老乡亲敬各位一杯。我不知道几位的酒量怎么样,第一杯酒干了,我带头。"

阿斯根一口干了第一杯酒，其他人也都干了，只有托娅没有干，奶豆腐也跟着干了。

　　李强喝完酒说："好了，你们都饿了，吃点菜，看看我们做的手把肉怎么样，还有这本地小鸡炖蘑菇。"

　　于工吃了一口羊肉说："嗯，还真是挺地道，不错，只有在你们这儿才能吃上这么纯的炖羊肉。"

　　"常工，你再尝尝这本地小鸡的味道。"李强给常工夹了一块鸡肉。常工吃了一块。

　　常工说："嗳，你别说，这味道就是和饭店的不一样，真香啊！我说于工，我们要是在这建了厂子，那不得经常来呀，到时候把老伴一领，这农村空气好，多美呀。"

　　大伙儿都笑了。

　　李强举起酒杯说："我敬各位一杯酒。我们没有山珍海味，也没有高档美酒，就用我们农村人的实在和热情招待你们。你们为了企业的发展，也为了我们村的富裕，不远千里来，辛苦了，我们大家共同干一杯，表示对你们的感谢。"

　　李强带头干了，其他人也都干了，连托娅都干了。

　　于工喝了这杯酒，高兴地说："好，痛快，你们都很实在。"

　　赵玉柱在一边半天也没有说话，其实他早就忍不住了，把酒瓶拿过来给各位倒上酒。李长玺看出赵玉柱是要敬酒。

　　李长玺说："赵主任给大家敬酒了，你们两口子一起敬吧，先给大伙儿唱一个民歌，来一个男女对唱怎么样？"

　　大伙儿马上高呼："好，来一个。"

　　赵玉柱说："我不会唱，还是你们俩唱吧。你们俩当年在乡里民歌比赛的时候不唱过嘛，还唱那个，叫大伙儿听听当年的感觉还有没有了。"

　　李长玺说："我唱歌行，那你喝酒。"

　　赵玉柱说："你就唱吧，我喝酒。那叫什么来着？"

　　李长玺说："《敖包相会》。"

　　奶豆腐怕赵玉柱过后找她后账，看了看赵玉柱。托娅示意她唱。李长玺来到奶豆腐的旁边，二人对视了一下。

第二十五章

　　李长玺和奶豆腐开始唱歌："十五的月亮,升上了天空啊……"二人唱着歌,四目相对,含情脉脉,仿佛又回到了年轻的时候,忘记了赵玉柱就在眼前看着,尽情地歌唱。赵玉柱站起来,举着酒杯,伴着李长玺、奶豆腐的歌声和大家碰杯,又不放心地看着李长玺和奶豆腐。人们的情绪随着歌声达到了高潮。歌还没有唱完,掌声已经响成了一片,人们纷纷举杯干了。

　　第二天一早,李强早早地来到村里等候。阿斯根领着常工、于工等人来村委会吃饭,饭菜已经摆上桌子。

　　李强问："怎么样,昨天晚上你们休息好了吗?坐了一天的车,可够你们受的。"

　　于工说："你还别说,坐车累了睡个热炕还真解乏。阿书记家的一个屋子都让我们占了,他和老伴住小东屋。"

　　托娅把酒又拿上来。

　　于工摆手说："早上可就不喝酒了,要喝中午喝吧。上午我们一起到现场看看,喝酒就走不动。昨天晚上有点喝多了。那个治保主任怎么没有来呀,他昨天晚上说什么来着,说你们这块地承包给别人了,这会不会影响我们的合作呀?"

　　李强说："是有这么个事,只是承包四年,可以和他协商,不影响我们的合作。这个工作由我们来做,你们不用担心。"

　　饭后大家在一起喝水,一辆小车开进院,包书记从车上下来,李强和阿斯根迎了出来,领着包书记进屋。

李强给于工等人介绍："这是我们乡党委包书记，这是于工、常工、富贵、司机。"

包书记和于工等人握手，说："昨天我在县里开会没有来，会还没开完我就回来了。县委政府知道这件事，让我转达县里要为你们的工作开绿灯，一切手续要特事特办。你们还有什么要求提出来，比如交通、水电等问题，政府都会给予帮助。"

于工说："我们才到村里，县里就拿意见了。我们还没有到现场勘察，事情还没有定下来。"

包书记说："你们这是要上现场吧，我和你们一起去。"

方志南在他的办公室里打电话。方志南回头看看门口，看没有人就给朗鑫打电话："喂，朗鑫吗？昨天晚上我听赵玉柱说村里来了兰江市建筑材料公司的工程师，说小坨子地里的白泥是瓷砖材料，如果考察完合格，就要在这办厂。这个事你注意一下，看看到底能不能办厂，消息准确了给我打电话。"

朗鑫说："啊，是吗？我还没听说呢。好，好，我这就去打听，明白了。"

方志南放下电话，脸色很难看，站起身来到窗前，又回到座位上打开抽屉，拿出一个名片看了看，又放到里面。

两辆车开到小坨子边的土路上停下，包书记、于工、李强等人下车。

常工对包书记说："我们主要就是看看土有多深，面积有多大，然后就知道储量了。至于土质，我们都试验过了，再看看不同地点的土有没有变化，剩下的就是对外交通运输情况。"

于工说："富贵把洛阳铲拿来，在这挖一个眼。"

富贵拿来洛阳铲，说："在这呀。"

于工指着地下说："对，就这，你挖吧，累了可以换换人，这谁都能干的活。"

富贵先干起来，一会儿李强换下他，挖了近十米，还没有到底，直到铲子不够长了，才停下来。他们又到坨子坑和其他地方挖眼，都没有挖到底。于工和常工对视了一下，又小声嘀咕了几句。

常工对包书记说："现在我们没有办法计算白土的储量，以后让测量组

来计算,我们回去吧。"

于工拍拍手上的泥说:"对,我们回去吧。"

包书看着他们,心里没底,也没好意思问,跟着于工等人上车。

一辆小车进了红星造板厂的院子,停在办公室前。

沈老板顺走廊来到挂有供销副厂长门牌的办公室,推门进屋。齐洪全在写着什么,抬头见是沈老板,连忙起身,说:"你来得好快呀,打完电话才十分钟就到了。咱们走哇,还是喝点水再走?"

沈老板脸色不好看,说:"我车上有水,我看还是早点走好,到那看看,能定下来就抓紧定下来。今天方主席都打两回电话了,他说兰江市瓷砖厂来百泉沟考察,怕是要办厂,如果是那样,对我们在那办厂就有威胁,整不好黄了。原来方主席在农业局的时候帮了我的大忙,咱们不能忘了人家,再说这也是个挣钱的事。你赶紧安排一下厂里的事,上车一起走,带上合同,到那做最后的决定。"

村委会大会议室,包书记和常工、于工、富贵,还有村两委会人员都在。包书记坐在侧面,于工等人坐在一边,李强、阿斯根等两委会成员坐在另一边。

常工对于工说:"你说吧,怎么办?我的想法就是我们在路上说的,定下来吧。"

于工说:"好吧,那我就说说。我们一行四人通过刚才考察,认为储量可观。现在我们还没有探明究竟储量有多少,但已经达到在百泉沟办分厂的条件,也就是说,我们今天所探测的储量可以开发五十年。所以我们现在就和你们村里协商,代表我们总公司签合同。我们带来了一份样本合同,你们传着看一下,看这个条件行不行,有什么意见都提出来,我们好进一步研究。我的意见是最好在大的方面定下来,看看村长、书记还有什么想法。"

李强小声和包书记说话。包书记看看合同,又说着什么。

李强说:"我看了这份合同,总体上是你们出资金技术,我们分别设管理人员,这我没有意见,只是这股份所占的比例还有点问题,是不是让我们研究一下。"

于工笑着说:"这种事就得研究。你们到别的屋里开个小会,定好了我们再谈,我们也研究一下。"

李强和阿斯根领着班子成员到书记室研究，坐下之后，阿斯根说："我看别的都可以，就是这股份比例有点少。我们的白泥贮量还没有搞清楚，他们的投资已经定了，从这一点上说，我们就应该提高股份。他们提的是我们占百分之四十一，我们怎么也要占百分之四十五的股份啊。"

　　李强说："阿书记说得对，我们的比例是少了。刚才我也和包书记研究了一下，得到百分之四十九，让他们控股一半以上，本来也是人家来管理，我们进一步参与是以后的事。我的意见是百分之四十九，他们占百分之五十一。我想这个比例他们能够接受，他们决定要合作，不会因为这么一点利益放弃这么大的资源。还有就是要求他们在生产中，及时恢复土地原貌，直接耕种或者说栽树，这也是对我们自己的要求。看看你们还有什么意见？大家都说说，这是个大事，是我们村的家底呀。"

　　李长玺说："我看行，这就够高的，别把这事整黄了。"

　　托娅说："可以。"

　　刘福田说："这样我们两家都不赔，各得其所。"

　　赵玉柱说："要我说我们自己干，谁也不用，买一套设备就自己干呗，现学还不会呀。"

　　李长玺说："那可不是制砖，有几个人就能干，现在瓷砖的技术含量很高，我们没技术也没有资金。昨天晚上你和于工说地包给李明远了，那是我们自己的事，当着人家的面说这个干啥。"

　　赵玉柱说："我也是为了咱们村，万一以后出事咋办呢。"

　　李强说："这地下的白泥是国家的，我们用也要向县土地部门申请，它有别于地上的耕地和荒坨。我们自己是干不起来，就是一块金子我们也没有办法拿到手，到头来还得找人合作，还不一定能找到这样的厂家。行了，这事就这么定了。"

　　大家都回到大会议室。

　　于工看着李强、阿斯根说："怎么样，你们还有什么条件都在签合同之前提出来，以后我们可就按照合同办事。"

　　李强说："我们研究了一下，觉得我们所占的比例少了点，因为按储量来算，能开发五十年以上，而你们的投资是有限的。所以我们的股份要占百分之四十九。其中，承包给别人的一千亩地不占你们的股份，你们占百分之

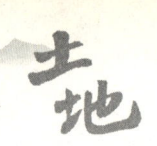

五十一,以你们为主导,咱们共同经营。还有就是在生产中,用过的土地要及时进行恢复,之后归还群众耕种。你们看怎么样。"

于工看看常工,说:"怎么样,要不要给金董打个电话?"

常工看着于工说:"那你给金董打一个电话吧,主要是股份持有情况。及时恢复土地原貌我们会做到,那不是问题。"

于工拿着手机出去。一会儿于工回来,对常工说:"金董同意了,就按百分之四十九定了,以我们经营为主。"

常工说:"那你说吧,我没有意见。"

于工说:"好吧,我们金董事长同意了,你们占百分之四十九的股份,我们占百分之五十一的股份,以我们经营为主,主要从你们村出人力。"

赵玉柱问:"那得用多少人哪?不得用几十个好劳力呀?"

常工笑了,说:"你们村一户出一个劳力都不够用,规模要是大一些的话,要在五百人以上。"

赵玉柱一听有点懵了,张大嘴说:"什么?要那么多人,那我们的地还种不种了?"

李长玺白了他一眼,说:"你还是个路路通呢,那种地不有专业户嘛,一家有一两天就种完了,打上药也不用收,秋天还有收割机,那人不都闲着嘛,就在厂子里干呗。"

于工说:"对呀,种地能用几个人,现在都是机械化了,剩余劳动力都可以到厂子里来嘛。"

包书记很高兴地说:"这回外出打工的人也可以回来了,不够还得对外招工。种地就由专业户来干。"

赵玉柱这回可是真的服了,他怎么也想不到还能办成这么大的一个企业,呆坐在那里不吱声。

常工问李强:"那我们在合同上改一下占股比例,再把修整土地的条件加上。还有什么问题?"

李强看了看合同,说:"其他的没有了,我们下一步还要有细则。这是大的原则,要在这个合同上进一步地细化。"

于工说:"对呀,还要成立董事会。你们也都是董事,参与决策。下一步我们还要专门研究班子的构成,开工之前这些都要确定下来。事可多,这是个分厂啊。"

李强看着阿斯根说："还有什么？"

阿斯根说："没有了，看看其他人。"

李长玺说："没有了。"

赵玉柱等人都说："没有了。"

李强说："于工，那我们就签合同吧。"

常工拿出合同，放在李强和自己前面，又拿出备用的笔递给李强。

常工指着合同说："你在这签字，下面的我签。"

合同签完了，大家都站起来，互相握手，祝贺签约成功。

包书记握着常工的手说："回去和你们董事长说，县里为你们这个企业开绿灯，有什么事你们也可以直接找我。"

于工也过来和包书记握手，说："那我们回去了。金董事长告诉我们要在晚上到双青县城，然后和那里的建筑材料公司了解一下情况，就是看看市场。如果有必要还要到广原市去，有可能得走一圈。"

包书记说："要不中午在乡里吃饭吧，给我们一个机会。"

于工笑着说："下次我们成立董事会的时候再说吧，以后的机会多了，你们不烦我们就行，求你的日子在后头呢。我们走了。"

常工、于工、富贵和大家握手。

李强和富贵握手，接着两人拥抱起来，说："感谢你为我们村办了一件天大的事情。"

富贵看着李强说："后会有期，我会申请到你们这来工作的！"

大家看着他们俩都很激动。

于工和包书记、阿斯根、李强再一次握手，说："有什么事我们电话联系，我回去之后给你们传真过来下一步的合作细则。我们按着细则准备。公司立项之后，可能在一个月之内动工，这期间要完成各种手续，其中有矿产、经委和工商等部门的手续，全由我们公司做，我们有专人做这项工作。好，你们等消息吧！"

于工等人上车走了，包书记、阿斯根、李强等人在村委会门口挥手告别，目送汽车远去。

包书记说："我也走了。李村长，你有事随时和我联系。有关情况，我

还要向县里汇报一下。"

李强等刚要回家,一辆小轿车开进村委会。沈老板和齐洪全从车上下来,阿斯根等人一看都愣住了。沈老板、齐洪全走上前来和阿斯根、李强握手。

沈老板说:"这位是齐厂长,将来咱们办的厂子就由他来管理。我们今天到这来看看地,村里谁安排这事呀?"

阿斯根看看李强,对沈老板说:"咱们到屋里谈吧。"

沈老板说:"别进屋了,直接领着我们看地吧。"

阿斯根说:"对,找个人。李村长,我去安排人吧。"

李强说:"我看让李长玺和你一起走吧,有事他还能帮点忙。长玺哥,你帮一下书记,先带他们看看地吧。"

李长玺和他们几个人都上了小车。

赵玉柱回到家里,虽然村里已经和瓷砖厂签了合同,可是他却高兴不起来,忌妒劲上来了,闷闷不乐地躺在炕上。

奶豆腐问:"这又咋的了?"

赵玉柱没好气地说:"这合同还真签了。"

奶豆腐不解地说:"那你还愁眉苦脸的干啥呀,那不是好事吗?"

赵玉柱起来说:"啥好事啊,李明远承包地的事没有解决,现在把人家打发走了,到时候不得有麻烦呀。"

奶豆腐说:"你管那事干啥呀,有书记、村长呢,还用你犯愁。"

赵玉柱说:"跟你说你也不懂,啥也不知道别跟着瞎咧咧。"

赵玉柱拿起电话拨通,说:"喂,二舅吗?我是玉柱哇。你在哪呢?"

方志南在单位,放下报纸接电话:"什么,瓷砖厂的事办成了?"

赵玉柱神秘地说:"连我们村的阿书记都不知道哇,李强保密的工作做得很好,等合同人们才知道。有这么个事呀,小坨子一千亩地已经承包给李明远了,是四年,可白泥都在那下面呢。我听说他和朗鑫是铁哥们儿,这事是不得告诉朗鑫哪?"

方志南的表情有了变化,停了一会儿说:"消息准确吗?"

赵玉柱说:"绝对准确。"

方志南说:"知道了。"

方志南马上就给朗鑫打电话:"喂,朗鑫,你在哪儿?"

朗鑫正打麻将,一看是方志南的电话号,起身到外面接电话:"喂,方主席,我在和朋友玩呢,有事吗?我明白,让他和村里多要钱,或者说不让他们用地。"

方志南说:"对,不能让他们搞成了,那样会对我们的企业有威胁。你现在就给李明远打电话,及时告诉我情况。"

朗鑫接完电话马上就给李明远打电话。朗鑫用手捂着手机说:"喂,是明远老弟吗?是,听出来了?"

李明远在工地上指挥工人干活,说:"朗哥,我在工地呢,怎么这么长时间没有你的电话,你干啥呢,神出鬼没的,是不是又在和小喜子他们玩呢?"

朗鑫笑了,说:"刚摸了两把。这两天也没啥事。我找你有点事。"

李明远一摆手让司机停下车,因为声音太大听不见说话声。李明远说:"有啥事你就说呗。"

朗鑫靠着房墙说:"我听说今天百泉沟村和兰江建筑材料公司签合同了,你承包的小坨子地下有白泥,那是做瓷砖用的材料。他们要合作办一个瓷砖分厂,这个事你不知道吧?对,这是上午的事。我说这回你可发财了,趁着这个机会你还不敲他一笔呀。那块地不是已经承包给你了嘛,那不得你说了算。"

李明远说:"还有这事呢,那可是好事,我知道了,谢谢你!"

天色已晚,阿斯根、李长玺领着沈老板和齐洪全从沙坨子上走下来。沈老板已经完全没有老板的气质,领带也拿下来。

李长玺对沈老板说:"我们的地是看完了,就剩下签合同。怎么样,地的质量还是可以的吧?"

沈老板说:"能种的地有四千亩,荒坨子也有一千亩,统一签合同行吧?"

阿斯根说:"行,都加在一起算吧,价格上对就行。"

沈老板说:"里面的树长得不错,法院给你们合了多少钱?"

阿斯根说:"一百六十万元。对了,这树可是村里的财产,不在给你的承包地之内。"

沈老板看着阿斯根说:"晚上我请你们班子人员到乡里的饭店吃顿饭,给个面子行不行?"

阿斯根说:"行啊,长玺,你给李强打电话,让他到村里等着,我们一起走,反正事也差不多了,就是不成也没有啥,不就一顿饭嘛,要不我们请你吧!算了,我给他打吧。"

饭店,百泉沟的支部委员和村委会成员,还有沈老板、齐洪全在喝酒。

沈老板站起身来,举着酒杯说:"我今天请大家吃饭,主要是想认认村里的各位领导。大家把酒杯端起来,我们共同干一杯,从今往后我们就是一家人了,共同经营一个厂子,有钱大家挣,有福共同享,还要靠在坐的各位鼎力相助。我先干了,你们随意。"

阿斯根、李长玺等人都干了,只有李强没有干,沈老板过来劝酒。

沈老板说:"李村长的酒可得干了。"

李强说:"我真的不能喝酒,你就别攀我了。阿书记能喝,你和他喝,张勇也行。"

沈老板说:"那好,阿书记提一杯吧,完了我再和你们俩喝一杯。"

阿斯根举起杯说:"今天沈老板请我们,可以看出是诚心要和我们村合作。按理说沈老板在我们村里办厂子,我们应该请沈老板,可是人家先请我们了,那就听他们的。来吧,我提议,为了我们的合作成功干一杯,这杯都干了。"

赵玉柱显得很兴奋,和人们一个一个地喝着。

沈老板又倒满了一杯酒,来到李强和阿斯根的面前。沈老板说:"来,我和你们二位单独干一杯,祝贺我们合作成功。"

说着沈老板和李强、阿斯根碰了一下杯,一口干了杯中的酒。阿斯根也干了,李强没有干。

李强对沈老板说:"这杯酒我不能喝,现在说合作成功为时尚早,我说这话不是不同意合作,我已经在合作意向上签字了。另外我们村今天也和兰江市瓷砖厂签了合作合同。不管是哪一个合作项目,我们都要拿到群众代表会上讨论通过后才能实施,请沈老板原谅。"

沈老板一听,脸色马上变了,端着酒杯愣在那。

阿斯根听李强这么说,有些不满地说:"这个事好说,那只是一个过程，群众会同意的，沈老板不用担心，咱们的合作是板上钉钉了。来，我和你单喝一杯。"

齐洪全一直没有吱声，也站起来提酒，说："来，我提一杯酒。我很有幸成为这个厂的厂长，从今以后，我和你们在一起的时间最多，承蒙各位在以后的工作中给予帮助，这杯酒我先干为敬。"

说完他一口干了这杯酒，大伙儿也都干了。

阿斯根喝得有点热，听齐厂长这么说，来到齐厂长面前，说："我和齐厂长单独干一杯。工作上的事好说，互相帮助嘛！厂子是我们共同的，今后我们是狗皮袜子没反正，得说咱们厂对吧。"

齐洪全高兴地响应："包书记说得对，我们是一家人，没反正。沈老板，我和村里的领导每人干一杯，行不行？"

沈老板说："应该，都认识认识。"

李强放下酒杯说："我出去方便一下，你们先喝，马上回来。"

李强来到外面款台结账。

村委会大会议室，支委会和村委会成员都在，人人绷着脸，你看看我，我看看你的，都不吱声。

阿斯根满脸的怒气，说："是乡里包书记和陈乡长找的我，当时你没在家。人家还不跟别的村合作呢。整到这个份上要是黄了，那我的脸往哪搁呀！听群众的意见，谁不想多要地呀，他还管你什么企不企业的。要是通过群众会，万一大多数群众不同意，你说怎么办？咱们谁向书记乡长交待？开发的地也给群众分了，就拿小坨子地办一个厂子，我们村两委会班子还决定不了吗？是不是你不想办这个厂啊？要是那样你就直说，别拿群众说事。"

托娅看着李强，又看看阿斯根。李长玺也有些不解地看着李强。

李强看阿斯根生气了，也知道李长玺等人的不满，知道他们误解了自己的意思，就说："包书记，我不是那个意思，两委会通过，我也同意和沈老板签了意向合同，可是不通过代表会，那是不行的，也包括瓷砖厂的合同。这是我当村长的原则。村上的事就是群众的事，群众不同意的事我们不能办。我知道包书记一心为了村里，好让群众有工作，集体有收入。可是群众不一定同意，也不一定会让群众得利。我认为群众的真正利益首先就是土地，有了土地再干别的。有了土地，群众就有了立身之本，就有了生活保

障。党中央现在提倡和谐社会,我觉得这就是农村和谐稳定的根本。"

赵玉柱接过话说:"李村长,你说的观点我不同意,一个村长有屁大点事就和群众研究,那还用村长干啥呀?我同意阿书记的意见,这事班子定完就得了。你给群众的权利越多事越多。不是有句话嘛,穷人别得地,得地就起屁。"

李强对赵玉柱的话非常反感,说:"赵主任,你有点断章取义,咱们村里招待瓷砖厂的客人开群众会了吗?那得分什么事。土地是国家的,最终是群众的,它应该分给群众。你要用群众的地办厂子,征求群众的意见是天经地义。我当村长就是要这个原则。我认为,权利重心是不是偏向群众,是村干部政策水平的试金石。"

赵玉柱不吱声,低下了头吸烟。托娅听了李强的一席话,激动得她呼吸急促,面色红润,眼里有泪光闪动。李长玺瞪大了眼睛,看着李强,好像不认识似的。会议室长时间的静默,没有了一点声音。

阿斯根看了看在坐的班子成员,说:"这样吧,我们举手通过。同意办瓷砖厂的举手。"

全部举手。

"同意办木板厂的举手。"

托娅看了一下李强,李强也看了一下托娅,两人都举起了手。

阿斯根脸上有了笑容,说:"好,刘会计记一下,全部同意。李村长还有啥?"

李强郑重地对大家说:"同意开代表会的举手。"

阿斯根、赵玉柱有点愣住了,李长玺看看李强,又看看阿书记,想举手又不敢举手。

阿斯根很生气地看着李强,说:"非得开群众代表会吗?这是正事,是好事,群众能不同意吗?"

阿斯根的态度刺激了李强,李强的犟劲又上来了,很激动地说:"我们为群众办好事,还怕群众不同意吗?群众不同意就不是好事。难道我们办的厂子还怕群众吗?"

阿斯根气得把烟往地上一扔,冲着大伙儿说:"同意,都同意,那就开代表会,不用表决了。"

李强举起了手，其他人看李强举手，也都举起了手。

　　朗鑫在家里给方志南打电话："喂，方主席，刚才村里开两委会，定下来要开群众代表会，决定办不办木板厂、瓷砖厂。对，会上都同意办厂了，就是李强坚持一定要在群众代表会上通过。阿书记为这事还对李强不满，两个人在会上顶起来了。"

　　方志南着急了，说："这可不是个好兆头哇，你赶紧做一下代表们的工作，我是说你不要出头，找别人做，不要让人们看出是你的意思。群众代表会要是通不过，那我们就全完了，连老本都搭上了。这个李强，早晚让他认得我。你给我盯住他，有什么举动及时给我打电话。"

　　李强一早就来到村委会，一个人在办公室里喝水，看从乡里拿来的有关会议材料，不时地看着窗外。十点多钟，阿斯根从外面走来。李强等的时间长了，已经趴在桌子上睡着了。阿斯根进屋看见李强睡着了，心里觉得很不好受，在他的眼里他还是和托娅在一起玩的孩子。倔犟的李强，没想到今天和他在一起工作还是那么的任性，竟然无视他的意见，这让他心里感觉很复杂。他看着李强睡觉，没有惊动他，等着他自己醒来。阿斯根等了会儿刚想要走，李强醒了。阿斯根看李强醒了，又坐下来。

　　阿斯根小声说："你来半天了吧，都睡着了。"

　　李强抬起头来看看钟，说："我怎么睡了这么长时间，都快两个小时了。你啥时候来的呀？"

　　阿斯根说："我都到半个小时了，看你睡得正香就没有惊动你。怎么，晚上没睡好哇，净想昨天的事了吧？"

　　李强笑了一下说："要说不想那是不可能的，还真是睡得晚了点。我给你打电话你还没吃饭吧，家里没有啥事了？"

　　阿斯根说："事倒是没有什么事，就是前街我三连襟来待了一会儿，他还没走呢。我说有事就过来了，要不他非等着跟我喝酒不可。怎么的，找我有事吧？"

　　李强点点头说："是有点事。我想和你交换一下有关办厂的意见。我想这个事还是我们俩单独谈有好处，这样不会让其他人误解我们。你看这样行不行？"

　　阿斯根点着了一支烟，吸了一口说："行，我看这样比在会上争论有好

处,起码没有人看我们热闹。"

李强很诚恳地说:"包叔,我年龄小,说话办事有不周到的地方,还得请你多包涵。因为我们这个地方的资源很有限,农民还不富裕。我们要办的两个厂子,都是用土地做资本,瓷砖厂用的地少,用土多,可以说对农民的影响最小。而木板厂则需要五千亩地,还要六十五万元的资金,年限最起码是十年。它有没有效益还不太好说。这两个厂子都是用群众的土地做代价,我们不争求一下群众的意见,能说得过去吗?"

阿斯根有点不愿意听李强说的话,因为他还是要开群众会。没等他把话说完,阿斯根就表示自己的想法。

"你说的这些道理我明白,虽然我没有读过多少书,可是我对当前的形势看得还是很清楚的。你说像我们这样的村子,多少年了,连一个像样的企业都没有。整个乡都没有一个真正的企业,有的都是一些专业户而已。这次咱们村把红旗水库开发了,群众能够种上好地,小坨子的地正好拿出来办企业。你也是新上任的村长,难道你就不想在自己的任期有个好的发展。"

李强很耐心地解释:"包叔,为了这个开发区我们费了多大的劲?这一切是为了什么?不就是为了群众有点好地种吗?小坨子地有六千亩哇,给李明远的一千亩只能是四年之后再分给群众,这五千亩地原本也是要分给群众的。"

听了李强的话,阿斯根说:"李强啊,我看咱们俩的意见还是有一点不同的,我呢,很看中这个企业;你呢,却很看重群众的利益。其实我们在大的方面是一致的,都是为了群众,只是先后的问题。你看啊,这要是先办厂子,过了对外承包期,还可以分给群众地嘛。可是你要是先分了地,这一切可就没有了。所以两委会上大多数人的态度可是说明问题。李强,你是个大学生,别的不说,这少数服从多数的道理你应该懂。"

李强纠正阿斯根的说法:"包叔,你说这话可有点误解我。两会上的少数服从多数,我没说什么,我也签了意向合同,可是这不等于群众同意。无论咱们俩怎么说,都要通过群众代表或者群众这一关,要是群众同意,那我一点意见也没有。"

阿斯根不以为然地说:"我看群众代表会也就是那么回事,代表的工作也是可以做通的。这一点你应该明白,打小井的事你也不是没有领教过。我看你就算了吧。你实在想要把地分给群众的话，等承包期到了之后再分，那也来得及，咱们有话在先呗。"

李强看阿斯根还是坚持自己的意见，只好把藏在心里的疑问说出来："包叔，在两委会上我没有说，我觉得这个木板厂的合作方式有问题，他们为什么同意把朗鑫的欠款作为我方的投资？为什么直接要土地，不让我们卖出钱来再合作？"

阿斯根摇着头说："你是让朗鑫、方志南整得草木皆兵了，那是包书记和陈乡长给咱们联系的企业，还能有差呀？"

李强说："不对，有点不合常理。"

阿斯根说："你别疑神疑鬼了，骗人也不能花这么大的财力呀！"

李强说："这样吧，代表会上我们把两个企业的详细情况和群众说清楚，让群众做出选择。"

阿斯根说："我看就不用开群众代表会了，有两会的决议，就可以做这件事。你有什么意见先保留吧。"

李强愕然地抬起头来，说："阿书记，你是知道的，没有群众的签字，对外承包土地法律上是不承认的呀！不论是听谁的，都是要走这一步，谁也过不了这个关。如果群众代表会通过了，那我什么意见也没有，坚决执行。没通过群众代表会，我不能签合同，也签不了合同。"

阿斯根听李强说不能签合同，拿出他家长的派头说："李强，群众会我是不开，要开你开，随你的便。明天我就去县里跑批文，在我的任期内，这个事我是干定了，下任谁乐意干谁干。"

李强被阿斯根这种态度惊呆了。从小到大，李强一直把他当自己的父亲看，阿斯根也把李强当成自己的儿子一样，百依百顺，想要什么就给什么。和托娅一起玩，要是弄坏了什么东西，阿斯根就是说托娅也不说李强，他想要的玩具，想什么办法也要给他弄来。李强从来没有见过阿斯根这样的态度。要是自己家里的事，李强说什么也得听阿斯根的，可是想到群众的利益，想到自己肩上的责任，理性战胜了感性。李强的犟劲又上来了，不示弱地说："那好吧，我召开群众代表会，要是有必要还要开群众大会，你参不参加我都要开，我就执行会议上的决定，群众不同意的事我是一概不执行。这就是我的意见，没有别的事我走了。"

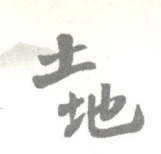

土地

李强说完也没等阿斯根回话就走了。阿斯根坐在那儿有点呆，他知道李强的脾气，认准了的事是一硬到底，自己是阻止不了他的。他是个大人，不是过去的小孩子，再拿过去态度对他不行了。阿斯根很无奈，怀疑自己的所作所为是不是错了。过了一会儿，阿斯根又点着了一支烟。

方志南坐在办公室，打开抽屉又拿出那张名片。看了看名片，他拨电话号，通了，说："喂，彭秘书长吗？我方志南，在办公室呢。这段时间事太多，也没有到你那去。咋样，你忙吗？"

市政府办公室，彭秘书长坐在桌前接电话，一边签字，说："有事吗？不忙，你说吧。"

方志南说："有这么个事，我有个朋友是市里木板厂的沈老板，他最近和双青县太平川乡百泉沟村有一个合作项目，前些天已经签了意向合同，村里出地和他合作，可是村长李强非要开什么群众代表会来决定，一开代表会，这个事就不好说了。我这个朋友把设备都买下来了，用了将近两百万元。这事要是黄了，那他损失可就大了。明天我让他去找你，想让你和双青县委明海书记说一下，让他找乡里包书记，这个项目是乡里包书记牵头的，他肯定支持。"

彭秘书长说："啊，那明天叫他来吧，我给明海打个电话就行。还有别的事吗？"

方志南说："没有别的事，就这个事，你千万抓紧啊。"

陈乡长办公室，阿斯根在和陈乡长谈话。

阿斯根生气地说："他就那么说的，非要开什么群众代表会。有必要开群众大会吗？为了这事，我们都在会上闹僵了。我也单独和他说了，这是乡里让我们办的企业。可是说和没说一个样，还闹了个半红脸，他还说有点信不着这个企业。"

陈乡长说："这个事还麻烦了，上午明海书记给我来电话，让我和你们说，人家沈老板把设备都买来了，两百来万元呢。想办法做点工作也要把企业办成。你们要是开了群众代表会，可就不好说了。这事要是办不成，我和包书记可就坐蜡了。"

阿斯根说："那你就和李强直接说吧，我算说不了他。小子主意可正呢，那还一套一套的，说什么这是和谐社会的根本，干什么都要听群众的，群众不愿意的事就不干。"

陈乡长说:"按群众的意愿办事没有错,也是我们党所提倡的,可是办企业也是个正事啊,按说他应该不会反对。你叫他来一趟乡里吧,我和包书记直接和他说。你回去。群众代表会先别开,等我和他说完了再开吧。"

阿斯根说:"你给他打电话吧,我让他来他都不来呢。"

鸿运来饭店,门外停着两辆小车,由于还没有到中午,没有吃饭的人,显得冷清。小包间里,方志南、沈老板、朗鑫在一起喝酒。

方志南问:"沈老板,你找彭秘书长,他答应的痛快吧,说别的了吗?"

沈老板说:"没说别的,看出来你们的关系很铁呀。他当着我的面打的电话,明海书记马上就答应了,我这心才落了地。这事要是黄了,花钱买的设备可就打水漂了。"

朗鑫说:"你说这挺好的事,李强就是和咱们过不去。这事要是有个闪失,他给咱们整黄了,你看我不找人做了他。"

沈老板对方志南说:"事我是办成了,意向合同也签了,再出什么事我可是不管了。要是不办厂,那套设备可就给你们了,放在我的手里没有用。"

方志南听出沈老板的担心,对沈老板说:"你不用担心,就是不成,那设备也不让它赔在你手里,再说乡里已经找他们了,问题不大。这个李强欺负到朗鑫头上来了,胆子不小哇,看来他是没吃着亏呀。来,喝酒,别管他,车到山前必有路,十一个。"

朗鑫一口干了,又气呼呼地倒上酒,又一口干了。

沈老板看看朗鑫,又看看方志南,放下了酒杯。

第二十六章

早上,双合尔到村头的大柳树下活动,这是他每天都坚持的运动。还没有到家,就看见托娅站在大门口,双合尔感到奇怪,走到跟前问:"托娅这么早就来了,是不是找我有事呀?"

托娅的脸色很冷,说:"走,到屋子里说吧。"

双合尔说:"啥忙事呀,不等吃完了饭再说?"

进了屋,双合尔直接到厨房洗脸。

双合尔边洗脸边问:"啥事你就说呗,我听着呢。"

托娅生气地说:"我爸不同意强哥开群众代表会!"

双合尔一听,直起腰来,很惊讶地问:"不开群众会怎么用地办厂啊?"

托娅给爷爷擦脸,说:"也不知道我爸他是咋的了,说啥也听不进去,非要把这两个厂子定下来。你去说说他吧。"

双合尔一脸的怒气,说:"你去把他给我叫来,还反天了,当两天书记就不是他了,眼睛里还有没有群众。去!就说我叫他呢!"

托娅听了爷爷的话,转身走。双合尔气呼呼地回屋里,包奶奶过来问:"咋的了,气得那样,托娅说啥了?"

双合尔说:"托娅说村里要办瓷砖厂和木板厂,阿斯根不同意开群众代表会,怕整黄了。"

包奶奶说双合尔:"你这么大岁数了,管村里的事干啥。人家是村里的书记,说咋办就咋办呗,你别仗着自己是个老干部就倚老卖老。"

双合尔说:"村里的事咋的?他是书记,办事更得有原则,想干就得拿群众当回事,不通过群众行吗?"

说着话,阿斯根和托娅来了。

双合尔问阿斯根:"怎我听说村里办厂子,你不同意开群众代表会?"

阿斯根不以为然地说:"那是村里的事,你管那个干啥呀!"

双合尔眼睛一瞪,说:"你说啥?村里的事我不管,那我不是村民哪?那地没有我一份吗?这么大的事,你连群众代表会都不开,就要对外承包,你胆子也太大了!群众不签字,地能往外承包吗?企业能办成吗?"

阿斯根说:"那有啥成不了的,新开发的地也分给群众了。原来就没分小坨子地,村里没有钱,用这地和人家合作还不行啊?有了厂子才有就业门路,这是对群众有好处的事,爸,你得支持我。"

双合尔一听这话就更来气了,指着阿斯根的鼻子说:"你们不开群众会就在六千亩地上办厂子,是你的主意呀?"

阿斯根说:"是啊。"

双合尔说:"你还懂不懂法呀,没通过群众动用土地那是违法的!再说这是人家村长的工作,你咋越长越糊涂了,你叫人家强子怎么干哪!"

阿斯根说:"前天我们开了两委会,绝大多数人都同意,少数服从多数这是组织原则,李强不执行会议的决定,那我还不执行啊?能眼看着这件好事黄了吗?"

双合尔说:"开群众会就能黄?为群众好,咋还怕开群众会呢?群众不同意的事还能是好事吗?瓷砖厂用的地少,还是用承包出去的地。木板厂要用村里五千亩地,合不合算哪?这些事,你不和群众交待清楚行吗?"

阿斯根听双合尔这么说,口气有点软了,说:"爸,你看你这脾气,我在村里想干一件大事,那别人不支持我,你还不支持我呀。在会上你帮着说说,让大伙儿同意办这两个厂子呗。"

双合尔上了炕,说:"想让我同意,那就开群众代表会,让群众说了算。这不是咱们家的事,我不能答应你的要求。"

阿斯根看着双合尔说:"你是啥意见,得给我交个底呀,要是咱们在会上意见不统一,我的脸往哪搁,别人会怎么看我们爷儿俩呀?爸,我求你了,这事你就别掺和了行不?"

双合尔说:"我啥意见你知道,这两个企业就不是一回事,哪个有把握你不明白吗?个人的企业,咱们村能插上手吗?别看我人老了,整天看电视我都明白,不信你就办办看吧,别到时候让人家把你们骗了。"

阿斯根说:"没有别的事我走了,到时候我听你的还不行嘛。"

双合尔听阿斯根这么说,也就消气了。

双合尔说:"得了,我不是说了嘛,这事还得开群众会,到时候听听大家的意见,要是有个什么差错,那我可是不让,我把话可说到头了。"

阿斯根一听知道父亲是啥意见了,再说也没有用,瞪了托娅一眼,对双合尔说:"那我走了,等有空我们再聊这事吧。"

阿斯根走了,双合尔坐在炕上的饭桌前吃饭。

双合尔看看托娅说:"托娅,你也在这吃吧,还愣着干什么,你爸不是说同意开群众会了嘛,那就行了呗。去看看你奶奶在做什么,帮帮她。"

托娅答应着:"嗯,我去看看。"

托娅端上来馒头,还有一盘鸡蛋。桌子上已经有了黄油、乌日莫和炒米。包奶奶把咸菜端上桌。奶奶说:"托娅都有二十多天没有在家吃饭了。"

托娅想了一下说:"可不是嘛,一个多月了。奶奶,晚上做点好吃的吧,我真有点馋你做的大炖菜了。"

包奶奶说:"那行,你晚上来吧,今天你老叔和老婶下午就回来,我给你们做个羊肉炖茄子,给你爷爷拿点好酒来。你叔要是不出车还能喝点酒呢!咱们一块好好地吃一顿。"

托娅高兴了,有点撒娇地对爷爷说:"听着没有,叫我来吃饭还得给你拿点好酒来,我看奶奶就是向着你,不向着我!"

双合尔说:"可不嘛,这么多天了,她咋没说给我炖羊肉吃呢,托娅一来就有酒有肉,我是跟着你借光。"

包奶奶用手指着双合尔说:"你看看,你爷爷昨天吃的红烧肉,今天就不认账了,还歪我呢,交不透的老东西。"

说完几个人大笑起来,都很高兴,刚才的不愉快没有了。

李强急急忙忙地进屋,看见他们吃饭就坐在桌前拿碗盛饭,说:"家里的饭没好呢,在这吃点。"

托娅说:"你这是从哪儿来,咋忙这样了?"

包奶奶说:"别忙,慢慢吃。"

双合尔看李强这样,放下了筷子,说:"强子有事啊?"

李强说:"乡里包书记找我呢,叫我这就去,爷爷你说怎么办吧?"

包书记办公室,包书记、陈乡长都在,李强在沙发上坐着。

包书记问:"意向合同是你签的吧?"

李强看着包书记说:"是我签的。当时我是不同意,主要是考虑大多数两委会成员都同意了,少数服从多数。"

包书记看看李强,问:"为什么不同意?"

李强说:"拿群众的地搞企业,后果如何我心里没有底,这所有权在人家那,我们没有管理经验,我怕群众不同意办厂。再说,我对他们的合作方式有疑问。"

包书记问:"你怎么知道群众不同意?有什么疑问?"

李强说:"没开代表会怎么能知道群众同意呢,我是心里没有底。再说就是不开群众会,那也得通过群众签字吧。他们用地和我们合作,那等于都是他们出钱办厂,哪有这样的企业。他们为什么不等我们把地收回来,把朗鑫的钱要回来,以资金入股的方式合作呢?我不理解。"

包书记点点头说:"我明白了,第一你有点信不着他们,对这种合作方式不理解。第二,你怕群众不同意,想开代表会通过一下,同意就办厂,不同意就不办,是不是?"

李强说:"对,就是这个意思!"

包书记知道了李强的想法,松了一口气,说:"这个企业没有问题,厂长和我们是多年的老朋友,刚开始说要以资金注入的方式合作。至于用地的方式合作,那是我们提的,有钱的村哪有哇,就是有地的村也不多呀,也就是你们村还有五千亩地,所以就落到你们村了,这个你不用怀疑。"

李强说:"可是阿书记就怕开会,怕代表们不同意,把这事整黄了。"

包书记很有耐心地说:"做点工作呗,把事情和群众解释清楚,应该没啥问题。这样吧,你们什么时候开代表会,我也去参加,我们一起做一下群众的工作,行不行?"

李强高兴地说:"那太好了,我们明天就开。你要是帮助我们做通了群

众的工作,那我们就办呗,还怕企业多嘛。"

包书记说:"老陈,明天你去参加县里的会吧,我和李村长去村里开会。"

陈乡长说:"那行,书记去了就好,你和阿斯根就别争论了。"

村委会的大会议室,由于参会的人太多,所有的凳子上都坐满了人,连靠边的桌子上也坐上了人。除了几个在外打工的人之外,其余的全部到会,连双合尔也来了。人们都知道这次的会议要解决什么问题。开会之前,人们悄声议论着。

双合尔坐在人们的中间,托娅坐在爷爷的身旁。大伙儿看双合尔也来参加会,感到会议的重要性。张勇坐在双合尔的旁边问:"包爷爷,你说今儿个会上定下来的事能不能执行啊?"

双合尔说:"你这小子说的,要是不执行,开这个会干啥呀?"

李三也过来,说:"包爷爷说得对,群众决定的事那还有差呀。我跟你们说,现在在村里,谁的权利都没有群众的大。咱们决定分地,如果村里承包给别人,你看咱们大伙儿给它抢不,不信试试看。"

赵玉柱听这话觉得有些不顺耳,就说:"那可不一定,群众也得听党的领导吧。要是党支部定的事,你们也不承认,还有点组织纪律性没有?看你们那个觉悟吧,还抢人家的地,那不犯法吗?人家不起诉你?"

李长玺不服地说:"我说你还是个党员呢,党的宗旨是什么?最主要的一条就是为人民服务,啥意思你明白吗?就是党员得干群众同意的事,得听群众的呼声,听党的话是党在了解了群众的呼声之后才号召群众。今天这个会就是了解群众是什么呼声,听完大家的意见党员才知道要干什么,怎么干知道不?"

赵玉柱也不示弱,说:"照你说的,党得听群众的呗,那就叫群众当党的书记呗,这下书记可就多了,得有十三亿个吧。"

李长玺指着赵玉柱说:"你那是什么逻辑,党听群众的意见,就是让群众说出自己的意见,那也不是说让群众直接当党的书记呀,你这不是断章取义吗?啥事一到你的嘴里就走味了。"

李强和阿斯根在外面着急地等包书记和田美玉,他们都来参加群众大会。来了一辆面包车,前面还有一辆小车,车直接开进村委会的院子里。包书记和田美玉从车上下来，和阿斯根、李强握手。

田美玉问："怎么样？人都来齐了吧？"

阿斯根说："人都到齐了，只缺几个在外打工的。"

包书记说："那好吧，我们直接到会场开会。"

说着话，他们都进了大会议室，人们静了下来，包书记、田美玉和认识的群众打着招呼。

包书记来到双合尔的前面，握着双合尔的手说："你老人家也来了，说明这会很重要呀。怎么样，身体还好吗？"

双合尔看着包世达说："世达呀，你也来了。一个群众代表会，党委书记都到场了，看来乡里对办企业很重视。我还行，没有什么大毛病。"

包书记笑着说："你老一来，这事情就一锤子定音了。"

包书记坐下李强看看田美玉说："那咱们就开会吧。"

田美玉说："开始吧，你安排，先说明白了，之后再做表决。"

朗鑫在家接电话："喂，是方主席吧，还没有信呢，可能会还没开始。知道，完事我给你打电话。"

放下电话，朗鑫在屋里来回地走，芳芳从外面进来。

芳芳说："你来回走啥呀？"

朗鑫说："现在开群众代表会呢，也不知道怎么样了。"

芳芳说："那你给赵玉柱打个电话不就知道了嘛。"

朗鑫打电话，通了："喂，赵叔怎么样了？开完没有呢？"

赵玉柱在外边，用手捂着嘴说："刚要开，乡里包书记都来了，等完事我告诉你。"

朗鑫放下电话躺在床上，望着棚顶出神。此时他非常紧张，这个会决定他和方志南办企业的成败，木板厂黄了，他们以前投的设备钱就打水漂了，还会欠村上六十五万。想到这些，他对李强的恨越来越强烈。

李强看着阿斯根说："包书记和田组委到了，开始开会吧。"

阿斯根点头示意李强说。

李强大声说："大家静一下，现在开会。这次群众代表和全体党员一起参加的会，只研究村办企业的问题。目前有两个企业和我们签了合同，瓷砖厂和我们签的是正式合同，红星木板厂和我们签的是意向合同。下面我和大

家说一下两个合同的具体内容……"

方志南在他的办公室里看着电话，点着一支烟吸了一口，站起身来望着窗外，回想起自打李强当上村长后发生的一系列事情，心里对李强的恨已经让他忍无可忍。他设想了很多后果，有的后果让他不寒而栗。他从来没为自己的事这样担心过，一个群众代表会就能让他的一切灰飞烟灭。然而这一切都是因李强而起，李强让他当众蒙受羞辱不说，还让他断了经济来源，承受巨大经济损失。想到这，他的拳头攥得嘎嘎响。

李强说："大概是这么个情况，前些天由于事出突然，村委会和支委会先和企业签署了合同和意向合同，当时没有来得及召开代表会争求大家的意见。所以今天召开支部会和代表大会，征求大家的意见。乡党委包书记也来了，请包书记讲话。"

包书记看了看与会的代表，说："李村长刚才介绍了两个企业的情况，我认为这两个企业都不错，特别是瓷砖厂这个企业，它占用的土地很少，用完之后就能及时恢复土地原状，而且这个资源能用五十年以上。另一个木板厂，是我和陈乡长招来的。"

双合尔插话："它是个人的企业，还是公家的企业？"

包世达说："它是一家私营企业，规模很大，要在有实力的村办一个分厂。他们和我们合作是有条件的，一要有钱，没有钱有地也行。咱们乡只有你们村里还有六千亩地没有分给群众，就是小坨子那块地。前段时间你们开发了红旗水库，每个人已经分得了四亩多好地。小坨子的地有些薄，拿出来办个厂子还是可以的嘛。有了厂子，村里有收入，个人也有地方打工挣钱，那不是好事吗？请大家权衡利弊，讨论一下，希望大家畅所欲言。"

赵玉柱首先发言："我都同意办，村里的地承包出去多少年了，不也那样嘛。这回用它办企业，我是没有意见。有了企业，工人都用咱们村里的群众，那是多好的事呀。"

二迷糊说："要那么说我家里没有打工的人，要是办了企业，我不啥也捞不着了吗？地没分着，打工还没有人，总不能让我也去打工吧，我这么大的岁数可受不了那个罪。再说了，一个月才一千元，给个人打工种地，每个月还一千五百元以上呢，要是没有活了，那它还能给开工资吗？现在的企业都指着工人给他们挣钱呢。我是不同意办厂子。"

李长玺说:"瓷砖厂还行,那是个有前途的厂子,再说它也占不了多少地,一边用土,一边整地。我看那个木板厂办不办没什么效益,企业办不好,人家就溜了。你说咱们的地也给包出去了,钱也让他花完了,你还找不着人家啥责任。那地分到我们每一户,可是实实在在的钱,咱农民指着啥呀?"

双合尔把嘴里叼着的烟熄灭,抬起头来说:"我说说!我说之前给你们唱一首大家最熟悉的蒙古族民歌,中不中?"

代表们齐声说:"欢迎!"

双合尔说:"大家和我一起唱,中不?"

大伙儿喊:"中!"

群众跟着双合尔唱起来:"南方飞来的小鸿雁啊,不落长江不呀不起飞,要说造反的嘎达梅林,是为了蒙古人民的土地……"

声音越来越大,人们理解了双合尔要唱这首歌的意义,从心底发出了共鸣。这也让包世达体会到了群众的心声,他激动不已,眼里已有了泪光。

"历朝历代,农民起义造反图的是啥?两个字——土地。我首先问大伙儿,毛主席领导共产党八路军,把脑袋掖在裤腰带上,抛头颅洒热血,打土豪,分田地,是为了啥呀?那不就是为了天下的百姓都有地种,有饭吃吗?共产党把地从地主老财手里抢回来分给群众,你们却要把群众的地拿出来办厂子,厂子谁说了算哪?你们这样干,也没想想,假如有一天群众没地种了,没饭吃了,天下不得大乱哪?"

双合尔很激动地对包书记说:"我是老书记,你是大书记,他是新书记。咱们当书记的就得用心托起一杆秤。孩子,你们可千万别忘了,老百姓才是定盘星。"

包书记很感动地说:"大叔,我谢谢你,我代表全乡的共产党员谢谢你。你的人是一杆旗,你的话是一盏灯,你让我真正懂得了啥叫利为民所谋,权为民所用,情为民所系。大家给老书记鼓掌吧!"

周围响起一阵热烈的掌声。

双合尔又接着说:"要说办瓷砖厂还中,它用我们的资源,我们有主动权,而且资源可以使用五十年以上,得对我们村里有多大的影响,占的地又少,地用完了还能栽树、种地,我同意办这个企业。包书记跑来的木板厂,

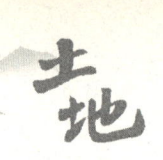

我不同意办。那企业是个人的,不是我们村里的,群众捞不到实惠,别听他们说能让一百人就业,一百人那得多大的厂子呀?那得用多少原材料哇?你们算过吗,咱们村里哪有原材料?"

二迷糊说:"就是,哪来的那些木头让他们加工啊,再说像我这样的人能给人家打工吗?地没捞着,工还打不着,我图啥呀,我不同意办那个木板厂!"

双合尔说:"再说这个小坨子地,那是百泉沟三个小组的地,分坨子地的时候,别的组、别的村都分着地了,小坨子的地让孙贵承包给朗鑫,这三个组没分着地。现在又想拿它办厂子,这三个组的群众能同意吗?拿出一千亩地顶挖沟子钱,再办个瓷砖厂,三个组群众不说啥,我看他们够顾全大局了。包书记,别看是你跑来的企业,但我不同意办木板厂,我就同意把地分给群众。想要分地的人都发言,别再观望了,别管他谁同意。我们自己的事自己不说,你干啥来了?"

朗鑫在家,坐在桌子前面,桌子上放着手机,在等赵玉柱的电话。芳芳在地下扫地,收拾屋子,朗鑫看了看不耐烦地说:"我说你没事来回走啥呀?"

芳芳说:"你那帮人糟践完了,不得收拾呀,你心烦还赖我。要我说这个事黄了就得了,省得这一天提心吊胆的,今儿个起诉了,明儿个不让种了的,自己还落不下多少钱,给他塞那个牙缝子。"

朗鑫说:"你个老娘们儿知道个啥呀,那来钱不是容易嘛,收粮什么的挣钱多难哪。"

电话响了,朗鑫连忙接听:"喂,谁呀?"

小喜子说:"是我,小喜子,有空没有,玩一会儿呗。"

朗鑫没好气地说:"没空,就知道玩。"

小喜子说:"你咋的了,这么冲呢!"

朗鑫说:"没事挂了。"

双合尔的一席话激起了人们的热情,大家一起说起来,屋子里一片乱。

"对,一把手说得对,我们就要地。"

"办瓷砖厂。"

"分地,我们还没捞着地呢,这都多少年了!"

说话声音也听不出个数来，你一言我一语的，都在说同意分地。包世达一脸的严肃，认真地看着每一个群众。李强看看包世达，又看看大伙儿。阿斯根看看包世达，又看看双合尔，显得很着急。

李强站起来制止大伙儿："大家别乱说了，一个一个地讲，都有你们说话的机会。"

田美玉看看李强，说："我看这样，事都说清楚了，咱们举手表决吧。"

李强来问包书记："包书记，你看是不是举手表决一下呀？"

包书记点点头说："我看行，那你宣布吧。"

李强对大伙儿说："大家静一静，听田组委给我们说几句。"

田美玉面对群众代表说："我看大家议论的也差不多了，主要意见就是两个，一个是办木板厂，不分地；另一个是办瓷砖厂，分地。大家各自的理由已经说得很清楚了，我看咱们就举手表决一下吧。李村长，你负责记录一下人数，就以这次的表决决定我们村是不是办厂，办哪个厂。首先是两个厂都办的举手。没有举手的。那同意办木板厂的举手。"

李强站起来清点人数："一个，两个，三个，四个……六个，一共六人同意。"

阿斯根慢慢地举起手，赵玉柱举着手也不看人，往外看。

田美玉说："同意办瓷砖厂的举手。"

田美玉说完，人们都举起了手，孙贵看看赵玉柱，也举起了手。李强数着："一，二，三……三十……四十五，一共是五十二人。我们一共有六十三名代表和党员，今天缺席五人。"

李强对田美玉说："那今天的表决，同意办瓷砖厂，分地的五十二人，同意办木板厂的，不分地的六人。"

田美玉看看包世达，包世达点头。

田美玉宣布："今天的会议决定，分地，办瓷砖厂，我代表乡政府表示同意，支持这个决议。"

代表们热烈鼓掌。

田美玉说："乡亲们，咱们李村长和阿书记为了争取这块土地，可以说费尽了周折，大家是知道的，所以我们要格外珍惜这得来的土地，利用好它，多打些粮食，让我们的日子过得更好一些，更富裕一些。我相信咱们在党支部和村委会的领导下，将来一定会有更大的发展。我说完了，下面请包书记讲话。"

包书记看看所有的代表，又看看双合尔说："我原来是主张办木板厂的，认为这是一件好事，可是今天我听了群众的意见，知道什么是真正的群众利益，特别是双合尔大叔给我们上了生动的一课，让我们抓住根本，抓住土地。我同意代表们的意见，我们的面子和群众的利益相比太微不足道了。乡亲们要珍惜这得来的土地，按照科学发展的路子走下去，相信百泉沟村不远的将来会更美好。在这里，我感谢老支书双合尔大叔在关键时候站出来把握大方向。让我们以热烈的掌声再次感谢老支书双合尔大叔。"

代表们热烈地鼓掌。

阿斯根示意李强有没有事，李强摇头，又看看李长玺和托娅有没有事，二人都摇头表示没有。阿斯根面向大伙儿说："那好，我们今天的代表会就到这了，散会。"

人们纷纷走了。包世达对双合尔说："大叔今天的结果满意不？"

双合尔笑了，说："有你这党委书记坐阵，还能办不好哇。李强的年龄小，工作上你们得支持他。今天我是怕阿斯根坚持办木板厂，所以才来了。别人管不了，他我还是能降住的。每户多分个十亩地那是多大的事呀！那个小厂子能给我们个人带来什么实际利益？我跟你说，这当干部，在关键的时候就能看出能不能给群众办事。怎么样，你看李强是不是成熟了？"

包世达说："嗯，不错，有了很大的进步。代表们的意见说明李强是个一心为群众的好村长。大叔，你没有看错，我代表乡里谢谢你。大叔要保重身体，好给李强他们撑撑舵。"

双合尔说："都快入土的人了，还撑个什么舵呀，可我是个党员哪，不能眼看着群众的利益有损失，只要有一口气就得管！走了，你到我家里待一会儿吧？"

包世达说："今天就不到你家了，改天我专程来看你。有什么事，别客气，给我打电话。我还有事，这就要走了。"

田美玉走近双合尔，说："爷爷，今天我也不去了，改天去看你。等忙完了这阵子，我到你们家里待一天，好好和你聊聊。"

双合尔起身，说："那我也回去，你们聊吧，不打扰你们了。"

田美玉说："你慢走。"

李强说："爷爷，你别忙，慢点走哇。"

双合尔挥手和人们告别，留下一个高大的背影。包书记、李强、田美玉和人们目送着他走出村委会的大门。包书记、田美玉也上车走了。

李强说："村委会的都留下，说一下工作上的事。"

一辆小车在公路上疾驶，朗鑫一边开车一边打电话："会才散。对，木板厂黄了。我快到了，见面再和你说吧。在哪？知道了。"

小车飞快地消失在田野的尽头。

赵玉柱没回家，来到孙贵家里。两个人坐在那都不吱声，赵玉柱吸了两口烟抬起头来，说："我说老孙你咋还同意了呢，我不和你说了嘛，这事是明海书记指示办的，咱们说啥也得同意呀。再说还有朗鑫欠款的事，这不办厂了，朗鑫不得还村里钱吗？"

孙贵头也没抬，说："今后他和我没关系了。群众得着地就行。小坨子地是我对外承包给他的，整回来省得群众再恨我了。唉，我真后悔干这个不明不白的事。要说人家李强真是为了群众啊。我得感谢双合尔大叔在关键时候救了我。再和人家对着干，我他妈也不是人了，再说人家也不是为了自己。"

赵玉柱有些惊讶，说："你就那么认输了，他让你怎么下来的？你咽得下这口气吗？我是不服，就说那小坨子地里的白泥吧，要是我当村长也能办个瓷砖厂，有资源谁不会办哪。"

孙贵低头不吱声了，只在那儿抽烟。赵玉柱好像不认识孙贵似的，没趣地走了。

月亮湾旅店里，方志南早已等在那里。方志南一支接一支地吸烟，脸色很难看，全没了往日的风彩。

"咚咚咚"，敲门声。方志南从猫眼往外看，见是朗鑫，把门打开。朗鑫回头看看进屋关上门。

方志南说："我听玉柱说包书记也到场了。我们花的六十五万元真的打水漂了？"

朗鑫看着方志南说："孙贵那老小子也随了李强那伙，他说了不少我们

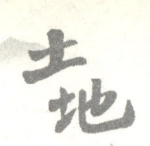

的事呢。咋整啊？找一下县里的领导哇，要不咱们的钱不都打水漂了嘛，闹不好他们还要送我进监狱！"

方志南低下头说："没有挽回的余地了，咱们这些事都败在李强一个人身上，我真小瞧他了。"

朗鑫咬咬牙说："我想收拾他！"

方志南说："那是你的事，别和我说！你平时那尿儿都哪儿去了？"

方志南拿出一捆钱递给朗鑫，说："这十个给你的，算是你这些年帮助我跑事的劳务费，拿去用吧！"

朗鑫愣了一下，拿起钱说："我明白了，啥意思？"

方志南冷着脸说："你别给我整事啊！我啥意思没有。"

朗鑫走了，方志南点着了一支烟慢慢地吸着，又待了一会儿，也悄悄地出了小旅店。

朗鑫回到家里，在平时打麻将的屋子里打电话："喂，平哥吗？你在哪儿？我有事找你！"

平头在一个小饭店里和黑子的两个朋友喝酒，看是朗鑫的电话号，到外面的走廊里接电话："喂，朗鑫啊！吃点饭，在广原呢。有活啊？你说。嗯，要是我早就收拾他了。这事你得配合一下，提供他外出的消息。给多少钱？……少点，十个吧，行，那我们就在双青等你的消息。"

朗鑫说："我在这边盯两天，有机会就告诉你们。对，先在双青等着，你们不是有车嘛，没有搞一辆。今天晚上十二点前我去双青，先给你送五个。好，等我电话吧。"

朗鑫又给孙小龙打电话："喂，小龙啊，在家呢？说话方便不？那你到前街头老李家牛圈那等我，我开车过去，找你有点事。"

村委会大会议室，两委会的人员在开会。阿斯根在讲话："按照群众的意见办，我才觉得轻松。包书记当着群众的面表扬了李村长。还是领导的姿态高，企业是包书记找来的，他都没有意见，咱们说啥呀。我得向李强学习，我原来以为李村长不同意是和我叫劲，想起来真觉得可笑，差点误了村里的大事。"

李长玺说："别的不说，李村长可真的把乡亲们放在心上了，我服了！"

托娅抿嘴笑，也不说话，听着阿斯根和李长玺说。

　　李强谦虚地说："要我说还是双合尔爷爷的想法对，说了几句话，大家的意见就统一了。我们得感谢双合尔爷爷在关键时候指明方向。"

　　托娅高兴地说："爷爷那一把手是白叫的呀。"

　　大伙儿都笑了。

　　李强接着说："有两个事马上落实一下，一是李明远的一千亩，想办法让他入股。这个事我去找他，实在不行就给钱，可是我们还没有钱；二是小坨子其余的五千亩地尽快分给百泉沟三个组。"

　　阿斯根说："还是刘会计和托娅一起分吧，还用原来那帮人。"

　　孙小龙来到前街老李家的牛圈旁四下看了一下，站在那点着了一支烟。朗鑫就在街头拐角的地方看着，把车开到孙小龙身边停下，孙小龙上车，车开走了。

　　孙小龙上车问："啥事呀这么神秘？"

　　朗鑫从包里拿出一个信封递给孙小龙说："给你，这是五千，求你帮着办一件事……"

　　朗鑫把车又开回来，在孙小龙的家门口停下，孙小龙下车，朗鑫开车走了。夜幕下，一辆小汽车在公路上疾驶而过。朗鑫开着车目视前方，带着耳机在打电话："我在路上，十一点半就能到你那，哪个旅店？"

　　平头在旅店里，躺在床上说："汽车站对面顺达旅店，301房间。算了吧，我到街上碰你吧，在汽车站附近的台球厅，到了给我电话，我出去找你，好了。"平头回过头对黑子说："出去见他，在旅店里不行，有人认识朗鑫就不安全了。"

　　二人来到街上，左右看了一下就朝台球厅走过去，里面有几个小青年在打台球，他俩找了一个靠边的案子打起球来。

　　朗鑫到了双青汽车站的附近停下车打电话，边打电话边看着台球厅，说："我到了，就在台球厅外面，你出来吧。"

　　平头和黑子从台球厅出来，直奔朗鑫的车过来，开门进了车内。

　　李强从家里推出摩托车，托娅、李长玺和阿斯根都来送他。

　　阿斯根问："和李明远联系了吗？要不明天去吧，骑摩托车回来就得贪黑了，再说也不安全哪。"

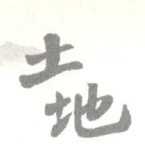

托娅担心地说："就是呀,黑灯瞎火的,要不你就别回来了,出点事咋办哪?"

李强看看托娅说："没事,下午没有汽车了,要是明天去还得等一天,人家企业追得多急呀。说不定明天人家就来了,得往前赶。没事,五十多公里一个多小时就到了。"

李强走了,其他人也都散了,阿斯根和李长玺回到村里,托娅回自己的商店,孙小龙也跟着托娅进了商店。

托娅有些疑惑地问:"孙小龙你有事啊,怎么老跟着我呢?"

孙小龙说:"没事,我是想买两盒烟,一直等着你。"

托娅说:"我妈在这看着呢,和她买呗。你等一上午,就为了买点烟哪?"

孙小龙说:"也不都是,我没啥事闲溜达。这李村长可真能干,这回来不得七八点钟啊。"

托娅说:"那可不好说,看事办得顺不顺吧,也许会住下呢,要是不住下,回来最快也得八点。天又这么冷,最好别回来。李村长那人心急,看着吧,非回来不可呢。"

孙小龙说:"我走了,找人打麻将去。"

托娅觉得他有点不对劲,想了想,朝外看着。

孙贵在家收拾院子,然后去厕所方便,回来要进屋子,从窗户看见孙小龙媳妇刘春英点钱,看着有几千的样了。他在一旁偷偷看着,刘春英查完钱放在了柜里。孙贵进屋来觉得奇怪,但是没有吱声,装作不知道。刘春英看孙贵进来,转身出去,也没有说什么。

孙小龙回来,进屋看见孙贵在喝水,问他:"爸,看见春英了吗?她上哪去了?"

孙贵眼睛溜着孙小龙,说:"才出去,不知道去哪了。这两天你干啥呢,一天出来进去的,也不着个家。园子里的乱柴火也该收拾一下了,天气暖和了,地得倒出来,要不到时候种了庄稼不爱长。"

孙小龙说:"那点活我等两天就把它干了,不用忙,我找春英去。"

孙贵看着孙小龙出去,心里有点不解,跟出门外看孙小龙去了哪里。

双青糖厂,梁小丽的办公室,梁小丽和李强都坐在沙发上。

李强看着梁小丽说:"我和李明远说,他不知道要我们多少钱呢。所以我还得请你再帮我们一下,把这个事说成。你知道吗,这个厂子可是关系到我们村子能不能致富。虽然地承包给了李明远,可他又不能直接和瓷砖厂联手办厂,只有我们村才能和他们合作。因为他只有四年的承包期,没有所有权。你和他说,怎么算都行,给钱、入股都可以,事成了叫我怎么感谢你都行。"

梁小丽神秘地笑了,说:"真的呀,那好,我只有一个条件?"

李强说:"什么条件?是不是……"李强没有往下说。

梁小丽很明确地说:"和我处对象。你要是答应我这个条件,那李明远的承包地就归还给你们,按照原来的价格给他钱就行。怎么样,同不同意?你是不是很反感我这个条件哪?"

李强有点为难地说:"小丽,你的心情我理解,我都和你说多少次了,我不能做对不起杜萍的事,只是以哥哥的身份求你。你看着办吧,要是太为难了,我找李明远,实在不行我们就晚几年办企业。"

梁小丽起来坐到李强身边,抓住李强的手说:"你别这样说,你的忙再难我也帮。不管你和谁好,我都等着你,你结婚了我再嫁人。你回去听信吧,最好让他入股是吧?"

李强看着多情的小丽,心里有说不出的感觉,也抓住小丽的手,说:"对,最好是让他入股。谢谢你了,我代表全村的群众谢谢你了。"

梁小丽深情地说:"晚上我请你吃饭,然后住下吧,太晚了,路上不安全。"

李强说:"说不定瓷砖厂的人明天就要来,我怎么能住下呢,不然我能骑着摩托车来嘛。要是没有事还行,这可真的不行,我路上慢点走,到家给你打电话。"

李强走了,梁小丽在她办公室里坐着,她已经很明白李强的态度。她抬头看看窗外那川流不息的车流发呆,一辆辆车都在向它的目的地行进。

李强在一个小饭店吃了一碗面条,出来见天色已经黑了,骑上摩托车,打开车灯,正了正安全帽上路。双青城路边闪烁的灯火渐渐远去,黑色的夜幕里,一道白光向远方移动着。

孙贵家里,孙贵在喝水看电视,想到白天的事,孙贵有点疑惑,看孙小

龙在西屋就叫他:"小龙!小龙!"

"哎!听着了。"孙小龙应声过来了,"爸,你叫我有事啊?"

孙贵看着孙小龙说:"我这两天咋看着你好像有点事呢,啥事不能和爸说吗?"

孙小龙有点迟疑地说:"没有啥事呀。"

孙小龙的手机响了,孙小龙接电话:"喂,朗哥呀,我在家呀。"

朗鑫在家里打电话,回头看看说:"你再说一遍李强是几点去的双青县,估计什么时间能到家?"

孙小龙看看孙贵,说:"下午三点半走的,回来最快也得八点吧。"

朗鑫说:"是自己去的吗?"

孙小龙说:"是自己去的,骑摩托车,我亲眼看见他走的。"

孙贵在一旁听得清楚,问孙小龙:"朗鑫问你李强干什么,到底怎么回事,你还瞒我吗?"

孙小龙有点不想说:"也没什么,是朗鑫让我看着李强,说李强这两天要向朗鑫要钱,看他和什么人来往,去哪儿都要告诉他。"

孙贵警惕地说:"是不是这小子要整事呀,要是那样你可别跟着他不明不白地跑哇,出了事那可少不了你!"

孙小龙听了一惊,看一下墙上的挂钟,快八点了着急地说:"我得出去一趟。"

他说着就出去了。孙贵愣了一下,想叫住孙小龙,可是他已经不见了踪影。孙贵坐了一会儿,忽然下地找鞋,穿衣服戴帽子,出屋往街头走去。

孙小龙路过托娅的商店,急匆匆样子被托娅看见了,她出屋看孙小龙往大柳树方向去,觉得孙小龙有事,急忙回屋穿上衣服,又拿起一个手电,出来把门锁上,跟在孙小龙的后面。

朗鑫在他的车上打电话,车停在自己的院子里。

朗鑫说:"八点多钟,骑着摩托车,从双青方向的公路过来,这个时间没有别人,截住他看一下就知道,瓜子脸,浓眉毛,中上等个头,很魁梧。你们在哪儿?"

孙小龙来到大柳树下,蹲在地上看了看周围,又到公路上往双青方向看看,然后走下公路往南走,这时候听到了手机的铃声。孙小龙蹲下往响铃的方向看去，看见了一辆小车停在八路坟附近，车门开了，下来两个人撒尿。孙小龙看见有一个长头发和一个平头的人影，他明白了，他见过这两个人来过朗鑫家，神神秘秘的，不像正经人。孙小龙已经知道他们的目的了。

平头在接电话："我们已经到了路南有几个坟的地方，这离路近。好，知道了。"

孙小龙蹲在地上不敢动，这时远外传来摩托车声，车灯由远及近。

托娅这时已经到了大柳树下，为了不惊动孙小龙，她没有打开手电筒，蹲在地上看见路南有人影在动，摩托车灯照亮了长长的公路，显得路旁更黑，人影已经看不清了。

孙贵顺路过来就没见到孙小龙的影子，他深一脚浅一脚地也往大柳树这走过来，眼睛有点花，没看见有没有人。

孙小龙看见李强的摩托车就要来到跟前，平头和长头发两个人站起身来，已经慢慢地向公路上走过去，他猛地站起身来向李强跑过去，大声喊："李强别过来！快跑！别过来！"

平头和长头发愣住了，平头对长头发说："一块收拾，上！"

平头上前追孙小龙，跑得飞快，赶到孙小龙跟前上去就给了他一刀，扎在孙小龙的肩上，孙小龙大喊："啊！杀人了，李强快跑！"

平头又是一刀，孙小龙用胳膊一挡，又扎在他的胳膊上，孙小龙喊："啊！李强快跑，杀人啦！啊！"

第二十七章

孙小龙又中一刀倒地,李强放倒摩托车赶到跟前,飞起一脚,把平头踢倒了。长头发扑过来,用刀刺向李强,李强闪过,回身一脚,把长头发也绊倒在地。这时托娅一边喊一边打开手电:"抓坏人啦!有人杀人啦!"

孙贵这时才看清孙小龙被人刺伤了,马上拿出手机拨110:"喂,110吗?快点来吧,百泉沟村头大柳树跟前有人杀人了,快点,我是孙贵!"

孙贵一边跑,一边喊:"抓坏人啦!有人杀人啦!"

李强急忙跑过来扶起倒在地上的孙小龙,平头爬起从李强后面过来,用匕首刺向李强的后背,托娅已到近前,大喊一声,"强哥危险,"就扑到李强身上。匕首扎进了托娅的后背,托娅"啊"的一声。李强回头飞起一脚,踢中了平头的胳膊,匕首被踢飞了,平头向后摔倒,爬起来看见又有人来了,大喊:"黑子快上车!"

两个人慌忙上车,开车就跑了。

李强回过身来扶住托娅,大声喊:"托娅!你挺住!托娅!"

这时孙贵赶到,扶起孙小龙,大声地叫着:"小龙!小龙!你醒醒!"

孙小龙声音很小地说:"爸,快打110报警。"

孙贵说:"我已经打了,你听,已经来了。你可挺住哇。"

李强大声呼喊:"托娅!托娅!你要挺住,马上来车了!"

托娅声音很弱地说:"强哥,你要……"

李强哭着,用手捂住托娅的伤口,说:"托娅!你挺住!他们都跑了。"

警笛响成一片，来了三辆警车。

双青医院手术室外面，阿斯根和爱人、李长玺、糖厂的工人，孙贵和爱人、刘春英等人都站着，也有坐着的。梁小丽站在人们的前面，看着一直往下流眼泪的李强，不断地安慰他。

梁小丽看着李强说："强哥，你别急，一定能把托娅抢救过来的。"

李强抓住梁小丽的手，哭着说："小丽！她拿命救的我呀！"

大夫出来了，说："谁是病人家属？病人流血过多，需要马上输血。谁是A型血，有就赶快化验，争取时间！"

梁小丽走向前，说："我是A型血，快抽我的吧。"

大夫说："你进来，其他人排队检查，一个人怕是不够用。"

大伙儿来到验血处自觉地站成一排，采完血又到门外等候。

手术室门开了，孙小龙被推出来，挂着点滴，头和胳膊都缠着纱布。孙贵忙上前看孙小龙。

孙贵抓住孙小龙的手说："小龙，咋样？"

孙小龙声音很低地说："爸，我没事。"

孙贵问大夫："大夫，他的伤怎么样，重不重？"

大夫说："还好，没有伤着内脏，都是外伤，没有生命危险。"

孙小龙看见李强流着眼泪，说："强哥……"

李强问："怎么样小龙？"

孙小龙哭了，握着李强的手说："强哥，我对不起你，我不该……"

李强安慰孙小龙："小龙，别说了，你好好养伤，等你好了，村里还有很多事要你干呢。"

孙贵抓住李强的手说："李强，是你救了小龙一条命啊，我是混蛋哪！"说着，就要给李强跪下，李强忙拉住，没有让他跪。

李强说："大叔，你这是干啥呀，小龙也是为了救我才遭到他们追杀，今天要不是他，我可能就没命了。"

护士说："进来一个家人护理，其他人办住院手续。"

李强说："大叔，你过去吧，我们等一下托娅，还不知道怎么样呢。"

孙小龙被推进重症病房，孙贵和刘春英等人进去，其他人还在等着托娅出来。

杜萍从外面进来,看见李强急问:"怎么样?还没出手术室?"

一个大夫陪着梁小丽出来,梁小丽脸色黄白,没有血色。

护士说:"这位同志抽了七百毫升血,需要住院休息,你们领她到病房吧。"

梁小丽声音很弱地说:"没事,只是头晕,我先不去病房,我要等托娅姐出来再去。"

手术室的门开了,托娅被推出来。托娅脸色煞白,昏迷不醒,李强冲过去,人们都闪在一边。

李强大声喊:"托娅!托娅!托娅!"

阿斯根和爱人也在叫着:"托娅!托娅!"

托娅慢慢地睁开眼睛,看看阿斯根,又看看妈妈,看到了李强,托娅的泪水从眼睛里流出来,嘴唇动了动。托娅声音很小地说:"强哥……我……不行了。"

托娅的手动了动,李强明白是要他握住手,李强抓住托娅的手。

李强哭着说:"托娅,你要挺住,别怕,有哥呢。"

托娅眼睛盯着李强说:"强哥……我还想让你背我……"

说完托娅又晕了过去,李强抓住托娅的手大声地喊:"托娅!托娅!你不能死!你不能死啊!你这不是要我的命吗!托娅呀!你才是我心中最爱的人哪!你要是死了,我可怎么活呀!"

周围的人们都哭了,杜萍和梁小丽的手紧紧握在一起,看着李强和托娅哭,转而又相对而视,就那么看着流泪,终于忍不住二人抱头痛哭起来。人们都看着她们俩,接着梁小丽抽出手跑了出去。

杜萍擦了擦眼泪,来到阿斯根的面前,说:"大叔,这是我的一张卡,上面有五万元钱,给托娅治病用吧,一定要把托娅救过来。"

阿斯根说:"怎么好用你的钱呢,我有钱,都带来了。"

杜萍哭着说:"大叔,一定要把托娅救过来,要不李强他……"

杜萍哭得说不下去了。

护士将托娅推进重症监护室,李强一直拉着托娅的手从杜萍身边走过。

人们看着托娅和李强都哭了。

一辆警车和四名干警在现场进行勘察。在停车的地方,有四个烟头,一个干警把烟头装入了塑料袋里。在打斗的现场，他们找到了一把匕首，也把它装入塑料袋。

两名警察在医院里寻问大夫。

警察说："请问大夫，现在问他一些问题可以吧。"

大夫说："没有问题，他的伤不是太重。"

警察来到孙小龙的病房，询问孙小龙。

双青糖厂的工人宿舍，梁小丽没有上班，在床上休息。

她面色发白，很无力地打电话："喂，李明远吗？你来一趟我的宿舍呀，我有事和你商量。对，就现在。"

放下电话，梁小丽喝了一口水，躺在卷起来的被子上发呆，李强喊托娅的情景又在她的眼前浮现……

"咚咚咚"，敲门声。

梁小丽说："进来！"

李明远进屋，看见小丽脸色发白。

李明远坐在跟前问："好点没有？多吃点营养品恢复得快一些，要什么，我去给你买。"

梁小丽说："昨天李强都给我买了，不用什么了。我找你来主要是有点事和你说。"

李明远说："什么事呀？正开着会呢。"

梁小丽说："李强为了乡亲们快把命都搭上了，我自愧不如哇！"

李明远说："是啊！这样的年轻人少哇！"

梁小丽看着李明远说："不瞒你说我很爱李强，这你也知道。我处处帮他，不单单只是为了爱，更主要的是他所做的一切都是为了别人，为了乡亲们，你懂吗？"

李明远点点头说："我知道。"

梁小丽说："说实话，在我的心目中一个是李强，另一个就是你。可是李强只把我当成小妹妹看，他真正爱的人是托娅。"

李明远瞪大眼睛，说："什么？原来是她！"

梁小丽说："我过去爱他，现在爱他，将来我也忘不了他。可是我也知道，你对我是真心的，我也很爱你，你才是将来和我携手走完一生的人。"

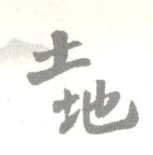

李明远感动地说:"我知道你是一个有着美好心灵的姑娘,要不是冲着你,他们的工程我都不能干,现在还压着四十万。这回他们办厂子,我全力支持,咱们把那一千亩地入股。"

梁小丽脸上露出了笑容,她把手抬起来伸向李明远。两个人的手紧紧地握在了一起,梁小丽依偎在李明远的怀里。

村委会、支委会的一帮人都在小坨子边的土路上,他们在给瓷砖厂选址。

回到村委会,李强在给包书记打电话:"包书记吗?有这么个事,明天于工和富贵的大队人马就来了,晚上到村里,后天早上开会确定企业管理人员,你得来给我们把把关哪,还有一些要落实的事请示你呀。"

包书记在他的办公室里接电话:"这样吧,明天你们就好好地接待安排来人的食宿,后天早上我过去。我让陈乡长去趟县里,和县里协调一下办厂的手续,有些事我去了再说吧。"

一辆警车停在白板家门口,下来四个干警。干警进屋,白板和父亲都愣住了,以为他们是来找白板的。

李队长说:"我们找白板指认一下物证,你认得这把匕首吗?"

白板拿过来翻过去地看着。白板说:"这把匕首是平头的,我和他吃饭的时候看见过。虽然我没拿过,可是这种花纹和这个一模一样,匕首的大小都一致。"

李队长说:"你敢肯定吗?"

白板说:"我敢肯定,还有个外号叫黑子的长头发的人。他们行动很神秘。"

干警拿出两张照片,问:"是这两个人吗?"

白板说:"就是他们俩。"

来顺家,干警在询问来顺:"你叫来顺?"

来顺说:"是。"

干警说:"你以前给朗鑫干过活吗?"

来顺说:"干过。"

干警拿出照片,问:"你在朗鑫家见过这两个人吗?"

来顺说:"见过,他们在朗鑫家里住过,我找白板时看见他们俩在一个小屋子里睡觉。"

于工等人到了,奶豆腐给客人做饭,阿斯根、李强等人在办公室和他们聊。

李强问:"于工,我们也没有想到你们这么快就动工了,还以为得两个月呢。"

于工说:"我们回去一汇报,金总高兴得马上开会,让我们立即开工,并任命富贵为厂长,兼筹办建厂副组长。我看咱们也抓紧,明天一早我们就开会,把班子配齐,马上开工,一个月后就可以生产。这可是金董事长订的计划,能不能实现就看你们的。"

阿斯根说:"就是,越快越好,争取马上开工。"

奶豆腐过来招呼:"好了,你们桌上聊吧。"

李强说:"走,我们桌上说,于工坐一天车累了,喝点酒解解乏。"

富贵笑着对李强说:"于工一喝多了睡不着觉。"

于工说:"可不是咋的,今儿个可不多喝了,长点记性。"

饭桌上,于工说:"今天吃你们一顿饭,明天我们就自己做,厨师都带来了,明天请你们,全班子人员都来,我们是一家人了。"

第二天早上,在村头八路坟的西面,靠路旁高一点的地方,于工、李强、阿斯根和富贵等人在看厂址,一辆小车开到人们身旁,包书记从车上下来,和于工等人一一握手。

包书记笑着说:"你们可是神速哇,这么几天就要开工了?"

于工说:"书记一来就妥了,正好要定厂扯,你来看看吧。"

李强对包书记说:"昨天我们就看好了,这个位置最好,地理位置高,离村子和取土点又近,还在公路附近。包书记、于工,你们看这里行不行?"

包书记看看周围说:"这儿地势高,离公路近,我看可以。"

于工看了看周围说:"我看这里也行,富贵你看这儿行不行?"

富贵看看远处的村子,又看看地上的土质说:"我看也行,那就定这里吧,要用十几亩地,看你们怎么和个人协商。"

李强说:"我们已经和个人都说好了,分地时剩下十几亩地,就用那的地和他换。"

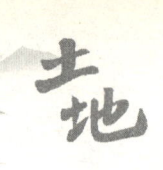

于工说:"那就回去开班子会,定完之后就工作。走,回村里吧。"

双青医院住院部,院里停着很多小汽车,刘锋的面包车停在门口。双合尔和老伴、田美玉从车上下来,提了不少水果。重症病房里,托娅侧躺在床上,仍然打着点滴,脸色很白。双合尔和老伴急急忙忙来到托娅的床前。

双合尔说:"托娅呀,爷爷和奶奶才知道你伤得这么重啊,他们不告诉我。你要是有个三长两短的,我们可怎么活呀!"

托娅伸出手来说:"爷爷,我以为见不着你了呢。"

双合尔和老伴一边一个抓住托娅的手哭了,托娅哭得更厉害。田美玉和刘峰在一旁也眼泪汪汪地看着。

田美玉擦着眼泪说:"怕爷爷、奶奶着急,所以没有告诉他们实情,只说你受了点轻伤,看你脱离危险了,这才找车让他们来看你。托娅别哭了,老人家会着急的。"

听田美玉这样一说,托娅止住了哭声。

托娅说:"爷爷、奶奶,我没事了,大夫说我年轻,过个十天半月就能出院了。你们别着急。"

双合尔问:"你能下地走动不?"

托娅说:"下地走动没有事,主要是伤在后背和肺,要是伤到心脏,我就见不到你们了,我命大。"说着托娅又哭了。

双合尔说:"我听你爸说了,你要是不冲上去,这一刀就扎到李强身上了。我的好孙女,为了李强,你都把命搭上了……"

托娅笑了,说:"爷爷为了李强不要自己的孙女了?不心疼我了?"

双合尔说:"我的孙女是我的心头肉,当然心疼了。强子是谁呀,你们俩是我的手心手背,少了谁我不心疼?"

田美玉接过来说:"爷爷把李强当成了自己的亲孙子,也把希望寄托在他的身上,你不更是吗?"

托娅明白田美玉的意思,说:"美玉姐,你说啥呢?"

"好了,不说了,这花是李强给托娅买的吧?"田美玉笑着说。

包婶说:"每天晚上他都来,半夜又骑着摩托车回去,白天还要安排村里办厂子的事,真是个铁人。"

双合尔说:"托娅,你强哥还是和小时候一样吧!"

托娅有点不好意思了，说："爷爷别说了，你去看看孙小龙吧，他爸也在这，你把这水果给他拿去。"

双合尔说："来的时候就打算去了，东西我都买了。美玉，我们这就去看看，在哪屋呢？"

托娅说："在205号房间，往东第四个门。"

孙贵和孙小龙看见双合尔和他老伴、田美玉进屋，都愣住了。

双合尔看着孙小龙问："怎么样，好点了没有？"

孙贵握住双合尔的手说："大叔，我混蛋哪，你打我吧，我对不起你们老少爷们儿，为了那么一点小利，上了人家的贼船，差点没把小龙的命搭上啊，你说这要是有个三长两短……"孙贵老泪纵横。

双合尔说："好了，都过去了。森林中没有不弯的树，生活中没有十全十美的人。大叔不嫌弃你，群众会原谅你的。"

孙小龙要下地，双合尔拦住他。

双合尔说："你别下地，伤还没有好，要注意点。你也别难过，虽然你和朗鑫一起做过事，可是你和他不同，你是岁数小哇，有点分不清好坏人哪。我听他们说了，要不是你在关键的时候喊李强，李强可就危险了。浪子回头金不换。你小子还是有良心的，跟错头羊了。"

孙小龙问双合尔："爷爷，你说李村长还能用我吗？"

双合尔说："咋不能呢，他可不是那小肚鸡肠的人，他那心里谁都有哇。黄金旁边铜也发光，好人旁边坏人也变好。跟强子学吧，你小子会有前途的。"

李强办公室里，包书记、阿斯根、李强在研究董事会人选。

包书记说："你们书记、村长就是两名副董事长，李明远是董事，再选一名副厂长，也就是董事。"

李强说："那就用李长玺吧，阿书记你看。"

阿斯根说："行。"

包书记说："行，就这样吧，其他的班组人员你们自己定。"

新组成的董事会成员在大会议室开会，大会议室里摆了一个长方桌子，一面是于工、富贵、财会总监高凤山，一面是阿斯根、李强、李长玺、赵玉柱。包书记坐在中间。

李强对于工说:"昨天李明远就给他打电话了,可能要到了,我们等一下。"

说着话,李明远的小车进来了。李明远下车就进屋,看见人已经都来齐了,说:"我来晚了,对不起。"

李强说:"不晚,来得正好,正说你呢,来,这边坐吧。"

李明远坐下,看着对面的几位,示意李强介绍一下。

李强说:"我给你们介绍一下,这位是咱们乡党委包书记,这位是于总工程师,这位是富贵厂长……这位是李明远李老板。"

于工点头示意,说:"包书记说说?"

包书记说:"你们按计划开会,我旁听。"

于工打开文件夹说:"人来齐了,那我们就开会。我受金董事长的委托,主持召开新建瓷砖厂第一次董事会,我方缺席金董事长和常总工程师,你方不缺席。我们研究几件事。第一,董事会人员。第二,确定厂名。第三,成立筹建分厂领导小组。第四,确定班组负责人、财会人员。我看咱们就一项一项来吧。董事会人员,你方已经确定:副董事长两名,阿斯根、李强,常务董事李明远、李长玺,李长玺也是副厂长,也就是说董事会组成人员九名。第二是厂名,来之前金董事长和我说了,加注地名,提议叫百泉瓷砖厂,征求你们的意见。你们看怎么样,这个名字行不行?"

李强想了想说:"我看这个名字可以,很有地域特点,我同意。"

大家表示同意。

于工说:"第三,成立筹建分厂领导小组。金董事长的意见是,技术和财务方面由我来负责,生产和协调有关部门由李村长负责,李长玺和李明远配合富贵工作,阿斯根书记负责人事、政工,富贵任建厂总指挥,大家看怎么样?"

阿斯根说:"行,我没有意见。"

其他人说:"没意见。"

于工说:"先按照这个分工干起来,以后有问题再研究。下一个就是班组长的使用和财会人员的安排。班组长先定下来三个,就在你们中间选,我们没有现成的人员。阿书记和李村长,你们提,谁有工作能力,又有信用。"

阿斯根说:"这三个人我看就用吴江、张勇、张小刚。再用的话像来顺、长山都行,人都不错,又都能干。"

李强说:"他们三个行,我没有意见。"

其他人说:"没意见。"

李明远说:"我也没有意见,我相信你们。"

于工说:"财务方面,我看你们的妇联主任托娅就行,说受伤住院了,等她好了和我们的财会何春英学习几天,让她管现金,何春英任总会计,这个大家没有什么意见吧?"

"没意见!"大伙儿一齐说。

李强说:"还有一个工作是治安保卫和工会的工作,我提议由赵叔担任,看看大家有没有意见?"

于工说:"我没意见。"

大伙儿一起说:"没意见。"

包世达点点头。

于工说:"好了,筹建组现场总指挥说几句。"

富贵笑着说:"从现在开始我就是这个筹建组的指挥,今天中午我们先接管食堂,中午我们请乡里和村里的领导们吃饭,还得来个小剪彩,大伙儿同不同意?"

大伙儿都笑了,赵玉柱少有的高兴,看着于工说:"这么说我也和董事会的人待遇一样呗。我可是主席呀,比你们还大呢。"

于工说:"这是建厂初期,要是走上正轨之后,那主席就是董事会的成员之一,谁也小瞧不了你呀。"

李长玺说:"主席可是最大的官了,上了席面可就不简单。"

大伙儿都笑了,人们都很高兴。

赵玉柱的家,奶豆腐在外面喂猪,赵玉柱从村委会回来,满脸的高兴。奶豆腐看他和往常不一样,认真地打量着他。

赵玉柱说:"看啥呀,不认得我呀?"

奶豆腐说:"你今儿个这是咋的了,日头从西边出来呀,头一回从村委会回来这么高兴,你是不是把村里的瓷砖厂整黄了?"

赵玉柱说:"看你说的,我啥时候把厂子往黄里整了,尽屈说人呢。我

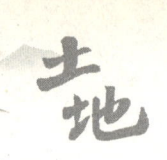

那是怕李强的事处理不明白，耽误了办厂子。"

奶豆腐嘴一撇，说："得了吧，你给二舅打电话以为我没听见哪？"

赵玉柱笑嘻嘻地说："给我整个下酒菜呗，我想喝二两。"

奶豆腐瞪了他一眼说："你还没告诉我啥事呢。我给你整菜？想得美。你要是把厂给搅黄了，别说是酒，就是喂猪的泔水也不给你喝，我还留着喂猪呢，猪喂胖了还能杀肉吃，把你喂饱了尽整事。"

赵玉柱说："你就把我看的那么坏？告诉你吧，我当瓷砖厂的工会主席了，还管治安工作。于工都在会上说了，以后走上正轨，那就是分厂董事会成员，和书记、村长平起平坐，知道吗？"

奶豆腐惊讶地说："真的？"

赵玉柱说："就刚才的事，还不到十分钟，我还骗你呀。"

奶豆腐问："谁提的你？"

赵玉柱小声地说："这……是李强。"

奶豆腐一拍大腿，说："你看看，你看看人家那心胸。你过去都怎么对待人家了，人家还把你当人看。这回咋没找你二舅去呢？找他去呀，不兴当个董事长啥的？将心比心，我说你从今往后别找李强的毛病，跟着村长干点正事，改改你那德性。今儿个我也高兴，厂子办成了，整两个菜，我也喝点。你要想喝酒就先喂猪去，给你舀子！"

赵玉柱接过舀子说："我喂，我喂，以后我听你的还不行吗？得理还不让人了，有错那不得以后改嘛，这工夫说啥也来不及了。"

奶豆腐狠狠地说："再不改，你在人家后头连个屁都闻不着。"

赵玉柱笨手笨脚地喂猪，不小心洒了一裤子泔水，回头看看奶豆腐，还有点怕她看，偷偷地擦。

朗鑫的家，一辆二十吨大箱车停在院子里，旁边停着朗鑫的小车，朗鑫在擦车，四个准备收粮的工人从屋子里出来。

朗鑫说："小三，还按照昨天那个价收，不能高于五角，高了我们就赔了。你们先走，我还有点别的事，随后就到。"

一个工人说："知道了，我们走了。"

大车开出院子，朗鑫开着小车在后面跟着。朗鑫不时地看着倒车镜，有时还回头看看。过了太平川乡之后，大车拐向乡间公路，朗鑫的车则直接顺着公路快速驶去。一辆黑色小骄车突然出现,距离有两百米,在他车后面跟着。

车里的干警打电话:"李队,他好像要去双青方向,我已经跟上。"

李队长回话:"确定方向之后就别跟了,我让前面的车跟。"

朗鑫的车进了双青县城,另一辆白色的小车在后面跟着。朗鑫在县城里绕了一圈,回头看看没有车跟着,就把车开向工商银行。朗鑫下车,回头看了看,很自然地进了营业大厅,来到柜台前,站在两个取钱人的后面。跟踪的便衣在远处看见朗鑫进了银行,也下车进银行,在另一个营业柜台上站队,不时地看看朗鑫。朗鑫拿出一张纸,按照上面的地址写着,写完交给营业员,又从兜里拿出两沓钱交给营业员。他办完手续回头看看,知道没有人注意他,转身走了回到车上,拿起了手机。

朗鑫一走,两个便衣就来到柜台前,和业务人员出示证件,说:"我们是双青县公安局的,我们看一下刚才汇款的接收地址。"

业务员看了证件,给他们拿出刚才汇款的单据。两位便衣看后记下了地址,匆匆离去。

双青医院住院部,201号病房,吴江、跟弟、张小刚等一帮年轻人在和托娅高兴地聊着,托娅的脸色已经好了点儿,精神了许多,见了大伙儿很高兴。

跟弟说:"托娅姐,我都不敢想,你当时咋那么勇敢。吴江,我要是遇到危险,你能像托娅姐那样护着我吗?"

吴江笑着说:"黑灯瞎火的,我连去都不敢去呀,那场面我早跑了,逃命要紧。"

跟弟不满地说:"看你那熊样吧,连我都不管,你还是个爷们儿吗?"

大伙儿一阵大笑。

托娅说:"你听吴江那么说,要是有人敢惹你,你看他拼命不。"

吴江说:"还是托娅姐了解我。你要是遇到了危险,我不豁出命来保护你,还有啥脸和你处对象啊!我得向托娅姐学习。"

大伙儿都会意地笑了,托娅的脸上飞起了红云。

张丽丽说:"托娅姐啥时候出院哪?你不在家我们都憋屈死了,没地方去,整天就是看电视。你快点出院回家养吧,我好陪你聊天。"

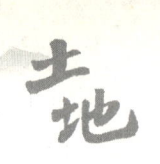

托娅拉着丽丽的手说："快了，大夫说再有几天就可以出院，暂时不干重活就行。你们也去看看小龙吧，他就要出院了，把这拿来的东西给他拿去。这次小龙很勇敢，要是没有他的帮助，李村长会很危险的。他现在不像以前了，连他爸孙贵都变了。"

吴江站起身来，说："对，我们都去看看小龙。"

丽江市工商银行，城南营业所，干警在监控室看录像，画面在平头取钱时停下，干警拿出照片对照。

瓷砖厂的工地上，富贵和李长玺在一起研究图纸，很多人在放线挖地沟，工程队的大型机器已经到位。

富贵指着图纸说："这个是主厂房，这的地质和总厂那比还是有点软，等会我们问问于工打多深的地基，之后再动工。"

李长玺说："这种事我是头一次接触，不明白，听你的，组织人干活我还行。人够不够？要是不够的话，我再去找一些来。"

富贵说："先不用，大挖沟机把地基挖完之后，会把石料拉来，下地基的时候再找人。"

丽江市城郊平安旅店，平头、黑子在登记。

工作人员说："服务员，开307房间。"

服务员领着平头和黑子上楼，工作人员拿起了电话。

一辆警车停在小旅店前，干警下车后直奔旅店服务台，工作人员领着他们上了三楼。干警示意工作人员打开房门。门一开，四个干警冲进屋里，平头和黑子还在睡觉，被按在被窝里。

在公安局，干警们审讯平头。

一辆警车开进百泉沟村，朗鑫家附近监视朗鑫的两个干警把车停在朗鑫家门口，四个干警下车进了朗鑫家的院子。两只狼狗汪汪地叫着，干警们直接进了前院朗鑫住的屋子里。

干警来到朗鑫面前问："你叫朗鑫？"

朗鑫说："是，我叫朗鑫。"

干警出示逮捕证，说："你涉嫌雇凶杀人，现在宣布拘留你，在这上面签字。"

朗鑫大声喊："你们凭什么抓我？说我雇凶杀人，有什么证据？"

干警说:"你认识平头吧,他在公安局等着你呢,你还想要什么证据?"

朗鑫低下头,伸出了双手。

干警说:"你在这上面签个字。"

朗鑫低头签字,被干警带上手拷。警车鸣笛开出百泉沟,围观的群众很多,人们议论纷纷。

第二十八章

刘兰英看朗鑫被带走后回到家，想到朗鑫和方志南的关系，这让她心惊肉跳。这时，吴江和跟弟匆匆忙忙地从外面进来。

吴江喘着气说："大婶，朗鑫让公安局抓走了，你知道吗？"

刘兰英也没抬头，说："看着了，这不才进屋嘛。"

跟弟有些担心地说："我听说就是他雇凶杀人，凶手落网了。这事我姨夫不沾边呀？"

刘兰英说："你别瞎说，这事能和他沾边？不可能。"

跟弟说："那可不好说，他们俩的事深着呢，谁知道怎么回事呀。"

刘兰英没好气地说："别说了，我闹心。"

吴江给跟弟递个眼色，跟弟点点头，吴江走到刘兰英的前面。

吴江试探地说："大婶，有个事想和你说，不知道你同不同意？"

跟弟在一旁偷着看她妈。

刘兰英说："啥事你就说呗。"

吴江说："村里瓷砖厂让我去上班呢，还让我当班组长，这要干上就脱不开身，养花和草坪这些事都得让跟弟管了。我想让跟弟住在我家，要不她来回走不方便，有时候晚上还得给棚子烧火啥的。我想问你行不行，我也知道跟弟一走就剩下你自己，没人陪你了，可是我又没别的办法。"

刘兰英想了想说："唉，住你家倒是行，可是还没有结婚，那算咋个事呀。要我看你回家和你父母说说，你们就结婚吧。我这好说，咋整也是一个人，早晚的事。"

跟弟的脸上有了笑容，示意吴江继续说。

吴江说："那我这就回家和我妈说去，他们肯定同意。"

吴江和跟弟示意一下就走了。

跟弟看吴江走远了，回过头来说："妈，我们结婚了，就剩下你自己怎么办哪？你和老徐大叔的事就那么完了？你要是同意，我和吴江去找他，过去的事都过去了，都这样绷着干啥呀。"

刘兰英有些后悔地说："要说这事都怨我呀，为了那点小事和李强过不去，要面子。你姨夫要是栽了，我这脸往哪搁呀？唉，我这命啊！把你养大找个婆家，我也就完成任务了，一个人过吧。要说你徐叔是个知根知底的正经人，这回我是伤透他心了，你们去说也难成。"

跟弟说："你要是同意就行，我去找吴江，让他去做我徐叔工作。"

刘兰英摇摇头说："算了吧，要是碰了钉子多难看，好像我咋上杆子跟他似的。"

跟弟说："你就要面子，不同意就拉倒呗，那有啥呀。我这就去。"

说着跟弟出去，刘兰英也没有挡她。

吴江和跟弟低着头从徐守忠的家里出来，两个人谁也不说话。

跟弟无精打采地说："吴江，你说咋办吧，徐叔真的伤心了，态度那么坚决，我都来好几回了，他还是那个态度。我和你结婚，在你们家我能安心吗？"

吴江说："这……我有一个办法。"

跟弟忙问："什么办法？"

"告诉你得先让我那个一下。"吴江用手吻着嘴唇。

跟弟打了吴江一拳，说："坏包！"

审讯室里，朗鑫低着头吸烟。

审讯人员说："雇凶杀人的经过你都交待了，想想还有什么没有交待的，想起来向我们报告。另外我还问你，你以什么名义从县农业局弄的802拖拉机？小坨子地到底是谁包的，每年方志南都收多少钱？红旗水库这块儿，你每年都给方志南多少钱？"

另一个审讯干警问："虽然你们和村里合作的木板厂项目没有落实，但是你们俩是怎么让沈老板欺骗乡领导和村里的？一个一个说，给你时间。"

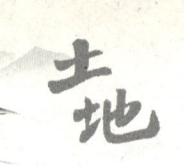

新能源基地房子已经要完工了,李强在现场帮着小姜参谋。

小姜对李强说:"刘经理还在别的乡签合同,基地这块全都交给我了,我头一回管建设的事,有点整不好。"

李强说:"这不盖起来了嘛,交给工程队就行了呗。"

小姜说:"我们基地栽树的人就要来了,村里还得给我们安排两间能住的屋子。"

李强说:"房子没有问题,村里还有闲屋子。谁带队过来呀?"

小姜说:"让我回去临时组队,多数都是现雇的人。"

吴江来了,走到李强跟前。

吴江说:"强哥在这呢?我找了你好几个地方。"

李强说:"找我有事吗?"

吴江说:"有事,你忙吗?"

李强说:"完事了,那我们走吧。小姜,有事你打电话吧,明天我叫长山来帮你。"

吴江推着车子,两个人边走边聊。

李强看看吴江说:"啥事?说。你得上班了吧,已经通知你两天了。跟弟那头交待完了没有?"

吴江说:"我不就为这事来的嘛,我一上班,草坪和花棚子都得交给跟弟。她妈还说让我们俩结婚,要是一结婚,她妈就剩下一个人了,跟弟还有点惦记。"

李强不解地说:"那你找我干啥?我能怎么办呢?"

吴江说:"原来徐书记不是要和跟弟妈结婚嘛,因为打小井的事,徐书记看不惯她妈那么对你,还和她黄了。昨天我和跟弟专门去了一趟徐叔家,他说啥也不干了,就说她妈势力,和朗鑫、赵玉柱一伙儿那么对你,他心里过不去这个坎儿。"

李强问:"你找我就这事呀,我能怎么办呢?"

吴江说:"看老徐叔那么倔,他就听你的,要是你去做他的工作,这事准能成。就算你帮我还不行吗?"

李强有点为难地说:"这事咋办呢。哎!你们的草坪合同该签了吧?"

吴江说:"是呀,合同还有他儿子徐明呢。"

李强站住了，对吴江说："你看这样行不行……"

徐守忠家，晚饭后徐守忠坐在炕上喝水看电视，儿子徐明和儿媳妇在西屋里看电视，李强从外面进来直接进了徐守忠的屋。

徐守忠看见李强进来，感觉很突然，说："李强从哪来的，咋没有动静呢？来，快坐下。你再拿个碗来，沏茶吧。"

李强从桌子上拿下一个水杯，说："好，我自己放茶，多了不行。"

徐守忠觉得李强有事，就说："你咋这么闲着呢，整天那么忙，还来串门子。你来有事吧？"

李强很随便地说："也没啥事，就是来看看你。"

徐守忠说："跟我还客气。"

李强说："徐叔，这段时间身体咋样，还好吗？"

徐守忠说："我这没事，小青年干活也顶不住我，喝水。"

李强看看西屋，说："徐明没在家呀？"

徐守忠说："两口子有电视，没事不上我这屋来。"

李强看着徐守忠问："大叔一个人不孤单吗？"

徐守忠一听，猜到李强的来意，说："你大婶没了十来年，我这都惯了，咋还不是过呢。你来有事吧？"

李强很严肃地说："有个事想求大叔帮忙呢。"

徐守忠说："啥事说呗。"

李强说："村里瓷砖厂想让吴江当班组长，要求他这几天就上班，可是他和各家签了合同，没有人管了，你给想个办法吧。"

徐守忠说："让我想办法，那还不容易呀，让跟弟和吴江结婚，跟弟一管就得了呗。"

李强说："可是跟弟家里就剩下刘姨自己，跟弟为此还不想结婚。"

徐守忠看看李强说："我明白了，你这是来说合我和刘兰英。算了吧，就凭她对你那个样，心偏不偏，还能和我这样的人好好过日子？"

李强说："徐叔，你想得也偏了。刘姨是个要面子的人，这些年在人们面前多少有一些优越感，小井的事，她也是一时想不开，要面子，所以才和我过不去。这点事我没放在心上，我能理解。我是啥人，徐叔你还不知道？现在刘姨已经不记恨我了，和跟弟还说我好呢。吴江和我说刘姨想来找你，

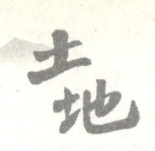

可是她一个女人家怎么好开口。大叔，你就大度一点，去找她。"

徐守忠来气了，说："我找她？去乡里罢免你那回，她把我赶出来，我还去找她。这回知道好坏了吧，朗鑫进去了，他那个姐夫还能好了哇。要面子，这回毁容了吧！"

李强说："她和方志南是两回事，一个姐夫和她有什么关系。再说这也是我的工作，你们的日子过得不舒心，是我这个村长没有做好工作。给我个面子行不行？"

徐守忠有心思，可是他也很为难，说："你让我怎么去呀，多不好意思，这么大岁数了，好了行，再闹腾把我赶出来，叫全村人瞧不起我，我可不干这没有脸的事。"

李强一听知道徐守忠同意了，只是不好意思罢了，就从衣兜里拿出一个纱巾，说："大叔，你同意了。我这有块纱巾，是杜萍给我妈买的。这都春天了，该用了，你把它给刘姨送去，她一定高兴。别说我给你的，就说你在大集上买的。她要是有意地说你几句，你就听着，别和她闹翻就行。"

李强把纱巾放在徐守忠的手里，徐守忠也没有推脱，嘴里说："别的了，那多不好意思。"

早上吃完饭徐守忠在喝水，徐明来到徐守忠面前说："爸，我们俩想去我老丈人家，晚上兴许回不来，你就自己做点饭吧。有人找我，你就告诉一声，说我们待几天回来。"

徐守忠答应着："行，你们去吧，有好几个月没去了，不用忙，在那待几天吧，家里暂时也没有啥活。"

徐明两口子骑上摩托车走了，徐守忠自己喝水，又点着一支烟。屋子里静静的，只听见外面老母鸡咯咯地叫，徐守忠叹了一口气，往外看着。

一阵摩托车声由远而近，车停在徐守忠的屋子前，李长玺从车上下来，急匆匆地进屋，进了徐明的西屋，说："徐明在家吗？人呢，咋没有人呢？"

徐守忠说："这屋呢！"

李长玺来到徐守忠的屋，说："你咋没有声，我以为没有人呢。就你自己在家呀，徐明呢？我找他有点事。"

徐守忠问："啥事那么着急？"

李长玺说:"草坪公司的周老板来了,今天就把所有的合同带走,买草坪方要看合同,给首付款。徐明的合同还没签呢。他去哪了?把他找回来签合同。"

徐守忠说:"刚走有半个小时,去他老丈人家了,离这三十多里地呢,那咋办哪?"

李长玺很着急地说:"这可糟了,要不大叔你给签一下吧。"

徐守忠想了想说:"那也行,走吧,我和你去签。"

徐守忠下地穿鞋,换衣服,戴上帽子,跟着李长玺就出来。走到外面,徐守忠问:"在哪签合同啊?"

李长玺说:"在跟弟家,以后都跟弟管了。吴江去瓷砖厂当组长,我这不是在等他上班嘛,要不我这么积极呀。"

徐守忠站住了,李长玺也站住了,问:"大叔怎么了,有什么事吗。"

徐守忠有点迟疑地说:"这……我去签字合适吗?"

李长玺说:"要不你就把徐明找回来让他签,你看着办吧。"

徐守忠说:"那你等一下,我去拿点东西。"

徐守忠回到屋里,回头看看李长玺没有进来,赶忙把李强给的纱巾揣在衣兜里。李长玺看徐守忠回屋子,站在那笑。李长玺和徐守忠把摩托车停在跟弟家屋门口,两人下车进屋。屋里炕上放着一张桌子,上面有一份合同,只有刘兰英自己。李长玺和徐守忠进屋,徐守忠愣住了。

李长玺问:"刘姨,跟弟呢?"

刘兰英说:"和吴江刚出去不一会儿,你等一会儿吧。"

李长玺着急地说:"那不行啊,厂子那头还等着我和吴江呢,我得找他们去。大叔,你先等一会儿,我找去。"

徐守忠不好意思地说:"这……你看这……"

李长玺走了,刘兰英看看徐守忠,徐守忠也看看刘兰英。

刘兰英用责怪的口气说:"你还知道来呀?"

徐守忠不好意思地低下头,从兜里掏出纱巾,说:"唉,我能记你的仇吗?送你个纱巾,算我给你赔不是,我也是一时生气。"

刘兰英眼泪流下来了,说:"我知道我错了,可是你也不能为了这点事就不上我家来呀。"

徐守忠把纱巾递给刘兰英，刘兰英顺势抓住了徐守忠的手，两个人相拥而立，互相看着对方。

徐守忠说："你知道这纱巾是谁买的吗？"

刘兰英擦着眼泪问："谁呀？"

徐守忠说："是李强买的，他说你已经不恨他了，他劝我来找你。"

刘兰英愣了一下，说："我咋这么糊涂哇，我这么大岁数白活了。"

刘兰英靠在徐守忠的胸前哭了起来。

吴江就在门外，他偷偷地从窗户外看见徐守忠和刘兰英相拥在一起，急忙跑去房后，说："你去看看吧，可能要出事。"

跟弟一听急了，急忙跑过房前从窗户看。

刘兰英笑着说："跟弟结婚那天你就搬过来住，行不行？"

徐守忠说："那好，咱们得先记登。"

刘兰英说："行，明天就去登记，偷着去。"

刘兰英把徐守忠抱得紧紧的，生怕他跑了似的。

跟弟看完后追打吴江，说："你咋这么坏呀，太坏了！"

吴江笑嘻嘻地说："怎么样，这事我给你办的咋样，这回得给我个奖励了吧？"

跟弟回头看看没有人，把脸一歪，说："给你，今儿个我让你亲个够。"

托娅出院了，一到家就迫不及待地要到瓷砖厂看看，李强陪着她出了村子。经过生与死的托娅和李强走在路上，看着这个生她养她的家乡，觉得一切都是那么的美好。村边的小河清澈透底，潺潺的流水好像在诉说他们童年的快乐。大柳树随风摇摆，像见了久违的老朋友，似乎有很多话要对他们诉说。走过小桥，上了公路，来到八路坟前，李强站住，看着这让托娅命垂一线的地方。

李强看着托娅说："为了我，你死都不怕。"

托娅含泪看着李强说："你要是死了，我活着还有什么意义。"

李强的眼泪流了下来。李强和托娅慢慢地走在瓷砖厂的工地上，厂房的地基已经打完，有的人在起墙，干活的工人见到托娅都停下来打招呼。

工人说："托娅姐出院了？要注意点，别累着。"

留留说:"好利索了吗?可……可别抻着哇,多吃点菠……菠菜好,恢复得快。"

托娅说:"谢谢你了。你也在这干活?怎么样,累不累呀?"

留留满脸汗水,用手擦了一下说:"该咋是咋的,活……活是不轻,想偷懒不……不行啊,自己的厂子有干头,都偷懒不得黄了哇。"

李长玺指着留留说:"你看这小子还真有觉悟,原来可是个懒蛋子,不知道什么时候出息。"

李强的电话响了,留留听见了,急忙说:"李村长,你的电话响了,咋……咋听不见呢。"

李强忙拿出手机说:"喂,王经理呀,我是李强,在工地上呢。什么?要开会呀,什么时间?"

王申在他的办公室里打电话:"明天要开基地外派人员大会,我听说你们村建了一个瓷砖厂,你还能不能来了?你今天就得定下来,陆总上午还和我说了,他的意思是让你兼职,看看你是什么意思。"

托娅问:"什么事?"

李强用手捂着电话说:"你们说怎么办吧,糖厂问我还能不能兼职?"

李长玺说:"还兼什么职呀,你就说当厂长了,没有空了。"

李强说:"不行啊,我这一办厂就忙不开了,你和陆总说吧,过几天我去移交工作。谢谢你和陆总的好意,改日我去登门拜谢。"

李强关上电话说:"我在糖厂的工作这回是彻底结束了,真的很想再干两年,多好的机会呀!我真得感谢糖厂啊!"

托娅对李强,也像是对自己说:"那里是你走向农村的起点,永远也不能忘记呀。我也应该感谢糖厂。"

小坨子造林工地上,托娅和李强在看工人们栽树,一派忙碌的景象。托娅站在高坨顶上指着远处在和李强说话。李强和托娅走下坨子,来到栽树员工跟前,李强接过一个员工的铁锹帮着挖起沟来,小姜拿过一封信。

小姜说:"李村长,昨天杜萍让我捎一封信给你。"

李强把信打开,看完又把它交给托娅,托娅认真地看起来。

"亲爱的李强,让我最后用这样的语言称呼你一次吧。当你看到这封信的时候,我已经奔赴海南,到那里的潮汐发电厂去工作。这封信我写了一

夜,不,可以说回想了一夜,我们在学校那美好的四年时光……"

李强拿起铁锹挖土,脑海里浮现在学校和杜萍的情形,两人在五四青年节联欢会上唱《兄妹开荒》……周日郊游两个人吃一盒方便面,杜萍把自己碗里的面往李强的碗里夹……杜萍洗澡回来,等在门口的李强从棉褥垫里拿出雪糕,让杜萍欣喜……

托娅继续看着:"当我和你分吃一盒方便面的时候,我从心里认定今生要和你在一起。虽然不是丰盛的美餐,可是那根根面条像植物的根子抓住了我的心,一半在你的心里,一半在我的心中。我洗澡回来,又热又渴,那一根清凉的雪糕,让我像饥渴的小鹿找到了清澈的甘泉。"

李强的眼泪顺着脸颊流进了脖子,他用力挖土,两人入党时的情景又在眼前浮现:李强和杜萍二人并排站在党旗下宣誓……

信上写着:"当我们站在党旗下宣誓的时候,我是多么向往双双奔赴祖国最需要我们的地方,一起去实现我们的理想,创造美好的未来。"

工人们见这两个人都哭了,放下铁锹不解地看着。

托娅早已泪流满面,继续看信:"直到托娅受伤我才知道,她才是你心中最爱的人。你和我谈恋爱是因为我长得很像托娅。那生离死别的场面让我震撼,我才知道,她是你最值得爱的人。按照你的品格,你到任何时候都不会和我分手,你会把爱永远藏在心底。可是我不能让你、我、托娅三个人在感情上受煎熬,那样我就对不起你,更对不起托娅。所以我选择了退出,去海南工作。请你原谅我的不辞而别,我不敢向你辞别。亲爱的李强,请让我再一次这样称呼你。你让我的学校生活成为一生当中最美好、最珍贵的时光。你的优秀品质、高尚的人格让我享用一生。我过去爱你,现在爱你,将来也忘不了你。你在我的心中,永远都是那么的高尚。我此去不知道什么时候能回来,也许……也许等我们都老了,我再见你。我想让我们那高尚的情操和思念成为永恒。别了,李强。别了,托娅。你们要珍惜这得来不易且又高尚的爱情。李强就交给你了,全身心地爱他吧,他是值得我们崇敬的好男人。再握你们的双手。祝你们事业有成,永远幸福。"

方志南坐在家里的沙发上,茶几上摆满了空酒瓶子。

电视里传来声音:"昨天省监察厅对外宣布,广原市行署秘书长彭树立因收受贿赂,乱用职权被双规……"

方志南把头向后一仰，摊在沙发上，想起明海书记和他的谈话。

"你也是老党员了，要充分认识到你问题的严重性，不要抱有侥幸心理，我不会为你说情的，请你自重。"

此时的方志南万念俱灰，知道自己的事情已经败露，他也知道经济问题不是什么太大的事，关键是朗鑫雇凶杀人的事，他会不会把自己供出来？当他想到和朗鑫说的一些话，心里还是有了一些安慰，因为自己当时是让他不要整事。怎么办，以后怎么办，明海会不会替他说话，方志南心里很复杂。他又一口喝了一个罐装啤酒。

纪检委的大门牌前，一辆的士停下，方志南从车里下来，抬头看看纪检委的高楼，手里拿着材料，低着头走进了大门……

田美玉、于工李强、阿斯根等人在工地上，看完厂房，回到临时搭的帐篷里，桌子上放满了图纸。

于工看着田美玉说："坐下吧，带来什么好消息了，是不是领导要来我们这检查呀？"

田美玉说："于工猜对了，包书记让我看看建厂进度，顺便问一下投产剪彩的时间，他说县里的领导要来参加。他自己来，陈乡长调司法局了。"

李强一愣，说："啥？调走了，那谁调来了？"

田美玉说："还没有调来人，我是副乡长了。"

李强高兴地说："祝贺你，你当领导我们心里高兴。"

田美玉说："还有，方志南投案自首了，纪检委正在审查他，现在还没有结果。"

李强很惊讶地说："啊？"

富贵说："咱们的工程基本上已经完工了，就差安装制砖机，有个两三天就完了。我们原计划是在六一投产，现在看来这个时间是没有问题，我们还是按原计划开工剪彩。"

田美玉说："这个日子好，最好就定这个日子，我回去好和包书记说。"

于工说："金董事长昨天来电话说，开工时他也要过来的，意见也是定在六一，就定这个日子。"

阿斯根说："这个日子好，就定这个日子吧。"

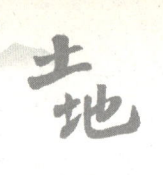

李强说:"对,就定这一天吧。"

村委会的西厢房,张小刚在收拾屋子,两间仓库改成了养殖业服务中心,门牌放在桌子上,三个装药用的货架子粉刷得干干净净。张小刚一脸的汗水,冯敏递给他毛巾。

冯敏说:"瓷砖厂的投产庆典时间定下来了,是在六一开工生产,据说来顺和李小兰也在六一签合同,你这个服务中心是不是也在那一天开业呀?"

张小刚看着冯敏说:"我这不看你的意见嘛,你这个顾问要是不发话,我敢开业吗?"

冯敏说:"跟弟和吴江在六一那天结婚,来顺和小兰也要在签约庆典上结婚呢,那你也没有对象,怎么和人家比呀。"

张小刚看着冯敏说:"咋整呢,在哪划拉一个呢?"

冯敏笑着说:"你看我干啥呀,打我的主意呢,净想美事……"

村委会的大会议室,于工、富贵、阿斯根、李强等人在研究庆典上要做的准备工作。

于工说:"金董事长晚上到,明天上午县里的明海书记到,我们的庆典十一点开始,我看会上就这么个顺序……"

这时候吴江来找李强,在门口叫李强出来。李强示意于工要出去一下,于工点点头。

李强来到外面,看见还有张小刚、来顺、李三也都在。李强有点不明白地说:"你们一起来干什么呀?"

吴江说:"你们都别说了,我和强哥说吧。我们也都定在六一开业剪彩,除了老李三哥和张小刚以外,我和来顺想在庆典上结婚,图个喜庆。听说村里瓷砖厂的庆典是在十一点开始,我们想让你给我们这几家剪彩。我们九点以前开始,你把我们几家的庆典办完了再给瓷砖厂剪彩,行不行?"

李强用手挠着脑袋,说:"哎呀,都让我来剪可能来不及,要不老李三哥的金牛种地服务公司、来顺的兰兰蔬菜销售公司由阿书记剪,吴江的青青草坪花卉经销公司和小刚的兴旺养殖业服务公司我去,怎么样?一会儿我和阿书记说一下。"

张小刚说:"行,就这么定妥了,可别耽误啊。"

李强说:"那不能,回村里赶趟。好了,那你们回去准备吧,我们还得研究瓷砖厂庆典的事呢。"

　　村委会的大院站满了很多看热闹的人,鞭炮声中,李强在给张小刚的兴旺养殖业服务公司剪彩。李强又来到吴江家,给吴江和跟弟的青青草坪花卉经销公司剪彩。主持人让吴江、跟弟两位新人和李强一起剪落了彩带。鞭炮齐鸣,刘兰英和徐守忠满脸的笑容,两人紧挨着站在人群里,刘兰英小声和徐守忠说着什么,又用手推了徐守忠一把,徐守忠高兴地笑着,深情地看着刘兰英。

　　阿斯根在兰兰蔬菜销售公司订购签字仪式现场。来顺和李小兰典礼之后,主持人宣布签字仪式开始。阿斯根在李三金牛种地公司开业庆典上剪彩。种地的群众都来给李三祝贺,有的人已经坐在桌子前等着喝酒了。

　　瓷砖厂剪彩的现场设在工厂的大门口,工厂门牌上挂着一个大红花。会场前排桌子中间坐着明海书记和金董事长,明海书记的一边是包世达,新能源公司白总经理。金董事长的旁边是于工、常工、富贵、李明远、梁小丽。来宾席上坐着县里各局的领导和各村的书记、村长,还有一些临近乡的干部。台下前来看热闹的群众挤满了工厂的大门。

　　明海书记问于工:"怎么书记、村长都没来呢,我想看看那个大学生村长呢。"

　　于工说:"今天他们村里有四家小公司成立,书记和村长分开去给他们剪彩,还有两对要在庆典上结婚的。"

　　明海问:"都是什么公司?"

　　于工扳着手指头说:"一个是金牛种地服务公司,一个是兴旺养殖业服务公司,一个是兰兰蔬菜销售公司,还有一个是青青草坪花卉经销公司。草苹花卉公司和蔬菜销售公司都是两个青年男女一起办的,都是事业把他们连在了一起,事业让他们建立起了感情。"

　　明海书记听了很感兴趣地说:"看来都是年轻人的天下了。"

　　说着话,李强和阿斯根回来,到了主席台前,于工给他们介绍领导和各位来宾。

　　于工对李强说:"你们俩过来,我给你们介绍一下,这位是双青县委书记明海同志,这位是村支书阿斯根,这位是村长李强。"

明海书记站起身来和阿斯根握过手之后，和李强握手。

明海看着李强说："你就是毕业两年的大学生李强啊？小伙子干得不错！一年村里就有了这么大的变化。他们说你给专业户剪彩去了？"

李强说："是，有几个专业户非要赶在瓷砖厂投产这一天剪彩，图个喜庆。"

明海说："我听说都是年轻人，有的还在庆典上结了婚，真不错。好！找时间我们再聊吧，会就要开始了，坐下。"

李强很有礼貌地说："感谢县委领导的光临。"

于工示意金董事长可以开始，金董事长点点头。

于工示意富贵开始，富贵拿着稿纸来到阿斯根、李强面前问："你们谁致辞呀？"

阿斯根说："李强说吧，我念不好这个。"

富贵说："李村长说吧，开始了。"

富贵走到麦克风前说："广原市双青县太平川乡百泉沟村百泉瓷砖厂投产庆典现在开始，首先请百泉瓷砖厂副董事长、白泉沟村村长李强致欢迎辞。"

李强走上台前，给群众和主席台上的领导们鞠躬，之后看了一下台下的群众，说："尊敬的县委明海书记，尊敬的金董事长，各位领导，各位来宾，朋友们、女士们，百泉沟的父老乡亲们，你们好！"

人们热烈鼓掌。

"在这春光明媚的季节里，我们百泉瓷砖厂经过工人们两个多月的艰苦奋战，今天终于正式投产了。在此喜庆之际，我代表百泉瓷砖厂全体领导和员工、代表百泉沟的父老乡亲，向前来祝贺的领导和来宾表示最衷心的感谢。瓷砖厂的建立，是我们百泉沟的大喜事。这是我们村里的第一个企业，可以预见，这个企业对我们村今后的发展将起到决定性的作用。这个瓷砖厂的建立得到了县委领导、兰江市建材公司、双青糖厂的大力支持。在乡党委政府的直接领导下，得到了全村群众的积极拥护，对此，我对在瓷砖厂建立过程中给予大力支持和帮助的领导和同志们，表示最热烈的欢迎，诚挚的感谢，谢谢大家。"

富贵说："下面请双青县县委书记明海同志讲话。"

明海书记站起身来到麦克风前，说："金董事长，各位来宾，全体百泉沟的父老乡亲，你们好。百泉瓷砖厂在你们的努力下建成投产了，这是你们村，你们乡，乃至全县的一件大喜事，这不但会给你们村里带来效益，也会对全县的工业格局产生很大的影响。我代表县委和政府感谢你们所做的努力，是你们让这个名不见经传的小村，走上了一条发展和环保的路子。我听说今天一早你们村就有四个公司开业剪彩，其中有两户青年男女在这个庆典上结婚，可以看出百泉沟的年轻人在生产中创业，在创业中产生感情。我想，这和你们村长李强的影响是分不开的。年轻人有了志向，村里就有了希望。可以预见，百泉沟的春天来了！"

场下报以热烈的掌声。

富贵说："下面有请双青县委书记明海同志，有请兰江市建材公司金董事长，有请太平川乡党委包书记，有请百泉沟村党支部阿书记、李强村长，有请李明远董事，为百泉瓷砖厂开工投产剪彩！鸣放鞭炮！"

鞭炮齐鸣，领导们剪彩开始，在人们的欢呼声中剪落了彩带。

领导们互相握手。李明远主动和李强握手，拉着李强来到梁小丽的面前。托娅正和梁小丽说话，过来和李明远握手，高兴之情溢于言表。李强又和富贵热烈握手，两个人激动地对望着，又拥抱在一起……

包世达走进明海书记的办公室。

明海书记抬起头来说："你先喝点水。是这样，最近市组织部新下派一批大学生到农村任职，全县一百二十名。我打算在你们乡开个现场会，让他们到百泉沟看看，听听，然后再下去，你看行不行？"

包书记高兴地说："太行了，大书记就是大书记，棋高一筹。"

太平川乡党委会议室，党委成员在开会，李强坐在包世达旁边，田美玉等其他党委成员坐在两侧。

包书记发言："今天的党委会主要有两项内容：一是宣读县委组织部任命文件，二是研究大学生到村级任职的有关事项现场会。我先宣读县委任命文件。中共双青县委员会文件，经县委常委研究决定，任命李强同志为太平川乡党委副书记，代乡长。接此文件后立即到任。中共双青县委组织部。2006年6月20日。"

大家鼓掌欢迎，分别上前和李强握手，表示祝贺。

土地

包世达看着李强说:"说两句吧,开口可就是上任了!"

李强没有坐下来,说:"组织上把这么重的担子压在我身上,我感到很突然,没有心理准备,也不知道说什么好!"

田美玉笑着说:"表个态吧!"

李强看着田美玉笑了笑,又转向包世达,说:"包书记,你说怎么干吧?"

包世达也笑了起来,说:"哈哈!我经历了不少这样的场面,还是头一次见到你这样表态的!"

大家也都跟着笑了起来,如此轻松的会议气氛,让李强的心情平静了许多。

包书记说:"我们还是落实一下现场会的具体工作吧!"

在排干渠的大堤上,一群大学生和乡村干部看着那一眼望不到边的方田,整齐宏伟的排干工程,听托娅讲解:"这里原来是一个水库,李强上任后,通过一年多的努力,在乡党委的大力支持下,使它变成万亩水稻产区。"

瓷砖厂,托娅说:"大家看,这就是新生产出来的瓷砖。今年这个厂计划用工三百人,来年达到五百人,是个大型的建筑材料厂。"

在张小刚家,参观张小刚养鸡厂,人们只能在外面看。托娅说:"为了防止疫病,我们在外面看看规模就行了。这样的户有三个,还有一个养殖业服务公司……"

这时冯敏出来和托娅握手。托娅说:"大家看到的这几户养鸡厂,好比是梧桐树。这位是我们招来的金凤凰——养殖专业大学生冯敏!"大家围了上来。

在种地专业户李三的家,大学生们在看农机具。有的人用手拉着操纵杆,有的人在看打药机。

在吴江家,大家看草坪基地。看着一块块地毯似的草坪,人们赞不绝口。

在新能源公司黄柳条基地,与会的人们都站在沙坨子顶上,向远处眺望。起伏的沙丘已经被新栽的黄柳条覆盖,沙柳的绿色在白沙坨的映衬下,像一幅美丽的版画,让人看了心醉。

太平川乡的大会议室座无虚席，主席台上方横幅写着：双青县大学生下农村工作现场会。

明海在讲话："同学们，应该是同志们，大家毕业以后，响应党的号召，自愿到最需要知识、最需要人材的农村施展才智，为建设社会主义新农村贡献力量，来实现自己的人生价值，本身就是一件了不起的选择。我首先代表县委政府对大家表示热烈欢迎和坚决支持！我个人对大家这种敢于走前人没有走过的路的探索和实践精神，表示由衷的敬佩，你们了不起！"

与会人员的情绪被明海书记调动起来，掌声雷动，长久不息。

"同志们，为什么下去之前请你们到这来开个现场会呢，那就是有个农大毕业生先你们一步，在百泉沟当了村长，他就是现任乡长李强！"明海一把拉过来李强，"就是他！"

李强笑着向大家以礼示意，说："欢迎大家，我相信大家会比我干得更好！"

明海书记示意大家静下来，说："同志们，不用多说，到百泉沟走一趟，看一看，接触一下群众，我相信你们一定会得出一个结论，那就是：你们会为这种选择骄傲的！"

响起热烈的掌声。

包书记在主持会议，看明海书记讲完话，就对太平川乡各村的书记、村长说："太平川乡各村的书记，把表上分配给你们的大学生领回村里。分赴其他乡的大学生，饭后坐车返回县里，等候各乡来迎接你们。现场会到此结束，散会。"

各村的书记在找自己村里分来的大学生，大声喊叫着名字，好像抢人一样。领导们都回到办公室，会场上没有人了，李强在各屋找人，急急忙忙的样子。

韩秘书问："李乡长，你找谁呀？"

李强没有回答他，骑上摩托车走了。

八路坟地，一个墓碑刻着"李老忠之墓"，一个墓碑刻着"孙长友之墓"。墓碑前各放着一束野花，一瓶酒，一条烟。双合尔老人坐在两个墓碑中间，面朝新建的瓷砖厂，像是在唠嗑："长友兄弟，你的儿子我没管好，走了一段弯路，不过已经回来了，你放心吧。老忠哥呀，我们过去像一家

土地

人,现在我们可真的成了一家人,你孙子和我的孙女绕了一个大圈,终于走到一起了,我高兴啊!"

李强深情地把胳膊放在托娅的肩上,托娅立刻握住李强的另一只手,紧紧地靠在李强的胸前。

"他们把瓷砖厂都办成了,你们俩脚下的白泥是做瓷砖的材料哇,咱们村可要富了。你的孙子没有给你丢脸,又当上了乡长,有出息。两位老哥,咱们当年扛枪上战场,不就是为了保住共产党分给我们的土地吗?可我没管好咱们的土地,被黑心肠的人糟蹋了一些,又挪走了不少。这回好了,地都整回来了,分给群众了。哎!你们说,我怎么觉得像第二次土改似的呢。哈哈哈,真是老喽!"

说着双合尔打开一瓶酒,洒在李老忠的碑前,打开另一瓶酒洒在孙长友的碑前。

"老孙哥,你也得喝!我还得过几年再来找你们俩,还想看看咱们百泉沟的变化,看看这社会主义新农村是个啥模样,到时候好向你们说说。"

一阵清风刮起酒香,双合尔拿起一个酒瓶,说:"我也渴了,来一口。"

托娅抬起头看着李强,两人欲笑又憋了回去。

"你孙子当乡长了,为更多的人办好事。我今儿个高兴,为你们俩拉一段我们经常唱的《嘎达梅林》吧!"

优扬激越的马头琴曲回荡在原野上。

李强轻轻地拽了一下托娅,说:"我们走吧,别惊动爷爷了。"

托娅深情地看着李强,说:"去哪儿?"

李强也看着托娅,"大柳树。"

大柳树下,李强拿着一个旧笔记本慢慢地向托娅走过来。到了托娅的跟前,李强把笔记本献给托娅,说:"托娅,嫁给我吧,你才是最爱我的人。回来这两年我才知道,不管过去还是现在,你已装在我的心中。这本从小学到初中的日记,是我心声的记录,我把它送给你。"

托娅接过日记本,翻开日记看了起来。

"今天星期三,我做值日回来天都有点黑了,到家吃过饭以后,妈妈叫我帮着她往猪圈里扔野菜。干完活,我忽然想起来托娅在学校说晚上放学之后到她家,有事找我。我撒腿就跑,一口气跑到托娅家。托娅在她家的门前坐着,看我来了,生气地说:'你咋那么没有记性,叫你放学就来,怎么才来呀,我还没吃饭呢。'我问'为什么还没吃饭?'她说:'等你呢。'我说:'你一直等到现在?'托娅:'是呀,我小姨给我两块月饼,咱们一人一块,来一起吃。'不知道为什么,我当时的心里很难过……"

托娅抬头看着李强,泪水早已流过脸颊,慢慢地说:"我们的距离太大了,你大学毕业,又当上了乡长,我只是个高中生,我们已经不在一个档次了。"

李强说:"学历只是标签,能力和人格才有力量。其实一个人的能力有大小,只要有高尚的情操、美好的心灵,比什么都重要。上天又把这样的一个你还给了我,我太幸运了。小的时候有了你,我无比的快乐;现在有了你,我就是天下最幸福的人。这让我干起工作信心十足。嫁给我吧,托娅!"

托娅的泪一直地流着,看着李强说:"我以为我这辈子再也不能和你在一起了,有童年的美好回忆,能为你做些事我就满足了,不敢奢望和你在一起。说真的,你回来这两年,我的心都没在我的胸膛,一天只知道你在干什么,不知道我在干什么。童年的时光让我时刻都忘不了。嫁给你,我都不敢想,不敢答应你,怕你哪一天又离我而去,又被人抢走。"

李强听托娅这么说,眼泪早已流了下来。李强声音哽咽地说:"我回来才知道,你在我的心中根扎得最深。每次你帮助我,都让我感动,让我寝食不安,会让我想起过去的一切。"

托娅仔细地看着李强,任眼泪流淌。她从兜里拿出来一个很精美的方盒子,递给李强。托娅说:"我也送给你一个礼物,我想让你在我们结婚的时候给我戴上。"

李强打开,一个用钢笔帽做的戒指放在里面,这是他十岁的时候给托娅做的。李强回想过去送戒指的情景……"托娅,我想和大人一样让你做我的对象。戴上戒指,你就是我的对象了。"托娅说:"你有对象了,我的对象是谁呀?"

李强擦了一把泪,说:"已经十七年了,你还这么完好地保存着它,托娅!"

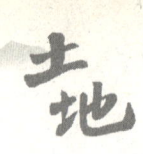

土地

李强再也控制不住自己的情绪,抱住了托娅,托娅也抱住了李强,两个人失声痛哭……